千秋伟业 百年风华

庆祝中国共产党成立100周年
The 100th Anniversary of the Founding of The Communist Party of China

红色散文选粹

卷一

初心永驻

古　耜◎选编

中国言实出版社

图书在版编目（CIP）数据

千秋伟业，百年风华 / 古耜选编 . -- 北京 : 中国言实出版社 , 2021.3
ISBN 978-7-5171-3580-7

Ⅰ . ①千…　Ⅱ . ①古…　Ⅲ . ①散文集 – 中国 – 当代　Ⅳ . ① I267

中国版本图书馆 CIP 数据核字（2021）第 047620 号

出 版 人　王昕朋
责任编辑　曹庆臻
责任校对　王建玲

出版发行　中国言实出版社
地　址：北京市朝阳区北苑路 180 号加利大厦 5 号楼 105 室
邮　编：100101
编辑部：北京市海淀区花园路 6 号院 B 座 6 层
邮　编：100088
电　话：64924853（总编室）　64924716（发行部）
网　址：www.zgyscbs.cn
E-mail：zgyscbs@263.net

经　　销　新华书店
印　　刷　徐州绪权印刷有限公司
版　　次　2021 年 8 月第 1 版　　2021 年 8 月第 1 次印刷
规　　格　710 毫米 ×1000 毫米　1/16　86.75 印张
字　　数　1556 千字
定　　价　280.00 元（全 4 册）　ISBN 978-7-5171-3580-7

红色散文与史同行

——写在《千秋伟业 百年风华》散文系列出版之前

古　耜

中国共产党自诞生一百年以来，为了实现中华民族伟大复兴，团结带领中国人民，创造了新民主主义革命、社会主义革命和建设、改革开放和社会主义现代化建设、新时代中国特色社会主义的伟大成就。这四个伟大成就不仅从根本上改变了古老中国的面貌、境遇和命运，以及她的世界影响和国际地位，而且还真正唤醒和振奋了国人的精神、意志和诉求。向往光明、追求进步的人民群众、知识分子，包括许多职业革命家，在投身壮阔的时代洪流和火热的社会实践的同时，满怀激情，敞开心扉，捧出了一系列传播先进思想、呼唤社会变革、展示历史图景、表达人民心声的散文作品。这些作品凭借崭新的精神内涵和独特的审美风范，以及巨大的影响力和感召力，构成了百年中国历史上一道常读常新、青春永驻的文学风景线——红色散文。

作为中国共产党在砥砺前行中催生的精神火花，红色散文自有强大而稳定的意旨基因和价值取向，但就其审美表达的物象与方式而言，却分明是一个丰富多彩的艺术世界。在这个世界里，既有老一辈无产阶级革命家的高瞻远瞩、抒情言志，又有一代代革命事业后来人的嘉言懿行、高风亮节；既有峥嵘岁月里无数英烈先贤的壮怀激烈、出生入死，又有硝烟散尽后广大劳动者的艰苦创业、无私奉献；既有风展红旗的高歌猛进，又有山重水复的曲折回旋；既有踏访革命圣地的绵绵思绪，又有沉吟红色经典的涌动情潮……所有这些万象辐辏、溢彩流光，在历史天幕上交汇成红色散文缤纷生动的艺术景观，同时也很自然

地呈现出属于它的突出个性与鲜明特点。

在文学诸样式中，散文具有显见的“我思故我在”的特征，这决定了优秀的散文篇章，理应承载带有真理品格、能够昭示历史进步和人类解放的观念形态，以此启迪和引领人民群众自觉投身于伟大的时代变革和社会实践。红色散文正可作如是观——“十月革命一声炮响，给中国送来了马克思列宁主义”。正是这关于全世界无产阶级和全人类彻底解放的伟大学说，特别是它在中国化进程中所产生的毛泽东思想、中国特色社会主义理论体系，为红色散文注入了真理的血脉和文化的滋养，使其在整体上站到了历史的高处和时代的前沿，显示出思想的光彩和理性的力量。

不妨重读李大钊的《新纪元》。这篇发表于“五四”运动之前的作品，热情呼唤全世界劳工阶级的崛起，以及由此产生的人类新纪元、新文明，从而为中国共产党的应运而生做了舆论铺垫。梅岱的《明斯克钩沉》记述作家的白俄罗斯之行，其跨越时空的见闻与思考，精辟解析着当今世界的发展变化和国际共产主义运动所遇到的严峻挑战，同时又满怀信心地表达了中国共产党人不忘初心、牢记使命，开启社会主义新时代和新长征的豪迈情怀，其主旨贻人警示更催人奋进。新时期以来，多位作家学者不约而同地写下了拜谒或重读马克思的文章，其中聂锦芳的《在〈资本论〉产生的地方》等，均以新颖的识见丰富和深化着人们对真理的认知。刘亚洲的《精神——纪念抗日战争胜利 70 周年》、华罗庚的《写给向科学堡垒进攻的青年们》、王巨才的《回望延安》等，都承载了足够的思想光泽和精神重量，它们从不同的角度和在不同的意义上，给人以启迪乃至震撼。

文学是人学，文学作品必须写人，小说是这样，散文亦复如此。不过同样是写人，小说和散文仍有区别：小说重在塑造客体的人物形象，而散文则更多披露作家的内心世界——散文有时也写客体的人物形象，但这些客体人物仍然浸透了作家直接的目光打量与情感评价，是作家心灵的延伸。唯其如此，我们才常把散文看作一个人的心灵史。而在这一维度上，红色散文同样多有佳篇。

《可爱的中国》和《清贫》是方志敏在囚室里写成的红色经典，作品对恶魔戕害祖国母亲的猛烈抨击，对未来中国美好前景的殷切呼唤，对生命追求与个人操守的坦荡告白，把共产党人的肝肠与初心表现得酣畅淋漓。邹韬奋在生命最后时刻提出加入中国共产党的要求，这使得一篇短短的《遗嘱》，尽显信仰的崇高与信仰追求的美丽。刘白羽的《长江三日》记述作家乘江轮顺流而下的经历，那笔端呈现的或激流勇进，或从容安详的情景，是三峡的性格，更是作家革命理想主义精神与激情的外化。李健吾的《我有了祖国》透过“我”在外

国和旧中国的遭遇，表达了新中国成立带给自己的幸福和自豪。而一部《雷锋日记》则直接敞开了人民好战士的内心世界，使我们懂得了什么叫作“平凡而伟大”。

必须看到的是，红色散文所高扬的精神旗帜，从来不是一种预设的、外在的存在，而是作家源于内心的真诚表达。许多红色散文家，首先是共产主义的信仰者和践行者，是无怨无悔的革命者，对于他们来说，驱笔为文不是寄托才情，更不是博取名利，而是基于理想、使命和责任的以笔为旗，直抒胸臆，是在斗争或工作中的精神升华与情感绽放，正所谓“血管里流出的总是血”。这样生成的散文之花，自然别有神采和魅力。

散文可以有必要的合理的艺术虚构，但绝不能仰仗和放纵虚构。尤其是当散文作为相对完整的历史侧面或时代画卷加以呈现时，其形象的真实感和本质的可信性，仍然是不可或缺的重要艺术品质。在这方面，红色散文又一次显示了自身的不同凡响。一大批作家以历史唯物主义为指引，以严格的现实主义精神和非虚构手法为武器，充分调动个人介入历史与现实的独特资源和优势，留下了一系列具有历史现场感和艺术真实性的作品。

陆定一回忆红军翻越瑶山的《老山界》、魏巍速写抗日战场的《黄土岭战斗日记》、丘东平报告新四军挺进敌后的《向敌人的腹背进军》、菡子描写志愿军战士的《激渡》，还有杨得志的《强渡大渡河》、杜鹏程的《夜走灵官峡》等。在这类作品中，作家就是作品中的人物，他们得之于历史现场的深切记忆和丰富体验，使得笔下文字既有年代特征，又有生动细节，很容易形成代入感和诚信力。方纪的《挥手之间》、刘白羽的《沸腾了的北平城》、李水清的《五星红旗在天安门前升起》、朱增泉的《飞天记》等，记录了红色历史的大场面或大事件。作家作为当时的在场者和见证者，精心调整视线、焦距和节奏，努力再现各自锁定的宏观场景与整体过程，同时敏锐捕捉现场独特的画面、细节和气氛，从而将现场传真般的艺术长镜头，储存到时代的天幕上。周立波的《韶山的节日》、魏钢焰的《忆铁人》、梁衡的《方志敏最后的七个月》、丁晓平的《老渔阳里2号的百年时光》，以及沈俊峰写邓稼先的《假如可以再生，我仍选择中国》等，虽然都是隔着时空为伟人和英烈写照，但由于作家做了反复的现场采访和细致的资料爬梳，同时又注入了对历史和人民负责的写作态度，所以同样具有很强的真实感和可信性。由此可见，优秀的红色散文可以视为文学版的党史，它同样具有信史一般的认识价值和恒久生命。

生成于红色实践的红色散文，从不讳言自身拥有助力民族解放、促进社会发展、推动历史进步的使命感和功用性，不过，这丝毫不意味着红色散文一向

只注重内容厚重而不讲究审美营造。事实上，在红色散文的艺术长廊里，构思精妙、质文俱佳的篇章并不少见。茅盾的《白杨礼赞》用极具现代色彩的艺术手法，把寓于景物之中的延安生活和中国共产党人，表现得雄奇壮观、万千气象。秦牧的《社稷坛抒情》《长街灯语》将写景、抒情、思考以及知识传播熔于一炉，让几个方面互为条件，相辅相成，构成浓郁立体的审美磁场，拥有强大的感染力。魏巍的《谁是最可爱的人》用“我”的深情推动和浇灌叙事，使笔下的英雄愈发勇敢质朴，可敬可爱。刘上洋的《万里长江第一湾》，由长江水流的从容拐弯谈到中华文明的兼容并蓄，扬弃发展，再谈到中国革命的迂回曲折，改革前行，于是“弯”有了哲学意义，整篇作品也有了移步换形、曲径通幽之美。杨朔的名篇《茶花赋》讲构思，讲意境，讲文采，把散文当诗一样写，曾影响了一代人的文风。后来虽受到不少异议，然而拉开时间距离再看时，其艺术上的某些特质迄今仍在散文的河流里或隐或显地赓续着、发散着，这仿佛提示人们，对于红色散文的艺术成就不容小觑，更不能低估。

目录

新纪元

李大钊

新纪元来，新纪元来！

人生最有趣味的事情，就是送旧迎新，因为人类最高的欲求，是在时时创造新生活。

今日是一九一九年的新纪元，现在的时代又是人类生活中的新纪元，所以我们要欢欣庆祝。

我们今日欢祝这新纪元，不是象那小儿女们喜欢过年；喜欢那灯光照旧明，爆竹照旧响，鱼肉照旧吃，春联照旧贴，恭喜的套话照旧说，新衣新裳照旧穿戴。那样陈陈相因的生活，就过了百千万亿年，也是毫无意义，毫无趣味，毫无祝贺的价值。人类的生活，必须时时刻刻拿最大的努力，向最高的理想扩张传衍，流转无穷，把那陈旧的组织、腐滞的机能一一的扫荡摧清，别开一种新局面。这样进行的发轫，才能配称新纪元；这样的新纪元，才有祝贺的价值。一个人的一生，包含无数的新纪元，才算能完成他的崇高的生活。人类全体的历史，联结无数的新纪元，才算能贯达这人类伟大的使命。

一九一四年以来世界大战的血、一九一七年俄国革命的血、一九一八年德奥革命的血，好比作一场大洪水——诺阿以后最大的洪水——洗来洗去，洗出一个新纪元来。这个新纪元带来新生活、新文明、新世界，和一九一四年以前的生活、文明、世界，大不相同，仿佛隔几世纪一样。

看呵，从前讲天演进化的，都说是优胜劣败，弱肉强食，你们应该牺牲弱者的生存幸福，造成你们优胜的地位，你们应该当强者去食人，不要当弱者，当人家的肉。从今以后都晓得这话大错，知道生物的进化，不是靠着竞争，乃是靠着互助。人类若是想求生存，想享幸福，应该互相友爱，不该仗着强力互相残杀。从前研究解决人口问题的，都是说马尔查士说过，人口的增加是几何的，食物的增加是算术的，人口的增加没有限制，地球的面积只有这一定的大小，若不能自节生殖，不是酿成疾疫，就是惹起战争。这也是无可如何的事情。所以强大的国家都要靠着兵力，扩张领土；自尊的民族，也多执着人种的偏见，限制异种的工人入境。种种不公平背人道的事情，都起于这个学说。从今以后，大家都晓得生产制度如能改良，国家界限如能打破，人类都得一个机会同去作工，那些种种的悲情、穷困、疾疫、争夺，自然都可以消灭。人类的衣食，没有少数强盗的侵夺暴掠，自然也可以足用了。从前的战争靠着单纯腕力，所以皇家、贵族、军阀、地主、资本家，可以拿他们的不正势力，驱使几个好身手的武士，作他们的爪牙，造出一个特别阶级，压服那些庶民，庶民也没有法子可以制裁他们，只有受他们的蹂躏。从今以后，因为现代的战争要靠着工业知识，所以那些皇家贵族等等，一旦争斗起来，非仰赖劳工阶级不可。从前欺凌他们侮辱他们，现在都来谄媚他们，夺去他们的工具，把武器授与他们。他们有了武器在手，就要掉过头来，拥护劳工的权利，攻击他们的公敌。劳工阶级有了自卫的方法，那些少数掠夺劳工剩余的强盗，都该匿迹销声了。从前在资本主义的生产制度之下，一国若想扩充他那一国中资本阶级的势力，都仗着战争把国界打破，合全世界作一个经济组织，拿他一国的资本家的政府去支配全世界。从今以后，生产制度起一种绝大的变动，劳工阶级要联合他们全世界的同胞，作一个合理的生产者的结合，去打破国界，打倒全世界资本的阶级。总同盟罢工，就是他们的武器。从前尚有几个皇帝、军阀残存在世界上，偷着作鬼祟的事情。秘密外交是他们作鬼的契约，常备兵是他们作鬼的保障。他们总是戴着一副鬼脸，你猜我忌的阴谋怎么吞并、虐待那些小的民族。虽然也曾组织过什么平和会议，什么仲裁裁判，但在那里边，仍旧去规定些杀人灭国的事情。从今以后，人心渐渐觉醒。欧洲几个先觉，在那里大声疾呼，要求人民的平和，不要皇帝，不要常备兵，不要秘密外交，要民族自决，要欧洲联邦，做世界联邦的基础。这都是差强人意的消息。这些消息，都是这新纪元的曙光。在这曙光中，多少个性的屈枉、人生的悲惨、人类的罪恶，都可望象春冰遇着烈日一般，消灭渐净。多少历史上遗留的偶象，如那皇帝、军阀、贵族、资本主义、军国主义，也都象枯叶经了秋风一样，飞落在地。这个新纪元是世界革命的新纪元，是人类觉醒的新纪元。我们在这黑暗的中国，死寂的北京，也仿佛分得那曙光的一线，好比在沉沉深夜中得一个小小的明星，照见新人生的道路。我们应该趁着这一线的光明，努力前去为人类活动，作出一点有益人类工作。这点工作，就是贺新纪元的纪念。

作于一九一九年元旦。

原载《每周评论》第3号1919年1月5日

没有父亲的孩子

陈独秀

休谟的自传开口便说："一个人写自己的生平时，如果说得太多了，总是免不了虚荣的，所以我的自传要力求简短，人们或者认为我自己之擅写自己的生平，那正是一种虚荣；不过这篇叙述文字所包含的东西，除了关于我自己著作的记载而外，很少有别的，我的一生也差不多是消耗在文字生涯中，至于我大部分著作之初次成功，也并不足为虚荣的对象。"几年以来，许多朋友极力劝我写自传，我迟迟不写者，并不是因为避免什么虚荣；现在开始写一点，也不是因为什么虚荣；休谟的一生差不多是消耗在文字生涯中，我的一生差不多是消耗在政治生涯中，至于我大部分政治生涯之失败，也并不足为虚荣的对象。我现在写这本自传，关于我个人的事，打算照休谟的话"力求简短"，主要的是把我一生所见所闻的政治及社会思想之变动，尽我所记忆的描写出来，作为现代青年一种活的经验，不力求简短，也不滥钞不大有生气的政治经济材料，以夸张篇幅。

写自传的人，照例都从幼年时代说起，可是我幼年时代的事，几乎完全记忆不清了。富兰克林的自传，一开始便说："我向来喜欢搜集先人一切琐碎的遗事，你们当能忆及和我同住英格兰时，遍访亲戚故旧，我之长途跋涉，目的正在此。"我现在不能够这样做，也不愿意这样做，只略略写出在幼年时代印象较深的几件事而已。

第一件事：我自幼便是一个没有父亲的孩子。

民国十年（一九二一）我在广东时，有一次宴会席上，陈炯明正正经经地问我："外间说你组织什么'讨父团'，真有此事吗？"我也正正经经地回答道：

“我的儿子有资格组织这一团体，我连参加的资格也没有，因为我自幼便是一个没有父亲的孩子。”当时在座的人们，有的听了我的话，呵呵大笑，有的睁大着眼睛看着我，仿佛不明白我说些什么，或者因为言语不通，或者以为答非所问。

我出世几个月，我的父亲便死了，真的，我自幼便是一个没有父亲的孩子。我记得我幼时家住在安徽省怀宁县城里，我记得家中有一个严厉的祖父，一个能干而慈爱的母亲，一个阿弥陀佛的大哥。

亲戚本家都绰号我的这位祖父为“白胡爹爹”，孩子们哭时，一说白胡爹爹来了，便停声不敢哭，这位白胡爹爹的严厉可怕便可想见了。这位白胡爹爹有两种怪脾气：一是好洁，一是好静。家中有一角地方有一件桌椅没扫抹干净，我的母亲，我的大姊，便要倒大霉。他不许家中人走起路来有脚步声，我的二姊年幼不知利害，为了走路有时有脚步声，也不知挨过多少次毒打，便是我们的外祖母到我们家里来，如果不是从他眼前经过，都不得不蹑手蹑脚地像做贼的一般走路，因为恐怕他三不知地骂起来，倒不好出头承认是她的脚步声。我那时心中老是有一个不可解的疑问：这位好洁好静的祖父，他是抽鸦片烟的，在家里开灯不算数，还时常要到街上极龌龊而嘈杂的烟馆去抽烟，才算过瘾，那时他好洁好静的脾气那里去了呢？这一疑问直到半个世纪以后的今天，我才有了解答。第一个解答是人有好群性，就是抽大烟，也得集体地抽起来才有趣；然而这一解答还不免浅薄，更精微奥妙的解答，是烧烟泡的艺术之相互欣赏，大家的全意识都沉没在相互欣赏这一艺术的世界，这一艺术世界之外的一切一切都忘怀了。我这样的解答，别人或者都以为我在说笑话，恐怕只有我的朋友刘叔雅才懂得这个哲学。

我从六岁到八九岁，都是这位祖父教我读书。我从小有点小聪明，可是这点小聪明却害苦了我。我大哥的读书，他从来不大注意，独独看中了我，恨不得我一年之中把《四书》《五经》都读完，他才称意，《四书》《诗经》还罢了，我最怕的是《左传》，幸亏这位祖父或者还不知道“三礼”的重要，否则会送掉我的小性命。我背书背不出，使他生气动手打，还是小事；使他最生气，气得怒目切齿几乎发狂令人可怕的，是我无论挨了如何毒打，总一声不哭，他不只一次愤怒而伤感地骂道：“这个小东西，将来长大成人，必定是一个杀人不眨眼的凶恶强盗，真是家门不幸！”我的母亲为此不知流了多少眼泪，可是母亲对我并不像祖父那样悲观，总是用好言劝勉我，说道：“小儿，你务必好好用心读书，将来书读好了，中个举人替你父亲争口气，你的父亲读书一生，未曾考中举人，是他生前一桩恨事！”我见了母亲流泪，倒哭出来了，母亲一面替我揩眼泪，一面责备我道：“你这孩子真淘气，爹爹那样打你，你不哭，现在倒无端地哭了！”母亲的眼泪，比祖父的板子，着实有威权，一直到现在，我还是不怕打、不怕杀，只怕人对我哭，尤其妇人哭，母亲的眼泪，是叫我用功读书之强有力的命令。我们知道打着不哭的孩子很多，后来虽不定有出息，也不定做强盗。祖父对我的预料，显然不符合，我后来并没有做强盗，并且最厌恶杀人。我以为现时代还不能免的战争，即令是革命战争中的杀人，也是残忍的野蛮的事，然而战争还有进步的作用；其余的杀人，如政治的暗杀，法律的宣告死刑，只有助长人们的残忍与野蛮性，没有一点好影响，别的杀人更不用说了。

父亲的性格，我不大知道。母亲之为人，很能干而疏财仗义，好打抱不平，亲戚本家都称她为女丈夫；其实她本质还是一个老好人，往往优容奸恶，缺乏严肃坚决的态度。据我所记忆的有两件事，可以充分表现出她这一弱点。

有一位我祖父辈的本家，是我们族里的族长，怀宁话称为“户尊”，在渌水乡地方上是一位颇有点名望的绅董，算得一位小小的社会栋梁。我的母亲很尊敬他，我们小辈更不用说了。有一年（大约是光绪十二年前后），大水冲破了广济圩，全渌水乡（怀宁东乡）都淹没了，这位族长哭丧着脸向我母亲诉说乡民的苦痛之后，接着借钱救济他的家属，我母亲对他十分恭敬，然而借钱的事却终于不曾答应。族长去后，我对母亲说：“我们家里虽然穷，总比淹水的人家好些，何以一个钱不借给他呢？”母亲皱着眉头一言不发。我知道母亲的脾气，她不愿说的话，你再问也是枉然，我只在心中纳闷道：母亲时常当衣借钱济人之急，又时常教训我们，不要看不起穷人，不许骂叫化子，为什么今天不肯借钱给淹水的本家而且她一向尊敬的族长呢？事隔五六年，我才从许多人口中渐渐知道了这位族长的为人：族中及乡邻有争执的事，总得请他判断是非曲直，他于是非曲直的判断，很公平的不分亲疏，一概以所得鸡、米、烟土或老本洋多少为标准，因此有时他的亲戚本家会败诉，外人反而胜利，乡间人都称赞这位绅董公正无私！他还有一件事值得舆论称赞，就是每逢修圩放赈，他比任何人都热心，无论严寒酷暑，都忙着为大众奔波尽义务，凡他所督修的圩工，比别人所担任一段都更不坚固，大概他认为如果认真按照原定的工料做好，于他已是一种损失，失了将米放赈的机会，又是一种损失，这未免自己太对不住自己了！至此我才明白母亲皱眉不语的缘故，是因为她已经深知这位族长之为人，然而她仍旧恭敬他，这岂不是她的弱点吗？

还有这族长手下用的一位户差（户差的职务，是奉行族长命令，逮捕族中不法子孙到祠堂处罚），同时又是一位阴差（阎王的差人），他常常到我们家里来，说他在阴间会见了我们的祖先，我们的祖先没有钱用，托他来要钱买钱纸银锭烧给他们，我的母亲很恭敬地款待他，并且给钱托他代买钱纸银锭，不用说那钱纸银锭是烧给这位当阴差的先生了，这位阴差去后，母亲对我们总是表示不信任他的鬼话。有一天他又来到我们家里过阴，大张开嘴打了一个呵欠，直挺挺地倒在床上，口中喃喃说胡话，谁也听不清楚他说些什么，大概是酆都城的土话罢！是我气他不过，跑去约了同屋及近邻十多个孩子，从前后门奔进来，同声大喊某处失了火，这位阴差先生顿时停止了声响，急忙打了一个小小呵欠便回到阳间来了，闭着眼睛问道："这边有了火烛了罢？"我的母亲站在床边微笑地答道："是的！"他接着说："这可不错罢，我在那边就知道了。"我在旁边弯着腰，缩着颈脖子，用小手捂着嘴，几乎要大笑出来，母亲拿起鸡毛帚子将我赶走得很远，强忍着笑，骂道："你这班小鬼！"但她还是恭恭敬敬用酒肉款待这位阴差爹爹，并且送钱托他买钱纸银锭，这便是我母亲优容奸恶之又一事实。

有人称赞我疾恶如仇，有人批评我性情暴躁，其实我性情暴躁则有之，疾恶如仇则不尽然，在这方面，我和我的母亲同样缺乏严肃坚决的态度，有时简直是优容奸恶，因此误过多少大事，上过多少恶当，至今虽然深知之，还未必痛改之，其主要原因固然由于政治上之不严肃、不坚决，而母亲的性格之遗传，也有影响罢。

幸而我母亲崇重科举的思想，我始终没有受到影响。这件事我们当然不应该苛责前一辈的人，尤其是不曾受过新旧任何教育的妇人。

因为在那一时代的社会，科举不仅仅是一个虚荣，实已支配了全社会一般人的实际生活，有了功名才能做大官（那时捐班出身的官，人们还不大瞧得起，而且官也做不大，大官必须正途出身，洋博士那时还未发明），做大官才能发大财，发了财才能买田置地，做地主（那时存银行和做交易所生意，也还未发明），盖大屋（并非洋房），欺压乡农，荣宗耀祖；那时人家生了儿子，恭维他将来做刚白度（即买办）的，还只有上海十里洋场这一块小地方，其余普遍的吉利话，一概是进学、中举、会进士、点状元；婆婆看待媳妇之厚薄，全以儿子有无功名和功名大小为标准，丈夫有功名的，公婆便捧在头上，没有功名的连用人的气都得受；贫苦农民的儿子，举人、进士、状元不用说，连秀才的好梦都不敢做，用尽九牛二虎之力，供给儿子读几年书，好歹能写出百而八十字，已经算是才子，如果能够跟着先生进城过一次考，胡乱写几百字交了卷，那怕第一场就榜上无名，回家去也算得出人头地。穷凶极恶的地主们，对这一家佃户，便另眼看待，所以当时乡间有这样两句流行的谚语："去到考场放个屁，也替祖宗争口气。"农民的儿子如果考取了秀才，便是一步登天，也就是立了将来做土豪劣绅的基础，一生吃著不尽；所以无论城乡，屡考不中的人们，往往埋怨祖坟的风水不好，掘出尸骨来改葬，这便是那班圣人之徒扬名显亲的孝道；在这样的社会空气中，在人们尤其是妇女的头脑里面，科举当然是一件神圣事业了。

我的母亲虽然没有受过任何教育，当时传统的“忠孝节义”之通俗教育标语，她是知道的，我很感谢她从来不曾拿这些标语教育我们，她对于我们之教育，是考科举，起码也要中个举人，替父亲争气。当大哥考取了秀才时，母亲很高兴，而我却一则以喜，一则以惧，喜的是母亲高兴，惧的是学八股文章和应考的灾难，要临到我身上来了！

自从祖父死后，经过好几个塾师，我都大不满意，到了十二三岁时，由大哥教我读书，大哥知道我不喜欢八股文章，除温习经书外，新教我读《昭明文选》。初读时，我也有点头痛，后来渐渐读出味道来了，从此更加看不起八股文，这件事使我阿弥陀佛的大哥夹在中间很为难，一面受了母亲的严命，教我习八股，预备应考，一面他知道我不喜欢这一套。一直到光绪二十二年（一八九六），我已经十七岁了。在县考前一两个月，大哥实在再挨不过去了，才硬着头皮对我说：“考期已近了，你也得看看八股文章罢！”我当时一声不响。他知道我的脾气，不做声并非反对，而是承认。他高高兴兴地拿出合于小考格式的路德的文章为我讲解，我表面上是在听他的讲解，心里还是想着我的《昭明文选》，不久大哥也看出路德的文章太不合我的口味，于是再拿出金黄和袁枚的制艺给我看，我对于这几个人的文章虽然有点兴趣，而终于格格不入，他对于这位难说话的弟弟，实在无法可想，只好听其自然了。大哥虽然十分忠厚老实，我猜想他此时急则智生，必然向母亲做了一个虚伪的报告，说我如何如何用心学八股文，那是在这期间母亲喜悦的面容中可以看出的。像我那样的八股文程度，县考、府考自然名次都考得很低，到了院试，宗师（安徽语称学院为宗师）出的题目是什么“鱼鳖不可胜食也材木”的截搭题，我对于这样不通的题目，也就用不通的文章来对付，把“文选”上所有鸟兽草木的难字和《康熙字典》上荒谬的古文，不管三七二十一，牛头不对马嘴上文不接下文的填满了一篇皇皇大文，正在收拾考具要交卷，那位山东大个儿的李宗师亲自走过来收取我的卷子（那时我和别的几个人，因为是幼童和县、府试录取第一名，或是经古考取了提堂，在宗师案前面试，所以他很便当的亲自收取卷子，我并不是考幼童，县、府试也非第一名，一入场看见卷面上印了提堂字样，知道经古已经考取了，不用说这也是昭明太子帮的忙），他翻开我的卷子大约看了两三行，便说：“站住，别慌走！”我听了着实一吓，不知闯下了什么大祸。他略略看完了通篇，睁开大眼睛对我从头到脚看了一遍，问我十几岁，为啥不考幼童？我说童生今年十七岁了。他点点头说道:“年纪还轻，回家好好用功，好好用功。”我回家把文章稿子交给大哥看，大哥看完文稿，皱着眉头足足有个把钟头一声不响，在我，应考本来是敷衍母亲，算不得什么正经事，这时看见大哥那种失望的情形，却有点令我难受。谁也想不到我那篇不通的文章，竟蒙住了不通的大宗师，把我取了第一名，这件事使我更加一层鄙薄科举。捷报传来，母亲乐得几乎掉下眼泪。“眼皮子浅”这句批评，怀宁人自己也承认，人家倒了霉，亲友邻舍们，照例总是编排得比实际倒霉要超过几十倍;人家有点兴旺，他们也要附会得比实际超过几十倍。我们这一门姓陈的，在怀宁本是一个小户人家，绅士们向来是瞧不起的，全族中到我的父亲时才有一个秀才，叔父还中了举，现在看见我们弟兄又都是青年秀才，不但另眼相看，而且造出许多神话，说我们家的祖坟是如何如何好风水，说城外迎江寺的宝塔是陈家祖坟前一管笔，说我出世的前夜，我母亲做过什么什么梦，诸如此类，不一而足，他们真想不到我后来接二连三做了使他们吓破了胆的康党、乱党、共产党，而不是他们所想像的举人、进士、状元郎。最有趣的是几家富户，竟看中了我这没有父亲的穷孩子，争先恐后地托人向我母亲问我可曾定亲。这就是我母亲大乐而特乐的社会原因。母亲快乐，我自然很高兴;所害怕的，来年江南乡试的灾难，又要临到我身上来了!

赤色十月

瞿秋白

第三电力劳工工厂——旧时的奇纳摩工场。

十月革命的纪念。工厂中人集合无数，……晚会。劳动神圣的工人，他们所见所受已不少了；凶恶的哥萨克驱逐工人，风暴似的罢工运动，势不相敌的对垒争斗，今天却有多少人庆祝他们来，——十月革命，——职员，工人，家属，一群一群往工厂里去。

工厂管理人现在是乌哈诺夫，宣布开会，用简短的演说辞，略述十月时的经过，吊革命中之战死者，——大家都站立致敬，奏哀歌之后，一个一个陆续发表热烈的祝辞。

集会的人，看来人人都异常兴致勃发。无意之中，忽然见列宁立登演坛。全会场都拥挤簇动。几分钟间，好象是奇愕不胜，寂然一晌，后来突然万岁声，鼓掌声，震天动地。……

工人群众的眼光，万箭一心，都注射在列宁身上。大家用心尽力听着演说，一字不肯放过。列宁说时，用极明显的比喻，证明苏维埃政府之为劳动者自己的政府，在劳工群众之心中，这层意义一天比一天增胜，一天比一天明了：

"'拿着军器的人'向来是劳动群众心目中一可怕的东西；现在不但不觉他——赤军——可怕，而且还是自己的保护者。"

列宁末后几句话，埋在热烈的掌声中。

鼓掌声，万岁声，国际歌乐声，工厂的墙壁，都显得狭隘似的，——伟大的能力正生长。……

会完了。一大半到饭厅晚宴。有一群工人到工厂管理处去说："唔，谢谢你，乌哈诺夫同志，我们又见着了伟人了。”

赤色十月工厂中的庆祝晚会，确有无限盛意。

——十一月七日为彼得城无产阶级暴动的纪念日，适俄旧历十月二十五日，故称“十月革命”。

一九二〇年十一月八日

选自《赤都心史》，商务印书馆一九二四年六月版

一种云

瞿秋白

天总是皱着眉头，太阳光如果还射到地面上，那也总是稀微的淡薄的。至于月亮，那更不必说，他只是偶然露出半面。用他那惨淡的眼光看一看这罪孽的人间，这是寡妇孤儿的眼光，眼睛里含着总算还没有流干的眼泪。受过不只一次封禅大典的山岳，至少有大半截是上了天，只留下一点山脚给人看。黄河，长江……据说是中国文明的母亲，也不知道怎么变了心，对于他们的亲骨肉，都摆出一副冷酷的面孔。从春天到夏天，从秋天到冬天，这样一年年的过去，淫虐的雨，凄厉的风和肃杀的霜雪更番的来去，一点儿光明也没有。这样的漫漫长夜，已经二十年了。这都是一种云在作祟。那云是从什么地方来的？这是太平洋上的大风暴吹过来的，这是大西洋上的狂飙吹过来的。还有那模糊的血肉——榨床底下淌着的模糊的血肉蒸发出来的。那些会画符的人——会写借据，会写当票的人，就用这些符在呼召。那些吃泥土的土蜘蛛，——虽然死了也不过只要六尺土地藏他的贵体，可是活着总要吃这么一二百亩三四百亩的土地，——这些土蜘蛛就用屁股在吐着。那些肚里装着铁心肝钢肚肠的怪物，又竖起了一根根的烟囱在那里喷着。狂飙风暴吹来的，血肉蒸发的，呼召来的，吐出来的，喷出来的，都是这种云。这是战云。

难怪总是漫漫的长夜了！

什么时候才黎明呢？

看那刚刚发现的虹。祈祷是没有用的了。只有自己去做雷公公电闪娘娘。那虹发现的地方，已经有了小小的雷电，打开了层层的乌云，让太阳重新照到紫铜色的脸。如果是惊天动地的霹雳，那才拨得满天的愁云惨雾。这可只有自己做了雷公公电闪娘娘才办得到。要使小小的雷电变成惊天动地的霹雳！

选自《北斗》第一卷第二期《笑峰乱弹》1931年10月20日

谈马克思列宁主义在中国的胜利

陈望道

从我译《共产党宣言》这件事就可以从侧面看到党当时的斗争多么艰苦。我在“五四”那一年被浙江第一师范学校邀去教中国语文课，和夏丏尊、刘大白、李次九三人一起提倡白话文，搞新文化运动，不久就有人把我们四人称为“四大金刚”。教不到四五个月，学校就被查办了。查办的“罪名”：说我们四人提倡“非孝、废孔、公妻”“共产”。非孝是因为我们有一个学生写了一篇题为“非孝”的文章；“废孔”是因为我们主张孔子诞辰不休假；“公妻”“共产”则是反动派为了加重我们罪名加上来的两顶帽子，有时还在“公妻、共产”等字样上再加上“洪水猛兽”等字样，以示他们对新文化的切齿痛恨。他们要校长辞退我们。当时浙师校长经亨颐不肯辞退我们。反动派就又下令撤换校长。学生关起校门，不让老校长离校，不准新校长进来。反动派就又派了大批军警包围学校，准备驱逐学生出校。这样层层进逼，风潮也就步步扩激起了杭州各校师生的群起支援，也激起了其他城市，特别是北京、上海两大城市师生的群起支援，北京大学、复旦大学都纷纷来电声援，表示“誓为后盾”，终于使这次查办以所谓收回成命告终，而我们四个人也终于被逼不能再在杭州任教，只好“自动离职”。

这次查办斗争使我更加认识所谓除旧布新并不是不推自倒、不招自来的轻而易举的事情。我也就在这次事件的锻炼和启发之下，在事件结束之后，回到我的故乡浙江义乌分水塘村去，进修马克思主义，并且试译《共产党宣言》。

1920年春，上海复旦大学邀我来教书，当时上海正在组织马克思主义研究会，也就是现在大家说的共产主义小组。我就把《共产党宣言》交给研究会出版。在1920年至1927年间，印刷和销行是很广的，印过好多本子。

1927年“四一二”蒋介石叛变后，“《共产党宣言》译者”却就成为我的帽子。每逢要登什么造谣新闻时，冒头总是“《共产党宣言》译者”陈望道如何如何。有一个造谣小报《社会新闻》，记者的反动技巧，颇为高明，常常调查人所易见的特点，如抽什么香烟、穿什么衣服之类，而加以他们的编造的谣言，使人信以为真。记得说到我时，常以穿一件破大衣作为特征，造了很多谣言。有一年，方光焘同志在安徽大学教“普罗文学”，由于环境关系，教不下去了，要我去接替他。《社会新闻》就马上刊出一则消息：“共产党宣言译者陈望道最近拟定赤化安大计划如何如何，已于某月某日走马上任矣。”并把这份报寄给安大的校长、院长、系主任各分。我到安大，“新闻”已经先我而到。我问他们怕不怕，怕，我就走。他们说不怕，我就没有走。但是以后就常常有军人来听课，又常常有人在后面跟，像女人被跟梢一样，回头一看，他就擦洋火，装作抽香烟，摆出一副不相干的样子。我只是在党的领导下做一些文教战线的工作，如与朋友办平民女学、办上海大学、中华艺术大学等等——上海大学是党办的干部学校，我以教务长名义在校负责——比起政治、军事来，至多是第三战线，他们的迫害尚且如此无时或息，党进行革命工作如何艰苦可想而知。我四十多年来在文化教育界如果也算做过一些有益于人民的工作的话，那完全应归功于党。过去我常常讲，我做工作如有“神”助，所谓“神”就是党，就是艰苦卓绝领导中国人民进行革命斗争的伟大、光荣、正确的中国共产党。

在反动统治之下，马克思主义书籍是“禁书”。反动派常把读马克思主义的书和所谓“公妻”“共产”“洪水猛兽”牵连在一起，想以此来扼杀马克思主义。但马克思主义是真理。真理总是不胫而走的，正如苏联影片《母亲》中一个人说的，真理在无声地前进，没有办法阻挡马克思主义的发展和胜利。党的伟大、光荣、正确的40年就是马克思主义真理无坚不摧必然得胜的有力证明。

马克思主义是在“五四”前后传入我国的。“五四”初期，一般人多以新旧分别事物。当时曾经有人把一切我国古来已有的不分好坏一概称之为旧，一切我国古来未有或者是来自外国的一概称之为新。于是无政府主义、工团主义以及其他一切等等乱七八糟的东西，就都涌进来了。但是不久就有很多人接受了马克思主义的影响，对于新旧逐渐有所辨别：对于所谓旧的，不一定都可以加以否定；对于所谓新的，也不一定都可以加以肯定。于是对一切“五四”以后以“新”为名的新什么新什么的刊物或主张，不久就有了更高的判别的准绳，也就有了更精的辨别，不再浑称为新、浑称为旧了。这更高的辨别的准绳，便是马克思主义。有了马克思主义，便有了正确的立场、观点和方法，对于古今、中外能够排好恰当的关系；能够站在中国的今天，伸一只手向古代要东西，伸一只手向外国要东西，并不一概排斥，但也并不一概滥要，而不致像一些迷信封建主义文化或迷信帝国主义文化的人那样，搞外国东西便倒在外国，搞古代东西便倒在古代。

马克思主义是一个无所不包的完整的思想体系。在学术工作方面，无论社会科学、自然科学，要真正做出成绩，都要以马克思主义、毛泽东思想为指导。没有什么例外，也都不能直抄。现在有些人对毛主席著作不够严肃，有的随便抄，甚至抄错了，有的有庸俗化倾向。我们觉得应该切实领会毛泽东思想的精神实质，努力做到虽不引毛主席一句话，也处处能够体现毛主席思想，以毛主席思想来指导我们的科学研究和其他一切工作。

此文是陈望道1961年7月在民盟中央庆祝中国共产党成立40周年座谈会上发言的节选。

致妻子陆静华

张太雷

我此次离家远游并没有什么，你们也不必对于我有所牵挂。我觉得现在我做事，总不能说可以长久。今天不知明天如何。这样心境不能安定，心境不安定是如何痛苦呵！我想最好能自己独立生活，不要人家操纵我的生活。所以我立志到外国去求一点高深学问，谋自己独立的生活。

我先前本也有做官发财的心念，所以我想等明年去考高等文官考试；但是我现在觉悟：富贵是一种害人的东西。做了官，发了财，难保我的道德不坏。常常在官场中混，与那些不好的人在一起，嫖赌娶妾的事情或不能免。倘若是这样了，非特我的身体、道德要坏，恐怕家里要受莫大的苦处，你也看见多少做官的发财的人们多嫖赌娶妾。倘若我做了官，发了财，我自己也不能保不像他们一样做坏事。惟有求得高深的学问，既可以自己独立谋生，不要依靠他人，这样就用不着恐惧失去饭碗，心境自然也就安定，心境安定是寿长的最要紧的事，又可以保持我清洁的身体，高尚的道德；不至于像那些做官的发财人一样嫖赌娶妾做坏事。我觉悟着做官发财替（与）福气是完全相反背的；因为做官发财的总是嫖赌娶妾的。就是不嫖、不赌、不妾，他们的心境亦决不会安定的，因为做了知县想做知府，赚了二百块一月，又想三百，他们的欲望决不会满足，欲望多的人决不会长寿和安乐的。所以我说做官发财决不是福气。真正的福气是心广体胖；心广体胖一定要心中无所忧虑，要不嫖不赌不娶妾。但是一个人要心中无所忧虑，先须得生计独立，就是说做事不要靠人家引荐，要人家来请，即使人家不来请亦能有饭吃。这样，只有有了高深学问才能够。一个人有了钱要不嫖不赌不娶妾是一件很难的事，因为这种不是能够用人力禁止的，必须使他能有别种快乐之事去代替这种坏的快乐事体，求学问是一种最快乐的事。在有学问的人看，那嫖赌等多是痛苦而不是快乐，所以他们决不会去做那种事的。你看见多少真正读书的人（如你爹爹）多是这样。所以我决计外国去游学求一点学问，将来可以享真正幸福。你也可以享真正的幸福，母亲也享真正幸福。但是我们现在不能不尝一点暂时离别的苦，去换那种幸福。你情愿不情愿？我想你是一个明白人，一定是情愿的，并且赞成的。

至于家中过日（子）的问题，我于前两次的信中已经说过了。凡遇有金钱紧急的时候，尽可写信与北京彰仪门大街通才商业学校吴炳文及吉林哈尔滨道里特别地方审判厅张照德。他们是我的好朋友，他们允许帮助我。荟甄四叔处已有两封信去了，母亲尽可向他要，因为这些款虽然是他家给我们的，但是我们要知道铜钱是天下共有的，不必客气。就是要不着，我始终设法使你们够用。因为这款只有现在可以借口问他要。家中用途不宜过省，每月用三十元却好。母亲年老亦应当吃好一点，穿好一点。你可劝母亲说不要过省。不然我在外如何安心呢？决计不要忧没有钱，吴南如等一定可以替你们想法子。如若再没有法子的时候，我也可以回来的，不过白走一趟罢了。

你可以趁这个时期中用一点功。你一定要进学堂的，所费亦不算多。你第一要选择你擅长的功课，学习了可以使你独立。我想你学刺绣及图画一定是好的。刺绣要学那新式的刺绣，如绣花卉人物山水之类。图画学了是最有乐趣的，再者图画与刺绣是有极大关系的。因为刺绣配颜色等一定要会图画的人才会配得好。我想你于这两种课都是很擅长的，并且很欢喜的。这两样东西很有用处。你学好了这两样，你很可以自立了；那时你是一个独立的女子了。比较那种女子只做男子的附属品，要荣耀得多呵。你可以寻先生学习这两种功课。我想常州女学堂里一定有好先生。你不要怕费钱。要钱你可以对吴南如、张昭德写信要。我现在正找报馆里的通信员之事，倘若找着了又可以有每月四五十元的进款，所以你们决计不要愁钱。

除掉学习刺绣图画之外，你还要学一点普通常识，尤其对于如何教育子女，是要研究的。历史地理理科，是你应当懂一点的，国文只要多读新的白话文，可以多看小说如《水浒》《西游记》《红楼梦》，等等。还要多看杂志与报纸，如《妇女杂志》《小说月报》，常州局前街新群书社多有卖。同吴家大媳妇进学堂亦是很好，只不知那个学堂里刺绣图画好不好？你不要把我的话忘记了，我希望我回来的时候，我学得很好，你也学得很好，那时我们多快活呵，那时我们大家应互相庆祝了。我希望能如此！

我们现在离开是暂时的，是要想谋将来永远幸福，所以你我不必以为是一件可忧的事。我们应该在这时期中大家努力做，寻我们将来永远的幸福，这是一件何等快乐的事呵。我并没有一点忧愁，因为我有这个目的在心中，我希望你也能有同样的心思，一点不忧愁，只用心照我告诉你的用功去。母亲是很能看得开的，你再拿我这一番话说与母亲听，她老人家一定能不牵挂我的。你必要照我告诉你的做，我在外心才能安。我很感激你。我发誓我决不负你。你在家安心供养母亲，教育细苹，自己照我的话用功。

我一路有信给你，到俄国后我时常有信来，不要忧愁。家里有什么要紧事可写信给吴南如、金宸等。

快要动身。

可爱的中国（节选）

方志敏

朋友！中国是生育我们的母亲。你们觉得这位母亲可爱吗？我想你们是和我一样的见解，都觉得这位母亲是蛮可爱蛮可爱的。以言气候，中国处于温带，不十分热，也不十分冷，好像我们母亲的体温，不高不低，最适宜于孩儿们的偎依。以言国土，中国土地广大，纵横万数千里，好像我们的母亲是一个身体魁大、胸宽背阔的妇人，不像日本姑娘那样苗条瘦小。中国许多有名的崇山大岭，长江巨河，以及大小湖泊，岂不象征着我们母亲丰满坚实的肥肤上之健美的肉纹和肉窝？中国土地的生产力是无限的；地底蕴藏着未开发的宝藏也是无限的；废置而未曾利用起来的天然力，更是无限的，这又岂不象征着我们的母亲，保有着无穷的乳汁，无穷的力量，以养育她四万万的孩儿？我想世界上再没有比她养得更多的孩子的母亲吧。至于说到中国天然风景的美丽，我可以说，不但是雄巍的峨嵋，妩媚的西湖，幽雅的雁荡，与夫“秀丽甲天下”的桂林山水，可以傲睨一世，令人称羡；其实中国是无地不美，到处皆景，自城市以至乡村，一山一水，一丘一壑，只要稍加修饰和培植，都可以成流连难舍的胜景；这好像我们的母亲，她是一个天姿玉质的美人，她的身体的每一部分，都有令人爱慕之美。中国海岸线之长而且弯曲，照现代艺术家说来，这象征我们母亲富有曲线美吧。咳！母亲！美丽的母亲，可爱的母亲，只因你受着人家的压榨和剥削，弄成贫穷已极；不但不能买一件新的好看的衣服，把你自己装饰起来；甚至不能买块香皂将你全身洗擦洗擦，以致现出怪难看的一种憔悴褴褛和污秽不洁的形容来！啊！我们的母亲太可怜了，一个天生的丽人，现在却变成叫花的婆子！站在欧洲、美洲各位华贵的太太面前，固然是深愧不如，就是站在那日本小姑娘面前，也自惭形秽得很呢！

听着！朋友！母亲躲到一边去哭泣了，哭得伤心得很呀！她似乎在骂着：“难道我四万万的孩子，都是白生了吗？难道他们真像着了魔的狮子，一天到晚地睡着不醒吗？难道他们不知道自己伟大的团结力量，去与残害母亲、剥削母亲的敌人斗争吗？难道他们不想将母亲从敌人手里救出来，把母亲也装饰起来，成为世界上一个最出色、最美丽、最令人尊敬的母亲吗？”朋友，听到没有母亲哀痛的哭骂？是的，是的，母亲骂得对，十分对！我们不能怪母亲好哭，只怪得我们之中出了败类，自己压制自己，眼睁睁地望着我们这位挺慈祥美丽的母亲，受着许多无谓的屈辱，和残暴的蹂躏！这真是我们做孩子们的不是了，简直连一位母亲都爱护不住了！

朋友，看呀！看呀！那名叫“帝国主义”的恶魔的面貌是多么难看呀！在中国许多神怪小说上，也寻不出一个妖精鬼怪的面貌，会有这些恶魔那样的狞恶可怕！满脸满身都是毛，好像他们并不是人，而是人类中会吃人的猩猩！他们的血口，张开起来，好似无底的深洞，几千几万几千万的人类，都会被它吞下去！他们的牙齿，尤其是那伸出口外的獠牙，十分锐利，发出可怕的白光！他们的手，不，不是手呀，而是僵硬硬的铁爪！那么难看的恶魔，那么狰狞可怕的恶魔！一,二,三,四,五，朋友，五个可怕的恶魔，正在包围着我们的母亲呀！朋友，看呀，看到了没有？呸！那些恶魔将母亲搂住呢！用他们的血口，去亲她的嘴，她的脸，用他们的铁爪，去抓破她的乳头，她的可爱的肥肤！呀，看呀！那个戴着粉白的假面具的恶魔，在做什么？他弯身伏在母亲的胸前，用一支锐利的金管子，刺进，呀！刺进母亲的心口，他的血口，套到这金管子上，拼命地吸母亲的血液！母亲多么痛呵，痛得嘴唇都成白色了。噫，其他的恶魔也照样做吗？看！他们都拿出各种金的、铁的或橡皮的管子，套住在母亲身上被他们铁爪抓破流血的地方，都拼命吸起血液来了！母亲，你有多少血液，不要一下子就被他们吸干了吗？

嗄！那矮矮的恶魔，拿出一把屠刀来了！做什么？呸！恶魔！你敢割我们母亲的肉？你想杀死她？咳哟！不好了！一刀！啪的一刀！好大胆的恶魔，居然向我们的母亲的左肩上砍下去！母亲的左臂，连着耳朵到颈，直到胸膛，都被砍下来了！砍下了身体的那么一大块——五分之一的那么一大块！母亲的血在涌流出来，她不能哭出声来，她的嘴唇只是在那里一张一张地动，她的眼泪和血在竞着涌流！朋友们！兄弟们！救救母亲呀！母亲快要死去了！

啊！那矮的恶魔怎么那样凶恶，竟将母亲那么一大块身体，就一口生吞下去，还在那里眈眈地望着，像一只恶虎向着驯羊一样地望着！恶魔！你还想砍，还想割，还想把我们的母亲整个吞下去？！兄弟们！无论如何不能与它干休！它砍下而且生吞下去母亲那么一大块身体！母亲现在还像一个人吗，缺了五分之一的身体？美丽的母亲，变成一个血迹模糊肢体残缺的人了。兄弟们，无论如何，不能与它干休，大家冲上去，捉住那只恶魔，用铁拳痛痛地捶它，捶得它张开口来，吐出那块被生吞下去的母亲身体，才算，决不能让它在恶魔的肚子里消化了去，成了它的滋养料！我们一定要回来一个完整的母亲，绝对不能让她的肢体残缺呀！

呸！那是什么人？他们也是中国人，也是母亲的孩子？那么为什么去帮助恶魔来杀害自己的母亲呢？你们看！他们在恶魔持刀向母亲身上砍的时候，很快地就把砍下来的那块身体，双手捧到恶魔血口中去！他们用手拍拍恶魔的喉咙，使它快吞下去；现在又用手去摸摸恶魔的肚皮，增进它的胃之消化力，好让快点消化下去。他们都是所谓高贵的华人，怎样会那么恭顺地秉承恶魔的意旨行事？委曲求欢，丑态百出！可耻，可耻！傀儡，卖国贼！狗彘不食的东西！狗彘不食的东西！你们帮助恶魔来杀害自己的母亲，来杀害自己的兄弟，到底会得到什么好处？！我想你们这些无耻的人们呵！你们当傀儡、当汉奸、当走狗的代价，至多只能伏在恶魔的肛门边或小便上，去吸取它把母亲的肉，母亲的血消化完了排泄出来的一点粪渣和尿滴！那是多么可鄙弃的人生呵！

朋友，看！其余的恶魔，也都拔出刀来，馋涎欲滴地望着母亲的身体，难道也像矮的恶魔一样来分割母亲吗？啊！不得了，他们如果都来操刀而割，母亲还能活命吗？她还不会立即死去吗？那时，我们不要变成了无母亲的孩子吗？咳！亡了母亲的孩子，不是到处更受人欺负和侮辱吗？朋友们，兄弟们，赶快起来，救救母亲呀！无论如何，不能让母亲死亡的呵！

朋友，你们以为我在说梦呓吗？不是的，不是的，我在呼喊着大家去救母亲呵！再迟些时，她就要死去了。

朋友，从崩溃毁灭中，救出中国来，从帝国主义恶魔生吞活剥下，救出我们垂死的母亲来，这是刻不容缓的了。但是，到底怎样去救呢？是不是由我们同胞中，选出几个最会做文章的人，写上一篇十分娓娓动听的文告或书信，去劝告那些恶魔停止侵略呢？还是挑选几个最会演说、最长于外交辞令的人，去向他们游说，说动他们的良心，自动地放下屠刀不再宰割中国呢？抑或挑选一些顶善哭泣的人，组成哭泣团，到他们面前去，长跪不起，哭个七日七夜，哭动他们的慈心，从中国撤手回去呢？再或者……我想不讲了，这些都不会丝毫有效的。哀求帝国主义不侵略和灭亡中国，那岂不等于哀求老虎不吃肉？那是再可笑也没有了。我想，欲求中国民族的独立解放，决不是哀告、跪求哭泣所能济事，而是唤起全国民众起来斗争，都手执武器，去与帝国主义进行神圣的民族革命战争，将他们打出中国去，这才是中国惟一的出路，也是我们救母亲的惟一方法，朋友，你们说对不对呢？

因为中国对外战争的几次失利，真像倒霉的人一样，弄得自己不相信自己起来了。有些人简直没有一点民族自信心，认为中国是沉沦于万丈之深渊，永不能自拔，在帝国主义面前，中国渺小到像一个初出世的婴孩！我在三个月前，就会到一位先生，他的身体瘦弱，皮肤白皙，头上的发梳得很光亮，态度文雅。他大概是在军队中任个秘书之职，似乎是一个伤心国事的人。他特地来与我做了下列的谈话：

他："咳！中国真是危急极了！"

我："是的，危急已极，再如此下去，难免要亡国了。"

"唔，亡国，是的，中国迟早是要亡掉的。中国不会有办法，我想是无办法的。"他摇头地说，表示十分丧气的样子。

"先生为什么说出这样的话来？哪里就会无办法。"我诘问他。

"中国无力量呀！你想帝国主义多么厉害呵！几百几千架飞机，炸弹和人一样高；还有毒瓦斯，一放起来，无论多少人，都要死光。你想中国拿什么东西去抵抗它？"他说时，现出恐惧的样子。

"帝国主义固然厉害，但全中国民众团结起来的斗争力量也是不可侮的啦！并且，还有……"我尚未说完，他就抢着说：

"不行不行，民众的力量，抵不住帝国主义的飞机大炮，中国不行，无办法，无办法的啦。"

"那照先生所说，我们只有坐在这里等着做亡国奴了！你不觉得那是可耻的懦夫思想吗？"我实在忍不住，有点气愤了。他睁大眼睛，呆望着我，很难为情地不作答声。

这位先生，很可怜地代表一部分鄙怯人们的思想，他们只看到帝国主义的飞机大炮，忘却自己民族伟大的斗争力量。照他的思想，中国似乎是命注定的要走印度、朝鲜的道路了，那还了得？！

中国真是无力自救吗？我绝不是那样想的，我认为中国是有自救的力量的。最近十几年来中国民族，不是表示过它的斗争力量之不可侮吗？弥漫全国的"五卅"运动，是着实地教训了帝国主义，中国人也是人，不是猪和狗，不是可以随便屠杀的。省港罢工，在当时革命政权扶助之下，使香港变成了臭港，就是最老牌的帝国主义，也要屈服下来。以后北伐军到了湖北和江西，汉口和九江的租界，不是由我们自动收回了吗？在那时帝国主义在中国的威权，不是一落千丈吗？朋友，我现在又要来讲个故事了。就在北伐军到江西的时候，我在江西做工作，因有事去汉口，在九江又搭上一只J国轮船，而且十分凑巧，这只轮船，就是我那次由上海回来所搭乘的轮船。使我十分奇怪的，就是轮船上下管事人对乘客们的态度，显然是两样的了——从前是蛮横无理，现在是和气多了。我走到货舱去看一下，货舱依然是装满了粮包，但粮包上没有蹲着什么人。再走到统舱去看看，只见两边走廊的甲板上，躺着好几十个人。有些像是做工的，多数是像从乡间来的，有一位茶房正在开饭给他们吃呢。我为了好奇心，走到那茶房面前向他打了一个招呼，与他谈话：

我：“请问，这些人都是买了票吗？”

茶房：“他们那里买票，都是些穷人。”

我：“不买票也可以坐船吗？”

茶房：“马马虎虎地过去，不买票的人多呢！你看统舱里那些士兵，那个买了票的？”他用手向统舱里一指，我随着他指的方向望去，果就看见有十几个革命军兵士，围在一个茶房的木箱四旁，箱盖上摆着花生米、皮蛋、酱豆干等下酒菜，几个洋瓷碗盛着酒，大家正在高兴地喝酒谈话呢。

我：“他们真都没有买票吗？”

茶房：“那里还会假的，北伐军一到汉口，他们就坐船不买票了。”

“从前的时候，不买票也行坐船吗？”我故意地问。

茶房：“那还了得，从前不买票，不但打得要命，还要抛到江里去！”

“抛到江里去？那岂不是要浸死人吃人命？”我又故意地问。

茶房笑说：“不是真抛到江里去浸死，而是将他吊一吊，吓一吓。不过这一吊也是一碗辣椒汤，不好尝的。”

我：“那么现在你们的船老板，为什么不那样做呢？”

茶房：“现在不敢那样做了，革命势力大了。”

我：“我不懂那是怎样说的，请说清楚！”

茶房：“那还不清楚吗？打了或吊了中国人，激动了公愤，工人罢下工来，他的轮船就会停住走不动了。那损失不比几个人不买票的损失更大吗？”

我：“依你所说，那外国人也有点怕中国人了？”

茶房：“不能说怕，也不能说不怕，唔，照近来情形看，似乎有点怕中国人了。哈哈！”茶房笑起来了。

我与他再点点头道别，我暗自欢喜地走进来。我心里想，今天可惜不遇着那肥大头，如遇着，至少也要奚落他几句。

我走到官舱的饭厅上去看看，四壁上除挂了一些字画外，却挂了一块木板布告。布告上的字很大，远处都可以看清楚。

第　　号

国民革命军总司令布告

为布告事。照得近来有车人及民众搭乘外国轮船不买票，实属非是！

特出布告，仰该军民人等，以后搭乘轮船，均须照章买票，不得有违！

切切此布。

啊啊，外国轮船，也有挂中国布告之一天，在中国民众与兵、工奋斗之下，藤条、竹片和绳子，也都失去从前的威力了。

朋友，不幸得很，从此以后，中国又走上了厄运，环境又一天天地恶劣起来了。经过“五卅”的济南惨案，直到“九一八”，日本帝国主义公然出兵占领了中国东北四省，就是我在上面所说那矮的恶魔，一刀砍下并生吞下我们母亲五分之一的身体。这是由于中国民族革命运动，受了挫折，对于中国进攻采取了“不抵抗主义”，没有积极唤起国人自救所致！但是，朋友，接着这一不幸的事件而起的，却来了全国汹涌的抗日救国运动，东北四省前仆后继的义勇军的抗战，以及“一·二八”有名的上海战争。这些是给了骄横一世的日本军阀一个严重的教训，并在全世界人类面前宣告，中国的人民和兵士，不是生番，不是野人，而是有爱国心的，而是能够战斗的，能够为保卫中国而牺牲的。谁要想将有四千年历史与四万万人口的中国民族吞噬下去，我们是会与他们拼命战斗到最后的一人！

朋友，虽然在我们之中，有汉奸，有傀儡，有卖国贼，他们认仇作父，为虎作伥；但他们那班可耻的人，终竟是少数，他们已经受到国人的抨击和唾弃，而渐趋于可鄙的结局。大多数的中国人，有良心有民族热情的中国人，仍然是热心爱护自己的国家的。现在不是有成千成万的人在那里决死战斗吗？他们决不让中国被帝国主义所灭亡，决不让自己和子孙们做亡国奴。朋友，我相信中国民族必能从战斗中获救，这岂是我们的自欺自誉吗？

不错，目前的中国，固然是江山破碎，国弊民穷，但谁能断言，中国没有一个光明的前途呢？不，决不会的，我们相信，中国一定有个可赞美的光明前途。中国民族在很早以前，就造起了一座万里长城和开凿了几千里的运河，这就证明中国民族伟大无比的创造力！中国在战斗之中一旦斩去了帝国主义的锁链，肃清自己阵线内的汉奸卖国贼，得到了自由与解放，这种创造力，将会无限地发挥出来。到那时，中国的面貌将会被我们改造一新。所有贫穷和灾荒，混乱和仇杀，饥饿和寒冷，疾病和瘟疫，迷信和愚昧，以及那慢性的杀灭中国民族的鸦片毒物，这些等等都是帝国主义带给我们可憎的赠品，将来也要随着帝国主义的赶走而离去中国了。朋友，我相信，到那时，到处都是活跃的创造，到处都是日新月异的进步，欢歌将代替了悲叹，笑脸将代替了哭脸，富裕将代替了贫穷，康健将代替了疾苦，智慧将代替了愚昧，友爱将代替了仇杀，生之快乐将代替了死之悲哀，明媚的花园，将代替了凄凉的荒地！这时，我们民族就可以无愧色地立在人类的面前，而生育我们的母亲，也会最美丽地装饰起来，与世界上各位母亲平等地携手了。

这么光荣的一天，决不在辽远的将来，而在很近的将来，我们可以这样相信的，朋友！

朋友，我的话说得太噜苏厌听了吧！好，我只说下面几句了。我老实地告诉你们，我爱护中国之热诚，还是如小学生时代一样的真诚无伪；我要打倒帝国主义为中国民族解放之心还是火一般的炽烈。不过，现在我是一个待决之囚呀！我没有机会为中国民族尽力了，我今日写这封信，是我为民族热情所感，用文字来作一次为垂危的中国的呼喊，虽然我的呼喊，声音十分微弱，有如一只将死之鸟的哀鸣。

啊！我虽然不能实际地为中国奋斗，为中国民族奋斗，但我的心总是日夜祷祝着中国民族在帝国主义羁绊之下解放出来之早日成功！假如我还能生存，那我生存一天就要为中国呼喊一天；假如我不能生存——死了，我流血的地方，或者我瘗骨的地方，或许会长出一朵可爱的花来，这朵花你们就看作是我的精诚的寄托吧！在微风的吹拂中，如果那朵花是上下点头，那就可视为我对于为中国民族解放奋斗的爱国志士们在致以热诚的敬礼；如果那朵花是左右摇摆，那就可视为我在提劲儿唱着革命之歌，鼓励战士们前进啦！

亲爱的朋友们，不要悲观，不要畏馁，要奋斗！要持久地艰苦地奋斗！把各人所有的智慧才能，都提供于民族的拯救吧！无论如何，我们决不能让伟大的可爱的中国，灭亡于帝国主义的肮脏的手里！

你们挚诚的祥松

五月二日写于囚室

清贫

方志敏

我从事革命斗争，已经十余年了。在这长期的奋斗中，我一向是过着朴素的生活，从没有奢侈过。经手的款项，总在数百万元；但为革命而筹集的金钱，是一点一滴地用之于革命事业。这在国方（指国民党方面——编者注）的伟人们看来，颇似奇迹，或认为夸张；而矜持不苟，舍己为公，却是每个共产党员具备的美德。所以，如果有人问我身边有没有一些积蓄，那我可以告诉你一桩趣事：

就在我被俘的那一天——一个最不幸的日子，有两个国方兵士，在树林中发现了我，而且猜到我是什么人的时候，他们满肚子热望在我身上搜出一千或八百大洋，或者搜出一些金镯金戒指一类的东西，发个意外之财。哪知道从我上身摸到下身，从袄领捏到袜底，除了一只时表和一支自来水笔之外，一个铜板都没有搜出。他们于是激怒起来了，猜疑我是把钱藏在哪里，不肯拿出来。他们之中有一个，左手拿着一个木柄榴弹，右手拉出榴弹中的引线，双脚拉开一步，做出要抛掷的姿势，用凶恶的眼光盯住我，威吓地吼道：

“赶快将钱拿出来，不然就是一炸弹，把你炸死去！”

“哼！你不要做出那难看的样子来吧！我确实一个铜板都没有存；想从我这里发洋财，是想错了。”我微笑着淡淡地说。

“你骗谁！像你当大官的人会没有钱！”拿榴弹的兵士坚不相信。

“决不会没有钱的，一定是藏在哪里，我是老出门的，骗不得我。”另一个兵士一面说，一面弓着背重来一次将我的衣角裤裆过细地捏，总企望着有新的发现。

“你们要相信我的话，不要瞎忙吧！我不比你们国民党当官，个个都有钱，我今天确实是一个铜板也没有，我们革命不是为着发财啦！”我再向他们解释。

等他们确知在我身上搜不出什么的时候，也就停手不搜了；又在我藏躲地方的周围，低头注目搜寻了一番，也毫无所得，他们是多么的失望呵！那个持弹欲放的兵士，也将拉着的引线，仍旧塞进榴弹的木柄里，转过来抢夺我的表和水笔。后彼此说定表和笔卖出钱来平分，才算无话。他们用怀疑而又惊异的目光，对我自上而下地望了几遍，就同声命令地说：“走吧！”

是不是还要问问我家里有没有一些财产？请等一下，让我想一想，啊，记起来了，有的有的，但不算多。去年暑天我穿的几套旧的汗褂裤，与几双缝上底的线袜，已交给我的妻放在深山坞里保藏着——怕国军进攻时，被人抢了去，准备今年暑天拿出来再穿；那些就算是我唯一的财产了。但我说出那几件“传世宝”来，岂不要叫那些富翁们齿冷三天？！

清贫、洁白朴素的生活，正是我们革命者能够战胜许多困难的地方！

一九三五年五月二十六日写于囚室

选自《20世纪军旅散文集锦》，解放军出版社2001年版

囚语

叶　挺

“自古艰难惟一死，伤心岂独息夫人。”吴梅村[①]感恸深矣，戏拟四句不协律的诗：

不辞艰难那辞死，
生死原来相游戏。
只问此心无愧怍，
赤条条来光棍逝。

至友任光，为中国音乐名家，《渔光曲》《王老五》等均其杰作。随我至军中后，新作甚多，别有风格，对群众心理及大众化问题均深切明朗，军中均以“王老五”呼之。此次率其新爱伴随余行军，备受危苦。十日晨在高坦乡，正值激战中，教导队奉我令加入前线作战。我作简短演说后，群情激动。任君即指挥唱其新歌《东进曲》(应为《别了，三年皖南》)，与四周机关枪及手榴弹声溶(融)成最伟大战斗交响曲。及是夜，全军转移至拾锦坑[石井坑]，沿途数遭机关枪扫射。任君夫妇在余后被截击，落荒逃至一民家。翌日(十一日)晨，余知之，使人觅之归。观其狼狈困惫之状，深恸民族天才随余受难，惭感无已。及十二日，终日重围苦战中，情况万分紧张，余忙迫无暇关照其夫妇。入夜，

---

① 此处叶挺回忆有误。“自古艰难惟一死，伤心岂独息夫人。”出自邓汉仪(1617—1689)诗作《题息夫人庙》，原诗为“千古艰难惟一死，伤心岂独息夫人。”

四面燎火漫烧，曳光弹如萤箭四面飞来，侧后方阵线已为击破，余等已不得不移动。见余侧数尺伏卧人堆中，勿［忽］有二人辗转地上，在激战声中不能闻其哀号。有人高呼："'王老五'受伤了！"余近视之，知其重伤在腹部。时萤箭蝗飞，余心痗如割，无语足以慰之，无法足以助之。及后闻战士言，"王老五"老婆亦受伤了。任君夫妇当作同命鸳鸯矣，悲乎！愿后世有音乐家为我作一哀歌以吊之。

余素无非分之想，绝非事业野心家也，但三次被叛逆之罪，七次一败涂地，落荒逃生。民（国）十一（年）与薛伯陵、张向华同任孙大元帅府警卫团营长。六月间，陈炯明以二师之兵围攻总统府，余与伯陵两营人守御之。激战一日夜，当攻破之际，余与伯陵偕同向前门逃出。乱兵拥入，余一手散五万元钞票于地，乱兵争拾取，余辈乘机挤出。在街上，复前后受机枪扫射，余二人逃散。余走数街，为乱兵追逐入一穷巷，一洗衣妇助我，取一梯登瓦上，走数十栋，始入一印刷店，为一老妇所收容。事后，为陈炯明视为叛逆而通缉。此一次也。兵败之后，不数日，余偕伯陵潜乘轮至黄浦［埔］，登总理及委座所指挥之"楚豫"舰后突入白鹅潭。及许汝为兵败韶关之讯到，总理偕委座及陈策登英舰"武汉"号赴香港，余与林植勉、李南溟攀龙无术，并遵总理嘱咐留舰上。去年斩头的欧阳格密与陈炯明方商议投降条件，乃监视余三人，拟缚献陈炯明以邀功。幸得水兵之助，逃至沙面，得一英人护送至航香港之轮船，始脱险。此二次也。至香港不数日，复奉孙（总）理之命，偕伯陵由广州湾潜至高州山中，协同电白县长谢晋臣编集绿林豪杰约千人，举兵抗陈炯明。约二月，事败，复逃至香港。此三次也。民（国）十六（年），清党事起，南昌举兵，至汕头，一败涂地。与周恩来、聂云［荣］臻潜伏乡间约一月，乃易服乘渔舟逃至香港。此四次也。是年冬间，广州之变起，历三日极之艰危，事败。余易服偕吾妹作难民逃至香港，几为香港警察所扣留。此五次也。后三日，复潜逃至日本东京，屡受警察所追查，仅留一月，不得不再行潜逃。在敦贺赴海参崴轮上，为便衣侦探盘问四分钟，几为所扣。此六次也。此次皖南惨变之事，余不得不负其责任。担任军长三年来，实非所愿。三上辞呈，二次走避，而终不免于陷入漩涡，一败涂地。自动投案，又被叛逆之罪。此七次也。余与吾妻谈及吾遭遇之事，吾妻答曰："尔的名与别字便是征兆，铤而走险，绝少平安，可（以）此作解释矣。"去年七月过柳州，访张向华，向华指着我的面说："尔这个衰仔，当了三年军长，不升不调，又辞不掉，全国找不到第二个。"我默然笑曰："那是我的福吧。"至友严立三，现任湖北代主席，常谓自己为不祥之人，非遭变乱必不出而任事。余亦有同感焉。汉口未失陷前，余与立三在省府谈及我的辞职事，立三喟然曰:“不干也好，留以有待吧。”呜呼，立三！余历经折磨，此心枯矣，尚何待耶？去年蒋憬然、徐赓陶二君亦屡劝我不干，谓尔脚踏两片船，终有落水之日，并谓尔若在那处做事，总司令早已过瘾了。余无以答，只付之一叹。去年冬余妻回香港，过桂林时曾访李任公及陈劲节。来书云，二人均甚关心尔，深怪尔为什么不出来？此间传尔已被扣留。余致任公书有云:“当危难中，何忍舍部属于不顾？挺今日处境，正如走百丈独木危桥，已无返顾余地，桥折则溺水死耳。”今日桥果折矣，亦语谶也。

由重围苦战流血的战场，又自动投入另一个心灵苦斗的战场了，后者比前者令人提心吊胆更加几倍。一个人，当可能到达他生命最后一程的时候，他的感情与理智，或感情与感情，或理智与理智［意识］，一切矛盾是最容易一齐表现在他的心头激烈争斗着，比血的战场还要利［厉］害。他需要眼泪，好似后者需要血一样，这不是妇人、懦夫的眼泪，是壮士哭战友的眼泪。他需要狂歌，需要狂笑，最后一个意识、一个感情战胜一切了，他会发出凯旋的微笑。

昨日（读）《前线日报》载，周恩来在《新华日报》写着：为江南死国难者志哀。并写:“千古奇冤，江南一叶……”“一叶”不知作何解？大概是指一页历史吧。若是指一个不值半文的囚徒叶挺，则那个“冤”字是不恰当的，应当改为“奇遇”好些。我这次遭际，却［确］实是人生的奇遇。自到友军后，直至上饶，数日间，阶下囚与坐［座］上客同时兼备一身。古人云，昔日坐［座］上客，今朝阶下囚。与我比起来，岂不逊色？我现在所食伙食，据仆人说，每天四块，一月就是120块，可说是全世界最高等的囚徒了，岂非奇遇？

我的结婚戒指，十五年来无日离开手指，但三次离开就碰着三次遭难。潮汕之败走乡僻中，恐为人著目，取置袋中。广州失败逃香港，留置吾兄家中。此次至上饶囚室，又为取去代存，大概怕我吞金自杀吧。吾妻若信谶兆，以后必将此戒指钉在我的指上，如此不至（于）灾难矣。

前偶游泾县对河一古寺，适一和尚坐化，得其焚葬方法。用一缸、两担炭满足，真是最经济、最合理的方法。此时我发愿：他日能将我躯壳（当然在灵魂开了小差之后）照这个法子处理，是最好的。

吾妻于廿一号来一电，嘱我应为六七个儿女（第七个尚在胎里）珍重自惜。妻儿的私情固深剜着我的心，但我又那［哪］能因此忘了我的责任和天良及所处的无可奈何的境遇呢？我固不愿枉死，但责任及环境要求我死，则我又何惜此命耶？复吾妻一电，请求代发，据闻尚未发出。电云：

“电悉。军人天职、人格重于生命。处无奈何之境，听天由命可也。尔可在家为我祈祷，切勿赴渝奔走及来电询问，与［于］事无补。孙曲人谅可脱险，任光夫妇受重伤，谅无救。希（三十日）。”

吾在乡，幼年甚爱读前后出师表、正气歌、苏武致李陵书、秋瑾及赵声等诗，感动至雪［血］涕，造成一个悲剧角色的性格。十三岁时，曾手抄邹容的《革命先锋》（应为《革命军》）、陈天华的《猛回头》、汪精卫的《革命决不致召瓜分论》及《民报》等书，养成一种对社会反抗的性格。此时约当宣统二三年，我私自把辫子剪去，受吾母痛骂一顿，我亦大哭一顿，但未遵母命留回去。及后入惠城农业专门学校，值三月廿九广州起义（后），到处捕杀无辫之人。我伏校中不敢出，后由校长亲引至知府面前，发一护照，遣回家中，但我终抗命不留回辫子。又一次纠合乡中数同学实行破除迷信，将乡中所有土地神（约七八个）香炉均打破。致动全体农民之怒，集学校兴问罪之师，勒令赔回香炉。诸同学均照办，我独不从，遭吾父痛打一顿了事。又八九岁时就学私塾，塾师严酷无比，屡挞我，我必暗中报复。为其煮饭时私混沙子米中，或摘通心菜时私入苍蝇于孔内。我幼年性格倔强，一直至成人没有改变。吾妻常对我叹说：“江山易改，本性难移。尔真真不能改变一点吗？”吾三儿性格颇倔强，屡抗其母。吾妻辄叹曰：“真有其父必有其子了！”

他日我死了，墓碑愿至友郭沫若君为我一题。我爱其字，尤爱其为人。在事变前数日，曾托人送给他及刘为章君两刀宣纸，想收到时我已在缧绁中矣。君睹物宁不为我一叹耶！我墓碑题款：历史悲角叶希夷之墓。

“自由”像水和空气一样，得之不觉可贵，失之则难堪，或至于死。只要［有］在沙漠中才觉得水的可贵，只有在病中才觉得康健可贵，屠格涅夫说过：“我爱自由胜过世上的一切。”

闻黄源亦死于此次皖南惨案，在阵中头部受弹伤，立即殒命。黄君本为国新社记者，到皖南军中后参加军中工作，为印刷所副所长。工作努力，成绩亦甚好，在此次惨变中饱受奔波饥饿之苦，形容憔悴，又不免一死。痛哉！

闻陈子谷君被俘，禁锢于离余八九里之山岩中。陈君本旅泰国华侨富商之子，本为国家民族的血诚，回国参加抗战。彼善日文，担任本军对敌工作部职务，以一无党派立场之书生，或可免党狱折磨之苦矣。

人之将死，其言也善。即是说：人到临死时才能说老实话。因为没有为生而自私的观念，自然所说的才不会虚伪的。我今日到此境地，才体会到这个意义。

未理发已一个多月了，仆人数次问要理发吗？我答可不必。今日理发师又来，遭我拒绝。适有友人在谈话，问我原［缘］故，我说，这是我今日仅仅所能做的自由，囚徒的自由。仅能从不字上着想，不能从要字上着想。譬如尔要活，他人偏不要尔活。假如尔想不要活，这是尔可以做到的自由。历史上有这个事实，洪成筹［承畴］为清大［太］祖所俘，态度坚决不屈，清大［太］后亲临囚室劝之，亦不从。大［太］后出，谓人曰:“成筹［承畴］无死意，彼尚拂其衣上尘，爱其衣，岂独不惜身耶。”我之不理发，当然不是这个意思。我今日幸为囚徒，为人生所难逢的境遇。须发蓬蓬，是囚徒本色，为什么不保持这样本色呢?

今日我特别觉得须的可爱。我在自由的时候，吾妻很讨厌它，我每过几天必须刮一次，吾妻必笑问:“今日为什么又刮须?”我只能一笑答之，彼此均会意了。漫漫长日，在囚室中特别爱抚须沉思：觉我的唇不知何日才有朱唇可吻之福?今日只能摩一摩须，也感到一点快感。今日因须长，才发见［现］下唇的须皆逆生，这或者是多遇逆境的征兆吧。我已发愿，我一日不得自由，必不理发剃须，这是我的自由。(民国三十年元月廿一日)

注：文中误、漏字分别以［ ］( ) 两种符号标出。

家书二通

左　权

致母亲

母亲：

亡国奴的确不好当，在被日寇占领的区域内，日人大肆屠杀，奸淫掳抢，烧房子……等等，实在痛心。有些地方全村男女老幼全部杀光，所谓集体屠杀，有些捉来活埋活烧。有些地方的青年妇女，全部捉去，供其兽行。要增加苛捐杂税。一切企业矿产，统要没收。日寇不仅要亡我之国，并要灭我之种，亡国灭种惨祸，已临到每一个中国人民的头上。

现全国抗日战争，已进到一个严重的关头，华北、淞沪抗战，均遭挫败，但我们共产党主张救国良策，仍不能实现。眼见得抗战的失败，不是中国军队打不得，不是我们的武器不好，不是我们的军队少，而是战略战术上指挥的错误，是政府政策上的错误，不肯开放民众运动，不肯开放民主，怕武装民众，怕改善民众的生活。军官的蠢拙，军队纪律的坏，扰害民众，脱离民众……等。我们曾一再向政府建议，并提出改善良策，他们都不能接受。这确是中国抗战的危机，如不能改善上述这些缺点与错误，抗战的前途，是黑暗的，悲惨的。

我们不敢（管）怎样，我们是要坚持到底，我们不断督促政府逐渐改变其政策，接受我们的办法，改善军队，改善指挥，改善作战方法。现在政府迁都了，湖南成了军事政治的重地，我很希望湖南的民众大大的觉醒，兴奋起来，组织武装起来，成为民族解放自由战争中一支强有力的力量。因为湖南的民众，素来是很顽强的，在革命的事业上，是有光荣历史的。

我军在西北的战场上，不仅取得光荣的战绩，山西的民众，整个华北的民众，对我军极表好感。他们都唤着“八路军是我们的救星”。我们也决心与华北人民共艰苦，共生死。不敢（管）敌人怎样进攻，我们准备不回到黄河南岸来。我们改编为国民革命军后，当局对我们仍然是苛刻，但我全军将士，都有一个决心，为了民族国家的利益，过去没有一个铜板，现在仍然是没有一个铜板，准备将来也不要一个铜板，过去吃过草，准备还吃草。

母亲！你好吗，家里的人都好吗？我时刻纪（记）念着！

敬祝

福安

男　自林

12 月 3 日于洪洞

致妻子

志兰：

就江明同志回延之便再带给你十几个字。

乔迁同志那批过路的人，在几天前已安全通过敌之封锁线了，很快可以到达延安，想不久你可看到我的信。

希特勒“春季攻势”作战已爆发，这将影响日寇行动及我国国内局势，国内局势将如何变迁不久或可明朗化了。

我担心着你及北北，你入学后望能好好的恢复身体，有暇时多去看看太北，小孩子极需人照顾的。

此间一切如常，惟生活则较前艰难多了，部队如不生产则简直不能维持。我也种了四五十棵洋姜，还有二十棵西红柿，长得还不坏。今年没有种花，也很少打球。每日除照常工作外，休息时玩玩扑克与斗牛。志林很爱玩牌，晚饭后经常找我去打扑克，他的身体很好，工作也不坏。

想来太北长得更高了，懂得很多事了，她在保育院情形如何？你是否能经常去看她？来信时希多报道太北的一切。在闲游与独坐中，有时总仿佛有你及北北与我在一块玩着、谈着，特别是北北非常调皮，一时在地下、一时爬到妈妈怀里，又由妈妈怀里转到爸爸怀里来闹个不休，真是快乐。可惜三个人分在三起，假如在一块的话，真痛快极了。

重复说我虽如此爱太北，但是时局有变，你可大胆按情处理太北的问题，不必顾及我。一切以不再多给你受累，不再多妨碍你的学习及妨碍必要时之行动为原则。

志兰！亲爱的：别时容易见时难，分离二十一个月了，何日相聚？念、念、念、念！愿在党的整顿之风下各自努力，力求进步吧！以进步来安慰自己，以进步来酬报别后衷情。

不多谈了，祝你好！

叔仁

五月二十日晚

有便多写信给我。

又自本区开始“扫荡”，明日准备搬家了，托孙仪之同志带的信未交出，一同付你。

遗嘱

邹韬奋

我自愧能力薄弱，贡献微少，二十余年来追随诸先进，努力于民族解放、民主政治和进步文化事业，竭尽愚钝，全力以赴，虽颠沛流离，艰苦危难，甘之如饴。此次在敌后根据地视察研究，目睹人民伟大斗争，使我更看到新中国光明的未来。我正增加百倍的勇气和信心，奋勉自励，为我伟大祖国与伟大人民继续奋斗，但四五年来，由于环境的压迫，我的行动不能自由，最近更不幸疾病经年，呻吟床褥，竟至不起，但我心怀祖国，惓念同胞，愿以最沉痛的迫切的心情，最后一次呼吁全国坚持团结抗战，早日实现真正的民主政治，建设独立自由幸福的新中国。我死后，希望能将遗体先行解剖，或可对医学上有所贡献，然后举行火葬，骨灰尽可能带往延安，请中国共产党中央严格审查我一生奋斗历史，如其合格，请追认入党，遗嘱亦望能妥送延安。我妻沈粹缜女士可参加社会工作，长子家驿专攻机械工程，次子家骝研究医学，幼子家骅爱好文学，均望予以深造机会，俱可贡献于伟大的革命事业。

1944 年 6 月 2 日口述签字

遗书

陈　觉　赵云霄

陈觉致赵云霄

云霄我的爱妻：

这是我给你的最后的信了，我即日便要处死了，你已有身（孕），不可因我死而过于悲伤。他日无论生男或生女，我的父母会来抚养他的。我的作品以及我的衣物，你可以选择一些给他留作纪念。

你也迟早不免于死，我已请求父亲把我俩合葬。以前我们都不相信有鬼，现在则惟愿有鬼。“在天愿为比翼鸟，在地愿为并蒂莲，夫妻恩爱永，世世缔良缘。”回忆我俩在苏联求学时，互相切磋，互相勉励，课余时闲谈琐事，共话桑麻，假期中或滑冰或避暑，或旅行或游历，形影相随。及去年返国后，你路过家门而不入，与我一路南下，共同工作。你在事业上学业上所给我的帮助，是比任何教师任何同志都要大的，尤其是前年我本已病入膏肓，自度必为异国之鬼，而幸得你的殷勤看护，日夜不离，始得转危为安。那时若死，可说是轻于鸿毛，如今之死，则重于泰山了。

前日父亲来看我时还在设法营救我们，其诚是可感的，但我们宁愿玉碎却不愿瓦全。父母为我费了多少苦心才使我们成人，尤其我那慈爱的母亲，我当年是瞒了她出国的。我的妹妹时常写信告诉我，母亲天天为了惦念她的远在异国的爱儿而流泪，我现在也懊悔此次在家乡工作时竟不去见她老人家一面，到如今已是死生永别了。前日父亲来时我还活着，而他日来时只能看到他的爱儿的尸体了。我想起了我死后父母的悲伤，我也不觉流泪了。云！谁无父母，谁无儿女，谁无情人！我们正是为了救助全中国人民的父母和妻儿，所以牺牲了自己的一切。我们虽然是死了，但我们的遗志自有未死的同志来完成。大丈夫不成功便成仁，死又何憾！

此祝

健康并问王同志好！

觉 手书

一九二八年十月十日

赵云霄致女儿

启明我的小宝贝：

启明是我们在牢中生了你的时候为你起的名字，这个名字是很有意义的。因为有了你才四个月的时候，你的母亲便被湖南清乡督办署捕于陆军监狱署来了。当时你的母亲本来立时死的罪，可是因为有了你的关系，被督办署检查了四五次，方检查出来是有了你！所以为你起了个名字叫启明（与你同样同生一个叫启蒙）。小宝宝，你是民国十八年正月初二日生的，但你的母亲在你才有一月有十几天的时候便与你永别了。小宝宝，你是个不幸者，生来不知生父是什么样，更不知生母是如何人！小宝宝你的母亲不能扶养你了，不能不把你交与你的祖父母来养你，你不必恨我！而恨当时的环境！

小宝宝，我很明白的告诉你，你的父母是个共产党员，且到俄国读过书。（所以才处我们的死刑。）你的父亲是死于民国十七年阳历十月十四日，即古历九月初四日。你的母亲是死于民国十八年阳历三月二十六日，即古历二月十六日。小宝贝，你的父母你是再不能看到，而（且）也没有像片给你，你的母亲所给你的记［纪］念只有像片和衣物，及一金戒指，你可作一生的唯一的记［纪］念品！

小宝宝，我不能扶［抚］育你长大，希望你长大时好好的读书，且要知道你的父母是怎样死的。我的启明，我的宝宝，当我死的时候你还在牢中。你是个不幸者，你是个世界上的不幸（者）！更是无父母的可怜者。小明明，有你父亲在牢中给我的信及作品，你要好好的保存！小宝宝，你的母亲不能多说了。血泪而成。你的外祖母家在北方，河北省阜平县。你的母亲姓赵。你可记着，你的母亲是二十三岁上死的。小宝宝望你好好长大成人，且好好读书，才不负你父母的期望。可怜的小宝贝，我的小宝宝！

你的母亲于长沙陆军监狱署泪涕

一九二九年三月二十四日

明斯克钩沉

梅 岱

翻阅过往的笔记，看到二〇一三年秋天访问白俄罗斯的一些零星记录，思绪便回到那年在明斯克的日子。

（一）

明斯克，作为白俄罗斯的首都，名气不是很大，更算不上世界名城。没有举世闻名的胜迹，没有匠心独具的建筑，也没有令人陶醉的景致。不像有的城市名头大得盖过它的国家，人们可能对这座城市耳熟能详，可要问在哪个国家却答不上来。

第一次踏进明斯克的街市，使人眼睛一亮的新鲜感还是有的。宽阔整齐的林荫大道，比肩排列的“苏式”建筑，虽然单调古板了点，但气势还是恢宏的。临街楼房的阳台上，绽放着一簇簇艳丽的鲜花，可以体味到主人们热爱生活的情趣。街道交汇处多是石块铺就的街头广场，或者是绿树红花掩映的袖珍公园，广场和公园中多有风格迥异的雕塑。城中有一条静静流淌的河，开阔的河面上，不时有白色游艇驶过，河堤被浓绿的草坪覆盖。

出了城，就是大片大片青松和白桦混杂的树林，这次入住的宾馆，就在密林深处的一个小湖边上。据说苏联时期，从莫斯科来的重量级人物，像赫鲁晓夫、勃列日涅夫、戈尔巴乔夫等都曾在这里住过。

一个国家的首都在很大程度上可以代表这个国家。道理很简单，它是国家的政治中心，是这个国家最具象征意义的城市。所以，一般来说，你到一个国家，十有八九先是来到首都，像我们这些因为公务到一个国家，其实多半也就是到那个国家的首都。这不，这次到白俄罗斯来，两天多一点时间，活动都在明斯克，办完事背包走人。如果有人要问对白俄罗斯的印象，可说道的也只能是明斯克的印象。

对白俄罗斯的确是既熟悉又陌生，讲熟悉，因为它曾经是苏联时期十五个加盟共和国之一，像我这样二十世纪四十年代出生的人，思想意识里大都有一种挥之不去的苏联情结。白俄罗斯是“老大哥”的一部分，自然就有一种亲切感。要说陌生也是事实，除了对那位留着一撮小胡子、满脸刚毅而又常常敢于对西方世界说不和叫板的卢卡申科总统有印象外，对白俄罗斯的其他，包括它的历史和现实知之甚少。因此，在出发前，还真做了一番功课，查阅了不少有关白俄罗斯的资料。

提到白俄罗斯，人们自然想到和俄罗斯的关系。按照战国时期诡辩家公孙龙“白马非马”的逻辑，白俄罗斯自然不是俄罗斯啦。可要追根溯源回望历史的天空，白俄罗斯与俄罗斯有千丝万缕的联系。翻开斯拉夫的历史可以知道，大致在公元九到十世纪，东斯拉夫人形成了古罗斯部落。后来在古罗斯部落的基础上分化出三个独立的民族，这就是俄罗斯、白俄罗斯和小俄罗斯（乌克兰）。这不就是一棵大树长出的三个枝杈吗？三个民族当然是同宗同源的三兄弟了。

小俄罗斯是与大俄罗斯相对而言，而白俄罗斯之“白”有两个说法。一说是这部分俄罗斯人爱穿白色的亚麻布，有点像我们瑶族中的白瑶、黑瑶，是以穿白穿黑为标志。另一种说法，这白字有纯正、纯粹的含义，即是纯正、正宗的俄罗斯。用我们今天的话说，就是比俄罗斯还俄罗斯。

小俄罗斯就是今天的乌克兰，而乌克兰人对被称为小俄罗斯很不以为然，因为俄罗斯的源头是从基辅公国说起的，基辅被称为俄罗斯城市的摇篮，俄罗斯文化之母。斯拉夫人共同的宗教——东正教也是从基辅发源的。他们说，乌克兰是斯拉夫的起点，为何要冠我们一个“小”字呢？是啊，兄弟姐妹谁大谁小是按出生早晚、年龄大小来排行的，不是你个子高、块头大就可以当老大，也不会因为你个子矮、身体弱就成为老小。

在明斯克的几天里，我十分留意这里的生活习俗，包括人们的待人接物、举手投足，都与我先前到过的莫斯科、圣彼得堡、伏尔加格勒没有什么区别。一样的酸黄瓜，一样的红菜汤，一样的伏特加，一样的贴面拥抱，一样的“敖庆何拉少”，包括人们说话口气和神态都相差无几。我看过一位旅居美国的画家写的一篇俄罗斯游记，他说在俄罗斯城市，最亮的风景就是满大街的美女，他说到美国看美女只能到好莱坞，而俄罗斯街头随便看到的美女都可以做好莱坞明星。在明斯克街头，似乎有同样的风景，满大街来来往往的女孩，个个身段窈窕、妩媚动人，可谓美女如云。从这个侧面可以看出白俄罗斯人和俄罗斯人基因里的联系。

说到白俄罗斯与俄罗斯的关系，有一个绕不开的话题，就是发生在二十多年前影响世界格局变化的大事件——苏联解体。这件事还真能与明斯克扯上关系。苏联解体之初，白俄罗斯宣布独立。之后，俄罗斯总统叶利钦与白俄罗斯、乌克兰总统于一九九一年十二月八日在明斯克签订独联体协议，给苏联旧有体制以致命一击。十二月二十六日，苏联最高苏维埃宣布苏联停止存在。从建立同盟式的独联体也可看出，三国关系非同一般。尽管如此，但现在已今非昔比，白俄罗斯、乌克兰都已成为独立的主权国家。如今的乌克兰与俄罗斯更是兄弟反目，形同仇敌。

我曾几次和白俄罗斯政府官员谈及这个话题，不知是他们对那段历史的记忆已经淡忘、模糊，还是有什么不便启口的难言之隐，反正都没有引起他们的兴趣。倒是一位开汽车的年轻人回应了我的问题。小伙子生于二十世纪八十年代后期，虽然有过对苏联及苏联解体的经历，因为年龄太小而没有留下多少记忆，但谈到这类话题却毫无顾忌、颇有见地，有点像我们北京的“的哥政治家”，侃起来滔滔不绝。

我问他，人们喜欢现在的白俄罗斯还是喜欢苏联时期的白俄罗斯？他说，对苏联时期的白俄罗斯我没有发言权，对今天的白俄罗斯我当然喜欢，我们有房子，有汽车，有满意的工作，有幸福的家庭，有安定和谐的社会，大家生活得都很愉快，我当然有理由喜欢。

白俄罗斯有今天，是因为脱离苏联而有了自主和自由的结果吗？我以为对这样的问题他不一定会有什么深刻见解。出我所料，他的回答没有丝毫犹豫：自主、自由都是好东西，但对于一个民族、一个国家来说，我们更看重的是自主，而不是自由。自己当家做主，自己的命运自己决定、自己安排，这是最重要的。没有自主，哪来的自由。你在那里整天折腾要自由，谁能给你自由呢？自己连自己的主都做不了，还谈自由，那不是南辕北辙吗？有自由没有自主，自由能牢靠吗？白俄罗斯有今天，就是因为我们的独立自主。你看看我们的邻居，自由搞得很热闹，无休无止，老百姓遭殃。国家动荡，谁为他们的自由买单？自由没搞成，自主也失去了。其实他们不知道，他们的“自由”不是他们做主，外国势力早就控制了他们的自由。

我很钦佩那位年轻的司机，他那一段关于自主和自由的见解我至今难忘。就在我从白俄罗斯回来的第二年，他在谈话中讲到的他们的邻居乌克兰发生了新的动荡和剧变。总统亚努科维奇被搞自由的街头政治家赶下台，国家陷入混乱，六十年前赫鲁晓夫送给乌克兰的克里米亚又并入俄罗斯。曾经的工业重镇顿巴斯地区也燃起战火，岌岌可危。

这使我又一次想起“的哥政治家”的高见，完全应验了他的判断，令人痛惜的现实不幸让他言中。

乌克兰是和白俄罗斯一起从苏联独立出来的，谁先谁后记不起来了，反正也差不了几天。二十多年来，乌克兰和白俄罗斯走了两条不同的道路，自然也出现了不同的结果。本来，独立时，乌克兰在十五个加盟共和国中那可是数一数二的，就它的健全的工业体系、丰厚的自然资源、强大的军事实力，放在世界范围内也是令人刮目的，白俄罗斯根本与其不在一个量级上。然而，乌克兰吃错了药，没有抓住独立给它带来的机遇，而是玩起了旷日持久的民主游戏。西方人制定的游戏规则，西方人描绘的民主蓝图，当然游戏背后的操盘手也是西方，他们操纵木偶的提线，而不幸的乌克兰人像木偶一样地表演。无休无止的游行示威、广场集会，没完没了地烧汽车、砸商店，自由变成无法无天，随心所欲变成“橙色革命”。虽然得到西方政客们的廉价赞扬，虽然受到西方媒体的狂热欢呼，但民主的结果成为国家的灾难、老百姓的灾难。自由的游戏最终落进了一个难以脱身的无底陷阱，一个好端端的乌克兰陷入了暗淡无望的泥潭。想当初，如果乌克兰也像白俄罗斯那样珍惜独立带来的自主，把自主的钥匙装在自己的口袋里，掌握自己的命运，走自己的路，踏踏实实干自己的事，结果肯定会是另一番景象。

可惜，历史是无情的，只有如此，没有如果。一切假设都没有意义。世界上没有卖后悔药的，倒了霉只能面对现实，自己买单。

（二）

早年读过联共（布）党史，但苏联共产党第一次代表大会是什么时候开的、在哪里开的却没有留意。这次到白俄罗斯来才知道，苏共（当时叫俄国社会民主工党）第一次代表大会是一八九八年三月一日至三日在白俄罗斯首都明斯克召开的，不是在圣彼得堡，也不是在莫斯科。这虽然是一百多年前的事了，但白俄罗斯人现在谈起这个话题似乎仍很得意，都引以为荣。

虽然曾经的超级大国在二十多年前轰然倒塌，虽然曾经是世界上一切进步力量所崇敬的政党一夜之间被解散，但世界历史注定不会把苏维埃社会主义联邦共和国曾经辉煌的一页彻底干净地抹去，全世界共产党人也不会轻易忘掉克里姆林宫红墙上那颗熠熠闪烁的红星。

在明斯克的行程安排得很满，但我还是挤出一个多小时的时间参观了俄国社会民主工党一大会址博物馆。

博物馆坐落在市中心胜利广场的一侧，四周都是明斯克带有标志性的建筑，被称为明斯克母亲河的斯维斯洛奇河从旁缓缓流过。这是一座十九世纪俄罗斯独具特色的民居建筑。两面坡的屋顶，厚厚的木头墙，瓦蓝的颜色，房前是几棵高大的白杨树，四周被半人高的木栅栏围起，像是一处殷实人家，古朴宁静。

本来，原定这次会议在基辅召开，因为消息被沙皇警察知道，大会就临时转移到明斯克来。为躲避警察的监视，会场就选在当时明斯克比较僻静而又很不起眼的私人住宅。房子的主人叫鲁缅采夫，在火车站做技术员，是明斯克社会民主工党小组成员。当时三十多岁，出生在莫斯科商人家庭，因为在商校念书参加了民粹主义小组而被流放在西伯利亚服苦役。被释放后辗转到明斯克，他的夫人叫奥尔加，是一位思想进步而又能干的家庭妇女。

博物馆的一切都是按照当时会议召开时的情景陈设的。步入门庭，左侧是主人的客厅，也是最大的一个房间，中间是一张铺着白色绣花台布的长方桌，桌子上摆放着一把茶壶和九只茶碗，还有一副扑克牌。馆长向我们介绍，当年的九位代表就是围坐在这里开会的。为以防万一被警察发现，聚会的名义是为鲁缅采夫夫人奥尔加过生日。当时的壁炉里火烧得很旺，如果警察来了，可以随时烧掉会议文件。靠后边的一扇窗户是敞开的，遇有危险，就可以跳出窗户，不远处就是茂密的森林。好在会议开得还算顺利，没有出现什么麻烦。三天的会议，通过了成立俄国社会民主工党（苏共前身）决议，选出了由三人组成的中央委员会。然而没想到的是，会议结束不久，九名会议代表中的六人，连同会场主人鲁缅采夫夫妇被沙皇警察逮捕。列宁当时被流放而没能参加会议，但对大会给予了高度评价。他说，代表大会宣告了俄国工人阶级政党的成立，标志着俄国无产阶级进入新的历史阶段。

毛泽东同志曾经说，上海石库门的中共第一次代表大会会址是中国共产党的产房。当然我们看到的这一间平常简朴的小木屋，就是苏联共产党的产房，在这里诞生了一个足以震撼当时世界的工人阶级政党，一件开天辟地的大事件定格在这里。

一九二三年，当新生的白俄罗斯社会主义共和国刚刚加入苏联，俄国社会民主工党一大会址就被确定为国家级历史文物，得以修缮和保护。一九四一年，德国法西斯占领了明斯克，在飞机大炮的狂轰滥炸下绝大多数建筑夷为平地，一大会址被毁之一炬。一九四八年，在明斯克重建时，一大会址依照原来的模样，按照修旧如旧的原则得以重建。一九九一年“八一九事件”后，随着苏联共产党被解散，一大会址博物馆也遭到被关闭的厄运。一九九二年二月，博物馆被转交已独立的白俄罗斯国家文化部。一九九五年七月，应民众的要求，一大会址在尘封四年后，又重新对外开放。

一座小小博物馆的曲折变故，演绎成了白俄罗斯乃至俄罗斯历史变迁的缩影。

昏暗的灯光下，我一边静听博物馆长充满感情的介绍，思绪下意识地飞到我们上海的石库门和嘉兴南湖的红船，不由自主地对两个曾经和当今世界上最大的共产党的第一次代表大会作了对比。

都是在白色恐怖的环境中秘密进行的，为了躲避反动当局的骚扰，都是两易其地，甚至连会议的形式都相差无几，一个是女主人的生日聚会，一个则是结伴而行的同伴们的游船派对，当然还有相近的会议内容和最后选出了同样是三人的最高领导机构。所不同的是会议的时间，一个在一八九八年，一个在一九二一年，跨着两个世纪，相差二十三年。历史常常有许多巧合，尽管这巧合带有偶然，但巧合中有规律，偶然中有必然。但凡一个新生事物的出现，都要受到旧势力的阻碍，进步力量的壮大都是在同反动腐朽力量的斗争中实现的。

中国民主革命的先驱孙中山，很早就提出以俄为师的口号。中国共产党从诞生就得到了苏联共产党的支持，也自觉地以苏共为师，学习苏联。联共（布）党史曾经是中国共产党人必读的教科书。

然而，遗憾的是，苏联共产党在他九十三岁的时候，连同他浴血奋斗建立起来的国家一起垮掉了。历史就是这样残酷无情，一部分人的葬礼，可能是另一部分人的婚宴。有人悲痛欲绝，有人欢呼雀跃。美国有个叫福山的日裔学者就近乎兴高采烈地断言，苏联发生的事件就是世界社会主义的终结，世界将成为资本主义的一统天下。他们想当然地预言：既然苏联垮了，东欧垮了，作为共产党领导的社会主义中国还能来日有几呢?

当然，事实证明是幸灾乐祸者的惯性思维出了差错，人类社会的规律是不受某些人随心所欲的情感支配的。大大出乎他们所料，中国共产党和他缔造的社会主义中国非但没有垮掉，反而阔步前进，且愈发强大。当苏联、东欧突然间解体的时候，中国共产党的领导们异常镇定。邓小平一段掷地有声的话，给中国共产党人和中国人民定了心。他说，一些国家出现曲折，不要惊慌失措，不要以为马克思主义就要消失了，哪有这回事?我们要吸取教训，使社会主义向着更加健康的方向前进。

中国共产党就是照着邓小平讲的做了。昔日以苏联为师，今天以苏联为鉴。

中国共产党人在扼腕叹息的同时，也在追问和反思，一个有着九十多年历史的老党，一个有着近两千万党员的大党，为什么会在一夜之间倒下？答案可从苏联当时的一张报纸上找到。早在一九九〇年，苏联西伯利亚报曾经做过一次“苏共代表谁”的民意调查，结果是，认为代表人民的只有百分之七，代表全体党员的有百分之十一，而代表官僚的则占百分之八十五。一个被人民群众认为不代表他们利益的党，实际上已失去了根基、充满了危机，在大厦将倾之际还会有谁站出来护卫他！尽管他曾经有过辉煌的历史，曾经受到人民的赞扬和拥护，但当一棵大树已被白蚁蛀空、一座大厦房梁已被抽掉，倒掉是必然的，霸王别姬也是必然的，雷峰塔的倒掉是必然的！

还是那句老话，水可载舟，亦可覆舟。一个政党，一个政权，当他失去人民就危在旦夕。人民是江山，江山是人民，一点不错。苏共脱离人民群众，遭到了亡党亡国的灭顶之灾。这不就是邓小平说的教训吗？

时间已经过去二十多年了，中国共产党和中国共产党人，对苏共垮台的教训的反思从没停止过。“秦人不暇自哀，而后人哀之，后人哀之而不鉴之，亦使后人复哀后人也”。我们党已执政六十多年，对脱离群众危险的警惕，一刻也没有放松过。“不忘初心”，这四个大字已经深深镌刻在每个中国共产党人的心上。

从博物馆出来，我特别留意，这里虽地处现在的市区中心，但门前冷冷清清。尽管门口赫然挂着“俄罗斯社会民主工党一大会址博物馆”的牌匾，但问津者寥寥，虽居闹市无人问，“门前冷落鞍马稀”。据说，光临这里最多的还是中国人。汽车开远了，我还是有点留恋地回望那座朴实无华的木头建筑，不知是凄楚、悲悯，还是遗憾、伤感，总之，心里五味杂陈。

就在这篇文章即将脱稿时，媒体报道了二〇一七年十月三十一日习近平总书记带领政治局常委到上海和嘉兴瞻仰党的一大会址和南湖红船。在一大会址，习近平总书记带领其他常委同志重温入党誓词，举起右手庄严宣誓，这时党的十九大刚刚闭幕一周。作为中国共产党的一名党员，当我在电视里看到这样的场景，自然感动万分而热泪盈眶。在十九大上，习近平总书记向世界宣布，中国特色社会主义进入了新时代。这意味着中国共产党又站在一个新的历史起点上，意味着中国共产党又要带领十三亿人民进行一次新的长征。此时此刻，我们的领袖，带领中央领导集体，应该说是带领着我们这个风华正茂、朝气蓬勃的党，又回到历史原点，回到我们党伟大的出发地，自然是要全党知道，我们从哪里来，往哪里去；自然是要全党清醒，我们不忘初心、牢记使命；自然是要人们知道，我们还是在这里重新启航，依然要在红船精神鼓舞下乘风破浪、一往无前，为实现中国共产党的誓言不懈奋斗。对历史的缅怀、向历史致敬，对历史的沉思、向历史追问，是一个民族、一个政党成熟而有进取的标志。如果对历史健忘、麻木，失去历史记忆，更不去追问历史，那这个民族不会有血性、不会有激情，这个政党也不会有方向、不会有前途。

同样是两个共产党的一大会址，同样是两个马克思主义政党的诞生地，同样见证了两个党历史风云变化，然而如今的境遇不同，展现给人们的情景不同，这自然折射出两个政党的不同命运，也自然会留给人们无尽的思考和耐人寻味的启示。

（三）

一个多次到过白俄罗斯的朋友对我说，明斯克这地方既没有风景名胜，又没有历史文化古迹，真没有什么可看的地方，不过斯大林防线倒是值得看看。

斯大林防线对我确实陌生，好在现在的互联网可是个百事通，要查找什么资料，要解答什么疑问，要了解什么信息，鼠标一点统统可以搞定。这一查才知道，明斯克很早就是波罗的海沿岸与莫斯科、喀山城市的贸易中心，明斯克的意思就是交易之镇。今天之所以看不到历史文化遗迹，全因为二战时被炸成了废墟。不过从网上看，斯大林防线的确还有些名气。

斯大林防线是苏联一九二八至一九三九年期间耗巨资在当年苏联的西部国界线上修建的军事防御工程，是为了抵御德国法西斯入侵建造的。工程规模浩大，北起卡累利阿地峡，南到黑海沿岸，纵贯现在的白俄罗斯和乌克兰，全长一千二百公里。沿线建筑了二十三个庞大的堡垒群工事，布局了四千多个永久性火力点，全都是钢筋混凝土和其他特殊材料建成。

二〇〇五年白俄罗斯重新维修整理了位于明斯克附近的一段防线工事，开辟为斯大林防线博物馆。作为二十世纪重要的军事遗产，博物馆一开放就吸引了大批参观者。

到明斯克第二天的午后，在白俄罗斯朋友陪同下，参观了位于市郊不远的斯大林防线博物馆。从我们下榻的宾馆出发，也就是半个小时的车程。所谓博物馆，其实就是坐落在丘陵高地上的一处防御工事遗址，远远望去，像是一处饱经历史风霜的废弃城堡，横亘在天际线上。已发了黑的钢筋水泥堡垒依稀可以看到当年战争留下的弹痕，工事坑道弯弯曲曲可以看得出经过重新整理，供参观者的步行道是新铺就的，各种指引牌匾也都是为方便参观者而新设置的。

为我们作介绍的讲解员，是一位曾经的苏联时期的退伍军人，可能是为了讲解效果，为了勾起人们对往事的回忆，特意穿一身当年苏联红军的军装，六十多岁依然身板笔直，声如洪钟，俨然是一位抗击法西斯的英武战士。他带我们钻进狭窄而阴暗的水泥地堡，向我们介绍里边的设施，七十六毫米火炮和马克西姆机枪，还有观察瞭望的潜望镜，一台一九三八年安装的发电机现在仍然可以运转发电。

书本上读历史，历史是抽象的，在历史事件的遗址，身临其境读到的历史是看得见、摸得着的，是真实的、有生命的。由此我想到，历史著作中的历史，难免要带上史家们的主观倾向，而学历史，最可靠的是那些历经沧桑岁月留下的历史遗物和遗址，这是可以重现真实、有生命的历史。

讲解员告诉我们，一九四一年六月二十二日，德国军队突然向苏联发动了战争。其实，就在一年多前的一九三九年八月二十三日，苏联和德国刚刚秘密签订了互不侵犯条约。同年十二月，希特勒致电斯大林祝贺其六十大寿，斯大林复电感谢，并表示苏德友谊将会继续保持并得到巩固。当年的苏联最高统帅误以为希特勒会信守诺言，起码不会这么快就向苏联发起进攻。然而，历史又开了一个大大的玩笑。希特勒的诺言就是谎言，希特勒撕毁条约，发动了人类历史上最大规模的地面军事行动，对苏联猛烈进攻。就在这里，苏联红军与德国法西斯军队发生了激战，整整两天两夜。虽然苏联有固若金汤的钢筋水泥工事，但由于主力军未能及时到位，防线失守，德军闪电般进入了辽阔的苏联疆土。战争是野蛮残酷的，无文明可言；战争是无情的，无诚信可言。防线不可靠，条约不可靠。可靠的是人民的力量，民族的精神，这是无坚不摧的，是胜利的根本。当然，希特勒低估了苏联人民不畏强暴、浴血奋战的精神和坚韧顽强的斗志。最终，苏联军队取得了反法西斯战争的胜利，但是付出的代价和损失是巨大的，光在战场上牺牲的人就达四千多万。

斯大林说过，没有攻不破的防线。可为什么还要举全国之力大兴土木修筑试图抵御德国人的防线呢？这不是自相矛盾吗？不少来参观的人都会有这样的疑问。

不过细细想来，也在情理之中。战争本身就是矛和盾的结合体，矛和盾的碰撞引发了战争，所有军事家们的战争观其实也都是矛盾的，这里很重要的在于你所处的地位，是进攻方还是防御方。方位不同，立场态度观点自然就不同。

没有攻不破的防线的豪言，这是一九四〇年苏联红军攻克芬兰曼纳海姆防线时斯大林讲的，显然他是不相信防线的。而当新生的苏联面对虎视眈眈的德国法西斯淫威时，又不得不修筑要塞工事，虽然是无可奈何之举，但毕竟还算是积极姿态。其实，不光是苏联，当时几乎所有与德国为邻的国家都在其威胁之下“深挖洞、高筑墙”，忙于战备。写进二战史的马其顿防线，就是法国人为防御德国而耗时十年的巨大工事，其当时的名气，斯大林防线是让人难以望其项背的。只是耗尽法国人国力的马其顿防线居然没有派上丝毫用场，德国军队穿越德法边境的亚登森林绕过马其顿防线进入法国，当德国人的摩托化部队兵临巴黎城下的时候，法国军队还呆守在马其顿防线上，守株待兔地等待德国军队的到来，成为军事史上的一大笑谈。

历史的细节容易被宏大叙事所淹没，而有些细节却是被写历史的人刻意抹掉或忽略的。不知令法国人尴尬和蒙羞的马其顿防线遗址是否也开辟成博物馆。不过我倒觉得，建立博物馆的意义和价值并不仅仅是要人们去回顾昔日的胜利和辉煌，不仅仅是要人们从历史的辉煌和荣耀中去寻找自豪和骄傲，重要的是尊重历史、敬畏历史，要让人们不忘历史，哪怕是失败、屈辱、羞耻和一切不光彩。这样，历史才会成为镜鉴，才可以使人们从历史长河中去寻找规律，寻找有益的精神，以使我们今天的人更智慧、更理性，更好地走向未来。有时候，一个民族，从过往的历史中寻找失败和耻辱，比寻找自豪和骄傲更有意义。

就要结束参观的时候，讲解员告诉我，来这里参观的中国人不少，希望我们向更多的中国人介绍斯大林防线，就像白俄罗斯人都知道中国的长城一样。

说实在的，把斯大林防线与中国的长城相比，我有点不悦，或不情愿。长城可是人类七大奇迹之一，那是中华民族对人类文明的重要贡献。就其历史价值，在文明史上的地位，两者怎么可以相提并论呢?

但又想，可比性还是有的，斯大林防线和中国的长城都是防御工程，大凡防御工程其初衷都是为了防止冲突、抵御侵略，是为了追求和平。这实际上都体现了人类热爱和平的共同价值追求。中国长城始建于秦始皇，在抵御外族入侵的两千年里，除了元朝、清朝，几乎没有停止过修造。但实事求是地说，长城抵御战争、防御入侵的作用是很有限的。因此，长城对于今天的中国人来说，价值在于它已经成为中华民族包容合作、团结一心、众志成城的象征。它横亘在中华大地，像一条巨龙，已成为引领中华民族生生不息、奋斗前行的图腾。

这倒使我想起，当今世界上曾经有过的、现在仍然存在的，甚至还在不断修筑的各种各样的防线和“围墙”。二十世纪九十年代中期，我曾在德国参观过已经倒塌的柏林墙遗址，前些年从以色列乘汽车到巴勒斯坦拉姆拉，曾经目睹过冷冰冰的水泥板筑成的隔离墙。还有电视上看到的特朗普上台后，为防止墨西哥人越境，在美墨边界，美国人正在竖起的高高的围墙……其实，这每一堵有形的墙后边都有一堵无形的墙。作为冷战标志的柏林墙，对阻止东西德人员来往发挥了一定的作用，但在东西德人民心里同时筑起的思想情感之墙，并没有因为柏林墙被推倒而消失。巴以隔离墙，可能在一定程度缓解了旷日持久的巴以冲突，而巴以之间的仇恨之墙却越筑越高。美墨边界的围墙，对防止墨西哥人非法移民的作用有多大不得而知，但美国人树立的民族主义、保护主义、孤立主义的黑幕却令世界哗然。有形之墙阻隔的是空间有形的交往，而无形之墙阻碍的是人们思想的、情感的、精神的、文化的交流。这些似乎与当今这个已是“地球村”的世界有点不合时宜。无论初衷和目的是什么，这样那样的墙带来的都是隔膜、分离、芥蒂、纠纷甚至仇恨。世界需要包容，需要交流，需要合作，需要团结，而这些墙都是与之格格不入的。

历史都是要烛照现实的。这个世界需要宏大的叙事，但也不要忽略了足以牵动大局的细节；需要明媚温暖的阳光，但也不要忽略可以污染朗朗乾坤的一团团雾霾。天下一家、世界大同、人类命运共同体理当是人类的共同追求。这就需要人们共同呼吁，把一切有形的无形的阻隔交流交融的形形色色的“围墙”一起推倒。当今世界应该是个修路架桥、互联互通的时代，而不是筑墙挖沟、互相阻隔的时代。

精神

——纪念抗日战争胜利70周年（节选）

刘亚洲

（一）

习近平总书记指出：“新的历史条件下，全党全国各族人民要大力弘扬伟大抗战精神，不断增强团结一心的精神纽带、自强不息的精神动力，继续朝着中华民族伟大复兴的中国梦奋勇前进，不断以坚持和发展中国特色社会主义的新成就告慰我们的前辈和英烈！”

精神是一个民族的文化气质、文化品格，它深刻地影响着民族的生存发展。抗日战争的胜利不仅是政治上的胜利，也不仅是军事上的胜利，而且还是精神的胜利，因此也是文化的胜利。文化的核心是精神。

（五）

甲午战争发生在五四运动前，抗日战争发生在五四运动后。这两场战争战场一致，对手一致，但结局迥异。在中华民族反抗外敌入侵的所有战争中，抗日战争最为惨烈。在第二次世界大战所有反法西斯的战争中，中国赢得最为悲壮。原因何在？就是因为中国人的精神面貌发生了根本改变。日本作家司马辽太郎认为，明治一代人是日本历史上最有声有色的一代人。在那之前没有这样的人，在那之后也没有。明治的荣光，至今仍是日本人挂在嘴边的荣耀。而在中国，“五四”一代人则是先秦以来最有朝气、最富生命力、最具品相的一代人。明治一代人和“五四”一代人发生了猛烈碰撞。这是两个精英集团的碰撞，这种碰撞才有了激情，也才有了世纪意味。甲午战争后期，日本人已经没有了激情。但抗日战争不是这样。1945 年日本投降前一个月，它还一口气在江西等地攻占了十八座城镇。它的激情在燃烧，因为它面对的是一个伟大的对手。

读一读《田中奏折》中的那段话：“欲征服世界，必先征服支那；欲征服支那，必先征服满蒙。”野心贲张，口气如天，倒也不失男子气概。癞蛤蟆想吃天鹅肉，有种，小东西有大志向。也只有明治一代人才说得出这样的话。反观中国近千年间，就无人敢讲这样的话。然而，到了“五四”一代人，情形大不同。看看毛泽东那个时期的文字，哪一篇不是激情澎湃，挥斥方遒？他的书法更是翻江倒海，呼啸着从纸上站立起来。千年来，小农经济是中国的主要社会形态。这种形态决定了中国军事的防御性。万里长城是防御的极致。中国的英雄，多是在防御战争中产生的。中国古代很少讴歌战争。纵是大唐盛世，描写征战的诗词也是凄苦、哀怨的。有些虽然不失豪放，也摆脱不了悲凉无奈。然而你看看毛泽东的战争诗，哪有一点凄惨的音调？最典型的是《七律・长征》。困苦到那种非人的地步了，毛泽东还吟唱“三军过后尽开颜”。这是一种怎样的境界？

（六）

抗日战争中的侵华日军，是日本明治维新以来最强盛，也是野心最张扬的一代。日军在中国战场的高级将领冈村宁次、板垣征四郎、梅津美治郎等高级将领，都参加过奠定日本强国地位的“日俄战争”，年龄多在五十开外，正处于成熟和巅峰状态。与之相比，毛泽东和他的将领们则是小字辈。彭德怀举行平江起义时 30 岁。林彪被任命为军团长时年仅 24 岁。刘伯承参加南昌起义时 35 岁。1946 年粟裕赢得七战七捷的苏中战役时 39 岁。然而正是这些人，以前所未有的青春姿态投入抗日战场，创造了历史。青春具有无尽的冲击力。青春具有无比的想象力。

彭德怀亲自指挥的百团大战，对民族精神的升华影响深远。这个战役的命名，豪情满怀，闪烁着英雄主义光芒。这是一个不因岁月流逝而褪色的极富有诗意的命名。当时参加战斗的有 105 个团（次），左权在听完汇报后脱口而出：“好！这是百团大战，作战科再仔细把数字查对一下。”这个响亮的名词立即吸引了坐在一旁的彭德怀，他说：“不管是一百多少个团，干脆就把这次战役叫作百团大战好了。”1950 年 12 月 1 日，朝鲜战争第二次战役后，彭德怀亲笔起草给三十八军嘉奖令：“中国人民志愿军万岁！三十八军万岁！”称一个军“万岁”，这在我军历史上，不，在世界军事史上都是第一次。彭德怀的胆量和豪情淋漓尽致地表现出来。自那以后，中国人民解放军和二十一个国家的军队交过手，未尝败绩，抗日战争就是最精彩的序幕。

（七）

日本格言中有这样一句话：“花中樱为王，人中兵为贵。”樱花，当其灿烂盛开之日，也是它凋谢零落之时；武士，当其命殒疆场之时，也是他最荣光之时。日本人认为这二者都是美的极致。我曾在冬天去过日本，那年大雪，但日本小学生们一律都穿短裤，裸露着冻得发紫的小腿。孩子们都在奔跑。大阪人在全世界走路速度最快，平均每秒走 1.6 米。日本谚语道：“快吃快拉是美德。”而中国人则总是劝人“慢走”“你慢慢吃”。这种精神下培育出来的日本人是看轻生命的。世界公认西方最强悍的军队是德国国防军，但在斯大林格勒，保卢斯元帅率领 9 万名士兵集体投降。而日本军人在绝境中通常都战至最后一兵一卒，尸骸遍野，极少降服。

甲午战争中，中国人“如死猪卧地，任人宰割”（李鸿章幕僚罗丰禄语）的情景令世界耻笑。抗日战争中，日本人对中国人的屠杀比上一场战争更为酷烈。它是循清朝灭亡明朝的旧路这么做的。听父辈说，在我的家乡，日本人设哨卡，中国人经过时，日本兵伸到人胸口摸一摸，发现心怦怦乱跳的，牵到一边，一刀砍掉。尤其是南京大屠杀，杀得天地为之改色。南京大屠杀之前，中日双方的战斗还是胜负之战；南京大屠杀之后，双方已是生死之战。日本军阀惊讶地发现，仅仅过去 40 年，这个大陆种群已经变得有些陌生了。甲午战争中，中国人只有两种情景，一种是悲惨，另一种是非常非常悲惨。抗日战争中，这两种情景改变了：一种是坚强，另一种是非常非常坚强。特别是共产党员，内心极其强大。起初日本人并不在意，在打了一段交道后才引起重视。史料表明，日军曾煞费苦心研究共产党和八路军、新四军。比如，凡听到别人说话就起立者，不是党员就是干部；询问出生年月，回答“公元某年”而不是“民国某年”者，多是党员，并受过教育。日本人对共产党越是了解，就越是敬重。日本武士有尊重伟大对手的传统。日军攻上狼牙山主峰，目睹了五位八路军战士跳下悬崖的壮举，肃然起敬。日军排成整齐的队形，随着一个军曹的号令，向五壮士跳崖处恭恭敬敬鞠了三个躬。杨靖宇将军生前和死后都受到日军的极大敬畏。他陷入绝境后，日军派叛徒向他劝降，他说：“老乡，我们中国人都投降了，还有中国吗？”这句话至今在天地间回响。它让人触到了信仰的力量。杨靖宇将军牺牲后，日军解剖了他的尸体，胃里只有草根和棉絮，没有一点粮食，在场的日本人无不受到莫大震撼。日军头目岸谷隆一郎流了眼泪，长时间默默无语。

史料载，这个屠杀中国人民的刽子手，“一天之内，苍老了许多”。此后，岸谷隆一郎穷毕生精力研究中国抗日将士的心理。研究越深入，他内心受到的折磨越大。最后，他毒死了自己的妻子儿女后自杀。他在遗嘱中写道：“天皇陛下发动这次侵华战争或许是不合适的。中国拥有杨靖宇这样的铁血军人，一定不会亡。”

（八）

精神一变天地宽。中华文明浩瀚如海，一旦拨乱反正，它的大气象和大气魄就显现无遗。这一点，日本就显得局促多了。中国是日本的文化母国。就连最著名的右翼反华分子石原慎太郎也不得不承认，一翻开唐诗宋词，心中就涌起一缕乡愁。这是一缕文化的乡愁。中国人和日本人虽然语言不通，但可以通过文字沟通，而我们与很多少数民族就不行。这说明日本在文化上是中国的下游。抗日战争，中日两个民族除了在精神上对决外，就是在格局上对决。中国重新成为日本的老师。日本是个岛国，眼光不开阔。毛泽东的眼光则掠过千山万水。毛泽东看到，甲午战争时，日本始终是攥着拳头对付中国的，而中国却如张开的五指，极易折断。中国不能产生合力的深层原因有两个，一个是农耕文明，自给自足。只有个人，没有集体；二是精神世界封闭，不相信他人。民族的出路在于团结。《义勇军进行曲》就是团结的冲锋号。它至今仍是我们的国歌。诞生于延安的《黄河大合唱》是最华丽的乐章。毛泽东还摒弃前嫌，果断地建立统一战线，国共开始合作。中国团结之日，就是日本衰败之时。日本军阀此时认为不能再拖了，于是匆忙发动全面战争。当时，八路军的武器还不如甲午战争时的清军，但军事思想非常先进，连美军都派人到延安学习八路军的军事思想。毛泽东不仅是战争大师，更是战略大师。日本是一个强盛国家时，毛泽东坚决拒绝与其谈判，甚至不承认它是一个国家；日本战败后，成了非正常国家，毛泽东反而主动与其交往。抗日战争最艰苦时，毛泽东在《研究沦陷区》和《目前形势和当前的任务》中两次指出，日本妄图“消灭中国人的民族精神”。他对抗大学员说：“我们‘抗大’人，不能有一个是不抗战到底的！不能有一个是不反对投降的！”他提出“论持久战”，是精神上的长征，也是大战略。毛泽东是以思想家的眼光去把握战争风云大势的，能够高屋建瓴地抓住问题本质，而他手下将领如彭德怀、刘伯承等，则从另一个角度对待战争。他们的战争智慧，体现在对战争细致过程的见解上。刘伯承、彭德怀起自行伍，有很深的连排长情结。他们对局部细节的追求，完全是一种连排长的眼光。毛泽东善于把大仗当小仗打，他们善于把小仗当大仗打。理解一个士兵，懂得一个排长、一个连长，也能赢得一场伟大的战争。

我研究过日本陆军大学和海军大学。这两所大学成立于明治维新时期，一直特别重视对战役的研究，反而对战略不甚看重。日本军事院校至今还津津乐道甲午战争和日俄战争的某些战役。战略需要哲学。毛泽东指出，日本是没有哲学的。战略要有全局，日本则特别看重局部。造成的直接后果是，日本在第二次世界大战中几乎打赢了每一场战役（太平洋战争后期除外），可是输掉了整个战争。它太看重胜负，于是只有小胜，没有全胜。毛泽东从不看重某一场战役的胜负，他总是从事物的本质入手，时或举重若轻，时或举轻若重，格外大气。抗日战争胜利五年后，他就挥师入朝，对抗世界第一强的军队，就是战略大手笔。彭德怀掷地有声的那句名言“不过解放战争晚胜利了几年”，这何尝不是毛泽东的精神写照？毛泽东还说：要把中国军队建成世界第二强的军队。他的胸怀比宇宙大，又幽默得紧。遍数日本，不要说没有毛泽东这样的大家，连刘伯承、彭德怀、邓小平这样出色的统帅也没有。山本五十六是日军的另类了，用航空母舰偷袭珍珠港是他的杰作。70多年前，他就知道空中决定论，仿佛触摸到了现代战争的本质。其实，这个神来之笔只是他一时冲动的结果。他居然没有理解自己这一独创战法的划时代意义。他仍然把目光投向大炮巨舰。就在偷袭珍珠港后不久，日本造出了当时世界上最大的战列舰，7万吨的“大和”号。仅这一艘舰的吨位就超过了中国海军全部舰船吨位的总和。反而是被他打得满地找牙的美国人从惨败中捕捉到了胜利之光。美国人把目光投向了天空。从此，美国人给战争插上了翅膀。

（九）

第二次世界大战后，中国成为废墟，“国在山河破”，但精神上获得重生。这个古老的民族开始了新的生命历程。战争没有在日本本土进行，因此，日本是“国破山河在”。这个“国破”不仅指一般意义上的国家灭亡，还指一个民族在精神上的死亡。日本民族的精神在这场战争中遭到重创，其完整性直到今天也无法恢复。美国占领日本，主要还不是军事意义上的占领，而更看重精神上的征服。麦克阿瑟飞往东京时，随从问他带不带枪，他说：“什么也不带，就空手去，这样对日本人更有震慑力。”结果，日本人看见麦克阿瑟，就像看见神一样。日本外相重光葵到“密苏里”号签署投降书的前一天，裕仁天皇对他说：“你要把明天当作日本新生的第一天，所以你要趾高气扬地去签这个字。”裕仁大大低估了美国人。美国战后对日本进行改造，主要是在精神上瓦解和压制这个民族。美国人把自己的价值观强加于这个东方民族头上。事实证明，东方民族西方化是不健康的。美国利用雅尔塔体系把日本打回到了明治时期的起点。它是不是想让大和民族也回到最初的起点呢？

70年来，日本右翼政客每次参拜靖国神社，骨子里都有挑衅美国的意味，因为那些甲级战犯正是被美国人逮捕并处死的，但美国沉默如山。它在日本驻有重兵，而且都在战略要冲。70年前两颗核弹爆炸的巨响声犹在耳边。美国根本不怕日本闹事。美国成功了。日本输得服服帖帖。美国占领世界那么多地方，无论在阿富汗，还是在伊拉克，袭击无日无之，只有在日本一次也没有发生过这种袭击。不错，日本是如裕仁期望般“新生”了，但这是在美国人强势主导下的“新生”。日本成了美国在太平洋地区的一枚棋子，再也没有了对弈者的身份和心态。明治时期的精气神一点儿也没有了。2011年日本发生大地震，东京剧烈摇晃，一栋栋大楼都“吐出”滚滚人潮。一位中国作家写道：“大街上全是人。他们都在一种异样的沉默中缓缓移动脚步。打个不恰当的比方，好像遗体告别仪式时那种静默和步履。虽然没有哀乐，但所有人脚步移动的节奏都是一致的、有序的。上百万人在一步一步往家的方向走。”有人赞赏这种状态，认为日本人井然有序。我却不这么看。从这种举动中你难道看不出压抑和窒息吗？这是万众一心吗？这是万人一面。明朝末期中国人在扬州和嘉定不也都出现过类似情景吗？人一旦成了机器还叫人吗？恰恰是两个发动了第二次世界大战的民族都被人称为“机器民族”，难道其中有什么深奥之处吗？我经常研究日本人的名字。从日本人名字的变迁中可窥一二。明治时期，日本人的名字大都英气蓬勃，如伊藤博文（君子博学于文）、山县有朋（有朋自远方来）、夏目漱石（枕流漱石）、大隈重信（民无信不立）、宫崎滔天……上世纪初，还是中学生的毛泽东给宫崎滔天写了一封信，上来就称呼道：“白浪滔天先生。”我想毛泽东一定注意到了日本姓名的不凡之处，否则他不会这么叫。这些铿锵的名字已经离今天的日本人远去了。

抗日战争过去70年了，日本仍有些人对战胜了他们的中国人民耿耿在念，这是日本民族精神矮化的一个重要标志。哪有一个战败国，对彻底的战胜国——原谅并宽恕了自己的战胜国，这个战胜国还放弃了战争赔款和对日本的占领——过了70年，还充满了怨妇般的愤恨？中国人特别是中国共产党人，对日本人是宽宏大量的。抗日战争中，由于精神的转换，中华民族已成为精神的强者和巨人，所以才宽宏大量。对待历史的正确态度是：不能忘却，可以宽恕。新华社记者穆青曾是八路军120师的干部，一次，他随部队攻占了日寇的一个炮楼，在炮楼角落里发现了两个大木箱，打开后，竟是被日本鬼子剁下来的人手，有大人的，也有孩子的，满满两箱子。穆青所在连的连长是个身经百战的老红军，也禁不住捂住嘴蹲下身去。战士们都哭了。国民党远征军将领孙立人在缅甸作战，俘虏了不少日本兵，部下请示他如何处理，孙立人说："这些狗杂种，你再审一下，凡是到过中国的，一律就地枪毙。今后就这么办！"国民党军也同日本人打了不少仗，多是败仗。但败仗也是仗，至少是打了仗。不过在对待日本俘虏问题上，就远比不上共产党人了。在八路军的队伍里，有不少日本反战同盟的成员，他们大多数是被俘虏的日本士兵。后来，他们当中很多人随共产党从东北打到海南岛。在国民党军队中就没有听过这种事。华盛顿说："如果一个民族长久地仇恨和崇拜另一个民族而无法自拔，这个民族心理上就是奴隶之邦。"日本不对战争罪行道歉，继续仇恨中国人民，它在精神上就永远是侏儒，永远是心理上的弱者。1973 年，已经 80 岁的毛泽东曾评价日本"是个没有安全感的国家"，也许道理就在于此。

2015 年 7 月 1 日

老渔阳里 2 号的百年时光

丁晓平

你听说过老渔阳里 2 号吗？你去过老渔阳里 2 号吗？

发生在老渔阳里 2 号的故事，距离今天已经一个世纪了。那是 1920 年，在上海。或许，没有人知道老渔阳里 2 号的门牌究竟更换了多少次，但人们知道它现在的门牌是南昌路 100 弄 2 号。100 年前，中国共产党人就是在这里选择了走马克思主义道路，创世纪地铸就了中国革命的红色起点。

20 世纪 20 年代，上海租界林立，石库门这种别具一格的里弄住宅，可谓老上海的缩影。位于法租界环龙路的老渔阳里 2 号，是一幢典型的一楼一底的石库门房子。门楣上方是一个典型的 A 字三角形石雕，布局精巧，整洁干净。这里原本是老革命党人柏文蔚的公馆。2 月中旬，陈独秀乘坐外国轮船到达上海。3 月初，他从好友汪孟邹位于五马路（今广东路）棋盘街的亚东图书馆搬到这里居住，原本冷冷清清的柏公馆一下子就热闹起来，真可谓“谈笑有鸿儒，往来无白丁”。

现在，“五四运动的总司令”回到了上海，新文化运动的“旗舰”——1915 年陈独秀在上海创办的《新青年》自然也跟着他回来了，老渔阳里 2 号也就成了《新青年》编辑部。在陈独秀的身边，又汇聚了一群新青年，李汉俊、李达、沈雁冰、陈望道、施存统、杨明斋等是老渔阳里 2 号的座上宾。

走进老渔阳里 2 号，进门就是客堂间，也是陈独秀的会客室。瞧！堂间最显眼的位置，挂着一块小黑板，上面写着“会客谈话以十五分钟为限”。陈独秀确实太忙了，拜访者络绎不绝，踏破了门槛。堂间有一把皮面靠背摇椅，与人谈话时，他就坐在这把摇椅上。陈独秀中等身材，前额宽广，眼神炯炯，闪耀着智慧之光。在年轻人眼里，这位思想界的大明星，仪表确实与众不同，西装革履，仪态文雅，待人随和。在不拘形式的谈话中，他顷刻间就能把对方征服，一笑起来就露出整齐的牙齿，散发着充沛的生命活力，俨然是一位大知识分子。

夏天来了，季风也给上海带来了雨水。5 月 5 日，毛泽东从北京来到了上海，住在哈同路民厚南里 29 号。五四运动前夕，他和蔡和森、何叔衡等人在长沙成立了新民学会，创办了《湘江评论》。因为组织发动“驱张（敬尧）运动”，他率领湖南驱张请愿团于 1919 年 12 月 18 日到达北京，住在北长街 99 号（今北长街 20 号）福佑寺。完成北京的事务后，他匆匆赶往上海。5 月 8 日，在上海半淞园，他同新民学会会员彭璜、李思安等为欢送即将赴法勤工俭学的陈赞周等 6 位会员开送别会。一年前，同样是为了送新民学会会员赴法勤工俭学，他也是从北京赶到上海。那一次，毛泽东遭遇了困难。1936 年 10 月，他在陕北保安（今志丹县）向美国记者埃德加 · 斯诺口述自传时回忆说：“当我到达浦口以后，又是一文不名了，而且连车票钱也没有。没人有钱借给我，也不知道怎样才能离开这个地方。不过最倒霉的就是一个贼偷去了我仅有的一双鞋子！啊呀！怎么办呢？可是‘天无绝人之路’，我的运气非常好。在车站外面，我碰到了一个湖南的老友，他借给我足够买一双鞋子和到上海车票的钱。”毛泽东称这位湖南老友是他的“救命菩萨”。

这位“救命菩萨”名叫李声澥，在湖南省立第一师范学校读书期间与毛泽东相识，也参加了新民学会。早在 1918 年夏天，他就来到上海，在一家古董玩具店帮工。1920 年 3 月，作为《新青年》的忠实粉丝，他获悉陈独秀的住处，便来到老渔阳里 2 号慕名拜访。作为学生出身的知识分子，他听从陈独秀的意见，改名李中，进入有 3000 多名工人的江南造船厂当了一名钳工。因深得陈独秀赏识，李中被邀请临时住在老渔阳里 2 号，跟随陈独秀一起开展工人运动。

在上海，毛泽东很快就见到了这位久别的湖南老友。李中劝毛泽东一起从事工人运动。毛泽东也很想向李中学习，在写给罗学瓒的信中谈起此事时说：“我现在很想作工，在上海，李声澥君劝我入工厂，我颇心动。我现在颇感觉专门用口用脑的生活是苦极了的生活，我想我总要有一个时期专用体力去作工就好。李君声澥以一师范学生在江南造船厂打铁，居然一两个月后，打铁的工作样样如意，由没有工钱已渐得到每月工资 12 元。他寓居上海法租界渔阳里 2 号，帮助陈仲甫先生等组织机器工会。”

1920 年 6 月的一天，毛泽东和彭璜、李启汉等跟随李中走进了老渔阳里 2 号，见到了仰慕已久的陈独秀。毛泽东比陈独秀小 14 岁，也算是忘年交了。早在 1918 年，毛泽东在北京大学图书馆当佐理员的时候，文科学长陈独秀就经常来他这里借阅书刊。几十年后，毛泽东依然念念不忘，“他给我的影响也许比那里任何人所给我的都大”。

见面后，陈独秀向毛泽东表示了对湖南人抗争精神的赞赏，毫不讳言对张敬尧胡作非为的愤慨。

毛泽东表达了对陈独秀的尊重和敬仰，介绍了创办《湘江评论》、宣传新思想、新文化的情况。

陈独秀对《湘江评论》的工作和驱张运动都给予了高度评价。他还列举王船山、曾国藩、罗泽南、黄兴、蔡锷，赞扬他们都是艰苦奋斗、扎硬寨、打死战的湖南人。

谈话中，毛泽东向陈独秀说明了“湖南改造促成会”的计划，征求陈独秀的意见。在毛泽东身上，陈独秀看到了湖南人的奋斗精神，十分高兴地说：“一个人的生命最长不过百年，或长或短，不算什么大问题，因为他不是真生命。大问题是什么？真生命是什么？真生命是个人在社会上留下的永远生命，这种永远不朽的生命，乃是一个人生的大问题。社会上有没有这种长命的个人，也是社会的大问题。奥利芙·施赖纳的小说中有这么一个故事，你见过蝗虫它们怎样渡河吗？第一个走下水边，被水冲走了，于是第二个来了，于是第三个，于是第四个，到后来，他们的死骸堆积起来，成了一座桥，其余的便过去了。那过去的人不是我们的真生命，那座桥才是我们的真生命，永远的生命！因为过去的人连脚迹也不曾留下，只有这桥留下了永远纪念的价值。”

毛泽东说：“先生说得真好。有真生命的人，是因为他们造的桥的生命永远存在那里，在我们心中。”

说到这里，毛泽东又跟陈独秀谈起在北京与李大钊见面的情形。表示自己在北京读了许多俄国十月革命的书籍，像邵飘萍的《综合研究各国社会思潮》《新俄国之研究》，还看到了一些共产主义书籍。

陈独秀告诉毛泽东，陈望道刚刚完成《共产党宣言》全本的翻译工作，自己和李汉俊先生正在校阅，马上就要出版了。

陈独秀听说毛泽东在北京时就阅读过马克思的《资本论》，非常欣慰，感觉遇到了知己，越说越有兴致。他告诉毛泽东：“马克思的《资本论》是研究资本主义生产方式以及和它相适应的生产关系的著作，阐述了生产力和生产关系、上层建筑和经济基础，揭示了现代社会的发展规律。湖南受军阀蹂躏较其他省份惨痛，社会各阶层都对督军制度有反感，尤其是工人农民。前不久，上海厚生纱厂女工事件在长沙新闻界闹得沸沸扬扬，我们专门做了调查，想必你们也看到了。”

毛泽东说："我在《新青年》上看到了，感谢先生为我们湖南女工说了公道话。的确像先生所说，现在的劳动运动，已经是要求管理权的时代，而不仅仅是要求待遇的问题了。无论待遇如何改良，终不是自由的主人地位。"

"厚生厂在湖南招募女工无论办法好歹，都不单是湖南的女工问题，也不单是上海男女工人的问题，乃是全中国劳动问题。要知道，我们吃的粮食，穿的衣服，住的房屋，都是劳动者做的。社会上有各种人，唯有劳动者才是社会的台柱子。"说到这里，陈独秀指着李中说，"现在，我请李中和我一起组织机器工会，把工人群众组织起来，提高他们的觉悟，一起为这个国家而奋斗。"

听了陈独秀的话，毛泽东眼睛一亮。他向陈独秀表示，回长沙后，将筹办文化书社、工人夜校，宣传新思想，提高人民的思想觉悟，把自治运动搞起来。陈独秀十分赞许。

1920 年 7 月，返回长沙前夕，毛泽东再次登门，向陈独秀告别。在老渔阳里 2 号，他详细谈了回湘后的打算，包括成立文化书社和俄罗斯研究会、组织湖南人民自治运动，表示要继续做好《新青年》的发行工作。陈独秀十分赞赏，对毛泽东说："我正在筹备组建共产党。如果你们的计划顺利实现，也是建党的最好准备。"毛泽东兴奋地说："我们也想在这些工作的基础上，做好湖南党组织的建设工作，今后请先生多多指导。"陈独秀握着毛泽东的手说："希望你们继续努力，发扬湖南人的奋斗精神！"

的确，在上海的这两个月，是毛泽东一生中最为关键的一个时期。他在写给好友的信中说："好多人讲改造，却只是空泛的一个目标。究竟要改造到哪一步田地？用什么方法达到，自己或同志从哪一个地方下手？这些问题，有详细研究的却很少。"毛泽东感觉自己像"睡在鼓里"一样。这次与陈独秀的会见，让他茅塞顿开。后来，他在自传中深情地回忆道："我第二次到上海去的时候，曾经和陈独秀讨论我读过的马克思主义书籍。陈独秀谈他自己的信仰的那些话，在我一生中可能是关键性的这个时期，对我产生了深刻的印象。"他还说："到了 1920 年夏天，我已经在理论上和某种程度的行动上，成为一个马克思主义者，而且从此，我也自认为是一个马克思主义者了。"

上海，对陈独秀来说确实是一块福地。这里，不仅是他躲过数次通缉追捕的避难地，也是他四次东渡日本求学或流亡的出发地，还是他发动新文化运动的策源地。现在，上海又将成为他发起建立中国共产党的滥觞之地，他将带领新一代知识分子中的先进者在这里与产业工人相结合，以俄国为榜样，开始探索走一条救亡图存的道路。事实上，就在毛泽东 1920 年 5 月抵达上海的时候，陈独秀发起组织马克思主义研究会，探讨社会主义学说和中国社会改造问题。

而在与毛泽东会见的这个6月里，陈独秀在老渔阳里2号与李汉俊、俞秀松、施存统等人开会商议，决定成立党组织，还起草了党的纲领。

1920年8月，在共产国际代表维经斯基的支持和推动下，中国共产党早期组织在老渔阳里2号《新青年》编辑部成立，推陈独秀担任书记。那时，关于党的名称问题，陈独秀和李汉俊、俞秀松、施存统等人也没有最后确定下来——是叫社会党，还是叫共产党，抑或叫社会共产党？为此，陈独秀专门致信征求李大钊的意见。李大钊主张定名为“共产党”。陈独秀同意并决定党的名称就叫“中国共产党”。老渔阳里2号成为各地共产主义者进行建党活动的联络和指挥中心。从此，古老的中国大地上有了共产党。

这年11月，在老渔阳里2号，中国共产党早期组织拟定了《中国共产党宣言》，创办半公开的《共产党》月刊（实际情况为：从1920年9月起，《新青年》成为上海共产党组织的机关刊物。11月，上海党组织创办半公开的《共产党》月刊）。其间，陈独秀分别给北京、武汉、长沙、广州、济南的朋友们写信，希望他们尽快筹备建立党组织。不久，陈独秀收到了毛泽东热情洋溢的邀请，希望他去长沙出席湖南社会主义青年团成立大会。因要去广州就职，遗憾未能成行。于是，毛泽东在新民学会的先进分子中，创建了长沙的共产党早期组织。

日出东方，苦难辉煌。毛泽东说：“中国产生了共产党，这是开天辟地的大事变。”

沧海桑田，换了人间。穿越百年时光，老渔阳里2号，一个见证开天辟地大事变的地方，一个不应该被遗忘的地方！

文章千古事

——毛泽东在新中国成立后对自己著述的评价

陈　晋

新中国成立后，毛泽东主持编辑四卷《毛泽东选集》(以下简称《毛选》)，还不时回顾过去的著述，谈论新近的文章，且多有评点。这既是梳理自己过去的思想心路，也难免拨响波澜壮阔的历史心曲，还涌动着回应现实需求的政治心潮。其间有多少回声，多少感慨，多少沉思，多少遗憾？其中滋味，正可谓是“文章千古事，得失寸心知”。

“是血的著作”

1964 年，有人向毛泽东说到读《毛选》的事，毛泽东的回应别出一格：“《毛选》，什么是我的？这是血的著作。《毛选》里的这些东西，是群众教给我们的，是付出了流血牺牲的代价的。”

所谓“血的著作”，指《毛选》是斗争的产物，由问题“倒逼”出来，写文章是为记叙中国革命浴血奋斗的曲折过程，总结党和人民群众创造的经验，《毛选》的理论观点是付出巨大牺牲换来的。

这个基本定位，不是偶然之思，为毛泽东反复谈及。“我们有了经验，才能写出一些文章。比如我的那些文章，不经过北伐战争、土地革命战争和抗日战争，是不可能写出来的，因为没有经验。”中国革命“经历过好几次失败，几起几落。我写的文章就是反映这几十年斗争的过程，是人民革命斗争的产物，不是凭自己的脑子空想出来的”，“栽了跟头，遭到失败，受过压迫，这才懂得并能够写出些东西来”。

这些坦率的评判，表明毛泽东不愿把自己的著述等同于一般学者在书斋里写出的文字。理论源于实践，文章合为时而著，本就是写作规律。对这个规律，毛泽东不是泛泛而谈，还具体地列举了一些篇章内容。比如，他说：“解决土地问题，调查农村阶级情况和国家情况，提出完整的土地纲领，对我来说，前后经过十年时间，最后是在战争中、在农民中学会的。”“有了大革命失败的经验，十年内战根据地缩小的经验，才有可能写《新民主主义论》，不然不可能；才有可能写出几本军事著作（按：指《中国革命战争的战略问题》《抗日游击战争的战略问题》《论持久战》《战争与战略问题》）。”

因为是“血的著作”，总结了中国革命的实际经验，毛泽东对他的一些重要观点也就格外珍惜。1954 年 3 月，英国共产党总书记波立特给中共中央来信，提出要在英译本《毛选》中删去《战争和战略问题》一文的头两段内容，理由是其中“革命的中心任务和最高形式是武装夺取政权，是战争解决问题”的论断，“并不适用于英国”，而且“会给我们在美国的同志招致很多困难”。毛泽东没有同意，让人在回复中表示，“该文件中所说到的原则，是马列主义的普遍真理，并不因为国际形势的变化，而须要作什么修正”，如果不合适英美读者，该文“可不包括在选集内”。也就是说，论述武装夺取政权的文章，宁肯不收入在西方发行的《毛选》，他也不愿删改。为什么？这个论断是从大革命失败后血的教训中得出来的，如果为了逢迎域外读者而让步删节，反倒显得对中国革命经验的总结不那么自信了。

对“血的著作”，毛泽东一向自信。1949 年 12 月访问苏联时，他请斯大林派一位苏联理论家帮自己看看过去发表的文章，能否编辑成集。斯大林当即决定派哲学家尤金来中国做此事。后来毛泽东当面对尤金说：“为什么当时我请斯大林派一个学者来看我的文章？是不是我那样没有信心？连文章都要请你们来看？”“不是的，是请你们来中国看看，看看中国是真的马克思主义，还是半真半假的马克思主义。”

“是些历史事实的记录”

据逄先知回忆，毛泽东 1960 年春在广州通读《毛选》第四卷稿子时，特别兴奋。“读到《抗日战争胜利后的时局和我们的方针》《关于重庆谈判》等文章时，他不时地发出爽朗的笑声。”阅读旧著，回想当年金戈铁马、气吞万里如虎的魄力，运筹帷幄、决策千里之外的智慧，怎能不平添豪气，快意迭现。“这个第四卷我有兴趣。那个时候的方针是‘针锋相对，寸土必争’，不如此，不足以对付蒋介石。”此后，他还进一步说道，“《毛选》第四卷就是记录三年解放战争的事”，从中“可以看到蒋介石是怎样向我们发动进攻的，开始我们是怎样丢失很多地方的，然后怎样发动反攻打败他们的。可以看出我们党的一些倾向，一些错误思想，我们是怎样纠正的，才使革命得到了胜利。”当年的决策玄机，战争的推进波澜，历史的本来模样，仿佛定格在了自己留下的文献之中。

不光是《毛选》第四卷，写于革命年代的所有著述，都被毛泽东视为历史的记录。他多次同外宾讲：“《语录》和《选集》是写的一些中国的历史知识。我们的经验有限，只能供各国参考。”“我没有什么著作，只是些历史事实的记录。”虽是谦虚之辞，视旧著为“历史资料”“历史事实的记录”，倒也揭示了其著述与中国革命历史进程的紧密关联。

旧著虽是“历史事实的记录”，但其中一些重要观点对现实的指导意义毋庸置疑。毛泽东1951年着手编辑《毛选》时，专门到石家庄住了两个月突击，他说要抓紧时间编选，“现在中国需要”。60年代以后，他的看法似有变化，屡屡用“历史资料”来淡化其著述的现实作用，还说今天阅读只能“参考参考”。为什么会出现这个变化？主要是觉得，现实任务已发生重大变化，探索社会主义建设道路也已进行了十来年时间，需要总结新的经验，写出新的理论著述。1964年，有人提出要出版《毛选》第二版，毛泽东说：“现在学这些东西，我很惭愧，那些都是古董了，应当把现在新的东西写进去。”“老古董”的分量既已摆在那里，要紧的是写出“新东西”，这是典型的政治理论家与时俱进的心态。

“此文过去没有发表，现在也不宜发表”

编辑《毛选》，毛泽东的原则是精益求精。为避免不必要的现实困扰，他舍弃了一些个性鲜明、很富情感色彩的文章。写于1941年9月前后，长达5万多字的《关于一九三一年九月至一九三五年一月期间中央路线的批判》，便属此类。

这篇长文着力批判中共六届四中全会后中央发出的《关于争取革命在一省与数省首先胜利的决议》《在争取中国革命在一省与数省的首先胜利中中国共产党内机会主义的动摇》等9个文件。这9个文件比较集中地体现了土地革命时期的“左”倾路线及其政策。毛泽东此文的写法，很像是读这9个文件的笔记，直截了当地层层批驳，不仅点了当时好几位中央政治局委员的名字，而且用词辛辣、尖刻，挖苦嘲笑之语随处可见，写作时确实怀抱激愤之情。虽几次打磨，咄咄逼人的语气和文风，终究难以消除。当时没有发表，只给刘少奇、任弼时两人私下看过。在延安整风时如果发表，肯定不利于团结犯错误的同志。思考者可以个性化，文章家可以情绪化，政治家虽说不乏个性和情绪，行事却需控制，更不能“化”。毛泽东此后20多年再也没有提到过这篇文章，看起来真的是当作记录一段心曲的“历史资料”，永远地搁置起来了。

不知为什么，1964年春天他忽然把这篇文章批给刘少奇、周恩来、邓小平、彭真、康生、陈云、吴冷西、陈毅等人阅看，还说：“请提意见，准备修改。”1965年1月，又批给谢富治、李井泉、陶铸阅看，还讲：“此文过去没有发表，现在也不宜发表，将来（几十年后）是否发表，由将来的同志们去作决定。”

既然没有确定公开发表，为什么还要翻拣出来示人，准备花工夫重新修改呢？想来，在毛泽东心目中，此文未必纯属“历史资料”，其中或许藏伏着立足现实需要让他格外珍惜的东西。的确，这篇长文反映了党的一段历史，一段犯“左”倾错误因而遭受重大失败的历史。毛泽东倾注那样大的心血，摆出那么多鲜活生动的事例，放纵那样锋芒毕露的犀利文风，来总结这段历史的经验教训，怎么能让它永远尘封？他相信对后人是有启发作用的。再则，时过境迁，那些曾经在30年代犯过错误的同志看了此文，也不至于出现“怒发冲冠”的情绪反弹了。

1965年5月，毛泽东在长沙动手修改这篇文章，把标题改为《驳第三次“左”倾路线（关于一九三一年九月至一九三五年一月期间中央路线的批判）》。修改完后，一番犹豫，他依然没有公开发表，也没有内部印发。如何处理此文，毛泽东心里确实颇为纠结。将近10年之后，毛泽东又找出此文，打算印发给中央委员。又是一番犹豫，结果只是给当时的部分政治局委员看过。据说，1976年8月，毛泽东还请人把这篇文章读给他听。一个月后，他逝世了，带走了对这篇文章的深深情感和复杂心绪。

“《实践论》那篇文章好”

1956年3月14日，毛泽东会见并宴请越南劳动党总书记长征、印尼共产党总书记艾地。长征谈起毛泽东的著作，毛泽东表示，他对《实践论》“是比较满意的，《矛盾论》就并不很满意”。这个评价，他后来始终坚持。1965年1月9日会见美国记者斯诺，斯诺说到他在日内瓦参加了一次“北京问题专家”的学术会议，其中辩论的一个问题是，《矛盾论》是不是对马列主义作出了新的贡献。毛泽东接过话头回答：“其实，《矛盾论》不如《实践论》那篇文章好。《实践论》是讲认识过程，说明人的认识是从什么地方来的，又向什么地方去。”

在毛泽东心目中，哲学在一切学问中居于最高地位，其他领域的著述不过是中国革命过程中一些具体经验的总结和具体政策的表达，是根据哲学观点结合实际的运用。他明确讲过："没有哲学家头脑的作家，要写出好的经济学来是不可能的。马克思能够写出《资本论》，列宁能够写出《帝国主义论》，因为他们同时是哲学家，有哲学家的头脑，有辩证法这个武器。"这样一来，似乎只有写出有创见的哲学论著，才能显出理论上的贡献和卓越，才能实现精神世界的飞跃和满足。

毛泽东对哲学有很深刻的研究和深切的运用。长征到陕北后，他开始总结土地革命时期"左"倾路线错误，但总体上，他不纠缠于一些事件的是是非非，而是告诫人们，犯错误的主要原因不是缺少经验，而是思想方法不对头。为纾解当时许多人在这个问题上的思想疙瘩，他在1937年写了《实践论》和《矛盾论》，一下子牵住了提高认识水平、促进思想转变的"牛鼻子"，起到一通百通的作用。新中国成立后，在自己所有的著述中，毛泽东比较看重哲学"两论"，并认为《实践论》最好，原因或许在于，作为哲学家，他特别看重自己的论著在世界观和方法论方面的独创性贡献。

毛泽东评判其哲学论著，内心有一个参照。马列"老祖宗"都是哲学大家，在他们面前，他从不造次。1961年12月5日会见委内瑞拉外宾，对方谈到自己家里挂了马克思、恩格斯、列宁、斯大林和毛泽东的画像，毛泽东说："我的画像不值得挂。马克思写过《资本论》，恩格斯写过《反杜林论》，列宁写过《谈谈辩证法问题》，他们的画像是应该挂的。"当然，他也并非觉得自己在哲学上对马克思主义完全没有贡献。1965年1月14日，他在中央工作会议上讲："马克思讲了自由是必然的认识和世界的改造，说从来的哲学家是各式各样地说明世界，但是重要的乃在于改造世界。我抓住了这句话，讲了两个认识过程，改造过程（按：指《实践论》）。单讲自由是必然的认识就自由了？没有实践证明嘛，必须在实践中证明。"把《实践论》放到马克思主义认识论发展史上来衡量，毛泽东认为是有独创性的。至于讲辩证法的《矛盾论》，他觉得超过前人的地方不明显。

"经过反复修改，才把意思表达得比较准确"

毛泽东说过，对自己发表过的东西，"完全满意的很少"。这透露的似乎是文章之外的心绪。实际上，他满意的旧作并不在少数。诸如《星星之火，可以燎原》《论持久战》《新民主主义论》等等，新中国成立后他屡屡谈及撰写这些论著的背景及其发挥的作用。就是对一些没有收入《毛选》的文章，他也时常眷顾。1961年初，新发现写于1930年的一篇题为《调查工作》的文章，毛泽东如获至宝，“这篇文章我是喜欢的”，“过去到处找，找不到，像丢了小孩子一样”。1964 年，他把《调查工作》编入《毛泽东著作选读》，题目改为《反对本本主义》。1965 年，毛泽东还重读同样未收入《毛选》的《长冈乡调查》，并在上面批注：“错误往往是正确的先导，盲目的必然性往往是自由的祖宗。”对这些旧著，他不仅满意，而且继续从中汲取对现实有用的思想资源。

重要文稿公开发表前，毛泽东都要反复修改，哪怕是过去已经公开过的，他也决不草率印行。在主持编辑《毛选》的过程中，毛泽东不仅亲自选稿和确定篇目，对大部分文章进行精心修改，还具体地做词句数字、标点符号的校订工作，动手为部分文章撰写题解和注释。有的文章他重新拟定标题，比如，第一卷中的《中国的红色政权为什么能够存在？》，原题为《政治问题和边界党的任务》，改后的标题，一下子把文章主题拎出来了。他发表旧作时，既希望有“立此存照”的文献价值，又追求适应现实需求的思想价值。为此，毛泽东甚至说，“有些东西应该修改，比如第二次出版，应该有所修改，第三次出版，又应有所修改”。

好文章都是改出来的。毛泽东坦承，他的某些代表作的核心观点实际上是在修改过程中才逐渐成形的。1956 年 3 月 14 日，他对长征和艾地说：“《新民主主义论》初稿写到一半时，中国近百年历史前八十年是一个阶段、后二十年是一个阶段的看法，才逐渐明确起来，因此重新写起，经过反复修改才定了稿。”艾地听了感到惊讶：“印尼有许多同志认为毛主席思想成熟，写文章一定是一气呵成，不必修改。”毛泽东说，“那样的说法是不符合实际的”“我们头脑、思想对客观实际的反映，是一个由不完全到更完全、不很明确到更明确、不深入到更深入的发展变化过程，同时还要随着客观实际的发展变化而发展变化。写《新民主主义论》时，许多东西在起初是不明确的，在写的过程中才逐渐明确起来，而且经过反复修改，才把意思表达得比较准确”。这些话揭示了文章写作和修改的真实规律，是文章大家如鱼饮水、冷暖自知的深切体会。说完，毛泽东还补充一句，“过去写的文章，很多现在并不满意”，大概也是指还没有修改到位的意思。

“不适应新的需要，写出新的著作，形成新的理论，也是不行的”

大体从 1959 年起，毛泽东便生出一个心结，想对新中国成立后的社会主义革命和建设实践进行理论总结。1959 年辞去国家主席职务，他讲的一条理由，就是腾出更多时间去研究理论问题。

事实上，毛泽东在新中国成立后一直在做理论创新的事情，但他总感到不够理想，并且越来越有一种不那么自信的紧迫感和危机感。他感慨自己，“人老了，不知道是否还能写出些什么东西来”；也埋怨自己，“像《资本论》《反杜林论》这样的作品我没有写出来，理论研究很差。”有外宾问他有没有新的理论著作打算发表，毛泽东说：“可以肯定回答现在没有，将来要看有没有可能，我现在还在观察问题。”他还说，我们搞了 11 年社会主义，现在要总结经验。苏联的经验是苏联的经验，他们碰了钉子是他们碰了钉子，我们自己还要碰。

在理论创新方面，毛泽东很推崇列宁，认为列宁总是根据实践需要，不断进行理论创新。“单靠老祖宗是不行的。只有马克思和恩格斯，没有列宁，不写出《两个策略》等著作，就不能解决 1905 年和以后出现的新问题。单有 1908 年的《唯物主义和经验批判主义》，还不足以对付十月革命前后发生的新问题。适应这个时期革命的需要，列宁就写了《帝国主义论》《国家与革命》等著作。”反顾自己，毛泽东觉得新中国成立后还没有写出满意的理论新作：“在第二次国内战争末期和抗战初期写了《实践论》《矛盾论》，这些都是适应于当时的需要而不能不写的。现在，我们已经进入社会主义时代，出现了一系列的新问题，如果单有《实践论》《矛盾论》，不适应新的需要，写出新的著作，形成新的理论，也是不行的。”

写出新的著作，实现理论创新，并不容易，因为社会主义建设才有一二十年的实践经验。但能不能通过对马列经典重新写序的方式，把中国社会主义建设的新经验融进去呢？毛泽东想到了这个主意。理由是马克思和恩格斯先后为《共产党宣言》写了七个序言。在这些序言中，马、恩反复强调，对《宣言》阐述的基本原理的实际运用，“随时随地都要以当时的历史条件为转移”。毛泽东很重视这个做法。1958 年 1 月 4 日在杭州的一个会议上，他提出：“以后翻译的书，没有序言不准出版。初版要有序言，二版修改也要有序言。《共产党宣言》有多少序言？许多十七八世纪的东西，现在如何去看它。这也是理论与中国实际的结合，这是很大的事。”

1965 年 5 月，毛泽东准备尝试去做这件“很大的事”。他把陈伯达、胡绳、田家英、艾思奇、关锋等“秀才”召集到长沙，研究为马列经典著作“写序，作注”之事。他建议先为《共产党宣言》《国家与革命》等六本书写序言，六人一人一篇。毛泽东还表示，《共产党宣言》的序由他亲自来写。可惜，后来因为注意力的转移，这件事情没有继续下去。

毛泽东是有终极情怀的人。他把自己的著述放到历史的长河中审视，得出的评判另有一番滋味。1965 年会见斯诺时，斯诺说他相信毛泽东著作的影响，将远远超过我们这一代和下一代。毛泽东的回答出人意料："我不能驳你，也不可能赞成。这要看后人，几十年后怎么看。""现在我的这些东西，还有马克思、恩格斯、列宁的东西，在一千年以后看来可能是可笑的了。"

怎样看这段"文章千古"的评论？它反映的是虚无情绪吗？不是。毛泽东对马克思主义不是一般的信念坚定，他对未来的思考总是弥漫着深刻的哲学气氛。一千年或几千年以后，社会主义发展到新的天地，若真的像他在诗里说的，实现"环球同此凉热"，阶级、国家都消亡了，那么有关阶级、国家的著述，岂不失去了用武之地？文章能否"千古"，并不重要，只要寸心之间蕴含的理想主义能够"千古"，就是件让人欣慰的事情了。

韶山的节日

周立波

1959年6月25日，毛泽东同志回到了自己的家乡，湖南湘潭韶山冲。这一天成了这个山冲的真正的节日；人们激动、快乐，有些小孩子欢喜得流出了眼泪。大家站在韶山招待所门前那块细沙地坪里用欢呼、拍手和山居男女惯有的朴质和恳切的笑谈来迎接自己的亲人，也就是全国人民敬爱的、伟大的领袖。

两天经历的细节，山里人至今还不能忘记。下边的记述是根据那里几个人的回忆写成的。

回来的头天是个晴天，毛泽东同志穿一件洁白的衬衣来到了他的旧居“上屋场”。这房子一半是瓦屋，一半是稻草盖的；人们说，过去它就是这样。“马日事变”以后，国民党匪帮把它没收了，糟蹋得不成样子，解放以后，人民政府收回来，按照冲里一些老人的记忆修复了。毛泽东同志走进堂屋，背后跟着其他同志。小小的堂屋原先只有一半属于毛泽东同志的父亲毛顺生先生。和湖南的普通农舍一样，这屋子靠里端的板壁上供着神龛。随行的同志问道：

“当年是这样的吗？”

毛泽东同志笑笑回说：

“是这样的。”

从堂屋的后房绕到灶屋，穿过横堂屋，他们一群人来到了毛泽东同志双亲的卧室。房间左边墙壁上挂两个镜框，嵌着两位老人的放大的照片。毛泽东同志站在两帧遗影的面前，静默地凝望一阵，然后对旁边的人说道：“如果是现在，他们都不会死了。”意思是说，不会由于那样的症候去世那么早。

毛泽东同志的母亲患的是淋巴腺炎，去世时53岁；顺生先生逝世于同年，仅 49 岁，得的是重伤寒病。这两号病症现在都不难诊好。

到了毛泽东同志自己当年的住房，这是卧室，也是书斋；青少年时代，他常常在这里点起一盏竹筒络起的桐油灯，熬夜读书。床头墩椅上，还摆着那样一个古旧的、简陋的灯盏。

左边墙上挂着一张大照片，是毛泽东同志跟他母亲以及两位老弟的合影。对这帧相片，他似乎感到极大的兴致，含笑问道。

“这是从哪里‘拱出’来的呀？”接着他又说，“这怕是我最早的相片了，你们看，跟我现在像不像？”他用了“拱出”这样纯粹的湖南土话，意思是冒出。

据人们考证，这张珍贵的照片是毛泽东同志 26 岁时，陪他母亲到长沙治病，在那里照的。他站在老人座椅的右边，身穿一件白竹布长褂，魁梧奇伟，面如满月；眉宇间流露一种英俊和果毅的神情。

这房间的木格窗子的近边，有个楼口，没有梯子，不能上去。楼口下边的墙上，挂了一个嵌着说明的镜框，那大意如下：1927 年大革命以前，毛泽东同志在这间楼上，召集了韶山农民当中的先进分子，成立了新民学会，后来又建立了党小组。毛泽东同志到这里，连忙改正道，“是党支部。”这里成立的这个支部是中国共产党最早的支部之一。

他们由前室走进一间小小的里屋，这是毛泽东同志的大弟毛泽民同志在家时居住的房间。床铺右边墙壁上挂着烈士的遗像，头戴一顶老红军帽子，身穿灰军服。毛泽东同志看了一阵，说道：

“这张相很像。”

在长期的、尖锐的、剧烈的革命和反革命的斗争中，毛泽东同志的一家牺牲了六人。他的前妻杨开慧同志 1930 年就义于长沙，那时候，她只有 29 岁；他的大弟毛泽民同志 1943 年被盛世才匪徒杀害于新疆，年仅 47 岁；小弟毛泽覃同志 1935 年和国民党匪军作战，阵亡于江西瑞金和福建长汀交界的地区，年仅 30 岁。他母亲过继过来的小妹毛泽建同志 1929 年牺牲于湖南衡山，年仅 24 岁；他的长子毛岸英同志 1950 年殉难于抗美援朝的前线，年仅 28 岁；他的侄儿，也就是毛泽民同志的儿子毛楚雄烈士 1945 年牺牲于湖北、陕西交界的地方，年仅 18 岁，还没有到入党的年龄。

一个多么伟大的革命的家庭，真正是一门忠烈！这个可敬的家庭集中地表现了中国人民的智慧、义烈和敢于降龙伏虎的无畏的气概。由于这一种精神，我们的亲爱的祖国终于打退了侵略，摆脱了压迫，扫灭了一切害人的精怪，像巨灵一样地屹立在宇宙之中。

“为有牺牲多壮志，敢教日月换新天。”

诗人歌咏的是一切革命的家庭，一切殉节的同志，自然也包括了他的壮烈牺牲的可爱的家人。

出了后门，来到了小小的晒谷坪。这上面的山，下边的田，是毛泽东同志早年劳动的见证。山将永存，田将永在，毛泽东思想也将永远磅礴于世界。

地坪边上有一座黄土筑墙的小茅屋，人们说是秋收时节放稻草用的。小坪的下边有几块菜土，豆角蔓、苦瓜藤和紫苏叶子都翡青繁茂。毛泽东同志经过时问道：

"菜是哪个种的呀？"

"我们种的。"旧居的一位女讲解员连忙回答。

"给哪个吃呀？"

"给招待所的人吃。"

菜土旁边的山上有棵不大不小的枇杷树，牌子上说明是毛泽东同志亲手栽种的。

"是您栽的吧？"有位同志问。

"不记得了，不过那时候我很爱栽树。"

这天晚上，毛泽东同志住在一派深绿的丛林里的一座房子里。韶山没有发电站。临时由长沙运来一部小小发电机，不料却出了故障，修理机子的青年电工又兴奋，又着急，越急越修不顺手，终于通夜都没有发电。毛泽东同志的书案上点的是两支半明半暗的洋蜡烛。

昏暗的烛光抑制不住诗人的豪兴，多少青年时代的记忆涌到了他的眼前呵。历史的长河在他泛舟的这一段出现了澎湃的翻天的巨浪。一直到黎明 4 点，他的房间的红绒幔子遮住的玻璃窗子的缝隙里还透出微弱的烛光。他一夜没睡，吟成了一首七律：

别梦依稀咒逝川，故园三十二年前。
红旗卷起农奴戟，黑手高悬霸主鞭。
为有牺牲多壮志，敢教日月换新天。
喜看稻菽千重浪，遍地英雄下夕烟。

毛泽东同志平素爱睡硬板床，寓所为他准备了一张。时候已经是第二天上午，他在硬板床上睡了一会儿，起来洗完脸，就往外走，没有说明要到哪里去。到了"南岸村"对门，"土地村"下首，他们沿小径上山，绕到"上屋场"对面山峰的背后，在两拱长满丝茅杂草的土坟的前面，毛泽东同志站住了。有人知道，土坟就是毛泽东同志父母的坟墓。为了保护它们，韶山的穷人们曾经和国民党展开过斗争。

“马日事变”后，毛泽东同志在浏阳一带举行了有名的秋收起义，红旗又举起来了。湖南军阀何键派一连人来到韶山，要挖掉毛泽东同志的父母的坟墓，他们的意思是要破坏红军的风水。匪兵们叫老百姓说出坟墓地点，谁都不肯说；有一个穷人笑着叫道：

“来，老总，跟我来吧，我告诉你们。”

匪兵们一人扛一把锄头跟那人上山，找到两拱坟，贫农指着说：

“这就是的。”

于是开挖了。他们七手八脚地抡起锄头，把坟顶刨开，把腐朽了的棺木撬起来，把里头的白骨东丢一块，西抛一根，于是一声星嘀下山了。那个贫农高兴得要死，因为，他哄得匪兵挖开的是一个地主的祖宗的坟墓。

坟山、风水，这是没有的。但护坟的故事充分地表现了贫苦的农民对于共产党领袖的亲人的爱护的深情和厚意。

事先，人们都不知道毛泽东同志要到这里来，周围又找不到野花；有人连忙就近折一把松枝，交给毛泽东同志。他接在手里，从容地恭敬地供在坟前，低着头，小声说道：

“前人辛苦，后人幸福。”

在肃穆的空气里鞠了一躬，略停一阵，他就转身沿着茅草疯长的曲径往山下走去，人们跟随着。路上有人问：

“要不要把坟修一下？”

他边走边说：

“不要了，保持这个原样就行了。”

到达山下，走进“上屋场”对门的“谢家屋场”，一个穿青布褂子、打赤脚的中年农民笑着相迎。这是毛霞生。他的住宅离开“上屋场”只有十来丈。毛泽东同志好像来到久别重逢的老朋友的家里一样，从容跨进门口，坐在一把竹椅上，毛霞生坐在他对面。

“还记得吧，你小时候，我常常抱你？”毛泽东同志含笑问这个农民。

“记得，记得。”毛霞生连连回答。

这时候，妇女和小孩拥塞在灶屋的门口，尤其是小孩，干什么都有一股打冲锋的劲头。有几个挤到毛泽东同志的跟前来了。跟毛霞生谈了一阵，毛泽东同志作别出门，随即去视察韶山学校。

这个学校有小学和中学两部，校舍建在半山上。后山的青翠的松林衬托着一派红砖砌墙的，整洁的新屋。望见毛泽东同志跨过校门外面的木桥，快进操坪了，学生们从各个角落，各个课堂一群群拥出，欢呼、拍手，把老人家团团围住。宾主都笑得那么开怀，那样尽兴。这些幸福的伢妹子们将要跟全国亿万少年儿童们一起，接过毛泽东同志和他亲密的战友们最初点起的光焰冲天的无产阶级革命的火炬，一代一代传下去，一直到美国帝国主义和地球上形形色色的妖魔鬼怪全部被干净消灭的时候。

从孩子群里挤出一个小姑娘，庄重地，略显紧张地朝毛泽东同志跟前走去。她叫彭素清，韶山公社竹鸡大队一个贫农的女儿。她恭敬地行了一个少先队的举手礼，然后从自己颈上解下红领巾，立起脚来，系在毛泽东同志衣领的上面。

"你不要了？"毛泽东同志笑着问她。

"送给你。"

"我这样大了，还戴红领巾？"

戴着红领巾，他被孩子们的笑脸簇拥着，照了一个相。

韶山公社有一座青年水库，像个小湖。毛泽东同志走到水库大坝上，脱了外衣，穿起游泳裤，扑通一声跳到水库里。这位几次横渡长江的游泳家用侧泳的姿势游了一阵，然后仰脸躺在水面上，好像睡在床铺上一样，稳稳当当地，不沉也不动，惹得岸上的人都笑了。

这一天下午，毛泽东同志和同来的同志们回长沙去了。

韶山成了中外驰名的圣地。这里流传着毛泽东同志青少年时代的好多的故事。相传有一年秋收的时节，毛泽东同志家里那个小地坪里晒了谷子，"谢家屋场"也晒了谷子。忽然之间天空里乌云密合，大雨来了。南方山里的夏天，天老爷落雨照例是不把信的，说来就来了，叫人搞手脚不赢。在倾盆大雨里，毛泽东同志不顾自家坪里的谷子，跑到谢家屋场帮别人收谷去了。

新近开放的韶山陈列馆的解说员小王同志是一位愉快的、微胖的山东姑娘，她告诉我说：

"听这里人讲，毛泽东同志从小就有组织的才能。7 岁的时候，跟冲里的一群孩子在山上放牛，他把他们都组织起来，分成三组，一组看牛，一组砍柴，一组采摘野果子。每天到断黑时候，牛吃饱了草，柴砍得不少，苦槠子、毛栗子等等也捡了很多。毛泽东同志把柴火和果子分给大家，一人一份。他自己的一份总是让给别的人。"

毛泽东同志从小就是这样热爱劳动人民和他们的孩子们的。

一九六五年除夕

原载《羊城晚报》1966 年 1 月 21 日

一张小桌和一首名词

刘上洋

一

毛主席诗词中，最著名的莫过于《沁园春·雪》了。读这首词，人们都会为她的气势震撼，为她的意境陶醉，为她的深刻启迪，为她的优美感染。这是中国文学史上的一部杰作，更是中国诗词史上的一座高峰。

去年 10 月，在延安革命纪念馆里，有一张很小的木炕桌引起了我的注意。它长只有 51 厘米，宽 37.5 厘米，高 31.5 厘米，黑漆斑驳，看样子很有些年代了。讲解员告诉我们，毛主席的《沁园春·雪》就是在这张又矮又小的桌子上写下的。

真没想到，一张小得不能再小的旧桌子竟诞生了一首气势恢宏的伟大诗篇。

1935 年 10 月，毛主席率领中央红军长征胜利到达陕北。为了到山西的抗日最前线去开辟革命根据地，开展游击战争，毛主席于 1936 年初带领中央红军从瓦窑堡出发，2 月初便来到了陕西清涧县的袁家沟村。这里地处黄河之滨，与山西省隔河相望。由于天气寒冷，黄河上漂浮着大量冰块，渡船无法行驶，部队过不了黄河。因为当时渡河用的都是小木船，若在河中行驶会因冰块的撞击而解体，人掉进河里绝没有生还的希望。黄河成了一道天然的屏障，阻断了红军前进的道路。

毛主席来到了黄河边，他站在岸上向大河上下眺望，只见汹涌的河水夹裹着大量冰块缓缓向前流去，冰块相互摩擦碰撞发出轰隆轰隆的响声，震得大地微微颤动，呼呼的西北风刮在人们的手上和脸上，犹如刀割一般疼痛难忍。面对此情此景，毛主席感叹地说："天气再冷些，黄河水结成冰就好了。"

也许是毛主席抗日救国的赤子之心感动了天地，第二天早晨起来，奇迹出现了，天上纷纷扬扬飘着鹅毛般的雪花，整个大地银装素裹，一片雪白。山舞银蛇，原驰蜡象，大河上下，顿失滔滔，坚硬的冰层为红军架起了一座通向彼岸的天然桥梁。天公相助，天遂人愿。毛主席凝望着如此壮丽的景象，不禁心潮起伏，思绪万千，激情飞扬，诗兴澎湃，他从千里冰封、万里雪飘的北国风光想到了伟大祖国妖娆多娇的辽阔江山，从秦皇汉武、唐宗宋祖和成吉思汗等历代为此折腰的英雄想到了中国共产党人正在进行的前无古人的伟大事业，于是就伏在房东白育才家的矮小炕桌上奋笔疾书。没有多久时间，一首千古绝唱便跃然纸上。

二

其实，毛主席在小桌子上写下的何止是一首诗词，中国革命这部气势磅礴、雄伟壮丽的伟大史诗，不就是毛主席和他的战友们在小桌子上挥就的吗？

我们永远不会忘记，1921 年 7 月，先是在上海法租界一栋普通房子里的一张小桌子上，后是在浙江嘉兴南湖一条小船上的一张小桌子上，毛泽东等来自全国各地的 13 名代表秘密召开了党的一大，庄严宣告了中国共产党的成立。中国有了共产党，这是开天辟地的大事变，中国革命的序幕也由此正式拉开。1927 年春天，轰轰烈烈的大革命失败后，中国共产党从惨痛的血的教训中认识到枪杆子里面出政权，于是周恩来在南昌一家旅馆的一张小桌子旁，发动和指挥了震惊中外的八一南昌起义，打响了我们党武装反对国民党反动派的第一枪。几乎与此同时，毛主席在湘赣边界一个农家祠堂里的一张小桌子旁，秘密策划并领导了著名的秋收起义。沿着一条弯弯曲曲的小路，毛主席带领起义部队上了井冈山，这时全国革命处于低潮，许多人不知革命的希望在何方。毛主席坐在茅坪八角楼的一张小桌子前凝神沉思，如豆的灯光点燃了他思想的火花，他大笔一挥，写下两篇光辉著作，鲜明地回答了人们的种种疑问，创造性地提出了农村包围城市、武装夺取政权的思想，从而指明了中国革命前进的方向，开辟了中国革命胜利的道路。在中央苏区，毛主席经常在瑞金等地的一张张小桌子旁，和其他领导同志一起分析敌我双方的形势，制定作战计划，以出色的领导和指挥艺术，粉碎了敌人的一次次"围剿"。也同样是在这一张张小桌子旁，毛主席常常和群众促膝谈心，进行调查研究，思考并决定中央苏区的政权建设和土地革命等大事。红军长征开始后，当革命和红军处于十分危急的关头，在遵义一幢房子里的一张小桌子边，我们党重新确立了毛主席在红军中的领导地位，从而挽救了革命挽救了党。在此后的长征途中，毛主席在一张张小桌子上摊开军用地图，沉着果敢，指挥若定，率领红军四渡赤水、直下金沙、强渡乌江、飞夺泸定，过雪山草地，战腊子天险，神话般地取得了二万五千里长征的伟大胜利。在陕北延安，毛主席在杨家岭和枣园窑洞里的小桌子前，一边指挥伟大的抗日战争，一边进行深邃的思考，不仅领导全国人民打败了日本法西斯，而且创立了毛泽东思想，实现了马克思主义与中国革命实际相结合的第一次伟大飞跃。延安窑洞小桌子上那彻夜通明的灯光至今还照亮在我们的心头。在三年解放战争时期，毛主席先是在陕北转战，利用行军间隙，坐在小桌子前，一手拄着行军时用作拐杖的木棍，一手拿着烟卷，稍锁眉头，略施小计，就在巧妙的周旋中把胡宗南几十万大军搞得晕头转向，一败涂地。而后又在西柏坡的小桌子前运筹帷幄，进行战略决策，指挥三大战役，决胜千里之外，最后彻底推翻了蒋介石的反动统治，建立了中华人民共和国，把胜利的红旗插上了雄伟的天安门城楼。

我们可以毫不夸张地说，在艰苦的革命战争岁月里，小桌子，是毛主席领导中国革命从胜利不断走向胜利的大舞台。没有小桌子，就没有一部部中国革命威武雄壮活剧的上演；没有小桌子，就没有中国革命胜利这部宏伟史诗的诞生。

三

前些年看到一则资料，说《沁园春·雪》这首词是1946年毛主席在重庆谈判期间首次在《新华日报》发表的。当时就像放了一颗威力无比的原子弹，震惊了整个山城重庆，引起了国民党当局的极大恐慌。蒋介石恼羞成怒，下令国民党的文人墨客作词应对，企图把毛主席的这首词压下去。然而，尽管这些人搜尽枯肠，绞尽脑汁，结果写出来的诗词在《沁园春·雪》面前，统统都显得黯然失色，相形见绌。蒋介石犯了一个常识性的错误，他不知道名篇绝不是在优越的书斋里可以硬写出来的，而往往是产生在艰难困苦的逆境里，产生在简陋破旧的小桌子上。真正的不朽之作，是艰难困苦逆境挤压下一种感情和思想火花的迸发。而且这种挤压越大，其感情和思想火花的迸发也就显得越发激烈、悲壮和感人。

毛主席作为一个伟大诗人，当然非常清楚这种逆境和诗歌之间的关系，非常清楚“愤怒出诗人”的道理。但同时毛主席又是一个伟大的思想家和政治家，这就使得他的诗词比起其他人的作品来，多了一种更廓大的层面，多了一种更崇高的境界，多了一种更磅礴的气势，多了一种更远大的目光，多了一种更浪漫的情怀，多了一种更深刻的内涵。所以，在文学界有一个比较共同的看法，就是越是处于困难境地的时候，毛主席的诗词不仅写得越多，而且写得越加豪迈，越加高昂，越加形象，越加生动。井冈山斗争、中央苏区和长征三个时期，都是中国革命斗争极为艰苦的时期，天上有敌人的飞机轰炸，地上有敌人的疯狂进攻，而且红军的吃穿供给都非常困难。然而，就是在这样危险恶劣的环境下，毛主席在率领红军行军作战的同时，蕴藏在他胸中的诗情也像火山一样喷发，写下了不少脍炙人口的诗篇。这些诗词，虽然有些是在战地的小桌上一挥而就的，有些是在马背上吟成的，但都有一个共同的特点，就是充满着不屈不挠、把一切艰难险阻踩在脚下的大无畏英雄气概和乐观向上、不达胜利不罢休的坚定信念。

大概是那张诞生《沁园春·雪》的小炕桌给我留下印象太深刻的缘故，从延安回来以后，我脑子里时常会浮现毛主席戎马倥偬中坐在小桌子前奋笔挥洒诗篇的情景……

韶山来信

丁晓平

没有想到，第一次到韶山是在这样一个春天的夜晚。从长沙机场大约一个多小时的车程。一路上，湖南的朋友不断地以主人身份介绍毛泽东生前身后在韶山的种种传奇，给伟人苦难辉煌的人生抹上了一层宗教般的神圣亮色。尽管他们也知道我对毛泽东的生平略有研究，出版过十余种有关毛泽东的著述。我知道，他们和我一样，对伟人的这种朴素而诚实的敬仰，来自于一种对历史的敬畏和对历史人物的一种尊重。因为，伟人就诞生并成长于我们此时此刻脚下的这片土地。

“韶山冲来长又长，砍柴做工度时光。鸡鸣未晓车声叫，隔夜难存半合粮。韶山冲来冲连冲，十户人家九家穷。有女莫嫁韶山冲，红薯柴棍度一生。”无论如何也让人难以想象，伟人毛泽东就诞生在这首民谣所歌唱的地方。“禾镰上壁，没得饭吃。”100年前的时候，韶山冲当年流行的这首民谣，或许有文学演绎的成分，但像中国内地许许多多的山村一样，贫穷和落后这顶帽子戴在韶山的头上，也是合适不过的。“长夜难明”啊！

漫漫长夜，东方欲晓。

95年前的1921年，也是在这样一个春天的夜晚，28岁的毛泽东偕新婚妻子杨开慧，召集弟弟毛泽民、毛泽覃、继妹毛泽建、弟媳王淑兰开了一个家庭会议，谈及家庭及国难当头、民生多艰的情形，劝弟弟毛泽民把家里的事安排好，走向社会，参加革命，要舍家为国、舍己为民。他说：“房子可以让给人家住，田地可以给人家种，我们欠人家的钱一次还清，人家欠我们的一笔勾销。”几天后，毛泽民像此前已经跟随毛泽东到长沙求学的毛泽覃、毛泽建一样，离开韶山，去了长沙。

自十年前的1911年春天，第一次离开韶山去长沙，至1976年9月9日逝世的58年间，毛泽东回故乡韶山仅仅八次。1927年的春天，第六次回乡用了32天时间考察农民运动后，毛泽东发表了著名的《湖南农民运动考察报告》。那也是一个春天的夜晚，毛泽东在离开韶山时向乡亲们发出了气壮山河的誓言："革命不成功，我毛润之也不回韶山了！"32年后的1959年6月25日，新中国成立快十年的时候，毛泽东回来了。这一夜，毛泽东住在韶山宾馆一号楼，一会儿在卧室踱步，一会儿躺下沉思，一会儿凭窗凝视，通宵未眠，写下了《七律·到韶山》。

别梦依稀咒逝川，故园三十二年前。
红旗卷起农奴戟，黑手高悬霸主鞭。
为有牺牲多壮志，敢教日月换新天。
喜看稻菽千重浪，遍地英雄下夕烟。

故土萦怀，乡情依依。毛泽东是一个重情执礼的人。32年一别，32年重逢，人生能有几个32年呢？但无论是战争年代还是和平建设时期，无论身处何方身处什么位置，他都深深地眷恋着生他养他的家乡，思念着韶山的亲友师朋。更何况，他现在已经成为中国共产党和中国政府的最高领导人，韶山的父老乡亲更没有忘记他，或者说，对他充满着更多的期望和期待。俗话说，大树底下好乘凉嘛！韶山亲友求他办事的也就慢慢地多了起来。

那个时候，韶山没有电话，没有电报，更没有手机，没有微博、微信，坐在中南海的毛泽东与韶山的乡亲们的联络，完全靠原始的"鸿雁传书"。

是的，韶山来信啦！一封又一封，应接不暇。完全可以想象，也完全可以理解，韶山来信——除了问候之外，更多的则是写信"求"他，或要求帮助调入北京安排工作，或要求解决求学入党问题，或要求政府给予特殊照顾和待遇。怎么办？

家书抵万金。对亲友提出的要求，毛泽东当然重视，几乎每一封都亲笔回复。想当初，1925年的春天，他第五次回韶山"养病"，创建了中国农村最早的党支部之一——韶山党支部，领导群众向地主土豪劣绅展开"平粜阻运"的斗争，不就是希望父老乡亲们的生活富裕起来吗？"一人得道，鸡犬升天"。如今，你毛泽东当了国家主席，难道就不管不顾韶山的亲戚朋友、乡里乡亲了吗？

树高千尺，也忘不了根。毛泽东无限眷恋着韶山，思念着乡亲。早在1937

年11月27日，时值抗日战争全面爆发的紧张时刻，毛泽东在延安写信给表兄文运昌，满怀深情地说："我为全社会出一些力，是把我十分敬爱的外家及我家乡一切穷苦人包括在内的，我十分眷念我外家诸兄弟子侄，及一切穷苦同乡，但我只能用这种方法帮助你们，大概你们也是已经了解了的。虽然如此，但我想和兄及诸表兄弟子侄们常通书信，我得你们片纸只字都是欢喜的。"毛泽东在这封信中，严词拒绝了表兄来延安工作的请求，他说："家境艰难，此非一家一人情况，全国大多数人皆然，惟有合群奋斗，驱除日本帝国主义，才有生路。吾兄想来工作甚好，惟我们这里仅有衣穿饭吃，上自总司令下至火夫，待遇相同。因为我们的党专为国家民族劳苦民众做事，牺牲个人私利，故人人平等，并无薪水。如兄家累甚重，宜在外面谋一大小差事俾资接济，故不宜来此。道路甚远，我亦不能寄旅费。在湘开办军校，计划甚善，亦暂难实行，私心虽想助兄，事实难于做到。前由公家寄了二十元旅费给周润芳，因她系泽覃死难烈士（泽覃前年被杀于江西）之妻，故公家出此，亦非我私人的原故，敬祈谅之。"

文运昌是毛泽东青少年时期交往最为密切的外婆家的表兄，情同手足。当年，也正是经过文运昌的介绍和帮助，才使父亲毛顺生同意他进入湘乡东山高等小学堂读书；也正是文运昌送给他康有为改革运动的书和梁启超编的《新民丛报》，令他大开眼界，思想得以启蒙。新中国成立后，文运昌要毛泽东出面为他介绍工作，毛泽东在写给另一位表兄文南松的信中明确地说："运昌兄的工作，不宜由我推荐，宜由他自己在人民中有所表现，取得信任，便有机会参加工作。"

还有一次，文运昌致信表弟毛泽东，要求他为外婆家的15位亲戚解决求职、求学的问题。毛泽东的童年大部分时间都是在外公外婆家度过的，他得到了舅舅、舅母们无微不至的关怀和照顾，也与表兄弟和表姊妹结下了深厚的感情。新中国成立后，他曾多次邀请外婆家的这些亲戚到北京相会，互诉手足情谊。而对生活有困难的亲友，他总是用自己的稿费给予经济上的帮助，从不搞特殊，从不给国家和地方政府找麻烦添负担。但在老家的亲戚朋友们看来，情同手足的表弟毛泽东当上了中央人民政府的主席，就像封建社会的"皇帝"一样，一言九鼎，一句话就可以解决亲戚们的就业、求学、入党等问题。而文运昌这封信中提到的15个人，年龄在12岁到18岁之间，都有一定的文化，身体健康，并没有提出要官要权的非分之想，只是想离开家乡外出工作、学习，谋得一条生路，现在看来也不算太过分的要求。但当表兄的这封信送到毛泽东手里时，他只是在信笺的页眉上批示了一行字："许多人介绍工作，不能办，人们会说话的。”

“人们会说话的。”不要小看这简简单单的六个字，体现的却是人民领袖对人民话语权的敬畏与尊重。“得人心者，得天下。”毛泽东为什么如此在乎“人们会说话的”？首先是因为他在乎作为一名中国共产党人的信仰和投身中国革命的理想；其次是因为他在乎作为执政党的领袖他要兑现他对民族、国家和人民的承诺。权，要为民所用；利，要为民所谋。毛泽东对待手中的权力十分小心谨慎，时时刻刻想到人民的心声，不仅对自己的生活严格要求，就是对身边的工作人员、家乡的亲朋好友也不例外。

对于韶山来信，从延安到北京，毛泽东从不利用自己的地位、权力和影响，为家乡和亲友谋取特殊的利益和特别的照顾。1949 年 10 月 9 日，新中国成立的第九天，毛泽东就专门致电时任第四野战军副政委谭政和政治部副主任陶铸，就堂弟毛泽连和表弟李祝华进京一事，口气相当严厉地指出：“二人可许其来京一看，但请你们对他们二人讲明是许其来京看一看，随即回到湖南乡下去。”毛泽东坦诚向家乡的亲友一再声明：“我毛泽东是中国共产党的主席，不是韶山毛家的主席，家乡亲友要勤耕守法，好自为之。”凡会见来北京的亲友，他总要强调他的三条原则：“恋亲，但不为亲循私；念旧，但不为旧谋利；济亲，但不以公济私。”

新中国成立后，从现有公开的文献来看，1949 年 11 月 14 日至 1958 年 9 月 10 日的十年间，毛泽东共计给韶山的 93 位亲友写过 87 封回信。每每回复韶山来信，日理万机的毛泽东大都是集中在某一天完成。譬如，1949 年 11 月 28 日，他给表兄文南松、塾师毛宇居、堂弟毛泽荣等四人写了回信；1950 年 5 月 12 日，他就给弟媳周文楠、邻居毛爱桂等 7 人写了回信。毛泽东的回信，长则一二百字，短则只有一行十来个字。

在韶山，在毛泽东曾经居住的韶山宾馆 1 号楼隔壁的 3 号楼，在这个春天的夜晚，我一个字一个字地阅读毛泽东致韶山亲友的书信，表面的平静难以掩饰自己内心的翻江倒海——伟人从历史的深处，以他那大中华脸庞的微笑悄悄地向我走来。正是在这样的阅读中，我终于在韶山找到了一个问题的答案——今天，为什么还有成千上万的人民群众，自发地从祖国的四面八方赶来，排队长达两个小时参观毛泽东的故居，虔诚地向毛泽东铜像鞠躬、敬献鲜花，且天天如此。

面对韶山来信，面对亲友求他办事的渴望，没有私心杂念的毛泽东以他的大爱和无私，替代了那种基于血缘和亲情、乡情、友情的“小爱”与“自私”，他把对家乡对亲友的真爱，化作一种对整个国家全体人民和法律制度的敬畏，慎思、慎言、慎行、慎独，让人民赋予他的所有权力，在人民监督的阳光下运行。我们不妨晒一晒毛泽东的家书，从中可清晰地看到毛泽东在韶山来信问题上的处理方式、方法和态度。

——1949 年 11 月 17 日，毛泽东复信大革命时期曾追随自己参加韶山农民运动的张四维："湖南需才孔急，似以在当地工作为宜。"

——1950 年 3 月 14 日，毛泽东复信曾于 1925 年开展农运工作遭军阀赵恒惕通缉时帮自己脱险的郭士逵："先生处境困难，深为系念。工作问题，仍以就近设法等候机会为宜，不宜远出省外，徒劳往返。"

——1950 年 4 月 10 日，毛泽东复信族侄毛照秋："家中困难，应在土地改革后在生产中去陆续解决。"

——1950 年 5 月 7 日，毛泽东复信远房叔父毛贻华："工作事尚望就近设法解决，我现在难于为助，尚祈鉴谅。"同日，毛泽东复信毛泽覃原配赵先桂的堂兄赵浦珠："乡间减租土改事，弟因不悉具体情形，未便直接干与，请与当地人民政府诸同志妥为接洽，期得持平解决。"同日，毛泽东复信表兄文涧泉："文凯先生宜在湖南就近解决工作问题，不宜远游，弟亦未便直接为他作介，尚乞谅之。"

——1950 年 5 月 8 日，毛泽东复信远房叔祖父毛春轩："浪秋、迪秋诸位均宜在家工作，不要来北京，以免浪费时间。"同日，毛泽东再次复信张四维："不要来北京。北京人浮于事，不好安置。"

——1950 年 5 月 12 日，毛泽东再次致信房侄毛远翔："不要来北京。北京人浮于事，不好安置。"

——1950 年 8 月 23 日，毛泽东复信原配罗氏堂兄罗石泉："在地方上做些有益于人民的工作较为适宜，不必来京。"

——1950 年 8 月 29 日，毛泽东复信私塾同学郭梓材："北京人浮于事，吾兄工作问题，还以就当地熟悉吾兄情况的友人筹谋解决，较为适宜。"

——1950 年 11 月 22 日，毛泽东复信大革命时期曾对其革命活动表示同情的郭耿光："工作问题，以就近和熟悉先生情况之人筹商解决，较为适宜。"

——1951 年 12 月 11 日，毛泽东复信堂弟毛泽连和族侄毛远悌："慰生六婶及泽连均不要来京，也不宜在长沙住得太久，诊病完了即回韶山为好。现在人民政府决定精简节约，强调反对浪费，故不要来京，也不要在长沙住得太久。"

——1952 年 2 月 15 日，毛泽东复信房兄毛岳乔："你的生计困难，甚为系念，但我不便有所介绍，仍望在原地自己设法解决。"

——1953 年 9 月 8 日，毛泽东复信表兄文涧泉："赵某求学事，我不便介绍，应另想法。”

——1954 年 3 月 31 日，毛泽东复信少年时代的朋友彭石麟：“我不大愿意为乡里亲友形诸荐牍，间或也有，但极少。”

——1956 年 12 月 13 日，毛泽东复信族姑毛春秀：“调你儿子做财经工作一事，我不能办，要在当地所属机关自己申请。”

对韶山来信，毛泽东是这么说的，也始终是按照“恋亲，但不为亲循私；念旧，但不为旧谋利；济亲，但不以公济私”三条原则进行妥善处理的。不徇私情的毛泽东，对故乡和亲友的牵挂和关切，与人民群众休戚与共息息相通的密切关系，从另一个角度反映了他艰苦朴素、廉洁自律和全心全意为人民服务的崇高风范。

1950 年 5 月 27 日，毛泽东亲笔致信湘乡县人民政府县长刘亚南，说：“兹有湘乡四都凤音乡大平坳文氏兄弟来信，附上请你看一下。他们对当地区政府的工作有些不满意的话，未知实际情形究竟如何。假如可能的话，请你派一个同志去调查一下，以其结果告我。文氏兄弟都是贫农，信上则替地富说话，是何原因，亦请查明告我。至于文家（我的舅家）生活困难要求救济一节，只能从减租和土改中照一般农民那样去解决，不能给以特殊救济，以免引起一般人民不满。”

1954 年 4 月 29 日，毛泽东致信湘乡县石城乡党支部和乡政府，明确表示了他对文家的态度。他在信中说：“我的亲戚唐家圫文家，过去几年常有人来北京看我。回去之后，有些人骄傲起来，不大服政府管，这是不对的。文家任何人，都要同乡里众人一样，服从党与政府的领导，勤耕守法，不应特殊。请你们不要因为文家是我的亲戚，觉得不好放手管理。我的态度是：第一、因为他们是劳动人民，又是我的亲戚，我是爱他们的。第二、因为我爱他们，我就希望他们进步，勤耕守法，参加互助合作组织，完全和众人一样，不能有任何特殊。如有落后行为，应受批评，不应因为他们是我的亲戚就不批评他们的缺点错误……我相信，只要我和你们都采取正确的态度，只要他们不固执成见，他们的缺点错误是可以改正，并会进步的。”

毛泽东不仅把自己的亲戚朋友与家乡的群众同等对待，一视同仁，而且还把故乡韶山与全国各地同等看待。为了中国的革命事业，韶山人民作出了很大的牺牲和贡献，包括毛泽东的妻子杨开慧、弟弟毛泽民和毛泽覃、妹妹毛泽建及侄子毛楚雄在内，有近 150 人献出了宝贵生命。建国后，韶山的一些烈士亲属致信毛泽东，要求对其生活给予照顾。毛泽东对家乡革命烈士为革命所做的牺牲深表怀念和敬意，他在 1950 年 5 月回信中称赞他们为国牺牲“极为光荣”，深表“极为痛惜”，但同时指出：“烈属的照顾是全国范围的事，全国有好几百万户烈属，都要照顾，自未便单独地特殊照顾少数地方。”1950 年 9 月 20 日，毛泽东致信时任中共湖南省委书记黄克诚、省人民政府主席王首道和中共中央中南局第三书记邓子恢，说：“据说长沙地委和湘潭县委现正在进行在我的家乡为我建筑一所房屋，并修一条公路通我的家乡。如果属实，请令他们立即停止，一概不要修建，以免在人民中引起不良影响。是为至要。”

一贯重视调查研究工作的毛泽东，十分关心家乡的建设和发展，但从来不直接干预家乡地方的党组织和政府的工作。1953 年 10 月 4 日，他在给韶山地区老党员、族叔毛月秋的信中，郑重地嘱咐他上北京前，“到韶山、石城两处乡政府及当地的两个区政府及党的负责同志处，和他们商量，如果他们同意的话，请他们将两乡两区的情况及迫切需要解决的困难问题，写成书面材料”带来，“作为参考之用”，并特别说明他“不是为了直接解决乡间问题”。同年 10 月 6 日，他在给李漱清的信中更明确地说：“承告乡情，甚感。地方事，我只愿收集材料以供参考，不愿也不应当直接处理一般地方性的问题，使地方党政不好办事。”毛泽东求真务实的工作作风和对地方党组织和政府工作的信任与尊重，多么的难能可贵。

1959 年 6 月 25 日至 27 日，回到阔别 32 年的韶山，毛泽东与村干部座谈，参拜父母墓地，访问邻里故居，视察学校宗祠，赤身下水库游泳，宴请烈属亲朋，天南海北，谈笑风生，抽着纸烟，打着赤脚，与群众打成一片，真的是回到了家里，没有了距离。

“恋亲，但不为亲循私；念旧，但不为旧谋利；济亲，但不以公济私。”在毛泽东的乡情世界里，他始终在公权与私利、亲友利益与人民利益的问题上保持着清醒的头脑。毛泽东重视每一封韶山来信，更重视“人们会说话的”。他深知“打江山容易坐江山难”，深知“水能载舟，亦能覆舟”。法治时代靠法律约束人们的行为，但总有人盯着法律的空子谋自己的私利。“人们会说话的。”毛泽东一句朴实的批语，不仅赢得了家乡亲友的理解，也给今天的执政者们许多启示——要敬畏人民的心声，谨慎使用人民赋予的权力，牢记人民的利益高于一切。否则，人民会说话的！

第一次来韶山，在这个春天的夜晚，我还发现了一个秘密——自从毛泽东 1959 年回故乡后，韶山的亲友们从此不再给他添麻烦，他再也没有收到求他办事说情的韶山来信……

诗的欢迎，欢迎的诗

——忆毛主席访苏片段

朱子奇

最近，一连收到好几封信，希望我写点回忆毛主席的文字，特别是他与一些国际友人的会见和访苏盛况。

我在延安、北京和莫斯科，与毛主席都有过一些接触，在莫斯科的接触很难忘，而且与我喜爱的诗歌紧相连。应《文艺报》之约，我就先围绕诗，回忆毛主席访苏片段，写出了这篇短文。发表后，引起了读者的兴趣和重视，还要求我补充些有关内容。日前，《文艺理论与批评》编辑部的同志约稿，我就把补充、修改后的这篇文字交给了他们。

苏联人当时对我们说，欢迎毛泽东——一位外国领导人来访，出现那样多优秀的诗篇，那样多群众性的朗诵，是历史上罕见的，很引人感奋和思索。这也不是偶然的。

毛主席曾两次去苏联。这也是他一生中仅有的两次出国。这段时间，我正在莫斯科，是任弼时同志的秘书，因而有机会与毛主席有过一些接触，还参加过若干活动，并随他参观访问过，当时也写过几篇东西，记录了一些事实与情景。

毛泽东访苏的消息，轰动了世界，各国舆论的焦点集中到莫斯科。那些日子，在莫斯科的人，是以特别激动的心情度过的。

那时，中华人民共和国刚刚诞生，帝国主义反动派极力反对、封锁和威胁我们，妄图把新中国掐死在摇篮里。世界人民欢呼中国革命的胜利，热烈同情和支持我们。列宁缔造的第一个社会主义国家苏联，就是最先同我们站在一起的。我们两国人民有着传统的革命友谊。新中国需要苏联——这个伟大邻邦，苏联也需要中国——这个东方战线出现的革命新生力量。

无论朋友或敌人，都清楚地意识到：5 万万人民和 2 万万人民的力量加在一起，毛泽东和斯大林的手握在一起，意味着什么。

毛主席于 1949 年 12 月 16 日 12 时，乘火车到达莫斯科，受到莫洛托夫、布尔加宁等领导人和大批著名的斯达哈诺夫工作者们的热烈欢迎。他发表了简短的讲话："我这次获有机会访问世界上第一个伟大社会主义国家苏联的首都，是我生平很愉快的事。"莫斯科广播电台，用各种语言不断重复播送毛主席到达的消息和他的讲话录音，都伴有他的原话，那清晰而平静的湖南乡音很吸引人。还同时播放歌颂毛泽东、斯大林的歌曲，也播放刚访问中国回去的法捷耶夫和西蒙诺夫等文艺大家的有关诗文。

当晚六时，斯大林就和毛泽东在克里姆林宫会见了，两只巨手终于历史性地相握了！斯大林一见毛泽东就称赞说："你真是了不起！对中国人民作出了巨大贡献！你是中国人民的好儿子！"又说："中国革命的胜利，将会改变世界的天平，在国际革命中加重了砝码，我们全心全意祝贺你们的胜利！"

在此不久前，就是当年 7 月间，斯大林还对中共中央和毛泽东的代表刘少奇说过："以毛泽东同志为首的中国共产党是成熟的党，她有一批高水平的成熟的干部。现在革命中心从欧洲移到苏联，以后将要移到中国的。""移到中国"这句话，他讲了两次。斯大林还表示，因那时对中国情况了解不够，曾给中国党出过错主意，感到有些内疚。当时我们听后就感到：斯大林这种谦虚态度和具有远见的洞察力，不愧是一位历史伟人。

12 月 21 日晚，在庆祝斯大林 70 寿辰的盛会上，几十个国家的共产党著名领袖，在红旗和鲜花丛中，在主席台上站成两排，身穿中国制服、魁伟健壮的毛泽东，紧靠寿翁斯大林。此刻，会场所有的灯光、目光，都对准这两位时代伟人。这是历史上的空前场面。当会议主持者宣布"请中国共产党领袖、中华人民共和国中央人民政府主席毛泽东讲话"时，这句话还未说完，会场就响起热烈的欢呼声："中国人民——毛泽东！毛泽东——中国人民！"毛主席的祝词简短而深刻，高度评价了斯大林和苏联人民所创建的伟大功勋。他还说："斯大林同志是世界人民的导师和朋友，也是中国的导师和朋友。""中国人民在反抗压迫者的艰苦斗争中，深切地感觉到斯大林同志的友谊的重要性。"当毛主席代表中国党和人民，祝福斯大林健康长寿，最后高呼"世界和平与民主的堡垒苏联万岁！"时，全场起立，举手鼓掌，又发出长久的欢呼声。斯大林紧握着毛泽东的手，使得这座古色古香、灿烂辉煌的国立莫斯科柴可夫斯基大剧院恢复了青春，久久沉浸在团结、胜利的欢乐气氛中，显示出它闪耀的时代美与力！会后，有好几位苏联和外国诗人、作家，抒写了这个难忘的历史场面。大诗人吉洪诺夫的诗句，恰当地表达了与会者们当时的感受：

毛泽东平静的声音，
把辽远的东方人民的
呼吸，带给了会场。
恰似一股暖流，
淌过人们心头，
多么舒畅，多么持久回荡……

当时，我也激动地写了一篇题为《十二月的莫斯科》的特写（发表在 1950 年 1 月的《人民日报》上），描绘了这个感人的历史场面。这篇短文，中央人民广播电台多次广播，还被选入中学课本和《散文选集》。

我还想起 1939 年的 12 月 21 日，毛主席在延安各界庆祝斯大林 60 寿辰大会上的讲话。他说："同志们！一个外国人，相隔万余里，大家庆祝他的生日，还是破天荒地第一回呢。这就是因为他领导着伟大的苏联，因为他领导着全人类的解放运动，帮助中国打日本。"

在打垮了日本法西斯，又战胜了蒋家王朝的整整十年后，毛主席作为中国党、中国人民的代表，以向斯大林祝寿的第一位"外国贵宾"身份，出现在莫斯科，在 70 老寿星身旁，这也是值得人们欢迎、祝贺和回味的。

随着毛主席访苏，苏联报刊上出现了一批赞颂毛主席和他的人民的"诗的欢迎和欢迎的诗"。著名的阿塞拜疆歌手 M. 鲁斯的《你终于来到这里了》，有一定代表性，写得朴素亲切又含意深远。诗中热情呼唤：

你终于来到这里了，
中国兄弟，
你身披耀眼的东方战衣！

欢迎，欢迎，
我向中国统帅——士兵致敬
多少年月啊，

我们听惯了你的心的跳动，
我们熟悉你金铜色的面孔！

你终于来到这里了！
路是这样长，歌是这样壮。
但谁能堵住我们的路的伸展？
谁能打断我们歌声的远扬……

另一个令人难忘的场面是，1950 年 2 月 9 日晚，在全苏艺术工作者大厦举行的“庆祝中国解放”的集会上，以朗诵毛泽东诗词著称的尤飞·波斯德莉莫，用俄、中文演唱了肖三译的《七律·长征》。她朗诵前，挥手欢呼：向新中国的领袖和诗人毛泽东致敬、祝贺！特别激动人心的是，会上首次朗诵了著名诗人 M. 维尔什宁的新作《莫斯科—北京》。然后，由为此诗谱曲的大音乐家莫拉德里（《喀秋莎》和《莫斯科颂》等名歌曲作者，最近去世）破例登台演唱，观众有节奏地热情呼喊：“布拉渥！布拉渥！”（好呀！妙呀！）会毕，作者在原稿上签名后送给我们作纪念。我当即把它译成中文，经王稼祥大使审阅后，用电报发回北京。该诗与歌均荣获当年斯大林文艺奖，且久唱不衰，至今仍为许多苏联人爱唱，仍作为苏联广播电台中文广播的开播曲。这首歌的第一段词是：

苏中人民永久是兄弟，
两个伟大民族团结紧。
纯朴的人们并肩挺起胸，
纯朴的人们欢唱向前进，
斯大林和毛泽东倾听我们！

莫斯科—北京
人民在前进，前进！
为光辉劳动，
为持久和平，
在自由的旗帜下前进！

周总理指示：“积极推广，人人学唱。”他称赞歌词简短有力，曲调雄壮优美，说它把中苏两国人民和两国领袖放在平等地位歌颂，是处理得当的。毛主席在一次宴会上和诗人维尔什宁握过手，祝他为苏中友谊立了功。这首歌，很快唱遍中国，唱了一个时代。我后来还译过他两首赞美新中国和苏中友谊的诗。多年来，他始终拒绝写伤害中国人民和不利苏中友谊的作品。前年我访苏时，带去他近几年写给我的九封信，最后一封是他女儿托人转给我的。这位26岁的女编辑在信中说，她将继承父亲的遗愿，要为苏中友谊奋斗终生。可惜，因他于年前去世，他家的新地址未来得及探询到，只好又把九封信带回北京。

在苏访问时，毛主席曾多次来巴拉给赫疗养地看望任弼时同志。他们谈得很亲密，很风趣，说，这次来，除了谈政治外，还要解决一些对我国有实际需要的工业项目，可叫作“既要好看的又要好吃的”。“天上飞的地上跑的都要花力气搞，要搞出自己的一套名堂来。”要紧的是抓经济，改善人民生活。定了方向，关键是人才。要选派人来学。要提倡唐僧西天取经精神，不怕妖魔，斗倒妖魔。要多出些孙猴子，少些唐僧的“愚”气。

1950年2月6日，我随毛主席、周总理去参观规模宏大的斯大林汽车联合工厂。这些厂的文化艺术宫里，都布置有丰富多彩的“欢迎毛泽东”的大型墙报。上面有毛主席生平介绍，有他的名言、语录，如“华尔街——我们的兵工厂，蒋介石——我们的运输队长！”“十月革命一声炮响，给我们送来了马列主义！”还有工厂诗人写的配画诗歌，特别醒目的是，用彩色大写艺术字排成长行的一首诗，诗句有：

毛泽东和斯大林握手
是5万万人和2万万人握手

毛泽东和斯大林的手握在一起
是胜利中最伟大的胜利

毛泽东和斯大林的手握得紧
是世界持久和平的保证

毛主席、任弼时同志还要我们去访问过次郊区的“十月社会主义革命30周年农庄”，了解那里电气化养猪的经验和“СЕМИНАР”（研讨实验组织）的工作情况。我们还应邀与他们举行了联欢。我唱了一曲陕北民歌《信天游》。也欣赏了庄员们特为欢迎毛泽东创作的题为《农民节日》的歌舞表演，我以为比城里艺术家演唱的还要精彩有味。身穿民族服装的俄罗斯姑娘们边跳、边唱：

哎嘿——哎嘿！
中国农民兄弟不再白白流血流汗，
在奋战中夺回了失去的自由和财产
领路人毛泽东一心帮助庄稼汉，
他还要给田野建起拖拉机站，
只因为他也生长在劳动的农家。
我们的友谊如同五月节日百花开放
我们在自己的土地上耕种，欢唱，
愿世上受压迫的农民都像我们一样！
哎嘿——哎嘿！

1月12日，主席比往日起得早。他穿上皮大衣，戴上高筒帽，去红场瞻仰列宁陵墓。他向列宁遗体鞠躬致敬，仔细观看了伟人的遗容，并默默站了一会儿，才缓步走出陵墓，在红场举头观望了一阵，向围过来向他致意的人群点头微笑。在他送的花圈飘带上，写着几个端端正正的大字：

献给伟大无产阶级革命导师——列宁

毛泽东敬上
1950年1月12日

毛主席回来对几位同志说：列宁的形态还保存得那样真切，皮肤也仍然丰润……他还表示：如不通晓作为马克思主义新阶段的列宁主义，就不能正确解决本国革命和建设的实践问题，还可能认不清帝国主义时代的本质，从而将会陷入修正主义机会主义错误中去。

15日，毛主席离开莫斯科，去访问发动十月革命的旧俄京城彼得堡，即现在的列宁格勒。参观了博物馆、工厂，特别是十月革命和反法西斯卫国战争时期的一些遗迹与城防工程。他说：无论是尼古拉沙皇，或是希特勒法西斯，都靠大炮压迫人民，屠杀革命。但一旦人民也学会用大炮轰他们，他们就不神气了，就完蛋了。不过，革命力量还得注意他们重新“拿炮”。毛主席还在这个“俄罗斯芭蕾舞之乡”第一次观赏了那里高超的芭舞剧《巴娅吉尔卡》。他幽默地说：“这些女孩子的本领，真比我们男人大哩，你瞧她们能用脚尖踮起来跳舞转圈圈，我们能行吗？”逗得大家都笑起来。

我们还去莫斯科列宁博物馆、革命博物馆和普希金国家博物馆参观了从五大洲送来给斯大林的大量有意义的、珍贵寿礼和贺信。这些礼物和信件表达了对这位当年英明的红军统帅和苏联人民战胜德日法西斯所作出的巨大贡献的诚挚的感谢，祝他健康、长寿。在外国礼品展览室中，第一寿礼部就是中国耀眼的各种工艺品。在一面刺绣的五星红旗下，是中国共产党中央委员会赠送的一幅绿色寿幛，上面是毛泽东签名的八个强劲、飞动的毛笔字：福如东海，寿比南山。一位女讲解员用俄文向观众作这样的发挥译释：让斯大林的幸福像太平洋的波涛汹涌奔腾！让斯大林的健康如巍峨的中国泰山永世长存！观众很有兴趣地围观，称赞毛主席的诗情与书法美，并忙着抄写、拍照，合影留念。

2 月 14 日，毛主席在密德尔波利大旅馆举行告别宴会。斯大林破例地率领全体政治局委员、出席外宾在克里姆林宫以外举行的宴会。到会的还有许多文艺界人士。一位艺术家交给我一首他的即席诗，要我转交毛主席。为表示对毛主席的尊敬，还请求同意他刚出生的儿子叫毛泽东（按苏联人的习惯他们以为毛泽东三个字音是名字）。我后来把这件事报告毛主席时，他笑着幽默地说：那这位艺术家的儿子就叫什么毛泽东斯基了！

在宴会上，当斯大林把著名儿童诗作者、苏联国歌词作者 C. 米哈尔科夫介绍给毛主席时，毛主席对他说："你的面孔很像儿童，红润润的，希望你永远像儿童，为儿童创作！"米哈尔科夫兴奋地说："毛泽东同志，我一定遵照你的意见努力去做。"会后，他还特邀肖三同志和我为他的"幸运"干了一杯沃特加酒。他后来发表了大量诗歌、剧本、小说，获得过列宁奖金，他还荣获了苏联最高的社会主义劳动英雄称号。他 77 岁了，还担任俄罗斯联邦作协主席。

1985 年 10 月 1 日晚，我在北京与这位老诗人再次相会时，一见面就提起那段往事来。我说，经过几十年风雨，你还保持一颗乐观的童心，脸还红润润的，祝贺你！他笑着说：这要感谢尊敬的毛泽东对我的鼓励。现在我来到中国了，真的返老还童了！我送他一本诗集《爱的世界》和一本译诗集《战歌与情歌》，对他说，里面 60 多首苏联革命诗歌，有好几首是赞颂列宁、斯大林和毛泽东的，还有一首他的《苏联国歌》歌词，是 40 年代在延安窑洞里我和肖三边听广播边译出的。无论写的、译的，我一首不丢，一字不改，因为它们都是我的真心真情。他很感慨地说："这是历史嘛！"他把"ИОСТОРИR（历史）"这个词，说得特别响，拖得格外长。我向他表示遗憾，早定应邀去长春参加老诗友、我军军歌词作者公木创作 60 周年讨论会，未谈完的话，以后在莫斯科或北京再谈。他说，军歌重要，是军魂，是武器的武器，也可说是"第二国歌"。他和诗人叶甫图申柯都要我向公木致意。

1989年9月，我们在莫斯科果然又会面了，继续谈在北京没有谈完的话。我还特别捎给他一份9月9日刚出版的《文艺报》，上面有一篇对他的访问记。我表示赞赏他的观点："我们否定的是过去的错误，而不是过去的辉煌成就。"我们谈得很亲切，很愉快，但也同感忧虑和沉重。我们都认为，历史是不可割断的，要清醒地看过去，更要清醒地看现在和未来。时代在考验人，也考验诗。一切真实，都要恢复它历史的本来面目。

诗，是时代之声，是一个时代最敏感、最真实之声。它还往往回响着历史的旋律，奏出对未来的召唤与启示。回忆那个时代出现的"诗的欢迎和欢迎的诗"，不是正可体会到诗的这种特点与内涵吗？它们穿越时空，留给后人以长久的思索、回味和魅力。

1991年1月10日

真挚的关怀

荒　煤

在人生的长途中总有些无法泯灭的记忆，或者如暴风雨前的雷电，在你心灵大海里一闪而去，却永远留下灼热的烙印；或者如料峭的冬天忽然轻轻掠过一阵春风，不断萦绕在心头，让人时时感到温暖。我刚刚打过电话，建议负责编辑北京电影学院 40 周年纪念文集的申伸同志，一定要找几位同志写周恩来总理关心电影学院和电影演员的文章。可是，当天晚上我却在床上反复辗转，无法入睡了，我总感觉有一股热流涌上心头，回忆一些往事，又终于情不自禁地写下这些片段的回忆。

周恩来总理常常讲，他不过是文艺界的一位朋友。但我也的确听到有些演员天真地夸耀周恩来首先是演员的朋友，甚至还说周总理因为青年时代在南开大学演过话剧，自己当过演员，所以对演员特别有感情。这的确是事实，总理非常关心演员的成长，不论是话剧、戏曲、电影演员。他也非常关心对演员的培训工作。

1959 年 4 月 23 日，他因病在北京医院卧床休息一天，却在上午约了参加全国政协的沈浮、陈鲤庭、郑君呈、赵丹、张瑞芳等几位同志到病房谈话。详细的情况和谈话的内容，我已经写了文章，这里就不谈了。我这里只是想介绍他一个关于演员培养的重要思想。

周恩来在和我们谈国庆 10 周年献礼影片及一些其他问题时，用辩证的观点，以形象的两条腿走路的比喻来论述演员学习的时候，他首先强调了除了一定要和中国社会生活的实践相结合，学习马列主义理论之外，还要强调业务学习："演员要有好身体，要有基本训练，要练嗓子，包括语言发音；从身体动作到会唱歌。同时，要加强文艺修养。”

周总理当时还特别问到北京电影学院的情况。我告诉总理，表演系除理论学习外，还进行基本训练，学舞蹈、音乐等，他很赞赏。

紧接着，总理于5月3日在紫光阁召集北京文艺界一些同志谈文艺工作中两条腿走路的问题时，对业务学习又有所发挥，他指出："在业务上，首先要有基本训练，同时要有其他文艺修养。既要精通一行，又要有多方面知识；精通一行是主要方面。艺术家可贵的就是专一行。但演员的才能应该是多方面的。我们的演员很少全才，特别是年轻的演员，更要努力学习。文艺修养也是多方面的，文学、音乐、美术等等，都需要懂一点。比如搞戏剧的也可以学学绘画，作作诗。当然不能一律都要求如此，但艺术修养多一些，总是好的。”

可见，总理对演员的要求和期望是很高、很严格的。

我亲身经历的几件事，完全证明这一点。

我记不得是看完哪一部影片了，总理忽然问我，影片中那一位男演员开汽车的镜头有些虚假，是不是不会开汽车。总理接着就对我谈起来，认为，如果拍摄需要，演员就应该学会开汽车。要骑马，就得学骑马。

我不禁叹道："电影学院哪有钱买汽车让演员开汽车啊！"

总理想了一下，说道："可不可以送到部队里去进行一些短期训练呢？或者设法从部队里调一些旧车给学院？你考虑考虑。"

但不久，文化部整风开始了，我很快也就离开电影界了。"文革"爆发之后，更没有人去考虑这个问题了。

还有一件事：1961年故事片创作会议期间，总理曾约了20多位同志到他家里谈心并共进午餐。饭后，在纷纷告别时，总理突然叫住了王家乙，指着家乙笑道："家乙同志，我可是替你向别人道歉了。"

看到家乙和我都有些惶惑时，总理才说了这样一个故事：周总理访问缅甸时，带了一个艺术团同去演出，他发现一位白族女演员演唱《五朵金花》插曲，唱得和影片中一模一样。事后和演员谈话，才了解到：导演嫌她形象不好，没有让她演主角，然而却让她配音唱了那些插曲。

总理批评家乙道："我看你这个同志，真糟糕！为什么做工作不从政治上考虑呢？你这样做多伤兄弟民族自尊心啊！还有办法补救吗？"

我和家乙都说，影片都已上映两年了，没有办法补救了；不过影片里还有不少演员是白族同志，虽然戏不重。

总理说："那还好，不过今后一定要注意，一定要首先从政策上考虑。"

周总理认为，我国是一个多民族的国家，我们的文艺一定要努力去反映兄弟民族的生活，还应该有这样的责任，为少数民族培养他们自己的文艺工作者，自己的演员。“这样的工作做好了，就会使各兄弟民族感觉到，他们在我国这样一个大家庭里多么受尊重，多么温暖和幸福，而且为他们培养了自己的演员，他们也会以此感到自豪嘛！”所以，总理代替导演向那位白族演员表示道歉。

周总理最后还一再嘱咐：“今后再拍少数民族影片，一定要注意政策，一定要注意大局。”

家乙走后，总理又告诉我，他也发现《五朵金花》的女演员，普通话都说不好。后来和演员杨丽坤谈话，才知道她的对话也是配音的。

总理批评道：这不能责怪演员，主要是领导问题。他说：“我到处都讲，演员要有基本训练，要有基本功，你们拍电影，导演选演员，又不会唱歌，又说不好普通话，都叫人配音，你们这样做，是什么样的培养演员的方向啊！”

我也作了自我批评，表示今后一定要注意这方面的问题。周总理于是习惯性地把双臂抱在胸前，凝视着我，微笑地问道：“那么，刚才有同志提出来，导演要到马路上去找演员，你又怎么看呢？”

原来，今天上午在总理家里座谈，总理一再强调，请大家来家里随便谈谈，想听听大家的意见，希望大家就像在自己家里一样畅所欲言，无所顾虑。后来在谈话过程中，也的确是谈笑风生，不断在客厅扬起一阵阵响亮的笑声。记不清是哪位同志提出来，电影演员不仅要依靠电影学院培养，还应该容许导演到社会上去物色一些有社会生活经历的演员。另一位同志就插话，说美国好莱坞，有的导演就是经常在马路上去找演员的。这还引起了许多同志的欢笑。不料总理却注意到这个意见。

我说，适当地到社会上、到文艺界物色少数非专职的业余演员，是可以的。总理过去也讲过，可以吸收其他各界专业和业余演员参加拍摄电影。至于到马路上去逛，寻求导演想物色的特殊演员，这只能是极个别的例子吧，恐怕不能提倡。

总理爽朗地大声笑道：“哦，你这个看法，倒和我一致。导演拿到剧本都去逛马路找演员，那么，还要办什么电影学院？不过，我听说，你也支持一种观点，要组织编剧专为某个演员写剧本。”

我也不禁笑了，一方面心里想，总理对电影界情况了解的真不少，也想就此说明一些想法：我们有的演员一部戏演红了，常常因为没有合适的剧本，不能接二连三地拍影片。在西方电影界就有这种情况，专门派人组织编剧，根据演员的特点和风格来写剧本。我们根本没有这方面的经验，也没有这么做过。但有些同志认为未尝不可以试试，我也倾向可以试试。

总理听了之后，沉吟了一会儿，说道："这个问题你们再研究吧。不过，我还是主张演员应该是个通才。他们能适应剧本的要求去演各种角色，不管是正面人物还是反面人物，他都能演。不应该要求剧本去适应演员。"

也由此可见，总理对演员的基本要求，始终坚持要求有基本功，力求是个全才和通才，演员的才能应该是多方面的，能适应剧本的要求，演各种角色。

1961 年故事片创作会议期间发生的这一段小插曲，给我留下难忘的印象。但我怎么也没有想到这一个小小的插曲到 1964 年才真正结束，而且是一个悲剧性的结束。

1964 年为了国庆 15 周年献礼拍摄的影片中，有王家乙同志导演的《景颇姑娘》。王家乙接受了总理的批评，这部影片的主要角色都由景颇族的演员担任，而上海拍摄的《阿诗玛》，仍然起用了杨丽坤担任主角。

1978 年在我写的一篇《阿诗玛，你在哪里》散文里曾经有过这样一段叙述："当她（指杨丽坤）谈到周总理对她的关怀，她笑得那么纯真，明亮的眼睛里闪耀着泪花。当她说到周总理说她：'你说话怎么还是奶声奶气，像个孩子似的'，她脸红了，泪珠留在脸颊上，神态十分严肃，一个字一个字地说道：'那时候，我心里难过极了，讲不出话来。可是我心里向周总理作了保证，我一定要把普通话说好。'"

我记得，我在审查部分样片的时候，我也特别注意她的对话，并问过导演，是否她本人讲的普通话。

不料第二天晚上，总理办公室副主任许明同志就打电话给我，说总理听说《阿诗玛》样片来了，特别让她打电话问问我：杨丽坤的普通话讲得怎么样了。

我一下子愣住了，我怎么也没有想到，事隔多年，日理万机的总理，他还关怀着一个青年电影演员的普通话讲好了没有……许明听不到我的回答，又问了我一声，我才赶忙告诉她，这次是杨丽坤自己讲的普通话，我们觉得可以。我笑道，要是总理愿意，可否抽点时间来看一下样片？许明也笑了，说总理现在这样忙，哪里有时间，但她还是说等到把情况向总理汇报了之后再说吧。说实话，我当时的心情也真有点紧张。一方面，对总理这种无微不至地关怀电影艺术创作的热情非常感动，可又觉得时间紧迫，万一总理还是不满意杨丽坤的普通话，那么这部影片也可能就不能在国庆节上映了。

结果，第二天许明同志打电话告诉我，总理没有时间，不看样片了，说你们觉得可以就通过吧……

可是文化部很快就展开了整风运动。我于 1965 年也就调离了文化部。《阿诗玛》影片被江青一伙扼杀了，被埋没了 10 多年，直到"文革"之后才和广大观众见面，获得广大群众的喜爱。杨丽坤同志却在“文革”期间受到迫害以至精神失常，流浪在街头。

我至今也不知道周总理是否看过《阿诗玛》这部电影，更不知道他是否知道，他十分关怀的杨丽坤，却会落到那样悲惨的命运，也从此结束了她的艺术生命。

周总理已经离开我们10多年了，但这些往事仍历历在目，印象十分清晰，特别是想到他讲那句话的精神。总理说：“如果导演拿到剧本都去逛马路找演员，那还要办什么电影学院？”

我觉得我似乎还听到他那爽朗的笑声，我的心情不能不感到异常的激动。

又见海棠花开

——周恩来的人格魅力和道德法则

梁　衡

阳春时节，西花厅的海棠花又要开了。

伟大的人格是超越时空的。周恩来同志离开我们已近40年，但是人们还是常常想起他、说到他，亲切自然，斯人如在眼前，他喜爱的一树树海棠也宛若绽放身畔。周恩来的人格魅力体现在许多方面，比如仁爱、牺牲和宽容，其中尤以第一点为最。

爱人者，人恒爱之

我在《大无大有周恩来》中谈到周恩来有六个“大有”，其中第一个就是“大爱”。我们的文化史、思想史上，对“爱”有过误解、走过弯路。殊不知中国共产党是从同情被压迫者出发，热爱他们，因而产生革命的动机和动力，最后获得他们的拥护。爱是人类的本性，是人与人之间的纽带，也是政治家团结民众、改造社会、创造世界的动力之一。

周恩来式的爱，有三种表现：

一是仁爱待人，即从人性出发的爱。他对所遇之人，只要不是战场上的敌我相见，在大是大非的前提下，都怀有一种人道主义的慈悲，给予真诚的帮助。因此政治、外交在他那里有了浓浓的人情味。1949年国共胜负大局已定，国民党只是为争取时间才派张治中率团到北平与中共和谈，这当然不会有什么结果，最后连谈判代表都自愿留而不归了。但张治中说，别人可以不回，我作为团长应该回去复命。本来一场政治故事到此已经结束，周恩来也已完成使命，可以坐享胜利者的骄傲。但一场人性的故事才刚刚开始，周恩来说："西安事变时我们已经对不起一位姓张的朋友（指张学良为蒋所扣），现在不能再对不起另一位姓张的朋友。"他亲自到六国饭店看望张治中，劝他认清蒋介石的为人，绝不可天真，并约好第二天到机场去接一个人。翌日，在西苑机场张治中怎么也不敢相信，走下飞机的竟是他的夫人。原来，周恩来早已通过地下党把和谈代表们在国统区的家属安全转移，谈判一有结果就立即接到了北平。

二是善解人意，无论公私尽量多为对方考虑。我国一家乐团出国访问前擅改日程、自定曲目，周恩来批示："我们完全不为对方设想，只一厢情愿地要人家接受我们的要求，这不是大国沙文主义是什么？"他对同志无微不至的关怀，几乎是一种本能。朝鲜战争乔冠华是中方的谈判代表，他是只带了一件衬衫去前线的，没想到一谈就是两年。1952 年，周恩来就派乔冠华的妻子龚澎去参加赴朝慰问团，顺便探亲。

周恩来的"六无"中有一无就是"生而无后"，这是周恩来和邓颖超永远的痛。但是，痛吾痛以及人之痛，周恩来更以一颗慈爱的心帮助着每一个需要帮助的人。日本著名女运动员松崎君代婚后无子，周恩来就安排她到北京来看病，终于得子。周恩来就是这样按照他的爱心、他的逻辑，平平静静地办他认为该办的事。

三是大爱为民，把基于人性的爱扩大到对人民的爱。政治家的爱毕竟不同于宗教家、慈善家的爱，他不是施舍而是施政，是从人性出发的。中国传统文化中一直有民本、仁政的思想。孟子讲"政在得民"；范仲淹讲"居庙堂之高，则忧其民"。虽然历史上所有进步力量的宗旨都是为人民，但将这个道理贯彻到底的是中国共产党，《共产党宣言》讲无产阶级先解放全人类，最后才解放自己。中国共产党更把其宗旨具体为一句话："为人民服务。"周恩来把对人民之爱落实得非常彻底。

1946 年 10 月，周恩来在上海纪念鲁迅逝世 10 周年纪念会上的演说中这样说道："人民的世纪到了，所以应该像头牛一样努力奋斗，团结一致，为人民服务而死。"新中国成立后他常说："我们的一切工作都是为了人民的。""文革"中他的胸前始终佩戴"为人民服务"徽章，以此勉励自己永远把人民的利益放在最高位置。他一有机会就"促生产"、安民生。1972 年到 1973 年间，甘肃定西连续 22 个月无雨，百万人缺粮，数十万人缺水，又值"文革"大乱，病床上的周恩来听了汇报后伤心落泪："解放几十年了，甘肃老百姓还这么困难，我当总理的有责任，对不起百姓。"刚做过手术的他用颤抖的手连批了九个不够，又画了三个叹号："口粮不够，救济款不够，种子留得不够，饲料饲草不够，衣服缺得最多，副业没有，农具不够，燃料不够，饮水不够，打井配套都不够，生产基金、农贷似乎没有按重点放，医疗队不够，医药卫生更差等，必须立即解决。否则外流更多，死人死畜，大大影响劳动力！！！""文革"前北京常有大型群众集会，一次散会时赶上下雨，他就让政府负责同志在广播里提醒各单位回去后熬一点姜汤给大家驱寒。他办公和居住的中南海西花厅墙外正好是 14 路公共汽车站，很吵闹，有人建议把汽车站挪开。周恩来说，我们办事要从人民方便着想，不同意挪。直到现在，14 路汽车站还设在那里。他的这些举动纯粹是出于爱心，毫不作秀。我们可以对比一下，江青住庐山宾馆，嫌山涧流水扰眠，就下令将涧底全部铺上草席；住广州，嫌珠江上汽笛声扰眠，就下令夜船停航。做人做官，如此大的差距。

同样是以人民的名义干事业，仍可细分出几种类型：有的把这事业连同人民当作自己功业的道具，虽功成而劳民伤财；有的把自身全部融化渗透到为人民的事业中，功成而身退名隐；而有的干脆就是骑在人民的头上作威作福。为人民服务，关键是真的有仁爱之心。

无我者明，无物者公

牺牲是一种自愿的付出，有爱才有牺牲。在中国传统文化中牺牲属于"义"的范畴，大公无私、勇于牺牲是一种美德。马克思主义的道德观也弘扬这种精神，并给予其新的含义。马克思在早期作品《青年在选择职业时的考虑》中写道："历史承认那些为共同目标劳动因而自己变得高尚的人是伟大人物，经验赞美那些为大多数人带来幸福的人是最幸福的人。宗教本身也教诲我们，人人敬仰的理想人物，就曾为人类牺牲了自己——有谁敢否定这类教诲呢？"毛泽东更是从司马迁说到张思德，"为人民的利益而死的，他的死是比泰山还要重的"。无论古今中外，无论是马克思主义学说还是中国共产党的思想，都视为社会公义而牺牲私利为高尚。这是基于人类的本性。

周恩来是一个大爱大牺牲的典范。他当了总理，在一般人看来已显贵至极、荣耀至极，而在周恩来则真正开始了生命的磨难、消耗与牺牲。我们任选一天工作日记，看看他的工作量。1974 年 3 月 26 日——

下午三时：起床；

下午四时：与尼雷尔会谈（五楼）；

晚七时：陪餐；

晚十时：政治局会议；

晨二时半：约民航同志开会；

晨七时：在七号楼办公；

中午十二时：去东郊迎接西哈努克亲王和王后；

下午二时：休息。

这就是他的工作节奏。周恩来规定凡有重要事情，无论他是在盥洗室、办公室、会议室，还是在睡眠，都要随时报告。很多人都记得晚年周恩来那张著名的坐在沙发上的照片，枯瘦、憔悴，手上、脸上满是老年斑，唯留一缕安详的目光，真正已油灯耗尽，春蚕到死，蜡炬成灰，鞠躬尽瘁。

除了身累之外还有心累，即精神上的牺牲。民以食为天，老百姓的事办不好，国家要翻船；决策者有任何失误，国家也要翻船。我们知道周恩来是很喜爱戏剧的，有一次工作人员发现他在纸上无奈地抄录下两句戏文："做天难做二月天，蚕要暖和参要寒。种田哥哥要落雨，养蚕娘子要晴干。""文革"中他暗地里保护老干部、抓生产、恢复秩序、打破外交僵局，这又被视为"右"。一次服务员送水走进会议室，竟发现周恩来低头不语，江青等正轮流发言，开他的批判会。但是，走出会议室后，周恩来又照样连轴转地工作，尽力解放干部，恢复秩序。邓小平说："我们这些人都下去了，幸好保住了他。""文革"中周恩来说过一句让人揪心的话："我不下地狱，谁下地狱？"这是把一切都置之度外的牺牲。

周恩来的牺牲精神还有一个更严格之处，我称之为"超牺牲"。他有"十条家规"，除了要求自己，也同样要求家属、部下和身边的人。周恩来严于律己，勿使有一点灰尘，不留下一点遗憾，这样，亲属部下也跟着做出了牺牲。这和官场上存在的为家属谋利、提拔重用亲信的某些人形成了强烈的反差。我曾有缘与周恩来的两代后人相熟，他们都未脱此例。侄女周秉建"文革"中到内蒙古草原插队，数年后应征参军。她很兴奋地穿着军装来看伯父，周恩来说，让你去插队就要在那里扎根，结果她脱了军装重回牧区，嫁给一个蒙古族青年。国家恢复高考，周恩来的侄孙女周晓瑾从外地考到北京广播学院。这时总理已经去世，侄孙女很兴奋地给邓颖超奶奶打电话，要去看她。邓颖超先让秘书到学院去查档案，看是否真是靠成绩入学的，查过无事后才见面。周恩来住的西花厅年久失修，特别是地板潮湿，对他的身体很不利。一次乘他外出，秘书将房间简单装修了一下。他回来后大怒，秘书被调出西花厅。当然，当年这样严格的不只是周恩来一人，这是中国共产党人的无私品格，不过周恩来做得更无私、更彻底。

周恩来的牺牲精神叫人一想起就心中隐隐作痛。人心是肉长的，谁无感恩之心？当年，“泪水洗面万巷空，十里长街送总理”成了共和国史上悲壮的一页。时已 80 高龄的胡厥文老人在诗中写道：“庸才我不死，俊杰尔先亡。恨不以身代，凄然为国伤。”总理爱人民，人民爱总理，这绝不是简单的领袖与公民的关系，而是人心、人性的共鸣。

大足以容众，德足以怀远

仁爱是讲人心的主观出发点，是“善根”；牺牲是讲处理个人与外部世界关系时的态度，是一种无私的境界；包容则是对爱心和牺牲精神的实践检验，是具体行动。当仁爱之心和牺牲精神变成一种宽大包容时自然就感化万物，用兵则不战而屈人之兵，施政则无为而治，为人则桃李不言下自成蹊。

周恩来以惊人的度量和个人的魅力为中国共产党团结了不知多少朋友、多少团体、多少国家。这就是为什么在他去世后普天同悼，连曾经的敌人也唏嘘不已。一位党外人士说，长期以来，提起共产党，脑子里就浮现出毛泽东、周恩来的形象。美国《时代》周刊 20 世纪 40 年代驻华记者白修德说，一见到周恩来，自己的“怀疑和不信任几乎荡然无存”。解放初，亚洲、澳洲国家的工会代表应邀来中国参加亚洲、澳洲工会会议，毛泽东、周恩来等领导人出现时会场喊“毛主席万岁”，一澳洲代表不解，问为何不喊周恩来万岁，等到周恩来过来与他握手时他就喊“周恩来万岁”，周恩来忙示意不要翻译。这是周恩来的严谨，也是他的自律，但实际上不知道国内外有多少人早把周恩来看作心中的偶像而向他敬礼。

周恩来的包容集中体现在如何对待反对过自己的人，甚至是曾经的敌人。20 世纪 30 年代初，国共两党第一次合作失败，周恩来是中共“特科”的负责人，专门对付国民党特务，张冲是国民党的特务头子，中央组织部调查科（“中统”前身）总干事，两人曾经是死对头。张冲成功策划了“伍豪事件”，在报上造谣周恩来已叛变，给周恩来的工作造成极大的被动。“西安事变”后，为了民族存亡国共开始二次合作，周恩来、张冲各为双方谈判代表，周恩来竭诚相待，两人遂成好友。抗战还未成功，张冲病逝，周恩来提议为其追悼会捐 3 万元，亲自前往哀悼并致送挽联“安危谁与共，风雨忆同舟”，并发表讲演，语不成声，满座为之动容。他在报上撰文说：“先生与我并非无党无见，唯站在民族利益之上的党见，非私见私利可比，故无事不可谈通，无问题不可解决。先生与我各以此为信，亦以此互信。”这件事在国民党上层的影响，如同引爆了一颗炸弹。当时的重庆特务如林，周恩来的一举一动都在监视之中，随时有生命危险。而周恩来却平静地广交朋友，编织了一张真诚正义的大网，反过来弥盖整个重庆，戴笠也无可奈何。此时，周恩来手中的武器并不仅是党纲、政见、主义、学说等，更是举世认同的理想信念、传统道德和个人魅力，是与人为善的赤诚之心。

周恩来的包容精神还体现在他对党内关系的处理上。中国共产党诞生于复杂的历史环境中，又经历了漫长的成长历程，党内高层人员文化背景复杂、性格各异。半个多世纪以来能将这样一个党团结在一起，离不开党严明的组织性和纪律性，也离不开像毛泽东、周恩来这样心怀天下百姓的共产党员。从陈独秀始，经过瞿秋白、李立三、向忠发、博古、张闻天直到毛泽东，周恩来与六任主要领导人都合作过，并与毛泽东合作始终。靠什么？靠坦诚、谦虚、忍让、包容，靠宰相肚里能撑船，无论新中国成立前后，无论在党在政，周恩来都是处在关键位置，关系全局。长征中周恩来说服博古请毛泽东出来工作，又把红军总政委一职让给张国焘，保住红军和党不分裂。“文革”中周恩来亲自出面请被冲击、被迫害的外国专家及其家属吃饭，并赔礼道歉。周恩来一生以柔克刚，赢得人心，赢得生前身后名。

包容是一种博大的胸怀，清澈见底，容纳万物，它使仇者和，错者悔，嗔者平，忌者静，使任何人都不可能有不接受的理由。南非总统曼德拉曾说：“当我走出囚室，若不能把悲伤与怨恨留在身后，那么其实我仍在狱中。”诚哉其言！在历史的星空中，周恩来就如同那些让人们举头仰望就灵魂澄净的星辰。

人类历史其实是一部文化史、道德史、人格史，而无论怎样的历史都不能背离人的思想和道德。如马克思所说：“我们的事业是默默的，但她将永恒地存在，并发挥作用。面对我们的骨灰，高尚的人们将洒下热泪。”这也应了康德的那句话：有两种东西，我对它们的思考越是深沉和持久，心中越是充满不断更新的认识和有增无减的敬畏，这就是我头上的星空和心中的道德定律。

我们怀念周恩来，年复一年为他洒下热泪，默默地体悟着他那些源于人类本性的道德法则。

原载《人民日报》2014 年 3 月 20 日

隆尧地震亲历记

尧山壁

20 世纪 60 年代，冀南多灾多难，三年困难时期刚过，1963 年特大洪水，1964 年持续干旱。1966 年倒春寒，2 月 4 日立春，19 日雨水却下了一场雪，3 月 6 日惊蛰，8 日隆尧地震。当时我正与田间、李满天在临西县写吕玉兰，隆尧正是我的家乡，老母独居乡下，不知吉凶。二位领导催我回去，不通公路，绕道邯郸，到邢台已经夜两点，地委大院灯火通明，一片忙乱。办公室转告，老母托人到任县打来长途电话，说震中在县东北，我家在县西南，平安无事，防震棚也搭好了，让我安心工作别回家。父亲早年牺牲，母子相依为命，母亲事事想在儿前，让我很感动。由自己的母亲想到灾区更多母亲，不等天亮就爬上救灾的卡车。

车队向东北疾驰，车上人谁也不说话，能听见彼此紧张的心跳。邢家湾下路往北，车在频频余震中颠簸、跳动，车尾的人不断被甩下去。进入隆尧地界，眼前许多纵向地裂，一两尺宽，喷水冒沙，井水外溢，一片泥泞。弃车爬上滏阳河堤，河道没了，两边大堤挤压在一起，合成一道土梁，土梁又被一条条地裂切断，上下错位一两尺，咬牙切齿的样子。河上几座桥还在，已是面目全非，桥墩倾斜，桥面移位，岌岌可危。

计算行路时间，目的地应该到了。可是眼前没有了马栏村、白家寨、任村、枣坨四村，变成一片逶迤的丘陵。走近看尽是土堆瓦砾，梁柱门窗横躺竖卧，箱柜桌椅东倒西歪。马栏村只剩下半截土墙，好像坟场上一块残碑，上千人的村庄震亡三百人。白家寨灾情类似，全公社死亡四千六百二十八人。任村一块地基条石枕在一道大裂缝上，人们说最初张开五六尺，喷出水柱一丈多高，一头牛两头猪掉下去，连叫唤声都没传上来。看表上午八时，太阳没出，阴天沉重地压下来。活着的人个个灰头土脸，面无表情，急着挖人挖粮，十指滴血。只有大大小小的树木还挺立着，枝头挂满白幡，在寒风里摇曳，窸窸窣窣，哗啦啦，替人唏嘘、哀号。

这里是黑龙港流域，盐碱地夏天水汪汪，冬天白茫茫，种一葫芦打两瓢，如今更是雪上加霜了。废墟死一般寂静，听不见哭声，连鸡犬也都惊哑了。不到二十四个小时，突然鸡叫了，狗咬了，告诉人们救星来了，工作队、解放军、医疗队都来了。匆匆人流中见到了县委书记张彪，我父亲的一位战友，正忙着组织人员，分发空投的馒头、大饼。发了多半天他自己没沾上一口，下令外来的干部不许与民争食。天快黑了，听到我肚里咕咕叫，让我跟他一道回县城。城里房屋也倒了七八成。他把我安排在防震棚里，急匆匆走了，说中央首长要来。他半夜回来把我叫醒，显得格外兴奋，大声说你猜谁来了，我们的周总理。

张书记眼含热泪说，3 月 8 日凌晨，忙碌了一天的总理刚刚躺下，地震了。这是中华人民共和国成立后第一次地震，总理如临大敌，核实情况，召开紧急会议，布置一番后 9 日上午便乘专机赶到石家庄，听完省委和驻军领导汇报，就要亲赴灾区。劝说随来的地质部部长李四光先不要去冒险，知道他血管瘤严重。晚上九点半到冯村火车站，乘驻军的吉普车直奔隆尧。地震指挥部设在县招待所，城里剩下的唯一的三层楼房，砖木结构。电路震坏了，会议在昏暗的马灯下进行，总理坐在一条旧沙发上，一字一句地询问，不断插话。时间不长发生强烈余震，墙体摇晃，门窗嘎巴响，墙皮开裂，白灰纷纷落下，大家惊慌失措，劝总理出去躲一躲。总理连眉毛也不动一下，坐在原地稳如泰山，镇定地说："不要紧，大家要沉住气。这座楼是新盖的，它要是倒了，群众的小屋不都平了？继续开会。"掌握基本情况后，总理要求："今明两天把灾情统计好，给我汇报。一个星期把秩序恢复起来，转入正常的生产救灾。"十一时会议结束，总理摸着黑原路返回石家庄。

第二天，我随张书记又回到白家寨，听说中央首长要来慰问，群众纷纷赶来，打谷场聚集两千多人。在穿公安制服的人中发现了赵行杰，任县公安局长，曾是周总理的警卫员。我心里暗想，八成周总理又要来了。下午三时，一架直升机降落在白家寨田野上，果然周总理出现在舱门口，没戴帽子，没穿大衣，只着一身青蓝制服走下舷梯，头发和衣角被寒风吹起，踏着残雪向群众走来，握着白家寨公社书记杨世英的手问："你多大岁数啦？"回答四十三岁，总理说："记得抗日战争吗？抗战我们打败日本鬼子，那是和阶级敌人做斗争，这次是地球底下的敌人，要和地球底下的敌人做斗争。"这句话说得非常铿锵有力。

看到总理就看到了亲人，灾民们脸上立时阴转晴，干涸一天多的眼里又涌出泪水，争先恐后想和总理握手。总理善解人意，绕场一周，频频招手，当即说开个群众会。事先准备不足，没有桌子，赵行杰急中生智，让解放军找来两个盛救灾物资的木箱，拼成一个讲台。群众立刻静下来，前排坐下，中间蹲着，后排站着，我个儿高，自觉站在后面。要讲话了，总理又发现方向不对。安排他面朝南讲话，一个人背风，群众就要喝风，立刻绕到会场后边，让大家向后转，换了一百八十度。这一来倒让我沾光了，后排变前排，看得更清楚了些。比起三个月前在北京开青年作家会接见时，总理显得苍老了不少，都是这可恶的地震闹的。

“同志们，乡亲们，你们受了灾，损失很大，毛主席让我来看你们。”总理面向北方，任尖利的寒风夹着雪粒、尘土打在脸上，因为话音要与风声较量，嗓门一再提高，显得有些沙哑。最后还是风认输了，渐渐地平静下来，和群众一起听总理举起拳头呼口号：“奋发图强，自力更生，重建家园，发展生产！”两千群众站起来，高呼十六字方针，气势排山倒海。

会后总理踏着断续的余震，爬上高低不平的废墟，低头走进老农王根成的防震棚，摸摸棉衣，按按棉被，心疼地安慰、鼓励：“你是老党员，要带头干，还要教育好娃娃，鼓起干劲，重建家园。”之后是军人家属于小俊、民兵连长国永录等七户，临出村，第三生产队队长国振清，用粗瓷碗从水桶里盛了一碗凉水递给总理，总理接过来一饮而尽。直到太阳快落山了，才离开白家寨。没想到仅隔十二天，邻县宁晋、巨鹿又发生了7.2级地震，4月1日周总理又第三次来到现场，一天内连续视察了五个受灾村庄，在何寨防震棚里还碰上了作曲家劫夫和诗人洪源。

几天后，一首名叫《天大地大不如党的恩情大》的歌曲，在邢台地震灾区诞生，并迅速传遍全国。四句歌词不完全是创作，是从群众大会发言和工作简报上摘录、串联起来的。但是确实代表了地震灾区人民的心声，充分表达了人民领袖和广大群众的关系。乐曲优美动听，百姓喜闻乐见，隆尧人听了尤为亲切。几十年了，我几乎还天天唱它，希望总理在天之灵能够听到。

原载《散文百家》2018年第6期

我所认识的瞿秋白同志

——回忆与随想（节选）

丁　玲

王剑虹

我首先要介绍的是瞿秋白的第一个爱人王剑虹。

一九一八年夏天，我考入桃源第二女子师范预科学习的时候，王剑虹已经是师范二年级的学生了。那时她的名字叫王淑瑶。我们的教室、自修室相邻，我们每天都可以在走廊上相见。她好像非常严肃，昂首出入，目不旁视。我呢，也是一个不喜欢在显得有傲气的人的面前笑脸相迎的，所以我们从来都不打招呼。但她有一双智慧、犀锐、坚定的眼睛，常常引得我悄悄注意她，觉得她大概是一个比较不庸俗、有思想的同学吧。果然，在一九一九年五四运动爆发后，我们学校的同学行动起来时，王剑虹就成了全校的领头人物了。她似乎只是参与学生会工作的一个积极分子。但在辩论会上，特别是有校长、教员参加的一些辩论会上，她口若悬河的讲词和临机应变的一些尖锐、辟透的言论，常常激起全体同学的热情。她的每句话，都引起雷鸣般的掌声，把一些持保守思想、极力要稳住学潮、生怕发生越轨行为的老校长和教员们问得瞠目结舌，不知如何说，如何做是好了。这个时期，她给我的印象是极为深刻的。她像一团烈火、一把利剑，一支无所畏惧、勇猛直前的队伍的尖兵。后来，我也跟在许多同学的后边参加了学生会的工作，游行、开讲演会、教夜校的课，但我们两人仍没有说过话，我总觉得她是一个浑身有刺的人。她对我的印象如何，我不知道，也许她觉得我也是一个不容易接近的人吧。

这年暑假过后，我到长沙周南女子中学，后来又转岳云中学学习。在这两年半中，我已经把她忘记了。

一九二一年寒假，我回到常德，同我母亲住在舅舅家时，王剑虹同她的堂姑王醒予来看我母亲和我了。她们的姐姐都曾经是我母亲的学生，她们代表她们的姐姐来看我母亲，同时来动员我去上海，讲陈独秀、李达等创办的平民女子学校。原来，王剑虹是从上海回来的，她在上海参加了妇女工作，认得李达同志的爱人王会悟等许多人，还在上海出版的《妇女声》上写过文章。她热忱于社会主义，热忱于妇女解放，热忱于求知。她原是一个口才流利、很会宣传鼓动的人，而我当时正对岳云中学又感到失望，对人生的道路感到彷徨，所以我一下便决定终止在湖南的学业，同她冒险到一个熟人都没有的上海去寻找真理，去开辟人生大道。

从这时起，我们就成了挚友。我对她的个性也才有更深的认识。她是坚强的，热烈的。她非常需要感情，但外表却总是冷若冰霜。她是一个失去了母亲的女儿。我虽然从小就没有父亲，家境贫寒，但我却有一个极为坚毅而又洒脱的母亲，我从小就习惯从痛苦中解脱自己，保持我特有的乐观。……

但现实总是残酷的。我们碰到许多人，观察过许多人，我们自我斗争，但我们对当时的平民女校总感到不满，我们决定自己学习，自己遨游世界，不管它是天堂或是地狱。当我们把钱用光，我们可以去纱厂当女工、当家庭教师，或者当用人、当卖花人，但一定要按照自己的理想去读书、去生活，自己安排自己在世界上所占的位置。

一九二三年夏天，我们两人到南京来了。我们过着极度俭朴的生活。如果能买两角钱一尺的布做衣服的话，也只肯买一角钱一尺的布。我们没有买过鱼、肉，也没有尝过冰淇淋，去哪里都是徒步，把省下的钱全买了书。我们生活得很有兴趣，很有生气。

一天，有一个老熟人来看我们了。这就是柯庆施，那时大家叫他柯怪，是我们在平民女子学校时认识的。他那时常到我们宿舍来玩，一坐半天，谈不出什么理论，也谈不出什么有趣的事。我们大家不喜欢他。但他有一个好处，就是我们没有感到他来这里是想追求谁，想找一个女友谈谈恋爱，或是玩玩。因此，我们尽管嘲笑他是一个“烂板凳”（意思是说他能坐烂板凳），却并不十分给他下不去，他也从来不怪罪我们。这年，他不知从什么地方知道我们在这里，便跑来看我们，还雇了一辆马车，请我们去游灵谷寺。这个较远的风景区我们还未曾去过咧。跟着，第二个熟人也来了，是施复亮（那时叫施存统）。我们认为他是一个好人，他是最早把我们的朋友王一知（那时叫月泉）找去做了爱人的，他告诉我们他和一知的生活，他们已经有了一个女儿。这些自然引起了我们一些旧情，在平静的生活中吹起一片微波。后来，他们带了一个新朋友来，这个朋友瘦长个儿，戴一副散光眼镜，说一口南方官话，见面时话不多，但很机警，当可以说一两句俏皮话时，就不动声色地渲染几句，惹人高兴，用不惊动人的眼光静静地飘过来，我和剑虹都认为他是一个出色的共产党员。这个人就是瞿秋白同志。

不久，他们又来过一次。瞿秋白讲苏联故事给我们听，这非常对我们的胃口。过去在平民女校时，也请另一位从苏联回来的同志讲过苏联情况。两个讲师大不一样，一个像瞎子摸象，一个像熟练的厨师剥笋。当他知道我们读过一些托尔斯泰、普希金、高尔基的书的时候，他的话就更多了。我们就像小时候听大人讲故事似的都听迷了。

他对我们这一年来的东游西荡的生活，对我们的不切实际的幻想，都抱着极大的兴趣听着、赞赏着。他鼓励我们随他们去上海，到上海大学文学系听课。我们怀疑这可能又是第二个平民女子学校，是培养共产党员的讲习班，但又不能认真地办。他们几个人都耐心解释，说这学校要宣传马克思主义，要培养年轻的党员，但并不勉强学生入党。这是一个正式学校，我们参加文学系可以学到一些文学基础知识，可以接触到一些文学上有修养的人，可以学到一点社会主义。又说这个学校原是国民党办的，于右任当校长，共产党在学校里只负责社会科学系，负责人就是他和邓中夏同志。他保证我们到那里可以自由听课，自由选择。施存统也帮助劝说，最后我们决定了。他们走后不几天，我们就到上海去了，这时瞿秋白同志大约刚回国不久。

上海大学

上海大学这时设在中国地界极为偏僻的青云路上。一幢幢旧的、不结实的弄堂房子，究竟有多大，我在那里住了半年也弄不清楚，并不是由于它的广大，而是由于它不值得你去注意。我和王剑虹住在一幢一楼一底的一间小亭子间里，楼上楼下住着一些这个系那个系的花枝招展的上海女学生。她们看不惯我们，我们也看不惯她们，碰面时偶尔点点头，根本没有来往。只有一个极为漂亮的被称为校花的女生吸引我找她谈过一次话，可惜我们一点共同的语言也没有。她问我有没有爱人，抱不抱独身主义。我说我从来没有想过这个问题，现在也不打算去想。她以为我是傻子，就不同我再谈下去了。

我们文学系似乎比较正规，教员不大缺课，同学们也一本正经地上课。我喜欢沈雁冰（茅盾）先生讲的《奥德赛》《伊利阿特》这些远古的、异族的极为离奇又极为美丽的故事。我从这些故事里产生过许多幻想，我去翻欧洲的历史、欧洲的地理，把它们拿来和我们自己民族的远古的故事来比较。我还读过沈先生在《小说月报》上翻译的欧洲小说。他那时给我的印象是一个会讲故事的人，但是不会接近学生。他从来不讲课外的闲话，也不询问学生的功课。所以我以为不打扰他最好。早先在平民女校教我们陀思妥耶夫斯基的《穷人》的英译本时，他也是这样。我同他较熟，后来我主编《北斗》时，常就教于他，向他要稿子。所以，他描写我过去是一个比较沉默的学生，那是对的。就是现在，当我感到我是在一个比我高大、不能平等谈话的人的面前，即便是我佩服的人时，我也常是沉默的。

王剑虹则欣赏俞平伯讲的宋词。俞平伯先生每次上课，全神贯注于他的讲解，他摇头晃脑，手舞足蹈，口沫四溅，在深度的近视眼镜里，极有情致地左右环顾。他的确沉醉在那些“独倚望江楼，过尽千帆皆不是……”既深情又蕴蓄的词句之中，他的神情并不使人生厌，而是感染人的。剑虹原来就喜欢旧诗旧词，常常低回婉转地吟诵，所以她乐意听他的课，尽管她对俞先生的白话诗毫无兴趣。

田汉是讲西洋诗的，讲惠特曼、渥兹华斯，他可能是一个戏剧家，但讲课却不太内行。

其他的教员，陈望道讲古文，邵力子讲《易经》。因为语言的关系，我们不十分懂，就不说他了。

可是，最好的教员却是瞿秋白。他几乎每天下课后都来我们这里。于是，我们的小亭子间热闹了。他谈话的面很宽，他讲希腊、罗马，讲文艺复兴，也讲唐宋元明。他不但讲死人，而且也讲活人。他不是对小孩讲故事，对学生讲书，而是把我们当作同游者，一同游历上下古今，东南西北。我常怀疑他为什么不在文学系教书而在社会科学系教书，他在那里讲哲学。哲学是什么呢？是很深奥的吧？他一定精通哲学！但他不同我们讲哲学，只讲文学，讲社会生活，讲社会生活中的形形色色。后来，他为了帮助我们能很快懂得普希金的语言的美丽，他教我们读俄文的普希金的诗。他的教法很特别，稍学字母拼音后，就直接读原文的诗，在诗句中讲文法，讲变格，讲俄文用语的特点，讲普希金用词的美丽。为了读一首诗，我们得读二百多个生字，得记熟许多文法。但这二百多个生字、文法，由于诗，就好像完全吃进去了。当我们读了三四首诗后，我们自己简直以为已经掌握俄文了。

冬天的一天傍晚，我们与住在间壁的施存统夫妇和瞿秋白一道去附近的宋教仁公园散步赏月。宋教仁是老同盟会的，湖南人，辛亥革命后牺牲了的。我在公园里玩得很高兴，而且忽略了比较沉默或者有点忧郁的瞿秋白。后来施存统提议回家，我们就回来了，而施存统同瞿秋白却离开我们，没有告别就从另一条道走了。这些小事在我脑子里是不会起什么影响的。

第二天秋白没有来我们这里，第三天我在施存统家遇见他，他很不自然，随即走了。施存统问我："你不觉得秋白有些变化吗？"我摇摇头。他又说："我问过他，他说他确实堕入恋爱里边了。问他爱谁，他怎么也不说，只说你猜猜。"我知道施先生是老实人，就逗他："他会爱谁？是不是爱上你的老婆了？一知是很惹人爱的，你小心点。"他翻起诧异的眼光看我，我笑着就跑了。

我对于存统的话是相信的。可能秋白爱上一个他的"德瓦利斯"，一个什么女士了。我把我听到的和我所想到的全告诉剑虹，剑虹回答我的却是一片沉默。于是我们的小亭子间寂寞了。

过了两天，剑虹对我说，住在谢持家的（谢持是一个老国民党员）她的父亲要回四川，她要去看他，打算随他一道回四川。她说，她非常怀念她度过了童年时代的四川酉阳。我要她对我把话讲清楚，她只苦苦一笑："一个人的思想总会有变化的，请你原谅我。"她甩开我就走了。

这是我们两年来的挚友生活中的一种变态。我完全不理解，我生她的气，我躺在床上苦苦思磨，这是为什么呢？两年来，我们之间从不秘密我们的思想，我们总是互相同情，互相鼓励的。她怎么能对我这样呢？她到底有了什么变化呢？唉！我这个傻瓜，怎么就毫无感觉呢？……

我正烦躁的时候，听到一双皮鞋声慢慢地从室外的楼梯上响了上来，无须我分辨，这是秋白的脚步声，不过比往常慢点，带点踌躇。而我呢，一下感到有一个机会可以发泄我几个钟头来的怒火了。我站起来，猛地把门拉开，吼道："我们不学俄文了，你走吧！再也不要来！"立刻就又把门猛然关住了。他的一副惊愕而带点傻气的样子留在我脑际，我高兴我做了一件有趣的事，得意地听着一双沉重的皮鞋声慢慢地远去。为什么我要这样恶作剧，这完全是无意识和无知的顽皮。

我无聊地躺在床上，等着剑虹回来。我并不想找什么，却偶然翻开垫被，真是使我大吃一惊，垫被底下放着一张布纹信纸，纸上密密地写了一行行长短诗句。自然，从笔迹、从行文，我一下就可以认出来是剑虹写的诗。她平日写诗都给我看，都放在抽屉里的，为什么这首诗却藏在垫被底下呢？我急急地拿来看，一行行一节节啊！我懂了，我全懂了，她是变了，她对我有隐瞒，她在热烈地爱着秋白。她是一个深刻的人，她不会表达自己的感情；她是一个自尊心极强的人，她可以把爱情关在心里，窒死她，她不会显露出来让人议论或讪笑的。我懂得她，我不生她的气了，我只为她难受。我把这诗揣在怀里，完全为着想帮助她、救援她，惶惶不安地在小亭子间里踱着。至于他们该不该恋爱，会不会恋爱，他们之间能否和谐，能否融洽，能否幸福，还有什么不妥之处，在我的脑子里没有生出一点点怀疑。剑虹啊！你快回来呀！我一定要为你做点事情。

她回来了，告诉我已经决定跟她父亲回四川，她父亲同意，可能一个星期左右就要成行了。她不征询我的意见，也不同我讲几句分离前应该讲的话，只是沉默着。我观察她，同她一道吃了晚饭。我说我去施存统家玩玩，丢下她就走了。

秋白的住地离学校不远，我老早就知道，只是没有去过。到那里时，发现街道并不宽，却是一排西式的楼房。我从前门进去，看见秋白正在楼下客堂间同他们的房东——一对表亲夫妇在吃饭。他看到我，立即站起来招呼，他的弟弟瞿云白赶紧走在前面引路，把我带到楼上一间比较精致的房间里，这正是秋白的住房。我并不认识他弟弟，他自我介绍，让我坐在秋白书桌前的一把椅子上，给我倒上一杯茶。我正审视房间的陈设时，秋白上楼来了，态度仍同平素一样，好像下午由我突然发出来的那场风暴根本没有一样。这间房以我的生活水平来看，的确是讲究的：一张宽大的弹簧床，三架装满精装的外文书籍的书橱，中间夹杂得有几摞线装书。大的写字台上，放着几本书和一些稿子、稿本和文房四宝；一盏笼着粉红色纱罩的台灯，把这些零碎的小玩意儿加了一层温柔的微光。

秋白站在书桌对面，用有兴趣的、探索的目光，亲切地望着我，试探着说道："你们还是学俄文吧，我一定每天去教。怎么，你一个人来的吗？"

他弟弟不知什么时候走开了。我无声地、轻轻地把剑虹的诗慎重地交给了他。他退到一边去读诗，读了许久，才又走过来，用颤抖的声音问道："这是剑虹写的？"我答道："自然是剑虹。你要知道，剑虹是世界上最珍贵的人。你走吧，到我们宿舍去，她在那里。我将留在你这里，过两个钟头再回去。秋白！剑虹是我最好的朋友，我不忍心她回老家，她是没有母亲的，你不也是没有母亲的吗？"秋白曾经详细地同我们讲过他的家庭，特别是他母亲吞火柴头自尽的事，我们听时都很难过。"你们将是一对最好的爱人，我愿意你们幸福。"

他握了一下我的手，说道："我谢谢你。"

等我回到宿舍的时候，一切都如我想象的，气氛非常温柔和谐，满桌子散乱着他们写的字，看来他们是用笔谈话的。他要走了，我从桌子前的墙上取下剑虹的一张全身像，送给了秋白。他把相片揣在怀里，望了我们两人一眼，就迈出我们的小门，下楼走了。

事情就是这样。自然，我们以后常去他家玩，而俄文却没有继续读下去了。她已经不需要读俄文，而我也没有兴趣坚持下去了。

慕尔鸣路

寒假的时候，我们搬到学校新址（西摩路）附近的慕尔鸣路。这里是一幢两楼两底的弄堂房子。施存统住在楼下统厢房，中间客堂间作餐厅。楼上正房住的是瞿云白，统厢房放着秋白的几架书，秋白和剑虹住在统厢房后面的一间小房里，我住在过街楼上的小房里。我们这幢房子是临大街的。厨房上边亭子间里住的是娘姨阿董。阿董原来就在秋白家帮工，这时，就为我们这一大家人做饭，收拾房子，为秋白夫妇、他弟弟和我洗衣服。施存统家也雇了一个阿姨，带小孩，做杂事。

这屋里九口之家的生活、吃饭等，全由秋白的弟弟云白当家。我按学校的膳宿标准每月交给他十元，剑虹也是这样，别的事我们全不管。这自然是秋白的主张，是秋白为着同剑虹的恋爱生活所考虑的精心的安排。

因为是寒假，秋白出门较少；开学以后，也常眷恋着家。他每天穿着一件舒适的、黑绸的旧丝棉袍，据说是他做官的祖父的遗物。他每天写诗，一本又一本，全是送给剑虹的情诗。也写过一首给我，说我是安琪儿，赤子之心，大概是表示感谢我对他们恋爱的帮助。剑虹也天天写诗，一本又一本。他们还一起读诗，中国历代的各家诗词，都爱不释手。他们每天讲的就是李白、杜甫、韩愈、苏轼、李商隐、李后主、陆游、王渔洋、郑板桥……秋白还会刻图章，他把他最喜爱的诗句，刻在各种各样的精致的小石块上。剑虹原来中国古典文学的基础就较好，但如此的爱好，却是因了秋白的培养与熏陶。

剑虹比我大两岁，书比我念的多。我从认识她以后，在思想兴趣方面受过她很大的影响，那都是对社会主义的追求，对人生的狂想，对世俗的鄙视。尽管我们表面有些傲气，但我们是喜群的，甚至有时也能迁就的。现在，我不能不随着他们吹吹箫、唱几句昆曲（这都是秋白教的），但心田却不能不离开他们的甜蜜的生活而感到寂寞。我向往着广阔的世界，我怀念起另外的旧友。我常常有一些新的计划。而这些计划却只秘藏在心头。我眼望着逝去的时日而深感惆怅。

秋白在学校的工作不少，后来又加上翻译工作，他给鲍罗廷当翻译可能就是从这时开始的。我见他安排得很好。他西装笔挺，一身整洁，精神抖擞，进出来往，他从不把客人引上楼来，也从不同我们（至少是我吧）谈他的工作，谈他的朋友，谈他的同志。他这时显得精力旺盛，常常在外忙了一整天，回来仍然兴致很好，同剑虹谈诗、写诗。有时为了赶文章，就通宵坐在桌子面前，泡一杯茶，点上支烟，剑虹陪着他。他一夜能翻译一万字，我看过他写的稿纸，一行行端端正正、秀秀气气的字，几乎连一个字都没有改动。

我不知道他怎样支配时间的，好像他还很有闲空。他们两人好多次到我那小小的过街楼上来座谈。因为只有我这间屋里有一个烧煤油的烤火炉，比较暖和一些。这个炉子是云白买给秋白和剑虹的，他们一定要放在我屋子里。炉盖上有一圈小孔，火光从这些小孔里射出来，像一朵花的光圈，闪映在天花板上。他们来的时候，我们总是把电灯关了，只留下这些闪烁的微明的晃动的花的光圈，屋子里气氛也美极了。他的谈锋很健，常常幽默地谈些当时文坛的逸事。他好像同沈雁冰、郑振铎都熟识。他喜欢徐志摩的诗。他对创造社的天才家们似乎只有对郁达夫还感到一点点兴趣。我那时对这些人、事、文章以及文学研究会和创造社的争论，是没有发言权的。我只是一个小学生，非常有趣地听着。这是我对于文学上的什么浪漫主义、自然主义、写实主义以及为人生、为艺术等等所上的第一课。那时秋白同志的议论广泛，我还不能掌握住他的意见的要点，只觉得他的不凡，他的高超，他似乎是站在各种意见之上的。

有一次，我问他我将来究竟学什么好，干什么好，现在应该怎么搞。秋白毫不思考地昂首答道："你嘛，按你喜欢的去学，去干，飞吧，飞得越高越好，越远越好，你是一个需要展翅高飞的鸟儿，嘿，就是这样……"他的话当时给我无穷的信心，给我很大的力量。我相信了他的话，决定了自己的主张。他希望我，希望剑虹都走文学的路，都能在文学上有所成就。这是他自己向往的而又不容易实现的。他是自始至终与文学结下了不解之缘。他是一个文学家，他的气质，他的爱好都是文学的。他说他自己是一种历史的误会，我认为不是，他的政治经历原可以充实提高他的文学才能的。只要天假以年，秋白不是过早地离开我们，他定是大有成就的，他对党的事业将有更大的贡献。

这年春天，他去过一趟广州。他几乎每天都要寄回一封用五彩布纹纸写的信，还常夹的有诗。

暑假将到的时候，我提出要回湖南看望母亲，而且我已经同在北京的周敦祜、王佩琼等约好，看望母亲以后，就直接去北京，到学习空气浓厚的北京学府去继续读书。这是她们对我的希望，也是我自己的新的梦想。上海大学也好，慕尔鸣路也好，都使我厌倦了。我要飞，我要飞向北京，离开这个狭小的圈子，离开两年多一天也没有离开过、以前不愿离开的挚友王剑虹。我们之间，原来总是一致的，现在，虽然没有什么分歧，但她完全只是秋白的爱人，而这不是我理想的。我提出这个意见后，他们没有理由反对，他们同意了，然而，却都沉默了，都像有无限的思绪。

我走时，他们没有送我，连房门也不出，死一样的空气留在我的身后。阿董买了一篓水果，云白送我到船上。这时已是深夜，水一样的凉风在静静的马路上飘漾，我的心也随风流荡："上海的生涯就这样默默地结束了。我要奔回故乡，我要飞向北方。好友啊！我珍爱的剑虹，我今弃你而去，你将随你的所爱，你将沉沦在爱情之中，你将随秋白走向何方呢？……"

暑假

长江滚滚向东，我的船迎着浪头，驶向上游。我倚遍船栏，回首四顾，这是我有生以来第一次独自长途跋涉，我既傲然自得，也不免因回首往事而满怀惆怅。十九年的韶华，五年来多变的学院生活，我究竟得到了什么呢？我只朦胧地体会到人生的艰辛，感受到心灵的创伤。我是无所成就的，我怎能对得起我那英雄的、深情的母亲对我的殷切厚望啊！

在母亲身旁是可以忘怀一切的。我尽情享受我难得的那一点点幸福。母亲的学校放假了，老师、学生都回家了，只有我们母女留在空旷的校舍里。我在幽静的、无所思虑的闲暇之中度着暑假。

一天，我收到剑虹的来信，说她病了。这不出我的意料，因为她早就说她有时感到不适，她自己并不重视，也没有引起秋白、我或旁人的注意。我知道她病的消息之后，还只以为她因为没有我在身边才对病有了些敏感的缘故，我虽不安，但总以为过几天就会好的。只是秋白却在她的信后附写了如下的话，大意是这样："你走了，我们都非常难受。我竟哭了，这是我多年没有过的事。我好像预感到什么不幸。我们祝愿你一切成功，一切幸福。"

我对他这些话是不理解的，因此，我对秋白好像也不理解了。预感到什么不幸呢？预感到什么可怕的不幸而哭了呢？有什么不祥之兆呢？不过我究竟年轻，这事并没有放在心头，很快就把它忘了。我正思虑着做新的准备，怎么说服我的母亲，使她同我一样憧憬着到古都去的种种好处。母亲对我是相信的，但她也有种种顾虑。

又过了半个月的样子，忽然收到剑虹堂妹从上海来电："虹姊病危，盼速来沪！"

这真像梦一样，我能相信吗？而且，为什么是她的堂妹来电呢？我实在不知道该怎么样才好。千般思虑，万般踌躇，我决定重返上海。我母亲是非常爱怜剑虹的，急忙为我筹措路费，整理行装，我只得离开我刚刚领略到温暖的家，而又匆匆忙忙独自奔上惶惶不安的旅途。

我到上海以后，时间虽只相隔一月多，慕尔鸣路已经完全变了样子，“人去楼空”。我既看不到剑虹——她的棺木已经停放在四川会馆；也见不到秋白，他去广州参加什么会去了。剑虹的两个堂妹，只以泪脸相迎；瞿云白什么都讲不出个道理来，默默地望着我。难道是天杀了剑虹吗？是谁夺去了她的如花的生命？

秋白用了一块白绸巾包着剑虹的一张照片，就是他们定情之后，我从墙上取下来送给秋白的那张。他在照片背后题了一首诗，开头写道：“你的魂儿我的心。”这是因为我平常叫剑虹常常只叫“虹”，秋白曾笑说应该是“魂”，而秋白叫剑虹总是叫“梦可”。“梦可”是法文“我的心”的译音。诗的意思是说我送给了他我的“魂儿”，而他的心现在却死去了，他难过，他对不起剑虹，对不起他的心，也对不起我……

我看了这张照片和这首诗，心情复杂极了，我有一种近乎小孩的简单感情。我找他们的诗稿，一本也没有了；云白什么也不知道，是剑虹焚烧了呢，还是秋白秘藏了呢？为什么不把剑虹病死的经过，不把剑虹临终时的感情告诉我？就用那么一首短诗作为你们半年多来的爱情的总结吗？慕尔鸣路我是不能再待下去了！我把如泉的泪水，洒在四川会馆，把沉痛的心留在那凄凉的棺柩上。我像一个受了伤的人，同剑虹的堂妹们一同坐海船到北京去了。我一个字也没有写给秋白，尽管他留了一个通信地址，还说希望我写信给他。我心想：不管你有多高明，多么了不起，我们的关系将因为剑虹的死而割断，虽然她是死于肺病，但她的肺病从哪儿来，不正是从你那里传染来的吗？……

谜似的一束信

新的生活总是可爱的。在北京除了旧友王佩琼（女师大的学生）、周敦祜（北大旁听生）外，我还认识了新友谭慕愚（现在叫谭惕吾，那时是北大三年级的学生）、曹孟君（我们同住在辟才胡同的一个补习学校里）。我们相处得很投机，我成了友谊的骄子。有时我都不理解她们为什么对我那么好。此外，我还有不少喜欢我或我喜欢的人，或者只是相亲近的一般朋友。那时，表面上，我是在补习数、理、化，实际我在满饮友谊之酒。我常常同这个人在北大公主楼（在马神庙）的庭院中的月下，一坐大半晚，畅谈人生；有时又同那个人在朦朦胧胧的夜色中漫步陶然亭边的坟地，从那些旧石碑文中寻找诗句。我徜徉于自由生活，只有不时收到的秋白来信才偶尔扰乱我的愉悦的时光。这中间我大约收到过十来封秋白的信。这些信像谜一样，我一直不理解，或者是似懂非懂。在这些信中，总是要提到剑虹，说对不起她。他什么地方对不起她呢？他几乎每封信都责骂自己，后来还说，什么人都不配批评他，因为他们不了解他，只有天上的“梦可”才有资格批评他。那么，他是在挨批评了，是什么人在批评他，批评他什么呢？这些信从来没有直爽地讲出他心里的话，他只把我当作可以了解他心曲的，可以原谅他的那样一个对象而絮絮不已。我大约回过几次信，淡淡地谈一点有关剑虹的事，谈剑虹的真挚的感情，谈她的文学上的天才，谈她的可惜的早殇，谈她给我的影响，谈我对她的怀念。我恍惚地知道，此刻我所谈的，并非他所想的，但他现在究竟在想什么，为什么所苦呢？他到底为什么要那么深地嫌厌自己，责骂自己呢？我不理解，也不求甚解，只是用带点茫茫然的心情回了他几封信。

是冬天了，一天傍晚，我走回学校，门房拦住我，递给我一封信，说：“这人等了你半天，足有两个钟头，坐在我这里等你，说要你去看他，地址都写在信上了吧！”我打开信，啊！原来是秋白。他带来了一些欢喜和满腔希望，这回他可以把剑虹的一切，死前的一切都告诉我了。我匆匆忙忙吃了晚饭，便坐车赶到前门的一家旅馆。可是他不在，只有他弟弟云白在屋里，在翻阅他哥哥的一些什物，在有趣地寻找什么，后来，他找到了，他高兴地拿给我看。原来是一张女人的照片。这女人我认识，她是今年春天来上海大学，同张琴秋同时入学的。剑虹早就认识她，是在我到上海之前，她们一同参加妇女活动中认识的。她长得很美，与张琴秋同来过慕尔鸣路，在施存统家里，在我们楼下见到过的。这就是杨之华同志，就是一直爱护着秋白的，他的爱人，他的同志，他的战友，他的妻子。一见这张照片我便完全明白了，我没有兴趣打听剑虹的情况了，不等秋白回来，我就同云白告辞回学校了。

我的感情很激动，为了剑虹的爱情，为了剑虹的死，为了我失去了剑虹，为了我同剑虹的友谊，我对秋白不免有许多怨气。我把我全部的感情告诉了谭惕吾，她用冷静的态度回答我，告诉我这不值得难受，她要我把这一切都抛向东洋大海，抛向昆仑山的那边。她讲得很有道理，她对世情看得真透彻，我听了她的，但我却连她也一同疏远了。我不喜欢这种透彻，我不喜欢过于理智。谭惕吾一直也不理解我对她友谊疏远的原因。甚至几十年后我也顽固地坚持这种态度，我个人常常被一种无法解释的感情支配着，我再没有去前门旅舍，秋白也没有再来看我。我们同在北京城，反而好像不相识一样。

又过了一个多月，我忽然收到一封从上海发来的杨之华给秋白的信，要我转交。我本来可以不管这些事，但我一早仍去找到了夏之栩同志。夏之栩是党员，也在我那个补习学校，她可能知道秋白的行踪。她果然把我带到当时苏联大使馆的一幢宿舍里。我们走进去时，里边正有二十多人在开会，秋白一见我就走了出来，我把信交给他，他一言不发。他陪我到他的住处，我们一同吃了饭，他问我的同学，问我的朋友们，问我对北京的感受，就是一句也不谈到王剑虹，一句也不谈杨之华。他告诉我他明早就返上海，云白正为他准备行装。我好像已经变成了一个老人，静静地观察他。他对杨之华的来信一点也不表示惊慌，这是因为他一定有把握。他为什么不谈到剑虹呢？他大约认为谈不谈我都不相信他了。那么，那些信，他都忘记了吗？他为什么一句也不解释呢？我不愿同他再谈剑虹了。剑虹在他已成为过去了！去年这时，他是一种怎样的情景，如今，过眼云烟，他到底有没有感触？有什么感触？我很想了解，想从他的行动中来了解，但很失望。晚上，他约我一同去看戏，说是梅兰芳的老师陈德霖的戏。我从来没有进过戏院，那时戏院是男女分坐，我坐在这边的包厢，他们兄弟坐在对面包厢，但我们都没有看戏。我实在忍耐不住这种闷葫芦，我不了解他，我讨厌戏院的嘈杂，我写了一个字条托茶房递过去，站起身就不辞而别，独自回学校了。从此我们没有联系，但这一束信我一直保存着作为我研究一个人的材料。一九三三年在上海时，我曾把这些信同其他的许多东西放在我的朋友王会悟那里。同年我被捕后，雪峰、适夷把这些东西转存在他们的朋友谢澹如家。全国解放以后，谢先生把这些东西归还了我。我真是感谢他，但这一束信，却没有了。这些信的署名是秋白，而在那时，如果有谁那里发现瞿秋白这几个字是可以被杀头的。我懂得这种情况，就没有问。这一束用五色布纹纸写的工工整整秀秀气气的书信，是一束非常有价值的材料。里边也许没有宏言谠论，但可以看出一个伟大人物性格上的、心理上的矛盾状态。这束信没有了，多么可惜的一束信啊！

韦护

我写的中篇小说《韦护》是一九二九年末在《小说月报》上发表的。韦护是秋白的一个别名。他是不是用这个名字发表过文章我不知道。他曾用过“屈维陀”的笔名，他用这个名字时曾对我说，韦护是韦陀菩萨的名字，他最是疾恶如仇，他看见人间的许多不平就要生气，就要下凡去惩罚坏人，所以韦陀菩萨的神像历来不朝外，而是面朝着如来佛，只让他看佛面。

我想写秋白、写剑虹，已有许久了。他的矛盾究竟在哪里，我模模糊糊地感觉一些。但我却只写了他的革命工作与恋爱的矛盾。当时，我并不认为秋白就是这样，但要写得更深刻一些却是我力量所达不到的。我要写剑虹，写剑虹对他的挚爱。但怎样结局呢？真的事实是无法写的，也不能以她的一死了事。所以在结局时，我写她振作起来，重新鼓起生活的勇气战斗下去。因为她没有失恋，秋白是在她死后才同杨之华同志恋爱的，这是无可非议的。自然，我并不满意这本书，但也不愿舍弃这本书。韦护虽不能栩栩如生，但总有一些影子可供我自己回忆，可以作为后人研究的参考资料。

一九三〇年，胡也频参加党在上海召开的一个会议，在会上碰到了秋白。秋白托他带一封信给我。字仍是写得那样工工整整秀秀气气，对我关切很深。信末署名赫然两个字"韦护"。可惜他一句也没有谈到对书的意见。他很可能不满意《韦护》，不认为《韦护》写得好，但他却用了"韦护"这个名字。难道他对这本书还寄有深情吗？尽管书中人物写得不好、不像，但却留有他同剑虹一段生活的遗迹。尽管他们的这段生活是短暂的，但过去这一段火一样的热情，海一样的深情，光辉、温柔、诗意浓厚的恋爱，却是他毕生也难忘的。他在他们两个最醉心的文学之中的酬唱，怎么能从他脑子中划出去？他是酷爱文学的，在这里他曾经任情滋长，尽兴发挥，只要他仍眷恋文学，他就会想起剑虹，剑虹在他的心中是天上的人儿，是仙女（都是他信中的话）；而他对他后来毕生从事的政治生活，却认为是凡间人生，是见义勇为，是牺牲自己为人民，因为他是韦护，是韦陀菩萨。

这次我没有回他的信，也无法回他的信，他在政治斗争中的处境，我更无从知道。但在阳历年前的某一个夜晚，秋白和他的弟弟云白到吕班路我家里来了。来得很突然，不是事先约好的。他们怎么知道我家地址的，至今我也记不起来。这突然的来访使我们非常兴奋，也使我们狼狈。那时我们穷得想泡一杯茶招待他们也不可能，家里没有茶叶，临时去买又来不及了。他总带点抑郁，笑着对我说："士别三日，当刮目相看，你现在是一个有名的作家了。"他说这些话，我没有感到一丝嘲笑，或是假意的恭维。他看了我的孩子，问有没有名字。我说，我母亲替他取了一个名字，叫祖麟。他便笑着说："应该叫韦护，这是你又一伟大作品。"我心里正有点怀疑，他果真喜欢《韦护》吗？而秋白却感慨万分地朗诵道："田园将芜胡不归！"我一听，我的心情也沉落下来了。我理解他的心境，他不是爱《韦护》，而是爱文学。他想到他最心爱的东西，他想到多年来对于文学的荒疏。那么，他是不是对他的政治生活有些厌倦了呢？后来，许久了，当我知道一点他那时的困难处境时，我就更为他难过。我想，一个复杂的人，总会有所偏，也总会有所失。在我们这样变化激剧的时代里，个人常常是不能左右自己的。那时我没有说什么，他则仍然带点忧郁的神情，悄然离开了我们这个虽穷却是充满了幸福的家。他走后，留下一缕惆怅在我心头。我想，他也许会想到王剑虹吧，他若有所怀念，却也只能埋在心头，同他热爱的文学一样，成为他相思的东西了吧。

金黄色的生活

一九三一年，我独自住在环龙路的一家三楼上。我无牵无挂，成天伏案书写。远处虽有城市的噪声传来，但室内只有自己叹息的回音，连一点有生命的小虫似乎也全都绝迹了。这不是我的理想，我不能长此离群索居，我想并且要求到江西苏区去。但后来，还是决定我留在上海，主编“左联”的机关刊物《北斗》。我第一次听从组织的分配，兴致勃勃地四处组稿，准备出版。这时雪峰同志常常给我带来鲁迅和秋白的稿件，我对秋白的生活才又略有所知。这时秋白匿住在中国地带上海旧城里的谢澹如家。这地址，只有雪峰一人知道，他常去看他，给他带去一些应用的东西。为了解除秋白的孤寂，雪峰偶尔带着他，趁着夜晚，悄悄去北四川路鲁迅家里。后来，他还在鲁迅家里住了几天。再后来，雪峰在鲁迅家的附近，另租了一间房子，秋白搬了过去，晚上常常去鲁迅家里畅谈。他那时开始为《北斗》写“乱弹”，用司马今的笔名，从第一期起，在《北斗》上连载。“乱弹”内容涉及很广，对当时政治的腐败、社会的黑暗等，都加以讽刺，给予打击。后来又翻译了很多稿件，包括卢那卡尔斯基的《解放了的董吉诃德》。特别使人印象深刻的是他写的评“自由人”胡秋原和“第三种人”苏汶等的论文，词意严正，文笔锋利。秋白还大力提倡大众文学，非常重视那些在街头书摊上的连环图画、说唱本本等。他带头用上海方言写了大众诗《东洋人出兵》，这在中国文学运动史上是创举。在他的影响下，左联的很多同志也大胆尝试，周文同志把《铁流》与《毁灭》改写为通俗本，周文后来到了延安，主持《边区群众报》，仍旧坚持大众化工作。

秋白还阐述了马克思、恩格斯的现实主义文学理论。他论述的范围很广，世界的，苏联的，中国的。他的脑子如同一个行进着的车轴，日复一日地在文学问题上不停地旋转，而常常发出新论、创见。为了普及革命文化，秋白还用了很多时间研究我国文字拉丁化问题。

以前，我读过《海上述林》，最近我又翻阅了《瞿秋白文集》。他是一个多么勤奋的作家啊！他早在苏联的时候，一直是那么不倦地写呀，译呀。而三十年代初，他寄住在谢澹如家，躲在北四川路的小室里，虽肺病缠身，但仍是日以继夜地埋头于纸笔之中，他既不忘情于社会主义的苏联，又要应付当时党内外发生的许多严重复杂的问题，他写的比一个专业作家还多得多啊！

他同鲁迅的友谊是光辉的、战斗的、崇高的、永远不可磨灭的友谊。他们互相启发，互相砥砺。他们在文学上是知己，在政治斗争上也是知己。他为鲁迅的杂文集作序，对鲁迅的杂文，对鲁迅几十年的斗争，最早作了全面的、崇高的评价。他赞誉鲁迅“是封建宗法社会的逆子，是绅士阶级的贰臣，而同时也是一些浪漫蒂克的革命家的诤友”！他是鲁迅的好友，但他在与世诀别的时候，还说自己“一生中没有什么朋友”，以维护鲁迅的安全。鲁迅也在自己病危之际，为他整理旧稿，出版《海上述林》。这都是我们文坛上可歌可泣的、少有的动人佳话。秋白这一时期的工作成绩是惊人的，他矢志文学的夙愿在这时实现了。我想，这大概是他一生中最称心的时代，是黄金时代。

可惜，这个时代不长。一九三四年初，他就不得不撤出上海，转移到中央苏区去了。他到了苏区，主管苏区的文化教育工作，他尽可能去接近农民，了解农民的生活。这在他是一件了不起的大事。秋白过去是没有条件接近农民的。这正是秋白有意识地要弥补自己的知识分子的缺点，有心去实践艰苦的脱胎换骨的自我改造。他在苏区还继续努力推行文艺大众化。后来，如果他能跟随红军主力一起长征，能够与红军主力一起到达陕北，则他的一生，我们党的文艺工作，一定都将是另一番景象。这些想象在我脑子中不知萦回过多少次，只是太使人痛心了，他因病留在苏区，终遭国民党俘获杀害了。

在这个期间，我在鲁迅家里遇见秋白一次，之华同志也在座。一年来，我生活中的突变，使我的许多细腻的感情都变得麻木了。我们之间的谈话，完全只是一个冷静的编辑同一个多才的作家的谈话。我一点也没有注意他除此之外的任何表情，他似乎也只是在我提供的话题范围之内同我交谈。我对他的生活，似乎是漠不关心的。他对我的遭遇应该有所同情，但他也噤若寒蝉，不愿触动我一丝伤痛的琴弦。

但世界上常常有那么凑巧的事：一九三二年“一·二八”后，我要求参加共产党，很快被批准了。可能是三月间，在南京路大三元酒家的一间雅座里举行入党仪式。同时入党的有叶以群、田汉、刘风斯等。主持仪式的是文委负责人潘梓年。而代表中央宣传部出席的、使我赫然惊讶的却是瞿秋白。我们全体围坐在圆桌周围，表面上是饮酒作乐，而实际是在举行庄严的入党仪式。我们每个人叙述个人入党的志愿。我记得非常清楚，我说的主要意思是，过去曾经不想入党，只要革命就可以了；后来认为，做一个左翼作家也就够了；现在感到，只做党的同路人是不行的。我愿意做革命、做党的一颗螺丝钉，党要把我放在哪里，我就在哪里；党需要我做什么，就做什么。潘梓年、瞿秋白都讲了话，只是一般的鼓励。

一九八〇年元月二日于北京

罗汉岭前吊秋白

曹靖华

瞿秋白同志被害后，因当时消息被封锁，报纸仅略作捕风捉影、语焉不详，甚至歪曲造谣的报道外，长期间，寂无声息。中国人民，尤其是党所领导的文艺界，得此噩耗后，怀着无限沉痛悲愤的心情，对秋白同志只能默默悼念而已。他的牺牲，信如鲁迅先生所说："在文化上的损失，真是无可比喻。"

多年来，我总幻想着能到长汀做一次访问，但当年那只不过是痴人的梦想罢了。

中国人民终于迎来了解放。

一九五一年夏，我参加了中央人民政府南方老根据地访问团，赴江西访问。我们的工作地区，是以瑞金为中心的赣东南几县，秋白同志就义地的长汀，却不在内。可是我依然去做了一次访问。

八月二十四日清晨，我乘一辆军用吉普，离开瑞金，沿着河谷一直向东，越过崇山峻岭，于早九时二十分，到达长汀。这原是第二次国内革命战争时期，福建苏维埃政府所在地。

车直抵长汀西街县人民政府。我们述明来意，县秘书立即邀来张仁福和刘玉堂两位同志。

张仁福是职业抬棺人，是当年亲殓秋白，替秋白抬棺人之一，现年五十八岁，住长汀西街。其他三个抬棺人，早已没有下落。刘玉堂是贫农，拾粪人，现年四十七岁，住距城约五里之黄田背村。这是现在能找到秋白就义时仅有的两位目击者。

长汀中学西，有一小公园，苏维埃时期名列宁公园，敌人占领后，改名中山公园。这是秋白就义时用“刑餐”的地方。

由此往西，距城约半里许，公路北有一座小山，名罗汉岭，岭并不高大。岭脚及山腰处，荒冢累累，气象森严。岭前有一小草坪，紧邻公路。这原为清末收容无依聋盲老人的养济院废址。现虽成草坪，但仍有屋基可辨。草坪正中，即秋白就义地。

由此往西，不及一里处，公路以北，丘陵起伏，名盘龙岗，为秋白墓穴所在地。遗骸今年七月由长汀县府起出，装入瓷坛内，放置县府。基仅剩一穴，黄土乱砖，堆积穴旁，土色甚新，宛如新近所掘者。

据张仁福说，秋白同志是一九三五年二月二十三日在长汀东南约九十里之水口，因众寡不敌，被国民党武平保安团长钟绍葵部所俘。被俘后，押至长汀，囚伪三十六师宋希濂司令部内（在西街当年福建省立第七中学）。当时居民不知被押者为何人。

同年六月十八日上午，将“囚人”押至中山公园用刑餐，园内虽未驻兵，但因囚人用刑餐，门禁森严，居民不准入内，故当时园中情况，毫无所知。隔墙闻有《国际歌》歌声。

当日上午约十时，刽子手将囚人押往刑场，未绑。囚人着小衫、短裤、鞋袜。仪态从容，行至罗汉岭前的靠山脚处草坪正中间，面对罗汉岭，盘足而坐。刽子手是宋希濂的卫士，用盒子枪从背后射击，一弹毙命。事后，居民见布告，始知被害人为瞿秋白同志。

被害后，露尸至午后四时左右，始有人送棺木一口，张仁福说，他亲自代为装殓，并抬至盘龙岗埋葬。

拾粪人刘玉堂说，他当日上午，同平常一样，进城拾粪。由西街经过时，正遇秋白就义。所述目击详情，与张仁福同。

最后，县秘书补充说，秋白同志被囚期间，在敌人法庭上说：“我一生献身革命，现在被俘，只有死而后已。我一个人倒下去，但是，千百万人民，会站起来，继续前进！……”

午后四时半，我们离开长汀。夕阳里，汽车徐徐驶过了秋白的就义地，直向瑞金驶去了。

罗汉岭慢慢儿留在身后，秋白的面影，浮现在我的心头，秋白的声音，萦绕在我的耳边。半生往事，均历历在目……

秋白，那是一九二二年吧，我们在莫斯科，你的肺病已经很严重了，医生说你的一叶肺已经烂了，说你顶多能支持三两年。但你总不肯休息。讲课时，有时累得面色苍白，连气都接不上来了，但你还是诲人不倦地讲着。后来真不能支持了，就在莫斯科近郊高山疗养院疗养，我同素园几乎每星期日都去看你，你从来总是兴奋得忘了病，忘了一切，口若悬河地谈论着。你说苏联是一座琳琅满目的革命宝山，你要拼着你的病弱的生命，把革命的宝贝尽量运到祖国来……

你那时躺到床上，床头没有台灯，你就把吊灯拉到床头，拴到床架上，俯到枕上写文章。你说，病是要养的，可是书更要读，工作更要做，不能不做。因为当时资产阶级报纸大肆造谣，说什么“俄国布尔什维克主义即将崩溃”，正在这时候，你却扶病写了《共产主义的人间化》《莫斯科的赤潮》等通讯，把苏联实况，介绍给追求光明的中国人民和全世界革命人民，替他们扫除了资产阶级报纸对苏联散布的迷雾，使他们知道了列宁所创建的苏维埃社会的真实情况。对全世界说来，这些热情洋溢的真实报道，正是“拨云雾而见青天”啊！

秋白，一九二三年初，你回国后，住在北京黄化门西妞妞房你的叔叔家里。我常去看你，有一次，我把我的第一篇译稿——契诃夫的独幕剧《蠢货》交给你，你看了就在你主编的党的机关刊物《新青年》季刊第二期上发表了。这给了我多大鼓励啊。你叫我多学习，多介绍，你说中国文艺田园太贫瘠了，教我做一个引水运肥的“农夫”。

我记得，你住的是一个跨院，有两小间房，外间靠门口的隔壁跟前，放着一张小风琴。你那时正在译《国际歌》，仔细斟酌好了一句，就在风琴上反复地自弹自唱，要使歌词能恰当地配合乐谱。你说《国际歌》当时已经有三种译文，可是没有一种译得像样，更谈不到能唱了。你要把它译得能唱，使它在中国人民口头上传播开去。最令我敬佩的是外文“国际”一词，在外文是那么长的一串音节，而在汉语却只有“国际”两个音，这怎么能使它配上原谱呢？你说这个字在西欧各种文字都是同音，是国际语，所以汉语也应该相同。你采用了音译“英特纳雄耐尔”，解决了这一难题。并且认为这样在唱时可和各国之音一致，使中国劳动人民和全世界无产阶级，得以同声相应，收万口同声，情感交融之效。在译作时，你是这样深刻地思考、处理问题的啊。你不但是中国人民杰出的战士，而且是杰出的人才。你记得吗？一九二二年中国春节时，你在莫斯科东方大学俱乐部参加演出的那一个独幕剧，连苏联同志对你演的角色，都大为惊叹不已！

本来，你回北京后，由李大钊同志介绍，请你到北京大学俄国文学系教俄国文学史，可是反动的北大教务长顾某，把门关得紧紧的，始终不发聘书。过了一个时期，你等不着，就到上海去了……在上海大学担任社会学系主任。

秋白，我在学习俄语过程中，常把遇到的困难，特别是原意懂而中文难于表达得恰当的那些词句，向你请教。有一次，我随便提到契诃夫剧本中两个人物吵嘴时那样最普通的例子，如："Бидали, Мы"，我照直译为"我们见过的"，你改为"我们见识过的"。这些小节，将近四十年了，我都记得清清楚楚。加一个字，显得多么活现！你后来把极艰深枯燥的哲学论文，译得那么细腻、委婉、动人！诚如鲁迅先生所称赞的，"信而且达，并世无两"。马列主义的文艺理论文章，仗着你那生花之笔，在中国广大读者的心中生根、开花了。

那是一九二四年吧，你在上海，我把我的译稿——契诃夫的《三姊妹》寄给你看，你看后，改了一些地方，交给郑振铎，列入文学研究会丛书出版了。那时你写信说你完全用药养着命，在极端艰险条件下，从事革命工作。我每逢写信向你请教时，每个问题你都作详细的解答，有时甚至是长篇大论的阐述。

一九二七年，中国大革命失败后，我出走莫斯科，不久你也到了那里。旧地逢故人，万感交集，真不知话从哪里说起！一天傍晚，我们在大教堂附近的莫斯科河畔散步，你谈到我走后武汉各方面的情况……王一飞同志被害了，罗觉（一农）同志被害了……最后你谈到中国极需要苏联的文艺作品与文艺理论的介绍，你教我专力在这方面工作。你说应当把介绍苏联革命文艺作品与文艺理论工作，当作庄严的革命的政治任务来完成，因为这是革命的需要，是政治的远见，而不是偏爱啊。

一九二九年，有一次，我从列宁格勒到了莫斯科，临走前，到你住的地方——留克斯饭店看你。你总是像从来那样昂奋，那样忘我地为中国人民、中国革命打算。你谈笑风生，热情洋溢地谈起文艺大众化问题，谈得使我差点儿误了火车。

是一九二九年深秋吧，你回国前，最后一次到了列宁格勒，在我家里畅叙半日，不意那次相会，竟成了我们最后一次的会见！

你回国后，直到一九三三年我回国以前，这期间，在反动派对苏联封锁的情况下，你同鲁迅先生想尽方法，经常往列宁格勒给我寄书刊。其中有你们办的半公开或不公开的刊物，如《文学导报》《十字街头》《文学月报》《前哨》等等。我在那些刊物上辨出了你在白色恐怖下，用宋阳、易嘉、范易嘉等等笔名，写出的火焰般的、战斗的文艺作品、文艺理论和批评文章。

那时我也不断寄些苏联的书报，托鲁迅先生转给你，有时为防特务没收，每种寄双份，甚至寄三份，分批寄，或经西欧转寄。用尽心思，要逃过反动派的没收，把苏联的革命书刊寄到你手里。记得有一次，你收到革拉特科夫的长篇《新土地》时，很快就译了出来，并且写信说："这书已译好，交商务印行，出版时，我要写一篇序文印在书前，这序文只有五个大字，就是：'并非乌托邦'"。谁知你无限心血凝成的这部译稿，在一九三二年一月二十八日，上海抗日战争中，竟被日本帝国主义侵略者的战火烧毁了。现在仅剩你遗稿中的第一章的几页残稿。秋白，你的译稿被烧毁了，但是，你替中国革命打算的一颗赤心，任何侵略者的烈火都烧不毁的！你理想中的"新土地"，而且为了这"新土地"，你终于慷慨以身殉职的，这"新土地"啊，在中国共产党领导下，一九四九年，终于在中国出现了！

一九三一年秋，我在列宁格勒利用暑假，译完了《铁流》的附录部分，没有工夫再将该书最主要的一篇长序译出来。鲁迅先生又急着将书出版，于是就请你在那"岩石似的重压之下"，将那篇序文译了出来。鲁迅先生当时往列宁格勒写信说："《铁流》长序，在此已另请人译，那人你是认识的。"但始终却没料到就是你！那真是作者之幸，译者之幸，中国广大读者之幸啊！那译文，直到现在仍是中国翻译史上空前的译笔了。鲁迅先生满怀喜出望外的心情，在《〈铁流〉编校后记》中说：

没有木刻插图还不要紧，而缺乏一篇好好的序文，却实在觉得有些缺憾。幸而，史铁儿竟特地为了这译本而将涅拉陀夫的那篇翻译出来了，将近二万言，确是一篇极重要的文字。读者倘将这和附在卷末的《我怎么写铁流的》都仔细地研读几回，则不但对于本书的理解，就是对于创作，批评理论的理解，也都有很大的帮助的。

接着又说：

在现状之下，很不容易出一本较好的书，这书虽然仅仅是一种翻译小说，但却是尽三人的微力而成——译的译，补的补，校的校，而又没有一个是存着借此来自己消闲，或乘机哄骗读者的意思的。

秋白，在那大夜弥天的黑暗时代，你用烈火一般的热情，来鼓舞对苏联革命文学的介绍。当《毁灭》出版时，你给鲁迅写信说：

你译的《毁灭》出版，当然是中国文艺生活里面的极可纪念的事迹。翻译世界无产阶级革命文学的名著，并且有系统的介绍给中国读者（尤其是苏联的名著，因为它们能够把伟大的"十月"，国内战争，五年计划的"英雄"，经过具体的形象，经过艺术的照耀，而贡献给读者），——这是中国普洛文学者的重要任务之一。虽然现在做这件事的，差不多完全只是你和Z同志的努力；可是，谁能够说：这是私人的事情？！谁？！《毁灭》、《铁流》等等的出版，应当认为一切中国革命文学家的责任。每一个革命的文学战线上的战士，每一个革命的读者，应当庆祝这一个胜利，虽然这还只是小小的胜利。

秋白，当年你为什么这样重视这两部书呢？从你的文章中看来，是大有深意存焉的。你在一九三一年十二月写的《满洲的毁灭》一文中，谈到法捷耶夫的《毁灭》时说，苏联当国内战争的时候，东西伯利亚被日本及俄国白党军队占领着，莱奋生等的游击队，领导着巨大的战斗，消灭了日本占领军，击退了十四个帝国主义国家的军队，消灭了数不清的白党将军。你写这篇论文的时候，正是日本帝国主义强盗蹂躏着咱们的东北。正是法帝国主义军队开进咱们云南、广西的时候，尤其是正当英、美、法、日、德帝国主义瓜分中国的所谓研究委员会将要来到中国“调查”的时候，当时中国读者读了法捷耶夫的《毁灭》，正会如你所说的：

中国的“莱奋生”已经产生，还在产生着……这几万万人是在战斗着，是在改造着，他们要成为新的坚强的人，他们是顶天立地的人……毁灭的可并不是满洲，而是一切种种的猎人，一切种种的猎狗！

也就在那时，你又写了一篇《铁流在巴黎》，在该文的结语中说：

历史往那一方面走着，那一种形式的生活是始终要胜利的，什么是始终要毁灭的——“万劫不复”的。

这种将要“万劫不复”的东西，在自己灭亡的前夜，才要拼命地造谣，拼命地“宣传”。他们还企图用几万万几十万万人的血，去挽回那挽回不了的命运——用帝国主义的大屠杀的战争，来维持自己的狗命。可是，回答这种造谣宣传和屠杀战争的，将要是全世界的“铁流”——铁洋的飓风。

你当年所断言的这“铁洋的飓风”，三十年后，正要在全世界腾空而起了。

秋白，一九三四年二月七日的午后，我到了上海，到了当时不公开的鲁迅先生的寓所。晚饭后，鲁迅先生把我引到三楼楼梯跟前的一个房间里。那房间虽不很大，但却极整洁。后墙有一个窗子，靠窗有一张条桌，桌子铺着雪白的桌布。桌上放着削好了的铅笔、毛笔、墨盒、信封、拍纸簿等等。桌前放着一张靠椅。靠后墙放着一张单人床。鲁迅先生站定之后，从容而低沉地说：“这是秋白逃难住的房间，一切布置照旧，你就住在这里吧……”说毕，我们就又回到二楼鲁迅先生的书房兼作卧室的房间里。我坐在桌头的藤躺椅上，鲁迅先生坐在桌前的转椅上。鲁迅先生一面回忆着，一面用同样低沉的音调说：“……那是秋白逃难住的房间。他不断受猎犬追逐、缉捕，到处迁居。有时甚至一日数迁。有时被追逐到走投无路时，就跳上野鸡汽车，兜几个圈子，把猎犬甩掉，再下来步行。有时到最危险的关头，就逃到这里，住在你住的那个房间里……他等你等了很久，等不着你来，你来了，他走了，到那边去了……”他习惯成自然地随口说出了平时习用的暗语“那边”两个字之后，才悟到这是在家里说的，于是接着又补充了一句：“到苏区去了。”停顿了一下，又重复着说：你来了，他走了……我只感到心头压了一块大石头，口里却吐不出半个字来。我怀着沉重的心情，凝视着鲁迅先生的沉思的面孔，心里想着：“先生，你用自己的生命，在最危险的情况下，来庇护一个党的负责同志！……”

这样的比骨肉之亲还亲的阶级感情，天地间有什么暴力能够摧毁呢！

秋白，你走了，鲁迅先生一直在念念不忘地关切着。别后整一年了，鲁迅先生在一九三五年一月六日来信还说：“它嫂平安，惟它兄仆仆道途，不知身体如何耳。”

秋白，你被害后，鲁迅先生在无言的悲痛之余，用“诸夏怀霜社”来替你编印《海上述林》。怀着“纸墨更寿于金石”的心情，用这来纪念你。这是“对于先驱者爱的大纛，也是对于摧残者的憎的丰碑”。“诸夏”是中国人民；“霜”是“秋白”。

一九三六年八月二十七日鲁迅先生来信说：“它兄集上卷已在装订，不久可成，曾见样本，颇好，倘其生存，见之当亦高兴，而今竟已归土，哀哉。”“它兄集”，即《海上述林》。

但是，秋白，你虽然被杀害，虽然“竟已归土”，可是你用自己的生命开辟的“新土地”已经出现了。这“新土地”上开遍了令世界亿万人羡慕的中国人民胜利的奇花。这是宇宙间最美丽的幸福的宝花。这是你和无数革命先烈用鲜血灌溉出来的鲜花，它将更庄严而绚烂地开遍全世界！

秋白，这正是三十年前你满怀信心地所要大书特书的：“并非乌托邦”啊！

一九五一年九月，于瑞金
一九六一年十月改写
一九八〇年春，改写于从化温泉宾馆

常州城里觅渡缘

梁　衡

人与人之间的缘分真是一种说不清道不明的契合，那么一个人与一座城呢？

如果让我在故乡之外再举出一座交往最多的城市，那就是常州了。常州人待客时常说一句话："常州，常州，常回来走走。"而我自第一次去常州做客之后，常来常往不觉已 30 年。

像许多有缘人的故事一样，第一次结缘总是偶然。那还是 1990 年 5 月，当时我在国家新闻出版署工作，因公去处理一张报纸的创办事宜。事毕，我问常州有什么名胜可看。主人，即那张报纸的筹办人王荣泰先生说："有。小小常州城出了三位共产党的早期领袖：瞿秋白、张太雷、恽代英，都有故居和陈列馆在。"我们就信步来到瞿秋白纪念馆。瞿是继陈独秀之后党的第二位最高领导人。

纪念馆是一座老祠堂，也即瞿秋白的故居。原来，当年秋白家道中落，已穷得居无片瓦，就寄住在瞿家祠堂里。我参观过后深为秋白的家世之苦和人生坎坷所动，心情正处在压抑、悲恸之中。时已黄昏，老屋旧院，暮云四合，周围显得有几分凄清。突然院子里出现几个孩子在打打闹闹地扫地干活，脖子上的红领巾飘动着，如闪闪的火苗，为这所老宅增加了几分生气。

我问："哪里来的小学生？"答："旁边有一所小学，学生常来纪念馆义务劳动。""什么小学？""觅渡桥小学。""觅渡"二字让我心头一惊！一般地名多是张家巷、李家桥什么的，怎么会有这样文雅的名字？令人想起李清照的"寻寻觅觅"，或屈原的"上下求索"，更联想到秋白临刑前的那一篇《多余的话》，他一生都在寻觅生命的渡口。我便问这个地名起于何年，答曰："至少清代嘉庆年间，瞿家祠堂前就有一条河，河上有一桥，名觅渡桥。到上世纪'备战备荒'时，河已干涸而改建成防空洞，洞上修路，就是现在的这条市中心马路。"啊，200 年前就有"觅渡"二字，难道真有什么谶纬之说，真的就一谶成真了吗？而且竟又长留此名，以为历史之索引。

就这一点缘起，打那之后我几乎每年去一次常州。"我在这间旧祠堂里，一年年地来去，一次次地徘徊。我想象着当年门前的小河，河上来往觅渡的小舟。秋白就是从这里出发，到上海办学，去会鲁迅；到广州参与国共合作，去会孙中山；到苏俄去当记者，去参加共产国际会议；到汉口去主持八七会议，发起武装斗争；到江西苏区去，主持教育工作。"六年后我终于写成《觅渡，觅渡，渡何处》（以下简称《觅渡》），很快被广为转载，并入选中学课本。我亦被聘为瞿秋白纪念馆名誉馆长。2005 年 6 月在秋白就义 70 周年时，这篇文章又被刻石勒碑立于纪念馆院中。翠竹绕石，桂花飘香（秋白出生的老屋名八桂堂），游人肃然。我陪同秋白的女儿瞿独伊先生来参加活动。2016 年全国党史、新闻出版及文学界学者又专门在常州举办《觅渡》一文发表 20 年研讨会，怀念秋白，研讨觅渡精神。正如文章最后一句话所说："哲人者，宁肯舍其事而成其心。""觅渡"成了概括秋白悲剧人生的最好的文学意象，又是一种诚实人格与探索精神的象征。常州街头甚至出现了以觅渡为名的商店。

王荣泰先生见此灵机一动，就想何不注册一个公司专门推广觅渡文化。谁知，早有人先他一步。网上一查，全国竟有了 100 多个以"觅渡"为名的公司、中心等，"觅渡"早已成为一种文化现象。真可谓"觅渡，觅渡，惊起一片鸥鹭"。于是他决定在常州，这个"觅渡"的发祥地成立一座觅渡书院，弘扬觅渡精神。在筹备过程中，远在湖南的一位宣传干部一定要求参加，原来她的网名就叫觅渡。而甘肃的一位才 20 岁的在校大学生网名也叫觅渡，可见文传风走，秋白精神不知已静悄悄地打动了多少人的心。广西某地产一种玉陶，竟送来一个大陶瓶，上刻《觅渡》全文。而远在新疆的一位朋友听说要建觅渡书院，竟从数千里外寄来一段沙漠里的老胡杨木，借以歌颂秋白之坚韧，上面题刻："大漠胡杨，春风玉关。觅渡人生，来到江南。""觅渡书院"成立之时八方来客，好不热闹。觅渡成了常州城的文化符号，又辐射到了全国。

因为常来常州，就想到了秋白之外，这里还有哪些文化名人。稍一打听，竟多得数不过来。历史上的常州包括现在的无锡、宜兴，直达太湖之滨。大运河穿城而过，商业繁荣，文人云集。龚自珍的诗《常州高才篇》说："天下名士有部落，东南无与常匹俦。"文人名士已多得不胜其数，曾产生过 1900 多位进士、9个状元。名声最大的当然是苏东坡了，他被贬海南赦归之后，便在常州买了一块养老之地，可惜命运不济，很快去世，要不然定会是这个“部落”的大当家。其余还有那个写有名句“红了樱桃，绿了芭蕉”的宋末词人蒋捷。近现代人有盛宣怀、李公朴、赵元任、刘海粟、周璇等，都是谁人不知、哪个不晓的人物。新中国成立后常州又出了57个院士。就说这个觅渡桥小学吧（简称“觅小”）也名声赫赫，它是秋白的母校且不用说，竟还又出了6个院士。现在已是“觅渡教育集团”，有6000名学生，规模宛如一所大学，泱泱一江南名校。行文至此顺便讲一个笑话，我因与“觅小”的孩子当年缘结一面，才有了《觅渡》一文的流传，学校就赏我一个名誉校长，并正式颁发了聘书上网公布。一天忽然收到一封家长的来信，说孩子到了上学年龄，“觅小”门槛甚高，一“额”难求，求我这个“校长”开个后门。他哪里知道我只是挂个空名，但这倒说明“觅小”的影响之大。

因为《觅渡》一文的传播，觅渡桥这个老地名又重新回到人们的视野。但是时势所移，原桥早已不见。常州本是大运河上的一座水城，历史上石桥无数。若能再找回一座承载有浓浓的地方文化的老桥，重续200年前的历史，也是一段佳话。这个念头一出，就成了两个当事人，觅渡书院院长王荣泰与“觅小”校长吴毅先生的心病。他们前后3年翻查资料，探访旧人，总算弄清了原桥的位置、式样，又请人设计施工。已经消失了200年的觅渡桥穿越历史风雨，将重现于现代都市，静静地卧于秋白纪念馆与“觅小”的门前，向人们叙说如烟的往事。缘分这个东西真是说不清，当年若是不碰见那几个红领巾，怎么会知道觅渡桥；若没有觅渡桥，怎么会有《觅渡》文；若没有《觅渡》文，我怎么会与常州有了这许多扯不断的情？现在要重修旧桥，我当然脱不了干系，他们就请我写了一篇《觅渡半桥记》刻于桥头，以记缘起。记曰：

> 岁月流逝，山河易位。清嘉庆年间常州城内有一条城子河，河上有座觅渡桥。年荒日久，河桥早废，几无人知。幸好桥边有一所觅渡桥小学，为老常州保存了一个旧地名。小学曾是中共早期领袖瞿秋白的母校，桥下的瞿家祠堂亦是秋白的故居。他当年就是踏过这座桥走上革命道路的。觅渡桥见证了中国和常州的一段近现代史。

为留住历史记忆，常州《中国剪报》社与觅渡桥小学发起重修觅渡桥。但原桥早已被穿城大街切去一半，车水马龙，旧景难再。于是别生创意，仍在北岸原址建桥，腾空向南戛然而止，是为半桥。时空穿越200年，瞬间定格在一时。时人轻抚桥栏，念天地之悠悠，感时代之变迁。行百里者半九十，后来者当更起宏图，长虹万里架到天外去！

算来，自我第一次来常州已经整整过去了31年，而《半桥记》与《觅渡》两文也已相隔25年。鲁迅曾手书一联赠瞿秋白："人生得一知己足矣，斯世当以同怀视之。"常州于我虽是一座城，却也配得上同怀知己了。人生能有几个二十五，几个三十一？

向警予同志留给我的影响

丁　玲

一九一〇年、一九一一年的时候，是一个大革命的时代。在我们湖南那个小县城常德，也酝酿着风暴。几个从日本学习法政回国的年轻人成了积极的活动分子，他们同外地联系，在县城里倡导许多新鲜事物，参与辛亥革命的前奏，女子要读书成了时代的呼声。经过筹备，一九一一年新年刚过，常德女子师范开学了。

那时我随着守寡的母亲在这里肄业。三十岁的母亲在师范班，七岁的我在幼稚班。这事现在看来很平常，但那时却轰动了县城。开学那天，学生们打扮得花枝招展，有的坐着绿呢大轿，有的坐着轿行的普通的小轿，一乘一乘鱼贯地来到学校的大门内、二门外停下来。围着看稀罕的人很多。我们幼稚班也排成队，挤在礼堂两边。我母亲穿得很素净，一件宝蓝色的薄羊皮袄和黑色的百褶绸裙。她落落大方的姿态，很使我感到骄傲呢。她们整齐地排列着，向“至圣先师孔子”的牌位叩头万福，向校里一群留着长须、目不斜视、道貌岸然的老师叩头。空气严肃极了。

这以后，我、表姐、表哥、表弟都随着我母亲步行上学、下学。街道两边常常有人从大门缝里张望我们。有些亲戚族人就在背后叽叽喳喳，哪里见过，一个名门的年轻寡妇这样抛头露面！但我母亲不理这些，在家里灯下攻读，在校里广结女友。常常有她的同学到我家里来，她们总是谈得很热闹，我们小孩家也玩得很起劲。

到了春天，舅舅花园里的花几乎都开了的时候。一天，母亲的朋友们又来做客了，七个人占坐了整个书楼。她们在那里向天礼拜，分发兰谱。兰谱印着烫金的花边和文字，上边写着誓约，大意是：姐妹七人，誓同心愿，振奋女子志气，励志读书，男女平等，图强获胜，以达到教育救国之目的。七个人中，年龄最大的是我母亲，最小的便是后来参加共产党的著名妇女领袖向警予同志。向警予同志那时才十七岁，长得非常俊秀端庄，年龄虽小，却非常老成，不苟言笑。我母亲比她几乎大一倍，却非常敬重她，常常对我说，“要多向九姨（向警予在家里排行第九）学习”。

她们向天叩拜后，互相鞠躬道喜，我舅妈也来向她们祝贺。她们就在书楼上饮酒，凭栏赏花，畅谈终日，兴致淋漓，既热闹，又严肃，给我们小孩留下了终生难忘的印象，使我们对她们充满了敬爱和羡慕。从这以后，我这个孤儿有了许多亲爱的阿姨。这在我的童年生活中，留下了许多温暖。

辛亥革命那几天，借宿在学校里的向警予阿姨和另外几个阿姨都住在我们家里，一同经受那场风暴中的紧张、担心、忧郁、哀悼、兴奋和喜悦。不久放寒假，再开学时，母亲带着我们到长沙，住进稻田第一女子师范学校，向警予等六位阿姨也来了，都住在这个学校。我在小学一年级，课余常常到她们师范部去玩。那时我家生活是较贫困的，母亲把被子留给我和弟弟，自己只剩一床薄被。向警予同我母亲挤在一张床上，盖两床薄被。她还送过我们两听牛肉罐头，每餐我可以吃上几丁丁。

母亲在长沙只待了一年，因为没有钱继续念下去，托人在桃源县找到一个小学教员的缺位，便带着弟弟去桃源，把我留在长沙，寄宿在第一女师的幼稚园里。每天放学回来，幼稚园里静悄悄的，我常独个留连在运动场上，坐会儿摇篮，荡会儿秋千。这时，向警予阿姨就来看我了，带两块糕，一包花生，更好的是带一两个故事来温暖我这幼稚的寂寞的心灵。

后来，我又随母亲转到常德女子小学，母亲担任学监。遇到寒暑假，向警予同志每次回溆浦或去长沙，都必定要经过常德。从溆浦到常德坐帆船，从常德到长沙坐小火轮，在等候班轮的时候，就可以在常德住一两天或三四天，这时向警予大都是住在母亲的学校里。向警予同志就像一只传粉的蝴蝶那样，把她在长沙听到的、看到的、经历过的种种新闻、新事、新道理，把个人的抱负、理想，都仔细地讲给我母亲听。母亲如饥似渴地把她讲的这些，一点一滴都吸收过来，指导自己的行动，并且拿来教育我和她的学生们。原来她们结拜为姐妹时，无非是要求男女平等、教育救国等等。这时我母亲已把这位最小的阿姨看作一位完全的先知先觉，对她言听计从，并且逐渐接受她介绍的唯物史观、解放工农等这些最先进的理论。

一九一八年，向警予同志决定去法国勤工俭学，赴长沙途中路过常德，曾向我母亲宣传。我母亲也为之心动。但她是靠薪水维持生活的，路费无法筹措，而且还有我的牵累。这事不仅使我母亲心动，连我刚从小学毕业，准备投考师范的这颗年轻的心，也热过一阵。我们没有能随向警予同志远渡重洋，但我们对她的远行却寄予了无限的希望和美好的祝愿。

这年夏天，我考入了桃源第二女师。向警予同志在溆浦的学生朱含英等也同时考入。我们是同班同学，她们对我如同亲姐妹，经常对我讲向警予校长如何教育学生，走访学生家庭，对学生少责备，只是以身作则，严肃不苟，博得了学生的敬爱。我听了就更加懂得，为什么我母亲能和她那样行径一致，而那时她是多么年轻啊！因此，除了我母亲以外，那时我最信奉的便是九姨了。

她在法国经常给我母亲来信，介绍外面世界的一些新思潮，寄来了她和蔡和森同志并坐阅读马克思主义书籍的照片，还有她和蔡大姐等女同志的合影。她远行万里，有了新的广大的天地，却不忘故旧，频通鱼雁，策励盟友，共同前进。我母亲就因为经常得读她的文章书信，又读到《向导》《新青年》等书刊，而积极参加社会工作。

一九二三年暑假，我在上海又见到向警予同志了。她像过去一样，穿着布短衫，系着黑色的褶裙，温文沉静。她向我描述她回国时的一段情景，那神态声音，至今还留在我的记忆中。她说："我刚到广州，踏上码头，就围上来许多人说，'来看女革命党呀！'那时广州的女子很少剪发，都梳成∽形，横在后脑上，吊着耳环，穿着花短衫和花长裙，看我这副样子，确是特别。我当时一看，围拢来的人这样多，不正是宣传的好机会嘛。我不管他们是否听得懂我的话，就向他们讲解起妇女解放的必要来了。居然有人听懂了，还鼓掌咧！"听到这些，我对她真是佩服极了。当时我是做不到的。我和一些同学们因为剪发和朴素的服装而经常招来一些人的非议和侧目，这只能引起我的反感和厌恶，走避唯恐不及，哪里还会有心在众目睽睽之下，向他们宣传演讲呢？

但她并不是喜欢说话的人。有时她和蔡和森同志整天在屋里看书，静静地就像屋子里没有人一样。尽管那时我对某些漂浮在上层、喜欢夸夸其谈的少数时髦的女共产党员中的熟人有些意见，但对她我是只有无限敬佩的，认为她是一个真正革命的女性，是女性的楷模。

我不是对什么人都有说有笑的。我看不惯当时我接触到的个别共产党员的浮夸言行，我还不愿意加入共产党。自然就会有人在她面前说我是什么无政府主义思想，说我孤傲。因此她对我进行了一次非常委婉的谈话。她谈得很多，但在整个谈话中，一句也没有触及我的缺点或为某些人所看不惯的地方。她只是说："你母亲是一个非凡的人，是一个有理想、有毅力的妇女。她非常困苦，她为环境所囿，不容易有大的作为，她是把全部希望寄托在你身上的。……”她的话句句都打到我的心里。我知道我是我母亲精神的寄托，我是她唯一的全部的希望。我那时最怕的也就是自己不替她争气，不成材，无所作为；我甚至为此很难过。我真感谢向警予同志，我永远不会忘记她的话，不会忘记她对我的教育和她对我母亲的同情、了解。可是，当时我什么也没有说。我固执地要在自由的天地中飞翔，从生活实践中寻找自己的道路。自然，一个时期内，我并没有很好地如意地探索到一条真正的出路，我只是南方、北方，到处碰壁又碰壁。我悲苦，我挣扎，我奋斗。正在这时，大革命被扼杀了，在听到许多惨痛的消息的时候，最后却得到九姨光荣牺牲的噩耗。这消息像霹雳一样震惊了我孤独的灵魂，像巨石紧紧地压在我的心上。我不能不深深地回想到，当我还只是一个毛孩子时就有了她美丽的崇高的形象；当我们母女寂寞地在人生的道路上蹒跚前行时，是她像一缕光、一团火引导着、温暖着我母亲。尽管后来，她忙于革命工作，同我母亲来往逐渐稀少，但她一直是我母亲向往和学习的模范。我想到我母亲书桌上的几本讲唯物主义的书和《共产党宣言》，就感到她的存在与力量。虽然我对她的活动没有很多的了解，但她的坚韧不倦的革命精神总是在感召着我。有的人在你面前，可能发过一点光，也会引起你的景仰，但容易一闪而逝。另外一种人却扎根在你的心中，时间越久，越感到他的伟大，他的一言一行都永远令人深思。向警予同志在我的心里就是这样的。我没有同她一块工作过，读她的文章也很少；在她的眼中，我只是一个不懂事的小孩子，但她对我一生的做人，对我的人生观，总是从心底里产生作用。我常常要想到她，愿意以这样一位伟大的革命女性为榜样而坚定自己的意志。我是崇敬她的，永远永远。

一九七九年十月于北京

一个生死于理想的人

钟敬文

一想起这位中国农民忠实的朋友和导师，我就感到理想的庄严，理想的尊贵。

因为他是一个生死于理想的人。他靠着理想活着、工作着，最后也为他而欣然死去。在他的生活上，理想是精魂，是主宰。而那理想本身也因为他的忠诚和毅力，更加呈现光辉，更加增添重量，更加富有吸引人的神力。

生长在广东滨海县份（海丰）一个大地主的家庭。“有鸦飞不过的田产”这句旧时代俗文学里常用的成语，正适用在他的家庭上。但是，优越的家庭景况，并没有腐蚀掉他对社会的认识力。伟人的特质的一种，就是能在最大程度上突破了自己身受的各种限制。

离开小学，他就进了那刚建设的县立中学校。大约在那里没有读上两年就东渡了。那正是五四运动的前夜。他在东京进的是早稻田大学的经济科。那时候，日本的学术界正盛行着社会主义学说。热情而正直的他，碰到应该皈依的“神”了。“理想”获得它最适合的寄托所。对于那些新学说，他饥饿一样地吞咽着。但是，他不是一个书呆子型的人。理论上的探讨他是不满足的，实践在他眼中才是信心的具体显现。在那异国的都城里，他就已经因为常去帮助工人推动笨重的车子，姓名被秘密警察列上“黑表”了。

毕业了。一般的留学生，照例是拿了那张毕业文凭，回来谋官爵，耀门楣的。但是，他却抱着那庄严的理想回来。他脑子不断地盘算着的，是怎样在祖国的土地上去实现那理想。

他当了县公署的教育局长，兼在中学里教点经济学。为着使自己的抱负比较容易展开，他聘请一些留日的同学来县里任教。（李春涛先生就是当中的一位。这位有才能和正义感的青年、具有社会主义思想的学者，不幸在“清党”的时候被残酷地残害了！）他们在职务外进行一种社会的启蒙工作。一个宣传新文化、新思想（社会主义思想）的刊物在这个县城里刊行了。它名字叫作《赤心》，是用蜡纸写印的。印数每期大约没有超过两百份，而且出不到几期就停了刊。但是，那影响却不是微小的。它把县里青年们的眼睛和心窍打开了。它给他们以眺望未来的窗口。自然，这个宣说社会真理、代表劳动人民欲求的刊物，在那些有权位的人看来，却是危险的，至少也是不顺眼的。记得当时就有一位代表县公署的论客，出来和它的作者们拌嘴。可是，真理是不怕锤炼的，事实比一切的花言巧语更加有力量。不上几年，那些被叫醒了的青年都成为革命的斗士；而社会的现实，也在那真理的指引中迅速发展。

他教授经济学，是在草地上举行的。他不要那把自己身上特别提高起来的讲台。他盘曲着双脚，坐在同学们中间。黑板和粉笔都不需要——更不必说那教鞭了。口舌和亲切的表情还不很够吗？他没有像一般教师那样，呆板地背诵书上抽象的定理或讲义。他喜欢从活的社会经济现象去作分析和论断。有时候，他简直就离开经济的狭小范围，直接解剖着一般社会的现象。那些教科书式的经济学，在他的眼里是没有多大用处的。学生们对他非常亲热，因为他是拿朋友的态度看待他们的。这对那些有意无意中摆着官僚架子的教师，正是一种有趣的对照。

像他这样的人，在官厅里自然是不能够久安其位的。因为跟当局意见不合，他去职了。这是他生活史上转变的一个枢纽，他那伟大的事业，就从这里真正开始了。

中国境内占着人口绝大多数的是贫苦农民。他们生生世世过的是那种牛马的生活。他们必须赶快翻身！有正义感和勇气的知识分子，就应该去叫醒他们，引导他们，使他们团结起来，成为一个不容摧毁的力量——这是他多年来横在心上的事情，而现在他是有更加充分的时间来把它计划和实行了。

他开始去接近农民。叫醒农民的方法是手工业式的。每天，吃过饭，带一些茶烟，坐在附近道路旁边的树荫底下，或去到那些纵横的田埂上，碰到那些面上和手脚都晒成古铜色的农民，就和他们谈农作，说家常。这种做法，颇使人想起雪莱在爱尔兰所干的那一幕趣剧。还记得有一回，我到他的家里去，在那挂着马克思、克鲁泡特金等人的木炭画像（那时他在思想上还未成为纯粹的马克思主义者）的客厅里，吃过“油麻茶”之后，他用诚挚的声音和表情，叙述了他当时所做的事情。最后声音变得更加沉着了，虽然他那嗓子照例是有点

"沙"的：

"大家应该联合起来做。这是有意义和希望的事业！"

我当时一方面沉醉在书本的学问中，另一方面有点怀疑他那种手工业式的做法会有什么效果。因此，虽然被他的理想和热情所激动，却始终没有抛开自己的爱好去参与他的活动。可是，事实到底证明，我的看法是错误的。

在他努力宣传之后不久就产生了一个赤山约农会。这恐怕是中国最早的具有近代意义的农民组织了。像滚雪球一样，这种结合越来越扩大。团结就是力量。赤脚汉的拳头威胁到地主和大商人们的特殊权益了。照逻辑的程序，接着来的当然是一阵狂风暴雨。官方突然施行压迫，农会解散了。指导者成了逃亡客。

他从家乡逃到了广州。那正是国民革命军要出发东征的时候。广州是一个革命的火山。它喷涌着沸热的溶液。他毅然投入那个火口里去。他的"个人性质的"而且遭受过挫败的事业，现在成了革命政府重要政务的一部分。在那里，不但他的事业扩大了、巩固了，他所抱的理想也更加明确了，更加结实了，用一部社会科学名著的简略译名来说，就是——"从空想到科学"。失败不是绊脚石，却是翅膀。它使他高飞了。

大约是一九三〇年的夏天，我往苏州、无锡一带去旅行，路过上海。在街上凑巧碰见了同乡友人 H 君。我们同到一家小茶楼上。刚坐下来，他就皱着眉头，沙哑着喉咙说："彭湃死了！"

好像惊雷突起在附近，我呆住了。好容易才稍稍恢复了神志。

"真的？——怎样死的？"

他把他怎样去开会，怎样因叛徒出卖而被捕的情形简略地说了。最后他说（其实，那简直是泣诉）：

"他临死还高喊着口号。当被提出去用刑的时候，他走过一个囚徒的身边，就把身上外面的一套衣服脱下来，送给了那位难友。"

他的勇敢，他的镇定，表明支撑着他的是一种什么力量。没有坚强理想的人，不要说面临死亡，就是活着也是凄惶的，无聊赖的。

他死去十多年了。中国广大土地上的农民，不断地在战斗着，解放着，现在已经接近了那最后的胜利。他的理想的果子就要红遍枝头了！

有人也许要以为这位旧制度的叛逆者，革命民众的领导人，是满脸凶相的。他可能被想象成了一个煞神。但是，像他对广大劳动人民，心肠是慈悲的一样，他的面目也是善良的。在那有着稍大的鼻子的脸上，常常浮着笑意。比起他那雄伟的理想来，这种容貌倒好像是过于柔美的。此刻，我闭起眼睛，还仿佛看见他笑口里那一排洁白、整齐的牙齿。

他学的是经济，干的是变革社会的伟大事业。这又容易使人猜想他是个“上帝板板”的人。艺术的才能和趣味之类，跟他不会有什么缘分。但是，猜想往往只是错误的别名。这位亿万农民的真实的朋友和导师，不但脸孔不是狰狞的，他还是一个有相当才能的艺术家呢。他家里墙壁上挂的那些社会思想家肖像和自画像，都是他艺术才能的表现。如果后来不是革命的行动占去了他全部时间，谁能断定他不成为一个杰出的艺术家呢？其实，革命的行动本身正是一种特殊艺术，或者还可以说，在某种历史条件下是一种更加伟大的艺术。他牺牲了“小的”去完成那“大的”，这不正是他崇高的地方吗？

真正的革命家是懂得宽容和善于诱导的。当他在广州任农民部长的时候（同时也就是革命正达到高潮的时候），我却始终咬着那些书本不放。有一回，我看见了他。他微笑着问我的近况。我以实情回答了他。他恳切地说：

“每个人应该忠实地去走他自己所挑选的道路……但是，我们当前的时代，是怎样急需肯投身政治活动的知识分子啊！”害羞和感激，一时间涌上我的心头。只有热爱理想的人，才能够轻视世俗的物质享受，才能不作浮薄的骄傲。这是精神上一种庄严的完成。当他在广州革命政府任部长时，位置不能不算高了。可是，身上穿的是旧日的那套黑西装，戴在头上那顶蜜色的通帽，也还是学生时代的遗留物。脸上的表情老是那么柔和的，没有一点得意自大的神态。如果一定要在他身上找出些和旧日不同的地方，怕只有那种匆忙的样子。——是的，他那时候，肩膀上的担负实在太繁重了。

他的家在县城外那条龙津溪边。龙津的水长流着。岸上的菩提树终年青青。抬头望去，高大的银瓶山正在那边耸立着。彭湃那不朽的理想和人格也要在这世界上永远吐射着光芒。

方志敏最后的七个月

梁 衡

今年是红军长征胜利 80 周年。纪念胜利，我们不应该忘记那些留在苏区未能长征或虽已踏上征途，却未能走到陕北的先烈。这其中最让我难忘的是中共早期领袖瞿秋白和方志敏。红军长征胜利 80 周年，也是他们牺牲 81 周年。长征的队伍一走，他们即死于敌人的屠刀下，都才只有 36 岁。

在 80 周年这个特殊的日子里，我有缘采访了方志敏当年战斗过的地方——江西的上饶、弋阳、横峰，又重读了《方志敏全集》，特别是他狱中的文稿。感触最深的是他在生命的最后时刻怎样对待生与死。

一

方志敏是一个有思想、有能力的领袖。他独自创立了一支红军，一块跨 4 省边区近 50 个县、100 万人口的赣东北根据地。被中央称为模范根据地，并授予他红旗勋章一枚。根据地内经济繁荣，教育免费，“隔日有肉吃”，还发行了股票。但是，由于当时中央的“左”倾错误，第五次反“围剿”失败，红军厄运降临。中央红军西去前，他被命率孤军北上，全军覆亡已成定势。

兵败后，他本来是可以不死的。1935 年 1 月 15 日，他已与参谋长粟裕带 800 人冲出重围。但他说，作为领导人，我不能丢下后面的部队，便又返身回去。后队被敌打散后他又有一次生机，“本来我是可以到白区暂避一下，但念着已有一部分部队回到赣东北，中央给我们的任务又刻不容缓地要执行，所以决心冒险转回赣东北，一方面接受中央的批评和处分，开会总结皖南行动，做出结论，同时整顿队伍，准备再出。”这样，他终于被捕。他知必死，为免与敌啰唆，遂索一纸，写下："革命必能取得最后胜利，我愿牺牲一切，贡献于苏维埃和革命。"便再不多言。敌押他到上饶、南昌等地示众，他戴镣铐，昂首立于台上，凛然不可撼。当时一美国记者报道："（在场的人）个个沉默不语，连蒋介石总部的军官也如此。这种沉默表示了对昂首挺立于高台之上的毫无畏惧神色之人的尊敬和同情。"

方志敏自1月29日被捕，到8月6日就义，在狱中共7个月。开始，他只求速死。但敌人想以高官厚禄诱降他，将他移至优待牢房。于是他便改变主意，尽量拖延时间，做两件事。一是争取越狱；二是以笔代枪，写文章。越狱需要外应，而极左路线不但毁了红军，也毁了地下党，一时与外面接不上头。眼见，每天都有一批批的战友被拉出去枪毙，他由孤军更又变成了孤身。他只好一人背水作战，去做狱吏和高级囚犯中国民党人的工作，居然小有成功。虽不能越狱，但这些人帮他传送出了珍贵的手稿。他在狱中写了《可爱的中国》《狱中纪实》等12篇文章、著述，共13.6万字。我们可以算一下，他1月29日被捕，先是被来回转移示众，3月中旬才相对安定下来，到8月6日就义，大约130天。这期间仍要不断应付敌人的提审，要做团结动员难友的工作，做争取狱吏的工作。他无任何资料，又要防敌突然搜查（有几篇还化为小说，他化名祥松）。他戴着脚镣手铐，又有10多年的痔疮，流血化脓，不能平坐。每天平均要完成1000多字，这是何等的意志力？这种精神是红军精神、长征精神的另一个重要组成部分。

二

这些手稿到他死后5年才辗转送到党在重庆的机关。叶剑英含泪读罢即赋诗道："血染东南半壁江，忍将奇迹作奇功。文山去后南朝月，又照秦淮一叶枫。"文山是文天祥的号，叶帅将他比之文天祥，实为不过。

现在我们重读他的狱中文稿，提到最多的是"死"，随时准备死，怎样死，死前再抓紧为革命做点什么。当然，和死相对应的还有"生"。为谁而活，怎样活？这是抢分夺秒，在敌人的屠刀下书写的一部生死书，一篇人生解读录。

读狱中稿，我们首先看到的是他坦然面对死亡。同室中还有独臂将军刘畴西等三个红军高级干部，他们吃饭、下棋、谈天、写文章。"死是无疑的了，我们为革命而生，更愿为革命而死。砰的一枪，或啪的一刀。我们常是这样说笑着。"他们准备好了临刑前呼的口号，每天牢门一响，就准备敌人上来打开脚镣，拉去枪毙。但是，他们没有想到敌之残忍，居然懒得开脚镣，推出枪毙后连镣同埋。多年后，人们就是凭着脚镣上的号记，才确认了烈士的身份。

读狱中稿，我们明白了他在死亡面前，为什么这样从容。原来他是在为民族赎难，明知是死，也要飞蛾扑火，以身殉国。文稿中有一大部分是分析当时中国社会的矛盾，揭示民族的苦难。“佃户向地主租田，一般都四六分，地主坐得六成。土地日益集中在少数地主手里。佃户生活受饥挨冻，甚至不能生存。每到年关，被逼租逼债，卖妻鬻子，吊颈投水一类的悲惨事不断发生。”他以自己出生的村子为例：“共有 80 余户，其中欠债欠租，朝夕不能自给的就有 70 余户。比较富的只有两户。”他家是一个中农，还要租种地主的地才能维持生活。男孩子只能勉强读个私塾。他少年时印象最深的是父母为他读书举债的愁容。“中国农村的衰败、黑暗、污秽，到了惊人的地步。”所以农民造反是必然的，到年关时，常主动催促地下党举行暴动。读着这些文字，我们很容易联想到林觉民在《与妻书》里说的“遍地腥云，满街狼犬”，国难当头，唯有一死。这是共产党及其之前的一切革命党共同的抱负。

读狱中稿，我们还看到了，黑暗的监狱反而成了他冷静思考问题的地方。“这次因为我们政治领导的错误和军事指挥的无能（客观的困难是有的，但都可以克服的）致红十军遭受怀玉山的失败，我亦因之被俘，囚禁于法西斯蒂的军法处，历时已 5 个来月了。何时枪毙，明天或者后天，上午或者下午，全不知道，也不必去管。在没有枪毙以前，我应将赣东北苏维埃的建设，写一整篇出来。我在这炎暑天气下，汗流如雨，一面构思在写，一面却要防备敌人进房来。我下了决心，要在一个月内，写好这篇文字。”他在临死前两个月写成了 1.5 万字的《赣东北苏维埃创立的历史》，为党史研究留下了珍贵的资料。

读狱中稿最让人落泪的地方，是他自知生之无望，但对事业仍不改初心。他的《在狱致全体同志书》自叹再也不能为党工作，沉痛自责。“（最后一战）没有下决心硬冲过去，……这就决定了我们的死命。”“我们虽在狱中，总是祈祷着你们的胜利和成功！”在《可爱的中国》一书的结尾，他甚至用诗一般的语言来写自己的身后事，充满了浪漫、憧憬，而无一丝的悲哀：“假如我不能生存，死了，我流血的地方，或者我瘗骨的地方，或许会长出一朵可爱的花来。这朵花你们就看作我的精神寄托吧！在微风的吹拂中，如果那朵花是上下点头，那就可视为我对于为中国民族解放奋斗的爱国志士们，在致以热忱的敬礼；如果那朵花是左右摇摆，那就可视为我在提劲唱着革命之歌，鼓励战士们前进啦！”

三

凡革命都是拼命，都是因活不下去才铤而走险的。陈胜、吴广之谓：“今亡亦死，举大计亦死。”而革命运动的领导者，这些知识精英们大多不是因个人之苦，而是为阶级献身。林觉民所谓：“当亦乐牺牲吾身与汝身之福利，为天下人谋永福也。”马克思则提炼为，无产阶级只有解放全人类，才能最后解放自己。所以革命时期，共产党员的死是很正常的。毛泽东说“要奋斗就会有牺牲”，他一家就为革命献出了6个亲人。贺龙一家牺牲了100多人，加上远亲家族达上千人。聂荣臻回忆，红军打仗，打的是党团员，打的是干部。一仗下来，党团员伤亡四分之一，甚至二分之一。只是为了革命，这些革命先烈为了民族解放甘愿牺牲。我们看40万字的《方志敏全集》，诗、文、小说、剧本、公文、信札，文采飞扬。方志敏幼时即聪慧，父母才咬牙借贷让他多读了几年书。他16岁时就发豪言：“心有三爱，奇书、骏马、佳山水；园栽四物，青松、翠竹、洁梅兰。”他愤于上海租界公园的牌子“华人与狗不得入内”，一创立根据地就为农民修了一个公园，内有游泳池，每年还举办运动会。在公园内他亲植一株桫椤树（传说，这就是月亮里吴刚永远砍不倒的桂花树），现已有两抱之粗。树旁有一六角亭，闲时，他就在亭子里看书。他才华横溢，仪表堂堂，常有女性暗恋之，无以表达，就偷偷往其身后放一双亲手做的布鞋。据说，看一上午书走后，守园者能收好几双鞋。这事我有点半信半疑，但县里的人说确有其事，他们还能讲出许多类似的故事。

那天擦黑时，我们去看苏区政府旧址，一老人听说是采访方志敏，主动上来搭话，又返身回家捧了几个红薯一定要塞到我们怀里。我们婉言谢绝，直到走出七八步后，他在后面说了一句：“我们家有三个烈士。”我们都为之一怔，顿脚回首，一时不知该说什么。心事浩茫，繁星在天，这大山深处不知藏着多少红色情结。陪同的人说，现在还有一位活着的曾经在他身边工作过的老人。已经晚上十点了，我们摸黑找到枫林村的一座寺庙，见到了97岁的周桂兰。这是一座不大不小的佛寺，沉沉的夜色中，空寂苍凉。老人已出家50年，平时有一个徒弟陪伴，今恰有事外出，就她一人独守孤庙。我们就在佛殿前的台阶上摆了几个小凳，听她谈80年前的往事。她印象最深的是方志敏的和蔼可亲，发动妇女剪发、放开裹脚、扫盲识字。我问：“你现在怎么还记得这些事？”她说：“好人啊！我现在还供着他的灵位呢，每天还给他念经上香。”这一句话把我们六七个人都惊呆了，不敢相信自己的耳朵。我抬头扫一眼堂上的佛祖和沉沉的夜色，大家都不说话，空气凝固了几秒钟。座中有女士轻轻地问：“在哪里？能看一下吗？”“在三楼上。”于是我们扶着这个近百岁的老人，打着手电，颤颤巍巍地爬上三层楼。这是一个专给人做佛事超度亡灵的小佛堂，墙上供着超度人的名单。但在三排名单之上单用稍大一点的字写着一个名字：方志敏。她每天念经超度，已 50 年。她说：“好人啊，死得太惨！我一闭眼，就见他戴着脚镣，浑身是血的样子。”她，一直在为他招魂。80 年了，也许在喧闹的都市里，在匆忙的官场上，人们早已淡忘了一个叫方志敏的人。但是在赣东北的青山绿水间，在老区人民的心里，甚至在这座乡间古寺里，还有人没有忘记他。天黑得更沉了，我们都没有说话，默默地赶回住地。

四

方志敏确实是大志未展，大业未成，死不瞑目。他的英魂还一直在身后留下的文稿中游走，壮志未遂，憾悔难平。

读方志敏的文稿，让人联想起许多狱中文章。这是在特殊年代、特定背景下的作品。是时代、人格、事业、生命相撞击的火花。它已远超出党派、意识形态而成为人格的宣言。中国史上最有名的狱中文章是文天祥的《正气歌》。共产党领袖中，有瞿秋白狱中《多余的话》，胸怀坦荡，明月清风；有张闻天“文革”羁押于肇庆期间的《肇庆文稿》，明经析理，忧国忧民；有彭德怀在“文革”关押中，形成的《我的自述》，堂堂正正，掷地有声（张、彭都是经过长征的）。这些文字，不但内容高洁，就是成稿过程之艰难曲折，也足够为一部传奇。其时他们都是以命相押，以死相抵，只愿留下事实，留下思想，“留取丹心照汗青”的。这意义远超于我们纪念某一个具体的事件。因为一个人总会死去，一些事总会过去。就是当年对立的国共两党，也已经几分几合。而现在我们读史，看到的只是各种不同的灵魂，只有人格和精神不死。

人类永在进行寻找文明的新长征，这些文稿是征途上一盏永不熄灭的灯。

原载《江西日报》2016 年 10 月 9 日

时常想起方志敏

梁晓声

是的，时常想起方志敏，想起他的《可爱的中国》——他在狱中写的《可爱的中国》。

我在小学五年级时知道了方志敏这个名字，语文课本中有他的《囚歌》，并且配有他的一幅照片——修长的身材，消瘦的脸，头发很厚，两颊有胡茬，目光镇定而又坚贞，脚和手都戴着镣铐……那是典型的志士囚的形象。后来，长大了的我发现，画家们所画的苏武、文天祥、屈原，基本都是那么一种形象。徐悲鸿的《八百壮士》，个个都有那样的脸和那样的目光。赵丹所饰演的《在烈火中永生》中的许云峰，更是像极了照片上的方志敏。少年时期的我，还收藏过一幅俄罗斯画家的油画《拒绝忏悔》，画中就义前的俄国革命者，也有那样的脸和那样的目光。

任何与人发生既长久又密切之关系的事情，几乎全可使人形成独特气质。革命尤其如此。依我想来，在 18 世纪和 19 世纪的俄国和法国，也许只有民主主义革命者的眼里，才具有镇定又坚贞的目光。除了他们，另外还有什么别种男人的眼里，会有那样的目光呢？他男人的、精神的告白：威武不能屈，富贵不能淫，贫贱不能移……即生命诚可贵，爱情价更高，若为真理故，两者皆可抛。曾有翻译家予以纠正，指出裴氏原诗中是“若为自由故”；正如有翻译家指出，俄罗斯民歌中“你看那匹可怜的老马”一句，其实应为“你看那可怜的姑娘”。究竟是否真的都是错误，我至今也不清楚。但对于裴氏的诗，即使确是错译，我也还是宁愿将错就错，更接受那错了的译句。尽管，“真理”二字太空洞了，不像自由那么容易理解。但所谓“真理”，却肯定是包含着自由的。无自由，毋宁死，那么真理也便没了意义。为人进出的门紧锁着，为狗爬出的洞敞开着，一个声音高叫着，爬出来吧，给你自由！我渴望自由，但我深深地知道——人的身躯怎能从狗洞子里爬出？……读这样的诗，于是不需要老师解释“浩然正气”一词了……

记得语文老师还讲了这样一则关于方志敏的故事：他被俘时，国民党的两名士兵看出他是共产党的大官，希望从他身上搜出金银珠宝，却仅得两枚大洋。不甘心，逼问他将金银珠宝藏在哪儿了。方志敏冷笑道：“不要异想天开，革命者不是为了金银珠宝才革命的，我的军饷并不比我的士兵们多……”语文课堂一片肃然。上中学以后，从校图书馆借了一册《可爱的中国》：字大，书薄，算上编者写的方志敏生平才5万多字。方志敏在《可爱的中国》中，将我们的中国比作儿女众多的母亲，将侵华的帝国主义列强比作恶魔。恶魔们用它们的刀，在母亲的身体上砍出伤口。把各式各样粗粗细细的管子，从那些伤口插到母亲的身体里，争先恐后地贪婪地吸吮母亲的乳汁、血液和膏脂……它们还不肯罢休，还要生生地砍下母亲的手臂和腿足，打算将母亲彻底肢解……同胞们，我们母亲的儿女们，救救我们的母亲呀！……如果有谁今天仍保留有《可爱的中国》这篇文章并且重读的话，那么一定会从中看到以上一段文字的。我不敢说烙印在我13岁时的头脑里的记忆一定句句准确，岁月总是会冲淡许多记忆的，哪怕是很深刻的记忆。但是我敢发誓，那段文字肯定不是我的头脑臆生出来的……而我现在之所以时常想起方志敏，乃因有人仍在我们祖国母亲的身体上弄出许多或深或浅或大或小的伤口来，仍把各式各样粗粗细细的管子从那些伤口插到母亲的身体里，仍偷偷摸摸甚至明目张胆地，贪婪地吸吮母亲的乳汁、血液和膏脂……那些家伙，已不再是帝国主义列强分子。他们是我们中国人。和我们一样，他们也是我们祖国母亲的儿孙们。和我们不一样的是，他们对我们的祖国母亲毫无亲情可言，只拿她当成自己财富链上的“阿里巴巴的山洞”。他们对自己的同胞，像以前的外国资本家雇用的监工对我们的同胞一样凶恶……我们祖国的有些地方，被他们弄得千疮百孔。为了钱，对于我们的祖国母亲，对于自己的同胞，他们是什么可恶之事都干得出来的。比如一起起的“黑煤矿”“黑砖窑”事件……比如某些“豆腐渣工程”造成的伤亡惨剧……比如一处处环境破坏、环境污染给国家给百姓造成的严重危害……他们可是我们中国人之中的人啊！夫复何言？夫复何言！每当我想起方志敏时，我的心也会像当年的方志敏在狱中写《可爱的中国》时那么猛烈地疼一下。

选自《三平方米的金融海啸》，中国物资出版社2010年版

玉一样的山，玉一样的人

江　子

天帝遗玉此山，山神藏焉，故名怀玉。

——摘自《方舆志》

一

玉从来就是一种指向美好的物器。它让人想起流水和春天，永恒的绿意，美丽的容颜，圣洁的人格和情感。位于江西上饶境内的怀玉山，传说因天帝遗玉而得名。怀玉山的景色的确有一种玉一般葱绿温润的感觉。我在山中所下榻的怀玉宾馆的四周，有罗汉松数十棵，一看就知道有数百年树龄的罗汉松，枝干粗莽，叶冠葱茏，俨然端坐金銮令人臣服的王者。而满山绿色植被沿山势高低攀爬匐卧腾升，瀑布悬挂如飞花溅玉，真的让我有一种面对黛玉心怀久远的感觉。立于山中，稍一会儿就有深山里那种特有的凉意从树荫、流水或岩石深处徐徐袭来，与触摸玉石的手感毫无二致。当地的朋友告诉我，怀玉山由于雨水多，空气湿润，森林苍翠，山上既是天然动、植物园，又是野生药材的宝库。把一座植被丰富、风光旖旎的山，比作一块稀世美玉，该是恰当的吧？

而怀玉山还是一座人文名山。听朋友说，怀玉山上曾有怀玉书院（原名草堂书院），与江南四大书院齐名。南宋理学家朱熹、陆九渊、吕祖谦等大批名人曾来山讲学，朱熹曾留有《玉山讲义》传于世。还有王安石、李梦阳、夏浚、黎士宏、赵佑等历代文人学士也为怀玉山写有近百篇诗文佳作，成为珍贵的文化遗产。由于怀玉书院影响之大，县人读书、好学之风遍及城乡，怀玉山也成了“源头活水”的宝地。宋代王安石在《题玉光亭》一诗中赞曰：“共传尺玉此埋湮，千古谁分伪与真？每向小亭风月夜，更疑山水有精神。”

怀玉书院早已不存在了，甚至遗迹也不存。可伫立山中，仿佛有吟诵诗文的声音在深山里回荡。那些早已远去的古人，个个嗓音珠圆玉润，风做的袖袍里自有一股兰桂之清香。我去的时候正是秋天，空气中仿佛有桂花高洁的气息。——有过人文浸润的怀玉山，就更有一块美玉经过时光的淘洗后的祖传意味了。

怀玉山还是一块有着血沁的玉！玉中深藏的那块至今依然温暖的血迹，叫作方志敏。

二

方志敏 1899 年 8 月生于江西弋阳一个农民家庭。他从小目睹了人世间诸多的不平事，长大后投身革命生涯。他智勇双全，无所畏惧，曾亲自深入敌区，擒拿豪绅，被百姓传为奇谈。他率领民众以两条半枪起家，狂飙般地赢得了漆工镇暴动，弋横武装起义，攻占景德镇，第一、第二次反“围剿”作战的胜利等各项胜利，亲手缔造了以赣东北为大本营、含 52 个县 100 多万人的红色王国。在那里，没有剥削、压迫，没有强权对弱小的欺凌；在那里，学龄儿童 90% 尽读书，耕者有其田，工人实现了八小时工作制；在那里，男女平等，结婚自由，过去形同蝼蚁的卑微生命得到了前所未有的尊重，人们相亲相爱，仿佛传说中理想国的子民……而缔造了这一切的方志敏一生清贫自守，虽经手的款项数百万之巨，自己却分文不取，全部财产只有两套旧褂裤和几双线袜。被俘时国民党士兵只从他身上搜到了一只怀表和一支钢笔……

仅凭以上所述，就可以很容易得出方志敏如此之印象：他是一个高大伟岸的红色巨人形象，是拉丁美洲著名的革命家切·格瓦拉式的具有传奇色彩的英雄人物。他有坚定的信念，以拯救天下黎民苍生为己任。我们愿意想象他有山一样巍峨的身躯，雷霆一般的脸庞，长虹一般的呼吸。他的形象适合用花岗岩或汉白玉雕刻，屹立在青山绿水之间，矗立在历史博物馆以及革命纪念馆的大厅中央，或者在人民公园最显赫的位置，供后人景仰，享受后人的祭拜，构为民族永恒的文化记忆中珍贵的部分。

的确，即使在今日，方志敏依然是一个巨大的存在。他的英雄史迹依然在他的故乡和他牺牲过的地方流传。他的《清贫》与《可爱的中国》许多人都耳熟能详。每年的清明时节，人们都去他的墓地、雕像和纪念馆献花。关于他的著作依然在出版发行。关于他的纪念活动依然以各种形式举办。

凭我对方志敏的有限了解，多年来我以为信仰，牺牲，血性，不屈，无畏的勇气和不朽的功勋就是“方志敏”这一词条所包含的全部。当我有一天真正了解了方志敏，我才知道，远远不是。

2006年，我因接受了一个撰写赣东北红色历史文字的任务，第一次全方位地走近方志敏。我阅读关于他的几乎所有文字：他的传记，他的文集，闽浙赣革命根据地史稿，他曾经同过事的战友们的回忆录，以及其他的种种。那段时间，我的桌子上几乎堆满了关于他的书籍。

我几乎被一阵强大的气流所震慑。我在无数的文字中感应着他的心跳，他的呼吸。我震惊于这个传奇人物的至情至性，震惊于党史中无比刚烈的他内心的柔美圣洁，震惊于他即使在残酷的岁月里依然为实现自己完美人格的努力。

我毫不隐瞒我对方志敏的崇拜。在我的心里，方志敏不仅是中国革命的先驱，更是人中极品，男人中的男人。

——他其实应该是一个内心饱含温情的读书人。方志敏有相当深厚的国文功底。心有三爱，奇书骏马佳山水；园栽四物，青松翠竹白梅兰。看到这副对联，你也许以为，这是哪个古代浪漫诗人或者翰林学士的自娱之作，表达的是一个热爱山水自然、热衷园艺和读书的中国古代书生的审美意趣。而其实它是方志敏的手笔。这副常年悬挂于方志敏卧室的对联，是他的真性情的切实写照。方志敏爱山水自然，甚至连他的四个孩子都以竹松梅兰冠名，足可以看出中国传统文化对他的影响之深。他之所以成为一个坚定的革命者，是否与儒家的“修身齐家治国平天下”的道统一脉相承？

——他实在是有几分浪漫。身为闽浙赣省和红十军的缔造者和领导人，他竟然亲自上台扮演他写的话剧《年关斗争》中的角色，这是何等的可爱之举！在赣东北根据地的心脏葛源，他亲自主持筹建了一个公园，公园内有六角红星亭、游泳池、荷花池，栽种了枣树林以及栲樟等苗木。他还举锹用锄，兴致勃勃地亲自在公园内种植枣树。他是一个真正懂得生活、充满生活情趣的人！

——他甚至有几分幽默。“只手将军，你说你的主义，适合于大众，倒不见得，许多难友，一个铜板都没有，想买一个烧饼，也只有空咽口水，他们就不能做你烧饼主义的信徒了。买不起烧饼的人，才多着呢。如果要跟随的人多，倒不如提倡树皮主义，或是草根主义，或是观音粉主义，那准相信的人多了。烧饼主义，在许多穷光蛋看来，还有点贵族气味呢。”

这是方志敏在狱中写下的《死》一文中的一段话。当读到这段话，我忍不住要笑出泪来。为朋友取外号，善意的嘲讽甚至有些孩童般强词夺理的调侃，让人以为是意气少年在炕头茶馆里取闹嬉笑，哪像是濒临绝境的囚徒！

——他文学的才华是那么的灼灼逼人。他写诗，写散文，写话剧。即使他起草的文件，字里行间都有一种文学的抒情意味。他的《可爱的中国》，其文辞之华丽，情感之温婉动人，让我以为是中华五千年最为瑰丽深情的爱国诗篇。请听，那是无比高亢隽永的歌唱，那是在浩大的广场足以点燃所有人热血的演讲：

“……到那时，所有贫穷和灾荒，混乱和仇杀，饥饿和寒冷，疾病和瘟疫，迷信和愚昧，以及那慢性的杀灭中国民族的鸦片毒物，随着帝国主义的赶走而离去中国了。朋友，我相信，到那时欢歌将代替了悲叹，笑脸将代替了哭脸，富裕将代替了贫穷，康健将代替了疾苦，智慧将代替了愚昧，友爱将代替了仇杀，生之快乐将代替了死之悲哀，明媚的花园，将代替了凄凉的荒地！”

——他还是一个能够不断反省自己勇于担当的人。

“我们因政治领导上的错误，与军事指挥上的迟疑，致红十军团开入狭隘的敌人碉堡区域……”(《我们临死前的话》)

“我在狱中细思赣东北苏区的发展与红军的胜利，所以落后于中央苏区和川陕苏区的原因，是不能不归咎于右倾保守主义。……这次在皖南行动，我们固不能说是不疲劳，然而领导者（是要我负责）没有及时打击‘没有时间进行工作’的观点。我与全军军政人员大家缺乏拼死命的工作精神，去利用行军休息一分一刻钟时间进行政治工作，加紧战斗员的教育和鼓动，甚至有一时期，军中党的工作陷入停顿状态，这是多么严重的一个错误呵！”(《在狱致全体同志书》)

如此沉痛自责之文字，在所有他的狱中篇什里随处可见。即使身陷牢狱，他依然能够深入解剖检讨自己，毫不含糊地承担起自己的责任。如此天下又有几人！

“我爱护中国之热诚，还是如小学生时代一样的真纯无伪。”(《可爱的中国》) 方志敏的内心，又何尝不是如稚子般的真纯无伪！

三

对方志敏的了解越深入，我就越发为他倾倒。我更广泛地阅读他的资料，利用工作机会去他曾经战斗过的地方走访，不断采集与他有关的信息，渴求更完整地拼贴他在我心中的形象。我一步步地追随着他，企图更深入地接近他真实的内心——

我一次次地与他对视。他身高一米八，体态魁梧匀称，头发仿佛奔跑时的马鬃，他的脸庞和五官都接近完美的程度。鼻下淡淡的八字形胡须，正映衬了他厚薄适中唇线优美的嘴唇。从他留下的照片来看，方志敏称得上是一个风流倜傥的美男子。

他头颅高昂，敞着大衣如将帅披着威风凛凛的战袍。即使脚戴镣铐，身上套着绳索，可依然含笑自若地对着镜头摆了一个称得上完美的姿势。这是方志敏的另一张照片，一张狱中拍摄的照片。我久久地看着照片中的他。除了要显得清瘦一些，他的神态里依然没有久居监狱的阴冷和沮丧。而绑在他身上的绳索和脚上的镣铐，仿佛不过是一个适合游戏的秋千。

但这样更让我难受。这样一个有着强大生命力和无穷的人格魅力的人，却要遭受囚禁的羞辱和死神的逼迫。我心中的英雄在受难。我仿佛觉得绳索正绑在我的身上。绳索无所不在。是什么不断地逼迫我交出信念和爱？而我听见我的喉咙里发出了方志敏的声音：不！

方志敏被俘押解到南昌，当时一家美国报纸记者描述了在国民党驻赣“绥靖公署”举办的“庆祝生擒方志敏大会”上见到方志敏的情景：

> “戴了脚镣手铐而站立在铁甲车上之方志敏，其态度之激昂，使观众表示无限敬仰。周围是由大会兵马森严戒备着。观众看见方志敏后，谁也不发一言，大家默然无声。即蒋介石参谋部之军官亦莫不如此。观众之静默，适足证明观众对此气魄昂然之囚犯，表示无限之尊敬及同情。……当局看来，群众态度之静默，殊属可怕。”

我曾去过赣东北根据地的心脏葛源。我来到他的住处。一间阴暗简陋的房子，一张挂着乡村自制的蚊帐的老式硬板床。墙上贴着方志敏看过的、已经变成酱色的英文报纸（方志敏曾在美国人创办的教会学校九江南伟烈大学读书，熟习英文）。我看到了伏在桌前正在起草文件的一个人影。我听到了他的咳嗽声。我知道他一直患着肺结核病。我似乎看见他唯恐咳嗽声把桌前微弱的灯火扑灭，一手捂着嘴唇，另一只手小心护着灯盏上摇曳的火苗。——即使黑夜中的一点小小的火苗，都让他倍感怜惜。他的胸部急剧地起伏着。而随着一阵压制不住的咳嗽声，他的手掌里，立刻布满了斑斑血迹，正如雪地里的梅花点点。

我的心突然涌起了一阵剧痛。

四

1935年1月，方志敏率领北上抗日先遣队在国民党十几万部队的逼迫下来到了怀玉山。1月的怀玉山大雪纷飞，树枝上挂满了冰凌。方志敏在山上奔突迂回。

他本来已经突围出来，进入了安全地带。可刘畴西、王如痴等人率领的主力部队二千余人依然陷入国民党部队的重围之中，并因指挥上的失误已经错过了最佳的突围时机。他们的牺牲已经在所难免。粟裕请求率部执行接应任务，可方志敏考虑到自己是全军最高负责人，毅然亲率接应部队重新钻进了敌人的包围圈。

在危急时刻，方志敏把危险留给了自己。这个毕生追求完美的人，怎会允许自己的人格有丝毫的瑕疵？

国民党部队的搜山开始了。红军极度疲劳，且弹尽粮绝，突围已毫无意义。方志敏静静地躺在怀玉山的怀抱里。即使处境极度危险，他在晚上还是点燃了两堆篝火，击掌呼唤分散在树林里的战士。——他把自己当作了最后的一点火焰，希望可以给战士们一点温暖。可许多人连站起来的力气都没有了。

为了酬谢山中猎人的一顿玉米饭，方志敏把自己的望远镜送给了对方。或许此时，他已预感到此行凶多吉少，他需要有人来用他的望远镜，代替他把更远的世界打量？

方志敏躺在树林中的一垛柴窝上。怀玉山用仅有的体温紧紧地拥抱着他，像落难的母亲紧紧护着自己的孩子。

由于叛徒的出卖，方志敏在怀玉山被俘。怀玉山大雪纷扬，漫山形同缟素。时为1935年1月29日。同年8月6日，方志敏在南昌被杀。享年36岁。

36岁，正是一个人的壮龄。

五

怀玉山松柏苍翠。怀玉山风声如鼓。怀玉山苍苍茫茫。怀玉山山高水长。走在怀玉山间，我感到方志敏的无所不在。从树叶间吹过来的风中有他的呼吸，瀑布飞泻下来的流水中有他的倒影。时间把一个只活了36岁的人变成了一个不死的人。而1935年8月6日响在南昌下沙窝的枪声，不过是中止了他作为肉体的生命。

沿着方志敏当年率部突围的路线，我走访在怀玉山上。我想象着他即使濒临绝境依然镇定自若地指挥的样子。他点起篝火招手呼唤战士们聚拢来的样子。

在国民党士兵经过的地方，他藏匿的样子。被警卫出卖国民党士兵发现他从藏身的地方走出来的样子。他又冷又饿，浑身污浊，可举止间的从容和眉宇间的英气，令人不可与之对视。

——我想他的声音应该有几分磁性。他的故乡为上饶弋阳，他说起话来一定也有着靠近江浙的柔软口音吧？这个心存大爱的人，这个有坚定信仰的人，这个性情中有几分孩子般天真烂漫的人，是一个有着无穷人格魅力的人。几乎所有的人，都臣服于他的伟大人格。

就像玉这种美好的物器，石头一般坚硬，却又水一般透明，冰雪一般圣洁，却又春天一般温润。

——天帝遗玉此山，山神藏焉，大名方志敏。

统帅

朱增泉

我第一次见到邓小平，是1981年秋天，在华北地区举行大规模军事演习期间。当时，邓小平第三次复出后，担任中央军委主席，成为我军威重如山的统帅。华北军事演习，是他担任军委主席后做出的一项重要决策。这次演习是建国以来规模最大的一次，当时曾在国际上引起过不小的轰动。在那次演习中，我被抽调到演习导演部，依据这次演习的军事决定，参与政工导演。从这次演习的筹划阶段开始，直至演习结束，邓小平的一些重要决策和指示精神，我能及时听到传达，得以从字里行间领略他的深谋远虑。

记得演习开始的那一天，是1981年9月14日。初秋的华北，酷暑刚过，早晚微凉，正是“沙场秋点兵”的黄金季节。演习部队头天晚上都已进入阵地。长城内外，张家口以北坝头一线的山山岭岭，许多地方被漫漫黄沙覆盖，杂生着稀疏的青草，更烘托出几分塞外的荒凉，有意无意间将一幅雄浑的古战场画面勾勒在我们眼前。使人觉得，我们今天的演习上承历史，下启未来，这片土地上永远有一股滚烫的血脉在流动着。由于这次演习是实兵、实弹、实爆，演习区域内的老乡们都已提前疏散转移。庄稼地里的玉米、高粱、瓜果正在成熟。那天早晨，天空有些薄云，气温凉爽。前几天下过暴雨，坦克碾压过的通道低洼处仍有积水和泥浆。上午9时20分，演习的一切均已就绪。参观台上的中央领导、党内老同志、国务院各部部长、各省主要领导，都已陆续到达，找到各自位置就座。

万事俱备，只等统帅。

这时，山前公路上，在演习总指挥、北京军区司令员秦基伟的车子引导下，军委主席邓小平的车子紧随其后，驶至参观台前。邓小平下车，上坡，就座，时针恰好指向 9 时 30 分。秦基伟向邓小平请示，演习是否准时开始？邓小平点头示意：开始。

三发红色信号弹腾空升起。

那次演习的总题目是方面军防御战役陆空联合实兵演习。根据战役进程，又将演习分成若干阶段性课题。为了能让参演部队逐个课题进行演练和研究，也为了让参观的人都能看得明白，演习方法有一个创造，叫作演“折子戏”。每天演一个课题，连演四天。第一天演的课题，是“蓝军”以坦克集群为主要突击力量，采取“宽正面、高速度、大纵深”战法向“红军”实施战略突袭，检验“红军”一线防御部队能不能顶住这“第一个浪头”。霎时间，四周爆炸声骤然响起，地动山摇，震耳欲聋，“蓝军”强大的火力突袭开始了。原先隐蔽在四野里的“蓝军”坦克，突然从地底下全都钻了出来，漫山遍野，向南高速推进。“蓝军”轰炸机群呼啸掠过，向“红军”阵地猛烈轰炸，脚下的大地在一阵阵震颤。炸药的剧烈爆炸声、坦克的巨大轰鸣声响成一片，腾起的爆烟遮蔽了天空。显示“红军”、“蓝军”战斗行动的炸药也分成红、蓝两色，双方的交战进退，观者一目了然。面对这极具震撼力的一幕，参观台上的领导者们，有的看得惊诧入神，有的老革命因重新闻到呛人的硝烟而兴奋不已，有的伸手指点着前方某一处紧急交谈几句，急忙站起身子，前倾而观。

邓小平稳坐不动。

他看得那么专注，又显得那么沉稳。他自始至终没有跟任何人交谈一句，脸上不露半点表情。此时此刻，他那恢宏的战略思维，一定处在极其活跃的状态。他需要这种震撼。不，他正在精心营造出这种震撼，以震醒军队，震醒国人……

继毛泽东之后，邓小平担任中央军委主席，这是众望所归。在我军漫长的战斗历程中，邓小平资历深，威望高。红军时期，他领导过百色起义，创建过红七军、红八军；抗日战争时期，他担任八路军 129 师政委，与刘伯承一起开辟晋冀豫边区抗日根据地；解放战争时期，刘邓大军挺进大别山，中间突破，千里跃进，使我军完成了战略转折，拉开了战略进攻的序幕。随后，刘邓大军逐鹿中原，激战淮海，横渡长江，挺进西南，扬赫赫威名，建不朽功勋。

从一定意义上说，邓小平继毛泽东之后担任我军统帅，也是毛泽东亲自选定的。“九一三”事件后，毛泽东就开始思考让邓小平重新出来工作。他在邓小平的来信上批了一大段话，对他的错误只点了一句，对他建国前后的功劳却概括了四条，其中有一条就是从军事上讲的：“他协助刘伯承同志打仗是得力的，有战功。”周恩来病重之后，在全国四届人大召开前夕，亲飞长沙，去向毛泽东汇报人事安排，推荐邓小平主持国务院日常工作。毛泽东经过深思熟虑，对邓小平重新委以重任的决心，超出了周恩来的预料。毛泽东提议，邓小平同志可担任中央政治局常委、党的副主席、国务院第一副总理、军委副主席兼总参谋长。从1975年1月开始，邓小平开始全面主持党、国家和军队的日常工作。

从古到今的军事理论都认为，将帅能否服众，这一点非常关键。统帅者，肩负护国安邦之责，手握号令三军之权，位高权重，非同小可。孙子说：“不知三军之事，而同三军之政者，则军士惑矣。不知三军之权，而同三军之任，则军士疑矣。”毛泽东曾对八大司令们说，我为你们请回来了一位总参谋长。邓小平向有治党治国治军之才，胸有决战决胜之策，回军队主持工作乃众望所归，老将们哪有不服之理？服。谁都服。百分之百地服。

毛泽东称赞邓小平“人才难得”。邓小平的非凡才能，决定了他的非凡性格。他虽然经历了如此大的磨难，但他一旦复出，他的政令、军令一出手就不同凡响。他复出后的方针十分明确：大刀阔斧，全面整顿，收拾“文革”造成的乱局。而且，他主持的全面整顿先从军队“开刀”。他1975年1月5日担任军委副主席兼总参谋长，1月25日就在总参部机关干部大会上发表了一篇重要讲话:《军队要整顿》。他讲了我军在毛泽东同志领导下，从井冈山开始就形成了一套老传统、好传统。接着话锋一转，批评军队：自从林彪主管军队后期开始，军队被搞得相当乱，好多优良传统丢掉了。把军队搞得臃肿不堪，将来无法打仗；有些干部闹派性，在军队闹，到地方去也闹；部队纪律性差，所以毛泽东主席要带领大家唱《三大纪律八项注意》。不久，他进一步把军队的问题概括为“肿、散、骄、奢、惰”五个字，掷地有声，振聋发聩，全军震动，全国震动。他这是在其位，谋其政，行其令。很明显，他主持的全面整顿，要让军队当表率，要从军队打开“突破口”。其中蕴含的另一层意思是说：军队都能整得，全国哪个行业整顿不得？他说，党要整顿，工业要整顿，农业要整顿，各方面都要整顿，全面整顿。回避矛盾，含糊其词，拖拉敷衍，绝不是他邓小平的风格。斩乱麻要用快刀，杀鸡要用牛刀，这才是他的邓氏风格。

可是，那时“四人帮”还在台上，他们不仅抢班夺权的阴谋没有得逞，而且邓小平全面整顿的矛头所向，对他们步步逼近，使他们越来越感到严重威胁，他们怎能不强烈抵抗？

1976年4月，邓小平被再次打倒。同年10月，“四人帮”被粉碎。

1977年7月，邓小平第三次复出。

邓小平一生，三落三起，大落大起。天将降大任于斯人也，必先使他受尽磨难。他以 73 岁高龄第三次复出，不为官职，为中国。他面对“文革”后百废待举、百业待兴的中国，口无怨言，心有宏志。他对全党说了一声“团结一致向前看”，便专心致志领导全党加紧探索强国富民之策。邓小平是愈挫越坚，蓄势以待，要干大事。毛泽东似乎也有某种预感，举目中国，成大事者，必小平也。所以，他在最后一次撤销邓小平党内外一切职务时，仍然为他留下了最后一线希望：保留党籍，以观后效。这一“保留”，实乃中国之大幸。邓小平第三次复出后，以超人的胆识、非凡的气魄和宽广的胸怀，主持清理“文革”灾难，纠正“左”的错误，对若干历史问题做出公正结论，然后全力推进改革开放，拯救中国于贫穷，探索一条中国特色的社会主义新路。毛泽东的“以观后效”确实有效，邓小平公正处理历史问题、团结一致向前看的大政策，在政治上收到了全国安定团结的大效果，邓小平的改革开放之策，更在经济上收到了奇效、特效。

华北军事演习时，我军正处在一个重要的历史性时刻。军队建设，事关国家安危，死生之地，存亡之道，不可不察。邓小平决定搞这样一次大规模军事演习，是有他深远的战略考虑的。当时，国家已见转机，军队建设自然提上了他的工作日程。在国家战略这个全局上，我们既然要坚定不移地以经济建设为中心，一心一意搞建设，那么，国内必须有个稳定局面，周边必须有个安全环境，军队应该尽到这个职能。要让世界听到我们这支军队的动静。不是让人家听到我们想去进攻别人的动静，我们没有这个能力，也永远不会有这个野心；但要让人家听到我们有决心、有能力防御别人来进攻的动静。不必顾虑邻国会对此有什么反应，他们也搞演习嘛。他们年年都搞嘛，搞的次数也不少、规模也不小嘛。对于军队本身而言，搞这么一个演习，也是给军队打打气。军队有问题当然要批，狠批。但军队太重要了，气可鼓而不可泄。也好让人民知道军队在干什么。军队要务正业，要把教育训练提到战略地位，要潜心研究未来战争。军队懒懒散散不行，演习结束后要搞阅兵，摆给人民看一看，改善军队在人民中的观瞻。还有一个问题，我军今后要搞合成军，这次演习就要有所体现。这方面的内容演一演，也好知道我军的差距有多大，知道今后的前进方向。

此前，杨得志已接任邓小平的总参谋长职务。总参和北京军区商讨了大、中、小三个演习方案。大方案动用部队超过十万人；中方案压缩到个把师；小方案只搞图上作业。杨得志和张震去向邓小平当面汇报，供统帅决策。

邓小平一锤定音：同意第一方案。

大手笔，大气魄。

第一天的演习搞得非常成功。接下来，后面几天的演习课题分别是：“蓝军”

空降兵在“红军”防御纵深实施空降，夺占要点，“红军”组织反空降作战；“红军”依托坚固阵地组织顽强防御，迟滞“蓝军”攻势，掩护国家转入战时体制，掩护“红军”主力作战略展开；“红军”利用有利地形，向“蓝军”发起强大战役反突击。

9 月 18 日，演习圆满结束。19 日上午，在演习地域某野战机场举行阅兵式。邓小平站在敞篷车上检阅演习部队，他问候官兵们辛苦，受阅官兵们的应答之声山呼海啸般响彻云霄。邓小平检阅完部队，回到检阅台上，当他和秦基伟握手的一刹那，我发现他第一次笑了。

9 月 26 日、27 日，新华社连续对这次大规模军事演习向世界作了报道。外电纷纷发表评论，议论的中心点是：中国国防现代化的决心与展示。

四年后，在邓小平亲自主持下，我军进行百万大裁军，以他非凡的魄力，率领我军迈出了向现代化进军的第一步。

原载《文艺报》2004 年 8 月 26 日

仰望昆仑

王宗仁

那是一个 51 年前的早已陈旧的故事，但是它仍然闪烁着滴滴春雨，告诉你站在大地上应该怎样做人。

那一年神州大地发热发烫可谓达到顶极，可是青藏高原却出奇的清冷，甚至寂寞。西宁以西很难见到一棵树，只有厚道的黄土。

这一天，1958 年 10 月 19 日中午，提前降临的当年第一场雪在三天前悄悄地覆盖了昆仑山。进山的路和出城的路都隐藏得那么深。这阵子彭老总正乘车从格尔木出发前往昆仑山，他透过车窗玻璃看着外面的景色。司机知道彭老总的心思，有意放慢了车速，让他多看，看够。戈壁、雪峰、芨芨草、火柴盒似的道班房，还有凹陷的一个又一个苦咸苦咸的海子，像压缩饼干一样蜷在荒原深处……他看着看着好像在深思什么，一朵云升起，飘来了他的感叹：

“纳赤台快到了吧！你们知道那个地方的故事吗？”

陪同他的兰州军区司令员张达志中将也许一时没有弄明白这句话的意思，只是望了望彭老总，没有吭声。另一位陪同的人——青藏公路管理局局长慕生忠接过问话回答道：

“有个传说，那是当年文成公主梳妆打扮自己的地方，才落下了纳赤台这么个地名。还有传说，纳赤台的那个不冻泉是公主思乡的眼泪聚成的。这些都是民间的传说，无据可查。”

彭老总说：“所以嘛，我要去纳赤台看看那个皇帝的千金待过的地方，要不她会说我彭德怀不近人情！”他放声一笑，又说：“当然，我还要去看几个兵，这是我此次柴达木之行计划中的事！”

直到这时，大家似乎才明白彭老总坚持要进昆仑山的真正目的了。头天当他提出要去纳赤台看看时，大家再三劝他取消这个安排。同志们的理由不外乎那个地方海拔高，空气稀薄，路也不好走，他又这么大年纪了，还是不去较为稳妥。他却说："到纳赤台去看那几个兵，是我在北京出发前就决定了的事，怎么能随便改变！"到底是几个什么样的兵，这样牵动国防部长的心？他没细说，大家也不便问，只好依了他。

汽车继续飞驰着，一片褶褶皱皱的岩石影子跳上了挡风玻璃，进入昆仑山了。彭老总又一次把目光从荒野收回来，说：

"纳赤台有个硼砂厂，硼砂厂有几个从山东退伍的海军战士，我要去看他们！"

在人世间纯粹的声音里往往有太多的秘密。国防部长千里迢迢去看望几个兵，这情够深，这意也够浓了！

原来头年春天，纳赤台硼砂厂几个退伍兵给国防部和彭德怀直接写信，反映了他们工作和生活上一些不尽如人意的事情。因为是带着情绪写的，难免发几句牢骚。他们说昆仑山这个地方太艰苦，常年积雪，四季刮风，地冻三尺。住房简陋透风露雪，缺柴少煤饭生菜冷。还说他们的工资不高，付出的多得到的少。不能说他们说的这些没有道理，心里不痛快不讲几句怪话憋得慌，怨气吐净了身上会轻松。其实这些兵们心里很明白，来到昆仑山创业不吃些苦不受点罪，怎么建得起事业！信发出了，他们该干什么还照样干好，偷懒耍奸那叫熊样，与战士不沾边。昆仑山日出日落，不冻泉月辉月晕。生活依旧向前走着，创业的日子平平淡淡又蛮富有挑战。

兵的声音绝对不属于哀求。也许正因为这样，它必然有回声。几个退伍兵做梦也没有想到，他们发牢骚的信真的会让彭德怀元帅看到，而且他竟然牢牢地记住了这几个脱下军装的兵。他是国防部长呀，他们是普普通通的兵，退伍兵！

阳光破云而出，雪停。雪后的青藏高原真的好宁静，雪山冰河戈壁都在倾听阳光的诉说。不算近的山坳里有几排矮矮的泥草小屋，远看像紧紧地贴在地面上。屋顶一缕轻轻摇晃的细烟，像摇着手送别什么，又像招着手迎接客人。那就是硼砂厂。彭老总踏碎地上的积雪急步前往。路上，他俯身抓起一把沙土，在手心里揉揉，沙土从指缝间落下，随风而去，他身上也附落了些许沙土。他说："这里果然干燥得很嘛，风头也是蛮厉害。一棵草都没看得到，难怪初来乍到的战士生活不习惯。"

走进硼砂厂你就会看到昆仑山刚从冻伤岁月中脱胎出来的痕迹。院子的角落里残留着大概好几年不化的冻雪，上面落着点点沙土。那些远瞧的泥草房屋其实是一顶顶帐篷房，但你不能不佩服主人就地取材对它的苦心装扮，按着长长短短的顺序压在帐篷顶上的那些沙漠植被，确实使它显得得体、结实又保暖。紧挨着山根用石棉瓦搭起来的那个四面透风的大房子就是生产车间了。因为它不显山不露水地蹲在较低的地势上，你站在稍远处就看不到它的存在。硼砂厂处处都呈现着创业初期的简陋和匆忙。不时有工人与彭老总擦肩而过，他们竟然不望彭老总一眼。也许是没有留意这个陌生人，或者留意了绝对没有想到这个人会是国防部长。天下相貌酷似的人多得是，国防部长来昆仑山？八抬大轿怕也抬不动！工人们继续来来往往地从彭老总身边走过。从这些匆忙的脚步和不时扬起的谈笑声中，彭老总能感受到创业者压不垮的精神，他很高兴地看着这个新崛起的昆仑硼砂厂。

几个工人晒着太阳正在午休，彭老总上前和他们聊天。这时大家已经知道站在他们面前的是什么人了，高兴之中免不了有几分拘束，都站起来欢迎首长，拍着手。

“不要站起来，坐下歇晌嘛，本来你们就坐着休息的嘛！不要看我来了就影响大家休息。”彭老总说的，完全是家常话，很暖心。果然有人坐下了。彭老总也在一条大凳上就座，继续拉家常。

“你是哪里人，来到高原多长时间了？父母支持你来这里吗？”他指着正在卷着纸烟准备吹喇叭筒的小青年问。

小青年摁灭喇叭筒，回答道：“报告首长，我是甘肃民勤人，刚来半年，娘是铁杆支持我，爹是坚决反对。没办法我只得背着爹偷偷跟招工的慕政委的人上了高原！”

“你娘是女中豪杰，支持儿子建设大西北，有功之臣。不过你爹的态度也可以理解，他会慢慢明白儿子做的没有错！”

他又问身边另一个工人：“你呢，家里人支持你的行动吗？”

这个工人先主动通报自己姓名，他也是甘肃民勤人，“我爸我妈都支持我来高原。家里太穷，咱爹说，儿呀，出去挣些钱车些回来过日子！”

大家都笑了，彭老总边笑边鼓掌。为这个工人，也为那个知情达理很朴实的父亲。

这时彭老总站起来，顺手捧起一把白花花的硼砂，鼓励大家说：“这个东西可真是个宝贝疙瘩，稀有矿藏！我们要搞尖端科学离不开它。你们是在生产像金子一样重要的宝贝，责任重大！”同志们异口同声地回敬彭老总一句话：“我们一定按首长的指示办，多多生产出合格的硼砂！”

他走进了车间，一片忙碌紧张的景象。这时走来一位穿着褪了色的军装的中年人，站定，恭恭敬敬地给彭老总行了个军礼，喊了一声："首长您好！"彭老总眼睛一亮，愣住了："是你呀！你什么时候到了这里？"原来这是一位转业军官，几年前在北京举行的抗美援朝庆功会上见过彭老总，还给军委领导汇报过自己的战斗事迹。彭老总竟然过目不忘记住了他。

转业军官很激动，在首长面前一时不知说些什么才好，想了想才说："首长，我给您汇报吧。"彭老总忙说："别提什么汇报，我是无意间在这里看到了你，也算是来看望你这位朋友吧。"转业军官这才说："我们是按照你的命令集体转业来青藏高原的，支援大西北建设。有的到了拉萨，有的到了格尔木，我和另外三个战友分到了昆仑。"

"好嘛，你们在朝鲜战场是英雄，来到昆仑山创业也会成为好样的。现在大西北建设急需要人，你们肩上挑着很重的担子的！"

"请首长放心，我会安心在昆仑山工作，为国家生产更多的硼砂。"

"好同志，我真没有想到会在昆仑山见到你。对啦，你是这个硼砂厂的领导人吧，我正好有事要找你。"

接着彭老总指名道姓地问起了那几个给他写信的同志："他们的思想疙瘩解开了没有？我刚才看到了，眼下这里的条件是差了点，可是你们用双手改造它，还怕它不变吗？会越变越好的。"

转业军官忙解释说："他们都很年轻，心血来潮就写了那封信，我们是事后才知道的。我还批评了他们，现在他们都能安心在这里工作。"

彭老总说："不要批评的，他们反映的情况还是真实的嘛。要教育他们用劳动来改变艰苦的环境，先苦后甜。艰苦的环境才能锻炼人。你们领导要给大家做出榜样，大家爱你们了，也就爱昆仑山了！"

这时，窗户底下有个小同志探头探脑地朝屋里张望。转业军官对彭老总说："他就是给你写信的其中一个小战士。"小同志也许是听到屋里有人提及自己，头一缩正想跑开，没料被转业军官喊住，招呼进了屋。

彭老总伸手要和他相握，他还有些胆怯，吐了吐舌头，直往人堆里钻。彭老总笑了，说：

"怎么，害怕我？怕我还给我写信。"

小同志说："您不批评我，我就不害怕。"

彭老总哈哈大笑："小家伙，讲条件了，不批评你！我怎么会批评你呢，你能给我彭德怀提意见，我还要感激你的！"

"首长，我们不是给您提意见，我们只是给首长反映了一些实际问题。"

“你这个小同志，不敢承认提意见，是怕我报复你吧。反映情况就是提意见嘛，让我们改进工作我还能不欢迎！”

彭老总像拉家常似的和小同志聊天，小同志的拘束渐渐消散。

“你在信上把这里形容得很可怕嘛，连气都喘不过来，是吗？”

小同志很不好意思地回答：“那是刚进山时的情形，现在已经习惯了。我扛起一包硼砂跑步装卸，没一点问题。”

“那很好嘛，你在成长，你在进步！”彭老总指着堆积在满车间白亮亮的硼砂说，“国家建设需要这种贵重的矿藏，你们现在吃点苦甚至受些罪值得！你知道《白蛇传》里那个白娘子到昆仑山来盗灵芝草的故事吗？说不定你们这个车间就是当年长灵芝草的地方。你们的工作干出了成绩，大家都来取经，那个白蛇精保不准会被你们吸引来取经呢。哈哈！”

临别前，彭老总再次对那个小同志说：“我是国防部长，你是退伍军人，咱们都是兵，革命战士。我能理解你们，生活嘛，总不可能事事称心如意，谁能没牢骚，谁能没怪话？说出来比憋在心里好，发泄一下就轻松了。我很理解你们的心情。今后有什么想不通的事还可以给我写信。晚上加个班写封信，往邮筒一塞，连邮票都不用贴。军人嘛，免费寄信。但是，我希望你们不要丢掉军队的光荣传统！”

雪峰裸露在冬日的旷野里，风带着零碎的银子在骆驼草尖疾走。太阳真红！

出了硼砂厂，来到昆仑泉边，那里早就围满了好多人等候见彭老总。他抱起一个五六岁的女孩，问她叫什么名字。还没等女孩回答，他就把她高高地举过头顶，欣喜万分地说：“我看你就叫社会主义吧！”

昆仑山保留着对彭大将军的爱，如同保留一瓢水对大海的渴望。他乘坐的汽车慢慢远去时，阳光突然把天空照得格外亮丽。从寒冷到温暖的台阶从来都不漫长。

彭老总离开纳赤台返回格尔木，已经是后半晌了。太阳不近不远地悬挂在西天的一朵白云下，温柔而绵长。

也许是硼砂厂那几个兵写信的事仍压在他的心底，人间的冷暖总是搓来揉去地盘绕在脑海里吧！他想到了常驻格尔木部队的生活。他们的日子过得艰苦吗，有多苦呢？

回到下榻的望柳庄，喧闹的格尔木突然静了下来，他反倒不习惯，对随同的工作人员说，格尔木不是有个兵站吗？咱们去看看部队。大家说，首长跑了一天，好好休息休息，看部队的事早有安排，明天去。他一边端起茶缸喝水一边说："大白天不干个事蛮难受的，还是看部队去吧！"所有的兵都在他这个国防部长的怀抱里，让哪个受委屈他都于心不忍。

彭老总亲切向兵站走去，带着生机勃勃的光彩。他来到了兵站，它确切的名称：格尔木物资转运兵站。

转运站与兵站，两个本该承担不同任务的建制单位合而为一，这是那个年代在青藏线上普遍的现象。转运站，接收、起运从内地运往西藏的各种各样的物资，军用的、地方的，一律接收。然后从这里再装车运到西藏各地，西南边防。中转站，当时青海没有火车，所有进藏物资都是从兰新铁路线上甘肃境内的一个叫峡东的火车站运进格尔木；兵站是接待南来北往的汽车兵，解决他们的食宿问题。汽车兵送给它不少锦旗，上面多写着"雪线温暖之家"。

格尔木物资转运站是解放军总后勤部青藏办事处管辖。彭老总视察时办事处主任宋西侯大校陪同。慕生忠将军也在场，他是彭老总的老部下，当年修青藏公路全仗着彭老总的鼎力支持，要不这条路不知还要推迟多少年才能修起。

他们踏着一路笑声走进了货场。

这是刚从荒漠上开辟出来的不算小的一个场地，偶尔还可见长在地上的沙荆那残枝破叶在风中摇曳。乍一看，那远处积雪的昆仑山好像它的围墙。场上很不规则地堆积着大大小小的山一样的货物。箱子码的垛，麻袋码的垛，还有叫不上名字的机械伸着铁臂高傲地挺立在莽野上。所有货堆沉默无语，却似乎在轻轻地呼吸着。彭老总好有兴趣地穿行在货堆之间，听宋西侯介绍情况。

西藏刚和平解放不久，处处还残留着在凛凛寒风中冻伤未愈的伤疤。整个西藏没有任何企业，连一根火柴也要从内地运去。这个转运站就是保障西藏供应的后方基地。彭老总说，西藏封闭的时间是太久了，太需要有一条和内地联系的通道。现在青藏公路修起来了，落后状况会很快有所改变！宋西侯讲到了青藏办事处这支部队。它所属的汽车团和兵站大都是从朝鲜战场上直接开赴青藏高原的，部队分散在甘、青、藏三个省区的三千多公里的数十个点上，高度分散，流动性大。彭老总说："你们这个办事处管了三个省区，了不得呀，我看你就叫'镇西侯'吧！哈哈！"慕生忠忙替宋西侯回答："我们是按照党中央的要求，在这里为支援西藏服务，为巩固西南边防服务！"慕生忠是修青藏公路的总指挥，又是青藏办事处的第一任党委书记，论功行赏，头等功臣非他莫属。但他不敢封侯。

彭老总说："咱们去看看战士们住的地方，看看他们的食堂。在高原上，吃饭睡觉，是两件头等大事！"

一排低低的木板房，悄没声地站在货场一侧。宿舍，它本来就在眼前，却为什么那么遥远？原来货场和房子中间隔着一条小水沟，为了用水方便，兵们把格尔木河的水引进兵站。奔波急流的河水，到了小沟里显得有些疲惫，流速也慢下来。水却变清了。

彭老总踩着一根圆木颤颤地过了小沟。“这就叫独木桥，这里是没法修阳关道呀！”他站在对面这样感叹。

走进小房时，板棚上不时地落着沙土，掉在了彭老总的衣服上。他仰头望望，问：“战士们住在这样的房子里不冷吗？”

兵站的一位干部如实回答：“是冷呀！这房子既不挡风也不遮沙，三面透风。每天早上睡起来，被面上落一层霜！”

“是霜还是沙？”彭老总看了看自己衣袖上的沙土，问。

“有沙也有霜，都冻在一堆了！”兵站的干部回答，他笑了，大概觉得自己的回答很笨拙吧！

噢！噢！是冷，那能不冷吗！彭老总自言自语着。

兵站的干部继续说：“艰苦确实是艰苦了些，不过大家很少有抱怨。因为我们都知道当前给西藏运输的任务很紧急，还腾不出手为自己整吃的住的。以后会慢慢好起来，困难是暂时的。我们的干部和战士住一样的房吃一样的饭，所以大家的情绪很高涨。”

慕生忠给彭老总解释说：“格尔木这个地方是很重要的交通要道，南去拉萨，北上敦煌，东通西宁、兰州，西至芒崖、新疆，它是必经之地。不久就会建设成一个西部很繁荣的城市，我已经给她起名为格尔木花园城。今天我们吃些苦，甚至受些罪，都值！”

彭老总听着直点头：“情人眼里出西施，格尔木就是你慕生忠的西施，难得你有这份格尔木情结。好嘛好嘛！”他回转头来对兵站的干部说：

“你们干部做得很好！第一，大家明白了道理，就甘愿吃苦。第二，干部和战士共甘苦，大家就不会有怨言了。我们靠这两条就能把天大的困难战胜一大半，剩下的那一点困难就不攻自破，自然消亡的。但是还要给群众尽力解决实际问题，入冬前一定要做好防寒准备工作，让战士暖暖和和过冬。老百姓把娃娃送来当兵，如果让战士挨冻，他们的老爹老妈会骂我们的！”

说着，他又抬头望了望房顶，仍有沙土簌簌落下。“这个掉沙土的问题就应该马上解决！”

这天，彭老总在兵站和战士们共进晚餐。面条、米饭倒是都有，且精米白面，乃专为他所做。只是菜很简单——不能不简单：一盘温热了的罐头肉，当然是特别加餐。却没有一叶青菜，只能用一盘咸萝卜代替。

彭老总吃得蛮香。他沉默地吃着，若有所思。整个吃一顿饭的时间一直这么沉默着。不知是他回想到了长征路上，还是想起了朝鲜的战地生活？那样的年代里，不仅仅是彭老总，恐怕是所有的苦斗者都会有过这样的奢想：什么时候能在听不见枪声没有追击的日子里，找个小店喝碗老酒，一碟花生米，会余味无穷。可是，今天在高原上创业的同志们，他们会不会还有这样的奢想呢？

这晚，彭老总执意要和战士们一起睡在大屋里的通铺上。了得！首先是慕生忠发毛了："首长，您住在这野天野地里，我可担当不起。那只能我给您站岗了！"

"你给我站岗，那还得找人给你站岗，谁呢？只能是'镇西侯'了！"彭老总开起了玩笑。

"望柳庄（当时格尔木唯一的招待所）那边早就给您安排好了，您还是过去住吧！"慕生忠说。

"您睡在这里，我们担心把您冻病，大家都睡不着，您也就休息不好。"兵站的同志也劝他。

彭老总嘿嘿一笑："看把你们急的，我又没说不去望柳庄嘛！我看咱们来个平均主义，今晚住兵站，明晚住望柳庄。这样总可以吧！"

彭老总的倔强是出了名的，谁也别想拧过他。这晚他住在兵站专门给他收拾的一间小屋里，紧挨着战士们的宿舍。他已经让步了，总算没住通铺。

半夜里，他起来查看了兵站的几个哨兵，这又是大家没有想到的事。

寒风覆盖了整个格尔木的夜晚，夜霜越落越厚，奇冷。彭老总发现哨兵们都没有穿皮大衣，他很惊讶！

"你怎么不穿皮大衣？"他问哨兵。

"报告首长，我们没有皮大衣！"哨兵回答。

"你们为什么没有皮大衣？"

"因为上级有规定，以这条格尔木河为界，河西才算高寒地带，发皮大衣、毛皮鞋。我们住在河东，没有过线，所以不算高寒区，只发棉大衣！"

"噢，这条格尔木河把你们隔成了两家人！它太无情了！"

彭老总记住了河东河西这件事。一条河把一个地隔成了两个世界，他要弄个明白。

第二天，他就让人对这个规定做了调查，也对河东河西的情况摸了底。他把问题提出来，让有关部门的同志解释。他们说："河西海拔地势比河东高，天气冷。所以归入高寒带，享受高寒带的御寒物品。"彭老总问了："那么你们知道吗？这个兵站的地势高，比河西有的地方还冷，你们掌握这个情况吗？"对方无言以对。

彭老总说："我们干工作切忌木匠的斧子一面砍。特殊情况什么时候都会有的。问题还是要深入实际弄清情况。"

他当场就给军需部门作了指示："按实际情况发给这个部队御寒物品。"

格尔木河东地区的指战员，在生活上至今享受着高寒地带部队应该享受的一切。因为他们本来就生活在高寒地带，当然更因为彭老总到格尔木看望了他们的哨所！

慕生忠在彭老总离开格尔木后，很动情地讲过这样一番话："彭老总这官当得够大了吧！可他的眼睛总是能看到最基层战士的吃穿住行。他对这个世界的感情好像都集中在兵的身上了！"

1958 年的这个冬天，昆仑山上的雪下得好像比哪一年都要大要猛，整个格尔木都在雪中陷入沉睡。军营被白雪霸占了所有的气势。这样的雪夜，有个哨兵怦然心动，搬了一块石头到屋外，靠格尔木河近一些。他坐在石头上望着大雪茫茫的昆仑山。望什么呢？他说望星星，找那些最亮的星星。别人不解了，雪夜哪会有星星？哨兵说："我就不信雪能把最亮的星星遮住。我爷爷告诉过我，下雪的时候天上最亮的星星才显身呢！天上星，地上灯，一颗亮亮的星星就是人间的一盏灯！"

也许就是哨兵找亮星的这个雪夜，一同住在望柳庄的慕生忠对自己最敬佩的首长彭德怀讲了那句后来青藏线人都知道的话："我这一生就献给青藏线了！我连坟地都看好了，死后就埋在昆仑山上！"

彭老总听了嘿嘿一笑："我说你这个慕生忠真是，好好活着干吧，什么死呀坟呀的！"

选自《2009 中国散文年选》，花城出版社 2010 年版

回忆贺龙同志

沙　汀

我是一九三八年在延安认识贺龙同志的。同年初冬，我就和已故的何其芳同志以及“鲁艺”一批同学跟随他到晋西北岚县去；在岚县住了一月以后，于千里冰封的严冬，又一道通过同蒲路、平汉路，奔赴硝烟弥漫的冀中平原。这是敌人据点星罗棋布的敌后。一直到一九三九年初夏，我们才离开部队。在这几个月终生难忘的敌后生活中，因为我们一直都住在司令部，从贺龙同志那里领受到的教益也比较多。因此，可以想象，当一九七三年知道他早在四年前就已经被林贼一伙诬陷、折磨而死的时候，我是怎样一种心情了。回忆是痛苦的，因为这种结局多么出人意料！

现在，我记起我们在延安访问贺龙同志，在他谈过贺英同志、贺满姑同志以及他的其他几位亲属，先后牺牲在蒋匪帮屠刀下之后的情形来了：握了烟斗，背靠在军委招待所的檐柱上，勾着脑袋，他沉默了好一会儿。他似乎很痛苦。一个人不是石头，在谈到自己亲姐妹的牺牲时，怎么会不感到难受呢？我真有点后悔自己失言，不该向他问起贺英同志和贺满姑同志的革命事迹。但他终于嘘了一口气，昂起头来，坦然地说了：“革命是要牺牲的，他们的血并没有白流！”而他的神色、声音竟是那样坚毅！

到了岚县，特别在到达冀中以后，我们更从较多的生活侧面和言谈片段，进一步了解到作为革命前辈的贺龙同志优秀的革命品质，从中得到不少教益。首先，他对伟大领袖毛主席制定的路线、方针政策的信赖，非常真挚。这个判断，主要是以他从日常生活中自然而然表现出来的言行为依据的。我记起了这样一件事情，当我们行进到河北境内的平山地界时，因为汪精卫投敌叛国的罪恶行为已经传播开了，他这才告诉我们，还在延安的时候，毛主席在分析政局时就断言过：汪精卫迟早都会依附敌人。于是他不能自已地赞扬道：“毛主席政治上、军事上的天才真要些人来比呢！”语调、神色充满了对毛主席的崇敬。

他对当时一二〇师政治委员关向应同志的尊重和他们互相间的亲切关怀，也充分表现出他对毛主席“党指挥枪”这一光辉思想的深切体会。在谈到南昌起义前的军队生活时，他常说：“现在打仗是靠党的力量了。”而认为关政委是全军掌握党的方针政策、政治思想工作的主要支柱。当一九五八年我的那本有关记录他在敌后生活的小书《记贺龙》出版后，一九六二年，他还特别要人告诉我，它的缺点之一是，对关向应同志写得太少了！并着重指出，关政委在一二〇师整个工作中作用最大。

他也谈到过长征，但他从未说过，遵义会议后，在毛主席的革命路线指引下，二方面军全体指战员在紧急关头，怎样反对张国焘的投降主义和逃跑主义，特别是批判张国焘另立中央的罪行，因而促进了红四方面军广大指战员坚决继续北上抗日的功绩。他只谈了些翻越大雪山的艰苦，以及在穿过草地时用细麻绳扎上钓钩，就可以轻而易举地钓起一两斤重的大鱼之类的故事。这种不自居功的优良品质，正是革命队伍中加强同志间的团结所最需要的。

他也谈到南昌起义，但更简略。现在，我记得准确的只有一点：南昌起义前两天，他曾经同叶剑英同志和已故的叶挺同志一道，在鄱阳湖开过会。这还是我们在谈到日本军阀在鄱阳湖一带肆虐的时候，他顺便说的。而他从未说过，当革命面临陈独秀右倾机会主义路线招致的最大挫折时，他怎样在敬爱的周恩来同志的直接领导下，协同朱德同志和其他负责同志一道，向叛变革命的蒋匪帮进行反击，打响了第一枪！我愿以怒火烧毁林贼一伙的无耻谎言！因为他们总妄图用诬蔑言辞抹杀贺龙同志在中国革命重大转折关头所起的作用。

我从记忆中想起另一件事。南昌起义后，继之以广州起义，而由于陈独秀右倾机会主义路线的干扰破坏，由于反动派的暂时强大，这两次起义，表面上都失败了；党中央原本要他去苏联学习的，最后，他却同其他几位同志，在毛主席亲自领导建立井冈山革命根据地伟大创举的鼓舞下，回到了湘鄂西，建立红军，开辟苏区。这种坚强的党性和革命气魄，同林贼一伙所捏造的种种无耻谰言，相去何止天壤！而由此可见，在毛泽东思想阳光的照耀下，“人咬一口”也是有药医的！①

“星星之火，可以燎原！”就凭着几个人，几条手枪，贺龙同志在毛主席革

① 四川有句谚语：蛇咬一口有药医，人咬一口没“药医”。

命路线的指引下，终于开辟了湘鄂西洪湖苏区。刚回到湘西，工作是非常艰苦的。贺龙同志将光身手枪，就像电筒那样挂在肩上，头戴草帽，足蹬草鞋，身着蓝布短褂，经常从这个山头移向另一个山头：捕捉战机，突破敌人的包围。但在不久之前，他却还是一位北伐军的军长！

由于坚决贯彻执行党的群众路线，仅仅少数几个干部，在很短时间就建立一支革命队伍和开辟一块革命根据地，可以说这是毛主席秋收起义后，亲自领导建立井冈山革命根据地过程中的又一个伟大创造。这在抗日战争中更有了重大发展。比如在一二〇师直接领导下的邓宋支队，正像贺龙同志说的："不多几个干部，东一搞，西一搅，就搅出一个大队伍来，一直通到冀东去了！"而冀东，却是敌人的咽喉地带。一个已经失去一条腿的长征干部，则在乌拉山一带搞出一支部队，通到了包头附近……

这后一个消息，是我们一天正在谈论国民党顽固派对陕甘宁边区种种实际上与敌人暗中配合的破坏活动的时候，才从贺龙同志那里知道的。因为他刚好读完一封来自大青山的电报。接着，他又用手背轻轻敲着那封电报，十分酣畅地笑了，而且边笑边继续说："不只是一条腿，才出去好久呀？他就搅出一支队伍来了！而且就在包头附近！这太有趣了，正在谈顽固派！"另外一次，在谈到这类党的干部"白手兴家"的业绩时，他却严肃而又自豪地说道："同志！这点特长，老实说，也是共产党拿血换来的呢！"

《人民日报》有一篇传诵一时的报道：《硬骨头六连战歌》。这个连队的指战员那种压倒一切敌人的狠劲，使我联想起贺龙同志和我的一次简短谈话来了。当时，我和一位秘书正收听了一次敌伪攻击他作战"蛮横"的广播；他进屋后秘书把记录给他看了，他毫不在意地说："难道对敌人该客气吗？"他的意思是说，对敌斗争就是要狠！但我主要的联想却是他用感叹口气说出的这些话："这几天大清河一带才打得厉害呢！都是整天打，一连打了三天了！"因此我忍不住问道："那里面老干部很多吧？""是呀，我就担心老干部。一个营长在前天带花了！"于是沉默下来，显出一种忧虑神情。

其实，贺龙同志本人就无时不在严重的战斗当中，而他却又多么镇静！这里，我想起了那天拂晓宿营青塔的情形。为了粉碎敌人的分进合击阴谋，我们已经转战了十天了，因此一到达宿营地，我同其芳和一批"鲁艺"同学，就在一家机房里躺下休息。不少人一躺下就睡熟了，我也正在入睡；忽然，贺龙同志神态闲散地在房门边出现了。我想翻身起来，但他微笑着阻止我道："好好睡你的吧！"而在当天下午，我才从关向应同志口中得知，那是十天当中最紧张的一天，有一股敌人离我们最近，在我浓睡时候，还对青塔轰过几十发试探性炮弹！……

为了壮大革命队伍，对于培养新生力量，地方干部，贺龙同志也是以毛主席的建党建军的路线为指针的。他曾经在谈话中一再强调这两个问题，并为新生力量在成长过程中不可避免的挫折辩解。我记得，在大小黄龙战斗中，我就对一支成立不久的地方部队向贺龙同志作过错误批评，因为它竟连司令部也打得不见了。而如果不是五团之一部的猛烈袭击，其结果将会更坏！我认为我的批评是有根据的，而贺龙同志却尽力说服我道："它才成立好久呢？坏处是我们来得太匆忙了，还没建立起整个作战计划。"而仅仅才三个月，这支部队却又在岔头镇战斗中大显身手！

毛主席教导说："人民，只有人民，才是创造世界历史的动力。"对于这一马列主义的光辉思想，我从贺龙同志一些生活侧面和谈话片段，感觉他的体会是深切的。他本身就来自人民，又经过辛亥革命到南昌起义和创建湘鄂西苏区的大风大浪，无疑深知人民力量的伟大。这从他对干部，对人民的态度，是完全可以看出来的。他对干部、群众那种平等相待的态度，非常自然；而且他是那样叫他们乐于同他亲近。他的极为旺盛的精力，也足够他广泛地同人民群众和干部接触。

就像磁石一样，他每到一个单位，比如"战斗剧社""抗联"，贺龙同志总立刻为那里的干部和革命群众所包围。有时真是差点挤破他所在的屋子。而由于他的有问必答、知识广博、谈吐机智幽默，人们总是用不断的询问和要求淹没了他。结果呢，大家既受到了革命传统教育，这是主要的，同时也得到了愉快。我想，如果要说宣传，他应该是一位出色的革命宣传家。因为正同毛主席在反对"党八股"时所倡导的，他所用的是具体、生动的群众的语言、事例。而且他多么会刻画人物啊！要讲，这方面的事例可太多了。

由于不到二十岁就参加了同盟会的政治活动，组织发动过湘西起义，他对于旧社会的弊害和各色反面人物了解很深。因而，当他谈到这些历史垃圾的时候，轻则尖锐地加以讽刺，较突出的，则是无情的抨击。他对像湖南的旧官僚傅英这类人物的刻画，加深了不少年轻人对封建制度和官僚主义的愤恨。与此相反，他对一大批长征英雄和革命干部的赞扬，却又多么鼓舞人啊！关于这个，我前面已多少提到过了，但我忍不住还想啰唆几句。

贺龙同志在赞扬那个扔下铁匠手艺不干，只身奔赴湘鄂西苏区的贺炳炎同志时，曾经谈到一个识别干部的标准："是不是好干部，要在最危险的关头去看：好的，一定坚决，一定不悲观动摇！"要说他特别赏识的这位已故的同志的事迹，那太多了！他曾经面对强大的敌人，带领一个班掩护大部队安全撤退；他曾经只身深入虎穴，胜利完成捕捉一名俘虏的重大任务，从而如实探索到敌人兵力的部署。而贺炳炎同志当时正是苦战于冀中敌后大清河一带的领导人之一。

但我现在却想起了另外一位同志的事例，特别因为这位同志就是冀中地区的干部，抗战开展后这才参加了党所领导的武装斗争。

那是一二〇师整顿和加强所有地方部队期间的一场斗争：一个支队叛变了！支队长叫柴恩波，曾经在吴佩孚部下做过连长。煽动柴恩波叛变的是敌伪特务和一名托匪分子。由地方党派到这个支队的政委同志，是柴恩波的旧相识，因此，叛变前夕，柴用威胁利诱的卑鄙手段，逼迫对方同他一道叛变。最后，这位政治委员从身边掏出一枚手榴弹来，大义凛然地表示：柴如果真的要强迫他叛变，他们只好同归于尽！结果，这个反击竟生效了。而在讲述这一事件之后，贺龙同志忽然声调高亢起来，一再地赞叹道："这个人够得上是个共产党员！值得表扬，——真值得表扬！……"

据我所知，一二〇师不少骨干都曾经过长征，而且大多是长期革命战争中的"红小鬼"。他们的成长，主要是靠负责干部根据党的路线、方针、政策和革命传统进行教育。抗战时期，还分批送他们去中央学习过一段时间。对于这类在革命斗争中成长起来的革命干部，贺龙同志大都知道他们的姓名、籍贯、性情和优缺点，对待他们就像对待亲骨肉那样无拘无束。当然，对于抗战时期参加部队的年轻同志，他也非常关心，而且非常容易叫他们同他亲近。

毛主席教导我们要以平等态度待人。这首先是革命的需要，但又多么不容易啊！而在贺龙同志身上，却总表现得那么自然，好像是天性的流露。我记起了我跟他一道去看望一批从延安结束了学习后回来的青年干部的经过。凡是部队上派去学习的，他都熟识。"还记得吧？"他对其中一个说道："叫你去放哨呢，你跑到老百姓家里睡觉！"于是问起对方的学习情况，特别是思想意识锻炼得怎样了？而对于新来的革命的青年知识分子，只需在问明籍贯、姓名后，加上句把考语："啊，那么又是一个山药蛋了！"或者："这么说是个河南侉子！"就这样，对方很快就忘记了这和自己对话的是位首长，同他亲近起来。

贺龙同志是我们努力实践毛主席关于"关心群众生活"的教导的榜样。他不只同大家混熟识就算了，临走之时，还充满关切地要他们开一张详细单子，看还需要些什么日常生活必需用品。随后又顺便到副官处走了一趟，叫把那些青年同志的菜金，暂时由每天六分加到一角，让他们在长途跋涉后的休整中好好滋补一下。而如果一些参加部队不久的青年同志发生了差错，他总是批评领导。我记得，有一次，我向他反映"鲁艺"个别同学惹起的麻烦时，就是这样。而且他早就知道了，还处理得比我希望的更好！

前面我曾提到一些在土地革命时代还是“红小鬼”的干部。这里我想补充一点他对那些在晋西北和冀中参加部队的“小八路”的态度，这也许可以帮助读者理解这类干部对党、对革命为什么那样忠贞不贰，那样坚定。有一次，他病了，一个“小八路”给他送文件来；但那孩子到了该走的时候了，还含愁地凝望着他，终于问道：“好了点吗？”“好多了，也不发冷了，早上还吃了这么大一碗粥。”贺龙同志轻声回答，同时用手势比了比碗的大小。连我当时也感到一种说不出的温暖，眼睛还有点湿润……

还有一次，——但是这样联想下去，会写得太多了！还是谈谈另一个重要方面：贺龙同志对待人民群众的态度。伟大领袖毛主席教导我们，共产党是代表人民群众的利益，保卫人民群众的利益的，而贺龙同志正是遵循毛主席的教导做的！有一次，在谈到加强地方政权建设某些薄弱环节的时候，他曾经愤愤不平地嚷道：“挖路拆城，老百姓起带头作用；报名参军，老百姓起带头作用；抬伤员、运粮食，也是老百姓起带头作用；老百姓本身的利益就很少管了！结果连合理负担也是老百姓起带头作用！”说到这里，他重重地击了一下炕几，认为不能这样继续下去！而不久这种状况就普遍得到了改进。

便是在日常生活中，偶尔发现损害人民利益的事，他也是极为不满的。有一次，我跟他到“抗联”去，在隐隐传来的大炮声中，一个老乡，跟着一架牛车，从我们正对面赶来了。走近一看，车上只装着一名友军和一架自行车，此外便再也没有值得用牛车载运的东西了！于是贺龙同志轻声问道：“同志，你有自行车，为什么还要坐老百姓的牛车？”回答是：“前边河解冻了。”他沉吟着望望几丈以外的明晃晃的河流，又问：“那么过了河呢？”尽管对方答应过了河就让牛车转来，但他并不放心，一面走，一面几次回头张望，直到老乡赶了牛车转来为止。

贺龙同志同老百姓那样容易混熟，我是能理解的，但却很少见过。一次，我们从留楚镇出发时，已经半夜过三点了。又黑，又冷，是在积雪的映照中行军的；因而老是迷失道路。在黄甫村找到向导后，贺龙同志就和那位老乡并排着带头步行。同时问到当地的庄稼，一般老百姓的生活情况，以及那位老乡本人的家境。而在知道对方业已婚配之后，他打趣道：“那就太对不住人了，同志！我们把你从热烘烘的被窝里拖出来。”这竟使得那位老乡也失声笑了。而他们之间的谈话也更亲切起来。

在一般谈话中，贺龙同志的语言虽然生动、活泼和机智幽默，但一接触到重大政治问题、原则问题时，却又非常严肃认真。而每当这样的时候，他说话的语调，甚至也缓慢了，好像他在衡量着他所说的每句话的分量。

在对我进行教育，以及要我说服极少数想早点返回延安的“鲁艺”同学时，贺龙同志的态度就是很严正的。而在好些年后，我才稍稍懂得他很理解毛主席、党中央批准创办“鲁艺”和鼓励文艺工作者到前线去的深远意义。“同志，没有政治上的坚定，写不出好东西来的！”他加重语气说，“比如，高尔基、鲁迅，如果不是政治上坚定，关心人类解放事业，会那样伟大吗？”他还批评过个别同志抱怨写不出东西来的错误思想：“一天就盘在炕上胡扯乱谈，不到群众中去，怎么会写得出东西？！”这些话当然也是针对我说的，因为我也感觉经常都是战斗、转移，环境太不安定了，而且“作客”思想也相当严重。最后，以致一九三九年夏天就离开部队了。

由于我没有接受贺龙同志的说服、教育，匆匆离开了前线，川西解放后第一个春节，当一位区党委的负责同志领我一道去看望他的时候，他还对我进行过批评。这个批评是尖锐的，但我深切感到的却是爱护、鼓励和真诚的关怀。这次批评，将同我跟随他在晋西北，主要是冀中敌后的生活，成为我此生中最珍贵的记忆！而作为一个无产阶级革命家的英雄形象，他将永远活在人民心中。

选自《浙江文艺》1978年第4期

人的一生，都在路上

柯　岩

人的一生，都在路上。在这漫漫的人生路上，无论是辉煌的，抑或是黯淡的，你都将遇到千千万万的人：有的长期交往，有的擦肩而过；有的令你赞叹，有的令你惶惑；有的令你鄙夷，有的令你无可奈何；当然，其中也有许多或此事让你钦佩，或彼举令你心折的人；但是，能让你刻骨铭心、终生仰慕，每一念及即令你肃然起敬如涤心肺者，滚滚红尘中，也就屈指可数了。于是，曾志同志就是这其中的一个。

记得初见曾志同志是在一九六二年夏天。广州会议刚开过不久，正是我们这些小知识分子兴高采烈、意气风发的时候，许多文友聚会在北戴河。郭小川同志一天忽然对我和敬之说：陶铸同志也在北戴河。咱们看他去呀！我忙问：曾志同志也在吗？小川说：你认识她？我说：哪儿呀，我只是想见她。小川点着头笑说：可陶铸同志会客，她一般是不出来的。我说：你说我们就是想见她嘛！陶铸同志谁还没见过！小川说：你为什么非见她不可呢？我说：她是传奇式的女红军嘛！小川磨不过我，用手挠着头说：嚯，还知道得不少呢！试试看吧……也不知小川是怎么试的，反正是联系成了。不但联系成了，而且说陶铸同志请我们吃晚饭。

到了陶铸同志处，一看，只有陶铸和亮亮，我非常失望，又不甘心，就不断地和小川嘀咕，小川只好去走亮亮的后门。亮亮那会儿好像刚上军医大，一个大学生，又爱好文学，对我们十分热情，不一会儿，就把曾志同志请出来了。

亮亮喜笑颜开地出来说：妈妈来了。她是那样满不在乎地一说，可我竟一下愣住了。因为虽早有准备，知道曾志同志很漂亮，也听说过陶铸在厦门第一次见到她时，吃惊得半天说不出话来——但总以为那是她年轻时候，在那血与火的年代，正是残酷的三年游击战争时期，她又是出名的勇将，是陶铸同志把她想象成“母大虫”的强烈反差的缘故。却原来，她真是这样的美！我一直在美女如云的文艺界工作，眼睛早就历练得很毒，自是和当年的陶铸不一样；而她，也青春早逝，已年过半百。记得那天，她身着一件极其普通的月白色衬衫，浅灰色长裤，可气度却那样不凡。坐在北戴河陈年旧绿的纱窗下，和我们轻言细语地话着家常，是那样纤柔秀丽，又那样优雅脱俗，直能令你目不转睛。既很难想象出她当年赤脚持枪奔走在福建的崇山峻岭叱咤风云的勃勃英姿，也很难看出现在是一个身居高位、是广州这样一个繁华都市日理万机的工业书记。

那会儿我年轻，就那样很不礼貌地盯着她看，只间或瞟一眼风风火火的陶铸同志，席间说了些什么，竟完全不记得。回去后，可就抓住小川不放了，让他反反复复地叙述有关曾志的一切，他所说的，我至今记忆清晰。他说她是如何的英勇顽强，从年轻时就一直活跃在红军中，可谓身经百战；说她是如何的机智慧敏，在地下工作时怎样多次死里逃生，真是命如悬丝；说她是怎样自尊自强，因为陶铸同志一直身居领导岗位，整个战争年代，她几乎都和他分开各自工作；说她是怎样的情深义重，宁肯受处分也要把危险告诉被错误怀疑的同志；说她个人生活十分曲折不幸，但对革命却无限忠诚，无论是重病在身，还是被错误处分，都不计个人得失地默默为党工作，为革命丢失了几个亲生的儿子……他说得十分动情，我听得如醉如痴。之后，我又向多少革命前辈询问过有关她的情况啊！之后，我又曾和曾志同志有过多少接触啊！但是直到今天，直到此时，直到我在含着眼泪一页页读着她这本回忆录时，我才知道：她哪里是什么丢失了儿子？！她是为了革命，亲手把他们都送了人，其中一个，甚至是为了给党筹措经费，心甘情愿地卖了一百块现大洋……

我不禁掩卷痛哭了。我们这些后来者常常自认为很革命，可是，对于革命前辈，我们究竟了解多少？对于他们的艰辛困苦，他们的怀抱胸襟，我们更是体会不深！曾志同志很谦虚，她说她写这本书，只因为她是个历史的证人。可是我们读着这本书的时候，当我们看着那位因伤残而不能重返前线的老红军背着小亮亮，历时两年、千山万水、顶风冒雪、忍饥挨饿甚至乞讨……终于把她送还父母的怀抱；当我们读到“文革”旋风陡起，一向极其自尊的曾志对挨斗回来的陶铸说：“……我……以后……再不和你争论了”；当我们读到陶铸那首《赠曾志》：“重上战场我亦难，感君情厚逼云端；无情白发催寒暑，蒙垢余生抑苦酸。病马也知嘶枥晚，枯葵更觉怯霜残；无烟往事俱忘却，心底无私天地宽。”曾志把它深深地缝进衣角；直到陶铸病体几度被押解出京，明知是死别，却滴泪不掉，只含笑握手。陶铸头也不回，曾志目随万里……

这是多么深重的同情，多少崇高的革命情义，何等澄澈的壮士情怀，何等刚烈的铮铮铁骨！看着他们，想着千千万万和他们一样的先行者，我们还能无动于衷地安享由于他们的奉献而得来的一切吗？还能高高在上地挑剔指责他们的历史局限性吗？是的，他们有他们的历史局限性，可是，即使由于时代的进步，我们之中的一些人，在某些方面比他们有了多少进步，但在我们的后人看来，我们不也会有我们的局限吗？是的，他们是革命者。可他们和我们一样，也是人，也是父亲和母亲。不妨试想一下，假如我们也处在他们当时的情况下，我们会比他们做得更好吗？能比他们做得更好吗？我们肯像他们一样，只是为了后来人，而心甘情愿地、毫无保留地奉献自己的一切吗？

我年轻的时候，常常在面对曾志同志时，总是不由自主地把她和屠格涅夫《门槛》里那个少女叠印起来，无论她在对我说什么，我的耳际也都会叠响着文中那著名的充满诗意和哲理的问答：

深暗的浓雾里吹着雪风，从建筑深处透出来一股冷气，同时还有一个缓慢的，重浊声音：

“呵，你想跨进门槛来做什么？你知道里面有什么在等着你吗？”

“我知道。”女郎回答。

“寒冷，饥饿，憎恨，嘲笑，轻视，侮辱，监狱，疾病，甚至死亡？”

“我知道。”

“好。你准备着牺牲吗？”

“是的。”

“这是无名的牺牲！你会灭亡，甚至没有人——没有人知道。也没有人尊崇地纪念你。”

“我不要人感激，我不要人怜悯。我也不要名声。”

“进来吧。”

女郎跨进了门槛。

“傻瓜！”有人在后面这样嘲骂。

“一个圣人。”不知从什么地方传来了这个回答。

后来我也上了年纪，特别是经历了“文化大革命”之后，每当和曾妈妈面对时，我眼前呈现的画面和耳中响起的声音就要比那更为鲜明和浓烈。因为我懂得了：其实跨进这个门槛并不是很难。难的是在跨进这个门槛之后。多少人在跨进了这个门槛之后又退了出去：又有多少人在门槛里改变了初衷……

而曾志同志，我们的曾大姐，曾妈妈！却不但跨进了门槛，而且矢志不渝。

无论是慷慨悲歌，还是衣单被薄；无论是枪林弹雨，还是生离死别，她都面不改色。无论是身居高位，还是手握权杖，无论是升降荣辱，还是黄金如雨，她永远是那么谦虚谨慎，艰苦朴素，严格自律，从容淡定。从一个纤纤少女直到白发苍苍，她永远是那么的正！记得有一次我去看她，她正为了家人买了几样时令菜在批评他们，亮亮先还不服，见我进门，高兴地跳起来说："小柯阿姨来了，小柯阿姨来了！"可曾妈妈根本不容她转移，说："小柯阿姨来了，你也跑不了。不要以为这是小事，百里大堤往往毁于蚁穴……"举了好几个腐化变质的实例，直说得满座肃然。又一次，她一个当空中小姐的亲戚随手带回了飞机上用剩下的咖啡和小毛巾，她居然为此专门给民航写了信，让他们注意对年轻人的教育……在她入党七十周年之际，许多敬慕她的老同志自发地为她举办了一个纪念会，她却在会上反复地讲述自己革命几十年中的教训和错误；在她临终时，叫亮亮帮她清理存款和现金，亮亮找出八十几个没用完的薪金袋，一共只有几万元。可她还反复叮嘱亮亮说："袋子一定不要丢掉……因为它们能证明：这都是我的工资，是我的劳动所得，这钱……是干净的……每一笔都是清白的。上缴给中组部老干部局……留给外地来京……看病的……困难的老同志……用……"

她过世后，亮亮在一只旧牛皮纸信袋上，看见妈妈写有这样一行字："我生命熄灭时的交代。"打开信封，遗嘱写道："死后不开追悼会；不举行遗体告别仪式；不在家设灵堂；京外家里人不要来奔丧；北京的任何战友都不要通知打扰；遗体送医院解剖，有用的留下，没用的火化；骨灰一部分埋在井冈山一棵树下当肥料，另一部分埋在白云山有手印的那块大石头下。决不要搞什么仪式，静悄悄的，三个月后再发讣告，只发消息，不要写生平……"

亮亮为了完成妈妈的遗愿，让妈妈死后真正成为一名彻底的丧事改革者，就真正让她这样走了。从从容容地、坦坦荡荡地走了。像清风明月一样静静地走了。于是，她也就像清风一样永远吹拂着我们，像明月一样永远照耀着我们，岁岁年年，直到永远……

我还能说什么呢？我能像屠格涅夫一样说她是"一个圣人"吗？不，我不能。我只能说：她是一个共产党员，一个真正的共产党员。但愿我们每个共产党员在人生的路上都能像她一样既追求崇高，不甘于平凡；只执着于自己的信仰，而淡泊于功名利禄。这样，在我们临终的时候，也许我们也就能像她一样说："我的一切所得都是干净的，是清白的，清清白白的。"

一九九九年十一月

魂归井冈

江　子

一

1928 年 4 月，湖南宜章县女共产党员曾志，跟随着朱德、陈毅率领的湘南起义部队向井冈山转移。

那一年曾志只有十七岁。十七岁，那是一个想象力可以无限放大的年龄，是一个女人一生中最光彩照人的美好年华。而曾志在十七岁时已经书写了骄傲的传奇：她是衡阳省立第三女子师范学校的女毕业生，是已经有两年党龄的共产党员，是湖南衡阳农运讲习所经过严酷的军训硕果仅存的女学员，是写下《就义诗》的烈士夏明翰的弟弟夏明震的遗孀，是参加过八一起义的蔡协民的新婚妻子，是已经担任过衡阳地委组织部干事、郴州中心县委秘书长、郴州第七师党委办公室秘书等职位的成熟的革命战士……

曾志走在这一支队伍之中。她随部队从郴州走到资兴，又到达炎陵县的水口镇。部队在水口经过休整，一改一路上的拖拖拉拉，显得步履整齐，精神焕发。前面井冈山的星火闪耀，革命的激情喷薄于胸，曾志此刻似乎忘记了，她除了是一名钢铁战士，还是一名有孕在身的女人。

二

年轻时的曾志长得太漂亮了。从至今仍挂在小井红军医院旧址墙壁上的一张照片来看，即使用现在的审美标准来度量，曾志依然是一名极品的美人。

眉如蚕蛾唇如樱桃，乌发如云肌肤胜雪，衬衫衣领挺括，时尚外衣领口的花边和袖口呼应。眼神如雾如电，既显得柔情似水，又似乎有些桀骜不驯。面对镜头，她的身体轻松自然同时风情万种。她是哪座大学的校花，还是梨园或演艺界的名角?

就是这样的一名天生尤物，毅然决然地把自己嫁给了革命。

——红色美人曾志一到井冈山就全力投入到工作中去。

她与战士们一起建设小井医院。她和男同志一起抬木头。“男同志力气大，他们抬头，我们抬尾，因此重量都压在他们身上。”“小井那里也同样热气腾腾。有的人锯板子，有的人搭架子……大家紧张而欢快地工作着。小井红军医院就这样很快地建好了。”（选自曾志《井冈山的艰苦斗争》）

她参加了保卫黄洋界的战斗。“我们连夜到山上砍竹子，将竹子削成两头尖尖的竹钉，在火上烤一下，再放到马尿里泡一泡。……我们在敌人上山必经的地方插满了竹钉。”“我们没有枪，虽然不是直接参加作战，但我们参加了削竹钉、送信、送饭等间接的战斗。”（同上）

她去后方总医院担任了党支部书记的工作。“我到医院不久就筹备过新年。为了让伤员高高兴兴地过年，我们组织了演戏、唱山歌等娱乐活动。”“我扮演了一个很厉害的老太婆，虐待媳妇，待人凶狠，最后没有得到好下场，逗得大家哈哈大笑。”（同上）

……

仅凭以上的引文，我们完全可以认为，1928 年的井冈山，是怀着理想和信仰的革命者们的美好家园。他们一起劳动，一起歌唱，其热烈与欢快，好像井冈山不是杀气腾腾你死我活的战场，而是一个刺激、快意的派对现场。

而曾志的产期越来越近了。

三

1928 年 11 月，曾志的肚子开始疼痛。足足痛了三天三夜，她产下一名男婴。

那绝对不是与战士们一起抬木头、削竹钉，战场送饭，扮演虐待媳妇的老太婆一样的感受。那其实是生与死的残酷考验。很多年后，曾志回忆起自己在 1928 年 11 月的生育往事，依然心有余悸：

后方留守处没有人会接生，只好由原宜章农民协会委员长杨子达的爱人来帮忙。她在广东学过几天护士，但她对接生也是一窍不通的。照理生完孩子人很虚弱应该让产妇休息，但她不是这样，而是按着我的肚子使劲地揉，结果肚子里的血水像流水一样“哗哗”地流出来。

我昏死了过去。

多亏了毛大嫂，找来中药房的医生。先用勺子撬开我的嘴，用缠着头发的筷子伸到嗓子里搅，用头发刺激喉咙，让我苏醒了过来。然后再用姜汤和乌鸡白凤丸一点点地喂我，使我恢复过来。但由于下面流血不止，半个小时以后，我又昏死过去。她们又用老办法让我恢复过来，这样反复折腾了好几次，到第二天才平静下来。

十一月的井冈山，北风呼啸，天气十分寒冷，毛大嫂他们为了让我尽量少受风寒，早早地为我用杉树皮搭了一个棚子，用竹子编了一面墙、一扇门和一张床，在床边搭了一张案板，又做了一张凳子。

我躺在这用竹墙和竹门围起来的小角落里，听到屋外北风飕飕呼号，心中感到一阵阵的温暖。

孩子生下来后，我的身体十分虚弱。……不久我又得了“奶疮”（乳腺炎），疼痛难忍，高烧不退。后来用中药敷在乳房上，拔了脓头，高烧才退去。

有一次我在高烧中，没有奶水，孩子饿得直哭，我勉强爬起来，泡点白糖水喂孩子。结果孩子喝了后哭得更凶，脸色发青。我一尝，原来白糖水泡成了盐水。那时孩子生下不到一周，喝盐水会把肠胃烧坏，好在喝得不多，后来再重泡了点糖水喂下，总算停止了哭泣。

可是接踵而来的是“产褥热”，持续高烧不退。后来吃了一位中医开的凉药，高烧是压了下来，但身体愈加虚弱，动则冷汗淋漓，双腿麻木沉重，不能下床行走。

幸亏邓允庭主任略通医道，开了几贴温补调理的方剂，才慢慢地好转。

——选自曾志《一个革命的幸存者》

产后大出血。奶疮和产褥热造成长期高烧不退。育儿经验等于零。育儿条件太差（11 月的井冈山寒风如刀，吃用简陋，无法满足基本的坐月子所需）。这些就是曾志生产所受的全部苦难。她病了二十多天，几次死里逃生……

残酷的战争环境使井冈山变为糟糕透顶的产房。条件的艰苦有时是用革命乐观主义精神所克服不了的。曾志用子宫验证了井冈山革命时期的艰难。闯过了生死大关之后，曾志立即面对一种残酷的选择：是继续当一名冲锋的战士，还是当一名乱世的母亲？

坚定的革命者曾志痛苦地选择了前者。孩子只能送人。当有人从她的手里接过了她还来不及取名的孩子，她的眼泪不由得簌簌流了下来。

经过了1928年11月的曾志从此有了一个新的身份：一名下落不明的孩子的母亲。

四

1929年1月，曾志随着队伍，告别了井冈山。

她先后转战赣南、福建、湖北、延安、沈阳、广州、北京。她做过地下工作，为重新寻求与党组织的联系，二十个月的时间孤身一人辗转在汕头、宜章、广州、上海等地打杂做工，历经千辛万苦。她走过两万五千里长征，身体里收藏了夹金山的风雪，草地上的饥饿记忆。在延安整风时，她曾被诬陷为“怕死鬼”受到审查，却始终抱定实事求是的态度，不讲一句假话，直到甄别平反。她担任过几个县的县委书记，厦门、福州中心市委秘书长，中央妇委秘书长，广州市委书记，中央组织部副部长等职，成为中国共产党的高级女干部。

她的婚姻在之后的日子里又一次发生变故：1933年初，根据组织安排和工作需要，曾志与陶铸假扮成夫妻在福州从事地下工作。后来，他们假戏真做，成了终生的生活伴侣。而她的第二任丈夫蔡协民，于1934年4月，在离开厦门前往中央苏区的路上，因叛徒出卖而遭逮捕，经受多次刑讯，坚贞不屈，被敌人杀害。

走出了井冈山的曾志从此山高水长。由南向北，她革命的足迹踏遍了几乎大半个中国。她循着理想从湖南宜章县这样的一个小县城出发，经过九死一生一步步地走向她心中的圣坛。她的人生成了一部传奇，和她年轻时候的美一样让人惊心动魄的传奇。

天空高远，大地辽阔。这名原本叫作曾昭学的女子，改名曾志后果然志气高远志在四方。

然而，只有曾志知道，不管她走到哪里，她的心都从来没有走出过井冈山。井冈山云山雾罩，井冈山海拔超绝。曾志即使走过千里万里，依然恍若身在此山中。她经常在梦里梦见一双孩子的眼睛望着她，孩子的背后是井冈山。在梦里，她无法看清孩子的轮廓。

她知道，那是她遗落在井冈山的孩子，连名字都没有的孩子，她的生死未卜的孩子。

面对井冈山，曾志不仅是一名传奇的钢铁战士，还是一名柔情似水的母亲。

五

新中国成立后，曾志多次托人到井冈山寻找她的骨肉至亲。她告诉别人，她当年托孤的战友叫石礼保。她说石礼保是井冈山大井人。她说石礼保当年是王佐三十二团的副连长。她不停地向相关的人打听：石礼保还在不？石礼保有没有一个二十来岁的儿子？

此时的曾志远不像是传说中一往无前无所畏惧的英雄女性铿锵玫瑰，而完全是一个絮絮叨叨放心不下的凡俗小妇人。

井冈山的相关情况最终传到了曾志的耳中：当年的副连长石礼保已经牺牲，他儿子石来发在乡下种田。石来发二十来岁，符合她要找的人的特征。当曾志听到这个消息，历经生死劫数早已波澜不惊的她不由得兴奋地站起来——几乎是喊起来："那是我的儿子啊！"她的眼泪忍不住夺眶而出！

1952 年，曾志终于在广州见到了她的儿子石来发。石来发这个苦命的人，一出生就被送走，八岁时养父养母双亡，然后是他的外婆带着他乞讨度日，相依为命。新中国成立后，外婆去世了，石来发分了田，讨了媳妇，成了井冈山大井村拿工分的农民。

很难想象那是怎样百感交集的相见。他们一个是叱咤风云的传奇女英雄，一个是默默无闻的井冈山大井村年轻农民。他们从没见过面却是母亲和儿子。他们身份悬殊却都是从乱世中走出的幸存者。他们原本相隔千里却拥有共同的一座山——井冈山。多少劫后余生的惶恐，多少造化弄人的哀伤，多少失散多年却突然相逢的喜悦，一起涌上母子俩的心头！

石来发从此改名蔡石红。蔡协民的蔡，石礼保的石，井冈山红土地的红。

蔡石红依然回到了井冈山，继续当农民。他没有因为母亲是共产党的高官就捞到一点好处。

他的母亲曾志是从井冈山走出的共产党人。她的操守，有与井冈山的海拔一样的高度。她说："毛主席的儿子都去朝鲜打仗，你为什么不能安心在井冈山务农呢？"

六

几十年过去了，蔡石红一直是井冈山的种田人。由于地方烈士优惠政策，他的小儿子和大儿媳于 1987 年参加了工作，大儿子（蔡接班）也凭一身过硬的驾驶技术，当上了司机，成了井冈山垦殖场的职工。大孙子蔡军于 1993 年当了兵，成了新一代从井冈山走出的军人。

蔡石红一家没有给曾志抹黑。他们用不竭的努力证明了，他们是英雄的后代，他们是薪火相传的井冈山人。

1987 年，井冈山革命根据地创建六十周年之际，曾志终于在阔别井冈山五十九年之后作为特邀贵宾回到了井冈山。她一路访问当年战斗过的地方，不禁思绪万千。

她来到儿子蔡石红家宴席的首席坐定。她的儿子、媳妇、孙子、孙媳等一干人分坐左右。他们纷纷喊她母亲、婆婆、太婆。他们交杯把盏，闲话桑麻……曾志在井冈山的家在六十年后终于团圆。嘘，无关人等，请离开这团聚的现场，不要打搅他们，让他们尽享这来之不易的天伦之乐！

七

1998 年 6 月，曾志因病医治无效，在北京去世。这个经历了太多风雨、创造过太多传奇的巾帼战士，终于走完了她的八十七年的人生历程。

这个毕生的革命者，以她的最后的死完成了她最后的革命。她在《生命熄灭的交代》中写道:“死后不开追悼会；不举行遗体告别仪式；不在家设灵堂；京外家里人不要来京奔丧；北京的任何战友都不要通告打扰；遗体送医院解剖，有用的留下，没用的火化；骨灰一部分埋在井冈山一棵树下当肥料，另一部分埋在白云山有手印的那块大石头下。决不要搞什么仪式，静悄悄的，三个月后再发讣告，只发消息，不要写生平，我想这样做才是真正做到节约不铺张。人死了，本人什么都不知道，亲友战友们来悼念，对后人安慰也不大，倒是增加了一些悲哀的忙碌，让我死后做一名彻底的丧事改革者！”

在这篇相当于遗嘱的文章里，我读到了一个真正的革命者的襟抱。我知道了什么才真正叫作坦荡如砥和无牵无挂。

这也是我读到的最光明耀目的遗嘱。

留言中出现了“井冈山”。她说要把她的部分骨灰埋在井冈山。她一生的足迹踏过千山万水，却最终选择了井冈山（还有白云山）作为她最后的归宿。

1998 年 6 月 30 日，曾志在北京家人的护送下来到了井冈山。等待已久的蔡石红，见到母亲的骨灰便扑通一声跪倒在地，失声痛哭。他小的时候母亲没能给他关爱，现在，她要常年陪护着他。

依照曾志的遗愿，孩子们把曾志的骨灰撒在小井红军医院烈士墓旁的一处僻静山坡上，并种上一株柏树。他们在一块三角形的墓碑上刻上“魂归井冈”。

小井红军医院旁边的烈士墓埋葬了被国民党枪杀的一百三十余名重伤红军战士。1929 年 1 月，国民党兵花重金收买了一名猎人，从小路绕过黄洋界进入小井村，一百三十多名红军伤病员战士全部被俘，倒在机枪扫射之下。他们最小的只有十四岁。

他们都是曾志的战友。而现在，她回来了，从此与他们朝夕相处，陪他们一起疗伤。所不同的是，他们依然是当年的年纪，而她有八十七岁。

八

什么是信念，什么是信仰；什么是苦行，什么是皈依；什么是分合离散，什么是恩仇义理；什么是慈悲，什么是爱？从这个故事里，应该都知道了吧！

有必要说出的是，我讲的这个故事里的主角，不是曾志，而是罗霄山脉中段，那座叫井冈山的山。

选自《苍山如海——井冈山往事》，江西高校出版社 2012 年版

怀念乔木

季羡林

乔木同志离开我们已经一年多了。我曾多次想提笔写点怀念的文字，但都因循未果。难道是因为自己对这一位青年时代的朋友感情不深、怀念不切吗？不，不，决不是的。正因为我怀念真感情深，我才迟迟不敢动笔，生怕亵渎了这一份怀念之情。到了今天，悲思已经逐步让位于怀念，正是非动笔不行的时候了。

我认识乔木是在清华大学。当时我不到二十岁，他小我一年，年纪更轻。我念外语系而他读历史系。我们究竟是怎样认识的，现在已经回忆不起来。总之我们认识了。当时他正在从事反国民党的地下活动（后来他告诉我，他当时还不是党员）。他创办了一个工友子夜校，约我去上课。我确实也去上了课，就在那一座门外嵌着“清华学堂”的高大的楼房内。有一天夜里，他摸黑坐在我的床头上，劝我参加革命活动。我虽然痛恶国民党，但是我觉悟低，又怕担风险。

所以，尽管他苦口婆心，反复劝说，我这一块顽石愣是不点头。我仿佛看到他的眼睛在黑暗中闪光。最后，听他叹了一口气，离开了我的房间。早晨，在盥洗室中我们的脸盆里，往往能发现革命的传单，是手抄油印的。我们心里都明白，这是从哪里来的。但是没有一个人向学校领导去报告。从此相安无事，一直到一两年后，乔木为了躲避国民党的迫害，逃往南方。

此后，我在清华毕业后教了一年书，同另一个乔木（乔冠华，后来号“南乔木”，胡乔木号“北乔木”）一起到了德国，一住就是十年。此时，乔木早已到了延安，开始他那众所周知的生涯。我们完全走了两条路，恍如云天相隔，

"世事两茫茫"了。

等到我于 1946 年回国的时候，解放战争正在激烈进行，到了 1949 年，解放军终于开进了北京城。就在这一年的春夏之交，我忽然接到一封从中南海寄出来的信。信开头就说："你还记得当年在清华时的一个叫胡鼎新的同学吗？那就是我，今天的胡乔木。"我当然记得的，一缕怀旧之情蓦地萦上了我的心头。他在信中告诉我说，现在形势顿变，国家需要大量的研究东方问题、通东方语文的人才。

他问我是否同意把南京东方语专、中央大学边政系一部分和边疆学院合并到北大来。我同意了。于是有一段时间，东语系是全北大最大的系。原来只有几个人的系，现在顿时熙熙攘攘，车马盈门，热闹非凡。

记得也就是在这之后不久，乔木到我住的翠花胡同来看我。一进门就说："东语系马坚教授写的几篇文章：《穆罕默德的宝剑》《回教徒为什么不吃猪肉？》等，毛先生很喜欢，请转告马教授。"他大概知道，我们不习惯于说"毛主席"，所以用了"毛先生"这一个词儿。

我当时就觉得很新鲜，所以至今不忘。到了 1951 年，我国政府派出了建国后第一个大型的出国代表团：赴印缅文化代表团。乔木问我愿不愿参加，我当然非常愿意。

我研究印度古代文化，却没有到过印度，这无疑是一件憾事。现在天上掉下来一个良机，可以弥补这个缺憾了。于是我畅游了印度和缅甸，留下了毕生难忘的印象。这当然要感谢乔木。

但是，我是一个上不得台盘的人，我很怕见官。两个乔木都是我的朋友，现在都当了大官。我本来就不喜欢拜访人，特别是官，不管是多熟的朋友，也不例外。解放初期，我曾请南乔木乔冠华给北大学生做过一次报告。记得送他出来的时候，路上遇到艾思奇。他们俩显然很熟识。艾说："你也到北大来老王卖瓜了！"乔说："只许你卖，就不许我卖吗？"彼此哈哈大笑。从此我就再没有同乔冠华打交道。

同北乔木也过从甚少。

说句老实话，我这两个朋友，南北二乔木都没有官架子。我最讨厌人摆官架子，然而偏偏有人爱摆。这是一种极端的低级趣味的表现。我的政策是：先礼后兵。不管你是多么大的官，初见面时，我总是彬彬有礼。如果你对我稍摆官谱，从此我就不再理你。见了面也不打招呼。知识分子一向是又臭又硬的，反正我决不想往上爬，我完全无求于你，你对我绝对无可奈何。官架子是抬轿子的人抬出来的。

如果没有人抬轿子，架子何来？因此我憎恶抬轿子者胜于坐轿子者。

如果有人说这是狂狷，我也只等秋风过耳边。

但是，乔木却决不属于这一类的官。他的官越做越大，地位越来越高，被誉为“党内的才子”“大手笔”，俨然执掌意识形态大权，名满天下。然而他并没有忘掉故人。特别是“文化大革命”以后，我们都有独自的经历。我们虽然没有当面谈过，但彼此心照不宣。他到我家来看过我。他的家我却是一次也没有去过。什么人送给他了上好的大米，他也要送给我一份。他到北戴河去休养，带回来了许多个儿极大的海螃蟹，也不忘记送我一筐。他并非百万富翁，这些可能都是他自己出钱买的。按照中国老规矩：来而不往，非礼也。投桃报李，我本来应该回报点东西的，可我什么吃的东西也没有送给乔木过。这是一种什么心理？我自己并不清楚。难道是中国旧知识分子，优秀的知识分子那种传统心理在作怪吗？

1986 年冬天，北大的学生有一些爱国活动，有一点“不稳”。乔木大概有点着急。有一天他让我的儿子告诉我，他想找我谈一谈，了解一下真实的情况。但他不敢到北大来，怕学生们对他有什么行动，甚至包围他的汽车，问我愿不愿意到他那里去。我答应了。于是他把自己的车派来，接我和儿子、孙女到中南海他住的地方去。外面刚下过雪，天寒地冻。他住的房子极高极大，里面温暖如春。他全家人都出来作陪。他请他们和我的儿子、孙女到另外的屋子里去玩。只留我们两人，促膝而坐。开宗明义，他先声明：“今天我们是老友会面。你眼前不是政治局委员、书记处书记，而是六十年来的老朋友。”我当然完全理解他的意思，把我对青年学生的看法，竹筒倒豆子，和盘倒出，毫不隐讳。我们谈了一个上午，只是我一个人说话。我说的要旨其实非常简明：青年学生是爱国的。在上者和年长者唯一正确的态度是理解与爱护，诱导与教育。个别人过激的言行可以置之不理。最后，乔木说话了：他完全同意我的看法，说是要把我的意见带到政治局去。能得到乔木的同意，我心里非常痛快。他请我吃午饭。他们全家以夫人谷羽同志为首和我们祖孙三代围坐在一张非常大的圆桌旁。让我吃惊的是，他们吃得竟是这样菲薄，与一般人想象的什么山珍海味、燕窝、鱼翅，毫不沾边儿。乔木是一个什么样的官儿，也就一清二楚了。有一次，乔木想约我同他一起到甘肃敦煌去参观。我委婉地回绝了。并不是我不高兴同他一起出去，我是很高兴的。但是，一想到下面对中央大员那种逢迎招待、曲尽恭谨之能事的情景，一想到那种高楼大厦、扈从如云的盛况，我那种上不得台盘的老毛病又发作了，我感到厌恶，感到腻味，感到不能忍受。眼不见为净，还是老老实实地待在家里为好。

最近几年以来，乔木的怀旧之情好像愈加浓烈。他曾几次对我说：“老朋友见一面少一面了！”我真是有点惊讶。我比他长一岁，还没有这样的想法哩。但是，我似乎能了解他的心情。有一天，他来北大参加一个什么展览会。散会后，我特意陪他到燕南园去看清华老同学林庚。从那里打电话给吴组缃，电话总是没有人接。乔木告诉我，在清华时，他俩曾共同参加了一个地下革命组织，很想见组缃一面，竟不能如愿，言下极为怏怏。我心里想：这次不行，下次再见嘛。焉知下次竟没有出现。乔木同组缃终于没能见上一面，就离开了人间。这也可以说是抱恨终天吧。难道当时乔木已经有了什么预感吗？他最后一次到我家来，是老伴谷羽同志陪他来的。我的儿子也来了。后来谷羽和我的儿子到楼外同秘书和司机去闲聊。屋里只剩下了我同乔木两人。我一下回忆起几年前在中南海的会面。同一会面，环境迥异。那一次是在极为高大宽敞、富丽堂皇的大厅里。这一次却是在低矮窄小、又脏又乱的书堆中。乔木仍然用他那缓慢低沉的声调说着话。我感谢他签名送给我的诗集和文集。他赞扬我在学术研究中取得的成就，用了几个比较夸张的词儿。我顿时感到惶恐，觳觫不安。我说：“你取得的成就比我大得多而又多呀！”对此，他没有多说什么话，只是轻微地叹了一口气，慢声细语地说：“那是另外一码事儿。”我不好再说什么了。谈话时间不短了，话好像是还没有说完。他终于起身告辞。我目送他的车转过小湖，才慢慢回家。我哪里会想到，这竟是乔木最后一次到我家里来呢？大概是在前年，我忽然听说：乔木患了不治之症。我大吃一惊，仿佛当头挨了一棍。“斯人也，而有斯疾也。”难道天道真就是这个样子吗？我没有别的办法，只能寄希望于万一。这一次，我真想破例，主动到他家去看望他。但是，儿子告诉我，乔木无论如何也不让我去看他。我只好服从他的安排。要说心里不惦念他，那是根本不可能的。六十多年的老友，世上没有几个了。

时间也就这样过去。去年八九月间，他委托他的老伴告诉我的儿子，要我到医院里去看他。我十分了解他的心情：这是要同我最后诀别了。我怀着沉重的心情，同儿子到了他住的医院里。病房同中南海他的住房同样宽敞高大，但我的心情却无论如何也不能同那一次进中南海相比，我这一次是来同老友诀别的。乔木仰面躺在病床上，嘴里吸着氧气。床旁还有一些点滴用的器械。他看到我来了，显得有点激动，抓住我的手，久久不松开。看来他知道，这是最后一次握老友的手了。但是，他神态是安详的，神志是清明的，一点没有痛苦的表情。他仍然同平常一样慢声慢气地说着话。他曾在《人物》杂志上读过我那《留德十年》的一些篇章。不知道为什么他现在又忽然想了起来，连声说：“写得好！写得好！”我此时此刻百感交集，我答应他全书出版后，一定送他一本。

我明知道这只不过是空洞的谎言。这种空洞萦绕在我耳旁，使我自己都毛骨悚然。然而我不说这个又能说些什么呢？这是我同乔木最后一次见面。过了不久，他就离开了人间。按照中国古代一些知识分子的做法，《留德十年》出版以后，我应当到他的坟上焚烧一本，算是送给他那在天之灵。然而，遵照乔木的遗嘱，他的骨灰都已撒到他革命的地方了，连一个骨灰盒都没有留下。他是“赤条条来去无牵挂”。然而，对我这后死者来说，却是极难排遣的。我面对这一本小书，泪眼模糊，魂断神销。

平心而论，乔木虽然表面上很严肃，不苟言笑，他实则是一个正直的人，一个正派的人，一个感情异常丰富的人，一个脱离了低级趣味的人。六十年的宦海风波，他不能无所感受，但是他对我半点也没有流露过。他大概知道，我根本不是此道中人，说了也是白说。在他生前，大陆和香港都有一些人把他封为“左王”，另外一位同志同他并列，称为“左后”。我觉得，乔木是冤枉的。他哪里是那种有意害人的人呢？

我同乔木相交六十年。在他生前，对他我有意回避，绝少主动同他接近。这是我的生性使然，无法改变。他逝世后这一年多以来，不知道是为什么，我倒常常想到他。我像老牛反刍一样，回味我们六十年交往的过程，顿生知己之感。这是我以前从来没有感到过的。现在我越来越觉得，乔木是了解我的。有知己之感是件好事。然而它却加浓了我的怀念和悲哀。这就难说是好是坏了。

随着自己的年龄的增长，我现在越来越觉得，在人世间，后死者的处境是并不美妙的。年岁越大，先他而走的亲友越多，怀念与悲思在他心中的积淀也就越来越厚，厚到令人难以承担的程度。何况我又是一个感情常常超过需要的人，我心里这一份负担就显得更重。乔木的死，无疑又在我的心灵中增加了一份极为沉重的负担。我有没有办法摆脱这一份负担呢？我自己说不出。我怅望窗外皑皑的白雪，我想得很远，很远。

1993年11月28日凌晨

寻找理想

巴　金

一、来信

江苏某县某乡中心小学十位同学四月十八日写信给我：

敬爱的巴金爷爷：

我们是十个小学五年级的学生，平均年龄不到十一周岁，在学校里都获得了“三好”或“品学兼优”的奖励。但是近年来，我们被一些新的现象迷惑了。爸爸妈妈说话三句不离钞票，社会上常以收入多作为自己的骄傲。有位每月工资是三十多元的老师，当我们问她工资多少时，她脸红了。我们有位同学数学考了九十四分，她呜咽起来，原来爸爸答应她，考了九十五分可得五元奖金。许多家长都用金钱、新衣、旅游来鼓励我们取得好成绩。有些同学在谈到将来时，往往把单位好、工资高、奖金多作为自己最好的向往。一句话，为金钱工作、为金钱学习，已经成为理所当然的事。这难道就是我们八十年代的少年应该追求的理想吗？作为三好学生，我们可以攻克学习上的重重难关，但是在这里，在理想问题上我们成了十只迷途的羔羊。但是我们不甘沉沦，我们决心探索、寻求，我们十个朋友决定开展一个“寻求理想”的活动。

巴金爷爷，我们读过您写的很多书。现在您已上了年纪，可是我们还常常在报纸上、电视里看到您在忙碌地工作。我们想您那里一定有一种神奇的力量，有打开我们心灵窗户的神秘钥匙，因此，我们想向您请教。当您伏案写作的时候，您想的是什么？您写了那么多的书，您追求的是什么？

巴金爷爷，我们知道您很忙，您有很重要的工作，您还需要休息，我们实在不愿意打搅您，但是我们十分需要您的帮助。十只迷途的羔羊向您呼救，请您以最快的速度给我们指点。

祝您长寿。

十个寻找理想的孩子

写信人的名字给我删掉了。

二、我的回答

亲爱的同学们：

你们的信使我感到为难。我是一个有病的老人，最近虽然去北京开过会，可是回到上海就仿佛生了一场大病似的，一点力气也没有，讲话上气不接下气，写字手指不听指挥，因此要“以最快的速度”给你们一个回答，我很难办到。我只能跟在你们背后慢慢地前进，即使远远地落在后面，我还可以努力追赶。但要带着你们朝前飞奔，不是我不愿意，而是力不能及了。这就说明我不但并无“神奇的力量”，而且连你们有的那种朝气我也没有，更不用说什么“神秘钥匙”了。

不过我看你们也不必这样急，“寻求理想”不是一天两天的事。理想是存在的。可是有的人追求了一生只得到幻灭；有的人找到了它一直坚持到生命的最后一息。各人有各人的目标，对理想当然也有不同的理解。我听广播、看报纸，仿佛人们随时随地都在谈论“理想”，仿佛理想在前面等待人，只要你一伸手就可以把它抓住。那么你们为什么还那样着急地向我“呼救”呢？你们不是都有了理想吗？你们在“向钱看”的社会风气中感觉到窒息，不正是说明你们的理想起了作用吗？我不能不问，你们是不是感到了孤独，因此才把自己比作“迷途的羔羊”？可是照我看，你们并没有“迷途”，“迷途”的倒是你们四周的一些人。

我常常想，我们生活在其中的社会有时会是十分古怪，叫人难以理解。人们喜欢说，形势大好，我也这样说过。这种说法不是没有道理，我也有自己的经验：根据我耳闻目睹，舍身救人、一心为公的英雄事迹和一人有难、八方支援的好人好事，每天都在远近发生。从好的方面看，当然一切都好；但要是专找不好的方面看，人就觉得好像被坏的东西包围了。尽管形势大好，总是困难很多；尽管遍地理想，偏偏有人唯利是图。你们说这是“新的现象”，我看风并不是一天两天刮起来的。面对着这种现象，有人毫不在乎，他们说这是支流，支流敌不过主流，正如邪不胜正。即使出现这样的情况，譬如说钞票变成了发光的“明珠”，大家追求一个目标：发财，人人争当“能赚会花”的英雄；又譬如说从喜欢空话、爱听假话，发展到贩卖假药、推销劣货，发展到以权谋私、见利忘义……也不要紧，因为邪不胜正。还有人说：“你不要看风越刮越厉害，不久就会过去的。我们有定风珠嘛！”同他们交谈，我也感到放心，我也是相信邪不胜正的人，我始终乐观。

同学们，请原谅，我不是在这里讲空话。束手等待是盼不到美好的明天的。我说邪不胜正，因为在任何社会里都存在着是与非、光明与阴暗的斗争。最后的胜利当然属于正义、属于光明。但是在某一个时期甚至在较长的一段时期，是也会败于非，光明也会被阴暗掩盖，支流也会超过主流，在这里斗争双方力量的强弱会起大的作用。在这一场理想与金钱的斗争中我们决不是旁观者，斗争的胜败关系到我们每个人的命运。我们是这个社会的成员，是这个国家的公民，要是我们大家不献出自己的汗水和才智，那么社会的发展和国家的腾飞，也不过是一句空话。我常常想为什么宣传了几十年的崇高理想和大好形势，却无法防止黄金瘟疫的传播？为什么用理想教育人们几十年，那么多的课本，那么多的学习资料，那么多的报刊，那么多的文章！到今天年轻的学生还彷徨无主、四处寻求呢？

小朋友们，不瞒你们说，对着眼前五光十色的景象，就连我有时也感到迷惑不解了。我要问，理想究竟是什么？难道它是虚无缥缈的东西？难道它是没有具体内容的空话？这几十年来我们哪一天中断过关于理想的宣传？那么传播黄金疫的病毒究竟来自何处、哪方？今天到处在揭发有人贩卖霉烂的食品，推销冒牌的假货，办无聊小报，印盗版书，做各种空头生意，为了带头致富，不惜损公肥私、祸国害人。这些人，他们也谈理想，也讲豪言壮语，他们说一套，做另外一套。对他们，理想不过是招牌、是装饰、是工具。他们口里越是讲得天花乱坠，做的事情越是见不得人。“向前看”一下子就变为“向钱看”，定风珠也会变成风信鸡。在所谓“不正之风”刮得最厉害、是非难分、真假难辨的时候，我也曾几次疑惑地问自己：理想究竟在什么地方？它是不是已经被狂风巨浪吹打得无踪无影？我仿佛看见支流压倒了主流，它气势汹汹地滚滚向前。然而即使在这个时候我也没有理由灰心绝望，因为理想明明还在我前面闪光。

理想，是的，我又看见了理想。我指的不是化妆品，不是空谈，也不是挂在人们嘴上的口头禅。理想是那么鲜明，看得见，而且同我们血肉相连。它是海洋，我好比一小滴水；它是大山，我不过是一粒泥沙。不管我多么渺小，从它那里我可以汲取无穷无尽的力量。拜金主义的“洪流”不论如何泛滥，如何冲击，始终毁灭不了我的理想。问题在于我们一定要顶得住。我们要为自己的理想献身。

我在二十年代写作生活的初期就说过：“把个人的生命联系在群体的生命上面，在人类繁荣的时候，我们只看见生命的连续，哪里还有个人的灭亡？”在三十年代中我又说：“我们每个人都有更多的同情，更多的爱，更多的欢乐，更多的眼泪；比我们维持自己的生存所需要的多得多，我们必须把它们分给别人，不这样做，我们就会感到内部干枯。”你们问我伏案写作的时候想的是什么？我追求什么？我可以坦率地回答：我想的就是上面那些话。我追求集体的幸福和繁荣。

五十几年来我走了很多的弯路，我写过不少错误的文章，我浪费了多少宝贵的光阴，我经常感受到“内部干枯”的折磨。但是理想从未在我的眼前隐去，它有时离我很远，有时仿佛近在身边；有时我以为自己抓住了它，有时又觉得两手空空。有时我竭尽全力，向它奔去，有时我停止追求，失去一切。但任何时候在我的前面或远或近，或明或暗，总有一道亮光。不管它是一团火，一盏灯，只要我一心向前，它会永远给我指路。我的工作时间剩下不多，我拿着笔已经不能挥动自如了。我常常谈老谈死，虽然只是一篇短短的“随想”，字里行间也流露出我对人生无限的留恋。我不需要从生活里捞取什么，也不想用空话打扮自己，趁现在还能够勉强动笔，我再一次向读者，向你们掏出我的心：光辉的理想像明净的水一样洗去我心灵上的尘垢，我的心里又燃起了热爱生活、热爱光明的火。火不灭，我也不会感到“内部干枯”……

亲爱的同学们，我多么羡慕你们。青春是无限的美丽，青年是人类的希望，也是我们祖国和人民的希望，这样一个信念，贯串着我的全部作品。理想就在你们面前，未来属于你们。千万要珍惜你们宝贵的时间。只要你们把个人的命运同集体的命运连在一起，把人民和国家的位置放在个人之上，你们就永远不会“迷途”。理想不抛弃苦心追求的人，只要不停止追求，你们会沐浴在理想的光辉之中。不用害怕，不要看轻自己，你们决不是孤独的！昂起头来，风再大，浪再高，只要你们站得稳，顶得住，就不会给黄金潮冲倒。

这就是一个八十一岁老人的来迟了的回答。

六月二十五日

一个个人主义者怎样认识了共产党

陈学昭

整风开始时，我曾听到个别非党员说："整风，这是他们共产党的事情。"现在，对于我，作为一个非党员，觉得能够参加整风，真是千载一时的好事情，可以说，在我一生中，从来没有受过比这更有益的教育了。就在共产党给予的伟大的教育力量感受下，我才开始走近党，认识党的。虽然我还是一个非党员，我愿意紧紧地跟着共产党走。

过去，我从来还没有认识自己是有着怎样一种思想意识，遇到许多事情搁在心上，也没有能够从思想上去解决。对于自己，从来就没有检讨过，也从来没有想到过要检讨自己。遇到不如意的事情，常只是埋怨环境，而不能去冷静地了解所处的实际环境和客观的情形，自己主观上怎样想，就怎样做。现在，我遇到这类似的事情时，我却知道要检讨分析它产生的根源及自己的责任与错误之所在了。

从前听说起到延安来，我自己觉得那是很简单的：我同情共产主义、共产党。现在仔细一想，同情两个字，内容并不简单，可以有各种不同的解释：因为认识了党所做的事业而同情呢？还是建筑在自己的幻想上的同情？我才发现以前的同情共产党，是站在小资产阶级的立场上，不满意于旧社会，不满意当前的环境，对于社会抱着许多空想，并且很主观地把党当作落实这些空想的对象。我就是怀着这些空想的目的到边区来的。因之，任何事情都用自己的尺度去衡量党，从个人的利益出发去看党，一遇到对个人的希望不符合，对自己的个人利益有抵触时，就对党起反感，不信任。当然，在这里，谈不到什么对党和党的政策正确的理解了，只把自己牢牢地深藏在个人主义的壁垒里，再也没有想揭露自己的真面目。所以自己虽然以同情者自居，却并没有真正了解党是什么，并没有认识党。

以前我对于党一直有着很大的距离，而且自己故意保持这个距离的。党所给予的教育，集体教育与集体锻炼，我认为会磨损一个人优良的个性，限制个性的发展，我怕这样的教育。在整风中，我才发现过去那种想法是非常可笑的，了解过去我所受的教育是个人主义的教育，也了解党的教育，伟大的集体教育的力量使一个二流子也可以改邪归正的（最近《解放日报》上刊载了各地好些二流子改过，参加生产的事实）。党的教育，不压制个性，恰恰相反，实事求是的科学方法，治病救人的惊人的力量，使得每个人有勇气正视最近的缺点，而帮助每个人去纠正自己的缺点，发扬其优点，在党的教育面前，也不否认个人的天赋，个体的差别，而且也只有共产党里个性与天赋才得以发展，因为只有它才正确地使用批评与自我批评的方法，使人得不断地纠正自己的缺点与错误，而把每个人改造得更好更进步的。

这样，我开始走近党，认识党了，但起初还是消极的态度，以为只要跟着党走，个人的（生活和工作的）问题就可以解决，自己有缺点，也只要把自己委任（托）给党："请你改造我吧！"却不知道，一个真正认识党的人，是应该积极地去研究党的理论政策和党的事业，而且在这事业中要尽自己的一份义务，如果不是这样，那多少仍是从个人出发来认识党的。

一九四三年六月三日

原载延安《解放日报》1943 年 6 月 13 日

走在时间的前面

——给工人王崇伦同志的信

魏　巍

亲爱的年轻的工匠王崇伦同志：

我钦佩您，敬慕您。

现在是一九五三年的十二月，正是人们为完成今年的工作计划而紧张奋斗的时候，而您的车床已经热情奔放地带着响亮激越的音节跨进了一九五六年。是呀，我一点都没有说错，正是祖国第一个五年计划第四年的那个一九五六年！亲爱的同志，当我从街头的广播里，听到了您的这个消息，我在那个电线杆挂着的大喇叭下，站了很久，很久。我当时觉得，在我的头顶上，冲过一颗带着响声的，燃着火焰的，赤诚的忠心，工人阶级的忠心！我沉思了。谁听了这个消息，能不引起自己的深思呢，谁能够不联想到他自己，他自己的工作？亲爱的同志，您就像一颗宣布大进攻战役开始的信号弹一样，带着迷人的色彩冲上了天空，它将怎样地吸引着万千忠于祖国的人们，不惜一切地赶上前去，扑上前去呵。

我多么想给您写一封信。我必须表示作为一个中国人对您的感激。但您会知道，我对您的尊敬和感激，不会只是代表我一个人的。我到过朝鲜，也到过我们祖国海防线上的一些岛屿。我曾经说过，志愿军的战士们，他们把祖国建设的画片是如何珍爱地贴在战壕里，或者揣在自己的怀里，甚至牺牲的时候，这些画片，是跟他母亲的照片一起被鲜血染湿的。国防线上的战士们，虽然我们提得少些，但他们也是多么艰苦啊！他们远远离开自己的家乡，自己的妻子老小，住在海外的孤岛上。那儿不是没有枪声的，那儿不是没有复杂而艰苦的战斗，那儿还是不能脱衣服睡觉，吃一口水，也要爬山过岭到几里、十几里以外的地方去抬，看一次电影那就很不容易。什么是他们最大的安慰？那就是靠风浪里摇来的一只小船，带来一点两点祖国建设的消息。因此，王崇伦同志，我认为您是深切地懂得他们心情的人。当我们的战士们，能够听到我们的祖国有像您这样优秀的工人，这么有勇气，有智慧，在工业战线上这么出色地劳动，他们会得到多大的快乐与鼓舞呵，他们会怎样地从心眼里感激您呵！

当我和我周围的工人同志们谈起您的时候，大家都赞叹地说：

“嘿，看看人家！要是大家都像他那样，咱们的社会主义保险能提早来到！”

是的，王崇伦同志，如果大家都有像您那样高的创造精神，我们的社会主义是会提早建成的。建成社会主义的日子，并不会像我们的表针一指到十二点食堂里就开午饭那样的准确。历史老人也并不曾给我们指着许多日历中的一页说。“开庆祝大会吧，小伙子们，这就是社会主义建成的一天！”事情是不会这样的。社会主义的建成，是可以早些，也可以晚些的。因为社会主义并没有被藏到什么神秘的地方，她就在我们的手上。如果我们每个人都很自觉，都用他全部生命的力量来创造，那么她就会来得早些，而如果我们中间，想让别人把自己“带”到社会主义去的人还很多，想随大流“流”到社会主义去的人还很多，自私自利的人还很多，害怕走到时间前面去的人还很多，那么，这个美丽的时间，是会到来得晚些的。让我在这里引用一位老工人的话吧，他说：“只要咱们干得好，社会主义就建成得早。”这话说得多正确，多干脆！而您，王崇伦同志，您就是干得最好的一个！您摆脱了时常捉弄我们的恼人的时间，勇敢地出色地走到了时间的前面。我们部队中，有这么一种人，只要冲锋号一响，不管敌人的炮火多么激烈，他早已经冲到了最前面，这种人常常是全部战线勇气百倍的鼓舞者。这种人是我们部队中最优秀最可爱的战士。而您，王崇伦同志，您就像这些战士一样，远远地冲到前面去了。我要在我的心里，把您和这些最优秀的战士们排在一起。让我们追上您，让我们跟您一起，在总路线的号角声中走到时间的前面去吧！

王崇伦同志，从您创造“万能工具胎”的经验里，我体会到，必须把我们工人阶级的创造勇气和信心更高地发扬起来。您在创造这个工具之前，不是有过这样的想法吗：“就凭我这两下子，怎么能凭空创造工具呢……”别的工友们，也常有类似的想法：“创造工具，这都是工程师、技术人员的事，咱们能行吗？”这种自卑心理，是我们工人阶级在旧社会里长期处在被压迫、被轻视地位的结果。应该说，在我们的国家里，“平凡人”创造“奇迹”的年代已经到来了。我们人民丰富的创造力，可以创造出任何的“奇迹”。识字不很多的高玉宝同志，能够写出那样好的书来，这不是奇迹吗？拿着一支枪的刘光子，一下子能捉到六十三个敌人，这不是奇迹吗？钢铁战士张渭良，在负了重伤之后，爬了十天九夜终于爬回自己的阵地，这不是奇迹吗？我们荆江分洪的工程，在资本主义国家里好多年才可以完成，而我们两个多月就完成了，这不都是奇迹吗？在我们的工业战线上，这些奇迹同样不少。认真地说，我们抗美援朝战争的胜利，本身就是一个奇迹。我们的国家，在很短的时间里，取得了惊人的成就，就是一个最大的奇迹。然而，这些奇迹，都是我们这些平凡的人们做出来的。我们的工人同志们，应该鼓起创造的勇气，使我们当前的工业战线上，出现一道充满英雄气概的创造的洪流！

三年来，决定我们祖国人民命运的抗美援朝战争，是极端艰苦、激烈的，光荣的中国人民志愿军站在这条战线的最前列。今天，当我们的祖国进入大建设的历史时期，这条决定我们祖国万世基业的宏大战线，是谁站在它的最前列呢？不是别人，正是我们伟大的工人阶级。应该说，我们的志愿军，没有辜负全国人民的重托，他们对他们所担负的任务，是完成得不坏的。今天，我们的工人同志们，一定会拿志愿军做榜样，一定会像志愿军那样的英勇，在社会主义工业化的历史上，给我们的民族，给我们的人民留下万世不朽的功勋。而您，王崇伦同志，在这条紧张的战线上，我希望继续不断地听到您的新的战绩。让我们一起为我们的子孙万代创造幸福吧。

祝您，和帮助您进行创造活动的技术人员同志们健康。

最后，我把我随手写的一首小诗抄在后面，算是对您的一件小小的贺礼。

时光老人，你说他老不老？
戴着一副老花镜，胡子眉毛全白了。
可是他乘着一匹追风马，
提着一大包日历，年年月月在我们前面跑。
追呀！追呀！
累得人腰疼腿软，干瞪两眼追不上，
你没听见人们嚷：“工作太多时间少。”
可是，有一个小伙子的腿脚真少见，
现在是一九五三年，他一九五六年的工作开始了。
老人一看着了急，胡子一翘多么高。

用拐杖打得追风马喷着白沫，
没追上小伙子，老花镜也不知什么时候丢掉了。
气得他日历包一丢，一声长叹：
“咳！你们毛手毛脚，什么也不听我安排，
建成社会主义的日子由你们自己去提早！”

一九五三年十二月二日

社稷坛抒情（节选）

秦　牧

北京有座美丽的中山公园，公园里有个用五色土砌成的社稷坛。

社稷坛是北京九坛之一，它和坐落在南城的天坛遥遥相对。古代的帝王们，在天坛祭天，在社稷坛祭地。祭天为了要求风调雨顺，祭地为了要求土地肥沃。祭天祭地的终极目的只有一个：就是五谷丰登，可以“聚敛贡城阙”。五谷是从地里长出来的，因此，人们臆想的稷神（五谷）就和社神（土地）同在一个坛里受膜拜了。

穿过古柏参天、处处都是花圃的园林，来到这个社稷坛前，突然有一种寥廓空旷的感觉。在庄严的宫殿建筑之前，有这么一个四方的土坛，屹立在地面，它东面是青土，南面是红土，西面是白土，北面是黑土，中间嵌着一大块圆形的黄土。这图案使人沉思，使人怀古。遥想当年帝王们穿着衮服，戴着冕旒，在礼乐声中祭地的情景，你仿佛看到他们在庄严中流露出来的对于“天命”畏惧的眼色，你仿佛看到许多人慑服在大自然脚下的神情。

这社稷坛现在已经没有一点儿神秘庄严的色彩了。它只是一个奇特的历史遗迹。节日里，欢乐的人群在上面舞狮，少年们在上面嬉戏追逐。平时则有三三两两的游人在那里低回。对，这真是一个激发人们思古幽情的所在！作为一个中国人，可以让这种使人微醉的感情发酵的去处可真多呢！你可以到泰山去观日出，在八达岭长城顶看日落。可以在西湖荡画舫，到南京鸡鸣寺听钟声。可以在华北平原跑马，在戈壁滩上骑骆驼。可以访寻古代宫殿遗迹，听一听燕子的呢喃，或者到南方的海神庙旁，看浪涛拍岸……这些节目你随便可以举出一百几十种来，但在这里面可不要遗漏掉这个社稷坛！这坛后的宫殿是华丽的，飞檐、斗拱、琉璃瓦、白石阶……真是金碧辉煌！而坛呢，却很荒凉，就只有五色的泥土。然而这种对照却也使人想起：没有这泥土所代表的大地，没有在大地上胼手胝足的劳动者，根本就不会有这宫殿，不会有一切人类的文明。你在这个土坛上走着走着，仿佛走进古代去，走到一望无际的原野上，在那里，莽莽苍苍，风声如吼。一个戴着高冠、穿着芒鞋的古代诗人正在用他的悲悯深沉的眼睛眺望大地，吟咏着这样的诗句：

朝东西眺望没有边际，
朝南北眺望没有头绪，
朝上下眺望没有依归，
我的驱驰不知何所底止！
……

九州究竟安放在什么上面？
河床何以洼陷？
地面，从东至西究竟多少宽，从南至北多少长？
南北要比东西短些，短的程度究竟是怎样？

——屈原:《悲回风》和《天问》，引自郭沫若译诗

这不仅仅是屈原的声音，也是许许多多古代诗人瞭望原野时曾经涌起的感情。这种“大地茫茫”的心境，是和对于自然之谜的探索和对于人间疾苦的愤慨联结在一起的。

瞧着这个社稷坛，你会想起中国的泥土，那黄河流域的黄土，四川盆地的红壤，肥沃的黑土，洁白的白垩土……你会想起文学里许许多多关于泥土的故事：有人包起一包祖国的泥土藏在身旁到国外去；有人临死遗嘱必须用祖国的泥土撒到自己胸上；有人从异国归来，俯身亲吻了自己国门的土地。这些动人的关于泥土的故事，使人对五色土发生了奇异的感情，仿佛它们是童话里的角色，每一粒土壤都可以叙述一段奇特的故事，或者唱一首美好的诗歌一样。

瞧着这个紧紧拼合起来的五色土坛，一个人也会想起了国土的统一，在我们的土地上，为了统一而发生的战争该有多少万次呀！然而严格说来，历史上的中国从来没有高度统一过。四分五裂，豪强纷纷划地称王的时代不去说它了，可怜的供主像傀儡似的住在京都，整天送猪肉、龟肉慰问跋扈的诸侯的时代不去说它了，就是号称强盛统一的时代，还不是有许多拥兵的藩镇，许多专权的

贵戚，许多地方的豪霸，在他们的领地里当着小皇帝，使中央号令不行，使国中还有许许多多的小国……

我在这个土坛上低回漫步，想起了许许多多的事情。我们未必“前不见古人，后不见来者”，凭着思想和激情的羽翼，我们尽可去会一会古人，见一见来者。我仿佛曾经上溯历史的河流，看见了古代的诗人、农民、思想家、志士，看他们的举动，听他们的声音，然后又穿过历史的隧洞，回到阳光灿烂的现实。啊，做一个历史悠久的民族的子孙是多么值得自豪的一件事！做今天的一个中国的儿女是多么值得快慰的一件事！回溯过去，瞻望未来，你会觉得激动，很想深深呼吸一口新鲜的空气，想好好地学习和劳动，好好地安排在无穷的时间之中一个人仅有一次而我们又恰恰生逢其时的宝贵的生命。

啊，这座发人深思的社稷坛！

原载《北京晚报》1956 年 11 月 14 日

山中少年今何在

——关于贫富和欲望

铁　凝

不久前我看了北京人艺的一出话剧，名叫《窝头会馆》，编剧是中国非常优秀的作家刘恒。有人问起这出戏的主题，这让刘恒感到发窘，于是他说主题就是一个字：钱。如果“钱”显得直白，换个含蓄一点的说法是：困境。

正是“困境”这个词打动了我，让我想到第二届东亚文学论坛的主题之一：贫富和欲望。这几乎是一个当今人类社会无法回避的大问题，因为有人类就有贫富和欲望，有欲望就有困境。而人作为生物界的高级动物，所面临的困境更为复杂。“外在的困境是资源短缺，内在的困境是欲望不灭。”这也是刘恒的话。

面对一个大的命题，我常常感到自己叙述起来的力不从心。那么，不如就让我从小处开始，从我的一个短篇小说讲起。

上世纪八十年代初期，我写过一个名叫《意外》的短篇小说，这是迄今为止我最短的小说，一千个字，汉字排版一页半纸。有时候我也会像刘恒那样被朋友问道：你这个小说是写什么的？为了简便，我常用一句话表述，我说这大概是一个关于困境和美的故事。小说大意是这样的：

二十多年前，中国北方深山里的小村子台儿沟，很少有人家挂照片，因为很少有人出去照相。镇上没有照相馆，去趟县城，跋山涉水来回五百里。谁家要是挂张照片，顿时满屋生辉，半个村子也会跟着热闹几天。小说主人公山杏的哥哥来信向家里要张“全家福”照片，信中特别提到，最想念妹妹山杏。他在南方一个小岛上当兵已经两年，走的时候山杏才八岁。接到哥哥的信，山杏就催爹妈去县城照相，从春天催到秋天。后来，摘完了核桃、柿子，山杏一家终于决定远征县城去照相。那天晚上山杏一夜没睡好，看妈在灶前弯着腰烙饼，爹替她添柴烧火。他们用半夜的时间准备路上的干粮，如同过年一样。天不亮，他们就换上过年才穿的新罩衣，挎起沉甸甸的干粮篮子出了村。他们搭了五十里汽车，走了二百里山路，喝凉水、住小店，吃了多半篮子干饼，第三天才来到县城。他们找到了照相馆，照相师傅将他们领进摄影间。当满屋灯光哗地一下亮了起来，当高楼大厦、鲜花喷泉之类的他们从未见过的华丽布景把这一家三口人包围时，他们甚至来不及惊叹，照相已经开始。在照相师傅的指挥下，他们努力让自己坐端正，同时大睁着眼睛向前方看去。随着灯光哗地灭掉，这隆重的事件，几乎一瞬间就结束了。半个月后，山杏爹从村委会拿回一个照相馆寄来的信封。山杏抢着撕开封口，里面果然有张照片。但这张照片上没有大睁着眼睛的山杏一家，照片上只有一个人，一个正冲她们全家微笑的好看的卷发姑娘。第二天，山杏家的墙上挂出了这张照片，照片上的姑娘冲所有来参观的人微笑着。有人问起这是谁，爹妈吞吞吐吐不说话，山杏说，那是她未来的新嫂子。

二十多年前，我是一家文学杂志的小说编辑，有时候我会在小说《意外》那样的深山农村短暂地生活，或者说“采访”。在一个名叫瓦片的村子里，我在“山杏”的家里住过。那一带太行山风景俊美，交通不便。村子很穷，土地很少，河滩里到处是石头。因为不能耕种小麦，白面就特别珍贵，家里有人生重病时，男主人才会说一句：煮碗挂面吃吧。我却被当成贵客款待。山杏的母亲为我煮挂面，煎过年才舍得吃的封存在小瓦罐里的腊肉。当我临走把饭费留下来时，他们全家吃惊地涨红了脸，好像这是对他们的侮辱。在这个家庭，我见到了被常年的灶烟熏黑的土墙上挂着唯一一张城市年轻女性的照片，就是我写进小说里的那一张。有位德国作家说过，变美是痛苦所能达到的最高境界。那么山杏一家对这陌生照片的态度，就是把困境变成了美吧？还有善良。

二十年之后，小村庄瓦片已是河北省一个著名旅游风景区的一部分了，因为铁路和高速公路铺了过来，一列由北京发车的火车经过瓦片通向了更深的深山。火车和汽车终于让更多的外来人发现原来这里有珍禽异兽出没的原始森林，有气势磅礴的百里大峡谷，有清澈明丽的拒马河，从前那些无用的石头们在今天也变成了可以欣赏的风景，而风景就是财富的资源。我曾经为了自己一部电影的拍摄再次来到这山里，电影里需要深山农户的院落，我毫不犹豫地向导演推荐了山杏的家。我看见从前的瓦片村民大多开起家庭旅馆，“山杏们”有的考入度假村做了服务员、导游，有的则成为家庭旅馆的女店主。她们不再会为拍一张照片跑几百里地，旅游景点到处都有照相的生意。她们的眼光从容自信，她们的衣裳干净时尚，她们懂得了价值，也知道谈论信息。当我向她们打听一个更远的名叫“小道”的村子时，“山杏们”优越地说：“哼，小道呀，知道。他们富不了，他们没信息！”瓦片和周边的村子都富了，在这些富裕起来的村庄里，也就渐渐出现了相互比赛着快速发财的景象，毕竟钱要来得快，日子才有意思。就有了坑骗游客的事情，就有了出售伪劣商品的事情，就有了各种为钱而起的“嚼清”。

那一次导演对我的推荐很满意，山杏家几乎原封不动地成了电影里女主角的家。制片主任问我场地租金怎么算，我想起从前山杏一家的纯朴，有把握地说，你就随便给吧，他们不会计较。但事情并不似我的预料，当我回到我的城市后，曾很多次在家中接待瓦片的房东——山杏的爹。因为有了汽车、火车、电话，因为有了信息，遥远的山杏爹总是能够快速把我找到并申诉摄制组付他报酬的不合理。比方他说摄制组用墨汁把他的新房的白屋顶刷成了黑色；大灯把院里一棵石榴树烤成了半死；为了剧情需要他们还往河里摔过他的羊，摔了一次又一次，五只羊被摔得十天都站不起来……这都是钱啊，可他们都没给钱。我一次次放下手中的写作帮助愤怒的山杏爹向摄制组要钱，心中却时有恼火：要是没有火车呢？一切不是单纯得多吗？交通、通信和旅游业给瓦片带来了财富，同时也成为一种运载欲望的挑衅的力量。现代化的强大辐射面对封闭的山谷，是有着产生这种力量的资格的，虽然它的挑衅意味是间接的，不像它所携带的物质那么确凿和体面。并且我始终认为，它带给我们的积极的惊异永远大于其后产生的消极效果。

那么，现代化和市场经济在进化着乡村物质文明的同时，也扮演了催生欲望的角色。商业文明的到来和它“温柔的挑衅”使未经污染的深山农人的品质变得可疑；没有它们的入侵，贫苦的“山杏们”的思维逻辑将永远是宽厚待人。可我想说，这种看似文明的抵抗其实是含有不道德因素的，有一种与己无关的居高临下的悲悯。贫穷和闭塞的生活里可能诞生纯净的善意，可是贫穷和闭塞并不是文明的代名词。谁有权力不让“山杏们”利用大山的风景富裕起来呢？谁有权力不许一个乡村老汉跳上火车去找人“投诉”亏待了他的摄制组呢？其实当我在这儿比喻火车是催生欲望的角色时，蒸汽机火车已经从中国全面退役成为我们时代的一个背影；内燃机车、电气机车也不再新鲜。几年前，上海就已经出现标志着国际领先技术的磁悬浮列车。在这个人类集体钟情于速度的时代，那个仿佛不久前还被我们当成工业文明象征的蒸汽机车，转瞬之间就突然成了古董。蒸汽，这种既柔软又强大的物质，这个引发了第一次工业革命、启动了近现代文明之旅的动力也就渐渐从领先的位置上消失了。当它的实用功能衰弱之后，它那暖意盎然的怀旧的审美特质才凸现出来。问题是，当今世界，早已先期享受了工业革命那实用功能所带来的诸多物质进步的人们，谁又有权力为了个人今天的审美愉悦，去对那些大山里的山民们说，我们可以富，但你们却不行呢？

我在这时想起一个深山里的少年。上世纪九十年代，一个初秋的下午，我在一个名叫小道（向“山杏们”打听过的小道）的村子里，顺着雨后泥泞的小道走进一户人家，看见在堆着破铁桶和山药干的窗台上靠着一块手绢大的石板，石板上歪歪扭扭地写着三行字：

太阳升起来了，
太阳落下去了，
我什么时候才能变好呢？

问过院子的女主人，她告诉我这是她九岁的儿子写的。我又问孩子是否在家，女主人说他割山韭菜去了。那天我很想看见这个九岁的深山少年，因为他那三行字迹歪扭的诗打动了我——我认为那是诗。那诗里有一个少年的困境、愿望，他的情怀和尊严，有太阳的起落和他的向好之心。那天我没有等到他回家，但我一直记着石板上那三句诗。今天那个少年早已长大，或许还在小道种地，或许已经读书、进城。假如在新世纪的今天，我把他的诗改动一个字，变成“太阳升起来了，太阳落下去了，我什么时候才能变富呢”，我还会认为这是诗吗？

与其承认这还是诗，不如承认这是合理的欲望。如同十六世纪葡萄牙诗人在欢迎他们的商船从海上归来时那直白的诗句：“利润鼓舞着我们扬帆远航……”

“利润”这字眼嵌入在诗行中看上去的确令人尴尬，但文学的责任不在于简单奚落“变富”的欲望，因为变富并不意味着一定变坏，而“变好”并不意味着一定和贫穷紧紧相连。文学在其中留神的应该是“困境”。贫穷让人陷入困境，而财富可能让人解脱某些困境，但也有可能让人陷入更大的困境。最近我在一篇讨论当代中国乡村的价值变化的文章中读到，消费经济时代的突然降临让许多没有足够心理准备和文化准备的村民，无暇也无力去做其他可供想象的人生筹划。多挣钱以确立存在地位的欲望压倒了这些，他们被迫卷入人与人之间一场财富竞赛的长征：争盖高楼，喜事大办，丧事喜办，以丧失尊严来换取以为的“面子”。中国中央电视台曾经报道过南方一些农村，有人在办丧事时请戏班子跳脱衣舞，因为花得起钱而在邻里间“挣足了面子”。这让人瞠目，让人想到说的虽是村民但又何止村民？我的一位北京亲戚，当年住在四合院一间三平方米的小屋里，如今他在为自己选购汽车时，打开一款已属高档车的车门，竟皱着眉头不满地连声说，“后排座间太小，空间太小！”所有这些，更让人思考一个国家在富强的崛起时，文明在何处以何种面目支撑。文明是对人之所以为人的制度性守护，是对人性尊严所必需的自由平等的捍卫。这也正是其价值魅力所在。

生活在前进，高科技日新月异。人类的物质文明在过去二百多年里发生的变化远远超过了之前的五千年。但我们也应该看到，相对于人类有文明史的五千年，二百多年的时间还是太短了些。更何况，若从非洲南方古猿走出森林开始，人类生理和心理的进化至少已经历了五百万年。有人类学家称，几乎所有人都对蛇有与生俱来的恐惧，源于人类祖先早年在丛林中生活，无数代人与蛇共处，很多人失去生命，因此已把这种警觉融入人类的基因代代遗传。当二百多年的进步使人类仿佛已经成为这个星球唯一主宰的时候，我们是否真正知道欲望将把自己带往何方？我们是否真正明白自己造成的这所有变化的结果和含义？人类恐怕还要有更漫长的时间去领悟，以让灵魂跟上变化的脚步。今天，我们对世界的理解不断加深，我们的生活水准不断提高，我们的物质要求也一再地扩大，虽然我愿意赞美高科技带给人类所有的进步和财富，但我还是要说，以财富和物质积累为核心诉求的变革，不能仅仅成为一种去伦理、去道德、去乌托邦的世俗性技术改革。巨大的物质力量最终并不是我们生存的全部依据，它从来都该是更大精神力量的预示和陪衬。这两种力量会长久地纠缠在一起，互相依存难解难分。它们彼此对立又相互渗透，构成了我们内在的思想紧张。而文学要探究的领域，也应该包括这种紧张。

为什么我常会心疼和怀念瓦片村的山杏和她的一家？为什么处在信息时代的我们，还是那么爱看电影里慢跑的火车上发生的那些缠绵或者惊险？我不认为这仅仅是怀旧，我想说，当我们渴望精神发展的速度和心灵成长的速度能够跟上科学发明和财富积累的速度，有时候我们必须有放慢脚步回望从前的勇气，有屏住呼吸回望心灵的能力。就这个角度来说，文学最深层的意义和精神可能是保守的——即使以最先锋的形式呈现出来的文学。保守或许对科技创新有害，但在善与恶、怜悯与同情、爱与恨、尊严与幸福……这些概念中，并不存在进步与保守的问题。因为永恒的道德真理不会衰老，而保卫和守望人类精神的高贵，保卫和守望我们共同生存的这个星球的清洁与和平理应是文学的本意。在人类的欲望不断被爆炸的信息挑起、人类的神经频频被信息蹂躏的物欲时代的喧嚣中，文学理应发出它可能显得别扭的、困难而保守的声音，或许它的“不合时宜”将是真正意义上的先锋！也因此，文学将总是与人类的困境同行。也因此，文学才有可能彰显出独属于自己的价值魅力。

太阳升起来了，
太阳落下去了，
我什么时候才能变好呢？

我还是记起了深山少年写在石板上这简单的句子，因为这里有诚实的内心困境，有稚嫩的尊严，更有对“我”的拷问和期待。“我”是充满欲望和希望的少年，少年是人类世界的未来。人什么时候、怎样才能变得更好呢？

原载《江南》2011 年第 3 期

回望延安

王巨才

一

那是一个奋发的年代。一个朝气蓬勃的年代。一个党和人民、领袖和群众同甘共苦，相濡以沫，共同创造英雄史诗的年代。

多少次了，当我徜徉在延安革命纪念馆的陈列大厅，脑海里总会回旋起这些炽热的意绪，心底总会涌动强烈的、难以遏止的感动。

不只是因为气壮山河的战争风云，也不只是大智大勇的雄韬伟略。让我感动并引以遐思的，往往是那些并不奇崛的寻常故事。那些飘落在岁月风尘中的历史散叶，和历经时间淘洗总不磨损的民间记忆。

二

说起延安，人们自然会想到那幅“自己动手，丰衣足食”的题词。那几个遒劲的大字，是一个时代的传神之笔，一个古老民族的精神图腾。

苍茫的陕北高原，沟壑纵横，地瘠民贫，由于国民党的经济封锁和自然灾荒，解放区军民一度陷于几乎没有衣穿，没有油吃，没有纸，没有菜，战士没有鞋袜，工作人员冬天没有被盖的地步。毛泽东说：我们的困难真是大极了！饿死呢，解散呢，还是自己动手呢？这一严峻的问题提给全党。

朱德总司令则以愤慨的言辞痛切陈述抗日将士的处境：“有一枪仅余四发五发子弹者，有一伤仅敷一次两次药物者，于是作战时专凭肉搏，负伤则听凭自然。”与此相印证的，是他那首气壮山河的诗篇：伫马太行侧，十月雪飞白；战士仍衣单，夜夜杀倭贼。

艰难困苦，玉汝于成。巨大的困难没有吓倒“特殊材料制成的人”，一场轰轰烈烈的大生产运动和随之实行的精兵简政，使革命再次转危为安，“创造了中国历史上从未有过的奇迹”（毛泽东）。艰苦的条件也没有阻止一批批热血青年冲破层层封锁，从四面八方奔赴延安。宝塔山下，延河岸边，集合了中华民族最优秀的儿女。延安的窑洞里，有人类最睿智、最深刻、最有远见的头脑。延安的山川间歌声不断，响彻乐观向上的旋律。

梁漱溟，这位解放后曾同毛泽东发生过激烈争论的著名学者，1938 年和 1946 年曾两次访问延安。头一次，与毛有过八次亲切交谈。他在所写文章中对此次所见所闻记述颇详，欣悦之情溢于言辞：在极苦的物质环境中，那里的气象确是活跃，精神确是发扬。政府、党部、机关、学校都是散在城外四郊，傍山掘洞穴以成。满街满谷，除乡下人以外，男男女女皆穿制服，稀见长袍与洋装。人都很忙！他对延安人际关系的平等、融洽倍加赞赏：一般看去，各项人等，生活水准都差不多。没有享受优厚的人。是一种好风气。人人喜欢研究，喜欢学习，不仅学生。或者说人人都像学生。这又是一种好风气。爱唱歌，爱开会，亦是他们一种的风气。天色微明，从被窝中坐起，便口中哼啊抑扬，此唱彼和，仿佛一切劳苦都由此而忘却！人与人之间情趣增加，精神上互为感召。

穷且益坚，不堕青云之志。清贫的物质生活并不导致精神的矮化；豪车华屋，灯红酒绿，也无法疗补内心的颓废与空虚。

三

自力更生，艰苦奋斗，是中华民族数千年自强不息的固有品格，它的发扬光大，则是老一辈无产阶级革命家极力倡导，率先垂范，精心培育的结果。

毛泽东那张站在黄土院子里，面容清癯，目光凝聚，身穿补丁裤，双手前伸，向席地而坐的学员演讲的照片，早已珍藏在中国共产党的光荣史册里，见者无不动容。但另一些故事也许并不为人们熟知。

一天下午，延安留守兵团的司令员萧劲光到毛泽东住处汇报工作，见他围着被子斜躺在床上办公，以为是病了，正要询问，毛抬起头来指指地下的火盆笑说，棉裤洗了，还没烤干，起不了床，起来就要光屁股了！萧劲光鼻子一酸，指示警卫员赶快到兵团去领一床被子和一套棉衣。毛泽东一听，连说不行不行，领来我也不要，现在大家都困难，我若要搞特殊，讲的话就等于放屁，没人听，他们会说你不是真革命，是蒋介石，是封建皇帝！过了会儿，又说，劲光啊，我不能搞特殊，你也不能搞，任何时候，任何人都不能搞。你要记住这句话：

我们共产党人绝不能搞特殊！

绝不能搞特殊。毛泽东不仅以身作则，同时也严格要求自己的亲属。电视剧《毛岸英》的播出，已让这位年轻人热情似火、英姿勃发的光彩形象深入人心；舐犊情深，毛泽东失去爱子后痛哭失声的画面也使多少人潸然落泪。未被剧本采用的尚有另外的情节。毛岸英回到延安，先被安排住在陕甘宁晋绥联防司令部，部队考虑到他在苏联待的时间长，吃不惯小米、烩菜，便让他上了干部中灶，每顿两菜一汤，还有细粮。毛泽东知道后很快把岸英叫来，说岸英啊，你妹妹李讷一直就在大灶吃饭，你这么大了，还要提醒吗？毛岸英于是谢绝了领导上的好意，坚持与战士们一起在大灶用餐。

另有一次，美联社记者访问岸英，要他对抗战胜利后的形势谈谈看法。稿子写成，岸英拿过来请父亲审看，不料毛泽东还没看完，便一把撕掉，严厉批评说：你小小年纪，刚从国外回来，情况不了解，有什么资格对外国记者发表意见！声色俱厉，不容置辩，看似无情，却寓意深长，堪为镜鉴。至于岸英后来去农村锻炼，去工厂工作，去前线作战，显然都与父亲的教育、培养分不开，现在已经成为广为传颂的佳话。

四

曹靖华先生写过一篇散文，标题叫《忆当年，穿着细事切莫等闲看》，内容大抵是说旧时代在“衣帽取人”的上海等大城市里，穿时髦衣服的较之穿着土气的，往往要占许多便宜。而此时想到这个标题，则是因为我在纪念馆里得到的对这个标题的另外一种注解。

1940 年，66 岁的爱国侨领陈嘉庚回国考察抗战。蒋介石对此十分重视，仅重庆的接待费用就安排了 8 万元，其中一次宴会花了 800 大洋。前线将士浴血奋战，后方如此铺张，陈嘉庚对这种奢侈应酬十分反感。后来他到延安，看到干部群众衣着简朴，情绪饱满，印象甚好。毛泽东在杨家岭宴请他，用的是从老乡家借来的小方桌，因太旧，上面铺了几张报纸。饭菜是用自种的西红柿、豆角等做的，另外上了一例鸡汤，整顿饭算下来不到两块钱。毛泽东说，我是没钱买鸡的，这只鸡，是邻居老大娘听说我有贵客要招待，特地送来的。两相对照，清者自清，浊者自浊，陈嘉庚情不禁叹道：“得天下者，共产党也！”回到南洋，他在第二届南洋华侨大会上还激情洋溢地欢呼：“中国的希望在延安！”

那次访问，让陈嘉庚“衷心无限兴奋，梦寐神驰，为我大中华民族庆幸”。为了表达对毛泽东等领导人的敬意和拥护，他给延安送了两辆小汽车。而这两辆小车的使用，说来也耐人深思，对我们看待和处理一个时期以来屡禁不止的公车私用，公款消费，讲排场，要阔气等恶劣风气或许有所启示。

小车送到延安，中央办公厅“理所当然”地要分配给毛主席一辆，却遭到毛的拒绝，他提出的原则是，一要考虑军事工作的需要，二要照顾年纪大的同志。在他一再坚持下，两辆车分别分给了朱德和徐特立、董必武、林伯渠、吴玉章、谢觉哉“五老”使用。一次，毛泽东去枣园开会，回来时马突然受惊，把他从马背上摔下来，跌伤了手臂，朱总司令和“五老”知道后一定要把车子让给毛主席，他仍“坚不从命”。毛后来也有了一辆“专车”，是华侨捐赠的救护车，但也只是在接送客人时才偶一使用。

这也许就蕴含了那个年代全党全军坚强团结、战无不胜的准确信息，却是离开大陆后的“委员长”痛定思痛时未必能想到的。

五

当时的延安，正是这样一个充满团结友爱气氛的大家庭。同时，又是政治清明，法纪严明，“实行民主真行宪，只见公仆不见官”（朱德诗句）的民主圣地。

人们都知道作为诗人和政治家的毛泽东，有着常人一样的丰富感情，但在违法乱纪、侵害人民利益的行为面前，他同时也有一般人少有的“毒蛇在手，壮士断腕”的霹雳手段和决绝气概。

1937 年 10 月，曾经参加长征的 26 岁的抗大第六队队长黄克功，因爱情纠葛枪杀了女学员刘茜。审讯时，黄亮出浑身伤疤，请求法庭免于一死，准其戴罪立功，战死疆场。毛泽东接到报告，给审判长雷经天复信：“黄克功过去斗争历史是光荣的，今天处以极刑，我及中央的同志都是为之惋惜的，但他触犯了不容赦免的大罪……如为赦免，便无以教育党，无以教育红军，无以教育革命者，并无以教育做一个普通人，正因为他是一个多年的共产党员，是一个多年的红军，所以不能不这样办。共产党和红军，对于自己的党员与红军成员不能不执行比较一般平民更严格的纪律。”

与这个事件相辅相成的，是毛泽东的“挨骂”。1941 年 6 月，边区政府召开各县县长联席会，讨论公粮征收工作。会议进行中，天气骤变，一个炸雷击中礼堂梁柱，延川县代县长不幸触电身亡。消息传开，议论纷纷，有位老乡借机发泄对公粮负担过重的不满，指名道姓地责骂了毛泽东。边区保安部门闻讯，认为这是一起严重反革命事件，要严肃追查，公开处理。毛泽东从警卫员口中知道了这件事，立即进行制止。他对保卫部门的同志说，群众发牢骚，有意见，说明我们的政策和工作有毛病，不要一听群众有议论，尤其是尖锐点儿的议论就去追查，就要立案，进行打击压制。这种做法实际上是软弱的表现，我们共产党人无论如何不要造成同群众的对立面。对清涧群众负担过重的问题，要边区政府认真调查研究，该免的免，该减的减，不能不管老百姓的死活。

1945 年 7 月，毛泽东在回答黄炎培那个关于历史周期率的著名提问时说，我们已找到新路，我们能跳出这周期率。这条新路，就是民主。只有让人民来监督政府，政府才不敢松懈。只有人人起来负责，才不会人亡政息。

世界学联代表团成员当年访问延安后曾这样由衷赞叹：“边区司法充满了平等和正义的精神！”

60 多年过去，这些激情的言说，仍如晨钟暮鼓，穿透时空，悠然回响。

六

关心群众生活。密切联系群众。全心全意为人民服务。和人民打成一片。这些屡屡见诸党的文献的论述，毛泽东是首倡者，他和他的战友又是模范的实践者。

到过杨家岭的参观者，都会见到那条由毛泽东和中央书记处的同志、中央机关干部战士与当地群众一起修建的“幸福渠”。这条全长 5 公里、灌地 1200 亩的水渠，几十年来波光粼粼，一直滋润着乡亲们的心田。

据当年枣园乡乡长杨成福回忆，中央机关驻在杨家岭和枣园时，每年都要给老乡们拜年。有一年春节，毛泽东、周恩来、任弼时同工作人员带着糖果、对联等年礼来到乡政府，一见面，毛主席亲切地问，杨乡长，你们辛苦一年了，年过得好吗？杨一边应答，一边忙着递烟，沏茶，高兴得不知如何是好。周恩来见状，说杨乡长你就别忙了，毛主席要给乡亲们拜年，你就引我们到各家走走吧！杨成福一想，全村几十户人家，山上山下，住得很分散，哪能让首长们到处去跑。就说，你们都忙，挨家挨户就不必了，我一定把主席和首长们的心意转告给大家。毛主席一听，连连摆手，说拜年找人代理，杨乡长你这个主意可出得不好，还是我们去吧！一句话把众人逗笑了。但商量的结果，还是采纳了杨成福的意见：把每家的家长都请到乡政府，一来主席都见上了，二来也更热闹。乡亲们来了，主席和其他首长拉着老年人的手，热情地递烟，敬酒，给孩子们抓瓜子，散花生，并详细征询对中央机关的意见，了解村民的生活状况和来年的生产安排，促膝交谈，亲如一家。上世纪七八十年代，我多次陪同客人参观，听过杨成福的介绍，这些其乐融融、亲密无间的生动画面，几十年来一直活跃在脑海里，历久弥新。

毛泽东关心群众生产，也关注他们的精神生活。著名的延安文艺运动，构建了中外文艺发展史上气象巍然的辉煌景观，开辟了文艺为人民服务的广阔道路。同毛泽东一样，每到春节，延安的文艺团体都要组织秧歌队，走上街头，拿出各自的拿手好戏，与群众共庆新年。1943 年春节，正是毛泽东《在延安文艺座谈会上的讲话》发表的第二年，延安南门外人山人海，两万多军民聚集在广场上观看鲁艺等单位的演出，王大化、李波合演的《兄妹开荒》大受欢迎。颇有意思的是，在成千上万的观众中，有一位就是毛泽东。那天天气不大好，空中尘土飞扬。李波回忆说，她见毛主席在大风中坐在那里，身上也落了一层黄土，但他并不在意，身边有人给他一个口罩，马上被他用手扒拉开，只是兴味盎然地看着，不时张嘴哈哈大笑。这一年 4 月 25 日，《解放日报》发表社论，充分肯定那次演出是在坚持为工农兵服务方向的成功实践。1944 年春节，各单位组织的秧歌队就达到 27 家，上演节目 150 多个，延安群众文化生活的丰富多彩，由此可见一斑。

群众利益无小事。这句话我最早是从张汉武同志嘴里听到的。这位党中央在延安时的延安市市长，“文革”时从省上下放回延安，担任地区革委会顾问，为了研究解决黄龙山区严重的克山病问题，他不顾年老体弱，多次深入病区，翻山越岭，奔波不息。我没有问过他，但我揣想，他这种急群众所急的作风，或许与他的一次特殊经历有关。1944 年的一天，毛主席把张汉武找来，问，听说西川侯家沟的妇女大都生不下孩子，群众很着急，有各种议论，市上知道不知道？张汉武答，是有这么回事，但不知道什么原因。毛主席说，那么多人不生孩子，会不会是水的问题，可以派人去化验一下。张汉武知道，在生产落后的陕北，没有孩子将来就没有劳动力，主席为比操心，看似小事，实是大事。化验的结果，果然是村子里的水含有导致妇女不孕的物质，经过改水处理，问题得以解决。

在陈列厅，我还看到一张便笺，是毛泽东写的，按时下的说法，是一张“条子”。讲解员介绍说，那一年，边区政府工作人员吴吉清的孩子得了重病，找了几位医生都束手无策，毛主席知道后，便写了这张条子给中央医院小儿科主任侯建存，请他“费心医治”。

一张“条子”，几多叩问，引人思索。

七

1948 年 3 月 23 日，为了迎接中国革命在全国的胜利，毛泽东率中央机关东渡黄河，前往华北。他登上黄河东岸，回望陕北高原，情不自禁地说道："陕北是个好地方。"

人们明白，毛主席讲这句话的时候，想到的不只是作为中国革命新的立足点和出发点，正是在这个地方，成就了他本人和他的党翻天覆地、前无古人的辉煌业绩，同时他还会想到那些13年来与他同甘共苦，心心相印，正直、善良、坚毅、忠诚的人民，那些高唱《东方红》《绣金匾》，高唱"共产党毛主席天心顺，普天下的老百姓都随了红军"，"哪怕人头挂高杆，一心要共产"的人民。

他会想起谢子长和刘志丹。正是这两位群众领袖、民族英雄从大革命时期就开辟的红色根据地，在危急关头迎接了自己的中央。

是的，他怎能忘记，这些可亲可敬的干部群众，为支援战争、争取全国胜利，曾承担了多大的牺牲！这个只有200万人口、20多万劳力的地方，1947年到1948年，就有两万多名青壮年参军，1万多名参加游击队。在生产受严重破坏的情况下，老百姓节衣缩食，为部队提供公粮56.8万石（每石300斤），军鞋30万双，到1949年的两年零五个月中，支前民工200多万人次，担架6.7万副，牲口250万头次，缴送的公草，仅1948年的粗略统计，就有3223万斤。无怪乎彭德怀感慨：边区的劳动人民，是我看到的政治上最有觉悟，对革命最有认识的人民！

得人心者得天下。民为邦本，自古而然。

八

日月如梭，岁月不居。岁月深处，有一个民族迅速崛起的精神宝藏，有昭示未来、导引前行的智慧密码。

1949年9月29日，为祝贺新中国成立，延安各界给党中央和毛主席发去贺函。毛泽东接到贺函，"十分愉快和感激"，他在复电中称，延安和陕甘宁边区的人民对于全国人民是有伟大贡献的。他"并且希望，全国一切革命工作人员永远保持过去十余年间在延安和陕甘宁边区工作人员中所具有的艰苦奋斗的作风"。

1980年，邓小平在中央工作会议上号召全党：一定要宣传、恢复和发扬延安精神，并且强调"要大声疾呼和以身作则地把这些精神推广到全体人民、全体青少年中间去，使之成为中华人民共和国精神文明的主要支柱"。

新世纪以来，江泽民、胡锦涛同志多次去延安看望老区人民，指出无论过去、现在、未来，延安精神都是我们战胜困难、取得胜利的法宝；任何时候，延安精神都不能丢！

毋忘延安。毋忘老区。毋忘那些踔厉奋发的红色岁月。忘记，意味着背叛。

话虽旧，真理不会老去。

原载《人民日报》2011 年 6 月 22 日

在马克思墓地

唐　弢

马克思墓在伦敦市郊北部的海格特小山上。我在英国时正值铁路工人罢工，交通不便，陪我的孔慧怡女士又没有去过那里。7 月 12 日早晨，我们决定先到北区的查林再说。大风骤起，阴云密布。从筑路工人口中问明路由，缓步上坡，路不太陡，但对像我这样一个心脏病患者来说，还是有点吃力。两旁是属于中等阶级的住宅，看去简单朴素，幽静整洁。大约走了半个小时，便到坡路尽头，绿树成荫的滑铁罗公园已在眼前。进入大门，绕着池塘穿行，芳草如茵，杂花满圃。出北门向左一拐，便是与小山同名的海格特公墓，马克思和他的爱妻燕妮、外孙哈利·龙格、“忠诚的琳蘅”——海伦·德穆特等葬在一起。公墓的铁门半掩。里面到处是十字架，到处是大小不同、式样各别的墓碑。我们沿着一条长满蔓草的小径往南，读着每一块墓碑上的名字，其中有资本家、小商人、教师、海员……找不到一个我们曾经听到过的熟识的名字，更不用说全世界都知道的卡尔·马克思了。

不久，我从小径左边发现一座方形尖顶、巍然矗立的高高的碑石，碑座正面刻着墓中人的姓名。原来这是英国女作家乔治·艾略特埋骨之处。艾略特生前从热心教会的善行转变到介绍唯物主义的无神论，大大地轰动了当时英国的思想界。她的长篇小说《亚当·比德》《弗洛斯河上的磨坊》《织工马南》取材农村，描写社会动态、刻画人物心理，从生活里提出了许多值得注意的问题。如像莎士比亚、狄更斯笔底的人物一样，马克思也引用过艾略特小说里的人物，去比拟他的朋友和熟人。

我们继续前行。远处，一缕青烟冉冉上升，有个老人将成堆的枯枝点燃了，一面烧，一面不停地从四周把落叶扫拢来。我们加快步子，正待向前问询，立刻发现自己原来到了一个比较开阔的地方，绿荫环抱，不需要再问什么，马克思的头像已经赫然在望了。

头像底座是一块长方形大理石，正面中间微凹的小块白石，刻着墓中人姓名及其生卒年月，底座上端是英文金色大字：“全世界无产者，联合起来！”下端则是《关于费尔巴哈的提纲》中的名言：“哲学家们只是用不同的方式解释世界，问题在于改变世界。”比起中国传统的墓碑来，两句话也许简单了一些，但我以为选得十分恰当。正如李卜克内西说的：马克思不需要人家为他立纪念碑，他已经用《共产党宣言》和《资本论》为自己树立了纪念碑。是的，这才是不朽的纪念碑。因此，1883 年 3 月 17 日——马克思逝世后第三天，他被合葬在海格特公墓一角的爱妻燕妮的墓穴里，离此一箭之地。我们现在站的并不是当年恩格斯作墓前演说的地方。这里是 1954 年新迁的墓址，由几个国家的共产党筹资建成。它并不豪华，却显得庄严，大方，雄伟，特别是 1956 年劳伦斯·布雷德肖雕塑的马克思青铜头像安上以后，这位思想家便以他的坚毅、慈祥、风趣，同时又带一点期待的神情，从高处凝望着这个世界，凝望着人类的正在变化的一切。

我们在墓前大约流连了半个小时，天，始终是欲雨不雨的样子。当我转到滑铁罗公园，出了大门，踏着坡路走上归途的时候，脑海里时隐时现地闪动着马克思的头像，闪动着他的带一点期待从高处凝望这个世界的神情。这个神情使我困惑。我忽然若有所悟：呵，他在沉思，他的期待也正因为他在沉思。

恩格斯的墓前演说开头说：“3 月 14 日下午两点三刻，当代最伟大的思想家停止思想了……”不，我现在要说，他没有停止思想，他还在思想。100 年过去了，在伦敦北郊海格特小山上，我亲眼看到马克思带一点期待的神情凝望着这个世界。他没有停止思想，他还在思想。他在凝望中沉思。

1983 年 6 月 30 日追记

在《资本论》产生的地方

聂锦芳

非要把马克思的生命历程和思想发展做阶段性的理解和阐释，更到位的划分应该是“前伦敦时期”和“伦敦时期”，这不仅符合时间上大体居中的实际，也更能凸显他客居这里三十多年工作的意义。

在伦敦，马克思最重要的工作无疑是《资本论》的写作。英国是资本主义起源和发展最完整、最典型的国家，而伦敦、曼彻斯特具备探究这一社会形态得天独厚的条件——“圈地运动”和工业革命的发祥地、资本主义大工业和现代金融业中心、大英博物馆圆形阅览室极为丰富的文献、来自世界各国的流亡者纷纷在此聚集。

来到伦敦后，为了写作《资本论》时查阅资料方便，马克思选择了距离大英博物馆不远、位于索霍区（Soho）的迪恩街（Dean Street）住了下来。根据现在可考的资料，大约 1850 年 5 月到 12 月他居住在这条大街的 64 号，后来因承担不起房子租金搬走。在这里发生的最令他伤心的事是其小儿子于 11 月夭折。现在这所房子已经被拆除了。之后，马克思一家又搬到了同一大街的 28 号。这是一所四层联排楼房，马克思一家住在三层，包括一间很小的卧室和稍微大一点的前厅。马克思在这里一直住到 1856 年。这所房子现在还保存着，一层是一家意大利餐馆，其余各层是民宅。三层外墙上有伦敦市政厅 1970 年挂上的一块蓝底白字的圆形牌匾，上书：“卡尔·马克思，一八一八—一八八三。一八五一—一八五六年曾在这里居住”。

从马克思在迪恩街的住处出来往北走，第二个路口右拐是牛津街（Oxford Street），向西走到十字路口，过马路向北，沿着托特纳姆法院路（Tottenham

Court Road）走到第一个路口右拐是大罗素街（Great Russell Street），一直向东走到罗素广场（Russell Square），就看到大英博物馆（British Museum）了。这就是马克思当年每天要走的路线。现在街道上的店铺与当年完全不同了，但格局如旧。我来回走了两趟，虽然牛津街往南的道路在整修，但所花费的时间也如马克思当年在书信中所叙述的一样不到十五分钟。

在数年的时间内，马克思几乎保持着雷打不动的生活规程和工作节奏：早上去博物馆的圆形阅览室，伏案一白天后，傍晚回家，继续写作至深夜，在短暂的睡眠之后，第二天凌晨再去博物馆……周而复始。从中也可以知道，《资本论》不是战斗檄文，不是救世宣言，不是戎马倥偬中的急就章，也不是妙手偶得的灵感之作，而是一个思想家经年累月地皓首穷经、悉心爬梳、积累和思索的记录，旨在接续文明、深究历史、考察现实、反省自我、寻求超越和创新，所以《资本论》必然有深刻的历史感、严密的论证逻辑、宽广的视野与开放的结论，它所表达和呈现的既有马克思的经济运行理论、社会结构学说，也包含了他的人性思想。

1856 年，燕妮获得了来自苏格兰的伯父的一笔资助，不久其母去世，她又继承了一笔遗产。于是马克思一家人搬到伦敦北部的汉普斯特德（Hampstead）一带，即现在的地铁“乔克农场站”（Chalk Farm）附近。最初他们住在格拉夫顿·特勒斯（Grafton Terrace）大街 46 号（最初门牌是 9 号，后来由于大街延长，门牌号也顺延，由最初的 9 号变成 38 号，最后变成沿用至今的 46 号），这所房子保留至今，且外观无太大改变。

1863—1864 年，马克思在相继继承了由姨夫保管的母亲的遗产和曼彻斯特的老朋友威廉·沃尔夫的赠予后，一家人租住了一座独立的住宅，离格拉夫顿·特勒斯大街不远，位于莫德纳别墅（Modena Vil-las）大街 1 号。遗憾的是，这所住宅现在已经不复存在了。

格拉夫顿·特勒斯大街往南拐，有一条小路叫作梅特兰公园路（Maitland Park Road），进入小路到达 41 号，即为马克思去世时的故居。1875 年马克思搬到这里，这是他在伦敦的最后一个住所，总共居住了八年。这座房子在第二次世界大战中被炸，后被拆毁。20 世纪 50 年代末，地基被重新清理，现在是由伦敦市政厅建造的一排砖结构的四层公寓楼，属于政府廉租房。房子上有一块棕底白字的圆形牌匾，上书：“卡尔·马克思，一八一八——一八八三，哲学家，一八七五——一八八三在此居住并去世”。

马克思可能还在附近其他地方居住过，但时过境迁，现在已经面目全非，不可能查找到了。不过，在海格特路（Highgate Road）北面有一块绿地，那是马克思和家人星期天喜欢去休闲、散步的汉普斯特德荒野公园（Hampstead Heath），现在风景依旧。

从梅特兰公园路路口往南，走到梅特兰公园别墅（Maitland Park Villas）街，在岔路口往南是哈佛斯托克山（Havardstock Hill）街，沿着这条街往东南方向走不远，看到摄政公园大街（Regent's Park Road）后右拐，走过一道缓坡，之后途经一座古老的铁桥，再走到122号，这是恩格斯在伦敦的故居。1870年恩格斯搬到这里居住，直至去世前不久搬离。这是联排四层别墅，一层墙体和各层门窗被涂成白色，显得洁净而高雅，122号门口挂着蓝底白字的圆形牌匾，上书："弗里德里希·恩格斯，一八二零——一八九五，政治哲学家，一八七零——一八九四年在此居住"。从这里斜穿过一条小路就是美丽的樱花草山（Primrose Hill）公园，地处高地，可俯瞰伦敦大部分美景。

伦敦之外，马克思间或也去曼彻斯特。那里是英国棉纺织业的基地，恩格斯父亲的工厂就设在那里。他在那里与恩格斯会面、在著名的"切塔姆图书馆"（Chetham's Library）读书，并写下了后来构成马克思经济学研究和思想发展进程中一个重要环节的"曼彻斯特笔记"。这家图书馆建于1653年，是"英语世界最古老的公共图书馆"，藏书量为十万册，其中六万册为1851年之前的书籍，此外还收藏着众多珍贵的画作。据称，马克思、恩格斯当年在此读书和讨论问题时曾使用过一张长方形的橡木书桌，现在它作为"镇馆之宝"之一仍存放在阅览室里，上面还堆放着"曼彻斯特笔记"中涉及的多本原始文献。恩格斯在曼彻斯特工作、生活二十多年，在他当年的一处住所、现在曼彻斯特大学宿舍区的墙上有市政厅于1976年悬挂的蓝底白字的圆形标识牌匾；在繁华的第一大街（First Street）的托尼·威尔逊广场（Tony Wilson Place）矗立着一座恩格斯雕像，这是2017年由英国艺术家菲尔·柯林斯（Phil Collins）从乌克兰运抵的，上面用俄语写着恩格斯的名字。

1883年3月14日马克思去世。三天后被安葬于距离住所不远的北伦敦"海格特公墓"（Highgate Cemtery）。公墓分为东西两处，马克思墓地在东面。进入园门后，沿主路步行不到六十米，在第一个岔道口左转，继续走一百米，就可以看到很醒目的马克思的墓地。这是家族墓，安葬在这里的包括马克思、燕妮、小女儿艾琳娜、外孙哈里以及女仆海伦·穆特。墓碑顶端是由英国皇家版画学会（Ryal Society of Engraving）前会长劳伦斯·布雷德肖（Lawrence Bradshaw）创作的马克思头像，左右两边各镶着一枚类似戒指的青铜饰物，正面从上往下，先是《共产党宣言》中的名句"全世界无产者，联合起来！"然后是金色的马克思的名字，再下嵌进一个白色花岗岩石块，上面按照去世先后顺序列出墓中人的名字和生卒日期，最下端是《关于费尔巴哈的提纲》中的最后一条“哲学家们只是用不同的方式解释世界，问题在于改变世界。”这块闻名世界的墓碑是1956年由英国共产党组织设计的。从这里往回走一段路，就看到一条长满绿草的小径，往里走十几米，在众多杂乱的墓碑中看到一块躺着的浅黄色的面积很小的长方形墓碑，那才是马克思当初下葬的地方。

我在英国逗留了十天，一边寻找，一边沉思。走过马克思初到伦敦的住地到大英博物馆圆形阅览室的街道，再从他辗转几处住所的位置到休闲时爱逛的荒野公园，徜徉于他去世前住过的地方与恩格斯度过二十多年旧居之间的小巷，再到埋葬着他们一家人的海格特公墓，以及于夜幕中探访曼彻斯特的切塔姆图书馆和恩格斯雕像，能感受到马克思在英国生活的窘迫、苦恼、焦虑以及精神上的执着、充实和超越。三十多年光阴，脱离不开世俗生活，却看淡乃至放弃了普通人的价值追求，花费最大的精力去深度考察、介入和思考社会历史运行的机制、逻辑和结构以及人类未来的命运，这是他的尴尬，更是他的伟大；让人感叹，也更令人尊敬。

原载《中华读书报》2019年9月11日

给他深深鞠一躬

崔济哲

天阴云重，让人感到丝丝凉意入怀来。湿漉漉的黄叶从高高的树枝上无声地飘落下来，但仍有几簇野花在枯黄的衰草中顽强地透出翠绿，不由让人想起刘禹锡的两句诗：“沉舟侧畔千帆过，病树前头万木春。”

伦敦海格特公墓静谧肃然，铁栅栏门前有几株墨绿苍翠的老松，守门的是一位白发苍苍的老太太，仁慈安详，老者风范。淡蓝色的眼睛里透着认真执着。老人家一丝不苟地在检查入墓地的门票，像履行着一桩极其神圣的使命。

海格特公墓虽是伦敦最大的公墓之一，据说这里安葬着十六万多名故人，其中有不少名人，英国伟大的物理学家法拉第就葬在这个公墓。海格特公墓在世界出名的原因之一是卡尔·马克思葬于此地。进公墓要收门票，最初每人六英镑，不许带照相机。随着冷战结束门票价格也降了下来，每人仅要三英镑，如果带照相机，每台加一英镑。参观公墓还要票，带相机还要收费，这真是英国的规矩。

朋友告诉我，这位慈眉善目的老奶奶是墓园之友基金会的志愿者，完全是义务劳动。她曾经是英国共产党的一名党员，不知为什么又退了党，其中的艰辛曲折恐怕不会有人知道了。老人家亲昵和善地冲我们微笑，我也用微笑回报她。老人家怕有七十高龄了吧，白皮肤上已经有不少樱桃花似的斑点了，淡蓝色的眼睛中有些许混沌，她年轻时一定是位漂亮姑娘，她为什么临到暮年还这么执着地自愿来海格特公墓服务呢。

墓地很大，老树参天，野草丛生，幽静似乎连一声虫鸣鸟叫也听不见。秋风萧瑟，一派墓地特有的寂寞凄凉。碑墓林林总总，这里安放着十几万个灵魂，他们的躯体可能早已化为泥土，但那些墓碑上的记载却分明在告诉每一位来海格特公墓的人，他们还存在，他们似乎在等待着什么，在期盼着什么，你会情不自禁地蹑手蹑脚，轻轻地从他们身旁走过，仿佛怕惊扰了他们。

我们是专程来瞻仰马克思的。

我第一次“认识”马克思大概是在上小学的时候。有一次去校务办公室，看见办公室的后墙上挂着五个人的彩色相片。高年级的同学告诉我们，他们是马、恩、列、斯、毛。毛主席我们当然认识，学唱《东方红》是我们入学教育上的第一课，再往前说刚咿呀学语时就喊毛主席万岁了。列宁和斯大林我们也见过，那时候我们都爱看连环画，“小人书”上常有两位伟人，学校还组织我们看过苏联电影《以革命的名义》，长着山羊胡子光着大脑门的革命老爷爷就是列宁。但那两位大胡子却甚为眼生，我们站在照片前细细端详，搞不明白他们是谁，为什么要留那么浓密的胡子？我们瞪大眼睛盯着看，那么浓密那么长的大胡子都堆在嘴上，他说话累不累，他们怎么吃饭怎么刷牙，要是喝稀粥或流鼻涕沾在大胡子上怎么办，一群天真无邪、幼稚可爱的小伙伴甚至讨论过五位伟人的一种现象，为什么毛主席就不长胡子，为什么斯大林留着八撇胡，列宁留着山羊胡，而马克思、恩格斯都留着狮子胡，问题一个接一个，虽然没有一个问题最终得到解答，但马克思和恩格斯却都因为他们长着出众不俗的美须给我们留下了深刻的印象。

长大了以后，再看马克思他老人家好像看出一点味道来了。怎么看怎么觉得他老人家像头唤醒百兽的雄狮，那蓬松奓开、威武雄浑的胡须与一头飘飘欲仙的卷曲长发天然一体，浑然壮哉。他真是一头雄狮，威震四方的雄狮。

海格特公墓静悄悄的，来墓地祭奠亡灵的人很少很少，可能今天不是什么节假日，又赶上天公不作美，偌大的墓地里仿佛只有我们几个人在踽踽而行。不是手中那把香气四溢的马蹄莲，真让人有一种难以抗拒的压抑感，我从来没进过像海格特这么大的墓地，一眼望不到边，我想如果没有胆量，日落黄昏后真不敢独自一人来这个公墓瞻仰什么人。小路两旁，一些墓碑歪斜了，倒塌了。被荒草枯叶淹没了，不知为什么他们的后人朋友不再来看望他们了。每一个墓碑，每一座坟墓都是一页别人说不清的历史，都是一段让人难忘的岁月，都是一幕悲欢离合的人间戏剧……

守门收票的那位老奶奶十分自信地告诉我们：凡是集体来这里的中国人都是来瞻仰卡尔·马克思的……

我没有读过马克思恩格斯全集，但是我在学校图书馆书架上看见过那一长溜搂都搂不过来的酱红色牛皮封的全集著作。我们那个时候没有时间去攻读他老人家的著作，我们正忙着，恨不能一天变成二十五小时去复习功课准备考高中，我们是六六届初中毕业生，老师提出的口号是一切为升学让路，说这是决定你们穿草鞋还是穿皮鞋的第一步，必须发扬车胤囊萤、悬梁刺股的精神。学校禁止我们读一切和考试不沾边的书籍和读物，不管你是马克思的著作还是恩格斯的著作。但那个时候的宣传，已经使我们这一代中学生都知道马克思的著作像神圣殿堂中的神器，我们摸不着它，但我们景仰它，崇拜它，模模糊糊地知道它博大精深，光芒四射。我们都知道那句名言：十月革命一声炮响，给我们送来了马克思主义。没有这位大胡子，就没有世界革命，没有中国革命，就没有战无不胜的毛泽东思想。这位外国大胡子真是太了不起了，太伟大了。那时候，我们似乎只学过他老人家的一段格言："在科学上没有平坦的大道，只有不畏劳苦沿着陡峭山路攀登的人，才有希望达到光辉的顶点。"没有太难懂的语言，没有深不可测的哲理，但这已足够了，足以折服我们这一代天真幼稚、血气方刚的娃娃。

沿着一条弯曲的小路，踏过湿漉漉有些泥泞的枯草落叶，我们来到卡尔·马克思的墓地，这是最早安葬他的墓地。公元 1883 年 3 月 14 日下午 2 时 45 分，恩格斯又来到马克思的住所。在马克思病重的日子里，恩格斯天天前来探视，他把伦敦最有名的医生请来为马克思看病，希望能缓解马克思的病痛。每天下午恩格斯都挂念着老友，放心不下，他都从自己家走到马克思住所前的半圆形花坛边，惴惴不安地看看马克思屋子里的窗帘是不是已经放下。如果放下了，他就放心了，那说明马克思睡了，可能已经睡着了。

但死神还是迈进了这所房子，当恩格斯走到楼上看望马克思的时候，他惊愕地发现马克思躺在书桌前的安乐椅上，已经安详地永远地睡着了。伟大的马克思走了，就那么平平静静地走了，无声无息地走了。书桌上还放着马克思的《资本论》第二卷和第三卷的手稿。恩格斯向马克思的战友发出的讣告上有一句重若千钧的话：我平生所知道的一颗最强有力的心停止了跳动——人类失去了一个头脑，而且是在当代所拥有的最重要的一个头脑。

卡尔·马克思在伦敦病逝后，就葬在这里，这里和周围星罗棋布的无数墓地没有任何区别，甚至比旁边几座墓地还显得凋零简陋，当时来送葬的不过七八个人，都是马克思生前最忠实的朋友。这个地方很窄小，站七八个人就会显得有些拥挤，可以想象当时的葬礼非常简朴，非常低调。据说这是遵照马克思的遗愿，这个大胡子至死都没有低下他雄狮般高贵的头。但恩格斯在他墓前的送葬辞却光焰传万代，尤其是那句让人刻骨铭心的格言："千百万革命战友无不对他表示尊敬、爱戴和悼念，而我敢大胆地说，他可能有许多敌人，但未必有一个私敌。"

伦敦十一月的天气阴而多雨，这时候阴沉沉的天空似乎飘起了一层淡淡的水雾，给海格特公墓的角角落落增加了几分凄苦和凋零。

我们都特别佩服马克思，觉得马克思特男子汉。马克思敬爱自己心爱的女人，虽然她比自己大四岁，虽然当时有那么多世俗的诅咒和家庭社会的阻力，但他勇敢地去承受，义无反顾地去投入。那时候许多男孩子找到恋爱的女友而女友又比自己年纪大而遭到非议时，他们往往会请出共产主义的老祖宗，搬出这位雄狮般的马克思做爱情的保护神，他们会说："马克思就是这样去恋爱着燕妮·马克思的，我虽然不是卡尔，但我会像马克思呵护燕妮一样去爱护你。"

我们都觉得马克思特了不起，因为他不但是伟人，而且首先是个男人，有情有爱，有家有眷，马克思是一位完美的人。在燕妮临终之际，马克思一直在注视着她，"甚至在最后几个小时，也没有临终的挣扎，而是慢慢地沉入睡乡，她的眼睛比任何时候都更大、更美、更亮……"这是马克思从心底的赞美和祝福。马克思当时已经病得很重了，他甚至不能出席燕妮的葬礼，是恩格斯代表他在燕妮·马克思的墓前发表了葬辞，那充满感情演说的最后一句是："如果曾经有过一位以使别人幸福为自己的最大幸福的妇女，那就是她。"谁能想到，马克思尚未完全从夫人病逝的痛苦和病魔中挣脱出来，女儿燕妮的意外死讯给了他最后的致命一击。英雄气短，儿女情长，那个世界似乎没有什么让他留恋的了，仅仅两个月后，卡尔·马克思坐在自己的安乐椅上，安详且毫无痛苦地长眠了。几乎可以肯定，在这位可以撬动地球的思想家、哲学家、政治家、经济学家最后一次张望世界时，他发亮的黑色瞳孔里映现的绝不会是他那等身高的不朽之作，而只会是燕妮·马克思和燕妮等亲人的笑容。

我是第一次来伦敦，不知过去伦敦在这个季节是不是也是这样似阴似雨，一会儿细雨如纤如丝，一会儿又薄雾分散似晴非晴，大家都默默地走着，怀着崇敬的心情去瞻仰马克思之墓往前走，再往前走；一步一步，一百多步吧；再往左拐，一步一步，又是一百多步吧；小路上枯叶下的积水和茅草上挂着的水珠打湿了我的裤脚，高高枝条上滚落下的雨点划过我的肩头，落到我的领口中把我的思维带回到现实中。

中国人信天意，即使我们是无神论者。当我们走近马克思铜像时，雨雾在不知不觉中消散了，斜阳灿灿，从刚刚裂开的云层中直射而下，把马克思的头像辉映得格外雄壮。

马克思的墓碑是一座长方体的大理石座，墓碑两侧各有一个雕花的青铜花环，衬托得墓碑更加朴实美丽。墓碑的上方端放着马克思硕大的青铜头像，那是由英国皇家雕刻学会主席劳伦斯·布雷德肖亲自雕的，马克思那硕大的头颅头发蓬松额头宽大，两道深深的皱纹，横亘额前，高突宽厚的眉骨，眉毛高耸，眼神炯炯如炬，仿佛在思考什么，在眺望什么。那浓密的大胡子和头发浑然一体，美丽飘逸，威武雄浑，格外有风格。穿透雨雾的霞光把马克思的头像映照得泛起一波青铜的金属光泽，令人难忘。

墓碑正面刻有两行漆金的英文大字，那是《共产党宣言》中的最后那句震动整个世界的名言："全世界无产者，联合起来！"下面是摘自马克思1845年所著《关于费尔巴哈的提纲》中的名句："哲学家们只是用不同的方式解释世界，问题在于改变世界。"

马克思的墓碑是1956年迁过来的，当时为了纪念马克思逝世73周年，由英国共产党集资，据说中国共产党也为这座新的墓地捐了款。

我们恭恭敬敬地把鲜花献上。在马克思的墓碑下，已经有一大簇鲜花，缎带上果然是熟悉的中国汉字，是江西省一个单位敬献的，我们默默地瞻仰着马克思，又自动排行，恭恭敬敬地给他老人家鞠了三个躬。

我看见墓碑的中间镶嵌着一块白色的大理石，上面刻着十四行小字，记录了卡尔·马克思和他的夫人燕妮·马克思及他们第二个女儿海伦的姓名和生卒年月，第一行刻着：燕妮·冯·威特华伦，卡尔·马克思的爱妻，生于1814年2月12日，卒于1881年12月2日。我想起马克思年轻时写给燕妮的情诗中的几句诗：

愿把头俯贴亲爱的胸膛，
永远幸福地安息在你身旁。
活着我们共呼吸，
死后咱们一块埋葬。

马克思是幸福的，他的一生因为有燕妮的陪伴而光辉，而燕妮在地下又因为有了他的赴约将永不寂寞。

据新华社伦敦7月18日电，英国BBC广播公司7月14日公布了"谁是现今英国人心目中最伟大的哲学家"的调查结果：共产主义理论奠基人卡尔·马克思以27.9的得票率荣登榜首，居第二位的苏格兰哲学家大卫·休谟得票率为12.6，远远落在其后，柏拉图、康德、苏格拉底、亚里士多德更是望尘莫及，黑格尔甚至没能进前 20 名。

历史证实了恩格斯关于马克思的伟大预言:“他的英名和事业将永垂不朽……”

摘自《中国作家》2006 年第 12 期

小米的回忆

曹靖华

毛泽东同志说：

“枪杆子里面出政权。”

又说：

“延安的一切就是枪杆子造出来的。枪杆子里面出一切东西。”

“我们所依靠的不过是小米加步枪……这小米加步枪比蒋介石的飞机加坦克还要强些。”

“我们是用小米加步枪打败了日本帝国主义和蒋介石的。”

枪杆子出政权，这是历史经验的总结，“凡是反动的东西，你不打，它就不倒”。

中国人民在中国共产党的领导下，艰苦奋斗，推翻了帝国主义、封建主义和官僚资本主义三座大山，建设社会主义，并支援世界人民。帝、修、反恨之入骨，莫奈我何的，也就是因为用马列主义武装起来的中国人民，手中掌握了枪杆子。

不过，饿着肚子，去冲锋陷阵，消灭敌人，是困难的。所以毛泽东同志当年提及这问题时，用“小米加步枪”来概括。因为没有小米，步枪本身也就难起作用了。可见，人民在取得政权和捍卫政权中，小米之功，是不能抹杀的。

小米因米粒小而色黄，故又称黄米，以别于大米、白米。小米古称“禾”“稷”“谷”“粟”，北方从播种到收割通称“谷子”，去壳后称“小米”。原产我国，在我国种植已有六七千年历史。为我国北方主要粮食作物之一。其产区主要在黑龙江以南，淮河流域以北各省。属禾本科，一年生草本。性喜温暖，耐旱，对土壤要求不高，适应性强。

回忆童年时代，距家门口半里来远的小河边上，有一小块砂石地，叫“石垄”。那儿尽是比牛还大的花岗岩石头，有的在地面上，有的大半埋在地下。总之，这是很难耕种的荒地。石与石之间，偶然有小片砂土地。废物利用吧，那地上除了要求低的谷子以外，其他作物是难长的。谷子撒上，谷苗长到五六寸高时，得“间苗”。即把过稠的及瘦弱的谷苗剔去，把株距五六寸的茁壮谷苗留下。这是农田的轻活，多半都是儿童干的。季节一到，我就干起这活来。

小米味美可口，故乡把它当作细粮。平时舍不得吃，多留给产妇或病人吃的。至于当地人民，常年的主食是玉米，而不是小米。记得当年祖母每逢冬天，爱用砂罐放到炕洞里熬小米稀饭。那时，这就是“高级”食品了。

小米不但味美，且富于营养。它含蛋白质比大米、玉米都高；含脂肪为大米的三倍。此外，还含多量维生素 A、B，以及为人体所不可缺的其他成分。

谷子是我国北方各省的主要粮食作物，也是我国种植最早的作物。据说，远在六七千年前，在黄河中游及晋南、豫西一带，在氏族公社里就种粟了。

谷子有防潮、防热、防虫、不易霉烂的优点。自古就有“五谷尽藏，以粟为主”的贮粮备荒做法，在一般情况下，谷子可保存十几年，甚至几十年，是理想的备战备荒粮食。

谷子浑身是宝，谷草是家畜的好饲料，谷糠可喂猪，又是酿造的辅料；谷茬可沤肥及当柴烧。总之，它浑身无弃物。

故乡的小河边上的“石垄”啊，在火红的年代里，它早该变成一马平川的丰产田了吧！

一九三三年，我回国后，在该年底，利用寒假，专程由京赴沪，去探望阔别已久，怀念殷切的鲁迅先生。在反动统治“寒凝大地”的气氛中，我直然落脚到当年一般人很少知道的他的寓所——大陆新村九号。住在三楼上，二楼就是他的卧室而兼工作室。

我去时，还特别带了整整一口袋小米。事后从《鲁迅日记》得知，他把这些小米，还分给内山完造先生、周建人同志和茅盾同志。

当时鲁迅先生一看见这整口袋小米时，惊奇地问道：

“小米，你怎么知道我爱吃小米呢？”

“我从《两地书》知道的。那上边写着，有一次，你从北京回上海，动身前就买了小米。”

鲁迅先生一听，就向身旁站的广平同志肩上拍了一下，大家都哈哈大笑起来。

鲁迅先生接着说：

“原来如此啊！”

接着，我们的话题就转到小米上了。我说：

“上海有小米，二马路、三马路顶西口，那些卖鸟的小铺子，都是用小米喂鸟的，为什么你舍近求远，从北京买小米呢？”

鲁迅先生答道：

“那些小米是喂鸟的，不能吃。”

话就到此为止，关于小米再没谈下去了。

“南方小米为什么不能吃”，这问题一直没得到解答。

解放初年，在会场遇到一位老同乡，他是农业科学专家，我问道：

“为什么北方小米那么好吃，南方小米却只能作饲料，不能吃？”

他冲口而出说：

“土壤问题，北方是碱性土壤，宜于谷子生长，小米好吃。南方是酸性土壤，不宜于谷子生长，小米不能吃，煮不烂，只能当饲料……”

抗战期间，在日本帝国主义侵略者的铁蹄下，四川人常称的“下江人”，大批涌到重庆。鲁迅先生说，“野人怀土，小草恋山”，背井离乡的人，怎能不怀念落入敌手的故乡国土？怎能不怀念养育自己的故里山川？这“怀乡”情中，也包括从儿童时代起，培养出来的口味。人生在世，天南地北，东奔西走，不管他的生活如何“国际主义化”，也不管他如何“四海为家”，但从小培养出来的口味，一般称作家乡味吧。不管他身处天涯海角，对这家乡味，总感分外亲切、可口，即山珍海味，也难与之相比。

当年重庆一条繁华的大街上，有个大众化的北方饭馆，名字似乎就叫“老乡亲”，主要卖烧饼和小米稀饭。“下江人”每逢进城，到吃饭时，宁肯饿着肚子，多赶几条街，多绕过一些门口挂着“开堂”二字招牌的当地饭馆，也要赶到“老乡亲”，去饱餐一顿烧饼和小米稀饭。当时这些赶到“老乡亲”去吃饭的“下江人”，把“吃饭”称作“过瘾”。

有一次，我在“老乡亲”“过瘾”时，顺便问道：

“老乡，你们这小米从哪来的？”

“从哪来的，拿命换的呢：穿过鬼子一道道封锁线，辗转弄来的。从界首那边弄来的。倒霉时，不是挨打，就是东西被没收，有时还要把人押起来呢！……”

啊，小米啊！在日本帝国主义和中国反动派统治下，谁会想到你还有这样多的诉不尽的灾难呢！……

抗战时期，在重庆，小米成了“下江人”念念不忘的、可望而不可即的珍品。

党是深深理解这种“怀乡”之情的，所以，每逢总理、董老，或八路军驻渝办事处的其他同志，因公去延安，回来时，总尽可能在飞机上多带些小米，用白细布缝成七八寸见方的口袋，每人送一袋。我每逢收到时，把它看作无上珍品，每粒小米，都包含着党对我们的体贴入微的深情厚谊啊！当年，那是什么样的景况呢？！一面是反动派处心积虑，要把进步文化工作者斩尽杀绝；一面是我们伟大的党，见义勇为，挺身而出，从敌人的屠刀下，不但决然抢救、庇护其生命，而且直至生活细节，也予以无微不至的关切，甚至连吃的、穿的，等等，都尽可能地想到、照料到。在重庆时，周恩来同志不是把延安革命人民，遵照毛主席“自己动手，丰衣足食”的伟大号召，第一次生产的毛呢送给我吗！在当中国反动派要将我们斩尽杀绝的险境中，这是“情逾骨肉”，最真挚而伟大的“天下父母心”啊！那呢子我得到后，考虑了好久，决定给我的独子作一套制服，可是他异常珍惜，舍不得穿，他知道这是党送的呢子啊。那时他还是孩子，刚入小学。现在他已经被党培养成人，参加了党的行列，最近出国工作时，对当年党送的那套呢衣服，念念不忘，对周伯伯念念不忘。他常说道：“慈母手中线，游子身上衣”，并由此而引申道：“党的手中锄，我们碗中粟！”永远怀念着党送给的呢衣料和延安的小米！

当年，我将故乡特产“猴头”邮寄鲁迅先生，他收后来信说：“猴头闻所未闻，诚为珍品，拟俟有客时食之。”重庆时期，周总理、董老，从延安带给我的小米，我看作珍品中之珍品，一粒小米，比一只猴头还珍贵。郑重地用金属饼干筒装起来，把盖子盖严，“拟俟有病时”任何东西都不能进口时，拿它作“度命”之物。有一次，我得了伤寒，另一次，得了恶性疟疾。高烧中，任何东西不能进口了，就全靠延安小米稀饭度命的。当年，我仗着小米，战胜了病魔。延安革命人民，在党的领导下，不是仗着小米加步枪，击败了美械装备的中国反革命武装吗！

小米加步枪的延安精神，永远鼓舞我们战胜一切困难；周总理、董老对中国反动统治区进步文化工作者的教育和关切，是我终生难忘的。今天，我们在粉碎了“四人帮”篡党夺权的反革命阴谋之后，全国人民在党的领导下，正在发扬着小米加步枪的延安精神，建设我们伟大的社会主义祖国。我想起这些往事，心情激动，对未来充满了无比的信心。胜利是属于我们的，明天是属于我们的。

原载《人民日报》1977年3月13日

仰望国旗

——写在新中国成立60周年之际

贺捷生

每当走过天安门，看到广场上那面迎风飘展的五星红旗，我都有一种抑制不住的激动，都要深情地仰望，就像远归的游子看见久别的亲爱的母亲。一逢重大节日，电视上总要播出这样的画面：国旗班的战士们迈着整齐的步伐，排着整齐的队列，护拥着国旗来到广场上的升旗台，然后升旗兵将那面鲜艳的五星红旗“唰”地展开，于是国旗伴着国歌的乐曲冉冉升起时，我的双眼时常伴有晶莹的泪花。

同样，不论是在联合国总部大楼前，还是奥运会赛场上，在中国人出席的所有国际场合，但凡看到那面闪耀着五星的旗帜高高飘扬，我的胸中总伴有一种热血沸腾的自豪和荣耀。

国旗，那是国家的象征，是我们国民精神的图腾啊！

在孩子们的歌声里，对于国旗，常常是这样表述的：“五星红旗，她是用烈士的鲜血染成的。”对孩子们来说，那毕竟是老师为他们讲述的年代久远的故事。在文学作品中，国旗也常常用多种诗一样的语言来描写，然而，当年用生命和鲜血为五星红旗着色的先辈，对今天的作家来说，也只是从书本上读来的遥远的历史。作为一个老兵，我从上世纪30年代一路走来，经历过战争年代的风风雨雨，见证了新旧两个社会的沧桑之变，对于国旗，我有一种深切的别样感受，在我看来，它是几代人为之抛头颅洒热血赢来的国家荣誉，是一种理想和精神。那些常被娃娃们用稚嫩的童声诵唱和赞美的英雄与烈士，在我的眼里，他们是一个又一个有血有肉有名有姓的具体的人。所以，每当我看到国旗，就像看到一队又一队傲然挺胸的英烈们向我们迎面走来。从国旗鲜红的颜色里，我看到的是千千万万烈士的英勇壮举，读到的是先辈们理想精神的光芒。

我第一次看见五星红旗，是在新中国成立之际的天安门广场上。

那天，我正在北京治病，因为和当时的政务院秘书长齐燕铭同志比较熟悉，所以被特殊“照顾”在广场上观看国庆阅兵。自然，这是人生的一大幸事，也是许多南征北战的战士梦寐以求的事。我也经历了长征，能和那些从炮火中走来的英雄们一起见证新中国成立的庄严庆典，是一生的莫大荣耀！

那时的天安门广场没有今天这样气派豪华，那时的广场四周没有今天这么多庄严的建筑，那时人们的服装也不像今天这样艳丽多彩。然而，那面第一次飘展在天安门广场上的鲜艳旗帜，却给我留下了终生难忘的记忆。当毛主席按动电钮，将这面旗帜升起时，天安门广场顿时变成了一片欢腾的海洋。正是这面旗帜，让 960 万平方公里的土地撒满欢乐的歌声；也正是这面旗帜，牵出了亿万中华儿女的喜悦泪水。一面旗帜，标志着一个古老而伟大的民族，从此屹立于世界的东方。一面旗帜，吸引了全世界关注的目光。一面旗帜，开启了中国历史的新纪元！

也是那天的焰火晚会上，作为孩子，我挤进了父亲贺龙去天安门观看焰火的车，上了天安门城楼。那天晚上，是新中国成立的第一个焰火晚会，等待观看焰火的党和国家领导人毛泽东、刘少奇、周恩来、朱德以及几乎所有的开国元勋们，都在城楼上围席而坐，一边喝茶，一边谈笑风生。记得父亲特意把我带到毛泽东主席面前，说：“主席啊，这就是您在延安亲自关心过的我的那个娃娃。”毛主席用一双大手亲切地把我揽在面前，幽默而风趣地摸着我的脑袋说：“哎呀，我们的大英雄回来了！都长成一个大姑娘了嘛！”

我知道，这是毛主席的一句玩笑话。毛主席称我为“大英雄”，缘于十几年前的一件往事：1937 年还在延安时，有一天母亲有事去见毛主席，因我太小没人照看，也被一起带了去。当时延安上上下下都知道我是在父辈的怀抱里走完万里长征的，所以毛主席一见我，就摸着我的脸蛋开玩笑说：“你可是咱们红军的大英雄啊！”母亲拍着我的后背回答：“什么大英雄啊，是一个想甩也甩不掉的包袱啊。”没想到，十几年过去了，毛主席还如此清晰地记得他在延安时叫我的小绰号。我没有忘记，那天晚上，毛主席用一双父辈温暖的大手拉着我的小手说了好多，尽管他湖南话很重，但有几句话却让我永远铭记：“孩子，这些年你受了不少苦啊！现在回来了，回来就好了，你看咱们新中国成立了！人民已经当家做主了，国家今后就要靠你们这些娃娃来建设啊！你们现在啊，就是要好好读书，多学知识，长大了好为咱们新中国争光，也为咱们的国旗争光啊！”说着，毛主席用手指了指那面在国庆之夜的灯火中迎风飘扬的旗帜。此刻，五星红旗在灿烂灯火的映照下，像夜空中一朵最艳的红花。

为国旗争光，或许是毛主席作为父辈不经意间的一句话，却让我永久地记在了心里，成为青年时代我的一个人生路标，鼓励着我发愤努力，独立自强，在人生的道路上不懈进取。这句话，也常常引发我的另一种情感，那便是对无数为了这面旗帜而献身的先辈们的缅怀和追忆，为了这面旗帜，他们倾洒了热血，献出了生命。比起千千万万先烈来，我们是幸运的，无论怎样，我们毕竟见证了新中国的成立，看到了由五颗金黄色的图案组成的五星红旗，而那些为创建新中国，为争取民族独立和人民自由解放而英勇献身的先驱们，他们甚至连国旗是什么颜色、什么图案也不曾知道，他们先后牺牲在为了这面旗帜而奋战的征程中。在他们的憧憬里，他们只知道，那肯定会是一面十分鲜艳的旗帜，因为她代表的是人类最崇高最伟大的理想。记得上世纪 60 年代，每次看到歌剧《江姐》中，江姐和难友们为庆祝新中国成立，在敌人监狱里苦心构想国旗颜色和图案时，我都特别激动。我知道，他们牺牲在新中国黎明的前夜，与他们英勇就义的枪声相伴的，是远方的北京传来的新中国成立的礼炮声。在已经见到曙光的时刻，他们慷慨就义却义无反顾，在他们的心中，永远飘扬着他们至死都憧憬着的那面旗帜，他们在狱中设计的那面今天看来并不怎么规范的旗帜，又何尝不是共和国五星红旗的雏形呢！

就在不久前，新中国成立 60 周年前夕这样一个举国同庆的日子，我再无法抑制对于为了创建新中国而献出生命的英烈们的怀念之情，于是不顾自己 74 岁的高龄，冒着酷暑炎热回到了我的故乡湖南桑植县。这是一片烈士鲜血浸染过的土地，更是一片英雄的土地，在中国革命的各个历史时期，都有成千上万的桑植儿女上了前线，从土地革命到全国解放，有 6 万多桑植儿女牺牲在战场上。在故乡的那些日子里，我重访了一个又一个英雄的牺牲地，凭吊了一座又一座烈士陵园，站在桑植县那座刻有烈士英名的最大的纪念碑前，我久久地没有离去。这座纪念碑，是刻有桑植烈士英名最全的烈士碑，但即使如此，还有许多烈士未能留名，因为他们在牺牲时甚至连名字也未曾留下。烈士们的遗骨，遍布在祖国的山山水水间，如今在故乡的土地上，他们什么也没有留下，有的只留下了刻在石碑上的名字。桑植的孩子们，在课堂上念着他们的名字，听着他们的事迹时，离他们似乎已十分遥远。只有当面对这座昂天耸立的纪念碑时，他们，还有我们，才能感受到在这片秀丽的山水间，曾经走出过那么多气壮山河的英雄，才能感受到他们英魂的存在。

循着那些字体只有蚕豆大小的密密麻麻的名单，一路找下去，我突然发现，在这串长长的名单中，有我的父兄长辈，有我的至爱亲朋，有我的少时发小，但更多的，是那些跟着贺龙离别故土的普通士兵。为了一面他们憧憬中的理想旗帜，他们先后牺牲在争取民族独立和人民自由解放的各个战场上。站在碑前，我浮想联翩，我想有一天，在全国所有的烈士纪念碑前，都该竖起一根旗杆，升起一面国旗，让这些为理想和正义而献身的英雄们，每天都能看着他们用青春和生命织就的旗帜在面前冉冉升起。

循着这个长长的石刻的名单，我慢慢寻找，找到了我的叔叔贺文掌，大革命年代，他因参加武装斗争被敌人逮捕，敌人要父亲贺龙送 5 万大洋便可放人，送信人遭到我父亲的怒斥，敌人随即将我 15 岁的叔叔放在笼屉里活活蒸死。循着名单我继续寻找，找到了我的姑姑贺满姑，这是一个闻名湘西的双枪女英雄，1928 年桑植起义后，在当年 5 月的一次作战中，姑姑被敌人包围，弹尽粮绝时，她和她的二子一女同时被捕，敌人对这样一个年仅 30 岁的女红军用了极刑，姑姑在五马分尸的惨烈手段下英勇就义，至死顽强不屈！循着名单，我又找到了我的大姑贺英（电影《洪湖赤卫队》中韩英的原型）、二姑贺五妹，她俩牺牲在同一次战斗中，她们的牺牲同样英勇悲壮。我已经无法再卒读这串长长的名单，也无法再回望那些悲壮的细节，此刻，泪水已经模糊了我的双眼，他们牺牲之惨烈，敌人使用手段之残忍，即使像我这样上了年纪的老人，也需要承受心灵的巨大震颤。

上世纪 60 年代，记得父亲和我谈起我们家庭在战争年代牺牲的宗室亲朋时曾说，从北伐战争到全国解放，我们贺氏家族连同沾亲带故的亲戚，可能有一两千人，将来有一天，应该给这些烈士编一本名册，好让后人记住他们。5 年前，我和我的女儿贺来毅决心完成父亲的这一心愿，女儿走遍了湘西，又访问了全国许多地方，终于整理出一部题为《永远的祭奠》的贺氏宗亲英烈名单。我们发现，从大革命到新中国成立前夕，贺氏家族及其沾亲带故的亲戚们，英勇献身的烈士多达 2050 人，这还是一个至今看来仍有遗漏的数字！我们是含着眼泪把它整理成书的，每一位烈士，都有一个感人肺腑的故事！为了表达对先辈的崇敬和祭奠，我的女儿不要国家一分钱，自费将其出版，在她看来，若非如此便无法表达对先辈的缅怀之情。我们特意用五星红旗作为这部精装图书的外封，庄严典雅之外，更代表着我们这些后辈对英烈先辈的深情祭奠。那是一面他们未曾看到的旗帜，那又是他们用鲜血染红的旗帜，那面旗帜里，织进了他们对未来的无限向往，织进了他们对祖国和人民的无比忠诚。我想：如今我们的事业强大了，我们的国家发展了，但切切不可忘记这些开国的英烈们。正是他们的牺牲和付出，才换来了我们的今天。我突然想到，当我们对那面飘扬的五星红旗行注目礼时，那也是对一代先贤的最崇高的敬意，那是在对历史作深情回望啊。

仰望国旗，我们是在仰望一种精神。我们的民族之所以生生不息，百折不挠，就在于有一种精神，这种精神，便是对自由平等和世间一切美好事物的渴望。

仰望国旗，就是在仰望先辈英烈。我们这个民族之所以能屡屡战胜无数的内忧外患，一步一步走向辉煌，就在于我们的民族历来都有一批高扬理想旗帜的志士仁人，他们舍生忘死，为人民利益甘洒热血，他们在一脉相承地传递着我们民族的伟大精神。

仰望国旗，就是在仰望未来。未来是美好的，一切美好的事物，都需要我们去为之努力奋斗，无论是一个人对事业理想的追求，还是一个民族对实现伟大复兴的期待，都概莫能外。

仰望国旗，每一个中国人，都会感到肩上的使命和责任。在国庆 60 周年之际，让我们每一个中国人，面对国旗，再一次表示最最深情的仰望。

本文作者为贺龙元帅之女

有感于《总司令换房子》

柯　岩

2006年朱德元帅诞辰120周年之际，四川仪陇县金城山岩石上，镌刻出一个巨大的“德”字，字高、字宽各为20多米，面积达460平方米。高耸于悬壁之上的“德”真可谓是德高望重。

抗日战争时期，朱总司令一次率领部队在太行山一个小山村宿营，警卫员给他号了一间正房。朱总命令立即换房。面对警卫员的不解，朱总说：“当地民俗：正房是长辈住的，而我们是人民子弟兵呀！”

不了解历史的人，特别是今天讲究享受的人们，很可能以为他未免矫情，一个总司令，又不是小官，住间正房怎么了？别说正房也只不过是间破瓦屋，就是宾馆，下了五星级，还认为你小看人哩！

殊不知，恰恰因为永远把自己定位于公仆，从不敢僭越，才如鱼得水似的得到了人民忘死舍生的支持，赶走了日本鬼子，打赢了三大战役，建立了新中国；而今天，恰恰是因为有些干部作风很坏，伤了人民的心，才流传出各种各样的顺口溜和讽刺故事。

我曾经有过一次刻骨铭心的经历：那是几年前，我正在阜外住院等待手术，因为多年的职业习惯，总喜欢往群众里扎堆儿。一次晚饭后散步，看见许多工人正坐在院里条凳上高谈阔论，就凑了过去，没想到其中一个青年瞪着我高声叫道：“别说了，没看见来了干部吗？”多年来，我一直和劳动人民关系很好，从没受过这个，不觉一愣，但毕竟做过多年的群众工作，就笑了一笑说：“说得这么热闹？多一个听众不更好吗？”那青年工人仍怀着敌意盯着我，冷冷地说道：“我们正骂共产党呢，你爱听吗？”就是当头一棒迎面打来，也不会比这更令我难过了，但所有在场的人也都斜着眼看我，居然没一个人帮我解围，这也是我完全没想到的。只得实话实说道：“我当然不爱听，这对于我，甚至是很痛苦的事。但是这些年许多干部作风不好，再不听听你们的意见，让你们出出气，党还怎么联系群众呢？”

我的回答大概是他没想到的，他又盯着我看了一会儿，慢慢说道：“嗯，你——还行。你退了吧？”我赶紧说：“退了，退了。”他这才往一边挪了挪屁股，给我腾出了一块地方，让我坐下之后又说：“可说好了啊，我们不打听你是谁，你也不许去病房找我和查我们的姓名，能做到吗？”我郑重地回答说：“我保证。”所有的人都松了口气。

那天我们谈得是何等的好啊！其实他们并不是骂共产党，他们只是骂那些贪官污吏，骂官僚主义，骂对群众漠不关心、高高在上……我从他们那里听到了多少老一代工人的困惑和心灵痛苦，又得知了多少下岗工人的辛酸和生活困境啊！当时，我们都落了泪。最后他说：“我给您讲个贼的故事吧！不知您听没听说过。有那么一个市，有那么一个贼去偷他们市长，可进去一看，到处都是钱，打开保险柜，里边花花绿绿的。什么美金呀、英镑呀、法郎呀、马克呀、比索呀，简直是比银行还银行！吓得这贼直要尿裤子，一进洗手间，更了不得了！满屋子，金碧辉煌，所有的水龙头、把手都是真金的。这贼只叫得一声妈，扭头就跑，一直跑到派出所还哆哆嗦嗦地说不清话呢：‘……我自首，我投案，可我是个小贼……我可没敢偷他，我可不敢偷他，赶明儿他一犯事儿，我还不得跟着掉脑袋！’您说这干部都这样，还有老百姓的活路吗？”

我说：“干部哪能都这样？”看着他拧起了眉头，我赶紧说：“我也给你讲个贼的故事，好吗？有这么一个管了多半辈子人事的干部，有一天，他们家也来了贼，你想这管人事的干部，升降调转都得打他那儿过，他家可该富得流油吧？”这青年应声道：“那是！”我说：“可这贼在他家找了一溜够，最后只找到一个还看得起眼的小半导体，贼一生气，给他留了个条儿，上写道：你真傻，你真笨！……害我白跑一趟……落款署名黑蜘蛛。”

年轻人不信，道：“真的？”

我说：“真的。”

他问：“您这是从哪儿听说的？”

我说：“这事就发生在我们大院里，是居委会召集我们全院开会传达的，叫我们大家要小心门户，提高警惕……”

他沉默了片刻，又和同伴交换了一下眼色，才迟迟疑疑地问：“这人是哪一级的干部？”

“部级干部。”

“是退下来的老干部吧？”

我又是只能实话实说，道：“是。”

他这才点了头。

之后，我们又在院子里见过几次，但再也没机会深谈了。我是多么想能再和他倾心交谈啊！可我允诺过不去找他的，我只能躺在病床上独自咀嚼苦果。那些天，多少革命前辈和红小鬼的英雄形象，他们的慷慨悲歌，他们的衣单被薄，他们信仰的光辉，他们的喜、怒、哀、乐……白天伴着我的泪水，夜里伴着梦里的硝烟炮火，监狱牢房……当然，也伴着这些年流行的顺口溜和各种传说，互相缠绕，时空交错……

忽然一天，护士长进来说：“有一个人来找你，说是你的朋友，可又不知道你的名字。”我说：“那你怎么知道是找我的？”护士长掩口笑道：“他说，找你们那儿的小老太太。我们这儿现在又只有你这么一个女同志——”我立即知道是他了，嗖地坐起来说：“快请他进来！”

护士长说：“他不肯呀，他说叫你出去。”

我下床趿了鞋就往外跑，护士长在后边一迭连声叫道：“慢着，慢着——”

病区门旁站着的果然是他，已经脱下了病号服。哦，他好了，要走了，我心里十分不舍；可他居然肯来和我告别，我心里一下子又好温暖！正笑着想说些祝贺他出院之类的话呢，没想他却不笑，皱着眉十分严肃地对我说：“我马上要走了，昨天夜里翻来覆去睡不着，想想事儿都处理完了呀……这才明白是为了你——”他又改口称我为你了。

“我？！”

“你。你跟我们说了瞎话，你还没退呢，要不不能还让你住这个病区。”他又那样定定地直看进我的眼里，并不要我解释，又急急地往下说道：“我就是来告诉你，没退你可赶快退了。要不然再来一次‘文化大革命’，你可就活不出来了——”

我的心猛烈地跳了起来，一把拉住他说：“怎么会？别、别，千万可别——”

“你以为我们还会像我爹妈他们那样死保你们吗？”

看着他眼里冷冷的光，我死死拉着他不放手，也急急地说：“你对我说的是掏心窝子的话。我也对你说掏心窝子的话。咱们国家这么大，可千万不能乱哪！再说你不是不想让我挨斗不想让我死吗？其实，比我好的干部多着呢——咱们不争论，先不争论——我知道你们恨透了贪官污吏，可一乱起来，七斗八斗，肯定会误伤好人，再说贪官污吏也不是打打斗斗就会认罪的；他们招儿多了去了，要靠揭发、检举、证据、法律……何况，社会大乱，最后受害最深的还是老百姓。你还年轻，不信回去问问老人，读读历史——"

他的眼光犹疑起来："你容我想想……"

"好好想想。"我说，"还请你回去也告诉你那些伙伴们，咱们是社会主义国家呀！一定要以法治国——"可他已经不再听我说的是什么了，挣开我的手，急急地转身走了。

望着他的背影，泪水像断线的珍珠一样扑簌簌地落了下来。我们有着多么好的人民啊！他们疾恶如仇，心地又那样善良，我和他萍水相逢，只不过和他说了几句知心话，他就居然能为我的生死安危睡不着觉。我们这些自称公仆的人，有什么权利不尊重他们，不好好地为他们服务呢？要是我们再不关心他们的疾苦，高高在上，甚至老要占他们的"上房"——我们可成了什么人呢？！

总司令呀，总司令！你们曾留给了我们多少不占"上房"的故事啊！可这些年怎么就老有人借口"观念更新""与时俱进"，明里暗里地搅和着不许讲呢？！这到底是为了什么和为了谁呀？！

选自《与史同在》，华夏出版社 2011 年版

生命之歌

秦兆阳

1949年4月的某一天，我坐在装满了背包和文件箱的大卡车上，连夜从石家庄向北京城急驶而来，黎明时分来到了卢沟桥头。卢沟桥啊卢沟桥，你是中华民族的骄傲。若干年前，中国共产党所促成所领导的全民族抗战，就是从这里开始爆发的，从此中国革命就走上了一个新的历史阶段。经过了多年的战争生活以后，今天突然看见这座美丽的大桥，同行的战友们怎么能不欢呼？几辆卡车同时停了下来。大家走上了石桥，抚摸着石栏，俯视着河水，眼泪擦不干，嘴巴合不拢，那心情，真是难以描述啊！

桥旁边有个白石亭子，四根石柱，一块石碑，碑上刻着“卢沟晓月”四个大字。在熹微的晨光之下，我看见石碑上有用粉笔写的一首律诗，不写年月，没有署名，但字迹清楚，把我想说而又说不出来的心情说出了一部分，使我深受感动，反复念了几遍，所以至今还记得十分清楚：

卢沟映晓月，
银桥似铺雪。
战马嘶长风，
晨光照车辙。
千军齐拍手，
共话心头热。
凯歌动地来，
人间换春色。

可以想象得到，一定是一位经过了10年20年南征北战的老战士写下来的。

当时，汽车继续迎着晨晖向北京城飞驰，我心如潮涌，思绪万端，不觉想起了1943年在冀中“平、津、保”三角地带的地道里一位军事指挥员告诉我的一个故事，是1937年8月下旬他所经历的一段故事：当时，北京城外的南苑、西苑、卢沟桥等地的战火已经停息了，国民党宋哲元的29军已经撤走了，北京（当时叫北平）成了一座空城，一群大小汉奸们正在准备粉墨登场。讲故事的这位同志当时是个参加救亡活动的穷学生，因故直到这时才跟几位爱国青年一起离开北京回冀中平原老家去准备扛枪杆子。不料，走近西直门时，忽然听见前面传来一种奇怪的音乐声，接着就看见从西直门的城门洞里走进来一群马队，八匹马一排，马上坐着手举太阳旗、背着枪的日本兵，和着音乐拍子，高视阔步地向城里走来。闪亮的刺刀和钢盔，黄铜纽扣和红色的领章，凶恶的面孔和眼睛。这几位青年和街上的行人，像看见了妖怪，碰见了瘟疫，飞跑进街道两边的胡同里去。多少泪水流湿了脸颊！多少中国人的心，在紧缩，在燃烧，在震颤，在绞痛！乐队震耳欲聋的声音过去了，坦克和汽车的轰鸣声过去了，整齐而又急促的皮鞋脚步声过去了，然后是死一样的沉寂，痛苦而又紧张的沉寂，好像整个世界都突然停止了呼吸。这几位青年从胡同里一个卖豆浆的小铺子里走出来。炽热的太阳把宽大的柏油马路晒软了，路面上留下了很深的坦克履带印、汽车胶轮印和带钉子的皮鞋印。几位青年都弯下腰去，用含泪的眼睛看着这些印迹，用颤抖的手摸着这些耻辱的印迹，“摸在手上，记在心里！记在心里！”不知是谁，哽咽着说出了这样的话。然后，大家挺起胸，昂着头，大踏步走出了城门，又回头看了看那巍峨的城门楼，然后咬紧牙关，流着眼泪，向前走去。走近永定河边时，这位讲故事的同志在心里写下了一首诗——一首永远写在心坎上的诗：

祖国啊，
你的痛苦，
你的愤怒，
凝结在我的心头！
从此我走上了革命的征途，
誓用火热的鲜血，
染红你的泥土！

年轻的朋友们啊，想一想吧，想一想吧：我们亲爱的祖国，从忧患走向胜利，从耻辱走向光荣，经历过多么艰难的路程啊！有多少优秀儿女，为了新中国的诞生，历尽了多少艰辛，贡献了多少生命！也许，这位在卢沟桥头题诗的老战士，就是当年把祖国的痛苦和愤怒凝结在自己心头的青年人吧？我知道，在漫长的战争的年代里。他确实是用自己的鲜红的热血，不只一次地染红过祖国芳香的泥土。我还看见，当他忍受伤痛的时候，不住地对着前来慰问的人民群众，露出无限幸福的笑容！

请想一想吧：为什么曾经有那么多热血青年，对祖国，对革命，有如此深厚的感情？为什么比对自己的母亲还亲？假如一个人没有扩大了的爱情，假如没有对祖国、对人民、对革命的血肉难分的感情，那就好像是没有了灵魂；生命，就变成了枯槁的浮萍；生活，就失去了色调，失去了旋律，失去了意义，失去了重心；即使用个人主义的欢乐来麻醉自己，在那所谓的“欢乐”的背后，隐藏着多么可怕的空虚的阴影！

要警惕，庸俗的意识，向你调情，害你一生！

要知道，那种扩大了的、对祖国和人民的爱情，是一种最宝贵的权利，胜过黄金，胜过生命。平常情况下你不会觉得，在失去了以后，你才知道，苦闷，是多么深沉！

伟大的、辉耀千古的五四运动，那千百万激情似火的群众，难道不正是为了争取这种权利，迸发出如火如荼的行动，情愿牺牲自己的生命吗？

生命啊，应该是，像火焰一样燃烧，像热血一样涌动，像战鼓一样激越！

生命啊，应该投进祖国各项事业的脉管里去，变成革命的新鲜血液，去克服那些陈腐的污秽，去加强历史的生生不已的活力！

年轻的朋友们，想一想吧，在那过去的革命高潮的年代里，有多少人奔赴延安，奔赴战场，投向革命。于是，革命的生命力无限旺盛；于是，战胜了强大的敌人；于是，赢得了祖国的新生。

珍惜这权利吧！珍惜青春吧！请听，在祖国广大的国土上，到处都在等待着我们。用我们心的弦索，演奏出战斗的旋律吧！

聆听烈士的声音

吕　雷

献上 21 世纪花篮

在山路上行走，每一步都沉重，我听到自己的心跳。

借着到重庆开会的空隙，我和高洪波等朋友提着花篮，穿过歌乐山熙熙攘攘的人群。身旁的孩子们欢快喧闹地奔跑追逐，兴奋地享受着春光无限的郊游，我们却无言地走向那片鲜血浸透之地。

精致、芬芳的花篮系着红色的绸带，是我从几千里之外的广州带来的，临行前，87 岁高龄的老父亲，颤颤巍巍地在绸带上写上了五位战友的名字，且一再叮嘱我：一定要系在花篮上，敬献在烈士的遗像前。作家李兰妮得知我父亲的这个愿望，便张罗人手给我拍照，好让我行动不便的老父亲能看到献花的过程，作家邓刚、黄尧、何立伟立马响应，个个拿着相机跟着我，俨然是专业的摄影记者。

在渣滓洞的一面墙壁上，密密麻麻陈列着烈士的遗照，我终于找到了他们的名字：齐亮、马秀英、胡有猷、杨翱、陈诗伯。他们是那样年轻，俊朗帅气，面带阳光的微笑，看得出来，他们都受过良好的教育，个个年龄都不到 30 岁。当年，他们有的是父亲单线联系的上级，有的是朋友、同学，然而，在共和国已经诞生后的那一个血色黎明时分，他们却倒在一片血泊之中，没有看到梦寐以求的重庆解放……

我向烈士们的遗像低下头，虔诚地献上花篮，我又仿佛听到了自己的心跳——

我是烈士的生命换来的

1947年，重庆乌云压城，腥风血雨。我出生在民建中学的猪圈旁边，那年是猪年，属猪的我冥冥中开始接受磨难。因为是早产，生下来后我不会哭，连吸奶的力气也没有，接生婆抱过一看，皱皱眉头说，这个娃儿怕喂不活。可我活下来了，民建是地下党办的学校，于是我有许多“干爹”“干妈”，母亲没有奶水，“干妈”就弄来奶粉，调开了用棉花蘸湿挤进我的小嘴里。6个月后，我被寄养在农村一个佃户老婆婆屋里，父母有时来看我，见我躺在灶台边的禾草堆上，苍蝇嗡嗡嗡地围着我飞舞，老婆婆熬好了米糊，用手指抠起一点一点抹进我嘴巴里，就这样把我养到一岁，当时谁也不知，老婆婆的东家有个肺痨病人，不满一岁的我感染了肺结核。

1948年，重庆地下党组织遭遇灭顶之灾。作为乡建学院地下党组织负责人的父亲懵然不知，到了约定时间，未见学运特支书记胡有猷来接头，又较长时间未见地下传递的《挺进报》，预感到巨大的危险在逼近，只好启动紧急程序，到北碚“接头”，并由我母亲在后面远远跟着，一旦发现不测立即回去报讯。就在北碚一座石桥桥墩旁，父亲与一个穿长袍的青年对上了暗号，细一打量，发现他竟是化了装的重庆北区书记齐亮，他在重庆《新华日报》工作时，父亲和他有过联系。齐亮机警而冷静，却低声说出了晴天霹雳的几句话：“有人叛变，摊子被搞烂了，胡有猷被捕了，情况非常严峻。你回去马上把已经‘红’了的人，不管是党员还是外围六一社员，尽量撤离重庆，回家隐蔽、分散下乡，都行。你家在香港，你最后走，如有实在没地方去的人，得把他们带到香港去。你要准备好！什么时候走，等通知。”说完他们紧紧地握了手，齐亮旋即匆匆离去。

父亲回校后马上安排党员和外围积极分子撤离到上海、武汉、云南以及四川各地，自己也在焦急地等待最后的通知。一天清晨，风尘仆仆的齐亮突然来找父亲，紧急通知：立即带着找不到隐蔽地方的同志撤到香港去！分手时他紧紧和父亲拥抱，并深情地说：“恐怕今后很难再见面了，望多多保重！”然后又一转身飘然而去。

老父亲每每向我追述那一时刻，都令我怦然心动，思绪难平！那真是个千钧一发的生死关头，是考验一个人的信仰有多真诚的严酷时刻——60多年后，我已经无法探究那个清晨时分，齐亮伯伯在通往歇马场乡建学院小路上疾走如飞时会想些什么？我只知道，往前走，他可能挽救党的一个基层组织和一批进步青年，成为救出几十条生命的天使、英雄；也有可能身涉险境，一步跨入牢笼，因为整个组织已经破坏了，乡建学院的地下组织是由条块结合组成的，任何一个环节出问题，他的舍命奔走都有可能成为自投罗网。而如果退回去，他可以有更多时间自保，更有机会逃出虎口，他深知自己已是敌人重点追捕的目标，每一分钟都会有被捕的危险，先摆脱追捕，隐蔽自己也似乎无可厚非。可是，他义无反顾地做出抉择：逐一通知别人先撤离，把生的希望先给同志，死的危险留给自己。信仰！党性！在那清晨的疾走中发挥到了极致！

我凝视着齐亮的遗照，他向我微笑。我又隐约听见自己的心跳。

如果不是眼前这个微笑着的人冒死在那个清晨中奋然前行，我的心跳可能早在62年前的某个时刻戛然而止，因为我会是另一个“监狱之花”“小萝卜头”。而就是他，让我的心脏一直跳到长大成人，结婚生子，从青年变成中年，成为新中国的一名作家……

当年父亲与齐亮分手后，马上到老婆婆家里接走我，按原预设方案，没有暴露的母亲留下继续坚持斗争，父亲和一男一女两个党员同志带我坐船撤到香港。同行的女同志充当我的母亲，不料，发着低烧的我死不认这个“妈”，拼命啼哭，同船的旅客纷纷投来诧异的目光，有人问：这娃儿怪咧！咋不肯跟妈？父亲尴尬地“解释”：孩子妈一直在乡下教书，我在城里做事，带孩子方便些，所以孩子只认我，跟妈反而生分了。江轮每停靠一个码头，都有军警特务上船盘查，父亲见我们这引人注目的“一家三口”破绽太大，临时改变了计划，在宜昌下船，从陆路经武汉南下广州、香港。后来我们与转移到香港的南方局领导钱瑛大姐接上头，这时父亲才知道：无耻叛变了的重庆市委书记刘国定竟带特务飞到上海搜捕钱瑛同志，并在码头上拦截从重庆撤离的地下党员，正是父亲决定在宜昌下船这一随机应变，让我们又逃过一劫。我奶奶在香港的家，是“东纵”的地下联络站，不久，我母亲也回到香港，一家人总算团聚了。广州解放后，父母先后奉调回到广州，在党的怀抱里，我治好了重病。但不久收到噩耗：我们的救命恩人齐亮和他的爱人马秀英同志（她是著名作家马识途的堂妹，是在他的引导下参加革命的），在转移隐蔽到成都以后，被时任重庆市委副书记的叛徒冉益智出卖，双双英勇牺牲在渣滓洞里。胡有猷、杨翱、陈诗伯也惨被屠杀，为信仰献出了宝贵的青春和生命。

信仰的光辉永恒

由于高层领导的叛变和出卖，重庆地下党员和进步青年遭受逮捕和屠杀的达数百之众，有个别侥幸者逃过严酷的追捕，日后也难免蒙受不白之冤。潜伏在敌人内部的程途同志，就是典型的一例：他早在抗战从事“民先”活动时就与父亲相识并成为好友，但彼此间并不知道对方的真实身份，其实他当时是我党重庆地下电台的特支书记，著名的《挺进报》消息来源，就是成善谋同志和他用电台收录后秘密递交陈然烈士而编辑成报的。党组织被破坏时，程途和成善谋同时被大叛徒刘国定出卖。那天，他正好与成善谋约好接头，远远看见一群特务围住成善谋，为首的逼问："说，程途在哪里？"成善谋睚眦俱裂大呼："我就是程途！"成善谋烈士用顶天立地的一声呐喊，践行了自己至死不渝的信仰，以自己的生命换取了战友的安全。

程途得以脱险。解放后，他在重庆市公安局任职，不料，在肃反中，因他在敌特机关潜伏过而且上线同志牺牲，无人证明其清白，不幸蒙冤受屈，被打成历史反革命，关押至新疆劳改。程途伯伯虽然身处逆境，但信仰不泯，忠心不改，后来他获平反昭雪后，担任了重庆市纪委常委。

1982年他病重时，父亲和我到重庆医院探望他。他依然双目炯炯，握着我的手一再叮嘱："信仰，不要迷失信仰……"他说出一段在新疆劳改时的传奇，把我感动得潸然泪下——

那是新疆一个大雪纷飞的冬天，他们被押到野外劳动。一个囚犯触怒了看守队长，队长竟当众扒下那人的棉衣来惩罚他。程途伯伯向来好打抱不平，冲上前去论理：这么冷的天，你扒了棉衣不是要冻死他吗？这样干还叫共产党？队长大怒，命令把程途的棉衣也扒掉。程途伯伯光着身子昂首挺立在雪地里，全队囚犯一下子全跪倒地上为他求情，那队长更恼羞成怒，越发一意孤行。就在这时，远处驰来一辆吉普车，见路边跪着一大片人，一位清瘦冷峻的老军人连忙下车，一问缘由，老军人双目圆睁，喝令该队长也脱掉棉衣站在雪地里，并怒斥："他们也是人！你光身挨冻试试！冻死你这王八蛋！"程途伯伯得救了，事后，他才知道，那正气凛然地挽救他的老军人，正是鼎鼎大名的王震将军！

信仰的光辉，不仅闪耀在战场、刑场、生离死别的瞬间，也闪耀在突如其来的灾难中、人生蒙冤受屈之时，更闪烁在默默无闻、隐姓埋名的埋头苦干之中。

2003年非典疫情震惊全球，我到第一线采访写作，发表了有关钟南山院士的报告文学，香港报纸也转载了。香港爱国工会邀请我去香港给工会会员们作一场内地抗击非典的报告，会场上，我看见一大群白发苍苍的老人，他们都是工会的老骨干。意外地，我见到了我的"干妈"——当年与我父亲假扮夫妻把我从重庆带到香港的那位女同志。尽管当年我在船上不认她这个"妈"，但长大后我一直叫她干妈，那年她已经80岁了，她竟带着助听器、笔记本来听我的"报告"，把我感动得鼻子发酸，眼睛发潮。60多年来，高官厚禄、级别待遇始终与她无缘，尽管她的“辈分”比起公开在港工作的许多高级干部“高”出许多倍，她却在香港一直只担任一个基层工会的秘书，几十年如一日，勤勤恳恳、任劳任怨地为工人服务到2008年溘然长逝。那天，我一接到噩耗，便代表全家赶到香港新世界殡仪馆为她守灵，看着一群群的工友、学生、街坊亲友来向她挥泪告别，我的泪水再也无法强忍，汩汩地往下流淌，流到脸上，流到心里。人说世间“不如意事常八九”，然而，对比起这位为信仰奋斗一生清苦一生，而且光荣经历几乎无人知晓的老人，我们还有什么可攀比、可抱怨的呢！

痛哉斯言！诚哉斯言！

满墙都是烈士们的遗照，他们为革命信仰、为民主自由、公平正义献出了一切，也用信仰锻造了自己高昂的头颅。此刻，这一个个高昂的头颅看着我，令我扪心自问：没有他们为信仰而血溅刑场，你不可能有幸活到今天。而今，在每天这平淡无奇的舒适安逸中，你的信仰安在？

我深深地低下头，听见自己羞愧的心跳，像阵阵忏悔。我们可以勉强承认，我们没有遗忘，我们没有背叛。可是，从少年、青年到中年，我们干过多少蠢事、傻事、荒唐事？走过多少弯路跌过多少跤子？

面对满墙英烈，我这个幸存者耳热脸红，惭愧莫名。纵然，不可能要求人人都具有英烈们舍生取义、捐躯报国的精神境界，芸芸众生中终日为生存奔波劳碌的是大多数；可是，在一个进取的社会里，能让人们心灵中信仰的绿洲变成荒漠吗？正常人的眼睛，不应该只看到乌云、阴霾、黑暗，或者只有庸碌和低俗，也应该渴求信仰的温暖和阳光。

墙上一幅“狱中八条”警醒着我，这是重庆“红岩”烈士们用血泪凝结成的警世之言。当年，重庆地下党组织在解放战争节节胜利、光明即将到来之时，突遭颠覆性破坏，大批共产党员英勇牺牲，是我党白区工作的一个巨大挫折。这一惨痛事件的最发人深省之处，是基层党员殊死抗争，坚贞不屈，为捍卫信仰虽九死而犹未悔；而高层领导却贪生怕死，一旦被捕便无耻叛变，甚至为了向敌人争功邀宠，竞相用同志的鲜血来染红自己的花翎顶戴，其崇高与卑劣判若云泥，形成触目惊心的鲜明对照。风起于青萍之末，坝崩于蝼蚁之穴，其实刘国定之流的变质早就有迹可循，他担任市委书记后，竟要主管党内经费的同志把经费借给他去做生意谋利，理所当然地遭到拒绝后，他竟罗织罪名陷害那位坚持原则的同志；在《挺进报》发送给敌特高层的问题上，他又好大喜功，盲动冒进，独断专横地压制市委内的正确意见，阳奉阴违地违反了中央“隐蔽精干，长期埋伏，积蓄力量，以待时机”的地下工作原则。由于当时非常时期干部的频繁变动，考察不严的升迁提拔，终酿成全局崩溃的惨祸。狱中党组织经过深刻反思，总结出八条历史经验和教训，小说《红岩》的作者之一罗广斌在脱险生还后饱含热泪，代表全体牺牲的战友，忠心耿耿地向党剀切陈词、秉笔直书，留下了以下令世人刻骨铭心的血泪忠告：

一、保持党组织的纯洁性，防止领导成员的腐化；

二、加强党内教育和实际斗争锻炼；

三、不要理想主义，对上级也不要迷信；

四、注意路线问题，不要从右到左；

五、切勿轻视敌人；

六、注意党员，特别是领导干部的经济、恋爱和生活作风问题；

七、严格整党整风；

八、严惩叛徒、特务。

痛哉斯言！诚哉斯言！一个执政党能够在一个世界人口第一的大国执政，诚然有千万条理由，而能够有如此坚定信仰、勇于抛头颅洒热血的千百万忠实追随者，能够有在面对死神时向党发出这样血泪忠告的党员，谁敢怀疑这不是一大理由呢？

从那黎明前的黑暗到如今，胜利的鲜花已经盛开了 61 个春秋，我们党已经执政了 61 年，我们国家的改革开放已经取得举世瞩目的辉煌成就。可是，为实现中华民族伟大复兴而向前探索的道路依然崎岖峥嵘，世界依然危机四伏、虎豹环伺。在时代波澜的阵阵淘洗中，在资本与信念的微妙复杂的博弈中，我们党的队伍中的每个人、包括身居领导岗位的同志，还能当个为信仰而勇于献身的强者吗？是信仰淡去，利益坐大，还是信仰依然坚强，头颅依然高昂，依然高高扬起信仰的风帆，穿越资本和市场的惊涛骇浪，直达公平正义的彼岸？

歌乐山那满墙用信仰锻造的高昂头颅在注视着，我似乎听到这样的呼唤：

“幸福的人们哪，对于我们的忠告和嘱托，你们做了些什么？”

原载《光明日报》2010 年 5 月 21 日

“你的信仰安在？”

马识途

光明日报《文荟》副刊主编、作家韩小蕙同志和我曾有一段文字缘，她在光明日报副刊上为我发表过几篇短文，其中有一篇就是《最后的嘱托》，说的是罗广斌同志从狱中带出来的狱中烈士给党组织的最后的“八条嘱托”。

最近，小蕙同志又给我寄来今年5月21日《光明日报·文荟副刊》，一整版刊发了著名作家吕雷同志的散文《聆听烈士的声音》，情文并茂，令我读了潸然泪下。紧接着，上海和河南的朋友也分别剪寄这篇文章给我，每次收到后我必读，复读也必令我潸然泪下，也许是我的偏好吧，好久没有读到这样叫我落泪的好文章了。

文章中谈到的曾冒着生命危险通知吕雷的父母中共地下党员吕坪、夏耘等同志紧急疏散，并使他们幸免于难的齐亮烈士和他的爱人，也就是我的妹妹马秀英烈士，他们不仅和我有亲属关系，更是我亲密的革命战友。齐亮冒险救同志，是我们地下党员义不容辞的责任，哪怕牺牲自己也要救助战友。也可说是地下党员的一种本能，是对于自己坚定不移的信仰的一种理所当然的奉献。这件事，齐亮没有告诉过我，到现在我才知道，不过齐亮做这样冒险犯难的事，屡见不鲜。

我读着吕雷的文章，面对着报纸版面上齐亮和马秀英两烈士的遗像，感慨万千！60年前的为新中国而战斗的往事，是用生命和鲜血刻印在脑子里的，历历在目，难以忘怀。正如吕雷说的，没有齐亮的冒死相救，便没有他的今天；没有烈士的英勇牺牲，便没有中国的今天。且不说“忘记过去就意味着背叛”的话，但饮水不忘凿井人，总是作为人的一种本能和良心吧。因此我想借《文荟》的一角，补充介绍一点有关齐亮和秀英烈士未为人知的事迹。

齐亮是抗战初便在南开中学入党的老党员，1941 年他和我同时考入昆明西南联大中文系。进校不久，我们接通关系，便奉命组织一个地下党支部，我任书记，他是委员之一，共同推动学校的民主进步活动。齐亮是一个特别富有磁性和亲和力的人，无论在什么场合，只要他一去，不久便成为耀眼的中心，在他周围，团结了进步的或中间状态的同学。在政治逆境中他仍然能争取被同学民主选举为学生自治会主席之一，又被选为昆明市学联主席，领导和推动学生运动。1945 年他毕业后，被派到滇南少数民族地区发动群众，准备游击战争，一年便很见成效。1946 年党的南方局调他到重庆做青年工作，他采用西南联大的工作经验，做学生进步工作颇有进展。1947 年 3 月，南方局等党的机构被国民党强迫送回延安，齐亮却设法溜了出来，继续在重庆市委领导下做党的地下工作。通知吕雷父亲撤退一事，就发生在重庆市委书记刘国定叛变，重庆党组织受到惨重破坏的时候。齐亮是刘国定的直接下级，特务千方百计要抓他，形势极端严峻和危险，正如吕雷文章中说的，他冷静沉着，“把生的希望留给同志，死的危险留给自己”，有序地撤退了许多党员和进步分子，可是他却被特务死盯上了。齐亮秀英夫妇转移到成都，特务和刘国定也跟踪到成都，开着吉普车成天满街游捕，齐亮终被刘国定在街上发现，遭到特务逮捕。

1946 年我奉调任川康特委副书记，回到成都我的家中，将此作为特委机关，隐蔽住下。我的妹妹马秀英是四川大学党的外围组织民协的成员，毕业后常回家来。不久齐亮因公从重庆出差成都，住在我家，和秀英一见如故，倾谈甚欢，秀英特别倾慕齐亮，向我提出要跟齐亮去革命，天涯海角都随他。果然不久她就去重庆找齐亮。后来她入了党，和齐亮结了婚，在他的领导下工作，重庆党组织遭破坏后，随齐亮一同避难到成都。

齐亮被捕后，从他身上搜出身份证，特务便派人按地址到他的住处逮捕秀英。后来我听掩护他们的房东安东太太说，特务看秀英只是个家属，一副无知无识的样子，因此监视并不严，安老太太让她从厨房后的厕所溜出去，秀英却不愿意，她说她不走，要和齐亮一起去死。我听说这件事后很生气，还说她若能从监狱里出来，一定要处分她，告诉她入了党后她的一切就不属于她自己，也不属于齐亮了，作为一个党员，能逃脱为什么不逃？怎么能为爱情而去牺牲呢？可惜她再也不能听到我的批评了，在监狱中她坚决斗争，最后和齐亮一同牺牲了。

齐亮入狱后表现特别英勇，据罗广斌出狱后告诉我，特务一抓到齐亮，便威胁他，给他两条路让他选：“一条路，自首出狱。一条路，枪毙！”齐亮听此话后霍地站起来就往外走，特务问他干什么，齐亮斩钉截铁地说："我选第二条路，出去执行呀！"这一下把特务都镇住了。据广斌说，齐亮后来在狱中一次也未过堂，也从未受过苦刑，因为特务知道要叫齐亮开口是白费力气。于是齐亮在狱中无所顾忌，对狱友们做工作，组织学英语，自编《支部工作纲要》，教育党员。直到解放军的炮声已经传来，特务实行大屠杀前，齐亮被单独押出，在行进中枪杀了，他的尸体被扔进镪水池里化了。

吕雷在文章中说他是烈士的生命换来的，如果没有齐亮冒死通知，他的父母难免于难，也就没有他的今天了。他十分感慨地提出一个严肃的问题，像齐亮这样的人为什么在那么严重危及自己生命的关头，却义无反顾地把生的希望留给同志，把死的危险留给自己？他悟出了"信仰、党性"的答案。他说得很好，我们这些曾经亲历那种九死一生的战斗的人，也会得出同样的答案："信仰，党性。"如果我们没有坚定的信仰和坚强的党性，在那样早上出门不知道晚上还能不能回家的日子里，恐怕连活下去的勇气也没有。我们那时普遍的信念就是八个字："相信胜利，准备牺牲。"我们坚信，革命事业是正义的事业，必有胜利的一天，也许自己看不到胜利的那一天，然而我们要怀着必死的决心，拼命进行战斗，光明必然到来。因为有坚定的信仰，我们便有智慧，因为有牺牲的决心，我们便产生勇气，有了智慧和勇气，我们便会视死如归，临危不乱，往往可以化险为夷。这就是信仰和党性的力量。吕雷作为我们下一代的后来人能和我们一样悟出真理，是了不起的，我高兴，向他致敬。但是吕雷也提出另一个严肃的问题，他大声问："你的信仰安在？"我想，他不是无的放矢吧，今天的青年同志们，有勇气大声地回答这样的问话吗？

吕雷的文章还说到《狱中八条》，我趁便补充一点关于这八条和《红岩》作者罗广斌同志尚不为人知的事。

这《狱中八条》的确是关在重庆渣滓洞监狱里的共产党员们总结了组织遭受严重破坏的教训，在牺牲前共同商定的，交由有可能出狱的罗广斌带出来交给党的。罗广斌出狱后见到我便提到此事，他写进他向党作的长篇报告中了。但是不知为什么，这报告存档后便如石沉大海？这《狱中八条》是烈士们就义前用心血写成的，他们痛定思痛，诚恳地向党进言。然而使我难以理解的是，烈士们的遗言似乎未受到重视，甚至几乎泯灭于文档中。痛心的是，如果解放后能把烈士们像预言一般的"八条嘱托"身体力行，何至于如吕雷观察现实后所言的"我们干过多少蠢事、傻事、荒唐事，走过多少弯路、跌过多少跤子"？吕雷（我相信他的父母和他一样）几乎是垂涕而道："在一个进取的社会里，能让人们信仰的绿洲变成荒漠吗？"他大声地替献出"八条嘱托"的烈士们呼喊：

"幸福的人们哪，对于我们的忠告和嘱托，你们做了些什么？"

说到《狱中八条》，我就不能不说到从狱中带出"八条"的罗广斌同志，不能不说到罗广斌解放后曾经受到不公平待遇的事，这和他后来的死也是有前因后果的。我已经96岁了，是随时听候召唤的人，我不能不把这件在心中积压了几十年的郁闷事，一吐为快。

罗广斌的确出生在一个国民党高官的家庭，他的哥哥罗广文是蒋介石嫡系的一个兵团司令，手握重兵。罗广斌从小在成都的罗公馆长大，生活优渥，不图长进。因为罗家和我们马家上辈人有通家之好，我当时在昆明西南联大学习和做党的工作，他的父亲便把罗广斌送到昆明，交我管教。我为其补习功课，后来他考入西南联大附中。由于和我住在一起，在这个"民主堡垒"里，耳濡目染，天天见我们从事进步活动，他阅读新书，参加活动，思想迅速转变，走向进步，主动要求参加党的外围组织"民青"，并成为中学的活动骨干，以至后来要跟我去农村准备游击战争。他家里来人接他回四川，我把他介绍给当时已在重庆南方局做青年工作的齐亮同志。罗广斌后来入了党，曾去秀山农村做党的工作，以后回到重庆，直到他被捕。

罗广斌的出狱经过，新中国成立后有关部门曾经反复审查过，没有问题，但是当时省市的领导对他总是怀疑而又无实证。他本是一个在青年中十分活跃的人，却不受重用，只是做一般工作，地下党的同志有意见也不敢提。以后听到未证实、恐怕永远也得不到证实的传说，说他很可能是被国民党有意放出来，另有图谋的，因此内定为"内控使用"。一个党员在这样的政治处境中如何工作和生活，可想而知。我知道他十分郁闷而无处申说，只能对我说心里话。他被下放到长寿湖渔场去打鱼，他竟研究起养鱼学来，颇有进展，对我说他终于有寄托生命、了此一生的办法了。之前他和其他出狱同志在成渝各地作狱中斗争报告，对青年影响很大。我鼓励他们根据报告从事写作，出版了《在烈火中永生》，全国发行后一下子出了名。后来在沙汀等同志的帮助下，又扩写成小说《红岩》，一时全国风行，及于日本等国，他更出名了。然而他并不感到痛快。特别是他被日本出版社邀请去日本参加首发式，却受到组织的阻止，不准他出国。他终于确知他是一个不受信任的党员了，大生怨气，只对我个人来诉苦，却不敢声张。这就酿成了"文化大革命"一来，重庆群起造市委的反时，他也参加造反，结果陷入造反派派系纠纷而被一派俘虏，虐待至死，还被传说为他是自杀的。至今他的死都没有明确结论，只说被迫害而死。一个从豪门子弟转入革命队伍，忠心耿耿干革命而且颇有才气的青年，便在莫须有的政治怀疑中毁掉了。而这样的悲剧，我们见得还少吗？

吕雷的文章中说到的有坚定信仰、却在解放后“肃反运动”中被打成历史反革命的地下党员程途同志的遭遇，也令人深思。据我所知，这样的事，发生在解放后的地下党员身上何止一二？许多信仰坚定，党性很强，因看不顺一些现象而想尽一个共产党员的责任的人，结果适逢肃反、反右派及各种名义的运动，特别是“文化大革命”运动，而横遭打击，沉冤莫辩，有的吃尽苦头，有的赍志以殁。我作为一个有七十几年党龄的原地下党领导人之一，也不敢有一词辩说，惭愧不已，这是我心中永远的痛。唯愿这样的悲剧不再重演，让先烈们追求终生的光明的中国大放光明吧！

写于 2010 年 7 月 1 日，成都寓所

原载《光明日报》2010 年 9 月 17 日

心中的军徽

金一南

在华盛顿西南群山怀抱的昆特克尔，陆战队大学研究中心主任格罗夫仔细端详我们赠送的礼品，小声发问："八一"这两个汉字是什么意思？我们解释的时候，这位退役陆战队上校竟然专门拿来一个本子，一笔一画认认真真记了满满一页，然后叫来特藏部门负责人，叮嘱将这篇说明和礼品一起放好，以便让所有参观者都知道其中的含义。在安那波利斯海军军官学院，我们又碰到一模一样的情况。所有解释都被认真记录下来，成为他们的收藏。

这的确令人印象深刻。美国军人对"八一"的含义虽然弄不清楚，但是通过交战与交往，知道这个标记不能轻视。他们尊重佩戴八一军徽的中国军人。

我知道，军人之间的尊重不会凭空产生。自 1840 年以来，近代中国没有一支军队，像中国人民解放军这样引起世界广泛关注，甚至成为他们的研究题目。这是先辈留给我们的资本。他们把自己的鲜血和生命都浇注到其中去，终使八一军徽在世界熠熠生辉。

与一支军队跋涉的万水千山相比，人的生命何其短暂。

72 年前八一南昌起义的组织者，至今已无一在世。半个世纪前在朝鲜战场上打出国威军威的猛将们，也不剩几人。八一军徽在不息的军号和嘹亮的军歌中，默默完成着生命的接力与更替。像一株参天巨树，叶片年年脱落，新芽岁岁破枝，增长着一圈又一圈坚实的年轮。

在军徽面前，每一代军人都是过客。正因来去匆匆，有些人便只求功名利禄，声色犬马。一个中国军人，如果脑中思虑的只是一己荣辱而不是祖国安宁，心中充满的只是个人欲望而不是军人的责任，他就玷污了军徽的荣誉。即使他在财富与安逸中享乐一生，也是八一军徽的不肖子孙。

我们这支军队在战火硝烟中曾经英雄辈出，战将林立。和平时期是否还能继往开来，无往不胜？回答这个疑问需要的不是理论，而是实践。半个世纪和平，人民解放军以两个感人至深的形象，对这一问题做出了回应。当群众有难、急需帮助的时候，人们首先会想起把困难留给自己、把方便让给别人的雷锋。当国家有难、强敌虎视的时候，人们首先会想起泡方便面就咸菜钻研军事学术、点半截蜡烛研究高技术战争的苏宁。

雷锋和苏宁，是中国人民解放军的杰出代表，八一军徽在他们头上闪出了夺目的光辉。他们是和平时期的军人，欢乐里人们看不见他们的身影，危难中人们却离不开他们的精神。人民解放军的血脉，通过这样优秀的军人在不息地流传。他们与八一南昌起义的英雄和朝鲜战场上的勇士一样，永远与军队同在，与军徽同在。他们的生命已经超越了时空，嵌入了军徽的辉煌之中。我军的职能，正是通过这些生动感人的形象，深深铭刻在祖国和人民心里。

世界上任何一支有战斗力的军队，都离不开军人的献身。中国人民解放军的未来，在于千千万万个雷锋和千千万万个苏宁。那些在茫茫瀚海中驻扎南沙高脚屋的海军陆战队员，在滚滚洪水前死守荆江大堤的空降兵官兵，那些长年累月巡逻于边疆大漠的边陲卫士，日日夜夜攻关于试验室、为我军新型装备呕心沥血的专家教授，虽然没有多少人知道他们的姓名，却是八一军徽不竭的力量源泉。如同一支歌中唱的那样："像那大江的流水一浪浪向前进，像那高空的长风一阵一阵吹不断"；正是一代又一代中国军人的英勇献身，才构筑起了中华人民共和国的钢铁长城。

大风起兮云飞扬……安得猛士兮守四方！21世纪迎面走来的时候，我们看到了超级霸权如何凭借武力、在世界上肆意横行的先例，也看到了一支军队失去军威、一个国家便失去国威的教训。世界风云变幻，周边风云变幻，形势在提醒我们：要保卫祖国安全，捍卫民族尊严，必须以我们的奋斗，使中国人民解放军跻身于世界强师劲旅行列。我们这一代军人享受着前辈威名的庇荫。让下一代军人也踏上我们的肩膀，该是我们的重任。

当五星红旗在国歌声中冉冉升起的时候，当阅兵方阵雷霆万钧通过天安门广场的时候，人民英雄纪念碑可以做证，"把我们的血肉筑成我们新的长城"仍在唤动我们胸中的热血。那一片片灿烂军徽中发出的口号山呼海啸，即是全军将士致祖国的钢铁誓言。

真正的中国军人，军徽的光芒便是他的生命。这光芒不仅在帽檐上，更在心中。

写于1999年7月

写给向科学堡垒进攻的青年们

华罗庚

亲爱的青年同志们：

我爱你们胜过我自己，因为我知道你们是从我们手里接过火炬向科学挺进的新生力量。特别是在祖国正在进入社会主义社会的今天，当我们想到我们今天科学工作远不足以应付祖国需要的情况的时候，我恨不得把所有的知识——虽然很不多的知识——在一夕间都传授给你们，我也恨不能把所有的经验——如果有一些的话——都倾吐般地介绍给你们。

现在，我就来谈谈我所领导的数学研究所里一些新生力量崭露头角的情况，以供从事于和将要从事于科学研究工作的青年们参考。

我们所里有一位年轻同志被分配在一个较薄弱的门类中工作。那里没有强有力的导师，但是经过四五年的努力，去年他写出论文了，质量还很不坏。

又有一位青年没有导师，在独立工作着。他偶尔和有经验的科学家讨论问题，后者告诉他一些感性知识及应有的结论。结果这位年轻科学家完成了一篇概括性极强的研究论文。

更不只一位青年，在能力较强的导师领导下，或者写了很多论文，在结果方面有丰富的收获，或者出现了突破难关性的数学论文。这种论文大大地超过了解放前“洋博士”的水平。

这些青年在大学里并不都是最优秀的学生（遗憾地说：有些高等教育部门并没有把他们最好的学生给我们），但是他们有一个共同的优点，就是他们到数学研究所后，就忘我地劳动着。在这三年到五年的时间里，他们都写出了接近或达到了世界先进水平的科学论文。他们的年龄都在二十四五岁左右，但他们都已经开花结实了。

关于他们艰苦学习的情况我可以再说一点：有一位青年花了两年的时间才学习了一个方法（虽然这个方法现在他可以在一小时内给大学生们介绍清楚）。经过这样的辛勤锻炼，他终于在老科学家的帮助下突破了一个难关。诚如大家所知道的，难关一破，收获滚滚而来。

另一个青年，草稿纸废了几百张，算来算去花了半年多的时间，终于得出了好结果。在这个过程中，他多次摔倒，不只一次向老科学家说：行不通了，攻不破了！但老科学家给他信心，并具体地给他些帮助，最后终于获得了战果。

这些青年或者从“描红”“临摹”入手，做些依样画葫芦的工作，或从整理资料文献入手，总结前人成就。但不管用哪一种方法，他们搞出了具体贡献。

从这些经验中可以分析出一个要点，就是只要不怕辛勤和艰苦，终会成功的！是的，科学高峰上的道路是崎岖难行的，并且有时还无路可循，必须独辟蹊径。但是对不畏攀登的青年来说，他们是一定爬得上光辉顶点的。

另一方面，我很高兴地告诉你们，我国的老一辈科学家们十分迫切地盼望把自己的专长早日交给青年们。他们把教好青年人作为他们对社会主义的具体贡献。很多的科学家已经准备好计划，来迎接新生力量的培养工作。就以我个人来说，已经做了以下准备工作，写出了一本入门书，使大学毕业的青年，借这本书了解这一专业的一般情况，以及这一专业和其他部门的关联。我为他们准备了若干专题资料，看完了这些资料中的一个，就可以从事研究工作。我还为青年们准备了不少专题。据我知道，很多科学家，都为青年们做了不少准备工作。

亲爱的青年们，现在请允许我攻攻你们的缺点吧！我今天要提两点：

有些青年对循序渐进了解得不够深入，他认为在中学里他是好学生，在大学里也名列前茅。如此可算得循序渐进了吧！是的，形式上是的。但是，如果要从事研究工作，希望有所创造发明的话，要求还要高些。我们要求不只考得好，还能融会贯通。就像对小学生不光要求他识字，还要求字搬了家也能认识。我们要求能够说得出书上的最主要的关键是什么，主要的定理、定律、方法和证明是如何获得的。科学中的每一发明都不是仅靠一时“灵感”或“启发”得来的，而是靠丰富的感性知识，并靠从这些知识中反复归纳和研究而得出的，其经过往往是一步一步地逼近，或者是推翻了不少推测和假设而得来的。

第二点，独立思考能力也是大学生所亟须培养的。一切从事科学研究工作的青年都必须具备这个能力。科学研究工作必须有开创的本领。而开创的本领往往不是旁人所能帮助的。今天有导师可能帮助一些，但一旦赶上或超过了导师的水平，就没人能帮助你了。就现在中国科学和社会的发展情况来看，超过导师的情况是完全可能的，并且是一定会超过的。因为今天的青年有党和政府的关怀，有马克思列宁主义的武装，不会或很少会走弯路。何况，在我国今天很多科学门类中存在着很多空白点，都亟待我们摸索前进。

青年们！不要害怕，缺点总是有的，但是也总是可以克服的，这些缺点我们也负有责任帮助你们来克服！

你们是毛泽东时代的青年，你们是在党和政府关怀之下成长的！老实说：我是十分羡慕你们的。就在你们这一代，我国的科学将赶上世界先进水平。并且在你们之中一定会出现不少在世界科学舞台上突出的大科学家，会给祖国带来很多很高的荣誉，会给人民带来更多更丰富的科学成果。再过若干年，你们会发现在你们中间有成批的世界上著名的科学家。

亲爱的同志们，让我们在一起为了祖国，为了社会主义事业共同前进吧！

祝你们三好！

你们前进中的伙伴　华罗庚

原载《中国青年报》1956 年 1 月 20 日

雷锋日记（节选）

雷　锋

一九五八年六月七日

……如果你是一滴水，你是否滋润了一寸土地？如果你是一线阳光，你是否照亮了一分黑暗？如果你是一颗粮食，你是否哺育了有用的生命？如果你是一颗最小的螺丝钉，你是否永远守在你生活的岗位上？如果你要告诉我们什么思想，你是否在日夜宣扬那最美丽的理想？你既然活着，你又是否为了未来的人类生活付出你的劳动，使世界一天天变得更美丽？我想问你，为未来带来了什么？在生活的仓库里，我们不应该只是个无穷尽的支付者。

一九五九年十月二十五日

青春啊，永远是美好的，可是真正的青春，只属于这些永远力争上游的人，永远忘我劳动的人，永远谦虚的人。

一九五九年十一月二日

我学习了毛主席的著作以后，懂得了不少道理，心里感到特别亮堂，工作越干越有劲，只觉得有股劲永远也使不完。我为了群众尽了一点应当的义务，党却给了我极大的荣誉，去年我被评为先进工作者，出席了鞍山市青年建设积极分子大会，这完全是党的培养，是毛主席思想给了我无穷的力量，是广大群众支持的结果。

我要永远记住：一滴水只有放进大海里才能永远不干，一个人只有当他把自己和集体融合一起的时候才能有力量。力量从团结来，智慧从劳动来，行动从思想来，荣誉从集体来。

一九六〇年六月五日

要记住："在工作上，要向积极性最高的同志看齐，在生活上，要向水平最低的同志看齐。"

一九六一年三月十六日

世界上最光荣的事——劳动。

世界上最体面的人——劳动者。

一九六一年九月十一日

……人民的困难，就是我的困难，帮助人民克服困难贡献自己的一点力量，是我应尽的责任。我是主人，是广大劳苦大众当中的一员，我能帮助人民克服一点困难，是最幸福的。

一九六一年十月十六日

高楼大厦都是一砖一石砌起来的，我们何不做这一砖一石呢！我所以天天都要做这些零碎事，就是为此。

一九六一年十月十九日

有些人说工作忙没有时间学习。我认为问题不在工作忙，而在于你愿不愿意学习，会不会挤时间。要学习的时间是有的，问题是我们善不善于挤，愿不愿意钻。一块好好的木板，上面一个眼也没有，但钉子为什么能钉进去呢？这就是靠压力硬挤进去的，硬钻进去的。由此看来，钉子有两个长处：一个是挤劲，一个是钻劲。我们在学习上，也要提倡这种"钉子"精神，善于挤和善于钻。

一九六一年十月二十日

人的生命是有限的，可是，为人民服务是无限的，我要把有限的生命，投入到无限的"为人民服务"之中去。

一九六二年二月十日

我觉得一个革命者就应该把革命利益放在第一位，为党的事业贡献出自己的一切，这才是最幸福的。

一九六二年二月十二日

我们的同志无论到什么地方，都要和群众的关系搞好，要关心群众，帮助他们解决困难，团结广大人民，团结得越多越好。我觉得一个共产党员是人民的勤务员，应当把别人的困难当成自己的困难，把同志的愉快当成是自己的幸福。

一九六二年二月二十七日

雷锋呀，雷锋！我警告你牢记：千万不可以骄傲。你永远不能忘记，是党把你从虎口中拯救出来，是党给了你一切……至于你能做一点事情了，那是自己应尽的义务。你每一点微小的成绩和进步都应该归于党，要记在党的账上。我一定听党和毛主席的话，把我的青春献给世界上最壮丽的事业——为人类解放而斗争。

一九六二年三月二日

骄傲的人，其实是无知的人。他不知道自己能吃几碗干饭，他不懂得自己只是沧海之一粟……

这些人好比是一个瓶子装的水，一瓶子不满，半瓶子晃荡，可是还晃荡不出来。

这有什么值得骄傲的呢？

一九六二年三月四日

我愿做高山岩石之松，不愿做湖岸河旁之柳。

我愿在暴风雨中——艰苦的斗争中锻炼自己，不愿在平平静静的日子里度过自己的一生。

一九六二年三月九日

我懂得，一个人只要听毛主席的话，积极工作，就能为党做很多好事情。但，一个人的力量毕竟是有限的，走不远，飞不高，好比一条条小渠，如果不汇入江河，永远也不能汹涌澎湃，一泻千里。

有人说：人生在世，吃好、穿好、玩好是最幸福的。

我觉得人生在世，只有勤劳，发愤图强，用自己的双手创造财富，为人类的解放事业——共产主义贡献自己的一切，这才是最幸福的。

一九六二年四月四日

有人说：人生在世，吃好、穿好、玩好是最幸福的。我觉得人生在世，只有勤劳，发愤图强，用自己的双手创造财富，为人类的解放事业——共产主义贡献自己的一切，这才是幸福的。

一九六二年四月十五日

《黄继光》这本书，我不只看过一遍，而且是含着激动的眼泪，一字字一句句地读了无数遍，甚至我能把这本书背下来。我每当看完一遍，就增加一分强大的力量，受到的教育也一次比一次深刻。它对我的启发和鼓舞极大。英雄黄继光之所以能为人类的解放事业做出伟大的贡献，是因为他有高度的阶级觉悟，对敌人恨之入骨，对党对人民、对革命事业无限忠诚。

我要学习黄继光那种坚定的无产阶级立场；学习他勇敢坚强的革命意志；学习他的高贵品质；学习他关心别人比关心自己为重；学习他兢兢业业为党工作的精神；学习他勤劳朴实的性格；学习他谦虚好学渴求进步的精神；学习他为祖国人民英勇战斗的精神。

现在我是普通一兵，对党和人民没做出什么贡献，但是我有决心，永远听党和毛主席的话，紧紧跟着党和毛主席走，永远忠于党，忠于人民，兢兢业业为党工作一辈子，老老实实为人民服务，坚决完成黄继光未完成的事业。我随时准备献身祖国，必要时，我一定像黄继光那样，贡献自己的生命，做祖国人民的好儿子。

一九六二年六月三十日

我认为，一个革命者，要树立牢固的集体主义思想，时刻都要把集体利益放在第一位。同时还要坚决打消个人主义，因为个人主义对革命不利，对集体有损害。个人主义好比大海中的孤舟，遇到风浪，一碰就翻。集体主义好比北冰洋上的原子破冰船，任凭什么坚冰都可以摧毁。我认为坐在小舟里摇摇晃晃不好，还是坐在原子破冰船上乘风破浪一往无前为好。

一九六二年八月六日

我今天听一位同志对另一位同志说：“人活着就是为了吃饭……”我觉得这种说法不对，我们吃饭是为了活着，可活着不是为了吃饭。我活着是为了全心全意为人民服务，是为人类的解放事业——共产主义而斗争。

一九六二年八月九日

今天我看了一位科学家对青年讲的一段话，对我的启发教育很大。他说：“你在任何时候，也不要以为自己什么都知道。不管别人怎样器重你们，你们都要有勇气对自己说：‘我没有学识！’决不要陷于骄傲。因为一骄傲，你们就会固执起来；因为一骄傲，你们就会拒绝别人的忠告和友谊的帮助；因为一骄傲，你们就会丧失客观方面的准绳。”

这些话好得很，我不但要永记，而且要贯彻到言语行动中。

一九六二年八月十日

今天，我认真学习了一段毛主席著作，其中有两句话对我教育最深。毛主席教导我们说：“虚心使人进步，骄傲使人落后。”这是千真万确的真理。过去，我在一切言论或行动中，按主席的教导做了，因此我进步了；现在，我仍要牢记主席的这一教导，坚决努力，要求自己更好地做到这一点。

今后，我要更加热爱人民和尊敬人民，永远做群众的小学生，做人民的勤务员。

祖国伴我去飞翔

杨利伟

改革开放的30年，中国发生了翻天覆地的变化，日新月异的祖国在各项事业上都取得了举世瞩目的巨大成就：三峡大坝合龙、青藏铁路通车、香港澳门回归、北京奥运会召开；中国的国民生产总值成倍增长，国民的生活水平日益提高。作为祖国强盛的象征，我所从事的航天事业在这30年中，也飞速地发展起来了。在这欣欣向荣的时代，我以一名航天员的身份，亲眼见证了她的伟大，亲历了她的辉煌，分享了她的荣光。我庆幸自己生活在这个变革的时代，我幸运的是这个伟大的时代选择了我。此时此刻，我的思绪又将我拉回到那个激动人心的时刻，那段充满惊喜和骄傲的旅程。

中国人来到太空了

2003年10月15日9时整，在震耳欲聋的轰鸣声中，火箭拔地而起，载着我飞向太空！火箭的速度越来越快，逃逸塔分离，助推器分离，一、二级火箭分离，整流罩分离。我认真观察着飞船仪器的工作情况，一切都进行得那么顺利。经历了590秒升空过程，飞船准确进入预定轨道。这时，我突然感觉到我的身体似乎飘起来了，我意识到飞船已经脱离地球引力，我真的来到了太空。来到茫茫无际的太空，我看到了一幅神奇美妙的景色。舷窗外，阳光把飞船太阳能帆板照得格外明亮，那下边就是人类居住了一万多年的美丽地球。蔚蓝色的地球披着淡淡的云层，长长的海岸线在大陆和海洋间清晰可辨。飞船绕着地球高速飞行，90分钟一圈，一会儿白天，一会儿黑夜。黑白交替之间，地球边缘仿佛镶了一道漂亮的金边，景色十分迷人。我拿起摄像机，赶紧把这美丽的景观拍摄下来。在这个中华民族憧憬了千百年的时刻，我为祖国的科技发展水平和综合国力的不断强盛感到自豪，为中国人飞上美丽的太空感到骄傲，并郑重地在我的飞行手册上写下了“为了人类的和平与进步，中国人来到太空了！”当飞船飞行到第7圈时，我在太空展示了中国国旗和联合国旗，表达了中国人民和平利用太空、造福全人类的美好愿望。

飞船飞行进入第8圈，北京指挥中心通知我与家人进行天地通话。耳机里传来妻子的声音：“利伟，你怎么样？”“我们看到你了，我们都为你感到骄傲！咱爸、咱妈和孩子都来了，我们期待你归来！”我回答：“感觉非常好，放心吧。谢谢你们的支持和鼓励！”我8岁的儿子问我：“爸爸，你看到什么了？”我高兴地对儿子说：“我看到咱们美丽的家了！”我想，这个家，就是我们伟大的祖国；这个家，就是我们美丽的家乡；这个家，包含了生活在地球上的每一位中华儿女！

绕地球飞行第14圈时，飞船进入了返回阶段。这是整个飞行的最关键时刻，也是最危险阶段。在这个阶段，飞船要以每秒8公里的速度穿越“黑障区”，船体要经受几千度高温的考验，我要承受比发射升空时更让人难受的载荷冲击力。按照程序规定，我精心做好了各项准备。飞船一进入“黑障区”，窗外随即传来空气被压缩的强大呼啸声，飞船与大气层产生了巨大摩擦，发出轰轰的撞击声，一瞬间飞船变成了一团大火球，我仿佛是坐在一个熊熊燃烧的炼丹炉中。强烈的使命感叮嘱着我，必须沉着、冷静、准确、果断地处置情况，决不能出丝毫差错。几分钟后，与地面的通信恢复了，我知道40多公里的“黑障区”已顺利穿过，再过几分钟，我就要着陆了。我仔细观察着各种仪表，牢牢握紧操作杆，准确判断着陆程序的执行情况。随着引导伞、减速伞和主伞相继打开，飞船速度逐渐慢下来。由于强大的惯性作用，飞船出现自身旋转和大幅度来回摆动，巨大的冲击力冲撞着我的全身。离地面越来越近，随着“嘭”的一声巨响，飞船返回舱防热大底抛掉了。就在飞船即将落地的一瞬间，我准确判断反冲发动机已经点火。我确定飞船落地，迅速切断伞绳。飞船成功着陆了！我终于从太空回到了地球，回到了我们可爱的祖国！

飞船安全着陆，我自主跨出舱门，挥手向迎接我的首长、战友和群众致意。战友们紧紧地把我围在中间，许多双手把我抬了起来，我和鲜花一起被抛向天空，人们欢呼着：我们胜利了，中国赢了！

飞船飞得多高，我们中国人的头就能抬得多高

首飞成功后，许多人问我：“这次太空之旅，你一点不紧张、不害怕吗？”

我告诉他们："送我上太空的是最好的火箭和飞船，飞船舱内环境非常好，飞行的感觉和地面训练近乎相同，广大科技人员对我们航天员的安全考虑得非常周到，有祖国和人民作坚强后盾，我的确不紧张，也没什么可怕的。"

实现这次完美旅行的英雄是那些默默无闻、在祖国载人航天战线无私奉献的全体同志，是那些艰苦奋斗了几十年的老专家、老领导和老一辈科技工作者们。没有伟大祖国的培养，没有全国亿万中华儿女的大力支持，没有祖国千千万万航天人的艰苦努力，没有我们"英雄航天员大队"这个光荣的集体，就没有我的今天。荣誉属于我们伟大的党，属于我们伟大的祖国，属于我们英雄的人民！

2004 年 5 月 9 日，我随中国载人航天工程代表团赴美国访问了联合国总部，会见了安南秘书长，将我国首次载人航天飞行中搭载的联合国大号旗帜移交联合国。安南秘书长高兴地说："5 月 19 日，对联合国是很重要的一天，中国虽然不是第一个发射载人飞船的国家，但却是第一个在首次载人航天飞行中，搭载联合国旗的国家！"访问中，一位海外华侨对我们说："你们的飞船飞得多高，我们中国人的头就能抬得多高。"这一切，都让我为我们伟大的祖国而自豪！这一切，都让我为我们伟大的中华民族而骄傲！

我要为祖国去飞翔

飞翔是我一生的愿望，抱着这样的愿望，我从一名普通学生成长为鹰击长空的战斗机飞行员。为了实现中华民族千年飞天梦想，我幸运地成为中国第一批航天员。当我作为航天一兵刚刚跨进它的大门时，我的内心着实闪过一丝疑问，载人航天工程需要多方面的科技支撑，我们与美俄航天大国毕竟有着近 40 年的差距啊！我们靠什么迎头赶上？但来到中国航天员中心，我便一切释然了。来自于航天基础医学、实施医学、航天环境控制与生命保障工程、模拟仿真技术、航天工效学、电子工程、生物医学等涵盖 13 个学科，70 多个专业方向的科研人员云集于此，创建了独具特色的航天医学工程的学科体系，从航天员的选拔训练到飞船的医学工效评价，从航天员的医监医保到大型地面仿真训练设施的研制，从需要经过几千道工序制作的具有高科技含量的航天服、航天食品，到在太空中创造出与地面一般的大气环境，在国外需要五六个部门才能共同完成的任务，我们一个机构就承担了。原因是什么？是改革开放几十年带来的经济实力和科技实力，是知己知彼敢为人先的自强和自信。

中国的载人航天也曾有过不切现实的超前冒险，由于闭关锁国、经济实力薄弱、科学技术落后，曾导致曙光一号工程仓促下马。多少老航天人都经历过这场肝肠寸断的煎熬。

我们不能忘记1978年3月18日，在全国科学大会上，中国改革开放和现代化建设的总设计师邓小平发出了“科学技术是生产力”的号召：我们无法忽略国家863高技术研究与发展计划的实施：我们永远铭记1992年9月21日经中央批准，我国载人航天工程正式启动。只有在这样伟大的时代，中国的载人航天事业才能走上一条强国兴邦、科学发展的兴盛之路。

天路无坦途。航天员的训练无疑是艰苦的，涉及空气动力学、电工电子学、天文学、高等数学、航天医学、自动控制、系统工程、计算机、航天技术、英文等基础理论训练和体质、心理、航天环境耐力及适应性训练、专业技术训练、飞行程序与任务模拟等8大类50多门课程，对我们来说，几乎是达到智力和身体极限的考验和挑战，然而我们没有理由懈怠和畏惧。因为我眼睛里看到的，触摸到的，学习了解到的，都让懈怠和畏惧无处藏身。从1992年起的短短10年间，现代化航天城的崛起，高技术集成飞控中心的诞生，运载火箭的可靠性安全性分别达到97%和99.7%，直接研制国际第三代独具中国特色的3舱1段的飞船，国际先进的“三垂一远”发射模式，与国际接轨的陆海基航天测控网，继美俄后世界上第三个建立的航天员选拔训练基地……国家和我们航天科技人员已经做了那么多，我有什么理由去畏惧，有什么理由不发愤？我想，我要为我的祖国去飞翔；我必须为我的祖国去飞翔。

托举光荣和梦想的伟力

当我驾乘神舟五号飞船，开始21个小时23分钟的太空行程时，也开始了中国人的圆梦之旅。这一刻，距中国载人航天工程立项仅11年零25天。当我在距离地面343公里的太空中，用中英文两种语言问候地球：“和平利用太空，造福全人类。”我的心里除了自豪就是自豪，我在为祖国和中华民族飞翔！

随着中国太空活动的增多，有近2000项航天技术已转向民用，有力带动了我国众多产业的发展，卫星通信、光纤通信、导航定位、气象预报、减灾防灾、远程教育、微电子、新材料、新能源，纷纷应用于国民生产和生活中。中国航天事业所产生的效益，已达每年1200万元；统计表明，我国近年来运用的1000多种新材料中，80%是在空间技术牵引下研制完成的。

一串串的数字背后，是一个充满改革开放活力的中国创造的奇迹。中国载人航天事业的一次次飞跃，是国家经济实力、科技实力、国防实力和民族凝聚力不断增强的生动体现。

我越来越相信，改变落后面貌的有效途径就是坚定地走改革开放与发展的道路，坚定不移地大力发展科学技术，提高民族的自主创新能力和自我发展能力，这是一个国家一个民族战无不胜的法宝；一部中华民族的发展史，就是中华儿女的爱国奋斗史。我们与世界载人航天 42 年的差距，中国航天人靠吃苦、战斗、攻关、奉献的精神，仅用了 11 年，就大步赶上来了。如今，我们伟大的祖国把自己的航天员送上了太空，送上了蓝天，成为第三个独立掌握载人航天技术的国家。这是多么了不起的成就，多么惊天动地的伟业。

当我带着中华民族千百年的梦想，乘坐神舟五号宇宙飞船在太空遨游的时候，我想到了我们的祖国之所以有今天，我杨利伟之所以有今天，得益于我们伟大祖国的奋起和复兴，得益于无数优秀中华儿女的前赴后继、笑傲苍天的奉献和牺牲。大家知道，在航天人的队伍中，许多高级知识分子初来戈壁滩时风华正茂，如今已两鬓斑白，有的祖孙三代扎根荒漠，“献了青春献子孙”；有的献身航天，身埋青山。作为恋人，他们愧对情侣，因为他们不能与情侣花前月下，共诉衷肠；作为丈夫，他们愧对妻子，因为他们不能给妻子更多的照顾和温存；作为父母，他们愧对子女，因为他们不能给子女更多的爱抚和教育；作为子女，他们愧对父母双亲，因为他们不能更好地尽到孝敬义务。他们只知事业，不计名利；只求贡献，不想索取；只为他人，不为自己。这就是中国航天人可贵的精神——永恒永存的一种精神。

科学不是一个人的事业，载人航天工程是全国人民共同的事业；载人航天事业取得的成就，是中国社会主义优越制度结出的硕果。在这项高度集成的系统工程中，全国有 110 多个科研院所、3000 多个协作配套单位和几十万工作人员承担了研制任务。如果没有全国一盘棋，上下一条心，统一指挥、统一调度，努力实现人力、物力、财力的最佳结合，没有大协作，这么庞大的工程根本无法运转。

梦想变成了光荣，光荣又在孕育着新的梦想。当神舟六号、神舟七号载人航天飞行取得圆满成功，我们已实现多人多天和航天员出舱，在太空行走，中国人的太空探索又站在了一个新起点上。

聆听着中华腾飞的脚步声，我们坚信——自强、自立的中国人还将在更高的领域、更广阔的空间，不断实现各项事业的更大发展，创造新的辉煌。

读碑

刘成章

我说的是人民英雄纪念碑。

20余年前，我第一次看到它，印象十分深刻。它庄严、雄伟、壮观，像一个有着汉白玉肌肤的巨人，站立在天安门广场。其时，瞻仰者络绎不绝，如半凝滞的河水缓缓流淌；我比他们看得更慢，是河水中的一块石头。

它正面的题词，我细细地读；它背面的碑文，我细细地读；它底座上的浮雕，我也一一细心地看了：题词和碑文沁入我心，浮雕又夯实了我对它们的记忆。

忘不了的还有，离开的时候，见石栏杆前，一个喜盈盈的少妇，抱着一个牙牙学语的孩子，少妇抬抬下巴指点，孩子伸出豆芽般的小手，抚摸石栏杆上突出的圆柱。它使我怦然心动。刹那间，昨天，今天，明天，一齐在我心头涌现。我不由再次仰起头：彼苍者天，此碑丰哉！丰碑千丈！

后来，我每次去北京，天安门广场都是少不了要去的地方，去了，自然要见纪念碑。不过，有时是细看，有时只是扫那么一眼。然而，终因看的次数数也数不清了，那碑上毛泽东的题词，那碑上毛泽东起草、周恩来手书的碑文，不敢说可以倒背如流，起码是牢牢地记在心里了。随着阅历的增长，我对它们的体会弥深。但是，那年去了一趟南泥湾，我竟发觉，我并没有读懂！

南泥湾有一个泉，叫作九龙泉，泉上小亭如开花的浓荫，掩映着一座烈士纪念碑。那是当年王震同志率领的三五九旅，在这儿开展大生产运动时立下的。多年的风雨剥蚀，那碑身已经有些残破。

它的正面，像个储得满当当的铅字架；它的背面，也像个储得满当当的铅字架；整个碑上，是字的堆积，字的重叠，字的密密麻麻。什么字？森林一样的烈士的名字！

我的呼吸急促起来。啊，一个旅历年就牺牲了这么多的战士！

泉水如泣如诉。

烈士的名字究竟有多少，我没有数，只是粗估了一下；我然后将目光投向前边开阔的川道。我是想：要是把每一个名字都复活为一个血肉之躯，那么，他们足足可以把多半条川道站满；要是他们又像开誓师会那样齐声高呼，那么，这条川道将震响着多么恢宏的一片声音！

我于是想起了人民英雄纪念碑。我以前实在没有读懂它。那碑文中的“三年以来……”，“三十年以来……”，“由此上溯到一千八百四十年……”，只从字面上读读就行了吗？它的背后还有什么呢？难道不是铭刻上的密密麻麻重重叠叠透透迤迤起起伏伏触目惊心比森林还要辽阔十倍百倍的烈士的名字吗？名字的数目，不是几十万，不是几百万，而是几千万！要是把名字也都复活为血肉之躯，那么，天安门广场是站不下的，加上东西长安街也是站不下的。就是把偌大的北京城挤得房倒屋塌，也装不下他们的巨大阵容！他们的人数，是要比世界上绝大部分国家的公民数还要多的！然而，为了缔造我们的幸福生活，这么多、这么多的英雄儿女，竟都倒在血泊里了！

这一层，看起来浅显，但却是不易读出来的最基本的东西。

读书往往要读注释，才能读得懂。读碑也需要读注释。南泥湾的九龙泉烈士纪念碑，是人民英雄纪念碑的一条极好的注释。

现在完全读懂了吗？

不敢说。但起码，每看见人民英雄纪念碑，心中便升腾起一股悲壮感和使命感；起码不会因为人生道路的漫长，生命里最贵重的东西丢了，也发现不了；起码不会在某一天，摔了跤，眼镜也打碎了，抬头望望，说天安门广场的那个环绕着浮雕的高大建筑，只是一个美丽的装饰。

烈火烙印

杨闻宇

二万五千里长征是中国版图上一道剧烈的闪电。沉雄悲壮的一曲《长征组歌》，使长征的参与者、歌词的创作人肖华，在共和国开国将领的系列里别具光芒。

小时我在乡村学校念书，每听到广播里响起《长征组歌》，如闻仙乐似的弃卷凝神，感情激动，六十多年前出现在祖国大地上的一幕，便浮现在眼前。

大学毕业后入伍，辗转于西北。在兰州军区，年近不惑时，组织上突然通知我去司令部报到——去肖华同志身边工作。天不转地转，命运的安排实在有些诡秘，能与这位身历过土地革命战争、抗日战争、解放战争，且又经历过种种政治风云的前辈朝夕相处，无形中使我看清了人生不易窥得的一些内幕，明白了那些周折入微却又秘而不宣的人情事理。时不待人，肖华垂垂老矣，他离职返回北京后，我仍留兰州，没想到分手不久，他便溘然长逝，永远离开了这个世界。

肖华在世时喜好文学艺术。他不在了，怯于忆旧，怕勾动伤感，我没有存留与他关涉的只字片纸，转眼间，他过世十五年了，一天午间，我在书架前翻检旧帙，里边"嗖"地跌下一封信来。信封是写给肖华的。原文如下：

尊敬的首长：

我叫牟营善，老家是山东日照县碑廓村，那是你战斗工作过的地方。我的外祖父叫韩奎贤，他卖面条，村里都叫他"韩家面锅"（一九四三至一九四七年也是地下工作者的饭店）。外祖父活着时经常谈起你，使我母亲很快成为一名中共党员。

一九四四年，你的部队开到日照县，在那里战斗了八个月，一九四五年我母亲任碑廓民兵队长，秋季里参加了由固山战斗，战斗中荣立一等功；第二年参加了罗荣桓元帅指挥的坡立城战斗，负责运送弹药护理伤员，又荣立二等功。战斗结束后受到罗荣桓元帅接见并一起共餐。

首长，重提这些往事，也许能引起你的回忆……一九五五年冬，母亲随我父亲迁到吉林通化矿务局工作；十年动乱中蒙受打击，这冤屈怎么说呢？

随着母亲的年迈，现在是非常想念过去一同战斗过的同志，近十几年来，一心想上北京，我们都不让她去。一九七九年，她悄悄借了一百元钱坐上火车，在沈阳换车，钱、车票被小偷弄走了，只好回来，在家里病了好几个月。一九八一年，她又背着我们走了，我们知道后，赶到火车站硬将她接了回来。一九八二年八月二十八日，我们拗不过母亲，我只好陪她去北京。九月一日我们赶到军委接待站，人家说肖华在兰州，你们去兰州找吧。接待员的态度不太好，我母亲是含着眼泪离开的。我长这么大，第一次看到母亲这样流泪、伤心。在北京几天，没吃好一顿饭，她哪儿也不去，只是在纪念堂、大会堂和天安门前留了三个影，从早到晚在人民大会堂前的松树下看十二大的入会代表，她说如果能看到你就好了……她哪能想到您现在和从前不一样了？！我们一个普通百姓是见不到你的。可是我母亲不这样想，她说能见到面就一定能认识！在北京的几天里，我是不知道怎样陪着母亲过来的。

我母亲常说，有生之年能见到老同志一面，死也明（瞑）目了。尊敬的首长，我想您接到此信，不能放到一边吧？！

韩 ×× 的长子牟营善

信里信外，没有肖华那粗红铅笔留下的任何批字。我重抖信封，从里边掉出政府方印大小的一帧黑白照片，是牟营善与母亲当年在纪念堂前留下的。母亲的名字缀于信尾，却不甚清晰；从照片上则可以想见，在抗日战争的枪林弹雨里，这是一位挺秀干练、英姿爽然的齐鲁姑娘。军旅生涯告诉我，战地黄花似的一等功、二等功绝非轻易可获的殊荣；罗荣桓于戎马倥偬中接见、共餐，也足证她不是寻常的农家女子。那是一场惊天地、泣鬼神的民族战争，战争风云里，闪烁着一位女儿家人生仅此一度的青春年华。

对于出生入死之事，是烈火烙印在人的灵魂里的最深印记。

为了从岁月风尘里追寻旧情，韩 ×× 多方周折，终于千方百计赶进京都，一心想见见当年风雨同舟过的“同志、战友”，这在一个“母亲”的襟怀里，是燃烧得多么炽烈、多么持久的一蓬火焰！可憾的是，当年的同志近在咫尺，又远于千里——那年秋天，作为十二大代表，肖华同志是排在进入大会堂的队列里。战地征鸿彼此结成的情谊固然弥足珍贵，可三十八年不见，肖华又怎么能一下认出伫立于青松之下的韩 ×× 呢？松柏长青翠，暗对也惘然！岁月之流向来是决绝的、无情的。

捏住照片，我在思索：这封信到过肖华的手里吗？……我记得，肖华当时很忙，而这类信件时或出现，逐一交他过目，似乎欠妥。或许，是我自作主张，随手夹进一本书里，书一合，就是十多个春秋。

韩 ×× 如今还在吗？若在，也年近八旬了吧。问世间，情是何物？自那峥嵘战地上建立的情谊，像是从战马铁蹄下洒过来的一缕缕春雪，那样纯洁，渗透力又那么强劲，却也容易随和风而消解，融化入土，在尘世间不留下任何痕迹。打开录放机，再听听《长征组歌》吧。此歌最是暖人襟怀，可以一遍又一遍从人们心田里掠过，为心灵烙进历史性的印痕……

肖华是长征过来的一位上将，韩 ×× 是山东滨海的一位抗日女英雄，长征过去六十多年了，抗战也过去半个多世纪，一系列重大事件是骨骼，千万人的感情是血肉，二者有机地组合成历史；而历史，却注定是个不断扬弃的过程，大浪淘沙，它不管被扬弃的情愫多么高尚、怎样纯洁。

肖华向来是重感情的。在他身边时，我为何不问上一声：能记起这个韩 ×× 吗？

选自《2001 年散文选》，人民文学出版社 2002 年版

敬告作者

我社一贯注重保护著作者的合法权益。选编本书时曾尽量同相关作者联系版权事宜，并得到许多作者朋友的大力支持。但由于本书时间跨度较长，体量大，作者多，出版时间又较为紧迫，所以仍与部分作者或其后人无法取得联系，在此谨表歉意。同时，敬请相关作者和著作权人见到本书后，尽快与我社联系，我们将奉上样书并支付稿酬。

中国言实出版社

2021 年 7 月

千秋伟业 百年风华

庆祝中国共产党成立100周年
The 100th Anniversary of the Founding of The Communist Party of China

红色散文选粹

卷二

峥嵘岁月

古 粈◎选编

中国言实出版社

图书在版编目（CIP）数据

千秋伟业，百年风华 / 古耜选编 . -- 北京 : 中国言实出版社 , 2021.3
ISBN 978-7-5171-3580-7

Ⅰ . ①千…　Ⅱ . ①古…　Ⅲ . ①散文集—中国—当代
Ⅳ . ① I267

中国版本图书馆 CIP 数据核字（2021）第 047620 号

出 版 人　王昕朋
责任编辑　史会美
责任校对　王建玲

出版发行　中国言实出版社
地　址：北京市朝阳区北苑路 180 号加利大厦 5 号楼 105 室
邮　编：100101
编辑部：北京市海淀区花园路 6 号院 B 座 6 层
邮　编：100088
电　话：64924853（总编室）　64924716（发行部）
网　址：www.zgyscbs.cn
E-mail：zgyscbs@263.net

经　　销　新华书店
印　　刷　徐州绪权印刷有限公司
版　　次　2021 年 8 月第 1 版　　2021 年 8 月第 1 次印刷
规　　格　710 毫米 ×1000 毫米　1/16　86.75 印张
字　　数　1556 千字
定　　价　280.00 元（全 4 册）　ISBN 978-7-5171-3580-7

红色散文与史同行

——写在《千秋伟业 百年风华》散文系列出版之前

古 耜

中国共产党自诞生一百年以来，为了实现中华民族伟大复兴，团结带领中国人民，创造了新民主主义革命、社会主义革命和建设、改革开放和社会主义现代化建设、新时代中国特色社会主义的伟大成就。这四个伟大成就不仅从根本上改变了古老中国的面貌、境遇和命运，以及她的世界影响和国际地位，而且还真正唤醒和振奋了国人的精神、意志和诉求。向往光明、追求进步的人民群众、知识分子，包括许多职业革命家，在投身壮阔的时代洪流和火热的社会实践的同时，满怀激情，敞开心扉，捧出了一系列传播先进思想、呼唤社会变革、展示历史图景、表达人民心声的散文作品。这些作品凭借崭新的精神内涵和独特的审美风范，以及巨大的影响力和感召力，构成了百年中国历史上一道常读常新、青春永驻的文学风景线——红色散文。

作为中国共产党在砥砺前行中催生的精神火花，红色散文自有强大而稳定的意旨基因和价值取向，但就其审美表达的物象与方式而言，却分明是一个丰富多彩的艺术世界。在这个世界里，既有老一辈无产阶级革命家的高瞻远瞩、抒情言志，又有一代代革命事业后来人的嘉言懿行、高风亮节；既有峥嵘岁月里无数英烈先贤的壮怀激烈、出生入死，又有硝烟散尽后广大劳动者的艰苦创业、无私奉献；既有风展红旗的高歌猛进，又有山重水复的曲折回旋；既有踏访革命圣地的绵绵思绪，又有沉吟红色经典的涌动情潮……所有这些万象辐辏、溢彩流光，在历史天幕上交汇成红色散文缤纷生动的艺术景观，同时也很自然

地呈现出属于它的突出个性与鲜明特点。

在文学诸样式中，散文具有显见的“我思故我在”的特征，这决定了优秀的散文篇章，理应承载带有真理品格、能够昭示历史进步和人类解放的观念形态，以此启迪和引领人民群众自觉投身于伟大的时代变革和社会实践。红色散文正可作如是观——“十月革命一声炮响，给中国送来了马克思列宁主义”。正是这关于全世界无产阶级和全人类彻底解放的伟大学说，特别是它在中国化进程中所产生的毛泽东思想、中国特色社会主义理论体系，为红色散文注入了真理的血脉和文化的滋养，使其在整体上站到了历史的高处和时代的前沿，显示出思想的光彩和理性的力量。

不妨重读李大钊的《新纪元》。这篇发表于“五四”运动之前的作品，热情呼唤全世界劳工阶级的崛起，以及由此产生的人类新纪元、新文明，从而为中国共产党的应运而生做了舆论铺垫。梅岱的《明斯克钩沉》记述作家的白俄罗斯之行，其跨越时空的见闻与思考，精辟解析着当今世界的发展变化和国际共产主义运动所遇到的严峻挑战，同时又满怀信心地表达了中国共产党人不忘初心、牢记使命，开启社会主义新时代和新长征的豪迈情怀，其主旨贻人警示更催人奋进。新时期以来，多位作家学者不约而同地写下了拜谒或重读马克思的文章，其中聂锦芳的《在〈资本论〉产生的地方》等，均以新颖的识见丰富和深化着人们对真理的认知。刘亚洲的《精神——纪念抗日战争胜利 70 周年》、华罗庚的《写给向科学堡垒进攻的青年们》、王巨才的《回望延安》等，都承载了足够的思想光泽和精神重量，它们从不同的角度和在不同的意义上，给人以启迪乃至震撼。

文学是人学，文学作品必须写人，小说是这样，散文亦复如此。不过同样是写人，小说和散文仍有区别：小说重在塑造客体的人物形象，而散文则更多披露作家的内心世界——散文有时也写客体的人物形象，但这些客体人物仍然浸透了作家直接的目光打量与情感评价，是作家心灵的延伸。唯其如此，我们才常把散文看作一个人的心灵史。而在这一维度上，红色散文同样多有佳篇。

《可爱的中国》和《清贫》是方志敏在囚室里写成的红色经典，作品对恶魔戕害祖国母亲的猛烈抨击，对未来中国美好前景的殷切呼唤，对生命追求与个人操守的坦荡告白，把共产党人的肝肠与初心表现得酣畅淋漓。邹韬奋在生命最后时刻提出加入中国共产党的要求，这使得一篇短短的《遗嘱》，尽显信仰的崇高与信仰追求的美丽。刘白羽的《长江三日》记述作家乘江轮顺流而下的经历，那笔端呈现的或激流勇进，或从容安详的情景，是三峡的性格，更是作家革命理想主义精神与激情的外化。李健吾的《我有了祖国》透过“我”在外

国和旧中国的遭遇，表达了新中国成立带给自己的幸福和自豪。而一部《雷锋日记》则直接敞开了人民好战士的内心世界，使我们懂得了什么叫作“平凡而伟大”。

必须看到的是，红色散文所高扬的精神旗帜，从来不是一种预设的、外在的存在，而是作家源于内心的真诚表达。许多红色散文家，首先是共产主义的信仰者和践行者，是无怨无悔的革命者，对于他们来说，驱笔为文不是寄托才情，更不是博取名利，而是基于理想、使命和责任的以笔为旗，直抒胸臆，是在斗争或工作中的精神升华与情感绽放，正所谓“血管里流出的总是血”。这样生成的散文之花，自然别有神采和魅力。

散文可以有必要的合理的艺术虚构，但绝不能仰仗和放纵虚构。尤其是当散文作为相对完整的历史侧面或时代画卷加以呈现时，其形象的真实感和本质的可信性，仍然是不可或缺的重要艺术品质。在这方面，红色散文又一次显示了自身的不同凡响。一大批作家以历史唯物主义为指引，以严格的现实主义精神和非虚构手法为武器，充分调动个人介入历史与现实的独特资源和优势，留下了一系列具有历史现场感和艺术真实性的作品。

陆定一回忆红军翻越瑶山的《老山界》、魏巍速写抗日战场的《黄土岭战斗日记》、丘东平报告新四军挺进敌后的《向敌人的腹背进军》、菡子描写志愿军战士的《激渡》，还有杨得志的《强渡大渡河》、杜鹏程的《夜走灵官峡》等。在这类作品中，作家就是作品中的人物，他们得之于历史现场的深切记忆和丰富体验，使得笔下文字既有年代特征，又有生动细节，很容易形成代入感和诚信力。方纪的《挥手之间》、刘白羽的《沸腾了的北平城》、李水清的《五星红旗在天安门前升起》、朱增泉的《飞天记》等，记录了红色历史的大场面或大事件。作家作为当时的在场者和见证者，精心调整视线、焦距和节奏，努力再现各自锁定的宏观场景与整体过程，同时敏锐捕捉现场独特的画面、细节和气氛，从而将现场传真般的艺术长镜头，储存到时代的天幕上。周立波的《韶山的节日》、魏钢焰的《忆铁人》、梁衡的《方志敏最后的七个月》、丁晓平的《老渔阳里 2 号的百年时光》，以及沈俊峰写邓稼先的《假如可以再生，我仍选择中国》等，虽然都是隔着时空为伟人和英烈写照，但由于作家做了反复的现场采访和细致的资料爬梳，同时又注入了对历史和人民负责的写作态度，所以同样具有很强的真实感和可信性。由此可见，优秀的红色散文可以视为文学版的党史，它同样具有信史一般的认识价值和恒久生命。

生成于红色实践的红色散文，从不讳言自身拥有助力民族解放、促进社会发展、推动历史进步的使命感和功用性，不过，这丝毫不意味着红色散文一向

只注重内容厚重而不讲究审美营造。事实上，在红色散文的艺术长廊里，构思精妙、质文俱佳的篇章并不少见。茅盾的《白杨礼赞》用极具现代色彩的艺术手法，把寓于景物之中的延安生活和中国共产党人，表现得雄奇壮观、万千气象。秦牧的《社稷坛抒情》《长街灯语》将写景、抒情、思考以及知识传播熔于一炉，让几个方面互为条件，相辅相成，构成浓郁立体的审美磁场，拥有强大的感染力。魏巍的《谁是最可爱的人》用"我"的深情推动和浇灌叙事，使笔下的英雄愈发勇敢质朴，可敬可爱。刘上洋的《万里长江第一湾》，由长江水流的从容拐弯谈到中华文明的兼容并蓄，扬弃发展，再谈到中国革命的迂回曲折，改革前行，于是"弯"有了哲学意义，整篇作品也有了移步换形、曲径通幽之美。杨朔的名篇《茶花赋》讲构思，讲意境，讲文采，把散文当诗一样写，曾影响了一代人的文风。后来虽受到不少异议，然而拉开时间距离再看时，其艺术上的某些特质迄今仍在散文的河流里或隐或显地赓续着、发散着，这仿佛提示人们，对于红色散文的艺术成就不容小觑，更不能低估。

目录

奔向海陆丰

徐向前

1927 年 12 月 13 日，国民党军重占广州，广州起义失败，起义军余部分别向东江、北江等地区转移。16 日，其一部一千多人撤至花县（今广州市花都区），改编为工农革命军第四师，后转战至海陆丰地区与工农革命军第二师会合，参加创建东江革命根据地的斗争，不久分别改称红军第四、第二师。在国民党军的重兵“进剿”下，红军粮弹俱缺，遭受严重损失，顽强坚持斗争至 1928 年年底。后中共东江特委根据中共中央的指示精神，将红军余部陆续转送出海陆丰地区。本文记述了从广州起义到海陆丰斗争的过程，起义虽然遭遇了失败，但红军和工农群众英勇战斗、不怕牺牲的精神给了中国人民以新的鼓舞，体现了革命军民“野火烧不尽，春风吹又生”的必胜信念和顽强斗争精神。

红军初创，有许许多多的部队，是赤手空拳搞起来的。

南昌起义失败后，广东省委就积极准备在广州举行武装起义。起义前党派我到工人赤卫队第六联队去，对工人进行一些秘密的军事训练。说是军事训练，其实一没枪，二没手榴弹，每天晚上只是把赤卫队员集合在工人家里，围着一张破桌子，用铅笔在纸上画着怎么利用地形，怎么打手榴弹，怎么冲锋……这些工人有许多是参加过省港罢工的。有的是党员，有的是赞助革命的左派，革命热情很高，学习很认真。可惜我是外乡人，广东话说不来，有些话翻来覆去讲半天，同志们还是听不懂。幸好联队的党代表是本地人，是一个精干的工人，会说普通话，由他当翻译。

这样的训练，直到起义前几小时仍没有停止。眼看行动时间越来越近，但还没有领到武器，大家都非常焦急。

这时，一个曾经参加过省港罢工的老工人，轻轻地敲着桌子，打破沉寂说："弟兄们！闹革命不是吃现成饭。领不来武器，我们可以夺取敌人的枪！"他的话里充满着英雄气概。

"对，这位同志说得对，"党代表挥着拳头说，"我们工人阶级，从来就靠这两只手。没有枪，拿菜刀、铁尺、棍子！"

"我们要夺取敌人的武器来武装自己！"工人同志们都摩拳擦掌说。

大家正在研究巷战的战斗动作，走进来一位年轻的、提着一只菜篮子的女同志。她包着头，只露两只眼，一声不响地把篮子放到桌上。党代表猛地站起，高兴地说："武器来了！"这时那个女同志把盖在篮子上的菜掀掉，露出两支手枪，几个手榴弹。大家早有了思想准备，没嫌少。只有一个同志问了一句："还能多给点吗？"

"没有了。"那位女同志说，"起义以后要多少有多少。"说完就走了。

"有两支枪就不少。"党代表充满信心地说。接着把手榴弹分给几个有经验的工人。大家一面学着使用，一面等着起义的讯号。

那天晚上，广州城里格外沉寂，大街小巷显得十分肃静、紧张，时间过得特别慢。党代表总是看他那只老怀表，生怕它不走了，不时放在耳朵上听听、摇摇。这时候各区的工人赤卫队也都集合起来了。正像被闸住的许多股洪水，只要闸门一开，就会奔流出来。

夜里两三点钟，市区里响起了一阵枪声。起义的主力部队——教导团行动了。按照预先的战斗部署，第六联队冲出了巷口。马路上的警察还没有弄明白怎么回事，枪就被缴了。第六联队得了几支长枪，立刻武装起来，控制了大街小巷，和总指挥部取得了联系。

早晨，太阳从东方升起来，照着新的、沸腾的广州城。广州工农民主政府宣布成立了。马路红旗飘扬，标语、传单贴得到处都是。脖子上扎红领带的起义军，高唱着《国际歌》，在大街小巷奔走。起义队伍里，有些是刚从监狱里救出来的同志，他们披着长头发，拿着武器，又开始了战斗。

第六联队的一部分奉命开到总司令部（公安局旧址）附近，重新编好了队伍，领到了很多缴获的武器、弹药，部队全部武装起来了。这时它已变成一支颇有战斗力的部队了。

12号一早，枪声在市区稀稀落落地响着，大部分据点早已被我们占领，只有一些残余据点里的敌人仍在进行着顽强抵抗。

观音山始终是战斗的主要地区。国民党的第三师薛岳部已从江门增援到广州，在帝国主义的炮舰掩护下，多次攻夺观音山。教导团的一部分坚守阵地，英勇还击。这天，第六联队的任务是一部分配合教导团的第二连作战，一部分搬运弹药。工人赤卫队的同志们十分英勇，搬运弹药通过封锁线的时候，前头的人倒了，后面的人又搬起弹药往前跑；第二个人倒了，跟着来的人又冲了上去。联队的党代表，在观音山反击敌人的一次冲锋中负了重伤。他紧紧握住我的手说："同志，你们继续战斗吧！希望你们坚决地打退敌人的反攻，守住联队的阵地。"说完就闭上了眼睛！这位工人阶级的英勇战士，为革命事业献出了自己宝贵的生命。

我记不起这位战友的真实姓名了，只记得他的代号是"老陈"。但是，他那英雄的气概，革命的乐观主义精神和坚强的意志，却令人永志不忘！

战斗越来越紧张了。敌人四面迫近，起义军完全处于防守状态，有些阵地不得不退出。联队的伤亡越来越大，人数越来越少。

深夜，观音山下响了一阵枪声，接着就渐渐地平息了。通往指挥部的道路被敌人截断了，第六联队和指挥部失掉了联络。这时，幸遇到教导团的一位姓朱的同志由此过路，他一见到我们就跑上来说："老兄，你们还在这里干什么？指挥部早已下命令撤退了，快，到黄花岗集合。"

我们和另外一些没来得及撤走的人，趁天还没亮，赶到黄花岗。到那里一看，主力部队已向花县转移了。

这时，反革命的部队已经控制了交通要道。我们不能停留，连忙往主力方向追赶，直到下午六点钟，才在太和圩赶上了教导团的同志们。

部队向广州以北的花县方向撤退。地主的民团，在通向花县的道路上设下埋伏，企图消灭我们。我们冲破敌人的包围，到傍晚，才退到花县城。这里的反动派早已闻风逃之一空。

听到从广州逃出来的人说，反革命正在那里大肆屠杀。广州市的街上布满了革命者的遗体。敌人就像得了"恐红病"，只要从哪家翻出了一条红布，一块红绸子，或者见到一个说北方话的人，不问青红皂白，抓来就杀掉；甚至连穿红衣服的新娘子，也被推到火里烧死了。但是，敌人的屠杀是吓不倒共产党员和革命人民的。活着的同志，决心继续战斗，不取得胜利誓不休止。

广州起义是大革命失败后，党领导的一次英勇的革命行动。由于当时没有正确的战略指导，加之敌我力量相差太大，起义最终失败。但是，在战斗中受到考验和锻炼的一部分革命武装保存下来了，一千二百多人撤到了花县。

16号，在花县一个学校里，举行了党的会议，讨论部队的改编和今后的行动问题。撤出的部队如改编为一个军，人数太少；编为一个团，又多了些。经过讨论，决定编成一个师。可是，编为第几师呢？大家都知道，南昌起义失败后，朱德同志在北江成立了红一师，海陆丰有个红二师。

“我们叫红三师吧！”有的同志提议说。

“红三师也有了。”有的说，“琼崖的游击队已编为红三师了。”

算来算去，四师的番号还没有。于是，决定改编为中国工农红军第四师。全师下编为十、十一、十二等三个团，推选叶镛同志为师长。

第二个紧迫的问题是：花县离广州太近，又紧临铁路，不能停留太久，必须马上行动。到哪儿去呢？讨论了半天，决定去北江，找朱德同志率领的红一师会合。但他们在哪里，没人知道。我们一面整顿队伍，一面派人去打听。

这时，花县的地主武装，在城外日夜围攻。我军的供给十分困难。派出打听消息的人，一天、两天，杳无音信。等到第三天，再不能等了，我们估计，广州的敌人会很快追上来，那时再走就被动了。于是，便决定到海陆丰找彭湃同志去，那里面临大海，背靠大山，而且早已成立了工农民主政府，地形和群众条件都很好。

晚上，打退了围城的民团，部队开始出发了。一路经过从化、良口、龙门、杭子坦，绕道蓝口渡过了东江，并攻占了紫金县等地，打退了民团的数次袭扰。以后，在龙窝会见了海丰的赤卫队，阴历正月初一，到达了海丰县城。彭湃同志在这个地区领导过三次农民起义，前两次都失败了。1927 年 10 月发动第三次起义，11 月占领了海丰城，正式成立了工农民主政权，进行了土地革命。群众热情很高，到处红旗招展。各村庄的墙壁上，写着“打倒土豪劣绅实行土地革命”的红字标语。群众听说我们是从广州下来的红军，热情万分，家家让房子，烧水做饭。虽然语言不通，但人们打着手势表示对红军的热爱。

在海丰城里的红场上，举行了几万人的群众大会，欢迎红四师。彭湃同志在会上讲了话。他只有二十多岁，身材不高，脸长而白，像一个文弱书生。他身穿普通的农民衣服，脚着一双草鞋。海陆丰的农民都称他为“彭菩萨”。他的声音洪亮清晰，充满了革命的热情和必胜的信心。当他讲到广州起义失败时，把手一挥说：“这算不了什么，我们共产党人，从来不畏困难，失败了再干，跌倒了爬起来，革命总有一天会成功的。”他那逻辑性很强、说服力很大、浅显易懂的讲话，句句打动听者的心坎，使人增加无限的勇气和信心。

不久，红四师和董朗同志率领的红二师会面了。两支年轻的部队，在彭湃同志的领导下，打了许多胜仗。红四师先后攻下陆丰城、甲子港，拔除了隔绝陆、普两县联系的地主武装的最大据点——果龙，使陆丰与普宁连成一片。此外，还打通了向东与潮阳游击队的联系。

国民党军阀是不会让海陆丰的人民政权存在下去的，他们不久就开始了对海陆丰红色区域的“围剿”。黄旭初部队从西面和北面进攻，占据了海陆丰。陈铭枢部的新编十一师，也从福建开来，以惠城作据点，进攻惠、潮地区。红四师开始虽打垮了该师的向卓然团，攻下了惠来，但终因敌人力量过大，不得不退入普宁的三坑山区与敌人周旋。

当时，这支年轻的红军，只知道打仗攻城，不注意巩固根据地，再加上对工农武装割据缺乏足够的认识，不积极建设革命武装，因而，经过多次战斗之后，部队的人数一天天减员。敌人的“围剿”日益凶猛。到一处烧一处，到一村杀一村。凡是红军住过的房子，他们都烧掉；凡是与红军有过往来的人，他们抓住就活埋、杀死。我军为了保存最后的一部分武装，只好又从三坑撤退到海丰的大安洞、热水洞一带的山区里，配合当地的游击队打游击。

人民永远和红军一条心。山下的青年、老人和妇女时常冒着生命危险，往山上送粮食。有时粮食接济不上，战士们下河抓小鱼，到山坡上找野菜充饥。冬天，没有住的地方，就自己割草盖房子；没有被子盖，便盖着稻草过夜。敌人每到山上“围剿”，一定把草房放火烧掉，可是等他们走后，我们又盖起来。东山烧了西山盖，西山烧了南山盖，正像唐代的诗人白居易的诗句所写的“野火烧不尽，春风吹又生”。年轻的红军，在极端困难的情况下，继续顽强地斗争着。

原载《人民日报》1958年7月30日

三湾改编

谭　政

一九二七年的秋天，湖南秋收起义失利以后，部队从战场上撤下来。每天总是从天未明就出发，一直走到黄昏以后才宿营。经过平江、浏阳、铜鼓、萍乡到达莲花东南永新境内的三湾，着手改编部队。这算是红军发展史上的一个难关。

自从长寿街战斗失败以后，湖南的敌人，拼命地跟在我们后面追赶，总想把我们这些革命种子，一下弄个精光。没有经过锻炼的"小娃娃"，哪能经得起这样的风波？弄得病的病，死的死，累的累，怕的怕，情绪非常不好，真像打了几十个败仗一样。到了三湾的第二天，师长集合部队讲话："……现在人员减少了，部队要缩编，从一个师改编为一个团；一个团还不足，改编为两个营。"听不下去了，只看到全场的人都瞪着眼睛，痴呆似的望着他，非常难过。

忽然，新任团长介绍毛泽东同志出来讲话。从人丛中走出一个又高又大的人来，头上蓄着长久未剪的头发，身上穿着一件老百姓的旧棉袄，腿上却打上一双绑腿，脚上套着一双草鞋。他以和蔼的态度、含笑的脸色，走到部队前面，顿时大家笑容可掬地鼓起掌来。

"……同志们，敌人只是在我们后面放冷枪，这有什么了不起……大家都是娘生的，敌人他有两只脚，我们也有两只脚……贺龙同志两把菜刀起家，现在当军长，带了一军人。我们现在不止两把菜刀，我们有两营人，还怕干不起来吗？……你们都是起义出来的，一个可以当敌人十个，十个可以当他一百个。我们现在有这样几百人的部队，还怕什么……没有挫折和失败，就不会有成功！"

大家不住地点头微笑，特别兴奋。队伍解散以后，只看到一群一群地在那里谈论着：

“毛泽东同志不怕，我们还怕什么？”

“贺龙同志两把菜刀能够起家，我们几百人还不能起家吗？”

古田丰碑

马卡丹　李治莹

一

古田会议会址的前方，是一片郁郁葱葱的稻田。清晨，站在阡陌纵横的田埂上，看一轮朝阳自遥远的彩眉岭后喷薄而出，先是镀亮了岭脊一线的绿树，接着越过山岭与会址间的大片田畴，刷亮了会址后山的丛林，一时，整个会址都沐浴在朝阳中了。会址后矗立的标语柱上，“古田会议永放光芒”八个大字，在阳光的映衬下浮雕一般凸显，让人心头暖融融的。

这样的感觉不止一次。好几回夜宿古田宾馆，清晨总爱来到会址之前，就在田间小道信步，呼吸稻叶上的露珠清香，静待彩眉岭上朝阳喷薄。每每这时，凝望彩眉岭那重叠起伏的山峦，我就会想，这些绵延而来、绵延而去的山峦，来不见起始，去不见尽头，究竟连接着哪儿，又通向哪儿呢？彩眉岭上那曾令世界瞩目的日出，在中国近现代史上，有着怎样独特的地位呢？而这样一次日出，对于脚下这方龙岩地域，对于这方土地由边缘进入中心，又有着怎样不同寻常的意义呢？

二

时光倒转，90 年前，二十世纪二十与三十年代之交。

90 年前那个冬日的古田，天地间朔风凛冽、雪花飞扬，一群大写的人踏雪而来，在清寒的曙色中，聚集在曙光小学——那座矗立于此已逾 200 年的廖氏宗祠。宽敞的大厅，简陋的课桌椅，燃着炭火的三合土地板，天井里不住飘落的雪花，100多位红四军中的党员代表，凝神，毛泽东洪钟一般的声音，回响。这样的画面穿越历史，带着90年前的大雪，纷纷扬扬，在无数后来人的心中，溅起怎样的激奋与神往？

廖氏祠堂坐北朝南，背依风水林，前临百顷平畴，视野十分开阔，大门外围墙圈起数百平方米的院落，一色鹅卵石铺底，门楼却是朝向西南。古田会议就在这里召开。

从祠堂厢房进入中堂，上下两个大厅夹一道天井，切出一块方形的天。上厅曾是曙光小学的课堂，讲台与课桌椅陈设一如当年，1929年12月28日，毛泽东、朱德、陈毅以及一大批红四军将士，就在这里探讨红军的未来，党指挥枪的原则在这里确立，崭新的人民军队从这里走来。90载岁月如烟而去，讲台上方的马克思、列宁石印肖像，大厅木柱上的红军标语，三合土地板上与会者烤火的痕迹，却让你感觉一切就发生在昨天。寒风和着天光从天井上方注入，你可以清晰地想见，90年前的雪花怎样掠过屋顶的瓦棱，扑打着红军将士单薄的衣衫。时光在这里驻足，长铭青史的那一刻已是永远地定格，令你感慨，令你临风怀想。

此前，转战闽西南北的红四军已聚集在距此30余公里的新泉整训半月，离开红四军领导岗位半年之久的毛泽东已被请回军中，士兵调查会、农民调查会、万人大会开得如火如荼，红军“三大纪律八项注意”早期的一条“洗澡避女人”也因应新泉乡俗，在新泉的温泉畔确立。召开红四军第九次代表大会，纠正各种错误思想，凝心聚力开创人民军队的未来，时机已经成熟。就在新泉望云草室，就着那盏泥瓷灯的微光，毛泽东奋笔疾书，起草红四军九大会议决议案，夜夜直到三更。是紧急的军情让新泉与圣地失之交臂，红四军转移古田召开代表大会，从这里走出的军队打下了红色江山，在这里确立的准则已成为建党建军的纲领，这里的一砖一瓦、一桌一椅，90年间在无数人心中，激起过多么神圣而深沉的情感！伟人的呼吸、伟人的脚印、伟人的故事，挂在古田人的嘴边，让人悠然神往。

那个年代，是中国现代化百年探索的关键时期，伴随着国共两党的角力与博弈，一条崭新的社会改造道路，正在决定中国历史发展的走向。这条道路，自嘉兴南湖开辟新天地的红船起始，到鸣响第一枪的八一英雄城南昌，到峰峦耸峙的八百里井冈，到闽西长汀辛耕别墅，到连城新泉望云草室，再到上杭古田这座祠堂。彩眉岭山峦起伏，从遥远的天边绵延而来，遥遥相接新泉、长汀、井冈、南昌……正是在古田，正是在彩眉岭，这些山峦有了一次辉煌的崛起，伴随着古田会议决议的通过，伴随着“党指挥枪”军魂的确立，雪住了，天晴了，银装素裹的彩眉岭阳光朗照，闽西，成了中国革命的历史转折点，古田会议因之而彪炳史册，成为建党建军的里程碑！

数日之后，带着古田会议激发的豪情，红四军将士又踏上了征程。在距会址不过一公里的赖坊村称作“协成店”的一座民居里，毛泽东奋笔疾书，写下了著名的《星星之火，可以燎原》。凝望彩眉岭上一轮喷薄的朝日，凝望绵延的山峦间疾行的红四军将士，毛泽东激情奔涌，他把中国革命比作“立于高山之巅远看东方已见光芒四射喷薄欲出的一轮朝日”，这一轮朝日，这一轮令世界瞩目的朝日，不正在彩眉岭、在古田冉冉升起？

三

古田会议纪念馆与会址遥遥相对，门前的广场十分开阔。络绎不绝的人流自广场源源进入纪念馆，徜徉在十大展厅间，领略中国现代化百年探索的艰辛历程。而古田会议，作为百年历程间的关键节点，无疑是浓墨重彩的篇章。古田会议决议全文大字照排，悬挂在一整面宽敞的墙上，这里常常聚集最多的人群，阅读，沉思，字里行间，仿佛依然飘浮着那个年代的风华与硝烟。

古田会议决议在新泉望云草室起草，最终完善是在古田，在松荫堂二楼那不过十来平方米的小房间里。一床、一桌、一椅，一个破铁锅安置在桌旁，铁锅里是一堆炭灰。修订决议案的日子里，天寒地冻，这口锅燃着木炭，陪伴毛泽东日以继夜。当决议案终于修订完毕，毛泽东在寒夜里舒展身姿，披着的棉大衣啪嗒掉入炭火锅中，赶忙抓起，大衣已烧出一个大洞。听着讲解员动情的讲述，你会忽然觉得，那铁锅里似乎还燃着炭火，那温暖而几近炽热的火光，亮亮地仿佛还在眼前。

古田会议决议八大部分，核心是第一部分《关于纠正党内的错误思想》。这部分被单独印成小册子，90 年间不知重印了多少次，有着数不清的版本。它是中共党史上极为重要的文献，在总结建党建军以来经验教训的基础上，把马列主义的基本原理与中国革命的具体实践相结合，成功解答了中国革命的核心问题：如何建设一个无产阶级的党，如何建设一支人民军队。在党的建设史上，古田会议从思想政治建设和组织建设入手，第一次探索出着重从思想上建党、加强党的先进性建设的成功之路；而在军队建设史上，则首次确立了“党指挥枪”的原则，确立了人民军队之魂。古田会议，在中国共产党建设史上，在人民军队建设史上，矗立了一座永远的丰碑。

在古田，海内外的来客常常熙熙攘攘，这个中共与人民军队建设史上的圣地，已经成为国内外人士心向往之的 5A 级景区。在这里有很多游人，包括龙岩地域两大民系的无数后人，也包括我。我曾数十次来到古田，一回回徜徉在会址，在纪念馆，在松荫堂，在赖坊协成店，在毛泽东曾经留下足迹的地方。我在思索，古田这座丰碑，于全国乃至世界，无疑具有深远的历史意义乃至现实意义，但对龙岩地域这片热土来说，它还有着更为独特的意义：不仅因为古田，完美提升了龙岩这个城市的知名度；不仅因为古田，成功整合了龙岩地域两大民系的交流与融合；多少闽西后人，提起古田总不自觉地挺胸昂首，古田，是交融在血脉里的一种自豪，一种激奋，是历史留给龙岩的最辉煌的记忆，是这个城市有史以来最为坚实的精神根基！

四

曙色中，伫立在古田会址前，我在眺望彩眉岭。天气晴好的日子，彩眉岭日出常会令人想起 90 年前那个雪后初晴的早晨，想起那一轮穿云破雾的日出。

眼前这些起伏的山峦，在彩眉岭上崛起一座高峰之后，继续向遥远的天边绵延而去，遥遥相连的，我知道那是赤水河畔遵义的红楼，那是延安的宝塔山，那是平山县的西柏坡，那是亿众仰望的天安门城楼。中国革命进程中有过一个个圣地，每一个圣地，都是那绵延群山中崛起的一座高峰；每一座高峰，都有过拨云见日般绚烂的日出。正是这群山绵延中一座座高峰耸峙，架构了中国现代史那波澜壮阔的画卷！

当然，同为高峰，每一个圣地又都有其独特的意义，都是中国革命整座链条不可或缺的一环。每一座高峰都有日出，但这日出依然有其独具的风采。彩眉岭上的朝阳，共和国摇篮时期那一轮初日啊，从思想上建党的最初实践，人民军队的胜利开端，这样一座建党、建军里程碑式的高峰，这样一次彪炳千秋的日出，不正是古田会议独特的定位，不正是彩眉岭日出独具的风采？

龙岩，幸运地拥有了古田，拥有了向共和国红色源头寻觅精神力量的永恒活力！

彩眉岭上，朝阳越升越高了，暖融融的，映照着古田，永远的古田。

难酬蹈海亦英雄

——何昆军长和他的红十四军

徐　可

一

自古以来，英雄总是受到人们的尊敬和崇拜。何谓“英雄”？按照《现代汉语词典》的解释：“①本领高强、勇武过人的人。②不怕困难，不顾自己，为人民利益而英勇斗争，令人钦敬的人。”虽然有“不以成败论英雄”的古训，但“胜者为王败者寇”的观念也是根深蒂固。人们常常把胜利者视为英雄，毫不吝啬地把鲜花、掌声、赞美献给他们，而失败者往往容易被人们遗忘。

当然，也有例外。比如项羽。他是少有的一个以失败而被写进历史、千秋万代为人们传诵的英雄。司马迁写《史记》的时候，破例把他写入帝王专属的“本纪”中，可见对他的尊崇。1300 多年后，李清照还写下“生当作人杰，死亦为鬼雄。至今思项羽，不肯过江东”的著名诗句。可惜，能够享受这样荣誉的失败英雄并不是很多。正如鲁迅所说：“中国一向就少有失败的英雄。”

何昆军长和他的红十四军，就是这样的英雄。这支军队存在的时间很短——只有半年多时间，但威震大江南北，影响深远；这位军长生命短暂——32 岁就在一次战斗中壮烈牺牲，但一代一代后人永远怀念着他。他们立下的功绩也许有限，但是他们不畏强权、英勇奋斗、为了人民的利益不惜流血牺牲的精神，却永远留在人们的心里。

2015 年是中国工农红军第十四军建军 85 周年，也是何昆军长英勇牺牲 85

周年。清明节小长假，我专程返回家乡江苏如皋，去追寻红军的遗迹，踏访英雄的事迹……

我是4月3日回到家乡的。这一天，正是红十四军建军85周年纪念日，离何昆军长的忌日还有13天。这一天，北京艳阳高照，晴空万里，春光和煦。可是家乡的天空却彤云密布，阴雨绵绵，仿佛老天也和我一样在缅怀先烈。下了飞机，匆匆吃过午饭，我顾不得休息，就请当地的红十四军研究专家陪我，冒着毛毛细雨，奔走如皋城乡，瞻仰何昆烈士纪念碑，踏访红十四军建军遗址和如皋县工农革命委员会成立大会遗址，参观红十四军纪念馆，回顾历史，缅怀英灵……

何昆烈士纪念碑坐落在如皋市西南方向的磨头镇，一个占地约1500平方米的院落中，院内绿树成荫，环境幽雅，庄严肃穆。院子正中，矗立着一座纪念碑，上书“死难烈士万岁”6个大字；纪念碑左侧，立有一座“红十四军老户庄战斗遗址”纪念碑；北侧，是何昆烈士的衣冠冢，墓前立着张爱萍将军题写的“中国工农红军第十四军军长何坤烈士纪念碑”。85年前，何昆军长就是在这里，献出了他年轻的生命。在他牺牲之后不到半年，红十四军也被打散。34年后，他的忠骸才被找到。而他的名字，经如皋市党史办、红十四军研究会考证，也最终确认为“何昆”。“出师未捷身先死，长使英雄泪满襟。”回顾何昆军长短暂而闪光的人生，不禁使人唏嘘不已。

二

1930年春，何昆、李超时、刘瑞龙、黄火青、张爱萍等共产党人，先后秘密来到通海如泰（指当时的南通、海门、如皋、泰兴等8县）地区，他们是按照中共中央军委和江苏省委的命令，来此组建中国工农红军第十四军的。这是江苏省境内唯一的中央序列红军。

1929年11月18日至26日，中共江苏省委在上海召开了第二次代表大会。大会期间，中共中央军委书记周恩来及李维汉、李富春、陈云等听取了通海如泰地区党的负责人李超时、刘瑞龙的汇报，一致认为通海如泰地区红军游击队已有一定基础，提出在此地区建立中国工农红军第十四军。省委书记李维汉代表省委起草了给中央军委的报告。省二大后，中央军委同意了江苏省委的报告，并任命何昆为红十四军军长，李超时为军政委。

通海如泰地区位于长江入海口的北岸，濒江临海，地势平坦，河网纵横，芦苇丛生，气候温湿，土地肥沃，是著名的鱼米之乡。19世纪中叶，随着外国资本主义侵略势力进入长江流域，这里成了帝国主义掠夺中国原料和促销商品的重要市场，也是国民党政府统治苏北的重要基地。在此地建立革命武装、开展游击战争，其政治影响非同寻常，其艰难程度也非比寻常。何昆、李超时、刘瑞龙等共产党人，怀着坚定的信念，结合当地实际，灵活运用江西苏区红军的经验，在土地革命、政权建设、政治建设、军队建设和军事斗争等方面都进行了有益的探索。在南京国民党中央政府的卧榻之侧，在敌强我弱的困难条件下，红十四军发展到2000人左右的武装，发展赤卫队数万人，不屈不挠地斗争了6个多月，并在游击区内开展了轰轰烈烈的土地革命，建立苏维埃政权，开展游击战争，成为全国15块红军游击区之一。

习惯了影视作品中操着湖南话、四川话、江西话，勇敢剽悍的红军形象，我实在无法把说着一口如皋“土话”、性格温和绵软的如皋老乡与红军联系起来。可是就是这些平时胆小怕事的庄稼汉，在何昆等共产党人的带领下，奋起反抗国民党政府的反动统治，与国民党军队展开殊死搏斗。张爱萍在《红十四军》一诗中这样描述：“闯过重重关渡险，通如靖泰首揭竿。工农暴动今作主，枪杆紧握掌政权。围攻白狗老户庄，忙打土豪又分田。红十四军挥铁臂，苏北惊雷震江南。”

红十四军的军事胜利，极大地震撼了国民党政府。国民党政府以驻黄桥的“剿共总指挥部”所属部队为主力，纠集了横巷、卢港、卢庄、季家市、西来庵等地的驻军，向红十四军发动围剿。在敌强我弱的不利情况下，通海特委决定在黄桥实行“总暴动”，错误地认为这是“江北革命政权和反革命政权的最后决战”。由于叛徒的出卖，腹背受敌，“八三”黄桥总暴动失败了。不久，活动在如泰地区的红十四军一师、活动在通海地区的红十四军二师先后遭受失败。

红十四军从成立到失败，虽然仅有6个多月的短暂时间，但其历史光辉没有泯灭。这场紧靠国民党统治中心南京、地跨8县、历时近3年的工农革命运动和革命游击战争，配合了全国的革命运动，在一定程度上牵制和分散了国民党对中央苏区及其他革命根据地的进攻；同时播下了革命的火种，为以后的新四军东进和苏中七战七捷等打下了基础。

三

何昆是一位传奇式的英雄人物。

何昆，原名何德晟，化名李维森，1898年9月出生在湖南省永兴县。他10岁入私塾，塾师何海棠先生常晓以爱国大义，在他幼小的心灵中逐渐萌生报国救民思想。何昆从小性格刚强，见义勇为，并练就一身好武艺。1924年，他与同乡何德介、何德用一起投考黄埔军校。由于他不具备初中以上学历，次年冬才被录取到预科。在军校，他受到周恩来的直接教导，1926 年春加入中国共产党。

何昆智勇双全，胆识过人，屡次涉险而化险为夷。1927 年蒋介石发动四一二反革命政变后，何昆等左派学生被拘禁校内。当晚，何昆乘看守人员不备，顺阴沟涵洞爬出校外，化装成农民，辗转至广州找到党组织，被派往三水县石峡地区组织农民武装，准备暴动。12 月 11 日，广州起义爆发，何昆率石峡农民军突入市区，配合起义士兵、工人、赤卫队击溃国民党军队。13 日，起义失败，何昆在黄沙火车站弹尽被捕。他以平时练就的武功于当夜撬开监所屋顶的椽子，率领大部分难友成功越狱。由于跳楼时挫伤了踝骨，他潜回永兴休养了一段时间。接着他北上武汉寻找党组织，接上关系后便以非凡的胆略开展工作。当时，武汉三镇为白色恐怖所笼罩。一天，他路遇时任国民党武汉警备区少校的何德介，何德介惊讶地对他耳语道："通缉你的字有箩筐大，你怎么还在这里？"何昆淡然一笑："怕什么！"不久，党组织把他调往沪宁地区工作。有一次，他外出执行任务，突遇国民党军警检查。他急中生智，敏捷地钻进一顶路过的空轿子，叫轿夫抬走，军警目送这位坐轿的"贵人"扬长而去。

1930 年春，受周恩来委派，何昆赴通海如泰地区组建中国工农红军第十四军。为了建设一支坚强有力的正规部队，何昆和李超时、刘瑞龙等四处奔走，将分散于各地的游击队员组织起来，统一编制为两个支队（后改为师），刘廷杰、秦超、黄火青、陈雪生、仇建中、张爱萍等分别担任支队和大队（营）领导。何昆组建红十四军军部后，即着手强化红十四军军事建设：一是加强党的领导，明确红十四军接受中央军委、中共江苏省委和通海特委的领导，执行土地革命、武装斗争和反对国民党反动统治的政治任务，在红十四军中建立各级党组织，设立政治委员制度，建立政治机构；二是明确红军任务，规定红军执行"打仗、做群众工作、筹款"三大任务，在战斗中要成为勇敢的战斗者，平时要成为群众工作的宣传员和组织员，协助地方党组织和农会做好工作；三是掀起练兵热潮，带领红军战士操练，从立正、稍息到队列、射击等动作，他都是亲自作示范；四是加强地方赤卫队建设，集中所有的散枪和梭镖，仿照江西赤卫队的编队形式，合理配置人员和武器，以便灵活地进行军事行动。经过严格整顿、训练，使这支队伍在政治上、组织上和军事素质上都得到了加强。

何昆能体恤民众疾苦。当他了解到如泰地区的红军战士每月除领 6 元大洋津贴外，还在群众家里吃派饭，就动员大家说："江西的红军战士每月仅 3 元津贴，我们领 6 元，还吃派饭，老百姓负担太重了。"在他的教育下，干部战士参照江西红军标准，将月饷由 6 元减为 3 元。

经过一段时间的整训，何昆便部署对敌据点的主动进攻，以扩大红军影响。3 月中旬，何昆率领红军首战靖江县长安市。午夜，战斗打响，敌人从梦中惊醒，未加抵抗即行溃逃。红军缴获一批枪支弹药，并将据点及几家大地主家的财物、粮食，分给贫苦农民。

长安市一战，使如皋西乡大地主丧胆销魂，他们纷纷组织反动武装，构筑碉堡，用以对付红军。卢家庄是如皋西乡大地主集中的大庄子，他们连夜加固工事，并写信请求夏堡地主季恺（民主人士）派遣一个班保家兵协助护庄。季恺是北平平民大学法律系毕业生，曾亲聆我党创始人李大钊的教导，思想进步，暗中倾向革命。他悄悄将信函转呈何军长。何昆当即命令一班战士，持季恺亲笔信，化装打进卢家庄。3 月 23 日晚上，何昆率军对卢家庄发起进攻，全歼敌守军，活捉 7 个恶霸大地主，并应群众要求将他们枪决。

1930 年 4 月 3 日，通海特委和红十四军军部在如皋西南乡贲家巷召开了隆重的建军大会，宣布中国工农红军十四军正式成立。红十四军指战员和周围几十里内的赤卫队员、农会会员、妇女会员、少先队员，扛着洋枪、土枪、大刀、梭镖、铁叉等各种武器，兴高采烈地来到会场。贲家巷方圆几里内人山人海，会场上红旗招展，锣鼓喧天。何昆军长宣读了《告工农及一切劳苦群众书》，并检阅了主力红军和赤卫队。

建军大会壮大了革命声势，会后如泰游击区与通海游击区都有了较大发展。在这两个游击区之间有一个由大地主张符秋盘踞的老户（虎）庄，庄上驻有敌保卫团团部、县警察九分队和省保安队一个中队，高堡深沟，易守难攻，严重地影响我两个游击区之间的联系，我军早已准备拔掉这颗钉子。1930 年 4 月 16 日，何昆率二支队及赤卫队，在夜色的掩护下分三路向老户庄发起进攻。守敌防卫火力甚猛，红军渡河受阻。何昆下令组织突击队从东路强攻，眼看庄内守敌阵脚已乱，不料驻吴窑的县警察队从背后突袭过来，如皋、石庄、马坪、刘渡的敌人也增援过来。何昆握着手提式机关枪，率领战士冲锋，很快占领了东头的晒谷场。碉堡里的敌人拼命抵抗，用机关枪对着晒谷场疯狂扫射。紧急关头，何昆对二大队长张爱萍说："让我对付炮楼上的野狗子！再不解决，如皋城的援敌出来就不好办了！"说着，他登上张爱萍的肩膀，趴在一个草堆子上，用机枪对准炮楼枪眼猛烈扫射，压住了敌人的火力。战士们士气大振，纷纷跳起来向院内冲锋。就在这时，一颗子弹飞来，何昆不幸胸部中弹，摔倒在地。张爱萍在回忆录《围攻老虎庄》中，描写了何昆军长牺牲前的情景：

"何坤同志站在我的肩头大声地喊着：'共产党员们，冲啊！——'

“我蹲在底下，看不见何坤同志的表情，但从他洪亮的声音里，我听得出他很兴奋。战士们看到军长把敌人的火力压下去了，纷纷跳起来往上冲去。

“突然我感到肩头一晃，何坤同志从上边倒下来，他像一株折断了的大树，躺在我旁边。我以为他没站稳摔下来，连忙去扶他。啊！他一只手按着胸口，血像涌泉似的，顺着指头缝流了出来。‘军长，军长！’我抱住他，连声呼叫。

“他把手提式机枪交给我，坚决地说：‘打！快打！不要管我！……’”

由于军长身负重伤，部队进攻受阻，只好向邹家岱方向撤退。撤退过程中，战士们将浑身浸透鲜血的军长抬到附近一座破旧的土地庙内稍作停顿。就在这座破庙里，何昆军长因伤势过重心脏停止了跳动，年仅 32 岁。这位信仰坚定、足智多谋、英勇善战的军长，还没来得及充分施展他的才华，还没来得及看到他为之奋斗的事业取得胜利，便永远离开了人世。

四

何昆军长牺牲的当夜，当地党组织带领群众将烈士遗骸收殓安葬。由于后来斗争形势日益严峻，地方党组织遭到严重摧残，一时无暇留下掩埋烈士忠骸的标识，这给后来寻找烈士的忠骸增加了极大的难度。几十年间，有关方面多次寻找，都无果而终。

他的战友们一直怀念着他。1930 年 7 月，张爱萍在上海疗伤期间就写下《怀念何坤军长》诗一首：“通如靖泰义揭竿，工农武装掌政权。老户庄头争战烈，亲举机枪率当先。无情弹丸玉山倾，一腔碧血泪雨连。庆功酒酣酒亦苦，报捷声频声愈黯。何期长诀铭心底，丹心永昭苏北原。”新中国成立后，组织先后于 1952、1956、1957、1958 年四次派人赴如皋寻找他的忠骸，都没有收获。1960 年 5 月，在张爱萍的提议下，如皋县人民委员会在何昆军长牺牲之地——老户庄建立了纪念碑，张爱萍亲自题写了纪念碑名。其后，根据张爱萍的指示，当地党委政府继续寻找，终于在 1964 年找到了烈士的忠骸。1968 年清明节前夕，何昆军长的忠骨经火化后安置于如皋县烈士馆内，后于 1992 年 4 月随迁至新落成的如皋市烈士陵园内，还专门建了一座 4 米高的雕像，供后人瞻仰缅怀。1980 年，当年的通海特委书记刘瑞龙专程赴老户庄谒碑，并赋诗缅怀英烈：“奋战不顾身，忠党爱人民。勇开光明路，青史育后昆。”为了保存红十四军的宝贵史料，新中国成立不久，刘瑞龙就着手写作回忆录《回忆红十四军》，后一版再版，成为一部珍贵的爱国主义教材。

五

在如皋，我曾试图寻访红十四军老战士，但是没有成功。想想也是，85年了，就算当年15岁的小兵，如果健在的话也是百岁高龄了。而这支部队存在的时间只有6个多月，6个月，在历史的长河里只是一个极其短暂的瞬间，我们已经很难找到当年英雄的踪迹。据介绍，红十四军主力部队2000人中，知道姓名的烈士及解放后确认的失散人员加在一起，共900多人，绝大部分将士都是无名烈士。最后一位幸存的失散人员也已于2008年去世。

但是如皋人民没有忘记红十四军的英雄们。新中国成立以后，当地党委、政府一直通过多种方式，努力搜集烈士事迹。他们决心用一种直观的方式，再现和展示先辈奋斗的历程，纪念先烈，昭示来者。2011年3月，经中央有关部门批准，红十四军纪念馆正式对外开放。纪念馆以1300余幅图片、近4万字说明文字、700余件实物资料，再现了土地革命时期中国工农红军第十四军艰苦卓绝的革命历史。

走进纪念馆，首先跃入眼帘的是以何昆军长、李超时政委、通海特委书记刘瑞龙为首的红十四军将士群雕，群雕的背景是红十四军军旗和红十四军游击区域图。分布在纪念馆上下两层的8个展厅，依次为：江海曙光、长夜惊雷、斩木举义、军旗如画、革故鼎新、金戈铁马、碧血丹心、野火春风。看着一幅幅图片和实物资料，听着一个个感人的故事，我仿佛又看到了那个火红的岁月，看到了红十四军激昂悲壮、可歌可泣的征程。

六

今天回头反思，我们不能不承认，红十四军的失败，确实有不可克服的客观因素和可以避免的主观原因。客观因素是敌强我弱，力量悬殊。红十四军武装仅2000人左右，而国民党反动派用以对付红十四军的兵力有1万多人，加之通海如泰地区襟江带海，一马平川，交通方便，极易为敌切割，红十四军没有退可以守、进可以攻的地理环境作依托。而国民党部队的武器装备要比红军精良得多，军事素质也比红军高得多。在主观上，由于受到李立三“左”倾错误的影响，不懂得正确分析革命形势和阶级力量对比，往往提出不切实际、力不胜任的任务；在游击区内实行了一系列“左”的政策，不懂得区别对待地主中的开明分子和顽固分子，团结一切可以团结的力量，伤害了不少革命同志和群众中的积极分子，削弱了革命队伍的力量。此外，红十四军的政治工作和组织工作，也存在严重弱点。

然而，英雄就是英雄，任何缺点、失误也无法掩盖其耀眼的光芒，人们也不因其失败而稍减对他们的崇敬。“面壁十年图破壁，难酬蹈海亦英雄。”他们为革命所作的贡献固然值得我们永远铭记，他们用鲜血和生命换来的教训，更是后人宝贵的精神财富。正是一代代共产党人在曲折道路上的不懈探索，我们才愈挫愈勇，终于找到了一条正确的道路。当我们身处和平环境中，为了个人理想和民族复兴伟大梦想而努力工作的时候，愈加感念先辈们用失败给我们留下的宝贵财富。

原载《解放军文艺》2016 年第 7 期

贡水八渡

华祥文

一

一条河流从武夷山南段的高山密林里流下，过石城、瑞金、会昌、于都、赣县六县，曲折蜿蜒六百里，在江西省南部重镇赣州城墙脚下的八境台与章水合流成赣江，然后掉头一路北向，流入鄱阳湖，汇入长江。

这条河流叫贡水，是赣江的源河。

二

八十多年前的赣南，层峦叠嶂，偏远而贫穷。在这块偏远贫穷的土地上，没有一条公路通向外界，贡水成了赣南的交通干线，也是唯一的商业动脉。不多的耕地大部分集中在当地豪绅和宗族手里。一个月去三两次附近的圩场，用不多的山货或土产换一些盐巴、布匹等生活必需品，是山区农民们唯一的商业活动，也可能是他们去的最远的地方。与当时中国大多数地方一样，到处充斥着乞丐、疾病、贫穷和愚昧。日子过得艰难而绝望，就像流淌的贡水，似乎永远也看不到尽头。只不过，这里更加与世隔绝，即便当时打得血肉横飞的军阀战争也没有波及这个地方。偶尔的枪炮声也就当放爆竹听个响。省会南昌发生的革命暴动，就像是另一个世界的故事。

一切都是那么遥远。

千百年来一成不变的日子在一九二九年被打破。在一个寒风凛冽的严冬季节，井冈山刚下过一场大雪。毛泽东、朱德率红四军转战赣南、闽西，以星火燎原之势建立了大片的革命根据地。仅用了三年时间，中国共产党第一个全国性红色政权——中华苏维埃共和国临时中央政府成立，定都贡水河畔的瑞金。很快，这个年轻的红色政权就拥有了一块称作“中央苏区”的广阔根据地。鼎盛时期，苏区面积达八万多平方公里，四百五十多万人口。

巧合的是，贡水流过的地域全部成为苏区。

三

于都是贡水河畔一座安静的小县城，人口不到一万。贡水流经这里时已经一路汇纳了濂水、梅水等四五条支流，河面宽阔，水深流缓，可以航行大的帆船。两岸的冲积平原地势平缓，历来都是于都出产稻米的地方。因此，紧临贡水的南门便成了于都城舟楫往来最热闹的渡口和水陆码头。

一九三四年的十月，于都城仍然是一派安宁祥和的景象：大多数庄稼已经收割归仓，寒露还没来到，天气不冷不热，正是秋高气爽的舒适季节。中秋节刚刚过完几天，鞭炮的硝烟似乎还没有散尽，油炸米果的香味仍然在小街巷闾里飘荡。对于大多数于都城里的普通人来说，今年的十月和往年没什么不同。几年以来，他们已经习惯了处在苏区中心位置带来的安宁：秩序良好，邻里和睦，从来没有发生过什么重大事件，只要按部就班地去做事就好了。

可他们不知道的是，一件震惊世界，后来被称为“长征”的大事即将在于都发生。

此时，时任少共中央局组织部长的刘英正在于都为“扩红”的事情焦急万分。这个从莫斯科学习归来，身材娇小、泼辣能干的湖南姑娘五月份就来过于都，以她出众的能力为红军扩充了三千多名兵源。这才隔了三个月，她又带着“扩红”四千多人的任务再次来到于都。这几乎是不可能完成的任务。三十四万人口的于都已经有六万多人参加了红军。

对着只完成二百多人的数字，刘英一个劲地皱眉。

于都城北门外的何屋，是一栋有前后院三十多间屋子的院落。院子里有一棵高大的樟树和两棵柚子树，在于都城里也算得上是大宅。这里是赣南省委的办公地点。九月份到了于都的毛泽东就住在这栋青砖青瓦的院落里。

毛泽东记不清是第几次来于都了。五年前他第一次来的时候就在于都河东门的沙坝上开过万人大会，并亲手创建了于都第一支革命武装和第一个红色政权。此后，还因各种工作多次往返于都，但这次来于都心境与以往格外不同。早在两年前，屡受排挤的毛泽东就失去了军事和政治决策权，只剩下了一个有职无权的头衔。

如今，广昌失守、石城失守、宁都失守、兴国失守、会昌失守……国民党军全面进逼，苏区不断失陷，“红都”瑞金已遭受敌机轰炸，红军在多条战线顾此失彼，损失惨重。不断传来的战报使毛泽东无心考虑自己遭受的不公，他深深担忧和焦虑的是苏区的命运。

在毛泽东心里，苏区就像自己的孩子一样，他亲手创建了它，一步步抚育它成长壮大，现在又无能为力地眼看着它一步步陷入危机。此刻毛泽东清楚地意识到，中国的红色革命犹如惊涛骇浪中的一叶扁舟，随时都有倾覆的危险。长征，或许是唯一的出路。

一九三四年十月十八日傍晚，重阳节过后的第三天，毛泽东跨过何屋的条石门槛，走向东门渡口。随身只带了一袋书、一把破伞、两条毯子、一件旧外套、一块旧油布。

他叹了口气，此去关山万千重。从此，毛泽东再未踏上过赣南这块他亲手创建过中央苏区的土地。

四

越来越多的人涌入，终于使于都有了一种不安的气氛。很多人联想起几个月前红军就征购了大批的稻米，而且一直在进行不同寻常的“扩红”，他们感觉一定会有大事发生。很快，随着十月十三日中央纵队一万多人首先到达于都，这件大事变得不再是秘密。

于都从来没有过数量如此庞大的红军。几天时间，分散在苏区外围多个方向浴血奋战的红军五个主力军团，收拾起带血的战衣，全部隐蔽撤离战场开赴于都河沿岸集结：红一军团抵达段屋、宽田待命；红三军团抵达于都县城附近待命；红五军团抵达于都县城西北待命；红八军团抵达步前待命；红九军团进抵会昌县珠栏埠待命。

八万多颗红星闪耀于都河边，这是中央苏区的全部力量，也是中国革命的中坚。很难描述这是一支什么样的队伍：指挥员的平均年龄不到二十五岁，战斗员的平均年龄不到二十岁；官兵军装是一样的，头上的红星是一样的，牺牲时的姿态也是一样的。在这支队伍中，无论是政治精英、军事精英，还是不识字的普通战士，他们都坚信自己是一个伟大事业的奋斗者，为此他们可以赴汤蹈火，视死如归。

在于都河三十公里长的沿岸，这八万多名铁血将士，即将带着硝烟血渍，更带着钢铁般的信念，告别父老乡亲，告别妻儿，从山峰坝、东门、南门、西门、孟口、鲤鱼、石尾、渔翁埠八个渡口跨过贡水，一双草鞋一把土枪，踏上漫漫长征路。

五

月亮升起，贡水在月光下缓缓流淌。没有风，夜色里的潭头圩一片宁静。

一九三四年十月十七日夜，二十七岁的红一军团团长林彪率领麾下二万将士，在山峰坝渡口渡过贡水，然后星夜疾进，直插安远、信丰一线，那里是红军必经之路的第一道封锁线。与此同时，彭德怀率领红三军团一万七千多人，从于都城南门、西门渡口渡河。

奉命担任长征部队左右前卫的一、三军团，一直是红军中最骁勇善战的绝对主力。他们最先出发，犹如两把出鞘的利刃，闪耀着冰冷的光芒，刀锋直指几十万国民党大军形成的四道封锁线。然而，十天前，他们都还在苏区外围浴血苦战。

红一军团主力原在兴国县高兴地区抗敌，十月六日将防务交给红五军团脱离战场，行军五天抵达集结地。所属十五师原在石城县南部作战，直到十五日才抵达归建。在于都补充两千六百人后，全军团人员近两万。

红三军团原在石城县南部阻敌。十月七日撤离战场至宁都县固村地域集结，进行补充和训练。十五日晚开进到于都县城附近。在于都补充两千六百人，全军团一万七千八百多人。

次日傍晚，由中央苏区党政军机关组成的中央纵队一万五千余人在于都城东门渡河。左路后卫红九军团一万一千余人在靖石渔翁埠渡河。右路后卫红八军团一万余人在罗坳孟口渡河。

最后渡河的是红五军团。

这支由国民党二十六路军起义队伍组成，号称“铁流后卫”的红军主力，是最晚撤出战斗的部队。从十月六日接替红一军团的防务后，他们在兴国继续与国民党军鏖战十天，直至十七日才撤离战场。经一天的急行军赶到于都步前。二十日晚，这支征尘未洗的疲惫之师从罗坳鲤鱼、石尾渡口渡过贡水，肩负全军总后卫的重任，再次踏上征途。

风萧萧兮贡水喑。对岸嘶叫的骡马声、沉闷的脚步声越来越小。排成长龙的火把渐行渐远，最后湮灭在夜色中，一切归于黑暗。

于都城一片死寂。

六

一个秋末冬初的傍晚，火烧云映红了半个天空。东门渡口旁的渡江大桥车水马龙，一群孩子在长征纪念碑前的小广场追逐嬉闹，河岸下有几个老人在眯着眼睛钓鱼。

联想起八十多年前的渡河场景，感觉有点恍惚。

和以往不同的是，这次是一气走完其他红军渡口后才到这里的。第一次到东门渡大约在三十多年前，日后也来过多次，但三十多年的时间里，却以为东门是红军长征渡河的唯一渡口，这对于生于长于贡水边的我来说的确有点羞愧。

当年，毛泽东、朱德、周恩来等人就是从东门渡渡河开始长征的，东门渡口也被誉为“长征第一渡”。一九九六年，渡口建起了纪念碑园，纪念碑高10.18米，寓中央机关、红军总部及毛泽东、朱德、周恩来等领导同志于10月18日傍晚在此渡河之意；碑身为双帆造型，寓中央红军由此扬帆出征之意。碑座左边为陆定一手书《长征歌》：“十月里来秋风凉，中央红军远征忙，星夜渡过于都河，古陂新田打胜仗。”右边为叶剑英于1962年建军节为缅怀原赣南省军区政治部主任刘伯坚写的诗：“红军抗日事长征，夜渡于都溅溅鸣。梁上伯坚来击筑，荆卿豪气渐离情。”诗中引用秦朝燕国高渐离击筑高歌送别壮士荆轲刺秦的历史典故，追忆当年长征夜渡于都河时刘伯坚同志为自己送行的悲壮场面和动人情景。

东门渡口由此成为中国革命史上一处耀眼的红色地标。在它面前，其他七个长征渡显得星光黯淡，日渐不为人知晓。

顺贡水上溯二十公里左右，是梓山乡潭头的山峰坝渡口，它是贡水红军渡河的第一个渡口。四年前追寻到此时，早有大桥通向对岸。过桥转入一条土路，前行几百米，山峰坝渡口纪念碑矗立在贡水北岸杂草丛生的河岸边。贡水在这一段河宽水浅，一多半的河床是黄色的沙滩，对岸临河而建的潭头圩还有少许吊脚楼样式的房屋，依稀能看出些当年的模样。

渡口位置的纪念碑明显是新建的。在这个基本保持了当年样貌的自然渡口，如果没有这块纪念碑，有谁会知道曾有二万红军将士在此夜渡贡水？

而事实上，正是这支铁血之师，在中央红军二万五千里的征途中自始至终战斗在最前列——从于都到陕北。

南门渡口在于都城内。八十多年前，于都城也是一座典型的中国传统建筑格局的小城：城墙合围，有东南西北四门。现如今自然一扇门也没有了，只遗留下一个个地名沿用至今。

南门渡口，早在一九六六年就被确认为革命旧址。原有码头，商旅来往频繁，位于古城墙南门外，麻石砌成。在我的记忆中，南门渡口一带到二十世纪七八十年代都还是于都最繁华的地方。一条窄窄的街道沿河而下，大约不到两华里。两边全是带骑楼的房子，集中了县城所有的商场和店铺。右边的房子高出街道五六个台阶，一溜过去是五交化、食品、百货这些当时较大的国营商店。左边的房子与街道平齐，经常性地遭水淹。多是照相馆、理发店、饭店、中药铺什么的，房子的背后是大约两层楼高的古城墙。这条街的中间段就是南门渡口。城墙上开有一处油光铮亮的麻条石拱门，一二十级台阶便可下到贡水。日常总是过渡的、搭船的、搬货的进进出出，喧闹繁忙得紧。

南门渡口现在的位置，在东门渡口下游二公里县政府门口。之所以用“位置”这个词，是因为这里不仅没有任何红军渡河的标识，而且完全找不到一丝渡口的痕迹。渡江大道东西穿过，北面是县政府大门，门口车流不断，人头攒动。南面原渡口位置有一大排的店铺，原来的古城墙早已不见踪影。向旁边一位老人询问渡口位置，他说大概就在这里。再问古城墙，他愤愤不平地说：搞开发，拆了！

于都西汉高祖六年置县，素有“六县之母”之称。宋绍兴十五年筑墙；二十一世纪初，毁。

再往下一公里的西门渡口更是无处觅踪。由于西门渡口所处地点多沙滩，河床多变，素来没有固定码头。原本此地有一座宋塔，当地老人习惯称此地为“塔脚下”。一九七一年，为取其砖建工厂被拆毁。现在只知道大概位置在于都长征大桥桥头。昔日红军在此渡河长征，如今在此建起了于都最重要的桥梁，算不算是冥冥之中自有某种巧合?

或许是八十多年前红军夜渡贡水的那一幕，在几代于都人们的心灵深处留下了难以磨灭的印记，以至于后来于都干脆利落地把县城现有的两条主干道命名为长征大道、渡江大道；三座桥命名为长征大桥、渡江大桥、红军大桥。可以说，从没有哪个地方的地名具有如此浓厚的长征色彩。

七

孟口、鲤鱼、石尾，是位于罗坳镇的三个红军渡口。

穿过一个火车桥洞，眼前是一片开阔的田野。走近去，路的尽头是颇为古旧的孟盛公祠，这是当地孟姓人家的祖祠。祠堂门口大片金黄的稻田等待收割，远远看见一株高大的小叶榕耸立在田野中，树荫下有两块石碑若隐若现。

看来没有走错地方，前边应该就是红八军团渡河的孟口渡。

渡口处立有两块碑，一块简陋粗糙些的是纪念碑，于都县政府一九九九年立。水泥浇注白粉刷面，方柱形，约三米高，几十厘米宽。正面上书“中央红军长征第一渡——孟口渡口”，顶部镌刻红星。旁边一块精致的大理石碑面，为全国重点文物保护单位碑，江西省政府立于二〇〇六年。

任谁也不会想到，一万一千人的红八军团，在此渡河后一个多月，湘江一战，近万将士战死疆场，残部仅余千余人。这支大多由兴国子弟组成的队伍，从组建到撤销不过两个多月，成为红军军史上存在时间最短的部队。

寻找鲤鱼渡口和石尾渡口颇费功夫。在鲤鱼村多次问起红军渡口之事，几乎都摇头说没听说过。后来只好问附近河边有没有纪念碑一类的东西，才有人手指一个方向，说，那边好像有一块。

走过一段田埂，穿过几处抛荒的耕地，爬上一个小土坡，纪念碑出现在贡水北岸的一块台地中间。台地上长满过膝深的野草、荆棘和灌木，随着我们的到来，一群野鸟轰然飞起。走到跟前，发现纪念碑的制式和孟口渡口一模一样。只是经过近二十年的风雨侵蚀，碑身的白灰刷面脱落许多，显得沧桑斑驳，顶部的红星早已褪色。碑身背面的字迹倒是清晰可见，上面明确记载红五军团第三十四师从这里渡过贡水开始长征。

三十四师！刹那间大脑轰然一震：三十四师，六千余人，多为闽西子弟。师长陈树湘，长沙小吴门人，二十九岁。长征途中三十四师为“绝命后卫师”，湘江之役，陷入重围，弹尽粮绝，全师战死。师长陈树湘腹部中弹，重伤被俘，押送途中，从伤口处掏出肠子绞断，惨烈就义，魂归小吴门。

我下意识地看了看时间，十月二十三日，震惊地发现，随意而来的日子竟然是三十四师渡河后的第三天。视线越过西流的贡水，恍若还能看见那些远去的背影。

纪念碑下，紫色的藿香蓟在风中摇曳。

后来，我又把所有渡口的登岸点全部走了一遍。某一天，我久站在贡水南岸河田村凝望鲤鱼渡口，一位五十多岁的当地村民前来搭话。

他疑惑地问我在看什么。

我指着对岸告诉他，看纪念碑。他眯眼看了半天，愈加疑惑说，哪有什么纪念碑啊？！我只好跟他说，红军曾经在此过渡，我们站的地方就是当年红军登岸的地方。他很惊讶，说小的时候好像听他爷爷讲过，附近村子里的老表把自己家的门板床板都拆光了，原来还真的有这个事啊！

石尾渡口更加偏僻，附近只有两三户人家。土墙灰瓦，墙上存留不少“文革”时期的标语，一看就知道房子还是几十年前建的。四处找不到人打听，我们只好依据经验沿着河边的小径寻找。

石尾渡口纪念碑矗立在一块紧临贡水的陡峭高坎上，周边是稀稀拉拉的马尾松，基座下长满芦萁和一些低矮的小灌木。碑身顶部破损一大块，红星缺了一个角。背面的记载倒是仍然清晰：红五军团十三师从这里渡过于都河，开始长征。从这里望去，当年登岸的小溪口清晰可见。一条机动船正横江而来，敞开的船舱里站了些人，看来此地仍然是一个渡口。

发源于安远县的濂水流经于都靖石乡从会昌下洛坝汇入贡水，渔翁埠渡口就在靖石乡渔翁村。这个以前称为“乱石”的地域，是一个三县交界之地，离于都城有上百里之远。当年的渔翁渡口不过二三十米，河窄水浅，红九军团轻松渡过。如今此地因建了渔翁埠水库，所见已是一片汪洋景象。

渡口纪念碑就建在临水几米远的山坡上，旁边是一座叫“瑞云山寺”的小寺庙。据说，民国初期就有，没想到至今仍在。

八

黎明后，贡水寂静，泛着泡沫，一如既往地西流。岸边的老弱妇孺在瑟瑟秋风中目光悲怆，渡口旁除了几双丢弃在沙滩上的烂草鞋，什么也不见了。一万七千多于都子弟渡河远去，一去就是十五年。

很难想象，当年属于全红县的于都，为长征几乎是倾其所有。筹粮二十五万担，购买公债九十万银元，组织八百多条渔船架浮桥，三千多名挑夫随军出征。三十四万人口有四分之一参加了红军，仅在长征前夕就组建了八个补充团，近万人加入红军各军团。

十五年后，重归故土的不到三百。

红军渡河一个月，于都陷落。而远在千里之外拥有八万之众的中央红军大部队，即将迎来长征史上最惨烈的湘江血战，人员也将锐减至三万。

在于都宽田、黄龙的高山密林中，留守苏区的项英、陈毅也拉开了艰苦卓绝的南方三年游击战的序幕。

九

贡水无名，起于高山终于大海，不过是中国南方山区万千河流中极平常的一条。以跨越贡水为起始点的长征，虽几度九死一生前路渺茫，却仍然历尽艰难希望不灭，最终造就了新中国的宏图伟业。长征以一种精神，成为影响人类历史进程的百件大事之一。分布在六十里贡水沿岸的八个渡口，是红军万里长征迈出的第一步。

历史总是容易被尘封。走遍贡水八渡，不过用了三天，了解这段历史，却用了三十年。

原载《广州文艺》2020 年第 7 期

绿色的山冲

彭绍辉

一九二八年，红五军在湘、鄂、赣地区与敌人辗转激战之后，部队又进行了整编。接着，彭德怀同志和滕代远同志率领整编后的第四纵队和第五纵队前往井冈山与红四军会合；其余的几个纵队则由黄公略同志率领，留在湘赣地区坚持游击战争。当时，我在第二纵队二大队六中队任中队长。整整一个冬天，我们都在平江、浏阳、修水、万载和铜鼓一带活动。

一九二九年三月的一天，我们由长寿街转移到浏阳的芦洞宿营。第二天清早，部队正在吃早饭，突然受到敌人的袭击，我急忙集合部队抢占了芦洞东侧的高地，掩护大队转移。敌人来势汹汹，我们经过数次反击才将敌人压下去。

我正在指挥部队战斗，通信员陈梓突然喊叫起来：

“咳！中队长你挂彩啦！”

“在哪里？”

“看你右腿上流的血！”他指着我的右腿说。

我漫不经心地用手一摸，觉得热乎乎的，低头一看，见裤子被穿了两个洞，一颗子弹戳穿了我右腿的上盘骨，奇怪的是我当时竟没有觉到丝毫的疼痛。

这时，大队部已经上了山，四中队也展开了。大队长命令我们要在四中队掩护之下，迅速地沿着右侧的一条山路，翻过连云山，向浏阳方向转移。

当时部队既没有医疗器材，也没有医务人员，通信员解下绑带来扎住我的伤口，两个战士搀扶着我，血没有止住，顺着上胯骨只是流，每走一步，路上就印下一个血脚印，伤口也渐渐疼得厉害了。当时就这样一步一步地翻了由芦洞到浏阳五区约三十里路的一座大山。直到下山以后，战士们才找到两根竹竿和一把靠背椅子，绑成一副担架把我抬到了宿营地，这时我已经精疲力竭了。

当时敌情十分紧张，驻地近处的古港镇就驻有国民党反动军队和挨户团，我们部队当晚必须转移。由于我的伤势很重，组织上决定把我留下来就地休养。队党代表找到地方党的关系，通过秘密的农民协会，将我寄留在五区赵家冲一位姓刘的老板家里。虽然队上派了通信员陈梓留下照顾我，地方组织和农民群众对我也十分关心，但因骤然离开部队，总觉得有些孤独之感。

部队先天晚上转移，第二天拂晓驻古港镇的敌人就到这山冲来了。刘家老板当即悄悄地把我背到村子的后山，藏在一个草堆里。这时我的伤口仍不断地出血，疼痛、饥渴和过度的疲劳使我整整一天都处在昏迷状态。敌人在几个村子里一直搜查了大半天才走。我在群众的掩护下未被敌人发现。当刘家老板背我回家的时候，老板娘正在熬稀粥和泡姜汤等着我。

当晚，农会的委员长来了，他姓李，看过我的伤口之后，说可以用草药治疗。老板娘从自己的棉被中撕出一片片的旧棉絮给我擦洗伤口，李同志在伤口上撒了一层草药末。到第三天，伤口的血便止住了，疼痛也较前轻了一些。

赵家冲是一个绿色的山冲，到处都是茂密的竹林，有手工造纸业，来这里劈竹麻造纸的大都是古港镇的手工业者和商人。当时竹林中已遍地嫩笋，正是造纸业繁忙的季节，冲里来来往往的人很多，因此李同志一再嘱咐我要注意隐蔽；他给我治伤所用的草药，也都是由他的一个十六岁的女孩子到古港镇去买来的，这样不易引起坏人的注意。

在群众小心谨慎的掩护之下，我竟能在距敌人咫尺的赵家冲平安无事地休息了好几天。等到刘老板建议我转移到另一个村子去的时候，我的伤口已有好转，精神和体力也比以前好一些了。

那天黄昏，刘老板扶我上了担架，老板娘把一块猪肉和一些鸡蛋塞在我的身边。乡亲们对我的热爱，使我十分感激。担架出门后，沿着山间小道，拐了几个弯，约莫走了三五里路，便到了我休养的第二个村子。

房东是农民协会的会员，也姓刘，是一个单身老汉。我到此地之后，仍用李同志的草药敷治伤口，不久，我就能够扶着陈梓在院子里散步了。当然，这都是在夜深人静的时候，白天我还是一直在刘老汉的小楼上隐藏着。

一天黄昏，我突然感到闷热难熬，想到我来此地住的日子已经很久了，难免有些风声传出去。据农会同志得到的情报，敌人要来搜山，我立刻警惕起来。于是让陈梓同志告诉老人家，我不能在这里住了，要换个地方，想立刻就走。

当天晚上，刘老汉在取得农会同意后，便向农会要来担架，连夜把我送到西山鸡婆尖山脚下的一位唐老板家住下来。

第二天早上，山村还笼在晨雾里，忽然刘老汉面带惊惶的神色跑来了。他一见我就惊喜地说："彭队长，好险哪！你可万幸呀！你不该死啊！"老汉告诉我，昨晚我刚离开他家不到一顿饭的时间，敌人就突然围了他们村子，声言要抓"挂了彩的游击队长"。老汉撒个谎说："他在前三天就走了。"敌人哪里肯信，立刻动手搜寻。幸而我临走时陈梓已经拆了床铺，消除了痕迹，敌人什么也没搜到，就向老汉问我的下落。老汉又撒个谎说："上了第一区啦！"敌人气冲冲地把老汉推了一掌，踢了一脚，抢了三只鸡就走了。

我当即抱歉地向老汉说："唉！连累您老人家受惊了！"老汉说："彭队长，你这样说就见外了，你挂彩还不是为了我们穷人，只要你平安无事，我就放心了。"老汉临走时，又再一次地重复说："你真是好运气，你不该死啊！"

老人家那种诚挚的感情使我非常感动，但是我却认为依靠群众的帮助和依靠革命警惕性，比依靠"运气"要保险得多。从此以后，农会的同志们也警惕起来，夜晚在冲口放了隐蔽哨，经常注视着古港镇敌人的行动。

一天深夜，放哨的农协会员报告说，敌人又进冲来了。接着，冲里的狗狂吠起来。可巧在这个时候，陈梓突然生了病，疼得他两手抱着肚子直叫喊，窗外的犬吠声越来越近，而陈梓又大声地呻吟着，弄得我一时没了主意。正在这时候，房东唐老板进来了，他首先安慰陈梓不要叫喊，并把他藏在床铺底下；然后背起我出了后门，摸黑穿过了竹林，最后把我安置在山上的一个石洞里，嘱咐了几句，他就又回村照顾陈梓去了。

我躺在石洞里的柴草上，侧耳倾听着山下村子里嘈杂的吵闹声，中间夹着砰砰的几声冷枪。这时我既担心陈梓的安全，又顾虑会连累唐老板和农会的同志们，一时真是提心吊胆，坐卧不安。

直到中午时分，才望见唐老板一个人溜上山来。他给我送来茶饭，并告诉我陈梓很安全，敌人虽然到处乱找"挂了彩的游击队长"，但并没有到唐老板家搜查。

经过这次事件之后，浏阳第五区党组织认为我已经引起了敌人的注意，不宜再在这个山冲住下去。于是，在一个星斗满天的晚上，我又在赵家冲农民协会的帮助之下，转移到第一区的营和洞。

这段经历早已成为历史陈迹了，但是直到今天，我还经常怀着感激的心情，回忆着那个竹林连绵的绿色山冲，思念着住在这个美丽的绿色山冲里的红色农民们，特别是思念着那些曾经冒着毁家丧身的危险而掩护我的老农协会员同志们。

喧响的柴林

黄新廷

七八月间，天气正热。沔阳宋家墩四周繁茂的柴林，好像一堵密不透风的围墙。夕阳如血，成群的蚊虫像一层烟雾，在柴林上空飘荡着，发出令人心烦的嗡嗡声。远处传来断断续续的枪声，是保安团在杀人呢，还是猎人们在打野鸭？人们不安地聚集到村子西头来，踮着脚尖，隔着柴林朝远处眺望。

从去年大革命失败以后，穷苦的农民在白色恐怖下，日夜提心吊胆熬着苦难的日子。前些时候，听说共产党又来了，到各乡各村联络穷人，杀渔霸分湖业，闹得挺热火。这个消息一下在穷人心里开了花。父亲也变得活跃起来，成夜在村里串门，打听这打听那。这时候，他也被枪声吸引到村西头来，侧耳倾听。我站在父亲身旁，不时看看他的脸色，想探测事情的祸福。

忽然，一个人朝着大家跟前跑来，喊道："共产党到了斗湖村啦，搞得真热火。我今天从那里来，亲眼看见的。"父亲连忙挡住他，环顾了一下，然后对身边的陈世媛说："媛姑娘，去看着村口，当心宋友卿！"这才要那人把详细情形说了一遍。大家听了，都不约而同地说："巡视员能到宋家墩来就好了！"有的说："要请他来也容易，不过保安团离这里才二十里路，要干，就得下定决心！"宋友发接着说："人来了，我们就要负责任，不能让他出危险。"大家都乱嚷道："天天盼共产党来，现在来了，还不快接来！"立时公推了两个人连夜去接头（那时候，我们都习惯地称呼上级组织派下来工作的党员为巡视员）。

第二天，太阳没落，我就到村西湖边去等，想不到陈世媛比我还早。不一会儿，岸边就站了一大堆人，大家都朝远处湖里瞭望，焦急地念叨着："巡视员怎么还不来呢？"

直到快二更天了，才听到柴林里簌簌作响。一会儿，小船就拢了岸。父亲先跳上去，紧接着就有一个穿长衫的人跳上岸来。他左手提一个白布小包袱，右手掖在腰里，天黑，看不清他的面孔。人们像接待久别的亲人一样，簇拥着巡视员向村西头走去。几个机警的年轻人立即到村前村后布起岗哨。

男女老少，挤了一屋子，人们的眼睛都注视着巡视员。灯光照着他年轻的面孔，看来不过二十多岁，文质彬彬，像个学生。不知谁略略地说了几句以后，就说："现在请巡视员讲话！"

巡视员站起身，开始说："共产党专和反动派、土豪劣绅作对，帮助穷人……"接着就告诉我们要做些什么事，怎么干法。

最后，他要大家组织起来，并且让大家临时推举出各个组织的负责人来。他说："以后，我们还要成立苏维埃！"在这个会上，农民协会、赤卫队、妇女会、儿童团、少先队等组织又恢复起来了。会一开完，就用小船连夜把巡视员送走了。

以后，我们就在村里大搞起来。很快就发动起穷苦的渔民，把宋家墩的一个财主宋友卿的浮财分了。赤卫队、少先队天天扩大，闹得很热火。

有一天，宋宾成找到我悄悄地说："党决定在宋家墩建立共产主义青年团的组织，你愿意入团吗？"我高兴地蹦起来说："这还有不愿意的！几时入？怎么入法？"宋宾成按住我说："小鬼，可不许乱说，这是秘密，连娘老子都不许告诉！"这天夜里，他把我带到村西头坟堆边上。我和陈世媛两人，就在这里宣誓参加了共青团。后来才知道，宋宾成也是不久前才入党的。

这年冬季的一天，从新堤开来了一支民团队伍，大约一百来人。我们头一天晚上就得到区里的通知，干部们连夜转移了，因为我年纪小，活动起来方便，组织上决定把我留下来了解敌情。

敌人一进村，就到处抓人，抢东西，烧房子，把从别村抓来的一个共产党员，杀死在村西坟地里，头割下挂在小树上。宋家墩一时变得阴风惨惨，到处是凄厉的哭声，遍地是焦黑的灰烬。大家把仇恨埋在心里，等待着和敌人算账。

替敌人带路的是我的一个族叔。我倚仗年纪小，又有这个熟人，就放大胆和敌人打交道，一会儿送茶，一会儿送水，在他们的指挥部、住屋和岗哨上进进出出，把敌情暗暗记在心里。第二天天一亮，我就背着柳条筐，拿把镰刀，装作下湖去割蒿草走出村子。枯水季节，湖里水都干了。我往柴林里一钻，三拐两拐，估计敌人的哨兵已经看不清了，拔腿就朝沟烂塌跑去。这是干部们临走时留给我的地址，区里的游击队住在那里。十几里路，一口气就跑到了。我把敌人的人数、武器和驻地分布情况详细地告诉了游击队长，当晚又背着一筐子蒿草回到村里。

因为听队长说第二天晚上要来袭击一下敌人，所以这一整天，我心里总是扑腾扑腾跳。天一黑，就用个梯子爬在院墙上悄悄向外窥看。村四周都是漆黑的，风吹柴林簌簌作响。大约一更天光景，敌人的闹嚷声渐渐静下来，突然村东哨口上“叭！”一声枪响，把我吓了一跳。紧接着，满村的狗都狂吠起来，敌人喊叫着，到处跑，噼噼啪啪乱打枪。这时，村东村西同时喊声大起：“同志们，冲呀，杀保安团呀！”敌人大概被吓慌了，一边打枪，一边乱奔乱突。我也禁不住站在墙头上一面叫喊，一面用白天捡来的石子、砖块，朝街上溃跑的敌人乱砸。后来敌人都挤到指挥部的三间屋子里去了，枪声也不那么杂乱了，花机关“嘟嘟嘟”地直朝大路上扫。我们的人也不再叫喊，一步步向前逼近，朝屋里甩火药瓶。这样打了大概有一个多钟头，才逐渐寂静下来。因为我们枪少，遇到敌人有组织的抵抗，很难强攻，便悄悄撤走了。

第二天一早，我就被乱糟糟的叫喊声、啼哭声吵醒。从门缝里一看，敌人背着、提着大包大包的东西，正用枪托、皮鞭威逼着村里的人跟他们走。我在屋后草堆里躲了一阵，听不到声音了才出来。一看，村里除了几个老人小孩，其余的都被敌人抓走了。

后来，被抓走的群众大部分也陆续溜了回来。经过这次锻炼，群众的革命意志更加坚定了，许多人都参加了赤卫队。

人们天天跑来问干部：“苏维埃究竟什么时候能来？”这问题，干部们也没法答复，因为谁也不知道这个姓苏的几时能来。后来，还是那位巡视员来了，他对大家说：“苏维埃，大家想他来他就来了。我们就开会选举吧！”大家才恍然大悟，原来苏维埃就是政权。不久，村里就开大会进行选举，正式成立了村苏维埃，并且着手进行土地改革，分配湖业。

那时，赤白交界处斗争非常残酷。敌人经常下乡烧杀；我们也常在夜间去袭击敌人的区、乡公所，杀土豪、恶霸。在斗争中，我们不断地成长壮大，武器也越来越多，越来越好了。最初用的是插在袜筒里的钎子（小刀）、红缨枪、大刀、土炮和煤油桶。后来，请铁匠打了些火药枪、九响梆和“曲把”（大型手枪，填一颗，打一发，用步枪子弹）。这样，打起仗来，居然砰砰砰砰地挺像回事了。我们也常常去袭击来“围剿”我们的敌人正规军。

记得是一九二九年的枯水季节，湖北省保安师开到了峰口镇，并派一个团伸展到宋家墩西边三十里的岔河口。区里接到县里的通知，集中了党、团员，组织了一支“骚动队”，一共四十多人，去扰乱岔河口的敌人。还派了两个巡视员来带领。他们一人背一支“曲把”，有一支打不响，子弹只有三发，还有一发坏的。其余的人都是拿的红缨枪、火药枪。我是区里的少先队长，也参加了这次袭击，负责打土炮。

天一黑下来，“骚动队”便都上了船。五只船浩浩荡荡一直向西开去。上弦月通过夜雾，映出幽暗的微光。湖上灰蒙蒙的，没有一丝风。柴林静静地隐伏着，只听到船头汩汩的水声，越发显得恬静。我们已经习惯于夜间偷袭敌人，谁也不感到紧张，大家议论纷纷，都想在这次袭击中缴几支钢枪。巡视员见大家劲头足，反倒有点担心，一再嘱咐大家：“这次去，目的就是骚扰敌人，要他们坐立不安。大家要听指挥，硬打是打不赢的。”

水路走了二十里，弃船登岸。又走了不足十里路，大约十一点多钟，就到了岔河口附近。先派两个人摸上前去看看有没有岗哨。不一会儿，去的人回来说：“敌人没有做工事，东边镇口只有一个哨兵。”巡视员就对大家说：“我先带两个人去摸哨，其余的人随后跟来。”

我们扛着土炮，抬着火药，在堤岸下边悄悄前进。又走了百多步，停住了，大家屏住气息，听前面的动静。好久，忽然听到一个惊慌的声音：“不好了，共产党来……”没喊完，声音突然中断，大概我们的小钎子已经刺穿了他的喉管。可是，他这一喊，却把镇上的敌人惊动了，当我们向前冲去时，敌人的枪也响了。巡视员要大家伏在地上，又叫我们朝镇上轰几炮。我们马上架好炮筒，填上火药和铁弹，只见橙红色的火光一闪，“轰隆”一声，好像楼房崩塌了一样。敌人的枪声停了一下，立刻又有更多的枪声响了，并有许多炮弹在我们四周炸响。这时，巡视员喊道：“向后撤退！”我们抬起土炮，就沿着堤埂退到一里路远的地方停下来，一枪不发，光看热闹。

敌人就这样打枪、打炮，一直打了一个多钟头，却不敢出来。等他们松了劲，巡视员又叫我们上去，捅它一炮。这一夜，我们没有让敌人安静一会儿。

天渐渐发亮了，听见镇上人喊马嘶，乱作一团。直到太阳露了头，才看见一小队敌人出了镇，沿河堤一步三回头地向我们走来，一边走一边打枪。我们就往后撤，走得很有秩序。敌人明明看见我们，却不敢靠近。我们走得快，他们也赶得快；我们慢，他们也慢。就这样“追”了里把路，敌人不追了，悄悄往后缩。我们回过头来，先赏他一土炮，接着就呐喊着追上去。这批敌人一听炮响，吓得跌跌爬爬，拼命向镇上奔逃，比追我们时快得多了。我们紧盯着屁股追，直追到镇上，一看，一个人也没有了，敌人全逃光了！巡视员喊道：“敌人跑了，沿河堤追呀！”

又追了大约两三里路，远远看见河上有一队船。“是敌人的船，赶上去打呀！”大家一声喊，紧赶了一程，船没有人跑得快，土炮能够得着敌人了，便停下来。我在炮筒里狠狠塞足了火药和铁弹，捣得结结实实。这一炮打出去像刮起一阵旋风，只见敌船四周掀起三尺猛浪，船像醉汉似的摇晃起来；有些被弹丸打中的敌人，吱吱哇哇乱哭乱叫。敌人的军官也在狂吼："打枪！朝岸上打枪！"最后一只船忽然离开了船队，在河中间漂流起来；其余的船拼命朝前闯。巡视员见敌人跑远了就摆摆手，叫大家不要追了。大家把最后那只船钩到岸边一看，船上没有一个人，却堆满了大包小包东西，原来是敌人在岔河口抢来的。我们把船撑回岔河口，东西全还给了群众。

这一仗，四十个人赶走了敌人一个团，大大鼓舞了我们的士气。以后我们就经常去夜袭敌人，陆续缴获了不少枪支。光袭击杨水湖就缴了二十多支步枪。于是我们的游击武装发展了，区有游击大队，县里建立了独立团。除仙桃、新堤、峰口等大城镇外，我们沔阳县和监利、潜江、天门、汉川、京山、江陵等各县红色区域逐渐连成一片。

三五年是多久

曹靖华

世界上有多少鲜明、生动、细腻、委婉的语言，但哪种语言能把老苏区人民怀念毛主席的心情表达出来呢？

世界上有多少有才能的民间艺人和作家，说出了、唱出了、写出了多少感人的故事和作品；但哪位民间艺人和作家，能把老苏区人民盼望毛主席归来的心情，说出来、唱出来、写出来呢？

没有。

这种不能言传的心情，只有令人用自己的心去领会，去感受吧。

但我却还要记这样的一个故事：

瑞金有个老贫农，他的名字叫刘惟麟。

一天傍晚，他坐在绵江岸上的柚子树下，满树垂着深绿色的柚子。他那恬淡的面孔上，满布着饱经风霜的皱纹，眼睛凝视着一望无际的金色的稻子。一个牧羊的孩子，坐在他身旁，照料着吃草的小羊。

绵江的水，徐徐地、无声地流着。周围一片静穆。老人不紧不慢、自言自语似的说起来：

毛主席当年同我们在一起，我们有地种、有屋住、有饭吃、有衣穿……样样都好。更重要的是他老人家教我们要高瞻远瞩，胸怀世界……

一九三四年，有一天，忽然天变了，黑云把太阳遮起来。不知什么人，也不知从哪儿传来一个不祥的消息：“红军要走了，毛主席要走了！”

我们就像坍了天，都不愿相信。

说话之间，毛主席真要走了！临走时，紧紧握着我们手说：

“同志，坚持下去，斗争下去，我们终要胜利的！红军要回来的，我们要回来的，三五年就回来的！”

说走就走了。我们就像坍了天……

国民党来了，带着恶霸地主来了，带着特务流氓来了。把土地夺去了，把东西抢走了，把房屋烧光了，把人活埋了。

毛主席走了，我们真正坍了天。

血火里的日子多难熬啊！在血火里回想着当年的好光景。在血火里想念着红军、共产党、毛主席。在血火里想着毛主席临走时对我们说的话：

“同志，坚持下去，斗争下去，我们终要胜利的！红军要回来的，我们要回来的，三五年就回来的！”

在血火里想着这些，就觉得红军和毛主席没有走，觉得同当年一样，跟我们在一起。我们浑身是胆，心比天高，志比石坚。在血火里坚持下去，斗争下去，斗争到胜利！

那血火好惨啊。血火里的日子多难熬啊。男男女女、老老少少，多少人都葬身在血火里没有熬过来啊！

血火里，我们想念红军、共产党、毛主席。我们的天坍了。毛主席啊，我们由春望到夏，由秋望到冬，眼睛都望穿了，你什么时候回来呢？

“三五年……”

这“三五年”有多久呢？

啊，是了，“三五年”，就是一九三五年！明年就回来了！坚持下去，斗争下去，斗争到胜利，毛主席明年就回来了！

可是……

一九三五年过去了，红军不见回来，毛主席不见回来。

那血火好惨啊。血火里的日子多难熬啊！男男女女、老老少少，多少人都葬身在血火里没有熬过来啊！

血火里，想念红军、共产党、毛主席。我们的天坍了。毛主席啊，我们由春望到夏，由秋望到冬，眼睛都望穿了，你什么时候回来呢？

“三五年……”

这“三五年”是多久呢？

啊，是了，“三五年”，就是三年或五年。三年或五年就回来了！坚持下去，斗争下去，斗争到胜利！毛主席三年或五年就回来了！

可是……

三年过去了，五年过去了，毛主席不见回来。

那血火好惨啊。血火里的日子多难熬啊。男男女女，老老少少，多少人都葬身在血火里没有熬过来啊！

血火里，想念红军、共产党、毛主席。我们的天坍了。毛主席啊，我们由春望到夏，由秋望到冬，眼睛都望穿了，你什么时候回来呢？

“三五年……”

这“三五年”是多久呢？

啊，是了，“三五年”就是三年加五年，八年！八年就回来了！坚持下去，斗争下去，斗争到胜利！毛主席八年就回来了！

可是……

八年过去了，毛主席不见回来。

啊，那血火好惨啊，血火里的日子多难熬啊。男男女女，老老少少，多少人都葬身在血火里没有熬过来啊！

血火里，想念红军、共产党、毛主席。我们的天坍了。毛主席啊，我们由春望到夏，由秋望到冬，眼睛都望穿了，你什么时候回来呢？

“三五年……”

老根据地劳动人民，怀着这种难得推算的“三五年”的期待毛主席归来的心情，从国民党反动派屠杀人民的血海里站起来，满腔愤火，齐声高呼：“男女老少齐向前，消灭反动派，誓作顶天柱，用胜利迎接毛主席！”

…………

忽然间，霹雳一声，满天黑云顿然消失了，太阳出来了，红军——人民解放军来了，共产党来了，国民党同他的特务、流氓滚了，恶霸地主斗倒了。啊！“三五年”，一九三四,一九四九，瑞金是一九四九年八月二十三日解放，恰恰三五一十五年啊！红军——人民解放军终于回来了！从血火里站起来的人民，欢天喜地地重建起家园了！

只是毛主席还没有同红军——人民解放军一起回来。毛主席啊，你使我们重见了天日，我们怀着火一般的心想念你，想念你回到瑞金来。

……一个消息忽然从天外飞来。这消息好比一阵春风，把老苏区男男女女、老老少少的心，都吹得一齐开了花，把老苏区男男女女、老老少少的脸上都吹得堆满了笑，笑得连嘴都抿不住地奔走相告着：

“毛主席派人来了，派访问团来了！他本来要同红军——人民解放军一起来的，因为他日日夜夜忙着替全中国人民和世界人民，考虑一些大事，走不开，于是就派人来代他看我们来了。不但派人来看我们，还派了电影队、文工团、曲艺队给我们演节目，派医疗队给我们治病……啊，天地间谁能像毛主席这样关心我们？……”

访问团来了，带着毛主席的照片来了，带着毛主席的像章来了，带着毛主席亲笔给我们的题字来了：

发扬革命传统，争取更大光荣！这是当时中央人民政府老根据地访问团出发时，毛主席给老根据地人民题的字。

我们小心地把毛主席的照片挂到屋子正中央，把毛主席的像章缀到胸前，把毛主席给我们的题字“发扬革命传统，争取更大光荣！”深深地，深深地，千秋万代都磨不去地刻到我们的心上！

绵江的水，徐徐地、无声地流着。树上的柚子，静静地垂着。老人的恬淡的面孔上，堆满了笑，凝视着一望无际的金色的稻子。远山上隐隐约约送来一阵阵的《东方红》的歌声。夕阳的余晖，把大地涂上了一层金色。羊儿吃饱了草，安闲地卧在牧童身旁，望着牧童的脸。牧童坐在老人身旁，静静地、凝神地听着老人的故事……

一九五一年八月于瑞金

选自《飞花集》，上海文艺出版社 1978 年版

老山界

陆定一

我们决定要爬一座三十里高的瑶山，地图上叫越城岭，土名叫老山界。

下午才动身，沿着山沟向上走。前面不知道为什么走不动，等了好久才走了几步，又要停下来等。队伍挤得紧紧的，站累了，就在路旁坐下来，等前头喊着“走，走，走”，就站起来再走。满望可以多走一段，可是走不了几步又要停下来。天色晚了，肚子饿了，许多人烦得叫起来，骂起来。我们偷了个空儿，跑到前面去。地势渐渐更加陡起来。我们已经超过自己的纵队，跑到“红星”纵队的尾巴上，恰好在转弯地方发现路旁有一间房子，我们就进去歇一下。

这是一家瑶民，住着母女二人；男人大概是因为听到过队伍，照着习惯，到什么地方去躲起来了。

“大嫂，借你这里歇歇脚儿。”

“请到里边坐。”她带着些惊慌的神情说。队伍还是极迟慢地向前行动。我们就跟瑶民攀谈起来。照我们一路上的经验，不论是谁，不论他们开始怎样怕我们，只要我们对他们说清楚了红军是什么，没有不变忧为喜，同我们十分亲热起来的。今天对瑶民，我们也要试一试。

我们谈到红军，谈到苛捐杂税，谈到广西军阀禁止瑶民信仰自己的宗教，残杀瑶民，谈到她住在这里的生活情形。那女人哭起来了。

她说她原来也有过地，但是汉人把他们从自己的地上赶跑了。现在住到这荒山上来，种人家的地，每年要缴特别重的租。她说：“广西的苛捐杂税对瑶民特别重，广西军阀特别欺侮瑶民。你们红军早些来就好了，我们就不会吃这样的苦了。”

她问我们饿了没有。这一问正问中了我们的心事。她拿出仅有的一点米，放在房中间木头架成的一个灶上煮粥。她对我们道歉，说没有多的米，也没有大锅，要不就多煮些给部队吃。我们给她钱，她不要。好容易来了一个认识的同志，带来一袋米，够吃三天的粮食，虽然明知道前面粮食缺乏，我们还是把这整袋子米送给她。她非常欢喜地接受了。

部队今天非夜里行军不可，她的房子和篱笆都是枯竹编成的，我们生怕有人拆下来当火把点，就写了几条标语，用米汤贴在外面显眼的地方，告知我们的部队不准拆篱笆当火把。我们问了瑶民，知道前面还有竹林，可以砍来作火把，就派人到前面竹林去准备。

粥吃起来十分香甜，因为确是饿了。我们也拿碗盛给瑶民母女吃。打听前面的路程，知道前面有一个地方叫雷公岩，很陡，上山三十里，下山十五里，再前面才是塘坊边。我们现在还没到山脚下呢。

自己的队伍来了，我们烧了些水给大家喝。一路前进，天黑了才到山脚，果然有许多竹林。

满天都是星光，火把也亮起来了。从山脚向上望，只见火把排成许多“之”字形，一直连到天上，跟星光接起来，分不出是火把还是星星。这真是我生平没见过的奇观。

大家都知道这座山是怎样地陡了，不由浑身紧张，前后呼喊起来，都想努一把力，好快些翻过山去。

“不要掉队呀！”

“不要落后做乌龟呀！”

“我们顶着天啦！”

大家听了，哈哈地笑起来。

在“之”字拐的路上一步一步地上去。向上看，火把在头顶上一点点排到天空；向下看，简直是绝壁，火把照着人的脸，就在脚底下。

走了半天，忽然前面又走不动了。传来的话说，前面又有一段路在峭壁上，马爬不上去。又等了一点多钟，传下命令来说，就在这里睡觉明天一早登山。

就在这里睡觉？怎么行呢？下去到竹林里睡是不可能的。但就在路上睡么？路只有一尺来宽，半夜里一个翻身不就骨碌下去了么？而且路上的石头又非常不平，睡一晚准会疼死人。

但这是没有办法的，只得裹一条毯子，横着心躺下去。因为实在太疲倦，一会儿就酣然入梦了。

半夜里，忽然醒来，才觉得寒气逼人，刺入肌骨，浑身打着战。把毯子卷得更紧些把身子蜷起来，还是睡不着。天上闪烁的星星好像黑色幕上缀着的宝石，它跟我们这样地接近哪！黑的山峰像巨人一样矗立在面前。四围的山把这山谷包围得像一口井。上边和下边有几堆火没有熄；冻醒了的同志们围着火堆小声地谈着话。除此以外，就是寂静。耳朵里有不可捉摸的声响，极远的又是极近的，极洪大的又是极细切的，像春蚕在咀嚼桑叶，像野马在平原上奔驰，像山泉在呜咽，像波涛在澎湃。不知什么时候又睡着了。

黎明的时候被人推醒，说是准备出发。山下有人送饭上来，不管三七二十一，抢了一碗就吃。

又传下命令来，要队伍今天无论如何爬过这座山。因为山路很难走，一路上需要督促前进。我们几个人又停下来，立刻写标语，分配人到山下山上各段去喊口号，演说，帮助病员和运输员。忙了一会儿，再向前进。

走了不多远，看见昨晚所说的峭壁上的路，也就是所谓的雷公岩，果然陡极了，几乎是九十度的垂直的石梯，只有一尺多宽；旁边就是悬崖，虽然不很深，但也够怕人的。崖下已经聚集了很多马匹，都是昨晚不能过去、要等今天全纵队过完了再过去的。有几匹曾经从崖上跌下来，脚骨都断了。

很小心地过了这个石梯。上面的路虽然还是陡，但并不陡得那么厉害了。一路走，一路检查标语。我渐渐地掉了队，顺便做些鼓动工作。

这很陡的山爬完了。我以为三十里的山就是那么一点；恰巧来了一个瑶民，同他谈谈，知道还差得远，还有二十多里很陡的山。

昨天的晚饭，今天的早饭，都没吃饱。肚子很饿，气力不够，但是必须鼓着勇气前进。一路上，看见以前送上去的标语用完了，就一路写着标语贴。累得走不动的时候，索性在地上躺一会儿。

快要到山顶，我已经落得很远了。许多运输员都走到前头去了，剩下来的是医务人员和掩护部队。医务人员真是辛苦，因为山陡，伤员病员都下了担架走，旁边需要有人搀扶着。医务人员中的女同志们英勇得很，她们还是处处在慰问和帮助伤员病员，一点也不知道疲倦。回头向来路望去，那些小山都成了“矮子”。机关枪声很密，大概是在我们昨天出发的地方，五、八军团正跟敌人开火。远远地还听见敌人飞机的叹息，大概是在叹息自己的命运：为什么不到抗日的战线上去显显身手呢？

到了山顶，已经是下午两点多钟。我忽然想起：将来要在这里立个纪念碑，写上某年某月某日，红军北上抗日，路过此处。我长长地吐了一口气，坐在山顶上休息一会儿。回头看队伍，没有翻过山的只有不多的几个人了。我们完成了任务，把一个坚强的意志灌输到整个纵队每个人心中，饥饿，疲劳甚至受伤的痛苦都被这个意志克服了。难翻的老山界被我们这样笨重的队伍战胜了。

下山十五里，也是很倾斜的。我们一口气儿跑下去，跑得真快。路上有几处景致很好，浓密的树林里，银子似的泉水流下山去，清得透底。在每条溪流的旁边，有很多战士们用脸盆、饭盒子、茶缸煮粥吃。我们虽然也很饿，但仍旧一气儿跑下山去，一直到宿营地。

这回翻山使部队开始养成一种新的习惯：那就是用脸盆、饭盒子、茶缸煮饭吃，煮东西吃。这种习惯一直保持了很久。

老山界是我们长征中所过的第一座难走的山。但是我们走过了金沙江、大渡河、雪山、草地以后，才觉得老山界的困难，比起这些地方来，还是小得很。

遵义会议的光芒

张南生

一

遵义会议刚开过，国家政治保卫局局长邓发同志便来到我们国家政治保卫团。他向姚同志和我问过部队的情形后，告诉我们：党决定把我们团的三个营，分别编到一、三军团。

邓发同志又告诉我们：中央已经决定率一方面军北上抗日。接着他又详细地说明了中央这一决定对于挽救中国革命的巨大意义。并且说："从撤出根据地两个月的许多事情看来，要实现这个战略目标，非采取机动灵活的战术不可。整编能够使机关精干、加强战斗部队，在有利的情况下歼敌制胜；在不利的时候轻装疾进，迅速摆脱敌人。这样才能达到保存红军，打破敌人围追堵截的目的……"

邓发同志的这些话说到我们的心坎上。我们聚精会神地听下去，思想逐渐开朗，心情也随之舒畅起来。以往的斗争生活情景随着他的话一起浮上了我们的心头。在中央根据地的时候，每逢作战，群众都自动送情报、出担架，拿着梭镖、大刀来配合；战斗结束，又杀猪宰鸡慰问我们。那时候，什么事情，只要党和政府一号召，立刻就会得到群众的响应……可是自从撤出中央根据地以后，我们好像失了娘的孩子，战斗中再看不到有组织的人民群众的支援配合；伤病员难以得到妥善的安置和治疗；粮弹物资也没有可靠的补给。两个月来我军通过赣、桂、湘、黔四省，行程近五千里，因为敌人前堵后追，竟没有稍为休整一下。所有这一切都更加深了我们对毛主席在敌人统治薄弱的农村建立根据地思想的认识，大大增加了我们对毛主席亲自领导下所艰难缔造的中央根据地的怀念，和对创建新根据地的憧憬。在这以前，同志们常问我们：现在向哪里去？又干什么？到底在哪里开辟新根据地？而我们又何尝不是翻来覆去地在想这些问题呢！天天行军，天天动员，磨破嘴皮一句话：坚决跟着党走，一定有前途。现在方向和任务明确了，心中有数了，工作也有了本钱，大家都信心百倍，情绪非常高涨。

至于整编，真是一项英明的决定。中央纵队也确实太不战斗化了，每逢行军，从头到尾有数十里长。特别是我团一营负责警卫的中央纵队二梯队，大批民夫搬运着从根据地带出来的笨重的造枪械、印书报的机器和各种物资，有些机器的底盘就要十来个年轻力壮的小伙子抬。每遇跋山涉水，通过险崖隘路，一个钟头走不出半里地，而周围却经常是枪炮声和敌机轰炸声，急得战士们直跺脚，恨不得立即到战斗部队去和敌人干一场。回想粉碎敌人对中央根据地的第一、二、三、四次"围剿"时，我军大踏步地前进和后退，运动自如，灵活机动，取得的胜利是多么巨大！可是现在，却携带这样笨重的辎重，连续行军，连续突破敌人的封锁线，使担任掩护的主力部队，付出了巨大的代价。前后比较起来，中央这一决定是多么的正确啊！我们坚决拥护中央这一英明正确的决定。

第二天，全团召开了连以上干部会，邓发同志亲自作了动员。会后不久，全团除留下一个连由吴烈同志带领与中央的内卫队合编外，其余都依照中央指示分别编入第一、三军团。而我也在几天后调回第五军团三十七团工作。在我告别了中央纵队各位首长去赶部队的路上，看着道路两旁梯田里盛开的油菜花和披上了绿装的山坡，心情感到无限的舒畅。

二

正如古诗所说"春城无处不飞花"，遵义会议就像春天一样给部队带来了新的希望和巨大的鼓舞，也给五军团带来了新气象。整编中，五军团撤销了师一级编制，紧缩机关，干部下放，战斗部队大大加强了。党委工作健全起来了，政治工作也更加活跃了。团政治处还有一支小小的宣传队，行军中组织鼓动棚，敲锣打鼓唱歌，鼓动大家奋勇前进；驻下来又写标语做宣传。整个部队面貌焕然一新。

我到三十七团不久，我们团便担任后卫。一天，走到官渡河东二十余里时，军团的宣传部长张际春同志带着一部电台来到了我们团。

当时，正当我军西出威信，察觉四川敌人在长江南岸布防，形势对我不利。

毛主席指挥全军以机动果敢的行动，迅速回师桐梓摆脱敌人。张际春同志来到后，传达了军委要我们停止前进准备战斗的命令。两天来我们并未发现敌踪，忽然听到这个命令，不免有些奇怪。从他还带来了一部电台这点上，大家已料到可能又要单独执行任务。果然，他把我们几个团的负责干部叫到一起，满怀信心地说："三十七团打防御是有名的，很顽强。这次是配合主力重占桐梓、娄山关，回师遵义。敌人不来则罢，若来一定不善。任务很艰巨，军委指示我们以运动防御的手段，把敌人顶住三天或更多的时间。从现在起我们直接受军委指挥……"

在我军初创时期，毛主席就从斗争中创造性地提出了在敌大我小、敌强我弱的形势下的游击战的原则，即"分兵以发动群众，集中以应付敌人"。"敌进我退、敌驻我扰、敌疲我打、敌退我追"。"固定区域的割据，用波浪式的推进政策。强敌跟追，用盘旋式打圈子政策"。这些原则，在第一、二、三、四次反"围剿"中又得到了发展。那时我军没有固定的作战线，哪里条件好就在哪里打，尽管敌强我弱、敌大我小，但我们都取得了胜利。虽然第五次反"围剿"，由于"左"倾冒险主义者排挤了毛主席的领导，而招致了失败，但毛主席的军事思想却早已深入了人心。几天来我军在机动中摆脱了敌人；现在又听到主力准备在娄山关和遵义打个大仗。从这一战术的改变，使我们深深体会到毛主席又来领导我们了。我们心里都有说不出的高兴。深知白军弱点的、宁都起义参军的李屏仁团长悄声对我说："行啊！咱们这回又要打个漂亮仗了！"

经过研究，我们决定折回官渡河村。那里地形好，两侧是高山峻岭，前有一道小河，且又是追敌必经之路，在那里抗击一天，再一步步按军委指示的方向，把敌人吸引向良村、温水去。

我们边走边动员。战士们一听有仗打，又是用大家熟悉的打法，情绪高得很。有的指着路旁的山头说："这里山大坡陡，哪个地方都能顶住敌人一天！"有的说："我们不怕打防御，就怕敌人不敢来。上级叫我们守多少天，就守多少天。"

到官渡河后，我们立刻挖野战工事。直到第二天清早，四川军阀刘湘的主力——装备优良的教导师才匆匆赶来。一打响，敌人就以四五路向我展开猛攻。坚守在前沿的指战员都沉着应战，每次敌人进攻都要丢下数十具尸体。第一天敌人就伤亡百余人，前进了不到几里路。我团除消耗了一些弹药外，人员伤亡很少。傍晚，敌人分两路向两侧高山上爬，企图迂回到我团侧后。而我们却在夜色掩护下安全后撤十余里，边挖野战工事边搞饭吃。挖好了工事吃饱了饭，在阵地上放好哨，全团便稳稳当当地睡起觉来，准备迎接明天的战斗。

第三天，我们又守了一天，牺牲一个排长，杀伤敌人近百人。从俘虏口中得知敌人的兵力是三个旅九个团，他们原在泸州、宜宾间筑有碉堡工事，企图联合其他军阀部队全歼我军于长江南岸，万没料到我军折回东进。一个俘虏还不服气地说："你们要在那里过江，早叫我们吃掉了。"我们说："你当了俘虏也没变得聪明些，中国这样大，路这么多，我们哪里走不得，为什么一定要往你们乌龟壳上碰！"

再向后撤，来到三岔路口，往东南是主力通过的直趋桐梓的小道；往东北是经温水去松坎的大道。依照军委的指示，我们需要采取声东击西的办法，把敌人吸引到温水方向。这天晚上我们把俘虏教育后释放了，请他们当个义务通信员，诱使敌人上钩！

果然，第五天天刚亮，敌人又赶上了我们。白天经过一天鏖战，夜间我们又派出一支小部队袭入良村。

良村是一个二三里长的大镇，敌人驻得满满的。我们派出的这支小部队半夜偷袭到村子中间，向两边敌人投了几颗手榴弹。当睡梦中的敌人被惊醒互相对射起来的时候，我们已乘机迅速撤出村子。敌人把机枪、步枪、手榴弹全使上了，越打越紧，整整打了一夜，直到天亮，才知道是自家人打了自家人。这支小部队翌日赶上了队伍，向我们有声有色地说起敌人混战的情形，引得周围的战士都拍掌大笑。

第六天，被我军夜袭所激怒了的敌人在温水拼命向我军阵地猛冲，而我们打得也更顽强。直到这时候敌人才搞清楚，六天来与他们周旋的仅只我们一个团。他们知道上了大当，不得不从原路退回去追赶我军主力，但是已经晚了。就在这几天中，我军主力在娄山关和遵义歼灭了敌人好几个师。

完成了阻敌任务，我们便在娄山关南板桥同军团主力会合了。在这里，我们接到了军委表扬我们以极少代价胜利地完成了任务的电报。李屏仁同志激动地说："没有毛主席的英明领导，没有灵活的战略战术，没有整编，哪有我们的胜利。"

三

我军在娄山关和遵义的伟大胜利，大大地震慑了敌人。他们在云、贵、川边境，大修碉堡，构筑封锁线，不敢轻易与我军交锋。为了调动敌人，选择更有利的路线北上入川，三月底，我们又以突然的动作，再渡乌江。

我团继续担任后卫，随主力部队绕过贵阳，趋黔南，折而向西径奔昆明。一路上，全团沉浸在欢乐的气氛中。从离开中央根据地以来，这个团经常担任后卫，但从来没有像现在这样轻松愉快。那时候夜间行军白天战斗，敌人紧紧咬住屁股，吃不上饭睡不成觉。每天夜里走走停停，有时只走十来里路。天一亮，吃饱了睡足了的敌人顺着大路又撵上来，于是左边打，右边打，后边也打，实在被动得很。而现在，我们虽然还是后卫，但敌人主力却被甩得远远的，每夜行军八九十里，天亮进入宿营地以后，立即向群众宣传党的政策和红军的作战目的，调查当地土豪劣绅的罪行，召开群众大会，发动劳动人民开仓分粮。新的胜利更加鼓舞了全体指战员的勇气和信心，就连那些伤病员也不愿轻易让别人帮助，坚持自己背着东西行军。一天我问一个因病掉队的战士能不能随队前进，他笑了笑说："要是在几个月前我早垮了，那时心里不明白啊！现在明白了。跟着党走没有错，这点病不算什么，一定能胜利地走到新的根据地！"

四月底，我们来到云贵边界，乘滇军东调云南空虚向昆明疾进，又转向金沙江，在皎平渡开始北渡。为掩护全军安全渡过金沙江，我五军团奉军委命令在石板河一带布防阻击敌人。

石板河背靠一座上六十里下五十里的大山，山那边就是波涛翻腾的金沙江。军团长董振堂同志看过地形，高兴地对我们说："虽然敌军可能把主力调来攻打我们，但没什么了不起。我们采取节节抗击的打法，这座山就会给我们帮个大忙。"他指示我们既要完成任务，又要爱护战士，尽力减少伤亡；要我们把兵力分散配置，占领山前高地和纵深各制高点，利用有利地形节节抗击，如有可能还可在夜间袭扰敌人。

我军到达石板河三天以后，蒋介石嫡系部队的主力吴奇伟部才急忙赶来。在遵义他被我一、三军团吃掉一个多师，这回异常谨慎小心。进攻前先以炮火猛烈轰击我军防守的山头。我们从指挥阵地向下望，只见在炮火掩护下，敌人在我阵地前展开，按照他们条令规定的动作进攻，一步步接近我军阵地。当炮火一停，敌人快冲到我前沿阵地时，我们在炮火烟雾中突然向敌人投出一排排手榴弹，打得敌人屁滚尿流。敌人的第一次进攻被打败后，接着又是第二次，第三次猛攻。我们的前沿阵地，完全被烟雾笼罩着。正在这时，前面来人报告战斗情况说："由于分散配置（每个山头上不过一二十人），因此，敌人轰击虽然很凶，但我们仅轻伤数人，坚持战斗，歼灭敌人很有把握。"听到这个报告，我们真感到上级指挥的英明。

敌人的进攻持续着。我军按预定方案，不断给敌人以严重的杀伤，争取到一定的时间后，再主动撤出战斗。敌人在我顽强灵活的阻击下，每天最多也只能前进七八里。打到第五天，敌人两个纵队云集山下，形势顿觉逼人。就在我们后撤到最后一线阵地的时候，党中央和毛主席派李富春同志来到我们五军团。

他告诉我们说，数万红军正依靠几只小船，在毛主席亲自指挥下日夜渡江。现在已渡过三分之二，只要我们能再坚守三天三夜，蒋介石数十万军队的围追堵截即要宣告破产。最后，李富春同志以极其坚定的语调说：“毛主席要我告诉同志们，中央相信五军团是能完成这个伟大而艰巨任务的！”

各级党委和政治机关立即派出干部分赴各阵地传达了毛主席的指示。毛主席派李富春同志来到前线的消息传到哪里，哪里的战斗情绪就更加旺盛。战士们都异口同声地说：“人在阵地在，坚决完成任务！”“告诉党中央和毛主席，就是五军团打光了，也要掩护主力安全过江。不要说三天三夜，就是十天十夜也守得住！”

党中央、毛主席的指示和关怀，在广大干部和战士中，化成了无比坚定顽强的战斗力量。我们团长、政委和机关干部都到前沿阵地上和战士们并肩战斗。地形对我们也十分有利，我们一个排一个连守一个山头，敌人一个团都攻不上来。我在的那个山头迎敌面是个陡坡，“之”字路在这陡坡上盘旋而上。敌人一打炮，我们就在背敌面休息，有的人还不慌不忙地数着敌人打来的炮弹，这些炮弹都远远地落在我阵地后面的山沟里。当敌人炮火一停，我们就迅速跃上山头，把手榴弹和石头甩向敌人。刹那间，手榴弹在敌群里不停地爆炸，巨大的山石自天而降，在敌群中滚动。敌人真被吓破了胆。一个被俘的敌兵说：“遇上石头，保准砸得焦头烂额，到阎王爷那里也不光彩！”

我们以一当十，以十当百地战斗着。七天、八天、九天过去了，阵地仍在我们手里。第九天傍晚，我们接到了中央要我们撤到北岸布防的命令。在战斗的过程中我们就已经把伤员全部送到后方，因此接到撤退的命令以后，便一口气跑了五十里赶到江边，在夜色中全部渡过了金沙江。过江之后，我们立即烧掉了曾渡过红军千军万马的几只小船。第二天，敌人也来到了金沙江畔，可是他们只好望着波涛汹涌的金沙江水，徒唤奈何了。至此，蒋介石数十万军队穷凶极恶的围追堵截宣告破产了，金沙江以其永恒的生命成为历史的见证。

过江后的第三天，我们在会理附近和一、三军团会合，进行了短时间的休整。黄镇等同志编了个活报剧叫《一只破草鞋》，由军团的“猛进”剧团在晚会上演出。这个剧歌颂了红军在艰难危急的情况下战胜了敌人的围追堵截的伟大胜利；也讽刺嘲笑了敌人在蒋介石指挥下，数十万人马，跋涉数千里，尾追我军来到金沙江边，却毫无所得，只拾到我们战士穿烂了的一只破草鞋的无能。

一九三五年的春天，是个胜利的春天。它在中国革命历史上写下了光辉的一页。从比，遵义会议的光芒照耀着我们前进的道路。我们在党中央和毛主席的领导下，从胜利走向胜利。

强渡大渡河

杨得志

光荣的使命

一九三五年五月，我们工农红军渡过金沙江，经会理、德昌、泸沽，来到冕宁。我们红一军团一师一团，担负了光荣的先遣任务。军委为了加强领导，充实力量，特派刘伯承、聂荣臻两同志分别担任先遣司令和政委，并把军团的工兵连、炮兵连配属一团指挥。当时，我在一团当团长。

这天，上级把强渡大渡河的任务交给了我们一团。部队立刻从离大渡河一百六十多里路的一个庄子里，冒雨出发了。

大渡河是岷江的一条支流，据传是当年石达开全军覆没的地方。现在，我们的处境也很险恶：后有周浑元、薛岳、吴奇伟等数十万大军追赶，前有四川军阀刘湘、刘文辉的“精悍部队”扼守着大渡河所有渡口。蒋介石猖狂地吹牛说：后有金沙江，前有大渡河，几十万大军左右堵击，共军有翅也难飞过。他还梦想，要让我军成为“石达开第二”。

经过一天一夜冒雨行军，部队在一个山坡上停下来。这里离安顺场只十多里路，大渡河“哗哗”的水声都可以听到。一百四十多里路的急行军真够疲劳的了，战士们一停下来倒头就睡着了。这时已是夜间十点多钟，我急忙找来几个老乡了解情况。

老乡介绍的情况和我们侦察的基本一致。前面的安顺场，是个近百户人家的小市镇。敌人为了防我渡河，经常有两个连在这里防守。所有的船只都已抢走、毁坏，只留一只船供他们过往使用。安顺场对岸驻有敌人一个团（团的主力在渡口下游十五里处），上游的泸定城驻有三个“骨干团”，下游是杨森的两个团，要渡过大渡河，必须首先强占安顺场，夺取船只。

情况刚了解清楚，指挥部便来了命令：连夜偷袭安顺场守敌，夺取船只，强渡过河。刘伯承司令和聂荣臻政委特别指示我们说：“这次渡河，关乎着数万红军的生命！一定要战胜一切困难，完成任务，为全军打开一条胜利的道路！”“我们不是石达开，我们是共产党和毛主席领导的工农红军！在我们的面前，没有战胜不了的敌人，没有突不破的天险。我们一定要在大渡河上，为中国革命史写下光辉的一页。”看完命令，团政委黎林同志坚决地表示。

胜利的前奏

战士们从梦中被叫醒，冒着毛毛细雨，摸黑继续前进了。

根据分工，黎政委带领二营至安顺场渡口下游佯攻，以便吸引那个团的主力；我带一营先夺取安顺场，然后强渡；三营担任后卫，留在原地掩护指挥机关。

天漆黑，雨下个不停，部队踏着泥泞的小路前进。走了十多里，便靠近安顺场了。我命令一营分成三路前进。

安顺场的守敌做梦也没有想到，红军来得这样快。他们认为我们还没有出海子边少数民族区呢，因此毫无戒备。

“哪一部分的？”我们的尖兵排与敌人哨兵接触了。

“我们是红军！缴枪不杀！”红军战士的回答像春雷，扑向敌人。

“砰！”敌人开枪了。我们的火力也从四面一齐吼叫起来。愤怒的枪声，淹没了大渡河水的咆哮，淹没了敌人的惨叫。顽抗的敌人纷纷倒下，活着的，有的当了俘虏，有的没命地逃跑！两个连的敌人，不到三十分钟就全被打垮。

正在战斗时，我来到路旁一间屋子里。突然听到一声喊叫：“哪一个？”通信员一听声音不对，枪栓一拉大吼一声：“不要动！缴枪不杀！”敌人摸不清我们的情况，乖乖地缴了枪。事也凑巧，原来这几个敌人是管船的。我急忙要通信员将这几个俘虏送到一营去，要一营想法把船弄来。

一营费了好大的劲，才把渡船弄到手。这里只有这条船，它现在成了我们唯一的依靠。

占领了安顺场，我来到河边，只见两岸都是连绵的高山。河宽约三百米，水深三四丈。湍急的河水，碰上礁石，卷起老高的白浪。现在一无船工，二无准备，要立即渡河是困难的。我急忙一面把情况报告上级，请求指示，一面做渡河的准备工作。这一夜，我在安顺场街头的小屋里，一会儿踱着步，一会儿坐在油灯旁，想着渡河的一切问题。

我首先想到凫水。可是河宽约三百米，水急、浪高、漩涡多，人一下水，就会被急流卷走。

我又想到架桥。仔细一算，每秒钟四米的流速，别说安桥桩，就连插根木头也困难。想来想去，唯一的希望还是那只渡船。于是我立即把寻找船工的任务交给了一营营长孙继先同志。

一营长派出许多人到周围山沟里去找船工。一个、两个、三个……等到找到了十几个船工，天已大亮了。

十七勇士

天明、雨停，瓦蓝的天空缀着朵朵白云，被雨水冲洗过的悬崖峭壁显得格外高大。大渡河水还在一股劲地咆哮、翻腾。此刻，通过望远镜可以清楚地看到远处的一切：对岸离渡口一里许，是个四五户人家的小村庄，周围筑有半人高的围墙；渡口附近有几个碉堡，四周都是黝黑的岩石。估计敌人的主力隐蔽在小村里，企图等我渡河部队接近渡口时，来个反冲锋，迫我下水。

“先下手为强！”我默默地下定决心。随即命令炮兵连的三门八二迫击炮和数挺重机枪安放在有利阵地上，轻机枪和特等射手也进入河岸阵地。

火力布置好了，剩下的问题还是渡河。一只船装不了多少人，必须组织一支坚强精悍的渡河奋勇队。于是我把挑选渡河人员的任务交给了孙继先同志。

战士们知道组织奋勇队的消息后，一下子围住了孙继先同志，争着抢着要参加，弄得孙继先怎么解释都不行。

“怎么办？”一营长问我。我又是高兴又是焦急，高兴的是我们的战士个个勇敢，焦急的是这样下去会拖延时间。因此，我决定集中一个单位去。

孙继先同志决定从二连里选派。二连集合在屋子外的场地上，静听着营长宣布被批准的名单：“连长熊尚林，二排长罗会明，三班长刘长发，副班长张表克，四班长郭世苍，副班长张成球，战士张桂成、肖汉尧……”

十六个名字叫完了，十六个勇士跨出队伍，排成新的队列。一个个神情严肃，虎彪彪的，都是二连优秀的干部和战士。

突然，“哇”的一声，一个战士从队伍里冲了出来。他一边哭，一边嚷着“我也去！我一定要去！”奔向营长。我仔细一看，原来是二连的通信员。孙营长激动地看看我，我也被眼前的场面所感动。多好的战士啊！我向孙营长点了点头，表示同意让他参加。孙营长说了声：“去吧！”通信员破涕为笑，赶忙飞也似的跑到十六个人排成的队列里。

一支英雄的渡河奋勇队组成了：十七个勇士，每人一把大刀，一支冲锋枪，一支短枪，五六个手榴弹，还有作业工具。熊尚林同志为队长。

飞舟强渡

庄严的时刻来到了，熊尚林带领着十六个同志跳上了渡船。

“同志们！千万红军的希望，就在你们身上。坚决地渡过去，消灭对岸的敌人！”

渡船在热烈的鼓动声中离开了南岸。

胆战心惊的敌人，向我渡船开火了。

“打！”我向炮兵下达了命令。神炮手赵章成的炮口早已瞄准了对岸的工事，“嗵嗵”两下，敌人的碉堡飞向半空。我们的机枪、步枪也发挥了威力。炮弹一个个炸在敌人的碉堡上，机枪像暴风雨一样卷向对岸，划船的老乡们一桨连一桨地拼命划着。

渡船随着汹涌的波浪颠簸前进，四周是子弹打起的浪花。岸上所有人的注意力都集中在渡船上。

突然，猛地一发炮弹落在船边，掀起一个巨浪，打得小船剧烈地晃荡起来。

我一阵紧张，只见渡船随着巨浪起伏了几下，又平静下来了。

渡船飞速地向北岸前进。对面山上的敌人集中火力，企图封锁我渡船。

十七勇士冲过一个个巨浪，避过一阵阵弹雨，继续奋力前进。

一梭子弹突然扫到船上。从望远镜里看到，有个战士急忙捂住自己的手臂。

“他怎么样？”没待我想下去，又见渡船飞快地往下滑去。滑出几十米，一下撞在大礁石上。

“糟糕！”我自语着，注视着渡船。只见几个船工用手撑着岩石，渡船旁边喷起白浪。要是再往下滑，滑到礁石下游的漩涡中，船非翻不可。

“撑啊！”我禁不住大喊起来。岸上的人也一齐呼喊着，为勇士们鼓劲、加油。

就在这时，从船上跳下四个船工，他们站在滚滚的急流里，拼命地用背顶着船。船上另外四个船工也尽力用竹篙撑着。经过一阵搏斗，渡船终于又前进了。

渡船越来越靠近对岸了。渐渐地，只有五六米了，勇士们不顾敌人疯狂的射击，一齐站了起来，准备跳上岸去。

突然，小村子里冲出一股敌人，拥向渡口。不用说，敌人梦想把我们消灭在岸边。

"给我轰！"我大声命令炮手们。

"嗵嗵！"又是两下巨响，赵章成同志射出的迫击炮弹，不偏不歪地在敌群中开了花。接着，李德才同志的那挺重机枪又叫开了，敌人东倒西歪，一个接着一个倒下去。

"打！狠狠地打！"河岸上扬起一片吼声。敌人溃退了，慌乱地四散奔逃。"打！打！延伸射击！"我再一次地命令着。

又是一阵射击。在我猛烈火力掩护下，渡船靠岸了。十七个勇士飞一样跳上岸去，一排手榴弹，一阵冲锋枪，把冲下来的敌人打垮了。勇士们占领了渡口的工事。

敌人并没有就此罢休。他们又一次向我发起了反扑，企图趁我立足未稳，把我赶下河去。我们的炮弹、子弹，又一齐飞向对岸的敌人。烟幕中，敌人纷纷倒下。十七位勇士趁此机会，齐声怒吼，猛扑敌群。十七把大刀在敌群中闪着寒光，忽起忽落，左劈右砍。号称"双枪将"的川军被杀得溃不成军，拼命往北边山后逃跑。我们胜利地控制了渡口。

过了一会儿，渡船又回到了南岸。孙继先同志率领机枪射手上了船，向北岸驶去，继后我随之过河。这时，天色已晚，船工们加快速度，把红军一船又一船地运向对岸。我们乘胜追击，又在渡口下游缴了两只船。于是，后继部队源源不断地渡过了大渡河。

红一团强渡大渡河的成功，有力地配合了左翼兵团抢占泸定桥。很快，泸定桥被我红四团胜利夺取了，红军的千军万马在这里渡过了天险大渡河。蒋介石企图把我军变为"石达开第二"的梦想彻底破灭了。

这次行动的胜利，是由于党中央和毛主席的英明领导，刘、聂首长的正确指挥，人民的支援，和红一团全体指战员坚决服从上级指挥，发扬了英勇顽强的战斗作风而取得的。而十七勇士强渡大渡河的英雄壮举，将永远为后人所传颂！

泸定桥的风

喻　晓

晃晃悠悠的铁索桥。

桥上有风。峡谷的风，从大渡河上游白雪皑皑的夹金山吹来，从海拔七千五百多米、号称“蜀山之王”的贡嘎山顶吹来，撩起我的衣襟和发缕，让人感到丝丝的寒意。

风中传来金属般豪迈的声音。一首几近家喻户晓的名诗，曾谱成歌曲传唱。“大渡桥横铁索寒”，我从小就吟诵这铿锵的诗句，觉得每一个字都是血与火铸成的，每一个音节都飘散着黄钟大吕的韵律。如今我就站在大渡河的铁索桥上，就站在毛泽东诗歌的音韵中，我胸中思潮奔涌，回荡着浩然之气。

我那天是从冕宁出发，经彝海，翻越大凉山，再过石棉，直奔大渡河边的泸定的。当我终于临河而立，握住了那冰冷的铁索，仰看峭壁，俯视惊涛，此时才如此深切地感受到历史的逼近，如此实在地面对勇士的血性和肝胆。峡谷的风，仿佛吹动一页页史书，让我有机会阅读那些精彩的章节。

在这仄狭的河谷居然有座紧贴在河沿边、悬崖上的县城，一个很重要的原因是这里有一座铁索桥，在横断山脉、在河谷刀削般地切割大地，隔河如咫尺天涯的地方，桥是太重要了！在大渡河上还没有出现钢筋水泥桥的岁月里，泸定铁索桥无疑是一处重要的关隘，常有重兵把守。这里是内地通向康藏的门户，是汉民族连接少数民族的桥梁。城西的铁索桥和革命文物陈列馆，如今成了这个县城的最大骄傲。

桥头矗立着“御制泸定桥碑”，康熙帝手书的“泸定桥”三字匾额横悬头顶，浓墨生辉。一座远在川边的桥，能惊动北京紫禁城里的皇帝老儿，足见其在当时戍边用兵上的重要性。大渡河以西，自古是藏、羌、彝等少数民族繁衍生息的地方。据《后汉书·西羌传》记载，其子孙分支百五十种，“所居无常，依随水草，地少五谷，以产牧为业”。“不立君臣，无相长一，强则分种为酋豪，弱则为人附落，更相抄暴，以力为雄”。这里的各部族，很早就和中央政权发生了直接联系。公元前一百三十五年，汉就在泸定附近置县，设都尉，成为西控康巴的桥头堡。公元一千七百年，川西发生兵变，河西鱼通宁远宣抚使在打箭炉（今康定）被杀，康熙命四川提督唐希顺率兵平定。边乱辄止，苦于交通不便，遂有修建泸定铁索桥之议。康熙四十四年动工，第二年告竣。桥长一百余米，净宽二点八米，桥高十至十五米，十三根碗口粗的铁索横贯大渡河，其中九根作底索，上铺桥板，四根均分两边作扶手。全桥共有一万二千一百六十四个铁环互相联结，重达二十一吨。在两岸岩壁峭立、一河雪浪惊涛的地方建造这样的铁索桥，即使以现在的眼光看，其规模和工艺水平，都是相当了不起的。有了桥，从此泸定成了由川入藏的咽喉和军事要津。桥上走过戍边的兵勇，走过通商的马帮，走过无数的边丞驿吏。那粗大的铁索如同中华民族强劲的手臂，紧紧挽住了众多兄弟民族的手，紧紧挽住了祖国西南大片的河山。

风中，旌旗猎猎，铁马金戈，传来枪声、炮声和冲锋的号角声，涛声如诉，讲述着历史上惊心动魄的故事。我刚经过下游不远的安顺场渡口时，曾停下来久久凝望。太平天国的左军主将翼王石达开，曾经屡败湘军水师，攻破江南大营，叱咤风云，逞雄多年，这一代名将，却兵败大渡河，饮恨安顺场。蒋介石正布下罗网，等待着“石达开第二”的结局。可毛泽东不是石达开，红军不是太平军。纵然是前有重兵扼守，后有十万追兵，毛泽东领导的红军如同大海中的鱼，不是那么好逮着的。生死攸关之时，先有十七勇士在安顺场强渡大渡河，继而有二十二神兵飞夺泸定桥，重重的围堵一次次被粉碎，一条北上转移的胜利之路被打通，红军的大队人马终于摆脱敌人，向着雪山草地而去，踏破万重艰难，向着胜利的终点而去。六十年以后，当年担任团政委率兵夺取泸定铁索桥的杨成武老将军曾对笔者说：“那真是一往无前！在我经历过的战争中，长征是最艰苦的，如果没有革命精神的力量，要克服那些艰难困苦是根本无法想象的。”

人们将永远记住一九三五年五月二十九日这一天，记住这一天从这条铁索桥上走过的人。可惜有些人已把他们淡忘了，能随口说出一串三流歌星的名字，却说不出他们其中任何一位的姓名。英雄寂寞，这是时代的悲哀。但他们对人民所作的贡献，灿灿不掩其光辉。这是泸定铁索桥自诞生之日起最辉煌的一天。不能犹豫，没有退路，旗帜喷射着思想的火焰，身躯是跃动的山岭。大渡河上腾起了风暴，阒寂的峡谷炸响了惊雷。枪声、爆炸声和呐喊声，是一个反抗的阶级愤怒的发言。突击队员们手持冲锋枪，背挂马刀，腰缠十二颗手榴弹，冒着弹雨、迎着死亡向前冲去。那些英雄战士果敢的表情和冲锋的身姿，已定格在历史的天幕上，成为勇敢无畏、不怕牺牲的楷模。尽管他们着装破旧、满脸血污、浑身硝烟，依然为后人所倾倒。大渡河奔腾不息，涛声不绝，那是大地对英雄壮举的由衷敬仰和深深慨叹。

应该有这样一座铁铸的险峻的桥，来象征一段长长的征程；应该有这样一曲铜琶铁板，来代表一部壮丽的史诗；应该有这样的传奇故事，来概括一次非凡的革命。一百多米的铁索桥，是用生命连接着昨天、今天和明天，它是中国历史在这崇山峻岭间挽下的一个结，留下的一处驿站。

晃晃悠悠的铁索桥。桥上有风，风中有火光，有浩歌，有呼唤。烈烈的风，荡人肺腑，催人奋进。那一代穿草鞋爬雪山过草地的人，赋予了大渡河以万难不屈、义无反顾的不朽精神。这精神如乳汁，滚滚滔滔，长流不息，将哺育中华民族的子子孙孙。

一九九八年七月

通过大凉山

萧　华

一九三五年春天，中央红军强渡天险的金沙江之后，以风驰电掣之势继续北上，一路上攻占了西昌、越嶲、冕宁。企图对红军进行阻拦的四川军阀部队，一触即溃，望风披靡。

然而，摆在红军面前的任务还是十分艰巨的。当时尾追红军的国民党军队，已进至金沙江一线，而前头截击的国民党军队，则正向大渡河疾进，红军如果不能迅速抢占大渡河，势必被迫向西转入更为艰苦困难的川康交界地区。因此，当时红军必须排除一切困难，迅速抢渡天险的大渡河。为了执行这个艰巨的任务，左权同志率二师五团一部和军团的侦察连，经越嶲向大树堡挺进，担任佯动，钳制和吸引富林的敌人；红一师一团和工兵连为先遣队，由刘伯承、聂荣臻同志率领，迅速抢占大渡河边的安顺场渡口，以便掩护中央红军的主力渡河。当时我也奉军团首长命令，带一个工作团，随先遣部队进行部队政治工作和沿途的群众工作。

从冕宁到大渡河，中间隔着大凉山地区。这里聚居着中国西南部一个少数民族——彝族，当时，那是一个还处在奴隶社会的落后的民族。彝族人民性情强悍，部落之间时常因奴隶主互相争夺土地、奴隶、牲畜而引起械斗。汉族商人经常利用彝族人民的朴实诚恳，对他们进行欺诈和剥削；国民党军阀则经常对他们进行“剿讨”和抢掠。这一切，都引起了彝族人民对汉人的猜忌和敌视，在他们心里种下了极深的成见。他们特别反对汉人的“官兵”入境。显然，在当时要他们能够很快地从本质上理解红军是什么样的军队，是很困难的。

在这种情况下，要顺利地通过这个地区不是一件容易的事情。可是，为了争取时间，我们又必须经过大凉山借道彝民区。我们赖以克服这个困难的唯一武器，就是党的民族政策。我们只能对彝民采取说服的办法，争取和平通过。

先遣队调查了彝民的风俗习惯，在部队中普遍进行了党的民族政策的教育。又请到一位通司（翻译），准备和彝民的首领谈判。

一切准备妥当之后，我们的先遣队于五月二十二日早晨开始进入彝民区。一路上只见山峰入云，道路崎岖，山谷中林木葱茏，野草丛生，地面上淤积着腐烂的叶子，厚达数寸。山涧之上往往只有一根独木桥，走起来十分不易。这儿天气多变，时而浓云低垂，时而细雨霏霏，使人有一种瘴疠弥漫的感觉。境内有“孔明寨”，相传三国时候西蜀诸葛亮“七擒孟获”的战场就在这里。“孔明寨”便是蜀军兵营的故址。

进入彝民区不远，就看到山上山下，彝民们千百成群地挥舞着土枪、长矛、棍棒，呐喊着，出没于山林之中，企图阻止红军前进。我们不得不缩短行军距离，以防突然袭击。部队戒备着继续前进。

进到彝民境内三十多里路的谷麻子附近时，前面麇集的人群拦住了去路，我们不能再继续前进了。彝民们喧嚷着，很难听出他们说的是什么。不过从他们的手势和面部激动的表情上，却能够看出，再要强行通过，势必引起冲突了。这时，后卫又传来一个使局面更加紧张的消息：跟在主力后面的工兵连，因为没有武器，刚掉到主力后面一百多米远，就被彝民把他们携带的架桥器材和其他用具一抢而光，可是彝民并不伤害红军。工兵连的同志只得循原路退回出发地。

先遣队停止前进以后，彝民们便密密麻麻地围了上来。我们要通司大声地向彝民们说明红军同国民党的中央军不同，红军不是来抢劫、杀害彝民的，只是借道北上，并且不在此住宿。可是彝民仍然摆手挥刀，高声喊着：“不许走！”正在混乱得不可开交的时候，前面山谷入口的地方，扬起一阵烟尘，几匹骡马直驰而来。为首的一匹黑骡子上，是一个高大的彝族人，年约五十岁，脸色微褐，身披麻布。他的到来，使喧闹的人群稍微安静了一些。通司认出这人是此地彝民首领小叶丹的四叔。

有了头人，便好说话，看来是解决问题的时机了。我便要通司找小叶丹的四叔前来答话。当通司告诉小叶丹的四叔说红军部队的首长要找他谈话的时候，他欣然地同意了，并随即下马，挥退了集聚的人群。

我们首先对他表明了红军是替受压迫的人打天下的，此来并不打扰彝族同胞，只是借路北上。根据彝族人十分重视“义气”的特点，又告诉他，红军刘司令亲率大批人马北征，路过此地，愿与彝民的首领结为兄弟。

听了我们的解释以后，小叶丹的四叔还是半信半疑。可是，当他环顾四周，看到红军的纪律严明，并不像国民党“官兵”那样抢掠烧杀的时候，便对我们的话深信不疑了。特别是听说率领大军的刘司令愿与彝民首领结为兄弟，更加高兴。因而对我们的提议也便欣然答应了。其实，当时红军前进路上的两个彝族部落——“沽基”和“罗洪”，正在不断械斗，小叶丹便是“沽基”家的领袖。他所以欣然答应与红军结盟，是想借红军的力量打败“罗洪”部落。红军与小叶丹结盟，则是为了减少北上途中的阻力。当时为了表示信用，我们把一支手枪和几支步枪赠送给他，他也把骑的那匹黑骡子送给了我们。

谈判就这样成功了。当我把这个情况向刘伯承、聂荣臻同志报告的时候，他俩正在为继续前进可能引起冲突而焦虑。因为如果先遣队不能顺利地解决借路问题，便要影响后面主力的通过。大家正在苦思良策。获悉谈判如此顺利、迅速，同志们都喜出望外。刘伯承同志当即毫不踌躇地上了马，为了团结少数民族的同胞，为了红军主力的顺利通过，他准备去担任这拜盟的主角。

刘伯承同志骑马来到了部队的前头。小叶丹和另外几位彝族首领立刻趋前迎接。我把刘伯承同志介绍给他们，小叶丹便跪下致敬。刘伯承同志下马亲切地扶起小叶丹，以诚恳的态度重申红军的来意，并愿与小叶丹拜盟，表示将来红军打败反动派以后，一定帮助彝族人民解除一切外来的欺压，建设自己美好的生活。结盟仪式的准备工作十分简单：两碗清清的湖水，一只雄赳赳的大公鸡。把公鸡的嘴破开，鲜血分洒在两只碗里，碗里的清水立刻变成了殷红色。这便是结盟仪式的全部准备工作。

结盟仪式决定在横断山脉的一个小山谷间谷麻子附近的海子边上举行。海子里的水，清澈如镜，倒映着浓密的树林。春风吹起微波，激荡着岸边的岩石，像是在为这个可纪念的盟誓唱着赞歌。

我们把结盟的仪式安排妥当之后，刘伯承同志和小叶丹叔侄来到海子边上，他们面前摆着滴过鸡血的水碗。

不用香，不用烛，面对着蔚蓝的天和清明的水；主宰这个盟誓的是兄弟民族团结的赤诚。

刘伯承同志高高地端起了大碗，大声地发出誓言：“上有天，下有地……刘伯承愿与小叶丹结为兄弟……”当他念完最后一句，便把鸡血水一饮而尽。小叶丹叔侄也立即把盟酒饮完，结盟的仪式便告结束。

夕阳的余晖映红了海子里的水，海子边上呈现出的是友爱、团结的气氛。虽然暮春傍晚的大凉山还是凉风习习，然而人们的心中却是温暖的。

继续前进，当天也走不出彝民区，先遣司令部决定返回三十里，在汉族地区的大桥宿营。小叶丹叔侄也被热烈地欢迎到红军的宿营地来。彝族人善于喝酒，先遣司令部把驻村所有的酒全部买来，这些酒量如海的客人也只不过微有醉意。

第二天，小叶丹于清晨先行返回。他的四叔引导红军入境。结盟的消息早已传开，凭着头一天亲身的经历，彝族人民已经相信红军司令与他们的首领结盟是真诚的，红军是不会侵害他们的。他们已不像昨天那样地猜忌和拦阻了，只是成群结队地站在路旁，好奇地、仔细地看着红军的队伍，浩浩荡荡，向北而去。红军纪律严明，秋毫无犯，踏着轻快的步伐前进。经过近百里的强行军之后，便走出了彝族地区。这时天色已晚。

刚刚进入汉族地区的岔罗街，便遇上了当地的民团。在暮色苍茫中，他们把红军当成了“中央军”，因为他们这批专门在汉彝边境上祸害人民的家伙，不仅认不得红军，连他们的“中央军”也从未见过。蓄着八字小胡、吸鸦片吸得脸色蜡黄的岔罗区区长，亲率几名喽啰前来欢迎。

我们也便将计就计，略为装扮一下，就进了村子。

这个昏头昏脑的家伙，摆了酒席为我们“洗尘”。就在酒席桌上，我们把前面路上的情况和安顺场的敌情都一一了解清楚。特别是了解到安顺场渡口只有一只小船，夜间在这边岸，白天就划到对岸去了。如果不能出敌不意神速地把这条小船抓住，要过大渡河就非插翅不可了。情况弄清楚以后，我们就把这帮残害百姓的坏蛋缴了械，捆了起来。

虽然经过一天的强行军，并且只吃过一顿饭，已经十分疲劳，但是为了争取时间，争取胜利，在夜色茫茫中，部队又向着大渡河继续前进了。

三过草地

李永悌

第一次过草地，雨夜唱起《国际歌》

八月中旬传来了消息，很快就要过草地继续北上。

听到这个消息，大家当然是高兴的。自从与一方面军会师后，就说要通过草地继续北上去创立新的根据地，但总是没有行动。这么多部队滞留在这么狭小的地区，没有粮食吃，没有衣服穿，人员和武器都得不到补充，谁个心里不在着急不在等待呢？现在终于等来了这个日子，便立即开始紧张的准备工作。

所谓准备，主要就是每个人要带够吃的干粮，再有就是清理自己带的物品，把一时不用的东西全部扔掉，以便轻装通过草地。我自己没有什么要清理的，就去帮助台长蔡威，看到他把平时保存得很好的东西，从两个皮箱子里通通倒在了地上，有衣服、书籍，也有文件纸张。他一边清理，一边说着这也不要那也不要。我捡起一张纸，见是登记表，上面写着蔡威的名字，在年龄一栏里写着二十七岁。

“台长，这也扔掉吗？”我问。

蔡威同志抬头看看，又点点头：“把它烧了。”

我一边帮他清理，一边想着草地到底会怎样艰难。这时的我，当然还不能想到，草地的艰难比我所能想象的厉害十倍、百倍、千倍！

我们是八月二十一日离开毛儿盖，经马塘踏进草地的。

辽阔的大草原，茫茫无边，像浩渺无际的绿色海洋，红色的黄色的蓝色的各种无名野花，摇曳点缀其间，犹如朵朵五彩鲜艳的浪花，交汇编织成一幅巨大的图画，煞是好看。我们的红军战士行进其中，又为这画面增添了一笔跃动的颜色，威武而又壮观。放眼看去，地形开阔，蓝天绿草之间有连绵的山丘起伏隐现，弯弯曲曲的小河似盘绕的银带，在阳光下闪闪烁烁。不要说湖北江西来的同志，就是我这个四川人，也没见过这样的景色，感到十分新奇。

然而，这只是一开始的表面现象。没过多久，草地便显示出了它的真正面目。花草丛中，积满千百年从高山上流下来的雪水和天上落下的雨水，一年一枯萎的野花野草腐烂在一起，把泥土泡得又松又软，如同海绵一般。一片片黑色的沼泽，一墩墩绿色的草甸，隐藏在花草丛里，人和牲口一不小心就被陷进去了，你越往上拔就陷得越深，最后把人畜全都引向死亡的深渊。没走两天，就有不少同志这样永远和我们分别了。

我同刘忠生同志两人合用一匹牲口。这是一匹四川小马，个头不大，却很健壮有力。有时我们换着骑骑，有时我们两人都舍不得骑它，只把一些简单的行李和干粮放到它的背上驮着，我们跟着它步行在水草泥泞之中。

八月的草地，正值雨季，天气也是孩儿脸，一会儿乌云卷来，眨眼间下起瓢泼大雨，我们全被淋成了落汤鸡；一会儿又是烈日当空，内蒸外烤，很快又把湿透的衣服烤干了，晒得人没处躲没处藏。天黑之后，就在一片有小树丛的地方宿营。

大家利用小树枝将一块油布搭在小树丛上，在下面草地上铺开单子睡起来。虽然油布很小，草地潮湿，夜风寒冷，又饿着肚子，可是我实在太累了，躺下就睡着了。半夜时突然下起了雨，而且越下越大，雨水很快淹没了我们的“床”，逼得我们赶忙起身，卷起被单，站也不是，坐也不是，只得蹲在那小树丛跟前，头顶着一块油布，把干粮袋紧紧地抱在怀里。这干粮袋已经够可怜的了，青稞面已快吃光，牛肉干也没有几块，要不是不知道啥时候能走出草地，也早就没有了。

夜色漆黑，雨连绵不断地下着，雨水打在油布上，哗哗地响着。草地上到处是水，身上的衣服挡不住草地夜的寒冷。我蹲着，极力把身子缩成一团，牙齿咬得紧紧的。可无孔不入的寒风还是透过单薄的衣服直往身子里钻，冻得浑身发抖。

雨还在下，风还在吹，黑夜是那么漫长。我咬紧牙关坚持着，不由得在心里唱起《国际歌》：

从来就没有什么救世主，
也不靠神仙皇帝，

要创造人类的幸福，
全靠我们自己……

我揉搓一会儿麻木的双腿，挺起腰，凝视着茫茫的草地，茫茫的雨夜，心想：这么冷，反正也不能睡，干脆走吧。我抖抖油布上的水，双手将它往头上一撑，大声唱着《国际歌》，迈开双腿，在看不清地面的情况下高一脚低一脚，向前走去。

第二次过草地，蔡威台长把马让给我骑

中央和一方面军的同志单独北上后，四方面军部队和我们电台还停留在巴西。人们心情沉重，相见也很少说话，更没有笑声。随后又听说，中央来电要我们北上，张国焘来电要我们南下。到底是北上？还是南下？我们焦急地等待着。随后命令传来，要我们做好准备南下，再一次过草地，与左路军会合。

还要过草地？对于刚刚从草地走出来、深知草地艰险的我们，心里都很吃惊。这倒不是我们有什么明确的认识，而只是想到过草地实在太困难，走过一次的人，谁也不愿再走第二次。可是，对于革命军人来说，必须服从命令。于是大家还是积极地做着准备。因为已经有了切身的体会，这次就重视多了，起码对我来说是这样的。

尽管很重视，还是什么都没有，连我们那块遮雨的小布也早已坏了，不知什么时候丢掉了。现在用什么再过草地呢？我很着急，除值班外，想的就是这个问题，注意的也是这件事情。

人们都在紧张地准备。有的找粮食，有的弄来牛、羊杀了，以备路上食用。一天下午，我看到有人杀了两只不大的羊，把肉拿走，将皮扔掉不要了。我拿起那两张还带着血和泥水的羊皮，左看右看，想着怎样派上用场。

手拿着羊皮，我的眼前又出现了草地上寒冷的夜晚，许多人挨冻的情景，以及那些抵挡不住寒冷侵袭而倒下去的同志们，心想：用这张羊皮做个背心不是很好吗？当然把羊皮熟出来最好，可当时不但没有这样的条件，而且连针线都没有。我考虑半天，才想出了一个主意：把两张羊皮的头尾部分去掉，分别贴在身前身后，两只前腿从两肩上系起来，两只后腿在腰的两边系起来不也就成了背心吗。一个羊皮背心就这样做成了，既简单又省事，又能够遮雨挡寒，穿在身上也很好。

九月下旬，我们从班佑回返，第二次进入草地。我看到了第一次过草地时留下的遍地脚印，一堆堆的篝火灰烬，那些长眠在沿途的战友的尸体随地可见。

一堆堆、一排排，横七竖八地躺在那里，有的穿着一点衣服，有的完全光着身子，有的只剩下一副骨头架子。不知有多少同志就这样献出了自己年轻的生命啊！我们活着的人，既不能哭泣，也不能久久徘徊在他们身旁，而是要勇敢地前进，把他们没有走完的路继续走下去。

在蹚一条齐大腿深刺骨的河水时，我的右脚指头被划破了，顿时流出血来，染红一片泥水。我没在乎，撕一条破布包扎了一下，就迅速追赶部队。

我们的队伍一直朝南走。没想到我划破的右脚趾感染肿胀化脓了，走路越来越艰难。爬打鼓山时，我开始咬着牙还能走，后来就走不了了，每走一步，疼得像针扎一样钻心，落在了队伍的最后面，和大家的距离越来越远。

我咬紧牙，忍着痛，慢慢地往前爬着，很快就看不见前面的同志了。总指挥部的警卫营已经过去，走在最后面的收容队也快过去了。空旷的荒山坡上寂静无声，我心想：这下子可能完了，在这样的地方掉了队，非得饿死不可。想着，爬着，心里难过极了，泪水不由自主地往下滚。这是我参加红军以来第一次流泪。

此时此刻，我确实想得很多，想到蔡威台长和同志们，他们可能正焦急地寻找我；想到了父母亲、哥哥和姐姐，他们可能正在盼望着我回家，看来这些都已经是不可能的事了。

想到这些，我心中反而坦然了。一边忍着痛，一边慢慢地艰难而努力地向山上爬。

就在这时，前面不远处传来了呼叫我的声音：“李永悌！小李！”

开始我还以为是幻觉，但声音越来越近、越来越真切，我真不敢相信这声音确确实实是在喊我，我使出浑身的力气，大声回应着：“我在这里！我在这里！”

喊声来到跟前，是蔡威台长的马夫，牵着那匹我非常熟悉的黄马。我一时哽咽，什么话也说不出来。

“啊！你让我好找！”马夫说，“台长怕你掉队，让我牵着牲口在这里接你。”

我眼里的泪水不由自主地涌出来，从腮上滚落在胸前，滚落在荒坡地上。

“快骑上走吧！”马夫说着把我扶上马背，牵着马向前走去。我的泪水还是禁不住往下流，心里在说：台长啊，如果不是你及时派人来找我，说不定我真的就完了！

我骑着蔡威台长的马，经马塘、梭磨一直走到卓克基。

第三次过草地，自织一副毛线绑腿

我们到炉霍不久，就传来消息，说红二方面军即将前来与我们会合，要求我们开展迎接二方面军的准备工作。

接着，供给部就发下羊毛，要求每人都拧毛线打一件毛衣，或一双毛袜或一双毛手套，作为欢迎和慰问二方面军同志的礼物。于是，我们除了值班以外的时间，就是拧毛线，织毛衣和毛袜。那些日子，到处都能见到同志们在干这种活，好紧张啊！与此同时，每个同志根据上级的指示，也在积极做第三次过草地的准备。

我想到前两次过草地时，许多战士没有绑腿，在污水泥泞中行进，在冰凉的河水中蹚来蹚去，干了又湿，湿了又干，最后小腿肚上裂开很多很大很长的口子，钻心地疼，不能走路，坐在小河边双手抱着腿号啕大哭。我的绑腿在前两次过草地时烂了，所以再过草地必须准备一副绑腿。我自己拧好毛线自己织。

关于如何织，我想了很多办法，最后，想到用仿效老家织布的方法，就找来一块四五尺长、三寸宽的木板，先将拧好的毛线一根挨一根地在板上前后绕了几十圈作为经线，然后用两根一尺多长的小棍分别隔一根挑起一根，用毛线吊着拴在小棍上，可以提起，也可以放下。我将经线一次次提起来，提一次穿一次纬线，再用一块小木板打实一次……这样虽然很费事，但我还是细致耐心地去做。经过一段时间，当别的同志捻出的毛线织出了毛衣、毛袜时，我捻的毛线则织出了一副长长的羊毛线绑腿，这绑腿一直跟着我到了延安。

大概也是接受了上两次过草地的经验教训，这次在做过草地的准备时，上级要求每个干部战士都要学会打敌人骑兵的方法。我们单位也组织了学习，教员是二科科长罗舜初。当我拿起枪，卧在地上瞄准目标、扣动扳机时，心里感到怪有意思的。两年多以前，我离家出来当红军时，就说要扛枪。可在这两年时间里，我先当宣传队员，后到无线电训练班学习，接着就是投入工作，直到现在，才算真正拿起了枪。尽管是暂时的，可我还是十分认真，卧下起来，起来又卧下。其他同志也是这样，趴在地上，持枪瞄准，扣动扳机，不停地响起叭叭的声音。

休息的时候，就学唱新编的打骑兵歌。那歌声既鼓舞信心，又讲述了如何打敌人骑兵的要领，人们也学得很快。因此，在那些日子里，到处可听到这样的歌声：

　　敌人的骑兵不可怕，

沉着应战来打它，
目标又大又好打，
排子枪快放齐射杀，
我们瞄准它，
我们打垮它，
我们消灭它……

七月初，开始第三次过草地。我们二局跟随总司令部离开甘孜东进，经东谷进入一望无际的绿色大草原，这次物质、精神都准备得很充分。天气晴朗，雨季尚未到来，一路上风吹草低，可见黄羊向远方奔跑，群群天鹅、大雁站在不远处的野草丛中，不跑也不飞，将脖子仰得高高的，两眼警惕地注视着我们。

八月二日，我们又来到了班佑。班佑是在草地边上的一个藏族小村寨。当地藏族人用树枝捆扎的屋架，牛粪糊的墙，用来圈牛羊用的，我们称它为牛屎房子，地上也不知有多厚的牛屎，我们电台就架在这样一座牛屎房子里。就是这样的地方，还是对我们电台的特殊照顾，部队和一些机关连这样的房子也没有。当时我正在值班，刚住下来，朱总司令不顾一天的疲劳，还特意来看望我们。

红楼春秋

——吉鸿昌烈士在津革命活动点滴

石　英

在天津中心花园一侧，斜对渤海大楼有一座红色的小楼。这就是 1932 年到 1934 年间，著名的抗日英雄、优秀的共产党员吉鸿昌烈士生活和战斗过的地方。

作为任过西北军高级将领和宁夏省主席的吉鸿昌，几经曲折，逐步看清了蒋介石的狰狞面目与罪恶本质。1931 年他出国做了一次环球考察，大大开阔了眼界和思路，回国后在上海加入了中国共产党。在党的指派下，他毅然亲赴鄂、豫、陕联络旧部反蒋，受阻后又积极转赴天津为抗日军进行组织筹划，途经山东泰山时，对暂隐山林的冯玉祥做了极有成效的思想动员工作。1932 年下半年吉鸿昌同志来到天津。

从此，他就成了小红楼的主人。

一个三十七岁的中年人在党的队伍中属于不算太年轻的新兵，他生命中正经历着严峻而光荣的时刻，每分每秒他都考虑着如何对党的事业做出贡献，是否对得起养育自己的人民百姓。他变卖家私，暗暗购置武器；他利用各种关系，获取对党有价值的情报；他千方百计加以联络，筹划由旧部、东北义勇军、平津流亡学生组成的抗日军队……准备一旦时机成熟，党组织一声令下，立即开赴杀敌救亡前线。

1932 年冬天，寒风抽打着红楼门前的枯枝，雪霰在对面渤海大楼上窸窸窣窣地撒落下来。鸿昌同志外出奔忙了一天，带回所能收集到的各种报纸，在红楼上的一个小圆桌上铺展开来。他特别留心日寇得寸进尺的、新的入侵行动和蒋介石媚敌卖国的丑恶行径。他禁不住拍案出声："可恶！"又用红蓝铅笔在报纸白边上加了批语——"是可忍孰不可忍"，"敢视中华民族无志士耶"……在这种情况下，他的夫人胡红霞最理解他的心情，往往蹑步给他送来茶水，不使任何声息打扰他的思路。但只有一种情况是例外的，这就是当党的地下工作同志和他的旧部官兵来访时，他总是马上起立，热情迎接，表现出难以按捺的激动。他向组织上汇报自己工作的进展，领受着新的任务，在小本上记录着只有他自己才明白的秘密代号："二日晨买豆芽菜二斤""四日再购花生米五斤八两……""近日天气骤冷，极需御寒衣物，增加食品热量……"

旧部和朋友来访，他深表欢迎，但又有一条人所共知的"禁令"：他从来不收受任何礼物馈赠，除了枪支弹药可以得到特别欢迎。当他过去的一个主力团被蒋军打散后，有一位亲随军官终于打听到他在津的住处，冒着危险前来拜访，因数月匿居山林，身无别物，知道将军爱枪，便带了两支德国造大镜面盒子枪以做纪念。将军对此爱不释手，使来客大为惊讶。这位军官本来觉得物轻礼薄，多少有点寒碜之意。

鸿昌将军却认为是给革命家业又添了两件珍宝。他毫不犹豫地将出国穿的一件大衣回赠了这位军官，还嘱咐他们千万不能颓丧，更不可劫掠良民，并表示说：一旦打起抗日救亡大旗，立即电召他们同赴前线。

像这样接待来客，在 1932 年秋冬至 1933 年春天之间不是个别的。小小的红楼，在熟悉他的爱国者心目中，占据了越来越重要的地位。

在小楼的一方地板下面，是武器储藏处。从国产"汉阳造"到英国"老套筒"，从俄造"水连珠"到日造"手提式"，中外杂色枪械，应有尽有。还有，那壁炉式夹壁里，也是他小小的秘密弹药库。鸿昌同志平时的乐趣之一，就是悉心地检看这些武器弹药，不厌其烦、如数家珍。家业，这是革命的家业啊。鸿昌同志经常督促他的夫人：不要吝惜自己的家产，能变卖的就变卖，该添置的武器就尽一切可能添置。

"小家业要越过越小，大家业可是要越过越大啊！"

1933 年 5 月，当察北抗战的枪声即将打响时，红楼里储藏的这些枪支弹药被悄悄地装上马车和地排车，先运往杨村、廊坊等中途小站，然后装火车转运察绥抗日前线。鸿昌同志在红楼里接待过的那些"客人"，有许多当时成为"察绥抗日同盟军"的指挥员和骨干分子。鸿昌同志在红楼里所给予他们的思想力量，很快就感染了十多万抗日健儿，滋润着春夏之交返青的草原，体现在震慑敌胆的连克沽源、宝昌、康保和多伦的大捷之中……而冲在最前头的，就是赤裸上身、挥刀跃入敌阵的前敌总指挥——"吉大胆"！这柄锋利无比的战刀，平日安卧在红楼一角的箱箧里，但它日夜熠熠闪光，就像它的主人，时刻准备严惩邪恶，杀出革命志士的正气和威风!

正当抗日同盟军节节胜利、鸿昌将军挥师逐敌收复失地的关键时刻，蒋介石却勾结日伪对忠勇的抗日健儿下了毒手，他们以优势兵力合围堵截吉将军统领的部队，使“抗日讨贼军”受到了严重损失。为了保存革命的有生力量，鸿昌同志妥善安置了余部，同爱国将领方振武一起亲去谈判，与国民党军政当局进行了针锋相对的斗争。敌人设下圈套，假借须去北平协商之名，阴谋监禁他们，但鸿昌同志和振武将军识破了他们的毒计，在乘车赴北平的中途，机警地脱险。1933 年秋，面皮晒得黢黑、庄稼人打扮的他又回到了那座小小的红楼。这时，金风萧瑟，门前花园的树枝上裹满了霜沙，而鸿昌将军却还深深缅怀这时已是风呼雪吼的察北，对破坏抗日事业的蒋介石怀着不共戴天的仇恨。

重返红楼后，他开始了另外一种方式的生活。从表面上看来，清闲恬静，实际上是更加紧张而严峻了。他审慎而广泛地结交“朋友”，这些“朋友”神不知鬼不觉地在他的寓所出入。他在这三层楼上接待着“来客”，有时直至深夜。白天他便扎到惠中饭店去打牌。说来也怪，在这以前，将军对于打牌本没有特别的兴趣，而现在有时却一打就是一天，晚上还要“加班加点”。

“真是一种奇怪的生活方式啊。”对于一般不明底细的人来说，可能会发出这样略带惋惜的慨叹。但是哪里知道，就是这幢有点神秘的红楼，却成了党的地下组织联络站。南汉宸等同志就在这里工作过，并经常与鸿昌同志同床而寝，有时纵谈革命大事深夜不能成眠。在三层楼的一角，还设有一个小小的秘密印刷所，同时也是《民族战旗》的编辑室。鸿昌和同志们积极进行抗日民族统一战线的工作，建立了“中国人民反法西斯大同盟”的组织。惠中饭店成了将军进行秘密工作的场所；牌桌成了与地下工作同志秘密传递情报的掩护物；甚至每张牌子儿，也成了他的得力助手。

他的打牌，可算是古往今来最严峻最崇高的游戏了。

在这个时期里，他曾秘密去上海一次，向党的组织汇报了察北抗敌活动及抗日同盟军中的工作，同时又领受了在现有条件下的新任务。从上海回来，他的劲头更高了，他意味深长地说过:“从一个爱国者到一个共产主义者，这中间需要走多长一段艰辛曲折的路程，可是每一步走过来又是多么的愉快啊！”

但是，将军潜回天津的消息，还是被法租界巡捕房知道了。最初他们还抱有一种“苟安”的希望，错以为他经过重重挫折，也许就此会心灰意冷、“洗手不干”，过起寓公生活来了。后来他们才知道自己是错打了算盘。再加上蒋、日两方对将军来津十分注意，便和法租界当局勾结起来，加紧了对他的跟踪、监视及暗算活动。

1934年春天的到来，鸿昌同志几乎没有觉察。将军注意的是红楼门口那乔装“卖冰糖葫芦”的蓝衣社特务，关切的是送信的“邮差”是否已把新印好的《民族战旗》带到散发地点……将军的英名加上他卓有成效的感化工作，使许多有担当的中国巡捕暗地里保护他，几番在紧急关头下转危为安。

这年11月9日下午三点多，鸿昌同志自国民饭店回到家里，向夫人要去他们多年积蓄的一万元存款，准备交给组织上作为活动经费。这是他最后一次跨过红楼的门槛。晚上八点光景，吉夫人从电话里得知：鸿昌将军在国民饭店38号房间遇刺负伤……从此，红楼再没有迎见它可敬的主人。

将军被送往医院并失去自由，随后由法国工部局引渡给国民党反动当局，由天津而转解至北平陆军监狱。在面对何应钦的“审讯”时，鸿昌同志以在察北抗战中所表现出来的凛然无畏，以在红楼秘密工作期间的坚定沉毅，宣告了一个真正的共产党人是不能被一切淫威征服的态度。敌人看到不可能从他身上得到丝毫东西，便凶残地做出“立即就地处决”的决定。

当鸿昌同志踏上刑场的时候，他随手以树枝做笔，以大地为纸，写下那首著名的浩然正气的五绝：

恨不抗日死，
留作今日羞。
国破尚如此，
我何惜此头。

然后，他喝令行刑的特务们：“快搬张椅子给我！”椅子搬来了，将军昂然落座，又向特务们一挥手说：“到前面开枪去，我的一切行为光明正大，我决不能在背后挨枪，我要亲眼看着你们怎样打死我！”

说着，他大睁着眼睛怒视着刽子手们……这一天，是1934年11月24日。

这时，在天津，洁白的、鹅绒般的雪片纷纷扬扬地落在那幢红楼上，但白雪没能遮住红楼的本色。红楼主人对祖国和人民无比挚热的深情是永远不会冷却的，它理所当然地要融化给人间散布严寒的冰雪，迎接着真正春天的到来。

首战平型关

李天佑

军用列车吼叫着，日夜不停地沿着同蒲路向北疾驰。八路军一一五师的健儿，坐在敞篷车厢里，任风雨吹打，任困乏袭扰，慷慨高歌奔赴抗日前线。

卢沟桥事变后，日本帝国主义疯狂地叫嚣“三个月内灭亡中国”。华北日军在侵占了北平、天津、张家口、保定等地之后，气势汹汹地一面沿津浦、平汉两条铁路节节南下，一面兵分两路进逼山西。驻扎华北的八十万国民党军队，在日军大举进攻下，迅速土崩瓦解，纷纷逃窜，真是“闻风四十里，枪响一百三”，使侵略者如入无人之境。在这国家民族的危难关头，只有三万余人的八路军，背负着人民的希望，东渡黄河，以大无畏的精神向敌后英勇挺进。与贺龙同志率领一二〇师开往晋西北的同时，我一一五师于晋西南侯马市登车，向晋东北疾进。

一路上，有多少事情使人激动不已啊！我们每到一地，那些拄着拐杖的老大爷、老大娘、怀抱婴儿的母亲，热血沸腾的青年男女，就悲喜交加地围拢来，询问我们是不是上前线打日本的队伍。当我们回答说：“我们是八路军，是上前线打日本侵略者的。”他们便转悲为喜，脸上立刻露出希望的微笑，接着便把大量的食品、香烟塞到我们手里。尤其使人感动的是那些东北流亡学生，他们一群群，一队队，冒着风雨挤在月台上，彻日彻夜地唱着悲愤的歌曲，欢送我们上前线。每逢火车进站，不等车停稳，他们便拥上车厢，拉住战士的手，哭诉对日本帝国主义的仇恨。这些远离家乡、到处流浪的青年人，生活本已濒于饥寒交迫，但是他们还要把自己仅有的一件大衣、一条围巾或一副手套送给战士。有的搜尽腰包，尽其所有，买了馒头、烧饼送来，表示自己对抗日战士的一片热忱。目睹国家受辱，同胞流离失所，谁不义愤填膺啊！战士们挥舞着拳头高呼："头可断，血可流，宁死不做亡国奴！"生死已到最后关头，八路军和人民的悲愤融合在一起了。

部队在原平下车后，沿途所见，却又是一番令人触目惊心的景象。溃退的国民党军队洗劫了这一带地方，搞得大小村庄冷冷清清，真是侵略军还未到，百姓先遭殃。我们急急忙忙往前线赶，蝗虫般的国民党溃兵却枪上挑着包裹、小鸡，撵着驮有箱笼的牲口，慌慌张张往后跑。一边跑一边叫："厉害啊，鬼子厉害！"恐日病已是国民党文武高官的不治之症。他们不仅到处大谈其"打不得"的亡国论调，而且当我军战士挺胸阔步向前奔进时，还瞪着眼睛，讥讽地说："你们背着吹火筒、大刀片，真的要去送死吗？"

呸！脓包，还有脸说得出口！心里早就气得发颤的我军战士，真想狠狠地教训他们一顿。但是，为了团结抗日，大家只好忍受了这种讽刺。

的确，我们的装备不仅远不及日寇，也远不及国民党军队，有的战士连土造步枪都摊不上，只是背着大马刀。在懦弱者看来，我们未免太不自量力了，然而我们的战士都是中华民族最优秀的子弟，在这强敌面前，他们有勇往直前的英雄气概。在雪片般飞来的求战书上，战士们纷纷写下钢铁般的誓言；有的表现了视死如归的精神，给父母妻儿写下了最后一封信，有的准备好了最后一次党费。千万个人一个决心：誓与侵略者决一死战，为保卫祖国流尽最后一滴血！

九月下旬部队进到灵丘以南的上寨地区时，传来了灵丘失守的消息。接着，得知日军坂垣师团在侵占灵丘后，正蜂拥西进，直取晋东北边陲重镇平型关。二十三日上午，忽然接到师部通知：连以上干部到师部参加战斗动员会。由于形势紧张，工作繁多，我们已几天几夜未休息了。但是，一听说要和敌人交锋，大家就立刻振奋起来。我和团政治委员杨勇同志并肩走向师部。我们一面走一面谈论：

"国民党溃兵留下的影响太坏了！"

"是啊，他们宣传敌人硬，咬不动。这真是长敌人威风，灭同胞志气！"

"敌人再硬，我们也要咬！"

"不仅要咬，而且要咬烂它！我们要让全国同胞知道：我们能够打败侵略者；我们要让敌人明白：在中国共产党和毛主席领导下的中国人民是不可征服的！"

我们很快来到了上寨村小学校的土坪上。动员会上，师首长分析了战局，介绍了敌情，激动而有力地号召：中华民族正在经历着巨大的考验！我们共产党人，应该担当起，也一定能够担当起这救国救民的重任！接着，下达了任务：我们要在日军进攻平型关时，利用这一带的有利地形，从侧后猛击一拳，打一个大胜仗！最后，还把这次伏击敌人的具体打法向到会干部作了详细交代。

黄昏时分，部队出发了。我们六八六团连夜赶到距平型关三十余里的冉庄，在这里进行战斗准备：召开党委会、战斗动员会，组织干部到前面观察地形，派侦察部队到各要路口，断绝行人，封锁消息。战士们忙着擦拭武器，分配弹药。每个人不过一百多发子弹和两颗手榴弹，但谁都明白：为什么要打这一仗，为什么必须打好这一仗。要是随便问一个战士："你准备怎样打这一仗？"他就会这样回答："冲锋在前，退却在后！"这是党对共产党员的要求，也是全体指战员的共同决心。

二十四日傍晚，师部接到了晋绥军从平型关正面出击的计划，计划中别有用心地要求我军加入他们正在溃乱的战线，替他们正面堵击敌人。师首长洞察了他们的阴谋，决定仍按原计划，在平型关至东河南镇沿二十里的山沟伏击日寇，并命令部队当晚二十四时进入阵地。

我们原想在出发之前，抓紧时间睡一觉，但是，激动使人无法平静下来。杨勇同志开玩笑地对我说："嗬，老战将了，怎么还这么紧张！"我说："不是紧张，头一回和日本侵略军交手，生怕哪里想不到，误了事！"杨勇同志说："是啊，全国人民都在等着我们的胜利消息呢！"

午夜二十四时，队伍向前运动。

为了隐蔽，我们选择了最难走的毛毛道。天空布满了乌云，战士们担心下了雨耽误赶路，互相催促着快走。乌云越来越浓，大地越来越黑，瓢泼似的大雨终于落下来了。战士们没有雨具，身上的灰布单军装被浇得湿淋淋的，冷得发抖。天黑得像是罩了口锅，令人不敢抬步。每个人只得拽着前面同志的衣角，高一脚低一脚地往前赶，一不小心，就会摔倒。行军速度慢下来了。我们希望多打雷、闪，好趁着刹那亮光放开步子往前跑。

行进间，碰见一位随连队行动的机关干部，我问："战士们有什么反应吗？"

"有点急躁。大家说，吃点苦算不了啥，只要能打着敌人就行。"

"要是打不上呢？就该埋怨了，是吗？"

他没有回答，我觉得他在黑暗里笑了。是的，人民的战士就是这样：为了民族的生存，他们希望赴汤蹈火，希望投入如火如荼的战斗，现在他们就是怕打不上，怕"扑空"。可是，这倒霉的天气，却偏偏与人作对。雨，"哗哗"地下个不停，真令人生气。

最糟糕的是山洪暴发了，而我们却要沿着一条山溪绕过来蹚过去。浪涛咆哮，水深齐胸。有几个战士急于蹚过去，被水冲走了。奔腾的洪水，拦住了前进的道路。怎么办？似乎只有停下了。然而，队伍中却是一片催促前进的声音：

“蹚啊，蹚过去啊！”

“长征途中的雪山、草地都没拦住我们，一条小河顶个屁！”

我们不是平时行军，可以早点过，也可以晚点过，我们是要在敌人进攻平型关时，利用有利地形打伏击，因此，必须按时赶到预伏的地方。

“快过！大胆过吧！”人们互相鼓励着。

战士们把枪和子弹吊在脖子上，手拉着手结成一条坚固的索链，向对岸蹚去。九月末，这里已经降霜了，河水寒冷透骨。战士们不声不响地同山洪搏斗，蹚过去蹚过来，不下二十多次！许多人的牙齿碰得“咯咯”响，我也感到两条腿麻木了。

经过大半宿的艰难行进，我们快赶到目的地时，天亮了，雨也停了。这时我才看清忍受了一夜寒冷和风雨的战士，一个个唇青嘴乌，有的因为摔跤过多，滚得像个泥人。队伍在公路南的山沟里隐蔽下来。天还是阴沉沉的，冷风飕飕，又不许生火，战士们只有咬牙忍受，让沸腾的热血来烤干湿淋淋的衣服。

二十五日清晨，我团全部进入阵地。我同杨勇同志到前面指挥所去。指挥所设在一块谷地的坡坎下。前面是公路，两旁是山峦。我和杨勇同志举起望远镜向两侧观看，但见树叶在轻微地抖动。或许是秋风摇曳着草木，在催促它凋零；或许是披着伪装物的战士，因为衣湿身寒，趴在湿润的地上，冷得发抖。我们分不清哪是树木哪是人，只知道那儿埋藏着几百颗愤怒的心。“吃点苦算不了啥，只要能打着敌人就行。”这时，我好像又听见战士们在这样说。

我摘下望远镜对杨勇同志说：“隐蔽得很好。”

杨勇同志意味深长地说：“是啊，野兽虽然狡猾，但我们这些聪明的猎手一定不会放过他们！”

我们转向前看，在几块谷子地的尽头，一条公路由东而西，那便是灵丘通平型关的古道了。公路以北是座三四百米的秃山，山腰有个不大的古庙，那是老爷庙。这座山雄踞路北，是控制公路的制高点。遗憾的是我们已经来不及在它上面埋伏一支兵力了，必须等战斗打响后再去抢占。

在我团的两翼，也看不到兄弟部队的一点踪影。但我们知道在这二十里甬道的两侧，都已埋下了重兵：六八七团在我团东面，从灵丘来的日军将首先从他们面前经过；六八五团在我团西面，距平型关仅十余里。单等敌人来到，攻击的命令一下，左右兄弟部队截头断尾，我团就要拦腰打下去，共同歼灭敌人。

通营里的电话架好了。我再次用电话询问了各营隐蔽的情况。问到战士们的情绪时，他们说：“早就上好了刺刀。大家共同的决心是：决不辜负全国人民对我们的希望。”

上午七时，山沟里传来了马达声。百余辆汽车载着日本兵和军用物资在前面开路，两百多辆大车和骡马炮队随后跟进，接着开过来的是骑兵。车声隆隆，马蹄嗒嗒，声势煞是浩大！那些日本侵略军士兵，脚穿皮鞋，头戴钢盔，身披黄呢大衣，斜背着枪，叽里呱啦，谈笑自若。

周围异常沉静。战士们握紧手榴弹，瞪大眼睛，看着敌人得意扬扬的样子，气得直咬牙。

大概是由于公路泥泞不好走吧，几十辆汽车在兴庄至老爷庙之间停了下来。西进的敌军行列还在向前拥，人马车炮挤成一团。这正是个开火的好时机，我抓起耳机询问瞭望哨：“喂，敌人全进了伏击圈吗？”

“通灵丘的公路上已经看不见敌人了。”

这就是说：这是坂垣师团的后尾了。我放下听筒，马上派参谋去报告师首长。

参谋走后不久，突然，敌人向两侧山上开枪射击起来。怎么回事呢？原是长驱直入的敌人，怎么忽然以火力搜索？是发现了我们吗？不可能！我们的部队隐蔽得很好，一点也没有暴露。显然，敌人是在盲目进行火力侦察。

我正在盼望师首长的指示，到师部报告的参谋跑回来了。他喘着气兴奋地传达了师首长的攻击命令。不等他说完，我抓起耳机，命令担任突击任务的一营：“攻击开始！打！”

战士们盼望的时刻到了，两侧的山冈顿时怒吼起来。机枪、步枪、手榴弹、迫击炮一齐发射，把拥塞在公路上的敌人一时打得人仰马翻。一辆从平型关开过来的汽车中弹起火，拦住了西进的道路。我正在紧张地观察着战斗的发展，一个参谋同志大声招呼我：

“团长！团长！师指挥所通知，要你去一趟！”

“师首长要我去？好。”

师指挥所就在我们右后侧的山坡上，有里把路远。我从谷地里一气跑了过去。师首长看我跑得气喘吁吁的，便说：“沉着些。敌人比较多，比较强，战斗不会马上结束的。”然后，又指着战场对我说：“看到了吗？敌人很顽强。”

我顺着师首长手指的方向看去，公路上的敌人正在利用汽车顽抗，并组织兵力抢占有利地形。师首长接着说：“我们包围了一个旅团，有四千多人，块儿大不好一口吃掉，你们一定要冲下公路，把敌人切成几段，并以一个营抢占老爷庙。拿下了这个制高点，我们就可以居高临下，把敌人消灭在沟里！”

“看！有几个鬼子正在往老爷庙爬呢！”我指着山沟说。

“是啊！你们动作要快，慢了是不行的！”

“明白了！”

“好，去吧，要狠狠地打！”

我跑回团指挥所时，山沟里的枪炮响得更加激烈了，左侧的六八五团也开始突击。我们为了加强指挥，保证打好，杨勇同志和其他几个同志决定下到营里去，留我在指挥所负责全面指挥。他们走后，我马上命令右侧山上的三营向老爷庙冲击。

刹那间，巨大的喊杀声震撼山谷，战士们勇猛地向公路冲去。敌人东奔西窜，战马惊鸣。然而敌人终究是凶狠的，而且枪法很准。他们不顾伤亡，利用汽车和沟坎顽抗，机枪打得“嘎嘎”地响。我举起望远镜清楚地看到，我们的火力压不住敌人的火力，冲上去的战士一个又一个地倒下来。然而“冲啊！”“杀！”的喊声不断，战士们前仆后继地前进。敌人的确很顽强，一部分已经爬到对面山上，占领了老爷庙。情况对我们很不利。

看到自己的同志接二连三地倒下，该有多么痛心！然而，战士们那豪迈的誓言又在我耳旁响了起来——牺牲是光荣的！当亡国奴是可耻的！是的，为了民族的生存，我们必须付出代价！我咬紧牙关，再一次命令三营：

“三营长，不要怕伤亡！猛冲，一定要拿下老爷庙！”

“是！保证完成任务！”三营长坚定地回答。

我马上告诉侧翼连队加紧攻击，吸引敌人的火力，支援三营冲锋。山沟里烟雾弥漫，响声震耳。三营战士钻进烟雾里，往前跑，往前爬，往前滚。终于，他们冲上了公路，同敌人展开了白刃格斗。只见枪托飞舞，马刀闪光，吼杀声，爆炸声，搅成一团。

足足拼杀了半个小时，敌人支持不住了，纷纷藏到汽车底下。我们的战士当时不懂得烧毁敌人的汽车，使其失去掩蔽物，还以为日军和内战时期的敌人一样，打狠了就会缴枪。他们停止了射击，向躲在汽车底下的敌人喊话：

“缴枪不杀！优待俘虏！”

然而，眼前的敌人不仅不懂中国话，而且还是一群经过法西斯军国主义训练的顽固派！他们只知道向中国人开刀，喝中国人的血，吃中国人的肉。许多战士因为缺乏对日本侵略军作战的经验，反被垂死的敌人杀伤了。

一营的一个电话员，正沿着公路查线，看见汽车旁躺着一个半死的敌兵，他跑上去对那个敌兵说：“缴枪不杀，优待俘虏！”没等他说完，那家伙扬手一刺刀，刺进了电话员的胸部。有的同志想把负了重伤的敌兵背回来，结果自己的耳朵被咬掉了。更有的战士去给哼哼呀呀的敌兵裹伤，结果反被打伤了。

由于敌人的野蛮和骄横，战斗始终打得很激烈。敌军的伤兵同我们的伤员扭打，直到拼死为止。

有人告诉我：三营伤亡很大，冲上公路以后，九连干部差不多打光了，全连只剩了十多个人。我当即用电话问三营长："你们怎么样？还能打吗？"

他仍是那句话："保证完成任务！"

没有一个干部在报告时强调伤亡，他们很怕领导上不给他们艰巨的任务。

战斗仍然激烈地进行着。

然而，敌人不懂山地战术的特点，除以一小股兵力抢占了老爷庙外，大部分敌人始终挤在公路上挨打。我军冲过了公路，就直奔老爷庙。由于山上和山下火力的夹击，山坡又陡，三营营长也负伤了，但他坚持不下火线，继续指挥部队作战。在二营的积极援助下，他们终于占领了老爷庙制高点。

占领了老爷庙以后，我们从两面居高临下，打得山沟里的敌人无处躲藏。敌指挥官猛然醒悟过来，挥刀喊叫，指挥着敌兵争夺老爷庙制高点。此刻，敌人的大炮、快速骑兵全都失去了作用，只有穿着皮鞋的步兵，乱七八糟地成群地往上爬。我军沉着以待，瞄准敌人，等他们爬得上气不接下气、与我贴近时，才一齐开枪。

敌人刚冲上来，又垮下去了。

我让团指挥所移到公路北的一个山坡上。这时，五六百敌人正拥挤着反复对老爷庙攻击，敌机贴着山头盘旋威胁我们。杨勇同志也负伤了，情况十分危急。如果两翼兄弟部队不能很快攻上来，我们又得同敌人肉搏了。一个参谋有点沉不住气，喊着：

"团长隐蔽，飞机！"

我告诉他："不要怕，敌人靠近了我们，它不敢扔炸弹！"

敌人越来越多，拼命往上攻。但是，无论怎样，他们也无法逃脱我军布下的天罗地网。我相信左翼部队很快就会攻上来，便命令部队：一定要坚持到底，直至最后一支枪，最后一颗子弹。

打到下午一点，六八七团攻上来了。我看敌人的后尾一乱，觉得消灭敌人的时机到了，便命令部队加强火力进行反击。敌人哪能挡得了我们的两面夹击。兴庄至老爷庙之间的敌人很快被我干净彻底地歼灭在山沟里。

当我们完全控制了这条山沟以后，马上按师首长战前的指示，向西面的东泡池方向发起进攻。

那里大约有两千敌人，控制着东泡池高地，原为国民党晋绥军出击目标。

我们西进到东泡池一带，不用望远镜，便可清楚地看到内长城和雄踞关岭山头的平型关。但是，令人气愤的是，国民党晋绥军不仅不按预定的协同计划配合我军作战，致使东泡池之敌敢于集中力量向我侧翼攻击，企图为被围之敌解围；而在我军消灭了被围之敌，主动西进，攻击他们阵前的这股敌人，经反复冲杀，使敌人面临被歼的局面时，国民党晋绥军却又放弃了团成口阵地，使敌人夺路逃窜。他们究竟还有几分抗日热情，不难明白了。

我军沿着十多里长的山沟撤出战场。举目四望，公路上血迹斑斑，躺着大批血肉模糊的敌兵尸体。战马、大车、汽车、大炮狼藉遍地。疯狂、残暴、凶恶的日本侵略军精锐坂垣师团二十一旅团，在中国人民的铁拳下，遭到了彻底的毁灭!

首战平型关的伟大胜利，暂时稳定了华北国民党军溃退的局面，振奋了抗日军队的士气，并为而后太原以北的保卫战，赢得了准备的时间。

黄土岭战斗日记

魏　巍

十一月三日

夜间，将雁宿崖敌人的炮兵阵地最后占领的时候，这个将日寇独立混成第二旅团辻村大队完全歼灭的战斗就已经结束了。而搜索残敌的零落的枪声还在四外继续着。夜已经很深了，我们营的主力开始集结归来。

队伍前面走着很多的驮子，驮着胜利品。因为夜深，狭谷中的小河，水声越来越清亮了，牲口疲倦的蹄声就溶进这水声里，只是在山径的乱石上，不断看到它们的蹄子溅出耀眼的火花。战士们经过一天的激战，显然有点疲劳，但他们仍然兴致很高，一面嚼着日本人的皮糖和饼干，一面津津有味地谈着。他们每个人都背着两三支三八大盖枪，脖子上挂着日本兵的行囊——一种灰石色的袋子，里面装满了各种胜利品。我们的“土老”营长，这个经过二万五千里长征的英雄，平常很爱吹口琴，可是只会吹一支单调的进行曲，此刻也许过于疲劳，却没有把口琴取出来。他瘦黑的身躯铁一样地骑在配着漂亮皮鞍的洋马上，显得非常高大，悠然自得地行走在夜色里。

前面和后面不时传来一阵阵笑声，有人喊着：

“哎呀，注意呀，大米掉下驮子了！”

夜是那样的浓黑与安静，只有灿烂的星辰，亲昵地凝望着这胜利的土地，胜利的人们，倾听着我们的刺刀与水壶磕碰的悦耳的声音。仿佛刚才残酷的恶战已很遥远，而感到一种异样的和谐与静美。

翻过一道山梁，便回到我们的驻地了。因为不少队伍都在这个村庄宿营，管理员们正为分配房子而吵嚷着。

我们分在一个又空又冷的大房里，房东大嫂过意不去，要把热炕腾出来让我们睡。我说：

“你们不睡吗？天还没有明呢！”

“不睡了，我们听说你们把鬼子都打死了，乐得不瞌睡了。”

她说着，把小孩子们都喊起来烤火。同志们把东西撂下，衣服也不脱，就枕着缴获来的牛皮背包呼呼入睡。临睡前，我打开一大青瓶日本酒，请房东大嫂喝。她倒在一个齷齪的杯子里用嘴唇舐着，一直到我快睡着的时候，还听见她说：

“日本酒就这个味儿吗？”

十一月四日

我们起身的时候，已经小晌午了。房东大嫂说飞机在天上直嗡嗡了一早晨。敌人每次遭到失败之后总是这样，谁也不去注意它。

我到了营长那里，他正在吃大米稀饭。他用小勺儿——也是日本军官皮包里的东西——慢慢地吃着。我向他碗里一看，昨天缴获来的白米真匀净，粒子又长又大，我不由得赞美道：

“多好的大米呀！”

营长笑着，乐极了。他穿了一件漂亮的黑呢子大衣，这是昨天缴那个随着敌人出来的伪县长的。我们的土老营长，还戴了一顶日本军官黄五星的皮帽，一身黄呢子军服，缀着红底金箍的领章。他的那瘦而黑的脸孔显得分外明亮。看哪，这一下土老可不土了：全身都是胜利品——只有脚上不是——他不喜欢穿日本人的烂皮鞋。我想起来了，他脚上那双黄胶鞋，不也是去年攻克容城缴来的吗！

我们漫无次序地谈着昨天战斗的事。旁边，电话员把新得的电话机安上了，一阵阵铃声响得也很新鲜。院子里堆着一大堆胜利品，皮鞋、钢盔、雨布、大米、罐头……堆得简直像小山一样。

我坐了一会儿就走了，兴奋得一会儿也不愿安静。

二连在村外的小树林里，战士们一边擦枪，一边兴奋地谈笑。他们用刺刀把罐头挑开，你一筷子我一筷子地吃着。我和司号员把日本饭盒子挂在松枝上，把日本人专供野炊用的小油盒点着了火。

松林外面，摆着俩二连缴获的大炮，上边月草盖着。我把草拨开看了看，明光瓦亮，真喜欢人。我们的大渡河连多能干哪！

下午敌机又来了，怒气冲冲地在司格庄的上空盘旋着。我知道要投弹，赶快出了村子。结果投弹四枚，只炸坏了一间房角，炸死了一口小猪，特派干事弄了一头土。

晚上，增援的敌人已经来了，和我们离得很近。通报说，日军这个联队是从涞源城出动的，然后会合了插箭岭的敌人共有一千五百多名。值得注意的是，他们是由独立混成第二旅团旅团长阿部规秀中将亲自率领要出来报复。看来一场新的大战又要开始了。

夜里和老蔺谈话，他现在在团部正负责看管着两个俘虏呢。

十一月五日

早晨，在三连和那些可爱的干部们一块吃大米饭、牛肉和酒，吃得非常高兴。晚上飞机又来了，掷了几个弹，天晓得落在了什么地方。

我参加三连雁宿崖战斗的检讨会，大家分析了一些优缺点。同志们提出，一些新战士使用武器还不熟练。但一想起他们都是不久以前的农民，腿上还带着田野的泥土，竟然和老同志一起把敌人冲垮了，而且消灭了，那英勇的姿态，也确实令人感动。

增援的敌人，于昨天傍晚到达雁宿崖、张家坟和三岔口一带，在那里打扫战场，收拾头天的尸体。今天已经扑到银坊。小鬼子为了发泄怨恨，整整一天在那里烧房子，烟火终日不熄……

十一月六日

今天一早，敌人由银坊继续进犯，于傍晚占领了司格庄和黄土岭。我们的兄弟营已在正面和敌人展开了激战。

命令终于来了：准备在黄土岭以东消灭敌人。

我们立即到连里帮助做政治动员。指导员们召集了各种党内党外的会议，说明了敌人的情况，和上级给我们的任务。还特别指出：从黄土岭以东到上庄子，是一道五里长的狭谷，正像一个大口袋，按照上级指示，我们就要把敌人装到这个口袋里，通通干掉！

战士们坐在地上，新枪靠着肩头，听指导员讲话时，眼睛发出亮光。

“同志们！我们一定要接着雁宿崖歼灭战来一个更大的胜利！明天就是我们军区成立两周年，我们要用胜利来纪念它！

“同志们！根据上级的部署，我们已经把敌人包围了。我们一团和二十五团已经卡住了敌人的去路；三团已经从南面包围了敌人；二团已经在司格庄那边把敌人的归路切断了，从北面去包围敌人；三支队已经在三岔口控制着到涞源的要道。军区的教导团和一二〇师的特务团也赶来了。这是一个大围攻战，我们一定要歼灭敌人！你们有把握没有呀？”

“有！有的是把握。”

战士们高声回答，充满胜利的确信。

动员会结束的时候，战士们乐呵呵地说：

“小鬼子还要送三八枪和大炮来哩，看老子消灭你！”

“老子们休息好了，就又来了，那你可别想回去！”

夕阳下山时，敌人已经进占了上庄子，同我们营面对面了。我们的营指挥所设在一家山间茅舍里。晚上，营长把一个排长找来，要他带一个班去扰袭敌人，让敌人夜间也不能安宁。夜深时，因为我们没有带毯子，冻得不行，大家只好起来烤火。突然间，几声极为尖厉的枪声和手榴弹声，划过了夜空，接着是嘈杂的枪声和炮声，震动着这山谷的午夜。我们知道是那一班人开始动作了。营指挥所的人都很快乐，只有年轻的勤务员歪在烤火人的膀子上睡得很甜。柴草的火焰染红了通讯员的脸和我们的营长瘦黑而严峻的面容。

十一月七日

天不明，我们就吃饭完毕，准备今天开始总攻。

天落着小雨，山顶和山谷都弥漫着白雾。战士们非常有精神地在村口集合了。他们背着三八大盖，戴着日本钢盔，背着牛皮背包，穿着日本皮鞋。看样子比日本“皇军”更要威风。

以连为单位，指导员进行了战前鼓动。

我随同三连进了一条山沟。连长先拨了一个班和一挺轻机枪，先行上山占领阵地。他们刚爬上山，轻机关枪就像流水一样地打了第一梭子。很快敌人的炮弹就在离我们不远的山坡炸开了，一团很浓的蓝烟，缓缓升起，渐渐和浓重的雨云混成了一片。接连着又是几颗炮弹飞了过来。我正招呼战士们注意隐蔽，只听山头上机枪班长兴奋地叫：

“好！打得好！那个炮手完蛋了。”

“打死了吗？”我问。

“打死了，动也不动了。”

“谁打死的？”

“副班长。”

大家拍手笑着，果然不响炮了。

我们上了山。山上，雾气虽然小了，但是浑蒙蒙的还是看不清楚。我就把前天缴日本宣抚官的眼镜戴了起来。战士们看我戴了两副眼镜，都笑起来了。

我问机枪班副班长，是怎么把敌人那个炮手打死的，他说，一上来，就看见黄土岭的敌人集合在村外，先头部队已经向东出动，最后面停着很多的驮子。他向敌人密集处打了一梭子，敌人一下乱了，有的向山上爬，有的向大石头下藏，有的向村子里跑。牲口驮子也乱成一锅粥了。正在高兴，敌人的炮已经打了过来。他用眼一扫，发现上庄子村西有个家伙正用小炮向他瞄准，就被他一枪打了个仰面朝天，完蛋了。

说到这儿，副班长笑嘻嘻地朝下一指：

“你看，现在不是还乱着吗？”

刚说到这里，突然停住，又对准机关枪的机尾，脚尖用力地蹬着一块石头，砰、砰、砰、砰，又朝乱糟糟的敌人点起名来。

我越急越看不见，脱下眼镜，才发现上面洒满了雨点。我连忙擦了擦，才看见困窘的敌人乱跑乱窜，这一下又打死了不少。而另一部分敌人已经上了北面的黑山。接着，敌人的机关枪也开火了，子弹在我们头上噌噌飞过。河坝里的敌人也向我们开始冲锋。一个战士说：

“来啦来啦！快打吧。”

“不慌！”机枪班长沉着地回答。

等敌人成密集队形冲得很近，机枪班长才咬着牙喊了一声：“打！”接着哗哗哗把敌人打倒了二三十个。其余的败下阵去。机枪副班长因为身子探出太长，被黑山上射来的子弹打伤了，腮上的血流着，滴到了机枪的机尾和一片荒草上。

敌人又接连冲了几次，都被我们打回去了。一堆堆的死尸遗留在山坡上，没死的还在悲哀地嚷叫，声音清晰可闻。天上虽然有五架飞机助战，因为雾气很大，也无济于事。对面的黑山在雨雾中显出了深沉的哀愁，飞机在空中只是徒然地悲鸣。

下午，在敌人向我南山阵地拼命猛攻的时候，有几个战士从前面的小山头上喘吁吁地跑回来。原来他们的手榴弹都打光了，机枪班长崔发叫他们先下去，他们叫崔发先下去，崔发坚决不肯，因为他还有最后一梭子子弹，要再打死几个敌人。最后还是崔发留下了，他是陕北红军，一个优秀的共产党员。当敌人攻到半山腰时，只剩下他一个人，还是沉着不动，直到子弹打完，又打死了十几个敌人，才抱着机关枪滚下山来。

我凝望着崔发黑乎乎、瘦巴巴的脸孔，感动地问：

“你是怎么啦，崔发？多悬乎呵！”

“怎么啦，多打死几个不好吗？再说我丢了命也不丢这挺机枪，我背它三四年了……”他嘻嘻一笑。

整整一天，敌人在我们的包围圈中狼奔豕突，想冲开一个口子都失败了。只好困守在几座高山上。然而黑夜已经降临，我们进攻敌人的时机到了。

先是团里响起了冲锋号，接着营里的冲锋号也响起来。政治战士们鼓动着，同志们立刻像战马扬起长鬃似的精神抖擞准备进攻。我抓紧时间抽了一锅子烟，觉得非常爽快。

天黑极了，没有星光，阴森而且寒冷。因为下了一天雨，全身衣服都弄得精湿。我四外一看，在浓墨一般的天幕下，晋察冀的大山屹立着一动不动，显出无限生命的力，斗争的力。

这时，四面八方都响起了冲锋号声。我们已经整顿好装具向前开进。顷刻，敌人据守的山头上，响起了我们的手榴弹声和敌人还击的枪声，枪火比白天还要繁密。敌人白天攻占的南山和北山都起了火光。我们知道友邻部队也都摸上去了，心中更为兴奋。我们谁也不放一声枪，只是一个劲儿地往山上摸去。直到离敌人很近的时候，才把手榴弹甩出去，接着敌人便像石头一样地带着哀号滚下去了。

我们和我们的兄弟部队，已接连夺下了几个阵地，最后只剩下一个最高的大黑山了。我觉得那个大黑山，在群山的火光与繁密的枪声中似乎在微微颤抖。

午夜时分，枪声渐渐稀疏下来。因为那个黑山太高，山险路陡，夜间进攻不便，上级就下令停止进攻，只派了一个小部队去袭扰它。午夜过后很久，才远远看见手榴弹爆炸的火光，在大黑山上发出异常明亮的光辉，并且随着冷风传过来敌人一阵阵的嚷叫。我们不知道这些异国人说些什么，只觉得声音非常凄惨。

接到命令，只留下少数部队占领阵地，其余的撤回村庄吃饭休息。一路上，只能看见火绳点燃的光亮在黑谷中往来地游走。各部队在路上相遇，就互相询问哪一部分：

“七连。你们呢？”

“三连。你们得了些什么呀？”

“咳，只得了一挺歪把子机枪，还有十个驮子。你们呢？”

“没有得歪把子。”声音很低，流露着遗憾。

“唉，明天再说吧。”有人说。

当我们回到驻地吃饭的时候，不知道谁说了一句，我们的炮兵连已经来了。大家都为此乐得发狂。

十一月八日

命令说：经过我们昨天一天的围攻，敌人已经损失了大半，正企图向西北面突围。我们今天的任务就是继续攻击敌人，夺下那个大黑山来。

大家的战斗热情特别高，都决心将敌人最后歼灭。出发前，战士们抢着拿手榴弹，我也拿了几个小的装在口袋里。在一个小山庄上，我和战士们挤在一块儿烤火。人们东躺一个，西歪两个，我利用谈话的方式鼓舞战士。

优秀的机关枪射手孟宪荣，戴了一顶日本军官的黄五星呢帽，和我交谈着。他是冀中河间人，不仅射击技术全团闻名，而且非常有才，能编剧本，会耍刀，是文化娱乐工作的能手。我是很喜爱他的。

“听说，一二〇师把涞源城占了？”

“谁说的？”

“大家都这么说。”

越是胜利的时候，好消息也多，有时候把希望也传成了新闻。显然人们太兴奋了。

我和曹葆全、张顺生两个排长一块儿吃饭。吃过饭，大家把背包完全放下，我也放下了大衣、皮包、一些文件和诗稿。我们就要向前开进了，我很想利用时间做些鼓动工作，但我对这种工作还不熟练，不能机动地进行，后来我叫二排长把队伍集合起来，还没有说，就行动了。

我随三连上了一座高山，又进到一线阵地。后面的大山上压着白云，那里设着我们的团指挥所和炮兵阵地。我不断听到从白云中发出的炮弹出口声，接着嗖嗖嗖地从我们头上穿过，随后就在大黑山上冒起了一团团白烟。不久，白烟就把大黑山的山头笼罩住了。

大家正在为我们的迫击炮手叫好，看见上庄子附近的一座独立家屋走出几个人来，在那里指指画画，很像是一群指挥官的样子。一个同志说：

“我们的迫击炮，要是能朝那里楔它几炮才好呢！”

说话之间，有几发炮弹就接二连三地在那里爆炸了。浓烟过后，倒下了好几具尸体，其余的都跑到房子里去了。①

山头上，一片喝彩声。

我们的迫击炮连真没有白来！

中午，敌人的阵势更加慌乱，几乎没有再向我们进行反击。但是飞机却比昨天猖狂，不断地在我们上空盘旋轰炸。

---

① 所谓日本“山地战专家”和“名将之花”的旅团长阿部规秀中将，于是役中被八路军击毙，当时大家还不知道。数日后，日本报纸发表了《名将之花凋谢在太行山中》，曾详述其事。

“注意防空呵，同志们！”指挥员们纷纷招呼部队。

大家都警惕地望着空中。忽然，一个战士喊：

“下来了！下来了！”

“什么下来了？”

“降落伞，你瞧，上面还有人呢！”

大家凝神观看，果然在敌人阵地的上空，有好几个降落伞正在飘飘摇摇地下坠，落到敌人的阵地上去了。

这种事，大家还是第一次看见，都感到新鲜，有人问道：

“小鬼子搞的是什么名堂？”

“也许是他们的指挥官被打死了，又跳下来几个指挥官吧！”人们在纷纷猜度着。

下午，举行最后猛攻，冲锋号又漫山遍野地响起来。在冲锋出发地，那个在长征路上还是司号员的副连长吴九山，拍了拍战士的背膀说：

“掏一把力，加加油呀！”

尽管敌人的机关枪在山径上喷射着弹雨，击打起一股股白烟，但谁也不管他，只是一个劲儿地朝着大黑山飞跑前进。一个战士跌倒了，接连着又有几个跌倒了，谁也没空去管他，队伍只是迅速地飞行，背后的同志也没有一声叫喊。

从云中传出飞机的声音，在近旁山上掷了不少炸弹，但此刻没有人再去注意这一切。由于动作迅速大家不一会儿就爬到了山腰。这座大黑山异常高，爬了好久还不到顶，只好又缓慢下来。快到山顶时，大家略微喘了口气，接着，手榴弹便像小鸟回窝一般地飞向了敌人，敌人的歪把子机枪顿时哑然无声，我们就冲上去了。敌人那个射手，丢下歪把子就向山下滚，和手榴弹炸起的石头碎片一齐滚下去了。战士们又向下掷了几个手榴弹，滚到山坡上的敌人也就完蛋了。

敌人的死尸横躺在他们挖成的工事上。因为这山异常陡峭，敌人跌在下面摔死的也不少。战士们从敌人的尸体上搜出不少“金甲守护神”“祈武运长久”的纸封和各种画着红字的“不死”的符咒，被风吹得满山乱飞。

我们坐在工事里，用手掌不断抚摸着歪把子。因为它很新，得到大家一致的赞美。副连长尤其亲昵地握住它的弹槽说：

“这挺歪把子真秀气呀！”

我们已经夺取了这个重要阵地，一些残敌已由我们的兄弟部队去追击了。

一九三九年十一月

八千里路云和月

左　齐

一九三五年的十一月，在全国人民救亡图存的呼声日益高涨的形势下红二、六军团离开了湘鄂川黔根据地，开始长征。

这一次撤离，是在非常险恶的条件下完成的：蒋介石已经把一百多个团的兵力调到根据地周围，完成了对我包围的部署。不仅如此，可以说，自从十一月十九日从桑植出发开始，一直到第二年的四月二十八日渡过金沙江为止，如果没有以贺龙、任弼时同志为首的总指挥部的正确的战略指导思想和战役、战斗部署，几乎每时每刻，都有被敌人消灭的危险。

当时，我是红六军团的一个普通工作人员，对于两个军团全面的情况和上级的行动部署很不了解；可是，仅仅从我自身经历的这一段征途来看，总指挥部领导人那样巧妙、灵活的指挥艺术，给我们每一个指战员的印象都是非常深刻的。如今，时过境迁，许许多多的细节已经难以记清，可是，大的脉络却像是作战地图上的红线一般，反倒格外分明了。

南下湘中

从桑植出发，北上抗日，按说应该北去，怎么南下湘中了呢？

原来，当时包围我们的敌军，东南有陈耀汉、郭汝栋、陶广、李觉，西北有徐源泉、樊松甫、孙连仲，共计一百个团以上的兵力，恰似一团黑压压的乌云，直向湘鄂川黔地区扑来。我军倘若突围向北，直接取道川陕北上，一道长江在前阻路，十万敌兵随后跟来，那危险可就太大了。因此，为了绕过长江天险，必须向它的上游取路；而要摆脱敌人的重兵，第一脚就得插向敌人的心脏，把敌军调到兵力空虚的湘中去。这就是我所能看到的当时的指挥意图。

自从十一月十九日出发，就是夜以继日的急行军。渡过澧水、沅江，到十二月初，就进占了新化、锡矿山、蓝田、溆浦、辰溪、浦市等城市，一下子就把敌人的手脚搞乱了。我们却在新化地区轰轰烈烈地开展了群众工作，部队也得到七天的休息。

这年，湘中是个好收成。秋谷刚收好，谷草堆得像山一样。橘园里一片橙黄，金皮球一般的橘子成串成束，压折了羊角粗的根根枝条。稻田里，放上了冬水。环顾四野，明亮耀目。橘园的丰收景象，又从水中倒映而出，更显得十分好看。只可恨地主豪绅当道，人民群众难得温饱，没有歌声，也没有笑脸，到处都是死气沉沉。可是红军一到，可把土豪们吓昏了。刚刚从农民家里抢到手的谷子也顾不得了，扔下算盘，夹起账簿，逃的逃，溜的溜，逃不脱的就只好乖乖地给农民当了一次极好的反面教材。农民呢，可是乐美了。如今，他们看到了地主恶霸的下场，好痛快好舒服，情绪随之激昂起来。投红军，闹革命，顿时成了一股风气。不几天，红军的兵员就增加了好几千。更有新化、锡矿山的一批工人，大革命的时候，就是有名的革命派，这次红军部队到来，不到一天光景，他们就组织起了一支名叫“抗日救国先遣队”的武装。

新化城，是资水中游不大不小的一个码头，相当繁华。红军初来，群众不明真相，江面上似乎也失去了往日的热闹。只有沿江碇泊的几只大官船，没有来得及逃掉。船上，插着盐运局的旗号，装满了成包的海盐。谁都知道，官盐者也，其实就是蒋盐。蒋盐不吃，更待何时？趁此机会，当时的六军团政治部主任，就领着我们广泛地宣传起“没收官僚资本，保护民族工商业”的政策来。私营企业，一个不动，欢迎开市；蒋记官盐，如数没收。商人一见，果然官、私有别，待遇不同，顿时打消了顾虑，开门营业，市场活跃起来。于是，一时陷入沉静的江面上，大小帆船又往来如梭，颇不寂寞了。没收的盐巴，立即标明价格：大包五块，小包三块，向广大人民出售。只消拿出一块银圆就能担回近百斤咸盐，足够食用几年，有些实在没有钱的，说清楚也可自管来搬。名为出售，实际等于散发。老百姓慑于蒋介石的凶焰，不敢径自搬取，我们打出这一个“出售”的名目，不过是用以解除群众的畏惧，堵塞日后蒋贼的毒口而已。自然，红军也还可以从中略微为革命筹得一部分款子。当地群众，胆大的白天到，胆小的夜晚来，有的担筐，有的驮袋，往返搬盐，络绎不绝，熙熙攘攘，十分热闹。

我们在新化，为时只七日，扩兵逾千，筹款上万，收获委实不小。随后，又忽而北返两下江，忽而南下龙潭市，最南竟到了武岗县属的高沙。这时，敌人从湘西北赶到湘中，积极准备向我围攻。于是我们才折转向西，在武岗与绥宁之间的瓦屋塘，把陶广的两个师打了一下，冲破了敌人围歼我军于湘中地区的阵势，向北渡过了沅江。这时，敌人方面可真是热闹非常，有的掉转头顺着湘黔公路猛追，有的登上沅水里的小木船猛赶，唯恐被我们丢掉。

一九三六年的元旦，我们是在芷江的竹平铺过的。这个地区很富，土豪很多。土豪的肥猪也很多，大家都很高兴，想要好好过个年，多吃几个菜。晚上，我们和农民一道杀了土豪不少的猪，大伙帮大师傅的忙，又是猪肉，又是鸭子，烹得香香的。第二天中午，正要吃的时候，忽然听到"啪啦啪啦"的枪声，原来是敌人的先头部队赶到了。我们捞出肉来，担在肩上，向西开进了。二日到了晃县龙溪口，在那里驻了三天，算是补过了一个新年。

等敌人一月五日追来时，我们为了给湖南敌人一个告别礼，折回五十里，在便水和江浦，又把追敌敲打了一下。虽然没有全歼，却是大大挫伤了敌人的锐气，使我军进入黔东地区以后，得到了一个短时期的比较顺利的行军时机。

智取鸭池河

从一月七日进入黔东，九日我六军团占领江口县城，二军团占领石阡县城；打土豪，搞群众工作，部队整整休息了五天；最愉快的是与我十八师胜利会师了。离开根据地的时候，我红六军团曾留下十八师担任牵制敌人的任务。张正坤师长带着部队故意突围北上，吸引了敌人很大一部分兵力，在湘黔边界和敌人周旋了整整两个月的时间，现在才和我们会合到了一起。比起我们这一路来，他们要艰苦得多了。军团政委王震同志亲自跑出很远的路程，把他们迎接回来。进到石阡以后，原来六军团西征路过这里被敌人打散的一些同志，在群众的掩护下，过了一年多不见天日的生活，也都重新找到红军，回到了自己的部队。敌人一心一意要扑灭革命，可是闹来闹去，既抓不到我们的主力，又摸不到我们的侧翼部队，连个把掉队的人员也没能摸去。红军可真是打不垮、拖不烂啊！老战友们久别重逢，手牵着手，一道跑到石阡的温泉里，痛痛快快地洗了一个热水澡。

敌人估计我军要步中央红军后尘，北渡乌江。他们赶到贵州以后，不和我们纠缠，拼命抢到我们的前面，把绝大部分兵力密密麻麻地摆满了乌江两岸，日日夜夜赶做工事，企图将我歼灭在乌江南岸。这时，敌人的报纸也一齐叫唤开了，什么"贺龙孤军势必就歼"啦，"贺龙走投无路"啦，"江南赤患削平有日"啦，真是猖狂极了。

我们倘若冒冒失失地往前闯，那后果确实不堪想象。可我们的头脑不像敌人想的那么天真，明摆在眼前的火坑，为什么要去跳呢？此处无路可走，他处自有路。处处无路走，开向贵阳府。他想我们北渡，我们偏不北渡，他不让我们南下，我们偏要南下。部队折向西南，日夜兼程，取瓮安，下牛场，直捣龙里，威逼贵阳。这一来，形势可就大变了：敌人由乐观一变而为慌乱，我们由被动一变而为主动。要知道，这时的贵阳乃是一座空城，我军倘有兴趣，闯进去逛逛，不是不可能的。对于敌人来说，贵阳是贵州的政治、经济中心，又是大官僚们养身立命之所，此城万万不可有失；可是，从湘北到湘中，从湘中到贵州，追来追去，就是为了凭借乌江天险来消灭我们，一旦放过，十分可惜。江防不可不守，贵阳也要保卫。一身岂能二任焉？一时间，调兵遣将，手忙脚乱，紧张万分。但是我们没去打贵阳，却从从容容地经扎佐，过修文，进抵乌江上游的鸭池河边，毫不费劲地渡到了乌江的北岸。

鸭池河这里的地形很险：北岸滥泥沟一带，山势高陡，俯瞰对岸，一马平川，只需摆上一点儿兵力，要阻住追击的百万大军，不成问题。因此，我们过河之后，在二月九日轻取黔西、大定（今大方）、毕节等重要城镇，并在大定附近的将军岭给向我追来的郝梦麟师当头一棒，歼灭敌人两个整团。赢得了近二十天的时间，开展了黔、大、毕地区的工作，在黔西北地区点燃了革命的熊熊烈火。

巧渡金沙江

在黔、大、毕的近二十天，是我红二、六军团长征途中的黄金时代。这些天，可真够敌人忙的。云南、四川，遣将调兵，北往南来，真想求上天保佑把我军阻挡在金沙江之南，然后把我们一口吞掉。

我军要北渡金沙江，的确不是一件容易事。从毕节地区直向西渡江，自然是近得多。可是，一来金沙江下游江面太宽，摆渡艰难，二来迂回地区过窄，根本摆脱不掉敌人，所以，必须随机应变，另作打算。

从二月二十七日撤出毕节，到三月二十九日这一个多月，是一个非常险恶的时期。我们先是经由七星关、平山堡、野马山、妈姑、柯猓北上，到三月七日进到了镇雄县的奎香。这时，樊松甫已经接近了我们的后尾。第二天，我们返转五十里，迎上去，在以则河地方迎击它的先头，缴得敌人枪百余，便撤出战斗，折回奎香。九日，急经毛宣湾、牛场，向衣沙沟转进。谁料敌人的九十九师已经抢先驻在这里。我们一方面与它周旋，一方面掉头斜插，转往梅东、青山一带。到十六日，第三次转回了奎香。就这样和敌人捉了一个礼拜的迷藏，险些儿被四面的敌人围住。十七日，我们急忙折转西进，经云贵桥、永禄岩，插到威宁的得胜坡。敌人慌了，以为我们要从滇东渡江，紧赶慢赶，又抢先堵住了昭通。但我们却急转直下，经桥子口、韭菜冲，进到云南省以盛产火腿出名的宣威。二十三日，在宣威的观音堂，又和敌军遭遇。先是我们占了便宜，缴了它百多条枪，后来越打敌人越多，才查明是滇军主力孙纵队的六个团。入夜，我军就撤出了战斗。这时，我们已经明白：云南腹地的敌军也像在红一方面军长征时那样，已经被我们调到滇东来了。于是我军就来了个舍近求远，把渡金沙江的地点，选择在滇西一带。但是为了让敌人再向东深入深入，我们又复折向东南，经由红岩坡、摆子田、羊场、兔场，月底六军团赶到了平彝（今富源）城下，佯攻守敌。与此同时，二军团占领了盘县。

说是“佯攻”，确实不假。在云贵边这一个月中间，和敌人交手的次数并不少，要想打赢、打平，并不吃力。可是，我们并未恋战，只要把敌人的锐气挫一挫，转身就走，为的是减少伤亡。在长征途中，伤员的问题可是不小啊！离开根据地这么远，有了伤员是带不走的，只能寄放在老百姓家里。这些参加暴动出来的工农红军士兵，哪个不晓得，我们这些人的亲人就是党和同志，我们的活路就是跟着革命队伍走，离开了根据地，离开了党，又离开了红军，敌人的屠刀就时刻都在我们的头上晃荡，抓住就活不成。因此，谁负了伤，也不愿意让“寄”，哭天哭地，总要跟着走。除了实在走不动的，我们不得不寄在可靠的老百姓家里，大部分轻伤号，上级还是想尽办法把他们带上走了。江子炎同志，当时被打伤了脚，军团首长命令罗章同志去寄伤员。被寄的哭，寄人的也哭，都不愿意离开自己的革命亲兄弟。最后，罗章同志又返回来向军团首长请求，这样，江子炎同志才又跟上来了。

四月一日，我们开始了抢渡金沙江的急行军。到五日，就进到了距离省城昆明仅仅七十里的新街。敌人完全没有料到我们有这么一手。云贵边的敌军已经被拖得晕头转向，一时抽调不及，昆明城内又十分空虚，无可奈何，只得又拿出一年以前中央红军路过昆明附近时那个老办法，把附近几个县的保安团全部调空，去保卫昆明。这样一来，我们在滇中的行军可就畅行无阻了。和在根据地里行军一样，一路唱歌子，有的前队“啦啦”后队，有的自己编小调，十分活跃。老百姓从来没有见过这样活泼、这样和气又这样守纪律的部队，都拥到大路边上等着瞧。因为我们来得快，各处还没有得到红军过来的消息，所以，有些豪绅也笑嘻嘻地站在路边看热闹。看着，看着，有些不对头了。再一听唱的歌子，又是什么“工农要革命，报名当红军”“打土豪分田地，铲除列强建立新中华”……脸上的笑容就吓回去了，脚跟也站不住了，慢慢从人前缩到人后，然后，一转身，一溜烟逃了。穷苦人可不同，起初听说过部队，还有点怕；后来听说是红军，赶紧从人后挤到人前去看。我们北上的任务急迫，一切服从于抢渡金沙江的战略部署，没有能够和他们亲近一番。虽然如此，红军的声威却很快在群众中传开了。

四月下旬，我军进到了金沙江南岸的石鼓、巨甸，用了六天的时间，不慌不忙地渡过了金沙江，彻底摆脱了尾追的敌兵。

从桑植出发到中甸，总共走了一百五十多天，八千多里路。这一百五十多天里，敌人天天围着我们打转，天天想消灭我们，到头来，却没有达到他们的目的。正似一团团乌云，驭着西风，追赶月亮，想把光明掩尽，而那一轮明月却径直向前，终于穿过云雾，把光辉洒遍了大西南的夜空。岳飞写的那句“八千里路云和月”恰恰为我们这一段征途作了一个题目。

去看一棵大树

贺捷生

回到张家界，无论时间多么仓促，无论要走多么远、多么难行的路，我都要去看那棵挺立在旷野中的大树，那棵在风雨中生长了千百年的古树。就像我每次回到故乡桑植，必去看五道水那棵千年攀缘的紫藤；每次到了贵州，必去印江县木黄看那棵双躯交缠的古柏。

这三棵站在湘黔大地上像传说，又像绝唱的树，是父亲当年艰难转战的见证者，又是父亲离开后忠实地等待他归来的守望者。

三棵树，一棵见证了少年父亲揭竿而起，以他的血肉之躯，在黑夜沉沉的湘西，把旧中国的天空捅了一个窟窿；一棵见证了青年父亲带领红二军团与萧克带领的红六军团，在左冲右突中胜利会师。当第三棵树出现时，著名的红二方面军就将在英年父亲的麾下光荣诞生。

我现在要去看的，是站立在张家界慈利县溪口村外的第三棵树。

慈利是我母亲蹇先任的故土，外婆家就与溪口相邻，我从小在这片原野长大。命运的巧合使我相信，一棵树也是有灵性的，哲人爱默生就说过：“每棵树都值得用一生去探究。”

那是一棵古樟，在南方的村子里都能见到，普通又名贵，是树中的尊者和王。它们通常站在村庄后面的高冈上，与炊烟缭绕的村庄患难与共，苦命相守。千百年来，村里的人一代代老去，一代代诞生，唯有它们盘根错节，经年不衰，代表村庄和村里的先人极有耐心地活下去，直到活得根茎爆裂，孔穴丛生，巨大的树冠遮天蔽地，如同一团团蓬蓬松松的云停泊在村庄上空；直到活成村庄的传说，村庄的历史，村庄的神，让人一辈子念念不忘，深怀眷恋。

但我要去看的这棵大树，这棵古樟，却与其他村庄的古樟大不相同。它没有生长在高冈上，而是顶天立地，孤独站在一片开阔的河滩上，年复一年地守护着身边的那片坪地，那条似乎亘古以来就环绕着这片坪地静静流淌的河流。远远望去，那几根粗大的如同赤裸的手臂伸向天空的树枝，像大地竖起的一片旗杆，又像河水高举的一簇波浪。

坪，叫王家坪；河，叫澧水。

哦，我又想起我亲爱的父亲了！那时我父亲在经历南昌起义的凤凰涅槃后，作为党的核心组织中的早期将领，他再一次白手起家，在湘西重新拉起一支虎啸龙吟的红军主力。我也想起我亲爱的母亲，那时她作为父亲队伍中的第一个女兵，经过残酷的战争洗礼，既成了这片黑暗土地上少有的播火者、战斗者，也成了我父亲相濡以沫的战友和伴侣。

父亲是一九三四年十一月初到达溪口的，指出这一点，是因为在这年的十月中下旬，父亲刚率领他在湘鄂西创建的红二军团和萧克率领的红六军团，在贵州印江的木黄胜利会师，组成了强大的红二、六军团。而由我未来的姨夫萧克率领的红六军团，是中央红军被迫从赣南撤离时，特地被派到湘赣边来寻找我父亲的。两军会师后，中央命令我父亲出任红二、六军团总指挥，率部返回湘鄂西，把几十万围困中央红军的国民党部队拖进湘鄂西的崇山峻岭，让在血战中越过湘江的中央红军得以向贵州遵义挺进。

红二、六军团进驻溪口，意味着这支顽强的部队不辱使命，在中央红军长征的危难时刻，只用几天时间便迅速插到了湘西的纵深。接着他们要做的，是利用大庸地区的特殊地形和深厚的群众基础，建立稳固的革命根据地，壮大红军力量，同虎狼般扑来的国民党大军展开生死搏斗，为革命的持续发展作贡献。

大庸作为湘西的一个县名，是近几年才消失，变成了今天以大自然奇绝的山水闻名于世的张家界。父亲心目中的大庸革命根据地，是以天子山为中心，逐渐辐射和覆盖桑植、慈利、永顺、鹤峰等县。他生于斯，长于斯，对这里的山山岭岭烂熟于胸。当红二、六军团开到他几十年后长眠的天子山下时，包括溪口在内的村村寨寨，无不向他敞开门扉，像搂抱自己的骨肉那样迎接他这支队伍。

明明知道参加革命九死一生，但生活在这片土地上的铁血男儿，这些湘军后代，不论是种田的，还是在澧水河上撑船的；不论是苗族、白族、土家族，还是其他什么民族，只要扛得起枪，抡得动大刀，都愿踩着父亲的脚印走，跟着他高举的那面在血雨腥风中飘扬的旗帜走。

当时作为红色政权中心的溪口，人家不算多，也竟有七百多名青壮年参加红军。那些日子的溪口，家家住着红军，夜夜燃烧着哔剥作响的火把。一队队红军和赤卫队员，在大路上和村庄里来来往往，川流不息。妇女们忙着为红军缝冬衣，做军鞋。每当夜幕降临，繁星满天，父亲总会带上萧克、王震、贺炳炎、卢冬生等一干将领和我母亲，来到大树下聊天。一壶茶，或一坛米酒，几个人坐在那儿谈天说地，纵论大势。

几天后，就在这棵大树下，父亲不费一枪一弹，便收编了李吉儒的一支上千人的群众武装。此事成为当地经久不息的美谈。

李吉儒草莽出身，性情豪爽，在天子山上占山为王。红二、六军团进驻溪口后，他自称师长，打着红军游击队的旗号，到处“吃大户”，抢粮食。当军团司令部准备收拾这支队伍时，父亲却嘿嘿一笑说，杀鸡何必用牛刀？传我的手令，让他十二月二十日带领队伍来大树下集合。

李吉儒知道父亲的脾气。那天，他早早把队伍带到了溪口，在大树下把枪架在地上，队列整好，听候红军发落。到这时，他才发现，溪口已是红天红地，云水翻腾，红军和老百姓水乳交融，亲密无间，到处洋溢着同仇敌忾的气氛。最让他服气的是，红军该上操的上操，该出勤的出勤，对他的到来不加任何防范。唯有父亲与几个军团将领气定神闲，正坐在大树下慢悠悠地喝茶。

李吉儒凭着两撇小胡子认出我父亲，小心翼翼地把手令递上来说，贺老总，失敬失敬，粗人李吉儒按照命令，把队伍带来了，请清点人数和枪支。父亲指着一把椅子说，是李师长啊，你还真给我贺龙面子啊。李吉儒马上说不敢不敢，是贺老总和红军给我面子。我过去祸害百姓，做过许多坏事，甘愿负荆请罪，认打，认罚。

父亲笑了，说李吉儒，你还算深明大义，下步有什么打算啊？李吉儒说，贺老总，我带领队伍从天子山下来，就不准备回去了，弟兄们都是苦出身，个个愿意参加红军。父亲严肃起来，对李吉儒道，天子山回不回另说，参加红军我也欢迎。不过话说在前面，红军有红军的规矩。在我们的队伍里，你既发不了财，也别想当多大的官，还要舍身舍命，这些做得到吗？李吉儒连连说，做得到，做得到。

树下，谈笑之间，李吉儒的上千人马全部投了红军，使红二、六军团迅速得以壮大。值得一提的是，自从跟了我父亲，这些苦大仇深的潇湘弟子，冲锋陷阵，忠勇无比，几乎没有一个活着回湘西。溪口的这棵大树，从此深受群众爱惜。红二、六军团离开湘西后，在天长日久的盼望中，他们逐渐把对父亲和红军的思念转移到这棵树上。在老百姓看来，这棵大树就是红军的化身，我父亲贺龙的化身。看见它，就像看见了我父亲和红军。

今年清明节回到张家界，上天子山为父亲扫过墓，我自然要继续往前走，继续回到我母亲的那片土地，去溪口看看那棵远近闻名的大树，看看以另一种形象站立在旷野中的父亲。

天下着淅淅沥沥的雨。因头天爬过天子山，我已累得腰酸背痛，四肢乏力，但我毅然踏上了去溪口的路途。从故乡桑植洪家关赶来看我的亲戚，在张家界工作和生活的贺家人，听说我要去看那棵树，也争着跟我去，两辆车，二十多个座位被塞得满满的。

好像有只眼睛在天上看着我们，盼着我们，车开出张家界，太阳便跳了出来。暖暖的阳光穿过袅袅升腾的晨雾，照着路两边刚刚被雨水洗过的树木，清新，亮堂，听得见万物生长的声音。车驶近怀抱溪口的王家坪，迎面扑来一片干干净净的白，轻轻盈盈的白，像刚下过一场大雪，天地间一尘不染。渐渐走进那片白，那片飘浮着奇异香味的白，才发现，那是铺天盖地开着的梨花。

那棵古樟就在这时从坦荡空阔的坪地上，从洁白的梨花中，脱颖而出，在眼前顿时高大起来，突兀和峥嵘起来。树顶上那几根枯枝，还像从前那么苍劲有力，那么孜孜不倦地托着瓦蓝的天空。那种雷打不动的气势，让人想到，即使黑云翻滚，即使头顶的天空在电闪雷鸣中轰隆隆倒塌，它也能伸手撑住，把坍塌的天重新举起来。而在大树主干的枝丫间死而复生，大团大团绽放的新绿，竟比前些年我看到的更蓬勃，更稠密，更欣欣向荣，仿佛汹涌的潮水势不可当地往上漫。

看见这么广阔的一片梨花，看见这些梨花簇拥着拔地而起的大树，我的心在颤抖，泪水禁不住夺眶而出。我想，正是清明时节，难道这片土地，这千树万树洁白如雪的梨花，也知道今天是个怀想的日子，追忆的日子？车走在半路我还懊悔，来看这棵古樟，来大树下遥望父亲，我竟没有带上一束花，一件寄托思念的信物，谁想这漫山遍野的梨花，在天地之间，早早地为我布置了一场盛大的祭奠。

走到大树下，我为当地群众对红军、对父亲的爱戴和敬仰深深地感动了。他们的表达方式，是那样的朴素，那样的隆重。因为面对这棵千年大树，他们没有像其他地方那样用高高的栅栏把它围起来，也没有在它周边添加任何建筑，只是在路口立了一小块碑，刻上“红军树”三个字，同时在碑的下方以寥寥数语叙述父亲降服李吉儒的经过；又在大树的周围垫上一圈从澧水河里捞上来的鹅卵石，供人们围着大树从各个角度仰望它的风采。那些鹅卵石就像刚洗过似的，不沾一星泥土。唯一郑重的，是在大树的东北和西南角各竖起一根避雷针，以免它遭受雷击。再往前走，我特别注意到，在大树十几米高的躯干上，也许在昨天，也许就在当天早晨，人们在层层叠叠旧红布的外围，又裹上了一圈又一圈崭新的红布。这些布红得那么庄重，那么热烈，就像喷涌的血，熊熊燃烧的霞光，让人看一眼就想流泪。

听说贺龙的女儿回来看这棵大树，附近村子里的人们纷纷围了过来，和我一起抬头仰望。也就几分钟时间，公路上，村路口，尤其在通往大树的小路上，都站满了人。大家神情肃穆，眼睛都和我一样，红红的，湿湿的。

父亲离开溪口，离开湘西，带领在这片土地上发展壮大的红二方面军长征后，从来没有回来过。几个当年还是孩子，如今已是风烛残年的老人，在年轻人的搀扶下，颤颤巍巍地走到我面前。他们痛惜地告诉我，当年参加红军，跟着我父亲打过仗的人，都离开了人世，方圆几十里仅剩下一个已瘫痪在床的老赤卫队员。老人们在去世前，都为没能再看到我父亲一眼感到惋惜。他们说，贺胡子是从这片土地上走出去的开国元帅，是湘西出的最大的官。他生前顾不上回来看我们，看这棵树，但去世后他的英灵会回来的，会附在这棵树上存活下去。

抚摸过那块碑，听老人们说过对红军和父亲的思念，几个贺家的后人搀着我围着大树转了三圈。我们缓缓地走，缓缓地走，眼睛始终望着它硕大的躯干。有时也昂起头来，凝望那片在父亲蒙受冤屈时曾死去而后又复生的青枝绿叶。想不到刚走完一圈，身后已跟上来无数的人。他们中有老人，有孩子；有当地人，也有外地人。每张脸都那么亲切，那么凝重。

大地无言，一阵阵风从广阔的坪地与河面上吹过来，把裹着大树的层层红布吹得啪啪作响。

是大树有什么话要对人们说吗？

我也想说，想对这棵大树，对父亲附在树上的英魂说：父亲，你还记得吗？当你站在这棵大树下的时候，我也快要来到这世界。你看，我和你们与这片深沉又肥沃的土地，这棵死而复生的树，彼此命运相连，已经难舍难分了。

我还想说，父亲，我也七十七岁了，成了一个比你还活得长久的老人。虽然身无大病，但腿脚却老得有些走不动了。就在为你扫墓的时候，我还对自己说，这恐怕是最后一次回来了。但是，当我回到母亲的这片土地，当我看到这棵老而弥坚的大树，我忽然改变了主意。我想，既然一棵树能死而复生，能把上千年的风雨继续扛下去，我作为你在这片土地上孕育的孩子，为什么不能顽强活下去呢？

原载《人民日报》2012 年 9 月 5 日

一次晚会

华　山

一九三八年的延安，每个周末都有好多生气勃勃的文艺晚会。这天鲁艺发票，有两张是到清凉山听诗朗诵，让凌明和我两个新来的小鬼拿到了。她是学音乐的，我是学美术的，可又都想学诗。清凉山又是延安有名的地方，《新中华报》和《解放》周刊都在那里，印刷厂最大的一个石岩洞子就是晚会礼堂。夏天午饭后到延水河边游泳，就看得见对岸临崖一溜黑洞。水性好的同学还一直游到跟前，爬上陡岸，站在崖头跳水。早想过去看看。只因山洪暴发，延水暴涨，不好过河。现在秋凉了，延水又清了，现出卵石浅底，可以踩着踏石过河了。正好捎带看看印刷厂。参加晚会还有一个好处，就是碰到意想不到的熟人。因为各个单位发晚会门票，特别是抗大、陕公、鲁艺这样的短期学校，都是优先发给刚到延安的新同志的。好多在学生抗日救亡运动中见过的熟悉面孔，尽管没有说过话，叫不出名字，甚至不知道是哪个学校的，一旦在延安碰上，也会非常亲切，久别重逢似的，禁不住扬手招呼，跑到跟前："你也来啦！"——这种不期而遇的欢乐，简直是一种享受，一种幸福，真想多见几个，所以吃罢晚饭，便早早过河了。

不想会场早已人影憧憧，没了空位，汽灯的反光映红幕布一角，岩洞顶板现出一道道水平的波痕痕迹，那就是舞台面了。也顾不得细看，就拽上凌明，溜边挤到头里，把她推到一条稍稍松动的长凳旁边："同志，挤一挤，再过去点儿……谢谢！"那时的人，一到延安，都讲同志友爱，居然坐上第五排了。我只坐上一角，正好稍许探身，挨个儿认着一排排的侧面轮廓。凌明忽然捅了捅我：

“毛主席！朱总司令！”

是他俩！打从进入边区，在救亡室（就是俱乐部）里经常看到三组画像：马克思、恩格斯、列宁、斯大林四帧一组；毛泽东、朱德两帧一组；八路军副总司令两帧一组，都是木刻成的单色轮廓画。总司令本人比画像显得慈爱和悦多了。毛主席我们可是没少见过。第一回是刚到延安才两天，住在城里大招待所里，约莫下午三点过后，招待所所长笑眯眯地跑来通知：“同志们的要求答复了，马上集合去听报告，每人带一块砖头做凳子！”我们来到凤凰山下一个小院落里，就地坐好，不过一二百人。石窑洞里便走出毛主席来。跟前也没个讲台，没个座位，只是在一条长板凳上放着一只带盖儿的旧茶缸子。他朝我们站着，略微看看，便风趣地念起《三国演义》的开篇头一句来：“话说天下大势，合久必分，分久必合……”谈家常似的，虽然一口很重的湖南乡音，还是听懂了，而且深入浅出，有几句话连手势带幽默感都让几个小鬼模仿到了：“中部有个黄帝陵，张国焘去扫墓，开了小差。你们来了。你们是黄帝的优秀子孙。张国焘说：边区是一块鸡骨头，我说：还有两块肉——一块是坚定正确的政治方向，一块是艰苦奋斗的工作作风。你们来延安学习，不久还要到前方抗战，我欢迎你们，送给你们三个‘统’：一个‘抗日民族统一战线’，一个‘党的团结统一’，一个‘武装斗争的革命传统’……”不久分配到北门外鲁艺学习，我们这几个好动的小鬼又经常一块儿参加晚会活动，天不黑就赶到城里天主教堂里去，有时也到桥儿沟那儿天主教堂。戏剧系要演出，最忙啦，一到就装台。音乐系出一个合唱队，在开幕前和幕间唱唱歌，不装台。美术系只是出几个人打打杂，拉个幕啊，做个效果啊，比如拿件雨衣罩在汽车上头，使劲摇动摇把，发出呼呼呼呼的响声，这就是刮风；把块大洋铁皮呼喇一摇晃，就是雷雨大作。少了不行。可是事儿也真不多，还不能碍手碍脚，所以都喜欢到礼拜堂的二道门口待着，写笔记啊，画速写啊，争论问题啊。毛泽东同志忽然进门来了，一个穿红军制服的警卫员一旁跟着，手里提盏马灯，准备散场回去用的。那时候，中央领导同志出来，保卫局都不兴撵人，警卫员也不管我们，所以他到了身边，才发现。我们也没有围拢过来，抢着握手，谁在家里见了前辈要握手呢？我们也没有鼓掌，更没喊万岁，只是感到非常亲切、温暖，一个个只是傻呵呵地冲他笑着。

他披着件旧薄棉袄，同我们谈了会儿，走到一边，在静静的围墙底下自个儿来回踱着漫步去了。我们又各干各的，只差没有争论问题，还是有点拘谨呢。晚会临开始前，合唱队的打杂小组照例坐到最前排的两侧位子上，这样上台下台，进出后台，都很方便。毛泽东同志每回就座以后，看看还不开幕，也喜欢朝我们这边招招手，让一两个小鬼坐在身旁，说会儿话。可是他同朱德同志一起参加晚会，我们还是头回看到，而且又是听诗朗诵！兴趣真广泛哩。后来才知道，总司令才从前方回来，是准备出席党的六届六中全会的。在当时的青年心中，他俩不只是革命领袖，还是传奇式的长征英雄。现在同群众一块儿坐在晚会的长板凳上，穿着一身整洁的褪色旧灰军装，腰里系条皮带，一副老军人的端坐仪表，两手在两边膝盖上放着，满面的和蔼慈祥竟然像个老妈妈！毛泽东同志偶尔凑过头去，在他耳边说句什么，两人都爽朗地笑了，他笑着还是端端地坐着。

晚会宣告开始。是边区著名诗人柯仲平同志朗诵他的新作：长篇叙事诗《边区自卫军》。诗人分开红色幕布，站到台前，肩头披着件当时难得看到的八路军旧棉大衣，让人想起电影里夏伯阳穿着披风的英雄气概，又想到西北黄土高原牧羊人裹着老羊皮袄的泥土气息，更显出左手高高捧着的一厚摞诗稿的分量。诗作也是很有色彩的。比如：

人在冰上走
水在冰下流

不久以后我随部队到敌人后方去，上吕梁山，过太岳山，进太行山，从风雪弥漫的沁河源头走到漳河源头，一程又一程地走在深山峡谷的冰河上面，听流水伴着脚步淙淙响着，有时冒出冰窟窿来，在晶莹皎洁的河卵石上匆匆流过，又钻到冰壳底下不见了。只有忙不迭的水声，总在脚下响着，伴着诗句的节奏。现在吟诵起来，还是那么亲切，雪地行军的情景又在眼前。又如：

西不见长庚
东不见启明

我在夜行军中学会辨认的第一颗行星，就是黄昏在西方最早出现的长庚星，也就是黎明时在东方最后消失的启明星，一东一西其实就是同一颗离地球最近的金星。这点常识还真是从柯老的诗句学开头的哩。可是，也不知怎么搞的，也许是因为诗人的云南口音太重，或者是因为当时还没有扩音设备，或者是因为长于写诗的人往往都是最不善于朗诵的缘故（我听李季和郭小川朗诵就是这样），总之听着听着，就着急起来：那么厚一摞诗稿什么时候才念完啊！诗人更是汗水淋漓，爹着嗓子，总压不住人影浮动，耳语嗡嗡。不由我回头看看：呀，座位早空落落的，有人正跨过长凳，退后一排，又退后一排，向着洞口悄悄撤退，有人在洞口站站就溜走了。凌明推我站起来：“咱们走吧！”

我一怔，赶紧看看右首，毛主席正凑到朱总司令耳边，说句话儿，两人都笑了，只是兴冲冲地看定诗人，鼓励他朗诵下去。我刚站起又拽凌明坐下来：“快完啦，再等会儿……”

终于，诗人的嗓音提高了八度，外加两个延长音符，突然中止，诗稿同时贴住胸襟，躬身敬谢听众。满石岩洞里的掌声顿时好欢畅！伴着皆大欢喜的活跃气氛，同时纷纷站起，造成既成事实，让主持人宣告晚会到此结束。谁知诗人大受感动，连连鞠躬，满怀激越地自告奋勇说：“好好好，再来一段！”

众人哇的一声，掌声骤然寂灭。毛泽东同志笑得多愉快啊。

诗人早半蹲到台口，伸出一大卷汗水溻湿的诗稿说：“毛主席，我通通念完了吧？”

“休息休息，”毛泽东同志关切地点了点头，眼泪都笑出来了，“擦擦汗！”

“不休息啦，一鼓作气！”

诗人披好大衣，翻开诗稿，站到原本的位置。我们只好又坐下来，还忍不住回头看看：呀，主席和总司令的座位，恰似一道分水岭，五排往前还是不少人的，五排后面可就通通走光了。只有一个例外，就是在第六排上，离主席不远，坐着个挺直腰杆的警卫员，手边搁着一盏马灯，灯头拧得极小极小，没有吹灭，大概是为的节约火柴，边区自己生产的煤油倒是不缺啊。

夜深了。《边区自卫军》朗诵完了。毛泽东同志又向诗人要了原稿，说是带回去看看。我们听了，心里暖烘烘的，靠得更近了，又不好狠挤过去，便出了岩洞。只见繁星满天，延水迷蒙，急流处在宝塔山下影影绰绰，水声嘶嘶嘶的，延安古城好静！下得清凉山来，人们借着水映星光，认出块块踏石，一个个便手拉手地过了延河。每回晚会散了都是这样，人们迈上踏石，也不管认不认识，先走一步的总要回过头来，伸出只手，给后来的帮上一把，又走一步，直到好走的地方。

来到大河滩上的平沙道了。

我回过头去，对岸才现出马灯的亮光，走走停停，他们俩也踩着石头过河来啦……

我是怎样来陕北的

丁 玲

1 两天走两千多里

“路很难走呢，现在交通很困难。你如果实在不愿意到国外，那就只好到西安。也许你得在那里住上好几个月，住在那里是不能出来的；不过也好，你就写文章呢。”

我便决定到西安。不出门我已经习惯了，三年的蛰居都挨过来了；何况现在，是自己把自己关起来，这有什么要紧。

中秋节那天夜晚，我溜出了那个曾把我收藏了两个星期的公寓，一个朋友送我到火车站，火车上有一个新认识的朋友等我，他也是要到陕北去的。我们便做了同伴。

在火车上，我从不走到外边来。火车没有开或停下的时候，我装作生病，蒙着头睡在二等卧车的车厢里。如果有人闯进来张望，或查票的时候，都由同行的 × 君（聂绀弩）应付。等车一开，我便跳了起来，欢快地同 × 君谈着上海最近几年的事。× 君本来就很健谈，我因为这次出走是生平第一愉快的事，人变得非常和气，精神又好，什么话都谈，很快我们就像老朋友似的了。夜晚月亮好得很，白天天气好得很。我们驶过江南的郊野，小河像棋盘似的布着，钓鱼的人坐在柳树下。我们经过黄河南部的平原，一望无际的是黄色的收获了的麦田。我们过了险要的潼关，到了古长安。一入长安境，不由使你忆起许多唐人的诗句。长安虽说有许多变革，已非旧长安可比，然而风景仍与古诗描写的无多大差别，依旧使人留连。这次旅行留给我始终都是新鲜的感觉，那静静地睡在月亮下的小火车站，车站旁的槐树林，那桥下的流水，那浮游太空下的云团，至今常常带着欢愉和温柔来到我的记忆中。

2　三个星期的使女生活

在西安旅馆里住了一个多星期之后，因为我的执拗，我宁肯住秘密房子，于是我搬到一个外国人的家里了。同来的 × 君在 ×（指中共党组织）的决定之下又回上海去了。

这家有三个外国人，两个男的，一个女的，他们都不会说中国话。我的生活是寂寞的。幸好 ×（指中共党组织）替我找了一个同伴来，她也是预备到陕北去的。我们总算能相处，我做了她的姐姐。外国人对我们很好，我勉强说一些不合文法的英文同他们谈天，而且我计划着写文章。可是那位有夫人的外国人生病了，他们要到上海去，并且真的就走了。以前这家烧饭是那个外国女人担任的，她一走就轮到我和新结识的妹妹两人了。我要说明，这屋子里是不能随便用仆人的，屋主人的面子也得阔气一点才成。于是我们忙着买菜（小妹妹一人担任，因为我不能随便出门），忙着生火，忙着烧咖啡，弄菜。我一天几次捧着杯盘碗盏到厨房，又从厨房到饭厅。这个外国人养着一条大狗，名字叫希特勒；还养着二十来只鸡。喂鸡喂狗的事也是我做（主要的事是小妹妹做，我是听她分配的）。我围一条围裙，真像一个使女。

这三个星期也是非常快乐的。我虽不能出去，但有报纸可读（我曾在不准我看报的地方住过），妹妹也常带些外面的消息给我。虽要我做一些烧饭洗衣的事，但是自愿的，倒觉得有趣。白天外国人在外边应酬生意，我们在后边屋里谈天，看小说。一到晚上，大门关了之后，我们便热闹了。我和妹妹都在餐厅里玩，电灯很亮。我们吃晚饭，听无线电；我们谈着张学良，谈着在洛阳的蒋介石，谈着甘肃去的红军。外国人也和我们讲西班牙的战争，他用极简单的文字和我谈话，我们还能领悟。我们谈歌德、雪莱、缪塞，谈德国、法国的人情风俗。我以为外国人不论干什么行业，大都有一些文学修养，不会让人笑话他们连托尔斯泰也不知道。

“希特勒”因我喂它，对我很有好感，它跑到我屋子里，但我不准它把鼻子靠近来，它远远望着我。我一人坐在饭厅的沙发上或是屋外石阶上看书的时候，我觉得它的眼睛好像格外温柔。

3　第一次骑马

离开西安是 11 月 1 号。我在西关一家小店里等汽车，小妹妹没有一道走，却换了两个女伴，同道的一共七个人。汽车第一天住在耀县，第二天住在洛川，我们都不出门。在洛川休息一天，等着护送的人，听说是第 × 师第 × 团的连长，他带十几个人来接。而且听说要骑马，有一百多里路，并不好走，但我们认为这些都不会成为问题。

我把头发剪短了，大家都穿上灰布军装。晚上我和一个女伴练习骑马的方法。我们牢记那些要领，在炕上跳上跳下地练习。我们不愿让人知道我们不会跨马，我们怕人笑话说：“连马都不会骑，还要到陕北去！”

第二天天还没有亮，我们到外边院坪上，冷风刮面很厉害，下弦月照着院子里的几匹马和驴子。大家从屋里往外搬东西，都闷着声不说话。

我没看清连长是个什么样子的人，他带领这队人马去叫开城门。我们各自牵一匹马，鱼贯地、无声地向外走。城外是一大片高原。一出城门，连长就飞身上马，我赶紧往马背上跳，刚刚把脚套进马镫，还来不及去想头天晚上新学来的那套要领、方法，马便随着前头马飞跑起来。我心里只转着一个念头，无论如何不能掉下来，我不准自己在友军面前丢脸。我一点也不感觉劈面吹来的冷风，也不知道走到什么地方了，我只浑身使劲，揪住马鞍，勒紧缰绳，希望前边的马停一会儿也好，因为我想我骑马的方法不对，我要换一个姿势。

马跑了一阵才歇下来。下山时，我牵着马在那陡峭的山路上走，就像走在棉花上，感到我的腿不会站直似的。

这么走了一天，冬天的黄昏来得快，我焦急地盼望着宿营地。我们住的那庄子的名字，我已经忘了，只记得驻了很多兵。晚上有一个团长样子的人来看我们，他是听说有女兵才来的。同来的人让我冒充红军军官的老婆，我同意了。那团长觉得奇怪，他问我知不知道那里很苦。

躺在床上时，我以为我已经瘫了，两条腿全无知觉。

4 我们的游击队

又是天不明就动身，一连兵护送我们，我们走在他们中间。在不明的月光中绕过两个村庄，他们告诉我这两个村庄都有保甲。到第三个村庄时，天也亮了，穿过村中，我们都存有一点戒心。村里有很多穿便衣的团丁放哨，都是全副武装，头扎包头巾。我知道这是地主养着的敢死队，他们比国民党的正规军队还厉害。这些站在路口的粗壮汉子，斜着眼望我们，知道我们是要到什么地方去的。如果我们没有这一连兵力护送，他们也许要和我们干起来的。我看他们大都是受苦的农民，但他们却让地主们养着打他们的兄弟，我觉得很难受。

又走了二十里，护送我们的队伍在山头停下来，要我们自己走下沟去，沟底下有接待我们的人。这一段路程大约有四里路。我们还只走一半，却听见枪响了。带路的人告诉我们，这是边境，这一带常有冲突。于是我们都加快脚步，带路的老说那些保安团丁，真讨厌。

沟底下树林里看见几个穿灰衣的人影，大家就跑起来。我大声叫着：“那是红军！”

当红军向我敬礼的时候，我太激动了。我的心早就推崇着他们，他们把血与肉献给革命，他们是民族的、劳动者的战士，我心里想，只有我应该向他们敬礼，我怎能接受他们的敬礼呢？

他们穿着单衣，都很精神，带路的人告诉我，他们是红军的游击队，红军都开到前线去了。

5 保安

骑着小毛驴，一行七个人，加上民工十来个人，翻山越岭走了八九天之后，快要到“京城”了。这是下午，我们在一个树林里看见有一匹马飞跑出来，走近我们身边。他问我们是否从白区来的？有认识的说他是医院的院长，新近同一个被誉为陕北之花的姑娘结了婚。越过树林，山边上又遇见几个过路的，大声地喊着：“同志，你们是白区来的吗？”我心里想，一定是快到了，看这气氛完全不同。他们好像谁与谁都是自己人，都有关系。

转过一个山嘴，看到有好似村庄的一块地方，不像有什么人烟。但是一走近来，情形却完全不同。有好几处球场，球场上很热闹，人人都跑来看我们，问我们，我觉得自己才换不久的灰衣真难看，他们（所看见的人都如此），都穿着新的黑色假直贡呢的列宁装，衣领上钉两条短的红带，帽上缀一个红五星。我原以为这里的人一定很褴褛，却不料有这样漂亮。我更奇怪，“为什么这里全是青年人呢”？老年也好，中年也好，总之，他们全是充满着快乐的青春之力的青年。

这里什么都没有卖的，只有几家老百姓。这里的房子全毁了，是那些逃走的地主们放火烧的。除了一两家之外，所有机关都住在靠东山上的窑洞里。一排窑洞约莫有半里长，军委、边区政府、党中央各部全住在这里，全中国革命的人民领袖全住在这里。说中国人民的命运就掌握在这小山上，也许有人说这太夸大了，但在一定的时间内的确是对的。

我来陕北已有三年多，刚来时很有些印象，曾经写了十来篇散文，因为到前方去，稿子被遗失了，现在大半都忘了。感情因为工作的关系，变得很粗，与初来时完全两样，也就缺乏追述的兴致。不过 ××（约稿人）再三征索，而限期又迫，仓促写成，愿读者原谅！

一九三九年

原载《大公报》1940 年 6 月 6 日

白杨礼赞

茅　盾

白杨树实在不是平凡的，我赞美白杨树！

当汽车在望不到边际的高原上奔驰，扑入你的视野的，是黄绿错综的一条大毯子。黄的，是土，未开垦的荒地，几十万年前由伟大的自然力堆积而成的黄土高原的外壳；绿的呢，是人类劳力战胜自然的成果，是麦田，和风吹送，翻起了一轮一轮的绿波——这时你会真心佩服昔人所造的两个字“麦浪”，若不是妙手偶得，便确是经过锤炼的语言的精华。黄与绿主宰着，无边无垠，坦荡如砥，这时如果不是宛若并肩的远山的连峰提醒了你，你会忘记了汽车是在高原上行驶，这时你涌起来的感想也许是“雄壮”，也许是“伟大”，诸如此类的形容词，然而同时你的眼睛也许觉得有点倦怠，你对当前的“雄壮”或“伟大”闭了眼，而另一种味儿在你心头潜滋暗长了——“单调”！可不是，单调，有一点儿吧？

然而刹那间，要是你猛抬眼看见了前面远远地有一排——不，或者甚至只是三五株，一二株，傲然地耸立，像哨兵似的树木的话，那你的恹恹欲睡的情绪又将如何？我那时是惊奇地叫了一声的！

那就是白杨树，西北极普通的一种树，然而实在是不平凡的一种树！

那是力争上游的一种树，笔直的干，笔直的枝。它的干，通常是丈把高，像加以人工似的，一丈以内，绝无旁枝；它所有的丫枝一律向上，而且紧紧靠拢，也像加以人工似的，成为一束，绝不旁逸斜出；它的宽大的叶子也是片片向上，几乎没有斜生的，更不用说倒垂了；它的皮光滑而有银色的晕圈，微微泛出淡青色。这是虽在北方风雪的压迫下却保持着倔强挺立的一种树。哪怕只有碗那样粗细，它却努力向上发展，高到丈许，二丈，参天耸立，不折不挠，对抗着西北风。

这就是白杨树，西北极普通的一种树，然而决不是平凡的树！

它没有婆娑的姿态，没有屈曲盘旋的虬枝，也许你要说它不美，如果美是专指“婆娑”或“旁斜逸出”之类而言，那么，白杨树算不得树中的好女子；但是它伟岸，正直，朴质，严肃，也不缺乏温和，更不用提它的坚强不屈与挺拔，它是树中的伟丈夫！当你在积雪初融的高原上走过，看见平坦的大地上傲然挺立这么一株或一排白杨树，难道你觉得树只是树？难道你就不想到它的朴质，严肃，坚强不屈，至少也象征了北方的农民？难道你竟一点也不联想到，在敌后的广大土地上，到处有坚强不屈，就像这白杨树一样傲然挺立的守卫他们家乡的哨兵？难道你又不更远一点想到这样枝枝叶叶靠紧团结，力求上进的白杨树，宛然象征了今天在华北平原纵横决荡用血写出新中国历史的那种精神和意志？

白杨不是平凡的树。它在西北极普遍，不被人重视，就跟北方农民相似；它有极强的生命力，磨折不了，压迫不倒，也跟北方的农民相似。我赞美白杨树，就因为它不但象征了北方的农民，尤其象征了今天我们民族解放斗争中所不可缺的朴质，坚强，力求上进的精神。

让那些看不起民众，贱视民众，顽固的倒退的人们去赞美那贵族化的楠木，去鄙视这极常见，极易生长的白杨吧，我要高声赞美白杨树！

老百姓和军队

何其芳

第一封信

……我们在采黄蒿扎防空伪装，用白布缝棉袜，把破军服撕成布条，打草鞋。我们将有一次行军。到哪儿去呢，要走多远呢，因为是军事秘密，我还不知道。我能够告诉你的只是我决心跟着这军队走一趟。这个离日本军队只有一百多里的晋西北的小县城，除了曾经被轰炸一次，一个多月来都是很安静的，缺乏着战争的气息的。现在我愿意带一本厚厚的练习簿，一支自来水笔，去接近战争。

你会想起我从前是多么憎恶战争吧。我曾经称它为“人工制造的死亡”。我曾经痛恨过人类为什么愚蠢到不断地举行大规模的自我屠杀。自从我知道枪和子弹能够突然一下停止人的生命，我就不愿意摸它们。当我读到那个世界闻名的相对论的发明者爱因斯坦在论文里攻击着军队，我曾经热烈地同意过。那些鞭子一样的句子我已不能背诵出了。大致他是说那些专门从事杀人的人不但不知羞耻，反而像雄鸡一样在街上排队走着，穿着漂亮的制服，而且奏着军乐。我那时也认为他们应该感到羞耻，因为农人能够种出五谷，工人能够做出各种物品，而他们却只会制造残废和尸体。

我这种对军队的憎恶不仅由于书本知识，和我幼年的生活也有关系。在我的家乡，在二十年以前，买东西少给钱，拉夫，随便打骂人是一般军队的纪律。县城里还驻扎过一个由土匪编成的团，他们轮流地，一连两连地化装到乡下去抢劫，绑票，攻打寨子，算作“关饷”。从外省来的“北兵”也好不了多少，除了坏得稍微笨一点儿。他们常常在街上端着一杯污水走，看见衣服穿得漂亮的人便故意一碰，让杯坠落到地下，然后扭住你，说你碰翻了他的官长叫买的西药，直到你从身上摸出五块十块钱来赔他。最足以说明那时的军民关系的莫过于曾经在我们县里大闹过一次的“神兵”的口号。那些被土地的贫瘠，层层的剥削和饥饿磨折得近乎发狂的农民，在几个自称为“大菩萨”“二菩萨”的人的率领之下，相信着吞了符水便可以刀枪不入，从偏僻的山里开始了暴动，执着锄头，菜刀或者火钳，一直进攻到县城附近，喊着一句朴素的口号：“杀灰狗儿。”因为那时的军队都是穿的灰色的军装。他们缴得了新式的武器总是用石头砸坏，或者扔进河里。

然而抗战使我纠正了我这种朴素的情感和见解。我不能不承认人只要不至于甘心被杀死，被当作奴隶，他即使憎恶杀人也得拿起武器。我不能不感谢那些为民族的生存而战斗着的兵士，靠了他们农人才能够在土地上播种五谷，工人才能够在工厂里制造物品。我才清楚地看见了两种不同的战争：正义的解放的战争和非正义的侵略的战争。

而且我感到了做一个人的责任，尤其是做一个中国人的责任。我从四川投奔到华北。

我第一次和几个八路军的兵士坐在一辆没有篷的汽车里的时候，我不但不讨厌他们，畏惧他们，而且感到可以和他们做朋友。他们对我谈着山西游击战中许多故事，谈着“长征”，谈着他们的家乡和幼年。当我们结束了从西安到延安的三天旅行，当我们下了车，当我们将要分别，我和他们亲热地拉手。我一点儿也没有想到他们的手曾经杀过人。相反地，我想到了从这些粗糙的农民的手，自由的新中国将要被建立，幸福的生活将要被带来。到了这里，有一天我去参观炮兵营，意外地碰见了他们当中的一个。我已经叫不出他的名字了，然而他那样亲切，那样快活，忙着给我烧开水，引我去看大炮，和我谈话，使我不好意思再问他的名字。

现在我将跟着这样的一些兵士去行军。我自己也早已像一个兵士了，穿着棉军服，戴着军帽……

第二封信

……我们有过了一次小小的“长征”。我们到河北中部来了。

我们并没有遇到战争。抢过同蒲路的晚上，日本军队从几里路外的据点乱放着炮，我们没有理他。抢过平汉路的晚上，我们的队伍刚过了一大半，一列日本军队的巡路车驶来了，然而与其说它惊动了我们，不如说我们惊动了它，因为它很快地逃走了，没有停留，也没有放一声枪。第二天，我们在辽阔的平原上行军，日本的飞机来追了我们五次，丢了不少的炸弹，放了不少机关枪，结果我们只牺牲了一名马夫。

然而并不因为没有遇到战争我们这次行军便成了一次沉闷的旅行。许多生活里的有趣味的琐事，将来由我的日记告诉你。我急于要向你说的是这次行动使我清楚地了解了华北抗战的情形，了解了装备如此不完善的八路军为什么能够支持如此艰巨的华北抗战，了解了为什么最后胜利一定属于我们。

沿途并没有特别为我们建筑兵房；过去那种强迫“扎兵”的办法我们也不采用；我们每天由一些副官在大队伍之前赶到要宿营的村子里去交涉，让有空房或者可以腾出空房的人家自动地让我们去借住。这就是说整个队伍分住着几个村子，而在每个村子里又分住着许多人家。这就是说每天晚上我们和老百姓在一起。当我们进屋的时候，走的时候，或者借用东西的时候，我们总是很客气地说“打扰你们”，或者“麻烦你们”。从他们得到的回答也总是一些亲切的话语：“咱们都是一家人”，“咱们军民合作”，或者“咱们不是为了打日本吗？”

每天都见到的事实使我每天都感动。

我们的队伍白天经过一个村子的时候，村子里的老头儿，小孩儿，男的，女的，披着老羊皮的，穿着红裤子的，总是从家里跑出来，拥挤地站在街边，看我们过。有时指着我们俘虏来的高大的日本马，他们说：“那是西洋马。”有时看见马也披着麻做的伪装，他们快活地笑了起来。我知道这也可以说由于乡村生活的寂寞。但在从前，就在抗战刚发生的时候，老百姓对旁的军队却是用另外一种方式欢迎。队伍还没有到村子里他们便早已逃到山里去了。他们对比寂寞更能够伤害人的饥饿、寒冷都能够忍耐。进入了晋察冀边区的境内，因为老百姓更经过了组织，我们在沿途更看见了欢迎我们的标语和放在路边让我们喝的开水。

在盂县沙湖滩，我借住的家里的主人是一个很和气的老头儿。他抓一大把黑枣来送给我吃；我问他价钱，他说：“这用不着买。”他好意地告诉我这味道像葡萄干，又像干了的柿饼，吃多了会肚子痛，吐清口水。谈到八路军，他说：“你们就和姚遂王的军队一样好。”我当时想：姚遂王是谁呢？难道还有和八路军的纪律一样好的军队吗？后来我猜着了，我才自己笑了起来。他说的是那存在于邈远的古代的传说中的尧舜。

在到平山县秘家会之前，在我们将要经过的道路的旁边，一大群老百姓在那里站着队，有的还执着纸做的小旗。他们当中的那些小孩在唱着歌，唱着“抗战已经来到了”。当我们从他们身边走过，他们突然热烈地喊起口号来了。

一些很简单的口号："欢迎八路军"，"坚持抗战"，或者"打倒日本帝国主义"。然而听着那种从心里面喊出来的声音，看着那些穿蓝布长棉袍的农民把右臂高高地举起，我真感到愿意去做一个为他们去战死的兵士。

刚才我到村公所去和几个老百姓谈了一会儿。他们告诉我去年国民党的军队从河北撤退的时候，政府机关的官吏们都逃到河南一带去了，而且接着这里那里都起来了一些司令。一个司令往往只统率几十个人，他们向邻近的村子要白面，肥猪。为着抵制这种军队，有些村子自动地联合起来，自己也产生一个司令。"这屋子去年就是司令部呢。"一个年轻小伙子笑着插进来说。一直到吕正操将军来后，这一带才恢复了秩序。而曾经在这小屋子里住过的那个司令，一个拥有八九十个弟兄和几十条枪的农民，现在却被收编为吕正操部的一个骑兵连长了。他们告诉我一些故事，又对我发出了一些问题。"听说政府下命令，无论哪部分的军队见着老百姓都要敬礼，是吗？"一个中年人问我。对于这个可笑的，然而却被他很郑重地提出来的问题，我只有回答："我们还没有得到这个命令。"同时我心里笑着："抗战后军民关系的变化是多么大呵，从前他们看见戴军帽的人就逃跑，现在却想着所有的兵士都给他们敬礼了。"当我和他们告别的时候，我真的就给他们行了一个举手礼……

第三封信

……你曾经听见过机关枪在十里路以外响着的声音吗？这一向我常常听见。我觉得这种声音比雷一样响的大炮声还要不好听得多。我想到一个比喻：像害疟疾的人在敲打着牙齿。

我们还一点也没有恢复长途行军的疲劳便碰上了敌人的围攻。我们仅有的一个主力团到东边也打，到西边也打。而且这是平原游击战。简直就是连着一天一晚地打硬仗呀。因为我从马上摔下来一次，把一只手臂摔坏了，我没到那个团里去慰问。而且我在想，我用什么去慰问呢？用一些空话吗？我感到我身上带着的不是枪，不是手榴弹，而是一支自来水笔，已经很可羞耻了。

倒是老百姓们的慰劳对战士们更有用一些。作战的时候，附近的村子里的居民都赶着送馍馍，送烙饼，送小米粥，而且有的竟固执着要一直亲自送到战壕里去。有了受伤的战士，他们就抬担架。战争结束后，他们就用大车载着猪、羊、毛巾去慰劳整个的团。

"我们一定要争取休息，至少要争取一星期的休息。"司令部的高级指挥员说。

现在我们就真的休息下来了。大概日本军队也落得在这次围攻的失败后休息一下吧。现在老百姓们慰劳的范围更扩大了，慰劳到我们这些司令部的、政治部的非战斗人员身上来了，用毛巾、袜子和鞋。关于我们这些已经穿上了脚的鞋还有着一些小故事呢。当群众团体里面的人在附近的村子收集慰劳品，一个乞丐也捐了一双鞋，而且一个过路的人马上把他脚上的鞋脱了下来，自己穿着棉袜子回家去，叫他回去后再送来他都不愿意……

第四封信

……你想知道我们的日常生活吧。在大后方的人恐怕很难想象游击战，尤其是平原游击战。在广大的平原上，四方八面都是路，都是敌人的坦克、汽车和骑兵可以冲过来的路。我们靠什么来遮蔽呢？我们靠人的山，村落的树林。这一带的村落真密得像树林，而老百姓呢，不但替我们引路，报告消息，而且把许多公路、大车路都挖成了土沟。在河间附近的那次战斗里，敌人出城之前先派一个老百姓来侦察情况，他一气跑了二十里，跑到我们的那个团里来，报告了敌人的企图和数目。而在敌人势力所及的区域，农民们白天被强迫着修复公路，但在夜里，他们又自动地破坏了它。我们只是没有办法破坏空中的道路。我们行军都靠黑夜来遮蔽。我们看熟了北斗星，看熟了黑夜是怎样变成黎明。

我和政治部的编辑委员会的几个人生活在一起。而且最近，一个小伙子参加到我们的生活里来了。一个新来的小鬼。他是一个八路军里的勤务员的例子，也是一个老百姓参加军队的例子。他父亲打烧饼，他哥哥当堂倌，而他自己在家里的工作就是拾柴火。去年他参加了地方游击队。他打过一次仗。“那一次我拾了一条命。”他结束他的叙述时这样说，像是在欢喜他的幸运，又像是在表示对于危险和死亡都满不在乎。他已经十九岁了，但瘦小得像只有十五六岁。刚来的时候他说他不识字，但现在我们发现了他认识不少的字，而且会唱不少的歌，而且会像一个小小的讽刺家那样说话。他常常一伸手到他的棉制服里去抓出来一个虱子。“你身上的虱子很多吧？”一个同志问。“不多不多。”他笑着回答。我们近乎强迫地劝他把里面穿的线汗衫脱下来用开水烫一次，他才听从了。当我们看见那件衣服上有着很多白色的虱蛋，再质问他，他却像一个乐天的人或者玩世的人那样笑了起来，仿佛说那些小小的虫子并不能对他有什么损害。

昨天晚上，我们的房主人来玩，这个小鬼和他打了一阵乡谈，而且把他参加军队的故事又讲了一遍。我们的房主人也是一个乐天派。他二十几岁，是这村子里的自卫军班长，有一座土房子和十几亩地。听完了小鬼的故事，他发表他的政治见解了：“中国人多，日本人没有办法。”他说日本征兵征到十三四岁到四十五岁的人了，假若中国十六岁以上、二十五岁以下的人都参加了军队，日本人会不打自退。我笑着纠正了他："还是要打才行。"他说两个月以前，他们就听说老八路要来了，但盼望了很久都不见来；有一夜，他出去放哨，发现许多队伍，牲口，驮子成线地走；他赶快回村子里报告，并且说每个兵士的背上都背着一个草圈；大家说，"一定是老八路"；大家都非常兴奋。"你们老八路真是神出鬼没，"他结束似的说，"有一个晚上，我到前面村子里去，半路听见有人喝我一声，把我吓了一跳；我四面看都没有人；原来你们放哨的爬在树上。"

我问他抗战以前的军队怎样。"也还好。"他很简单地回答。但我们的小鬼提出异议了："可不也还好！就是爱打人骂人。""你挨过他们的打骂？"一个同志问。"我倒没有挨过，但我看见过。"他看见过一个兵因为卖东西的不肯让价就打他两耳光。他看见过一个兵用不能使用了的钞票买东西，而且还要如数找补他一些现钱。他看见过一个兵叫老百姓拔墙上的钉子，并且不耐烦让他去拿钳子，要他用手拔，结果他两个手指都出血了还是没有拔出。他快活地叙述着这些过去的故事，而且学着那个兵骂那个用手拔不出钉子的倒霉人的话："揍你这个爬灰头！""你这个龟孙！"

后来我们还谈到了这个村子里的一位过去的名人——一位武探花。关于他，我们的房主人讲了许多奇异的荒唐的传说，正如许多地方对于并不太辽远的过去就有了一些传说一样。当他告别回去睡觉的时候，他约我们今天下午和他一起去看那个探花生前使用过的五十斤重的大刀……

第五封信

……我已经在归途中了。我又过了一次平汉路。这一次我们是白天过的，因为日本军队知道了我们的部队经常往来的那个地方，在那铁路旁边的村子里占了一间房子，每晚上由两个日本兵和一挺机关枪在那里放哨。

这一次和我们一起的兵士很少。护送我们的只有一连人。另外还有几十个人的肩上也挂着枪，但它们都是被带到铁路西边去进修械厂的。

我们在铁路附近二十几里的地方停顿了好几天。我们的安全与其说依靠自己的武装，不如说依靠老百姓。他们不断地供给着消息。铁路旁边的村子照例被日本人指定为"爱护村"，但老百姓们并不爱护侵略者，仍然爱护自己国家里的军队。在我们所要经过的铁路东边的那个"爱护村"里，第一个村长因为常常让八路军过，不去报告，被日本人枪毙了。第二个村长以同样的罪名得到同样的结果。现在第三个村长，他仍然不知道爱护他的生命，最近因为让我们的一些伤兵化装为赶集的老百姓，公然在白天坐着火车通过了这条封锁线，被日本人打了两耳光，而且他所管理的村子被取消了"爱护村"的名字，以表示惩罚。

我的一个同伙曾经提议过我们也化装走。他说老百姓说这是很安全的办法。但我拒绝了他。也许由于一种可笑的骄傲或者当一个中国人的自尊心吧，我不愿意在这种情形之下就脱下我身上的军服，虽说因为经过一个冬天它已经是又脏又破的军服。我很简单地说出了我的理由："现在没有那种必要。"

他的焦急很快就得到解决了。昨天清早，我们很轻易地通过了那条在人们的想象中混合着神秘和危险紧张的铁路。那静寂地躺着的钢铁的轨道仍然是我们的，它并没有背叛，它也不能给我们以什么损害。在经过旁边的那个村子的时候，许多居民都站在街边，站在我们的门口看我们过。他们像从热炕上爬起来，还没有洗脸，因为我看见一个小孩子在用手指揉他的眼睛。一个头发灰白的老头子带着抚慰的口气对着我们这一队走得很快的人说："同志，沉住气。"我问他放哨的日本兵走了多久了。"鸡一叫他们就走了，现在早已睡得像猪一样了。"在我们的队伍旁边，一个普通农民装束的人一边跑着，一边和送我们的一连人里的一个干部匆促地谈着什么，就像好久不见面了的熟朋友突然遇到了而又只有片刻的时间谈谈那样。

跨过了铁路，我们开始跑了起来。望着远远的在晨光中显出青色的山，我们感到快活和兴奋，而我们的后面，尘土在飞扬着……

一九三九年九月，延安

白洋淀边一次小斗争

孙　犁

有一天，我送一封信到同口镇去。把信揣在怀里，脱了鞋，卷起裤腿，在那漫天漫地的芦苇里穿过。芦苇正好一人多高，还没有秀穗，我用两手拨开一条小道，脚下的水也有半尺深。

走了半天，才到了淀边，拨开芦苇向水淀里一望，太阳照在水面上，白茫茫一片，一个船影儿也没有。我吹起暗号，吹过之后，西边芦苇里就哗啦啦响着，钻出一只游击小艇来，撑船的还是那个爱说爱笑的老头儿。他一见是我，忙把船靠拢了岸。我跳上去，他说：

“今天早啊。”

我说：“道远。”

他使竹篙用力一顶，小艇箭出弦一般，蹿到淀里。四外没有一只船，只有我们这只小艇，像大海上漂着一片竹叶，目标很小。就又拉起闲话来。

老头儿爱交朋友，干抗日的活儿很有瘾，充满胜利情绪，他好打比方，证明我们一定胜利，他常说：

“别看那些大事，就只是看这些小事，前几年是怎样，这二年又是怎么样啊！”

过去，他是放鱼鹰捉鱼的，他只养了两只鹰，和他那个干瘦得像柴火棍一样的儿子，每天从早到晚在淀里捉鱼。刚一听这个职业，好像很有趣味，叫他一说却是很苦的事。那风吹雨洒不用说了，每天从早到晚在那船上号叫，敲打鱼鹰下船就是一种苦事。而且父子两个是全凭那两只鹰来养活的，那是心爱的东西，可是为了多打鱼多卖钱，就得用一种东西紧紧地卡住鱼鹰的嗓子，使它吞不下它费劲捉到的鱼去，这更是使人心酸可又没有办法的事。老头儿是最心疼那两只鹰的，他说，别人就是拿二十只也换不了去；他又说：

“那一对鹰才合作哩，只要一只在水里一露头，叫一声，在船上的一只，立刻就跳进水里，帮它一手，两只抬出一条大鱼来。”

老头儿说，这两只鹰，每年要给他抬上一千斤。鬼子第一次进攻水淀，在淀里抢走了他那两只鱼鹰，带到端村，放在火堆上烧着吃了。于是，儿子去参加了水上游击队，老头儿把小艇修理好，做交通员。

老头儿乐观，好说话，可是总好扯到他那两只鹰上，这在老年人，也难怪他。这一天，又扯到这上面，他说：

“要是这二年就好了，要在这个时候，我那两只水鹰一定钻到水里逃走了，不会叫他们捉活的去。”

可是这一回他一扯就又扯到鸡上去，他说：

“你知道前几年，鬼子进村，常常在半夜里，人也不知道起床，鸡也不知道撒窠，叫鬼子捉了去杀了吃了。这二年就不同了，人不在家里睡觉，鸡也不在窠里宿。有一天，在我们镇上，鬼子一清早就进村了，一个人也不见，一只鸡也不见，鬼子和伪军们在街上，东走走西走走，一点食也找不到。后来有一个鬼子在一株槐树上发现一只大红公鸡，他高兴极了，就举枪瞄准。公鸡见他一举枪，就哇的一声飞起来，跳墙过院，一直飞到那村外。那鬼子不死心，一直跟着追，一直追到苇垛场里，那只鸡就钻进了一个大苇垛里。”

没到过水淀的人，不知道那苇垛有多么大，有多么高。一到秋后霜降，几百顷的芦苇收割了，捆成捆，用船运到码头旁边的大场上，垛起来，就像有多少高大的楼房一样，白茫茫一片。这些芦苇在以前运到南方北方，全国的凉棚上的，炕上的，包裹货物的席子，都是这里出产的。

老头儿说：“那公鸡一跳进苇垛里，那鬼子也跟上去，攀登上去。他忽然跳下来，大声叫着，笑着，往村里跑。一时他的伙伴们从街上跑过来，问他什么事，他叫着，笑着，说他追鸡，追到一个苇垛里，上去一看，里面藏着一个女的，长得很美丽，衣服是红色的。——这样鬼子们就高兴了，他们想这个好欺侮，一下就到手了。五六个鬼子饿了半夜找不到个人，找不到东西吃，早就气坏了，他们正要撒撒气，现在又找到了这样一个好欺侮的对象，他们向前跃进，又嚷又笑，跑到那个苇垛跟前。追鸡的那个鬼子先爬了上去，刚爬到苇垛顶上，刚要直起身来喊叫，那姑娘一伸手就把他推下来。鬼子仰面朝天从三丈高的苇垛上摔下来，别的鬼子还以为他失了脚，上前去救护他。这个时候，那姑娘从苇垛里钻出来，咬紧牙向下面投了一个头号手榴弹，火光起处，炸死了三个鬼子。人们看见那姑娘直直地立在苇垛上，她才十六七岁，穿一件褪色的红布褂，长头发上挂着很多芦花。”

我问：

“那个追鸡的鬼子炸死了没有？”

老头儿说：

“手榴弹就摔在他的头顶上，他还不死？剩下来没有死的两三个鬼子爬起来就往回跑．街上的鬼子全开来了，他们冲着苇垛架起了机关枪，扫射，扫射，苇垛着了火，一个连一个，漫天的浓烟，漫天的大火，烧起来了。火从早晨一直烧到天黑，照得远近十几里地方都像白天一般。”

从水面上远远望过去，同口镇的码头就在前面，广场上已经看不见一堆苇垛，风在那里吹起来，卷着柴灰，凄凉得很。我想，这样大火，那姑娘一定牺牲了。

老头儿又扯到那只鸡上，他说：

“你看怪不怪，那样大火，那只大公鸡一看势头不好，它从苇子里钻出来，三飞两飞就飞到远处的苇地里去了。”

我追问：

“那么那个姑娘呢，她死了吗？”

老人说：

“她叓没事。她们有三个女人躲在苇垛里，三个鬼子往回跑的时候，她们就从上面跳下来，穿过苇垛向淀里去了。到同口，你愿意认识认识她，我可以给你介绍，她会说得更仔细，我老了，舌头不灵了。”

最后老头说：

“同志，咱这里的人不能叫人欺侮，尤其是女人家，那是情愿死了也不让人的。可是以前没有经验，前几年有多少年轻女人忍着痛投井上吊？这二年就不同了啊！要不我说，假如是在这二年，我那两只水鹰也不会叫兔崽子们捉了活的去！”

1945 年

到张家浜去

曹　白

一

我们五个人，吃过了午饭，跳下一只小船，出发到张家浜去。

张家浜在阳澄湖畔，美丽的阳澄湖虽被胡肇汉搅成了一片黑暗的世界，但对于我们，却是一个很大的诱惑。在船舱里的我们都很兴奋，想，我们今天要与阳澄湖见面了……尤其是刚刚下乡的K同志，一向虎着的脸此刻和缓了起来，仿佛在他的心头有一种难言的无可形容的激动。

K同志的激动是无怪乎的，他曾被胡肇汉监禁起来毒打过。但他最后总算在胡肇汉的虎口里逃了出来，只是肺病就更加深，因此而常常吐血，吐到以致使他不得不将地下工作暂时搁起，到S去养病，这是很苦痛的。而现在他又下乡来，投到了祖国的怀抱里，并且一到就是到他从前被监过鞭过的虎口里去，旧地重游，往事新忆，这种感奋的情绪自然是说不清楚的。所以他在船舱里时时提示，说：

“东路变了，变了变了变了！——已经弄成这样，妈的！”

回答他的是胜利的笑声，没有话。以后简直就在船舱里学着《钢人铁马》的插曲《坦克车之歌》，真是所谓忘其所以。大胡子老C还挥动着手臂，拉着土包子一样的刺耳的喉咙，简直很难听。但船外是一片初冬的蓝天，太阳像棉絮一样的温暖。向船前望去，有一大片在阳光下跳跃的波浪，闪闪烁烁，宛如泼翻了的流动的水银。

但我们不认识张家浜，只好一路问去，船夫金黑是一个健问的家伙，因为懒，他唯恐多走冤枉路，便遇到人就问："到张家浜去是从哪里走的？"——"扳梢吗？"——"扳梢再扳梢吗？要连扳的吗？"——听了这船夫的话，使人突然记起《死魂灵》里乞乞科夫的马夫绥里方来，他实在是一个懒惰而又勤快得不必要的角色。K同志就很讨厌，因为部队的驻地不能随便暴露，而他却去问那一个站在河旁穿着长衫的颇为可疑的路人。但我们终于看见了步哨，他用严厉的眼睛看我们，粗暴但沉着地问道：

"哪一个？"

"江南社。"我答。

"到哪里去？"

"司令部。"

二

一踏过司令部的大门，看见后厅坐着W司令，还有一个我不认识的指挥员，口音颇像山东人。屋子里的人是很少的。但我在那里看到了命令，浑身的血液焦热起来了……因为有事，我在司令部里逗留着，而老C和K同志他们已先到东面的一个村子里去了。

突然冲进了一个士兵和一个老百姓：

"两船两船！……"那个老百姓气急败坏地说，"是两船鬼子，从湘城来！……汽艇！……胡肇汉这狗！派领路人给鬼子！这狗种！……里通外国人，心肝都没有了——一定的！"

"慌什么喔？"不知是谁的声音。

勤务小鬼给了他一支香烟，把这位老百姓带了出去。

"鬼子来，就打他。"W司令决断地说。

我感到了屋子里严厉的冷酷的气味，仿佛什么人都不能在这里错过一丝一毫。打听了一下，知道W司令在十二点钟就得到了情报，部队也许是早已埋伏了。"打他吧，妈的！"我一面想一面踏出司令部的破碎的阶沿，向着东面的村子走，找老C和K同志去。冬季日短，太阳已经很是歪西了。

阳澄湖畔有永远纵横繁密的河道，这对于我们是并不陌生的。我跨过了用民船搭成的浮桥，看见水面上依然是一片银光的闪烁，穿过麦田，麦叶的清香和土壤的气息能够沁透人的心，西天的太阳就显得格外的温顺。多谢阳澄湖土皇帝的权力，张家浜实在看不出一点战斗的痕迹。

但敌人又要来进攻我们了，而且土皇帝还派人去带路，好的！

但此刻村子里和田野上，指战员们在忙碌穿梭，民工同志们也在忙碌穿梭。

每一个战士，每一个人，每一根草，没有恐惧，只有战斗的欲念，各处都充满了战斗的奋激、渴望和要求。

三

敌人的到来只是加紧了我们的工作，我们的会议在照常进行。十多个人围着一张破桌子坐下，凳子不够，于是只好两个人合坐一张小凳子，S秘书坐的凳子还只有两只脚。但主席还只作完了自己的报告，枪声便起来了。

"啪！"

主席用发亮的枪筒击着台沿说：

"没有什么可怕，死就算了。"他把头伸到台当中，近视眼镜里的眼珠子仿佛要凸出玻璃片，"会议，还是要继续。"

回答他的是一片激烈的静默，互相对视，交换着各自的感情。这种感情说不清楚，里面什么都有。是兴奋，满足，快乐，痛恨……的杂糅的一团。

静默继续了一秒钟。

屋后突然起了密集的排枪，接着是机关枪的愤怒的吼叫，枪弹就在我们头上的天空中飞驰，响着"血里里"的声音，空气灼热起来，会议是显然不能进行了。

"伏下！"——我们之中忽然有一个这样叫着。

于是大家都不期然地弯曲了身体。

"来吧——到这里来。"在离我们有四十米突的柴堆旁，W司令出现了。

"你们徒手的向那一方面撤退吧。"他还向我们从容地招招手。

于是我们向W司令那边行进。在河岸上，我向西一望，张家浜北面的远处，能够看见我们战士们活动的钢铁的点子。

我们弯着腰迅速地到了W司令的柴堆旁。这柴堆是极好的掩护物，三四十个赤手空拳的民工同志正沉静地靠着柴堆坐在地上，静听着排枪和机关枪的比鞭炮更密的繁响。

其实，和敌人，和敌人的走狗们作战，我们都是饥渴者，所欠缺的，只是没有锻炼和经验，上战场究竟不是作诗呢！大胡子老C几乎完全忘却了别人，只管捏着匣子炮在来往乱走，向前面的战场时时给以渴望的恋恋不舍的一瞥。对敌人，匣子炮的射程达不到，大胡子只好不过瘾而焦躁。但最后我们总算上了船，开始撤离这个"血里里里"的枪弹尖叫的村子了。

四

我们钻进了开始撤离的小船。一共有五个人，K 同志不知混到哪里去了，代替了他的位置的是 S 秘书。船夫金黑格外紧张格外黑，乌光闪闪，在这“血里里里”的枪弹的密雨下。

“轰隆隆隆——隆——”，敌人开始用掷弹筒了：战争在剧烈地开展，是显然易见的。接着又是小钢炮的震耳的轰鸣：“咯隆咯隆——隆——”

但我们的船还必须向前走，还必须绕过一个河湾，才能够转移到我们要撤离的那个方向去。我们的金黑竭力地把船向河湾那边摇。

“剥笃！”一粒子弹落在我们船前的水里，离船不远，仿佛盛夏的暴雨的雨点，那水圈子就向外拼命地扩大。

枪弹已经落到了我们的脚边。但船在河湾边一转，这才发觉敌人在用机关枪控制着这一个河湾，连珠一样的枪弹向我们死命地扫射。然而可惜的是扫不中，一个一个的子弹都落在河里，“剥笃剥笃，剥笃剥笃……”

于是，在船前船后，只是布满了水圈，浪花四射，犹如一锅正在煎熬的沸水，但是——

“啪嗒！”

我们的船终于着了子弹，打中了船棚下的横梁。木片飞舞起来，擦伤了 S 秘书的面颊——但这是我们后来才知道的。

总之，当时坐在船里的人全横倒，把被头盖在身上了。我拉不着被头，只好竭力地把身子斜倒下去。我们的船夫金黑吓得手脚都发了抖，摇不动船了。但我被活的念头所擒住，必须在几秒钟内靠岸，好得到河岸的掩护，于是便高声地奋激地鼓励他：

“不要怕不要怕！我们是抗日队伍，有天保佑的！”

这一说很灵，增加了金黑的勇气，船很快到岸了。我们便迅速地跳上，匍匐前进。空中密布着铁和火的飞蜢，“血里里里”地叫不完。

田野上伏着老百姓和民工同志们散漫的影子。枪声一间歇，这些点子就立刻活动起来。我偶一回头，瞥见远处已经起火，我想：

“鬼子一定死得很多了，他们是放火泄愤的——但我们却活着。”

五

经过挣扎，我与三四十个民工同志已经到了另一个村庄，这里离张家浜约八百米突，大体说来，已经脱离险境了。由于紧张和剧烈，大家都在迫促地呼吸。瞥见身后成排的树林和横着的村屋，仿佛已与火线隔离，可以宽弛一下紧张的心，于是大家立定了。K同志，大胡子老C，青面痣老Z，S秘书……我们，彼此交换着奋激的火热的侥幸的视线。但在同一瞬间，远近的枪声却格外清晰地响着。三八步枪和机关枪，掷弹筒和小钢炮，各自叫出自己的声音，互相杂糅而又向四面八方迸发，形成一片混乱的血肉的叫响。在这叫响里，我们战士猛烈冲杀的英姿，在我们眼前一一浮现。

突然发现瘦矮的W司令的身影，在向我们走来。他带着好几个小鬼，在田岸上漫然地散步，露着若无其事的样子。"好本领"，我想。在枪林弹雨之下，我们"江抗"——"江南抗日义勇军"之简称——的指挥员充满了克敌的力，安闲得如一块铁样的磐石，仿佛一切都不能混乱他，迷惑他似的。他照例用手臂指着离我们约有一百米突的松林，说：

"你们撤到那一个松林后面去等一等，不要乱——前面是河，要找船来搭浮桥。"

我们都到松林那边去了。途中遇见了C参谋，面色黧黑，小小的两只眼睛闪着秘密的光；他微笑着，在火的空气里显出了他的原始的猛烈，他原是一个农民呢。

"呒事呒事，"C参谋一面笑，一面踱，一面对我们说，"鬼子呒卵用！几个鬼子和我只隔两丈路，我还用镜子（望远镜）照他们呢。我一发觉，立刻一转身，一个命令就给了他一排枪，见他妈的阎王去吧！有卵用吗！——搅鬼！"

大家的心显然和缓了，我们也就走到了松林。枪声只是远去，我们的战士显然在追击着敌人，敌人显然是垮了。抬头一看，太阳已经落在西面的树林背后，映出了满天的红霞。

人都坐在地上，叽叽喳喳，在谈论着那尚未结束的战争。虽然偶尔还有流弹向我们鸣叫，但我们已颇不在乎了。时间逐渐到六点，西天红霞的颜色，只是在淡下去淡下去，变成了薄暮的灰暗，以至于连身旁的松柏的青翠也看不清楚，和灰暗的薄暮一同溶化到这冬夜的黄昏里面去。

但月亮起来了。

弄到了四条民船，老百姓在勇猛地摇橹。W司令催促上船，叫我们到那一个指定的村子去。——我们——上船了，开船了，走了。留在岸上的只有W司令和他的几个小鬼，用关切的眼光在暮色中张望着我们。

挂在我们头上的是半个明净的月亮，南面阳澄湖中升起了水汽，将远处的树林全部笼住了。但被鬼子放火的村屋却仍在燃烧着，火焰的尖舌舐着月亮的夜的冬天，其间又似乎还能听到隐约的哭声，仇恨啊！于是我又说：

“鬼子一定死得很多了，他们是放火泄愤的——但我们却活着！”

六

四条民船在向前走，阳澄湖畔的水如玻璃格外平静，河底里沉着半个和天上一样的明月的影，但却被我们的行进的船冲得七零八落，在水波里化成了粉碎的银片。战争在结束，枪声渐趋于沉寂。

船里挤满了一堆人，K同志自然是在的，他一向虎着脸在月夜里看不出什么大变化，我只是奋激地对他说：

“你一下来就遭遇了战斗……”

“今天整整打了五个钟头呢！”我的话被别一个同志的话拦住了。

“打得好，打得厉害，妈妈的！”

“这不是游击战，是打的野战呢！看‘江抗’吧。”

“鬼子他夜里回去，切断他妈的鬼儿子……”

“啊呀！你们‘江抗’呀，”在摇橹的老百姓突然插嘴进来了，“你们‘江抗’实在真热血！”他特别着重热血这两个字。

“东路变了，变了变了变了，”K同志一瞥那个摇橹人，低声向我说，“已经弄成这样了，妈的！”

“‘江抗’热血，胡肇汉热血不热血呢？”有人在向那一个老百姓问。

“胡肇汉吗？它一点也不热血，到了我们村子上，杀鸡杀狗的，鸡狗不留嗬！”

“这一次的鬼子是他领来的，你知道吗？”

“作兴的。现在是，‘口吃南朝饭，心向北边人’的坏良心，一撸一把，多得很。”

“岸！——”

我们上岸了，走进村子，便被密密层层的男男女女老老少少包围着，他们除了恐怖的形容之外，还给了我们愉快的欢笑。战争对于这些真实的人们，原是恐怖而又欢乐的。村子里的月亮是这样的轻软和暖，我们的紧张几乎完全解除了。

紧张既去，换来了的是饥渴和疲乏。我们必须去找新的宿营地，设法充饥和睡眠，准备去迎接明天的战斗呢。

一九四〇年十一月十三日

向敌人的腹背进军

丘东平

四月××日，是我们新四军在岩寺受点验的日子，我们热烈地欢迎司令长官公署点验委员的到临，点验进行得很顺利——在全民族一致抗敌的旗帜下，由过去被目为“暴民”“土匪”的地位变为正式的国防军，今天，新四军正式完成了这一段艰苦的然而很可宝贵的历史而负担起新的更伟大的任务，我们有着无上的快乐和光荣。

新四军着手进行改编到现在已将近半年了。新四军的指战员埋头于如何使游击队正规化这一课题，埋头于队伍本身的教育训练，成为新四军出动前夜的准备工作中最紧张的一环。我们的首长叶挺、项英，各支队的司令员以至全军所有的指战员，我们全体一致以最高度的抗敌情绪工作着，生活着，把自己的全部生命投入于大时代的痛苦，大时代的兴奋里面，忘记了日子在一天天地过去，忘记了时间。为了充实我们的准备工作，为了完成我们新四军在东战场的伟大任务，我们要求有更多这样的让我们进行教育训练的紧张的日子，我们也确实地正在这样的日子中沉迷着，但日益严重的战局使我们时刻地在沉迷中猛然苏醒，我们要等到什么时候才出动呢？人家这样迫切地质问着我们，我们也这样迫切地质问着自己。

我们不能充当一下无灵魂的，失去了机动性的准备者。中国人民窳败的武器，落后的战斗技术反抗日本帝国主义海陆空全副武装的“远征军”，中国人依着这艰苦、壮烈的运命，一步步向着前面严重的阵地行进，向敌人的腹背进军！

我们是新四军先遣支队。我们先遣支队的产生和出动曾经深深地震撼了新四军的全体将士的灵魂。在点验前后，军部动员了全体同志在所有的集会中用最充分的时间精力，来思考研究和先遣支队有关的一切问题。先遣支队的产生是我们新四军的一个尖端的富于刺激性的战斗意志的表现，先遣支队的出动更象征着我们新四军英勇的姿态以及它的热情如火的战斗企图，没有一个同志不愿意加入先遣队，没有一个不以加入先遣队为至高无上的光荣。

我永远不会忘记四月 ×× 日的晚上，我们战地服务团开了一个空前的盛大的欢送会，欢送我们随先遣支队出发的少数同志，平时最不喜欢说话的同志在这里作了非常生动的演讲，平时最不喜欢唱歌的同志在这里唱了歌，为热情所激发的女同志为了惜别，为了感慨自己不能加入先遣队，慷慨激昂地在这里流了英勇的热泪。

我们战地服务团的同志参加先遣支队的有二十四人，我便是其中的一个，在名单宣布的那一天，我们二十四人立即成为全团的宠儿。平时为了工作关系比较不十分接近的同志也成了最投契的朋友。我的房子里经常有不少的同志堆着在对我问讯、握手，要求在本子上题字，和我讨论问题，问我的身上还缺少些什么东西，这个热烈的日子几乎改变了我的沉郁、寡言的性格，我竟然成为他们之中和蔼可亲，为他们所深深地爱好的一个同志，一个朋友。

那天晚上，白丁同志在我们二十四人的首次集会中对我们作了严肃的令人深深地感动的讲话，他勉励我们要坚决、沉着，和皮革一样韧，他预言我们以后的战斗所必将遭遇到的艰苦的情景，他要求我们如果一旦落在敌人的手里要如何拿出从容、刚果的态度，如何至死不变地保持我们中华民族儿女的姿容……

我们从岩寺出发是在二十七日早上，一声哨子使我们离开了团部，团部的门口老早就给来欢送的同志拥挤着，我们从那里走出，一个个和他们挨着身子。热烈的歌声像火似的从女同志的队伍中点燃起来，迅速地烧遍了整个的欢送队伍，第五队（儿童队）放起爆竹来了。歌声跟着爆竹的燃放而逐渐升高，同志们的高涨的情绪再也不能低扼了，这是从生命中迸发出来的歌声，这歌声紧压着我，叫我的灵魂屡次从这紧张的行列中狼狈地逃出，我仿佛这时候正要求着获得一点宁静，好让我慢慢地思索，因为我实在太受感动了，我有许多话要告诉我不能一一道别的朋友，我需要说得更正确些，更标准些，使他们更相信这些……

我们二十四人从岩寺出发到 ×× 和先遣支队的队伍会合。那天下午，项英同志对我们先遣支队全体作了最后一次训话，又和我们拍照。——我们先遣支队终于健全地产生出来了，而且就要出动，项英同志在他的策划的工作上应该已经告一段落，在猛烈的太阳光下，用了两个多钟头长的时间，流着满脸的汗，他胜利地完毕了他的博学有力的训话。

陈毅同志把先遣支队的司令员粟裕同志和政治主任钟期光同志介绍给我们。——这位司令员是一个壮健矫捷、三十岁左右的汉子，过去游击队的一个很出色的干部。他生长在湖南，十五岁离开了家乡，参加革命直至现在。在新四军成立后，被任为 × 支队副司令，现在被选授为我们先遣支队的司令员。

钟期光同志也是一个湖南佬，他生长在平江，学生出身，在中学毕业，十五年（指民国十五年，即 1926 年）参加了革命直至现在。现任本军 × 团政治主任，这次军部把他调充为先遣支队的政治部主任。中等身材，态度真挚，常常对人家点头行礼，不脱学生的故态，是一位结实勇猛的少年人。

这一天的晚上，军部突然有命令下来了，为了适应战斗的环境，我们服务团只能以八个人参加先遣队。这八个人所必具的条件是：要懂得江浙的土语，要熟悉江浙的地理，要有健壮的能够刻苦耐劳的体格。我们的队长和司令部商量的结果指出了八个人，除去了十六个人。我的名字被除去了。我质问我们的队长我所以被除名的原因，他说，团长已答应我参加先遣支队，组织部长也允许了我，但政治部主任却不肯我走，要把我留下来。这里我得谢谢第 × 支队司令员陈毅同志，因为他帮助我达到了我的志愿。这天晚上，我到第 × 支队司令部找陈司令员，两次都碰不着，我只好留一封信给他，说明我的志愿，我正式地表明我是一个通讯员，我负有“重要”的任务，有伟大的历史使命的先遣支队的出动，以及它以后如何在敌人的前后左右进行工作的情形，我非常迫切地要求了解。我又提出我的另一个工作条件，我懂得一点日语（不管我的日语如何蹩脚，我这时候必须同样提出），可以做一点敌军的宣传工作。第二天我和陈毅同志见面了。他微笑地对我说：“不错，你这个通讯员实在非跟着走不可……”他于是写一封信给政治部主任，说明我不能回去的理由，我终于胜利地从十六个人的队伍中转入八人的队伍里面，八个人变成了九个人。

我们出发到现在已经有三天了。第一天我们乘汽车，昨天开始了步行，从昨天起两天中我们一共走了一百三十五里。为了防御空袭，队伍停止掩蔽共五次。一路上和我同行作长途送别的陈毅同志对我们训话两次，粟裕司令训话三次，内容包含先遣支队的任务、战术，统一战线的实践，行军间卫生、防空、三大纪律八项注意，以及一点一滴的小问题（此外还有我担任的日语训练），这无微不至的教育和学习几乎占据了我们生活的全部（即使在行军中也是如此），一点不正确、不纯净的观念和行为都不能在我们的队伍中留存，高度的抗战情绪和英勇、牺牲、艰苦、奋斗的精神在我们队伍中洋溢着。我被挟在这样一个队伍的中间，每天面对着太阳，踏着赭红色的美丽的土壤，陪伴着杜鹃悲鸣，鲜花遍野的深春的景色，向东迈进。我现在成了怎样的一个人呢？我用着最高的喜悦，告达我所有远隔在异地的同志、朋友，我非常光荣地充当了新四军先遣支队的一员，身上和所有全军的同志一样，非常摩登地用绿色的树枝作着防空的伪装，有时候我像小孩子似的唱着歌，有时候却为严肃凛然的气氛所笼罩，使我坚实地敛束着身躯。由于一种坚不可破的自信心和自尊心所激发。我深深地体会到自己对于祖国的忠诚和虔敬，在这时候，我独自个儿沉默下来，在这献身于战斗的神圣的大道上，我微笑地、偷偷地独自昂头挺胸地走起了规规矩矩的正步……

一九三八年四月三十晚上，离火线还有七十里

原载《七月》1938年第3期

黄桥烧饼

顾寄南

黄桥是苏北平原上的一个镇子，早先并不怎么出名。自从1940年陈毅和粟裕同志率领新四军从江南挺进苏中，在这里胜利地指挥了黄桥保卫战以后，这个小镇，连同黄桥烧饼和《黄桥烧饼歌》才出了名。

那时候，日本侵略者的魔爪伸到了苏北。腐败的国民党中央军一路溃逃，一路抢劫。在苏北流传着一首民歌，强烈地表达了群众对国民党反动派的愤恨："天上有个扫帚星，地下有个韩德勤，放下鬼子他不打，专门欺负老百姓。"韩德勤是当时的国民党江苏省主席，是个反共摩擦专家。1940年10月，他纠集了一万五千人，进攻新四军苏北指挥部所在地黄桥。他狂妄地扬言，要把新四军赶到长江里去喝水。

陈毅同志决定在黄桥狠狠地教训国民党顽固派，打开苏北抗日的新局面。黄桥人民意气风发地配合新四军作战。那时候，抗日根据地初创，人民的生活还相当艰苦。但是，为了抗日保家乡，为了子弟兵吃饱肚子打胜仗，黄桥人民家家赶做烧饼，支援子弟兵。

在珠巷支前委员会，白发苍苍的贫农张奶奶拎来了粯子野菜饼，她生怕饼冷了，就在饭碗下面铺上麦秸，上面盖上棉衣。工作人员小王激动地指着堆满十多间屋子的各种食品说："张奶奶，你这是送第五趟了，留着自己吃吧！"张奶奶揩去眼里的泪花说："孩子，一家人不说两家子话，我儿子前天参了军，也在陈司令部队里，收下吧！等胜利了，奶奶请你们吃夹肉饼。""不！"小王哽咽着解释："陈司令说，群众生活相当艰苦，不能再收了！"

"收下吧！就送这一次了！"陆续到来的群众纷纷请求。"不，不能啊！"

小王感动得哭起来。结果，张奶奶就带领群众冒着枪林弹雨直接把烧饼送到了火线。

那天中午，忽然传来消息：敌顽离黄桥东边的小二房庄只有三四里了。战士们丢下饭碗就走。怎能叫战士们饿着肚子打仗呢？于是，姑娘、媳妇、老人、小孩都赶到东大街，一双双手向跑步增援前线的战士递烧饼，这个送两块方饼，那个塞三片涨烧饼……随后，又提着水，挎着烧饼篮，跟着支前队冲上前线。

就这样，迎着枪林弹雨，《黄桥烧饼歌》诞生了。而且随着黄桥保卫战的胜利，随着国民党八十九军军长李守维淹死在挖尺沟，随着满天飞舞的胜利红旗，《黄桥烧饼歌》唱遍了江淮河汉，唱遍了华东根据地。

黄桥烧饼黄又黄哎，
黄黄烧饼慰劳忙哩，
烧饼要用热火烤哎，
军队要靠老百姓帮。
同志们呀吃个饱，
多打胜仗多缴枪。
哎嘿哎嘿呀哎嘿，
多打胜仗多缴枪，噫呀嘿！

新中国成立后，黄桥的人们继续唱《黄桥烧饼歌》。唱起它，老战士不减当年勇，发扬革命传统，争取更大光荣；唱起它，新一代不忘掘井人；唱起它，人们更加怀念陈毅同志和老一辈无产阶级革命家的不朽功勋。黄桥镇上，许多家都一直珍藏着从报纸上、画报上剪下来的陈毅同志的相片。

1972 年 1 月 6 日，我们敬爱的陈毅同志与世长辞了。噩耗传来，黄桥人民一下子沉浸在巨大的悲痛之中。哀乐未停，人们就含着泪水唱起了《黄桥烧饼歌》。这天，几乎家家调面，户户做涨烧饼，做着做着，止不住的泪珠扑簌簌地朝下滚。不少家庭，还在陈毅同志遗像前默默地献上两个涨烧饼。黄桥人民知道，陈老总最喜欢吃我们黄桥的涨烧饼。“大跃进”期间，我们请去北京参加群英会的代表带去一些黄桥的土产，陈老总收下了两个涨烧饼，并说：向黄桥人民问好。同时，亲笔为黄桥本地的报纸《黄桥大众》题了刊头。

这天，在黄桥文化馆——当年的珠巷支前委员会所在地，络绎不绝的人群越聚越多。屋在人去，睹物伤情，满屋子的人都放声痛哭起来。人们含着眼泪讲述：当年陈总在黄桥作了个报告，当场就有一大半青年参加了新四军。霎时，人们眼前似乎出现了陈毅同志那叱咤风云的形象，耳畔仿佛响起他那铿锵有力的声音。

人们记起：黄桥保卫战打响以后，有位开明士绅觉得胜负难料，心中无底，到指挥部去见陈毅司令。陈司令见他心神不宁，朗声大笑，请他坐下来下棋。中间写了一张条子，叫通讯员送往前线。那位先生一看，上写："叫各连多准备五大锅子饭。"他疑惑不解。陈毅同志告诉他，这是准备给俘虏吃的。一局棋罢，俘虏押下来了。战后，这位老先生逢人便说：陈司令成竹在胸，指挥若定，真是个了不起的军事家！

人们回忆着，讲述着，情不自禁地又哼起了《黄桥烧饼歌》，仿佛又回到了战火纷飞的 1940 年 10 月。

现在，春回大地，万象更新，毛主席的伟大旗帜高高飘扬。黄桥人民用《黄桥烧饼歌》的曲调填上新词，欢快地唱起来：

黄桥烧饼黄又黄哎，
黄黄烧饼慰劳忙哎，
一曲黄桥烧饼歌哎，
今天唱来更激昂。
紧跟领袖毛主席，
大干快上打胜仗。
……

抚今思昔，人们纷纷说：要是陈毅同志还健在的话，一定会和我们一起欢呼：

万里江山今谁属，
红旗十月满天飞！

枣园之宴

舒　群

1942年初，延安《解放日报》实行改版——“由不完全的党报变成完全的党报”。《文艺》副刊刊头撤销，改第四版为各种综合性专刊。因丁玲同志辞职，中宣部部长凯丰同志派大舒同志担任第四版的主编。编辑室内，先有陈企霞、黎辛同志在职，后有陈学昭、白朗同志参加工作。除黎辛外，他们都比大舒年长些、编写经验也多些，而大舒是年轻作家，正值毛头小伙子之时，马列主义修养贫弱，缺乏应有根基，负此重任，大有力不胜任之感。但他有幸，有毛主席直接关心指导，凡有转载，均经毛主席亲笔批示，例如郭沫若《甲申三百年祭》、徐悲鸿《古元木刻》等，倘有社长博古同志审而难定的稿件，例如谢老《一得书》篇章，萧老某某诗文等，他即携之面呈毛主席——先期徒步杨家岭，后期骑奔枣园。当然，也有屡屡被召以赴有所受命，例如有关《在延安文艺座谈会上的讲话》前后、草拟出席者的名单和走访不同意见，以及其他诸种事宜，也有偶因漫画问题而作为陪客前往会见，例如蔡若虹、张仃、华君武、张谔诸多同志。总之，他总能亲聆毛主席教言。

最为重要的是，时至今日，中央档案馆仍旧完好地保存着毛主席给凯丰同志的一封信和他亲笔所写的一份名单。

信末署“九月十五日”，档案馆注“一九四二年”，即《在延安文艺座谈会上的讲话》四个月之后。信中所示诸项殊多，其一有语如下：“解放（日报）第四版缺乏稿件，且偏于文艺，我已替大舒约了十几个人帮忙征稿……”所以联系到那份征稿名单。毛主席约大舒商拟名单，仅隔一二日，前后两次，一在窑内，一在院中，共写两份，而以第二份为定——档案馆所保存者，其时当在其信的前后。名单题为“解放日报第四版征稿办法”；并有首语：“解放日报第四版稿件缺乏，且偏于文艺，除已定专刊及由编辑部直接征得之稿件外，现请下列各同志负责征稿。”在所列各同志姓名之下，都注明各自征稿类别和每月具体字数。除范文澜、邓发、彭真、冯文彬、艾思奇、陈伯达、蔡畅、董纯才、吴老等九位外，另有文艺界七位——中有三位作家，其一是老柯，名下注明“以大众文艺及文化为主，其他附之，每月一万两千字”。随后，中央办公厅按名单发出了毛主席枣园之宴的通知。

那一日，天色晴朗，秋高而气闷。陕甘宁边区的延安首府地处陕北黄土高原，依然感到盛夏那般的昼热。

解放日报社所在的清凉山，也并不清凉。它距枣园约有三十里，一般骑行也需一个半钟头以上。博古、大舒作为有关的当事者——社长、主编，理当提前赴约为是。于是，午饭过后不久，博古便偕大舒起程，经山腰马棚牵过饲养员备妥的马匹，下到山脚底下。大舒往周围环视一番，却止步不前。

“博古同志，我已与老柯约好同行，是不是应该等一等他呢？”

博古知道大舒与老柯的关系，一近而立之年，一逾不惑之岁，年差一轮，前者以小弟自居，后者以老兄自称。他们性格相近，意气相投，同属热心肠，好酒贪杯的刘伶后代——后来居上者，往往酒气熏天，醉态逼地；而可爱的是，从不惹祸，出丑贻笑于人，落过“醉鬼”恶名。

“好，好。你等一等他吧。我先走了……快来，快来，毛主席备有好酒等着你们……快来，快来，你们痛痛快快过番酒瘾吧！”

话音未落，他的脚刚一沾镫，便纵身上马，快速而利落，轻灵而飘逸——帅！他，多半生，历尽革命戎马生活、坎坷苦难的途程，上上下下，下下上上，沉浮断断续续，感怀触动不已。对敌地下武装的频繁接连的残酷斗争，不停的党内斗争，秘密活动与公开搜捕，烽火与烽火，批评与自我批评，交织合组火网，把他整个身心牢牢地紧紧地罩住裹住，使他由一个文质彬彬的大知识分子而与工农兵合伙成群，锻炼成骑士，一心向党的高级领导者，十足的乐天派、才子派——脑似电动，口若悬河，风格别致，潇潇洒洒，令人兴叹，心悦诚服。

老柯呢，比博古年长两三岁，也是革命老资格，老诗人，老作家，早年蓄须，长须垂胸，临风之际，赛过红缨枪缨穗的飘飘然。而他为少壮派所不齿，指他后脑勺儿，小声儿叫他“大胡子”。在作家中，除大后方的丰子恺先生外，他可能是唯一的美髯公。他好诗，好作诗，好朗诵诗，即使孤身独处，也会放声吟咏，在于自得其乐。与朋友相处，他常常寡言少语；而在众人间、会议上，他一开口，便像水库开了闸门，喷射而出，一泻不止，其势则如巨洪暴发，凌空而下，汹涌澎湃，滔滔然，轰轰然；一旦兴致勃勃，他则手舞之，足蹈之，以至如痴如狂，几乎语无伦次，忘乎所以。他为人不拘小节，不爬高，不傲气，不摆派头，不拉架势，不抬轿子，不吹喇叭，不抱人大腿，不跟风跑；他正派无邪而少私，烈性，虔心，笃信，刚直，狂热，连头发丝都有燃烧力似的；尤其浪漫起来，他有如顽童、稚子一般，真正是个老来少、老来小。现在，他是一个剧团的领导人、《在延安文艺座谈会上的讲话》所号召面向工农兵方向的宠儿，一直一年四季——月月年年下乡、入村、进窑，向农民学习，为农民演出；《十二把镰刀》一剧，轰动陕北，家喻户晓。他，剧团打头示范的他，由于经常长途跋涉，风餐露宿，雪浸雨淋，加之狂飙冲击，烈日暴晒，晒得他、磨炼得他满面红光，周身结结实实，似乎敢于赶超赤铜赤铁。

延安人，没有见谁戴过手表，一向不知准确时刻；大舒等着，大约等了半个钟头吧，只见从南门外而来、绕过宝塔山的老柯人马影儿，并且听到他的呼喊声——锵锵之声，贯穿深谷。

“老兄迟到，小弟恕罪！”

等他到来，大舒上马结伴而行。或时而向西，或时而转北。或沿山麓曲径，或渡浅水沙滩。或并辔缓进，或单骑奔驰。或谈笑风生，蜓蝶情浓；或呼声震山，回音助兴。一路上，他们踏着刘志丹烈士的故土旧战场，听着远远近近、起起落落的信天游调、抗战歌曲，闻着、观看着延河、溪水交替出没、渐远渐近的一色清澈粼粼碧波，山谷川地、遍地谷田、谷黄穗饱到垂头曲腰，处处充满、飘浮一种诱人的浓厚的气味——谷香扑鼻而渗透肺腑；真乃幸遇、幸进，无愧终生吉日良辰之行了。

他们在马上一瞥，枣园在望。所谓枣园，据说原是一片平川之地，一望无际的果实累累的枣林，盛产名枣，个大、色红、皮薄、核小、肉厚、味甜，远销四面八方。后来，为国民党部队一度所据之间而吃光、砍光、烧光，也可名之曰“三光”政策吧。而今，“枣”与“园”俱亡，不过仅存其名罢了。当他们到达枣园之区的时候，远望可见一围牢固的旧式院墙，想必是当年大地主的深宅大院吧；近见有一小黑角门，向东、向车马交通大道，大敞大开，想必是当今主人早已准备便于客人长驱直入吧。他们在院外木桩上拴好马匹之后，径直走进小黑角门去。只见北面一排石窑、南边半趟简舍之间，敞开一片宽阔的院场，西南一角的老树荫下，放置一张遗有污痕的赭色的旧方桌，毛主席和王若飞、博古还有另一同志在玩牌，他的两岁小女儿，打扮得像陕北农家典型的小土包子在围边溜溜转。他和博古一见老柯、大舒，便起身让了座。因而，无意中留下一种礼节仪式——先客让后客。这样让来让去，客人们愈到愈多了。

太阳西沉，树荫向东延伸。在这阴凉的院心，一东一西摆好两张大圆桌，上置碟筷、酒杯、酒瓶。客人们都入了席。毛主席坐东桌，面对西桌；他的左右两侧是博古、大舒，他的正面是老柯。他与博古肩挨肩，因要事低语一时已毕，而后立起，还是那么幽趣地安逸地立起。他没有领袖的派头，也没有伟大人物的仪表。他的硕大的体态，还是穿着那么一套肥大的、显得有些过分宽绰的、膝盖落补丁的灰衣服，那么一双半旧的黑布鞋，那么一双粗糙的白线袜。他的开阔的额顶，还是披着那么一头长发，于阵阵掠过的轻风中拂动，而两鬓的发丝，不住地飘起飘落，起时纷纷贴到颧骨，落时乱乱糟糟、支支棱棱。他的脸较为丰满、光润，四十九岁的人了，还是那么面少，只有声色俱厉或笑颜顿开而为之动容时，才见于眉间竖立起两道明显的褶痕，或眼角辐射出几条浅显的皱纹；但满面神色，因常年熬夜劳作所致，略见苍黄、憔悴。看得出，他要在这宴前有所叙说。大家都爱听他的讲话，必然还是往常那么才智四溢，扬眉吐气，激昂青云；必然还是往常那么思想迸发火花，话锋犀利，幽默风趣，妙趣横生，严肃而生动，深刻而通俗。

“……诸公驾到，非常感谢……今在枣园摆宴，必有所求……”他宣读一遍“解放日报第四版征稿办法”及其具体内容，“……俗语说，吃人口短，吃人一口，报人一斗……吃亏只这一回，但不许哪个口上抹石灰……办好党报，党内同志人人有责，责无旁贷……我想，诸位专家、学者必然乐于为第四版负责……当仁不让，有求必应，全力赴之，取之不尽，用之不竭……”

他向大家敬酒，高高举起一杯，用的却是左手，兹因井冈山与长征的多年的艰苦折磨，借住茅棚草舍，安身野林荒丘，投宿山窟岩洞，露营雪山草地，右手右臂患有严重风湿症，动作十分不便；每于吃饭时，右肘弯总是固定在一定的角度，有时站起向前大限度弯腰倾身，笨拙出筷取菜；而向高向前伸直肘弯敬酒之举，只得暂让左手左臂了。

他坐下以后，除了博古默默而写以外，众声纷起。或高谈阔论，或窃窃私语。或南腔北调，混为一谈；或俚语方言，交错杂烩。或斯文风雅，不动声色；或诙谐有哏，捧腹大笑。其涉及之广，遍及社会科学和自然科学以及哲学各个领域；古今中外，世界大势；抗日战争，统一战线；党工妇青，兵农学商；群众生活，干部待遇；经史子集，琴棋书画；天地宇宙，理化原子；五行八作，三教九流，五官十界，七情六欲……人才荟萃，济济一院。人人健谈……凝望……个个畅饮……饱食……真的是：天涯海角之会——枣园之宴，虽无山珍海味——新笋银耳、鱼虾参翅，但有禽兽家蔬——葱韭柿椒、雉鸠狍兔，享足野餐眼福、漫山秋光媚，尝尽湘厨口福，满桌辣味香。

宴上，唯一例外，舌剑唇枪的雄辩家博古，默默无言，目不转睛，一边大吃大喝，一边奋笔疾书，忙个不亦乐乎。但他究竟在忙什么、在写什么呢？

另有那个小土包子，桌前桌后，跑来跑去，天真烂漫，稚气扬扬。

黄昏美景，满天桃色云，好像天外桃源特地为枣园开放，以祝枣园之宴的胜利散场。继之，夕阳西没，秋热下沉，上弦月从东山渐渐升起，而照明单人匹马的归途。

客人们渐渐走空了，连小土包子也不见影了。最后，剩下一位——老柯，照样吃吃喝喝，没完没了。博古呢，不仅酒足饭饱，而他所写的也写罢——原先出于毛主席低语所嘱的一篇《社论》，已经提前三日交了卷——确有“请日试万言，倚马可待”之才之慨。然后，他与毛主席握手告别；并按了按大舒肩头，等于是说：“你陪着老柯，等着老柯吧！”

老柯见博古一走，便移往博古原先的座位。毛主席起身，向老柯招手，迎之落座。他，极其敏感，卓有预见，超群出众，深情厚谊而独到的动人之处，令人永生不忘。他，精力特旺，遍结深交广众，博览精读群书，且记忆力殊强，对人对事都是，对诗文更是，引经据典，采风拾谚，雅俗共赏，亦庄亦谐，信笔活用，脱口而出。他，经常保持正常生活，苦干精神，清醒头脑，但必要时，也不妨偶一兴之所至——饮酒，赋诗，哼唱，吟咏，甚至作舞，一抒胸怀情愫——伟大的思想家，都是情感丰富的有情人啊。现在，他把分散的纷纭心绪集中起来投于枣园之宴的尾声余兴。随着让风帆张满，任凭团结的友爱之舟于涨满的江湖河海之流顺流而下吧——他叫警卫员送来三个碗；他给老柯、大舒斟满碗酒，也给自己的碗，斟得照样满。

“喝吧，老柯、大舒，‘酒逢知己千杯少……’”

“‘话不投机半句多！’”

湖南乡音与云南土味，一唱一和；同声相应，同气相求，浑然一体。

“‘兰陵美酒郁金香，玉碗盛来琥珀光……’”

“‘但使主人能醉客，不知何处是他乡！’”

一诗同韵，二口异声，对接如流，合璧如绘——恰似漫天金星撒满目，一河秋水流过心头。党中央主席与剧团负责人，一在上上与一在下下，执掌全局与率领全团，天地之差与龙蛇之别；而共产主义者与共产主义者，战友与战友，同志与同志，诗人与诗人，赤子与赤子，心心相印，脉脉相通，同仇敌忾，同心同德，同舟共济；一言以蔽之，其亲其爱之情，情同手足，甚于手足。看啊，看将起来，人生啊，人生啊，人生难得最相知，最相知。

“老柯，你带个剧团，常年奔波‘他乡’，辛苦了。喝吧，这是慰劳酒、慰劳酒！”

“感谢你，是你——毛主席批给我四十块钱，让我搞起这个剧团……”

“让你去受苦受难……”

“过惯了，我愿意跟老百姓在一起……”

“你听老百姓说过哪些意见，对共产党的意见。”

“他们都说共产党的好话，说你的好话。特别是今年，一开群众大会，就喊‘毛主席万岁’……”

“那是今年二十万担公粮，减到十六万担嘛！”

本来，减少人民上缴公粮，他作为人民的领袖，自然应有如释重负之感；而他的话语与声调，却带有一种深沉的慨然的口气：半是自谦，半是自嘲——作为人民的领袖，为什么不能更多更多地减轻人民负担、为什么不能更多更多地为人民造福呢？纵然，人民是听话的人民、是老实朴素的但求一饱的人民……

“我懂得，这是出自群众的肺腑之言……”

明月未圆，晚风未凉；而天上地下的幽光盈满，爽气之流荡漾而逐波四散。

“……肺腑之言，天宫之光……老柯，今夜好，皓月当空明如昼……”

“这是主席秋夜宴枣园，胜过‘春夜宴桃李园’的夜宴嘛！”

“‘夜宴’？！‘夜宴’，‘夜宴’……‘夫天地者，万物之逆旅……’”

“‘光阴者，百代之过客……’”

一是湘腔，一是滇调，一起一和，和声吟咏，彼此相配，丝丝入扣，仿佛使人感到昔日士家子弟于私塾学馆在背诵古人诗文的抑扬顿挫、情不自禁、蕴藉着无限豪情壮志的琅琅之声，尾音颤颤，绵绵不绝而萦绕耳界。

大舒自知负有责任，不仅望见月亮渐高，夜色已浓，而且了解老柯并没有毛主席酒量之大；因此，他悄悄地给老柯写了“毛主席还在陪着，咱们快快喝罢走吧”的一页字条。接着，他又悄悄地把它从毛主席的腰背后递给老柯去；然而，接它的却是出乎意外的毛主席背过来的右手，患有严重风湿症而敏感的飞快的右手。糟了……毛主席连看也没有看一眼，而其目其心如明镜，洞若观火，只稍稍向左扭扭身——避开老柯；倒向大舒伸出双手捏着的字条，以笑示意，便心照不宣地把它撕掉了。完了……

“老柯，喝吧！”

“咱们三人一起喝吧！”

“老柯，喝吧！”

“咱们三人一起喝吧！”

老柯喝到不能再喝的时候，才算散席。毛主席送客到角门口，站着，望着老柯、大舒的背影，远些，远些……

他们走到木桩，解下经过喂饱的马匹，但老柯两次上马，没有成功；最后，大舒挡着，挡着，才算把老柯挡上马去。他让老柯前走，自己上马跟后；他只见马上老柯左右摇晃，前后俯仰，像个软勒咕唧的面人儿似的。没走多远，老柯咕咚一家伙，一头从马上栽到地上，栽个仰八叉。大舒连忙下马去扶老柯，但扶不起来……

"摔重了吗？"

"小弟放心！老兄——共产党人，钢筋铁骨嘛……随心所欲，随遇而安嘛……"

说着，说着，老柯呼噜呼噜地进入了梦乡。紧跟着，大舒也就地睡着了。

没睡多久，他俩被人拉起唤醒，抬头一瞧，身边有两个警卫员，迎面是毛主席，还有延安唯一的华侨所赠的那辆汽车。老柯兴高采烈地手舞足蹈起来，又拉住毛主席，拉起话。

"我说你——主席，能掐会算，神仙一般……"

"事后诸葛亮……"

"亡羊补牢，犹未晚也……"

"未雨绸缪，防患于未然，始未晚也……"

两匹马失踪了。

两个警卫员去寻马，寻了一阵子，回来报告没有寻着。

"你们的马，几岁口？"毛主席问。

"不知道。"老柯答。

"不知道。"大舒答。

"老马、小马？"

"老马，老马！"老柯、大舒同声答。

毛主席瞩望向前，一片朦胧的茫茫的夜色；而其目其心明如镜，洞若观火，犹如马已在望，猝然指之曰：

"在前面！"

一行五人上了汽车，开车前行。行不远，他们果然发现那两匹老马在归途上走着。车停，毛主席留下一个警卫员，自己带上一个警卫员，下车上马。于是，马与车背道而去了。

这一刻，坐在车上，老柯像是乘在大气球下，那样轻轻飘飘，逍逍遥遥，似醉非醉地自鸣得意地硬要缠着大舒拉拉话。

“……小弟听嘛，老兄说这是‘塞翁失马’……”

“我问你——老兄，毛主席怎么知道马——‘在前面’？”

“‘老马识途’嘛！”

“那你怎么不早说呢？”

“老兄老了，还是个老书蠹虫、老莱子……”

“毛主席比你更老呀！”

“老兄怎敢比毛主席。毛主席愈老愈精，愈老愈灵，人之灵，人之杰……”

“再老呢？”

“老谋深算！”

“再再老呢？”

“老当益壮！”

“再再再老呢？”

“……”

老柯答不上了，或不想答了，或不便答了。于是，他笑嘻嘻地要把戏似的抓住大舒的手，向上碰到车棚，朝下触到车底，是问天问地呢，还是指上指下、在高在低、有起有落、有浮有沉呢？

选自《毛泽东的故事》，作家出版社 1982 年版

记一辆纺车

吴伯箫

我曾经使用过一辆纺车，离开延安的那年，把它跟一些书籍一起留在蓝家坪了。后来常常想起它。想起它，就像想起旅途的旅伴，战场的战友，心里充满了深深的怀念。

那是一辆普通的纺车。说它普通，一来它的车架，轮叶，锭子，跟一般农村用的手摇纺车没有什么两样；二来它是延安上千上万辆纺车中的一辆。的确，那个时候在延安的人，无论是机关的干部，学校的教员和学员，也无论是部队的指挥员和战斗员，在工作、学习或者练兵的间隙里，谁没有使用过纺车呢？纺车跟战斗用的枪，耕田用的犁，学习用的书和笔一样，成为大家亲密的伙伴。

在延安，纺车是作为战斗的武器使用的。那是在抗日战争最艰苦的时候，国民党反动派发动反共高潮，配合日寇重重封锁陕甘宁边区，想困死抗日的领导力量。我们抗日军民热烈响应毛主席的伟大号召“自己动手，丰衣足食”，结果彻底粉碎了敌人围困的阴谋。在延安的人，在所有抗日根据地的人，不但吃得饱，而且穿得暖，坚持了抗战，争取到了抗战的最后胜利。开荒，种庄稼，种蔬菜，是保证足食的战线；纺羊毛，纺棉花，是保证丰衣的战线。

大家用纺的毛线织毛衣，织呢子；用纺的棉纱合线，织布。很多同志穿的衣服鞋袜，就是自己纺线或者跟同志们换工劳动做成的。开垦南泥湾的部队甚至能够在打仗、练兵和进行政治、文化学习而外，纺毛线给指战员发军装呢。同志们亲手纺线织布做的衣服，穿着格外舒适，也格外爱惜。那个时候，人们对一身灰布制服，一件本色的粗毛线衣，或者自己打的一副手套，一双草鞋，都很有感情。衣服旧了，破了，也“敝帚自珍”，不舍得丢弃。总是脏了洗洗，破了补补，穿一水又穿一水，穿一年又穿一年。衣服只要整齐干净，越朴素穿着越随心。西装革履，华丽的服饰，只有在演剧的时候作演员的服装，平时不要说穿，就是看看也觉得碍眼、隔路。美的概念里是更健康的内容，那就是整洁，朴素，自然。

纺线，劳动量并不太小，纺久了会胳膊疼腰酸；不过在刻苦学习和紧张工作的间隙里纺线，除了经济上对敌斗争的意义而外，也是一种很有兴趣的生活。在纺线的时候，眼看着匀净的毛线或者棉纱从拇指和食指中间的毛卷里或者棉条里抽出来，又细又长，连绵不断，简直会有一种艺术创作的快感，摇动的车轮，旋转的锭子，争着发出嗡嗡嘤嘤的声音，像演奏弦乐，像轻轻地唱歌。那有节奏的乐音和歌声是和谐的，优美的。

纺线也需要技术。车摇慢了，线抽快了，线会断头；车摇快了，线抽慢了，毛卷、棉条会拧成绳，线会打成结。摇车，抽线，配合恰当，成为熟练的技巧，可不简单，需要用很大的耐心和毅力下一番功夫。初学纺线，往往不知道劲往哪儿使。一会儿毛卷拧成绳了，一会儿棉纱打成结了，纺手急得满头大汗。性子躁一些的人甚至为断头接不好生纺车的气，摔摔打打，恨不得把纺车砸碎。可是那关纺车什么事呢？尽管人急得站起来，坐下去，一点也没有用，纺车总是安安稳稳地待在那里，像露出头角的蜗牛，像着陆停驶的飞机，一声不响，仿佛只是在等待，等待。一直等到使用纺车的人心平气和了，左右手动作协调，用力适当，快慢均匀了，左手拇指和食指间的毛线或者棉纱就会像魔术家帽子里的彩绸一样无穷无尽地抽出来。那仿佛不是用羊毛、棉花纺线，而是从毛卷里或者棉条里往外抽线，线是现成的，早就藏在毛卷里或者棉条里的。熟练的纺手，趁着一豆灯光或者朦胧的月光，也能摇车，抽线，上线，一切做得优游自如。线上在锭子上，线穗子就跟着一层层加大，直到沉甸甸的，像成熟了的肥桃。从锭子上取下穗子，也像从果树上摘下果实，劳动后收获的愉快，那是任何物质享受都不能比拟的。这个时候，就连起初想砸毁纺车的人也对纺车发生了感情。那种感情，是凯旋的骑士对战马的感情，是“仰手接飞猱，俯身散马蹄”的射手对良弓的感情。

纺线有几种姿势：可以坐着蒲团纺，可以坐着矮凳纺，也可以把纺车垫得高高的站着纺。站着纺线，步子有进有退，手臂尽量伸直，像“白鹤亮翅”，一抽线能拉得很长很长。这样气势最开阔，肢体最舒展；兴致高的时候，很难说那是生产，是舞蹈，还是体育锻炼。

为了提高生产率，大家也进行技术改革，运用物理学上轮轴和摩擦传动的道理，在轮子和锭子中间安装加速轮，加快锭子旋转的速度，把手工生产的工具变成半机械化。大多数纺车是在纺羊毛、纺棉花的劳动实践中培养出来的木工做的；安装加速轮也是在劳动实践中大家摸索出来的创造发明。从劳动实践中还不断总结出一些新的经验。譬如，纺羊毛跟纺棉花常有不同的要求：羊毛要松一些，干一些；棉花要紧一些，潮一些。因此弹过的羊毛要卷成卷，棉花要搓成条，烘晒毛卷和阴润棉条都有一定的火候分寸。这些技术经验，不靠实践是一辈子也不知道里边的奥妙的。

为了交流经验，互相提高，纺线也开展竞赛。三五十辆或者百几十辆纺车搬在一起，在同一个时间里比纺线的数量和质量。成绩好的有奖励，譬如奖一辆纺车，奖手巾、肥皂、笔记本之类。那是很光荣的。更光荣是被称为纺毛突击手、纺纱突击手。竞赛，有的时候在礼堂，有的时候在窑洞前边，更有的时候在山根河边的坪坝上。在坪坝上竞赛的那种场面最壮观，很像“沙场秋点兵”不，与“沙场秋点兵”阵容相近，热闹不够。那是盛大的节日里赛会的场面。只要想想：天地是厂房，深谷是车间，幕天席地，群山环拱，怕世界上还没有哪个地方哪一种轻工业生产有那样的规模哩。你看，整齐的纺车行列，精神饱满的纺手队伍，一声号令，百车齐鸣，别的不说，只那嗡嗡的响声就有点像飞机场上机群起飞，扬子江边船只拔锚。那哪是竞赛，那是万马奔腾，在共同完成一项战斗任务。因此竞赛结束，无论是纺得多的还是纺得比较少的，得奖的还是没有得奖的，大家都感到胜利的快乐。

就这样，用劳动的双手，自力更生。纺线，不只在经济上保证了革命根据地的人大家有衣穿，使大家学会了一套生产劳动的本领，而且在思想上还教育了大家认识“劳动为人生第一需要”的意义，自觉地克服了那种“认为劳动只是一种负担，凡是劳动都应当付给一定报酬的习惯”。劳动为集体，同时也为自己。在劳动的过程里，很少人为了个人的什么去锱铢计较；倒是为集体做了些什么有意义的事情，才感到是真正的幸福。

就因为这些，我常常想起那辆纺车。想起它像想起老朋友，心里充满了深深的怀念。围绕着这种怀念，也想起延安的种种生活。在党中央和毛主席的周围工作，学习，劳动，同志的友谊，革命大家庭的温暖，把大家团结得像一个人。真是既团结，紧张，又严肃，活泼。那个时候，物质生活曾经是艰苦的、困难的吧，但是，比起无限丰富的精神生活来，那算得了什么！凭着崇高的理想，豪迈的气概，乐观的志趣，克服困难不也是一种享受吗？

跟困难作斗争，其乐无穷。

——记一辆纺车。

深谷回声

——回忆采录《兰花花》民歌时一个插曲

柯　蓝

在生活中，我自信我的感情并不十分脆弱。我曾几天几夜，在战壕里听见过敌人炮火的狂轰滥炸，也曾经在不可测的深夜，漂行在海洋上，经历过八级大风暴的袭击。在这些随时有生命危险的关头，我的感情上还没有发生过不能抑制的波动。但不知为什么，我却特别害怕听见发生在群山深谷经久不息的回声，那回声在虚渺的空中回荡，会引起我一种刺激性的痛苦，叫我难以忍受。这种不能自抑的感情变化，别人是很不容易理解的。

这，大概跟我下面的一段经历有关。

……

1942年，大约是三十八年之前，我才二十二岁，那时，我在延安老根据地，因为工作关系，到离延安六七十里的宜川县采录顺天游民歌《兰花花》。这是一首在陕甘宁边区流行较广的古老的情歌，它的主要情节描写青年姑娘兰花花，和自己心爱的人恋爱的时候，由于她的绝色美貌，被地主看中，用优厚的财礼收买了她的父母，被逼迫定亲。兰花花百般痛苦，挣扎反抗无效，最后喝鸦片自杀身死，当时陕北著名盲艺人韩起祥同志告诉我，说现在作的民歌《兰花花》只有几十句。原来的《兰花花》却有上千句，里面光是描写兰花花的容貌和衣角就有一百多句。甚至还包括了许多有趣的盘歌，和描写婚丧仪式的，还有节日风俗的诗句，我听了连忙问，现在还可以收集得到吗？他说，你可以到金盆湾一带去问老百姓，特别是妇女，或许还会有人知道，于是我便在一次下农村采访的时候，顺便绕道来到了金盆湾一带山村。

那时已是秋天，陕北秋季多暴雨，常常山洪暴发，把许多羊肠小道都冲断了，我一个人背着小背包，临时折了一根树枝当拐棍（又可以爬山，又可以打狗），便跌跌撞撞在山路上奔走，从早上一直走到天黑，我还没有走到金盆湾，举目四望前后尽是不断的黑乎乎的大山，正在不知如何是好的时候，忽然一阵哗哗的暴雨，劈头盖了下来，不到几分钟，我的外面罩衣和里面的毛衣都上上下下淋了个透湿，接着从小路上冲下来的泥浆水，拦住了我的去路，使我走一步滑一步，几次都跌倒在泥路上，这时，我真心慌意乱了。在这么一个非常恐怖的黑夜里，天又下着大雨，我知道一个人在深山老林里走，不被老虎狼群吃掉，也会被山洪冲到岩石底下去。可是，如果我不前进，这时候，我一个人又到哪里去呢？我在原地呆呆地站了好久，怎么也想不出办法，后来我记起，根据我在陕北下乡采访的经验，在这些大山上，通常有牧牛娃挖的一些小窑洞。这些小窑是给半路突然遇到大暴雨和冰雹的行人藏身的。我想，我要在这附近能找到那样的小窑，就可以躲过今晚，等明天天亮了再走。我站立下来，弯下身去向四周探望，当我刚刚转过半个身子，忽然就在我身后的树丛里闪出一星黄色的灯光，我像得了救似的连喊带跑地扑了过去。

我大约走了三十步，发现在半山腰上，朝南有一个孤立的窑洞。从雾中透过来的灯光，蜡黄蜡黄显得更加微弱，还带着一种袭人的寒意。

“砰砰！——”我用力敲着厚厚的窑门，喊：“有人吗？我是过路到金盆湾镇去的客人，天下雨，赶不上路，要在这里借宿！”

窑里没有人应声，停了一会儿，门轻轻地开了，从门缝里透出了一线灯光。我看见来开门的，是一个满脸黑胡子的男人。他的头上包着一块羊肚子毛巾。露出一双白眼，朝我看了几下。对我这突然的来访，既不欢迎，也不反对。更没有盘查，也没有回我的话，转身就往回走了。我便得救似的走了进去。

这时，我看见土窑的后面炕上，燃着一盏小小的油灯，炕上坐着一个四十来岁的妇女。手里在缝补衣服，炕边的锅台下，却站着一位十七八岁的大姑娘。她回过头来看我，在背光中，我什么也没有看见，却看见了她那一双又大又圆的眼珠，在黑暗中闪光。

“是公家人吗？”坐在炕上的中年女人，显然她是当家的主妇，听见了我的请求，在里面询问我。

“我是从延安下来工作的！——”我一边说一边就不客气地往窑炕前走。根据我当时的处境，我觉得我完全有理由要在这里住宿下来，反正我吃饭给饭钱，住宿给店钱，住上一晚就走，又不会叫他们吃亏，所以不管这家主人同意不同意，我是要住下来了，便直朝窑里走去。

“妈——”灶边的姑娘朝我看了一眼，对炕上说，“是公家人。”

炕上的妇人看见我走过来了，脸上没有什么笑容，却马上从炕上下来了，把手里缝的东西丢在一个高粱秆编的篓子里，收拾一下，指着大炕说：

“那你就睡在这所炕上吧！”说完，她另外拿了一盏油灯，走进左边一个拐窑里去了。接着那个四十开外的男人，也跟着她进去了。唯独在锅后边收拾的那个大闺女，一边收拾碗筷，一边在偷偷打量我。

说实话，当时我的心情很不好，讨厌这样的天气，又讨厌这样的山路，走了一天，还只是在动身的时候，吃了两个玉米窝窝到现在，一个人又饿又累，摸了摸全身湿透的衣服，低下头看了看一双糊满泥巴的鞋子，我站在炕边发起呆来。心想，在这么一个山区，碰上这么一家人家，看怎么熬过今天这一晚吧！

冷淡的空气，使这个窑里变得格外静寂，不知什么时候，那位姑娘也进到左边拐窑里去了。接着，从拐窑里传出来一阵叽叽喳喳的谈话声，可以听得出是那位闺女在和她父母争论什么。一会儿是那男人的声音，一会儿又是那女人的声音。临尾只听见那姑娘喊了一句：“你们不管饭，看算个啥？——”接着一阵脚步声，姑娘从拐窑里出来了，只见她走到灶台边，把锅盖揭开，用高粱秆做的托篮，盛了四个玉米窝窝，又盛了一碗热腾腾的小米稀饭，端到我跟前，轻轻说了一句：

“同志——走了一天，先吃饭吧！”

说实话，直到现在，我还在生气。他们争论了半天，才肯端出几个窝窝来。我走遍了大半个边区，还是第一回碰到这么对待工作干部的。不过我实在饿极了，便没和她客气，拿起窝窝就吃了起来。

“同志，你吃完饭，到灶边来烘烘衣服吧！”说着她就蹲到灶口前，塞进去几块干柴，在一边等着我。

我急急忙忙喝完最后一口小米稀饭，觉得身上的湿衣服不脱下来烤烤不行，便拿了一张小凳走到灶口，在她的身旁坐了下来，想借着柴火把衣服烘烤。

当我抬头，借着灶口强烈的火光，凑近看了一眼这位青年姑娘时，我真是吓了一跳。说确切一点我真是吓得有些惊呆了。和我坐得这么靠近的姑娘，竟是一位绝色美人，我进来这么久，怎么没有看出来呢？我忍不住又偷偷看了她几眼，这真是一位标准的东方美人。弯弯的长长的柳叶眉，两颗杏核大的眼珠，好像是两颗亮漆的玻璃珠子。还有那高高的鼻子，那白里透红的面颊，好像是经过精心雕制的艺术品，我当时想，在这偏僻的山村，怎么会出现她这么一只金凤凰呵？再看看她丰满匀称的身材，我一时变得拘谨起来，心里由不得有些后悔，刚才我对待这么一位年轻漂亮，心里又温存、美好的姑娘，太不礼貌了。我在这险恶的大雨之夜，来打扰了他们，我凭什么对他们生气？！可是，她现在却像一座白玉雕成的圣像，坐在我的身边。灶口的火光照在她白皙的面庞上，反映出一层淡红的光圈，猛然间她在我心目中变得高大起来，弄得我要向她表示歉意的勇气都没有了，我像一个做错事的孩子，把头低了下去。还趁她不注意的时候，轻轻把屁股下面的凳子，从她身边移开，我觉得我不配和这么一位美丽的姑娘，坐得这么靠近。

大概是看见我有些拘泥不安，一声不响低着头，动也不动地坐在灶口，青年姑娘拿起一根火棍，动作十分麻利地把灶膛里的柴火，通通拨到灶门口，然后笑了笑说：

“快脱下来！看你衣服湿透了！我帮你烤——”

我先有些犹豫。对她这突如其来的热情，不知如何是好。但还等不到我的回答，她便动手来扯我的袖子了。直到我把衣服脱下，她从我手里接过去，才收敛起她脸上温柔的微笑，转过身便一心一意地烘烤起来。这时，她的脸色在沉静中却显得格外庄严，还流露出心事有几分沉重的样子。我觉得有些奇怪，这么一位热情可爱的姑娘，她应该是很幸福的吧，为了感谢她这么爽朗、亲切地接待我，为我烘衣，我便从头到尾介绍了我如何遇大雨，后来又错过了宿店。还一再向她表示感谢，说明我一大早就走，决不会再多麻烦她。

青年姑娘听了我的话，好像很不在意，最后突然问道：

“同志！——”她向我睁着一双明亮的大眼，“你们出差，带了枪吧！——”她好像有什么事要我帮助。

我摇了摇头。

青年姑娘显得有些失望，她的脸上露出一种忧郁的淡淡的微笑，说：

“我原先以为你们公家人，出门时身上都带有快枪的！”

我很奇怪，这么一位美貌的姑娘，为什么对枪如此感兴趣？便说：

“我们搞宣传工作的，带快枪出来干什么？”

“有快枪，就可以对付坏人啦！”姑娘很认真地说。

“你们这里有坏人吗？”

姑娘轻轻地张了一下嘴，又把话吞下去了。她似乎是对我彻底感到失望了。我从她的眼光里感到了这一点，我想，难道她刚才是以为我带了快枪，才对我如此热情的么？肯定是的，要不，她为什么那样说服她的父母招待我吃饭，又帮我烤衣服？我看见她低垂着的头，一声不响地翻动着手里那件湿衣，陷入沉思，我觉得她现在仿佛被一件非常不幸的事情压迫得透不过气似的，但从她呆呆的眼神，和她那沉思的神态里，又似乎察觉出她在挣扎，在和她的命运搏斗，只是现在她不肯把这些告诉我罢了，要不，一个青年姑娘，她为什么会需要一件杀人的武器呢？

为了打破沉寂，我停了半天，说：

“天不早了，衣服烤得差不多了吧？——”我见她不作声，便碰了碰她说，“把衣服给我吧！——”

她怔了一下，好像从沉思中清醒过来，呆呆地望着我问：

“你说你搞宣传工作的，什么叫宣传工作？”

她轻轻一笑，“我看你年纪也不大嘛！和我一样吧，也是十九岁？”

我的脸微微一红，是她猜中了我的岁数？是她的眼光又温柔又逼人？或者是我又想到什么别的方面去了？为了掩盖我的慌乱，我马上镇静下来，故意重复问她说：

“你不懂什么叫宣传工作吗？”

她大胆地用一双漆亮的眼睛望着我，点了点头，但我忽然觉得她这是在认真打量我。还有比被一个姑娘偷偷地打量更叫人拘束的吗？我连忙说：

“你会唱信天游《兰花花》吗？”

“不会唱老的——”她轻轻地说了一句，马上像一只受惊的山猫一样，把烤干的衣服往我手里一塞，转过身就跑回拐窑里去了。

她这个意外的动作叫我吃惊，但我马上感到有什么事要发生了。我还没有从灶火口走开，青年姑娘突然从旁边的拐窑里冲了出来，双手抱着一个枕头和一条被褥，交给我说：

“今晚你用这条被褥睡吧！炕火早就烧热了！”说完，微微一笑，又用一双大眼直盯盯地望着我，直到我都有些不好意思了，她才转过身，慢慢走回拐窑里去了。

我捧着这一套被褥，觉得我得到了异乎寻常的接待，在边区虽说军民关系一般都好，但像这样拿出被褥给一个过路的陌生人睡，却还不多见。特别当我用手摸着这洗得干干净净的被褥，拍拍这又白又软的枕头时，不能不叫我想到刚才青年姑娘对我投射过来的又温柔又依恋的眼光！我有几分纳闷。这么一位有着心事的姑娘，开先希望我有枪，能帮助她，怎么一问到民歌《兰花花》，她又对我产生起兴趣来了呢？莫非她和这首民歌中主角兰花花，有着共同的东西吗？莫非她发现了我这位收集《兰花花》的青年人，在什么方面可以帮助她吗？要不，她为什么对我产生了这么浓厚的感情？而且，我可以打赌说，她这种感情还不是一般的，而是很深很深的……

就这一连串的思想，在打扰着我。我坐在灶口边，把身上的衣服全烤干了，后来又脱下湿透的鞋子、袜子来烤，烤了好一阵，也听不见拐窑里再有什么声音了。我站起身来走到炕边，脱下鞋袜，钻进了热乎乎的被子里。

说来真是奇怪，我躺在炕上怎么也不能入睡，我想了一些什么呢？我自己也不知道，我的脑子里总是有一个姑娘的影子，总是看见黑暗中有一双漆亮漆亮的眼睛，在望着我，动也不动地盯着我，在向我倾诉着什么，尽管她诉说些什么，我不知道，但我可以感觉得到，她在我身上发现了她要寻找的东西，或者是在我身上找到了她可以信赖的东西……那是什么呢？不知道，确实我不知道，此外，我还有一种奇异的感觉，我觉到她还会从拐窑里出来找我。我们此刻并没有分开。这，我是从她的眼光里看出来的。所以，我就这么睁着一双大眼，在黑暗中等着，像一个痴醉的人，在等待一个没有约定的约会……

山村中的黑夜多静呵，好久好久。我想望中的事，果真发生了。正当我在炕上不停地翻转的时候，忽然听见旁边的窑门开了，有轻轻的脚步声从拐窑里走了出来。我稍稍抬起头。这时外面早不下雨了，一层淡淡的月光洒在窑窗上。黑暗中，我马上看见一个姑娘的影子，轻手轻脚地走来了，这是怎么回事呵，我不敢多想。

果然，这位姑娘朝我炕边走了几步，又慢慢迟疑地停了下来，我睁一睁眼睛。心想，这位美貌的陕北农村姑娘，绝不是那种感情轻佻的人，她刚才确实是有什么话，没有来得及对我讲，那么，你现在就大胆地过来喊醒我，对我说出来吧，我知道你心中一定有难以抑制的痛苦和不幸，你觉得我可以帮助你，所以，你就大胆地信任了我。你要来找我，那，你就过来吧！……

只是黑影在我的炕前站了一会儿，最后又无声地飞快转身朝门外走了，也许是她想到我太累了，已经睡熟了，才没有惊动我。

我在炕上呆呆地躺着。只听见窑门外的一间茅草房里传来了“嘚嘚嘚”的驴蹄声，接着有筛子筛面的有节奏的声音，间或还有姑娘斥叱毛驴的声音。我睁开眼睛一看，外面那间杂屋里的声音越来越清晰，而且那边的灯光也映到我这边的窑门上来了。我想：陕北的妇女真辛苦，忙了一整天，到夜深了还要碾磨，又要喂驴，又要筛面，一个人怎么忙得过来呵！刚才她站到我炕边，莫不是想喊我一道去磨房里吗？

我一骨碌爬了起来，按照我们八路军的规矩，住在群众家里就要帮助群众劳动，何况这家人还没有强壮劳力呢。我把衣服穿好，走出去推开对面杂屋的小门，马上看见那位姑娘的笑脸，在对我说：

“我知道这边推磨会吵得你睡不着，你会过来帮我筛面的！——”她显得十分亲切自然，好像招呼一位和她格外熟悉的亲人，还伸过手来拉我说：“到我这边来吧！”

听了她的话，这位在我心中引起了浪花的姑娘，一下子和我更贴近了，我们好像是非常融洽的知己，一切拘束都没有了。我卷起袖子一头扎进这碾磨的劳动里。我和她系麦子口袋，又一起套驴、卸驴。两个人满脸微笑地互相看看，不用说话，就好像是都知道了彼此的心意。磨房里除了石磨的响声，面筛有节奏的振动声，还不时扬起了姑娘银铃般的笑声。只有在这时候，我才看到了这位十九岁的姑娘，从冰块下解放出来的真正欢快，明朗的性格，还有她的才华。真的，我觉得她是有才华的，她的头脑反应很快，思想很深沉，口齿也很伶俐，再加上她如此美丽，匀称苗条的身材，我一下子就想到了她可以到文工团里去做一个歌舞演员。这，还是难得到的人才呀。不由我不对她发生了如此的好感。

在紧张的劳动中，她看见我背上、胸前的衣服被汗水湿透了，额上、脸上也尽是汗珠，连忙把她自己用的新毛巾，塞到我的手里，叫我把汗擦了。接着，她又把毛巾从我手里拿过去，在自己的脸上擦起汗来。人们说，在农村里，共同的劳动，可以消除人与人之间的隔阂，那么，我们共同的汗水，擦在一块毛巾上，自然加深了我们纯真的感情。并且使我感到劳动是如此幸福，一阵幸福的暖流，使我增添了气力。我有些不懂，难道仅仅是因为有这么一位美丽的姑娘，和我一起劳动，我就感到幸福吗？可这位姑娘，我们才刚刚认识，还没有正式谈过几句话呵。我不能不问自己：我和这位素不相识的姑娘，在这么短的时间里，怎么会一下子就缩短了距离？是一种什么力量把我们这两颗青年的心，吸引在一起？这些，在当时我也确实想不明白，只是简单地觉得这位姑娘，她对我好，我也应该对她好。我们的感情是交织在一起的，是如此的熟悉，如此的亲近，如此互相爱慕。但为什么产生了这种感情？是同情，是在困难中彼此关怀，或者是有着一种共同的一见如故的气质？这些，我想不明白，也许只是一般青年人的异性吸引吧。（我想即使在今天，我们的青年朋友，如果也有过这种相遇，就懂得了。）总之，事隔三四十年之后回想起来，我和这位农村姑娘，从相遇到相识，是整个人生中不可多得的真善美。特别是我们在磨房中短促、炽热的交谈，更令人难忘。青年姑娘总是主动、热情，采取进攻的。她一边筛面一边笑着说：

“看见你会碾磨，猜想你一定也是庄户人出身！”

我幸福地点着头。

“你家里还有什么人？——”

“家里有爸爸妈妈、姐姐——”

“有妹妹吗？”

我说：“没有！”

“那你要我做你的妹妹吗？”姑娘大胆又狡黠地望着我笑。把我的脸都笑红了。

我一时弄不明白她这是什么意思，她怎么说出这样的话来了呢？

“你们公家要不要女兵？我做你的妹妹，你就可以带我去当‘公家人’。”她严肃地吁了一口气，“到你们公家闹革命，多自由自在，无牵无挂！——”

我在一边笑着，没有作声，只是用幸福的眼光，称赞她这种要求改变现状的勇气和向往。并且我也从她这些说话的口气里，隐隐约约觉察出这位热情的姑娘，心里一定有什么不幸的事，要不她为什么要离开家呢？

大概对方看见我对她的问话，一连几次都回答得很不具体，猜想出我大概对她不会有什么具体的帮助，停了停，叹了口气，自嘲自解地说：

“我知道我没有那号福气！唉——，说出来也没有谁相信！”

姑娘轻轻叹了一口长气，嫩白的脸上露出的一笑，把她那深沉的悲痛掩盖了。

“你好像有什么心事，能对我说说吗？”我问。

姑娘停了停，没有马上回答，忽然她问：“你不是要收集民歌《兰花花》吗？你怎么不要我唱给你听？——”

我知道她这是想改变我的话题，我便随口应了一句：“你不会唱老的《兰花花》——”

“老的《兰花花》和新《兰花花》，还不都是说兰花花婚姻不自由，最后她喝洋烟（鸦片）自杀了！”

我无心听她说这些人人都知道的故事，而且兰花花和我们现在又有什么关系呢？真是毫不相干。我笑着向她试问：

“你叫什么名字？”

她笑了：“我不告诉你！你要答应带我到队伍上去当女兵，我就告诉你！”

我怎么可以随便答应一个人参加革命？这是违犯纪律的，尽管我早就想过，她可以当一名出色的歌舞演员，即使当不了演员，凭她这聪明、美丽的天资，确实可以很快学习文化，接受革命的培养，至少可以当一名很好的农村妇女干部。但我现在却什么也不能告诉她。

“你带我走吧？——”青年姑娘板着脸，突然放低了声调，“我求求你这个公家人。现在，只有你能把我带走！”我听出她这是在哀求我，但她并不表露出那种哀求的神情。

我当时确实没有觉察出她的要求是那么紧迫，但还是被她的真情打动了，我只好答应说：

“我明天到金盆湾镇，把《兰花花》收集完，后天就赶回来，我再和你商量——”

青年姑娘认真地问：

“你几天能来回——”

“顶多三四天。一定回来——”

“那我等你？”青年姑娘试探着问。

“你一定等我。”

青年姑娘一明一暗，像天空飞过一朵朵的乌云，她把头低了下去。但我觉得我在这位姑娘面前，已经暗暗下定了决心，我要尽一切力量帮助她，实现她成为一个她羡慕、想望的“公家人”。我打算回去找边区西北文工团的领导，向他反映我在这个山沟发现一位绝顶漂亮的歌舞演员，他们就可以把她招收到延安去，这肯定不会有什么问题。不过，现在我可不能把这消息透露给她……

她看见我望着她微笑，却不说话，她便把新毛巾塞给我，自己转过身去，三下两下把毛驴卸下来牵到外面，又几步赶回来，把磨好的面袋子扎好，拍了拍身上的面粉灰，说：

“好啦！——我们都休息，歇着去吧！”

这么一位美丽多情的姑娘，此刻忽然变得冷淡起来，她从我手里又扯走了她的那条擦汗的新毛巾，一个转身就不见了。

我也只好一个人摸黑回到正窑里，上炕去睡了，但我却一直没有睡熟……

到第二天吃过早饭，我把饭钱和粮票交给了她的父母，只是没有见到这位姑娘，她干什么去了呢？怎么一个早上都不在家呢？我多么希望能在走之前，见她一面。我一边思量，一边慢慢捆着小背包，可是等了好一阵，太阳花花都照到对面山顶上了，还不见她回来，我只好走了。反正过几天我会回来看她的，不过想起和这位姑娘认识了一场，连她的名字还不知道，便问她妈妈说：

“你们家闺女叫啥？今天一早怎么就出门啦？！”

她妈妈有几分不高兴地说：

“你问我们那位神神！一早她说她要到大舅家去，谁也管她不住，天不亮就走了——”

我心里十分纳闷，这位青年姑娘心里到底装了一些什么事？不过听见说她已经出远门了，我便匆忙从她家里出来了。

从这家人家出来，我在半山遇见了一个牧羊娃拦了一群羊从沟底上来，我向他打问了去金盆湾镇的路，便一口气冲到了沟底，寻上了小路，我一边走一边还是情不自禁地回头瞭望，我的心还在昨晚见到的姑娘身上，我老忘不了她那秀丽的面庞，丰满匀称的身材，如果说一个人看到了美，便是幸福，我觉得我这时是在一生中少有的幸福之中，因为我出生以来，还没有见过这么美的姑娘；而特别使我从她的身上感到一种魅力的，是她的性格。这是一个什么类型姑娘呢？她在向什么作斗争呢？她是这样的深沉、秀美。一会儿热情得像火，一会儿又转过身去好像不认识你。她心里一定有一座冰山压着，叫她不安，叫她喘不过气来……

大概就是因为我还没有了解到这位姑娘的秘密，她便从我身边溜走了，使我同情、怀念。我走几步又停下来，十分惆怅地向后望去。

突然，在身后的山坡上，一个清脆的银铃般的声音在喊：

“同志——，你怎么真的走了呵——”

我回头一看，立时惊呆了，就是昨晚上那位姑娘，手里拿了一把柴刀、肩上背了一个空空的柴篓，站在一棵树下，在对着我直喊。

我高兴地笑了，我说：

“你不是到你大舅家去了吗？”

姑娘大声说：

“没有，我一大早跑出来，等在山上好送你——”她那两颗像漆似的眼珠子格外闪亮。

我的心里立时通过了一股暖流，我们才见了一次面，就值得她如此对我？她还瞒着她父母，不吃早饭，偷偷地等在这里。我真是感动极了，甚至都有些内疚，我给了她什么帮助呢，值得她如此对我信任？她连连对我挥手喊：

“你在沟底下走，我在山顶上送你！——你可不要忘了，从金盆湾镇上回来一定还要来看我！——”说着，她不听我的回答，便成了一只灵巧的山猫，两步三跳地朝上山的小路跑了。一会儿工夫，她那背着空柴篓的身影便在山顶上出现了，并且几乎是和我并排朝一个方向走去，只是一个在白云下，一个在沟底的青草上。

走着，走着，我猛然想起，这位姑娘这么待我，莫非是偷偷地爱上我了吗？这不可能吧！在这么短的时间中，在她这么复杂痛苦的心情里，怎么可能产生爱情呢？但从她这一早来送别的神情，又不能不叫人怀疑。

我一步挨一步地往前走着，我不知如何是好。一个人被一位年轻美丽的姑娘爱着，应该是幸福的，可是，我还不太了解这种爱情是怎么产生的。但，有一点应该明白，就是不管我们关系如何，我千万不能叫她为我痛苦，她这么年轻，这么美貌，她应该幸福……

“金线线——银线线——”

这时从山顶上传来一阵歌声，一听就知道是姑娘在山上高唱着民歌《兰花花》为我送行。我在沟底下的小路上走，清脆幽雅的歌声陪伴着我诉说离情。本来就很优美动人的《兰花花》，这会儿听起来更加扣人心弦。这恐怕是我一生中听到的最充满感情的、真正的陕北民歌《兰花花》了。我不由自主地随着歌声往前走去，此刻我整个身心全部带到了姑娘身边，是那样地不忍和她分开。她那如泣如诉的歌声，仿佛告诉了我她内心的全部秘密，她正向我伸出了双手，在等待着我的帮助，我怎么能就这么走开呢？我觉得我有一种责任，甚至是义务，在金盆湾工作之后，一定要返回来带她到延安去……

就这样我在山沟底走了十多里路，姑娘便在山顶上，一边走一边唱，送了我十多里路。到后来，一条大路横在我的面前，我必须穿过这条大路，走进对面的山沟里去。这一来，山路断了，姑娘只能站在这边山顶上，不能过来了。她站在对面的山顶上向我挥手，还不停地向我呼喊着：“呵——嗬——”表示告别。她那种“呵——嗬——”的声音，带着一种嘶哑的哭声（我虽然看不见她的面孔，但可以猜想到她的眼泪已经流到她的面庞上了），叫人听了感到一种窒息似的难受。特别是这种嘶哑的“呵——嗬——”声，在群山的深谷中引起一阵巨大的回响。回音从四面八方远远地回荡过来，又回荡开去，好像是有几十几百个痛苦的心灵在喊叫，我再也忍受不住了，我拼命地朝前奔跑。可是那引起人刺激性痛苦的回声，却经久不息地从四面八方向我追击包围过来，我记不清跑了多久，也记不清又跑了多少路，我还是能听见那凄惨的“呵——嗬——”的叫喊声。是回声在深谷中经久不散呢，还是姑娘一直站在山顶上，长久地向我告别，发出这不散的回声呢？我至今都不明白。

大约过了四天，我在金盆湾镇附近乡下，找到了一位五十多岁的妇女歌手，她告诉了我那首古老的《兰花花》，我日夜不停地抄写、核对。这是一首有几千行的十分珍贵、差一点失传的民歌。我非常感谢，并且也有几分奇怪，这位老年女歌手，她又是怎么知道这首老民歌的呢？区委的宣传科长笑了笑，对我说：“你想了解这位老女歌手的身世吧？”我摇了摇头，宣传科长说：“有人说，她就是兰花花的大姐。对兰花花的事情头尾都很清楚，人也长得眉清目秀……”我又摇了摇头，我不相信这个无稽的传说，宣传科长没有和我争论，却叹了一口气说：

“反正在旧社会，妇女为婚姻不自由，喝洋烟自杀的不少，所以兰花花很有代表性。这首歌也才被流传！”我连忙说：“现在边区解放啦，建立了新社会，这种封建的买卖婚姻不许存在了，为婚姻自杀的人，该不会再出现了吧！”宣传科长苦笑了一下，又叹了一口气：“买卖婚姬不敢公开了，但暗地里还流行，一个婆姨（妇女）要卖几百块钱咧！不过边区妇女，再为婚姻喝洋烟的事，倒不多了。”

第三天，我为了要急于去会见我心上的姑娘，把工作抓紧做完，又到镇上小铺子买了一支铅笔和一个小笔记本，这是给她学文化的，另外还买了一条花格子毛巾送她，这是纪念我们曾经在一起推磨劳动。同时，还准备见面之后，一定告诉她，我要带她到延安去考西北文工团，他们一定会收下她，那时，她就成了参加革命的人了！我想，她听了这一切，又会有多高兴呵！

从金盆湾镇往回走的时候，天气好极了，陕北高原的秋天，天高气爽，蓝蓝的天空上飘着一朵朵的白云，真是美极了，我想象着当我心上的姑娘，拿着我送给她的纸笔和毛巾，知道了我要带她去延安考西北文工团的消息之后，她笑着露出一口白牙，那笑又有多甜啊！她一定会用手巾擦擦额头上的汗，又会把毛巾递过来，要我擦汗……越想我的脚步越快，一转眼工夫，我又穿过了大路，进到去她家的山间小路上来。一进沟，我望着两旁的高山，心想，也许她今天正在这高山上砍柴，我甚至还好像听到了歌声，是的，是有歌声，山顶上是有人在唱信天游呵！我立下来静心听了听，唱的正是《兰花花》：

“金线线——银线线——”

这不是她在唱吗？是她？又不太像是她。最后，我花了好大的工夫，才听出这是一个牧羊娃在唱，声调不如她唱的那么委婉、温柔。

那么，她现在肯定是在家里了，我想象着她此刻一定在灶口前添柴，在锅台边洗碗，或者，她又在那间杂屋，一个人在吆驴碾磨……

我再也忍耐不住了，使出全身气力往前跑去。这是一种只有青年人才懂得的爱恋的力量把我推着向前跑去。

我喘着粗气、满头大汗终于爬到了那个半山腰，正是四天前在这里黑夜遇大雨的地方，我转过身去，从树荫后面找到了四天前我黑夜投宿的窑洞，我用力把窑门推开。

这时，还是半下午，窑洞里静寂无声。我向灶口前、锅台边望去，那里没有姑娘的影子，我向大炕上望去，炕上坐着姑娘的妈妈和那个四十开外的父亲，我兴高采烈地说：

“老乡！我又来啦！——”

炕上的人冷冷望了我一眼，没有回答。我把背包放在炕上，等着从拐窑里走出姑娘的身影，只是等了半天，不见有人出来，我迟迟疑疑地问：

“老乡！你家闺女咧！不在家吗？又去她大舅家了吗？”

听我这一问，姑娘的妈妈忽地一下哭了起来，吓得我不知道出了什么事，停了半天，那个四十开外的父亲，指了指阴暗的灶台上。在灶台的右墙边，有半截萝卜，上面插了三根线香，线香的后面放了一只小酒杯，酒杯里盛了一点小米饭。那人轻轻对我说：

“我家闺女寻短见，过山去了。”

这一说，我头顶上只觉得轰的一声，差一点昏了过去。怎么才过去四天，就出了这么大的事情呢？

我站在原地像一个木头人，半天也不知道要做什么好，甚至听着姑娘妈妈的哭声，看着这线香后面的祭奠，我都不大相信姑娘已经死掉的消息。这怎么可能呢？一个活活泼泼、光彩四射的姑娘，怎么在短短的四天里会自寻短见地死去呢？我不相信，我不愿意相信这个事实，可，这又确确实实是眼前的事实呵……

我迟迟疑疑打开自己的背包，取出我从金盆湾镇带给姑娘的铅笔、笔记本，和一条新格子毛巾，我把这些东西紧紧地抓在手里，我现在把它交给谁呢？交给姑娘的父母吗？但这些东西我原不是给他们的。我把这些带回延安留在身边吗？那这些感情的火焰，会烧得我日夜不安。正不知如何处理的时候，忽然一股力量使我直朝锅台前走去，我双手捧着我这一份小小的礼物，把它平平整整地摆在线香的前面。

这一个举动叫那个四十开外的男人吃了一惊，他对我说了句：

“你要祭灵吗？——”

一听说祭灵，炕上姑娘的妈妈连忙下到脚地，又重新燃了三根线香插在萝卜上连哭带号也叨念说：

“呜——呜，有过路的同志来祭奠你，你也传名了，你不能怪罪你后爹和我，不是我们贪图财礼，逼你成婚，只怪你有话不说，错喝洋烟……呜呜——我抚养了十六年的翠巧儿！呜——”

我再不能在这昏暗简单的灵前停留了。我赶忙背起背包，转过身便从窑洞里冲出来。我是这样的痛苦和气愤，差一点要大声叫喊起来。我多恨呵！我要诅咒这使光明变黑暗，使幸福变痛苦，使美丽变丑恶，使青春的活力变成死亡的一切！是什么给你们权利可以对青春、生命任意践踏？是什么势力叫你们对一个聪明年轻的姑娘，布下了如此可耻的陷阱？而姑娘你，为什么一个字也不事先向我吐露呵！……

我已经记不清是从哪条小路冲下山来的，也记不清我坐在这条山沟的石头上呆了多久。当我哭得像一个泪人，稍微清醒一点的时候，我发现我的四周山坡和草地上尽是一片羊群，还是上次问路遇见的那个牧羊娃，拿着一根长草鞭，笔直地站在我的面前，他用十分同情的眼光，上下左右不停地打量我，看见我用眼望了望，连忙说：

“翠巧的后爹贪了人家的一千多块彩礼，用绳子把翠巧捆起送到男家，当天半夜她偷跑回来，趁第二天清早，她后爹要再捆她时，便偷喝了洋烟，直闹了大半天才断气。村里人见了都掉眼泪，翠巧还劝大家不要哭，还说要是延安那个公家人来了，就说他来迟了一步，她等不上他了——”

牧羊娃娃的话，把我的心撕得一片片粉碎。而且我也没有气力往回走了。眼下告诉了我这些话的牧羊娃娃，一下子成了我唯一贴心的亲人似的，我一分钟也不忍离开他。一直到太阳落山，我便和他一起把羊群赶回村里。这一天晚上，我就住宿在这个牧羊娃娃的家里，和他同睡在一个大炕上，晚上我几次做梦，被牧羊娃娃喊醒。牧羊娃娃说：“你失魂了咧！”我摇了摇头。我心里明白，我不是梦呓，那是因为我听见了姑娘四天前，在山顶上送别我时，发出的凄厉的“呵——嗬——”叫喊声，那是一个心灵从绝望中发出呼救。一个人的青春的生命在生死的歧路上，发出的最后的呼救，可是我当时竟然一点也不知道，竟然从这呼救声的面前逃跑了。于是，在睡梦中我受到一种心灵的谴责，发出痛苦的梦呓般的叫喊……

这，就是我为什么害怕听见那群山深谷中经久不息的回声的原因。因为梦呓中的叫喊和那叫我痛苦的告别声是那样相似。

写完了上面这一段回忆，我的心情十分沉重，是近四十年前的往事，一个年轻美丽的生命的结束，又使我受到一次心灵无人知道的谴责吗？但不完全是这样。时间的流逝，使我对许多往事，已经变得迟钝了，并不那么容易感到激动。那到底又是什么如此扰乱了我呢？我在想，在近百年来，我的前辈和同辈，在反对封建黑暗势力中，付出了千千万万的生命，那么，要到什么时候，这场斗争在中国才会结束呢？我提出这个疑问，是因为在今天的生活中，我们仍然可以听到青年姑娘自己毁灭自己生命的消息。尽管有人说自杀也是一种反抗，一种控诉，但毕竟是愚蠢的。我没有见过，用自己杀死自己的办法，可以吓退黑暗。可是为什么，我在四十年前，听到了深谷呼救的声音，而在四十年之后，我又听到了一个姑娘在海上呼救的声音呢？从翠巧服毒，到一个女支部委员跳海，她们都是自己结束了自己的美丽的生命，谁又能回答我说，这仅仅是一种偶然的巧合！

我将永远在探索中前进……

红军浪漫曲

铁竹伟

天傍黑，妈眉眼带笑走进里屋，冲着女儿低声招呼：“栓秀，你公公接你来了。”

正凑在油灯下补衣服的栓秀一下扎了手。她掩饰地吮着手指，只脱口说出两个字：“他也……”便脸颊飞红，羞涩地埋下头。

他，便是未婚夫高富有。他让她等得好苦！他俩自小由父母定亲。她只听妈说，媒人总夸高家的富有哥心眼善，能吃苦，是靠得住的壮汉子。后来，红军来了，听说他当了乡苏维埃主席，领头斗恶霸，分土地。一个漆黑夜，抓他的国民党冲进村，他砍了地主脑壳，跟上红军走了。一去整三年，音信全无。一年前，公公来说，他偷偷过黄河，去了趟延安，见到富有了，挺出息，给毛主席当机枪官，儿子让他先回，自己等些日子就回家成亲。

谁承想，一晃又是一年半，富有仍未回家。栓秀自十五岁定亲，今年二十五岁了！按当地习俗，姑娘过二十岁不出嫁，闲话就多了。

伪保长三天两头登门训斥：你为什么老不改嫁？！你不嫁就说明还在等红军！罚栓秀家多缴粮款，多出劳役。

抱公鸡成亲是山西地界的一个风俗：凡是未婚夫外出不愿改嫁的女子，可以抱公鸡成亲，住到婆家去。其实，有多少女子甘愿终生守空房呢？多是因为夫家想白赚个劳力或娘家太贫寒想寻个活路吧！

栓秀在村里是老姑娘，身后就有人指指戳戳。几个坏心眼男人路上截她、拦她，“怎么，真想抱公鸡成亲？”

栓秀每回气得哭，妈陪着落泪，也试探着问过：“栓秀，要不，咱再另寻一户？”栓秀摇头，哭得更凶。高家老爹知道后，又生气又心疼，就又第二趟上延安。

“富有没回，可……”妈的话刚出口，栓秀脸色惨白，妈赶紧揽过女儿，贴着她耳根低低说了一阵。

栓秀吃惊地抬起眼：“真的？”

“妈能哄你？！记住，对旁人可不敢露一个字！”

当夜，栓秀随公公上路了。

腊月十八，天寒地冻。太阳落山后，雾蒙蒙不见人影的黄河渡口陡然响起枪声。栓秀吓得浑身发抖，紧偎着身边的婆婆。

“别怕！”头扎羊肚手巾的船老大轻声安慰，“这是地下党安排妥帖的，渡口敌人放排枪后就撤岗，我才能送你们过黄河。”果然，枪声停了，“快走！”一行身影随着船老大悄悄出屋，直奔黄河渡口。栓秀搀着婆婆刚坐定，解开缆绳的羊皮筏子眨眼离岸，向下游冲去。水急，浪大，载着四个人的羊皮筏子轻得像片树叶，一会儿抬上浪尖，一会儿跌入谷底，桌面大的冰块，不断撞击着羊皮筏子，发出咥咚咥咚吓人的声音。栓秀两眼紧闭，咬着嘴唇才没喊出声。若不是为了他，要她命也不敢乘这筏子。

原来，昨晚公公并没带栓秀回家，在约好的亲戚家中会着婆婆和两位姑父，连夜翻了几架山，赶百十里路来到黄河渡口。一路上，栓秀才听婆婆说，富有托人捎信，他已到黄河西边的舍峪里，让爹妈、姑父送栓秀夜渡黄河成亲。栓秀又惊又喜，她做梦也没想到，羊皮筏子是送她成亲的花轿啊！

皮筏终于靠岸。栓秀头晕目眩，双腿发软，冷风一吹，上下牙直打战。对面迎过来一个魁梧的身影：“爹、妈、栓秀，你们来了！”声音好洪亮。栓秀垂着头，全身抖得更凶。

舍峪里是个百来户人家的大村子，住着八路军的一个连。走进一孔贴着大红喜字的窑洞：呵，真亮堂，真暖和。房东大娘手里包着白面饺子，像招呼老熟人似的说：“高同志，先让你爹、妈和媳妇喝碗姜茶暖暖，饺子就好！”

富有送茶到栓秀面前，羞红脸的栓秀没敢抬头，心慌意乱。接碗时手一颤，碗一歪，茶水洒到那双粗大的手上。她吓得一抖。幸好，他没动声色。

“富有，咋不让船工大哥进屋暖暖再走？腊月天送我们过冰河不易！”

“爹，他们是偷偷送你们过河，要让村里保长知道了可不得了，得赶紧回去。你们也不能久待，我刚才与船老大说好了，明晚他过来接姑父，后晚来接爹妈和栓秀。”不知是喜是悲，栓秀又周身一颤。

饺子还没吃完，闹房的乡亲们、八路军战士一批批到了。这家送来花生，那家送来红枣，战士们送来羊肉。爱笑爱闹的姑娘、媳妇团团围住栓秀，这个为她抹油梳头，那个为她绞脸插花。栓秀不推不让，听凭小姐妹们摆弄。她眼窝潮润，心里甜蜜。

房东大娘一遍遍地下“逐客令”，强把围着富有、栓秀笑闹的年轻人往外送。终于，窑洞只剩下她和他了。栓秀心跳得衣襟发颤，为掩饰自己的慌乱，她垂头歪坐在炕沿上。

富有端起捻小火头的油灯放进锅里，上面盖个盛馒头的竹笊篱，屋里顿时暗了。栓秀慌忙问：“你这是干啥？！”

富有带笑说：“大娘临出屋又再三叮嘱，这灯不能灭，要这样放，露出点花花光，这样生出来的孩子，眼睛好看！”

栓秀憋不住扑哧笑出声。

富有挨着栓秀坐下，接着说：“我这样做，一半为入乡随俗，不败大娘的兴，这另一半也是为你。”

“为我什么？”栓秀声音像蚊子哼哼。

“我看你怕我怕得厉害，到现在还在发抖。灯暗点，看不见，你就不用怕了！”

说着，富有用手扳过栓秀的双肩，嗬，一对好水灵的眼睛！

栓秀羞涩地躲开富有火辣辣的目光：“谁怕？要怕，早……”

“对对对，”富有立即更正，“你要怕我，早改嫁了！”

“哼！”栓秀忍不住了，“你当了机枪官那会儿说回家，怎么又不回？！”

“什么机枪官哟！”富有哈哈笑了，“是机枪班长。我在中央警卫团，警卫任务那么重，你又在敌占区，怎么可能回去成亲！那回，我是为宽爹妈的心才说的，谁想连你也当真了。听爹说，这两年你为等我，没少受气，真对不住！”

栓秀心里一阵温暖：“这次，你咋有空哩？！”

“不是爹发倔脾气，毛主席又开了口，我还是不会回的。”

不久前，高富有的老爹第二次来到延安，这位心地善良的老人提到栓秀遭的罪，指着儿子的鼻子骂道：“老子上你一回当，不会再上第二回！这次你不跟我回去与栓秀成亲，我就住这不走了！”

富有没法，这天请了半天假，陪老爹逛逛集市，想让爹消消气，再劝他回去。散集走到北门外，一辆美式中吉普从后面开过来，车上警卫员向高排长摆摆手，被坐在后面的毛主席发现了，招呼司机停车。高富有不肯上，毛主席说：“高富有，你有位老人家，你叫他上车嘛！”上了车，毛主席就和高老爹聊家常。一个湖南话，一个山西腔，中间全靠富有当翻译。听老爹说了栓秀的情况，毛主席想了想，安慰老人说："你放心，你先回去，我保证他回去。"富有急忙对主席说："我家乡是敌占区，没法回去。"毛主席笑笑说："你不回去，他老人家就不回去，这怎么办呢？再想想办法嘛！"

就这样，才想出了接栓秀过黄河西成亲的计划。

富有讲了这些后又接着说："听说批准我成亲，好些老乡来问：老高，你婆姨啥样？我说，我们还是娃娃时定的亲，听媒人说她小我四岁，长得挺俊，我打柴过她村，真想去看看，可又不敢。"

"你坏！"栓秀笑了，不再紧张，身子自然地依在富有胸前，不再发颤。

"也有人说：老高，将来革命成功了，进大城市，拖个不识字的农村婆姨，怎么弄？也有的说：嘿，当兵的，活了今天不知道明天，找一个老婆好，活一天，你也是有老婆的。"

"你说啥咧？"栓秀的心又收紧了。

富有揽着栓秀说："我想，栓秀等我快十年了，不管长得咋样，总是个有情义的姑娘。我咋能不要她哩。再说，我在延安，爹妈在敌占区，她待我好，也会代我疼爹妈的。我想得对不对？"

栓秀依在富有怀里幸福地笑了！

"栓秀，让你蹚冰河过来成亲，本该在这多歇几天，又怕住久了，让村里国民党发现，爹妈和你都会被害。后晚你就跟爹妈一块回去，行不？"

栓秀顺从地点点头，她恨自己嘴笨，她满肚子动情的话，可不会说。

"回去保长肯定要盘查，你咋说？"

"咱抱公鸡成的亲！"栓秀回答得干干脆脆。

"听爹说，阎锡山部队为斩草除根，硬逼红军妻子改嫁，不肯的，有的被活活打死。我真担心连累你，如果……"

栓秀捂住富有的嘴，不让他再往下说。她是他的，为了他，就是刀架在脖子上，她也不会改嫁！她只向富有提了一个要求，等家乡解放，两位老人安置好，她也要像他一样，参加红军。

富有嘿嘿笑着满口答应。

不大会儿，富有睡了，栓秀倦了，也睡了。她梦见自己生了个胖娃娃，眼睛长得真俊！

一九八七年六月

阳澄湖畔

刘　飞

阳澄湖畔，虞山之麓，
……
三十六个伤兵病员，背着共产党的旗帜，
在暗影笼罩着的鱼米之乡，
埋着头，流着血呀，流着汗，
辛苦地耕耘着，被野狗蹂躏的田园。
东路人民的救星生长了！……
你的威名震彻了江南，
你的钢刀刺破了敌汪心房！
……

这首歌名叫“你是游击兵团”，是赞美由三十六个伤病员发展壮大起来的新四军六师十八旅的。凡是在新四军六师十八旅工作过的同志，差不多人人会唱。现在我仅就记忆所及，讲讲关于六师十八旅的片段故事。

一

一九三九年九月，由新四军第六团组成的“江南抗日义勇军”（简称“江抗”）主动向西转移，只留下了设在阳澄湖畔的一所后方医院和三十多个伤病员。

我当时是“江抗”政治部主任，在顾山战斗中胸部负了重伤，也留在这所后方医院里治疗。说起来这是“后方医院”，实际上它既不是后方，也没有“医院”。我们三十多个伤病员分散流动在阳澄湖畔的横泾、陆巷、肖泾、长浜、张家浜、西董家浜等村庄里，农家的客堂、厨房、牛棚、猪圈是我们的病房，卸下来的门板是我们的病床，阳澄湖中的捕鱼小船是我们的交通工具，我们的药品和医疗器械非常缺乏，只有一些红汞、碘酒和棉花、纱布。我们住地的四周就是敌伪顽的势力，北面的常熟城，南面的巴城和昆山，西面的莫城镇和吴塔市，东面的双凤镇、支塘镇、直塘镇，都是敌伪据点。这些据点离我们都不过一二十里以至几里的路程。广大农村被“忠救”匪军和各式各样的地方武装盘踞着。“江抗”西撤后，东路失去了人民自己的抗日武装的保卫，鬼子伪军几乎天天大摇大摆地下乡奸淫掳掠，横行无忌；土顽武装也肆无忌惮地四出骚扰抢劫。阴霾笼罩了美丽的阳澄湖！人民日夜在盼望着：“‘江抗’回来啊！”人民相信“江抗”会打回来的，他们准备了大量的粮食、猪肉、蔬菜和军鞋，一心一意迎接自己的子弟兵。

我们三十多个伤病员都是丧失了战斗力的人，有的伤势病情很重，不能行动，而且我们又大都是闽东的红军老战士，操着浓重的闽东方言。医院的四位医生和十多位女护士也不是战斗人员。我们没有武装保护，但是我们有血肉相连、生死与共的人民群众！在“江抗”西撤的时候，阳澄湖人民向常熟县委起誓说：“交给我们吧！我们能活着，三十多个伤病员同志就能活着！”是的，要是没有阳澄湖人民舍身忘我的保护、照拂，我们要在这样险恶的环境里耽上一天都是不可想象的。阳澄湖人民对我们的深情厚谊，我们永远都感念不忘！

记得我来到后方医院的第三天清晨，房东老大娘气急慌忙地进来报信说：“快跑，鬼子来了！”护士同志们熟练地把盖在我身上的黄被子翻了个面，抬起门板就走。也在这里养病的二连长吴立夏同志、团的党总支书记黄烽同志提着驳壳枪，迅速冲出门，隐蔽在坟堆边，打算情况危急时掩护我撤退。

我们出大门还没有到村头，就听见鬼子在前村哇哇乱叫，同志们又转身把我往后村抬，虽然明明知道到后村中间隔条大河，河上没有桥，仓促间又来不及准备渡船，但是已别无他路可走。我一手握着快慢机，一手使劲拍着门板，用恳求的口气说：“快把我放下！不要管我，你们快走！”光一块门板已经很重了，再加上我这个人，累得她们呼哧呼哧地直喘气，脚步也放不稳了，门板在左右晃动。我催促了好几次，她们好像没有听见似的，仍旧不顾一切地拔腿飞奔。后面的日本鬼子也弄不清这几个女人抬的是什么，一面叫着：“不要跑的！不要跑的！”一面紧紧追来。

正在这千钧一发的时候，前面突然传来：“快，快！快上船来！”原来是一个老大爷正摇船经过这里，他见到我们几个人就知道是新四军同志，已把船靠在岸边等候我们了。我们一上船，他从容不迫地连撑几篙，小船轻快地驶进了港汊。河网地区的地形是非常复杂的，要是不熟悉它，不是一头开进死浜，就是绕来绕去在原地兜圈子。阳澄湖人民对水网地形真可说了如指掌，不管日本鬼子到处搜索，汽艇来回穿梭，他们总有办法把我们转移到敌人意想不到的地方去，气得日本鬼子在岸上顿脚大跳。

在情况最紧张的日子里，我们整天在阳澄湖和河江港汊里过着水上漂泊生活。阳澄湖，她是多么秀丽而精致！湖水可以一眼望到底，明净如镜。听说就因为她的水清水活，食料丰富，所以她出产的湖蟹最肥最鲜美。我们东进以来，曾几次横渡阳澄湖，几百条大木船一长列的队形，轰隆轰隆响的波浪声，气势磅礴，浩浩荡荡，给阳澄湖添上了壮丽的战斗色彩！而现在，当我们躺在船舱里，仰望着蔚蓝的天空，南飞的雁群，耳畔是摇橹的轻轻的吱呀声和鱼跃的水声，受惊的水鸟的扑扑声；湖面微波荡漾，金星闪烁。这种充满诗意的境界，恬静的自然景色，我们谁也没有闲情逸致来欣赏它。我们怀念着部队和战友们，向往着火热的战斗生活。同志们经常要求说："主任，放我回去吧！"吴立夏同志是全团有名的"虎将"，身上打了十几个枪眼，他更急呼呼地说："主任，你放我走，我就有办法回去！在这里骨头都会养懒的！"我知道同志们的心情。一个革命战士是不会安于闲散的，他们总希望每一天都过得更有意义更有价值。不过目前同志们的伤病都没有痊愈，更重要的，我们三十多个人虽然是伤病员，却象征着"江抗"在东路的存在！我开玩笑地安慰他们说："我们过去爬山爬惯了，今天要你们学学当海军哩！"

秋深了，树叶凋落了，芦苇也枯黄了，原野一片空旷，水上已无法隐蔽，而且到晚上天气已很冷了。在一个秋风飒飒的深夜，张家浜人民把全村的狗都拴了起来，不让他们吠叫，然后把我们接回来，安置在稻草垛里。这是江南农村的特色，秋收以后，屋前晒场上都堆起了一个个蒙古包似的稻草垛。群众为了防备日本鬼子的突然偷袭，晚上不敢睡在屋旦，他们把稻草垛堆成空心的，人钻进去后又用稻草堵住洞口，睡在里面暖和松软、稻香扑鼻，敌人又不易发现。现在他们让出来给我们睡了。

村西头凌大嫂家的稻草垛安插了谢锡生同志。凌大嫂把她的独养女儿小凌子抱进屋里去睡，小凌子怎么说也不肯回家，她说："睡在屋里东洋鬼子来了逃不掉！"凌大嫂急得没法，只得撒个谎说："妈做了个梦，好像夜里有只水獭子从湖里爬进了稻草堆……"小凌子再也不敢走近稻草垛了。有一天，她在后门口玩石子，忽然看见一只烂腿露在稻草垛外面，她吓得惊叫起来："妈，水獭子！妈，水獭子！”凌大嫂心里明白了，就照实告诉了女儿。从此，小凌子成了谢锡生同志的小护士，天不亮就把饭送来，天黑了再送一顿，有时候她坐在一边望风，让谢锡生同志晒一会儿太阳。

二

我的伤势很重，子弹头打在胸部没有出来，躺在床上不能动弹已经数十天了。这一天情况较暖和，天气也分外晴朗，我拄着拐杖勉强走到大门口想晒晒太阳。走出门来，就见到吴立夏、黄烽、张世万等同志围坐在屋脚边，嘀嘀咕咕说着什么。他们一见我，都猛地住了口。经我一再催问，吴立夏才告诉我："主任……吴副团长……牺牲了……"

"啊！吴副团长牺牲了！你们为什么不早告诉我？谁叫你们不告诉我？……"我激动得乱敲着拐杖，几乎晕倒。吴立夏他们赶紧扶我坐下，相互埋怨着。我缓过气来说："不要紧，你们告诉我好了，吴副团长是什么时候牺牲的？消息确实不确实？"他们这才说吴焜同志是在湖荡里指挥战斗时，被国民党顽固派夺去了生命。他们因为怕我伤重，受不起这一沉痛的打击，所以对我"封锁消息"。吴焜同志是我们全团人人敬爱的一位同志，江南敌人见他望而生畏，叫他"吴老虎"。听到他牺牲的噩耗，谁不悲痛欲裂，怒火万丈！

阳澄湖人民对我们亲如骨肉的爱护，他们盼望"江抗"回来的殷切心情，以及因吴副团长的牺牲而燃烧起来的复仇火焰，使得我们三十多个伤病员心中自然而然地酝酿起在东路重新竖起"江抗"战斗旗帜的要求！党的淞沪特委和常熟县委非常重视这一问题，在这几天里，特委组织部长张英同志、县委书记李建模同志、"民抗"司令员任天石同志等时常在我住的地方开会讨论。一次，他们带来了毛主席最近所写的《抗日游击战争的战略问题》的油印小册子。毛主席指示说：

> 依据河湖港汊发展游击战争，并建立根据地的可能性，客观上说来是较之平原地带为大，仅次于山岳地带一等。……江北的洪泽湖地带、江南的太湖地带和沿江沿海一切敌人占领区域的港汊地带，都应该好好地组织游击战争，并在河湖港汊之中及其近旁建立起持久的根据地，作为发展全国游击战争的一个方面。缺少了这一方面，无异供给敌人以水上交通的便利，是抗日战争战略计划的一个缺陷，应该及时地补足之。

毛主席的指示给了我们极大的启示和鼓舞。主席远在延安，离开我们有几千里，却仿佛就在我们身边，对情况了解得那么具体，对我们的教导是那么及时！是的，“缺少了这一方面，无异供给敌人以水上交通的便利”。东路是一个物产丰富的河网港汊地带，水上交通四通八达，“江抗”在的时候，经常炸毁敌人运兵运粮的汽船，并且把主要水道打下明桩暗坝，分段切断，使敌人的水上运输处于瘫痪状态。而现在，它的一艘小汽艇，载三四个鬼子，“嘭嘭嘭”地想到哪里就到哪里了。

“组织武装，坚持游击战争，恢复东路根据地！”已成为全体伤病员同志热烈讨论的话题。重新组织武装，困难当然是很多的。但是，我们有党的领导，有人民的支持，有“民抗”留下来的一个中队，还有我们三十六个久经战斗考验的伤病员，什么困难不能克服?！我们经过反复研究以后，给上级打了报告，提出了我们的要求和意见。

不久，我们的愿望就实现了。十一月间，先是“江抗”五路政治部主任张志祥同志从江南指挥部带来消息，他说当前主力的首要任务是北上开辟苏北抗日民主根据地。西撤的“江抗”部队马上就要北上了。陈毅司令员要我们自己组织东路抗日游击武装。接着，江南指挥部又派杨浩庐同志来，正式传达了叶飞同志的指示。记得是一九三九年十二月八日，我们在常熟东塘墅河东的一座破庙里召开了秘密会议，会议有张英、李建模、任天石等同志参加。叶飞同志的指示就是在这个会议上传达的。叶飞同志完全同意我们的意见，并说必要时上级会给我们支持。听过指示，我们兴奋极了。会上当即宣布成立“‘江抗’东路指挥部”，由杨浩庐、任天石等同志负责领导。第二天，我们就克了关防，到处贴布告。这一下吓得敌人昏头转向。而人民群众见了却大喜过望，奔走相告：“‘江抗’回来了！”“‘江抗’没有走！”

我们的伤病员已有一批好了，集中起来编了一个班，安上“‘江抗’东路指挥部特务连”的番号。可是武器太少，我们现有的武器除了我和警卫员的两支短枪外，只有原“江抗”修械所留下来的几支打不响的步枪。怎么办呢？我们了解到周加禄和高泉发家里还有不少枪支，便去做他们的工作。在国民党军队从上海溃退下来时，高泉发和周加禄一起拉过队伍。“江抗”东进后，周加禄被委任为“江抗”五路二支队长，高泉发回家不干了。现在周加禄的队伍已随主力西进，他本人仍留在横川心泾，手下也还有几支枪。他的弟弟周加善（建平）在我们部队当连长，是一个革命意志坚定的同志。因为有这层关系，周加禄对我们基本上还是靠拢的。我们研究后，决定动员他再度和我们合作抗日，同时通过他说服高泉发把武器献出来。

我们的作战参谋到周加禄家里时，刚好高泉发也在。一番寒暄以后，我们的作战参谋说明来意。话没讲完，周加禄就连连摇手说："谢谢，谢谢，我不干了，我不干了！"拒绝得非常干脆，并且还拿过两支驳壳枪说："你们要拉队伍，我周加禄理应助一臂之力，可是你知道，我周加禄的家当薄，所有的人枪都被你们带走了，就只剩这两支家伙，送给你们发个利市吧！"

周加禄以为我们又来动他的脑筋了，所以，采取了先发制人的手段，用两支驳壳枪作为试探。其实，他的"家当"我们完全有数，不是两支驳壳枪，而是六支！他平时进进出出总是前呼后拥跟了几个勤务兵。周加禄就是靠了这六支驳壳枪在摆架子抖威风的。我们的作战参谋故意对他说："还有四支呢？"

周加禄像被咬了一口似的跳起来，脸色唰地变白了，狠狠地说："你们太黑心！"

作战参谋忍不住哈哈大笑，把两支驳壳枪还给他说："老周，我们的交情不浅了。你的老弟是我们的老同志，你怎么这样不了解我们。你的队伍走上了抗日的光明大道，万人景仰，你难道不觉得光荣、高兴？怎么说是被我们带走了呢？"接着又和他讲了许多抗日救国的道理。最后表示："我们领导指示，你要是有心再和我们合作，请你当参谋长，共同抗日。我们决没有别的目的，你尽可以放心！"

"是，是，我也没有别的意思，只怕力不胜任……"

经过一番劝说，周加禄同意了。（后来情况紧张，他害怕起来，不辞而别，逃到上海去当了寓公）作战参谋转身对高泉发说："老高，你怎么样？一起干吧！你不是还有一笔资本吗？与其让它放在稻草堆里烂掉，不如拿出来打鬼子啊！"

周加禄显然不知道这个秘密，他吃了一惊，对高泉发说："对，泉发，有枪就应该拿出来抗日！"

高泉发倒很爽快地回答说："好，你们'江抗'要，我会小气吗？等会儿我送来！"

我们这个班就这样武装起来了。虽然只有一个班，十几个人，但是，他们都是久经锻炼、革命意志坚定、具有丰富的战斗经验的共产党员、红军老战士，是一个可以顶十个的老骨干。其中有两个连长，一个副连长，好几个排长和班长。我们组织了领导核心——党支部。吴立夏同志担任连长。这个班成立的第二天，我们小试锋芒，在东塘墅和常熟城之间的八字桥打了一个伏击，把从常熟城出动的一队日伪军打得人仰马翻、昏头转向。枪声是最有力的语言，它告诉人们：新"江抗"开始了战斗！

阳澄湖人民的愿望实现了，他们奔相传告："救星来了！'江抗'回来了！"人民以全部心血哺育着自己的子弟兵。有许多青壮年人自带武器来参加我们的队伍；每当部队彻夜行军，满身疲劳，进入村庄宿营时，人们热情地接待我们，替我们洗衣服、补衣服，烧水烧饭；妇女们常常会不容分说地给你换上针线结实的新鞋；青壮年人自动地协助我们放监视哨，他们有的伪装罱河泥，有的拎着竹篮挑野菜，规定好各种联络记号，一有情况就迅速报告，这样来保证部队休息。河网地带行动困难，有些地方连换步哨也要用船，因此，群众为我们部队的行动所付出的努力是无法计算的。每次行动，不管在什么地方，只要一声通知马上就人到船到，而且往往要从黄昏摇橹撑篙直到天明。这时候正是严冬腊月，风雪凛冽，河面结了冰，不得不破冰而进，他们的手和脸冻肿了，衣服溅湿了，有时还得跳进冷入骨髓的水里，推动船身。尽管这样辛苦，他们还是那么高高兴兴，从来没有听到他们有过一句怨言。上岸以后，他们又帮助我们做杂务，不照料好我们睡觉，他们是绝不放心回去的。在一次战斗中，有几个船夫不幸被鬼子捉住了，他们也和我们的战士一样，为了抗日，为了民族的光荣，大无畏地献出了自己宝贵的生命！

三

新"江抗"的斗争方式是多种多样的，有时还故意虚张声势迷惑敌人。常熟县的东塘墅是一个不小的市镇，商业相当繁盛。老"江抗"在这里曾设有办事处，征收税款，解交江南指挥部，补充抗日军费。"江抗"西撤后，伪军和土顽对东塘墅垂涎欲滴，经常到这里来抢掠、勒索。新"江抗"一成立，敌人还经常派特务刺探我们的情况。我们一面大肆宣传"'江抗'主力回来了！"，一面每隔三两天把部队开到东塘墅实行大搜查，逮捕特务汉奸。有时在黄昏，有时在黎明之前，我们通知店家把屋檐下的风雨灯都点起来，照得满街通明，岗哨把守着桥梁要道，高声大叫口令，其余的人川流不息地在街上来回搜查，所造声势，宛如几百人的队伍在活动。在其他地方，我们也用过这种办法。这使敌人摸不到底细，更加害怕。而当一看中有利时机，我们就集中力量狠狠地打击敌人，从敌人手中夺过武器来装备扩大自己。

但是，处在敌强我弱、三角斗争非常尖锐的严重情况下，用虚张声势的手段终究只是权宜之计，要求得自己的生存和发展，我们除了迅速壮大自己的武装力量之外，还要争取一切可能争取的势力，利用一切可以利用的矛盾，使自己少树敌人，以便使我们的主要矛头对准日寇，同时也便于孤立和分割击破最顽固的反动势力。

在政治斗争方面，新“江抗”着重进行了争取胡肇汉的工作。胡肇汉是湖南人，原是国民党军队的中下级军官。国民党军队自上海溃散后，他拉拢一些地痞流氓，裹挟一些农民，组成了一支一二百人的队伍，成为阳澄湖的一个小小霸王。老“江抗”东进后，由于我们党的教育和争取，也由于我们有强大的武装力量，他表现比较老实：队伍编入了“江抗”的建制，本人受命为“江抗”独立一支队支队长。可是“江抗”西进以后，他态度大变，重新搞起百把人的队伍，既受国民党江苏省保安团赵北的委任，做他的“支队长”，又受“忠救”的委任做他们的“先遣支队司令”。同时，还暗中接受了鬼子“先遣总队司令”的番号。这个人本质上是反动的，但更突出的是他的投机性。他同时接受几方面的委任，正说明他对任何一方都无诚意，只是企图八面玲珑，有利于自己的存在和发展。根据这样的情况，要这个人讲什么国家民族的大义，忠心耿耿地抗日，事实证明是没有希望的。但从他的特性和当时处境看，把他从敌人那边拉过来和我们保持一定的友好关系，却是可能的，因为这对他也有利。而我们如能争取到胡肇汉对我比较友好，则可以阻滞“忠救”从南边向我们进攻，对其余一些土顽武装，也可以起一定的影响，对整个抗日工作是有利的。

对胡肇汉的争取，先由杨浩庐、任天石两位同志出面写了一封信给他，请他担任“江抗东路指挥部”副司令。不料这家伙“婉言谢绝”了。但后来有一天，他在车渡地方催粮讨税，恰巧我部开到，他以为是特来捉他的，吓得要命。杨浩庐同志就把他请到司令部和他谈话。杨浩庐同志严正地问：“胡肇汉，你知罪吗？你是中国人，为什么接受鬼子的番号？”他表示知罪。杨浩庐同志给他指出，只要他站到抗日阵营里来，就可以立功赎罪，并将他护送回去。这使他有所感动。过了两天，他找到杨浩庐同志，送来一挺歪把轻机枪，并建议开个会，具体协商一下如何合作的问题。杨浩庐同志明知他带有试探的性质，但他既然这样表示，总是值得欢迎的，便拉他立即坐下来开会。这一着可能他没有料到，当时很有些尴尬。会开了，确定了各自的防区，并初步拟订了合作抗日的行动计划，并要他整顿部队纪律。会后，我们又到处张贴布告，宣传他和我们合作的事实。这样，就逼着他和鬼子、和“忠救”的关系难以维持下去，有利于他向我们靠拢。此后，胡肇汉虽没有抗日行动，但在一个时期里，却也没有再胡作非为，对我们采取了比较友好的态度，达到了我们预期的目的。（后来，胡肇汉走向反动，杀害了我阳澄县县长，最终他受到了应有的惩罚。）

土顽头子赵北、马乐鸣的骚扰活动一天天加紧了。他们收编了双凤、任阳地区的土匪乐三、乐四的部队为其第三支队，唆使这帮土匪夺我东塘墅，他们逐渐侵入离东塘墅三里的石牌，并且在李市、白茆以西以南地区，焚毁我们几个村庄，烧死我们的群众，抢劫农民耕牛。我们派出部队追击，捉了他们两个人，夺回了耕牛，人证俱获。群众愤恨到了极点，纷纷要求公审。我们乘机展开了大规模的政治攻势，在东塘墅举行了几千人的群众大会，声讨赵北、马乐鸣第三支队的盗匪罪行，宣布乐三、乐四是不抗日专害民的土匪强盗！经过这一有力打击，赵北、马乐鸣的猖狂气焰暂时被镇压下去了。

杨忠是个本地流氓，很讲究排场，虚荣心很强。他的队伍在外表上和赵、马他们的不同，衣着一律，干净整齐得多。他自己不分冬夏，脚上老是穿着一双白跑鞋，而且擦得雪白，一尘不染。他更害怕在广大群众面前撕下他的抗日伪装，剥开他赤裸裸的土匪心肝。这个人善于看风使舵，他见赵、马尚未得逞，立刻派人挑来二头肥猪、二十四石大米作为礼物，和我们攀起朋友来。

与军事斗争同时，这一时期的政治斗争也很有成绩。最出色的是何克希等同志不费一枪一弹，解决了太仓境内的国民党江苏省保安四团和我们的摩擦问题。先是在何克希等同志的影响、教育、争取下，该部第三营在营长郭曦成率领下弃暗投明，加入我部。后来，该部第一营营长在特务操纵下阴谋刺杀何克希同志，叛国投敌。何克希同志侦悉后，将该营长逮捕，部队加以改编。其中十余名特务分子交人民公审法办。这样，不但我部完全解除了来自这方面的威胁，可以更加集中力量对付日寇，而且，使这支反动武装变成抗日部队，壮大了抗日力量。

四

短短几个月的时间，新“江抗”又以一支军事上、政治上强大的抗日力量，屹立在阳澄湖畔！洋沟楼血战，全歼鬼子一个小队；梅李镇伏击，缴获一挺崭新的三八式机枪；桐梧战斗，又歼鬼子一个小队，火烧了敌人的汽油船；血战张家浜，再歼鬼子一个小队；桐岐包围战，桐岐庙变成了四十多个敌人的葬身之地……

同志们在这样火热的斗争里生活着，我却因伤势始终没有好转，还是离不了病床和两根拐杖！我们的医院因为设备太差，根本无法动手术从胸部取出弹头。同志们爱护我、照顾我，从不觉得我是累赘。我多么想一跃而起，投入战斗！陈毅司令员曾几次派人来探望我，要我到上海治疗。一九三九年底，在上海党组织的帮助下，我终于进了同仁医院。经过两个多月的医治，才伤愈出院。上海党组织派人护送我到苏北，找到了老六团，会见了叶飞同志，又拍电报向陈毅司令员报告我已伤愈归队。没有几天，陈司令员来了急电，叫我速回东路。我立即渡江南来，回到茅山江南指挥部，才知道我在上海短短两个多月时间内，东路局面起了很大变化。新“江抗”斗争的胜利捷报，传到了上海党组织和皖南新四军军部，党从各方面正调动力量全力支援，加强领导。上海党组织指示张英同志和杨浩庐同志组织常熟中心县委，开办抗日干部训练班，着手建立抗日政权，支援抗日军队。上海党组织又源源不断地输送工人学生下乡参军。皖南军部派了过鉴清同志前来联络，不久军部抽调了教导团和服务团的五十多名优秀干部来东路，接着又派何克希同志担任“‘江抗’东路指挥部”司令，吴仲超同志任政治部主任。各地“民抗”队伍也有了恢复和发展。东路地区的斗争，又得到了党中央的重视。中央指派谭震林同志出任“江南人民抗日义勇军”司令员，领导东路地区的抗日大业。我和张开荆、戴克林等同志也奉调到“江抗”工作。

一九四〇年四月，谭震林同志率领我们几个人秘密通过敌占区到达徐市，和何克希、吴仲超等同志会合后，立刻展开了紧张的工作，组织了领导机构，“江抗”指挥部、东路特委和江南行政委员会都相继成立；部队进行了统一整编，编为六个支队（每个支队约一个营），由陈挺、戴克林、朱长清、薛惠明等同志分任支队长。从此，阳澄湖畔的抗日斗争揭开了新的一页！

头颅作花

——英雄挽歌

老　姜

一位哲人说，世界上任何地方的平原都一模一样，但没有两座山是相同的。我在我从戎的长白山山脉，也没发现哪些山是可以复制的。大自然之手无力改变人们眼睛发现的本能。在山里住久了，对山未见得就读懂了。山是人永远离不开又永远读不完的。多少万年前的一次造山运动，才有了长白山。而长白山这个名字，是先人对其赋予的一种符号，让多少代人不忘。生活在长白山腹地，看不到山之首，也看不见山之尾。人们说每座山都是一个个充满灵性的头颅。山里人用神话塑造了山。

我每天面对的是山头颅的雕塑群：九千九百九十九座人面山。

白山黑水间的记忆与写实，总是让山里人刻骨铭心的。

如果距离真的产生美的话，我对这方山水是该说些什么了。产生仰望群山之首的强烈愿望是在一九九六年的正月：白山黑水上的巨颅，是感天动地的杨靖宇将军。

进山的时候，天悄然下雪了。大自然有意为旅行者制造出一种冷酷的气氛。以车代步，走了六七个小时，也没走出雪域。我叹道：杨将军当年是怎么过冬的？

一九四〇年的冬天才叫冬天呢。杨靖宇的一位警卫员回忆说：在朔风怒吼、大雪弥漫的冬天里，敌人满山满谷地搞“梳篦式讨伐”，甩掉一股又遇上一股，难得遇到个休整的机会。雪地行军，裤子总是湿的，让寒风一吹，冻成冰甲，很难打弯儿，也不知有多沉，迈步都吃力。鞋子跑烂了，只好割下几根柔软的榆树条，从头拧到尾，当作绳子把鞋绑在脚上。实在不行了，就把棉衣拆下一块，把脚包一包，用榆树绳子捆一捆。至于衣服，全叫树枝扯烂了，开着花，白天黑夜都挂着厚厚的霜，浑身上下全是白的，全是冰。这时，多么需要火啊！需要生起一堆火，好好烤一烤，把冻成冰的衣服烤化、烤干，把冷冰冰的身子烤暖。可是一生火，火光照出老远，青烟飘上林梢，敌人就会像绿头苍蝇一样扑过来。我们只得在雪地上蹦高，生怕坐下后再也起不来。更难获得的是吃的。不要说粮食，就是可吃的草根儿也冻在土里，没法找，没法挖，只好吃那难咽的树皮。先把老皮刮掉，把那层泛绿的嫩皮一片片削下来，放在嘴里，就是咽不下去。

天气奇寒，缺少粮食，敌人穷追猛打的讨伐，使队伍里的人冻死了很多，山上留下了一座座雪雕。

在大雪的深处，有一个声音在说：“坚持最后五分钟。”其实，他在白山黑水间坚持了八个冬天——这是中国最黑暗最寒冷的岁月。长白山的大豆和高粱被日本鬼子抢割去了，冬天的大雪帮助敌人残杀长白山上的生命。夏天和秋天，对他们是热烈的，山果野菜救活他们。战士的腿也飞快。将军编山歌和士兵们唱，有时上台唱大戏。

山上最伟岸的男人当属本文的主人公杨将军。他在山上过了八个年头，从来没低下那高贵的头颅。他的官衔很多——满洲反日总会党团书记，哈尔滨市委书记，中共满洲省委军委书记，东北抗日联军第一军军长。这些与荣华富贵不沾边的头衔，让他尝尽了冰天雪地的滋味。至今山里的放牛娃还在唱：长白山，山连山，山中有位活神仙。

当然，杨靖宇在现实生活中不是活神仙，他也是凡骨俗胎。长白山山脉的雪，让他吃尽人间的冷苦与艰辛。最后，他变成了长白山的一部分。

风雪迎面扑来，为我们带路，寻找英雄永生的高台，瞻仰那尊伟岸的头颅。这让我想起了一句诗：英雄用头颅作花。

在展厅里，听着红衣女孩对英雄的回顾。七星剑、枪支、望远镜和钢笔这些实物，帮助我找回五十年前的时光与记忆。英雄只留下几张从戎前的照片，作为将军的相片是他牺牲后敌人给拍照的。一张是敌人与杨靖宇遗体的合影，再一张是英雄的头颅。当时伪满洲的日伪军手中大多都有这两张照片。

只有敌人才看到他最后的完结：“他已经饿了好几天肚子，但是跑的速度却很快。两手摆动得越过头顶，大腿为姿势，像鸵鸟跑的那样”，“完全像巨人那样跑着，最后他终于逃进密林之中”。

杨靖宇走向永恒的那一天，是一九四〇年二月二十三日。身上挎着毛瑟枪和考尔特手枪，还有没来得及射出的子弹，他便倚着大树倒下了。他死了，身后是一棵树。

这个宁折不弯的汉子，如此刚烈，平日吃的是什么？日军命令医生剖腹化验，见到的是未能消化的草根、树皮和棉絮，胃肠里竟没有一粒粮食！参与枪杀他的日本一军官说："他的活动力跨越间岛、安东、通化、吉林和奉天五个省三十个县，他不是一个寻常人物可比拟的，是个英雄。"

敌特印了铜版照片和二十万张传单，利用飞机在各县散发。

敌人铡下了杨将军不屈的头颅，在有抗日联军活动的地区示众。宣扬"武功"的敌人，把将军的遗首送至伪都新京（长春），让关东军司令官、伪满洲国军政要员详瞻。

一伪满战犯在笔供中说：我是应负致杨靖宇于死的最大罪行的责任。因为我接受这个伪司令官职时，就是受命要与杨靖宇将军为敌的。杨将军流芳千古，我遗臭万年。

对于日军来说，与其说他们惧怕杨靖宇的生，倒不如说更惧怕英雄的死。

自从杨靖宇的遗首被装匣送往伪都新京后，一个伪满司令官总是夜做噩梦，一闭眼睛就见杨靖宇伸出两只大手向他要人头，醒来之后头疼得难忍。杨靖宇为国捐躯后，一九四六年二月，蒙江人民为杨靖宇重新修葺陵墓。翌年二月二十三日，英雄殉国之忌日，人民政府在杨靖宇墓前将向敌人告密出卖杨靖宇的两个叛徒枪决，以告慰杨靖宇之灵。一九五八年，杨靖宇殉国十八周年的时候，烈士的遗骨和遗首在通化市隆重安葬，举行了万人公祭仪式。

一九九六年的正月初九，我来到通化市，在浑江东岸的山上，凝视着高高的英雄雕塑。

在烈士纪念馆，我看到一幅日本游人在杨靖宇陵园栽种日本樱花时的照片。我在偌大的陵园，没找到一棵樱花树。陵园的一位解说员告诉我：不知为什么，樱花在陵园没有成活。

白山黑水间挺拔着的是青松翠柏和无名的植物。当地的人说：杨靖宇活在这山上，他还在山上"埋伏着"呢！

这个季节，对英雄来说是残忍的。我再次回头凝望：雪山上一位大汉素面朝天，那就是英雄之灵吧！

一九九八年四月

狼牙山之歌

桑　原

狼牙山的知名度是很高的。

“狼牙山五壮士”的知名度更高，可谓家喻户晓。五壮士在我的心目中比任何山峰都雄伟都高大！为此，我登临了狼牙山，亲睹了当年五壮士英勇跳崖的地方……

丁丑盛夏之日，我冒着酷暑，来到狼牙山下。这山确实超凡脱俗，确实突兀雄险！几座刀削般峭然耸起的岩峰，犬齿虎牙般尖利，凛凛地直刺白云蓝空。我不禁感叹不已：在华北大平原的东边沿，竟平地挺起这么壮美峭丽的峰峦，不得不称赞大自然的造化神功之伟大！

狼牙山在历史上也是颇有些名气的。传说朱元璋以扫北为名，拨给他儿子燕王朱棣一万人马，命其到狼牙山一带作战，结果被元朝将领张士诚打败。燕王带领着他突围出来的百十来人，隐居狼牙山里，广招天下文人武士，以备东山再起。经十多个寒暑，燕王又拥百万大军，终于扫平北寇，且用手中兵权夺得了帝位。对燕王而言，狼牙山是立下汗马功劳的。

我一到狼牙山脚下，脑子里就出现了这五位英雄：马宝玉、葛振林、胡德林、胡福才、宋学义。马宝玉是班长，这个小小战斗集体的带头人。他的家乡与我的家乡相距不足十公里，小时候，我只知道有个下元皂村，却不知这个壶流河边的小村庄竟出过一个威震海内外的抗战英豪马宝玉。后来虽然看了《狼牙山五壮士》的电影，但我也不晓得马宝玉还是我的同乡呢。

在来的路上，在距狼牙山几十里外的地方，我远远就瞧见山巅上那座高高的五勇士塔了。云天一色，碧空如洗，红日偏西之时，正好将灿烂的阳光倾洒在塔上，会灿灿显得格外清晰。

当我站在像英雄一样的狼牙山前，我该说些什么呢？我只有景仰你，你的雄美，你的伟岸，你的永垂千古的英姿！狼牙山，我站在你面前，显得多么矮小呀！

我选择的登山路线正是当年五壮士牵着敌人鼻子登山的路线，也是鬼子追击他们上山的路。这条路从东入口向上，再往南盘旋，然后登上峰巅。这崎岖的山道虽经人工修筑过，但仍然十分险要，崖陡壑深，走一段就得停下来擦汗，不多时，全身就像用水洗过一样，可见攀缘者的艰辛了。遥想当年，五壮士边走边打，在一片炮火硝烟和密集的枪声中，敌人一片片倒下，而我们的战士却没有受一点重伤，可见山高林密居高临下的妙处。

我站在狼牙山的棋盘陀峰顶，西望太行，层峦叠嶂；南望易水，蜿蜒向东；东望华北大平原，良田万顷秋意正浓。我尚未到五勇士塔前留影，先是勘察了一下当年跳崖的地方，立在峭岩上俯身向下看去，深涧万丈，从下到上刀斫斧砍一般！山谷里虽有荆棘小树茅草，掉下去也要粉身碎骨的。东面和北面的山涧稍缓一点，唯这西面的山涧幽幽森森的吓人！可五勇士偏偏选择了这面跳崖，可见他们以死殉国绝不当俘虏的英雄气概和大无畏精神。

这惊天地泣鬼神的英雄壮举的时间是一九四一年九月二十五日。

勇士们跳崖的地方距纪念塔仅十米，嶙峋的奇岩怪石和岩下的万丈深涧确实令人望而生畏。我向勇士们跳崖的方向鞠躬致敬后，就返回到塔下。这塔呈白色，像一柄利剑竖立在棋盘陀峰顶，足有四层楼那么高。塔为砖石水泥砌成，塔的正面刻有五勇士半身浮雕，其他三面镌刻着彭真、聂荣臻、杨成武、刘澜涛等同志的题词。此塔三建两毁：首次建于一九四二年，一九四三年九月被日寇用山炮和飞机炸毁；第二次重建于一九五九年五月，“文革”时又遭破坏。现在我仰望的这座塔是一九八六年九月第三次建成的，其形壮美，其势非凡，成为狼牙山的象征和骄傲！

此刻，夕阳西下，狼牙山群峰都沐浴在一片彩霞之中。我立在山顶上垂首向烈士默默致哀。他们是真正的民族英雄，像峥嵘峻峭的狼牙山一样永垂不朽！张家口地区有了马宝玉，有了董存瑞，就是我们世世代代的光荣和自豪。

一九九八年五月

淹子崖

李健吾

山东人民在抗战期间有许多英雄故事。这里是我在莒南县听到的一个，两位当事人亲自讲的。

国民党当局咋呼也不咋呼一声丢下人民跑了……日本鬼子轻轻易易就席卷了多年向往的山东半岛。偏僻的山旮旯儿也有了他们笨重的脚印子。

生活本来就不轻松，如今对着枪口，人民看出自己被人出卖了。大家开头一愣，觉得孤立无援，束手无策，心里直气闷，不舒服……

有些地主，本来眼睛朝天翻，慢慢和敌人有了勾搭，听见一句“大大的好”，就眼睛看着地，恨不得多添一根尾巴摇两摇。伪军出世了，仗着皇军的声势，也冲人民驴叫一般吼了起来。房子泥草砌的，火一碰，烧得更快。粮食交了地主，穷人没有多少给自己留下，还一逼两逼全叫汉奸搜了去。穷人没有活路，女人横了心，不寻死，就得准备丢丑，十多年的军阀割据，又是十多年的蒋家刀口，原以为灾难到了头，岂知不然，翻过一个山脚，更险的山堵在前头……

游击队壮大了……共产党在瘠苦的山区出现了……人民有了领导，不孤独了，有了靠膀。

有山的地方就有八路，山连水，有水的地方也有八路……有八路的地方就有人民……

沭河从北往南流着，夏天挟着山洪往大里涨，秋收期间往河床缩，细成一条带子，灰不叽叽的一片黄沙留在两岸，侵蚀着地，侵蚀着农民的心……

淹子崖这个村庄正好把着沭河的东岸，好像一支战斗军队的前哨，自高而下，远远监视着十里开外河西伪军的据点。“铁牛”[1]过去是打土匪的，如今有了更好的出路，压制敌伪的掠扰。自卫团建立起来了，保护自己，也掩蔽着许多兄弟村庄。就地形看，淹子崖是一个中间地带，河西十里小梁集是伪军盘踞的地点，自己的区政府相隔也还有八里远近，到了紧急关头，送信去联络。可是顶重要的，还仗自己干，人民是艰苦的，和沙地斗惯了，再和草扎人似的伪军斗，越发衬得勇敢了。

一九四〇年十月，谷入了仓，淹子崖的人提高警惕，不分昼夜，整天在湖里[2]轮班放哨。树叶子往深绿里翻，人却分外精神。

这天是二十七，从小梁那边下来两个汉子，一路鬼头鬼脑，商量着事，像又怕着事。他们瞭见一个小伙子，在路旁一块石头上坐着，锄搁在脚跟前，吸着小旱烟袋，怪自在的模样。他们站住愣了一下，你看看我，我看看你，又仔细打量了一眼庄户汉，似乎放心了，正要大摇大摆走过去。可是年轻小伙子漫不经意地开了腔：

“老乡，上哪？”

两个人同时把手塞在胸前大襟底下，挺起腰杆，凶狠狠地瞪了他一眼：

“管球咱！”

他们朝前走了几步，中间忽然一个汉子转回身，站住问道：

“你是淹子崖的？”

听见庄户汉回声：“是，咋着？”他们凑近了，低声交换意见，就在他磕烟斗的时候，有一个昂头昂脑放话道：

“小子，回去对庄长老林头说，咱是小梁集来的，放明白，明儿送一千斤小米去。快去快来。咱在桥头等回话。”

说完怀里的手抓东西一样，紧了一下。

另一个接下去道：

“叫老林头自己来答话，捎鸡子面条儿来。不来，当心脑袋。”

他也故意拿手一紧，样子像要吃人。

年轻人慢悠悠站直了，揣好烟袋，扛起锄头，像没事人一样，朝前走着。他走了一二十步，头也不回，就听见后头恶声恶气发话了：

“过午时不见答话，咱可就不客气了。咱身上家伙可不认人。咱队伍上兄弟

---

① “铁牛”，即土炮。

② “湖里”，即地里。

不是好惹的。”

年轻人望着他们，只是不吱声。

另一个问他：

“小子姓啥？”

年轻人无所谓地回道：

“姓林呵。”

汉奸笑了，大概是想起这个庄上人全姓林了。

“咱问你叫啥？”

“林范坤。”

“好小子，咱冲你林范坤要回话。”

年轻人轻飘飘地应道：

“好呗！”

其实淹子崖三百多户不全姓林，还有印、纪、过三姓，不过一姓一户。

林范坤，二十六岁，长条个儿，眉目清秀，不急不慌，也不理睬汉奸的催促吓唬，扛着锄头，唱着山歌，就跟鹰鹞子才离窠一样。前哨二秃子老早就通知他，小梁集下了两个汉奸来。二秃子跑回庄子找老林头开会去了。所以林范坤并不着急。唱着山歌，心里盘算着好不好抢了他俩怀里的家伙……走到桥头，他冲两个落后的汉奸道：

“喂，你们在树荫儿歇歇，俺就带回话来。”

同时，他对自己讲：“回你妈的 ×，等着俺打发你俩回姥姥家吧。”他一迈进庄子，就见炮楼底下聚了一堆人，老林头站在当中，正跟干部研究对策。林范坤把汉奸要给养的话报告了，然后，三脚二步，上了炮楼，指着河西的大柳树：

“瞅，两个狗日的，带着短家伙，在树荫儿等回话。”

“等死！”

不知道谁拿话尾帮他改了。有人过去站在“铁牛”后头：

“对，开炮崩了他俩狗日的！有啥不好干，当汉奸！”

老林头叫大家别莽撞。不要因小失大。他是庄长，一位开明地主，人不算坏，家底子大，自然考虑多了些。他主张多少给汉奸一些。林范坤的爷爷头一个反对：

“越吃越馋，给一回就得回回给，人就欺软怕硬！”

七嘴八舌的都发话了：

“纳给养也不拿给当汉奸的！”

"赶明儿范区长知道，咱拿啥脸见人家？"

"咱八路明儿吃啥？"

林老七做了二十多年的"觅汉"，受到减租减息的好处，个子大，气性足，跳起脚，就扳"铁牛"：

"要鸡子，俺有鸡巴！"

大家一声哄笑未了，便听他訇的一声把炮照准打出去。坐在柳树底下的两个汉奸，估计马到成功，只一眨眼，翻身栽在石头一旁，死了一个，一个炸掉一条腿。林范坤冲过去就捡家伙。一个汉奸有，另一个装腔作势，吓唬人的。

第二天没有动静。二十九日，伪军出动了。淹子崖公推林范坤的爷爷做司令，老早就有组织，现在更加强组织。纪大娘装着走亲，摸黑去了小梁集，二秃子放哨放到伪军营盘外头。果不其然伪军大队出动了，远近一片静，沭河咿咿唔唔倒显得响亮了。两下里都不吭气。伪军眼看就到桥头，忽然，訇的一声，柳树上头的乌鸦吓飞了，炮弹出膛，"铁牛"在炮楼发了威，河西的沙土掀到半空，好几丈高，人和沙土一块儿往下落。来不及散开的伪军乱了，跑了，带头的在后队举着短家伙直拦，拦了一阵子拦不住，半空落下的沙砾进了眼，胆一落，带头先往回窜。

轻轻易易赢了这一仗，淹子崖就大意了。这群王八羔子真还经不起打。范区长派人来问信，他们回了一句"请放心"，这一冬大概平安下来。区上人嘱咐大家当心，复命去了。淹子崖没拿汉奸搁在心上，自在情理之中，可是狐假虎威，一大意说不定就出乱子，还是提防着好。

伪军把脸丢了。丢在八路手上，倒也罢了，说起来还好卖嘴，这回跟头栽在老百姓面前，他们唬来唬去的庄户"孙"面前，可就永远抬不起头，甭想再跟别村别庄要鸡要粮。淹子崖的好样儿就许是祸根。前两天，日本鬼子有五千人，浩浩荡荡，带着各式作战家伙，大大小小，从新浦出发，经过十字路，直奔西北，打算扫荡汤头。汉奸气不过淹子崖，派人追赶上去，造假情报，说淹子崖有了"小猫猴儿"要抄鬼子后路，一字不提自己的丢脸事。鬼子就恨共产党，原以为撵走蒋匪帮，定定当当地做太上皇，不料就在胳膊弯儿出了八路，成了心腹之患，打又打不着，这才把八路叫作"小猫猴儿"，所以一听后脚叫八路踩上了，急得什么也似的，万一汤头那边再下来，两下里一合拢，鬼子完蛋了。鬼子一听汉奸的假情报，马上后队改前队，前队改后队，叫汉奸在顶前头带路，穿过刘家庄，把集抢了，便直不愣登奔淹子崖来了。

这一天是十一月二日，淹子崖农救会委员林春文恰巧就在刘家庄赶集，一看情形不妙，抄近路赶回淹子崖，叫大家做防备。他没有提起日本鬼子，错在带路的是伪军，他跑急了些，没有探听仔细。大家记住这是在一九四〇年，人民的力量才冒头，一看敌人占优势，就会全庄坚壁清野办转移。这回只当是伪军，决不在乎，淹子崖关好庄门，架上“铁牛”，六七管快枪分配好了岗位，准备打它一个红火。

敌人来了，“铁牛”吼着。

敌人退到西北角，架起平射炮，一连打了十二炮，赶着土墙厚，一堵墙也没能够轰倒。

老林头拾起一块破铁片，是敌人的炮弹炸开来的，仔细一看，心里老大吃惊，脸上装作没事的样子，口气放轻：“干吧，来的是汉奸。”

可是他另外有数，这回是日本鬼子，不比往常。事到如今说不得了。他顺墙跑回家，把老少聚在一堆，掀开地窖门，黑洞洞全叫躲进去，等风平浪静了再出来。然后，掩蔽好，心一横，他到炕洞掏出收藏的子弹，捧了一怀，亲自送给司令分配。看见他抱来的是子弹，林范坤的爷爷可喜欢了，不顾年纪大，跌跌打打就朝快枪手那边跑。

这时，西北角不见动静，东北角忽然来了敌人的炮弹，高高的炮楼顶塌了。司令知道严重，马上传令各家妇女快走北门转移，那边还有路，敌人没有合拢。男的叫走也不走，死活要跟鬼子拼——他们如今晓得对手不光是伪军了。老年人也不走，司令头一个不肯：

“俺是司令员，走北门算啥？”

他的个子本来不矮，胡子稀稀的，大半花白了，挺在炮火当中，像个铁人，着显得高。

姓高的也不弱。他是外村的，遇着这事，不但不走，说他打得一手好枪，接过快枪，伏在东墙头。冲上来的敌人叫他一枪一个全放躺了。

敌人的炮火越发紧了。

这些英勇的庄户汉，不比操练多年的队伍逊色，没有一个退让的。

“放倒墙围子，别叫鬼子做据点。”

司令颤巍巍地喊着，炮声盖过他的呼声。他急了，头往高里一抬，仰身倒下去。手还朝墙围子指着。

大家放倒墙围子。

就在放倒的时候，四十五岁的林春文，蹲在姓高的旁边做副手，望见他二十岁的大儿子在半路挨了枪，倒在地上。林春文“嗐”了一声，爬下墙，匍匐到儿子跟前，扳过他的身子看，已经断气了。他愣了一下，便把尸首拖到一堵矮墙底下。哭也不哭，往上头盖好几捆谷秆子，便又爬到姓高的旁边。

敌人终于在北门外头合拢，站在高头往里打。

庄长藏进宅子，不见了。

缺口多了，大了，拿粪堵，拿“铁牛”堵。

“铁牛”不灵了。

但是，僵持着，自己人牺牲了好几口子，敌人死得还要多。

谁一露头，敌人的子弹就飞也似的跟了上来。林春文把帽子举在棍子上头，引诱敌人近了，姓高的便一枪把他撂倒。

姓高的殉难了。林春文接过他的快枪就打。枪直烫手。子弹只有四五颗，他不急着打，他要替儿子捞本。子弹放光，敌人远远丢来一颗手榴弹，他躲到草垛子里头看机会。

敌人抱着机关枪往里冲，靠着一个堵口的木匠家，家具成了武器，十二口人通通牺牲了。可是不能够白牺牲，林老七闪在缺口一旁，拾起铡刀，一连砍了四个鬼子。他成了鬼子的煞神。四挺机关枪扫射他，人稀烂了，没给中国人丢脸。

林范坤这年轻人，身子比年纪轻，跳来跳去活像麻雀。他拿牢短家伙，兜着墙跑，在北门放了两响，子弹没了，便朝东门跑，炮手殉难了，他便端起“铁牛”放。他成了敌人最后的目标，他骂了一句“狗日的”跳进粪汪子。

敌人从草垛子搜索出来三十多人，不高兴搜索了，因为一不当心，就有镢头飞到后脑盖子上，便点火烧。烟呛得直咳嗽，火烘着脸发焦，敌人站在高头，看见跑出来的就开枪。火海变烟海。烟像大雾一样罩住了要黑的天。天不忍心，往快里黑。林春文躲在烟底下，只是不动。火烧坏了他一只耳朵，他拾下一条命。

林范坤的命越发是拾来的了。敌人把他从粪汪子里活拉出来，和另外两个庄户汉，拘在一间小茅屋。外头提来三十多人，一排机枪扫射过，浇下汽油烧了。铁棍子打着三个庄户汉，打出北门，挨蹭到黑林，其中一个惹恼了押解的敌人，当场几刀刺死。十一月八日，林范坤和另一个伙伴，被送到新浦的日本宪兵队拷问。浑身上下只穿一条裤子，袄还是他打仗打热火了脱的。裤角管全是粪水，人吊在半空，脚连着地，一夜下来，脚在地面冻住了。绳子陷在肉里头，解不开。日本宪兵拿刀子割断。一天一过堂，他昏沉沉的只是不作声。

“你是不是共产党？”

他摇摇头。

“你知道谁是共产党？……你不说，大大的坏东西。”

于是狗咬，于是细铁棍子敲，于是针挑指甲盖，人死过去，喷活了，歇上一袋烟工夫，再打。打不到口供，敌人扳不倒他的心，最后把他关到警察局的牢房。他拿一根绑鞋的铁丝，挑破黑紫的瘀血，放了毒，这才得救。他要活。鼻子打歪，指甲盖掉光，人就剩下一口气，他还是要活下去。淹子崖赎他出去。群众要这铁汉子活。

淹子崖这一仗有一百一十四口人殉难，大半贫雇农，不算外村十四口。当夜范区长率领八路来应援，鬼子一得情报，连夜溜掉。“小猫猴子”成了老虎。人民的军队壮大了。淹子崖，许许多多的淹子崖全报了仇。

人民是勇敢的。不顾一切，坚强到底。

晨曦

丁　宁

早春时节，夜又黑又冷，周围的景物笼罩在神秘和充满幻觉的氛围里。月亮不知藏在哪儿，几颗星星被刺骨的寒风吹得颤颤悠悠，时隐时现。

黎明之前，是夜行军人最困乏最难熬的时刻，身子摇摇晃晃，做出各种滑稽相。有的边走边做梦；有的像得了梦游症，竟朝相反的方向游去；还有的"扑通"跌倒，又一个高儿跳起。而我，硬是抖起精神，挺起胸脯，身上，背包、手榴弹、干粮袋，全副武装，一丝不苟。耳边，响着我们区队长的训诫："记住，我们是战士！"我最爱看星星，边走边仰着头，寻找我熟悉和不熟悉的。我发现，什么样的夜色，有什么样的星星。夜色黑，星星像嵌在天幕上的宝石，晶莹无比；夜色蓝，星星格外稠密，连一个遥远微弱的小亮点，也挤在群星之中，以显示它的存在。"天河"是流动的，时而湍急，时而舒缓；牛郎织女，两岸相对，天长日久，未曾见过那"鹊桥相会"的盛况。至于北斗星，也并非永恒不变那把巨大的长柄"勺子"，时而倾斜，时而垂直，却永不移位，它是夜行人崇敬的朋友，有它做伴，便不会迷失方向。

那夜，我照例仰头观看星星，不知怎的，忽然滚到路边的沟里，沟并不深，脚腕却扭伤得厉害。我像一个被擒的罪犯，由一个彪形大兵挟持着，他一只胳膊，负载我全身的重量。我身子失去平衡，只靠一只脚，像个袋鼠，向前一蹿、一跃，那份痛劲儿，真叫揪心！但不能吱声，有时忍不住还是呻吟一两声。那大兵，也是和我同返家乡的"抗大"毕业同学，路上编在一个排，又正巧和我是小同乡，名叫大水，他以真心的阶级友爱，加上大男子的豪情，担负保护我的重任。一路上，把他累得气喘吁吁，还不断地安慰我："不要紧，忍着。"我那狼狈相，无法描述，早已失去一个经过严格军事训练的军人风度。我感到万分羞愧，一颗一颗泪珠儿，悄没声地滴在衣襟上，精神上的痛苦，更胜过肉体上的痛苦。

我盼着东方尽快出现一线曙光，可是浓黑的夜，似比往日更漫长。我全身瘫软，使尽最后一点力气。寒风时时夹着细碎的冰屑，噼里啪啦扑打在脸上，我却大汗淋漓，眼睛也模糊了，在那空旷无边的黑色荒野，觉得自己那样渺小，那样可怜。这时，又听到零星的枪声，荒村的野狗也狂吠不止。我意识到，又接近敌人的据点了。走在前面的人，回头小声急急传令："快步，跟上，向后传！"接着大队人马唰唰一阵小跑。

向后传，传给谁？我们已经在队伍的最后头，自己的班排也无影无踪了。

经过一阵激烈的思考，终于横下心来，向我的老乡宣布："扔下我，我不走了！"

敦厚和善的大水，一听，火冒三丈，狠狠地甩了一下我的臂膀，用地道的家乡话斥责我："你要做么个？要死啊，把自个儿送给日本鬼子当俘虏啊！"

我心里好笑，没那么容易，我还有两颗手榴弹呢，必要时，一个给敌人，一个留给自己。大水把我拽得更紧，唯恐我逃走似的，恨不得一只手把我凌空提起，我像是在空中滑行，那只被拽的胳膊，也疼痛难忍。唉，天晓得，受这份儿罪！

正在此时，后面传来一串嘚嘚的马蹄声，像袭来一阵急雨，由远而近。不大一会儿，几匹高头大马，兀自停在我们身旁。其中一位骑手，昂首挺胸，像一尊威严的夜神，我仿佛看到了他一双眼睛像闪闪的电光。他粗声粗气地问："这小鬼，怎么回事？"

我的老乡怯生生地回答："她的腿摔伤了。"

那人纵身下马，一步跨到我面前，蹲下来。"伤在哪儿？"同时伸出两只铁钳般的大手，抓住我的脚腕，捏了又捏，揉了又揉，痛得我几乎大叫。他随即起来，仍然粗声粗气地："扭了筋，骨头没折！"

这时，枪声更密，他一跃上马，对另一人命令："调匹马来！"那人爽声称是，却让我先骑他的马。

我惶惑不安，马，我曾骑过，但是这匹马高得像一堵墙，我怎能上得去？正犹豫，"夜神"又厉声说："快上！"

我一咬牙，举起双手，扑向那马，一手想抓马鞍，一手去揪马鬃，同时抬起扭伤的左脚，使尽全身力气，不幸，既未揪住马鬃，也未抓住马鞍，就连马镫也不曾踏上！

他急了："这小鬼，这么笨！"又加了句，"上不了战场！"

我满头大汗，惭愧得无地自容。身旁的大水，忽然醒悟，赶忙过来帮我，记不清他是怎样把我弄上马的。

我抓紧马缰，刚想松口气，便是一阵奔跑，紧张了一会儿，便也镇静下来。幸而那马对我还算友善，坐在上面，十分安稳。

夜愈来愈黑，我只觉有个念着咒语的恶魔，张开铺天盖地的翅膀，死死地挡住黎明的到来。枪声隐去了，马也似乎难以冲破黑暗，步子慢了下来，有时觉得它在后退。

"夜神"们的马，神出鬼没，此刻又在朦胧中出现了。不大一会儿聚拢在一起，我的马也跟着停下。朦胧中，像是停在一座破败的土地庙前面，只见有人下了马，有人还高踞马上，他们在小声交谈什么。我只听清了一句，前面已安排好宿营。我一听，像上小学时，听到老师宣布放假，立刻心花怒放，全身不由自主地松弛下来，瞌睡立即乘机而入，昏昏沉沉，不知不觉进入了梦乡。

忽然之间，听到自己一声惊叫，迷糊中，立刻意识到我跌下了马。那马也许受惊，竟狂怒暴跳，还嘶鸣一声。正千钧一发之际，有个人从马上俯身，倏地抓住我的手臂，把我从马肚子底下，像提起一只小鸡，又安放到马背上。啊，我看到是他，那双锐利的眼睛！他身上还散发着一股浓浓的酒香……

我的心怦怦直跳，只等一顿狠狠的教训。也许他对我这个不争气的小鬼，觉得不值得浪费唇舌，竟一言不发。只听另几个人咂嘴饶舌："好险！"

"首长真神！"

"这小鬼命大，没有被马踏死！"

我狼狈透了。只能垂着头，僵在马上，一动不动。

在我极其沮丧的时候，那黑色的翅膀已在慢慢收拢，可爱的曙光，从东方沉重的夜幕后面，微微显露出鱼肚色的风采，然后，扩大，扩大……黎明，终于战胜了黑暗。

谁不向往光明，谁不憎恨黑暗！我的心，顿时豁然开朗，勇气、信心，又一齐升上心头。

大自然也向黎明奏出美妙的乐章。我侧耳细听，活泼的小溪，在嘻嘻地笑；林中干瘦的枝条儿，低低吟着希望之歌；风也柔和了，马蹄声也柔和了。最令人欢悦的，是雄鸡的合唱，高昂、激越，那是充满豪情的"光明颂"。

前面马上那个威严的背影，愈来愈清晰，我忽然觉得，他就是驱散黑暗的黎明之神。

在村头的路上，一位挎着匣子枪的战士，牵来一匹棕色小马，他告诉我，我所在的连队，已在前面的村庄设营，首长命令我换乘这匹小马，返回自己的队伍。我一听，就像远行千里，忽然接近了自己的家门，高兴得忘乎所以，立刻“扑通”跳下马来，这一跳，几乎难以站起身来，那只倒霉的脚，丝毫不给我留情面！那位战士从地上捡起我掉下的军帽，好奇地瞧着我：“原来你是个女的！”恰在此时，首长也骑马过来，上下端量我，只吐出三个字：“哦？小鬼！”我又从他身上闻到酒香。

我终于面对面地看清了他，霎时，联想到“喝断桥梁水倒流”的气势！

我戴好军帽，向他行了军礼。便转身对那战士说，我回连队，不需要马了。说罢便一瘸一拐地往前走。

“回来！”又是那粗声粗气的声音，“骑上！小鬼，今夜还要急行军。路还长呢。”

看来，他的命令不可抗拒，只好应声站住，看了看那匹小马，温顺可爱，鼓了鼓勇气，上前一把抓住，正要抬腿，又听一声命令：“扶她一把！”

大约十几天以后，我们一批胶东籍的同学，胜利返回半岛。我问大水，想做什么工作？他说：“扛大枪。打不败鬼子，誓不见东海父老！”（我和他都是胶东东海区人）我还向我那小马，挥泪告别。

至于那位首长，自那日晨曦中分别以后，一路之上，再未见过他的影子。

此后的几年，我的家乡在烽火连天的抗日战争中，有个英雄名字家喻户晓，他就是军区司令员许世友。一次，在露天演出的晚会上，我忽然看到一个人，坐在观众席上，全副武装，气度非凡。顿时，我想起那个黑色之夜，那明丽的晨曦。原来，他就是许世友，那威武的英姿、锐利的眼睛，我是多么熟悉啊！

历经沧桑，过去半个多世纪，我的同乡——大水，早已把青春的热血，洒在抗日的战场。将军也已安息在九泉之下。

一九九五年五月

挥手之间

方　纪

一九四五年八月二十八日清早，从清凉山上望下去，见有不少的人，顺山下大路朝东门外飞机场走去。我们《解放日报》的同志，早得了消息，见博古、定一同志相约下山，便也纷纷跟了下来，加入向东的人群，一同走向飞机场去。

人们的心情很不平静。近两个星期来形势的发展，真如天际风云，瞬息万变；表现了一个历史转折时期特有的复杂关系。记得十日夜间，新华社的译电员带着刚刚收到的日本投降的消息，一路喊着从我们的窑洞门前跑过，不到天亮，这个消息便像一阵风传遍了延安。第二天晚上，南门外新市场上便出现了群众自发的庆祝集会。卖水果的农民，把一筐一筐的花红果子抛向空中，喊着要人们吃“胜利果实”。有些学校的学生，把棉袄里的棉花掏出来，扎在棍子上，蘸着煤油点起火把来，在大路上游行。

当时群众对抗战胜利的热烈心情，是谁也不会觉得过分的。但是过了两天，令人激愤的消息便接连传来：蒋介石下命令不准八路军、新四军受降，阎锡山派兵进攻上党解放区……新的内战危机，忽又迫在眉睫了！毛主席八月十三日作了报告（即《抗日战争胜利后的时局和我们的方针》），指出“内战危险是十分严重的，因为蒋介石的方针已经定了”。

这几天，不要说那些烧棉袄的人不免后悔，许多人心里都憋了一肚子气；把胜利的欢喜，化作对蒋介石的愤怒，早从精神上百倍地警惕起来。

前天延安飞机场上飞来一架美国飞机，这是美国特使赫尔利和国民党政府的代表张治中来了。来做什么？“还不是缓兵之计！”人们私下这样议论。昨天夜里，支部忽然传达了中央关于和国民党政府进行和平谈判的通知，思想上说什么也转不过弯来；并且是，毛主席要亲自去重庆！当时，心里像压上一块石头，点着一把火，又沉重，又焦急，通夜不能入睡！

也许，那天夜里，延安的许多同志，各个解放区的许多同志，都是在一种焦急和不安当中度过的吧？谁不知道蒋介石是个最无信无义的大流氓？谁不知道是美帝国主义在支持蒋介石政府挑动中国的内战？虽说赫尔利假惺惺地跑到延安来，难保不是一伙强盗做就的圈套！

回想起当时的情形，真是令人不安！不少同志义愤地说：谈判自然可以，这无非表示了蒋介石和美帝国主义，不能不承认党所领导的人民力量的强大；不能不承认中国人民的强烈的和平愿望；不能不承认苏联战胜法西斯以后，国际形势更有利于和平民主罢了。但是，毛主席不能去！要谈判，请他蒋介石先生到延安来，咱们保证和"西安事变"一样，有来有去；谈不成不要紧，要打仗，战场上去见高低！

更有不少老同志，感情深重地说：自从上了井冈山，毛主席就没有离开过我们一步！五次"围剿"，万里长征，八年抗战，毛主席和我们在一起，没有离开过自己的军队，自己的根据地；如今，却要亲自去重庆，和他蒋介石谈判！

但是，中央决定了；通知也说得清楚：这是斗争！在当时形势下，我党中央提出了和平、民主、团结三大口号，是符合全国人民的要求的。要是蒋介石竟敢冒天下之大不韪，拒绝和谈，发动内战，无非是他自取灭亡，革命胜利来得更快一些，如后来的历史所证明的那样罢了。

这正是我们党在决定国家命运的重要关头，所采取的唯一正确的方针，所表现的大公无私态度。毛主席的亲自去重庆，更是为国家民族，置个人安危于度外的大义大勇的行为！单是这一点，已大可以昭革命之信义于天下了。

送行的人群，陆续朝飞机场走去。出了东关大街，转过一个山嘴，不远就是飞机场。机场上停了一架绿色的军用座机。记得去年修飞机场时，延安的许多同志都参加了劳动，把凿得平平整整的大石头，一块块从山上拖来，一块块按直线铺平，放稳，砸结实，几十个人拉着大石磙子碾来碾去。朱总司令和许多其他领导同志都参加了劳动，和大家一起唱着歌，喊着号子。当时人们都很兴奋，劳动得特别卖力气，心里想着，在延安修飞机场了，这就是说，咱们也要有飞机了，抗战形势要发生重大变化，胜利快来了。

是的，胜利来了。人们所盼望的，所流血争取的独立自由和平民主的生活，又要被蒋介石和美帝国主义破坏！为了制止这种灾难，保卫人民的权利，实现人民的愿望，毛主席现在要从这里，从延安的同志们亲手修造的飞机场上，动身到斗争的最前线去！

飞机场上人越来越多，一会儿就聚集了上千人。但是，谁也不讲话，沉默着：整个机场上空气十分严肃，就像是在前线，战斗将要打响前的一刹那。

汽车的马达声清晰地传来，人们一齐转过头，望着大路。一辆吉普车驶出山嘴，驶入机场。车上跳下周恩来同志、王若飞同志，后面跟了穿着整齐、身佩短剑的张治中将军。按照当时的情形，张治中将军在延安人眼睛里只能是一位尴尬的角色；何况他那一套标准的国民党将官制服，在飞机场上出现，就显得十分不自然了。这种不自然，大约他自己也感觉到了，站在汽车跟前犹豫了一下。这时，博古同志迎上前去，和他握手寒暄，似乎还开了一句什么玩笑，引得他突然高声地大笑起来。

接着又是一辆吉普车驰来。车上跳下一个美国人，戴黑眼镜，叼着纸烟，衣服特别瘦，特别短，这使他显得脸比胸膛宽，腿有上身的两倍长，这就是美国的所谓“特使”赫尔利了。

人们转过身去，鼓起眼睛望着他——当然不是表示欢迎的意思。这一点，赫尔利是分明地感觉到了。他犹疑地站在吉普车前，一手扶着车门，一手叉在腰间，像是在估量当前的形势。等了一会儿，看到人群只是静静地，望着他，于是挥一挥手，纸烟也不拿下来，朝人们喊了一声“哈啰”，便急匆匆地朝飞机走去。

谁也不再注意他；人们又听到了汽车的马达声：一辆延安人都熟悉的带篷子的中型汽车正转过山嘴，朝飞机场驶来。立刻，人群像平静的水面上卷过一阵风，成一个整体地朝前涌去。接着，又停下来；正当汽车站住，车门打开的时候，机场上响起了一阵雷鸣般的掌声。

毛主席走下车来。和平日不同，穿一套半新的蓝布制服，皮鞋，头戴深灰色的盔式帽。整个装束，完全是像出门做客一样。这立刻引起人们一种深切的不安，和离别的情绪；眼泪不由得涌了出来。

在延安人的记忆里，主席永远穿一套总是洗得很干净的旧灰布制服，布鞋，灰布八角帽。他的伟岸的身形，明净的额，温和的目光和热情的声音，时时出现在会场上，课堂上，杨家岭山下散步时的大道边。主席生活在群众中间，生活在同志们中间。主席的音容笑貌，举手投足，人们是熟悉的，理解的，怀着无限信任和爱戴，团聚在他的周围，一步不能离开，一步不曾离开！如今，主席穿起了做客的衣服，要离我们远去了！

一霎时，人们心里，像海上波涛般起伏汹涌。千百双眼睛，热切地投向主席身边。主席在汽车边站定，目光平视，望着全体送行的人，经过每一个人的脸；好像所有在场的人，他都看到了。这时，他眼睛里露出一种亲切的、坚定的微笑，向人们点了点头。

站在前面的中央负责同志们，迎上前去。主席伸出他那宽大的手掌，和大家一一握手道别。主席的脸色是严肃的，从容的，眼睛里充满了无限的关切和鼓舞之情。然后，又停下来，望着所有送行的人，举起右手，用力一挥，便朝停在前面的飞机一直走去。

机场上人群静静地立着，千百双眼睛跟随着主席高大的身形在人群里移动，望着主席一步一步走近了飞机，一步一步踏上了飞机的梯子。

这一会儿时间好长啊！人们屏住了呼吸，一动不动地望着主席的一举手，一投足，直到他在飞机舱口停住，回转身来，又向着送行的人群。

人群又一次像疾风卷过水面，向着飞机涌了过去。主席站在飞机舱口，取下头上的帽子，注视着送行的人们，像是安慰，像是鼓励。人们不知道怎样表达自己的心情，只是拼命地一齐挥手，像是机场上蓦地刮来一阵狂风，千百条手臂挥舞着，从下面，从远处，伸向主席。

主席也举起手来，举起他那顶深灰色的盔式帽；但是举得很慢很慢，像是在举起一件十分沉重的东西。一点一点地，一点一点地，举起来，举起来；等到举过了头顶，忽然用力一挥，便停止在空中，一动不动了。

主席的这个动作，给全体在场的人，以极其深刻的印象。它像是表达了一种思维的过程，作出了断然的决定；像是集中了所有在场的人，以及不在场的所有革命的干部、战士和群众的心情，而用这个动作表达出来。这是一个特定的、历史性的动作，概括了当那个伟大的历史转折时期到来的时候，领袖，同志，战友，以及广大革命群众之间，无间的亲密，无比的决心，无上的英勇。

请感谢我们的摄影师吧，为人们留下了这刹那间的、永久的形象；这无比鲜明的、历史的纪录！正是在这挥手之间，表明了一种深刻的历史过程，表现了主席的伟大性格。愿所有的人，通过这张照片，能够理解和体会，那当抗日战争胜利，我们的国家处在十字路口，处在两种命运、两个前途决定胜败的斗争的严重时刻，我们的党和毛主席，为国家和人民作出了怎样的贡献！

飞机的发动机响了，螺旋桨转动起来。随着这声音，人们的心猛烈地跳动，人们的眼睛一刻也不离开这架就要起飞的飞机；任凭螺旋桨卷起了盖地的尘沙，遮住了人们的眼睛。这架飞机该有多大的重量啊！它载负着解放区人民的心，载负着全中国人民的希望，载负着我们国家的命运！

主席的面容出现在飞机窗口，人们又一次涌上前去，拼命地挥手。主席把手抚在机窗的玻璃上，手指无声地弯动。直到飞机转了弯，奔上跑道，起在空中，在头顶上盘旋，然后向南飞去，人们还是仰着头，目光越过宝塔山上的塔顶，望着南方的天空，久久地不肯离去。

以后的事，大家都知道了。毛主席在重庆住了四十三天，最后才签订了“双十协定”。从《毛泽东选集》四卷《关于重庆谈判》一文的注释里，我们可以看到，当时为了顾全大局，为了实现全国人民要求的和平、民主的生活，我们党是做了怎样的有原则的让步，进行了怎样的针锋相对的斗争。如果不是九月间的上党战役消灭了阎锡山的三万五千人，恐怕连这样的“双十协定”也不会有的！

现在，重读《抗日战争胜利后的时局和我们的方针》《中共中央关于同国民党进行和平谈判的通知》以及《关于重庆谈判》等伟大的历史文献，想起了当时在延安机场上为毛主席送行的情景，真如同是一面历史的镜子，照亮了过去，也照亮了今天和未来……

以后，是在战争中了。蒋介石撕毁了他亲手签订的“双十协定”，在美帝国主义支持下，向解放区大举进攻。解放战争全面打响了。一个夜晚，在承德前线，读到一位从北平“军调部”来的同志抄在一个小本子上的毛主席的《沁园春·雪》——这首词第一次在重庆发表出来，震动了整个所谓“大后方”的人士，他们从这里看到了决定历史命运的真正力量，听到了革命进程的脚步声音！而我们，在前线，在炮火声中，在闪耀的火光里望着战士们持枪跃进的身影，这词里的思想，情绪，完全变成伸手可触的形象，身置其中的境界了。于是，词的每一个字，如同火炬一般，燃烧起来。刹那间，整个前沿阵地，仿佛一片通明！解放战争的炮火，正在摧毁旧中国的一切黑暗势力。当时的敌人，看来是强大的；但是，正如词里所写，决定历史命运的不是秦皇汉武，唐宗宋祖，而是人民自己，是当代的“风流人物”！

记得初到前方时，部队的同志告诉我：八月二十八日清早，部队上传达了毛主席亲自去重庆谈判的通知，当天十点钟，所有的战士都翘首西望，在天空中寻找那架从延安起飞的飞机，谛听着飞机的声音；并且当真，他们像是听到了这架飞机的沉重的隆隆声响！那时，我们的战士怀着怎样的心情啊！他们握紧手里的武器，等待事情的结局。如今，战士手中的武器，正在发挥自己的威力了。于是，在震耳的炮火声中，我们不禁高声朗诵起来——

……
俱往矣，
数风流人物，
还看今朝！

延安机场上送行的情景，又出现在眼前了：主席伟岸的身形，站在飞机舱口；坚定的目光，望着送行的人群；宽大的手掌，握住那顶深灰色的盔式帽；慢慢地举起，举起，然后有力地一挥，停止在空中……

在他面前，是无数的战士，正朝着他所指引的方向，奋勇前进。

一九六〇年十月

黑山阻击战

梁兴初

“锦州、长春解放后，敌廖耀湘集团仍企图西进与锦西之敌会合，重占锦州或逃入关内。我十纵即应进至黑山、大虎山之线，选择阵地，构筑工事，顽强死守，阻住敌人，待主力到达后，聚歼该敌。”

这是十月二十一日中午，我们收到的野司急电。短短的电文，把东北战场的形势，敌人的动向，我军的意图及给予我们十纵的任务，交代得清清楚楚。锦州解放后，蒋介石二次飞沈阳，错误地认为我军攻锦州伤亡巨大，“不经休整与补充则不能再战”，企图乘我休整部队时，再搞一个“南（锦西敌人向北攻击）北（廖耀湘兵团迅速西进）夹击”，重占锦州。

野司首长当即部署了规模更为巨大的辽西围歼战。在攻克锦州的主力兵团日夜兼程秘密东进的同时，锦州以南部队则继续抗击北上之敌，并以两个独立师和十一纵一个师向西南佯动，沿途筹备大军粮草、房舍，迷惑敌人，使蒋介石产生更大错觉，以为我军要进攻锦西、葫芦岛。于是，敌人又从沈阳增调二〇七师第三旅及主要特种兵团，加入廖耀湘兵团序列，由东向西攻击前进。

我们十纵和兄弟部队五纵、六纵，自战役开始即在新武、新立屯地区“陪伴”廖耀湘兵团，虽然没打大仗，今天这里明天那里与敌周旋，也显得十分紧张。锦州一打下来，我们的担子立即加重了，既要防止敌人逃往沈阳，又要防止敌人逃往营口。现在收到野司的作战命令，真是令人兴奋。原来，我攻打锦州的一、二、三、七、八、九纵和炮纵、六纵十七师，已经秘密神速地三路东进，大会战就将开始了。

纵队党委立即召开了常委会。展开地图，黑山和大虎山被红笔圈连起来：

北面是高达千余米的医巫闾山脉，南接连绵九十余公里的沼泽地区，只有中间二十五公里宽的狭长丘陵地带，北宁和大郑铁路穿行而过。黑山和大虎山正是这条走廊的闸门。那些用蓝笔标出的敌军番号，有国民党嫡系“王牌”新一军、新六军和新三军、七十一军、四十九军、五十二军、二〇七师第三旅，还有三个骑兵旅，正向黑山、大虎山拥过来。这就是说，我们要以一个纵队和临时配属的一个师，抵挡住敌人的六个军。

困难是可以想象到的，敌人是精锐的美械兵团，我们却仅有步枪、机枪、手榴弹和刚成立不久、炮弹又极少的三个山炮营。要在宽达二十五公里的正面，三个师同时展开防御，这就使我们的每个阵地，都将受到沉重的压力。

时间紧迫，要修筑坚固的工事，显然已不可能，现在已寒风刺骨，而我全体指战员仍穿着单衣……同时，我们也看到，虽然敌人在我军连续打击下，军心动摇，士气不振，惶惶然如“丧家之犬”，但是“王牌”究竟是“王牌”。况且，鸡死还要扑翅，狗急岂能不跳墙！这一切就决定了这场战斗必然是激烈、残酷的浴血苦战！

党委确定：在主要方向和制高点，控制强大的预备队，准备随时反击敌人，大量杀伤敌人有生力量。为此，全体指战员必须顽强地战斗，做到人在阵地在，以忍饥挨饿、死打硬拼的精神，决不让敌人前进一步！

当我们确定了具体部署后，已是下午六点多钟了。各师师长、政委相继赶到，听取纵队党委的动员布置。在会议上，大家同意纵队的战斗部署，纷纷表达了战斗决心，一致认为：这一仗打好了，就是蒋介石又一个“十万大军”被一笔勾销，就会因敌人在东北的最后一个机动兵团的消灭，而使东北国民党军全军覆没！打坏了，十万敌人就将逃入关内，就有可能延长蒋介石政权覆没的时间。我们只能有一个要求：只准打好，不准打坏！在十万大敌面前，我纵是处在劣势，但从整个战役来看，我们却处于优势。只要兄弟部队赶到，无数把钢刀就会把敌人剁成血酱肉泥！这样，即使我们扯脱几颗牙齿，有什么值得吝惜，即使有些伤痛，有什么不能忍受的呢？

当夜，部队火速整装，飞快地向黑山、大虎山进发。一夜行程六十里。赶到黑山，东方已朦胧发白。黑山城内，人声鼎沸，骡马长嘶，车轮滚滚。原来，昨晚我纵政治、后勤人员赶到黑山城内后，政府干部和广大群众即通宵不眠，连夜为我们筹备修筑工事的材料。这时，满载各种器材的大车，正停在街头路口，准备随同部队走向各个阵地。我看到一位白发苍苍的老大爷，一手托住肩上的一副新门板，一手拉着一个战士，激动地说：“同志，把这副也拿去修工事吧！为了消灭‘遭殃军’，你大爷一点也不心疼。天塌下来，我们顶一半！”目睹此景，不禁全身热血沸腾。我相信，每个同志都会和我一样地问自己：这一仗打不好对得起老百姓吗？

清晨七时，各师相继进入阵地。由于时间紧迫，各部队将动员工作与修筑工事同时进行。纵队党委指令各级政治工作人员深入连队，协助连队进一步加深动员。根据党委分工，政委前往大虎山，观察三十师防御阵地。我带着作战科长陆忍同志到了二十八师。

二十八师担任黑山正面防御，西侧是大白台子，东侧是高家屯，为一长达三千米的丘陵地带。丘陵地带突出部是其主要阵地——一〇一高地，形势险要。登上一〇一高地，一个未曾预料到的情况突然摆在我们面前。这个制高点原来是一座寸草不生的石头山。战士们费尽九牛二虎之力，仍是一镐一个白点。照这样干，很难在短促的时间内修成工事。我和贺庆积师长交换意见之后，立即决定集中全力，做好野战工事，用大量土袋、铁轨，首先修成浮面火力点，然后再尽可能多地挖凿散兵坑，加强阵地的副防御。由于人力不足，贺师长亲自去联系民工，支援部队运送泥土。一〇一高地顿时沸腾起来。老乡们背着满袋土石，成群结队，蜂拥而来，寸草不长的石头山变成一座崭新的土山了。

入夜，各师纷纷汇报构筑工事的进展情况。我们再三强调：战斗迫在眉睫，时间分秒必争。一定要组织机关、勤杂人员，全部投入工事作业，主阵地的火器、步兵掩体，要保证首先完成。

二十三日，敌先头部队直逼我警戒阵地。上午九时，随着一阵猛烈的枪声，前哨战打响了。

一小时后，敌人两个营遭我军重大杀伤而溃退。我们当即电告野司，野司首长即时回电称：

“……务使敌在我阵地前尸横遍野而不得前进。只要你们坚守三天，西逃之敌必遭全歼。”

任务更加明确了：死守三天！不让敌人前进一步！我们把这一指示传达到所有阵地，指战员们纷纷表示：“坚决守住阵地！”“有人就有阵地！”特别是担任前哨警戒的八十二团七连，用击退敌人五次冲锋的具体行动，表达了他们的战斗决心。

深夜，二十八师侦察队送来一个“舌头”。这是敌七十一军八十七师师部的传令班长，衣袋里装满了送往各团的战斗命令。从文件和俘虏的口里了解到，敌人在我纵正面摆开了四个师，准备次日发动攻击。主力两个师摆在黑山正北。据此情况判断：敌人的主要突击方向可能指向黑山。果然，二十四日清晨六时，敌人炸弹成串，炮弹如注，遮头盖脑向我黑山阵地打来。根据炮击的情况看来，敌人避开我黑山阵地正面，将矛头指向东侧的高家屯，企图切断我阵地的右臂。我们注意到这毒辣的一着，又想到高家屯工事较弱，心里不禁有些沉重。我决定亲去二十八师看看。

走出纵队指挥所，只见阵地沉浸在一团浓黑色的烟雾中，高家屯炮声已停，激烈的枪声随之而起。敌人开始冲锋了！我急忙向二十八师指挥所奔去。刚走进碉堡，贺师长即迎上来说："司令员，敌人在高家屯干起来啦！第一次冲击就展开三个营。兵分三路，对一〇一高地攻势最猛。"话音刚落，只听得飞机轰鸣声和炮弹爆炸声绞成一团，敌人又开始了第二次冲击的炮火准备。我对贺师长说："老贺，敌人避开我刀尖，却从翼侧攻我刀背，这一着确实毒辣啊！我们现在就把刀把转过来，让高家屯成为刺进敌人胸膛的利剑，反复刺进拔出，置它于死地。立刻把八十二团准备好，要是高家屯阵地丢了，迅速反击，趁敌立足未稳就夺回来！"贺师长回答："司令员放心吧，二十八师是经得起这场考验的。"

八时，敌人又以一个营向我西侧的大白台子阵地发起进攻。这是敌人为配合进攻高家屯，企图迷惑我军对其主攻方向的注意。敌人这一牵制行动没有动摇二十八师指挥员的决心，仍将强大预备队放在东侧。

敌人以最反动的"党化部队"——青年军二〇七师第三旅进攻高家屯一线高地。我军据守石头山、九二高地的部队，在工事全被摧毁、伤亡很大的情况下，打退敌人三次冲锋，击毙敌人二百余名。然而敌人仍以炮火节节轰击，以重兵蜂拥而上。十五时，石头山、九二高地相继失守。一〇一高地成了我高家屯一线最后的一个制高点。十五时三十分，敌人又投入两个营，扑向一〇一高地。与此同时，敌人又分三路攻我二十九师阵地，并企图以主力向西迂回。我们判断这是敌人配合主攻方向所做的钳制性进攻。因此，命令二十九师坚决阻击；三十师速派部队抢占阵地，阻敌向西迂回。至此，我纵全线投入了战斗。战斗的焦点仍集中在一〇一高地。

一〇一高地已是弹坑累累，碎石成堆，几乎所有的土木火力点都坍塌不能使用了。敌人又集中全部炮火施以最猛烈的轰击，掩护两个营向一〇一高地冲杀上来。我四、六连余部和营部通信班共二十余人，就在这毫无依托的石头山上，利用弹坑跃进滚出，以密集的手榴弹，连续击退敌人四次冲锋。但敌人不顾死伤累累，仍以羊群般的队形，从三面合围上来。我阵地上只剩下五个战士，手榴弹已全部打光，立即投入白刃肉搏，终因人少力薄，阵地被敌人占领。

情况万分紧急！高家屯阵地失守，敌人必将直逼黑山城下，并进而突破我整个黑山阵地。在这千钧一发的关头，二十八师没有给敌人丝毫喘息的机会，命令所属十二门山炮，集中火力向占领一〇一高地的敌人轰击。又指令八十二团一、三营，统由八十四团副团长蓝芹同志指挥，立即反击高家屯。

聚集在一〇一高地的敌人，还未来得及重整部署，我军炮火即狂风骤雨般地压将下去，打得敌人血肉横飞，抱头乱窜。趁此时机，八十二团一营猛扑一〇一高地，三营分路攻击石头山和二高地。

在冲锋路上，一连副连长倪恩善腰部和左腿负了伤，又被炮弹震昏过去，抬到营绑扎所包扎以后，他清醒过来，不顾伤痛又立即返回阵地，带领战士们冲上了一〇一高地。这时，营长黄念怀已在炮声骤停之际，带着战士们突然出现在敌人面前。惊慌失措的敌人正待反抗，一阵手榴弹立即落到他们头上，接着阵地上刺刀飞舞，杀声震天。激战半小时，全歼守敌，夺回高地。同时，石头山和九二高地也被我们夺回来。

当夜，纵队指挥部召开师以上干部会，总结一天的战斗，分析了敌人明天可能采取的动作和主要突击方向。大家一致认为：高家屯地势重要，敌人主力大部靠拢黑山东北地区，又经一整天炮击，阵地遍体鳞伤，明显地暴露出易攻难守的弱点。敌人为了争取时间西进，明天势必全力猛攻高家屯。根据这一判断，我们迅速调整了防御部署，确定二十八师连夜加强高家屯一线的工事。最后，我进一步强调纵队党委的决心说："明天是决定性的一天，如果说今天我们挨的是千磅炸弹，明天就一定要挨万磅的。但不管压力多大只要主力没有赶到，我们就一定坚决守住！"

二十五日拂晓，一阵天崩地裂的炮声，开始了更加激烈战斗的一天。正如我们的估计，高家屯阵地仍然是敌人的主要突击方向。敌人调集大部重炮群，集中向这一线轰击。阵地上已经不是一阵一阵的轰击声，一簇一簇的炮烟，而是一个持久不息的响雷，一团浓黑的腾腾翻滚的烟云。八时，炮声刚停，十架敌机随即飞临上空，轮番低空轰炸。接着，敌人以生力军新六军一六九师全部向我一〇一高地、九二高地、下湾子，用成团兵力发起猛攻。他们以为经过一阵如此猛烈的炮击、轰炸以后，我军阵地上再不会有生物存在了。炮火一停，便蜂拥而上。他们哪里知道，迎接的却是势如骤雨的成束手榴弹，密如火网的机枪火力。敌人一片接一片地倒毙在我军阵前。我们的战士在敌炮击时机灵地隐蔽在山后防空洞里，炮击刚停就闪电般地出现在敌人面前。就这样，在一小时内连续击退了敌人的三次冲锋。

敌人恼羞成怒，使用了最毒辣、最卑鄙的手段。当我们坚守石头山的一个排与敌人一个连白刃肉搏时，他们突然用猛烈的炮火进行轰击。结果，敌人的一个连全部成了"炮灰"，我们的一个排也全部伤亡，石头山就这样失守了。接着，敌人先后以四个营、两个营的兵力三次夹击我据守九二高地的八十二团五连阵地，激战中，敌人伤亡惨重，我英勇的战士们也全部壮烈牺牲。于是，更为激烈的战斗在一〇一高地展开了。

十一时开始，敌一六九师倾全力进攻一〇一高地。他们将进攻部队组成多梯队，每次以两个营以上的兵力，在督战队的威逼下，发起波浪式的冲击。每次冲击受挫，即以大炮猛烈轰击，接着又以二梯队连续冲击。八十二团四、六连的战士们，在侯长禄营长沉着指挥下，杀得敌尸遍布山头，击退敌人进攻二十多次，坚持到下午二时。

突然，阵地上出现了短暂的沉寂。敌人在玩什么新花样？战士们向山下一看：只见那些督战官，手执金圆券，连声吆喝："弟兄们！现在组织'敢死队'。参加者，每人奖励十万元！头一个冲上去加一番！"叫喊了半天，仍是一人未动。那些督战官又叫道："每人再加五万！""加十万！"就这样吆吆喝喝，不知加到了多少万，总算勉强凑成了一支三百多名的"敢死队"。

随着一阵炮击，"敢死队"拥上山来了。但他们刚到山腰，就遭到我炮火的严重杀伤。待冲到前沿，战士们投出一排手榴弹，高声喊道：

"国民党抓来的穷哥儿们，你们受骗了！你们在这里卖命送死，丢下妻儿老小谁管……"

战士们的话，提醒了那些受尽国民党压迫的国民党士兵。任凭督战官喊破了喉咙，"敢死队"变成了"怕死队"，溃退下去了。

金圆券没能挽救敌人的厄运，他们又使上了最后一着：由国民党党徒和尉以上军官组成一支"效忠党国先锋队"。这些出身流氓、恶棍和地主的顽固分子，现在成了廖耀湘手里最后的一张"王牌"。

一〇一高地经过两整天的炮击，已被削去几尺，变成九九高地了。当敌人排成一字队形，组成五六道人网，前呼后拥冲上来时，阵地上只剩下不足一百个战士，子弹和手榴弹也不多了。营长侯长禄沉着地命令特等射手们，首先将敌人的指挥官击毙，然后集中所有火力大量杀伤那群"无头之鸟"。由于敌众我寡，敌人终于冲上了阵地，于是肉搏开始。这是一场惊心动魄的血战，侯长禄营长高呼："刺刀见血，才是英雄！""做无产阶级的硬骨头，人在阵地在！"带着战士们杀入敌阵，刺刀戳，枪托敲，有的战士几次负伤，仍用双手把敌人掐死；有些腿负重伤不能站立，就在敌人迫近时拉响手榴弹，与敌人同归于尽。反复冲杀了二十多分钟，战士们个个血溅满身，刺刀断刃，枪托打折。然而，到头来仍是"效忠党国先锋队"手打战，脚乏力，在四连一个班的反击下，连滚带爬溃退下去了。

敌人仍不甘心，一面以猛烈炮火再次轰击我一〇一高地，一面以占领石头山之敌攻进我黑山城北孙家屯，以占领下湾子之敌，迂回占领了我黑山城东的九四高地，对一〇一高地形成了三面包围。八十二团军士教导队队长张国，机智果断地带领全队学员，趁敌立足未稳，夺回了九四高地；八十二团三营以白刃反击，驱出孙家屯之敌，进至十里岗子。我黑山城正面威胁虽然解除，但一〇一高地终因弹尽人寡，于下午四时被敌攻占。

黑山门户又一次被敌人打开！我和政委迅速商讨后，认为一〇一高地务必立即夺回，否则敌人很可能趁势直取黑山。我立即用电话告诉贺师长："一定要在黄昏之前反击！现在虽然极度疲劳，伤亡较大，但敌人的疲劳、伤亡比我们更大更严重！晚上攻，敌人就喘过气来了，工事也修好了。现在就攻，攻到山头天就快黑，天黑后就是我们的天下了！"贺师长表示坚决夺回一〇一高地。

我和政委都感到二十八师当前的处境非常困难：八十二团、八十四团已经血战了两天，伤亡很大；八十三团也在白台子与敌七十一军四个团鏖战了两日。虽然二十八师的指挥员没有提出困难，但现在又能抽出多大兵力来组成反击队伍呢？我们决定调八十九团二营由大边壕向高家屯增援。我要参谋迅速下达命令后，立即到黑山城北观察。

我来到城北炮兵阵地，二十八师晏福生政委告诉我：贺师长已去前边指挥反击去了。这时，可以看到增援高家屯的敌人从胡家窝棚直奔韩家窝棚而来。二十八师山炮营一阵急袭，把增援的敌人赶了回去。敌人的重炮群马上进行报复，炮弹在阵地前后爆炸了。晏政委忙对我说："请司令员下去吧，我们一定把一〇一高地夺回来！"我说："你叫炮兵时刻注意胡家窝棚，敌人一伸头，就揍！"我又问炮兵三连韩连长："会不会间接射击？"他说："原理懂，没打过。咱们的炮是上刺刀的！"的确，我军的炮兵是和步兵一样英勇的，常常采用抵近射击，加上炮兵成立时间短，炮弹珍贵，很少进行实弹射击，也就缺乏间接射击的经验了。我说："敌人进攻时成团成营地待在那边山脚下，你们试打几发后再校正误差。咱们不会洋办法，土办法也行嘛！"韩连长向炮长们看了一眼说："司令员批准我们打，我们一定把敌人报销掉！"

下午六时，八十二团全部和八十四团三营所有兵力，在贺师长亲自进行动员后，在全纵队炮火掩护下，分四路直扑高家屯。六时五十分，高家屯一线阵地全部收复。

夜幕又一次降临了。这一天，廖耀湘兵团五个整师的进攻，一次又一次被遏止了。此时，由锦州兼程东进的我强大主力兵团，以雷霆万钧之势扑了过来。蒋介石的所谓"主力的主力"的廖耀湘兵团，陷入了一百二十平方公里的狭长的合围圈内，单等我们瓮中捉鳖了！

二十六日拂晓，野司首长拍来急电：

“东进主力已到达，敌已向东总溃退。望即协同主力动作，从黑山正面投入追击。”

野司首长交给我们的光荣任务完成了！“人在阵地在”的决心实现了！二十六日四时，我纵在大虎山以东地区，全线展开反击。十月的辽西平原上，到处响起了胜利追击的号声。指战员们忘却了疲劳、寒冷、伤痛、饥饿，哪里有枪声，就冲到哪里。在我大军四面猛打、猛冲之下，敌人犹如乱竿下的鸭群，惶惶然东窜西奔。遗弃的汽车、大炮、枪支、辎重，遍地都是。他们见到我们的战士就举手问道：“我们的枪往哪里缴啊？”仅仅两天，廖耀湘兵团就全军覆没了。

枪声刚停，野司首长立即指挥各路大军直指沈阳、营口。我纵奉命到北镇休整待命。

在去北镇的路上，回望黑山阵地，各山头硝烟仍在徐徐飘散，被烈士鲜血染红了的一〇一高地闪着光彩。我不禁默念着：再见吧，英雄的黑山人民，在胜利的红旗上，永远记载着你们的功绩和荣誉！安息吧，不朽的烈士，我们将坚决完成你们的遗志，把胜利的红旗插遍全中国！

大战淮海

艾 煊

1

我们部队山东籍的干部战士中，好多人脚步从未跨过淮河。淮海战役即将开始时，写了两篇有关江淮习俗民情的文章登在报上，简略地介绍一些民俗常识。这对于部队在未来的行动中，密切军民关系，也许有点作用。

十几个纵队几十万人马，分为数路大军，从山东汹涌南下。

第一仗夺取了运河渡口万年闸。孙成惠发了一篇好的报道。然后部队飞快南下，切断了陇海铁路。在徐州城与碾庄圩之间的大许家、八义集一带布阵。两面阻击作战，向东，堵塞国民党黄伯韬兵团回徐州的归路。向西，拦截杜聿明增援黄伯韬的进路。

陇海路上的大许家一带，这一大片阵地，双方都誓死必争。飞机炸、大炮轰、坦克碾、冲锋反冲锋、手榴弹、拼刺刀，没日没夜反复争夺，直到黄伯韬兵败身亡，全军就歼。

接着南下双堆集，增强围歼黄维的力量。

黄维兵团部周围的要害据点大王庄、尖谷堆，曾经过多次争夺。攻占，丢失，再攻占，再丢失，和围棋对弈中的“打劫”一模一样。

我到了头天夜里刚夺回来的大王庄去了一趟。这是第几次夺回？

到大王庄去，并不走地面上的道路，地面上也无路可走。走一人多深，没有顶盖的地下交通壕。紧紧包围在双堆集四周的交通壕，像城市的大街小巷一样，互相通联，纵横密布，联结起来有几百公里长，俨然一座上百平方公里的半地下城。交通壕是弯曲的，旋回的，不容易看准一个方向走。

大王庄，这个村子上所有的房屋，全都被炮火摧毁了，只剩下些破碎的半截残墙。村里村外，交通壕纵横通联，人的一切活动，都隐蔽在地平线下面的沟壕里进行。

地面上，到处都是穿着敌军制服的尸体，散乱堆叠，来不及掩埋。遍地都是炮弹坑，飞机的炸弹坑，坦克履带碾过来碾过去的杂乱轨印。

此刻是一段短暂的战场沉寂。没有激烈的冲锋反冲锋，只是时而有点冷枪冷炮打过来。

战士们隐蔽在战壕里，紧张地做土工作业。加固堑壕的胸墙，修复被坦克碾坍的工事。

弹药，靠人力背上火线。后勤民工正在加快向大王庄战壕里运送反坦克炮弹、火箭筒弹、手雷，这一些打坦克的武器。

此刻守在这个村上职位最高的指挥员，是一位营长，他催我赶快离开。对面阵地上黄维的坦克和步兵，随时会发起冲锋。

才走回三四里路，离开大王庄不到半个小时。敌人的飞机开始对大王庄轰炸了，伴之以密集的炮击。大地颤抖。恶战马上就要开始了。

在我们阵地后边不远处，有一大片荒地，那里新垒了很多坟头。

我走进了那片坟场，一排排整齐排列的新坟。每座坟堆前，插了块白木板牌子，用毛笔或钢笔写了牺牲者的名字、所属部队，有的写了职衔，甚至写了籍贯。大多没有详写。这是临时性的墓碑。

在战场后边不远处建立坟场，这在别的战役中是少有的。淮海战役的打法不同，不是跑着打，是坐着打。一旦把一个大的敌军集团围住，就不慌不忙从从容容消消停停地打，甚至故意围而不打。这一来，战场背后也就可以看到坟场了。

2

黄维兵团突围被歼。我立即赶到了双堆集。

没有路，遍地是深深浅浅的炸弹坑，炮弹坑。作战期间，人们都是弯腰从交通壕里走的，路还比较顺畅。现在战斗结束了，直起腰来从地面走，到处都是沟沟坎坎坑坑洼洼，无路可走，只好在纵横交错的堑壕中，爬上爬下，跳跃翻越。

望不到边的，麦浪滚滚的大平原，一场大战以后，变成了一片支离破碎的土地。

枪炮，弹药，装具，战利品遍地皆是。民工还来不及搬运。

双堆集战场上，最显眼的，是几百部卡车整齐排列成的汽车阵。蒋介石统率的第二快速纵队，是一支完全机械化的部队，由坦克、装甲车、大炮、大卡车组成，机动性能极好，跑得很快。但一头钻进双堆集的包围圈里便再也无法快速退出了。这些无法挪移，无法机动的机动车，只好呆呆地停在黄维兵团部南边的田野里。也算是废物利用，在车厢里填满泥土，组成了一道战争史上罕见的汽车防线。车头朝里，车尾朝外，活像撅着屁股等待挨打的顽童。我拍了几张照片。粗略地数了数，组成这道防线的十轮大卡车，大约有两百辆。

战斗还在进行时，远看尖谷堆这座小土山，感到似乎很高，像是这片淮海大平原上的巍巍泰山。此刻走到近边，才看清了它的真实面目，不过三四十米高的一个小土丘。这个小土山靠近黄维兵团部。保卫这个兵团部或者攻击这个兵团部，都需要控制尖谷堆这个不高的制高点。双方为这个小土山，反反复复争夺过好多次，双方都伤亡很大。

硝烟刚散，尖谷堆下边的田野里，摆了几辆无人理睬的坦克。我只瞟了一眼，并未细究它是完好的，还是带伤的。

山上山下，到处陈放着来不及掩埋的尸体。有两具特别难看，头和四肢成了焦炭，只有一个突鼓鼓的肚子挺着。大概是火焰喷射器烧的。也搞不清楚是敌军的尸体，还是我军的烈士。

从尖谷堆的山下，有好几条螺旋形的交通壕通到山顶上。堑壕的胸墙，是用尸体垒成的。显然是因为天太冷，泥土冻得太结实，挖不出土来做工事。守在这座小山上的黄维“威武团”的官兵，只好借用尸体垒成胸墙，保护自己的安全。

变成了战壕墙壁的士兵，早就冻得铁硬的了。这一道道尸墙，尽是破碎的尸体。洞开的胸腔，打烂的脑袋，从尸墙上伸出一只乌黑的手，一条断臂，半个破碎的面孔。看惯了战场惨景的人，也无法平静地面对这道道地地的地狱景象。我硬着头皮走上了这座小土山的山顶，拍了几张照片。走上去又懊悔了。不忍睁着眼走下来，又无法闭着眼走下来，只好低头看路，尽量不去看两边的尸墙。

尖谷堆顶上，原来有座庙宇，早被炮火摧毁得无影无踪。小庙毁了，块砖片瓦无存。石块，砖瓦，全都变成了齐脚背深的浮土。

我走进了双堆集。双堆小镇在何处？没有一条街巷，只剩下些残破的半截土墙，不成形的空屋框。不存一间屋，不存一棵树。俘虏们说，所有的室内家具，室外树木，连同坟墓里的棺材板，以及部队自己的胶鞋、雨衣、马鞍、帐篷、子弹箱，通通搜罗尽，当作烧饭的燃料。烧起来气味很难闻的墓中朽骨，也变成了烧柴。

每口水井里，都浸泡了许多兵尸，是打水时被炮弹有意无意击中，落进井中的。水比粮食更需要，带血腥的，带尸臭的井水，此时此地，也变成了难得的饮料。

战役后期，包围圈里面无水无柴无米。聪明的联勤总司令从脑中抠出了一个妙计：在南京城内沿街收购烧饼、馒头，装上飞机，飞临战场上空，再投掷下来。

包围圈里面是座活地狱，地狱里也有商业。有的军官霸占了空投下来的大米、烧饼、馒头，开一爿高价的食品商场。不收贬值的纸币，只用银元进行贸易。

双堆集街头，有个伤兵医院。田野当中挖掘出一排一排长方形的土坑，大约和一个人的身体等长等宽。土坑下面垫了块雨布或单衣，上面或盖军毯或盖雨布或盖破大衣，有的雨布上蒙了一层浓霜。这土坑，就是伤兵的病床。严冬露宿野外的野战医院。这一片野地上，大约有上千个伤兵土坑。我走近这片土坑，听到的是人类喉管里发出的最惨的哀音。是耳朵和心灵都无法承受的低沉的哀鸣，还夹有凄惨，尖厉的号叫声。

一队民工，正在把土坑里的重伤兵抬到担架上。在已死士兵的土坑里，填满泥土，就地掩埋。

3

淮海战役结束了。江北的国民党军队和国民党的党政机关，成群成阵慌慌张张地向南狂逃。原来修筑了坚固防御工事，发誓要顽强抵抗的城市，这时也纷纷撤防，弃守而逃。像满树过分成熟的杨梅，只要一阵轻风，便纷纷从枝头坠落地下。从淮河以北，一路狂逃到江南。这情景，形象地体现了兵败如山倒这一成语。

各战区的解放军实行全国统一编制。华东野战军编为第三野战军，辖四个兵团十六个军，还有一个特种兵纵队。

我被调到八兵团新华分社。兵团部正在组建，新华社也正在组建。从各部队抽调来的干部，纷纷赶到兵团部驻地蚌埠报到。

蚌埠市面萧条，商店不多，顾客更少。津浦路上的淮河铁桥，被逃跑的国民党军队炸毁了。破坏得相当彻底，扭曲的钢梁，歪歪斜斜地插在激流里。重建一座铁桥，非一朝一夕之力。民工和建桥部队，正在架一座可临时让汽车跑一跑的便桥。

部队自蚌埠向南，向江边开进。经凤阳、定远，到达滁县。再向前，饮马长江。

这一带是淮南解放区的西分区。我是一九四〇年一月间，来到这块土地上打日本鬼子的。三年前，国民党军队强占了这片土地，那时，老乡流着泪，默默无语地送我们北撤。有时也问一句揪心痛的话：你们几时回来？谁能说得准几时回来。

现在景象全变了。驻到哪个村子，那里的老乡就围拢来。流着泪诉说三年苦难，亲人被杀、抽丁抓丁、重租苛捐。揩去眼泪，又笑着张罗，问我们有什么需要。晚上，炒一盘葵花子，炒几把带壳的花生，围着方桌聊天。第二天一早，老乡们又齐集村头，送我们南下。这一带是凤阳花鼓灯的故乡，好多村子上的老乡，以欢乐喧闹的锣鼓相送。

抗日战争中，淮南解放区没有一条公路，所有能让日军行驶机动车辆的道路，全都彻底破坏。公路挖成蛇形坑，八卦坑，挖断成废路。有的地方破坏得更加彻底，将公路还原为田地。从三七年到四九年，持续十二年的毁路时代终于结束了，从现在开始，进入了新的修路的时代。几天工夫，抢修出了一条宽宽的土公路。没有水泥，没有柏油，暂时只好免了。没有碾路机，用打谷场上的碌碡压路。路面松软，一阵大雨，泞滑难行。雨止，老乡再用砂石和干土，把路垫结实。

千军万马浩浩荡荡的南下进军路上，少了许多三年来和我们形影不离的山东老乡的独轮车。多了许多十轮大卡车、坦克、重炮炮车。

谢谢山东老乡，用独轮车，给我们推来了千千万万斤小米、煎饼，千千万万双布鞋、布袜。用独轮车，推来了一次又一次的胜利。现在，我们终于回到了当年新四军打日本鬼子的地方，回到了江边热情的老解放区。

恭恭敬敬地再说一声：谢谢山东老乡。

攻占上海

艾　煊

1

郎广歼灭战结束了。接到电令，要我立即赶到九兵团去。九兵团司政机关驻在太湖南岸的南浔镇上。这是一个出蚕丝，出财阀，出文人的地方。文风很盛，镇上有一个积书数十万册的藏书楼嘉业堂。

北方部队不习惯江南生活。首先碰到的是水多，桥多，蛇多。路太狭窄太弯曲。粳米饭太黏，太容易消化，不经饿。碰到两个北方干部在互相诉苦：吃一个窝窝头跑三十里，吃一碗粳米饭跑三百米。

宋时轮、郭化若借礼拜堂开会，动员打上海，要求军政全胜。打进去容易治理难。

水乡行路，以船代车代马。乘小汽艇出发，经嘉兴、松江，到了上海西郊的七宝镇。

在军参谋处了解到，237团打得猛，攻得快，刚刚攻占了西郊的虹桥飞机场，部队又向前进，正在程家桥一线，和敌军隔河激战。

上海街道多，歧路多，街道又是弯弯曲曲的，地形复杂，不看地图是弄不明白的。我请一位参谋按地图给我讲了一下敌我态势。

虹桥与市区之间，有一条南北流向的小河，名叫新泾港，程家桥村边的那道木桥，就架设在这条小河上。河不宽，但很深。东岸布满了钢筋混凝土的地堡群。

渡河攻击很困难。

有的部队泅泳强渡小河，向对岸攻击，伤亡大，常常受挫。237团是用密集炮火掩护，直接从木桥上冲过去的，比较顺利。我赶到程家桥时，这个团已越过新泾港敌军的防线，正向沪杭铁路逼近。

从七宝镇到程家桥，一路很不好走。护送我到前线去的通讯员时常提醒我，当心路两边地堡里有隐藏的敌人打冷枪。

国民党军队在上海郊区的防御体系，经营了很久。地堡密布，子母堡相通联，堑壕成网，很不容易把它们肃清。突击部队只好先打出一条通道向前进。道路两边，有些地堡里还有敌人，只好暂时不去管它。它要打冷枪，随它打去吧，让后边部队再去收拾它们。

2

五月二十四日晚上九点整，向上海市区发起了总攻。我随这个团向市区突进。先头部队越过沪杭铁路时，敌人没有立刻发觉。我们刚走进霞飞路，国民党军队中自动火器最多的交警总队和装甲车队，随即切断了后续部队和我们的联系，机枪在我们背后打得很激烈。

这是一次极为罕见的攻城战。战斗正在进行，上海全城高楼一片光明，大小马路上的路灯也雪亮如昼。打别的城市总是摸黑进去，唯有进攻上海市区，是在耀眼的灯光下作战。

作战中，总是希望将敌人置于亮处，自己处于暗处。我们在上海的灯光照耀下攻城，虽身处亮处，心中却有一种特殊的兴奋。即使战火纷飞，中国最大工业城市的发电工人，仍以坚守生产岗位来迎接解放。

部队走到每个交叉路口，立刻有两个臂上挂着白地黑字“人民保安队”袖章的人，从暗处走出来，走到队前。用上海话或夹生的普通话自我介绍，为我们当向导，带路。

战争结束后的和平年月里，我和人谈起这段往事，谈起五月二十四号夜，上海人的热情和镇定，地下工作的严密和周到，热泪常常会无法阻止地奔涌而出。

这个团只进来了五个连，后边部队被敌军的交警部队封锁，没有及时跟上来。团指挥所孤军深入，到了威海卫路、重庆路的交叉路口，占领了一个警察局。一批已上了汽车，正准备带走的政治犯，被我们截下来了。这时，团长手里只有五个连，分散在附近好几条马路上。苏州河以南的市区里，还有多少国民党军队，我们不清楚。我们已经攻进了市区的部队究竟有多少，敌人也不知道。这个仗，这么个打法，颇似京剧的《三岔口》。

顺着霞飞路，从西边飞快开来一部装甲车。一路跑，一路扫机枪。空寂的夜空，马路两边高楼的共鸣，显得枪声特别尖脆。装甲车撞到了我们阵地的前边。阵地，这只是个习惯性的军语。在上海马路上作战，那是什么阵地也没有的。我们不能跑进某一座钢筋水泥筑成的大楼，依托坚固的楼窗口进行作战。我们只好趴在马路边的人行道上，打那部在快车道上飞跑的装甲车。房屋的墙角，大门口凹进一点的地方，这些，就是我们的作战阵地。

团指挥所只有步枪、手枪、卡宾枪、手榴弹。拿这些轻兵器打装甲车，居然也把这个钢铁怪物制服住了。轮胎瘪了，铁怪物肚子里吐出来几个人，举手投降。

后来又来了两部装甲车。走在前边的一部，在这个交叉路口，被我们用同样的打法拦截下来。后边一部，见势不妙，赶紧掉头飞逃了。

恰在此时，从东边开来一部吉普车，到了路口，被我们哨兵拦住。车里跳下来一个戴大盖帽的军官，挺神气地问："你们是哪一部分的？"还没有听到答话，这小伙子看到了我们战士的胸章，猛然醒悟，性命交关。惊慌失措，连声啊啊，语不成句。

我立刻抓住这个机会，向这个自动送上门来的俘虏，作了三分钟的快速采访。这个小军官也毫不打顿地说，他是半小时前，才从北四川路陈大庆的淞沪警备司令部出来，给市区里各部队传送紧急命令的。他从吉普车里拿出了牛皮公文包，里头有淞沪警备司令部的紧急戒严令，规定从五月二十五日起，全市二十四小时全天戒严。

我说，你们的日历上，永远没有五月二十五号这一页了。

3

天亮了。天上有时落点毛毛细雨。肚子饿了，但作战命令规定，不许在市区里造饭。早饭还在离市区十五公里以外的村庄上做。炊事员挑进城来，路上得走三四个小时。打了一夜，天亮前肚子饿，更感到冷。干部战士，都怀中抱着枪，坐在马路边的人行道上打瞌睡。有的人实在累极了，就躺在潮湿冰凉的马路上。

在潮湿的泥地上睡觉，这不是第一次。作战中，行军中，遇不到村庄，只好在烂泥里打滚，这都是一些战争中时常会碰到的事。此刻不同，苏州河以南的市区已全部为我军占领，市区的战斗业已结束，是应当好好休息一下的时候了。上海人感到极为稀奇，从来没有见过这样本色的军队，占领了一个城市，居然不要任何报偿，不入居民住宅，仍旧睡在潮湿的水泥马路上。在中外战史上，这样的胜利者，这样的占领军，也确实罕见。

我毫无睡意。坐在湿泥地上，拿拱起的膝盖头当台子，在拍纸簿上，写了一条新闻，攻占上海市区头一夜的战况。撕下这张纸头，交给通讯员送到西郊去，请部队代为电发。

过惯了夜生活，早晨一向贪睡的大上海，今天一反常态，起得特别早。东方的天空刚刚有点亮影，临街的阳台上、楼窗口，不约而同，挂出了许多块红布。此刻，中华人民共和国还未成立，国旗、国徽、军旗、军徽，都还未制定出来。挂出来的，都是些没有标识的红布。没有规格，形状各异。一块红绸被面，一块红包袱皮，也有挂出了大幅花布，翠绿被单。大概事先并无准备，临时匆匆忙忙挂出来表示高兴的。

许多老人、妇女，拎着水瓶，拿着烧饼、油条、面包、饼干，来到了我们队伍休息的马路人行道上，诚心实意地请各位吃点早点，但都被一一婉谢了。这天早晨，许多普通的上海人，恐怕还难以理解，为什么一片真诚的热情被婉谢。

学生和工人，最敏感最热情的人，列队走到了马路上。竹竿头上挑起即兴书写的白布横幅："天亮了""我们的队伍来了"。还有一幅大概是哪位诗人写的："乌云散开，太阳出来。"自发的游行队伍，似乎是夜间匆匆忙忙临时组织起来的，天刚亮就走上了街头。二三十人一队，四五十人一队。一路歌声，一路口号，一路高声笑语。重重复复唱着那几首表达向往心情的歌："解放区的天""山那边好地方"。节奏明朗、轻松、欢快。

我离开了队伍，一个人到处走走看看，顺着热闹的南京路，从跑马厅，一直走到外滩。没有吃饭，没有喝水，也不饿不渴。随便走到哪里，都要被人群包围住，几人，几十人。我已经好几天没有洗过澡，没有换过衣服，军装上印出一块一块一圈一圈汗浸的白色盐渍。自己都闻得出自己身上那股很浓的汗馊味，那时还不曾戴眼镜，全身没有一点文气，看去是个地道的士兵。在官兵祸害百姓成为传统的中国社会，上海人毫不讨厌我这个兵。女学生们把纸扎的小朵红花，挂到我的纽扣眼里。我不好意思戴着纸红花在马路上招摇，走到僻静处，把它取下来，放进口袋里。

晚上，到了三野总分社的临时驻地新闻报馆。有的同志问我口袋里鼓鼓囊囊装的些什么？我把口袋里的纸花掏出来一数，一个早上，竟接到了二三十支工人和学生的游行队伍赠送的三十六朵红色的小纸花。

我们攻克过许多城市，但从未见过像上海人这样的热情外露，战斗还在苏州河北岸激烈进行，南岸市区里，自发的欢迎队伍就列队上街了。人们对旧的腐败的政府、腐败的军队、腐败的社会，失望绝望之余，把信任和力量都寄托在这些穿灰制服和土黄军装的人身上。

游行队伍中“万岁”的口号声，第一次公开地，响亮地在上海马路上空回荡。此后，“万岁”之声响彻了九百六十万平方公里的辽阔大地。喊了几十年，万岁，这一祝颂的形容词，逐渐衍变成历史上传统的至高无上权力的代名词时，它的内容和韵味也就变了。赞颂的祝词，衍变成永恒的，天经地义的，不需科学论证便可下绝对论断的思维方式。这种思维方式，也会使人失去危机感、忧患意识这些可贵的品格。

4

五月二十五号早上，我一直走到外滩。看到市政府大门口挂出了白旗。看到这标示旧的官僚政权向人民投降的白旗时，我的心态，不是像许多电影中描写此类场面时那样，兴高采烈，欢呼舞蹈。我凝望着这面白旗，情不自禁地泪流满面。为迫使旧的官僚政权挂出这面白旗，我亲眼看到过许多同志，长眠沙场。大多是十几岁二十几岁充满青春活力的年轻生命。有我熟悉的战友，更有许多我不知其姓名、籍贯的有名和无名的人物。

隔了两天，五月二十八日下午三时，我到市府礼堂，采访了陈毅市长的就职典礼。一个旧政权覆灭了，一个新政权诞生了。这样的交接庆典，该需要举行什么样盛大、庄严、隆重的礼仪？但事实上却极其简单朴素。

陈老总和副市长曾山、韦悫、潘汉年，走进了旧市政府的市长办公室，召见了旧政府的代理市长赵祖康。陈老总坐在赵祖康原来的座位上，赵祖康换坐到陈老总的对面，也就是他接见下属时下属坐的位子上。位子不同，但谈话的方式很随便。

然后，陈老总在市府小礼堂召集旧市府的全体人员讲话。陈老总向秘书长特别关照过，除各部门的局长、处长、科长外，包括所有勤务、杂役、警卫全部到会。三百多人，把二楼礼堂挤得满满的。勤杂人员和政府的各级官员，平等地坐在一起开会，这在旧政权时代是不可想象的事。

陈老总一开头就说：你们没有去台湾，很好，我们欢迎。表扬了他们在战局混乱时维持秩序有功，勉励他们各安职守，配合接管。旧政府的全部工作人员，一律量才录用，不使流离失所。

会场上，没有悬挂红布金字的会标，没有鲜花、锦旗、军乐、爆竹。陈老总的眼光早越过了这些庸俗表面的排场。这个简简单单异常朴素地走进市长办公室的陈毅，却成了上海有史以来威望最高的市长。

当时，还有一个重要的活动。解放区来的公开的共产党员，和隐伏在上海地下几十年的秘密党员的会师，共庆“七一”。中国共产党的第一次代表大会，是二十八年前的此日，在上海秘密召开的。二十八年后，三千名公开的和秘密的党员，终于又在此地公开汇聚一堂，这又该是怎样庄严、隆重、热烈的盛典？但会场的气氛，也极其简单朴素，没有乐队，没有会标，没有献旗，献花，献诗，只有华东局和上海市委三位负责人讲话。台上没有坐上一大串摆样子，摆权力的人。坐在台上的，也就是三位讲话的人。讲的是，未来的奋斗目标，目前的艰巨任务，为人民服务的作风。

5

五月二十七号早上，在原来申报馆楼大会议室里，范长江、恽逸群正在主持一个会议。有从北平来的，山东来的，上海地下党的，新华社华东总分社的，新华社三野总分社的，几十位新闻工作者。会议开得亲切，随便。坐在椅子上，桌子上，甚至窗台上。这一位的发言中，也有另一位的插话。像解放区开会时常有的那种气氛，无拘无束，生动活泼。

楼下起了一片乱糟糟的吵嚷声。我从楼窗口往下望，无数的人，拥挤在报社大门口，马路也堵塞不通。是报贩们在抢着批报。做了多年新闻工作，还未见过如此发行盛况。上海《解放日报》创刊号印出来了。三野总分社记者团，和华东总分社记者团一道，以解放日报为主要阵地，共同进行上海市的军管报道。

军号，生命之花的绽放

焦凡洪

虽然枕边的那支军号一直保持“静默”，但八十三岁的南启祥依然每天按照部队的作息时间起床“出早操”。散步归来，他开始保养军号，将其擦拭得一尘不染。握起军号，那些激越的音符便在他心中飞扬起来：勤务号、名目号、仪式号、战斗号……在深远音频的回荡中，一幅幅硝烟弥漫的画面又在他脑际闪回……

一

1948年秋天，在那个黄水泛滥、蝗虫肆虐的季节，十二岁的南启祥紧扯着父亲南永安的手，从黄河岸边的山东省鄄城县临卜集村入伍，成为中原野战军一纵二旅五团的一对父子兵。南永安被分配在团部任炊事员，南启祥被安排到通信连司号排当司号员。临别时，父亲把儿子的小手交到司号排长李继恩的大手上说：“首长，这条小命就托付给您了。孩子八岁那年，他娘死了，在家一直没人管，到了队伍上，您多担待。”李排长一手牵着小兵一手拉起老兵说：“部队是一个革命大家庭，我们会关心照顾好这个小鬼的。”那一刻，南启祥看到父亲的眼中噙满泪水……

连队发给南启祥一套肥大的军装和一支明亮的军号。南启祥去找排长：“为啥不给我发枪呀？”李排长望着这个还没有长枪高的小鬼笑了：“军号就是你的武器！你可不要小看这支军号啊，它上通天，下动地，枪炮都要听它的。”

第二天清晨，天还没亮，司号排就提前起床了。南启祥爬起来就往厕所跑，在门口被班长郭中弟一把拉住：“憋着，当号兵的要迎风吹号，聚气憋尿！”

全排被带到村外的一处高岗上。李排长扫视了一下队列，对站在排尾的南启祥严肃地问道："你的'武器'呢？"这时南启祥才意识到刚才光想去撒尿了，竟忘了带军号。排长从身后拿出南启祥的军号郑重地递给他："记住，军号重于生命！"

"嘀——嘀——嗒——嗒——""嗒——嗒——嘀——嘀——"战友们列成一排，昂首挺胸，开始训练：整齐的灰布军装，瓦亮的金色军号，在号管上一片红绸的飘舞中，洪亮的号声直冲云霄……那个威风，那个震撼！看得南启祥直愣神儿。李继恩把鼓肚胀腮的南启祥叫到一边，开始给他讲解军号的作用、发音原理和吹奏方法……排长一边说一边演示，还给他讲一些寓意深刻的道理，什么"军号要听党的话，'嘀嘀嗒嗒'走天下"，什么"气运丹田声走心，号音一出力千钧"，还有"军号震天响，部队打胜仗"，等等。直听得南启祥脑中光闪闪，胸旦亮晶晶，浑身的热血都燃烧起来。随着他的心音在军号里第一声喷发，他仿佛觉得生命开成了一朵金煌煌的花……

二

南启祥第一次参加战斗就上了淮海战场。那一天，班长发给他一枚手榴弹。他运足了气准备用它炸死几个敌人。战斗打响后，他和战友一起吹响冲锋号，一时间，枪炮震天，烽烟滚滚，部队就像那家乡的黄河水呼啸着卷了上去，在这汹涌的人流中，不时有一些官兵倒下……整场战斗，排长和那些老兵一直把南启祥挡在身后，使他的那枚手榴弹始终没能扔出去。这时，正好有一批俘虏被押了下来，南启祥一见红了眼，挥起手榴弹就往上冲，吓得那帮举着手的人"嗷嗷"乱叫。又是班长郭中弟一把拉住了他，并夺过手榴弹："你胡来，不准伤害俘虏！"南启祥一愣，"哇"地扑在班长怀里哭了："为什么不让我杀死他们，你看我们那么多战友都牺牲了……"班长也流下了热泪："我们的心情是一样的。但不许虐待俘虏这是纪律，纪律如号令呀！"南启祥使劲地点着头，把手中的军号握得紧而又紧……

战斗间隙休整，南启祥跑到团部去看父亲。父亲正摇着一个小石磨在做豆浆，见儿子来了，摇得更欢了："启祥啊，你们那冲锋号吹得好呀，震天动地。没挂彩吧？"南启祥自豪地说："没事儿，就是背包上开了朵花，那龟孙的子弹头在被里睡着了！"父亲笑了："好。你吹号，俺做饭，都是为部队打仗鼓劲哩！这号靠一口气、饭靠一炉火、命靠一种精神头哇……"父亲又开始推磨似的给他讲人生道理，但这时的南启祥已顾不上听了，他满脑子都是乳白色的豆浆，那香味儿直勾肚里的馋虫……南启祥满以为父亲会把这"奶汁"给他热一碗喝，起码也得弄一勺让他尝尝，他长这么大，还从来没吃过这好东西哩！父亲看透了他的心思，给他端来一碗白开水："润润嗓子就回连队吧。管理股好不容易买点黄豆，俺磨点豆浆给首长补补身子。再说啦，你吹号有号谱，爹当炊事员也有规矩，这锅都是铁打的……"父亲还没说完，南启祥转身就跑了。一开始他嘴里还吐怨气儿，但仔细品味父亲的话，又觉得心里顺气、服气：是啊，"号有号谱"，要吹乱了调那后果不堪设想哩；"命靠一种精神"，如见了豆浆就没了"精神"，上了战场要打败仗哩……想到这儿，南启祥竟觉得肚里比喝了那豆浆都香甜。

司号排新分来一名"解放战士"，湖南人，黑大个子，姓郭，在国民党军队也是号兵。这老郭一见南启祥，"呼啦"敬了一个军礼，拉住他的手说："感谢兄弟不杀之恩！"南启祥一下子被闹蒙了："谁是你兄弟，别拉拉扯扯的，站好了！"老郭马上立正，还是咧着大嘴冲他笑。南启祥不解地问："你怎么认识我？"老郭说："解放军都是大英雄！那一天，你要是把手榴弹拉响了弦，我就没命了！"南启祥这才想起，那天他扬起手榴弹时，一个大个儿俘虏吓得拼命跑，原来是他。"严肃点！"南启祥一手叉腰，学着首长的口气说："你应该感谢共产党，为我军制定了严明的纪律，要不我早就要你小命了。你要脱胎换骨，重新做人，要不我还收拾你！"直教育得老郭连声说"是"。

换了军装，老郭像变了个人似的，打起仗来拼命，干起活来玩命，天天脸上开成一朵"喇叭花"。他这个全排最高的大个子兵与南启祥这个年龄最小的兵特别投缘，行军抢着背背包，晚上睡觉争着"打通腿"。南启祥也很愿意"帮助教育"他："哎老郭，男人怕夹不住尿，军号怕吹跑了调。你以前怎么当了反动派？"老郭一般很忌讳别人对他提这茬儿，但对南启祥他愿意唠："命呗！我从小是个孤儿，整天扯要饭棍子，等能扛动锄头了，又被抓了壮丁。""你这颗'钉'在'刮民党'那边不老挨削呀？""别提了，那当官的拿我们不当人，连老百姓都不待见我们，说我们吹的那号是'丧魂曲儿'！""你到我们这边感到怎么样？""那还用说，手里捧着个'金花花'（军号），心窝窝亮堂，觉着像是重活了一回哩！""这话对谱。你今后有不懂的问题尽管找我，我告诉你。""还摆上老资格了，你知道个啥？"南启祥举起军号神秘地说："这里面可装着大学问哩，它什么都告诉我。你不行，因为我能摸准它的脉……""号还有脉？"老郭还想问点什么，可南启祥早跑得没影了。

南启祥又单独和军号去说话了。从小失去母亲后，他憋了一肚子的话语没处诉，是这支军号打开了他的心扉，这里面装着各级首长的话，还有党的话哩！一有空，他就独自默念各种号谱，并琢磨一些当号手的诀窍，比如："军令在号中，学习不能松，当号兵的要了解大局懂战局”“司号员要练就快腿，磨成铁嘴”“行动要紧跟指挥员，吹号要离开指挥员，越是危险越向前”……南启祥经常独自与军号说话的事儿传到了团机关，连团长见到他都夸：“机灵的小鬼！”

三

小鬼能担大任，打大仗。淮海战役之后，南启祥又参加了渡江战役、贵州剿匪战役、抗美援朝战争，在战场上一次次吹响冲锋号……他的这支扬起的军号汇聚在千千万万支号角之中，在一片片大地上绽放胜利之花、和平之花……

南启祥深知这鲜花是鲜血养育的。在军号的呐喊声中，有无数官兵流尽了最后一滴血，这其中就包括他的排长李继恩、战友老郭……还有他亲爱的父亲南永安。

南启祥最后一次见到父亲，是在部队由祖国大东南向大西南进军的出发路上。父亲挑着炊具还背着那个小石磨。南启祥看着父亲身上的重负问：“累吧？”父亲说：“俺就是个炊事员，比起你们在一线的战斗员来，这算个啥！再说啦，俺已是党员哩！”南启祥想，怪不得这次和父亲见面，他脸上的笑像那豆花似的，原来有喜事哩：“爹先进了儿也高兴。这次行动我们是先锋队，在一段时间里你可能见不着我了。”父亲熟练地把挑子换了个肩：“有军号哩，一听见号声，俺就看见你啦，军号通着俺的心哪……”

军号连着官兵的心，系着军人的魂。南启祥由司号员到担任各级指挥员，从战争时期到和平时期，一直把一支军号保存在身边。虽然他后来不吹奏军号了，但经常与它说说话儿，因为父亲还有那些革命先烈在望着他，在听着他冲锋的脚步哪！

1994 年 8 月，南启祥从辽宁省军区副司令员的位置上退了下来，军号又激励他奔向另一个阵地：参与创办国防教育基地、资助贫困学生就学、参加关心下一代活动，仅在军内外做革命传统教育报告就有一百多场……

一支军号融入了老兵的身躯，盛开着金灿灿的花，他的生命永远年轻！

梅园新村之行

郭沫若

梅园新村也在国府路上，我现在要到那儿去访问。

从美术陈列馆走出，折往东走，走不好远便要从国民政府门前经过。国府也是坐北向南的，从门口望进去，相当深远，但比起别的机关来，倒反而觉得没有那么宫殿式的外表。门前也有一对石狮子，形体太小，并不威武。虽然有点近代化的写实味，也并不敢恭维为艺术品。能够没有，应该不会是一种缺陷。

从国府门前经过，再往东走，要踱过一段铁路。铁路就在国府的墙下，起初觉得似乎有损宁静，但从另一方面想了一下，真的能够这样更和市井生活接近，似乎也好。

再横过铁路和一条横街之后，走不好远，同在左侧的街道上有一条侧巷，那便是梅园新村的所在处了。

梅园新村的名字很好听，大有诗的意味。然而实地的情形却和名称完全两样。不仅没有梅花的园子，也不自成村落。这是和《百家姓》一样的散文中的散文。街道是崎岖不平，听说特种任务的机关林立，仿佛在空气里面四处都闪耀着狼犬那样的眼睛，眼睛，眼睛。

三十号的周公馆，应该是这儿的一座绿洲了。

小巧玲珑的一座公馆。庭园有些日本风味，听说本是日本人住过的地方。园里在动土木，在右手一边堆积了些砖木器材，几位木匠师傅在加紧动工。看这情形，周公似乎有久居之意，而且似乎有这样的存心——在这个小天地里面，对于周围的眼睛，示以和平建设的轨范。

的确，我进南京城的第一个感觉，便是南京城还是一篇粗杂的草稿。别的什么扬子江水闸，钱塘江水闸，那些庞大得惊人的计划暂且不忙说，单为重观瞻起见，这座首都的建设似乎是刻不容缓了。然而专爱讲体统的先生们却把所有的兴趣集中在内战的赌博上，而让这篇粗杂的草稿老是不成体统。

客厅也很小巧，没有什么装饰。除掉好些梭发之外，正中一个小圆桌，陈着一盆雨花台的文石。这文石的宁静、明朗、坚实、无我，似乎也就象征着主人的精神。西侧的壁炉两旁，北面与食厅相隔为左右腰壁上，都有书架式的壁橱，在前应该是有书籍或小摆设陈列的，现在是空着。有绛色的帷幕掩蔽着食厅。

仅仅两个月不见，周公比在重庆时瘦多了。大约因为过于忙碌，没有理发的闲暇吧，稍嫌过长的头发愈见显得他的脸色苍白。他的境遇是最难处的，责任那么重大，事务那么繁剧，环境又那么拂逆。许多事情明明是知其不可为而为，但丝毫也不敢放松，不能放松，不肯放松。他的工作差不多经常要搞个通夜，只有清早一段时间供他睡眠，有时竟至有终日不睡的时候。他曾经叹息过，他的生命有三分之一是在“无益的谈判”里继续不断地消耗了。谈判也不一定真是“无益”，他所参与的谈判每每是关系着民族的生死存亡，只是和他所花费的精力比较起来，成就究竟是显得那么微末。

但是，轩昂的眉宇，炯炯的眼光，清朗的谈吐，依然是那样的有神。对于任何的艰难困苦都不会避易的精神，放射着令人镇定，也令人乐观的毅力。我在心坎里，深深地为人民，祝祷他的健康。

我自己的肠胃有点失调，周公也不大舒服，中饭时被留着同他吃了一餐面食。食后他又匆匆忙忙地外出，去参加什么会议去了。

借了办事处的一辆吉普车，我们先去拜访了莫德惠和青年党的代表们。恰巧，两处都不在家，我们便回到了中央饭店。

选自《南京印象》，群益出版社 1946 年版

黄河

周立波

十一月十五日在清涧东门外开了一个军人大会，十七日在绥德城外开了一个干部大会，在思想上，行装上，都有了敌后行军的准备。

二十一日，部队陆续到了黄河边上，有的连夜过了河。我们却在螅蜊峪宿营。螅蜊峪是黄河西岸的一个渡口，也是一个镇市。沿河岸有两百家人家。还不到黄河边上，远远地就看见北边两座山的峭壁之间，露出一片迷蒙开豁的水涯，这就是历代诗人最爱歌颂的黄河，这就是中国共产党的音乐家冼星海同志在《黄河大合唱》里谱出了他的雄奇的澎湃之声的黄河。

第二天黎明，从螅蜊峪看黄河，在万道灿烂的阳光之下，黄河里面的无数冰雪的团块射出明亮的反光。这些冰雪的大块，浮泛在黄浊的水浪里，迅急地奔流。他们互相冲击着，发出嚓嚓的声音。从螅蜊峪看黄河，河水由东折向南边流，拐一个大弯，又向东流，这个大弯好像是一弯巨大的新月，螅镇是在新月的背上。

等待渡河的时候，我到镇上去找开水喝，和老百姓聊天。他们说，原先这里的房子要多些。一九三九年和一九四○年，日本鬼子几次打到了河东，在东岸的山上架起大炮，轰击这一边，毁了这里好多的民房。老百姓指着一处说，挨近河滩，还剩几列石头墙脚的地方，原是一条街，全被鬼子用炮轰完了。依靠八路军英勇的守卫，鬼子从来没有渡过河来。我们和鬼子只隔一条水，但是陕甘宁边区始终是一块干净的土地，从来没有被日寇践踏。今天正在渡河东去的王震将军的部队里，就有好多保卫黄河的英雄。

我们挨次下了船。渡船首尾一样宽，不像南方船只的轻巧。每船水手十一人，十个人分站在两边，摇两支大桨。一个人掌舵。船一解缆，水手使劲地荡桨，大声地呼唤。那是一种粗犷的吼声，声音那么大，竟至超越了风声和波浪冲激船头的声音。到了中流，船在奔腾的波涛里，不停地起落，并且一直往下流。水手们使尽力量地摇桨，使尽一切力量地呼叫。这是人和自然斗争的雄伟的场面。河风吹着，我们穿着大衣，还冷得发颤，水手们只穿着单衣，脸上的汗竟像雨点一样地滴落。

到了河东的沙滩上，王首道同志站在那里遥望着河西，有一刻钟之久，不肯走开。我们已经离开抚育我们多年的党中央的所在地——陕甘宁边区了。大家都怀着依恋之情地遥望着河西。王震同志还没有过来。他正在西岸指挥队伍，分拨船只。他要等着亲眼看见最后一个人都平安地渡过了汹涌的黄河，自己才过来。

我们沿着黄河走了十里路，才转入东边的山路。在河边看见的第一间房子的砖墙上，写着“时刻准备反‘扫荡’，坚决保卫抗日民主根据地”。我记起了早晨在蛆蜊峪看见有一板墙上写着：“展开赵占魁运动，发展手工业。”隔一条黄河，一边是生产运动，一边是对敌斗争。

在河边上，我们碰见了两个农民。他们都穿着蓝布棉衣和白布棉裤，头上挽着干净的白洁的毛巾。其中一位提着一个大型手榴弹，另外一位腰间插着一支土造的手枪。这是民兵。提着大手榴弹的那个年轻小伙子，仔细打量了我们的制服和武器，于是小声地对那一位佩手枪的同伴说：“咱们的人。”我们要他们带路，他们十分高兴地走在我们的前面，并且告诉我们，这里是临南县的地方。这里的民兵都会使用地雷，每一个村庄的大路和小路都挖了雷坑。敌人一出来，地雷就埋好。我们经过的村庄，果然到处有雷坑。民兵送了我们十来里，我们怕走得远了，耽误了他们自己的事情，请他们回去。但不料他们回去以后，我们经过一个小村庄，碰到了一点麻烦。

我们经过一个名叫马塔的山村，突然被一群孩子包围了。他们手执红缨枪，不让我们走，索看路条。我们说：“咱们是八路军，从河西来的，没有带路条。”一个为首的孩子说：“你们是八路军，咱们欢迎，可是八路军也得有路条。”我们又告诉他：“你们的民兵哥儿还送了我们一程，刚走。”他说：“咱不管，只要路条看一看。”我们被阻拦着，幸亏村里出来一个人，头挽白毛巾，棉衣底下胀得鼓鼓的，一定是藏着武器。他问什么事，知道我们是从河西来的八路军以后，他叫孩子们赶快让开路，让我们前进。

路上，我们赞赏着村民组织的严密，有着这样的人民组织的地方，敌人是不容易逞凶的。

我们走了五十五里路，到了临南县府所在地刘家会。县政府把镇上最好的房子腾出来，让给我们住。晚上，睡在炕上，我们谈起了今天在黄河岸上发生的一件事情。

张米贵是一大队的一个战士。他是山西临南的一个贫民，参加八路军已经有七年。住在临南的他的母亲张老婆，今年六十一岁了。三天以前，她知道儿子要从陕甘宁边区过河，经过自己的家门，上前方去打日寇。她拄着一根拐杖，来到螅蜊峪对岸的黄河边上，等了三天。她不知儿子会从哪里过河来，但是她相信一定能够看见他，今天她真看见儿子了。她没有要他不到前方去，没有要他回家去，只是流眼泪，说不出话来。张米贵抱着枪伴着她坐了一会儿，要她好好地保重，并且说，自己会很快地回家。那时他要带了枪回来，打兔子给她吃。他不敢多看母亲的流泪的眼睛，因为害怕自己会难过。最后，他站起来说："打日本鬼子，打那些害民的反动派，是大事。妈，你回去吧。"于是，他赶快走开，怕她看见自己的眼睛。

就是这样，他别了母亲，赶上队伍，把一切经过报告了班长。从家门经过，他没有回家。

我亲历的解放区岁月

石　英

《解放区的天是明朗的天》。这是在20世纪人民解放战争期间流行于解放区的一首有名的歌曲。甚至，当时也为国统区的人民所熟悉。因为，有影响的声音是千山万水乃至人为的藩篱所阻挡不了的。以“明朗”二字喻解放区的大环境，从本质上说是最恰切不过的，由此反观当时在蒋介石反动集团阴云笼罩残酷压榨下的国统区，解放区应该说是一方得以自由呼吸的净土。

人们知道抗战期间，我党领导下的地区称为抗日革命根据地，抗战胜利后的解放区自然是原先根据地加上我军从日、伪、顽手中解放的广大地区。除了国共谈判“双十协定”我方在南方主动撤离的一些地方外，解放区的面积无疑较之原来已大大扩展，其中还包括为数可观的一些中、小城市。如果说30年代初期我党在中央苏区成立了以江西瑞金为中心的中华苏维埃政府，作为未来建立全国政权的红色雏形，那么十多年后的解放区已为新中国成立后人民共和国政治、经济、文化教育以至政权、组织建设等方面奠定了坚实基础。

说到解放区，就不能不提人民解放战争。事情的发展也是如此，日本投降后，蒋介石即急不可耐地纠集四百三十万大军，向解放区发动大举进攻，以图从人民手中夺取抗战胜利果实，进而消灭我党领导下人民军队，实现其在全国范围施行反动统治的罪恶图谋。而我党我军和解放区人民则针锋相对、坚决回应，解放区成为人民革命战争的可靠依托，反过来革命战争又捍卫了解放区和解放区人民。所以说，解放区与解放战争密不可分，正如人民军队与人民犹如鱼水关系，人心向背的至理也在于此。

深感幸运的是：我的童少年时期，正是在解放区成长的，我生活于此、学习于此、劳动于此、斗争于此。我人生的方向、政治信仰、基础知识、做人准则，大致都奠基于此。所以我一直坚定地认为：抗战末尾和解放战争时期是我人生历程的黄金时段。不是因为物质，而是因为精神；不是由于得意，而是有了人格；不是额外享受，而是长了斗志；恰是因有艰险，反觉更有价值。这段时间自 1944 年冬季开始至 1948 年，一千几百个日夜，我的心与解放区紧紧连在一起。我是解放区的水土和解放战争的硝烟哺育成人的。

我所在的地区就是胶东解放区下属濒临渤海湾和莱州湾的一个秦置古县——黄县。我县 1938 年被日寇占领（当时国民党政权和军队弃守逃窜），但我党领导下的革命军队仍一直在南部山区一带坚持斗争。

1944 年下半年后，由于世界反法西斯战局的发展，县城及西面龙口港的敌军大都调至太平洋战场，力量大大减弱，城西我村一带，已渐为八路军武工队和地方政府人员渗透控制，故而已成为实际上的解放区。

1945 年 8 月日本投降后，全县即全部光复，中间唯在 1947 年秋季一段时间被大举进攻的胶东解放区的蒋第 8 军李弥部侵占（两个多月后逃窜至青岛），始终为相当稳固的解放区。

当时胶东解放区的党政军领导机构为胶东区党委、胶东行政公署和胶东军区。其中胶东军区司令员自抗日战争到解放战争一直为著名战将许世友所担任，政治委员（也是胶东区党委书记）为本地脱颖而出的领导干部林浩同志。下辖东、南、西、北四个分区（包括地委、专署和军分区）。我县属于北海分区，与辽东半岛南端之大连、旅顺隔海峡相望。这里有必要多赘一笔的是：战争年代的区党委和行政公署是介于省（或大的解放区）与分区之间的领导机构，如“胶东区党委”，新中国成立后的 50 年代初即告撤销。这类专用机构的名称是一个字也不能少的。现在我见有写当时经历时，竟将“区党委”写成“区委”，那是一种错讹，因为县的下属机构才是“区委”。

在新中国成立前，我与许司令及北海地委书记兼军分区政委刘坦、军分区司令员孙端夫（1950 年冬 27 军入朝鲜时任 81 师师长）等首长都曾见过面，有的在新中国成立后还多有接触。但一般工作的接触我在本人的作品中均未提及，而只有那种表面上看似小事，却使我触动肝肠影响一生者，便不能不以专文记叙。但对在战争中与我一起斗争、启我前行的普通党员和长辈则放手书写，如此便绝无借名“叨光”之嫌。

就我个人而言，之所以在那些年中能够健康成长，小小年纪甘愿付出一切，毫无疑问是得益于解放区良好的大环境，比较公正、平等、讲理的社会风气和人际关系，正气上升、邪气难行的社会秩序，这一切都使我耳濡目染，深受感动，虽无物质收益（我家为中农），但时刻感受到精神鼓励。几乎是日夜浸润于积极向上的心情之中，始终为感恩思想所驱动。正是由于当时解放区良好的社会生态环境，领导干部的思想作风、军民关系及农村党员的表率作用和献身精神，从而便可得出广大人民群众何以一心向党，共同对敌的根本结论。

无须赘言，当时的中国总的来说正处于经济贫穷落后的状态，而受到国民党重兵挤压、严重经济封锁的人民解放区面临的困难更可想而知。党政军民日用物资奇缺，至今我记得还很清楚，仅举两例：抗战胜利后联合国救济总署通过烟台等港口运至解放区一批衣物和文化用品，部分区县干部有幸分得蓝色和咖啡色的卡其布上衣便觉得有几分时尚；学校师生能在新华书店买到一点美国生产的卷筒型“大板纸”亦引为幸事。因为，当时解放区生产的“一面光”大板纸太薄太脆，书写时稍一使劲就有可能被捅破。但所有这一切终归都是“小菜”，解放区人民在“自力更生、努力生产、勤俭节约”的精神鼓舞下，创造各种条件在自己仅有的土地上挖掘潜力争取较好收成，不仅基本上保证了起码的温饱，还如期完成了上缴公粮的任务。那几年间，在我们那片地区，主要的食品种类是玉米、高粱面饼子，小米、玉米和大豆粥，白面很珍贵。就连被土改“复查”的地富之家，因已经留给了他们相应的土地，只要自家勤于劳动，也能过上相应的温饱生活。

党和解放区政府在那些年也采取了尽可能的有效措施，以活跃经济促使人民群众生活的改善，如农业生产中的互助组，商业上大办合作社，推动健全的乡镇集市贸易，春秋两季在县城举办盛大的物资交流大会，等等。我在当时就很奇怪，尽管敌人封锁，但上级有关部门却能想方设法从蒋管区城市购进“肥田粉”（化肥），在县城合作社限量地卖给农户，在当时确实是有效地增加了粮食产量……

在政法工作与维护社会治安方面，我的感觉最突出的利民福祉可谓有口皆碑。县里有公安局（局长大都由副县长担任），区政府设专司治安的工作干部，村里有治安员，大都由民兵队长或自卫团长担任。另外，县里还有县大队，区里有区中队，这些地方武装每遇到特殊情况都能打得上、镇得住。在1944年前敌伪占领时期，我县一度社会秩序很糟，地痞、流氓、匪徒趁机作乱，夜间专抢良家小户，百姓苦不堪言，而自1944年冬天之后，逐步被震慑下去，后来这些闹事成性的歹徒由不敢闹到不能闹。广大善良的百姓说：“共产党和人民政府才是真正的包青天。”

文化建设也相应跟上去，那几年我县的文化馆、图书馆、新华书店搞得很好，四乡稍有文化的村民进城赶集，捎带都要到图书馆借书，到文化馆看书看报。我记得县城里文化馆、图书馆甚至工会、妇联门口的报栏前总是围拢着许多看报者，可见求知和关注时事的人们心气之盛。其他的文化活动，如军分区文工团也常到四乡为乡民演出；县城戏院除敌占时期外，“大戏”（京剧）演出始终未停，下午和晚上各演一场且上座率甚高。大多数村镇的“同乐会”也很火爆，除农忙时节外从未消停过。

至于教育方面，也是解放区的强项，我县自民国以来，新学甚盛，有些重点小学远近闻名。我县教育科李科长（名字我忘记了）有一句口头禅“师资是教育质量关键的关键”。由于特殊的地理和历史等原因，我县师资优势明显，可惜当时中学只有初中，本县中学无高中部，附近城市只有烟台有高中，限于路途和交通条件，一般农户子弟无力前去就读。但县区领导都非常重视教育，有一项举措坚持了多年，即高小毕业生实行全县会考。我参考后获得了由县政府颁发、县长签名的奖状，一直爱护备至。敌占期间我将它装进一个铁盒，由于缺乏经验，又将铁盒藏进炕洞里，敌军逃窜后我取出来，发现奖状已被灶火烤焦矣。但不管怎么说，解放区的教育使我打下了比较扎实的学业基础，加之参军后在机要岗位边工作边勤学，以至只断断续续上过两年初中的我，1956 年居然考取了南开大学中文系。

去找李鼎铭先生看病

刘成章

那时候，生活在延安的我，只有七八岁的年纪。人说："七岁八岁，惹得鸡狗眼黑。"但我那时，似乎从来不是上墙揭瓦的角色。不过，我也是闲不住的，因为我正处于闲不住的年纪。

我家住在当时延安最有名的村子南洼村，其地势高巍，大概等于现在的二十多层的高楼。如果套用一首著名歌词，这里的风景呀真好看：抬手一指宝塔山，低头一看大礼堂。大礼堂是陕甘宁边区政府参议会大礼堂。那时，饱经沧桑的宝塔，已经有一千一百一十多岁了；而大礼堂却比我还年幼，应是我的小弟弟，只有四五岁。我的性格比较内向，但我在这一老一少之间，却显得活泼而懂事。

有一天，是初夏的一个极为晴美的日子吧，草色山光，映照得院子里的猪们鸡们都好看了几分。可是我病下了，浑身发烧，还有点拉肚子。晚饭时分，上院邻家的一个小女孩端着饭碗来我家串门，倚着门框，说个不住。知道我感冒了，她就急忙把饭碗往下一撂，一副准备跑去的样子，对我说道："我妈要去找李老看病，我看她走了没有；要是没走正好把你引上。"她跑了。她的身影，像被一阵风卷走了。

她说的李老，我和母亲自然都是知道的。李老的名字叫李鼎铭，是边区政府副主席，还是边区参议会的副议长。延安开群众大会时，常常把他的画像和毛、朱、周、刘以及林伯渠等十多人的画像一起举着。还听说他是延安最有本事的中医，给毛主席和朱总司令都看过病。虽然如此，但在我们心中，还是把他看得和村里的所有的老爷爷没有什么大的差别。这左近还有比他的官更大的人，比如长白胡子的林老林伯渠，他是边区政府的正主席，他就当当住在我们山畔的下边，我们几乎天天都能清晰地俯瞰到他的身影。但是，有时候清早起床后，他还提着筐筐拿着铁锨，到处转悠着捡粪拾肥，见了村里的老人总要站下亲热地聊上一阵。我们的上面畔上还住着边区最高法院院长谢老谢觉哉，傍晚之时，我们这些娃娃，常常来到他的窑前跑来跑去地疯耍。

不一会儿，那女孩来了，随后走来的是她妈。她妈用手帕提着一些鸡蛋。于是，我就跟着她妈我的婶婶，奔着李老看病去了。

从我们的坡洼走下去大概有十米的距离，是两山之间的沟渠，沟渠里有一个涵洞，涵洞是下雨时供洪水流下崖底的通道。一道矮矮的土墙横在这儿，就算是边区政府的大围墙了。围墙上有一个豁口，并无哨兵。我跟着婶婶进入豁口，沿着弯弯曲曲的山畔一路走去，走了二十多分钟，到了一个小小的院落，院落里有一并排的三孔低矮的土窑洞，那就是李老的家了。我们进了一孔窑洞，一个瘦小的老爷爷正坐在炕头就着油灯阅读什么古书，炕上铺着席子和毡，还搁着一杯冒气的清茶。我一眼就认出他便是李老李爷爷，因为我以前多次见过他。听了我们的来意，他立即放下手头的书，像一切中医那样望闻问切地给我们先后看了病。在给我号脉的时候，他盯着我胸前戴着的一个像章说："你在哪里买的？"我低头一看，也同时起来了，那正是李爷爷的像章。那时的像章都像一个圆形的大纽扣，底有别针，面上蒙着一层透明的薄膜，薄膜还有一些硬度。我说："不是买的，是我用一只刚出窝的小雀娃跟同学换下的。李爷爷听了后，脸上浮现出非常亲切的笑容，说："我再给你一个，你要不要？"我说："要。"李爷爷转身给我寻了一个，我接过一看，原来是朱总司令的像章。婶婶也凑上看了一会儿。后来，他给我们每人开了一服药方子，又给我们安顿了些什么。告辞的时候，婶婶欲把搁在炕边的手帕解开，把鸡蛋放下，可是李老硬是不收。互相推让了好半天，结果，李老看见盛情难却，就走下炕来，把鸡蛋一个个小心地放下，又给手帕中包了些东西，说道："这是咱们光华农场生产的牛奶糖，你们拿去尝尝。"婶婶无法推辞，就拿了和我走出了窑门。

我年长后获知，李鼎铭先生是上了"老三篇"因而举世皆知的人物。毛泽东在《为人民服务》一文中说："'精兵简政'这一条意见，就是党外人士李鼎铭先生提出来的；他提得好，对人民有好处，我们就采用了。"这样，精兵简政就成了整个边区的一个极其重要的政策，由此可见，李鼎铭先生对革命作出了巨大贡献。他去世时正是国民党攻进陕北、与共产党生死较量的时期，在敌强我弱的情况下，毛泽东、周恩来等党的领导人一边行军一边夜以继日地指挥作战，还对他的去世敬献了挽词。李鼎铭先生，无疑是延安时代的一个政治地位十分显赫的人物。

我年长后常想，去李老家看病，我们就像到南洼村里的谁家还了一个簸箕，或者借了一副桶担，说去就去，办了事就走，临走还要兜上点吃的，没有任何紧张、胆怯和局促的感觉。而我们看病回家之后，家里人听了也都没太在意，头也不抬地干着自己手里的事情，或扫院子，或洗碗筷，或喂猪喂鸡。它显示出的是一种清纯动人的时代风貌，很值得我们和我们的子子孙孙长远地怀想和致敬。

老赵“提干”

焦凡洪

革命战争年代，我们的革命先辈是如何对待工作、荣誉、地位的？回忆起 70 年前老赵“提干”前后发生的事儿，让今年已 90 岁的老战士程茂友感慨万千。

一

那是 1949 年春天，平津战役胜利之后，数十万大军从华北南下追剿国民党反动派的残余势力。当时，程茂友所在的 46 军通信队有许多机密文件，上级特意为队里配备了一头骡子，老赵就是那时调过来的饲养员。

程茂友是抗战时期入伍的老兵，担任有线班班长，也是队里的党员骨干。不过，老赵的革命资历比程茂友更长些，他是个老红军、老党员。程茂友对他特别敬重，两人很快就成了无话不谈的好战友。老赵是江西人，开口爱说“同志哥”。论岁数，老赵才是名副其实的老大哥。

通信队行军队伍里加入了一头体格高大的骡子。自从老赵牵着这头骡子行进在通信队的行列里，官兵们都感到很自豪。有时遇到其他单位的兵就禁不住要炫耀：“我们队厉害吧，上级专门给我们装备了战马。瞧见那位大个子兵了吗？那是从骑兵部队派来的！”这话被老赵听到了，脸黑成了骡皮色：“同志哥哎，可莫瞎吹，这不是马，是头骡子！”这些兵私下对老赵说：“老哥，这骡子和马不都一样吗，说战马多提气。”“就是，这骡子骑上去不也叫骑兵吗？”“是呀，当着外人你干啥那么较真？”老赵梗起脖子说：“同志哥哎，咱们队伍走路向来都是‘一二一’，不能指骡子为马。再说了，你们不要小看这骡子，马有马的能耐，骡子有骡子的优长，这骡子既有耐力，又有爆发力，特别是负重能力强。我过去不是什么骑兵，现在也不是，就是个饲养员。”

别看老赵平时性格温和，但关键时候他较真章、认死理儿。有的战士在背后叫他“犟骡”！老赵知道了也不生气，乐呵呵地说：“我愿意做一头革命的老骡。”

“革命的老骡”能吃大苦，耐大劳。老赵的背包装具本来可以让骡子驮着，可他偏自己背着，骡子驮的只是队里的保密文件、档案资料等贵重物资。行军路上，每当他发现有患病的战士行走困难，他便上前接过枪或是夺过背包，扛在自己肩上，也绝不给那骡子增加负担。

老赵牵着骡子紧跟队长走在前面，那高高的背影成为全队官兵行进的标识。中间休息吃饭，老赵就到一边给牲口擦身子、喂饲料，先把骡子伺候舒帖了，他才匆忙扒拉几口饭。

有一回天上突然下起瓢泼大雨，官兵们都赶忙披上雨衣，老赵却拿出雨衣盖在了骡子身上。旁边的战友争着要把自己的雨衣给他，老赵却一挥缰绳和骡子飞奔起来，在前面扬起一路的水花……

部队边打仗边行军，紧张、饥饿、劳累，每个人都达到了生理极限。晚上休息了，大家倒头便睡。老赵此时却是最忙碌的时候，给骡子卸装具、饮水喂料，还要准备第二天行军的草料。这些事儿他都做得一丝不苟。在当时那么艰苦的条件下，人吃饭都是随意对付的，更何况给牲口吃的草料，但老赵却坚持“寸草铡三刀”。夜里，他就是再困也会中间起来为骡子加草料。

程茂友有空就去帮老赵打下手，两人一边干活一边说着心里话：“老哥，您对骡子总是照料得这么精心……”“我从小没进过学堂，认识几个字都是到部队学的。我琢磨这‘心’字左边一点、右边一点，窝窝里还有一点，这是告诉我们用心干事要从一点一滴做起，差一点都不行。这骡子既是我们的无言战友，又是我们的武器，跟着我们干革命，我的工作粗心不得呀！”“说得好，这长途行军得一步一步地走，取得解放全中国的胜利得一仗一仗地打，我们每个战士都得全心全意。”“对呀，我还琢磨这‘心’字的三个点这么一勾，又像个‘山’字，我们每个兵的责任都很重，胸中装着一座山呢！”

二

尽管老赵在队里不担任领导职务，连个小组长都不是，但官兵们思想上有什么疙瘩，都爱找他唠唠。特别是有段时间，一些战士对部队没日没夜的行军有想法，老赵一有空便给大家讲长征的故事。老赵的故事可多了，都是亲身经历，他说的话大家信服。

战士们敬佩老赵，也为老赵鸣不平。大家觉得老赵是井冈山时期入伍的老兵，经历了反围剿、长征和抗日战争，他是纯粹的“老革命”。与他同期参军的同志都当了干部，许多还到了师团职领导岗位，可老赵仍是个大头兵……难道他有历史问题，还是犯有严重错误？

程茂友是通信队的党支部委员，他就去找党支部书记兼指导员常存礼反映战士们的意见。指导员听了后说：“这事呀，难……”

老赵提干的事“难”在哪呢？程茂友不好多问，心里却一直存个谜团。

一天，队里召开支委会，议题是研究上报老赵提干的问题。会上，党支部书记常存礼首先传达了军司令部直政处关于把老赵提拔为干部的建议，又提出了拟推荐老赵担任通信队司务长的意见。支委们踊跃发言，都表示赞成。有的委员还诙谐地说，这“老骡”早就该挂“掌”啦！书记说：“大家先别高兴得太早。我和老赵从井冈山时期就一个锅里抡马勺，我太了解他了。这些年，组织几次要提拔他当干部，他坚决不干。他前一个单位的领导还对我说，这老赵什么都好，就是倔得像头骡子！今天，咱们再一起做做工作，来个集体谈心。”

指导员让通信员把老赵找来。老赵进屋一见这阵势，马上敬了个军礼：“首长有什么任务叫我完成，请指示！”大家请老赵坐下。书记说：“老赵同志，最近直政处又给我们提出要求，研究上报你的提干问题，支委会一致同意拟推荐你为通信队司务长人选……”常存礼的话还没说完，老赵“噌”地从凳子上蹿了起来，脸涨得黑红：“指导员，别人不知道我，你还不知道我吗？我这块料能当干部？组织关心我，我感谢，但也请求组织不要认为如果不给我提干就好像对不起我似的。我是来革命的，打反动派的，不是来当官的！”一些支委说：“老赵，让你当干部也是革命需要。”“好让你挑更重的担子。”老赵脸上冒出大滴的汗珠：“那也得什么材料做什么用，不能拿麻秆做房梁。你们推荐我当司务长，我肚子里的大字不满一槽子，连个数码也写不全怎么记账，怎么完成任务？”队长黄作峰说：“给你配个文化高的战士当助手！”程茂友自告奋勇：“我是队里的兼职文化教员，我帮你！”老赵更急了：“这不是掺上沙子当马料糊弄骡子吗？我挂个不合蹄儿的‘掌’走不了路，那不是拿革命工作开玩笑嘛！”老赵环顾一下大家拍着胸脯说：“同志哥哟，我就是一个饲养员的料，我要和我的老伙伴一直干到全国解放，等完成任务了，我就回家买头骡子种地去！”说完，老赵拔腿要走，指导员拦住他说：“你先别走，听大家把话说完。”老赵一脚门里一脚门外，满脖子青筋：“今天你们就是说破天，我也不同意。不能坑部队，给革命造成损失！”书记对着老赵也是对着全体支委说：“你老赵同志的个人意见，我会向上级汇报，最后我们都要服从组织命令。老赵，交给你另一项任务：部队长途行军，鞋都烂了，现在后勤又供应不上，你教会大家打草鞋。”老赵一听这活，阴沉的脸上立刻云消雾散：“没问题，我坚决完成任务！”说完，抬腿就跑了。

老赵提干的事只得又搁置了。虽然老赵坚决不当干部，但执行起组织打草鞋的任务来俨然是一副指挥员的模样。他先从每个班各选两名战士进行培训，一步一步地教他们编草绳，系布条，然后让这些小教员再分头回去教大家，全队有条不紊地展开了打草鞋的工作。对打出的草鞋，他一个班一个班地检查，一双一双地验收，发现不合格的坚决要求重打。在老赵的组织下，全队利用休整的时间每人装备了三双草鞋。

队长、指导员都表扬老赵任务完成得好。程茂友又趁机给老赵做工作：“老哥，打草鞋这件事，证明你挺有组织能力和领导能力的……”老赵马上把话截住：“快别说了，什么牲口搭什么载儿，什么萝卜做什么菜儿，我这人就能当好一个兵！”

部队过江，投入了追歼顽匪的战斗。此时已到夏季，天气闷热，阴雨连绵，道路泥泞。进入海拔1500米的幕阜山后，小路蜿蜒崎岖，处处悬崖峭壁，官兵单人行走都困难，何况老赵还牵着牲口。一天，当老赵走过一处悬崖时，骡子的两条后腿突然一滑，掉下了崖，骡子急速下坠，老赵拼力地抓住缰绳想把它拉上来。同志们一见都大喊：“老赵，危险！”“松手！”“快松手！”可老赵趔趄着身子死死地抓住缰绳不放。就在一些战士靠过去想拉他的瞬间，骡子带着老赵坠下了悬崖……

“老赵——”“赵大哥——”官兵们大声喊着，可老赵再也没有回声。

三

整整70年了，在程茂友心中一直不变的是对老赵的思念。这些年，程茂友多次想去悼念这位可亲可敬的老大哥，无奈战争年代敌情复杂，善后小组是秘密把老赵安葬的，现已无法找到他长眠的地方……

今年10月1日，程茂友作为老战士代表，参加了国庆阅兵，坐在由21辆礼宾车组成的致敬方阵中。在4号礼宾车上，程茂友庄严地举起右手，边敬军礼边默默地在心里说：亲爱的赵大哥，虽找不到你的墓地，甚至也记不得你完整的名字，但你的忠魂已融入这巍峨的人民英雄纪念碑，我们永远记得你……

原载《解放军报》2019年11月22日

火似的激情

林　非

回忆着三十多年前的那些日子，真会迸出一团充满了火似的激情，革命和战斗的生活使我的青春像燃烧起来似的。每当想到那样的生活，就觉得浑身都散发出力量来，而这个永远不会忘却的回忆，是跟苏州紧紧拴在一起的。

1949年4月22日晚上，我随着浩浩荡荡的队伍渡过长江，从江阴往南边急行军，第二天午后才到达无锡。大家都饥肠辘辘，席地坐在火车站前面等候命令。一群群男女老少围观着我们这些腼腆的士兵，觉得好奇和新鲜，纷纷凑上来说话，诉说着国民党部队的烧杀掳掠，于是司令部的同志指示我们这批文化兵分散开来，向这些人们做宣传工作，这也许是被不少电影和小说写腻了的场面，当时却真的使我感受了人们拥护共产党的情绪。

当天晚上，在夜风中，我们奉命乘上了敞篷的火车，向刚解放的苏州开去。因为当时的上海还控制在国民党手里，为了防备他们派飞机来轰炸，火车上不准开灯，一长列乌漆漆的车厢，在黑黝黝的田野上颠簸着。风凉飕飕的，却挡不住我的睡意，合上风纪扣，把军帽拉到眉梢，头就像钟摆似的摇晃起来，这是已经睡着了。在江北徒步行军时，我一晚上都能睡十来个回合，何况这时候坐在车棚的地板上，简直比有钱人睡在席梦思床上还要舒坦。当我偶尔醒来时，听到在嘎嘎的车轮声里，传来了此起彼伏的鼾声。我想大家总是跟自己一样，都要美美地享受一番这难得的睡眠。

几位老战士轻轻吆喝着：“千万别睡着了，会感冒生病的！”鼾声还是压倒了这柔和得像催眠曲似的吆喝声。直到现在我还觉得，这是我生平最舒服的一次乘车。现在上了火车，车厢里的干净和整洁，自然不是破烂的敞篷车可以比拟的，不过我再也尝不到那天晚上令人留恋的滋味了。

在黎明前，我们到达了苏州。苏州是个出名的天堂，我在上海念书时就曾想去旅行的，因为读过几篇徐霞客的游记，很想历尽天下的名胜，可是在国民党统治的年代里，普天下都不过是达官贵人的天堂，像我这样的穷学生，游山玩水又谈何容易，因此始终没有实现这样的梦想。这时候到了苏州，真想立刻去看看几个闻名已久的园林，但是工作忙忙碌碌，连星期天都没有，也只好像李白梦游天姥山似的，独自想象一下那些园林的奥妙罢了。过了好久，我才有机会去游览拙政园。中国的古典园林，我在那时只见过上海的豫园和古猗园，只能以这两个园林为蓝本去发挥想象，见到拙政园里脱尽凡俗的一溪一壑，比自己想象的更完美得多，因此真可以说是一见钟情，而且几十年来还依旧历历在目。

苏州刚解放时，被我们击溃的国民党杂牌武装和不少地痞流氓，常于深更半夜，出没在深巷之间，杀人越货，为非作歹。为了保卫人民的生命财产，我们就在驻地附近值夜巡逻，紧握枪支，注目地张望着小巷里的每一垛墙壁。

有一回在滂沱大雨中，一位跟我并肩走着的战友，轻轻地念起戴望舒的诗句来：“悠长又寂寥的雨巷，我希望逢着一个丁香一样的结着愁怨的姑娘。”雨下得更猛了，我大声地应和他：“我希望逢着一个暴风雨一样的残忍的强盗！”这也许可以算是青年时期的罗曼蒂克吧。

在后来的另一个晚上，我们真的跟几个强盗遭遇上了，他们放了几枪就落荒而走，从娄门附近倾圮的城墙脚下爬了上去，扑向宽阔的护城河里。我们紧紧追赶，也攀上了城墙，十来支步枪和手枪一起射击，这是我生平仅有的一次真刀真枪的“作战”。

第二天有人来报告，在护城河上浮起了一具尸首，我们赶去查验，几位有经验的老战士从他腰间找出一支盒子炮，估计就是昨晚逃窜的土匪，可是谁也说不准他究竟是怎样致死的，因为身上并无子弹的伤痕。

我不久就离开了苏州，辗转三十多年，很惭愧的是工作没有做出成绩来，不过当我回忆着青年时代曾用生命和信念保卫过祖国的城市，觉得多少还有点儿欣慰。我始终怀念着苏州，打听着苏州的消息。听说苏州在工农业建设方面做出了许多惊人的成绩，心里有说不出的高兴，因为我对于苏州的缕缕情思，也随着岁月在增长啊！我多么希望再到苏州去走一走，看一看，让那儿日新月异的生活，让苏州人民的奋斗精神，重新燃起我青年时代火似的激情啊！

1984年8月8日

龙烟的三月

草　明

没有风，难得的龙烟三月的早晨。温暖的太阳升起来，驱散了春寒，驱散了朝雾；朦胧的龙烟脱去了睡衣，露出了她的壮丽、凝重的姿身。

龙烟区入口处，高耸着十个一排并列的鼓风炉。远远眺望，它们仿佛是一队停泊的军舰。鼓风炉的对面，是一座兀立着的，直径十二米，深六米的水塔。它好像是龙烟的哨兵，严肃地、沉默地监视着它周围的一切。稍稍往南走，便是一座宏大的两层建筑物——工人们叫它“大楼”。“大楼”，在敌人统治的时候，它是一个多么可怕的名字啊。人们走过，不敢正眼觑它。在那里，它定下了多少残酷的剥削制度。想出了多少恶毒的刑罚和阴险的怀柔政策；它吮吸过多少中国工人的血，葬送过多少生命——现在啊，完全改变了，工人们愿意跑到“大楼”去，他们可以把腰杆挺得直直的通过门岗，不需要九十度的鞠躬便可以和和蔼的工作人员们谈论工作和学习，甚至聊天。工属们抱着孩子上那儿找妇联会主任。因为，龙烟铁矿公司的办公室在那儿，区公所，妇联会，和他们自己的工会都在那儿。

在鼓风炉和大楼的前面，有一条铁路的支线，它是联络庞家堡和烟筒山的交通的。急性的火车头，忽忽地从那群战舰的烟突似的炼铁炉前通过，从立体式建筑的“大楼”前通过——向来以自己那严肃的长长的躯体自傲的列车，这时候未免觉得相形见绌，脚步也加快了。车头所过之处，冒起了一缕一缕的白烟，白烟的消和涨与列车的行进有着协调的节拍。列车隐蔽在地平线下的时候，白烟便像弹棉机上的棉花似的一团一团地从地平线上跳将起来。

炼铁厂的工人们辛勤地工作着，焦炭股的工友们因为以碎屑的炭末烧成整块焦炭的成功而提高了生产情绪。修理炼铁炉的赶紧工作着。机器厂里面的马达在飞快地转，机械也在飞快地转，工人正竭力想办法使生产品增加。过去敌人统治时，他们想尽办法偷懒、欺骗敌人；现在，他们却高兴把产品增加，竟有增加到几倍以上的。

水道科里三部七十五马力的吸水机给全龙烟区运送甜水，电力厂是全区最辛勤的工作者，它是各部分机器动力的源泉。

上工的汽笛响过了以后，分布在方圆七八里地的工人宿舍区显得清静了一些，一幢一幢齐整地排列着的宿舍，从破窗户传出了孩子的哭闹声。户外的母鸡，因为春暖的季节到来，下蛋的报讯叫得更频繁。女人们穿过洒满了阳光的道路，上邻居相好的屋里串门去。这时候她们正忙着选举的事。

“过去，敌人在的时候，我们自己的事都不让我们自己来管——工资给克扣啦；高粱面里沙子太多啦；今天冻死十多个，昨天病死二十几啦……过的是鬼的生活。现在，吃的是小米、白面，穿的是布衣服，过的是人过的光景；还要让我们自己来管理国家大事；娘儿们也有份……熬了那么多年，到底还能享几天福。”一位老太太说。

“哼，你享的是民主福，享的是八路福。没有八路来，没有民主政府，我看你去享什么福，你没听说么，重庆工厂打伤几十个工人，用枪打的呢！咱们当家的昨天捐了两百块钱寄到那边去援助那儿的工人。”

“孩子的爹也捐了钱，大伙都捐了，听说还有捐五百元的呢。”

是的，前两天工人里面正掀起了一个募捐的热潮：他们知道了重庆中国毛织厂工友被国民党的警察和特务屠杀之后，大伙十分愤怒，自动地捐钱出来援助他们，还要通电抗议。这里在民主的地区里愉快地生活着、工作着的工人，并没有忘记那遥远的，还在蒋介石统治下的在水深火热中的“大后方”的工友们；他们比以前团结得更紧密。誓死做他们争取民主、争取生存的斗争的后盾。

除了工作，工人们拿很高的热情来参加每天一小时的学习，提出许多生动活泼的问题。此外，他们还组织起自己的通讯小组和工人俱乐部。过去敌人统治下，离开了工厂便钻到铺上去的工人们，现在他们有充分的自由去说话和对外报道，有浓厚的兴趣和时间去娱乐与休息。他们还计划筹设一个规模较大的合作社，以清算斗争胜利后拍卖曹老二等的财产的所得充作资本。

工人们辛勤地工作着，“大楼”和各厂部的工作人员繁忙地工作着；他们只有一个信念：以集体的努力使龙烟区内每个高矗的方形的烟囱都冒出黑烟，以集体的努力把龙烟铁矿公司建设成新民主主义政权下的新的企业化工厂。

在远远的那边，围绕着龙烟，围绕着宣化市，还有铺缀着白雪的连绵不断的群山。它们在早晨，散发那种种迷人的浅紫、淡蓝，和乳色的水蒸气。有了它们，龙烟显得更美丽、可爱。这儿的空气是恬静的、清爽的。它随同民主的气息，让人们喜爱地呼吸着。

太阳渐渐升高，整个龙烟浸润在温暖的三月的阳光里。在早饭后一小时之内，至少有二三十队雁，穿过灰蓝色的天空从南方回来。这灵敏的候鸟，这因畏寒冷而一度离开过的候鸟回来了。它们掠过龙烟上空的时候，似乎看见下面那巨大的改变而惊叫起来。它们似乎感染到人们的愉快的生活，因而尽情地欢呼起来。

沸腾了的北平城

——记人民解放军的北平入城式

刘白羽

二月三日，人民解放军举行了解放北平的入城仪式。装甲部队、炮兵、坦克部队、骑兵、步兵，一路从南面永定门入城，另一路由西北面西直门入城，会合之后向南走，由西长安街转和平门，向西，出广安门。这浩浩荡荡的行列，从上午十点到下午四点钟，前头已经出了和平门，后头还在向永定门拥进。

这天，从早晨起，人民就一群群一队队地向前门广场拥去。九时半，林彪将军、罗荣桓将军、聂荣臻将军、叶剑英将军，出现在前门箭楼上。这时候，前门广场上，人民的行列像海洋，各式各样，红的绿的、猎猎飘动的旗帜，就像翻腾的海浪。人们高举着自己热爱的领袖毛主席和朱总司令的巨像。工人、学生、职员、教授，各式各样的人都来了。人们向前拥，向前挤。结彩的火车头开进了东车站，载着好几千平汉路工人，从远远的长辛店赶来。丰台的铁路员工也拥挤进了欢迎的行列。汽车厂、机械厂等九个工厂的工人，摘去了帽子上带有国民党党徽的帽花。一个燕京同学说“我三点半天没亮就起来了”。

十时，四颗照明弹升上了天空，庄严隆重的入城式开始了。远远地从北面，从前门那边，黑压压的一片人迎上前来，前面一面欢迎大旗迎风飘舞；从南面，人民军队的头一辆带队的装甲车，摇着一面红色指挥旗，朝着欢迎的人群开过来，随后是高悬毛主席、朱总司令肖像的四辆红色胜利卡车，满载着乐队，铜管乐器金光闪闪，吹奏着雄壮的进行曲。装甲车部队一条线似的接在后面。在珠市口一带，部队与欢迎的行列相遇了，欢迎的行列在左面，部队在右面，欢呼雷动。招手呀！呼喊呀！多少人激动得流下了眼泪。光荣呀！只有人民的军队才能得到这样的光荣！人群拥上来了，高呼着“万岁！”他们跑进了解放军行列里面，队伍都不好向前走了。欢迎的群众在装甲车上写“你们来了，我们大大快乐！”“真光明啊！”“同志们！加油呀！彻底消灭国民党反动派呀！”……队伍陆续向前门广场前进。

十二时，人群里起了一片欢呼声，人民的英雄炮兵出现了。绿色道奇卡车牵引着战防炮、高射炮、化学迫击炮、美式十五生的榴弹炮、日本式十五生的榴弹炮、巨大的加农炮，一辆接着一辆。这里面有从辽西、从沈阳缴获的整个美国装备的重炮团。看啊！人民是多么喜爱自己的武器：一门巨大的榴弹炮上面，骑着一个北平的小孩子，他骄傲地高举着手里的旗子笑着过去了。另外几门榴弹炮被人们写上了：“瞄准蒋介石呀！”“送给四大家族每人一颗呀！”十生的巨型加农炮上，一个胸前挂了奖章的英雄炮手和一个穿绿衣服的邮政工人抱在一起。随后驶过的另一门大炮上站着五六个女学生。还有一个商人站在炮座上招手高呼“解放军万岁！”箭楼上，检阅着这一英雄行列的林彪将军，庄严而亲切地注视着每一辆炮车，注视着人民的狂欢。箭楼下，庆祝解放联合会的扩音车，领导着唱起：“我们的队伍来了！”“我们的队伍来了！”开麦拉轧轧地响。数也数不尽的炮车，从欢呼的人们身边奔驰过去，两旁锣鼓喧天，人们扭起秧歌舞来，左面是清华，右面是燕京。他们唱呀，舞呀。有的化装做蒋介石、宋子文、孔祥熙、宋美龄，在人民部队强大威力的面前，显出各种狼狈的丑态。这是历史的真实反映，人民的爱与憎在这里明白地表现出来。

一时十分，突然谁发现了前门牌楼那边冒起了青烟，喊了声：“我们的坦克来了！”一阵坦克轰隆隆的声音传了过来。第一辆坦克从远而近。一个青年学生挥着两只手，站在坦克的炮塔上，狂热地喊：“万岁！”“万岁！”每辆坦克上飘着一面红旗。人群里激起一片欢呼，有的欢喜得流出泪，也忘了擦了。戴着无檐皮帽子的坦克手，从坦克塔里露出上身，向人民招手、微笑、敬礼。坦克部队后面是摩托化警卫部队，卡车上一色绿的钢盔，雪亮的刺刀。一位白发苍苍的老人，看得高兴，笑着喘了口气说：“这口气可喘过来了！”另外一位说：“我们老百姓有了这样强大的武装，任何反动派也不许他再欺负我们了。”

这时，一片“东方红，太阳升……”歌声响彻天际。远远好像一片麦浪波动，近来一看原来是戴着皮帽子的人民骑兵来到了。人们叫呀，鼓掌呀，把五彩的纸旗都抛上天空。嘚嗒嘚嗒的马蹄踏着柏油马路，那样整齐、雄壮，骑兵们手上的马刀闪着寒光。骑兵后面就是英雄的步兵。

三时，作为前导的军乐队一出现，人民的欢腾达到了顶点的时候到了。英雄的部队一支从永定门进城，一支从西直门进城，一个是被敌人称作“暴风雨式的军队”，一个是“塔山英雄部队”。在一九四六年冬季，那天空似乎还黑暗的时代，他们在长白山下四保临江，并肩作战。这两支英雄部队从艰难到胜利，在这里得到了人民的热爱、狂爱，这是解放军的光荣，也是中国人民的夸耀。战士们在千万只热爱的眼光下前进。一个胸前挂着六个奖章的战斗英雄，被人们热烈地围着、拉着。一个女学生跑上去摸摸那个光荣的毛泽东奖章。这时，欢迎的人们已经站了整整一天，忘记了寒冷，忘记了饥饿，依恋地舍不得这些英雄。他们与行进的队伍会合起来，高唱“我永远跟着你前进”，昂然通过一向为帝国主义禁地的东交民巷。

将近下午五时的时候，夕阳照进了广安门，在高大的城门前，无数人群欢送钢铁机械部队。在驶行一整日的战车上、坦克上，飘闪着无数的小红旗，战士们手上还捧着人民献给他们的一束束鲜花。这时虽然暮色苍茫，可是整个北平还到处充满愉快的欢声。北平真正沸腾了。

原载《新华日报》1949 年 3 月 6 日

五星红旗在天安门前升起

李水清

朝霞托着红日，徐徐地从东方升起。倏然间，在这世界的东方，遍地金灿灿，万物都发光，闪光的山，闪光的水，闪光的树，闪光的屋……

一九四九年十月一日，我们伟大的中华人民共和国诞生了。

这天一大早，我们全师指战员，穿着崭新的军装，持着缴获的各种美式武器，满怀兴奋，列队肃立在天安门前。天安门焕然一新：光亮耀眼的琉璃瓦，吊着金黄流苏的大红宫灯，朱红的宫墙，汉白玉的玉带河桥，秀丽挺拔的华表，都放出夺目的光彩。天安门，真是雄伟壮丽，气象万千！挂在天安门城楼上的毛主席巨幅画像，是一切的中心，赋予天安门以新的生命，新的意义。广场上彩旗飞舞，欢声雷动，从长期禁锢着的岁月中得到解放的各族各界人民，张着笑脸，参加这亘古未有的开国大典，庆祝祖国的新生。参加检阅的部队，人人精神抖擞，意气风发，等待着毛主席等党和国家领导人的检阅。虽然我们都刚从战火纷飞的前线赶来，还带着满身的硝烟，但是，整齐的行列，雄壮的阵容，充分显示了我军的强大。中国人民就是凭着这样一支由毛泽东等同志缔造的英雄部队，战胜了国内外强大的敌人，取得全国的胜利。

“轰！轰！轰……”五十四门礼炮齐鸣了二十八响。

二十八响，二十八年啊！我们党经历了多么艰难曲折而又漫长的道路，领导着中国人民，前仆后继，英勇奋斗，终于扳倒了压在中国人民头上的三座大山，推动了时代的巨轮，争得今天！

庄严嘹亮的国歌声，响彻天安门上空。人们屏息凝神，望着一面巨大的五星红旗，在天安门前冉冉升起。红旗，无数烈士鲜血染成的红旗，由敬爱的毛主席亲手升起。红旗的色彩，鲜艳绚丽，红旗的光辉，铺天盖地。占人类四分之一的中国人民从此站起来了，开始了自己新的世纪！

望着迎风飘扬的五星红旗，思绪起伏，像江河横溢。是兴奋，是欢乐，是幸福，是感激，一行行热泪，顺着面颊，滚滚落下。

二十一年前，我还是个十多岁的孩子，在我的家乡——井冈山下吉水县的一个小村里，第一次见到了像这样的红旗。那是毛委员带领的中国工农红军把它插在我们村头。我也第一次看到了这样的五角星，那是闪烁在每个红军同志帽子上的小红星。那时候，革命还只有一点小小的力量，几小块红色根据地，兵力不过数千，武器更缺，百十个人的连队，只有十几支步枪，几支还是破的，其余的都是梭镖、大刀。我参军了，因为年纪小，连大刀也分不到一把。我好像受了很大的委屈，闹着向连长要把大刀。郭永新连长安慰我说："同志弟，别怄气，将来全中国都是我们的，还愁没有一把刀。只要我们跟着毛委员，胜利很快就会来的。"我相信连长的话，革命一定胜利。但是，在四周强大的白匪军时刻对我们进行"围剿"的情况下，尽管我们无时不在盼望着、憧憬着胜利欢腾的一天，胜利却显得十分遥远。然而，革命的发展，正如毛委员所说："星星之火，可以燎原。"今天，井冈山上的火种，已经燃遍全中国。在茫茫大海中漂行的航船已经到达胜利的彼岸；躁动在母腹中的婴儿已经呱呱坠地；喷薄欲出的红日的光辉已经照耀人间。

"中华人民共和国中央人民政府今天成立了！"

随着这浑厚洪亮的声音，广场上响起了震耳欲聋的欢呼声和鼓掌声。千万颗被胜利冲击着的热烈的心，发出千万声欢呼：

"中华人民共和国万岁！""中国共产党万岁！""毛主席万岁！"

在千万人的欢呼声中，苦难的生活结束了，旧中国彻底灭亡！幸福的生活开始了，新中国矗立在东方！

毛主席宣布了中华人民共和国中央人民政府的诞生。这开天辟地的第一声，是四亿七千万中国人民心底的共鸣。这一天的到来多么不易，却又显得这么突然迅速。我极力控制着自己的感情，睁大眼睛看着天安门城楼上毛主席高大的身躯，耸起耳朵听着毛主席洪亮的声音。这身躯多么熟悉，这声音多么亲切。毛主席，中国革命的舵手！是他打着革命的红旗，引导我们克服了重重艰难险阻，从胜利走向胜利。在这幸福的时刻，艰苦年代的记忆常常顽强地萦绕在心际，情感的锁链，牵着我走向遥远的过去。

长征路上，雪山、草地，我们一步一个泥窝，艰难地前进。正走着，一位倒在泥沼中的同志忽然坐起，高举两手，把半袋子炒青稞递到我的手里，说道：

“革命，一定胜利！可惜我不能继续前进。这个还能为革命出力，拿去，它能帮助同志们走出草地！”

我望着他过雪山时冻坏的双脚，青紫肿胀，有的地方已经溃烂化脓，实在难以走动。我哽咽地叫了一声：“同志哥，来，我们轮流背你，你看……”

随着我的手指，他两眼向前望去：天边一抹红霞，茫茫草地的尽头，飘着一面红旗，红旗下走着一个高大的身躯。他两眼闪闪发光，霍地从泥沼中站起，捶着自己的脑袋：“我想的什么啊！走吧！”我们架着他向天边走去……

红旗就是火炬。我们以超乎寻常的毅力，经历了无数艰险，征战二万五千里，越过人迹罕到的雪山、草地，完成了史无前例的英雄壮举！从此，革命像骑上千里骏马，叱咤风云，驰骋东西。十四年烽火连天的抗日战争，三年半风起云涌的解放战争，我们都取得了胜利。千河入海，万水归川，所有的胜利汇聚成毛主席亲手升起的这面灿烂的五星红旗。真理的旗，胜利的旗，幸福的旗！

盛大的阅兵式开始了！天空掠过展翅翱翔的银鹰，地上是轰隆前进的铁流。旗的森林，人的海洋。“八一”军旗在前面招展，后面紧跟着陆海空三军，一列列，一行行，迈着整齐的步伐，向着主席台前走去。望着这强大的人民武装，想起自己为了一把大刀又哭又闹的情景，不禁好笑。我怀着一颗怦怦跳动的心，昂首挺胸，迈步前进。

在我们的行列里，有的是来自井冈山上的老红军，有的是在敌后坚持过八年抗日战争的八路军、新四军的战士；更多的是来自黄河两岸、大江南北解放了的祖国大好河山的子弟兵。这就是一部活的革命史，记载着人民解放军的光荣历程。

阅兵式是庄严的，盛大的，它给我们带来了光荣和自豪，我们将永远记住这一天，这是我们开国大典的一天，我们胜利的一天！我们也将永远记住，我们胜利了，我们来了，还有多少同志却没有来到这里！他们没有等到今天就献出了宝贵生命！郭永新连长啊，今天我分外想念你！在草地，我们刚淋过一场冰雹骤雨，疯狂的敌人骑兵突然向我们袭来，郭连长带领我们迅速占领了稍有起伏的阵地，勇猛地向敌人还击，掩护主力前进。敌人在我们打击下溃退了，郭连长却负了重伤，已经奄奄一息，昏迷中还大声呼喊：“坚决打！前面是党中央和毛主席！”郭连长醒了，看到我满脸泪痕，轻轻地责备说：“哭什么？同志弟，革命就是要流血牺牲来换取！我不行了，你们快跟上，跟上红旗，跟上毛主席，胜利……”话没说完，双目已经紧闭。我们抑制着悲伤，没有哭泣，掩埋好郭连长和其他烈士的尸体，从地上站起，擦干身上的血迹，继续走他们没有走完的道路。还有多少倒下的战友啊！今天他们虽然没有来到这里，但他们永远活在我们的心里，仿佛就在我们身边，一步不离地同我们并肩向前。

伴随着“唰唰”的脚步声，毛主席的教导又回响在我们的耳旁：现在的胜利，只是万里长征走完了第一步，更伟大、更艰苦的道路还在前面。

我们遵循着毛主席的教导，迈开大步，向着红旗指引的方向，继续勇往直前！

给上海人的一封信

——毛主席和我们在一起

杨　刚

亲爱的上海兄弟姐妹们：

我必须把这篇通讯直接写给你们，才能够把这一次首都人民庆祝中央人民政府成立大会上的一切尽可能真实地传达给你们。说尽可能真实是容易的，要做到，可是很难。因为十月一日这一天是太伟大，太丰富了。甚至在今天，二十四个小时之后，它的余风还在。街上还是红红绿绿的跳舞队、秧歌队、游行队。二十四个小时之后，依然满街都是红旗，都是锣鼓。从湖北来的老先生老太太摇头赞叹，说昨天那一场大会是“从来没有过！从来没有过！”从上海来的老先生说：“啊，总算活到了这一天，见到了！”从华北来的人激动得发不出声音，只是连续地、低低地赞叹：“呵，好伟大呀！好伟大呀！”从华南来的人也说：“这是有生以来没有见过的呵！”上海的兄弟姐妹们，你们晓得陈毅市长。昨天，陈市长望着天安门前红旗的大海激动地说：“看了这，总算是此生不虚了！”这是确实的。昨天天安门广场的大会完全具体地表现了一个初诞生的新国家的气象和本质：伟大，庄严，团结，民主，尤其是领袖与人民的融合一致。它使人人相互亲爱，使人人要求向上，要求自己学好。

广场是南北从中华门到天安门，东西从太庙到中山公园的一个大十字。全场容量有的说是二十万，有的说是三十万人。新造的旗杆在广场内正对天安门。人民英雄纪念碑的奠基地点在旗杆以南。在开会以前向筹委会登记要参加庆祝大会的人数太多，筹委会怕广场不能容纳，再三限制下来的结果，光是从旗杆到中华门，即十字形垂直线的下半截，那一部分所登记的人数已经是二十万人。十字形的横臂那一部分，除了一条马路之外，御河内外以及马路外边全是队伍。军队还不算在内。因为军队是四个师，根本就不在广场里面，广场外面两边街道上还有没能入场的群众队伍。即便是经过了限制，广场还是容不下这么多人。群众要求带锣鼓音乐队也不能办到。因为如果是几十万人都在场上打起锣鼓，扭起秧歌来，大会也就无法开了。事实上到后来，群众自己的呼喊已经大大地补足了锣鼓的声音。

队伍从早上六七点钟就到了广场，按照预定的地点排列。农民队伍是四五点钟就从乡下动身来到天安门，参加这个他们第一次能够参加的大会。远远望去，整个广场上红旗翻卷像红海奔腾。在红旗下面，一片片的是穿了各种颜色（衣服）的队伍。有的是深蓝色，有的是浅蓝色，有的是浅黄，有的是灰色，清清楚楚好像是精工规划的花圃一样，丝毫不相混杂。广场前面，白玉桥两边搭起了两座台。一座指挥，一座是昨日早上刚刚到北京的苏联代表团。再前面就是天安门城楼上毛主席和中央人民政府的负责领袖们。

红旗飘卷，队伍静候。正在这时，城楼上面主席台前忽然发出了洪钟一样的吼声。山鸣谷应，四处响起雄吼。中华人民共和国的缔造者中央人民政府主席毛泽东主席宣布中华人民共和国中央人民政府成立了！于是广场上的欢呼声立刻翻江倒海地爆发与城楼上互相呼应。这时候，按照预定程序，主席亲自升起了中华人民共和国的五星红旗！这是经过电流来办到的。在城楼上有一个电钮开关，按相反方向写好了“升降”二字。主席把电钮拨向“升”字，我们的红旗就顺了旗杆自己向上飞升。主席看着旗子，说：“升得好！”主席说出了我们千千万万翘首瞻仰旗子的人的心里话。我们的旗子从此是端严而稳重地向上升了，它升得好！

接着礼炮惊天动地震响起来。每一炮所发出的巨大震响，据说都是由五十四尊大炮同时发出来的。这五十四尊炮的数目据说是用以代表政协五十四个单位。五十四炮同时发出二十八响礼炮，那声音真是山摇地动，象征全国人民坚强而雄伟的团结力量。正在大炮鸣震的时候，忽然有一条狗惊恐地亡命飞奔，逃出广场。看见了它，人民立刻想起了蒋介石在人民力量面前拼命逃窜的模样。

主席向人民，向全世界宣读了政府第一号公告，确定地指出中央人民政府是代表中国人民的唯一合法政府，它愿意与任何遵守平等、互利及互相尊重领土主权等项原则的外国政府建立外交关系。这对于帝国主义国家，尤其是整天想封锁中国，控制我们的美帝国主义，将是难题，会使它头痛又头痛。

转眼就是阅兵了。四个师的部队全在广场外面东边等候。总司令下令阅兵时，四位野战军的将领分列左右，站在总司令旁边。第一野战军是贺龙将军，第二野战军是刘伯承将军，第三野战军是陈毅将军，第四野战军是罗荣桓将军。阅兵令下，就由原来在广场东端站在指挥车上的聂荣臻将军导引，四个师以连为单位，列成方阵，由东而西，缓缓入场。一个接一个地从主席台下向（白）玉桥边走过去。队伍的服装、颜色、队形、行动完全整齐一致，每一个方阵都像一个人一样行动。甚至于连马队里所有马的腿脚都是一出一进完全一致的。

所有成排的坦克、大炮、汽车，都是比齐了一字形地前进，绝无任何参差，使一字显出（没有）丝毫歪曲。当阅兵进行的时候，整个人山人海，红旗飘扬的广场屏息无声，只有军乐队演奏《人民解放军进行曲》，雄壮的乐声和整齐的步伐声配合，在大地上动荡。正在这时，十四架飞机飞临上空，广场爆发了如雷的掌声。飞机里除了我们的空军外，还有诗人马凡陀。

当广场上的人民队伍分队出发时已经开始黄昏。星星点点，灯笼火把接二连三地燃了起来，很快整个广场在夜色中透明了，并且颤耀着红的星星，黄的星星，紫红的，大红的，金黄的，橙黄的，愈向夜，广场愈益像土地自身活了一样，遍地灯笼火把颤悸跳荡，像人民无边无际的欢乐和希望化身在我们面前跳跃。队伍分东西两个方向，向外出动。蓝色的拿着紫色灯笼的队伍，黄色的拿着大红灯笼的队伍，灰色的拿着金红火把的队伍，浅蓝的拿着深桃红灯笼的队伍，还有黑色的拿着黄色灯笼的队伍，蜿蜿蜒蜒，交互环绕，像一幅巨大的活动的织锦，各按各的方向走出会场，丝毫也不发生混淆或者紊乱的状态。队伍行动时唱着歌，但更多的是喊口号而且时常是连续不断地喊着：

“毛主席万岁！”这使得广场不但是以颜色和光辉活跃着，同时它还在连续不断地发出巨吼！地面这时又从许多角落放起了无数五彩照明灯球，使整个开了灿烂的光明的花朵。

毛主席一直是和人民在一起的。从下午三点到晚上十点，主席一直是站在城楼边上盯着眼睛望着下面的群众。他的脸上时而庄严，时而微笑，他的手几乎永远是高举起来，向群众有力而迅速地摆动，时时刻刻听见他向着群众高呼，也不一定是呼喊什么，就是一种人民共同的呼声。他的半个身子时常是伸出栏杆外面去举手招呼群众。在这里完全看出主席是怎样全心全意地热爱人民，他的这些动作，完全是由于他内心深处对人民强烈的、阶级的爱，使他自自然然就会这样随时不断满含着召唤地高呼，使他的手老是要举起来招呼人民，使他像母亲一样地向人民把身子伸出栏杆外面去，要把他们看得更清楚一点。

广场上川流不息的群众最初似乎没有看到城墙上他们的领袖在招呼他们。

因为城楼上的灯光并不是很强的。他们一面呼着口号，一面走到面对城楼的时候，就要站住，更高地呼喊。当他们呼喊“毛主席万岁！”的时候，主席就从播音器里面高呼：“同志们万岁！”并且时时用无字的从丹田里发出来的呼声和群众的呼喊相应和。很快，群众就发现了他们的领袖还在他们中间，并且用高呼和他们说着最亲切的言语，他们立刻就要求打破原来向东西分走的路线，而要一直朝北过白玉桥向天安门城楼走来，然后再由白玉桥上转出去。他们的要求成功了。于是一条条红色的火龙似的群众队伍向主席走来，他们挤在桥上，拼命从肺腑里发出声音呼喊：“毛主席万岁！”主席从城楼上回答他们，楼上楼下一呼一应。群众是欢呼跳跃，主席温厚而慈祥的手在空中摇动不停，累了，便另换一只手，他的全身凝聚着力量，他的脸上发出庄严而慈祥的光辉。有人害怕主席会疲倦，但主席丝毫也不觉得，放了椅子在他背后，他也不肯坐下去。这时候，领袖和人民的完全融合一致具体显现出来，一种伟大的、严肃的、温柔的幸福之感贯穿着人们的全身，有人哭了，有人暗暗地赞叹不已：“怎么知道中国还有这一天呢！”

这时候，原来已经出了广场的许多人听到这样情形，又回来了。他们是很早就出了广场参加了游行的。他们的队伍已经散了，但是又集合了走回广场来。是队伍，就自己在广场上重新摆起方阵，奏起军乐。是一般人民就集合了走到桥上来大声喊口号，大声唱歌，尽情欢乐地舞蹈。大会指挥在播音台上再三地劝告他们回家去休息，才逐渐地散去。

亲爱的上海兄弟姐妹们，我不能不把这个伟大的日子这样繁琐地报告你们。这是由于我无能的笔没有法子把像昨天，乃至于毛主席领导建立国家的这十天以来的历史时间恰如其分地向你们转述。但是我确信有一点是真的，那就是：我们几千年来的希望，我们几千年来的要求，要一个独立、民主、和平、统一、富强五者俱备的国家的要求——在过去常常使人称为是白日大梦，或者是唱高调，现在这个几千年的大梦一定会实现了。昨天我亲眼看见的庆祝大会，就是保障。

原载《大公报》1949 年 10 月 6 日

大江东去

江　波

接到一位老战友的来信，说他打算顺着战争年代走过的路，去寻找那时的足迹，如今已经离休，有了理想的接班人，可以实现这个多年的愿望了。他特别想到当年横渡长江的地方去看看，唤回一些失去的记忆。这心情我是理解的。他的信，又引起了我对长江边上那片土地的思念，一九四九年四月二十一日，我在那儿度过了整整一天。

那地方，是与无为县隔江相望的荻港。当时麦苗已经有一尺高了，早晨太阳从雾中升起时，碧绿的叶子还湿漉漉的。毗邻的田里，金黄的油菜花正散溢着清香。蜜蜂和蝴蝶在为生存而忙碌，对于人间发生的巨变，一点也不理会。

前面不远就是长江。没有风，江水是平静的，宛如一条阔大无际的丝带，泛着金色的光，银色的光，延伸到天边。昨天夜里，我军的先头部队就从这儿打过江去，正在顺利地向纵深发展。此刻的江边，竟是出奇的宁静，如果不是南岸传来时断时续的枪炮声，会使人觉得昨夜什么事情也没有发生过。隔江遥望南岸，那边的天空是灰暗的，这不全是弥漫的硝烟，但凡坐北向南看去，一切景物都是背着阳光的。

太阳升高了，国民党飞机开始沿江轰炸，早晨暂时的宁静消失了。江边上，混着泥土和硝烟的水柱升起又落下，随即传来沉闷的响声。太阳晒得好热，我很想睡一会儿，但睡不着。昨夜行军中，泥泞的道路，拥挤着前进的队伍，陷进泥淖中的炮车，年轻战士兴奋的脸……都还在脑子里回旋。

忽然看见新闻台的收报员紧张地朝我跑来，我条件反射似的，一骨碌爬起来，跑到附近麦垄的收报机旁，匍匐在地下，刚戴好耳机，铺好稿纸，就听到了新华广播电台播音员激昂清晰的声音："……由中国共产党的代表团和南京国民党政府代表团经过长时间的谈判所拟定的国内和平协定，已被南京国民党政府所拒绝……在此种情况下我们命令你们：（一）奋勇前进，坚决、彻底、干净、全部地歼灭中国境内一切敢于抵抗的国民党反动派，解放全国人民，保卫中国领土主权的独立和完整……"这是毛泽东主席、朱德总司令发布的向全国进军的命令。我紧张地一字一句记下来，额头的汗水和着激奋的泪水，顺两颊流了下来。周围的同志也都趴在地下，紧盯着我写出的每一个字。敌机又在附近的村庄低空盘旋，轰炸扫射，不时从我们的上空掠过，然而谁也不去理睬。

我拿起稿子，向小村跑去。一路上不断催促自己，要快些，快些，那个统治中国二十二年的黑暗王朝就要覆灭了，一个新的时代开始了。在村边竹林深处的一幢独立家屋，我见到了司令员。他正在看地图，大口大口地吸烟，从深陷的眼眶看得出，他也许有几个夜晚没有好好睡觉了。见我进来，立刻问道："有什么好消息？"可以听得出，他情绪很好。我把《命令》递过去，司令员急速地看了一遍，又回头逐字逐句默读一遍，然后交给我说："快印！"

我刚走到门口，听到司令员大声问我："吃过饭没有？"我根本不曾吃饭，却顺口答道："吃过了。"司令员说："是啊，现在顾不上，到上海咱们再一起好好吃一顿火锅！"他爽朗地大笑起来。我也笑了。就在五个月前，淮海战役第一阶段碾庄战役后，撤离战场的那天夜里，我去请他谈谈当时淮海战场的形势，打算在纵队报上发表，他要我同他乘吉普车一道走。到达目的地已是半夜，警卫员端来一只黄铜火锅，饰着极好看的花纹，说是黄百韬的。炊事员煮了白菜、猪肉、粉丝，还拿来一小瓶濉溪镇产的口子酒。十一月底的寒夜，大家吃得满头大汗，边吃边谈，直至凌晨二时我才告辞。

我把《命令》交给油印组，回到麦田里，已是饥肠辘辘。摸摸口袋里的大米面饼，都碎成小块块。这是仅有的战备干粮。我抓出一把，放进嘴里一小块，慢慢嚼着，把其余的又放回口袋里。过江以后到上海，还有几百里路要赶哩！

夕阳落进雾霭里，敌机已经遁去。从附近的大小村庄，竹林中，麦田里，千军万马涌向江边。人们呼喊着，叫后面跟上队伍，炊事员的油桶、锅灶碰得叮叮当当响……江边一片沸腾，除了灯火的严格管制，已是百无禁忌了。

我随着大队登上一条能容四五十人的木帆船。自从淮海战役结束，三个多月来，一直处在紧张、忙碌和兴奋的期待之中，一旦上了船，心情却反而平静下来。抬头看看，夜是黑的，帆也是黑的，但在星空的衬托下，能够看出，帆已鼓满了风。整个船上都静了下来，只能听到江水拍岸的哗哗声。不知什么时候起锚了，船身已在江中簸荡。回头看看，北岸的一切，都渐次隐入浓重的夜色中。上游的什么地方，夜航的敌机呜咽着丢下照明弹，在江面上泛起一点瞬即熄灭的回光。我看到了北极星，它在众星中并不是最亮的，但这夜我却觉得它比周围的星星更亮。

船行到半江中，有人小声唱起京戏来，“……领人马，下江南兵扎长江……”他是我们报社的一位记者，薄暮时分才从船工队伍那里赶回来。他唱得有板有眼，极带感情。即使看不见，我也能想象出他那兴奋得发红的脸。我跟着他哼起《借东风》来，这段戏是他在行军中教我的。听着滔滔奔流的江水，我想起了曹操酹酒临江、横槊赋诗的情景，以前看《三国》，读《赤壁赋》，很为那豪迈的气概所感动。一千七百多年过去了，那个曹操“固一世之雄也，而今安在哉！”曾几何时，国民党军队号称四百万，反动气焰何等嚣张，如今只剩下一百多万了，比八十三万多一点，已是残兵败将，落花流水，彻底覆灭的命运正在等待着他们。

刚过午夜，我们便踏上南岸，心里顿然产生一种陌生的感觉，脚下就是被阻隔、被蹂躏的土地。是什么样子呢？一点也看不清。但是不管怎么样，当早晨太阳出来的时候，这儿的天空将是明朗的。附近的山上不时有零星枪声传来，偶尔有一颗曳光弹从空中划过。队伍集合起来，离开江边之前，我再一次回头看看浩荡奔流的大江，“马其诺防线”的神话，“划江而治”的把戏，都已化为泡影，随水东流去了。

三十四年来，我常常思念那片葱绿的麦苗，那片金黄的油菜花。每当春暖花开的季节，我便渴望能再去看看江边上的那片土地，见见那一天中遇到的人们。然而，希腊的先哲曾经说过，“你不可能两次进入同一条河流”。我知道，即使还能找到那地方，随着时间的流逝，一切也绝不会与从前完全一样了，而人事的变化，尤难逆料。

由于一次偶然的机会，我还是路过那儿的江面了。

有一年，我乘轮船自南京溯江而上，路过狄港附近，站在甲板上看日落时的长江，像一片烈火在江中燃烧。那情景，多么像赤壁鏖兵的那个夜晚啊！我禁不住想起了在长江中流唱《借东风》的那位战友。一九五一年他跨过鸭绿江不久，就牺牲在朝鲜战场上了，那年他只有二十五岁。整个解放战争期间我们都在一起，他勇敢、乐观、朴实无华。下部队时，总在背包上插把小洋锹，到了连队就同战士一起生活，一起战斗。他酷爱京戏，夜行军的路上，大家讲述各人对未来的憧憬，他只梦想有一天能坐到大城市的戏院里，看它三天三夜。然而他短促的一生过早地结束了，一切都只能留在梦想之中。他牺牲后不久，我回到原部队去，想看看埋葬他的地方，没有找到。其实，何必找呢，到处都是青山啊！

几年前在一次会议上，我遇到了司令员。他老了，虽然经历了十年动乱的残酷折磨，豪爽乐观仍不减当年。我们谈起一九四九年五月进上海的情形，很遗憾，我那时竟忘记提火锅的事，只从他的书箱里借了几本书带走，记得其中的一本是卢那察尔斯基的《解放了的董吉诃德》。以后他调走了，再没见面。没有想到，三十年后相见，他竟高兴地对我说："那个火锅还在，你来吧！"我却一直没有机会再去看他。最近听说，老司令员已从领导岗位的第一线退了下来，以后他不再带兵打仗了，他将做些什么呢？他是喜欢书的。我期待着，他会像许多老将军一样，把叱咤风云的一生写出来，化作笔底波澜，汇进浩瀚壮阔的大江。

一九八三年三月

前方

菡　子

远方的朋友托我找寻一个不相识的女友，她只依稀记得她曾到了我们省内，可是我们都相信会找到她，因为她给我讲了她的故事。

于是我带着深深的怀念和敬意，在所有不相识的老同志中间，寻觅我们的战友……

离开战争的年代久了，但却一丝儿没有磨灭那激战的前方给予我们的向往和亲切的印象，我想你一定也是如此。如果有一个晚上我们突然相遇，我相信一谈起前方，我们就会坐得拢些，两双烁亮的眼睛彼此照明了，在幽暗里也可以看见我们容光焕发。我就是这样理解你的，你爱前方甚于你的生命。不问我们的亲人是否真在第一线上，可是女性的矜持、温柔、坚贞的感情，总是献给前方的啊！

你异常温和，这不仅因为你是一个医生，当你最早到达皖南新四军军部的时候，你有一对始终笑着的眼睛，人们看待你的温柔，正如看待你护士的职务一样，你对工作和伤员都很忠诚，洋溢着姐妹似的温情。两年以后，你勇敢地在伤员中间，选择了一个年轻的营长作你的爱人，后来北撤，你在众人之中只找你的老南；后来你们有了孩子，你更温柔了，直到你当了医生，有人还称你是“笑眯眯的大夫”。这都是从印象认识你的观感，其实与你深处的人，都知道你的温柔是有一种信念作基础的。在你微笑的眼神下面，常常潜存着泰然和坚忍；你的温柔中含蓄着生活的庄严感和对未来的憧憬。你对知心的同志说道：“从前我给资本家当私人护士，其实是做丫头使女，我整天只有恨；现在对自己的同志，我要深深地去爱！”你的温柔在战争的年月更有动人的生命力，人们和你在一起总是很愉快的。在你做母亲以后，你那个“调皮鬼老南”，有两年的时间都在南征北战，可是他没有忘记一两个月给你画一只小桃（你称呼的谐音）；你呢，从第一个战役——苏中七战七捷以后，你就把自己称作“你的妻子”了，虽然你生怕有人瞧见，可是你是那样坦然而欣喜自己的签名，好像这四个字只属于你和他。

1948年渤海平原有一个金黄色的秋天，你有了第二个孩子，来到驻在这儿的留守部队。前方离远了吗？并不，你伏在田垄上听过轰炸济南的炮声；那时你又学会了接生，常常自愿做夜班的值勤大夫，孩子宣布诞生的第一个声音，你默想一定也是前方的人们最爱听的。不久你的黎黎也出世了，自然你早已跟他相识，不仅因为你相信他像他的父亲，而且由于战争一天天接近最后胜利的喜兆，你早已在心中叫唤你的黎黎了。

你暂时不能走动，院子静了，不过黎黎的嗓门大，他号叫，你轻声对答，你们母子几乎日夜不停的谈话也够热闹的；有时还加上由你嘴中说出的父亲的言语：“小兵阁下，你将来是一个炮兵，还是一个空军？”“你是一个号兵么，现在就练嗓子？”年轻的父亲刚参加江西红军也当的是小号兵，难道也是在襁褓里就练的嗓门？你会心地笑了。你们结婚的时候，他给你轻轻地吹过号，至今那越过高山平原奔向前方的声音，还在你的耳边缭绕不绝。你忙这忙那打发日子，都是些做母亲兼做妻子的事情。有这么半个月，你只好笑着承认自己纯粹是一个妻子了。妻子，不也是一种职务吗？

有一种日子，比胜利更带有欢愉的气氛，它在两个战役之间，胜利的欢呼声未绝而又在准备另一次的胜利。特别当战役的规模似乎一次比一次扩大，胜利也一次胜过一次的时候。它是属于大家的，干净彻底的歼灭战！大城市回到人民的手里！千百条通往前方的道路最后完成和巩固了，火光在前，各种车子都向前方赶着，人们熙熙攘攘，就在这些路上来来去去。你多少次参加这个行列，到部队休整的地方去看老南，你乘的不是车子，而是会飞的翅膀，每一次你都像新娘那样沉醉在仿佛专为自己演奏的乐队里，在千百种音乐中，辨出清脆而嘹亮的号音；在那尘灰飞扬而你看来却是雾一般美丽的大气中，常常有你可以捉摸得到的东西，即使是一阵清风，也是前方吹来的消息。

往往在等待胜利的同时，这梦一般的日子也就来了。

现在你就在等待着。这次多一个黎黎同行，要你完成两个亲人第一次的会见，这更是一件愉快的任务。那会是什么场面呢？其实你早就可以设想：你的老南会立刻当着众人搂着你和小黎，俏皮地责问：“怎么你又给我带来一个像我的？……”

随着“济南解放”四个大字的出现，车声、人声、向前方发出的一切的声音，你都仿佛听见了，你忍不住再在院子里走那细碎的步子。所有你相识与不相识的女同志，包括咱村和邻村的妇女，她们都来看过孩子，也带来一点吃的东西，轻轻地，轻轻地，总怕打扰了你似的，当她们与你相视时，都留给你难以忘怀的微笑。现在你连这样的节奏也嫌慢了，迎着从前方吹来的风，扬起鞭子，咱们一起上路吧！

女协理员给你送来一本《妻》，这么巧，你急于向你的朋友坦白内心的隐秘，她也是前方人的妻子，三个孩子的母亲。你想让她分享你的幸福。“不用了，朋友！”她的眼睛这样回答你，随后就搂着你的黎黎，大颗的眼泪落在她的脸上。你确信她比你更幸福，她照料了多少母亲和孩子啊！

《妻》是写战争的，你并不觉得奇怪。写的这位可敬的妇女同志在丈夫阵亡以后所过的一段坚忍的日子。当你在前方医院为伤员动手术的时候，遇到经过任何努力都难以救治的战友，你也曾想过或者看见过这样的妻子，刚才协理员不是也轻轻地告诉你“你认识她”么？是的，你认识她，自卫战争给了我们妇女共同的哀乐，正如我们是一个大家庭中的姊妹一样。不过现在恍惚在你面前出现的一位妻子，并不是别人，而是一个在你幼年时做你邻居的阿菊，比你年长却是你知心的朋友。她长得俊美，可是目不斜视，只看中了一个上海厂里的工人，你送她出嫁来着，那时你是她唯一可以信托的人。不久以前，当你突然发现从前方抬回的伤员中间，有你女友临危的丈夫，你又瞧见阿菊了，至今她就站在你的面前，沉静而坚决地，面对死神，像她第一次对逼她另嫁的哥哥宣布自己的爱情一样。

你为她感到痛苦，也为她感到骄傲。

你仿佛偶尔记起了没有接到那前方寄来的“一只桃子”……

这个长夜完全属于你的冥想，作为一个坚强的妻子，你从前也有过这样的冥想。这次你梦见你的老南穿着单衣泅过小河，爬上登城的云梯，铁青的脸色，遮没了他几点淡淡的疤痕，不过当他回头看见你时，还给你张着一个笑脸……

妻又走进了你的记忆，但现在你听见的不是那《妻》中主角的昵称：

“小陶！”

但愿还能听见这一声发自肺腑的重浊的声音。

“可望而不可即的事，会变得很辽远似的，但当重新获得的时候，会有更大的愉快。没有挫折，也就没有战斗的幸福。”

早上你带着这样的信念醒来。

你忙着赶做小路的干粮。这一阵为前方人准备食品，占住了你的身心，你做得一手好肉松，后来鸡鸭鱼肉也驯服在你的锅铲之下。让爱抽烟的人也能尝到这肉类的烟末吧！你做了一罐又一罐，这两天还在做着，不过连你自己也不知道为什么，你的肉松不再只适合海边人的口味，你不自觉地少放了些盐，为了另外的同志也能尝到自己家乡的味道。

没有消息，你觉得自己逐渐严峻起来。

孩子长得真快，他有满满的一抱，在你眼里，他是一个特别懂事的孩子。

突然车子来了，一辆崭新的吉普车，留守处的政委巍凛凛地走了下来，他直接向你走过来了。有一个消息当初只瞒了你和他（他在病中），他比你知道得早，还因而体温升高了两度……现在他要亲自来送你，并告诉你这不幸的消息。看见你搂着孩子，什么都收拾好了，他只说了一句：

"小陶，你还去吗？"

你就什么都知道了。你在嘱咐自己：站住，站住！把你苍白的脸孔裹在披巾里，只露出两只发亮的眼睛，看到了人们对你最恳切的信任。

"去！"你坚定地说，紧紧地握住他的手。

大家给你让座，跟尊敬一位将军相似。

跟往常一样，途中所有的声音和行动都是有节奏的，它向你传递两个清晰的字眼：

前方！

前方！

你仍旧听到号音，为你和孩子而奏，它亲切而雄壮地响着，不离你的左右。它使你想起老南出生的地方，有灿烂的阳光，起伏的松涛，浪花在海边轰鸣，海鸥直上云霄……现在他即便躺着，也不过在激战前休息一会儿罢了。

前方！

前方！

那壮丽的目标，全部音符中的最高音，仍然是我们战斗行程中的基调。

在通向前方的道路上你又看到了胜利：

刊有王耀武被擒后便服照片的"号外"。

全副武装的民工，押着一簇簇的俘虏队。

汽车，数不清的美式卡车……

满眼鞋子的队伍，山东妇女千针万线的劳绩，为的那上面绣着的："打过长江去。"

早晨的薄霜随着人们的脚步升起来了，在田野里散发着暖气和轻烟，“前方”到了。

部队几乎列队欢迎你，许多人在阳光里站着。你忽然想到，一个人倒下了，是为了许多人这样站着。一个巨大的人——中华民族在东方站起来了。

你眼睛里的泪花，就像阳光里的霜花一样，那是透明的，霞光一闪。

在团指挥所里，几个你最熟识的战友，轮流捧着你的孩子，你在桌上添放一罐罐的肉松。他们奇怪地看着你带来的行李，难道都是可吃的东西？

放完东西，你感到万分安慰，沉静而柔声地对大家说：

“回家来啦！”

你庄严的神色，天真无邪的眼睛，秀眉，劲挺的身材，显得你是如此俊逸！丰富而严峻的生活历程改变了你的面貌，正如水晶经过琢磨一样。

1961 年冬

南下途中

高　深

我们铁道兵团二师从辽宁义县出发，加入了解放军“南下”行列，并成为一支解放全中国的重要兵种。我们一路修铁道，架桥梁，从山东德州、济南，到河南信阳，直至“两湖”“两广”。铁道兵团，对于新中国的诞生功不可没。

南下的一路，全师将士一遍又一遍地高唱：

下江南，下江南，
取津沪，夺武汉；
打到两广和福建，
解放同胞两万万……

国民党的军队在前面溃退，每退逃一地就把那段铁路、桥梁破坏掉。我们紧随其后，抢修铁路，修建临时大桥，保证南下大军和军需物资及时运送。

那年我虽然只有十四岁，却已经有三年多的军龄，十一岁我就是一名宣传队的队员了，比起那些参军不久的“新兵蛋子”，算个名副其实的“老资格”。部队抢修德州至济南一段铁路时，我因阑尾炎住进四师医院，五月初才回到二师，此时师司令部、政治部和宣传队都驻扎在长江北岸的信阳。

信阳是一座有悠久历史的古城。该市有一座横跨淮河的铁路桥，国民党军队撤退时炸毁了桥梁，还在现场埋下地雷。南下大军的大批重型武器和军需物资亟待南运，桥梁团接受任务后，首先排雷清理工地，动员全团精锐，三班儿倒，以枕木搭建临时桥桩，夜以继日地抢修。打桩的战士要把桥桩打进水下几米深，二三十人握紧绳索，放声高唱夯歌，一起一落，一寸一寸地往下砸，夯歌多是即兴编唱，生动有趣：

大军要过江啊／咳——哟咳呀，
快快架桥梁／哎咳哟啊！
英雄铁道兵啊／咳——哟咳呀，
修桥如打仗／哎咳哟啊！
为了新中国啊／咳——哟咳呀，
吃苦赛蜜糖／哎咳哟啊！
一夯千斤重啊／咳——哟咳呀，
砸烂蒋匪帮／哎咳哟啊！
少壮多流汗啊／咳——哟咳呀，
老来把福享／哎咳哟啊！
革命成功后啊／咳——哟咳呀，
坐上火车逛苏杭／哎咳哟啊……

宣传队正在排练迎接新中国诞生的一出大戏《李闯王》，全剧角色已经分完，便派我和其他几名队员下桥梁团工地，做宣传鼓动演出。战士们忘我劳动的场景，让我深受感染，我一会儿唱歌，一会儿说快板，一会儿表扬好人好事，工地气氛十分活跃，我也受到战士们的欢迎。

这天下午，整个抢修工地人声鼎沸，车水马龙，运枕木的战士抬的抬，扛的扛，一路小跑，个个像下山的猛虎。抡大锤的战士，清一色光着膀子，汗珠从脊背滚到腰间，裤腰全湿透了。抡锤的战士运足了气，脖子、手臂上一根根青筋凸露。这天打的是最后一个桥桩，胜利在望，夯歌唱得格外嘹亮，甚至压过了运送材料的小火车头的汽笛。

大约下午四点钟，太阳仍然很毒，没有一丝风，树叶一动不动。我和金玉廷正在工地说对口快板《夸夸新兵连》，这时，突然一声巨响，几股夹着泥沙石块的水柱冲天而起。大家不知发生了啥事情，顿时人群有些慌乱。不一会儿，有线广播传出喊话，命令全体指战员迅速撤离现场，听候指挥，不要乱跑。

那声巨响，是没有排净的地雷被运送材料的战士踩犯了。指挥部组织力量即时清理了现场，这次爆炸共有十二人受伤，一人牺牲，两人重伤。我距爆炸的地方较远，但也未能幸免，一块很小的弹片炸伤我的腹部，流出的血润红了军装。最初我一点感觉也没有，直到小金子破着嗓子喊：“血！血！”我低头一看，眼前一阵眩晕，马上觉得十分疼痛，虽还不知道伤势轻重，但精神已经极度紧张，本能地喊起来：

“我受伤了！疼死我了！疼呀……”

几个战士把我抬到桥梁团卫生队，刘军医仔细检查了我的伤口，用镊子夹出一个小小的弹片，以开玩笑的方式宽慰我：“没事儿，没事儿，弹片只是跟你的肚皮亲了个嘴。”刘军医拍拍我的脑门儿：“上点药，休息几天，注意别洗澡，只要不感染，过几天就好了。记着，到师卫生处填张登记表。”

一个抬我的战士说：“只碰破了一层皮，哭啥？你大小是个解放军了，勇敢点，这也是光荣负伤！”

说句老实话，后来我还真的感激这次“负伤”，它填补了我军旅生涯的一个空白。说起来是当了几年兵了，可是没上过前线，没打过仗，总觉得这是军人的一个缺憾。这次负伤，好歹也算挂过彩，流过血，当过几天伤兵，将来谈起这段当兵的经历，总算有点可以吹吹的“光荣史”了。

就在正式通车的前一天上午，从郑州方向驶来一辆单机，车头后面只挂了一节车厢，前后车门各站一个身穿深蓝色制服、挎着盒子枪的中年人。

这天碧空如洗，已经竣工的工地格外宁静，远处传来阵阵鸟鸣，近处的野地开着一丛一丛叫不出名的黄花，战士们兴奋地等待通车典礼，感受那短暂而惬意的和平心境。

师首长一个不少，都聚集到车厢门口迎接客人。来者一行十几人，一码儿身穿蓝色制服，下车后与师首长一一握手。首长们握手之前，都向客人致以敬礼，然后陪同客人径直走进苏联专家的工勤车厢。大家猜测，可能是郑州铁路局的领导来验收工程，并没有谁在意过这伙人的来头。

两个小时后，单机返回郑州方向。车子刚刚开走，有线广播先播放一段欢庆的鼓乐，然后传出师长刘震寰的沧州口音：

“全体指战员，你们好！报告你们一件喜讯，刚才野战军林总、参谋长刘亚楼及郑州铁路局的首长，到工地看望大家，慰问我师全体指战员。野战军首长接见了苏联专家、师领导和英模代表。野战军首长对我师提前完成桥梁抢修任务，非常满意，给予通令嘉奖，奖励全体指战员每人一条毛巾、一个搪瓷缸子、一斤豆瓣酱。野战军首长勉励我师将士乘胜前进，跨过长江，以更大的胜利迎接新中国的诞生！”

从工地到营房，从机关到连队，呈现一片欢腾的声浪。有人情不自禁地呼起口号，连队战士放声歌唱《将革命进行到底》，还有那首“四野”指战员最熟悉的歌曲：“……总司令命令往下传 / 红旗一展大军冲向前 / 人民解放军像猛虎

下了山 / 猛打（那个）猛冲一个劲地猛追赶……”

“钟山风雨起苍黄，百万雄师过大江。”

1949 年 4 月 21 日毛主席和朱总司令发布《向全国进军的命令》，命令各野战军和其他武装力量：“奋勇前进，坚决、彻底、干净、全部地歼灭中国境内一切敢于抵抗的国民党反动派，解放全国人民，保卫中国领土主权的独立完整。”当天早晨，人民解放军以百万大军的强势，西起九江的湖口，东至江阴，在长达千里的战线上，强渡长江。4 月 23 日，一举攻克南京，红旗插上了伪总统府，宣告了蒋家王朝彻底覆灭。

随后 5 月 17 日武汉三镇解放，5 月 27 日上海也回到人民手中。我们铁道兵二师，一直把铁路修到了广西镇南关（后改“睦南关”，现为“友谊关”）。10 月 1 日，我们宣传队在湖南衡阳市欢庆中华人民共和国成立；10 月 2 日，我们话剧队在湘江边演出了《李闯王》，京剧团在市区为衡阳人民演出了《逼上梁山》。

原载《文汇报》2009 年 7 月 1 日

进京赶考

丁晓平

1949 年春天，中共中央的驻地香山，对外称“劳动大学”。安顿好宿舍，叶子龙打开背包，拿出毛泽东离开西柏坡时送给他的那本书，才发现这是延安整风运动时的必读书——郭沫若的《甲申三百年祭》。

叶子龙清楚地记得，毛泽东曾经不止一次说起过这篇文章。1944 年底，毛泽东在给郭沫若的信中写道：“小胜即骄傲，大胜更骄傲，一次又一次吃亏，如何避免此种毛病，实在值得注意。”

让叶子龙没想到的是，在离开西柏坡的最后时刻，毛泽东还在阅读这本《甲申三百年祭》。这不禁让他想起，毛泽东上车时与周恩来关于“进京赶考”的对话——赶考！决不当李自成！还要考一个好成绩！

现在，毛泽东把进城执政当作是“进京赶考”，意味着什么呢？在旧时的中国，对一个读书人来说，十年寒窗苦读，成败一朝赶考。赶考可以改变一个人的命运，改变一个家庭甚至一个家族的命运。进京赶考是人生的大事，金榜题名是家庭的大事。现在，对中国共产党来说，自 1921 年成立，已经 28 年，历尽千辛万苦，历经千难万险，无数优秀儿女为中国的革命事业献出了宝贵生命，胜利来之不易啊！

赶考，谁都希望要考个好成绩。

现在，谁来考中国共产党人呢？

毛泽东心里明白，是人民，也是国内外的反动派和敌人；是历史，也是现实和未来——他们都在出题，考验着共产党人。也正因此，毛泽东念念不忘郭沫若写的这篇《甲申三百年祭》。现在，自己进京赶考的时刻到了，他要重温一遍，用李自成进京的殷鉴警醒自己。

那也是一个春天。1944 年 3 月，抗日战争由战略相持转入战略反攻，中国人民正全力以赴夺取最后的胜利。为迎接胜利，推动斗争，郭沫若在纪念李自成领导农民起义 300 周年的时候，撰写了《甲申三百年祭》，以历史唯物主义的观点辩证分析了这次农民起义失败的经验教训。3 月 19 日，《甲申三百年祭》在重庆《新华日报》上发表，连载四天。4 月，《群众》杂志刊载了柳亚子的《纪念三百年前的甲申》、翦伯赞的《桃花扇底看南朝》、鲁西良的《明末的政治风气》一组关于明王朝灭亡的文章，配合《甲申三百年祭》，形成一股舆论风潮。

自 1644 年进京，到 1645 年以失败告终，李自成领导的农民大起义之所以从巨大胜利的顶峰迅速跌落下来，主要原因就是部分首领骄奢淫逸，生活腐化。李自成打了 18 年的仗，做了 18 天的皇帝。进京后，几十万大军贪图享乐，纪律废弛，人心涣散，作风蜕变。一场本为划时代的农民起义，由盛而衰、从成功到失败、从顶峰跌落谷底，只用了短短的 40 天。这天翻地覆的 40 天，也是自取灭亡的 40 天。可见，作风一变，“其兴也勃焉，其亡也忽焉”。

生于忧患，死于安乐。在延安，熟读史书的毛泽东阅读了郭沫若的这本仅 30 多页的小册子后，分析时局，不仅对李自成的失败有了更清醒的认识，更对中共党内提出了要引以为戒的警示，决定将《甲申三百年祭》作为整风运动的学习资料印发给高级干部学习。1944 年 4 月 12 日，《甲申三百年祭》刚刚发表 20 多天，毛泽东便在延安高级干部会议上专门指出：“我党历史上曾经有过几次表现了大的骄傲，都是吃了亏的。近日我们印了郭沫若论李自成的文章，也是叫同志们引为鉴戒，不要重犯胜利时骄傲的错误。”

然而，当毛泽东在延安号召高级干部学习《甲申三百年祭》的时候，蒋介石的国民党政府则认为这篇文章是“影射当局”，组织人马以《中央日报》为阵地，发起了“围剿”，围攻郭沫若。那个时候，从对《甲申三百年祭》的态度上来对比，有识之士就已经做出了准确的判断——正在政治、军事上相互角力的国共双方，延安的毛泽东虚怀若谷、不断自省，而重庆的蒋介石则是掩耳盗铃、盲目自大——泾渭分明，实则胜负已分矣。

1945 年 5 月，世界反法西斯战争在西方取得了胜利。但在中国战场，抗日战争却迎来了胜利前的最黑暗时刻。国民党政府横征暴敛，巧取豪夺，民怨沸腾，士气低落，在对日作战中一触即溃。日本侵略者一直打到了贵州的独山，重庆为之震动，人心惶惶。国民党政府甚至已经做好了把“陪都”搬迁到西康山区的准备。为了将全民族抗战坚持到底，夺取抗日战争的最后胜利，中共中央提出建立民主联合政府的主张，决定同国民党当局重开谈判。7 月 1 日，中共中央和毛泽东邀请褚辅成、黄炎培、冷遹、傅斯年、左舜生、章伯钧等六位政员，来延安访问，商谈国是。

7月4日，访问结束之际，毛泽东特地邀请黄炎培到家中做客，促膝长谈了一个下午。毛泽东问黄炎培在延安三四天的考察、谈话有什么感想？作为一位老资格的资产阶级政治家，在饱经世事沧桑之后，黄炎培向中国无产阶级先锋队的领袖明确而尖锐地提出了一个重大而发人深省的问题。他说："我生六十多年，耳闻的不说，所亲眼看到的，真所谓'其兴也勃焉，其亡也忽焉'。一人，一家，一团体，一地方，乃至一国，不少单位都没有能跳出这周期率的支配力。一部历史，'政怠宦成'的也有，'人亡政息'的也有，'求荣取辱'的也有，总之没有能跳出这周期率。中共诸君从过去到现在，我略略了解了的，就是希望找出一条新路，来跳出这周期率的支配。"

黄炎培一席话不无根据。中华民族几千年的历史从某种角度看，就是各朝各代兴亡更替的历史。历朝历代都没跳出兴亡的周期率，只是盛衰的时间有长有短而已。

听了黄炎培的话，毛泽东深有感慨，平静地回答道："我们已经找到了新路，我们能跳出这周期率。这条新路，就是民主。只有让人民来监督政府，政府才不敢松懈。只有人人起来负责，才不会人亡政息。"

如今一晃就四年多过去了，无论是郭沫若，还是黄炎培，他们提出的问题都更加紧迫地摆在了毛泽东的面前。这天下午，在西苑机场阅兵时，他们三个老朋友在北平见面了。现在，进城了，进京了，眼前的胜利比历史上任何时候的胜利都重大，但毛泽东始终没有忘记他们的提醒。

进城前夕，毛泽东在西柏坡召开的七届二中全会上，向全党发出警告："可能有这样一些共产党人，他们是不曾被拿枪的敌人征服过的，他们在这些敌人面前不愧英雄的称号；但是经不起人们用糖衣裹着的炮弹的攻击，他们在糖弹面前要打败仗。"他还把这次会议称作"城市工作会议"，要求全党在胜利面前要保持清醒头脑，在夺取全国政权后要经受执政的考验。为此，他提出了"两个务必"——"务必使同志们继续地保持谦虚、谨慎、不骄、不躁的作风，务必使同志们继续地保持艰苦奋斗的作风"，他还提出了"六条规定"——"不做寿，不送礼，少敬酒，少拍掌，不以人名作地名，不要把中国同志同马恩列斯平列"。

赶考之路，任重道远。毛泽东对此有着非常敏锐的警觉和清醒的忧思。进京赶考，是在获得胜利之后的考验：第一，应该建立一个什么样的国家，这是个大问题；其次，怎样建立一个国家，这是一个更大的问题。用老百姓的话说，就是“打江山”和“坐江山”。现在，江山是“打”下来了，如何“坐”呢？如何坐稳呢？这是摆在毛泽东和中国共产党人面前的一道试题。五千年的中国历史不会给出现成的标准答案，更何况现实的世界依然有着意料不到的变化。

“打江山容易，坐江山难。”这是中国的老话，毛泽东现在用“进京赶考”来形容。由此可见，对于“赶考”二字的理解，以及在未来国家政权建设的设想上，毛泽东都显示出了远见卓识的历史观，他没有把胜利当成胜利，没有把进城当作落脚休息。

在西柏坡，关于“进城”的问题，毛泽东讲得够清楚的了。就在出发进京的时刻，他又把中直机关各部、委、办的负责人叫来，对大家说：“我们要进北平了，希望大家一定要做好准备。我说的准备不是收拾盆盆罐罐，是思想准备。要告诉每一个干部和战士，我们进北平不是去享福，决不能像李自成进北京。”毛泽东不仅给领导干部们讲，还让领导干部们给普通的工作人员和士兵们讲，打预防针。

进京前的一天，警卫排长阎长林陪毛泽东散步。毛泽东说：“我们进北平，可不是李自成进北平。他们进了北平就变了，我们共产党人进北平，是要继续革命，建设社会主义。教育大家不要中了资产阶级的糖衣炮弹。”

散步回来，走进院子，毛泽东来到警卫班宿舍门口，看了看，说：“你们进城的工作都准备好了，可是，看不出来你们房间里有什么变化嘛。”

阎长林说：“大家不用的东西已经打了两个大包，到时候往汽车上一放就行了。棉衣和被褥都拆洗过了。我们这里没有农民的家具，桌椅板凳都是公家的，到时交给行政科就行了。”

毛泽东问大家：“进北平以后干什么，你们想过没有？你们有没有进城享福的思想？”

阎长林说：“大家在讨论的时候，都认为进城以后要提高警惕，做好保密、保卫工作，要防止坏人的破坏和捣乱。面对大城市里的花花世界，要保持革命本色，决不中资产阶级的糖衣炮弹。”

毛泽东说：“你们的准备工作还不错，有物质准备，也有精神准备。”接着，他又问每个人都有什么想法。

一个战士说：“进城以后，少出门，防止出车祸。”

毛泽东说：“不对，应当多见世面，这样才能长知识。”

一个战士说：“进城以后，大概不吃小米饭了吧。我吃小米饭实在吃伤了，看到小米饭就饱了。”

毛泽东语重心长地说：“这不是思想问题出来了吗！吃小米吃了那么多年，

不要忘掉我们是用小米加步枪打败了日本侵略者和美蒋反动派的。就是革命胜利了，进了大城市，可能在粮食上有些调剂，但中国现在还很落后，在短期内也很难完全做到想吃什么就吃什么。我们进城后还要建立新中国政府，很多人要在政府里当官。不管当多么大的官，做什么样的工作，都是为人民服务，都是革命工作，都需要努力奋斗，把我们伟大的祖国建设得繁荣富强。”

阎长林报告毛泽东说：“周副主席早就给中央机关人员作了指示，所有的人员三个月内一律不准进城。”

毛泽东说：“好！军队向前进，生产长一寸，加强纪律性，革命无不胜。你们要守纪律。谁也不准违犯纪律。”

这是一段意味深长的对话，也是一段寓意深刻的对话。时间只隔了一天，阎长林和他的警卫班就收到了一份中央办公厅印发的“进京守则”，也叫“进京八项注意”：“一、把艰苦朴素的优良作风带进北平；二、不准进入民家，不准随便进入戏院、影院等公共场所；三、保守机关机密，不知者不求知，知者不外传；四、出门不带机密文件，不准携带武器；五、严格执行三大纪律八项注意；六、进城三个月不准通信、会客、访友，不准外出游览名胜古迹；七、不许贪污浪费，不被金钱美女收买利用，不被阿谀奉承迷了心；八、手不许乱动，嘴不许乱说，脚不许乱走。”

八项注意，就是八句大白话、大实话。管用！进城后，确实没有人违反。

香山的春天是美丽的，但毛泽东没有时间欣赏。这个春天，他一边忙着指挥作战，一边忙着筹备召开新政治协商会议，时常要同张澜、李济深、沈钧儒、陈叔通、何香凝、马叙伦、柳亚子等各民主党派领导人和爱国民主人士见面交谈。

有一天，毛泽东准备会见张澜，就吩咐卫士李银桥：“张澜先生为中国人民的解放事业作了不少贡献，在民主人士中威望很高，我们要尊敬老先生，你帮我找件好些的衣服换换。”

李银桥赶紧在仅有的几件衣服里找，挑了半天也没选出一件没有补丁的衣服，心里很不是滋味，就对毛泽东发牢骚：“主席，咱们真是穷秀才进京赶考，一件好衣服都没有。”

听了李银桥的诉苦，毛泽东笑着说：“历来纨绔子弟考不出好成绩，安贫者能成事，嚼得菜根百事可做，我们会考出好成绩！”

李银桥说：“现在做衣服也来不及了，要不先找人借一件穿？”

毛泽东摆摆手，说：“不要借，有补丁不要紧，整齐干净就行。张老先生是贤达之士，不会怪我们的。”

这一天，毛泽东就穿着一件补丁衣服会见了张澜。后来，毛泽东还穿着它会见过许多客人。

1949 年春天，进京赶考的中国共产党和毛泽东都明白，夺取全国胜利，这只是万里长征走完了第一步，建设国家、治理国家的路更长，更艰苦，更伟大。而要想考一个好成绩，不仅要一切为了人民，更要一切依靠人民；不仅要敢于斗争，更要敢于胜利；不仅要善于打破一个旧世界，更要善于建设一个新世界；不仅要继续保持谦虚谨慎、不骄不躁的作风，更要继续保持艰苦奋斗的作风。

1949 年春天，进京赶考的毛泽东，始终没有忘记共产党人的初心。

春种秋收。那年秋天，赶考的成绩单出来了——1949 年 10 月 1 日，新中国诞生了，毛泽东向世界宣告：“我们的工作将写在人类的历史上，它将表明：占人类总数四分之一的中国人从此站立起来了。”那个春天，已经过去了 70 年。那个春天种下了希望，如今结出了硕果……

原载《解放军报》2019 年 3 月 20 日

谁是最可爱的人

魏　巍

在朝鲜的每一天，我都被一些东西感动着；我的思想感情的潮水，在放纵奔流着；我想把一切东西都告诉给我祖国的朋友们。但我最急于告诉你们的，是我思想感情的一段重要经历，这就是：我越来越深刻地感觉到谁是我们最可爱的人！

谁是我们最可爱的人呢？我们的部队、我们的战士，我感到他们是最可爱的人。

也许还有人心里隐隐约约地说：你说的就是那些“兵”吗？他们看来是很平凡、很简单的哩。既看不出他们有什么高深的知识，又看不出他们有什么丰富的感情。可是，我要说，这是由于他跟我们的战士接触太少，还没有了解我们的战士：他们的品质是那样的纯洁和高尚，他们的意志是那样的坚韧和刚强，他们的气质是那样的淳朴和谦逊，他们的胸怀是那样的美丽和宽广！

让我还是来说一段故事吧。

还是在二次战役的时候，有一支志愿军的部队向敌后猛插，去切断军隅里敌人的逃路。当他们赶到书堂站，逃敌也恰恰赶到那里，眼看就要从汽车路上开过去。这支部队的先头连（三连）就匆匆占领了汽车路边一个很低的光光的小山岗，阻住敌人，一场壮烈的搏斗就开始了。敌人为了逃命，用三十二架飞机，十多辆坦克和集团冲锋向这个连的阵地汹涌卷来。整个山顶都被打翻了。汽油弹的火焰把这个阵地烧红了。但勇士们在这烟与火的山岗上，高喊着口号，一次又一次把敌人打死在阵地前面。敌人的死尸像谷子似的在山前堆满了，血也把这山岗流红了。可是敌人还是要拼死争夺，好使自己的主力不致覆灭。这激战整整持续了八个小时，最后，勇士们的子弹打光了。蜂拥上来的敌人，占领了山头，把他们压到山脚。飞机掷下的汽油弹，把他们的身上烧着了火。这时候，勇士们是仍然不会后退的呀，他们把枪一摔，身上、帽子上冒着呜呜的火苗向敌人扑去，把敌人抱住，让身上的火，把要占领阵地的敌人烧死。……据这个营的营长告诉我，战后，这个连的阵地上，枪支完全摔碎了，机枪零件扔得满山都是。烈士们的尸体，做着各种各样的姿势，有抱住敌人腰的，有抱住敌人头的，有卡住敌人脖子，把敌人摁倒在地上的，和敌人倒在一起，烧在一起。还有一个战士，他手里还紧握着一个手榴弹，弹体上沾满脑浆，和他死在一起的美国鬼子，脑浆崩裂，涂了一地。另有一个战士，他的嘴里还衔着敌人的半块耳朵。在掩埋烈士们遗体的时候，由于他们两手扣着，把敌人抱得那样紧，分都分不开，以致把有的手指都折断了。……这个连虽然伤亡很大，但他们却打死了三百多敌人，特别是，使我们部队的主力赶上，聚歼了敌人。

这就是朝鲜战场上一次最壮烈的战斗——松骨峰战斗，或者叫书堂站战斗。假若需要立纪念碑的话，让我把带火扑敌及用刺刀和敌拼死在一起的烈士们的名字记下吧。他们的名字是：王金传、邢玉堂、胡传九、井玉琢、王文英、熊官全、王金侯、赵锡杰、隋金山、李玉安、丁振岱、张贵生、崔玉亮、李树国。还有一个战士已经不可能知道他的名字了。让我们的烈士们千载万世永垂不朽吧！

这个营长向我说了以上的情形，他的声音是缓慢的，他的感情是沉重的。他说他在阵地上掩埋烈士的时候，他掉了眼泪。但他接着说："你不要以为我是为他们而伤心，我是为他们而骄傲！我感觉我们的战士是太伟大了，太可爱了，我不能不被他们感动得掉下泪来。"

朋友们，当你听到这段英雄事迹的时候，你的感想如何呢？你不觉得我们的战士是可爱的吗？你不觉得我们的祖国有着这样的英雄而值得自豪吗？

我们的战士，对敌人这样狠，而对朝鲜人民却是那样的仁义，充满国际主义的深厚热情。

在汉江北岸，我遇到一个青年战士，他今年才二十一岁，名叫马玉祥，是黑龙江青冈县人。他长着一副微黑透红的脸膛，稍高的个儿，站在那儿，像秋天田野里一株红高粱那样的淳朴可爱。不过因为他才从阵地上下来，显得稍为疲劳些。眼里的红丝还没有退净。他原来是炮兵连的，在有一天夜里，他被一阵哭声惊醒了，出去一看，是一个朝鲜老妈妈，坐在山岗上哭。原来他的房子被炸毁了，又在山里搭了个窝棚，但窝棚又被炸毁了。……回来，他马上到连部要求到步兵连去，因为步兵连的需要，就批准了他。我说："在炮兵连不是一样打敌人吗？”“那，不同！”他说，“离敌人越近，越觉着打得过瘾，越觉着打得解恨！”

在汉江南岸的日日夜夜里，有一天他从阵地上下来做饭。刚一进村，有几架敌机袭过来，打了一阵机关炮，接着就扔下了两个大燃烧弹。有几间房子着火了，火又盛，烟又大，不敢到跟前去。这时，他听见烟火里有一个小孩子哇哇哭叫的声音。他马上穿过浓烟到近处一看，一个朝鲜的中年男人在院子里倒着，小孩子的哭声还在屋里。他走到屋门口，可是屋门口的火苗呼呼地已经进不去人，门窗的纸边已经烧着。小孩子的哭声随着那浓烟滚滚地传出来，听得真真切切。当他叙述到这里的时候，他说：“我能够不进去吗？我不能！我想，要在祖国遇见这种情形我能够进去，那么在朝鲜我就可以不进去吗？朝鲜人和我们祖国的人民不是一样的吗？我就用脚踹开门，扑了进去。呀！满屋子灰洞洞的烟，只能听见小孩哭，看不见人。我的眼也睁不开，脸烫得像刀割一般。我也不知道自己的身上着了火没有，我也不管它了，只是在地上乱摸。先一摸摸着一个大人，拉了拉没拉动，又向大人的身后摸，才摸着一个小孩腿，我就一把抓着抱起来跳出门去。我一看小孩子，是挺好的一个小孩子呀。他穿着个小短褂儿，光着两条小腿儿，小腿乱跳着，哇哇地哭。我心想：‘不管你哭不哭，不救活你家大人，谁养活你哩！’这时候，火更大了，墙上的纸也完全烧着了。我就把他往地上一放，就又从那火门里钻进去了。一拉那个大人，她哼了一声，再拉又不动了。凑近一看，见她脸上的血，已经把她胸前的白衣流红了，眼睛已经闭上。我知道她不行了，才赶忙跑出门外，扑灭身上的火苗，抱起这个无父无母的孩子。……”

朋友，当你听到这段事迹的时候，你的感觉又是如何呢？你不觉得我们的战士是最可爱的人吗？

谁都知道，朝鲜战场是艰苦些。但他们是怎样的呢？有一次，我见到一个战士，在防空洞里吃一口炒面，就一口雪。我问他：“你不觉得苦吗？”他把正送往嘴里的一勺雪收回来，笑了笑，说：“怎么能不觉得！咱们革命军队又不是个怪物！不过我们的光荣也就在这里。”他把小勺儿干脆放下，兴奋地说：“拿吃雪来说吧。我在这里吃雪，正是为了我们祖国的人民不吃雪。他们可以坐在挺豁亮的屋子里，泡上一壶茶，守住个小火炉子，想吃点什么，就做点什么。”他又指了指狭小潮湿的防空洞说：“你再比如蹲防空洞吧。多憋闷的慌哩。眼看着外面好好的太阳，光光的马路不能走！可是我在那里蹲防空洞，祖国的人民就可以不蹲防空洞呀。他们就可以在马路上不慌不忙地走呀。他们想骑车子也行，想走路也行，边溜达边说话也行。那是多么幸福的呢！所以，”他又把雪放到嘴里，像总结似的说，“我在这里流点血不算什么，吃点苦又算什么哩！”我又问：“你想不想祖国呀？”他笑起来：“谁不想哩，说不想那是假话。可是我不愿意回去。如果回去，祖国的老百姓问：‘我们托付给你们的任务完成得怎么样啦？’我怎么答对呢？我说‘朝鲜半边红，半边黑’，这算什么话呢？”我接着问：“你们经历了这么多危险，吃了这么多辛苦，你们对祖国，对朝鲜有什么要求吗？”他想了一下，才回答我：“我们什么也不要。可是说心里话，我这话可不定恰当呀。我们是想要这么大的一个东西，”他笑着，用手指比个铜子儿大小，怕我不明白，又说，“一块‘朝鲜解放纪念章’，我们愿意戴在胸脯上，回到咱们的祖国去。”

朋友们，用不着繁琐地举例，你已经可以了解到我们的战士，是怎样的一种人。这种人是什么一种品质，他们的灵魂是多么的美丽和宽广。他们是历史上、世界上第一流的战士，第一流的人！他们是世界上一切善良爱好和平人民的优秀之花！是我们值得骄傲的祖国之花！我们以我们的祖国有这样的英雄而骄傲，我们以生在这个英雄的国度而自豪！

亲爱的朋友们，当你坐上早晨第一列电车走向工厂的时候，当你扛上犁耙走向田野的时候，当你喝完一杯豆浆，提着书包走向学校的时候，当你安安静静坐到办公桌前计划这一天工作的时候，当你向孩子嘴里塞着苹果的时候，当你和爱人悠闲散步的时候，朋友，你是否意识到你是在幸福之中呢？你也许很惊讶地看我：“这是很平常的呀！”可是，从朝鲜归来的人，会知道你正生活在幸福中。请你们意识到这是一种幸福吧，因为只有你意识到这一点，你才能更深刻了解我们的战士在朝鲜奋不顾身的原因。朋友！你已经知道了爱我们的祖国，爱我们的伟大领袖毛主席，请再深深地爱我们的战士吧，他们确实是我们最可爱的人！

原载《人民日报》1951年4月11日

寻找英雄

剑　钧

在我还系着红领巾的时候，魏巍先生的《谁是最可爱的人》就深深镌刻在我脑海中了。而今，我还能背下开篇语：“在朝鲜的每一天，我都被一些东西感动着；我的思想感情的潮水，在放纵奔流着；我想把一切东西都告诉给我祖国的朋友们……”这篇经典之作，有四分之一的篇幅在描写一位刚满21岁，名叫马玉祥的志愿军战士。于此，我一次次被深深地感动着，情感的潮水也随之泛起波澜。

有一天，我惊喜地得知，魏巍笔下这位“最可爱的人”就生活在我的家乡内蒙古通辽。这位在熊熊大火中抢救出朝鲜儿童的志愿军英模，这位“像秋天田野里一株红高粱那样的淳朴可爱”的战斗英雄，在回到祖国30年后，当地人始知他的真实身份，也由此，我与马玉祥叔叔有了二十几年的交往。

一

那会儿，我由于工作关系与马玉祥见面的机会比较多，他喜欢叫我“小刘”。我呢，叫他马叔叔。我印象中的马玉祥，是个慈祥可亲的老人，虽饱经岁月沧桑，但依旧保持那种淳朴可敬的形象。三年困难时期，他宁肯挨饿，也不用功劳证去申领粮食补助；26平方米的旧房，他一家六口人，一住就是30年，直到1988年才搬进一套74平方米的楼房。

马玉祥乔迁新居的第十天，恰逢魏巍专程到访通辽，一迈进他家门，见屋里虽说没件像样的家具，却也收拾得亮亮堂堂，最显眼的还有几盆青翠欲滴的花草。魏巍心里高兴，就说：“房子不错，挺好的。”马玉祥“是啊”“是啊”地应答着，把心里的苦楚都藏在了肚子里。这位享誉全国的战斗英雄，自 1958 年转业到地方，30 年间，先后做过通辽陶瓷社的书记、市橡胶厂的厂长、市轻化工局供销公司的书记，一直两袖清风，但也囊中羞涩，连筹措买房子的钱都没着落。后谈及此事，他语重心长地对我说：“小刘啊，有些话我怎好讲给魏巍听呢，只能咽到肚子里呀。这些年，我从来没向组织上提出过住房申请，一家子挤着过日子。离休了，组织上照顾，我才能搬得起这个家。”

我问马叔叔：“那你们见面都聊些什么呢？”他笑呵呵地说：“聊高兴的事呗。”马玉祥知晓魏巍身体不好，平时只喝枸杞酒，那天就将亲手泡制的枸杞酒拿出来，说：“魏大哥，您看……”魏巍接过酒瓶，笑呵呵地说：“马老弟，知我者也！”老战友开怀畅谈，仿佛又回到战火纷飞的年代。老哥俩有倾诉不完的情，有说不完的知心话，有敬不完的酒……

这是两位老战友阔别 30 多年后的第二次见面。就在一年前，马玉祥从河南安阳考察归来，特意在北京停下，拜望了魏巍先生。他俩通辽再相逢，越聊越开心，头挨着头，脸挨着脸，翻看马玉祥珍藏的相册、军功章和功劳证。魏巍仍不改记者风范，问：“几十年，你都不承认是我笔下的马玉祥，当时是怎么想的？”马玉祥说：“先前，许多人问我是不是你书中的马玉祥，我说，天下重名的多了。我不承认是怕别人误会自己在捞取政治资本，要向组织索取什么。离休了，无官一身轻，再不承认就对不起那段历史，对不起长眠异国他乡的战友亡灵了。我们 38 军是彭老总称之为‘万岁军’的英雄部队，我把这段历史讲出来，对逝者是个慰藉，对生者也是个教育吧！”魏巍闻之叹道：“高粱老了色更红啊！”

马玉祥坦然说，转业后，他无论到哪里都不改兵的本色。做企业领导，抽烟喝酒自己买；厂里来客人，吃饭也自掏腰包。马玉祥虽是领导，工资并不高，却几次主动将提薪名额让给别的同志。改革年代，为让贤，他提前六年离休回家，从事“关心下一代”事业。“我的真实身份为世人知道后，很快就在通辽，乃至全国传开了，离休没多久，就被十多所中小学聘为校外辅导员，经常受邀去市区学校和外省市进行革命传统教育。”

魏巍悉心倾听着，禁不住拿起马玉祥的荣誉证书，在背面题写了：“你做好了抗美援朝的上篇文章，又做好了和平建设的下篇文章，实在可敬。”魏巍还即兴挥毫“天地有正气，江山不夕阳”的条幅，赠给了马玉祥。

几天时间飞逝而去，魏巍要回北京了。马玉祥恋恋不舍，魏巍依依惜别。魏巍登上列车后，马玉祥躲开送行的人群，背过脸去老泪纵横。他眼前又浮现出：迷漫战火硝烟味道的山坡上，一位年轻战地记者采访一位年轻战士的动人场景。也正是那篇采访文章，给自己的大半生带来了无穷的力量和荣耀。也正是那篇感人文字，让两个仅一面之缘的战友从此心心相印，在阔别30多年，人到暮年之际，又延续了用鲜血凝成的情谊。霍然间，马玉祥听到了7岁孙女的声音。他蓦然回首，但见小洪娜张开两只小手趴车窗哭喊着：“魏爷爷，一定再来呀！”魏巍眼睛湿润了，将头探出窗外，亲了亲她的小脸，又将一把丝绸小扇送到她手中，说：“好，爷爷再来，再来……”

二

1999年10月，我受命主持拍摄一部革命传统教育电视片，专程陪同马玉祥和老伴来北京采访魏巍先生。这是马玉祥与魏巍12年来的第七次重逢。一路上，马叔叔都非常兴奋，滔滔不绝地讲起与魏巍的一往情深。那几年，魏巍两度来通辽看望马玉祥，马玉祥也两度进北京拜访魏巍。两家人就像走亲戚一样你来我往。他们相逢在蓝天如碧的哈尔滨，他们相约在鸭绿江畔的丹东，无论哪里相见，都离不开相濡以沫的“志愿军情结”。

魏巍先生是文学大家，许多年前，我就收藏过《魏巍散文选》的签名本。这次能够陪马叔叔登门拜访，心里自然很激动。我们来到北京西山的一栋小楼前，警卫员将我们迎进客厅，就见魏巍大步迎上前，和马玉祥动情地拥抱在一起。我端起照相机，留下这永恒的瞬间。

在世纪之交的最后一个金秋，老战友重聚北京，不禁感慨万千。马玉祥大声说：“我们来看你来了！”“好极了，好极了！”魏老边说边拉着马玉祥的手坐到沙发上。魏老的听力减退，要戴助听器，但思维敏捷，头脑清醒。他饶有兴趣地对马玉祥讲：“9月27日，我去了为50年大庆演练的阅兵村，到了你曾经的部队。我把咱们几个人在哈尔滨拍的照片拿出来，给他们一个一个做了介绍，还特别提到你在离休后办起了‘家庭活动站’，继续发挥余热的事儿。他们都希望你抽时间回部队看看！”马玉祥点头说：“要去看看的！”马叔叔向魏老介绍：“建军这次是专程来采访你的。他是这部专题片的总撰稿。”我接过话题说明来意，这部通辽地区老革命和英模人物的电视专题片，就有“最可爱的人”马玉祥。魏老欣然说：“我和马玉祥是老朋友、老战友了，你们尽管问好了。”

魏巍先生当年采访时，马玉祥刚从第四次战役下来。“那是一次打得很苦的战役。打完仗，部队到了汉江以北。”魏老回忆道，“当时的团长是范天恩，他对我讲起松骨峰的战斗，我很感动，所以就采访了三连。我和玉祥坐在一个山坡交谈。他原来是炮兵连的，调三连的时间不太长，救朝鲜孩子是从战场下来发生的事。那时他很年轻，很英俊，所以我说他像秋天田野里的一株红高粱那样的淳朴可爱。那时步兵三连处在重要闸门口上，伤亡很大。我称之为闸门，是指他们把退却的敌人完全挡住了，敌人要活命就得冲过去，那叫包围他几个师啊！”

魏老讲到这里，激动地站起来说：“那场战斗部队伤亡很大，我去的时候，连队没多少人了！伤员都去后方了，只留下一个通讯员，我跟通讯员也谈了话。马玉祥是后补进的三连，当时剩下的多是些炊事员和补充的战士。他的壮举是在三连做出的，可谓惊天地泣鬼神，给我留下了深刻的印象。但后来很长时间不知他的下落。一个偶然的机会，我才得知他在内蒙古的通辽橡胶厂工作，大概是听 38 军的人说的，后来又接到他来的一封信。”

我问：“魏老，您与马老失去联系有多长时间呀？”“有 30 多年吧？”他向马玉祥投去征询的目光。“整整 35 年！”马玉祥说。“我们先是通信，我还给他寄去一本书，是本《谁是最可爱的人》。我还题了一句话：‘光荣事业的创造者马玉祥同志留念。’”魏老停顿一下，又微笑着说，“从通辽回来，我们 1992 年又在哈尔滨见了面，当时还有《谁是最可爱的人》中作为烈士描述过的李玉安。”我说：“这次，老战友重逢，您心里一定很激动和高兴吧？”“是啊，”魏老感慨地说，“老马还保持着老英雄的品质和雷锋的风格啊！他自己从不张扬，他的英雄事迹，通辽人过去不知道，现在都知道了。马玉祥也动情地说：“我的生命是党给的，从 19 岁入党起，我就想把他还给党，要真还，不是假还！我在地方工作了 30 多年，就想多干点对国家有利的‘傻事’。”

采访之后，魏巍先生欣然挥毫为我题写了“艺途无止境，但盼后来人”的勉励之词。我代表摄制组为魏老敬献了来自草原的礼物：一盒内有哈达、牛角杯、银碗的蒙古王酒和一件天蒙羊绒衫。之后，魏老设宴款待马玉祥和摄制组一行。席间，魏老关切地问起马玉祥的老伴身体好些了吗？这缘于 1998 年春节，魏老闻知马玉祥的老伴患病、生活拮据时，从北京寄去一封慰问信和 1000 元钱。马玉祥感激地说：“还劳您惦记，已经好多了！”

三

2000 年 10 月 24 日，马玉祥老早就守候在鸭绿江边。他与魏巍相约在抗美援朝 50 周年之际，在中国人民志愿军跨过鸭绿江的起点相聚。当魏巍与张立春相扶相携走过来时，马玉祥大步迎了上去，三双大手紧紧握在了一起。张立春是魏巍另一名篇《汉江南岸的日日夜夜》中的英雄人物。他伏在马玉祥肩上哽咽着说：“50 年了，当年走上前线没想到能活着回来，更没想到今天能在这里重逢，不易呀！”两位最可爱的英雄与他们敬爱的作家魏巍手拉着手来到《谁是最可爱的人》纪念碑前，那硕大的大理石碑上镌刻着魏巍的名篇全文。魏巍在碑前给马三祥系上写有“人民不会忘记最可爱的人”的红领巾，开玩笑说：“老马，这碑上有你的名字，你也永垂不朽了！”马玉祥真诚地说：“魏老，是你创造了本世纪最美的名词，人民军队是最可爱的人，我们这些老兵都是最可爱的人！”

这些年来，我一次又一次地为魏巍与马玉祥的战友之情所感动。这种战火中凝结的情谊是多少金钱都换不来的。我深感有责任去寻找英雄，去寻觅英雄的足迹，将他们的伟岸形象用文学形式表现出来。几年后，我先后主编了《烽火年华》《军人本色》两部军人题材的纪实文学集，还有幸请魏巍先生分别撰写了序言。2005年7月，马玉祥在第一时间将新出版的《烽火年华》给魏老寄去，随即接到回信：“玉祥同志：你好！新出版的《烽火年华》收到。先看了一篇你的传记，写得很好，很生动。我的感受更深了。其他的慢谈。今年特热，祝全家平安。魏巍。”

我看到魏巍的回信，眼睛湿润了。两年后，我在《军人本色》后记写道：“面对这厚厚的文稿，我们终于可以松一口气了。作为后来者，我们没有经历过战火纷飞的年代，没有经历过枪林弹雨的考验，可是，我们每天都沉浸在那遥远的年代，为那些可亲可敬可爱的前辈所感动。就在我们编写这部书的过程中，又有几位老战士故去了，我们在悲戚的同时，又平添了一份责任感、使命感和紧迫感。”而今，魏巍先生和马玉祥叔叔都已驾鹤远逝，可他们的身影仍在我眼前闪动着，身影闪烁出的是信仰的力量，闪耀出的是人性的光辉……

英雄的时代

白　朗

我既没有一副铁打的心肠，意志也不敢说十分坚强，但却很少流泪——不单是在人前不流，在人背后也不流；不单是遇到困难的时候不流，悲痛、愁苦，甚至受了委屈的时候也不流。这倒不是生来如此，确实是斗争锻炼了我，革命哺育了我，它给了我一种克制的力量，它使我永远葆有一种乐观的情绪。

可是，近几年来，却有些不大一样，我的眼泪好像忽然生了根、发了芽，也不管人前人后，它竟在我猝不及防中汹涌而来，想制止都来不及了。是谁撒下了这奇异的种子？是谁掘开了我眼泪的深泉？

我说啊，就是这个英雄的时代，就是这个灿烂多彩的今天啊。

这样说，人们一定会觉得很奇怪：伟大的时代怎么反而会把人变得伤感了呢？难道一个革命者还会越锻炼越脆弱吗？

不啊，这完全是个误会。让我且来分析一下我这种眼泪的性质吧。

当你在入党（团）的仪式会上举手宣誓的时候，当你会见了你久别的亲人的时候，当你第一次和毛主席握手的时候，当全国解放、中华人民共和国宣告成立的时候，特别是国庆节日你参加或看到那几十万人的庞大队伍在天安门前欢呼游行的时候……你能够无动于衷吗？

还有，当你听到我们的先烈慷慨就义的故事的时候，当你听到我们的战士牺牲自己因而取得了辉煌胜利的时候，当你听到我们的志愿军奋勇抢救炸弹下、火焰中的朝鲜人民的时候……你能不感情激动吗？假如你亲身看见那些庄严的场面，你的眼泪就会流得更奔放一些的。

这是欢喜的泪，这是兴奋的泪，这是感动的泪啊，这里面是不包含任何伤感、消极的因素的。我所说的眼泪就是这种性质的。

让这样的泪自由地流、畅快地流吧，你会从这深切的感受中得到非凡的鼓舞和激励。

这几年来，祖国是处在怎样飞跃的变革中？在每一条建设祖国的生产战线上，在每一个保卫和平的英雄阵地上，可歌可泣的事迹，真像天上的星星和海里的鱼，你只能看见那千万缕美丽的光芒，却怎么也没法数清它们的数目。单单在伟大的抗美援朝运动里，我们祖国优秀的儿女、毛泽东的光荣战士、为世界和平而战的不朽英雄、用鲜血和生命保卫祖国的“最可爱的人们”，单是他们，单是他们啊，就为我们新生的祖国写下了一大部多么辉煌的史诗。当你一页一页读着这部史诗的时候，你能不兴奋得心弦跃动吗？你能不被感动的泪光模糊了双眼吗？

让这样的泪自由地流、畅快地流吧，你会从这深切的感受中得到无限的鼓舞和激励！

这几年来，我感动的泪就是被它们引出来的。这几年来，我感动的泪，曾经无数次滴落在朝鲜不屈的土地上。但愿它们和英雄烈士的鲜血流在一起吧，我将为此而感到光荣和幸福。

没有到过朝鲜的人，你怎么也没法体会侵略的恶魔带给朝鲜人民的是什么样的艰辛！一切都是绝对空前的啊。在抗美援朝的最初战斗中，英雄们曾经在零下四十度的严冬里，在朝鲜银白色的山岗上，面对着刺骨的寒风，吞食着炒面和白雪，日日夜夜地激战着。空中是散布死亡的敌机，耳边是枪林和弹雨，他们的手冻肿了，脚冻僵了，最后全身都失去了知觉，但是为了坚守着阵地，不给敌人以可乘之机，他们仍是一动不动地瞪着红肿的眼睛监视着狂敌。就这样啊，他们曾经成班成排地冻死在凯旋的歌声里！当战友们来打扫胜利的战场时，竟发现他们仍然阵容整齐地摆着雄赳赳的战斗英姿。他们没有死啊，英雄们千秋万代都是永生的。

我体会过朝鲜的严寒，我生平第一次看到了那么多冻残了手脚的人。1951年的1月里，我随着抢运伤员的卫生列车第一次踏上朝鲜的国土。有一次，在一个大风雪的夜里，机车为了去上水，离去的时间过久，旷野的狂风从四面八方向车厢里袭来，那彻骨的寒冷啊，把脑子也冻僵了。头上的敌机六七次地在列车的顶空扫射、盘旋，有一次炸弹就落在列车附近的小山上。这样我就越发感到冷得难以忍受了。我只好丢下手里的本子和钢笔，瑟缩着两肩，连头也深深地埋在被窝里，禁不住心里暗暗埋怨：“机车啊，你上水掉到河里去了吗？你怎么就不想想车里伤员的死活呢？”

这时，忽然随风飘来一阵雄壮的歌声：

雄赳赳，气昂昂，跨过鸭绿江；
保和平，卫祖国，就是保家乡……

这是隔壁车厢中被伤痛折磨着的伤员们的齐唱。那歌声是那样愉快、激昂，真像英勇进军一般，把敌机的吼声也压过去了。

我感到无比的激动，也感到无比的惭愧！我立刻揭被坐起重新拿起了笔：“亲爱的弟兄，光荣负伤的勇士们哪，你们的手脚已经冻成残废，你们却还依然不惧严寒，不畏艰险，你们杀敌的雄心真像一团烈火，你们把人人都温暖了……”

一想到伤员同志们给我讲的那些激动心灵的故事啊，那些临死还摆着战斗英姿的勇士们啊，我真是惭愧极了！就在那一刻，就在我痛感严寒的那一刻，正不知有多少无畏的勇士战斗在那漫天风雪的高峰上，更不知有多少英雄成了不朽的烈士。像“一脱军靴连脚都一齐脱掉了”的事情，能够不叫人心疼吗？

我惭愧，我怎么能不惭愧！但是，惭愧却并没有使得我更冷；我的周身都感觉暖和了。是英雄们无畏的烈火把我的热情点燃了。

就是这样，一次又一次，我经受着有益的锻炼和考验，我感受着英雄们无畏的精神和高贵品质的熏陶与感染，我变得比过去坚强多了。每当我感觉战地生活艰苦的时候，我立刻就会自疚自愧，我立刻就想起那些翻雪山、渡冰河、卧雪爬冰的勇士们；那些长期睡在水里、泥里和不见阳光的阴湿坑道里的指战员们的苦境。他们同样是父母给的身体，他们同样是血肉之躯，他们为什么就无视那种苦境呢？他们不但从不叫苦，而且是那样愉快地挺起胸膛抗击艰苦，正像他们挺起胸膛抗击敌人一样。从前线到后方，在整个朝鲜战场上，这样的人何止千千万万！环境越艰苦，他们就越坚强，斗争越尖锐，他们就越勇敢。在艰苦的战斗中他们已经百炼成钢。他们有的是真正无私的感情和完全忘我的品质——他们忘却危险，忘却痛苦，忘却生命，忘却幸福，忘却个人所有的一切啊。

他们为的是什么呢？

为了朝鲜人民的解放，为了祖国的安全，为了全人类的幸福，更为了创造一个和平美好的明天。就是为了实现这些崇高美丽的理想啊，英雄们才毫不顾惜地献出了自己的生命。

还有比人的生命更宝贵的东西吗？

有！那就是这种完全忘我的精神和真正无私的感情。

且回忆一下黄继光的行动吧。

在上甘岭最紧张的一次反击战中，通讯员黄继光争取了爆炸敌人地堡的任务后，便立即和另外两个战友冒着敌人七挺机枪的扫射向地堡冲去了。不幸，另外两个伙伴很快就牺牲了。显然地，这个艰巨的任务已落在黄继光一个人的肩上了。黄继光毫不畏缩地带着枪伤继续爬进，他昏倒了又爬起来，当他掷出最后一颗手雷之后，敌人的机枪便停止了叫嚣。但当我们的部队刚开始冲锋时，敌人火力点剩下的两挺机枪又在一个地堡眼里扫射，攻击的部队立刻又被压在山坡上。

黄继光从昏迷中被枪声震醒，向敌人火力点望了一眼，再摸摸自己的身上，已经没有一件武器了，剩下的只是一个满怀仇恨带着七处枪伤的身体。于是他挣扎着爬起来，像猛虎一样向敌人火力点扑去。他啊，他用自己的胸膛堵住了敌人正喷着火光的机枪口……

这一切动作都被准备冲锋的战友看在眼里了。战友们满怀着感动和悲愤，踏着黄继光爬行的道路，像愤怒的浪潮一样卷上高地……守敌一千二百多人全部被歼灭了。

英雄行动的完成，虽然有时仅是一瞬间的事情，但英雄行动的产生，绝不是偶然的行为。

当黄继光扑向火力点那一瞬间，假如他想到他的正青春的生命，假如他想到了他温暖的家庭和慈爱的母亲……假如他想到了这值得留恋的人生啊，他也许会逃开敌人的火力网，尽可能掩蔽自己，直到部队给他打开一条血路……这样，他既可保全生命，也不会遭到任何的非难；情况是那样严重，让一个手无寸铁、负伤七处的年轻通讯员如何去完成这样的巨大的任务呢？

要是情况照这样发展的话，歼敌一千二百人的辉煌胜利就很渺茫了。简直是不可能了。因为黄继光出发的时候，已经是几次爆破失败之后，离天明仅仅剩下四十分钟了（必须在天亮之前拿下阵地的）。而当他掷出最后一颗手雷的时候，还能剩下几分钟呢？不压住敌人的火力，部队就无法前进，不前进又如何取得胜利？就在这成败攸关的一瞬，黄继光下定了必死的决心，用肉体代替了千万发枪弹，为祖国、为朝鲜建树了不朽的功勋。那时候，不要说是对生命，只要他有一点点对肉体的痛苦的恐惧，也就会临危怯步了。英雄就必须是“忘我”的，“有我”就难成英雄。当陈治国用自己的身体当作机枪射击工事的时候，他曾否想到生命的可贵？当邱少云被烈火燃烧的时候，他为什么忍受着焚身之痛而不去扑灭身上的火苗？

前些天，我翻开报纸，看见罗盛教的父亲和朝鲜少年崔瑩相会那一段通讯时，我的泪又一次被引出来了。并不是那篇通讯写得多么出色，实在是罗盛教舍己救人的行动太令人感动了。虽然事隔将近一年，而我的感觉还是那样的新鲜，仿佛还看见呼吸艰难的罗盛教用冻紫了的肩膀擎着崔瑩时的壮烈情景。当他跃入冰窟之时，难道他就不知道冰寒彻骨吗？而当他一而再、再而三地营救崔瑩不得，已感身僵力竭时，他会不知道自己的生命已濒于毁灭了吗？假如那时他稍稍想到了个人的生死问题，他是完全来得及救活自己的。可是罗盛教所热烈追求的却不是自己的生，而是那个朝鲜少年的生。他终于用尽了所有力气救活了崔瑩，牺牲了自己。

我又记起了罗盛教遗留下来的那首诗：

当我被侵略者的子弹打中之后，
希望你不要在我的尸体面前停留，
应该继续勇敢地前进，
为千万朝鲜人民和牺牲的同志报仇！

他不是诗人，他的诗也没有华丽的词句，他就用这朴素的语言啊，道出了千万英雄的心意。这正是英雄“舍生取义”的品质的流露，也正是由于这种崇高的品质才铸成了英雄的伟大行动。罗盛教的具体行动不就是一首最美丽的诗吗？

最近我收到一封青年的来信和他的诗稿。这个青年恰恰也是志愿军里的文书。他一心想当诗人，当然就常常“作”诗，并不断地把他的诗稿寄给我修改。他的诗看得出来是用心雕饰的。那里面充满了“伟大”“光荣”“勇敢”“牺牲”一类的貌似慷慨激昂的词句：

伟大的祖国啊，我愿为你赴汤蹈火，
可爱的人啊，我愿为你碎骨粉身。

每首诗都喊着这一类响亮的口号。可是，再看看他的信吧：

……祖国是有着远大前途的，可是我啊，却有着无尽的悲哀。我怎能不悲哀呢？我的身体消瘦了，我的面容苍老了，几年来艰苦的战斗生活把我给搞垮了。别人说身体越锻炼越好，我却受了这话的欺骗……部队文书工作我整整干了三年。现在还在干。对我自己呢？前途呢？将来呢？没有一点的寄托与希望。我也有我自己的理想啊，我真想“摸到天上的月亮”，可是环境证实这只是一个幻梦。我烦闷、我苦恼，我说不尽我内心的悲哀和辛酸哪……

为什么他不把这也写成一首诗呢？这才是他的真情流露啊。

这位一心梦想成名的青年文书比一比罗盛教烈士的思想品质能不惭愧吗？没有更多的篇幅给我来分析他的思想了，让读者根据他的诗和信去仔细解剖一番吧！好在，像这样的青年也不过是极少数，而且在英雄的时代的熏陶中，他迟早会跟上来的。三年来，他没离开过战斗的朝鲜，也没离开过英勇无私的战友们，他怎会看不见呢，爱国主义、国际主义的种子已遍撒在朝鲜美丽的山冈上，在英雄烈士不朽的光芒照耀下，胜利的鲜花正在和平的阳光下朵朵开放——这朵是黄继光的，那朵是罗盛教的；这朵是邱少云的，那朵是陈治国的；这朵是吕玉久的，那朵是张明禄的；这朵是史元厚的，那朵是……又何必一个一个数着那些崇高的名字呢？这千万朵宝石一样的红花啊，他怎会看不见呢？

英雄创造着时代，时代哺育着英雄，死去的烈士永远鼓舞着人民前进，活着的英雄还在继续成长，将为保卫和平建设祖国的事业建树更大的功勋。

英雄的时代不容辱没；英雄的集体更不会让一个战友掉队的。

激渡

菡　子

真正的小于，不仅个儿小，而且还有一张饱满的椭圆形的娃娃脸，周身晒得古铜般的，到了水里，他比鱼儿灵活。我在上午就看见他了，在雨季泛滥的金刚川上，在敌人稠密的炮火下，他荡着一叶小舟，为空中架桥的工兵保持两岸的联系。载人，他去；送铁器，他一篙子撑出老远，三百公尺的水面，他溜冰似的，来来回回，不知划了多少趟。听见敌方炮弹的出口声，大家总要看一看舟中的小于，炮弹落在对岸的岩壁上，如果小于没有急转弯，吊架上的工兵就会急得一身汗水，可是小于总是安然无恙，他是这激流中的一个骄子。

下午出了难题，钢索怎么拉到对岸去呢？渡船不能走直路，一百八十公尺长的钢索，船拉扯不上。小于聪明地眨眨眼，像对付一件平常的任务似的对王连长说：

“信不信我能从水里盘它过去？”

“行！”“成吧！”同伴们肯定着。有的是对小于的勇敢喝彩；有的不能肯定有十分把握。但钢索今天非拉过去不可，不靠这水里的精灵还靠哪个！

说时迟，那时快，我们的小于把一叠钢索套上右肩，潜入水下，水面的波澜渐渐扩张开去，终于无影无踪。王连长的神情也慢慢地紧张起来。好在他同时派了几个人泅水过去，在有漩涡的地方分兵把口，以防意外。两岸的人一分一秒地数着时间，有的耐不住也跳下水去了。瞧那钢索，像放下水去的钓钩，人们一眼不眨地注意它微不可辨的动静。天知道过了多少时候！钢索像活物那样伸出头来，小于也立刻从水里站了起来，人们一拥而上把他抱上岸去，虽说七月天气，他身上还是冻得发紫，可是他挣脱别人的抚摩，像个小鹿似的在沙滩上跳着。接过盛酒的水壶，像喝水般地灌，好猛！过后，又上了他的小船。

遮盖这个白天的是一层翻腾的乌云，昏天黑地，天实在不该暗得这么早。在一阵急雨过后，才亮了一些，电闪雷鸣，一霎时划出明亮的江面人影。吊桥已经铺板，在雷雨中发出撞击的声音，连接两岸的钢索鼓足了劲，想挣脱什么束缚似的，人们不得不花更大的力气使它就范；拴钢索的老树也显得不堪重负，弯弓屈背。人们拉绳、扶架、砸钉，一个个大力士似的，结成一支铁的队伍，全身心地纠正那因风雨而形成的可怕的“倾斜度”——它即使有拔树移山的力量，我们的战士也把它扭过来了。小于荡着小舟在波浪中为两岸呼应，有时他仿佛就站在水头上，有时又仿佛在天上，他的出现在我看来，好像是神话中的人物。

这场大战持续了两小时。人们身上湿淋淋的衣服，也分不出是汗水还是雨水！这时王连长把我从人堆里拉出来，原来他最担心的是怕淋坏了我，还查问我的照相机有没有受潮？我受到了鼓励，正想与他们一起战斗到底，哪知不一会儿，他拎着一只铁皮菜钵子拉着小于来了。他一本正经地交代任务，毫无商量的余地：

“小于陪你回去休息。菜钵子给你替照相机罩雨。”

我诚恳地表示异议，可他绝不让步，笑着说：“小于两夜没睡了，算你陪他回去休息怎么样？”

这个恳切的提示，并不能减轻我离开队伍的愧疚。但是看着小于，同时想到连长在我前两天坐空中斗车过河时，他一直坐在河边的弹坑旁边，半小时内眼睛没有一秒钟离开我坐的斗车，他说过：“你在哪儿，我的心就悬在哪儿。”我不能让他过分操心，何况夜雨中过封锁线而又与小于同行，也是一个难得的机会。我抖擞精神跟着小于走，准备一口气冲出十五里路去。哪知走不多远小于就招呼我上船，原来我们不再走旱路（那一段路的艰险值得写一篇文章），而改为乘舟顺流而下，虽然有些冒险，毕竟可以缩短三分之二的路程，也可免去过江的一着。我一向怕走回头路，管他空中水上，挑上一条新路回去更好。虽然迎接我们的是喧闹的激流，但我断定小于正像下午潜水那样镇定自若，说的也是一样的话：

“信不信我能……”

相信极了，我马上上船。这个船其实是一个胶皮气囊，方圆不到五尺，〇字形的，四周像吹胀的大肠，有大腿那么粗，这就是人们的座位，抓住上面的纽带，身体就完全交给舵手和自己的手腕了，舱浅而小，勉强可以放下几双脚。我一个人坐在后面，为了不辜负连长的好意，我把照相机放在并拢的腿上，上面用菜钵罩住，因此不得不用胸脯抵住摇来晃去的钵底，我的姿势很像“咬花”的杂技表演。这时小于一篙撑去，大声吆喝着：“抓紧纽子，当心，硬是不要松手！……”小舟已漂出一丈多远，我们也立刻进入完全异样的境地了。

河道变得狭窄起来，左岸的山峰也仿佛移近了，跟右岸的群山对峙，上与天空相接，更显得两岸之间，有一条深远的水道，使人有入峡之感。船往下行，水流湍急，我是如此惊心地发现我们的小舟毫无重量，好像风中落叶，东飘西荡，常常侧立水面，马上要翻身的样子。但是小于在前面站着，他的神妙的手正把一丈多长的竹篙伸得恰到好处，使我们的小船，像被放的风筝，断不了线。每过滑石坡，如同在瀑布上飞舟，水声呼啸，擂鼓齐鸣，小于也高唱战歌，勇于对阵，他的呼声无词，但听一片雄壮之声，有时传来清晰的两个字：“不怕！”是誓言，是鼓励！他拖长了尾音，完全改变了字面简单的含义，却像是豪迈的乐章的一声嘹亮的呼号，我也连忙呼应：“不怕！”小船满载呼号，凌空而下，竹篙早已射向江心，有如屹立的分水岭，两旁的水浪各向一边迸散，船居然能在穿箭一般的流速上面稳定一时，只是身后一阵急雨当头倒下，一尺深的舱里全灌满了水。小于索性一个急转弯，船抵沙滩，我完全遵照他的指挥跳下小舟，说来倒也痛快，把船翻了个身，积水一股脑儿地倒了出去，然后他一个劲儿地踩“皮老虎”，给胶皮囊打气。然后我们又立即上船，立即撑篙，亢奋地投入战斗，冲锋陷阵，在所不惧。船经深潭，更有一番险恶，怪石龇嘴獠牙，作它的前卫，五尺之地，漆黑一团，阴森森的，好像水魔正在作法，漩涡中有一股吸力，似乎要把我们的小船抓走，小于开始真像着了魔似的一头对水涡冲去，我已经准备和怪石肉搏了。在此千钧一发之际，小于就着水音水纹，随机应变，跨过死神的门槛，另谋一路直奔东去。后面追兵喧哗，我倒听出小于隐约的笑声，不屑理睬似的。有时不远处喷出一团红火，炮弹炸了，岩壁中裂，碎石飞向江中，飘起一阵石子劈水的呲呲声，激起的浪花，也闪过星星点点的光亮，增加了战地的气氛；有时雷声炮声同起，震撼山峡，不同的回声持续了几分钟，跟着从侧面射来子弹般的雨点，我们以湿衣作盔甲，它也奈何不得。

我们过坡、避潭、倒水、打气、登船，如是者数次，每次花不了十分钟。小于的动作果断、准确利索，一股扭转乾坤的劲儿，不可阻挠，无往不胜。如果相信我在这样的情况下逐渐消除了畏惧的心理，那么完全是受他的影响。每次我明确地感觉到他在激流中大无畏地站着。这时他是我眼中最高大的人，我甚至不敢再称呼他小于，第三次在河边倒水，我尊敬地问了他的名字的写法，他告诉我他叫于成忠，四川人，原是渔家的孩子。我低估了他的年龄，他不得不向我透露他刚满十七岁。我还想知道得多一些，可是他立即俏皮地反问：“你不会把我写到文章里去的吧？”随后就什么也不肯说。

终于到了驻地的沟口，把小船弄上岸去，直到两只手没有什么事做，我才发现它是如此的酸痛。小于仍在前面领路，没有中止江上弄舟的呼唱，引着我时而遇险，时而倾舟；有立篙分流的气概，有乘风破浪的豪情；他一手挥汗一手遮雨，唱他的勇敢也唱他的机智。他大概还沉湎在刚才的鏖战中，才使他的歌声如此真切传神。我不认为他有很好的嗓音，但他为“水上战歌”谱下了新的乐曲，发自英雄的战歌。我也以饱满的战斗情绪听着，甚至大胆地应和着，对这段艰险的历程，保持崇高的记忆。我知道完全出于他的谦虚，才不肯谈他自己，可是我明白了，他正是这个战斗的集体中一个忠实的儿子。“不怕！”是他朴素而坚强的信念。这个晚上，他以自己的行动，用这个信念教育了我，在我的一生中，无论什么时候回忆起金刚川的夜渡，会首先出现这个小于——那在水头上站着的英雄，以及他豪迈的歌声，他始终是走在我前面的一个人，双手擂着红色的战鼓。

一九五九年“七一”前夕为“激渡”七周年而作

赴朝慰问

新凤霞

一九五三年，朝鲜停战后，我随中国人民第三次赴朝慰问团到了朝鲜，为我们最可爱的人——中国人民志愿军战士和朝鲜人民军进行慰问演出。这次慰问团比第一二次阵容都强，各界知名人士、各剧种的著名演员都去了。

我被分配在东北代表团。这个团有著名京剧演员裘盛戎、言慧珠等。我们虽在一个分团，但各自到军、师、连队分别慰问演出。

环境能改造人的思想。过了鸭绿江以后，看到刚刚停战的朝鲜一片废墟，没有一间完整的房子，更感到和平是多么重要，我们应无比珍惜自己祖国的一草一木，更加热爱祖国，热爱人民的军队。

那时候人和人团结，相互关心，无论是演戏排练还是日常生活，领导和一般群众都齐心努力，没有嫉妒，没有家族帮派。

我们每天的生活都很紧张，行军、演出、慰问，一刻不停。

我们剧团当时大多是青年人，穿着一色的棉制服，坐着大卡车，爬上爬下精神饱满。搬道具、抬布景，大家一齐动手，领导带头吃苦耐劳，同心同德，什么事都好说。

慰问团常常夜间行军，朝鲜刚刚停战，路上还不安全，随时得提高警惕，防备坏人，汽车开在盘山公路上，不开大灯，所以走得很慢。党团员坐在车边上，有情况先出来战斗，我们几个主要演员都是领导陪坐左右保护着。

志愿军战士们驻地到处搭着用松树制成的大牌楼。欢迎的队伍站两边，军队首长带头、战士排队迎接。

经常是一夜行军，天蒙蒙亮到达，战士们已在冰天雪地等了一两个小时了。

我们下了车就化装，片子像冰碴子一样贴到脸上，可是想到那些热情看戏的战士已经坐在雪地里等着开戏，就一切也不顾了。日场都是在露天地里，有时连演两三场。想想战士们的辛苦，自己忘了冷，忘了累，只记住要为最可爱的人好好演出。

我们评剧在朝鲜慰问演出得到领导和战士的欢迎。无论哪个剧团因事不能演出，我们就替演，点什么唱什么。整个慰问任务结束后，大队回到丹东，朝鲜又让我们评剧团再赴朝慰问演出，说评剧通俗易懂，中国人民志愿军、朝鲜人民军都要求我们再回朝鲜。我们二次赴朝，这是对我们最大的鼓励。大家很兴奋，没有一个想家要求回国的，都抱着为祖国增光、为最可爱的人演出的感情。不能大型演出的地方我们就分成小节目慰问，送到第一线，还到炊事班慰问，到伤病员跟前慰问。每场演出都很热烈，常常是台下的观众向台上呼口号，台上向台下呼口号，台上台下融为一体，真有排山倒海之势。亲人分别，每次都是难舍难离，欢送几里以外。

在朝鲜，我们常常是住在老百姓家里。朝鲜老百姓对我们十分亲热，拿出最贵重的礼物送我们，如祖上留下的铜碗，陪嫁的短袄、长裙，我至今还保留着一个铜盖碗。

跟老百姓住在一起，学习到了他们勇敢勤劳的精神。孩子们在被炸得粉碎的墙壁旁露天念书，使我体会到“家贫出孝子，国穷显志士”。他们满怀信心地改变现状，建设新朝鲜。

一次，一位老大娘在雪地里远远地朝我们走来，她是中国人，给祖国的亲人送炒米来了，我们拥抱在一起，亲热得眼泪流个不止。老大娘说她本想回祖国，但得等朝鲜建设好了再回去，中国人的好传统是雪中送炭，朝鲜有困难不能现在就走。

朝鲜妇女下地干活还把孩子背在身上，几十斤的分量顶在头上，男人十个有九个已经在战场上牺牲了，她们不悲伤不流泪，团结生产建设祖国，这种坚强勇敢的精神教育着我们每一个人。

在朝鲜接触到的首长战士，都热情朴素，都一样的亲切，他们是人民的军队，人民的亲人。到军里演出，就住在洞子里边。一次，一位四十多岁的军人领我进山洞宿舍去，安顿我住下，还为我提来暖水瓶，我以为他是炊事员，原来他是军队的领导同志。这些老同志在抗日战场上、解放战争中出生入死，立下了汗马功劳，新中国成立不久，他们刚刚解甲收鞍又穿上军装奔赴朝鲜战场。这些护国英雄诚恳亲切的态度，使我这个在旧社会受欺负、受侮辱的民间艺人有说不尽的感激之情，我感到自己真正翻身成了主人。

我们的一举一动都被照顾，有的同志注意不够，换下来的衣服放在外边，他们就偷偷地拿去给洗了。吃饭时，哪个菜吃得快就马上又端来一盘让你吃个够。有一次在聊天时有人说："咱们这人就是这样怪脾气，有这么好吃的苹果，倒想祖国的紫心萝卜了。"过了几天，每人发到两个紫心萝卜，我们把萝卜切成一条条的，真是萝卜赛梨太好吃了。后来差不多一个星期发一次萝卜，原来是照顾我们的战士听到演员在念叨吃萝卜能让嗓子下火，于是首长命令从祖国运送食物时带来两车皮紫心萝卜，发给祖国来的亲人。

有一次，每人发了一包杭州龙井茶叶。原来是一个京剧演员嗓子不好，另一个演员说：冲一壶龙井茶叶，浓浓的放一点糖，火冲下去嗓子就好了。于是，演员每人都发了一包龙井茶叶，一包白糖。

我们演员也想尽了照顾战士们的办法，为战士演出清唱，看见他们的衣服破了为他们缝补。

小李是战斗英雄，一次他脱鞋上炕，我们发现他的袜子破了，大家抢着为他缝，最后还是我手快早穿好针线，三针两针为小李缝好了，为英雄做点事，我感到无上光荣。

在朝鲜，所到之处，临别总要开个欢送会，军民联欢。朝鲜老百姓和文工团都来同我们联欢，亲人战士也跟我们慰问团联欢，医生、教授、知名人士、地方领导、老红军都热情参加，唱什么的都有，每次联欢会都很热闹新鲜。

最难忘的是在志愿军司令部平壤山洞小礼堂开的一个阵容最强的联欢会。京剧团去的是言慧珠、裘盛戎，评剧团只有我一人去了。这天言慧珠同志表演的节目最好，她还很有经验，身上带大量的剧照便装照片向大家分送，连我也得了两张。言慧珠清唱了一段《贵妃醉酒》，又唱一段老生，很受欢迎。可能是贺老总和金日成在场的关系，大家比较肃静，欢迎也只是拍拍手。忽然裘盛戎同志手里端着一杯茶走到言慧珠身边为言慧珠饮场，看见裘盛戎来送水饮场，整个会场立即热烈活跃起来，盛戎对着麦克风说："现在我提议让新凤霞同志唱一段《刘巧儿》好不好？"大家说："好！新凤霞唱《刘巧儿》好！"唱完了《刘巧儿》，我也对着麦克风说："我提议让裘盛戎同志唱一段《姚期》好不好？"周围回答："好！《姚期》！"盛戎同志非常痛快地说："我已经站在这里准备好了。"原来盛戎同志没有走远，站在我身后等着呢。盛戎同志唱完《姚期》，整个场子更活跃了。

忽然一位分团的领导说："建议新凤霞、裘盛戎表演一个节目《秦香莲》。"我听后，站在那里发愣不好决定。可裘盛戎同志从我身后走了几步对我说："贺老总是慰问团的总团长，他下命令了，我向大家表示：一定完成任务……"他是对着麦克风说的，扩音器把他的话传遍了整个会场，立刻掌声如雷：“好！”

这次是清唱，都不带乐队，我跟盛戎同志早就对好戏了，清唱没有问题。我们并排站着对准麦克风，正准备着，整个场也静下来了，盛戎同志开始演唱。我真佩服盛戎是个好演员，说进戏就进戏，虽然没有乐器伴奏，可盛戎同志情绪饱满，十分真实，他的唱是一句一个好。本来场子很静的，我的耳朵被他震得够呛。我们两个认真严肃，每一句哭腔我都真的流下了眼泪，我们两个的真实表演感动了全场人，很多同志在擦眼泪，整个场子顿时很静。演唱的入戏，听众也入了戏，比化装扮戏的效果不差。清唱《秦香莲》就这么结束了。时间不长，唱词多，但能看出有很多人被这段戏感动了，效果很好。

演唱完，贺老总亲自把我们接到位子上坐下，在大家的掌声中，盛戎同志像在台上一样，把我推在前边，谦虚地请我向观众致谢。贺龙同志说：“这是一场最好看的《秦香莲》了。”

在朝鲜慰问时，我跟裘盛戎合作演出，从内心尊敬他。在台上学习他认真严肃，在台下学习他平易近人，过去虽然常常见面，但没有处过事，常说“处事才知人”。

我们在朝鲜战争的环境中受到了教育，看到、听到的都是爱国主义精神，因此在工作中体现了集体主义精神，没有个人的打算，我一直珍惜这段时间。

回国后，我受到的教育全都表现在工作上，我忘记疲劳拼命演戏，总想那些英雄形象，比一比、量一量自己，应当怎样工作才能对得起他们。没有这些英雄保卫祖国，我们能够幸福地工作吗？我能够站在台上唱戏吗？那时的思想多么单纯哪，一个心眼儿地好好工作，要向英雄学习，谁能说这种优美纯洁的精神境界不宝贵呢？

泪中的怀念

刘思齐

岸英走了，走了整整半个世纪。在漫漫的时间长河中，我度过了无数个满浸着思念、等待、焦虑、恐惧、悲痛甚至绝望的日日夜夜。而它们几乎都伴随着眼泪。

1950 年的 11 月 25 日，对我来说是一个黑色的不堪回首的日子。这一天，美帝向志愿军司令部的所在地大榆洞投下了几十颗凝固汽油弹，炸中了岸英所在的作战室。在熊熊烈火中，岸英走了，驾着一朵燃烧的金红色的火云，冲破火网，冉冉地升入了蓝天。

岸英走了，但没有一个人告诉我，没有一个人通知我，我还一直在等待着他的归来。我思念着他，等待着他。我想象着他回来时将怎样欢迎他，想象着我们将像以往一样在星期六一起去看望父亲、一起去逛北海、一起去看电影、一起在东四牌楼下漫步回家，想象着他又会同他的弟弟在我们那小小的卧室里下棋下到天亮，两人为一步棋互不相让，争得面红耳赤……但是这一切都是梦，是我清醒时做的梦。

可说是白日做的梦，却又不是梦，因为那都是我们共同度过的日日夜夜，是我对幸福时日的思念。记得我和岸英相约：每个星期六的傍晚，我们在中南海新华门相会，然后携手沿着南海漫步向丰泽园走去，因为父亲喜欢看到我们双双出现在他的眼前，每当这时他总是喜笑颜开，然后留我们一起共进晚餐。在饭桌上，父亲谈笑风生，天南海北，谈古论今，经常拿着我和岸英开玩笑。记得有一次岸英开玩笑，说父亲“小气”，说我们结婚时父亲只送了一件蓝大衣，害得我和他争来抢去。父亲指着岸英说：“你把我的干女儿抢去做老婆还不够，还想从我这里再发笔洋财！”说完看见岸英“理屈词穷”的模样，哈哈地笑得说不出话来。只要岸英在北京，每个星期我们都同岸青和他的妹妹一起，陪着父亲愉快地度过几个小时。这也许是父亲一周来唯一的休息。

当父亲又埋头到他的文件堆中后，我和岸英多半是去紫光阁看电影。然后我们就回家，回到我们位于朝内大街的那个小小的家。岸英喜欢东四牌楼，他说那是典型的中国风格的建筑，我们经常在东四下车，傍着牌楼站一会儿，然后在习习的晚风中漫步回家，到家时已是深夜了，有时甚至是凌晨一两点。与他相依为命的弟弟多次同我们一起回去，这时岸英便张罗着将岸青安置在李克农同志的会客室。每逢这种时候，岸青总是第二天清晨五点钟来敲门，岸英便睡眼惺忪地陪着弟弟找个地方下棋去。他俩棋艺相当，在棋盘上谁也不让谁。不过弟弟还多一个本事，那就是只能自己悔棋不准别人悔棋。岸英对弟弟的照顾和爱护让人看了不能不感动。我和岸英结婚一年，但是我们在电影院只看过两场电影：《三毛流浪记》和《一江春水向东流》。我记得很清楚，看《三毛流浪记》时他非常激动，一直紧紧地握着我的手。电影结束了，他还沉浸在电影的情节中。我推了推他说：“该走了，影院都快空了。”他抬起头望着我说：“思齐，这就是我在上海的流浪生活，我和岸青除了没有给资本家当干儿子和偷东西以外，三毛其他的经历我们都经历了。”回家的路上他却又不作声了，一路上默默地走着。我知道他的心又回到他在上海流浪的那些日日夜夜中去了，我没有打搅他。这以后，他对我细细地谈了他和弟弟在上海流浪的前前后后。我深深地感到他对在上海的这段流浪生活是刻骨铭心的。长沙解放后，他在写给舅舅杨开智和外婆的第一封信中还提到“在上海六年的流浪生活不堪回首”。……

我不停地做着梦，做着清醒时的梦，甜蜜的、幸福的梦。在梦中我从来没有感到过危险，从来没有梦到过不幸，更没有在梦中将岸英和战争、和牺牲联系在一起。我如此糊涂，只不过是岸英临走前告诉我：“收不到我的信时不要着急，交通不便呢！”对我这无疑是颗定心丸，它使我浑浑噩噩地过了近三年！

1950年9月30日夜，我突然得了急性阑尾炎，在举国准备欢庆建国后第一个国庆的前夜，我被急匆匆地推进了手术室。第二天下午，也就是国庆节的下午，岸英参加完活动赶到医院来看我，他说，30日晚上他参加宴请苏联大使的宴会去了。他为我手术时他不在我身边而道歉。10月2日下午他又来了一次，从此一连十多天就没有了踪影，我知道他忙。10月14日晚上九点多，我已经休息了，他突然来了，告诉我他外出了一次，并且第二天又要出差。他在我的病床前坐了两个多小时，直到深夜十一点多了才恋恋不舍地别我而去。

在我的床前，他一遍又一遍地叮嘱我：

“无论遇到什么情况，你都要坚持完成你的学业。”

“每个星期你都要去看望爸爸，不要我不在你就不去了。”

“收不到我的信时你不要着急，可能交通会不方便。”

“你多多照顾岸青。”他说，“对你我是放心的，因为你妈妈会照顾你的。”我深深地感到他最放心不下的是岸青。那天临走时他说还要去我母亲那里。后来我母亲告诉我，他一直在她那里坐到凌晨两点多。

夜深了，他走了，我穿上医院的长大衣送他到病房大楼的入口处。秋夜的风已经是冷飕飕的了。他劝我回病房，我坚持要目送他走出医院的大门。他拗不过我，无奈而留恋地向大门的方向走了几步后又突然转过身来，向着我深深地、深深地弯下腰鞠了一躬，当时我吃惊得呆住了。他慢慢地伸直腰，倒退了几步，几次欲言又止，两眼痴痴地望了我一会儿，然后急切地转过身匆匆地走出了大门，再也没有回头。

我呆呆地、呆呆地站在楼门口……

我怎能想到，这竟是我们的永诀。

那晚，他始终未提到他要去的是炮火连天、硝烟弥漫的朝鲜，他只是在交谈中像偶尔提及似的问我：“知不知道有个朝鲜半岛？”我当时一怔，但却未把战争和他的出差联系起来，我傻傻地说：“知道，不是正在打仗吗？”他马上转移了话题。

他就这样走了，离开我到朝鲜去了，四十天后，他便离开了我们所有的人，永远永远地走了。

他走后，给我来过一封信，信中再三询问我的健康情况，对我们婚后他未能与我在一起多待些时间，未能多照顾我而满怀歉意，但年轻的我却未能理解他。我只是把这封信，这封他在离开人世前，在炮火硝烟中写的最后一封信，这封可以说是他的遗书的信，当作一封普通的家书，就这样随意放在上衣的口袋中揉烂了。此后，我再没有收到他的信，一个月、两个月、三个月、四个月，我等着盼着，这时他给我吃的定心丸起作用了：“收不到我的信时不要着急啊，交通不便呢！”于是，我那颗烦躁的心便安静下来。又是一个月、两个月、三个月、四个月，我仍等待着，盼望着。1952年的一天，我清楚地记得，那天侯波同志给了我一张照片，照片上赫然是戴着朝鲜人民军军帽微笑着的岸英，那么英俊，那么威武！

他去了朝鲜？我的心开始咚咚地乱跳起来，我又想起有一次我回中南海，适逢父亲和李克农坐在院子里，我便走了过去。李克农我很熟。我们结婚时岸英就在李克农处工作，新房就在李克农住的院子里，那间现在看来十分简陋、而当时我和岸英都十分满意的新房就是李克农一手操办的。李克农见了我有点手忙脚乱，后来我同他和爸爸三个人一起在院中就餐时，他也一直不说话，只是不停地一声接一声地叹气，我以为是他在工作中遇到什么问题了。父亲也沉默不语。这顿饭吃得既沉闷又凝重。这种严肃的气氛在父亲同我吃饭的餐桌上很少见到。是岸英出事了？！一种不祥的预感从我的心底腾腾地升了上来。“不，不会的，不会出事的！”我强自安定自己，勉强让自己镇静下来！但从此我便生活在焦虑和恐惧之中，我的心在无望中挣扎。我不停地安慰自己：“不会的，不会的，岸英他不会离开我的。”“你不要诅咒岸英啊！”

我想去问父亲，但看见父亲望着我的那双坦然的眼睛，听到父亲不时用平静的声音谈论岸英，谈他小时的趣事，谈他在上海的流浪，谈他与母亲杨开慧的生离死别，谈他作为一名红军军官参加了苏联的卫国战争。当我们谈到有趣的事时，父亲甚至会哈哈大笑。记得有一次父亲谈到岸英和岸青小时淘气，一次大雨过后院中积满了水，不知他俩从哪里把父亲唯一的一双皮鞋偷走了，两人站在积水中，一人的一只小脚上套一只父亲的大皮鞋，嘴里大喊：“开船喽！”两只小手还模仿着摇橹的动作。“船”当然湿透了，结果是每人的屁股上挨了两巴掌。父亲谈到这里笑得直抹眼泪。我们更多的是怀念开慧妈妈，谈她的英勇就义。父亲对我说：“开慧是一位伟大的女性，伟大的母亲，她作为母亲，在三个孩子都未成年，岸龙还是呱呱待哺的婴儿时，毅然地走向了刑场。”关于两兄弟在上海的流浪，父亲也谈得不少。父亲有次告诉我，岸英告诉他怎样拾烟头才能又快又不弯腰，父亲用右手的食指和中指比成一个V字，说用细铁丝扎成个V字，绑在一根长点的竹竿上：“就这样一叉一个，一叉一个，不用弯腰去捡呢！”……每当想到这些我便责备自己不该胡思乱想。

但是岸英确实是这么长这么长的时间没有来信啊！

我觉得我掉进了沸腾的油锅。

1953年的夏天，我再也忍耐不住了，一天，我冲进了父亲的书房，劈头盖脑不顾一切地问父亲：“爸爸，岸英为什么这么长时间没来信？”父亲一下子呆住了，拿烟的手开始颤抖起来。我一切都明白了，眼前开始模糊起来，泪像开闸的河水沿着脸颊滚滚而下，这时一个苍老而悲痛的声音悠悠地传了过来：“岸英已经牺牲了。”接着又传来一句：“我也是过了很长时间才知道的。以后，你就是我的亲女儿了！”

这就是父亲给我的回答！

虽说我早就有怀疑，但怀疑一旦被证实，我还是被击倒了，思想停滞了，脑中一片空白……不知过了多久，有人拍了拍我的肩，卫士长李银桥的声音传了过来，我愣了一下，不明白他在说什么，接着我听到一种恸哭声，那么陌生。这是我在哭？银桥的声音又传了过来，这回我听懂了，他叫我别哭了，说："你爸爸的手已经冰凉了。"我终于从巨大的悲痛中醒了过来。哦，爸爸，我向爸爸望去，只见他呆呆地坐在沙发上，两眼直视着前方，双手无力地搭在膝上。天，我怎么能在父亲面前这么恸哭啊！我极力想忍住哭泣，但是办不到，于是我想：离开他吧，去寻找一个属于我自己的空间，独自去舐自己的伤口吧。我吃力地站起身来，哽咽着走向父亲，无言地握住他那双大手，那双在我的印象中一直是温暖而柔和的大手，但是此刻这双手却是僵冷的。

冷静下来后，我终于明白了：岸英牺牲后父亲一直在忍痛做我的工作，他担心我承受不了这可怕的噩耗，他希望我能坚强地承受住这致命的打击。全中国解放了，新中国诞生了，生活安定了，我认为一切都好起来了，从此可以安安静静地坐在教室里听课了，不用行军了，不用打仗了，将来剩下的就是努力工作，同岸英相亲相爱平平安安地厮守终生。可是这个对一个女孩子来说最简单、最平凡的希望却在一瞬间破灭了，就像一个肥皂泡似的那么容易地就破灭了，烟消云散了。父亲针对我的教育概括起来就是一句话：干革命就会有牺牲。他一次又一次地提起开慧妈妈的牺牲，历数毛泽民、毛泽覃、毛泽建、毛楚雄的牺牲，提起许许多多牺牲了的烈士，其中也包括我的父亲和继父。这一切都是为了我能承受住岸英的牺牲！但是当时我无论如何也想不到这些烈士的名单中居然也会包括岸英！

老年丧子的父亲，为了我这个稀里糊涂地闯入了他家的女孩子，不得不强忍悲痛地教育我，在我面前不得不若无其事地谈论已经离开了人世的爱子，而我却像一只不懂事的小猫，不停地撕扯着他心灵上的伤口！

岸英千真万确是牺牲了，父亲已经明确地回答了我。但我仍然接受不了这个事实。我的感情，我的心都拒绝它！我接受不了他的死亡，我总觉得他还活着，活在一个遥远的、我所不知道也去不了的地方。这种情感上的拒绝一直持续到 1959 年的春节。这时离岸英牺牲已经整整十个年头了，父亲为了我能真正接受岸英的死亡，他用自己的稿费资助我去给岸英扫墓，他不准我们用国家的一分钱，也不让我们打搅朝鲜有关方面。临赴朝前，我去向父亲辞行，父亲拉着我的手说："思齐，告诉岸英，你也是代我去给他扫墓的，我们去晚了。告诉他，我无法自己去看他，请他原谅。告诉他，爸爸想他，爱他……"爸爸说不下去了。哽咽堵得我喘不上气来，我意识到只要我一张口便会恸哭失声，我用手紧紧地堵住嘴，拼命地点头，退出了父亲的书房。就这样我和妹妹邵华在任荣将军的带领下去了朝鲜。

当我在桧仓志愿军烈士陵园里，站在岸英那圆形的用冰冷的花岗岩砌成的墓前，站在岸英那大理石的碑墓前，我才意识到岸英真的走了。但是当我想到躺在这圆形墓下的是岸英那饱受烈火摧残的遗体时，我的心再也承受不住了。我病了，病倒在朝鲜，高烧不退，回北京后下了火车就被直接抬进了医院。这场病病得我真是九死一生，我在鬼门关前游荡了近一个月，真正体验到了人濒临死亡时的感觉。唯一系住了我的是想到从朝鲜回来后还未见到父亲，还未向父亲汇报我的朝鲜之行，我有那么多那么多关于岸英的话：他的墓，他的碑，他所在的陵园，我在他墓前的感受……还一句都没告诉父亲。爸爸最了解我，他让李银桥及时给我送来一封短短的信，这封信成了我战胜病痛的精神支柱，也许正是这封信挽救了我的生命。爸爸在信中说："要好好治病"，"意志为主，药物为辅"。这时我才猛然醒悟，原来当我站在岸英的墓前时自己精神已全面崩溃了。

我的心终于接受了岸英的死亡，病愈出院了。入院时大雪纷飞，出院时已是炎炎夏日。我去看望父亲，他见到我的第一句话就是："思齐，我不该让你去朝鲜，害得你差点把小命都丢了。"我说："爸，我应该去，虽然我病了一场，我不后悔！"想了想，我又追加了一句："我迟早总要去的，不去看岸英，我饶不了自己！"爸爸对我说："你不要太伤心了，干革命就会有牺牲。岸英是一个事业型的孩子，是国际主义战士，最终为朝鲜人民献出了自己的生命。在二次大战中他曾义无反顾地加入了红军，作为苏联红军一个坦克连的党代表（相当于连指导员——作者注）同苏联人民一起参加了卫国战争。他是一位伟大的国际主义战士。你是他的妻子，你要好好学习，努力工作，为死者争一口气……"后来，爸爸在信中还谆谆地叮嘱我，要"为死者，为父亲，争这一口气"。

在接下来的日子里，我越来越感到这些年来岸英一直就站在我和父亲之间，他一只手紧紧地拉着我，另一只手紧紧地拉着父亲，他使我和父亲紧紧地联系在一起。由于他，使我对父亲产生了深深的依恋；也由于他，父亲给予了我无尽的关爱。有一封信，我至今仍然保留着。那是父亲在 1960 年 1 月 15 日写给我的，也就是我从朝鲜回来一年之后，父亲在信中写道："思齐儿：不知你的情形如何？身体有更大的起色没有，极为挂念。要立雄心壮志，注意政治理论。要争一口气，为死者，为父亲，为人民，也为那些轻视仇视的人们争这一口气。我好，只是念你。祝你平安。父字一月十五日"。

岸英牺牲后我为他扫过四次墓。第一次是父亲资助，后来两次分别是作为中国人民友好代表团和志愿军烈属代表团的成员去的。今年是岸英牺牲五十周年，我想，无论如何也要去为他扫墓。我参加了一个赴朝鲜旅游团，但到朝鲜后只有一项活动：扫墓。那天去时一路上风和日丽，从平壤到烈士陵园所在地桧仓有两个多小时的车程，快到桧仓时淅淅沥沥下起了小雨，但抵达岸英墓前时雨却停住了。望着那熟悉的墓、熟悉的碑、熟悉的花岗岩胸像，心中翻腾着万语千言，无尽的伴随着眼泪的思念又历历浮现在眼前，我不觉悄悄地对岸英说出了声："岸英，我来了，看你来了，从上次来看你已整整隔了十年，你怪我吗？岸英，我不知以后还能不能再来看你，我毕竟是近七十岁的人了。但是我相信，只要我还走得动，我就会再来看你。"

在回平壤的路上雨越下越大，最后变成了瓢泼大雨。汽车前挡的雨刷在唰唰地忙碌着，但仍无济于事，从前挡望出去仍是一层厚厚的急急的水流，我觉得，这就是我为岸英流过的眼泪，上苍今天又把它们还给我了。

原载《人民日报》2000 年 11 月 25 日

英雄黄继光献身的一刻

万福来（黄继光生前所在连连长）

1952 年 10 月 19 日晚 10 点钟，我们紧跟着强大的反击炮火，一口气收复了 597.9 高地右侧的六号、五号、四号三个阵地。眼看这条起伏的山腿子就要被我们全部占领，敌人主峰周围和零号阵地上残存的火力点突然复活了；上下交织成一片火网，向我们恶毒地飞盖过来，把我们压在主峰下面零号阵地的山脊上。这时我们的炮火已按时延伸射击了，前进的障碍必须我们自己来扫除。突击部队停下来，利用弹坑和敌人的尸体隐蔽自己。这时阵地上升起照明弹，此落彼起，照耀得如同白昼一般。我清楚地看到，距离我们五十公尺远的零号阵地前沿是两个并排的火力点，掩护着后边几公尺处一个屯兵的大炸弹坑；再后边 30 公尺的地方还有一个大地堡，这些火力点把山头变成了一个不易接近的顽固的碉堡。

现在，我连突击力量仅剩 16 个人了，其中只有 9 个是战斗兵，要拿下零号阵地，是相当困难的。我和指导员冯玉庆同志计划，无论如何要继续反击，否则，天一明敌人必然依托零号阵地进行反扑，这一条山腿就守不住，那时我们的血就要白流了，今后要支援 597.9 退守坑道的同志们作战，重新反击，又得花多大代价啊！因此，我下定决心，剩一个人也要完成任务。我立即把这 9 名战士组成 3 个组，编为我连战斗作风最硬的“功臣第六班”，准备对零号阵地上的地堡进行爆破。

这时，营参谋长张光生同志带着通讯员黄继光来了。他听了我报告的情况后，斩钉截铁地说：

“不论花多大代价，天明以前一定要把零号阵地拿下来！”

执行爆破任务的第六班第一组的战士们，在密集的炮火下的接敌运动中牺牲了。第二组跟着上去。一连三个组的同志们都英勇地倒在敌人的火网下。参谋长看着前仆后继的战士们不住声说：

“英雄！英雄！”

但情况是更加严重了，叫谁再去呢？有战斗经验、能够担当这个繁重任务的，只有我跟指导员冯玉庆同志和两名通讯员了。这正是党和祖国需要我们贡献出自己的时候。我向参谋长请求亲自去执行这个任务。冯玉庆同志同时也向参谋长请求参加爆破。

参谋长还没有来得及回答，站在他身旁的营部通讯员黄继光挺身而出：

“营长，把任务交给我吧！”

参谋长一下握住黄继光的手，我看见他两眼闪光，显得十分激动：

“好！黄继光同志，你是青年团员，我相信你能完成任务。”

我连的两名通讯员吴三羊和萧登良，在我和指导员要求任务的时候，早就着急得不行了，也要求参加，于是就决定他们三人再次组成“功臣第六班”，并指定黄继光任班长。

他们把冲锋枪搁下，皮带间插上手榴弹。黄继光从怀里掏出抗美援朝纪念章，萧登良也掏出纪念章和日记本交给我们。参谋长向他们说：

“为什么要留下纪念章呢？这是祖国给我们的荣誉，应该带上它打仗，去创造更大的光荣！”

指导员给他们三个重新戴好纪念章，拉着黄继光的手嘱咐说：

“好，去吧！要机动灵活。我们等着你们的胜利！”

黄继光望着指导员的脸，说出了自己崇高的心愿：

“我决不辜负党对我的培养，从入团那天起，我就希望有一天能入党。这次执行任务，若是我能够上党员的条件，请首长介绍我成为一个光荣的共产党员。”

“党一定会吸收忠于祖国、勇敢作战的人，你放心去战斗吧！”

参谋长以坚毅的口吻，又一次地叮嘱他们：

“同志们，祖国人民的代表就在身边看着我们，我们一定要用胜利来回答祖国人民。”

“请告诉祖国人民，告诉慰问团的同志，听我们的胜利消息吧！”黄继光回答罢参谋长，就带着两个战友向敌人火力点匍匐前进。

参谋长望着黄继光同志的背影，松开咬紧的嘴唇，说：“他们会胜利的！”接着又对我说：“万福来同志，你们要及时报告情况，我去组织人员来支援你们。”他说着就转身向后爬去。

我的眼睛紧盯着这三个战士在敌火下跃进的身影，他们灵活巧妙地利用弹坑和射击间隙隐蔽地前进，在到达敌人最近的两个火力点时，黄继光指挥两位战友散成三角队形火速向前爬去。火力点突然向他们开火了，只见最前面的吴三羊迅速地扑进一个炸弹坑里。刹那间，左右两个火力点同时响起震动山冈的爆炸声，火光映红了山梁，从烟火间隙中看见那些隐蔽在弹坑里的敌人惊慌地向后面鞍部溃逃。黄继光和他的两个战友用手榴弹追着敌人。

一阵激烈战斗后，顽抗的残敌逃进了最后一个火力点。立刻，主峰周围和零号阵地上的机枪、炮火又集中火力向我们打来，阵地上又是一片迷迷蒙蒙，什么也看不清了。

指导员冒着炮火跑上去指挥他们继续战斗。营参谋长组织的四个同志也上来了。我正准备再拿上一个组去，忽然，萧登良拖着一条腿爬回来：

“连长，快拿手榴弹来！”

“怎么样？他俩也负伤了吗？”

“吴三羊牺牲了。黄继光负了轻伤，不要紧。”他一面接着手榴弹，一面说，“敌人炮火太密，人多了伤亡大！我们保证完成任务，请你放心！”

敌人炮火稍稍减弱了些，阵地上烟雾散开了，我又望见黄继光在得到弹药补充后，不知向伏卧着的指导员和萧登良说了些什么，身影一晃又前进了。

离敌人那个地堡很近了。敌人显然发觉了他，火力猛得像拧开龙头的水管子，火光闪闪地向他喷射，曳光弹映出他那不大而结实的身子。在紫红色的烟尘中，他一连四次跃进，但四次都扑倒在地上。

没有比这再叫人紧张的时刻了。只见在敌人机枪数秒钟的间断里，一个黑黑的人影向前奔去，跟着是一声巨响，硝烟把地堡和人影都遮没了。我心中一阵高兴，正想带战士们冲上去，却看见烟尘中的火苗又喷吐出来，敌人的机枪发射得更加疯狂而凶恶了——显然没有击中。在这危急万分的时刻，那条黑影子倏地在飞腾的烟火中闪现了一下。“他还活着！”我兴奋地自语着。只见黑影一连隐现了几次，但除了敌人机枪的狂叫外，听不见爆炸声。

“为什么他不打手雷呢？”我和营参谋长都非常着急地紧盯着前方，几个支援上来的战士一个个握着手榴弹准备冲上去。

正在这焦心的一瞬间，冲天的烟雾中又出现了黄继光的身影。

这回看得很逼真，他已经从侧面接近地堡了。那里烟雾稀薄，只见他直起身来，伸开两臂，拥抱般地扑向那个机枪的喷火口……

正在闪闪吐射的火舌骤然熄灭了，狂吼的机枪声低呻了两下，便完全哑巴了。

“同志们，冲啊！”在这刹那间所发生的一切，使我迅速地明白了这是怎样的一回事。我只觉得全身热血沸腾，跃起身来，激动地高呼着，带着战士们冲了上去。在弥漫的烟尘中，在空气为之灼热的火海里，我们登上了零号阵地，歼灭了全部顽抗的敌人。

血脉，涌动不息

王巨才

1

“九月里九重阳，嗨呀秋呀秋收忙，谷子呀糜子呀，收呀么收上场……”这是抗战胜利后头一个金秋，欢快的歌声洋溢着边区军民对和平生活的憧憬。

一场大雨把古城延安清洗得更加雄伟壮丽。山梁上，川道里，一大早便见有背着行李的年轻干部匆匆赶往东郊机场。太阳冒山时，机场上已集结有上千人。他们分别来自中央党校、中央机关、边区机关以及鲁艺、女子大学，明媚的阳光下一个个神采奕奕，满脸兴奋，亲切的问候，热烈的攀谈，真挚的叮嘱，传递着彼此的赞赏与信任，整个机场弥漫着昂扬激动的浓烈气氛。人们当然知道，他们不是来乘机的。他们是通过积极争取将作为中央派出的“延安干部团”，去执行一项神圣的使命：挺进东北，创建巩固东北根据地。

是的，东北。刚从日伪统治下光复的东北，有着重要战略地位和战略资源的东北。前不久，毛泽东在中共七大上讲，东北是特别重要的，只要我们有了东北，那么中国革命就有了巩固基础。8 月 9 日，苏联对日宣战的第二天，中央就决定派遣大批干部去东北开展工作。29 日，又发出关于迅速派兵进入东北、控制广大乡村的指示。但这无疑会是一次困难重重、极其艰巨的进军。考虑到行政权尚在国民党手里，又有“中苏条约”的牵制，中央指出，我们只能非正式地进入东三省。不声张，不在报上发消息。进入东三省后，也不坐火车进占大城市，可走小路控制广大农村、中小城市，建立我们的政权和地方部队，放手发展壮大。

后来的事实证明，在这场关乎“两个中国之命运”的博弈中，又是毛泽东棋高一着。就在蒋介石妄图依靠美国的支持，用军舰和飞机抢占先机运兵东北之时，我党两万干部、十万部队早已秘密进入东北。

在这批由延安派出的干部中，有一支年轻的团队，是奔着遥远的黑龙江省会城市北安而去的。领队赵德尊，1935 年入党，1937 年清华大学外语系毕业，先后在冀西、晋中、太行等根据地担任重要领导职务，出发前正在中央党校学习。其他 194 名成员也都是经过严格锻炼、有相当工作能力的优秀中青年干部。其中有十多对年轻夫妇，为不影响行军，有的把孩子留在延安托付老乡照料，有的赶在出发前举行了婚礼，毅然踏上北去的征途。

这中间就有我的瓦窑堡同乡史梓铭和妻子王茜萍。史梓铭北上后被任命为北安县首任县委书记。5 年后奉命南下，担任首任九江地委书记，首任武汉重型机械厂厂长。1965 年调外交部，先后出任芬兰和布隆迪首任大使。那些走南闯北攻坚克难的经历他很少向人提起，只记得他有时会用不胜怀恋的语气感叹：那个年代就是那样啊，一切听从指挥，服从需要，为了党和人民的利益，哪里需要哪里去，哪里艰苦哪里闯，绝没二话可讲。

2

到达北安，是在四野茫茫风雪交加的子夜。9 月 2 日启程，11 月 15 日到达，一路从西北到东北，从金秋到寒冬，跨越北方 8 省，行程 8000 余里，其间的翻山越岭、风餐露宿、临危历险、昼夜兼程真堪比一次小“长征”。到达北安时不少人由于劳累和疾病，已是形容支离、破衣烂衫。唯一没变的，是一张张清癯脸庞上坚毅乐观的眼神，是急于奔赴岗位投身工作的热忱。

博物馆的展板上记载了干部团坚韧不拔奋力开拓的工作轨迹。资料显示，干部团到达的当天，即与抗联和晋察冀派来的同志一起，组建了中共黑龙江省工委，不久又召开全省代表大会，成立省人民政府，从而诞生了我党历史上第一个“完整的省级人民民主政权”。随后 4 年里，省委省政府陆续出台一系列政策，领导全省完成了建党、建政、土改、剿匪、支前等工作。1947 年召开的全国土地工作会议上，赵德尊代表省委所作的专题发言受到高度重视，部分经验被中央采纳并向各解放区推广。与此同时，东北军政大学、黑龙江省军政干部学校等 10 余所军政学校先后迁入北安，按照延安模式，培养了数万党政干部和专业人才。而东北军政大学文工团、省军区宣传队等文艺团体演出的《白毛女》《血泪仇》《兄妹开荒》等延安带来的节目，更是让群众耳目一新，大开眼界，受到启发和激励。那时的北安乃至整个黑龙江根据地，正是这样，到处红红火火，歌声不断，被誉为民主政权建设示范区，土地改革试验区，支援前线的后方基地，为东北乃至全国解放作出重要贡献，而北安，则以其特殊的政治地位和蓬勃向上的社会风气，成为远近闻名的“塞北延安”。

毫无疑问，根据地的建设并非一帆风顺。日本法西斯投降后，蒋介石也深知“国民党命运在东北”“如东北为共产党所有，则华北亦不保”，于是采取派遣特务、滥发委任状等种种伎俩，收罗土匪和伪军警宪特人员疯狂破坏捣乱，妄图把新生的人民政权搞垮，把共产党赶出东北。他们杀害干部，策动武装叛乱，制造了多起血腥事件。

1945 年 12 月 11 日，以伪满军官尚其悦率领的“东北行营战区挺进第一军”4000 余人对北安周边的拜泉、泰安发起攻击，因敌军装备精良，人数众多，战斗异常激烈。危急时刻，省委书记王鹤寿乘一辆吉普急驰拜泉冲进政府大院，省军区司令员叶长庚、副司令于天放、王钧等也都赶到阵地前沿指挥，经过四天三夜的激战，击毙敌旅长以下匪徒 600 余人，活捉 1300 多人，取得拜泉保卫战并一举解放泰安的胜利，铲除了北安地区的最大匪患。

在北安烈士陵园，瞻仰纪念塔上赵光、赵青山、栗本堂、宋林棣、冯耕夫、胡再白、薛志侠、杨国斌等延安干部团成员的英名，人们不难想到，我们的事业，无论革命、建设还是改革开放，之所以能不断克服困难取得胜利，正是由于在任何急难危重任务面前，总有共产党员冲锋在前，而关键时刻，也总是各级领导身先士卒，率先垂范。

3

我是在读了黄士伟的文章后去北安的。黄士伟在北安由市长而书记，工作将近 10 年。他在中央党校校刊上发表的《从延安到北安》首次披露了 73 年前这段鲜为人知的历史，受到广泛关注。文章发表不久，经过积极沟通，北安市与延安市宝塔区（原延安县）正式结为友好市区。我们去时，交通要道、市区主要建筑物上，到处悬挂着庆贺标语，如同举行一个盛大节日。谈到缔结友好市区，黄士伟讲，这首先应该给市委宣传部记一大功。

刘凤芝，一位秀外慧中、飒爽干练的女同志，担任常委、宣传部部长前做过 7 年文广局局长，一次学习中央文件时有段精辟的讲话引起她的思索：“我们的蓝图是宏伟的，我们的奋斗必将是艰巨的。”“全党必须准备付出更为艰巨、更为艰苦的努力。”经过长时间酝酿，她在安排年度工作时提出，为了挖掘“塞北延安”的来龙去脉及其丰富内涵，使这段历史活化起来，成为北安人民不忘初心、砥砺前行的精神力量，有必要加强与延安的沟通联系，并力争建立长期的友好合作关系。当时有人怀疑，人家那可是圣地，谁知道你北安在哪里。而市委书记则态度明确地鼓励她：既然定了，就大胆往前干吧，有困难，市委做后盾。

胆量和底气是有的。刘凤芝讲，咱毕竟还是全国文化系统先进工作者，在人民大会堂领过奖的。北安也是全国文化先进市，也算小有名气。但从哪里着手呢，延安没有熟人，网上又联系不通，左思右想，猛然间记起在文化部干部管理学院学习时的班主任韩敬侠老师，就“贸喊了一嗓子”，不想柳暗花明，韩老师还真认识延安市文广局副局长孙文芳，说这也是一位很优秀的同志，并告诉了她电话。

真是如获至宝。于是立即起草联系报告。刘凤芝说，这件事我们做得非常认真，报告多次讨论修改，为显得郑重其事，特地请市书法家协会主席写了信封，才寄往延安市委宣传部。

那段时间，刘凤芝心心念念的就是这件事。每天到部里，头一句话便是问有没有延安来信。大约一个多月后，孙文芳来电话，说市政府研究过了，认为所提建议非常好，考虑到北安是县级市，来函已批转宝塔区委宣传部常部长，他会认真办理的。怪我们粗心，只好再等。又过些日子，猛然想到，前一段与市上的联络主要靠文芳局长穿针引线，现在报告转到区上，而报告上并没留我们的联系方式，人家怎么回复？如此一想，刘凤芝便按照文芳提供的电话，主动给常部长打过去。没想到常部长那么客气，开口便讲，对不起，让你们久等了，看了你们的信，大家非常高兴，北安与延安有如此亲密的关系，我们也是第一次知道。区委的意思，是想请你们先到延安来参观考察，然后再具体商量结对子的事。

天大喜讯，立即上报。市委书记批示，事关精神家园建设，一定要派高规格代表团，请市长带领，有关部门主要负责同志参加，新闻媒体精兵强将随访。

那次访问收获颇丰，收集到大量生动、翔实的珍贵资料，商定待延安方面来北安回访时签订协议。接着，北安又组织文艺口的骨干力量，沿当年延安干部团行走路线实地采访，回来后根据两次访问征集的素材，调整充实了中共黑龙江省委、黑龙江省政府旧址等七个博物馆群的陈列内容，创作了《从延安到北安》大型音舞剧，《洪流滚滚向北方》长篇报告文学，《薪火相传八千里》《父亲的旗帜》等诗歌朗诵表演，还以弘扬延安精神为主题，举办书画摄影展，经典故事演讲赛，红色文化进校园、进社区、进机关、进村镇等，还编印了大开本的连环画册下发基层，均受到热烈欢迎，在北安城乡引起巨大轰动。

时间说慢很慢，说快也快，转眼到了回访签约的日子，却迟迟不见动静。

刘凤芝心里直犯嘀咕，拨通电话，常部长歉意地回答，不好意思，因为区长要调走，回访恐怕来不及了。那咋办啊？只好等新区长到任以后。兜头一盆凉水浇得刘凤芝蒙头转向：那不等于前功尽弃，又要从头来嘛！反正人熟了，她用近乎求告又像强逼的口气，要常部长尽快请示一下，如果你们没时间，我们过去行吗？大约过了 10 多分钟，常部长回话说，那就请你们过来，越快越好。当时黄士伟书记正在广州招商引资，他在电话里指示，其他事都可暂放一时，唯这件不可拖延，他让刘部长带人从北安出发，他自己由广州直飞西安，双方会合后再去延安。

说来也是好事多磨，一波三折。那天从西安出发，蓝天白云，晴空万里，谁想中途天气骤变，飞机在延安上空盘旋 20 多分钟后返回咸阳机场，航班取消。真是要命。区上的同志已做好接待准备和会议安排，哪能让人家一再为难。一群人于是拖着行李气喘吁吁满头大汗直奔机场乘车点打出租车赶往西安火车站，登上北去延安的列车。

“成了？”“成了！”

签约是在 2018 年 4 月 11 日，距 2017 年 4 月 11 日北安党政代表团访问延安正好一年。茶室里响起热烈掌声。刘凤芝与孙文芳紧紧拥抱在一起，眼眶涌满泪水。

孙文芳是同我一起来北安的，她是作协会员，诗和散文写得很好。她动情地向我感叹，这一切都让她想起电视节目《等着我》，两个天各一方分别 70 多年的家人终于找到了，相认了，牵手了，而相认和牵手又是为了寻找，寻找那些朝气蓬勃、激情澎湃的火红岁月，寻找老一辈共产党人留下来的精神财富，寻找战争年代干群一心、排除万难、夺取胜利的那么一股劲、那么一股气、那样一种热情和拼命精神。

而我，则被我们的年轻干部对党的优良传统的执着追寻和守望，对工作对事业励精图治、奋发有为的敬业精神深深感染，激动不已。

原载《文艺报》2018 年 12 月 28 日

在澜沧江南岸

——往事忆旧

彭荆风

一九五二年春从昆明到西双版纳的昆（明）洛（打洛）公路，只有昆明到玉溪的百余公里是老公路，可行驶汽车，再往前走就还在勘测和修建过程中。进入那个地区，只能在深山野岭间的驿道上步行或骑马。

从昆明出发的那天下午，第三十九师政委张钧坐在一辆小吉普车上走在前边，我和他的随行人员坐在后边一辆装满物资的大卡车上。

卡车上都是三十九师的干部战士，只有我是突然来搭车的人。他们不知道我为什么要去普洱，冷漠地不理会我。一个河南口音、方头阔嘴的宣传干事，还悄悄地对人说：大机关的人怎么下到连队去？肯定是犯了错误！

我也懒得理会他们，心想，你这个人懂得什么是文学吗？

当天晚上，我们在玉溪歇了一夜，第二天又在修路工人刚挖出的松软土路上颠簸了几十里，再往前就没法行车了，只好弃车步行。张钧则骑上马由警卫人员护持着，日夜兼程先走了。

滇南在五月初就进入了雨季，整天大雨倾泻，山路更是泥泞陡滑。我背着沉重的背包和赶马人走在一起。开始一两天，还能在修路工人或勘测队员搭起的草棚里过夜，吃他们的苞谷饭和酸腌菜蚕豆汤。这些成年累月在深山大岭中挖山筑路的工人，多数是从红河两岸山乡来的彝族、傣族、苗族、哈尼族等少数民族。他们朴实勤劳，待人诚恳，对人民解放军更是有感情，深夜投宿也肯接纳，还能给我们烧一瓦钵热汤喝。他们似乎有使用不完的力气，劳累了一整天，还男男女女手牵手围在篝火边上又跳又唱，那三步一顿脚的民族舞步虽然简单，却跳得很起劲。他们能从更为偏僻闭塞的山寨走入这热火朝天的工地，开始新的生活，都很高兴，也就急于用歌舞来表达激动心情。

我这一身绿军装，会使他们想起不久前在他们山寨战斗过，在他们小竹楼里歇宿过，帮他们背过水舂过米，把自己的衣衫吃食送给他们家的那些人民解放军战士，也就亲切地把我拉去跳舞，唱一些他们自己编的思念解放军的歌曲给我听。一个悦耳的女声带头唱，几百人跟着和，歌声悠扬，满含深情，使我也感动得忘了旅途艰难。

和赶马人在一起，也使我增加了不少在边地山林行走的知识。原来我是渴了就找路边的山溪水喝，水虽然清澈冰凉却不解渴，而且喝得越多越觉得身体瘫软。赶马人告诉我，走山路随便喝凉水容易出虚汗，还容易中毒。他们都是一早起来，在吃饭前先喝满满一大碗浓茶，这样一上午都不会口渴。夜里在山野里露宿，不管天晴下雨、夏暖冬冷都要烧一大堆火，金红色的炽烈火焰能吓走大小野兽。遇见蚂蟥叮咬不要怕，采摘一些草药擦擦就可以使蚂蟥掉下来……

一个好心的赶马人还送了我们一大把粗茶叶，让我早晚煮着喝。当时昭通四十三师的一二七团将要调往墨江，纳入三十九师建制，几个打前站的干部和我走到了一起。有个胖胖的保卫股长平日说话时哼呀哈呀的颇有官架子，走了两天山路也难耐这红河谷大山的险陡和炎热口渴，这时候，忙要过这包粗茶，由他来亲自保管。

通了公路后只要两天时间就可抵达的行程，那次我们翻山越岭、晓行夜宿走了整整十天才到达三十九师驻地普洱。

普洱是滇南重镇，以产普洱茶而著名，《红楼梦》里的贾府，也喝这种茶。其实普洱本身产茶不多，茶叶多来自几百里外的西双版纳，这里只是个商业集散地。

这地方常发生地震，街上低矮的木质房屋都是向一边倾斜，这是地震摇晃造成的。我到达的第三天中午，就遇见了一次轻微地震，房子一摇动，当地人就往外跑，以防余震，果然几分钟后地震再起……

那一年除了抗美援朝的部队外，全军都在搞文化学习。三十九师为了迎接“文化大进军”，把全师的年轻知识分子集中在城边上的龙潭集训，准备分到各个团的连队去当文化教员。我在这里学习了十几天，就向驻澜沧以南的一一五团出发了。

由普洱南行，山路更陡险，横断山脉是南北走向，我们要不断地爬越一座又一座大山。常是上山几十里，下山又几十里，有时一天只能在云雾中爬完一架大山。

从普洱出发时，是个狂风暴雨的下午，小小的布伞完全失去了作用，我才走几里路就被淋得浑身湿透，雨水浸湿了军帽不住地淌下来，把眼睛也迷住了，只觉得眼前雨雾迷蒙，道路也难分辨，走得更慢了。那些从一一五团来的文化教员都是有组织地往回走，只有我是从昆明来的，在雨中单独上路。

我们的路线是经过景谷境内横越澜沧江南行。第一晚歇在三十里外的一个小村子，那里有个区政府可以住宿。

陡窄的山路经过人踩马踏已是泥泞稀烂，我在雨水中深一脚浅一脚地走着，越走越累，还不时滑进山沟里，跌得满身是泥水，伞柄也被折断了。夜间九时才摸进区政府。

那些比我早到的人，已去粮库领取粮食做完饭，早早地睡下了。我幸好带了碗冷饭，胡乱吃完就去找住处，黑灯瞎火中楼上楼下乱摸，但床上地板上到处都躺满了人，想挤个一席之地也没有。后来摸进一间房子，只听见床上有轻微的鼾声，我就摸到办公桌前，把湿漉漉的背包抖开，爬上桌就睡。床上的人被惊醒了，厉声问："干什么？"

"睡觉。"我说。

"到外边去。"那人说。

"外边睡满了。"我大声回答。

"这是我的办公室！"

"我不管！"我恼怒地回答。

那人就不作声了。

在大雨中艰难跋涉了几十里山路，实在是太累了，虽然被子、衣服湿而冰凉，却很快睡着了。

第二天天亮前，我被楼上楼下起来做饭洗脸的人吵醒，爬起来一看，才发觉这是区长的办公室兼卧室。我忙向这位区长道歉，请他原谅我昨夜的唐突。

区长是个老游击队员，只笑了笑。"没啥，没啥，你们也辛苦。"

那时候，战争还没有完全结束，军队和地方政府之间的关系很亲切。

去澜沧江的众多文化教员中，有一个由原来的师文工队员和宣传科干事组成的小组，由一名将去连队担任副指导员的孙姓同志带着。这是位经历过淮海、渡江作战的老兵，颇有组织能力。他每天一早先派两个人提前两个小时出发去打前站，为全组的人寻找中午休息的地方和准备午饭。晚间到了一个歇宿的山寨时，打前站的已把饭菜煮熟，洗脚水烧热，睡觉用的大篾席也已铺好，所以他们这个组吃得饱、睡得好、走得快。

老孙是个有着老同志风度的热心人，见我一个人走得狼狈，就把我吸收进他们那个组，还处处照顾我，不让我打前站，也不让我做挑水扫地的善后事宜。加入了这个集体，我才得以顺利南行。

这些朴实的好同志，有的后来曾在一起工作战斗，有的到了驻澜沧的第一一五团后，就分散到各个连队，很少见面了，但我却长久难以忘怀他们。

我们是从糯扎渡口越过澜沧江的，那天下午天低云暗骤雨如注，我们离江边还有十来里地，就听见远处隐隐传来像山崩地裂，又像千万只关在笼子里的老虎在躁动的响声，越往前走响声越大，也更使人心惊胆战。抵达江边的山头上才明白，这是涨水的澜沧江在翻腾咆哮。

下到江边，江流的吼声更大，只见雨雾中的大江茫无边际，难见彼岸，浑黄的江水翻滚起汹涌的浪涛一浪盖过一浪地推挤着向南流淌，江面上满是灰黄色泡沫和漩涡，上游漂下来的粗大树干、芭蕉叶秆推拥着旋转着，沉下去又漂起来，然后冲向岩岸边的巨石上撞得粉碎……

我虽然是从小生长于赣江边上，常见江水的涨落，却从来没见过这种惊险场面。澜沧江你真是条雄伟而又恐怖的巨龙！

雨中的黄昏昏茫阴暗，除了我们这十几个军人，两岸行人绝迹，江面上连只飞鸟也没有。渡头有一只用二十多根粗大竹子扎成的长方形竹筏，作为过渡的工具。水流太急，不是军人和紧急公务不摆渡。摆渡人是四个只穿条短裤、肌肉被风雨锻成古铜色的傣族壮汉。我们上了竹筏后，听从他们的安排，都蹲下紧紧抓住筏上的横杆，领头的船夫才一声吆喝解缆离岸。

这只竹筏靠在岸边时还像个庞然大物，一进入大江激流中，却有如一片轻柔单薄的落叶，在水浪中腾起又跌下，似浮似沉地被浪涛推挤着一冲几十公尺。四名船夫拿的不是篙和桨，而是形状如同耙的竹制工具，忽左忽右地狠力耙着，让竹筏能在不断倾侧晃动中保持平衡，不翻掉不被旋入水底！

他们耙着水浪的同时，发出一声又一声从丹田间迸发出的、似合唱又像倾诉的高昂悲壮的吼声，与风雨声、浪涛声混合，在两岸的峡谷间震荡回响，似乎大江和群山也在颤动悲鸣。我被水浪的咆哮和船夫的吼声形成的冲击波震得心神恍惚，眼睛更是时时被飞溅的水花迷住，只感到江流更宽阔，两岸的大山变得如黑墙般狰狞，不知自己此时此刻是向水底下沉，还是在急雨中的云雾间飘浮。

竹筏被冲往下游十几公里后，才艰难地靠岸，四条壮汉也累得精疲力竭，但他们还是很高兴，一个个咧开大嘴笑得很欢，终于把我们这些解放军安全地送过岸了。他们不收过渡费更不要其他报酬，他们说，已有了工资，有我们的称赞和感谢，他们就很满意了。那年月，相互真诚地关心、为人民服务的精神确实是深入到每个人的心中。

我已浑身湿淋淋的，腿脚也蹲得麻木了，身心更是极度疲乏，歪歪倒倒地上了岸，也不管地上的泥水有多深，扑倒下去紧紧贴着坚实的土地。

这天晚上，我们歇在江边傣族人的一座小竹楼里，好客的傣族主妇帮我们把湿衣服湿被子放在火塘边上烤着，还给我们端来了酸腌菜、糯米饭，让我们能吃饱休息好。

我听着入夜后更为狂猛的吼声，犹有余悸地长久难以入眠，也庆幸自己能从澜沧江的水浪漩涡中渡过来。据这些傣族人说，像这样大江涨水的雨季，恃强过渡的人，十次有九次难得拢岸呢！

第一次与澜沧江见面，它就这样强烈地震撼着我，以后我还多次从其他地段船渡、桥渡澜沧江。有时是冬末春初天干水浅的季节，江水碧蓝明净，温柔如多情的傣族少妇，但对它的畏惧之情却从来没有变更。我明白，只要一场大雨，它就会咆哮地狂涨起来，冲刷着一切！这条河从青藏高原劈山斩塞一路冲击，它太雄猛有力了！

一一五团当时驻扎在澜沧江的募乃，营房是几十间临时搭盖的草棚，边疆部队的生活简陋而又艰苦。

这个团只有二营在大黑山的拉祜族地区剿匪，一时间还难以调回来参加文化学习。我向团里要求派我去剿匪部队。

他们答应了。于是第三天我又背起背包，和一队护送物资的战士向那大山深处走去。

第一天我们歇在佛房。这是高山上的一个小市集，听说从前澜沧县治就设在这里，有几间草屋卖点烟酒杂货，平日很冷清，只有逢街天，四周山岭的少数民族背着土产来出售了，才略为热闹。

我们是傍晚到达的，夕阳已西坠，只是东边山头上有一抹余光，山风呼啸到来，斜斜建在山坡上的几间简陋小茅屋，似乎随时都会被拔起掀掉。

护送物资的战士常来往这一带，对周围地形民情很熟悉，他们告诉我，这里已进入土匪常出没的地区，不要乱走动，小心被打黑枪。他们还说，可惜今天不是逢街天，不然可以向拉祜族人买碗堆花酒来喝。酒是用上好糯米酿的，从酒坛子里舀出倒进碗里时，会泛起一圈碎玉似的花圈，香甜清冽！

他们还笑话我的背包太重了，难以轻便地爬大山，其实我背包里只是比别人多了一本精装的《日日夜夜》和两个笔记本。我从昆明背出来走了那样远，怎么舍得丢掉？

二营驻在被大黑山围裹着的、名叫新营盘的一个山洼里。这地方从前驻过土司兵，才得到这一名称，但近几十年，却是兵匪聚众抢劫、开设赌场的地方。街上有几十间草房，多是广东人后裔，有卖卷粉、土杂的小店，还有几个用劣质脂粉把脸庞抹得厚厚的土娼。

营部设在一间破庙里。营长、副营长、教导员有的调去朝鲜战场，有的调往昆明速成中学读书，只剩下副教导员侯立基在主持工作。这是个身躯高大粗壮、办事果断的人，从前是个有名的投掷手榴弹的能手。他告诉我们，如今忙于剿灭黑山土匪，暂时不能开展文化学习，我们去到连队后，也要先投入打仗……

这正合我的心意，也就高兴地去到驻扎在六十里外的卡马山五连。

走了这两天的山路，我深感澜沧江以东的山势不同于寻常，听说前面的山更高更陡，我只好再次轻装，但还是不愿丢掉那本《日日夜夜》和笔记本，只好把棉絮掏出来，夜里盖床夹被。

这六十里山路我爬了三架大山，还穿越了几片深密的大森林，走得我两腿发麻，如注入了铅块般沉重，给我的感觉这何止六十里，至少有一百多里地。那时候，并没有人来这莽野深山认真测量过，所说的里程也只是由山民大概做个估计！

五连连部和一排、三排、炮排住在卡马山的一个拉祜族人寨子里。周围都是森林稠密的山岭，听说，一股土匪前些日子就在这一带森林里活动，经过几次战斗才被打散了。

五连也只有一个姓马的代理副指导员和一个姓赵的文化教员在管事。我来了，他们很高兴，正缺少干部呢！

我负责发动群众、宣传党的少数民族政策。这里的土匪头虽然是广东人，但手下的喽啰都是大山里的拉祜族、哈尼族，如何解除群众的疑虑，让他们站在人民解放军一边，是不亚于军事行动的艰难事。几个月前，一一五团先是派善战的一营进大黑山，由于只是单纯注重军事进剿，忽略了发动群众，结果是群众站在土匪那边，帮助通风报信，以致一再受挫。

山寨太小了，又驻了这么多兵，我刚来没有地方住，连部文书帮我再三寻找，才在老乡家一个鸡笼上边找到一块窄长的木板，我就铺开背包，蜷缩在上边睡觉。睡到半夜觉得全身奇痒难熬，原来是鸡身上的小虱子闻到人身上的热气，爬上来叮咬我了……

几天后，我一家一家串门子谈心，和拉祜族人熟悉了，才有一家人把他们堆杂物的小房间收拾出一个角落让我睡下。这房子有门无窗，进到里边如坠入地洞，但也比在鸡笼上受小虱子叮咬好多了。

拉祜族小孩聪明朴实，就是没有文化，我向连部建议，应该办个小学，让他们学文化学唱歌跳舞，通过读报讲时事，了解外边的世界。

副指导员支持我的建议，我和老乡们商量后，他们也连连作揖表示感谢。于是由连队派战士砍来竹木，割来茅草，挖平山坡，盖了一间教室。

刚开始只有十几个小孩来上学，由我教他们识字、唱歌、讲故事。这一切对拉祜族人来说都是新鲜事，来读书的小孩越来越多了，就连附近十几里外的其他山寨也有小孩赶来参加，把一个小教室挤得满满的。

知识能使人的想象力丰富，并产生飞翔的翅膀，时间不长，这些小孩都比以前更聪明可爱了，能把从我这里听去的故事讲给他们的父母姐弟和老奶奶听，画出的儿童画也充满了山野的特有情趣。拉祜族人对我们的好感增加了，我们再去了解匪情也比从前方便得多了！我还组织了一个小学生宣传队去附近山寨表演歌舞，同时宣传共产党的民族政策。每到一个村寨，小小的山寨便如同节日一样，人们全都挤在篝火边上围观，然后一起歌舞。我还根据办学校的事，写了篇小散文《边疆孩子的欢笑》，发表在北京的《中国青年》月刊上。

拉祜族人理解了剿灭土匪的意义后，也就真心拥护人民解放军的战斗，民兵式的联防队也组织起来了。我们再搜山时，不再是只有军队兵力单薄的几个班出没于原始森林里，而是能聚集几百人，分成十几个小组把一座山林围得严严实实，迫使藏在里边的散匪又饥又渴动弹不得，只好脚瘫手软地束手就擒。

后来那个姓马的代理副指导员也调走了，由姓赵的河南籍老文化教员代理副指导员，民族工作和了解敌情就由我负责。有一天，老赵带着排长们去营部开会，连队只剩下我一个干部，突然接到拉祜族人的情报，匪首戴老六在他的部队被打散了后，带着几个匪徒藏在离我们驻地约三十里的一座原始森林里。那里人迹罕至，要越过几座山岭，穿过几片森林，才能接近他躲藏的地方。

戴老六从前在国民党军队中当过班排长，有一手好枪法，流落边地后啸聚一些亡命徒成立了队伍，自封为司令官。

来报信的就是他手下的一个拉祜族兵丁。这拉祜族人跟着他在原始森林里躲藏了一段时期，实在受不了冻饿之苦，托人来找他妻子要吃的，妻子赶去劝他回来自首，说解放军的政策宽大，确实是胁从不问。他才大着胆子回来了。

这拉祜族人来连部见我们时，头发蓬乱，胡子长得把脸颊全都遮住了，满身散发着令人作呕的奇臭，听见身后有一点响声，就会惊得蹿起来。

我知道他一定饿了，叫炊事员给他端来满满一脸盆饭菜，他已忘了用碗筷，就用手抓了吃，风卷残云地一会儿就扫光了。

我们又送了他一套布衣服和一些粮食，他很感激，愿意为我们带路。

我把三个班集合起来，奔袭那座原始森林。

但这支部队由谁指挥呢？我又不懂军事。这颇恼人！

我想起了，战士当中有个姓屈的老兵，他从前当过排长，参加过淮海、渡江、粤桂边千里追歼等大的战役，因为作风问题而受处分，被降成战士。我只好把他找来，对他说："老屈，情况紧急，只有请你来指挥了！"

这些老同志有个特点，一遇战斗，就会豪气陡生，忘了个人的荣辱。他毫不犹豫地说："只要领导相信我，我会把部队带好！"

天下着大雨，我们冒雨出发了，当时部队发的布胶雨衣很笨重，大雨不管用，小雨时又闷得人出大汗，我们都不愿使用，宁愿淋着雨出发。山区的秋雨已有了凉意，才走出一截路，我的军帽、两肩就湿透了，接着向胸前背部两腿间漫延，一会儿就成了个遍身没有一点干处、边走边滴着水的雨人。

为了隐蔽也为了遮挡会迷住眼睛的雨水，我们一人摘了一片芭蕉叶来挡雨。山野里的野芭蕉高大粗壮，一片叶子比人还大，只是拿着不方便穿越枝叶稠密的森林，我们只好把芭蕉叶扔掉，仍然淋着雨。

我知道这一带山势陡峭，而且没有路，急行军中也走不过那些已熟练地在山间行军的年轻战士，我是干部又不能掉队，出发时就找了一根竹子做拐杖。这大山里有一种实心的金竹，结实轻巧，我们出没于山林间时都用来助步。

那个当向导的拉祜族人吃饱了，如一只山猫般灵捷，一米多宽的山涧一纵就过去了。在森林里，他左一闪右一蹿就绕过了那些挤得密集的大树，找到了可以行走的空隙，把我们的战士都累得气喘吁吁的，个别身体单薄、还发着疟疾的战士和队伍逐渐拉开了距离，我知道在这山野中掉不得队，就接过他的冲锋枪来背，让他能喘口气……

傍晚时，我们终于逼近了那座原始森林。雨雾迷茫中，也不知道它有多深多大，只觉得它如一团泼墨似的隐没在天际，在风雨中抖动着，发出令人心惊胆战的响声。

老屈命令队伍停住，让大家歇口气，把跑松了的鞋带、被泥水弄脏了的枪支整理好，然后把队伍分成三路，利用夜色向森林中摸去。森林在风雨中显得更黑更狰狞，似乎正张着大口准备吞没我们。我知道，在那些大树后边随时都会突然射出急速的子弹。从前我们搜山时，常遇见这样的冷枪。

老屈把几名冲锋枪手摆在前头，轻机枪手随后跟进。他命令战士们，只要有子弹射来，就用密集火力压过去……

我们走走停停，荆棘藤条不断地把军衣撕破，但进入这原始老林已很深了，还是没有一点动静，我怀疑，是不是那个拉祜族人带错了地方。他却肯定地回答：“没有错，是在这里。”他妻子和他一起来了，也说是这座林子，她那天出来时，还在树干上做过一些记号，有些还能依稀辨认。

我们只好再往深处摸。半夜，终于摸到了土匪头的小窝棚前，但人已不见了。

这是座用几根树木和芭蕉叶搭成，四面没有墙壁，仅仅可以遮雨的低矮棚子。中间有个小火塘，我用手一摸，灰是冷的，这表明土匪头早已离开。他逃往哪里去了呢？我们派出人在四周搜索了一遍，也没有什么痕迹。天太黑了，树林里除了那些朽木上闪着绿光的磷火外，黑得伸手难见五指，我和老屈商量了一下，决定今夜就歇在这林子里，明天一早再定夺。

老屈在四周派出岗哨警戒，其他人都按班组分开在大树下躲雨；树枝叶很稠密，外边的雨下得再大一时间也难以洒进来，只是过了半个小时，树枝叶上的雨水积满了，承受不起了，才哗的一下，如天塌般倾注下一股瀑布，打得人全身都是水。我们走动着时还不觉得太冷，如今一坐下，顿时有股巨大冷气从四面八方袭来，人也像坠入了冰川雪谷，逐渐僵冷。

我和老屈商量，这样下去不行，会把人冻死的，还是烧几堆火来烤烤。他想了想，又把岗哨派得远一些，就可防止匪徒朝火堆打冷枪了。

战士们去捡拾枯枝来烧火，但连日大雨，原始森林里的一切都湿透了，那些水淋淋的枯枝烂叶怎么也燃不着。有人叹息，如果有几片干柴引火就好了。

我想起了我那根已用过多次的金竹手杖比较干，让他们用刺刀劈成细细的丝状，然后浇上擦枪油，这才点燃湿柴。火堆产生的热力驱赶着弥漫在我们周围的冷气，我们略为好过一些了，但烤热了前胸背后又冷，只好不断转动身子烤烤正面再烤背部，一夜就这样转动着熬过了。

第二天一早，我们兵分三路，边搜索边往回走。

其中一个班穿过一座山头的森林时，走在前边的一个罗姓战士恰与匪首戴老六正面相遇，敌我都同时举枪射击，并且都击中对方。我们那个战士用的是加拿大冲锋枪，威力大，一扣扳机就是十几发子弹飞出去，全都击中敌人胸口；敌人用的是一柄美造小卡宾枪，穿透力差，虽然也击中了我们战士的左胸，但弹头被上衣口袋里厚厚一本笔记本挡住。

我后来跟这个战士开玩笑：看来还是爱学文化的人命大，你如果不带着这笔记本，就两败俱伤了！

匪首被击毙的消息震动了黑山地区，潜藏的散匪纷纷来投降。剿匪战斗结束了，我们奉命把防务交给公安连队，十月间全部撤到新营盘去学文化。

拉祜族人已和我们有了感情，男男女女送了一程又一程，有的连爬几架大山，一直把我们送到新营盘。

原载《人民文学》2018年第8期

江南丝竹

严　阵

江南的山水是令人难忘的，缭绕于江南山水间的丝竹之音也是令人难忘的：在那烟雨蒙蒙的小巷深处，在那杨柳依依的春江渡口，在那黄叶萧萧的乡村野店，在那白雪飘飘的茶馆酒楼……谁知道，那每一根颤动的丝弦上，曾经留下了多少生离死别的故事！

多少年月过去了，许多记忆就像蓝色的远山渐渐沉入茫茫暮霭，可是，不管岁月多么漫长，一曲江南丝竹的清音，却一直回响在我的心灵深处。

那是 1952 年的 4 月，一个飘落着无声细雨的春夜，为了访问支援大军渡江的英雄船工，我从长江北岸乘船来到江南的一个叫作杨柳铺的小镇上。

小镇坐落在一座孤零零的小山下面，面对长江，绿柳堤后，临江的庭院里，偶尔伸出一枝两枝在细雨中疑满水珠的杏花，身临此境，会使人立刻就感受到那种被称之为“杏花春雨江南”的浓重诗意。

细雨中的春夜，空气中毕竟还带有几分寒意。船靠岸后，我便沿石阶而上，进入这个小镇唯一的一条街道。时候虽不太晚，整个小镇却已经显得非常幽暗，店铺都关门了，唯一的一家客店，也已经客满。无奈，我只好踏着那被纷纷细雨打湿的青石路面，来到江边的一个茶馆小坐。

江南地方，大都有喝茶的习惯，时候虽是晚间，茶馆里还是坐满了人。我拣了个临江的窗口刚刚坐下，不知为什么，整个茶馆顿时静了下来，人们都用诧异的目光，向我这边打量着，究竟发生了什么事？我一时弄不清楚，待仔细看时，才发现：原来在我对面的空位上，来了一个非常引人注目的人。

来人是一个姑娘，约莫二十四五岁，蓝布短褂外面系着一条绣花围裙，围裙上的红丝带，一直拖到腰间。她头上戴的，是一方印花的蓝帕子，由于没打伞，已经被春雨润湿了大半。

她生着一副匀称宜人的身材，长睫毛掩盖下的眼睛，有一种令人难言的秀媚之气，但不知为什么，她不论向哪个方向看，脸上都仿佛浮着一层使人莫测高深的微笑，一直到她从琴袋里拿出一把二胡的时候，人们才发现，她那在长睫毛掩盖下的两只眼睛，原来是看不见的。

她一声不响地坐在那里，用衣袖拭了一下残留在额角的细雨，便轻轻地轻轻地挥动起手中的琴弓，于是，这江南霏霏春雨中的茶馆，顿时便浸沉在她那颤动的丝弦所发出的深幽哀婉的乐音之中。

窗外是浩渺万里的大江，窗前是一帘蒙蒙的春雨，此时此地，那令人柔肠百转的琴音，似乎正是这个江南姑娘，在诉说自己的身世，在倾吐自己无尽的柔思。是焦虑？是牵挂？是思盼？是期待？那柔沉哀婉的旋律，像窗前无声的细雨，浸入江南的田野，像窗前浩荡的大江，流向茫茫的东海，它一直沁润到我的心灵深处。它对我是那么陌生，而又是那么熟悉，可是，面对着这个双目失明的江南姑娘，我却无论如何也回忆不起，以前在什么地方，曾经听到过同样的琴声。

正当疑神沉思之际，在灯光下，我突然看到盲姑娘的手指轻轻拂动的琴骨下端，似乎刻着两个歪歪斜斜的小字。我稍近细辨，是“竹音”二字。竹音？这是多么熟悉的名字！可是，未容我细细思量，一个热情的招呼，从茶馆门口传到我的耳边，定神看时，招呼我的那人，正是我要访问的英雄船工。

原来这个船工早已为我在小客店里订下了一间二楼朝西的客房。房中朝南的窗口，不时传来时而清晰时而模糊的江音。我就是在那时断时续的江潮声中，访问了这个船工的身世和他的英雄事迹。出人意料的是，他在简略地讲述了自己的事情以后，却对我详细地介绍了另一个人的故事。

他在窗外绵绵细雨和一江春水夜半时分所发出的神秘交响中，对我说道：“那是大军渡江以后的头一个早上。我正要把一船物资运到南岸，一个解放军同志忽然跳到我的船上。我抬头一看，觉得好生奇怪，这个同志身上没有带枪，只背着一把二胡。他发现我不解地看着他，便解释说：‘我是一个从医院偷跑出来的伤员，我要赶快渡过江去，参加追击敌人的战斗！’我说：‘你伤既然没好，为什么要偷跑出来呢？’他说：‘你哪里知道？我是江南人啊！江南人怎么能不参加解放江南的战斗？’他轻轻地叹了一口气，接着又说：‘不瞒你说，这江南还有一个我失散多年的爱人，你想，我是多么希望早日见到她啊！’我听他这么一说，也就同意带他过江。那天早上，长江风平浪静，彩色的云块映到江水里，就像是山上的花，煞是好看，所以开船以后，没要多大会儿，便到了南岸。那个解放军同志，两脚一踏上江南地界，便高兴得什么似的，他正要飞奔向前，我脚下却忽然踏到地雷！在万分危急的情况下，他毅然回身，猛地把我推倒，用他自己的身体，紧紧地护住了我……”船工说到这里，窗口突然卷进一股江风，把烛光吹灭，那细密的雨点，也洒满了整个窗台，我们在夜色中互望着，谁也没有再去把那支蜡烛点亮，片刻的静默中，只有那大江的涛音，一下子涌满了整个小楼！

等到江潮的巨大喧声渐渐微弱下去之后，他才告诉我：“后来，地雷爆炸了，那个解放军同志牺牲了，他的血，染红了江南刚刚发青的春草。他什么也没留下，只有那把被炸碎的二胡，还残留着半截琴骨。为了纪念他，我把它收藏了起来，你看。”船工一面说着，一面把那段琴骨，递到我的手里。

我急忙点亮蜡烛，对着烛光细看，只见这段残存的琴骨上，歪斜地刻着两个小字：丝韵。我急忙问那船工：“他叫什么名字？”船工答道：“他姓郑，名叫竹音。”啊，郑竹音？我想起来了。他是一个团俱乐部主任，在淮海战场大雪纷飞的壕堑里，我曾经访问过他。他当时透过纷乱的雪花，一面望着南方拉起了他的二胡，一面简单地向我叙说他的经历。

原来他是一个被盲艺人收留的孤儿，从小便在江南流浪卖唱，在流浪的道路上，盲艺人又收养了另一个无家可归的女孩，他们两人，跟着盲艺人四处飘零，不知不觉，在颠沛流离中长大成人。为了和郑竹音的名字对称，盲艺人便为那个女孩取了王丝韵这个名字。其实，他们两人到底是否姓郑姓王，谁也无从查考。同生共死相依为命的生活，使竹音和丝韵之间，渐渐产生了感情。后来叶挺将军的部队要离开云岭，竹音便跟着这支部队走了，丝韵本来也要走的，可是，见到盲艺人孤苦伶仃，放心不下，才留了下来。他们临别的时候，互相以刻有自己名字的二胡相赠，作为定情之物……记得，当时在那纷乱的雪花下，他还特地给我看了那把他一直带在身边的刻有他爱人名字的二胡！

窗外宏阔而深沉的江声，把我那风雪战地的回忆打断，跳动的烛光下，我默默地望着船工，一时相对无言。怅惘中又传来船工的话音：“后来我到处打听他爱人的下落，在芜湖听人说，新四军北撤以后，盲艺人贫病交加，死在当涂县采石矶旁的翠螺山下，那个叫王丝韵的姑娘，被当地恶霸抢走，姑娘为了保住自身的贞洁，万般无奈下，毁容自伤，用绣花针刺瞎了两眼，从此以后，有人说她死了，有人说她疯了，也有人说她没有死也没有疯，一直拉琴卖唱，走遍大江南北，到处打听郑竹音的下落……”

船工刚说到这里，楼下便有人呼叫他的名字。原来长谈之间，不知不觉，已到了他出航的时刻。我起身送他下楼，才发现，不知什么时候，外面雨已停了，从窗口向外看去，涌动的云幕里，西江月儿，已经隐隐约约露出半弯荧光，那在夜半风雨中汹涌澎湃的大江，这时的涛音，也变得无比柔和而又舒展。啊，又一个黎明，在静悄无声地降临人间！

正当我梦思遐想之间，从那柔和而舒展的江音中，突然传来我曾经在淮海战场的风雪中听到过的旋律，而它，不也正是我在江边茶馆中所听到过的吗？它是那么深沉，又是那么柔婉，它是那么苍凉，又是那么炽热……于是，我蓦地想起了那个双目失明却一直含着笑容拉琴的姑娘，想起了她那被雨水打湿的头巾，想起了她用颤抖的手指抚着的琴和琴骨上的两个刻字：竹音！……啊，竹音——丝韵！她手中的这把二胡，不就是丝韵和郑竹音分别时互相交换作为定情之物的那把琴吗？这个双目失明的姑娘，可是一直为辗转北国烽火中的郑竹音所深深怀念着的王丝韵？

心中带着猜测，我立刻奔出店门，跑向江边的那个茶馆，令我无限惆怅的是，茶馆的门还紧紧关着，江岸也不见一个人影，我遥望江天，只见淡淡的月光下，正有一只孤雁北翔，而在那即将被朝霞染亮的大江所发出的万种奇妙音响中，仿佛依然有那缕细如游丝的旋律在震颤着，震颤着……

江南的山水是令人难忘的，缭绕于江南山水间的丝竹之音，更是令人难忘的！直到今天，那游丝一般颤动的琴音，一直回旋在我的心灵深处。乍听起来，它似乎是微弱的，感伤的，其实不然，多少年来，我越来越强烈地感觉到：在它那游丝一般的琴音后面，正汹涌着一片像大江东去一般壮阔而神奇的音响，正高奏着一曲朴实而又纯洁的生活之歌，爱情之歌……

敬告作者

我社一贯注重保护著作者的合法权益。选编本书时曾尽量同相关作者联系版权事宜，并得到许多作者朋友的大力支持。但由于本书时间跨度较长，体量大，作者多，出版时间又较为紧迫，所以仍与部分作者或其后人无法取得联系，在此谨表歉意。同时，敬请相关作者和著作权人见到本书后，尽快与我社联系，我们将奉上样书并支付稿酬。

中国言实出版社

2021 年 7 月

千秋伟业 百年风华

庆祝中国共产党成立100周年

The 100th Anniversary of the Founding of The Communist Party of China

红色散文选粹

卷三

人民万岁

古 耜◎选编

中国言实出版社

图书在版编目（CIP）数据

千秋伟业，百年风华 / 古耜选编 . -- 北京 : 中国言实出版社 , 2021.3
ISBN 978-7-5171-3580-7

Ⅰ . ①千…　Ⅱ . ①古…　Ⅲ . ①散文集－中国－当代
Ⅳ . ① I267

中国版本图书馆 CIP 数据核字（2021）第 047620 号

出 版 人　王昕朋
责任编辑　张　朕
责任校对　赵　歌

出版发行　中国言实出版社
地　址：北京市朝阳区北苑路 180 号加利大厦 5 号楼 105 室
邮　编：100101
编辑部：北京市海淀区花园路 6 号院 B 座 6 层
邮　编：100088
电　话：64924853（总编室）　64924716（发行部）
网　址：www.zgyscbs.cn
E-mail：zgyscbs@263.net

经　　销　新华书店
印　　刷　徐州绪权印刷有限公司
版　　次　2021 年 8 月第 1 版　　2021 年 8 月第 1 次印刷
规　　格　710 毫米 ×1000 毫米　1/16　86.75 印张
字　　数　1556 千字
定　　价　280.00 元（全 4 册）　ISBN 978-7-5171-3580-7

红色散文与史同行

——写在《千秋伟业 百年风华》散文系列出版之前

古　耜

中国共产党自诞生一百年以来，为了实现中华民族伟大复兴，团结带领中国人民，创造了新民主主义革命、社会主义革命和建设、改革开放和社会主义现代化建设、新时代中国特色社会主义的伟大成就。这四个伟大成就不仅从根本上改变了古老中国的面貌、境遇和命运，以及她的世界影响和国际地位，而且还真正唤醒和振奋了国人的精神、意志和诉求。向往光明、追求进步的人民群众、知识分子，包括许多职业革命家，在投身壮阔的时代洪流和火热的社会实践的同时，满怀激情，敞开心扉，捧出了一系列传播先进思想、呼唤社会变革、展示历史图景、表达人民心声的散文作品。这些作品凭借崭新的精神内涵和独特的审美风范，以及巨大的影响力和感召力，构成了百年中国历史上一道常读常新、青春永驻的文学风景线——红色散文。

作为中国共产党在砥砺前行中催生的精神火花，红色散文自有强大而稳定的意旨基因和价值取向，但就其审美表达的物象与方式而言，却分明是一个丰富多彩的艺术世界。在这个世界里，既有老一辈无产阶级革命家的高瞻远瞩、抒情言志，又有一代代革命事业后来人的嘉言懿行、高风亮节；既有峥嵘岁月里无数英烈先贤的壮怀激烈、出生入死，又有硝烟散尽后广大劳动者的艰苦创业、无私奉献；既有风展红旗的高歌猛进，又有山重水复的曲折回旋；既有踏访革命圣地的绵绵思绪，又有沉吟红色经典的涌动情潮……所有这些万象辐辏、溢彩流光，在历史天幕上交汇成红色散文缤纷生动的艺术景观，同时也很自然

地呈现出属于它的突出个性与鲜明特点。

在文学诸样式中，散文具有显见的“我思故我在”的特征，这决定了优秀的散文篇章，理应承载带有真理品格、能够昭示历史进步和人类解放的观念形态，以此启迪和引领人民群众自觉投身于伟大的时代变革和社会实践。红色散文正可作如是观——“十月革命一声炮响，给中国送来了马克思列宁主义”。正是这关于全世界无产阶级和全人类彻底解放的伟大学说，特别是它在中国化进程中所产生的毛泽东思想、中国特色社会主义理论体系，为红色散文注入了真理的血脉和文化的滋养，使其在整体上站到了历史的高处和时代的前沿，显示出思想的光彩和理性的力量。

不妨重读李大钊的《新纪元》。这篇发表于“五四”运动之前的作品，热情呼唤全世界劳工阶级的崛起，以及由此产生的人类新纪元、新文明，从而为中国共产党的应运而生做了舆论铺垫。梅岱的《明斯克钩沉》记述作家的白俄罗斯之行，其跨越时空的见闻与思考，精辟解析着当今世界的发展变化和国际共产主义运动所遇到的严峻挑战，同时又满怀信心地表达了中国共产党人不忘初心、牢记使命，开启社会主义新时代和新长征的豪迈情怀，其主旨贻人警示更催人奋进。新时期以来，多位作家学者不约而同地写下了拜谒或重读马克思的文章，其中聂锦芳的《在〈资本论〉产生的地方》等，均以新颖的识见丰富和深化着人们对真理的认知。刘亚洲的《精神——纪念抗日战争胜利70周年》、华罗庚的《写给向科学堡垒进攻的青年们》、王巨才的《回望延安》等，都承载了足够的思想光泽和精神重量，它们从不同的角度和在不同的意义上，给人以启迪乃至震撼。

文学是人学，文学作品必须写人，小说是这样，散文亦复如此。不过同样是写人，小说和散文仍有区别：小说重在塑造客体的人物形象，而散文则更多披露作家的内心世界——散文有时也写客体的人物形象，但这些客体人物仍然浸透了作家直接的目光打量与情感评价，是作家心灵的延伸。唯其如此，我们才常把散文看作一个人的心灵史。而在这一维度上，红色散文同样多有佳篇。

《可爱的中国》和《清贫》是方志敏在囚室里写成的红色经典，作品对恶魔戕害祖国母亲的猛烈抨击，对未来中国美好前景的殷切呼唤，对生命追求与个人操守的坦荡告白，把共产党人的肝肠与初心表现得酣畅淋漓。邹韬奋在生命最后时刻提出加入中国共产党的要求，这使得一篇短短的《遗嘱》，尽显信仰的崇高与信仰追求的美丽。刘白羽的《长江三日》记述作家乘江轮顺流而下的经历，那笔端呈现的或激流勇进，或从容安详的情景，是三峡的性格，更是作家革命理想主义精神与激情的外化。李健吾的《我有了祖国》透过“我”在外

国和旧中国的遭遇，表达了新中国成立带给自己的幸福和自豪。而一部《雷锋日记》则直接敞开了人民好战士的内心世界，使我们懂得了什么叫作“平凡而伟大”。

必须看到的是，红色散文所高扬的精神旗帜，从来不是一种预设的、外在的存在，而是作家源于内心的真诚表达。许多红色散文家，首先是共产主义的信仰者和践行者，是无怨无悔的革命者，对于他们来说，驱笔为文不是寄托才情，更不是博取名利，而是基于理想、使命和责任的以笔为旗，直抒胸臆，是在斗争或工作中的精神升华与情感绽放，正所谓“血管里流出的总是血”。这样生成的散文之花，自然别有神采和魅力。

散文可以有必要的合理的艺术虚构，但绝不能仰仗和放纵虚构。尤其是当散文作为相对完整的历史侧面或时代画卷加以呈现时，其形象的真实感和本质的可信性，仍然是不可或缺的重要艺术品质。在这方面，红色散文又一次显示了自身的不同凡响。一大批作家以历史唯物主义为指引，以严格的现实主义精神和非虚构手法为武器，充分调动个人介入历史与现实的独特资源和优势，留下了一系列具有历史现场感和艺术真实性的作品。

陆定一回忆红军翻越瑶山的《老山界》、魏巍速写抗日战场的《黄土岭战斗日记》、丘东平报告新四军挺进敌后的《向敌人的腹背进军》、菡子描写志愿军战士的《激渡》，还有杨得志的《强渡大渡河》、杜鹏程的《夜走灵官峡》等。在这类作品中，作家就是作品中的人物，他们得之于历史现场的深切记忆和丰富体验，使得笔下文字既有年代特征，又有生动细节，很容易形成代入感和诚信力。方纪的《挥手之间》、刘白羽的《沸腾了的北平城》、李水清的《五星红旗在天安门前升起》、朱增泉的《飞天记》等，记录了红色历史的大场面或大事件。作家作为当时的在场者和见证者，精心调整视线、焦距和节奏，努力再现各自锁定的宏观场景与整体过程，同时敏锐捕捉现场独特的画面、细节和气氛，从而将现场传真般的艺术长镜头，储存到时代的天幕上。周立波的《韶山的节日》、魏钢焰的《忆铁人》、梁衡的《方志敏最后的七个月》、丁晓平的《老渔阳里 2 号的百年时光》，以及沈俊峰写邓稼先的《假如可以再生，我仍选择中国》等，虽然都是隔着时空为伟人和英烈写照，但由于作家做了反复的现场采访和细致的资料爬梳，同时又注入了对历史和人民负责的写作态度，所以同样具有很强的真实感和可信性。由此可见，优秀的红色散文可以视为文学版的党史，它同样具有信史一般的认识价值和恒久生命。

生成于红色实践的红色散文，从不讳言自身拥有助力民族解放、促进社会发展、推动历史进步的使命感和功用性，不过，这丝毫不意味着红色散文一向

只注重内容厚重而不讲究审美营造。事实上，在红色散文的艺术长廊里，构思精妙、质文俱佳的篇章并不少见。茅盾的《白杨礼赞》用极具现代色彩的艺术手法，把寓于景物之中的延安生活和中国共产党人，表现得雄奇壮观、万千气象。秦牧的《社稷坛抒情》《长街灯语》将写景、抒情、思考以及知识传播熔于一炉，让几个方面互为条件，相辅相成，构成浓郁立体的审美磁场，拥有强大的感染力。魏巍的《谁是最可爱的人》用“我”的深情推动和浇灌叙事，使笔下的英雄愈发勇敢质朴，可敬可爱。刘上洋的《万里长江第一湾》，由长江水流的从容拐弯谈到中华文明的兼容并蓄，扬弃发展，再谈到中国革命的迂回曲折，改革前行，于是“弯”有了哲学意义，整篇作品也有了移步换形、曲径通幽之美。杨朔的名篇《茶花赋》讲构思，讲意境，讲文采，把散文当诗一样写，曾影响了一代人的文风。后来虽受到不少异议，然而拉开时间距离再看时，其艺术上的某些特质迄今仍在散文的河流里或隐或显地赓续着、发散着，这仿佛提示人们，对于红色散文的艺术成就不容小觑，更不能低估。

目录

天安门见证

袁　鹰

阳春三月，天朗气清，日丽风和，莺飞草长，天安门广场上游人渐渐多起来。轻盈的风筝伴着孩子们的欢歌，绿树红花中点染着一片融融泄泄的春光。

凡是第一次进北京的人，无论是农村干部、草原牧民还是边防战士，无论是中小学教师、少先队员还是海外侨胞，他们的第一心愿，总是到天安门下，注视迎风飘扬的五星红旗。然后漫步广场，举头凝望巍峨宏伟的城楼，瞻仰高耸蓝天的人民英雄纪念碑，或是纵情欢笑，列队高歌，或是步履低回，沉思不语，都舍不得匆匆离去。

一九五〇年八月，我第一次从上海出差来首都，刚在住处放下简单的行囊，就急不可待来到天安门。前一年十月一日收音机里转播首都举行开国大典万众欢腾的浪潮声，又在耳中响起，不由得一阵阵心跳。两年后，调来北京工作，工作地点离东长安街只有一箭之遥。近六十年来，记不清多少次在天安门前驻足，在广场上徜徉。在这里度过了多少晴空丽日，寒雨严霜；在这里留下了多少欢歌和笑语，泪水和哀思。

站在天安门下，我想到的并不是数百年前明清帝王由此出入的御辇和仪仗，那些早已化为尘土。在耳边震响的是九十年前“五四运动”的先驱者和青年志士们为国为民的呐喊声。我仿佛看到陈独秀、李大钊、鲁迅、胡适那一辈民族精英，高擎科学、民主大旗，在黯淡的国土上燃起现代文明的火炬。我仿佛看到北京的大学生们走上街头，“外争国权，内惩国贼”的怒吼，振聋发聩，呼唤沉睡千年的巨人觉醒，一路高呼口号，挥舞标语，迈步走过天安门前。我也仿佛跟随在他们后边，从天安门下一直向东，过东交民巷和东单牌楼，进入一片胡同，直到赵家楼卖国贼曹汝霖的旧宅。那座曾经被烈火焚烧的庭院内外，空气里似乎依然留存当年爱国志士们的姿影和呼声，仿佛还在注视着下一代下两代后辈，殷殷垂询：我们多灾多难的祖国，在民主和科学的大道上迈进多远了？徘徊小巷，悲欣交集之余，不知道该如何回答，只是深深感到：我们面前的路还很长很长，有坦途也有礁石，有鲜花也有荆棘，还需要一代一代仁人志士坚强而执着地走下去。

五十年前，杨沫的名著《青春之歌》和据此改编的电影，博得千万人尤其是青年一代的喜爱，到现在还被人奉为反映"一二·九"运动的经典作品。那一时期，每到天安门，就会想起"一二·九"时代的热血青年。二十世纪三十年代民族危亡的时刻，日本侵略者步步进逼，国民党政府步步退让，奉行"攘外必先安内"的政策，要全力消灭共产党和工农红军。北平的大中学生们不愿做亡国奴，不愿看到祖国沦亡，自发地团结起来，振臂高呼："华北之大，已安放不下一张平静的书桌。"毅然举行抗日示威大游行，冲破反动军警大刀、水龙和枪托的阻挠和镇压，浩浩荡荡，勇往直前，震动古城，震动全国。这是"五四运动"以后规模最大、影响最广的大游行，振奋了亿万民心。"一二·九"运动和以后成立的民族解放先锋队表明，又一代青年自觉地担负起历史赋予他们的使命，在中国现代史上写下了辉煌的史页。

近些年，我每次走过天安门，必定要想起一九七六年丙辰清明前后那一段惊心动魄的日子。花圈似海，挽诗如林，凝聚了人民群众对周恩来总理的沉痛悼念。那几天，我和报社同事也和我的爱人一次次去天安门广场，默读那一首首带着哀伤和怒火迸发出来的诗词，任凭泪水泻下双颊。历史终究要恢复它的本来面目。任何符合人心的正义行动，不论遭到多少诬陷，发过多少文告，终究会吹尽黄沙始到金。

八年后的国庆节，是中华人民共和国成立三十五周年，天安门前举行改革开放以来第一次隆重的阅兵式和盛大的游行。人民群众自发地表达了对改革开放路线由衷的欢呼。那天晚上，我们全家围坐在电视机前，心随着天安门前的欢潮一起跳动。突然，北京大学的游行队伍里举起一面横幅，四个大字"小平您好！"使我们眼前顿时一亮，不禁都欢叫起来："'小平您好'，好啊！"好像突然升起一把火，将我们的心烧得暖洋洋的，不能平息。这样的标语，是历次游行中未有过的，普普通通四个字，却是那么准确、深刻而又亲切生动地表达了中国青年一代以及全中国人民历经十年风霜雨雪以后共同的愿望，对高瞻远瞩的改革开放总设计师邓小平同志和带领全国人民迈向康庄大道的中央领导人表达崇高敬意和衷心爱戴。我在天安门曾经见过无数标语横幅，听到过无数口号欢呼，唯有这句平实的大白话，将会让亿万人民牢牢记住。

十年前，中华人民共和国五十年华诞那天下午，我们全家人又到天安门广场。看到一队队系红领巾的少先队员跳跃欢腾，一群群身穿绚丽衣裙的少数民族姑娘载歌载舞，一辆辆装饰着绚丽鲜花的花车被人们簇拥，想起我自己从一个二十多岁的青年第一次站在金水桥上的兴奋心情，到如今两鬓如霜，再一次到天安门广场感受祖国黄钟大吕般的足音，思潮起伏，千言万语涌上心头，竟难以移步了。

遥望天安门，经历了六十年峥嵘岁月，巍然屹立在每个中华儿女心中，永远是一块崇高的圣地，一种爱国精神的象征。它凝聚着炎黄子孙的如火红心，激荡着中华民族的浩然正气，也永远见证着风雨苍黄的华夏青史。

原载《人民日报》2009 年 4 月 29 日 12 版

小米的回忆

曹靖华

毛泽东同志说：

“枪杆子里面出政权。”

又说：

“延安的一切就是枪杆子造出来的。枪杆子里面出一切东西。”

“我们所依靠的不过是小米加步枪，……这小米加步枪比蒋介石的飞机加坦克还要强些。”

“我们是用小米加步枪打败了日本帝国主义和蒋介石的。”

枪杆子旦面出政权，这是历史经验的总结，“凡是反动的东西，你不打，它就不倒”。

中国人民在中国共产党的领导下，艰苦奋斗，推翻了帝国主义、封建主义和官僚资本三义三座大山，建设社会主义，并支援世界人民。“帝、修、反”恨之入骨，莫奈我何的，也就是因为用马列主义武装起来的中国人民，手中掌握了枪杆子。

不过，饿着肚子，去冲锋陷阵，消灭敌人，是困难的。所以毛泽东同志当年提及这问题时，用“小米加步枪”来概括。因为没有小米，步枪本身也就难起作用了。可见，人民在取得政权和捍卫政权中，小米之功，是不能抹杀的。

小米因米粒小而色黄，故又称黄米，以别于大米、白米。小米古称“禾”“稷”“谷”“粟”，北方从播种到收割通称“谷子”，去壳后称“小米”。原产我国，在我国种植已有六七千年历史。为我国北方主要粮食作物之一。其产区主要在黑龙江以南，淮河流域以北各省。属禾本科，一年生草本。性喜温暖，耐旱，对土壤要求不高，适应性强。

回忆童年时代，距家门口半里来远的小河边上，有一小块砂石地，叫“石垄”。那儿尽是比牛还大的花岗岩石头，有的在地面上，有的大半埋在地下。总之，这是很难耕种的荒地。石与石之间，偶然有小片砂土地。废物利用吧，那地上除了要求低的谷子以外，其他作物是难长的。谷子撒上，谷苗长到五六寸高时，得“间苗”。即把过稠的及瘦弱的谷苗剔去，把株距五六寸的茁壮谷苗留下。这是农田的轻活，多半都是儿童干的。季节一到，我就干起这活来。

小米味美可口，故乡把它当作细粮。平时舍不得吃，多留给产妇或病人吃的。至于当地人民，常年的主食是玉米，而不是小米。记得当年祖母每逢冬天，爱用砂罐放到炕洞里熬小米稀饭。那时，这就是“高级”食品了。

小米不但味美，且富于营养。它含蛋白质比大米、玉米都高；含脂肪为大米的三倍。此外，还含多量维生素A、B，以及人体所不可缺的其他成分。

谷子是我国北方各省的主要粮食作物，也是我国种植最早的作物。据说，远在六、七千年前，在黄河中游及晋南、豫西一带，在氏族公社里就种粟了。

谷子有防潮、防热、防虫、不易霉烂的优点。自古就有“五谷尽藏，以粟为主”的贮粮备荒作法，在一般情况下，谷子可保存十几年，甚至几十年，是理想的备战备荒粮食。

谷子浑身是宝，谷草是家畜的好饲料，谷糠可喂猪，又是酿造的辅料；谷茬可沤肥及当柴烧。总之，它浑身无弃物。

故乡的小河边上的“石垄”啊，在火红的年代里，它早该变成一马平川的丰产田了吧！

一九三三年，我回国后，在该年底，利用寒假，专程由京赴沪，去探望阔别已久，怀念殷切的鲁迅先生。在反动统治“寒凝大地”的气氛中，我直然落脚到当年一般人很少知道的他的寓所——大陆新村九号。住在三楼上，二楼就是他的卧室兼工作室。

我去时，还特别带了整整一口袋小米。事后从《鲁迅日记》得知，他把这些小米，还分给内山完造先生，周建人同志和茅盾同志。

当时鲁迅先生一看见这整口袋小米时，惊奇地问道：

“小米，你怎么知道我爱吃小米呢？”

“我从《两地书》知道的。那上边写着，有一次，你从北京回上海，动身前就买了小米。”

鲁迅先生一听，就向身旁站的广平同志肩上拍了一下，大家都哈哈大笑起来。

鲁迅先生接着说：

“原来如此啊！”

接着，我们的话题就转到小米上了。我说：

“上海有小米，二马路、三马路顶西口，那些卖鸟的小铺子，都是用小米喂鸟的，为什么你舍近求远，从北京买小米呢？”

鲁迅先生答道：

“那些小米是喂鸟的，不能吃。”

话就到此为止，关于小米再没谈下去了。

“南方小米为什么不能吃”，这问题一直没得到解答。

解放初年，在会场遇到一位老同乡，他是农业科学专家，我问道：

“为什么北方小米那么好吃，南方小米却只能作饲料，不能吃？”

他冲口而出说：

“土壤问题，北方是碱性土壤，宜于谷子生长，小米好吃。南方是酸性土壤，不宜于谷子生长，小米不能吃，煮不烂，只能当饲料……”

抗战期间，在日本帝国主义侵略者的铁蹄下，四川人常称的“下江人”，大批涌到重庆。鲁迅先生说：“野人怀土，小草恋山”，背井离乡的人，怎能不怀念落入敌手的故乡国土？怎能不怀念养育自己的故里山川？这“怀乡”情中，也包括从儿童时代起，培养出来的口味。人生在世，天南地北，东奔西走，不管他的生活如何“国际主义化”，也不管他如何“四海为家”，但从小培养出来的口味，一般称作家乡味吧。不管他身处天涯海角，对这家乡味，总感分外亲切、可口，即山珍海味，也难与之相比。

当年重庆一条繁华的大街上，有个大众化的北方饭馆，名字似乎就叫“老乡亲”，主要卖烧饼和小米稀饭。“下江人”每逢进城，到吃饭时，宁肯饿着肚子，多赶几条街，多绕过一些门口挂着“开堂”二字招牌的当地饭馆，也要赶到“老乡亲”，去饱餐一顿烧饼和小米稀饭。当时这些赶到“老乡亲”去吃饭的“下江人”，把“吃饭”称作“过瘾”。

有一次，我在“老乡亲”“过瘾”时，顺便问道：

“老乡，你们这小米从哪来的？”

“从哪来的，拿命换的呢：穿过鬼子一道道封锁线，辗转弄来的。从界首那边弄来的。倒霉时，不是挨打，就是东西被没收，有时还要把人押起来呢！……”

啊，小米啊！在日本帝国主义和中国反动派统治下，谁会想到你还有这样多的诉不尽的灾难呢！……

八年抗战中，在重庆，小米成了“下江人”念念不忘的、可望而不可即的珍品。

党是深深理解这种“怀乡”之情的，所以，每逢总理、董老或八路军驻渝办事处的其他同志，因公去延安，回来时，总尽可能在飞机上多带些小米，用白细布缝成七八寸见方的口袋，每人送一袋。我每逢收到时，把它看作无上珍品，每粒小米，都包含着党对我们的体贴入微的深情厚谊啊！当年，那是什么样的景况呢？！一面是反动派处心积虑，要把进步文化工作者斩尽杀绝；一面是我们伟大的党，见义勇为，挺身而出，从敌人的屠刀下，不但决然抢救、庇护其生命，而且直至生活细节，也予以无微不至的关切，甚至连吃的、穿的等等，都尽可能地想到、照料到。在重庆时，周恩来同志不是把延安革命人民，遵照毛主席“自己动手，丰衣足食”的伟大号召，第一次生产的毛呢送给我吗！在中国反动派要将我们斩尽杀绝的险境中，这是“情逾骨肉”，最真挚而伟大的“天下父母心”啊！我得到那呢子后，考虑了好久，决定给我的独子做一套制服，可是他异常珍惜，舍不得穿，他知道这是党送的呢子啊。那时他还是孩子，刚入小学。现在他已经被党培养成人，参加了党的行列，最近出国工作时，对当年党送的那套呢衣服，念念不忘，对周伯伯念念不忘。他常说道：“慈母手中线，游子身上衣”，并由此而引申到：“党的手中锄，我们碗中粟！”永远怀念着党送给的呢衣料和延安的小米！

当年，我将故乡特产“猴头”邮寄鲁迅先生，他收后来信说：“猴头闻所未闻，诚为珍品，拟俟有客时食之。”重庆时期，总理、董老，从延安带给我的小米，我看作珍品中之珍品，一粒小米，比一只猴头还珍贵。郑重地用金属饼干筒装起来，把盖子盖严，“拟俟有病时”——任何东西都不能进口时，拿它作“度命”之物。有一次，我得了伤寒，另一次，得了恶性疟疾。高烧中，任何东西不能进口了，就全靠延安小米稀饭度命的。当年，我仗着小米，战胜了病魔。延安革命人民，在党的领导下，不是仗着小米加步枪，击败了美械装备的中国反革命武装吗！

小米加步枪的延安精神，永远鼓舞我们战胜一切困难；周总理、董老对中国反动统治区进步文化工作者的教育和关切，是我终生难忘的。今天，我们在粉碎了“四人帮”之后，全国人民在党的领导下，正在发扬着小米加步枪的延安精神，建设我们伟大的社会主义祖国。我想起这些往事，心情激动，对未来充满了无比的信心。胜利是属于我们的，明天是属于我们的。

原载《人民日报》1977年3月13日

成长

王安忆

这是一些日记的残页。大六十四开的尺寸，纸张黄，而且粗糙，没有行线，但居然不洇水。原先的本子一定散架，其他大部分都不知道哪里去了，这里只剩有十几页，上面还有着水迹。字是用极细的钢笔尖写下的，字很小，却相当清晰，端正，而且认真，写错一个字，便划掉重来。那时候，没有简化字，许多字都是繁体。真是难想象，在这样粗劣的黄纸上，这样细小的字，每一道笔画都不省略，清晰地写下。而且，记录相当详细。日记，没有年份。向友梅叔叔和苏平叔叔打听，他们在“沈太鹿”地方搞土改，当是一九四七年，鲁南突围之后。“沈太鹿”这三个字妈妈也写错了，写成“沈项鹿”。距今已经五十多年，这些日记显见得是经过了许多艰苦的日子幸存下来的。

在第一片残页的顶上，有前一篇日记的最后一行，写道：“联想到自己的转党问题，心焦得很。”可知她是在党员的候补期，正争取转正。从日记中看，也看出她急迫地要求自己成熟和坚强起来，多少带有着一点小资产阶级知识分子的狂热性。我应当承认，我妈妈身上带有小资产阶级知识分子的成分，她受教育并不多，可她喜欢读书，敏于感受，飘零的身世又使她多愁善感。年轻时代的她，甚至是感伤主义的。她喜欢《红楼梦》。我十一岁的时候，提出要看《红楼梦》，我妈妈就很积极地引导我，从第三回黛玉进贾府读起，这样可以快些进入故事。她又提前翻到第五回，贾宝玉游太虚幻境，读金陵十二钗的册子，解释给我听册上的那些凄婉的诗和画。在这之前，她没有忘记预先翻阅一遍《红楼梦》，将有关性事的描写，全细心地折起来，粘上。其实，这是白搭，我全揭开来看了。可是，看也白看，我完全不明白那写的是什么，古人实在太含蓄了。

妈妈她看越剧《红楼梦》，对黛玉焚稿的那一句唱词特别有感触："我一生，和诗书作了闺中伴。"这"闺中伴"三个字，是何等的凄凉，寂寞，且又洁净。这时候，便会想到妈妈也有着的少女时代。母亲通常是没有少女时代的，她们跳跃过少女的岁月，直接就做了成年女性。我们很少去想象她们做姑娘的情景，尤其是像我这样的革命的妈妈。感时伤怀的闺阁情致，被遭际和革命，还有时间，淹埋了。但在某种特定的时刻，它们又会显露出来。在我年轻时候，被感情的事情搞得很烦恼，我妈妈给我写信说，其实不结婚也挺好，林黛玉的"葬花词"中不是有一句："质本洁来还洁去"，这真是很美的境地。虽然是在动荡和困窘中的少女时代，无一刻不为生计所苦，但我妈妈依然保持了清丽的精神。生活的压榨没有使这精神萎缩，反而将它滤得更加细致和纯粹。这是源于天性的结果。我妈妈天性严格，对感情要求很高，她生来不容忍低级趣味。而且她又特别坚持，很难为其他所动。在这点上，她甚至称得上顽固。一九八三年我和妈妈受聂华苓邀，在美国爱荷华小住，曾经遇到过一位林云大师，替我们测五行。记得他为妈妈测时，说我妈妈的木是槟榔木。这是"木"中最坚硬的一种，决不动摇，毫无圆通之处。这位林云大师还对我说：你妈妈是个了不起的人！可我当时并不以为然，觉得我妈妈冥顽不化。这是需要时间和阅历，还有距离，来进行认识的品质。

我妈妈的这种对感情格调的高度要求，在革命中得到了满足。共产主义思想的忘我性和人类性，可说是感情的至尊。我想，这就是我妈妈在革命队伍中迅速成长起来的理由。她这个幼年失怙的孩子，已经有过一些阅历，前途茫然，可也不是绝对没有出路。在姨母朱家寄居，人家至少是接纳她的，今天，朱家的后代还对我妈妈与他家结怨感到不解，他们很委屈地说：我们并没有得罪过她！或者继续住朋友家，在一间私人小学校任教，挣一份薄薪。这家旧交至今还往来着，后辈我们也做了新一轮的朋友。我妈妈在他家里过十八岁生日时，这家的母亲还能想起为她煮两个鸡蛋。这家的父亲则会为她和他家女儿，共剪三段旗袍料子，让她们合穿。那间小学校的女校长，在失业严重的时节，依然给我妈妈下了续任的聘书。但我妈妈终于没有续任，离开了上海。其实，已不只是谋生，而是带有精神的追索。她一直不快乐，甚至是抑郁的，住在人家家里，别人无意的一句话，都会使她流泪，引起她对身世的感触。她真有点像林黛玉了。她和我的二舅舅，和四舅舅，应我大舅舅的安排，一起去往苏北根据地。这时候，她对革命没有一点认识，完全不了解前边等待她的，是什么样的生活和命运。

我十七岁的生日，是处在一个暗淡的时期。离家，远行，独自一人生活在陌生的村庄，看不见前途。我妈妈要送我一件有意义的礼物，能够鼓励我坚持下去，虽然她也不知道坚持下去是什么结果。思来想去，她决定送我一本书，高尔基的人间三部曲的第二部，《在人间》。我小时候很喜欢高尔基的《童年》，而此时我已经度过童年，走上社会，确实应当开始下一课了。这个想法很不错，可却不那么容易办到。一九七一年，市面上不用说是买不到这本书，唯一的办法是去向私人要。此时此刻，凡家中有藏书的，或者是抄家抄走了，或者自己就自觉清理了。后来，我妈妈找到了她的好朋友，文学批评家欧阳文彬阿姨。欧阳文彬阿姨家还保留了一些书，却没有高尔基的《在人间》，但是她允许我妈妈挑选一本别的书，任何一本书。于是，我妈妈便在她的书橱里大翻特翻，最终挑出了一本苏联小说《勇敢》。这是一位女作家薇拉·凯特玲斯卡雅所著，中国青年出版社一九五四年出版，写的是苏联头几个斯大林五年计划中，青年开发远东的故事。它也同样适合我十七岁的年龄和上山下乡的处境，比高尔基的《在人间》更为积极，也更具时代精神。虽然，我处的那个“人间”，与高尔基的更为相似。我妈妈在扉页上写了这么几行字——给我的小女儿安忆：告别五彩缤纷的童年，革命的青年时代开始了，革命是严肃的，壮丽的，也是艰巨的，因此需要勇敢！勇敢！再勇敢！

这本小说相当好看，刻画了一群年轻人，人各有貌。我妈妈最感兴趣的是其中一个叫作托尼亚的少女。托尼亚的外号叫“干面包”，她经历过残酷的生活，特别严肃，排斥一切轻佻的感情，向往牺牲、奉献这样崇高的概念，这使得她显得颇不近人情。所以，她又是孤独的。我妈妈很兴奋地说：这个人物很好，不知道往下会怎么发展。往下的发展却令她十分失望，托尼亚最终是以自我否定为觉醒的，她认识到自己的原则性是虚伪的，因为缺乏人性。然后，她冻结着的感情便复活了，而且汹涌澎湃，不可抑制，于是落入薄幸青年之手，接受了生活又一番考验。我妈妈说作者没有能力发展这个人物了，只能让她转弯。她的批评有道理，托尼亚这个人，已经告别了人情之常，本应该有超凡脱俗的表现，可作者却又使她回到人情之常，确实令人不够满意。我妈妈这样偏爱托尼亚，是不是因为，她和托尼亚有一点像呢！

一九四七年的土改日记里，记录他们下乡前学习，顾绛坦言自己的软弱，我妈妈的反应相当激烈，认为是“失去立场”。并以受刑的烈士鼓舞自己，认为信念是可以支持人超过极限的。在以后的记录里，她可说时刻严格要求自己，原则性极强，难免是有些教条的。从上海去到新四军根据地，她基本生活在市民或者小知识分子中间，她的见识贫乏得很，对中国农民谈不上有什么了解。生活在中国的腹地，有着几千年文明历史的中原农民，对世事人情有着深刻的经验，绝不是我妈妈的简单阶级观念所能分析得了的。说实话，他们的智慧对付我妈妈绰绰有余。但我妈妈也使他们感到棘手，她是那样，那样的不近人情。大寒天里光着脚，穿着单裤在乡野奔波，于是几次用棉裤去贿赂她。其实他们不知道，仅仅四年前，我妈妈还在上海为无钱添置冬衣哀怨，在日记里写下伤感的文字。我妈妈到了村里，就四下乱钻，学了当地话与农人聊天。她对中原地区的方言显然生得很，日记本上，将“馍馍”的“馍”，生造出一个“麽”字。她热切地喊着“大爷”“大爷”的，尽力撇开学生腔，以期得到农人的信任。她绷着脸坐在村干部为她设置的酒席上，让人家很下不来台。她搜罗着蛛丝马迹，从中研究形势。到后来，能看出，那几个狡黠的富裕农民，也拿她毫无办法。日记就中止在他们的僵持之中，不知道以后事情是怎么发展的。土地册子有没有到手？浮财分完了，群众再怎么发动？冬儿呢，到底是个什么样的人物！我妈妈陷于困难之中，甚至是她，也不可阻挡地开始消沉，那么，她又将如何坚持她的信念，最终完成任务？我们只能从整个土改运动的进程和完成中去寻找答案了。

在我妈妈一根筋地忙分地的插档里，她流露过一次私人感情，那就是在十一月二十二日这一天，“丁队长”和她聊天之后的一段抒发。这段话读起来有些费解，但倘若将人称确定了，就比较好懂了。照我的理解，“但今天这位英雄又是在这样一位好友的爱人面前吐出这样毫无拘束的话……”其中“这位英雄”，指的就是我妈妈自己。还有“能够享受到他俩爱情以外的友谊，尤其是她俩的”，这“她俩”指的是我妈妈和好友魏峨。一谈到私人感情，我妈妈的学生腔就毕露无遗，但能看出，她是努力要将这感情描绘得壮美一些。接下来，她终于软弱了一下，“微微感到一些惆怅”，她承认“我不是一个圣人”，然而，即刻又昂扬起来。真正使她难过的，还是工作上的不进展。

从我妈妈的履历表上，何时入党并转正这一栏中写着，一九四七年入党，候补期为半年，按时转正。那么，紧接着，令我妈妈心焦的转正问题就如愿解决，她终于成为共产党员。在她一九四九年五月进上海的两则日记中，回想她参加革命的六年时光，写道：“这六年，伟大的中国共产党把我变成一个不再流眼泪不再悲观，不再为一个爱人，或一个亲人而痛哭流涕，一个革命女战士，毛泽东的文化兵，光荣的共产党员，人民的好儿女。”这写于一九四七年土改运动中的日记，便正是记录了她成长的一段历程。

2000年4月17日上海

朋友

——习近平与贾大山交往纪事

李春雷

农历癸巳年末，河北作家康志刚在其博客上贴发了中共中央总书记习近平于1998年发表的一篇悼念文章《忆大山》，记述了一段尘封的往事，情真意切，感人肺腑。文章经《光明日报》及多家报刊转载后，引起国人强烈关注。腊月二十三，我赶到正定，拜访了几位当事人。旧事重温，感慨良多……

1982年3月，习近平到正定县任职后，登门拜访的第一个人就是贾大山。

但是，两人的初次见面并不顺利。关于这次见面的地点和人员，坊间流传多种说法：有说是在大山家里，有说是在其办公室，有说他正在与众文友聊天，还有文章明言在座者只是李满天。

采访中，笔者曾多方考证，得到的事实是：当天晚饭后，习近平请李满天陪同，一起去寻访大山。先是去家里，不遇，后又赶往其供职的县文化馆。

李满天不是他人，正是经典歌剧《白毛女》故事的第一位记录整理者，时任中国作协河北分会主席，在正定县体验生活，是大山无话不谈的好朋友。

彼时，大山正在办公室里与几个文友讨论作品。他当过老师、编剧、导演和演员，博闻强记，口才极佳。那是一个文学的年代，到处是文学青年，到处是文学论坛。他的屋内，更是常常访客盈门。

李满天是常客了，不必客套，而习近平穿着一件褪色的绿军装，虽然态度谦恭，满脸微笑，但毕竟年轻啊，像一名普通的退伍兵，又像一个青涩的文学青年。或许正是因此，当两人进来的时候，谈兴正浓的大山就没有停止他的演说。

近平悄悄地坐下来，静心地听，耐心地等。

等了一会儿，趁大山喝水的间歇，李满天上前介绍。大山这才明白，面前这位高高大大、清清瘦瘦的青年，就是新来的县委副书记。

接下来，贾大山的反应让习近平印象深刻。2009 年 7 月号出版的期刊《散文百家》，整理发表了他 2005 年回正定考察时的录音："我记得刚见到贾大山同志，大山同志扭头一转就说：'来了个嘴上没毛的管我们'……"

我们实在无法臆想当时的场景，抑或大山的语气和表情。但可以肯定的是，此时的贾大山还不到 40 岁，已获得全国大奖，作品收入中学课本，声名正隆，风头日盛，加之天生淡泊清高的性格，面对这个比自己年轻十多岁的陌生的县领导，有一些自负是可以想象的，也是可以理解的。

但是，习近平并没有介意，仍然笑容满面。

现场的空气停滞了一下，似乎有一些尴尬。但不一会儿，气氛就重新活跃起来。主人和客人，已经握手言欢了。

习近平在《忆大山》一文中记录了当时的情景："虽然第一次见面，但我们却像多年不见的朋友，有说不完的话题，表不尽的情谊。临别时……我劝他留步，他像没听见似的。就这样边走边说，竟一直把我送到机关门口。"

那是一个早春的晚上，空气中飘浮着寒意，也一定弥漫着芳香。因为，所有的花蕾，已经含苞待放了……

正定古称常山、真定，春秋时期为鲜虞国。秦立三十六郡，常山有其一。自汉至宋元，真定始终居于冀中南龙首之位，与北京、保定并称"北方三雄镇"。明清至民初，包括石家庄在内的周围 14 个州县，皆属正定府辖区。

正定城墙周长 24 华里，设四座城门。每座城门均用青条石铺基、大城砖拱券，并设里城、瓮城和月城三道城垣。这种格局十分鲜见，足以说明正定作为京南屏障的特殊地位。高大的城圈内，有九楼四塔八大寺，更有着众多的商铺、戏院、酒肆和茶楼。"花花正定府，锦绣洛阳城"，此之谓也。

古城正定，敦厚、传统且深邃，像一株繁茂的大槐树，绽放着细密的叶芽和花穗，散发着浓郁的清香和氧气。

贾大山 1942 年 7 月生于古城西南街，祖上经营一家食品杂货店铺，家境小富。说起来，他的出世颇具传奇。父母连着生产八个姑娘，直到第九胎，才诞下这个男丁。他从小备受宠爱，吃、穿、玩、乐悉听尊便。他喜欢京剧，爱唱老生，还能翻跟头，拿大顶。他更爱好文学，中学期间便开始发表作品。

高中毕业后，因为家庭出身等原因，大山未能走进大学。他先是去石灰窑充当壮工，后又被下放农村。

正是这种特殊的人生际遇，使他熟悉了市井文化和农村文化。这两种文化交融发酵，蒸腾升华，促使他成为一名作家。1977 年，他发表短篇小说《取经》，震动文坛，并在首届全国优秀短篇小说评奖中折桂，成为河北省在“文革”之后摘取中国文学最高奖的第一人。无限风光，一时无两。

大山身材中等，体魄壮实。关于他的面貌，他的朋友铁凝曾经有过一段精准的描述：“面若重枣，嘴阔眉黑，留着整齐的寸头。一双洞察世事的眼：狭长的，明亮的，似是一种有重量的光在里面流动，这便是人们经常形容的那种‘犀利’吧。”

贾大山，的确是一位奇才。

他的创作习惯也迥异常人：打腹稿。构思受孕后，便开始苦思冥想，一枝一叶，一蘖一苞，苞满生萼，萼中有蕊，日益丰盈。初步成熟后，他便邀集知己好友，集思广益。众人坐定，只见他微闭双目，启动双唇，从开篇第一句话，到末尾最后一字，包括标点符号，全部背诵出来，恰似京剧的念白。他的记忆，犹如一个清晰的电脑屏幕。朋友提出意见后，他仍在腹内修改。几天后，再次咏诵。三番五次之后，落笔上纸，字字珠玑，一词不易，即可面世。

几天后的一个晚上，贾大山走进了习近平办公室。

关于他们相约的方式和过程，我专门采访当年的县委办公室副主任朱博华和王志敏。他们告诉我，那时没有别的通信手段，是近平打电话到文化馆，与大山约定的。

县委大院在古城中心，坐北朝南，历史上即是正定府衙所在。走过门口的两棵老槐树，在过去正堂的位置，是一座主体建筑——穿堂式组合瓦房。瓦房的北面，是两条甬道，甬道中间和两侧，共有三路五排平房，灰砖蓝瓦，南北开窗。近平的办公室兼宿舍，就在西路最前排的东段。

只有一间屋子，两条板凳支起一个床铺，一张三屉桌，两把砖红色椅子，一个暖瓶，一盏灯泡。没有书架，成群的书，或躺在桌面上，或站在窗台上。屋内最醒目的物品，是窗台上的两尊仿制唐三彩：一峰骆驼和一匹骏马，那是北京朋友赠送的纪念品。

坐下之后，他们认真地互通了年庚。大山属马，近平属蛇。大山年长 11 岁，自是兄长了。

然后，开始一边喝茶抽烟，一边聊天。茶是那种最普通的花茶，烟呢？名曰“荷花”，每包两角六分钱。聊天的内容由远及近，先是古往今来，国外国内，后来便集中于正定的历史和现实。

他们的确有着那么多的相似啊。都曾因家庭问题而下乡：“文革”开始后，年少的近平受父亲冤案的牵连，挨过批斗，受过关押。到陕北农村插队时，他还不满16岁；大山也是因为出身商人之家，被打入另册，1964年即被迁出县城。都在农村里风雨磨砺：那些年，近平种地、拉煤、打坝、挑粪，什么累活脏活都干过，窑洞里跳蚤多多，他被咬得浑身水泡；大山一年四季干粗活儿，秋后种麦拉石砘，两个肩膀红肿如绛。他们又都在磨砺中收获成果：为了拓广农田面积，寒冬农闲时节，近平带领乡亲们修筑淤地坝。他还组织村里铁匠成立铁业社，增加集体收入。后来，他被群众推举为大队党支部书记；大山在村里担任宣传员，自编自演了多部小戏，不仅搞活了小村的文化生活，还多次获得河北省和华北地区文艺会演一等奖。

最让人称奇的是，他们的知青岁月，竟然都是七年。

对现实问题，他们也有着惊人的相同看法。比如对正定“高产穷县”的剖析，对如何修复和整理正定文物，对社会上某些不正之风……

两人分手时，已经凌晨三点了。

县委大院已经关闭，门卫的窗户漆黑漆黑。大门两侧是两个高大威武的砖垛，中间是两扇铁门。铁门下部是生硬的厚板，上部是空格的栏杆，足有两米高。

两人面面相觑。夜半天寒，实在不忍打扰熟睡的门卫。

这时，近平蹲下身去，示意大山上去。大山不知所措，却又别无选择，只得手把栏杆，小心翼翼地踩上肩膀。近平缓缓地站起来，像是一台坚实的起重机，托起了大山。大山练过功夫，身手矫健，双手一撑，噌地一下，便翻越而过……

两人相视一笑，隔门道别。

以后的日子里，每隔一段时间就要约见一次。有时是在近平办公室，多数是在大山家里。

晚饭过后，近平安步当车，款款而来。

走出县委大院，沿府前街南行，路东是常山影剧院和百货商店，路西则是一些小商铺、酱菜厂和服装厂。府前街尽头是中山路，西北拐角处便是大山家世代经营店铺的原址。西行20余米，路南是文化馆、印刷厂和建筑公司，北侧则是各种杂货门市和住户。走到育才街，向南300米，左边一个低矮的门楼，便是贾府了。

大山老宅是一个东西狭长的院子，院内有一棵大槐树。夏天到了，槐花如雪，满院馨香。

近平见过大山爱人，颔首，微笑，称一声“嫂子”。

嫂子和大山便把客人迎进北屋。这是大山夫妇的卧室兼会客室，只有十平方米。里面有一床、一柜、一桌、一对沙发和一张茶几。

宾主落座，女主人在茶杯中注满开水后，便到隔壁孩子房间休息去了。

总是有着说不完的话题。

大山是地道的正定通，对家乡历史的来龙去脉，每一座塔，每一尊佛都了如指掌。初来乍到的近平，在不长时间内也能对本土文化说古论今、谈笑自若，着实让他刮目相看。大山二十多年来潜心钻研戏曲、文学等，但没有想到的是，近平对这些领域的阅读和思考同样广泛深入，很多见解令人耳目一新。大山年届不惑，历经坎坷，对社会人生深有体悟。然而，比自己年幼十多岁的近平，很多看法竟然不谋而合。

当然，他们也有着诸多差异。近平看书多且杂，更侧重于政治、哲学和经济，而大山尤专注于文学、史学和佛学；对于现实，近平是一个积极者，即使身处逆境，前途迷茫，他也始终乐观，胸怀梦想。当时，知识青年“返城热”余波未了，城市青年“出国热”高潮渐起，别人都在想方设法地回城或出国，他却主动申请回到农村去，从基层干起。而大山则是一个逍遥派，淡泊名利，无心仕途。他上学时未入团，上班后未入党。省作家协会多次调他去省城工作，他坚决不去，专门为他举办了一次作品研讨会，他居然没有出席。

但大山毕竟是一名作家，职业特点就是关注现实，解剖现实。他得奖的《取经》《花市》等作品，就是以政治视角描写基层干部和普通农民。对这座县城，这个国家，这个民族，他有着深深的热爱和关注，心如烈火燃烧，眼似灯盏明亮。

所以，在根本上，他们又是相同的。

同与不同，相互沟通，互通不同，通而后同。

这样的聊天，不知不觉就到了午夜两三点钟。

为什么总是这么晚呢？他们都是“文革”的过来人，开会到凌晨是家常便饭，而且当时也没有别的娱乐形式，读书，或与好友聊天是知识分子最好的消夜方式了。最关键的，还是他们心意相通，志趣相投，言之有味，言之有物，相守难舍。

出门后，大山会执意相送。于是，他们便接续着刚才的话题，一路边走边聊，直到县委门口。如果大门关闭，大山会自然地蹲下去。这时，近平也不再客气，踩上肩膀，轻手轻脚地翻越过去……

关于他们聊天的日期，我也常常疑问。近平身为县委领导，每天工作繁忙，而且又是嗜睡的年龄。他们相约深谈的时间，是否多在周六晚上？因为只有这样，他才能利用第二天的休息日（当时每周只休星期日一天），补充睡眠。

我曾就此询问时任副县长的何玉女士，她说这属于私人交往，工作日志没有记载。而大山夫人则说，大山没有日记，具体日期无法查询。

这期间，正是近平最忙碌的时候。他马不停蹄地奔走于各个公社和大队之间，以最快速度熟悉着县情。

县委有两辆吉普车，他很少乘坐。他总是骑着自行车，穿梭于滹沱河两岸。从河北到河南，是一片大沙滩，常常需要扛着自行车前行。

老干部张五普回忆说："那时我在西兆通公社任书记，他一个人来调研，骑一辆旧自行车，下自行车就和我握手。我问，'习书记怎么你自己来了，你认得路啊'？习书记用衣袖擦一擦满头大汗，说，'打听，我打听着就来了'。"

这一年，习近平办成了一件最令正定人振奋的大事。

正定县是全国闻名的农业高产县，却又是有苦难言的"高产穷县"。多年来，国家规定每年上缴征购粮7600万斤，每亩平均负担200多斤。由于征购任务过重，很多老百姓口粮不继，不得不到外地购买红薯干度日。习近平了解这些情况后，无比痛心。可要摘掉"高产县"的帽子，无疑是自曝其丑，虽然能够减轻老百姓的负担，县委有关领导却有可能"犯错误"。

是坐等中央调整政策，还是主动向上呼吁？县委主要领导考虑到习近平刚来工作，不愿让他出面，担心会对他造成不利影响。可习近平说："实事求是向上级反映问题是我党的优良传统，你们不用担心。"于是，他和另一位县委副书记吕玉兰一起，多次跑省进京，向上级部门如实反映正定人民的生活状况和现实困难。

1982年初夏，国务院终于派出调查组。这一年秋后，上级决定把正定粮食征购任务减少2800万斤。

这是一件影响正定历史的大事，为正定农业结构的调整和未来的大发展，奠定了坚实的基础。

在他分抓的领域，更是事必躬亲，脚踏实地。

县委门口的两株古槐，花开花落，几多春秋，大家熟视无睹。有一次在文化局参加座谈会，近平问槐树是什么年代的。众口无语。他提出请林业专家鉴定。结果竟然是元末明初，是这个古城里年龄最大的植物。于是，围上铁栏，写明文字，加以保护。

城里有一家玉华鞋店，是土地革命时期中共在正定县成立的第一个秘密工人党支部，他指示修缮保护。

“岸下惨案”是 1937 年 10 月日军侵占正定时发生的一起屠杀事件。近平请人挖掘整理，开辟成爱国主义教育基地，并亲自审定纪念碑碑文……

1982 年 12 月 23 日下午，近平打来电话，约大山见面。

“好啊。但是，今天你就不要去机关食堂了，在我家吃晚饭吧。”大山说。交往就要一年了，近平还从来没有在家里吃过一顿饭，作为地主，大山总是自责呢。邀请过几次，他总是笑笑说，君子之交淡如水，我们每次都喝茶水，已经够奢侈了，何必要喝酒呢。今天，大山再次提出了这个请求。

近平怔了一下，居然答应了。

那天晚上，大山准备了几个精致的小菜：雪里蕻炒肉、莲藕片、花生米和凉调菜心。主食呢，就是涮羊肉。没有专用火锅，把铝盆放在蜂窝炉上，权当涮器。虽然器具简陋，但材料却不含糊：麻酱、韭花、蒜末、香菜、酱豆腐一应俱全。

近平如约而至。陪同者仍然是李满天。

炭火红红，蒸气腾腾，几杯小酒下肚，话题也热烈起来，不知不觉就聊到了县文化局。文化局下属剧团、新华书店、文化馆、文保所等七家单位，三四百人，大都是知识分子和演员，情况复杂，矛盾重重。最主要的是，正定有九处国家级文物，这在全国各县中也是屈指可数的，却长久失修，没有发挥应有的作用。

李满天半开玩笑地问：“大山，如果让你当局长，能收拾这个摊子吗？”

大山从小与这个圈子打交道，现在又是文化馆的副馆长，自然深知其中矛盾根蒂，于是，借着酒兴，脱口而出：“当然可以，只要给我权力，让我说话算数。”接着，便豪情万丈地谈起了自己的“施政纲领”。

这时，近平果断地说：“好，就让你当局长！”

大山惊呆了。

原来，针对文化局的乱象，作为县委分管领导，近平一直在暗暗地寻找和选择。正定作为一座历史名城，无论对内还是对外，文化系统都需要一位硬邦邦的领军人物。考虑多日，他和主管文教工作的副县长何玉想法形成一致：最合适的人选只能是贾大山。大山成熟稳健，刚直正派，不仅善写小说，而且也很有行政能力，最关键的是他对文化事业有着近乎痴迷的热爱。但大山不是党员，无意仕途。不过，经过这么多次的深入交往，他对大山的个性又是了解的。于是，在多方征求意见并与主要领导沟通后，在常委会上，他提议大山担任文化局局长，并获得了通过。那天晚上，他就是前来通报的。

近平说：“你不能只是自己写小说，还要为正定的文化事业做贡献啊，而且要把你的好作风、好思想带到干部队伍中。”

大山难以置信：“可是，我不是党员啊。”那个年代，党外人士在县里担任领导干部，而且是部门正职，是不可想象的。

近平说：“你不用担心，组织已经有了安排。”

原来，县委常委会已经形成决议：文化局由局长主持全面工作。

第二天上午，非党人士贾大山，从文化局下属的文化馆副馆长，连升三级，直接上任文化局局长。

正定历史上，这是绝无仅有的！

习近平在《忆大山》一文中，全面评价了他此后几年的工作：“上任伊始，他就下基层、访群众、查问题、定制度，几个月下来，便把原来比较混乱的文化系统整治得井井有条。在任期间，大山为正定文化事业的发展和古文物的研究、保护、维修、发掘、抢救，竭尽了自己的全力。常山影剧院、新华书店、电影院等文化设施的兴建和修复，隆兴寺大悲阁、天宁寺凌霄塔、开元寺钟楼、临济寺澄灵塔、广惠寺华塔、县文庙大成殿的修复，无不浸透着他辛劳奔走的汗水。”

士为知己者死。大山是一个文化人，却又是一个血性汉子。

在这里，且讲述几个细节。

常山影剧院，被称为正定的“人民大会堂”，县里重大会议都在此举行。但这座建国之前的木结构建筑，已成危房。近平提议重新建造。为了保证质量，为了保证工期，大山毅然决然地把铺盖搬到工地，日夜监工，虽然他的家就在千米之内。

正定隆兴寺是闻名世界的宋代大型寺院，更是一处国宝级文物。但由于年代久远，破破烂烂。若要全面修复，需要资金3000万。如此巨大的投资，是当时全国文物系统除了布达拉宫项目之外的第二大工程。为此，近平频频出面邀请国内权威专家前来考察评估，而大山则奔走于京城、省城和县城之间，往返数十趟，直累得心力交瘁，胃肠溃疡。他蜷卧在吉普车后座上，牙关紧咬，冷汗直流。由于长期出差在外，药罐只得带在身边，白天跑工作，晚上熬中药。最后，终于得到上级部门大力支持，落实巨资。

这项浩大的工程，还需要征地60亩，拆迁60户。其中困难，可想而知。

经过千难万难，隆兴寺修复工程终于圆满完成。

至此，隆兴寺真正成为正定最鲜亮的文化名片！

春节期间，是别人最欢乐、最放松的时候，却正是他最紧张、最揪心的时刻。九处国保单位，全是砖木结构建筑，最易着火。每逢此时，他昼夜巡视，废寝忘食。别人劝他，他说："祖宗的遗产，国家的宝物，我负责守护。出一点点问题，我就对不起正定，对不起县委，对不起习书记啊！"……

正定的文化事业，进入新中国成立之后的最辉煌时期。

历史已经证明，贾大山用自己的聪明才智，按照自己的理想，为家乡的文化事业尽到了最大力量。虽然极其苦累，但也极其快活，极其酣畅。

不啻说，贾大山是那个时期全中国最得意、最幸福的文人！

……

这期间，近平升任县委书记，工作更忙了。但他仍然忙中偷闲，一如既往地和大山相约见面，夜聊。

春雨润青，夏日泼墨，秋草摇黄，冬雪飞白。岁月如歌，他们共同享受着友谊的芬芳……

1985 年 5 月的一个午夜，大山已经休息。突然有人敲门，近平请他去一趟。

原来，近平要调走了，第二天早晨 7 时乘吉普车离开。白天交代工作，直忙到半夜，送走所有同事，才腾出时间约见老朋友。好在，这个时间，正是他们最畅快的时光。

关于这一次离别，大山后来从未提起。倒是在近平的笔下，有一段清楚的记载："……那个晚上，我们相约相聚，进行了最后一次长谈。临分手时，俩人都流下了激动的泪水，依依别情，难以言状。"两人分手时，正好又是凌晨三点。近平最后一次送他到县委门口，四目相对，心底万千话语，口中竟无一言。与往常不同的是，这一次，县委大门敞开着。

采访时，大山妻子告诉我，那天晚上，大山回来时，怀里抱着两尊唐三彩：一峰骆驼和一匹骏马。他一言不发，倒头便睡，直到第二天中午。起床后仍是呆呆地发愣。

妻子以为他病了，催他吃药。他摇摇头，慢慢地说一句："习书记调走了。"

49 岁那一年，大山辞去局长，功成身退，回归文坛。

这个时候，整个文学评论界惊奇地发现，他的小说已经发生了脱胎换骨的蜕变。“梦庄纪事”和“古城人物”系列数十篇短篇小说，微妙而又精确地发掘出文化和人性的敏感共通之处，禅意浓浓，芳香四溢……

大山已经完全醉心于文学。如果说早年的他曾有过文人孤傲的话，那么后期的他，则十足是佛面佛心了，慈眉善目，与世无争，笑看风云，其乐融融。

这其中，有一个细节让人惊叹：大山名闻遐迩，却从无一本著作出版。那些年，文学市场清凉。虽然出版界和企业界不少朋友主动提出帮助，但他笑笑说，不要麻烦你们了，还是顺其自然吧。

贾大山，肯定是全中国唯一没有出版过任何图书的著名作家！

他的书房里，悬挂着两句自题诗：小径容我静，大路任人忙。

近平在南方的工作越来越繁重了，但他没有忘记正定，没有忘记大山。每遇故人，都要捎来问候。每年春节，都要寄来贺卡。

但大山却鲜有回应。他知道，他的年轻的朋友，肩上有着太多太多的担负。除了满心的祝愿和祝福，他不忍心有任何打扰。

1995 年底，大山不幸患染绝症，近平十分挂念。1996 年 5 月，他听说大山在北京治疗，便特意委托同事前往探视。春节之前，近平借去北京开会之机，专门去医院看望。近平后来写道：“我坐在他的床头，不时说上几句安慰的话，尽管这种语言已显得是那样的苍白和无力……为了他能得以适度的平静和休息，我只好起身与他挥泪告别。临走，我告诉他，抽时间我一定再到正定去看他。”

近平没有食言。仅仅十多天过后，1997 年 2 月 9 日，正是大年初三，他专程赶到正定。在那个他们无数次晤谈的小屋里，两人又见面了。

还是那张桌子，那个茶几，那一对沙发。只是眼前的大山，枯槁羸弱，目光暗淡，再也没有了当年的红光满面和言辞铿锵。

近平强作笑颜，佯装轻松，提议合影。大山说，我这么难看，就不要照相了吧。话虽这样说，他还是努力地坐起来，倚靠在被垛上，挺直身子。近平赶紧凑过去。

11 天后，大山走了。

这是大山在人世间的最后一张留影。陪同他的，是他的朋友，他的好朋友。

癸巳年末，我去正定采访。

大山的家里，一切依旧，还是三十年前的模样。当年的房屋，当年的木床，当年的书桌，当年的茶几。坐在那里，凝视时空，如幻如梦。恍恍惚惚中，我仿佛看到了当年的影子；隐隐约约里，我似乎听到了那时的笑声。唯有那两尊唐三彩骆驼和骏马，依然新鲜如初，精神而挺拔地伫立着，伫立在时光的流影里，相互顾盼，心照不宣，像一对永恒的朋友……

哦，朋友，朋友，两心如月，冰清玉洁，肝胆相照，辉映你我。

原载中国言实出版社出版《朋友》

粮秣主任

丁　玲

我从河西图书馆走出来的时候，已经不再感到秋天太阳的燥热。一大群年轻人，欢跃地把我送到吉普车旁边。年轻的馆长何莲花，垂着两个小辫，紧紧地握着我的手。有些看书的工人们都抬起头来送我们走过，有些人也跟着走出来，站在门旁边来看。这一群把我包围了一会的人们，七言八语的，我听不清谁在讲什么，我也不知道该和谁说话。我望着他们笑、挥手，也说了不知什么话吧，后来，我发现自己笑得很傻，我生气了，想再说点聪明话，可是车子已经开动了。我回过头来再看他们。真说不出我对这群年轻人的羡慕。看啊！他们是那样的热情，那样的洋溢着欢欣，洋溢着新鲜的早春之气。

“是不是我们回河东去？快开晚饭了。”司机老罗把我的思想截断了，他这样问我。

“不。”我说，“老罗，你认识李洛英的住处么？我昨天和他约好要去他那里。”

“哪个李洛英？是那个看水位的老头么？听说他住在吊桥下面，河西的陡岩上，可没去过。”

“那么我们就去吧。”我摸了摸口袋，只有两包烟，我便叫老罗把车弯回合作社，买了十几个烧饼和一个罐头。

于是我和老罗又在这条陡的、弯曲的、飞舞着尘土的山路上颠簸了。

不时从对面开来一些十轮卡车，也有装木头，石块的，也有空车，有的车是铁道部的，有的车是官厅水库工程局的，也有燃料工业部的，横竖是吼着，车轮子轧轧地响，喇叭不断地叫，那些像水沫、像雾似的黄尘，从对面的车身后边扑到我们脸上、身上。

车子绕过了一座山，看见了河，又靠着山，沿着河边往下游走。山很陡，路很窄，石子很多，有些地方是刚刚修补好的。前面运器材的车子很多，我们走得又小心，又慢，还常常停住。我们走过了吊桥不多远，老罗就把车子停在路旁一个我一点也没有注意到的小屋旁边。这屋就像一个小岗亭，门临河峡，背后就是路，来往的车子就紧贴着屋子的后墙轧轧地滚去滚来，屋的两边都只能勉强斜放一辆卡车。老罗告诉我可能到了，于是他引我转到屋前，并且高声叫：

“李洛英！”

屋门是大敞开的，李洛英正坐在床铺边，伏在桌子上写字呢。虽说我们离他那样近，如果不是有人大声叫他，他是不会抬起头的样子，他好像很用心，把全部心神都贯注在他填写的本子上。“哈，老李，咱们来了，你倒好安静！”

他取下了老花眼镜，歪着头，细眯着眼，对我审查地看了一下，才微微一笑：

“嗯！真来了！”接着又答应我：“对，这里就是个静，一天到晚连耳朵都震聋了！”

他站起来张罗了一下，提了一把壶从门前的陡坡上像个年轻人似的直冲下去了。老罗坐在煤炉前去烧火，纸和木材发出微微的烟，我凭着这小屋的窗洞望了出去。

太阳快下山了，对面高山上只留下一抹山脊梁还涂着淡黄。满山遍岭一片秋草，在微微的晚风中，无力的，偶尔有些起伏。峡谷里流着永定河的水流。更远的地方不断传来炸山的轰隆声，屋后的车轮声与门前的流水声混成一片杂音。我凝视着这熟悉的荒山和听着这陌生的喧闹出神了。

李洛英回来了，他们两人围着炉子烧开水。我舍不得离开窗洞，这山峰，山梁梁，山凹凹，绕过一个山头，又一个山头，这山里面的山，这羊肠小道，这崄巇……这些不都像我在河北、山西、陕北所走过的那些山一样的么？这不也像我所走过的桑干河两岸的山一样的么？那些曾经与我有过关系的远的山，近的山，都涌到我眼前，我的确有很长的时间是在这样的山中转过的，现在我又回到老地方来了。这里虽然也还有荒野，却并不冷僻，各种震响在这包围得很紧的群山里面回荡。

李洛英把开水给我递了过来，并且有心打破我的沉默，他笑道：

“中意了咱们这山沟沟么？”

司机老罗也问道：“怕没见过这大山吧？”

我望着这瘦骨棱棱的老汉，他不多说话，静静地望着我，嘴角上似乎挂着一点似笑非笑的神气，细小的，微微有些发红的眼睛，常常闪着探索和机警的眼光。我问道：

“老李，你们这里有过土改么？是哪一年土改的？”

“土改？搞过，是一九四六年呀！”

“一九四六年土改过？咱那年就在这一带，我就到过怀来，新保安，涿鹿的温泉屯，你看，就差不多到了这里。”

他又笑了，可是那种探索的眼光也看得更清楚了。我就把这一带的一些村名和出产说了很多，我并且肯定地说他一定看过羊，做过羊倌。像他们这地方，地不好，山又多，不正好放羊么。

我对于这山坳的感情，立刻在他那里得到浓烈的反应。他不再眯着眼睛看我了，他也靠近窗洞，把眼光横扫着对面的大山。他轻轻地说，就像是自语似的：

“我不只是个羊倌，而且我还是个粮秣。老丁同志！你看吧，这山上的一草一木，一块石头，我都清楚。我打七八岁就在这山上割草，被狼吓唬过；我的父母就埋在这山上。我十几岁就放羊，走破了多少双鞋子，流了多少汗在上面，咱们担过惊，受过怕，唉！多少年了，我现在还一个人留在这里，守护着山，睡在上面，看着它，哪一天不从这座山跑到那座山去几趟。如今这山上住的人可多了，热闹的时候几万人在这里工作，可是只有我，只有我才真真懂得这山，只有我才每天同它说话。哈……总算和它一样，咱们是一个样样的命……”

“一个样样的命！啥命啊！你这是什么意思呢？”

“嘿！老丁同志！你还不懂得么？山和我一样翻身了，咱们全为着祖国建设，全工业化啦！”老粮秣主任搓着手，歪着头，意味深长地望着我，我不觉把眼光落在桌子上他填写的单单上面。那是一张水位记录表，他的确写得很工整呢。

他在屋子里来回走了一个圈，也就是走了两三步，就又踅回到窗洞前边。他用手指着对面山上，叫我和老罗看一个石窑窑，我们顺着他的手指找了半天，看见一团黑凹凹的地方，上边有一道岩石的边缘，可以猜想出那里有一个窑，李洛英说：

“看见了吗？就是那个黑窑窑，我可在那里边住了够二年啦！”

老罗也转入到我们的谈话里边了，他无法理解这句话，他问道：“为什么？”

“嘿，还乡队不断地来嘛，他们哪一次不抢走些东西！他们要粮嘛，你不记得我是一个粮秣么？要给他们抓到了还了得！”

"你是党员么？"我问他。

"当然是党员啦。还有些年头了，一九四四年就入党了。那时还是抗日战争年代啦！"

老罗紧望着他，好像在说："瞧不出还是老革命啦！"

李洛英又走了开去，屋子太小，他站在门旁朝外望，山色已经变成暗紫色了。可是铿铿的石头被敲打的响声，山在被炸开的响声，运输的大板车轧轧的在屋后一辆跟着一辆过去的声音，仍旧不断地传来。我落在沉思中了。李洛英不安地又走了起来。老粮秣主任啊！你在想什么呢？你的艰苦的一生，奋斗的一生，你所有的愁苦、斗争，危险和欢欣都同时涌现了出来，都在震动着你的心灵吧。我在这个时候什么也不能做，我只想，我不能离开他，我愿意和这个主任同在下去，坐在一道，静静地听着外边的嘈杂，和看着渐渐黑了下去的暂时仍然有些荒野的山影。

这时从门外走进来一个年轻人，大约十六七岁吧。他并不注意我们，走到门角落拿起电话就不知和谁说开了，一说完又跑去桌边拿着水位记录表就翻。房子里已经黑下来了，看不清，他就又走到门角落里去按电门，猛地一下，电灯亮了。屋子小，电灯显得特别明亮，年轻人好像忽然发现了我们，就呆住了，跟着也露出一丝笑容，并不是对任何人笑，就好像自己觉得好笑就笑了起来似的。跟着他就又去看水位表，并且问："李伯伯，你还没有吃饭吧？"

这才把我和老罗提醒了，我们赶快打开烧饼包，老罗又到车上找刀子开罐头。李洛英又去烧开水，房子里立刻忙了起来，空气也就立刻显得活跃而热闹了，李洛英替我介绍了这年轻人，他的名字叫杜新，简称他小杜，是从天镇县来的民工，挑土，挑石头，推斗车，做了半年工，本来该回去了，可是他不愿意，他要求留下来学技术，做工人。水库负责人同意他留下，把他分配在水文站做学员，两个星期轮一次班，同老李一道看水位。每天学习一个钟头文化，两个钟头业务，一个钟头政治和时事。他留在水文站才三个月，可是他穿着制服，戴着八角帽，像一个机关里的公务员，也就是通常说的"小鬼"。李洛英最后还加添说："年轻人聪明，有前途，水文站上这样的人有三四个，他们轮流来和我搭伴，我看他们年纪轻，瞌睡大，让他们上半夜值班，我管下半夜，白天也是这样，叫他们少管些，好加紧学习。"

年轻人说话了："李伯伯就睡得少，上半夜他也很少睡，我要和他换，他不干，他怎么说就得怎么做，咱们全得依他，他个性太强了！"他的批评使我们都笑了。

我们慢慢地吃着烧饼和牛肉，李洛英客气了一下，也就吃起来了。小杜跑到崖下边、河边上看水位去了。

李洛英又不安起来，他觉得他没有做主人，而吃着我们带来的烧饼，很过意不去。他又在屋子里走着，时时望着他的床底下，总好像有话想同我们讲，又压抑着自己。我问他要什么。他不说，又坐了下来。最后他把头歪着，细眯着眼望我们，微微笑着说："老丁同志！你看我总算是老实人，我总想款待你一点东西，我还有小半瓶煮酒，是咱们这地方的特产，可又怕你不吃，又怕你以为我是个贪杯的人。这还是过八月节我外甥替我捎来的，我现在有工作，怎么也不敢吃，就放在床底下。今日个，唉！少有，你也难得来，你在温泉屯待过，也就算咱们这地方的人了，大家都是一家人，咱没有别的，不喝多，喝一杯，老丁同志，怎么样？不笑我吧？"

他迅速地弯下身去，从床底下抽出一瓶子，做出满不在乎的样子，倒了满满一茶杯，像碧玉一样绿的酒立刻泛出诱人的香气。李洛英把酒推到我面前，又自己倒了小半饭碗，给老罗也倒了小半饭碗。我觉得他的细细的眼睛里更放射出一道温柔的光，他抚摸着绿色的酒，从这个杯子望到那个小碗。我不愿违拂他的意思，我举着茶杯说："老李！为我们新的生活干杯吧。"

他呷了一口，便又说下去了。他告诉我们在抗日战争时期，咱们的人常常来，一个星期至少走一趟，送报纸，送文件，有时是送干部。他就带他们过铁路，到赤城龙关去。他为我们描写过铁路封锁线的紧张，但是从来也没出过事。他又告诉我什么人住在这里过。可惜没有一个是我的熟人。我也认识几个到察北工作过的人，而他们告诉我走的是南口或者古北口。

官厅村是个穷村，连个小地主也没有，真正够得上富农的也没有。村子只有五十来户人家，都是好人，所以八路军没来多久就建立了村政权和发展了党员。李洛英还不是最先加入的。因为环境较好，所以区乡干部下来了就常常住在这里。有时来弯一夜，有时来几个人商量点事。虽是穷乡僻壤，倒并不落后，村子上也没有汉奸、特务。可是也就是这种村子常为敌人所痛恨，日本帝国主义也好，国民党反动派也好，对于这种游击区的或者是边缘区的地方是不客气的，过几天就来敲诈一下，特别是国民党反动派。一九四六年以后，他有两年不敢睡在村子里。

老罗、小杜听故事都入了神，这一切事对他们都是很新鲜的。他们不知道从前老区人们的生活，他们不觉对于这粮秣主任增加了敬意，静静地听着。

李洛英已经把他自己碗里的酒喝干了。他的话匣子开了，就像永定河的水似的阻拦不住，他慢悠悠地又叹了一口气："老丁同志！咱就不愿提起这件事，一九四六年十一月，有一天夜里，天很冷，黑得伸手不见五指。我们山头上的哨，冷得不行，只得来回走走，可是当他再往前走的时候，这时天在慢慢发亮，他猛然看见已经有人摸上村头上的山头了。他赶忙放了一枪就往后山跑，那时咱们都还在睡觉呢，连衣服也顾不上穿好就往外跑。跑得快的就上了山，慢的就跑不出来，敌人已经把村子包围起来了。是还乡团呀！有三百多人。这时有两个区乡干部正好睡在村子里，他们也上了山，可是他们走错了路，走到悬崖上去了。还乡团又追在他们后边。原来是村支书带着他们的，可是天不大亮跑得急，他们没有跟上来，就这样他们走上了绝路。他们看看后边，敌人已经临近了，前边是陡崖，下边是永定河的水，他们不愿当俘虏就跳下去了，就那样跳崖牺牲。村子里闹得一团糟，还乡团把能吃的都抢走了，咱就从那时候不敢在村子里睡。后来把村子都抢光了，就来一次砸锅，把全村的锅、缸、罐、钵都砸光了，咱们硬有十来天没法烧东西吃……这些事按说也过了许久了，如今咱们谁的生活不过好了？有时也忙得很，想不起这些事，有时也总是朝前边望，娃娃们将来的日子可美咧！可是不知道怎么的，有些事总忘不掉，一想起来心总还是痛。老丁同志！这些该死的反动派，当然也抓到一些，可是总还有逍遥法外的，比如蒋介石这样人，咱恨，就是恨咧……”

我不知道说什么好，我也想起了温泉屯的几个村干部和积极的农民，他们也就是在那年被反动派杀害了。这几个人的影子也就浮上我的脑际，而且更鲜明。

远处传来一声最大的震响，大约是燃料工业部炸山炸开了一块较大的地方，我们好像又回到现实世界。我走到门口去看，下游修坝的那方，探照灯，水银灯，照得像白天一样，一片雪亮的光。屋后的山路上，电灯也把路照得很明亮。运输车还是不断地驰来驰去。我走回来帮助他们收拾桌子，我对小杜说：“小杜，我们就要像那个碾路的机车，沉沉地压着石头，稳稳地向前走去，我们要永远记住这仇恨，我们用胜利来医治伤痕，你要好好学习，努力工作，听李伯伯的话，他看着你们强，他心就乐了，他就会忘了过去。”

“李治国学得比我好多了，他得过一次学习模范。”小杜告诉我。

“李治国是谁呢？”

“他在泥沙化验室，这工作可要耐心咧，他同我一般大，我们很要好……”

老罗不让小杜再说下去，抢着说：“你为什么不说清他是谁。李治国是老李的儿子，是一个很精明的孩子。他在水文站的时间比你长，当然比你强，过一阵你也赶上他了。”

李洛英脸上忽然开朗了，一层灰暗的愁云赶走了，他甜蜜地望着我笑。我也说：“你好福气啊！就一个儿子么？”

"不，还有一个闺女。"

小杜从抽屉里拿出一张照片，塞给我，这是一个极年轻的姑娘，垂着两条小辫，穿一件花衬衫，正是模仿着现在电影上的农村妇女的装饰，很大方的样子。我问老李他闺女是不是也在水库工程局工作。老李告诉我，关于这件事，他们争论了许久，还开过家庭会议。他的意见是留在官厅工作，学做工，做工人，将来还可以找一个工人做"对象"。可是她的娘不赞成，因为官厅村的人都搬到新保安去了，那里盖了一个新村子，替他们家盖了五间新房，又有了几亩好地，老太婆说都工业化去了，地就没有人种啦，要留着闺女在家种地，她还是想找个农民女婿。我问闺女自己的意见呢，一切都应该由她自己做主嘛。老李更笑开了，他说："她说得倒好，说过几年农村也要工业化的，她不反对工业化，她将来就留在村子上开拖拉机。你听，说得多好听，哼！后来才知道，人家已经自己找下'对象'了，还不是一个耍土坷垃的。"

小杜便又告诉我，李伯伯的堂弟李洛平，和他的侄子李治民都在修配所当工人，他们家还有两个人当水库一修建就参加了工程工作。现在已经离开水库工程局调到别的地方去了。

老李的神情又变了，说不出的心满意足，但仍保持着他的慢悠悠的神气说道："官厅村一共有二十多个人转了业，都跟着水库的修建转入了工业。都是年轻人，都比我强，他们都不只做工，还学习到技术。那个李洛平一年就学会了掌握车床，如今已经在带徒弟呢！"

我想起了我头一天在修配所见到的一切。那里已经只剩五十几个工人了（因为工程快完，有些人调到别的地方去了）。只有几个是老工人，都是青年，还有两个女民工也在那里学习，李洛平就负责一个女民工的技术学习。李洛平穿着翻皮鞋，蓝布工人装，就像一个中学生来做工，一点也没有农村孩子的土气。我简直没有想到他就是原来官厅村这穷农村的孩子。我一边说我看见过他，同意他们对他的赞许，一边心里惊奇这种变化。时代的脚步跨得太大了，我仿佛听到这种声音，虽然我不是今天才听到的，虽然我时时都合着这音节行走，可是我仍然经常要为着这紧凑的节奏、激烈的音响而震动。

天太晚了，我不愿太妨碍他们的工作，我向他们告辞，洛英不等我说完，就陪着我走出了小屋，而且首先跨进了吉普车。他说他要送我回去，他要到工地去，他说他喜欢在那里走。那明亮、那红火是他做梦也梦不出的地方，他把那里形容成天堂一般。

我们的车又沿着山，在窄窄的路上往回开。因为是晚上，喇叭就响得更厉害，这时什么声音都听不清了。几处断崖的地方扎着木架子，这种架子只有北京扎天棚的工人才能扎，他们可以悬空高高的扎着，可是非常结实，能载重，人在架上爬上爬下非常方便。晚上他们也不停工，打着探照灯，人挂在架子上工作着，架子上的影子，图案似的贴在悬崖上，真是多么雄伟的镜头啊！车慢慢朝着最热闹的地方，最亮的地方走，已经听到扩音器里放送的音乐，听到混凝土搅拌机喀喀喀喀的声音。老头沉不住气了，他在我后面把头俯过来，大声说："老丁同志！你看呀！这就是咱们的老地方呀！看现在是个什么样子。看人们使多大的劲来改变这地方！"

车子走到拦洪坝的头前停下了，已经不能前进。我的住处在河东，我要经过坝（现在还是工地）走回去，我要从这二百九十米长的坝面上走回去。我要穿过几千人，要穿过无数层挑土的、挑沙子的、背石头的、洒水的、打夯的阵线，我要绕过许多碾路车，我常常找不到路，迷失在人里边。我每天出来都要通过这个坝，这是一个迷宫，我一走到这里就忘记了一切，就忘记了自己，自己也就变成一撮土，一粒沙那样渺小，就没有了自己。

握别了老罗，李洛英和我用同样的心情走到了工地，他紧紧地拉着我，怕人们把我们冲散，但两人在一起对别人的妨碍更大些，所以还是常常得分开。

年轻的小伙子们，在夜的景色中，在电灯繁密得像星辰的夜景中，在强烈的水银灯光下，在千万种喧闹声融合在一个声音中，显得比白天更有精神，他们迈着大步，跑似的，一行去一行来，穿梭似的运着土、沙……他们跟着扩音器送来的音乐，跟着打夯的吆喝，跟着碾路机的轧轧声跑得更欢了。他们有的穿着买来的翻领衬衫，有的穿着雁北所流行的惹人注意的大红布背心。他们有时同认识的人打招呼，有时鼓励着旁人，和人挑战似的呼喊着。这些人大都是河北各县的农民，可是我觉得他们又同我熟识，又同我不熟识了。他们虽然是在挑土，在推斗车，可是他们脸上浮着活泼的气息，他们并不拘谨，他们灵活，他们常常有一种要求和人打交道的神气，他们热烈，他们并不想掩饰自己的新的欢乐和勇敢。有些人认识老李，又看见老李同我走过，就和老李说话，问我是谁。有个别认识我的，就朝着我笑。我又要看这些人们，又要注意不碰着人，又要注意脚底下，一会儿走在碎石路上，一会儿走在沙子路上，一会儿又踩着湿泥。我们也好像参加了劳动，参加了战斗似的紧张地走过。

虽说走过来了，我们到了坝的东头，站在溢洪道起点的地方，但这里也还拥挤着人们。李洛英和我抬头四望，在这时我们没有谈话，连眼色也没有交换，但我们彼此很了解。我们在这样的场面底下，只有低头。李洛英仍然忍不住冲破了这沉默，他用那种轻声的调子，慢悠悠的好像是自语似的说道：

"老丁同志！你知道我们是站在什么地方么？我们的脚底下，就是往日的官厅村，就是我从小住的地方。你看，现在这村子没有了，连一点影子也没有了。你以为我该怎么想？嘿！老丁同志，彻底地把那些贫穷，把那些保守，把那些封建都连根翻了。这里是混凝土，后边是新官厅村，说不上高楼大厦，可是整齐，刷刷新，里边住着建设幸福的人们。你再看，这永定河两面，这是什么世界啊！电灯比星星还多，比水晶还亮，参观的人们说这像上海，像重庆……我没有到过那些地方，也许那里是繁华的，可是这里是些什么人啦？是些什么事？是移山倒海，是些没有自己、一股子劲为了祖国的建设的好汉们。这里有享受吗？劳动就是享受；这里有荣誉吗？劳动就是荣誉；这里有爱吗？劳动就是爱。老丁同志！我从那个世界，旧的世界到了现在，眼看着变，你说我这心里是个什么滋味？”

我没有看他，也没有说话，我不愿打断他。过了一会，李洛英又说了，他的声音高亢起来：“什么是共产党，我讲不全，因为我没念过什么书，可是我懂得，党就是要人人都有幸福，为了人人的幸福，尽量把自己的东西、把自己的力量拿出来。咱老了，咱现在看水位，仅仅看看水位是不够的，咱还要学习，还要提高，还要帮助人，我要把咱这几根老骨头拿出来，不能让年轻的走在头里。我已经看见官厅村变了样，它明年还会好起来，它后年还会更好起来，我在这里，我的家在这里，也会越过越好。可是假如将来有人问起我，你使了什么力量呢？我要答得上来，我要我心里不难受，觉得我没有吝啬过，我同许多人一样，我不是空着手走过来的。你别看我这样子又干又瘦，这都是过去受的罪，我今年才五十六岁。我心里快活，我还有许多年为人民服务呢。老丁同志！时间不早了，我再送你一段路，你也该休息了。”

不知为什么，我觉得我太兴奋了。我一点也不想回去，我望得远远地，望到这口子外边，望到远远的蒙蒙茫茫的一片地方，我想：“是的，旧的官厅村，穷苦的，经过了多年斗争的官厅村没有了，压根儿没有了。这里有的是更广阔的，新的，幸福的世界。湖山变得更美丽，人变得更可爱；粮秣主任艰难的生活过去了，李洛英成为更加有生气的，充实的，懂得生活的水位看管人……”我回头再望他，他是多么亲切地站在我旁边，凝视着坝上的人群，有时又望望我。我最后说：“咱们俩谁也不送谁。过天要有时间我再去你那儿。”

李洛英同意我的提议，我们分手了。我却没有走，我望着他的后影，他被人群遮住了，可是又看见了，我好像永远看见他精灵瘦削的身子在人群中隐现，他用他那微微闪烁的、带着一些潮湿的眼睛，抚摸着很多人。

什么时候我回到了自己的住处，我不知道。

一九五三年十一月九日

夜走灵官峡

杜鹏程

纷纷扬扬的大雪下了半尺多厚。天地间雾蒙蒙的一片。我顺着铁路工地走了四十多公里，只听见各种机器的吼声，可是看不见人影，也看不见工点。一进灵官峡，我就心里发慌。这山峡，天晴的日子，也成天不见太阳；顺着弯曲的运输便道走去，随便你什么时候仰面看，只能看见巴掌大的一块天。目下，这里，卷着雪片的狂风，把人团团围住，真是寸步难行！但是，最近这里工作很紧张，到处都是冒着风雪劳动的人。发电机、卷扬机、混凝土搅拌机和空气压缩机的吼声，震荡山谷。点点昏黄的火球，就是那无数的电灯。看不清天空里蛛网似的电线；只见运材料的铁斗子，顺着架在山腰里的高架索道，来回运转。

我肚里饿，身上冷，跌了几跤，手掌也擦破了。算啦！到山崖下边找个避风的地方蹲上一阵，天明十点钟赶到材料厂也不迟。晚上瞎摸乱闯，跌到深谷里就把我这材料队长“报销”了！

抬头看，一条小路通到绝壁上的石洞里。石洞门口还挂着布帘子。无疑，这里住着工人。我抓住树枝爬上去，钻进石洞。奇怪！石洞门口有个小孩，看来不过七八岁。他坐在小板凳上，两个肘子支在膝盖上，两只手掌托住冻得发红的脸蛋，从帘子缝里傻呵呵地向外望着对面的绝壁。我进来，他看了一眼，又朝外望着。

石洞挺大，里头热腾腾的，有锅碗盆罐，有床铺。床头贴着“胖娃娃拔萝卜”的年画。墙上裱糊的报纸，让灶烟熏得乌黑。

“屋里怎么没有人哪？”我一边说，一边抖着大衣和帽子上的雪。

坐在那里的小孩扭转头，眼睛忽闪忽闪地望着我，说："叔叔！我不是个人？"他站起来背着手，挺着胸脯站在我跟前，不住地用舌头舔着嘴唇，仿佛向我证明：他不仅是个人，而且是个很大的人。

我捧住那挺圆实的脸盘说："小鬼！你机灵得很哟！"

他把我的手推开，提着两个小拳头，偏着脑袋质问："哼！叫我'小鬼'？我有名字呀！"他指着床上那个睡得挺香的小女孩说："妹妹叫宝情（成），我叫情（成）渝！"

不用问，这孩子像我碰到的千百个孩子一样：工地里出生，工地里成长。工人们喜欢用工地的名字给孩子命名。成渝这孩子大约地生长在成渝铁路工地，那个叫宝成的小女孩，也许就出生在此处。

我坐在火炉跟前，一边抽烟，一边搓着手上的泥。

成渝爬在我的膝盖上，伸长脖子，望着我的眼睛，问："叔叔！明天还下雪？说呀，叔叔！明天还下？"

我把那冻得发红的小鼻子按了一下，说："天上要通电话，我一定给你问问。可是——"

呵！他恼啦！一蹦起来，站在离我几步远的地方，皱着眉头，偏着脑袋，把我上下打量了一番，说："你！哼，还哄我！你口袋装着报纸。报上有天气哩。"

哦！他是说，每天的报纸上都登载着天气预报的消息。这小家伙精得很哪！

成渝噘着小嘴巴，又坐在门口，双肘支在膝盖上，两手托着圆圆的脸蛋，从帘子缝里望着对面的工地。我问他水壶在哪里，他也懒得说。真后悔：不该得罪这位小主人！

我说："成渝！明天还下雪，是不是你就不能出去玩啦？"

他连看我也不看，说："爸爸说，明天还下雪，就要停工哩！"

我说："你爸爸这样关心天气？他干啥工作？"

他骄傲地说："开仙（山）工！"

"在哪里开山？"

他努着小嘴巴，指着对面的工地。

我顺着他指的方向望去，只见探照灯的光带，透过飘飞的雪片，直向天空射去。顺着光带，隐隐约约可以看见几十名工人像贴在万丈绝壁上似的，打着炮眼，仿佛在开凿着登天的梯子。

我说："成渝！哪个是你爸爸，根本看不清哪！"

成渝说："我也看不见爸爸。爸爸能看见我。爸爸说，他打炮眼呀，打炮眼呀，一扭头就看见我了！"他的两只脚在地上乱踢腾。"我常坐在这儿望爸爸哩。"

啊！是这么回事！

我鞋子上的冰雪化开了，这工夫，我才感觉到冻得麻木的双脚开始发痛。为了取暖，我跺着脚。

成渝咬住嘴唇，又摆手，又瞪眼睛。我懂得他的意思了：怕我把他的妹妹惊醒。我说："你对妹妹倒挺关心！"

他说："妈妈说，我的印（任）务是看妹妹。妈妈回来，我就下班了！"

"啊！你也天天上班！"我把他搂在怀里说，"妈妈干啥去啦？"

他指了指石洞下边的运输便道。

我顺着他的手望去，只见一个人站在便道旁边的电线杆子下，已经变成一个雪人，像一尊石像。看样子，她是指挥交通的。这条从绝壁上凿开的运输便道，并不宽畅，一天二十四小时，汽车、马车、驮骡、架子车和行人，来来往往，非常拥挤，没有人指挥就乱得一团糟。

今天下大雪，路上行人和车辆都很少，她满可以回到家里歇歇，可是她屹然不动地站在那里。她可能在这个岗位上工作了三个月五个月，或者是三年五载了。平素，也许她仰起头就能看见她的丈夫，也能看见她的孩子；而那攀登在山与天相接之处的丈夫，也许在擦汗水的工夫，一转眼就看见他妻子坚毅的身影和孩子小小的身材。我猜想：即使在这风雪迷茫的黑夜，工人、工人的妻子和工人的孩子，谁也看不清谁，可是他们一定能感觉到相互间深切的鼓舞和期待。

我回头一看，成渝笼着手，缩着脖子，不住地打盹。我拉拉他圆胖胖的小手说："会着凉的。上床睡吧！"

成渝从睡梦中醒来，以为是他的爸爸妈妈回来了，仔细辨认了一阵，发现是我，头摇得像拨浪鼓似的说："我不睡！我不睡！"

"为什么？"

他用小拳头揉了揉眼睛，说："爸爸妈妈说，不管哪个人都要杅（守）住康（岗）位。"

我把成渝紧紧地抱起来，用我的脸暖了暖他的脸蛋。然后放下他，裹紧了大衣，把帽檐往下拉了拉，出了石洞，下了山坡，顺着绝壁上开凿的运输便道，向前走去。

风，更猛了。雪，更大了……

一九五八年元旦写于成都

荒漠将军

李若冰

在我的记忆里，慕生忠这个名字总是和苍凉的大漠联系在一起。也许这位将军生下来就是属于荒漠的，他不恰像一只凌空搏击的雄鹰在青藏高原上盘旋着么！

我怎么也不会忘却第一次和他相识的情景。一九五七年盛夏，我从西宁穿过湟源峡谷，翻越日月山，途经青海湖，再越过翻浆的难于攀登的橡皮山的时候，眼前闪现出一汪茫茫似海的大戈壁滩。这儿空旷无比，异常沉寂，满眼净是张牙舞爪的乱石和野生的白刺红柳骆驼草，仿佛久远以前这里曾发生过毁灭性大地震似的，绝灭了茅舍绝灭了人迹，酿成了一个再也无人过问的荒古世界。远远地，只有高高的昆仑山以其神异般的黑眼睛，怜惜地俯视着这一片辽阔的早被人类遗忘的土地。这儿寂寥得让人心寒，荒凉得让人发怵。这儿约莫只有狼虫虎豹才会光顾的了。一个人行走在这样的地方会感到绝望和孤单，人在这儿能生存下来么?

也是这时，我眼见有一只庞大的白毛森森的动物，在不远处的乱滩中涌动，一摇一摆地向我这边磨蹭。我惊愕已极，莫非是只不知名的怪兽，或许是只北极熊？我正在疑惑中它却蹲下不动了。我想回避，躲在身边的白刺丛。旋即，我听见一声人的吆喝:“哎——你从哪达来？到我这达憩憩脚吧！”声音粗犷热烈，我不由得定睛一望，那只白色怪物还伸出两只黑手臂挥舞着。我缓慢地向前走，这才看清一位敦敦实实的老汉，咧大嘴笑着，顶着一张单人蚊帐，怪滑稽的。他见我诧异的样子，便张口说:“你瞅啥？你不看这里是蚊虫的天下吗！这些恶东西，咬了骆驼，骆驼身上流血，更别说人了。人出外解手的时候，都得挖一堆土赶蚊虫，我干脆就顶着蚊帐出来了！”只在此时，我才感觉到眼前蚊子成团，牛虻成群，而且发出嗡嗡的声响，向我的鼻眼愣叮而来。这儿哪来这么多蚊子？刚才我的感觉怎么那样迟钝呢！老汉撩开蚊帐像穿着宽大的白套裙似的，边走边说：“在这里生活，还得学会和蚊虫斗争！我编了几句顺口溜：蚊成群，阻住了视线，蚊飞鸣，混乱了耳闻……”

在一片低凹的戈壁滩上，凸现出几孔粗糙的土窑洞，周围有几座小茅屋和十几顶单薄的帐篷，一大群弓背的骆驼在远处觅食走动，来往行人多是赤身露体，仅穿着遮羞的裤衩。哟，我莫不是来到了一个原始部落？这些野性十足的人在忙活啥？尽管我心里感到迷惑，然而在这荒僻的高原上能见到人和这个部落，已使我感到无比欣慰的了。

我随着这位老汉走进了一孔土窑洞里。窑里倒很宽敞，窑掌醒目地悬挂着一幅玉兰花国画，翘起的花骨朵仿佛散发着一种清香的气息。写字台上摆着些泥捏的土烧砚台、荸荠、螺蛳之类，简陋的土窑里有了这些小玩意，显得颇有生气。然而，最有生气的还是这位老汉，他扯去身上的蚊帐在窑里走来走去，给我说这说那，然后从木橱里取出一瓶茅台酒，顺口说：“算是给你接风吧！”他给我倒了一杯，然后又给自己倒了一杯，便仰起脖子咕噜一声灌了进去。我喝干了几杯之后，他兴致盎然地说：“这鬼地方，要啥没啥，人要在这里求得生存而且要长期生存下去，就得创造！蒙语说这里是出金银的地方，可是在啥地方谁也回答不上来。工人们问我到底在哪儿？我说就在你的脚下，就是你搭帐篷的地方！哈哈哈……”

他笑得很爽朗，很豪放，整个窑洞都被他的笑声震得落起了土渣渣。我这才注意到，他浑圆的脸面上泛着红光，额头上几道深刻的褶皱舒展开来，两只鹰隼般的眼睛灼灼逼人，放射着自信和乐观的光芒，使你感到这位老汉具有一种坦荡的军人风度，像是久经沙场的指挥官似的。

在此后的几天里，我在格尔木接触了不少驮工、队长和工程师们，才晓得这位老汉就是慕生忠少将，是修筑青藏高原公路的总指挥。呵，一位将军！这位身经百战的将军，在少年时代就跟着刘志丹闹红，闹翻了官府衙门，闹翻了土豪恶霸，闹得陕北高原红红火火起来。至今，他身上还留有十几处枪弹伤疤。一次，我发现他的左脚后跟有条黑斑，走路不对劲，他说这是一九三五年被敌匪打伤的，去年在兰州开刀才取出一块弹片，而时隔已是二十有年了。后来，他转战南北，在西北战场和蒋胡匪军周旋，经历了惊心动魄的搏斗。全国解放后，他在兰州军区组建西藏运输总队，不久又接受彭德怀元帅的指令，开始另一场战斗——修筑格尔木到拉萨的公路了。

在青海西藏之间修一条公路是破天荒的，是造福青藏高原子孙的千年大计。一九五三年冬季，慕生忠将军率领一百四十人，后来增加到一千二百人，从西宁出发，来到了格尔木。他们顶着高原的寒风，见山就爬，见石就问，开始了艰苦的探路行程。在沉寂了千万年的荒山野岭，在昆仑山的冰川雪线上，在海拔五千多米的唐古拉山，要探出一条路有多么艰难呵！慕将军给探路的人说："前进！哪怕前进一尺也叫前进，一定要探出一条路来！"经过四个多月的跋涉，一条青藏公路的草图绘了出来，随即便开始了史无前例的筑路工程。

我们都是一些平凡的人！慕生忠对我说："可是不平凡的事业是由平凡人创造出来的。我们要打破人间筑路纪录，在世界屋脊上开辟一条通天大道来！"他和筑路职工们每天只吃一点大头菜，啃着干馍馍，迎着酷暑寒冬，踏冰河过雪线，走入毫无人烟的深谷，登上唐古拉和冈底斯山。在筑路过程中，他和工人一起开山背石头，一块抗洪抢险，在冰冷的沱沱河整整泡了六七个小时，走上来两腿发青，麻木得失掉知觉，弄得他三天两头打针吃药，腿仍然发疼发酸，晚上疼得睡不好觉。在长期的战斗生涯中，他已养成和战士同甘苦共命运的脾性，你不让他干那怎么行，他就是这么个倔老汉。他在检查工程时从不带行李，走到哪里就和工人一起睡一起吃一起干。一次，工程队为了怜惜老汉的身体，在收工的时候，特意为他炒了一盘鸡蛋，他吃完饭炒鸡蛋却原盘未动。他心里想着工人群众，他们吃的甚？我为甚要这么特殊！成千成百的工人在高原上吃从来没吃过的大苦，拼死拼活地甚至牺牲生命也在所不惜，不都是为着共同开辟这条神秘的西藏人民早已盼望的大路么！

在人世罕见的世界屋脊开路，由于缺氧和吃食困难，有多少人患了坏血病，有多少人勒紧裤带干活，又有多少人从冰崖上滑落，有多少人倒下去再也爬不起来，献出了他们年轻的生命。慕将军深深地晓得这些，他时常亲临工地，向大前沿阵地寻找最好的战机，保证以最小的损失赢得最大的胜利。他和筑路工人们一起，还在高原上摸索出三条生活经验：一是吃饭不要吃饱，二是睡觉头要枕高，三是觉得身体不舒服别躺下，转悠转悠就好了。他是个乐观主义者，他爽朗的笑声时常惊动得高原的雪鸡飞起来，感染着工人们也跟着他笑了。他还根据筑路地形和自然风貌，沿路起了许多饶有趣味的名字，例如纳赤台、五道梁、风火山、套套河、开心泉、开心岭等等。他还为这些地名写了不少即兴诗，如开心岭：

找路入深谷，
疑似又穿云。

平坦直跨过，
取名开心岭！

一九五四年十二月十五日，连绵千里的青藏公路终于修到拉萨，布达拉宫欢腾了，无数藏族同胞热泪滚滚地欢呼，筑路员工们也喜得直抹眼泪。此时，爱好写诗的慕生忠以从来未有过的激情，回想到“开辟布尔汗布，战到天涯桥边”的情景，想到“在空气稀薄的高原”和“冰雪交加的雪线”的搏斗，真是“踏破千里雪，走尽长江水！通过怒江上游的黑河，炸开冈底斯山”的气魄！如果把他沿路写的许多诗搜罗起来，将是一本极别致的诗集。可是，他没有工夫这么做，他晓得路是修通了，但是修补维护的工程还很艰巨，还得继续作战！

格尔木作为青藏公路的总指挥部再适合不过了。这儿四通八达，东通青海省会，南入西藏拉萨，西达柴达木石油基地，北望河西走廊。但是，要在这苍凉的大漠扎下根，谈何容易！这儿一无所有，只有肆虐的狂风和夜半的狼熊。慕将军却极其自信，他时常给周围的人说：“我们有个宝贝武器，这就是人！有了人，就可以生存，就可以创造！我们喜欢城市，但是更喜欢自己创建的城市！我们要建设格尔木，要做格尔木第一代祖先！”

慕将军的话说得铿锵动听，掷地有声！

于是，格尔木第一代祖先们在承担西藏运输任务的同时，开始另一项史无前例的工程——创建格尔木城了。在慕将军总体策划下，人们抡起了铁锨和坎土曼，在大戈壁上开垦出四百亩荒滩，从昆仑山峡把格尔木河水引入基地，首先试种白菜、萝卜、洋芋、韭菜和西红柿，继而又用戈壁红柳和泥沙，盖起一座座避风的土屋。为了改变戈壁干涸的环境，人们还在四周栽植了十万棵白杨和柳树。我来到这里的时候，这些白杨虽说还是些干条条，可是已吐露出青嫩的小树叶，随风飘摇，煞是动人，可以想见不久的将来，这儿必会是一条绿树成荫的大道。使人感到奇怪的是，在一孔孔土窑洞周围刚刚插下许多柳枝，还不知道活过来活不过来，慕将军倒给它起了个名叫“望柳庄”，说是为了招徕各方来客。

从望柳庄望出去，慕生忠指着一望无际的荒滩说，这里已为未来的城市勾勒了四五条大马路。马路的东边是汽车大修厂，露天地里已摆出三四十辆待修的各种卡车。马路的南边是第一砖瓦厂，说是五个人背着一口大锅来到荒野，自己淘井挑水打柴烧饭，竟然已烧出了第一窑砖瓦，也许慕生忠写字台上摆的土砚台荸荠之类也是这儿烧制出来的哩！这儿还有一座挺大的昆仑皮革厂，慕将军说这是从今年四月开始筹建的，六月已投入生产。我见旷野里挖有一个大池，浸泡着几张野牛皮和羊皮，然后捞出来脱毛，放在大木桶里浸灰，经过刨里除灰浸酸，再经上色，又在缸里吃油，而后再刷一次色浆，最后整理干燥，一张张完整的皮革就出来了。在几间红柳搭的土屋里，既是车间也是宿舍，五十多个师徒们有旋皮的，有纳鞋底的。另间屋里展示着高统皮靴、皮大衣、皮夹克、皮帽和皮手套，都是适应高原生活的皮货，令人不禁赞叹不已。我问这里的师傅，他们多是西安人，都是为创建格尔木城而来。昆仑山有的是牦牛走兽，何况这里已开辟了花海子、五道梁和套套河七八个牛场羊场牧场，不仅可供食用而且皮革原料也用不着发愁。慕将军乐呵呵地说："今年八一节，我们还举办了一次皮革展销会呢！你，也可以在这时做件皮夹克，花不了几个钱。"我连连点头，想来穿着昆仑牦牛夹克该有多么惬意！

我在这里所看到的一切，都使我兴奋异常。慕生忠和来自天南海北的人们，在荒凉的大戈壁上创造着生活，创造着社会，创造着城市，创造着花朵！呵，格尔木第一朵花，就是年近花甲的魏承淑老人创造的。他不远千里跟随慕将军来到这高寒地带，在盐碱地里移栽苹果、沙枣树、杏树和葡萄，试种八月菊、六月雪、虞美人、蓝筒絮花和金盏花，尤其是蓝筒絮花在阳光下，顺杆开着筒状的淡紫色的花朵，特别惹人喜爱。他经营的园艺场，就是一座引人注目的花园。谁来到这儿，不会不为之赞叹！然而，当我赞赏这些的时候，他却微笑地指点着慕将军说："我在受了这位慕老弟精神的感召，才来到格尔木的！"

慕生忠的精神！魏承淑老人的话提醒了我。我也觉得在慕生忠身上体现了一种精神，这就是创造，人类伟大的创造精神！在千万年荒无人迹的青藏高原，他敢于开创人类筑路史上的先河，第一个率领千军万马在世界屋脊上修出了一条通天大道来！在千万年虎狼出没的大戈壁滩上，他竟视荒漠为宝地，第一个动员千军万马开创了格尔木新的纪元！今天回想起来，仿佛这一切都是奇迹。而奇迹的出现，在慕将军眼里看来却是平凡的，平凡中蕴涵着伟大，蕴涵着一种创造精神。只有创造，才能生存，只有创造，才能发现美，人活在世上才有滋有味儿。此后，我还来过格尔木几次，她已变得更美丽了，变成显赫的以石油化工交通为中心的大城市了。人们称她是戈壁名城，是青藏高原的明珠！

一九九三年八月，我听说慕生忠将军还重返格尔木城，自然受到人们亲切的接待。面对青藏高原，对于这位年过八十四的耄耋老人，该会有多少感慨，该有多少话要说，只见他抖动着满头银发，灼灼逼人的眼眶里盈满泪珠。他太思念荒漠了，荒漠也没有忘记他。他在荒漠里留下的脚印太多，血汗太多，留下的苦涩也多，委屈也多。然而他矫健的身影像雄鹰般在这儿翱翔，在这儿闪耀发光！荒漠属于他，他也属于荒漠……

戈壁滩上的勘探姑娘们

李若冰

当黎明的曙光辉映着祁连山巅的时候，戈壁滩显得最宁静，最明亮，最光彩。难道还有比这个时辰更能使人动心的吗？我们的祖国是辽阔的。每个地方都有自己最好的早晨。但是，我赞美酒泉盆地的早晨。我也曾经不止一次地听到过我们的地质勘探姑娘们说：“我爱故乡的早晨，更爱戈壁滩的早晨。”

我们姑娘爱戈壁滩的早晨，是因为这里早晨的天气是异常清朗的，是最适宜于观测地形，是能精确又迅速地做工作的。每天一早，姑娘们就扛着标尺，背着仪器和女炊事员灌满了开水的军用壶，唱着歌，迎着微风，手拉着手，一个帮着一个，向高山爬行着。那位长得丰满、清秀，有着两只灵活闪光的眼睛，十八岁的姑娘李莲菱，唱得最好；嗓音清脆嘹亮，自然和谐。她是勘探队伍里的小歌唱家。我们敢说，假若她要去从事歌唱的话，一定是一个很有希望的受人们欢迎的歌唱家。可是她现在是一个很好的测量工作者，而且酷爱着自己的事业。她和姑娘们的歌声，温婉地在戈壁里荡漾，好像一支美妙的晨曦交响乐曲，使大地充满了喧嚷和光彩。

我们的勘探姑娘们，在自己的工作面前，表现了怎样豪迈而又勇猛的姿态呵！在山巅上，执行观测的姑娘，已经伸展开了指挥旗。余稚萼，这位测量队的小队长，青年团员，在她的嫩白的圆脸上，你看见的是欢乐，是被太阳晒得发烫的红晕。她的身材窈窕、健美，挺秀的鼻子下面有着一张小巧的嘴巴。她是浙江温州师范的学生。她做工作专注，细心。然而，她走路的步子却是迈得很大的。她的朋友张美鑫，是一个潇洒能干的姑娘，也是一个青年团员。她虽然只有十九岁，可是，当你看着她的一对晶莹聪明的眼睛，看着祁连山的狂风飞卷着她的浓黑的头发，和她那刚直挺秀的神态的时候，你会觉得，这是一个多么勇敢又多么智慧的姑娘呵！她和余稚萼小队的姑娘们一起，曾经有多少个白天，在戈壁里操劳着，又有多少个夜晚，在低矮的帐篷里，用心地在图幅上画完了最后一笔，于是就唱着，笑着，拥抱着，享受着紧张劳动后的快乐哩！张美鑫挥着她的握着绘图钢笔的手，是多么自信而又自豪地说过："我们在和时间竞走！我们画了山冈，又画深沟，画了小草，又画大树，我们要把探区所有的地形和地貌准确地画在图幅上。让我们细心描绘过的地方，将来都有黑色的金子从钻头打下去的地壳深处喷射出来！"

她们忘我的劳动，为祖国争来了光荣。还仅仅是昨天，我看到她们，以羡慕的心情，问起余稚萼、张美鑫等姑娘们："工作得怎么样？"她们微笑着；但是，笑容里却含着稀有的忧愁的味道。我很快就了解了，原来，她们为了一个导线环的误差，已经费了好多时间还没有找出来！而就在今天，她们却已创造了测量的纪录，提高了工作效率两三倍以上，超额完成了国家交给的任务，但是，她们不是一下子就成长起来的，是经历了一番不平常的过程的。

还在一九五二年的春天，西子湖以她的妩媚多情的色彩，吸引着千万游客的时候，在浙江温州城里，余稚萼和张美鑫等姑娘们，成批成批地，正在向温暖的故乡告别，向敬爱的父母和温州师范的老师们告别，第一次踏上了大西北的征途。十七岁的潘明珠，是个体质瘦弱、性情温柔而又有点调皮的姑娘。她临走的时候，母亲还不放心；哥哥还故意逗她说："苦得很哩！你会睡在深山里，睡在大石头上！"她却倔强地说："不要紧，别人能行，难道我就不能在大西北参加建设吗？"她在心里也曾反复质问过自己："当你在恶劣的环境中饿肚子的时候，会怎么样？当你在紧张的工作中支持不了的时候，会怎么样？当你真的就要睡在深山的石头上过夜的时候，又会怎么样？……"她是在心里通过了这一场严重的考试才毅然决定到西北来的。沉静少话的陈美娟，也和其他姑娘一样，曾经用不同的声音，说出了同样意思的话："当我向大西北前进的时候，心里是激动的，自豪的，因为，我意识到自己从事的工作就是祖国最迫切最需要的事业！"

又是一个春天。余稚萼和张美鑫等姑娘们，在西安进行了刻苦的测量学习，在陕北做了野外实习，就成立了五支女子测量队，正式参加了石油勘探，向酒泉盆地进发了。呵，酒泉盆地是个什么样儿呢？姑娘们在一路上张望着，谈论着。她们想象酒泉探区一定是一个古老的地方。祁连山山高雪厚，人烟稀少；大戈壁的夜晚黑洞洞，很怕人；狼倒不怕，就怕还有什么老虎呵，狮子呵！……但是，后来她们亲眼看到了这儿的一切，却不是原先想象的那样。大戈壁并不怕人，它辽阔广大，在阳光下闪着灿烂的光芒，使人心旷神怡。白雪皑皑的祁连山有多么迷人呵！把帐篷搭在山脚下，既能避风又好歌唱，还能看着小黄羊在晚霞中欢腾跳跃。这里的白杨河，虽然不像西子湖那么宽大，它的潺潺的流水声，也够使人神往哩。不，最能使人神往的是，从今天起，她们已第一次正式按着国家的计划工作，而自己工作的一切，又都会加进到祖国日新月异的光辉成就里去。

我们的勘探姑娘们，在和大自然的斗争中，经历了艰苦的磨炼。酒泉盆地的气候是多变的。夏天，祁连山上还是厚厚的积雪，而戈壁滩里已酷热得叫人喘不过气来。姑娘们被晒得头昏目眩，头发都是火烫火烫的，脸面被狂风吹得发干发痛，还一层层地脱皮哩！每天，她们都要照例地到处奔跑，爬山，蹚河。她们很多人的脚，磨起了一串串水泡。每天收工回来，在行军床上脱下了鞋袜，一看，脚上的水泡已变成了一块块鲜红的血肉！但是，她们每个人都咬着牙，坚持着，心里想：“我决不丢脸！”张美鑫说：“当我爬得气喘，腿酸，不能再前进的时候，我想到脚下将要出现油田，就又前进了！”陈珠英背着仪器爬山，她说：“我爬不动的时候，我就想这是困难，一定要克服；背着仪器，责任更重大！”于是，她就叮咛了自己：“千万要小心，不能跌倒。”冬天，戈壁滩是酷寒的，爬山工作就更艰难了。她们经常从雪山上摔下来，跌得人头昏眼花的。有的男同志一面照顾着她们，一面玩笑地说：“呵天！你们女同志真幸福，常常坐着电梯工作！”但是，现在，年幼体弱的潘明珠也会骄傲地宣称：“瞧瞧，我们一样扛着四米的标尺，就是脚和鞋冻成一块冰的时候，仍然可以在雪山上跑上好几趟！”而且，她们还在雪山上唱着跳着，一口馍一口冰地战斗着哩！

对于我们的勘探姑娘们，自然环境和生活上的困难，也用她们自己的话说：“算不得什么，容易克服得多了！”最主要的是工作上的困难。最初，姑娘们在工作上：业务不熟，经验没有，不但效率很低，完不成定额；而且时常做错，返工。这叫人怎么不焦心呢！“完不成国家计划是不行的呵！”她们每个人都尝受了很多苦恼，甚至都在自己内心里怨恨起自己来了：“我就这么不行吗？”确实，我们的好多姑娘，都在帐篷背后，曾经偷偷地抹过焦心的眼泪。但是，眼泪能解决技术问题吗？沉静的陈美娟在抹去了眼泪以后，就和傅蕉影一起，和小歌唱家李莲菱一起，在几个不眠的黑夜，忍受着寒冷和饥饿，深思苦算，寻找误差，克服误差，最后，她们终于很好地完成了制图工作。有一回，也是在最初的时候，余稚莩、张美鑫等姑娘们，预定在十八天完成的第一环导线计划，结果一个月才完成了。大家都认为：“这是最难受最痛苦不过的事情！”此后，她们召开了各种会，研究了返工的原因，寻找了完成国家计划的方法，工作效率显著地提高了。潘明珠说:“我在接受了南山任务以后，心里就想：一定要细心观测每一个点，在每个点上建设祖国；争取超额完成任务，弥补最初阶段中工作的损失！”她这么想着，就这么做了。在南山工作的时期，每天，她和同志们可以观测七个导线锁点，没有一个返工，提前完成了任务。现在，谁不说:“女娃子真行呵！”

我们的勘探姑娘们，自己也觉得一天天成长了。她们经得起考验。在我们的五支女子测量小队中，没有一个人是软骨头。她们在相互竞赛和帮助中进步着。在长年的野外工作中，有许多勇敢可爱的姑娘，光荣地加入了共青团。她们在自己的事业道路上，由不懂到懂，由生手成为能手，都可以独立负责地进行工作，而且还带徒弟了。确实，她们吃了很多苦。但是，她们的生活是欢畅的，充裕的。因为，她们能够愉快地把自己默默耕耘的成果呈现给伟大的祖国。

一九五五年三月，和平里

他们是普通劳动者

袁　木

烈日当空，热风炙人，脚下的砂粒都被晒得发烫。周恩来同志领先打着一杆鲜艳的红旗，一支由中央国家机关和中共中央直属机关领导干部组成的劳动队伍，这时正在迎着十三陵水库的拦洪大坝，向着他们的劳动现场进发。

这是一面标志着崇高的共产主义风格的红旗。一个多星期以来，五百多位领导同志完全以普通劳动者的姿态，在这里紧张地劳动，流下了他们的汗水。

每天下午三时，银笛一响，人们立刻从比比相连的地铺上一跃而起，列队出发。不论总理、部长、副部长、司局长以至工地技术员、卫生员或行政管理人员，大家一起徒步八里去上工，一路上谈笑风生。直到夜间十一时，人们才背着水库大坝上的万盏灯火，回到驻地。有时，这支队伍在路上同青年水库建设者们迎面相遇，调皮的年轻人就故意高声地挑起战来："黄忠队，唱一个吧！""老头儿"们也不示弱，老远地看到年轻人就争取主动："小伙子们，来一个！"在这互相挑战的热情的呼唤声和欢笑声中，愉快的歌声就在热风中荡漾起来。

这里没有首长

第一天，水库指挥部沙西工段政治委员白寿康同志被请来向大家分配任务，指示工作。他刚刚说出"我们欢迎首长们……"的第一句话，周恩来同志立刻纠正他说："这里没有首长，没有总理、部长、司局长的职务。在这里大家都是普通劳动者。"王震同志紧接着对白寿康同志补充说："现在你是首长，我们是你的部下。"

要想如实地表达出工地上愉快欢乐的沸腾气氛，表达出我们敬爱的领导同志们热爱劳动的感情和他们的干劲，那是一件十分困难的事情。炎热的太阳晒得石头烫手，人们不但不加理会，反而快乐地把大石头称作“西瓜”，把小石头称作“香瓜”，一面有节奏地高喊着这样的呼号：“嘿！来了一个大西瓜！”“又来一个小西瓜！”一面飞快把石块运向料堆。几十辆独轮车装着石块在工地上轻捷地转动，人们担起石筐健步如飞，这支平均年龄在四十五岁以上的劳动队伍，几乎个个都想在劳动中赛一赛干劲。

周恩来同志在大家的集体劳动还没有开始时，就一个人推起一辆小车练习起来。我们敬爱的总理在过去的革命战争中骑马摔坏了右臂，至今他这支胳臂还不能完全伸直，虽然人们一再劝阻，他在干了装料、拉车等活儿以后，还是坚持推了几车石料，要学一学这种劳动。罗瑞卿同志再三告诉大家要注意安全，干起活儿来要量力而行，稳步前进，而他自己一到工地就忘记了自己对别人的告诫，越干越猛。第一、二两大队的队长陈国栋同志和余光生同志身体健壮，穿着短裤，脚蹬球鞋，是工地上的“少壮派”，他们不仅指挥得好，并且带头劳动得好。中央国家机关党委书记龚子荣同志在这里担任着支队政治委员的职务，他同连贯同志是工地上出名的一对“矮胖子”，他们两人一直坚持抬石筐，始终不懈，人们都称赞他俩坚持劳动的毅力。李葆华同志被石头砸破了手，流了血，但他坚持轻伤不下火线，包扎一下以后，干得越发起劲。

永不忘怀的形象

有几个在工地上使人们永远不能忘怀的形象是：早年就失去了一支胳臂的王兴让同志，他一会儿用一只手提着几十斤重的石筐，同别人一起装车卸料，一刻不停；一会儿担起一副石筐，又快又稳；一会儿又帮助别人拉车，一往直前。汗水湿透了他的衣衫，他一面劳动还一面同别人大声谈笑，或者低声哼起歌曲。平凡的劳动给这位不知疲倦的人带来了多大的乐趣啊！工地上大家都尊敬地称他是“独臂英雄”。章夷白同志1926年在江西参加北伐战争时，被军阀孙传芳的部队打伤了两腿的关节，后来他在艰苦的白色恐怖下从事党的地下工作时，又曾在1931年被国民党反动派逮捕，长期生活在敌人的监狱里，因而多年来留下了双腿不能弯曲的残疾。章夷白同志这次不仅不顾别人的多次劝阻，一定要来工地，并且拄着一根拐棍坚持徒步上工，在劳动中和大家一样干得起劲。金明同志幼年得过胸膜炎症，没有能很好医治，后来，许多年革命的艰苦生活又损害了他的健康，因而他现在半边肺已经萎缩，左边的胸脯显然地塌陷下去。就是他，却不仅始终是全队保持推车最高纪录中的一个，并且当不少人推车还需要一个人帮着拉时，他却一个人推着往来快跑。有不少比较年轻的司局长同志曾经一再地对我说："在这些英雄们的面前，我们多劳动一些又算得了什么呢！"

我久久地凝视着总理和许多久经考验的领导同志，凝视着他们在劳动中那样平易近人而又闪耀着无限光辉的形象，好久好久不能平复自己的激动心情。

老当益壮的英雄

许多年老长者也都表现了"老当益壮"的英雄气概，他们在共同的劳动和生活中显得年轻了。72岁的陈其瑗副部长是全队的长者，他不仅干劲十足，并且两天之后饭量就几乎加了一倍。年近60的史良部长拣几块小石头以后，就要给别人送一块大的，人们称赞她是"既会抱西瓜，又会拣芝麻"。潘震亚副部长和庄希泉副主任同岁，今年都已过70。我在工地上时常发现他们天真地嘟着嘴在生气，原因就是别人老去"干涉"他们，劝他们休息。叶圣陶副部长、郑振铎副部长、胡愈之副主任等人，虽也已年近60或者60开外，他们都表现出始终不懈的十足干劲。李德全部长一向是有名的"人老身心不老"，她在一到工地的头一天就大声疾呼地让大家注意健康，三申"禁令"，不要猛干，而她自己却不知疲劳，越干越欢。地质部的孟宪民同志听说别人说他老，他赌气地说："怎么，是不是你们嫌我胡子多？"第二天，他已经把脸刮得精光，精神更加焕发。

工地上有一首颂扬长者的诗，它实际上也生动地体现了这次领导干部集体劳动的整个气概："工地争传老黄忠，日车顽石气吞虹。童颜鹤发身犹健，无数英雄指顾中。"

从劳动中吸取"养料"

我越是留神观察，领导同志们以真正的普通劳动者的态度对待劳动的精神，就越加使我感动。他们虽然因为工作太忙抽不出更多的时间，但即使在短短一星期内，还是那样认真地不放过劳动中的任何细节，并且从劳动中吸取丰富领导思想和改善领导作风的"养料"。刚来到工地的第一、二两天，人们本来是排成三条长龙，徒手传递石头。后来运输线拉长了，并且各人体力强弱不均，挨个儿传递使效率降低，第三天完成的石方由第二天的一百三十多方降到九十多方。这时，马上就有不少人提出实行车子化的建议，并且立即在两个大队试行，成功后又普遍推广。有不少人还写了大字报，指出这是"两种方法，两种效果"，说是他们"从切身的劳动经验中，深刻地认识到在今后领导生产时，要时时注意调整劳动组织和大力推行技术革新"。我在工地上还曾看到一位署名"庄稼汉”的领导同志写的大字报，他用“顺口溜”总结了推车的经验：“手把车辕端得正，腿要蹬直腰不弓，走路谨防一边倒，两条路线作斗争，正确全凭掌握好，左右摇摆可不中，众英雄都是我国经纶手，要善化矛盾求平衡。”我想，假如不是全心倾注于自己的劳动，谁能这样具体地总结出推车的经验，又从如此思想原则高度悟出自己的体会呢？

吃晚饭的时候，大家就在工地上抓起几块咸菜，一头大蒜，津津有味地吃起干粮。这时，也是工地“俱乐部主任”荣高棠同志最活跃的时候。在人们正咀嚼着香甜的大块丝糕时，就可以欣赏到他的诗歌朗诵、京韵大鼓和陕北民歌。史良部长有一天也在三百多人面前学起鸡叫、猫叫和狗叫来，有些早年同她熟悉的人，也还是第一次听到她的绝妙口技呢！抗战时期在陕北南泥湾领导过大生产运动的王震同志，不仅至今还是劳动能手，他讲的讽刺孔夫子犯教条主义的故事，也逗得大家捧腹大笑。每天上午的休息期间，人们有时开个小会，有时三三两两去洗自己那浸满汗渍的衣裳。有的人诗兴大作，就用民歌、新诗和古体诗词等各种形式来写大字报，抒发自己在共同劳动和共同生活中的体会与感情变化。连贯同志一口气就写了一首一百零四行的长诗。在这种亲密无间的生活气氛中，许多老年人都变得年轻多了。

劳动思想健康三丰收

“同吃同住同劳动”，不仅深刻改变着人们之间的关系，许多人的思想也在发生着深刻变化。有人说这次是“劳动思想双丰收”，有人说还应加上“劳动医百病”，大家健康都有增进，因此是“劳动思想健康三丰收”。人们都说这次是在“十三陵大学”受了劳动教育，并且认为十分光荣，临别时都互称“同学”。年近六十的马锡五老同志写了一张大字报，他说没有经过劳动锻炼的人应该在劳动中改造思想，就是经过战争和劳动锻炼的人，日子久了也应该“回炉”，以免“身心生锈”。许多人都提出要把这种集体劳动制度化，每年组织几次，使党的光荣传统在今天更加发扬光大。对外文委的一位司长鲁明同志有一天悄悄地把我拉到工地上一个休息用的席棚里，他态度严肃认真，但又抑制不住激动的感情。他对我说：“一星期的同吃同住同劳动给我最深刻的印象是，我们有许多领导同志原来就出身于劳动人民，或者即使不是劳动家庭出身，也在长期的革命斗争中同劳动人民建立了血肉联系。只要党的光荣传统认真发扬起来，你就可以看到，像在今天这样完全出于高度自觉的劳动中，你可以看出他们是多么完美地显示出平凡而又高尚的劳动者本色！”听了他的这番话，我再回过头来凝视那支由领导同志组成的劳动队伍，我是又激动而又不安，我怎么样才能体会到孕育在他们心里的那种劳动人民的感情，而又确当地把它表达出来呢！？

“凭君查遍高史五千载，那见尚书侍郎同劳动。”这是纺织部副部长陈维稷同志写下的诗句。的确，不论古今中外，有谁见过这样一支“普通劳动者”的队伍？那些胡说无产阶级专政是新的极权国家的人，那些胡说什么社会主义制度将不可免地产生官僚主义的人，他们绝不敢在这支队伍面前抬头正视！

原载《人民日报》1958年6月25日

黄浦江的早晨

靳　以

我走下车来才发现夜色已经淡下去了，滚滚的黄浦江横在我的面前。多少年来它就是这样平稳地流着，近百年来它也和中国人民一样忍受着耻辱和痛苦，江面上横行着宰割中国人民的强盗船，到处漂泛着陈腐的渣滓。十年前随着上海的解放，它也扫清积秽，浩浩荡荡地畅快地流着。它重新为人民所有，成为人民热爱的一条美丽的江。如今，初升的太阳的灿烂的金光正静静地落在江心上，码头边待发的轮船，还亮着千万盏明灯。因为潮水高，庞大的轮船就像一座水上的楼阁。

我站在江边，向东眺望，那是浦东，烟雾迷蒙处，是全国平炉利用系数最高的上钢三厂。过去帝国主义者也曾把魔手伸过江去，建立了修船厂和油栈，这些如今都是人民的财产，一切耻辱的烙印都已成为历史的陈迹，中国人民受凌辱受压迫的日子已经一去不复返了。

我朝北望去，这就是过去的一寸土地一寸金的外滩，望不尽的高楼大厦，都是中国人民双手造起来的。多少年来帝国主义分子盘踞在那里吮吸上海人民——应该说是全中国人民的血，而中国人民在那里却没有任何自由。那用大石块垒起来的中国江海关，过去为外国人掌握，出入的无非是洋人和奴才，那里连中国文字也不通用。今天它是中国人民的海关，保卫着中国人民的利益。那座蹲伏在南京路口的有高高尖塔的大楼，就是曾经不许鲁迅先生坐电梯上楼的华懋饭店——今天它是和平饭店，招待着来自世界各地的和平代表和其他外宾。它的对面是古老的汇中饭店。过去每天下午靠街的大窗口上坐满衣冠楚楚的血吸虫们，捧着圆滚滚的肚子，露着贪婪的微笑，望着窗外来往的行人；如今这座建筑已是建筑工人的工会，出出入入的都是修建房屋的工人们。过去压榨中国最凶狠的汇丰银行——英帝国主义侵略中国的金融大本营之一——今天已属于中国人民了。门前两座铜狮仍然踞伏着，它是时代的见证，说明只有在中国共产党的领导之下，中国人民才能把帝国主义驱逐出去，使一切属于人民所有，一切都为人民的事业服务。

江边，从前停的是外国船只，是洋人洋奴和地痞流氓的天下，是善良的中国旅客的鬼门关；如今，那些疔疮早已连根拔掉了。经过几年来辛勤的培育，树木已经长大了，土地盖满青青的嫩草，玫瑰和月季绽出红红的花朵，现在我就是顺着这花间的小径安闲地向前踱着。左右的长凳上坐着准备功课的学生和即将离去的旅客。对着南京路的小广场，有几位老年人正在打太极拳，看样子都是六十以上的人了，飘着银须，可是身手矫健，真像壮年汉子。我被一位红光满面的老人和一个不足二十岁的青年吸引住了，他们在推手，那个青年不时地被老年人推得站不住脚，向后趔趄着，那老年人赶紧又一把拉住他。当他们停手的时候，我向那面不改色的老年人致意："早晨好，先生，您在带徒弟吗？"

"不，是一家人，他是我的大孙子。"

我稍稍吃了一惊，接着就问："那么您今年——"

"我还小呢，今年才交七十。"

"那可真看不出，身体好，精神也好。"

他捋捋胡子笑了："也就是从解放这几年才好起来的。几十年来我在这黄浦江边当搬运工人，我的脚把石子都磨圆了。日本强盗进上海，穷得我没有路可走，我跳过黄浦，亏得穷哥儿们把我救上来，当时我还怪他们多事呢！新中国成立后，日子才转过来，我还光荣地到杭州去休养过。如今我退休了，在家养老，可是我不服老，要把身体搞好，多活些年，再做一些事情，看看共产主义。你看看我们这老弟兄几个，都是老伙伴，有的比我还大，要进入共产主义是我们大伙的愿望，谁也不愿意少走半步。"他大声笑着，所有的老年人都笑起来；他们一无挂碍，过着幸福的晚年。他们充满了快乐的心情，等待着人间最高理想的实现。

我在江边的石凳上坐下来，心想：如果这时候有船来坞多么好！最好是一只远洋轮，载来多少年没有回过祖国的游子，他对于上海是完全陌生的，或者只有旧日的残破的记忆。当他走上岸来的时候，展现在他眼前的是一幅美丽而快乐的图画，一幅望不尽的长卷，他自己也就成为快乐的画中人了。他会深深体会到，可爱的祖国并不是一个空洞的名词，第一眼望到第一脚踏上祖国的土地的时候，他就被强烈地吸引住了。

当我在遐想的时候，果然有一只轮船进口了，驶近的时候我才看到那不是远洋轮，是“民主三号”。这条船对于许多人来说是并不陌生的，它曾经在沪甬途中触礁沉没；当时，由于乘客中的解放军同志协同船上的人们努力抢救，尽管无法挽救它沉没的命运，可是全体乘客都安全脱险。只有一个资本家，他不愿意和全船的人“同归于尽”，背上救生圈，独自一人跳入茫茫的大海中，结果只有他一个孤独的牺牲者。沉没的船也捞起来了，经过修理，仍然在海上行驶；可是那个想自走一条道路的资本家，从此深沉海底，无踪无影了。

这时，一只汽轮拖带了六只满载的货船迎面驶来，“民主三号”就鸣着汽笛放低了速度，这样使我看清了船舷上站满的乘客，他们正热烈地向岸上挥手呢！现在是早晨六点钟，早操的音乐响起来了，路上有好些人停下来随着音乐锻炼，一切是那么自然，一切是那么和谐。

过了一些时候，一艘高大的船从十六铺开过来了，因为载得轻，浮在水面上的船身就显得更大。我觉得十分眼熟，终于看清了它就是去年江南造船厂只用五个月十二天造出来的五千吨货轮“和平二十八号”。我曾经参加过它和大连船厂造的同型货轮“和平二十五号”的会师典礼。它们共同掀开了我们造船史上崭新的一页，如今两个船厂的工人都在为祖国造着万吨的远洋海轮，有一天它们将到海外去探望生活在异乡的中国人民，送去祖国的问好、祖国的荣誉和骄傲。

海关的大钟悠扬地打了八下，街上的人，电车公共汽车里边的人也少了，人们早已守住自己的岗位，开始一天的工作。

早晨八点钟的太阳正辉煌地照着黄浦江和上海，它也同样地照着中国广大的乡村和数不尽的城市。

第二次考试

何　为

著名的声乐专家苏林教授发现了一件奇怪的事情：在这次参加考试的二百多名合唱训练班学生中间，有一个二十岁的女生陈伊玲，初试时的成绩十分优异：声乐、视唱练耳和乐理等课目都列入优等，尤其是她的音色美丽和音域宽广令人赞叹。而复试时却使人大失所望。苏林教授一生桃李满天下，他的学生中间不少是有国际声誉的，但这样年轻而又有才华的学生却还是第一个，这样的事情也还是第一次碰到。

那次公开的考试是在那间古色古香的大厅里举行的，当陈伊玲镇静地站在考试委员会里几位有名的声乐专家面前，唱完了冼星海的那支有名的《二月里来》，门外窗外挤挤挨挨的都站满了人，甚至连不苟任何表情的教授们也不免暗暗递了个眼色。按照规定，应试者还要唱一支外国歌曲，她演唱了意大利歌剧《蝴蝶夫人》中的咏叹调《有一个良辰佳日》，以她灿烂的音色和深沉的理解惊动四座，一向以要求严格闻名的苏林教授也颔首赞许，在他严峻的眼光下，隐藏着一丝微笑。大家都默无一言地注视陈伊玲：嫩绿色的绒线上衣，一条贴身的咖啡色西裤，宛如春天早晨一株亭亭玉立的小树。众目睽睽下，这个本来笑容自若的姑娘也不禁有点困惑了。

复试是在一星期后举行的。它将决定一个人终生的事业。经过初试这一关，剩下的人已是寥寥无几；而复试将是在各方面更加严格的要求下进行的。本市有名的音乐界人士都到了。这些考试委员和旁听者在评选时几乎都带着苛刻的挑剔神气。但是全体对陈伊玲都留下了这样一个印象：如果合乎录取条件的只有一个人，那么这人无疑应该是陈伊玲。

谁知道事实却出乎意料。陈伊玲是参加复试的最后一个人，唱的还是那两支歌，可是声音发涩，毫无光彩，听起来前后判若两人。是因为怯场、心慌，还是由于身体不适而影响了声音？在座的人面面相觑，大家带着询问和疑惑的眼光举目望她。虽然她掩饰不住自己脸上的困倦，一双聪颖的眼睛显得黯然无神，那顽皮的嘴角也流露出一种无可诉说的焦急，可是就整个看来，她通体是明朗、坦率的，可以使人信任的。她抱歉地对大家笑笑，飘然走了。

苏林教授显然是大为生气了。他从来认为，要做一个真正为人民所爱戴的艺术家，首先要做一个各方面都能成为表率的人，一个高尚的人！歌唱家又何尝能例外！这样一个自暴自弃的女孩子，是永远也不能成为一个有成就的歌唱家的！他生气地侧过头去望向窗外。这个城市刚刚受到一次今年最严重的台风的袭击，窗外断枝残叶狼藉满地，整排竹篱倾倒在满是积水的地上，一片惨淡的景象。

考试委员会对陈伊玲有两种意见：一种认为从两次考试可以看出陈伊玲的声音极不稳固，不扎实，很难造就；另一种则认为给她机会，让她再试一次。苏林教授有他自己的看法，他觉得重要的是应了解造成她声音前后悬殊的根本原因，如果问题在于她对事业和生活的态度，就算禀赋再好，也不能录取她！

可是究竟是什么原因呢？

苏林教授从秘书那里取来了陈伊玲的报名单，在填着地址的那一栏上，他用红铅笔画了一条粗线。表格上的那张报名照片是一张叫人喜欢的脸，小而好看的嘴，明快单纯的眼睛，笑起来鼻翼稍稍皱起的鼻子，这一切都像是在提醒这位声乐专家，不能用任何简单的方式对待一个人——一个有活力、有思想、有感情的人。至少眼前这个姑娘的某些具体情况是这张简单的表格上所看不到的。如果这一次落选了，也许这个人终生就和音乐分手了。她的天才可能从此就被埋没。情况如果是这样，那他是绝对不能原谅自己的。

第二天，苏林教授乘早上第一往电车出发。根据报名单上的地址，好容易找到了在杨树浦的那条僻静的马路，进了弄堂，不由得吃了一惊。

那弄堂里有些墙垣都已倾塌，烧焦的栋梁呈现一片可怕的黑色，断瓦残垣中间间或露出枯黄的破布碎片，所有这些说明了这条弄堂不仅受到台风破坏，而且显然发生过火灾。就在这灾区的瓦砾场上，有些人大清早就在忙碌着清理些什么。

苏林教授手持纸条，不知从何处找起，忽然听见对屋的楼窗上，有一个孩子有事没事地张口唱着："咪——咿——咿——咿——，吗——啊——啊——啊——"仿佛歌唱家在练声的样子。苏林教授不禁为之微笑，他猜对了，那孩子敢情就是陈伊玲的弟弟，正在若有其事地学着他姊姊练声的姿势呢。

从孩子嘴里知道：他的姊姊是个转业军人，从文工团回来的，到上海后就被分配到工厂里担任行政工作。她是个青年团员，积极又热心，不管厂里也好，里弄也好，有事找陈伊玲准没有错！两三天前，这里因为台风造成电线走火，好多人家流离失所，陈伊玲就为了安置灾民，忙得整夜没有睡，最终影响了嗓子。第二天刚好是她去复试的日子，她说声“糟糕”，还是去参加考试了。

这就是全部经过。

“瞧，她还在那儿忙着哪！”孩子向窗外扬了扬手说，“我叫她！我去叫她！”

“不用了。只要告诉你姐姐：‘通过第二次考试，她已经被录取了！’”

苏林教授从陈伊玲家里出来，走得很快。他心里想着：这个女孩子完全有条件成为一个优秀的歌唱家，我差点犯了一个错误！这天早晨有什么使人感动的东西充溢在胸口，他想赶紧回去把他发现的这个音乐学生和她的故事告诉每一个人。

原载《人民日报》1956 年 12 月 26 日

茶花赋

杨　朔

久在异国他乡，有时难免怀念祖国的。怀念极了，我也曾想：要能画一幅画儿，画出祖国的面貌特色，时刻挂在眼前，有多好。我把这心思去跟一位擅长丹青的同志商量，求她画。她说：“这可是个难题，画什么呢？画点零山碎水，一人一物，都不行。再说，颜色也难调。你就是调尽五颜六色，又怎么画得出祖国的面貌？”我想了想，也是，就搁下这桩心思。

今年二月，我从海外回来，一脚踏进昆明，心都醉了。我是北方人，论季节，北方也许正是搅天风雪，水瘦山寒，云南的春天却脚步儿勤，来得快，到处早像催生婆似的正在催动花事。

花事最盛的去处数着西山华庭寺，不到寺门，远远就闻见一股细细的清香，直渗进人的心肺。这是梅花，有红梅、白梅、绿梅，还有朱砂梅，一树一树的，每一树梅花都是一树诗。白玉兰花略微有点儿残，娇黄的迎春却正当时，那一片春色啊，比起滇池的水来不知还要深多少倍。

究其实这还不是最深的春色。且请看那一树，齐着华庭寺的廊檐一般高，油光碧绿的树叶中间托出千百朵重瓣的大花，那样红艳，每朵花都像一团烧得正旺的火焰。这就是有名的茶花。不见茶花，你是不容易懂得“春深似海”这句诗的妙处的。

想看茶花，正是好时候。我游过华庭寺，又冒着星星点点细雨游了一次黑龙潭，这都是看茶花的名胜地方。原以为茶花一定很少见，不想在游历当中，时时望见竹篱茅屋旁边会闪出一枝猩红的花来。听朋友说：“这不算稀奇。要是在大理，差不多家家户户都养茶花，花期一到，各样品种的花儿争奇斗艳，那才美呢。”

我不觉对着茶花沉吟起来。茶花是美啊。凡是生活中美的事物都是劳动创造的。是谁白天黑夜，积年累月，拿自己的汗水浇着花，像抚育自己儿女一样抚育着花秧，终于培养出这样绝色的好花？应该感谢那为我们美化生活的人。

普之仁就是这样一位能工巧匠，我在翠湖边上会到他。翠湖的茶花多，开得也好，红彤彤的一大片，简直就是那一段彩云落到湖岸上。普之仁领我穿着茶花走，指点着告诉我这叫大玛瑙，那叫雪狮子；这是蝶翅，那是大紫袍……名目花色多得很。后来他攀着一棵茶树的小干枝说："这叫童子面，花期迟，刚打骨朵，开起来颜色深红，倒是最好看的。"

我就问："古语说：看花容易栽花难——栽培茶花一定也很难吧？"

普之仁答道："不很难，也不容易。茶花这东西有点特性，水壤气候，事事都得细心。又怕风，又怕晒，最喜欢半阴半阳。顶讨厌的是虫子。有一种钻心虫，钻进一条去，花就死了。一年四季，不知得操多少心呢。"

我又问道："一棵茶花活不长吧？"

普之仁说："活得可长啦。华庭寺有棵松子鳞，是明朝的，五百多年了，开花，能开一千多朵。"

我不觉"噢"了一声：想不到华庭寺见的那棵茶花来历这样大。

普之仁误会我的意思，赶紧说："你不信么？大理地面还有一棵更老的呢。听老人讲，上千年了，开起花来，满树数不清数，都叫万朵茶，树干子那样粗，几个人都搂不过来。"说着他伸出两臂，做个搂抱的姿势。

我热切地望着他的手，那双手满是茧子，沾着新鲜的泥土。我又望着他的脸，他的眼角刻着很深的皱纹，不必多问他的身世，猜得出他是个曾经忧患的中年人。如果他离开你，走进人丛里去，立刻便消逝了，再也不容易寻到他——他就是这样一个极其普通的劳动者，然而正是这样的人，整月整年，劳心劳力，拿出全部精力培植着花木，美化我们的生活。美就是这样创造出来的。

正在这时，恰巧有一群小孩也来看茶花，一个个仰着鲜红的小脸，甜蜜蜜地笑着，叽叽喳喳叫个不休。

我说："童子面茶花开了。"

普之仁愣了愣，立时省悟过来，笑着说："真的呢，再没有比这种童子面更好看的茶花了。"

一个念头忽然跳进我的脑子，我得到一幅画的构思。如果用最浓最艳的朱红，画一大朵含露乍开的童子面茶花，岂不正可以象征着祖国的面貌？我把这个简单的构思记下来，寄给远在国外的那位丹青能手，也许她肯再斟酌一番，为我画一幅画儿吧。

一九六一年

忆铁人

魏钢焰

一

1976年10月6日这个伟大的时刻，是中国革命的一座新的高峰。我们立在朝霞染红的峰顶，看见那从南湖的小船到不尽的未来，有一条如何漫长、曲折而壮丽的征途啊！

每当处于这种关键的时刻，我们就会看到，那革命历史的每座里程碑，每一章转折性的诗篇，每一位伟大的人民英雄，都闪烁着新的异彩，放射出新的光芒。如今，我心头油然涌现出与铁人相处的时光，回忆起1973年——铁人逝世后我在大庆度过的日子。

1973年的春节前夕，我正在大庆1205钻井队的列车式板房里。这是我在大庆连续度过的第三个冬天了。夜，已深了。在这里畅谈终日的铁人的老战友们也都走了，我却毫无倦意。北风，吹拍着铁皮屋顶，雪花，像被屋内灯光吸引似的，向小小的窗户扑来。我的笔记本上，记述着他们参加新区会战的急切愿望，对铁人的深切怀念。

积雪，在脚下吱吱作响，我穿过茫茫雪幔缓行。铁人啊，我再也听不到你那肝胆相照的谈话了。我那时为什么要匆匆离开你呢？在和你一起生活的日子里，我又是多么漫不经心，浑浑噩噩啊！

从板房的窗口射出的灯光，把垂在檐下的冰条照得通体晶莹，我折了一根，回到房中，把它靠在桌上的铝盔旁，凝望，沉思，眼前又重新展现着，我与铁人相处的那些日子……

二

1964年的春夏之际，大庆拥来了大批记者和采访的同志。在新盖的招待所里，出出进进，熙熙攘攘。人们，一个个步子轻捷，眼睛发亮，都像年轻了一截似的。人们笑说：“又到‘抗大’啦！”我们的老师——标兵们一个个忙得团团转，至于众目所注的铁人，更是很难找到了。在我正收拾行李准备下去的时候，一位服务员跑来告诉我：“铁人正作报告咧，你不是想见见他么？”我急忙赶去，挤进那水泄不通的小会议室里。

噢，这就是那一声大吼地球三抖的铁人么？你看他，面对满屋子的仰慕目光，那么自如，毫不作态，就像蹲在井架旁边唠家常。他，戴一顶折断了帽檐的鸭舌帽，敞着衣领，棉工衣的袖口膝盖都已磨破，随处可见汗水、油渍、铁锈的痕迹。后来我才知道，除了出国和参加典礼，他从来就是这么一身可以随时踏泥踩油、赴汤蹈火的战士服。而最吸引人的，是在这个中年人的额头眼角，过早出现的密密的深深皱纹！

听来，报告已到了尾声，他前倾着敦实的身躯，诚恳地说：“没有共产党和毛主席，我早叫扔到玉门东岗上喂狼了。像我这样的工人，全国哪里没有？要没有革命的炉火，我们还不是毛矿一块？要没有毛泽东思想点卤，还不是浆水一锅？就说立井架吧，我过去也是个烧火剥葱各管一工的，钻窟窿归我，搬井架归你派车来。在玉门有一次为了抢时间搬家，调度派车少了，我就找上门去大闹天宫……”听众们被他那坦率调侃的语调感染，都笑了。“就是啊，我干了不少低标准的事。那时光想党救了我，我就要狠上猛干多打井！但到底工人阶级扛的什么担子，不那么知底。1959年国庆观礼，叫汽车上的煤气包，一下把我压醒了！好嘛，都卡到咱喉咙上来了！呼地一下肩膀上就放上了国家的压力，革命的压力！不知哪儿冒出那么大的劲儿，不要说井架了，就是座铁塔也能把它立起来！没吊车么？抬！一个抬字就是这样喊出来的嘛！”

会散了，我送铁人出去。他听说我要下去，很高兴，说：“水有源树有根，多到基层跑跑，光听我们几个说不行。大庆，无非是不怕鬼不信邪，敢承认矛盾，解决矛盾。工委今年的口号就是按两分法前进嘛！谁要说他天生正确，不是骗子就是油蒙了心。依我说，下去了，不要光听高标准的，还要听听怎么从低标准来的。现在还有什么低标准……你什么时候到钻井去？好好儿帮帮我们，我老家那个苦戈壁你去过，新中国成立前，过大年连个对联都没人写，拿碗朝红纸扣几个黑圈就贴出去了！如今翻开毛主席著作，恨不得一口能咽到肚里！可是，学篇文章比打口井还难，笑什么？真的，写一会儿，要七个地方疼！”

我俩都放怀大笑了。这，就是我们第一次会面。

不久，他来开会，顺便来看我，我喜出望外地站起来迎他，他走近桌边像举钻头似的，双手端起那叠厚厚的材料瞅摸着，又掂了掂，笑问道：“怎么样，‘开钻’了吧？”我皱眉苦笑着：“和你一样，恨不得一口吞下去，可就是上得太迟了，又兴奋又着急，叫人睡不着！”他憨厚地笑了：“噢，觉着压力了，那井架嘛，就快立起来了……你要写大庆，有人开绿灯，也肯定有人要扒道钉……那也没什么，鬼挡路，打鬼！妖缠身，破妖！让压力成为动力，把油喷出来，要光发愁，就被压力压成泥饼了，成了死油田了，老粗说话，你说对不？”就这么站着说了几句，他便匆匆告别，我忽然动念问：“你去哪里？是急事么？”他手握车门，扭身高兴地说：“怎么，要和我一块儿转转？好，上车！”

一上路，就见一条条醒目的标语扑面而来：“以两分法前进！”“展开岗位责任制大检查！”“好字当头，自觉从严！”铁人点了支烟，拧脸问我：“你会唱秦腔么？喜欢吗？那里头有些故事，叫人动脑子。一个人嘛，不能光唱过五关，更得常记着走麦城。”说着小车一拐，离开公路，在草原上那七股八岔的辙痕里穿行着。他一会儿停车在草丛里查看什么，一会儿像孩子似的喊着：“好嘛，这里还埋伏着几根钢管，该成立个回收队哩！趁我们这些老钻工还在。1960 年会战，分散，车少，上得急，来不及扫光战场……”他像沙漠上的老牧人，在辽阔草原上，向着只有他知道的目标奔驰着。

“到了！”我下车一看，是一座白色井房，四面一望，原来是 1963 年铁人领着 1205 队打出的一口直井。我边向井场走去边说：“我来过一次。”铁人却挥手说：“不是这儿，咱看那边去！”我随他走到离井场约二十米的地方，这个废井场有什么可看的呢？铁人走上废井口，用脚跺了跺说：“这儿就是 1205 队填掉的一口报废井！”“为什么？”“打斜了，四度七。前边那口直井就是填了这口井以后，总结了教训接着打成的。”

铁人盘腿坐在草地上，用手拍着脑门说：“这里头，就是指挥部，不住个红指挥，就要钻进去个坏指挥，指挥部一垮，你有漂洋过海的本事，也要淹死！1963 年，形势好转了，有点儿松弦。井队领导光惦着夺小红旗，忽视了大红旗；只抓进尺、钻头，不抓人头；结果，心散了，井，也斜了。这事，根子还在我这儿，天不怕，地不怕，不实事求是，不管人头，最可怕！填井的时候，井队的人是噙着眼泪去背洋灰的，有人难过地说：‘队史上还没这么一笔！’我说：不记这一笔，队史就是假的，就写不下去！怕的是你不刻在心上！发冷发热，天阴刮风都来这儿看看，学两论么，这就是个活教材！”

接着，铁人领我又看了几个“失蹄”“栽跤”的现场。忽地，我觉着身边坐着的这位朴实钻工的棉工衣下，蕴藏着个深远博大的世界！在他额上的皱纹里，蕴蓄着多少艰苦战例和宝贵思想啊！他见我靠在车座上沉默着，便笑问道："累了么？以后再看吧……看这些东西是不轻快，可咱们这些人，能成天抱着奖旗咧嘴笑么？不能用几十万职工的汗水，洗自己的脸呀！共产党员嘛，不靠卖膏药过日子！"

三

铁人的感情之强烈，曾数次震动了我，但我比较懂得这感情的内涵与根底，却是以后的事。一天晚上，去找他，他从桌上拿起帽子，在腿上甩掸了两下，对我说，"走！到井队看看。一天不去，心就慌！"

高杆上的"小太阳"灯光，把整个井场照得亮如白昼，井队正在为高速优质地打出直井而战斗。铁人和队干部打开刚从井下提出的测斜仪，取出表格紧张地看着，虎背熊腰的队长高兴地叫起来："有门儿！还不到一度！"铁人望着他满眼红丝、脸上的油污，疼爱地笑道："辛苦没枉费吧，猛虎队会捏着钻杆绣花了……甭光咧着大嘴笑，鬼地层还没闯过去哩！"说着便脱下棉袄干活去了。一会儿滚钻杆，一会儿拉猫头，那么洒脱欢快，活像鱼见了水，虎上了山。要不是大队部来电话催，谁知他要干到什么时候！

直到走出井场，他还恋恋不舍地回头望着说："你注意这个队长了没有？这是个铁胆英雄。那年，拖井架挂断了采油树，油冒了几十米高，人上不去。他和三个工人拿个闸门，一下就冲进去了。到我跑去，他已经安好了闸门，自己可淋得成了个油柱子。我们的工人多好呀！"

吉普车在洒满月光的公路上飞驰着。他像是看见了什么，就减速停车，下去向谁招呼着。下车一看，原来是一位瘦高挑儿钻工，抱着个发烧的孩子要到医院去。铁人吩咐司机去送他。我俩便步行回大队部去。

草原上的秋风，吹得人头脑清爽，我俩踏着从树行里洒下的斑斑月光，边走边谈。铁人笑道："甭看他都当了爹，在我心里，他还是个娃，1960 年打生产试验区的时候，我连病带累昏了过去。忽听耳边有人哭，睁眼一看，是他和几个老战友，正蹲在我身旁落泪。他们说：'你不能再这么拼了，看你的脸都变形了，再这么拼，你就要……'我说：'不就是个死么？一个死字就顶破天了！说句骨头里的话吧，我是豁出来了，只要上午拿下油田，下午倒在钻台上也是痛快的！'那会儿想，这就是个大考验了吧，可谁知道，世界上还有比那更艰苦的仗火，还揪心的考验咧！"

在寂静的公路上，铁人突然对我说："在枪林弹雨里眉都不皱的人，可不一定受住委屈和误会。你看，我是个轻易掉泪的人么？眼泪，当不了子弹，顶不了油烧，流那有啥用？可有时也不由人啊！一回，我气不过，到工委去了。推门一看，首长正站在开发大图前头出神哩，我心里嗡一下！心里说：‘王进喜啊，领导的肩膀上扛着多重的担子啊，他们都是两鬓苍苍的人了，你不说给分担点儿压力，还去打搅他们么？’我把门轻轻关上走了。在荒草甸子上我就想着：是敌人，我扑上去拼，是大火，我冲进去救，可这算怎么回事？我该咋办？不知怎么，眼泪就冒出来了……哎，去他的，流这咸水子做啥？袖子一把擦干，干我的！”

后来我接到了一项新任务，去向铁人辞行。他的关节炎又犯了，却硬要送我，我望着他不灵便的腿脚，不禁心头一热，劝他注意身体，他爽朗地笑笑，说：“倒不了，还能再拽它几十年犁哩！”有人给我说：“你别拐着拼命了，黄牛力尽刀尖死。”我说：“我还忙着哩，顾不上去死！”他把我说得也解开眉结，放声大笑了。

四

1965年秋，我一腾出身子，便搬到铁人房中去住。这时，他已担任了钻井指挥部副指挥，但仍像他在井队那样，他在家，屋子里川流不息；他出去，身边是团团人群。他们，有的是来谈心的老战友，“告状”的家属；有的是要他伸手相助的各方职工，要他排解矛盾的干部。我笑说：“你走到哪儿，哪儿就是接待站。”他苦笑着说：“有什么办法？咱们是共产党嘛！这些不上串的事，没头官司，总得有个人管嘛！别人听来，不过是零点几的事，他本人就是个跨不过去的大事。同志啊，家属大嫂没油烧，几十里外的钻工就觉着冷了。咱不能把马列主义、党的政策光放在书架上、文件夹子里嘛！对不？”

一天，他带我去家属基地。路上，望到个高大背影，他刹车下去喊一声，那人扭过头来，发出惊喜的憨笑。铁人把他拽在树下，二人吸着烟唠家常。原来，他俩是在旧玉门一块喝过沙子稀饭的苦弟兄咧，铁人关心地询问他的生活和困难。他不是嘿嘿一笑，就是简短地回答一两个字，只是在送铁人上车时，才深情地说了句：“你拿的印重了，摊场也大了，不懂的多问问人，多拜几个师傅！”车子开动后，铁人叹口气说：“这才是那老黄牛呢，吃的青草，出的死力。你想从他嘴里听个‘苦’字，提点儿个人困难？难！就靠这些人撑咱的江山呢！对这样的好同志，我们要不主动关心他们，光让奸人、骗子捞油水，还算什么社会主义？你说对了，年纪大了，也没个文化……把他们集中起来，搞技术革新？好！就集中到管子站去，三结合，搞钻机改革，还学点儿文化！他们不只是对钻机熟悉，还知道工人疾苦。就说那个‘猫头’吧，不知害过多少钻工，可就是改不了，有些同志就是不知工人的心咧！”来大庆学习的人们，不是从会议和电话里认识这里的党委和领导同志的，而是在队伍的作风里，活在家属和职工心中的形象中，深知和热爱他们的。就说这个钻井家属基地吧，从幢幢干打垒到节节捡来焊起的水管线，从孤儿身上的棉衣到白手起家的小学校，哪一处不洒下钻井党委和铁人的心血！

我俩来到托儿所，刚踏进外门，就听见一个小娃的号啕哭声，铁人疾步推开保育室的门进去，只见一个小娃正坐在地上哭鼻抹泪。铁人提高声音问：“阿姨呢？”一个敦实淳朴的中年职工家属，抱着个孩子匆匆走来。铁人激动地批评她，历数钻工们在一线如何苦战，为啥你却任由他们的孩子哭……她宽厚地望着铁人笑着、听着，不作声，不辩解，倒像是铁人在表扬她似的……赶我们回去的时候，一位干部随车到前边办点儿事，当他到了地点下车时说：“老铁同志，那阿姨是个好同志，她抱的是别人的孩子，坐在地上哭的那个娃，倒是她的亲骨肉咧！”铁人睁大了眼：“噢？……咳！”车子正起步前驶，他喊道：“掉头，回去！”小车急扭过头，冲向托儿所。一下车，铁人就闯进门，四下找看，发现那小娃已洗净了泪脸，正坐在小凳上抱着球玩，他一把举起来看着，看着，紧紧地搂在胸前。

晚上，我正在写日记，铁人开完会回来，抖落身上的雪花，坐在那里默默地卷烟抽。忽然，他问道：“写什么？日记？你该把今天的事写一下。”“写什么？那位阿姨么？我了解得太少了。”“井不在多，喷油就好！写我，我有多少好写的？看今天那位大嫂，把自己的亲骨肉放在地上哭，手里头可抱的是阶级弟兄的娃！这不说，叫我乱轰了一通，把功当过地批，她不还嘴，不生气，就那么笑呵呵地听着。老兄啊，你我能办得到么？天天说英雄，这才是那英雄咧！”说着他站起来，向我历数着一位位无名英雄，一个个良师诤友。从老首长到普通钻工；从玉门的师傅到大庆的老乡，凡是对他严格要求，深刻教育的人，他都记着，怀念着。原来，他心上刻印着这么一卷辉煌的无产阶级名册！最后，他长出口气说：“我一想起这些同志，想起这些活着和死了的无名英雄，我就问自己：‘你能达到这些同志的要求么？你能代表他们的心愿么？你不能少做点儿低水平的事么？’”

熄灯时，夜已深了：好一阵子我还听见他在床上辗转反侧。铁人啊，你在想什么呢？工人们说：砸碎了铁人的骨头，也找不出“我”字的渣渣来！哪个想革命的人，不为你的无私无畏感动？不在你一向严于律己的精神前深省？你自己就是千万无名英雄的代表啊！要不，你是太累了，关节炎又在折磨你了吧……啊，是了，是那位阿姨，那些你热爱的无名英雄，又站在你眼前了，和你在无声地亲切交谈了。

风，擦屋拍窗地飞过。草原上，又该是雪舞长空，风撼井架了。我仿佛看见：茫茫雪原上，横贯着一支前进的大军，铁人和他的战友们正挽手携臂，同生共死，面迎暴风雪走着，走着。

再过几天，我就要暂时离开大庆了。铁人约我去看一个人。“谁？”“今年我还托你给他家捎过粮票和钱的。”啊，是那位在1963年牺牲的钻工张启刚同志。我自然很愿意去，可为什么铁人要在我临行时去扫墓呢？车，行驶在洁白的雪原上，今儿天大放晴，白雪红日。阳光下，公路边树行的雪枝冰挂，发出异光，茫茫雪原上，像撒下根根银针，闪烁夺目。

铁人今天也兴致勃勃，话头不断：“你那首写玉门的诗，我看了。为什么要把采油树写成圣诞树？咱中国工人没那么叫的，也没那么想的。‘那个卖火柴的女娃’是怎么回事？”我结结巴巴地介绍了这个外国童话。他笑了：“故事编得还有点儿意思。可就是没劲儿，娃娃到死都是稀里糊涂的。看咱们的白毛女！”尽管我深知铁人是不分生熟场合，耿直刚正、死认真理，但这一军将得也够我想半天的。这个严正批评，像烙印似的，虽有些疼，却印得很深。铁人看看我，接着说：“工人们伸手等着你们写的好书咧，这文章，要叫人看得坐不住，站起来！不能把人看得腿软了，躺下了。就说写风雪吧，也不能叫人怕。杨靖宇同志不就是在大雪封山时候战死的？死了脊梁还直着。日本人把肠胃剖开一看，尽是棉絮草根，同志，尽是棉絮草根啊！咱们，是杨靖宇同志的后代呀！”

到了坟前，铁人走过去，默默地望着盖满白雪的坟丘。那目光，就像射穿了土层，望见了战友的亲切面容似的。这时，我想起了那位鬓有白丝的烈士的母亲坐在炕上向我倾诉的情景。铁人好像看见了我的心思，问道：“老人的身体怎么样？粮食富余么？你揭开面缸米瓮看过没有？该揭开看看，那咱就放心了。”说毕，他向坟边一所小学大步走去，告诉迎出来的老师，要在坟上栽树，带学生来祭奠。他说，“要告诉咱的后代们，大庆不是地下蹦出来的，红旗不是从天上飘下来的。要忘了这些烈士，忘了毛主席和党，还得去当杨白劳！谁反红旗、反党、反大庆，就和他拼。要不就对不起烈士洒在这儿的鲜血！”归途中，我不禁想了许多。那些我曾看护和掩埋的烈士，那些从我身边摩肩接踵扑向战火的战士，那些无药可治眼睁睁病逝的同志，又一一涌向心间。我曾像铁人这样经常地怀念他们么？这样经常站在烈士坟前去汇报么？直到下车的时候，我才发现铁人一直沉默着。他，在想些什么呢？当晚，我打开日记本，思索着今天的一切。忽然觉得：我对身边的铁人，理解得何等肤浅！在他肩上，不只是国家缺油的压力；在他心中，也不只是阶级的友爱和同情，他那朴素的工服里，胸怀着一颗包藏整个无产阶级和革命人民的红心！他身上的细胞、神经，强烈地反映着他们的甘苦，心愿，感觉，悲喜！所以，他才有如此敏锐的政治目光，坚韧不屈的脊骨，彻底清醒的头脑，扎实坚定的脚印。

五

我抚摩着那泪痕未干的笔记本，铁人那面迎风前进的身影，临终前以生命之火燃着的光辉火炬，又一一在我面前出现。

铁人啊，在那黑云翻滚时，你为啥要冒险步行几十里又去“第一口井”呢？当你又摸着卸车台、水井时，难道，仅仅在回顾战斗岁月么？

在 1973 年刚过了春节的时候，我乘车到回收队去，天阴得很重，不时撒下细碎的散霰，越向前去，公路上就越冷落；车窗外，只有间或闪过的灰色井房，我眼前，似又重见铁人领着回收队职工，肩扛废木料，挑起旧砖瓦，面迎白毛黑风，一步一个脚印地向荒草甸子走去！

下车后，举目四眺，好啊，排排工房、库房，修复的井架、车辆，回收的堆堆钢管器材，铁人在这块荒草甸子上，带领职工靠着铁肩大手，又打出一个新世界！到屋里，我听着同志们朴素而动人的介绍，他们的语言、思想，都流露出铁人的气质风格。我望着头上那弯曲的旧椽，木板钉成的长凳，恍惚觉得，铁人就在身边，那紧闭的风门就会一下推开，铁人又披着满身霜雪，向我伸出大手朗朗大笑地走来……

这里，处处都能觉察到铁人那急促而坚定的脚音。我站在正在修复的井架旁，它的每个螺丝，每寸钢管，都是他和工人、当地社员，从各处点点滴滴收集来的。这一个像多节竹竿似的扶梯栏杆，仅仅 8 米长就焊了 23 节的废钢管，也可以叫作“百衲井架”吧！我望着这井架，就又想起第一次见到的铁人，那么朴实、刚强、敦实。他，就像这座井架，渗透着群众的血汗，生根于大地，俯望着山河，迎雷电、逆狂风、挺钢骨，屹立于天地间！

这儿，是 1970 年冬末为支援新区装配活动房架的地方。天寒地冻，野外作业，调谁呢？铁人回去领着他亲手带出来的有名的 1205 钻井队，踏着冰雪来了，把会战的篝火又点起来了。周围有人说：老队长怎么叫标杆队弄这个？有的说：要弄也该给点儿好料，是 1205 队出的活儿呀！铁人正在抬钢架，听见这议论就放下钢架说：“什么是废料？只有废人哪有废料！要有好料干露脸活，还用着咱们来？！”他走近向他围来的钻工们说：“同志们，1205 队的标杆队是怎么打出来的？没有后勤同志的点点汗水，兄弟单位的颗颗红心，党和人民的妈水心血，能从地里蹦出个标杆队？要光喜欢戴红花、上台子，学了那说空话、卖假药，就非毁了不可！叫你们来，不是为了焊几座房架，是要咱再点起会战的篝火，烧烧娇气，逼逼邪气，再炼炼无产阶级的正气！”如今，在我脚下，只留下篝火的灰烬。

天空，开始飘落着雪花，暮色，也降临了。我在屋中靠床歇息，手摸着粗糙干燥的墙壁……在刚垒起房开始搬家的时候，铁人就硬要搬进湿房子里，直到关节炎犯了，半身发麻，也不搬走。是啊，他什么时候管过自己呢？就连我住在他对面的时候，也只有在我醒来，才能听到他几声呻吟呀！可是，就在他临终前，癌疼折磨难忍的当儿，他还记着家属基地有了臭虫，他叫人买了几十公斤敌敌畏，并详细叮咛用时要注意安全，撒过以后给他汇报。可是，他再也见不到这份汇报了！他郑重嘱托要把大庆所有的烈士和工伤同志，登记造册，按期慰问查访家属和解决困难，并要把名册送去过目。可是，他再也见不到这份日夜牵心的阶级弟兄花名册了！

雪，越来越大，天，阴得漆黑。我打开灯，坐在桌边，用手抚摸着这张铁人用过的桌子。在这里，你接待过多少远道来访的战友！ 1970 年春，在你听到老采油工向你反映无政府主义和浮夸作风，引起生产损失的时候，脸都气白了，说：“要顶住！大庆，是毛主席的大庆，7 亿人的大庆！就是舍出这一腔血去，也不能丢掉‘两论’起家、三老四严的命根子！也不能看着不管！”不也是在这样一个风雪之夜，就在这张桌上，你向周总理义无反顾地上书直言！什么井喷灾火，什么敌人围攻，你举铁笔向那庞然大物战斗的气概，“英勇”二字岂能表述！你那封挟雷带电的报告，到今天还轰鸣大地，灿照长天啊！

从一个含着感激热泪走上钻台，为报答党的恩情而舍身苦战的钻工，到肩负国家压力，以生命和鲜血进行会战的闯将，到胸怀工人阶级、中国人民，为共产主义理想征战的高度，这就是王进喜同志的灵魂所在。

原载《人民文学》1977 年 06 期

“人工天河”屹立太行

——1959年建红旗渠纪实

陆幸生

“红旗渠”，一代人的集体记忆。它是艰难岁月不屈不挠的精神代表，也是创新思维的伟大音符。

周恩来总理曾经这样向国际友人介绍：“新中国有两大奇迹，一个是南京长江大桥，一个是林县红旗渠”。

2004年4月，原名“引漳入林”工程的红旗渠通水已经整整40年，周刊记者来到这里，实地采访了特等劳动模范任羊成和当年主持修渠决策的县委原第一书记杨贵。

杨贵说，红旗渠有“超级机密”。

杨贵这种具有林县人特征的性格没少让他尴尬。在那个大放卫星的年代，他只能眼巴巴地看着别的县委书记们在毛泽东的面前慷慨激昂。

翻开由河南作家王怀让等撰写的《中国有条红旗渠》，第2页上这般写道：“讲解员小李指着前面一块大石壁上的一段刀刻斧凿般的文字，说那是当年率领群众修渠的老县委书记杨贵题写的‘赠言十水’，江泽民总书记走上前去情不自禁地念出声来：‘祖祖辈辈缺水盼水，红旗渠引来漳河水，水库蓄住了山谷水，红旗渠灌满庄池水，浇地渠库池齐放水，一渠水可顶两渠水，平整土地合理济水，大家都来节约用水，关键保好渠管好水，林县就不再缺水。’念完后，总书记连连称赞。”

用劳模任羊成的话说，杨贵比他小一岁，今年75岁了。杨贵生于河南当地一贫苦农民家庭，14岁在中国共产党动员抗日反对内战的号召下，参加了抗日和反对国民党苛捐杂税的斗争。16岁加入中国共产党，先后担任村和区的抗日救国会主席。

1947年7月，在战斗中负伤，未愈，即赴淇县前方指挥部工作。1950年任中共汤阴县宣传部部长，1952年12月，调任中共安阳地委办公室副主任。

据记载，淇县为“封神榜”时代姜子牙“姜太公”的故地，汤阴是民族英雄岳飞的家乡，而安阳，用毛泽东的话说，是曹操起家的地方。中原大地汇聚着的民族英豪之气，想来也一定包裹着、浸润着当时年仅20多岁的杨贵的心灵。1954年5月，26岁的杨贵调任中共林县县委书记兼任人民武装部主任。杨贵从此在林县一干就是21年。

在《红旗渠建设的回顾》中，杨贵这样写道：“修建红旗渠，首先遇到的是经济问题。当时县财政的收入十分薄弱，等到形势好转后再修建，会出现什么情况，很难预料。山西同意引水这个机会不可失，错过机遇，林县人民可能永远吃缺水之苦。那么，依靠自力更生，林县经济实力这张‘荷叶’，能不能包住修建红旗渠这个特大的‘粽子’？”但是，关于“县财政”问题，在采访所收集到的各种材料中，几无涉及。

《中国有条红旗渠》的第29页上有这样一段话：“杨贵这种具有林县人特征的性格没少让他尴尬。在那个大放卫星的年代，他只能眼巴巴地看着别的县委书记们在毛泽东的面前慷慨激昂。”这是一段内涵极其丰富的记叙。

在林州，我接通了北京的长途电话，先请任羊成与老书记杨贵同志通话。随后，我与杨贵通话：“我是上海新民周刊的记者，在中学时代我就知道红旗渠，听过‘劈开太行山’的歌声；这次亲眼看到红旗渠，心中非常感动。我的体会，红旗渠精神主要有两点，一是艰苦奋斗，二是实事求是。我这样理解红旗渠精神，对不对？”我还特别提到，“在见到毛主席的时候，您究竟说了些什么？”

杨贵略一沉吟，在电话中他用很恳切的口吻说道——

“你的这个观点非常对。光靠不怕牺牲，不怕死，豁出命去，并不一定能建成红旗渠。修建红旗渠，是在1959年底做出的决定，以后的三年，属困难时期。前一年，是1958年，当时正在‘大跃进’，各地的浮夸风非常厉害。那年，林县小麦丰收，亩产114斤。我到地区汇报工作，是第一个发言的。个别领导听到我的数字，很不屑地说话：你们林县就是躺着不干，麦子产量也不应该这么低。他还问，你是按干小麦计算的，还是按照湿小麦计算的？你得加上‘水分’。我说，湿小麦比干小麦有分量，但我真不知道该怎么来计算这个‘水分’。

一边有人讲话，就算10%的水分吧。我说，加11斤‘水分’，林县小麦单产还就是125斤。在我后面发言的，就说自己县里边的小麦亩产400斤、500斤的。也有谎称亩产1000斤的。可是，后面事情就来了，上级收“征购粮”，那个县亩产1000斤，就上交500斤，留500斤也够吃了。那个县亩产根本没有达到500斤，但要交足500斤，还要担上‘自留了500斤口粮’的虚名”。

我告诉你，在1958年很风光的那些‘地方’，在后来的困难时期基本都垮了。

那时候‘大炼钢铁’，林县与附近两个县成立‘指挥部’，我任指挥长。地区要求要上15万人。我最终只‘上’了5万人。”

1958年11月1日，毛泽东离京赴郑州主持召开中央工作会议，途经新乡，在火车站召见豫北的几位县委书记，杨贵名列其中。毛主席握住年仅30岁的杨贵的手说:“林县杨贵，我知道你，听说你搞水利很有一套。”看到杨贵激动得额头沁出了汗珠，毛泽东风趣地说道:“不要这么严肃嘛，你们把衣扣解开，解开。”

毛主席问我，你这里大炼钢铁，去了多少人？当时在座的有省委副书记史向生，还有地委领导。我想，跟毛主席座谈，不能讲假话的。我说，我们“上去”了5万人。毛主席问话了，这么多人都住在什么地方？我回答毛主席，少部分人住在老乡家里，大部分住在野外。毛主席再问，住在野外，那生病的人多不多？我说，现在刚刚“上去”，生病的人不多，可是时间长了，会有问题的。毛主席继续问道，你们一天能够生产多少？我回答毛主席的问话，我们汇报有一天炼出200吨、300吨的，但是实际上，因为办食堂，老百姓的锅不用了，把砸锅的铁算上，也就十多吨“土铁”。毛主席打量着周围的人，问道，杨贵说的情况有没有代表性？省委副书记史向生回答，客观地讲，有代表性。我又说，今年是丰收年，可现在地里的麦子都收不回来，因为人都炼铁去了。毛主席说，千万不要再上人了，把大部分人撤下来，收粮食，搞水利；留少部分人炼小高炉，就可以了。

1959年，林县再度遭受严重旱灾，河渠断流，井塘干涸。杨贵狠下决心，多次召开县委会议，大胆做出引漳入林，修建红旗渠大型水利工程的决策：向山西的浊漳河“借水”，劈开太行山，建造人工天河，把水引进林县。

当时，尤其是省里及相邻县的干部们，心头有个大疑惑，修红旗渠，林县究竟有多少家底？这是林县的“超级机密”，当年除了杨贵和县委几个主要负责人以外，省里和地委谁也不知晓。几年后，超级机密“露馅”了。原来杨贵和县委一班人趁着1958年丰收，也没有因虚报产量而多交征购粮，悄悄攒下了四千多万斤储备粮，“私设”了一个200万元的“小金库”（尽管这些资金和粮食，远远不够后来修建红旗渠的需求）。“上面”派来调查组，县人民银行行长受到党内警告处分。调查报告送往北京，时任主管财贸工作的副总理李先念阅后说：“这不是什么大问题，不要把它看得过重了，动用这个钱合情合理，只不过有点不合乎当时的规定。”

在林州，任羊成跟我说了一个“林县组织部部长被撤职又被复职”的故事。回到上海，我再次跟杨贵打电话，询问此事。杨贵首先在电话里说了一句：我非常敬佩老一辈的无产阶级革命家谭震林。

那时处在困难时期，有的老百姓在挨饿。红旗渠建设经受着严峻的考验，资金、物资供应都非常紧张，一部分干部、群众，对于修建红旗渠的认识也不一致。1961年7月初，中央书记处书记、国务院副总理谭震林到河南七里营蹲点。他参加了中共新乡地委在豫北宾馆召开的会议。有人向谭震林反映，林县群众没有饭吃，把树皮都搞光了。“林县的书记杨贵还把‘引漳入林’改名为红旗渠，为了‘挣红旗’，不顾群众死活。”谭震林听到这话，火了，就说道：“这样的死官僚，要撤职。”千人大会的气氛顿时紧张起来。在小组讨论的时候，县委组织部部长说，杨贵很注重调查研究的，领导批评“不符合事实”。这个话反映上去，谭震林说，还不认识错误。于是，地区领导就决定，撤销这位组织部部长的职务，调离林县工作。同时决定，第二天召开地委委员扩大会议。

我是地委委员，来到安阳开会，感到气氛紧张，有些同志不敢跟我讲话，也不敢握手。相熟的一位同志，趁着中午来到我的房间，悄悄说，要注意啊，中央领导点你的名了。就说了这样一句话，赶紧走人。

第二天开会，有三十多人参加，参加会议的还有中南局、河南省委和国家农委的同志。省委副书记史向生是了解我的，他从台上传了张条子给我。上面写着：尽快发言，认真检讨。我懂他的好意，快做检讨早过关。我没有按照那个意思讲话。我说：修建红旗渠，不是组织部部长主持决定的，如果说修建红旗渠是错误的，要撤就撤我的职。毛主席说过，共产党人有“三不主义”，不戴帽子、不揪辫子、不打棍子，不能因为组织部部长说了不同意见的话，就撤他的职。我还说：农村出现问题，应该实事求是地分析一下原因，只责备下边，我不赞成，况且这也纠正不了错误。事实上这些问题和责任也不只是在下边。

我这样讲话，是有点“说完了就随便怎么处理”的意思，但是坐在台上的谭震林没有发火，也没有批评。

地委书记宣布休息，有十多位县委书记上来跟杨贵说话，你今天可讲出了我们不敢讲的话。杨贵回答，我不同意撤组织部长；要撤，撤我；请地委将我的意见上报中央和省委。会后，没有发言的谭震林，立即组织调查组来到林县，结果是有人“讲了假话”，杨贵讲的是真话。组织部长随即复职。

“文革”开始，1966 年 9 月 21 日，有数百人到林县要揪斗杨贵，遭到林县上万群众的包围。“走资本主义道路的当权派”杨贵在医院做阑尾手术。中央知道了河南及林县的情况，周恩来要谭震林通知河南省委，邀请杨贵“参加国庆观礼”。然而，因为“阻拦”，杨贵未能成行。后来，谭震林遇见河南省委的同志，问起此事，有人汇报说：杨贵在林县“挑动群众斗群众”。谭震林反问道，他们为什么到人家林县地盘上去造反，打他们活该。

杨贵说，我真是敬佩老一辈革命家，光明磊落，敢作敢为。

1973 年 8 月，在中国共产党第十次全国代表大会上，杨贵被选为中央候补委员；11 月，周恩来总理提议，调杨贵同志任公安部核心小组成员、副部长，兼任中共河南省委常委、安阳地委书记、林县县委第一书记。

林县人民苦战十个春秋，削平 1250 个山头，架设 151 座渡槽，打通 211 个隧道，修建了全长 1500 公里的红旗渠。周恩来总理曾这样向国际友人介绍：“新中国有两大奇迹，一个是南京长江大桥，一个是林县红旗渠。”

通水 40 年，红旗渠总引水量 85 亿立方米，历年灌溉面积达 8000 万亩次，增产粮食 15.9 亿公斤，发电 4.7 亿千瓦时，共创效益近 17 亿元，相当于总投资的 23 倍。

1995 年 4 月 14 日，中共中央政治局常委、书记处书记胡锦涛参观红旗渠青年洞，他说：当年林州人民在那样困难的情况下，能把红旗渠修起来，真不容易。红旗渠精神在改革开放的年代，仍需大力弘扬，希望你们利用青年洞、神工铺等景点，办成青少年教育基地，继续发扬红旗渠精神，再创林州辉煌，谱写好林州发展四部曲。

在林州，我听到一个花絮：离休后居住在北京的杨贵，在院子里修了个全北京独一无二的“水窖”。我在电话里问他，有这个事吗？杨贵回答：就是修个蓄水池，想起红旗渠，想到林县老百姓曾经那样子的缺水，我实在是舍不得浪费一滴水，天上的雨水掉下来，我就存起来，可以浇花。

父亲的两件珍藏

茅于美

我慈爱的父亲，以94岁的高龄，于1989年11月12日弃我们而去了。怀念他的悲哀，使我久久提不起笔来。父亲平素珍惜光阴，又十分善于利用时间，以他孜孜不倦的勤劳，加之健康长寿，所以留给世人的东西特别多。正如四妹于燕所说："真想写一点文章，可是他的事情那么多，无论说到哪一二，都会涌出几万字，真难下笔啊。"是的，这也是我迟迟动不了笔的另一个原因。我每触动一缕思绪，他老人家的事迹就像泉水一般趵突而出。我担心这泉水流失无踪，竭力要把它堵住。然而奔流的泉水，岂是人力可以长久堵塞的？我只好控制它缓缓流出，使我能一掬掬地捧给世人。

若把人的一生比作一株树木，那么父亲这棵树的主干部分是：他对教育的贡献，尤其是在抗日战争时期，辗转跋涉到贵州平越办大学的艰苦历程；他在桥梁工程上的建树，钱塘江铁路公路大桥的创举，武汉长江大桥的精心设计；他对人才的赏识、爱惜、培养和扬长避短的安排使用；他的爱国主义精神……那些感人的事迹大多已见诸公开出版物。我这里采摘的是旁支侧条上的几片绿叶，虽不起眼，却耐人寻味。

父亲年逾八十之后，好几次有人提出要替他写传记，后来也有人写了，但他本人对这事始终不热心。问到他，他总是婉言谢绝。他的著作里对自己的一生历程有所反映，有的已出版了，有的尚存手稿。他的《钱塘江建桥回忆》一书里有一篇《征程六十年》和《附录》，约略记述了他的一生大事，他认为已经可以交代过去了。作为他的长女，我总觉得责无旁贷，暗地里为他写了十章类似传记的文章。我曾读过两章给他听，他听后半晌沉默不语。后来说："这些东西在我生前最好别拿出来。”我体会他的意思：写传易流于溢美。“被人恭维，是极难堪的事。”他带着幽默的微笑说。他喜欢朋友，爱和青少年交谈，最怕被“拔高”，以致被“孤立”起来，弄得“高处不胜寒”。

父亲自云出生于镇江一个“寒士之家”，早年读书出国学习，全靠成绩优良，公费资助。他深谙稼穑艰难，钱财不易，所以对物资非常爱惜。比如，他用纸张十分节省，稿纸信纸从不浪费。写个小条，一定用写废了的纸，并裁成小条，不用整张的纸。他不但爱惜东西，还长于整理东西。他的文稿、书信、文件、照片甚至底片全部分门别类，按年月编集成册，别人看来，一目了然。他的几部手稿都是在“文革”后期整理成册的。他用购物的硬包装纸，亲手作成封面，再用家人裁衣剩下的绸缎下脚料，匀匀整整地粘好封面，装订成册。各本尺寸标准一致。在每一本手稿封面左上角贴上分类标签，用毛笔正楷书写题目。它们陈放在玻璃书橱里，像是正规出版的一套丛书。这套“丛书”内容丰富，且很有特色，我仅举《盛典存柬》为例，即可说明。

这是一本什么样的书呢？

说来也怪，这是一本别人会进字纸篓的、过了时的纸片汇集而成的书，每一张都是他参加过的各种会议的请帖。

新中国成立前，我家住在上海铜仁路。这本纪念册上贴的第一张就是上海市人民政府在1949年邀请父亲参加会议并便宴的通知和请帖。不久，父亲到北京工作，参加了政协，请帖就年复一年地多了起来。那张印得典雅精致的是开国大典的观礼请柬。四十年来，每逢五一节、国庆节天安门城楼上观礼的请帖，除了父亲有出国任务和“文革”期间有所缺漏外，都收集贴在这个册子里。

那时父亲住在北京东单西裱褙胡同，他在胡同口的一家文具店购买彩色纸，裁得一样大小，装订起来，把这些会议通知，参加文艺晚会、宴会的请柬（甚至当天菜单），按年月为序一页一页地贴得规规正正。从1949到1989，跨度四十年，这些旧纸片聚集起来，也从一个角度反映了新中国成立以来，历史发展的缩影。父亲订好后，给我看了，就为它取名《盛典存柬》。父亲说这个名字取得不错，就用毛笔在封面题签条子上，写上这四个大字。这个本子经父亲亲手装帧，古色古香别具一格。当时这本东西只不过是父亲忙里偷闲弄着玩儿的。然而今天翻阅，这些无意中收集的“一次性使用片”，怕难以有人收集得如此齐全了，它作为一套国事活动的原始文献，具有文物珍藏的价值。手稿之外，给我印象很深的是他和两位老朋友一同编纂选录的九本《桥话》。这九大册是些什么内容呢？说来也有趣。这是一套有如辞典一类的东西。在“文革”后期，他和朋友觉得无事可做，而浪费光阴又觉得是莫大罪过。于是他忽发奇想。他老先生平日爱读些文学作品，他见中国古典诗词中涉及“桥梁”的诗句很多，于是他和两位老友认认真真工作起来。其中的陆公达老先生为找资料天天跑北京图书馆，早出晚归，翻阅全唐诗、全宋词、元曲及各家选本，把古往今来关于描写桥梁、歌颂桥梁，隐喻明喻，及桥边悲欢离合的典故，用工工整整的小楷，抄录在一式的稿纸上。父亲亲手装订，设计封面。日积月累，居然装订成厚厚的一套《桥话》。如今安放在书橱中，却也洋洋大观，可称是一部关于桥梁的文艺鉴赏辞典。

父亲治学涉猎很广。不但在科学技术方面的理论和实践上多有建树；在文学艺术上，他也有浓厚的兴趣。床边枕边，常备有各种书籍。他尤喜中外古典名著，最欣赏的是莎士比亚和曹雪芹的作品，说是“百读不厌”的。对于文学，他还有一些独到的见解。如果陌生人听了会以为他是一位文学评论家呢。

亲爱的父亲离开了我们，每想起他，那端坐书桌旁、握笔凝思的神情宛如雕像一般呈现在我的眼前。是悲痛吗？不，是胜过悲痛的力量。它仿佛教诲着我，要把有限的生命投入无限的“奉献”之中，他曾经说过：一根火柴虽小，但它燃烧自己时却点燃了别的东西。父亲的一生也像一根从头烧到尾的火柴——不断地燃烧，不断地奉献，直到化为灰烬，一直到生命的尽头。

新中国科学家让《东方红》响彻寰宇

李克勤

我国将发射“神舟七号”飞船，这种时候我们自然回想起新中国的领袖在当年那么艰苦的环境下，果断作出发展“两弹一星”的决策，多么富有远见，新中国的科学家又是多么富有创新精神，创造气派！1970 年 4 月 24 日我国成功发射了第一颗人造地球卫星。按时间先后，我国是继苏、美、法、日之后，世界上第五个用自制火箭发射国产卫星的国家。

1970 年 4 月 24 日，中国第一颗人造地球卫星从酒泉卫星发射中心升空，在太空昼夜不停地向全球播放《东方红》乐曲和遥测信号，向全世界宣布中国已进入宇宙空间。

我当时刚上小学，周围的人们全都沸腾了，那时人们都聚集在收音机前收听来自宇宙的声音:《东方红》乐曲！我们的科学家把《东方红》乐曲，由我们自己的卫星带向天空！那真是激动人心啊！每当夜幕降临时，无数的老百姓仰望星空，按照广播指引的方位，用自己的眼睛去观看我们的卫星……

据现在已经公开的资料，我们对于那个神圣卫星有了比较全面的认识。“东方红一号”（Dong Fang Hong I/Red East 1）卫星是中国的第一颗人造卫星，由以钱学森为首任院长的中国空间技术研究院研制，当时共做了五颗样星，结果第一颗卫星就发射成功。该院制定了“三星规划”：即东方红一号、返回式卫星和同步轨道通信卫星，而孙家栋则是当时“东方红一号”卫星的技术负责人。1967 年，党鸿辛等人选择了一种以铜为基础的天线干膜，成功解决在 100℃至零下 100℃下超短波天线信号传递困难问题。“东方红一号”卫星因工程师在其上安装一台模拟演奏《东方红》乐曲的音乐仪器，并使地球上能从电波中接收到这段音乐而命名。

1956年，中国把开发火箭技术纳入国家十二年科学发展规划。1957年著名科学家钱学森等积极倡议开展人造卫星的研究工作。1958年毛泽东同志发出“我们也要搞人造卫星”的号召。根据这一战略考虑，中国科学院把研制发射人造卫星列为1958年第一次重点任务，揭开了中国向太空进军的序幕。广大科技工作者奋发图强，埋头苦干，克服困难，完全依靠自己的力量，踏上了征服太空之路。当时受到“大跃进”影响，曾提出过研制高能推进剂运载火箭、发射重型卫星和要在1959年国庆节将中国的第一颗卫星送入太空的设想。但这种设想脱离了中国的经济实力、科技水平和工业基础，因而缺乏实现的可能。1959年1月21日，中国科学院党组传达邓小平同志指示：卫星明后年不放，与国力不相称。据此，调整任务部署，提出“以探空火箭练兵，空间物理探测打基础，不断探索卫星发展方向，筹建空间环境模拟试验室，研究地面跟踪接收设备”的具体方针。通过贯彻这一方针，中国在火箭技术、航天器技术、有效载荷技术、姿态控制技术、轨道设计和发射技术的研究和试验，以及人才的培养和训练等都取得了很大的进展。1970年4月24日，中国第一颗人造地球卫星在酒泉卫星发射中心成功发射，由此开创了中国航天史的新纪元，使中国成为继苏、美、法、日之后世界上第五个独立研制并发射人造地球卫星的国家。

“东方红一号”卫星以火车运输时，铁路沿线每两根电线杆间由一位荷枪实弹的卫兵守卫。于1970年4月24日21时35分用“长征一号”运载火箭（CZ-1）载着“东方红一号”卫星从中国西北酒泉卫星发射中心发射升空，21时48分进入预定轨道。

“东方红一号”卫星的主要任务是进行卫星技术试验、探测电离层和大气层密度。卫星为近似球形的72面体，质量173千克，直径约1米，采用自旋姿态稳定方式，转速为120转/分，外壳表面由按温度控制要求经过处理的铝合金为材料，球状的主体上共有四条两米多长的鞭状超短波天线。底部有连接运载火箭用的分离环。卫星飞行轨道为近地点439公里、远地点2384公里、轨道平面和地球赤道平面为倾角68.5度的近地椭圆轨道，运行地球一圈周期为114分钟。“东方红一号”卫星除了装有试验仪器外，还可以以20兆赫的频率发射《东方红》音乐，该星采用银锌电池为电源。

“东方红一号”卫星设计工作寿命20天（实际工作寿命28天），其间把遥测参数和各种太空探测资料传回地面，至同年5月14日停止发射信号。

关于《东方红》乐曲的典故是这样的：苏联第一颗人造卫星的呼叫信号是嘀嘀嗒嗒的电报码，遥测信号是间断的。中国的卫星信号应该是什么样的？卫星总体组的组长何正华认为，中国应该超过苏联，发射一个连续的信号，且这个信号要有中国特色，全球公认。当时中央人民广播电台对外呼号是《东方红》乐曲，某种意义上《东方红》也成了“红色中国”的象征。出于对毛泽东的崇敬，何正华提出了卫星命名为“东方红一号”的建议。这些提议得到了专家的赞同。1966 年 5 月，经国防科工委、中国科学院、七机部负责人罗舜初、张劲夫、裴丽生、钱学森等共同商定，将中国第一颗人造卫星取名为“东方红一号”。1967 年初正式确定中国第一颗人造卫星要播送《东方红》音乐，让全球人民都能听到中国卫星的声音。

那个时代的人都记得我们熟悉的《东方红》！“东方红一号”卫星的发射成功使中国成为世界上继苏联、美国、法国和日本之后第五个完全依靠自己的力量成功发射人造卫星的国家。虽比苏联发射第一颗人造卫星“斯普特尼克一号”晚了 13 年，它的质量超过了前四个国家第一颗卫星质量的总和。从此中国正式加入了“太空俱乐部”，发射成功后，钱学森向中央提出中国应该发展载人航天事业，并提交发展中国载人航天事业的报告，得到毛泽东亲笔批示“同意”。

“东方红一号”卫星，反映着当时我国的经济、科技、社会和军事能力发展水平，是体现国家综合国力的重要标志，是影响国际关系格局的重要因素，是促进经济和科技进步的重要手段，对于增强民族自豪感和凝聚力具有重要作用。“东方红一号”卫星上天，在许多国家引起了强烈反响，国外纷纷发表评论指出，这颗卫星发射成功，“体现了中国一直在依靠自己的力量为人类的幸福和进步进行宇宙开发”“表明中国的科学技术和工业进步达到新高度”“是中国科学技术和工艺方面取得的突出成就”“中国掌握了先进火箭技术和制造出大型火箭的技能”。“东方红一号”卫星是全国各族人民在中国共产党领导下艰苦奋斗的结晶，是中国工人阶级、解放军、知识分子的杰出贡献。之所以能在较短时间内取得如此辉煌的成就，主要归功于党中央和老一辈无产阶级革命家，毛泽东、周恩来、邓小平、叶剑英、李先念、聂荣臻等老一辈无产阶级革命家，对卫星事业自始至终都倾注了大量的心血。“严肃认真，一丝不苟，稳妥可靠，万无一失”等指示，已成为航天科技工作者的座右铭。“东方红一号”卫星文化是“两弹一星”精神和航天精神的体现。在“东方红一号”卫星的研制过程中，我们依靠自己的力量，全国大协作，建立起了一个比较完善和健全的航天科学技术研究、设计、试验、制造及质量保障和管理体系，锻炼和造就了一支又红又专、技术水平高、能打硬仗、善于攻关、专业配套、老中青相结合的航天技术队伍。历史会记住钱学森、赵九章、郭永怀、钱骥、陈芳允、杨嘉墀、王大珩、王希季、任新民、孙家栋等“两弹一星”元勋对中国第一颗人造卫星的杰出贡献。

我们需要而且必须永远记住那个东方红时代的精神、气派，那是一个创业的时代，那是一个创造的时代，作为后来者只有虚心学习那种精神，认真总结那个过程。

前人栽树，后人乘凉，当我们享受前人留给我们的宝贵遗产时，如果连起码的良心都不讲，还要苛求前人，指责前人，那我们的后人会怎么评价我们呢？

我们在前人的基础上，超过前人，那是必然的，否则我们还有什么脸面呢？不过，现在更有现实意义的是，我们要学习当年的那代人，包括干部、工人、科学家，在社会主义大协作的旗帜下，艰苦奋斗，兢兢业业，任劳任怨的工作作风，那可是真正的财富啊！

毛泽东说：“世间一切事物中，人是第一个可宝贵的。在共产党领导下，只要有了人，什么人间奇迹也可以造出来。”我们的“两弹一星”就是雄辩的证明。

我们战斗在戈壁滩上

东方鹤

中央专委决定于九至十月份进行第一颗原子弹爆炸试验。此时，基地的主要建设如铁塔、控制、指挥、测试、光学以及飞机场、道路、通信等四十余项工程基本完工。试前各种设施的完善和调试正紧锣密鼓地进行，作为试验总指挥的张爱萍寝不安席、食不甘味，一颗心总挂在试验场的每件设施上。指战员无一不熟悉他当时的装束、笑容及身影。

一身褪了色的军装，总是那么严整，但常常被汗水浸透，一双深腰解放鞋沾满了沙尘，一个军用水壶总斜背在肩上，但往往是上午有下午就不存在了；一副茶色眼镜后面有时透出严肃，更多的时候是透出微笑和欣喜。

夏季的戈壁，白天如火，地表温度可达70多摄氏度，放进沙堆里一个鸡蛋，片刻即可烤熟。然而到了夜间，又奇寒难耐。后半夜起床，要穿上皮大衣。所以有“早穿皮袄午穿纱，围抱火炉吃西瓜”之说。但当时的基地，吃西瓜只能是节日的享受或特殊的待遇，平时吃水都十分困难。孔雀河水含矿物质较多，不仅水质苦涩，而且导致腹泻者高达60%。张爱萍动员改挖渗水井，组织从两百多公里外的地方往里运泉水。但毕竟人多水少，加之要保证建筑施工用水，因此，生活用水只能限人限量。早晨把一点洗脸水留在盆里，中午擦脸，晚上用以洗脚，然后再浇进菜地里，“一水多用”。平时洗澡只能是“干洗”（用手搓），谁也不敢奢望痛痛快快冲个澡或放开量地喝顿淡水。张爱萍和他指挥部的成员都是如此。

正因为这样，他每天到各工地、场、站去检查工作，每每看到指战员们嘴唇干裂而又挥汗大干，他就把随身携带的水壶送给他们，而他自己忍受干渴，到各工号、场地进行细致、认真的检查。除特殊任务外，从未间断。当时正值缅甸总理奈温来中国访问，基地官兵在背地里也叫起张爱萍为“耐温将军”了。

当时任保卫干事、现任某基地政委的张国佐将军回忆说：当年爱萍首长送给战士、工人的水壶难以计数了。他送出去一个，我们再给他准备一个，他看到哪个工号里缺水喝了，又把自己的水壶留下了。那年中秋节，当地政府慰问指挥部领导一些西瓜，爱萍首长当即决定全部送到医院里慰问伤病员。伤病员深知战斗在第一线指战员的辛苦，一致要求转送一线官兵。一线的同志又把西瓜送回了指挥部。张爱萍重新决定：医院和一线，一同分享。

享受到张爱萍关心的大有人在，而且大都记忆犹新。当年负责搞原子弹温度测量的上士李琳秀，三十四年后写了篇回忆文章，其中一个小标题就是“我坐上了张爱萍上将的车”，文中写道：

那是 1964 年 8 月的一天，天气异常炎热。我在 103 外场测量点装完探头底座已是下午 1 点多了，接着还准备到 108 站去安装。在路上一边走一边等车，来时携带的水已喝完。忽听到远处传来汽车喇叭声，车轮扬起的尘土使人看不清车身，但从响声判断是辆小车，也就没有招手拦车。不料汽车在我身旁突然停下了。仔细一看，是辆苏制吉普车，我有些诧异，这时车门打开了。“小鬼到哪里去？”转身一看，是张爱萍上将，他当时是中国人民解放军副总参谋长兼国防科委副主任，也是首次原子弹爆炸试验前线总指挥，大家习惯称他“张副总长”。我们虽然在场区常见面，可没有说过话。这次相遇有些不知所措。我急忙回答：“到 108 去。”“咱们是一路，上车吧。”“不用了，后面有车。”我不好意思地回答说。虽然在场区搭张副总长车的人不少，但我总觉得难为情。况且我还背着一大包零件和工具。大概他看出了我的心事，便说：“上车吧！没关系！快，帮他把东西拿上来。”见首长这么热情，我只好服从了。

坐到车里后，我显得有些拘束，张副总长首先和我说话了：“噢？你也是三个花花（我当时是上士军衔），咱们一样！”我笑了，车上的人也都笑了。顿时气氛轻松了。随后又问我的工作单位和搞的项目，还问我进场多长时间，拉肚子没有，站上拉肚子的人多不多……张副总长说：“解决淡水问题困难很大，让后勤部弄些‘酸梅精’放到水里会好喝些。”接着又说，“等试验成功了，咱们去马兰（生活基地）好好喝上顿淡水”。车在茫茫的沙漠中行进，很快就到了 108 测量点。此时，我该下车了。张副总长又转身嘱咐我，回去代问大家好，并转告大家现在晚上很冷，要盖好被子，以防后半夜着凉。这件事距今已三十多年了，但首长对战士一片暖融融的情意一直难以忘怀。

“令我难以忘怀的事情很多。”当年多次跟随张爱萍进基地的作战部参谋、离休前系第二炮兵司令员的李旭阁将军回忆说："爱萍首长十分关心基地的干部战士。他关心干部表现在严字上。他听取干部的汇报，不希望你拿讲稿。谁要拿讲稿，他就不听；而谁要对情况讲不清楚，对人名、数字含含糊糊，他就严肃批评你。他检查工作，问得很细，不光是问其然还要问其所以然。所以一度有的干部编顺口溜说：'不怕枪不怕炮，就怕张副总长听汇报。'其实，张爱萍是很能理解人的。你有什么困难、问题，甚至犯了什么错误，只要实事求是，他都会耐心地听，并帮助你分析原因、拿出办法，甚至亲自出面协调。对犯错误的同志从不另眼相看，反而常给予关心和安慰。""他特别尊重科学家和技术人员，尊重一切有真才实学的人。每次研究技术上的问题或制订一个新的计划，他都认真听取科学家、专家们的意见，而一旦决定，他就明确指示：任何人、包括指挥部成员都不准随意改动，不准任何人动摇、干扰科学家的决心和计划。他常对我说：'我不懂科学，而又要组织领导高科技工作，所以就没有任何理由不由衷地尊重他们、学习他们，并很好地为他们服务。我向来认为：对科学家最好的服务就是为他们创造一个充分施展才华和智慧的环境，使他们无拘无束无忧无虑而又不是无边无沿儿地从事他们所爱好的工作，不是无边无沿儿，就是始终有目标可奔、有章法可循、有集体可靠。'多年来，他就是遵循着这一原则来与科学家们相处的。所以，科学家们把他视为可信赖的朋友。干部、战士则把他视为亲近而又尊敬的师长。"

一次，他在朱光亚陪同下到21所检查试验前的准备情况。见两位负责一项已经确定准备好不需再动的项目的同志，还在反复检查。他就对他们说，你们不能老是翻腾，再好的东西也撑不住老翻腾。随后又问叫什么名字。回答说，一个叫贺成功，一个叫祝国良。张爱萍笑了，说："好啊，我看这次试验准能成功。我们有一个'诸葛亮'出主意，还有一个等着祝贺成功。这还能不成功吗？"在场的同志都笑了，都感到格外亲切。

有次，张爱萍经过东大山哨所。哨兵把他拦住，让他出示证件，并按规定让他换取进场的证件。随从不耐烦了，告诉哨兵："这是总指挥首长。"哨兵说："这就是总指挥首长规定的。任何人经过这里，都必须这样。"张爱萍对此甚为欣喜，当即就为哨所题了首诗："东大山哨要道站，车来人往夜不断。一丝不苟严把守，保卫钢铁运输线。"哨兵们深为感动，很快在半山坡上用碎石砌起了这四句诗，当成鼓舞和力量，时刻激励自己，并年年堆砌，年年整修。以至34年后，哨所虽早已撤销，但山坡上仍保留一片笔画已经模糊的石头诗，而"张爱萍"三个字却依稀可见。

1964年8月23日，中央军委、总政治部批准成立中共首次核试验委员会，由张爱萍、刘西尧等 31 人组成，张爱萍为书记，刘西尧为副书记，朱卿云兼秘书长；常委由张爱萍、刘西尧、成钧、张震寰、张蕴钰、朱光亚、毕庆堂、朱卿云、张志善、李觉、程开甲 11 人组成，后又增加了颜吉连、邓易非。不久，中央军委又批准成立首次核试验委员会。试验委员会由 68 人组成，张爱萍为主任委员，刘西尧、成钧、张震寰、张蕴钰、李觉、朱光亚、程开甲、毕庆堂、朱卿云为副主任委员，张蕴钰兼秘书长。其办事机构以核试验基地机关为基础，下设办公室等 8 个职能部门。李旭阁任办公室主任。

指挥部成员除张爱萍和刘西尧外，不是基地或部门的领导同志，就是科研单位的负责人或著名的科学家。每一个阶段性的任务明确之后，大家都以高度的事业心和责任感或深入基层或独当一面，去贯彻落实、督促检查。

前文曾提到这个时期正是国家经济困难时期，人民的生活普遍出现了困难。但是，祖国和人民没有让她的在研制核武器第一线的儿女们挨饿。周恩来总理亲自打电话给有关省的领导，为基地调拨粮、油、肉、蔬菜、水果及其土特产；聂荣臻亲自给各大军区打电话，为基地调拨物资；全国各地主动支援基地生活用品。张爱萍的夫人李又兰尽管不知道张爱萍率领一班人马在干什么，但知道他们在大西北生活艰苦，只要有从北京开往基地的飞机，她就给捎些蔬菜和水果。所以，在全国不少地区普遍困难的情况下，核试验基地并未感到有多大的困难。每到节日里还能吃到金华的火腿、符离集的烧鸡、烟台的苹果以及贵州的茅台酒。

为了丰富基地的文化生活，西北核试验基地还成立了文工团，办起了小报。张爱萍为其分别命名为“春雷文工团”“春雷战报”。借第一颗原子弹将像春雷一样震撼大地的寓意。节目大都是结合基地的实际生活自编的，内容丰富，形式多样，深受科学家和指战员的欢迎。一次张爱萍同刘西尧赴京向周总理汇报情况，返回的飞机上，刘西尧建议：军有军歌，团有团歌，你也为我们基地写首基地歌吧。于是，张爱萍就写了首歌词。由文工团谱曲，后来又经解放军艺术学院作曲家傅庚辰修改，在全基地传唱，当时的《解放军歌曲》还发表了。这首名为《我们战斗在戈壁滩上》的歌曲歌词如下：

我们战斗在戈壁滩上，不怕困难，不畏强梁；任凭天公多变幻，哪管风暴沙石扬。头顶烈日，明月做营帐。饥餐沙砾饭，笑谈渴饮苦水浆。我们战斗在戈壁滩上，自力更生，奋发图强。敢想敢干，突破尖端，攀登科学技术高峰，为祖国争光，人类解放。毛泽东思想永放光芒！

到 1964 年 7 月，第一颗原子弹试爆的准备工作基本就绪，就连效应试验项目的对象也已备齐。这些效应试验项目的对象包括飞机、大炮、坦克、汽车、通信工具、铁路桥梁、舰艇模型、防护工事、民用建筑、日用物品以及 1000 多只动物（即猴、兔、猪、羊、驴、狗，还有数量最多的大白鼠）均已布放在距爆心几百米到 8 公里的范围，借以研究原子弹爆炸效应。

为确有把握，张爱萍又组织有关专家和领导干部，对现场准备情况进行了一次深入细致的检查。

33 年后，当时参加检查的程开甲回忆说：张爱萍在检查中特别细致，我们没发现的问题被他发现了，大家忽略了的问题，他却抓住了。控爆系统有四个开关，第四个开关按下之后 9 秒钟就起爆。也就是 K 一、K 二、K 三、K 四——启爆！当操作人员打开第四个开关时，仪表上的针抖动了一下。张爱萍问，仪表上的针为什么动？有的没有注意到，注意到的也没当回事儿，所以没有回答。张爱萍又问，为什么前三次没有动？还是没有回答。张爱萍又问，仪表针动会不会影响起爆？将会产生什么后果？大家你看看我我看看你，仍然没有回答出来。张爱萍当即指示，要认真检查，切实找出原因。于是就逐个环节、逐个零件、逐个焊点的检查，最后发现是一个焊点没有焊实的缘故，如果照此起爆，将会引发难以预料的后果。我们对此深感后怕而十分庆幸，庆幸爱萍同志发现了这一问题。为了彻底避免类似的事情发生，张爱萍作出了“五定”的规定，即定任务、定人员、定位置、定设备、定职责，并在以后的多次试验中沿用下来。实践证明“五定”是保证安全、防止事故的好措施。

经过全面检查之后，决定 8 月 25 日前，完成各系统的安装调试；8 月 25 日至 30 日，全场进行单项和综合预演。预演就是一切按照实际发射的要求进行操作，除原子弹是仿真的外，其他都是真的。预演是对各项工作的综合检查。通过检查，确定能否进行正式试验。

周恩来对这次预演非常重视，直接电话指示张爱萍：要严格按照程序进行，为实弹试验摸索出路子来。

试验委员会制订了预演方案，按照程序组织了包括原子弹的装配、遥控起爆、测试、剂量侦察、效应动物布放、取样、回收成果、防护洗消、战术演习及指挥、通信保障的全过程。

自 8 月 25 日 12 时下达“预演开始”的命令后，从单项预演到综合预演，进展得都很顺利。直至把仿真原子弹吊上了铁塔，九院技术人员进入放着仿真原子弹的吊篮里进行安装调试时，即 8 月 31 日凌晨 1 时，突然刮起了暴风，风速达每秒15米，沙石弥漫天空，真是“轮台九月风夜吼，随风满地石乱走”，塔身剧烈摇摆，看样子随时都有被刮倒的可能。

站在铁塔下边的张爱萍及他的战友们对此十分担心。张爱萍赶忙用报话机叮嘱塔上的技术人员：“要沉住气，要抓住吊篮，我们的铁塔足能抗住这样的大风的。”其实，他心里也没有底，只是送出一个指挥员的安慰，给在惊恐和危险中的部属送去镇定和力量。

暴烈的狂风持续一个多小时后，塔上的同志用报话机报告：说由于塔身摇摆，吊篮被卡在铁塔的边栏间了，上下不得，左右不得。

张爱萍只好宣布演习停止，找工程技术总队的领导，商量解决的办法。天亮之后选派了一位技术工人王焕荣，为塔上的技术人员带上面包、香肠和开水，爬上铁塔。王焕荣把干粮送给吊篮里的同志后，找准铁塔边栏卡住吊篮的部位，用力一踹，居然把吊篮踹离了边栏！这确实是化险为夷的一脚！为此，给王焕颁发了个二等功。

排除故障后，演习继续进行。至9月1日预演胜利结束。大风带来了一次惊险，但终归是有惊无险。倒给预演增添了新的课题，对铁塔及各个系统给予了预想不到的检验，同时也确实发现有待改进的问题。

核试验党委号召各单位、各部门、各系统，对这次预演进行认真总结，切实做到不放过一个小问题，不带着任何问题进行试验；严格遵守“五定”的规定，并且修订了试验程序和指挥方法。

9月9日，张爱萍以他和刘西尧的名义向中央专委呈报了《首次核试验的准备情况和正式试验工作安排汇报提纲》。

9月16日、17日，张爱萍和刘西尧在北京向由周恩来亲自主持的中央专委会汇报了核试验预演和准备的情况，并就首次核试验的时间提出了早试和晚试两个方案。早试，即定于10月1日到11月上旬，进行试验；晚试则推迟到1965年开春以后。周恩来说，各项工作仍按原计划积极准备，试验时间待报告毛主席和少奇同志定。他还对张爱萍说，10月1日，一些国家元首要来参加我们的国庆庆典，我们利用这个机会同他们打个招呼，以防到时他们感到突然或一时接受不了造成误解。之后，他又强调说，此前不久，美国《商业周刊》发表消息说某大国要对中国核武器研制实行“绝育手术”，你们要研究相应的措施。同时也讲到专委会对此的防范部署。

9月23日，张爱萍和刘西尧应召到三座门会议室，听取周恩来传达毛泽东关于核试验时间的决定。当时在座的还有贺龙、陈毅以及刘杰、郑汉涛等。李旭阁做了认真的记录。

周恩来兴奋地对大家说，“我向毛主席和少奇等同志作了汇报，他们同意早试的方案”。原子弹“的确是吓人的”，主席有更大的战略想法是，“既然是吓人的，就早响”。这样，“任务是更重了，不是更轻了”“试验的时间看来需在20天以后了。10月有4次好天气，中旬可能赶上也可能赶不上，还有下旬一次；11月上旬还有一次，到11月下旬就不好了”“要把风向、放射性微尘飞散距离详细计算，搞出资料”。原子弹响了，影响就大了。万一不响，后果如何，还要找参加核试验的专家进行专门研究。周恩来周密地部署核试验的各项准备工作，指出：为了防备敌人万一进行破坏，由总参谋部和空军研究，作出严密的防空部署；由刘杰负责组织关键技术资料、仪器设备的安全转移；由陈毅组织外交部进行对外宣传工作的准备；张爱萍、刘西尧赶赴试验现场组织指挥；除我和贺龙、罗瑞卿亲自抓以外，刘杰在北京主持由二机部、国防科委组成的联合办公室，负责北京与试验场的联络；要规定一些暗语、密码。他还郑重地叮嘱：“一定要保护好我们自己的专家，东西要转移保存下一部分。不是破釜沉舟，一锤子买卖。”

周恩来向与会人员规定了严格的保密纪律。他说：“保密问题，不能假手许多人。我这次小病（指8月10日至20日因病住院做手术——编者注），传得很广。”“希望你们对家里人也不说，不要一高兴就说出去。邓颖超同志是老党员、中央委员，不该说的我不向她说。任何人不该知道的，不要知道。前几天开会的人（指出席中央专委会第九次会议人员——编者注），不一定通知。”“我们决定这件事也只是常委，军委两位副主席，彭真同志。”“这个时期就根本不要写信了。你们自己除公事以外，也不要为私人打电话。上梁不正下梁歪。你们今晚要开个紧急会，具体规定几条，从现在起就搞好保密，什么消息也不要漏出去。”“你们两人（指张爱萍、刘西尧——编者注）从今天起不要接见外宾了，埋头苦干，是无名的工作，决定了松不得。”

周恩来还对后到会的陈毅说：“你可不能讲啊！”陈毅知道周恩来是在提醒他在以外长身份接待外宾时不能说了出去。他操着四川口音爽快地回答：“我不讲哇！”

当天晚上，张爱萍召开紧急会议，研究落实周恩来的这些指示。会后，张爱萍向周恩来写了书面报告，并附上明密语对照表。

张爱萍向周恩来书面报告的明密语对照表中，标明设在酒泉基地的现场试委办公室，代号（即密语）为“20号办公室”；设在北京的负责中央有关首长办公室及军内外有关部门传递、报告与试验有关重要情况的临时机构，代号为“177办公室”；原子弹代号为“邱小姐”；塔架为“梳妆台”，把起爆前的最后一道工序插接雷管称为“梳辫子”。因为连接36个雷管的导线整齐地垂向电源，与其相接，像维吾尔族姑娘的辫子……

9月27日，张爱萍和刘西尧乘飞机返回基地。在飞机上，他俩认真研究了周恩来总理关于对这次核试验的多次指示和要求。为了便于记忆和贯彻落实，他们把总理要求的诸多内容归结为“严肃认真、周到细致、稳妥可靠、万无一失”四句话；又根据周恩来的指示精神，提出“一定保响，基本保测，确保安全”和“不放过一个问题，不带着问题进行试验”的要求。

当天下午即向基地全体参试人员传达了中央专委第九次会议精神，及周总理关于严守保密纪律的指示，同时还重点讲解了周总理对核战线的一贯要求：“严肃认真、周到细致、稳妥可靠、万无一失。”之后，又把这四句话写在了标语牌上。不少单位都主动张贴、悬挂起来。多少年来，国防科研战线一直把这四句话作为行动的准则。

也就在会议的当天晚上，张爱萍在他帐篷的门上，写了个大大的“响”字，以警示自己和其他同志：无论如何要保证响，一切的一切都要为着响！

在此期间，张爱萍还几次到气象站了解气象情况，特别重点分析了风向问题。因为原子弹爆炸后要释放出许多放射性物质。而发射场的西南边是印度、巴基斯坦等友邻国家，不能污染他们。这样只能选风向向东或无风的时间。发射场向东500多公里才到敦煌附近，对居民不会构成影响。但为防万一，张爱萍还是决定在下安民告示的同时，派出防化部队进驻这些地区，协助当地政府组织居民在核爆后留在室内，并对有关设施和农作物进行洗消。

对于美国《商业周刊》透露的某大国要对中国核试验进行破坏的消息，张爱萍认为宁可信其有不可信其无。因此，他在中央专委部署的基础上，又采取了加强防空力量和异地备用等办法。在此之前，试验基地曾发现有无名飞行物。张爱萍也曾动用空军进行高空侦察、追踪，地面也配备了高射炮。此后直至第三次核试验结束，再也没有发现异常现象。

直到24年后，著名核物理学家邓稼先的夫人许鹿希还给张爱萍来信询问此事。张爱萍在复信中谈了上述情况。九年之后（即1997年）的初夏，许鹿希又来信证实了此事：“关于1964年10月以前，美苏合谋想动用外科手术，即炸毁我国的基地之事，由于美国文件解密，已由Seabong和Loeb写入书中，书名Stemming the tide（《逆潮流而进》）。”

看来，当时美国《商业周刊》关于要破坏中国核试验的消息是准确的。只是由于中国总理周恩来作了周密的安排和部署，作为前指总指挥的张爱萍作了认真细致的落实，才使国际野心家未敢轻举妄动。

10月1日，张爱萍同基地领导等到驻守在罗布泊旁的巡逻小分队去慰问。这个只有11人的小分队，为保障试验场区的安全，风餐露宿，跋涉沙海，忠于职守。一次被大风围住了，粮食送不进去，他们猎取了一条野鹿充饥。历时4个月，胜利圆满地完成了任务，荣立了集体一等功。张爱萍代表军委和总部向他们致以了节日的慰问和祝贺，并代表试验委员会和党委向他们表示感谢。他们格外激动。小分队队长丁铁汉是个模范队长。他向张爱萍汇报了情况后，“要求首长题几句话”。张爱萍说：“这个容易。”遂当即蹲在地上，以木箱为桌，挥笔写道：

十一勇士赞

人民战士意志坚，巡逻戈壁不知难。
沙岭连绵浪细细，泊洼没膝泥斑斑。
饥餐美味猎野鹿，渴饮苦水心中甜。
露宿寒风待天晓，头顶烈日烧脚板。
追踪好似飞毛腿，挺险犹有丁铁汉。
八千里路风尘月，十一勇士美名传。

之后，张爱萍吩咐随行人员，把随车带来的青菜、猪羊肉还有几只来前才杀好的鸡送给小分队，并说，中午同大家一起吃饭。

开饭前，张爱萍从车里拿出一瓶茅台酒来，对大家说，这是周总理给我们调来的。全国各地都在支援我们。你们长时间在外边执行任务，这酒是慰劳你们的。遂亲自一一地倒进各人面前的饭碗里，把剩下的一点儿倒进自己的碗内。然后，端起碗来向大家敬酒：谢谢你们的辛苦工作，祝你们节日愉快！小分队的同志含着热泪一饮而尽。吃饭时，张爱萍又亲自掌勺，一个个地往战士碗里盛菜……

此时，有基地摄影家之称的陈书元正好赶到，迅即按下了快门。

临走，张爱萍又叮嘱工作人员，过几天，把他们接到指挥部去休息两天，让他们好好洗个澡、看场电影，还要给他们理理发……

10月4日，正式试验用的原子弹运抵西北核试验基地试验场区。张爱萍、刘西尧和各部门的主要领导与专家，对弹的装配、控制测试系统等重要部位均一一把关验收。

10月8日晚，王淦昌、郭永怀、彭桓武、邓稼先等专家乘专机来到试验场区，进一步把关验收。

此后，各基层单位又遵照张爱萍的指示，均采取领导、专家、群众三结合的方法，召开技术民主会，充分发扬民主，在“找缺点、补漏洞，不放过一个小问题，不带着问题进行试验”的思想指导下，对各项工作进行了最后一次总检查。

10 月 9 日晚上，张爱萍又一次听取了气象汇报。预报 10 月 15 日至 20 日之间的天气符合原子弹试爆的标准。张爱萍召开常委会，对试爆的准备情况逐项逐项地审核一遍后，又通过了关于试验准备工作情况及正式试爆时间在 15 日至 20 日间选定的建议之书面报告，遂签署上他和刘西尧的名字，此时，正是凌晨 3 时 10 分。张爱萍当即决定：办公室主任李旭阁天亮后即乘专机赴京，向周恩来呈送这一报告。

10 月 11 日凌晨 1 时许，周恩来审阅了张爱萍、刘西尧的书面报告，同意他们的一切布置，并派其军事秘书及一名机要秘书将报告送毛泽东、刘少奇、邓小平、彭真、贺龙、聂荣臻、罗瑞卿等审阅。同时，周恩来另给刘杰一信：“望告张（爱萍）、刘（西尧），同意他们来信所说的一切布置，从 10 月 15 日到 20 日之间，由他们根据现场气象情况决定起爆日期和时间，决定后告诉我们……”根据刘杰的布置，177 办公室于 11 日 20 时 10 分把周恩来的上述批示，通过加密电话以密语传达给 20 号办公室。

12 日 20 时 30 分，张爱萍、刘西尧召开试验党委常委会议，由刚刚返回试验现场的李旭阁传达了中央同意试验现场的安排和周恩来及罗瑞卿的指示。方针确定，大战在即。多少年的奋斗，多少人的期盼，将在这几天中成为现实，是成功还是失利，都在未卜之中。因此，与会同志既为中央的批准而深受鼓舞，又为大战在即而绷紧了心弦。一致认为，必须竭尽全力，千方百计保证试验的成功。同时决定再进行最后一次检查和审核，确保不带任何问题进行试验。

自 13 日起，核试验场各参试单位进入“临战状态”。他们根据试验党委常委的指示，对各个环节进行最后一次的寻漏补遗工作。

也就在这个时候，张爱萍决定率领科学家们去游览楼兰古址。因为他考虑到这些科学家们到基地后便一头扎到研究室里，日夜奋战，异常辛苦，而今试爆在即，“文武之道，一张一弛”，何不让他们放松一下、以利大战呢？于是，便动员并亲自陪同朱光亚、周光召、陈能宽及后来的王淦昌、彭桓武等这些平时足不出户的科学家，游览楼兰遗址。四年前，他第一次在空中看到古楼兰时，曾下决心不爆响第一颗原子弹不来看楼兰，而今为了科学家，也是为第一颗原子弹的成功，他破天荒地“失言”一次了。科学家们无不为此惊喜异常而又欢欣鼓舞。这不啻在他们四壁密封的工作间里猛然间注入几缕阳光、一阵春风，又像在他们漫漫的艰难跋涉中突然出现别一洞天。荒漠残垣，引科学家的目光去追寻历史的苍茫，异草奇石。令现代化的大脑陡增童趣。许多科学家都捡了些赭色的响石和各种各样的化石。

30年后，已进耄耋之年的王淦昌回忆起此事，赞叹道："在第一颗原子弹试爆的前夕，爱萍同志居然能组织大家来玩个痛快，这说明他临危不惧、举重若轻，确实有大将气魄。而我呢？玩的时候，心里还在嘀咕：原子弹能不能爆响呢？当然，那次游览，填补了我几十年的空白。"

10月14日后，张爱萍就把重点工作转入研究气象、确定起爆零时上。14日16时，他召集国家气象局和总参气象局等有关专家及阳平里气象站同志，会商气象。经综合分析认为15日、16日是好天气，唯有基地气象站预报员朱品德认为14日晚间将有大风，阵风可达每秒14至每秒16米。14日18时，试验党委常委会议定10月16日为试爆时间，具体几点几分，到时视天气情况再定。

经周恩来批准后，原子弹于14日19时20分上塔。晚上果然突起大风，风力达到每秒18米。又是一次黄尘蔽天，沙石飞舞。幸有预演时的经历和之后的准备，没有吃惊，更没有影响试验准备。10月15日10时30分，气象预报15日14时以后，风速转小到每秒6米以下，据此确定16日15时为零时。张爱萍从15日到16日连续四次听取气象情况汇报。最后一次16日3时30分，得出符合试验要求的结论。

此时，不，应该说在会商气象期间，张爱萍不止一次地想到大陈列岛战役，三军渡海登陆战遇到的棘手问题，也是气象问题。历史竟是惊人的相似。到时会不会也能让神话变成现实呢？

16日4时，戈壁滩一片寂静，高远的星空透出神秘，张爱萍和刘西尧等就在这星空下、神秘中，乘坐吉普车赶到试验塔下，去探寻真正的神秘——再次检查安装调试情况。

此时，李觉、陈能宽等正同技术人员一起，对原子弹进行安装调试，一切正常。16日6时，张爱萍在塔下接到基地气象处长韩云升的报告，说整个场区及云迹地带气象转好。张爱萍当即下达命令：8时插接雷管。

20号办公室也随即电告177办公室："邱小姐在梳妆台，8点梳辫子。"

这是原子弹装配的最后一道工序。张爱萍一直等到他们接插雷管后，才离开试验塔到主控站。又看着李觉将起爆控制室的钥匙交给在主控室负责主持工作的张震寰。一切正常后，才又赶往"前进庄"送防化部队向出发地域开进。

也就在他驱车离开试验塔10来米的时候，他突然说道："停车！"司机和车后座的李旭阁都不解地等着他新的指令。可是他没有说话，只是用手摸了摸挎着的照相机，心里想，此刻该给这试验塔留个影，不然，它很快就会消失了。又转念一想，在试委会上我曾郑重宣布：为保密起见，任何人都不准在有关核试验建筑前照相。而此时，我怎么能带头违犯自己的规定呢？想到这里，潜意识地把照相机拉到了身后，对司机说："走，继续前进！"可是，35年后，张爱萍谈及此事，还为没能给铁塔留下张照片而失悔不已。

11时38分，20号办公室用密语向177办公室报告："10时30分插完雷管。11时30分第一次检查完毕，结果正常。"177办公室立即通过专线保密电话以密语向周总理、聂荣臻、罗瑞卿作了报告。12时，周恩来给刘杰写信："在12时后，当张（爱萍）、刘（西尧）回到指挥所时，请你与他们通一次保密电话，告以如无特殊变化，不必再来往请示了。零时后，不论情况如何，请他们立即同我直通一次电话。"

14时30分，张爱萍、刘西尧等进入距铁塔60公里的白云岗观察所。张爱萍立即向周恩来报告：完成试验前各项工作，一切正常。

周恩来批准按时起爆。

后来张爱萍回忆说：戎马一生，参加和指挥了不少战斗，有的是大战、恶战，但战前准备的紧张程度和心理压力，都不如这一次，不是战场胜似战场。

这时距零时还有半小时，风已停了，丽日晴空，一碧如洗；千里戈壁，一望无垠。此时此刻，张爱萍又不由得想到一江山岛的三军登陆战。气象变化竟是如此的相似，如此的神奇。

首次核试验没有组织参观，只邀请了新疆维吾尔自治区王恩茂、赛福鼎、郭鹏等几位领导同志到场。参与核武器研制的著名科学家都在现场。大家都戴上万分之一透光率墨镜，以防光辐射。在试验场，包括科学家在内，没有一个人看过原子弹爆炸，大家都在焦急地等待着看核爆炸景象，虽然只有半小时，却觉得时间慢得出奇。

在接近15时时，张爱萍和远在北京中南海的周恩来都拿起了话筒，总理将要直接听取前线总指挥的现场报告。

当报时员报出："9、8、7、6、5、4、3、2、1、起爆"的洪亮声音时，在寂静的戈壁深处，骤然腾起一股强烈耀眼的光芒，随即，从地面上展现出一个巨大的火球，接着就是一声惊天动地的巨响，飓风般的冲击波以万马奔腾、锐不可当之势，从爆心向四周飞驰，巨大的火球在巨响声中化作团团烟云与焰火，向高空蔓延，在空中翻卷……

此时，张爱萍强抑心中的激动向周总理报告："核爆炸成功了！"

周恩来问："是不是真的核爆炸？"

张爱萍随即问身旁的王淦昌:“总理问是不是真的核爆炸?”

王淦昌肯定地回答:“是核爆炸!”

张爱萍当即又向总理作了肯定的报告。此时,腾起的烟云和火球已经形成了壮观奇丽的蘑菇云。张爱萍把此景象又报告了总理,再一次肯定核爆炸成功。

周恩来说:“很好!我代表毛主席、党中央、国务院,向参加原子弹研制和试验的全体同志表示热烈的祝贺!毛主席正在人民大会堂,我马上去向他报告!”

张爱萍立即通过扬声器转达了周总理的祝贺!

顿时,场上一片欢腾!有的欢呼,有的跳跃,有的忘情地向天空抛掷帽子和衣物,有的三五个人拥抱在一起。张爱萍同身边的科学家一一握手、拥抱!此时似有许多话要说,但他一句话也没有讲出来,只觉两个眼窝里热乎乎的,晶莹的液体遮住了瞳孔。

很快,张爱萍便从欢乐的旋涡中挣脱了出来,他不敢沉醉在胜利的欢乐中。他要尽快掌握试验后物象的反映情况。

根据有关测试点、站初步取得的数据,张爱萍立即组织专家进行研究分析。大家确认这是一次核爆炸,爆炸威力初估 TNT 当量在两万吨以上。中国首次试验取得了圆满成功!

随后,张爱萍、刘西尧将这一结果正式电报周恩来、贺龙、聂荣臻、罗瑞卿并报毛泽东主席、中共中央和中央军委。

当晚,中共中央和国务院就给试验委员会和全体参试人员发来了贺电。贺电中指出:“试验的成功,标志着我国国防现代化进入了一个新阶段。这是全国人民贯彻执行了党的正确路线,发扬了自力更生、奋发图强的革命精神的结果。”

当晚,张爱萍又直接向周恩来报告了初步试验结果等有关情况。

周恩来在听完张爱萍的报告后说:“我也告诉你个好消息,赫鲁晓夫下台了!很有意思,我们的原子弹上天,赫鲁晓夫下台,这也是不可抗拒的规律嘛!”

在当天晚上试验场举行的庆祝会上,张爱萍向大家宣布了周总理告诉的这一消息,全场欢声雷动。在大家稍静之后,张爱萍即兴吟诗四句:

十月十六狂欢节,核赫两弹齐炸裂。
妄图称霸下黄泉,为民造福上天阙。

兴奋的人群又掀起一个欢呼的浪潮，并欢呼着拥向了张爱萍，突然把他抬了起来，抛向空中。好久好久大家才平静下来。张爱萍端着酒杯，走遍全场，向科学家们逐位敬酒、向大家敬酒。大家也纷纷向他敬酒。其气氛之热烈，可谓空前绝后。因为这是在特殊时期取得的空前胜利。

张爱萍同大家一样，激情难耐，当即又吟诵了《清平乐》一首：

我国首次原子弹爆炸成功

东风起舞，壮志千军鼓。苦斗百年今复主，矢志英雄伏虎。霞光喷射云空，腾起万丈长龙。春雷震惊寰宇，人间天上欢隆。

也就在当天晚上，中央人民广播电台就播放了《新闻公报》,《人民日报》印发了套红号外。北京及全国广大城乡人民奔走相告，不少地方连夜组织游行。第二天的《人民日报》发表了祝贺我国第一颗原子弹爆炸成功的社论，中国政府发表了声明："中国政府郑重宣布：中国在任何时候、任何情况都不会首先使用核武器。"

10 月 22 日，张爱萍在马兰主持召开了联席会议，请各方专家畅谈感想。

王淦昌说，1945 年 8 月，美国在日本投下原子弹的时候，我正在加拿大教书。那时也给学生讲解原子弹爆炸的理论，没想到回国后，亲自参加了核武器的研制和试验。原子弹试验成功是共产党、毛主席英明领导的结果，这在旧社会是难以想象的，这是共产党领导的社会主义制度优越性的证明。

试验委员会唯一的女专家王如芝副教授说，我国首次核试验测量仪器就安装 750 多种、1000 多台（套），这比美国第一次核试验要多得多。试验表明，这些测量仪器 90%以上拿到了成果。说明我国仪器、仪表制造是很有水平的。

总后勤部专为这次试验派出的救护队队长、军事医学科学院的魏履新说："这次试验大家都很紧张都很忙碌，唯独我们救护队失业了。但，我们全队同志都为我们的失业而高兴！"

“九号半”记

刘兆林

为着“两弹一星”的研制，为着祖国航天事业的发展，不知有多少人在呕心沥血，默默奉献。让我们怀着敬意前往大戈壁的发射中心，在一个被叫成“九号半”的地方，向忠魂献上不凋的花环……

因为大戈壁上人烟稀少，发射中心各单位的驻区也就没有名。为了叫着方便，中心把各单位都依次编成了号。

我们刚看完导弹发射，又到十号去参观，整个身心还都沉浸在激动里，坐的吉普车也仿佛在飞，眼下看见的不是飞逝的红柳、骆驼刺和接连不断的沙丘，而是一束喷射着、吼叫着，使人每根神经都像兴奋得发抖的火焰。

“九号半。”

“怎么还有个九号半？”

“老习他们就在那里！”

一说老习他们，我明白了。几天来，一次又一次听人们讲过老习他们的事迹，原来在那里。我立即请求司机打转方向，到九号半去。

九号半里静悄悄的。没有牛，也没有骆驼。迎接我们的是一阵微风和几株轻轻摇动的红柳。一片枯干色的红柳叶落在地上。

……

一

最先看见的不是老习。

在一所大一点的红“砖房”前，我们站住了。门牌上写着你的名字，李民。1938年入伍的老首长哟，你从小米加步枪的队伍里走过来，饱经了一世风雨，像一棵粗壮的老胡杨，扎根在戈壁上。没听到你惊天动地的事迹，只知道你经常揣着馍馍，在导弹阵地的各个角落里转悠，饿了就啃一口。有一回，党委开会总结导弹发射经验，你兴奋得心脏病犯了，一头栽倒在地……放心吧，老首长，那次导弹发射是非常成功的。

在另一座漂亮的小“砖房”的门牌上，我们又看见了你的名字，老战士王来。你，高高的个子，像株笔挺的钻天杨。一入伍，就当加注手，给导弹加注特种燃料。5年当中，你为导弹加注了多少能量的燃料，得怎样计算呢？最后那一次，加注完毕，离开现场时，一个战友身上着了火。你知道，每个加注手身上都附着许多特种燃料分子，着起火来，是要危及生命的。可是，火在战友身上烧着了，不赶快扑灭，燃料车也有粉身碎骨的危险。你扑上去，熄灭了战友身上的火，自己却燃烧起来，烧光了头发、烧烂了衣服。另外的战友又跑来救你，你怕再烧着战友和燃料车，便带着一身烈火，朝大戈壁里跑去。你跑哇、跑哇，在很远的地方才停下来，脸朝着导弹发射塔，倒下了……但你还在燃烧着，你的生命化为火焰，像是导弹发射时那美丽的火焰。

二

呵，这座“砖房”是老习的。

老习，习光兴。小时候，你不曾有过当兵的渴望。是开国大典庄严的国歌，使你产生了为祖国“把我们的血肉，筑成我们新的长城”的决心。呆气的书生，穿上了军装，雄赳赳地跨过了鸭绿江，在志愿军里当文化教员，还在敌人的飞机和炮火下运送过军粮。望着那些死于敌人炮火之下的战士，你咬牙切齿地恨那些敌人，却又从心眼里爱上了敌人的武器，要是有那样的好武器，我们可爱的战士会少流多少血？流血的政治为你善良的心插上了一双翅膀，新中国的长城，需用战士的忠诚和最现代化的武器来构筑！面对青年团的旗帜你宣了誓：“积极提高文化水平，学习现代军事科学。”战争一结束，你立即报考了哈尔滨军事工程学院，学空军工程。你不很聪明，自知是一只笨鸟，只好加倍努力地扇动自己那双翅膀，在深奥的天空里艰苦地飞翔。6年中，你几乎耗去了12年的心血。33岁毕了业，简简单单地结了婚，就匆匆地赶到我国第一个还没发射过导弹的发射中心。

那是怎样的地方呀！一座座帐篷在漫天的黄沙中摇晃。罐头盒里煮的是掺了沙枣面、骆驼刺粉、洋葱皮的糊糊粥。没有雨，也没有雪，没有井，也没有泉，没有草，更没有花。有的只是无边的戈壁和几栋不漂亮的楼房。那楼房是给苏联专家住的。华丽的舞厅，阔气的浴池，别致的电影室，样样都有。每天用直升机运来小猪崽和嫩牛犊的鲜肉，还有完好的对虾、海参以及各种鲜美的蔬菜、水果。你不羡慕专家们这些过分的待遇，和战友们一样，吞得了那酸涩的代食品。可是，当那些专家像训骂小孩子一样地训骂我们军事工程学院的毕业生时，那滋味是多么难咽呐！你吞咽着那难咽的滋味，学习、学习、学习。我们的导弹，终于不是靠苏联专家，而是靠我们自己战士的手送上了天空。

你对导弹坚贞不渝的爱情，同志们是有口皆碑的。每当谈起了你爱导弹的故事，谁不怀着深深的敬意？你痴迷在导弹稳定系统的测试和分析中，成了“呆子”。厌恶戈壁的人，说待一天像过一年，可你在戈壁上工作了18年，竟觉不出春、夏、秋、冬，白天、黑夜是怎样交替的。为了让你按时作息，你爱人买了手表。手表是新的，可戴到你手上就不准——你总是忘了上弦。除了导弹，把时间用在哪里你都觉得浪费。洗脸，不打肥皂，一分钟就完；洗澡，跳进池里烫一烫，也用不了五分钟。没用过梳子，没买过镜子，牙膏也用得很少。不懂营养，不会休息比同龄人显得格外苍老。一块毕业的同学，当了主任、参谋长、站长，你还是个“稳定呆子”。有人开玩笑，说你的职务太稳定了，你说搞稳定专业的，稳定点好，你真是太稳定了。有25年的军龄了，还像个大战士，屁股连小车的边也没沾过，都是挤大卡车。卡车开得那么不稳，你还蹲在上边看书。有一回，卡车上的年轻人看你看书实在不方便就让你坐到驾驶楼里。你真是个“稳定呆子”哟，第一次享受这么优厚的待遇，竟不知道怎样把驾驶楼的门关好。突然转弯时，一下子摔出去。你不知道疼，却惊叫“离心力真大”！

戈壁的秋冬在交替。一丛丛梭梭柴，被秋末的黄沙埋住身子，吃力地在风中摇曳。自然景色的变化你觉察不出来，自己生命的季节在更替你也一点都不察觉吗？你埋头读书、备课、摇计算机、整理资料。同志们发现你脸色和食欲都不好，问你有什么感觉没有。你想了半天说，胃有点不舒服。大家了解当你说有点不舒服的时候，一定是很难受了。赶快把你送至医院检查，哪里是胃不舒服哇，已经积劳成疾，得了肝癌！你震动了一下，很快又平静了。你认为也许不是癌，癌也有治好的嘛！你把高等数学带到医院，在病床上写备课笔记。神经再迟钝，也会感到心肝被碾压的疼痛。你的肝没被碾压，却似被碾压了的疼，这回你分明感觉到了。在床上翻过来，滚过去，浮肿的身子磨破了皮。你咬住嘴唇，继续写、读，读、写。厚厚的备课提纲写好了，你要求出院去讲课，被医生批评了一顿，只好把提纲寄回室里，叫别人讲课时参考。你还写信叫寄回两本书。一本书是《自动调解原理》。因为学高等数学是为自动调解原理打基础的，你准备出院后再办自动调解原理学习班；另一本是列宁的《哲学笔记》

你大概是想用这本书的原理，分析一下总也不稳定的政治气流。写完信，你笑了，一滴血从你咬破的嘴唇上掉了下来。

没有回信。党支部派室主任和一名新同志来看你，你正咬着嘴唇在看书，突然看见自己的领导，眼里立刻跳出一股从没有过的火焰，但还是那样笨嘴拙舌，什么虚套话也不会说。你坐起来，抹去额头上的汗珠，第一句说："来了！"第二句说："坐吧！"第三句就问："学习班办起来没有？"接着又问要的两本书带没带来。

和室主任一块来的新同志，把书给你放在床头，你乐得又谈起了办学习班的设想，说着，说着，忽然又想起，给你带书的这青年还不认识，又抛开办学习班的话题问："你是谁？怎么来看我？"

室主任告诉你，他是刚分配到室里的大学生。你这才知道，室里的人员要有变动，准备抽一批老同志到上级机关去。你马上坐起来，请求党支部别把你抽走，你的高等数学班还没办，自动调解原理班也没办，历次导弹发射的稳定系统资料还没搞完，你说不下去了，突然又咬住嘴唇。躺下去，额上又是一层汗珠。新来的学生给你擦去汗水，你忽然又坐起来，对他说："你还没开始工作，要注意，地球自转对'平台'稳定的影响，计算程序里没有，这方面的计算经验，在我的一个笔记本里！"

你喘息了一阵，继续说："趁着年轻，要抓紧学习把基础打厚实。别急着谈恋爱。"

医生来打断了你的话，把室主任和大学生都赶走了，你急得真想把医生骂一顿。室主任和大学生拿着橘汁和水果罐头又来看你的时候，你正躺在床上说胡话。甘甜的橘汁把你润醒了。你睁开眼，看见了领导和同志，看见了他们手中的东西，吃力地说："我……不想……吃！"

主任含着泪，轻声解释说……"请你原谅，半个市的饮食店、食品店，都跑过了，想买点你最爱吃的猪蹄，都没有！"

你摇摇头："……不，别……浪费！"闭上眼睛歇息了会儿，又说："把我……送回……戈壁去，先在……这里……火化。不然……运费……太多。把我身上这套军装……洗洗……不要……换新的了。再告诉孩子……和他妈……叫他们别……离开……戈壁，还在导弹……身边……工作……"

你静静地侧躺在床上。不曾修饰的乱发像一蓬黄麻草，脸色灰白，闭着嘴唇，像是紧咬着牙。泪水从眼里缓缓地流出来……1976 年 4 月 10 日 9 点 45 分，你，一个 49 岁的"稳定呆子"，在不稳定的岁月里，永远地"稳定"了。

三

老习他们，永远地安息了。一座座红砖砌成的长方形尖顶坟墓，就是一栋栋舒适的“小房”。房前立着石碑，碑上刻着名字。那碑，既像导弹，又像烟囱，还有些碑是用厚木板做的，高而尖，立在那里，更像一枚枚待命而发的高级火箭，直指天空。

陪同参观的同志解释说，人们都觉得他们还活着，所以，每当路过这里的时候，都想来看看。但一张口给司机指示方向的时候就口吃了。管这儿叫什么呢？叫“墓场”，不忍心。叫“陵园”，也不情愿。久而久之，便叫成“九号半”，因为正好在九号和十号之间。

啊，“九号半”，多么壮丽！大戈壁上的每一棵红柳、胡杨、沙枣、骆驼刺、梭梭柴都是你永不凋败的花环。你是发射中心的燃料库、发射塔、观测站……不，都不是。你是新长城基底最坚实的红砖。当年的孟姜女，哭“倒”了古长城。今天，老习的爱人却带着儿女，在新长城的脚下种菜、种粮、学文化。节日，她们还和许多人一起，前来扫墓，献上一个个花圈。

“九号半”的战友哟，请喝下这方战士献上的一杯奠酒，请接受我们的敬意。今天的戈壁已不是当年黄沙漫天的景色了，请你们多看看那转动的雷达，高高的发射塔，片片新楼房，还有每天从你们上空飞过的卫星，和卫星牵动着的亿万颗心。

一九七九年四月

假如可以再生，我仍选择中国

沈俊峰

邓稼先离世已经多年了，但其家中的陈设一如既往。许鹿希老人将丈夫生前用过的用具都标上了年代、使用日期，连邓稼先坐过的沙发上的毛巾都没换过。有变化的，是屋里多了一尊邓稼先的半身铜像。

许鹿希指着那对沙发对我说：当年杨振宁来看望邓稼先，就是坐在那里。

1958 年 8 月的一天，中科院原子能研究所所长钱三强把邓稼先叫到办公室，幽默地对他说："稼先同志，国家要放一个大炮仗，调你去做这项工作，怎么样？"

那是一个改变命运的夜晚。

许鹿希说："那一夜，他一反常态地无法安睡。到后来，他跟我说，他要调动工作。我问他调哪去，他说这不能说，做什么工作也不能说。后来，我说你给我一个回信信箱的号码，我跟你通信，他说也许这都不行。"

"当时我们聊到了十几年前，国家备受侵略者蹂躏、日本的飞机肆无忌惮轰炸的情景。往日的情景或许触发了他。过了一会儿，他突然说：'我的生命就献给未来的工作了。做好了这件事，我这一生就过得很有意义，就是为它死了也值得！'"

第二天，邓稼先像变了一个人，从不喜欢照相的他，带着妻子、四岁的女儿和两岁的儿子，到照相馆照了一张全家福。这或许是他要留给亲人的纪念吧！

之后，邓稼先走了。

许鹿希感到一种莫名的伤害，因为，除了丈夫那些简短的话，没有一个人给她解释什么，丈夫就这样活生生地从身边“消失”了。其实，她哪里知道，邓稼先为了国家利益的无悔选择，不仅对她和家人是一种伤害，即使对邓稼先本人，也是一种伤害！他的一切都将不告父母不告妻儿，没有个人的行踪，不能发表学术论文，不能公开作报告，不能出国，不能与朋友随便交往。就算工作成绩再大、功劳再大都将无人知晓，一辈子都不会看到自己声名的成长，甚至到死也只能默默无闻！

但是，为了祖国，邓稼先认了！

邓稼先与许鹿希是青梅竹马，又有着师生之谊。

邓稼先是安徽怀宁人，是清代篆刻、书法大家邓石如的六世孙。许鹿希比邓稼先小 4 岁，是著名民主人士许德珩教授的长女。许德珩与邓稼先的父亲是相识几十年的老朋友。许鹿希上了免收学费的北京大学医学院，那时，邓稼先在北京大学当助教，给许鹿希上过物理课，对这个富有才华的女孩印象极佳……

邓稼先从许鹿希身边“消失”的时候，邓稼先 34 岁，许鹿希只有 30 岁，幼小的两个孩子一个四岁，一个两岁。

“稼先接受原子弹的研制工作后，人就变得沉闷了，不爱说话了，”许鹿希说，“他的眼神似乎看到了地球之外，就像提琴演奏家们在演奏的时候，眼神是‘空’的，不是看着眼前的乐谱，而是看到了另外一种境界。”

在许鹿希的记忆中，邓稼先几乎从未休过探亲假。“从 1958 年他被调去搞原子弹，到 1986 年他去世，前后 28 年间我们聚少离多。他的工作保密性太强了，而且当时纪律十分苛刻、严格，他不能多说，我也不能多问。甚至我的北京医科大学的同事都不能来家里，免得出事。至于他突然回来和突然走以及什么时候回来我根本不知道，什么时候该走的时候，一个电话，汽车马上就在楼底下等着，警卫员一来就马上走了。”

为此，很多人都曾问过许鹿希，为什么能够忍受和丈夫分离长达 28 年？她说，是因为她不仅见过“洋人”，还见过“洋鬼子”；不仅见过飞机，还见过敌人的飞机在空中盘旋轰炸自己的家园；不仅挨过饿，还被敌人的炮火逼着躲进防空洞忍饥挨冻。

她说因为有了这些与邓稼先共同的经历，才使她能够理解邓稼先，理解他的事业，同时，她觉得自己也有那一份责任，那一份对祖国的责任。然而，30 岁的女人要带两个不懂事的孩子，要照顾有肺病的公公和有哮喘的婆婆，同时还要追求自己在事业上的前程，其艰难可想而知。

面对这么多艰难，许鹿希宁愿自己默默地承担一切。她对丈夫说：“放心吧我是支持你的！”

我国第一颗原子弹爆炸成功的消息发布后，人们又蹦又跳，高兴极了。

许鹿希说：“很多人问我，1964年10月16日晚上，你是不是和大伙儿一样，手里举着红色号外，高兴得又蹦又跳，欢呼第一颗原子弹爆炸成功了？我如实地回答说：不是，我当时只觉得提到嗓子眼儿处的心，落下去了。谢天谢地，终于搞成了！那年，我父亲许德珩已是74岁的老人，他一手拄着拐杖，一手拿着号外，站在客厅里，高兴地连声说：太好了！太好了！并对正在家中探访的老朋友中科院副院长严济慈问道：‘是谁有这么大的本事，把原子弹给搞出来了？’严伯伯立刻笑了起来，说：‘嘿！你还问我？去问你的女婿呀！’一语道破，许德珩恍然大悟，于是两位老朋友都哈哈大笑起来了。”

“从原子弹、氢弹，到中子弹……我们担心极了，一个接一个地担心。每成功一次，我们家属也只是相互串门问候一下而已！”

邓稼先与他的同事们，一代人完成了其他国家五代科学家才完成的任务，一口气从原子弹到氢弹到中子弹，从小型化迈进到电脑模拟核试验。

“邓稼先一共进行了32次核试验。32次里有15次是他亲自在现场指挥。他是主要的业务负责人。就我们国家而言，一颗原子弹氢弹做成以后要有一个专家签字，这个签字等于向国家保证——这个弹做成功了，可以放了。这个字是邓稼先去签，签完字后邓稼先说非常紧张，就好比把脑袋别在裤腰带上，万一不行就不得了，可是每次都行了。所以人家给邓稼先起了一个外号，说邓稼先是福将，可这福将真太难当了。”许鹿希说。

1979年，一次爆炸实验失败了，为了找到真正原因，必须到那颗原子弹被摔碎的地方去找回一些重要的部件。邓稼先说：“谁也别去，我进去吧。你们去了也找不到。我做的，我知道。”他一个人走进了那片地区，很快找到了核弹头。他用手捧着，走了出来。最后证明，那次失败是降落伞的问题。

就是那一次，强烈的射线严重地损害了邓稼先的身体。从他们寻找部件时留下的照片中可以看到，邓稼先仅穿了件简易的防护服。

“当时残损部件放出的射线，至少需要三米厚的混凝土才可以防住。”许鹿希说，“当我知道他受到辐射，身体严重受损后，急得直跺脚，想各种法子帮他恢复！不过，打那以后，他衰老得很快。以前爬山时，他能一鼓作气爬到山顶，可后来刚到半山腰，他就已经疲惫不堪了。”

邓稼先承受了这一切，隐姓埋名28年后，他的生命因过度燃烧而成了残烛。

邓稼先被确诊为直肠癌那一天，是1985年7月31日。从这一天到1986年

7月29日，是许鹿希与丈夫相处的最后一段日子。这最后一年，许鹿希异常心酸。

仔细算来，许鹿希与邓稼先结婚33年，朝夕相处的日子只有6年，而能过快乐而平凡家庭生活的就只有结婚的前5年，其余时间，独守家中的许鹿希除了思念就是每日惴惴不安的担心。

即使在邓稼先生命的最后一年，他也不能完全属于她。

手术后，因白细胞数目太低，血象太差，必须中断治疗，医生建议邓稼先回家休养。预感到日子不多了，他对许鹿希说："我有两件事必须做完，那一份建议书和那一本书。"他指的是向中央提出的关于我国核武器发展的建议和规范论。

1986年的国际形势是，除了中、法两国，另外三个核大国都已达到了在实验室内用计算机模拟核弹爆炸试验的高度。因此，他们就主张核禁试，目的在于限制别人发展、维持优势地位。不言而喻，中国必须也在达到这个高度以后，才能停止核试验和在此条约上签字，否则，多年的努力必将功亏一篑。所以，虽然重病缠身，邓稼先也一定要留下这份建议书。

在起草这份重要的建议书时，邓稼先已经知道自己是癌症缠身，生命就要走到尽头了。他感到了时间的紧迫，几乎是置一切于不顾，在和生命进行最后的赛跑。

那时候，因为疼痛剧烈，不断地注射止痛针，他身上的针眼密密麻麻，皮肉都扎烂了，满头虚汗。就是在这样的情况下，他以高度的责任感和事业心，以顽强的意志在病榻上思索、工作，拼命要做完这一件事。他不断地约同事们到医院来商量，病房变成了会议室。经过和九院的同事们反复研究讨论，多次修改，在邓稼先逝世前的三个多月，终于完成了给中央的建议书……

有一天，邓稼先拉着许鹿希的手，向她描述原子弹爆炸时的壮丽景象：奇异的闪光，比雷声大得多的响声翻滚过来，一股挡不住的烟柱笔直地升起……沉浸在那自己创造的"大漠孤烟直，长河落日圆"的诗意中，他的声音虽然微弱，却是那么坚定："我不爱武器，我爱和平，但为了和平，我们需要武器。假如生命终结后可以再生，那么，我仍选择中国，选择核事业。"

那天，在舒伯特迷人的音乐中，邓稼先又一次拉着许鹿希的手，默默地吟诵着肖贝尔的歌词：你安慰了我生命中的痛苦，使我心中充满了温暖和爱情……

因为是癌症晚期，邓稼先疼痛难忍，许鹿希虽然是医学博士，很心疼，但也束手无策，她只能抱着他哭泣。

1986年6月24日，全国各大报显著版面刊登着同样的文章——《两弹元勋邓稼先》。这无疑又是一次大爆炸！此刻，北医大的领导和同事们才知道许鹿希的丈夫是做什么的，世人才知道邓稼先是干什么的。

1986年7月29日，邓稼先用最后的呼吸回应了28年前的领衔受命：死而无憾！

他临终前留下的话仍是如何在尖端武器方面努力："不要让人家把我们落得太远……"

"如何评价我丈夫呢？我觉得他把自己的聪明才智都给了祖国和人民，他没有虚度一生，还是做了一些事情吧！"许鹿希说到这里时，平静的脸上有了欣慰的表情。

1996年7月29日，是邓稼先逝世十周年的日子，我国进行了最后一次（第45次）核爆试验。在试验成功的当天，我国政府即发表声明："中华人民共和国郑重宣布，从1996年7月30日起，中国开始暂停核试验。"它显示了中国与其他核大国一样，跨过了原子弹、氢弹、小型化和中子弹以及核禁试等阶段，屹立在世界的东方。从此，寂静的罗布泊将被人们永远怀念。

邓稼先的精神、品格和成就令无数后人肃然起敬，深深怀念。

他用镜头见证焦裕禄兰考岁月

高建国

习近平总书记把焦裕禄精神概括为“亲民爱民、艰苦奋斗、科学求实、迎难而上、无私奉献”。他指出，无论过去、现在还是将来，焦裕禄精神都是鼓舞我们艰苦奋斗、执政为民的强大思想动力，都是激励我们求真务实、开拓进取的宝贵精神财富，永远不会过时。

焦裕禄精神的形成，是中国共产党人跨世纪接续奋斗的伟大精神创造，是党的宗旨与中华民族传统美德有机融合的恢宏壮举。在铸造焦裕禄精神的历史方阵中，兰考县年逾八旬的共产党员刘俊生，以自己的特殊方式所作的贡献，颇为人们所称道。

保留焦裕禄坐过的藤椅

1964 年 6 月，兰考县委书记焦裕禄因肝癌逝世将近一个月的时候，《河南日报》一位兰考籍编辑，向时任兰考县委新闻干事的刘俊生约稿，要他围绕纪念“七一”党的生日，写一个好党员、好干部的典型人物。刘俊生向县委领导汇报后，确定写焦裕禄，因为这正是他想写的人。在谋篇布局和写作过程中，刘俊生突然产生了一种难以遏制的冲动，把焦裕禄坐过的带窟窿的那把藤椅，搬到了自己的住室。

刘俊生太熟悉这把藤椅了，在他眼中，藤椅简直就是鞠躬尽瘁为人民的焦裕禄的化身。焦裕禄在洛阳矿山机械厂任一金工车间主任时，积劳成疾罹患肝炎。1962 年 6 月，焦裕禄到尉氏任县委书记处书记时，肝炎加重一度腹水，后经中医治疗有所好转。当年 12 月 6 日，焦裕禄受命到重灾区兰考县工作后，面对异常困难的局面和艰巨繁重的任务，他把自己的疾病置之度外，奋不顾身地为党工作，肝病日益加重。为了遏制肝区疼痛，焦裕禄办公时，经常把刷子、钢笔、茶杯等硬物顶在藤椅右侧的椅靠上，然后再抵住自己肝部以减轻疼痛。久而久之，藤椅被顶出一个大窟窿。焦裕禄便动手把藤椅上的窟窿用藤条补好。但不久，藤椅又被顶破。有时工作太忙了，焦裕禄就让大女儿焦守凤和大儿子焦国庆帮着补藤椅。

刘俊生终身难以忘怀的是，1964 年春节过后，经省委同意，《河南日报》约兰考县组织一个反映治理内涝风沙盐碱“三害”成果的专版，其中有焦裕禄写的一篇文章。其他稿件收齐时，刘俊生到焦裕禄办公室，想看看他的稿子写得怎样了。一进门，刘俊生看到焦裕禄正伏在办公桌上，左手拿茶杯顶着右侧椅靠和疼痛的肝部，右手执笔在写文章。看见刘俊生进来，焦裕禄放下笔，神情痛苦地说：“俊生呀！看样子，这篇文章我完不成了。我的病越来越重，肝部这一块硬得很，疼得支持不住。”

刘俊生看着焦裕禄清瘦的脸颊，发现他的身体因剧烈的疼痛在颤抖，心里很难过，口中嗫嚅着：“焦书记，那怎么办？”焦裕禄说：“你先把大家写好的稿子送给报社，这篇文章，让张钦礼书记写吧！”

刘俊生望着桌上的稿纸，上面写着文章的题目：《兰考人民多奇志，敢教日月换新天》。下面列了四个小标题：一、设想不等于现实。二、一个落后地区的改变，首先是领导思想的改变。领导思想不改变，外地的经验学不进，本地的经验总结不出来，先进的事物看不见。三、榜样的力量是无穷的。四、精神原子弹——精神变物质。

刘俊生眼前不由一亮：这气吞山河又激情澎湃的文章标题，已经勾勒出一年多来兰考这场伟大斗争实践的筋骨脉络，字里行间凝结着一个党的好干部对革命事业的忠诚与担当。显然，这是书写兰考最新最美画卷的大文章！刘俊生多么希望焦裕禄能够写完这篇不同凡响的文章，可看看他晦暗无光的脸膛，还有因痛楚而明显佝偻的身躯，又把溜到嘴边的话咽了回去。

刘俊生没有想到，这是焦裕禄有生之年写的最后一篇文章，准确地说是一篇没有写完的文章。虽然，焦裕禄的文章才刚开了个头，但刘俊生坚信，这篇没有写完的文章描绘的宏伟蓝图，已经清晰地镌刻在兰考大地上，成为广大干部群众的共同意志。兰考人民是会按照他遵循科学规律、集中群众智慧提出的设想，在兰考大地上续写好这篇文章的。

这是刘俊生最后一次看到焦裕禄用藤椅顶托肝部坚持工作的情景。

那个燠热的夏日，刘俊生望着焦裕禄坐过的藤椅，一气呵成写出《党的好干部——记焦裕禄二三事》。报社编辑阅稿后感到，用一两千字反映焦裕禄未免简单，可补充材料推到一版去。刘俊生另起炉灶，写了一篇 3000 字的稿子送到报社。后来得到的消息是，宣传县委书记的稿件需经省委审阅批准。但“七一”前后稿子未能发出。

刘俊生是为鞭策自己写好报社约稿，收藏了焦裕禄坐过的藤椅。情之所至，他又向焦裕禄的夫人徐俊雅打听：“焦书记穿过的破旧鞋袜在哪儿？”徐俊雅说：“你问那干啥？我看见那些东西心里就难受，早扔掉啦！”刘俊生忙问：“扔哪儿啦？”徐俊雅用手指指屋后说：“扔到屋后草窠子里啦！”刘俊生接着跑到焦裕禄家屋后草窠子里，捡回一双焦裕禄穿过的破旧不堪的鞋袜，用报纸包起来，放到纸箱里收好。

刘俊生保存焦裕禄坐过的藤椅和穿过的鞋袜，激励他写了不少反映焦裕禄光辉事迹的稿子。每当刘俊生思想苦闷和情绪波动时，焦裕禄坐过的藤椅和穿过的鞋袜，都是他进行自我教育和救赎的灵丹妙药。如今，焦裕禄的三件遗物，已成兰考县焦裕禄同志纪念馆的镇馆之宝，是最能从本质上体现焦裕禄精神和最具震撼力的珍贵文物。

1966 年 2 月 7 日，新华社播发了穆青等人撰写的长篇通讯《县委书记的榜样——焦裕禄》。当时习近平同志是初一的学生，思政课老师就在班上读这篇通讯，读时几度哽咽，泣不成声，班上的同学也都流下了眼泪。当老师念到焦裕禄肝癌晚期仍坚持工作，疼痛难忍时用棍子顶着肝部，以致办公室藤椅右侧被顶出一个大窟窿时，习近平同志受到极大震撼。焦裕禄坐过的带窟窿的藤椅，成为焦裕禄光辉形象在习近平同志心中扎根的重要媒介，藤椅所体现的焦裕禄鞠躬尽瘁、勤政为民的感人精神，始终是激励习近平同志不忘初心、砥砺前行的不竭力量。

成为新华社记者“发现”焦裕禄的向导

焦裕禄被“发现”，不是径情直遂和一蹴而就的，而是经历了一个渐进的过程。

1964 年 5 月 16 日，焦裕禄在郑州河南医学院附属医院病逝两天后，河南省委省人委在商丘地区民权县召开沙区林业工作会议，兰考县委副书记张钦礼在参加焦裕禄追悼会筹备工作后，到会介绍兰考沙区造林经验。张钦礼登台发言一开头，就通报了焦裕禄两天前病逝的消息，接着在“跑题”的发言中，生动翔实地介绍了焦裕禄的感人事迹，深深打动了与会代表的心。主持会议的副省长王维群高度评价焦裕禄，要求与会代表下午认真讨论焦裕禄事迹，随后要求与会的新华社河南分社鲁保国等记者，找张钦礼深入采访焦裕禄事迹。

1964 年 8 月 7 日，河南省委第二书记文敏生，在省委三级干部会议上热情赞扬焦裕禄，充分肯定了通过治理“三害”改变灾区面貌的“兰考新道路”。

1964 年 10 月，新华社河南分社遂成立由张应先、鲁保国、禄祖毅组成的焦裕禄事迹报道小组，前往兰考深入采访。

1964 年 11 月 19 日，新华社播发张应先等人写的反映焦裕禄先进事迹的人物消息，同时播发一篇供地方报纸刊用的 3000 多字的稿件。11 月 20 日，《人民日报》在二版左下角，以《在改变兰考自然面貌的斗争中鞠躬尽瘁，焦裕禄同志为党为人民忠心耿耿》为题，用 1700 多字的篇幅，报道了焦裕禄的先进事迹。当天，中央人民广播电台播出新华社报道焦裕禄的通稿。11 月 22 日，《河南日报》一版头题刊发新华社播发的焦裕禄事迹“地方稿”，并配发社论《学习焦裕禄同志为人民服务的革命精神》。

焦裕禄精神开始走出兰考，在河南乃至更大范围得到传播。

然而，焦裕禄作为县委书记的榜样矗立在全国人民心中，还是在新华社记者穆青、冯健、周原 1965 年底豫东之行以后。

这一年快要过去的时候，新华社副社长穆青和国内部工业组组长冯健，到西安筹备国内记者会议，路过郑州时，在河南分社记者会上听周原讲了几个月灾区采访的见闻，很受触动。穆青确定，周原到豫东灾区采访干部群众抗灾情况，他和冯健从西安回来后听线索汇报。

周原第一站先到杞县，不料县里正开三干会，县委书记白天开会，晚上又去看戏，派了个不怎么掌握情况的林业局局长来见周原，这使他大失所望。第二天一早，周原跑到杞县汽车站，在小摊上吃完元宵，扭头看见一辆公共汽车准备开出，抓起提包一个箭步蹿上了车。汽车出站上了路，周原才想起来问：“同志，这车是去哪儿？”售票员用奇怪的目光打量着周原，没好气地说：“兰考。”兰考就兰考，反正是豫东的地儿！

车到兰考站，周原发现，县委大院就在汽车站旁边。说来也巧，周原走进县委大院，迎面碰上刘俊生。一问，他正是自己要找的县委新闻干事。刘俊生看了周原的记者证，把他领进办公室，沏上了一杯热茶。

周原呷口茶水，对刘俊生说：“新华社副社长穆青同志，想写一篇豫东、鲁西南、皖西北改变灾区面貌的报道，让我先探探路，打个前站，摸摸线索……”

刘俊生脱口打断周原的话：“你们快来吧！俺兰考开展除‘三害’斗争，把县委书记都活活累死了！”

县一级年轻新闻干事，虽说从事新闻工作，一般来说尚属业余水平，但数年农村新闻报道的摸爬滚打，已使刘俊生形成了“倒金字塔”式思维和表达方式，讲问题谈情况，先拣重要的事说。

周原“咕咚”一声咽下口中的茶水，瞪大眼睛问：“谁为除‘三害’累死啦？”

“俺们县委书记——焦裕禄！”刘俊生声音有些异样。

周原站起来追问：“焦裕禄是怎么累死的？”

刘俊生把周原引进自己住室，取出焦裕禄的旧棉鞋和破袜子对周原说，这是焦裕禄穿了好几冬、补了又补的旧鞋袜。接着又拿过一把破藤椅，对周原讲起焦裕禄肝病严重时，就用硬物顶在椅靠上抵住肝区止疼，时间长了，藤椅被顶了个大窟窿。

周原凝视藤椅上的破洞，仿佛瞬间被击穿。虽然他尚未意识到，这把椅子将开启中国新闻史上一次重大寻访和发现，但18年新闻工作的经验告诉他，焦裕禄正是自己要寻找的人物！头一天的采访使周原收获颇丰。职业敏感告诉他，一个一碰就响的大典型，正在显露出来。周原又在机关和社队深入采访，基本掌握了焦裕禄的情况。

周原急匆匆赶到郑州，恰好穆青、冯健从西安回来。周原随口抛出几个沉甸甸的例子，焦裕禄有棱有角的形象，便赫然矗立眼前。此行中原，穆青曾打算去豫北林县，采访林县人民在太行山腰开凿红旗渠的伟大壮举。周原在兰考的发现，使他看到了那个苦寻无着的瑰宝，正抖落尘埃崭露头角，静静地在大河最后一道弯熠熠闪光。在新中国刚刚走出三年困难时期，国民经济尚未恢复，特别是作为国民经济基础的农业还面临严重困难之际，多么需要报道这样不屈不挠同自然灾害进行斗争、带领群众恢复和振兴农村经济的典型啊！

穆青像一个运筹帷幄的战役指挥员，下决心调整部署挥师豫东，把兰考作为发起新的战役的突破口。1965年12月17日上午，穆青、冯健、周原走进兰考县委大院。

后来，人们忆起发现焦裕禄这一伟大精神铸造关键一役揭幕的情景时，颇有感触：如果说，周原打开了发现焦裕禄的门闩，那么，刘俊生就是发现焦裕禄的向导。

为焦裕禄拍下四张照片

那年月，照相机很少，胶卷也金贵。焦裕禄平时参加会议和到基层社队，都不让人给他照相，但下乡时却时常喊着刘俊生，并且嘱他带上照相机。196[illegible]年9月初的一天深夜，刘俊生又接到通知，让他第二天上午带上照相机，到城关公社老韩陵大队找焦裕禄。第二天，刘俊生在老韩陵村北的红薯地里，找到了正在劳动的焦裕禄。

那天上午，焦裕禄披着中山装上衣，露着白色秋衣和土黄色鸡心领毛背心，像个娴熟的庄稼把式在锄地。刘俊生欲罢不能，转身悄悄把镜头对准焦裕禄按下快门，从侧面拍下了焦裕禄锄地的照片。焦裕禄锄完红薯地，又走到一块花生地里拔起草来。

刘俊生透过地头上人的空隙，见焦裕禄抚弄着油绿茁壮的花生茎喜上眉梢，不禁为焦裕禄的生动神情所吸引，迅速调整焦距，拍下了焦裕禄在地里拔草的照片。为了不使快门的“咔嚓声”惊动焦裕禄，按快门时，他故意轻轻咳了一声加以掩饰。

中午，焦裕禄和刘俊生在老韩陵大队吃过派饭，骑自行车由北向南驶去。行至朱庄村南春天栽的50亩泡桐林东侧，只见波荡起伏的沙丘上，新栽的泡桐树已是一片绿荫。焦裕禄满脸惊喜，支好自行车，兴奋地向泡桐林走去，边走边对刘俊生说：“咱们春天栽的泡桐苗都成活了，长得多旺盛啊，十年后，这里就是一片林海！”

刘俊生被焦裕禄发自内心的喜悦所感染，掏出照相机，趁他不注意，迅速拍了一张焦裕禄站在焦桐树旁，叉腰侧首笑望郁郁葱葱泡桐林的照片。这时，跟在身旁的城关公社党委书记孟庆凯提出：“焦书记，我想和你合个影，留个纪念。”

焦裕禄刚到兰考时，孟庆凯任县委农村工作部部长，面对严重灾情为难发愁。焦裕禄提出，让他到抗灾斗争第一线任职，看看贫下中农是怎样跟严重灾害做斗争的。经过加钢淬火，孟庆凯成为一名优秀领导干部，城关镇涌现出许多抗灾硬骨头队。

焦裕禄满意地看着孟庆凯，笑着问道：“咱们照相有啥用啊？”

这时，刘俊生一直憋在心里的话涌到嘴边，忍不住插话：“焦书记，每次跟你下乡，你都告诉我带上照相机，可为什么不让我给你照相呢？”

焦裕禄说：“让你下乡带照相机，是让你多给群众拍照。广大群众为改变兰考面貌忘我劳动的精神，是很感人的。给群众照相，既对他们是个鼓舞，又很有意义。”

刘俊生讲出一番理由：“要是把你和群众劳动的镜头拍下来，群众看见照片一定会说，我和县委书记照相了！这个是我，那个是他，这对他们不是更大的鼓舞吗？”

焦裕禄被刘俊生变着法儿讲的一番理由逗笑了，挥了一下手臂对刘俊生说：

“你讲得有道理，有道理。好吧，你找理由给我照相，那今天就照一张吧！”

“怎么照法？”乐不可支的刘俊生憨直地问。

“我爱泡桐，就在泡桐树旁，给我和老孟一起照个相吧！”

根据刘俊生的建议，焦裕禄穿好上衣，依旧敞怀露着土黄色的鸡心领毛背心，走到几棵泡桐树前，对刘俊生说：“就这样照吧！”说着，右手倒背，左手自然扶住一棵锨柄粗的泡桐树。站在焦裕禄左侧的孟庆凯，举起右手扶住同一棵树的上端。

刘俊生不失时机地按动快门，拍下了这张珍贵的合影。焦裕禄与孟庆凯合影时，两人手扶的这棵泡桐树，就是今天闻名遐迩的兰考景观——“焦桐”。后来，宣传焦裕禄时，报刊书籍使用这张照片，都把立于泡桐树另一侧的孟庆凯隐去了。

焦裕禄在兰考留下的四张照片都摄于这一天。其中，侧身锄地和蹲在地里拔草的两张，系上午摄于老韩陵村的农田；在泡桐树前和手扶泡桐的两张，则是下午摄于胡集大队朱庄村南林地。照片洗好后，刘俊生把四张照片各送给焦裕禄一张。焦裕禄拿着叉腰站在泡桐树旁的那张照片说：“这一张好，这一张好！”

刘俊生把焦裕禄的四张照片贴在日记本首页，压在办公桌玻璃板下面。每当工作疲倦，或思想遇到挫折陷于苦闷时，他总要习惯地看看照片，从中寻找慰藉和力量。

1966 年春，焦裕禄事迹在全国宣传后，穆青向刘俊生要焦裕禄的照片。刘俊生感到很惭愧：焦裕禄在领导兰考人民除“三害”中，曾有过多少激动人心的瞬间，自己作为新闻干事却没抓拍下来，这是多大的失职呀！无奈，他只好还给穆青提供那四张照片。此后，各地来兰考采访和参观者，不少人也向刘俊生要过焦裕禄的照片。有的得知焦裕禄在兰考仅留下四张照片，失望之余不免啧有烦言。刘俊生也有苦衷。1966 年 3 月 3 日，他在上海《新民晚报》发表《在泡桐树下拍的一张照片》，其中写道：

在这里，我要向来兰考参观访问的同志们表示歉意，请你们不要再质问我，为啥给焦裕禄同志拍的照片这么少；也不要再向我要焦裕禄同志的照片底版了！老实告诉您：我拍下他的照片，的确就这么三四张。您非要焦裕禄同志英雄形象的照片底版不可，那么，就请你们到兰考三十六万人民那里去要吧！到全国六亿五千万人民那里去要吧！他们的心里都存放着焦裕禄同志英雄形象的照片底版！

最初的“焦桐”守护人

1965 年 12 月，穆青、冯健、周原到兰考采访焦裕禄事迹时，穆青手捧刘俊生为焦裕禄拍摄的四张照片，仔细端详，反复揣摩，受到很大感染，仿佛打开了一扇通往焦裕禄内心世界的窗口。透过照片辐射出来的丰富信息，焦裕禄的音容笑貌宛如在记者眼前活现起来。穆青看到焦裕禄这个民族脊梁式的典型的时代意义后，感到焦裕禄手扶泡桐树这张照片很有意义，便问刘俊生：“这棵泡桐树还有没有？”

“有啊！”刘俊生说着，马上领悟了穆青提示的含义。中国顶级记者的询问，像一束洞幽烛微的光，照亮了焦裕禄手扶泡桐树蕴含的意义。刘俊生赶紧找到城关公社胡集大队党支部书记胡安民，建议队里采取得力措施，切实保护好这棵泡桐树。

1968 年秋，胡集大队干部群众自发拿鸡蛋粮食兑砖头和石灰，在这棵泡桐树旁建起一座纪念碑，刘俊生应邀为焦裕禄照过相的泡桐树撰写了碑文。

几度春风秋雨，亲炙焦裕禄关爱的泡桐树，枝繁叶茂，拔地参天，成为兰考人气甚旺的一处景观。人们看见泡桐树，想起焦裕禄，遂称此树为“焦桐”。1980 年，兰考县人民政府把“焦桐”定为县级文物，并正式在树旁立起“焦桐”的牌子。

1986 年春，穆青、冯健、周原重返兰考，专程来瞻仰“焦桐”。穆青在枝叶葳蕤的树下流连，举目仰望，凝神结思，动情时双臂合抱“焦桐”，围住了树干的三分之二。

1990 年 6 月，穆青、冯健、周原再次来到“焦桐”树下。穆青掏出卷尺，贴着树干量树围，不由满脸惊喜：树围已达 5 米！三位焦裕禄的心灵至交欣喜地获悉，每年，全国各地前来瞻仰“焦桐”的干部群众，不下数十万。令人景仰的“焦桐”，成为赴兰考朝圣追思的必看景物。“焦桐”树下流连，穆青三人益发感到，当年在兰考的跋涉和笔耕，其价值都在这里得到了体现；中国共产党人倾力打造的焦裕禄精神，历经世纪风雨，正如“焦桐”一样蓬勃旺盛，生机盎然。

2009 年 4 月 1 日，时任国家副主席的习近平，在河南调研期间，首次来到几十年心向往之的兰考考察。一踏上这片深刻影响自己人生走向的土地，习近平不顾旅途劳顿，接踵拜谒焦裕禄纪念园，参观焦裕禄同志纪念馆，去焦家小院看望焦裕禄子女亲属，同他们亲切交谈。随后，习近平来到“焦桐”树下。习近平认真地看着那张焦裕禄站在焦桐旁的照片，在场的刘俊生介绍说，这张照片是我当年偷偷给焦书记拍下来的，因为每次下乡，当我把镜头对准他时，他总是摇摇头、摆摆手，不让照。焦书记说，人民群众改天换地的劲头这么大，多给他们拍些照片，多有意义，拍我有啥用！习近平听了之后感叹说："焦裕禄同志的确心里只装着群众，只想着群众，唯独没有他自己啊！"

随后，习近平还在附近一片绿油油的麦田中，亲自植苗、培土、浇水，栽下一棵焦桐，留下一腔思念，希望生生不息的焦裕禄精神在神州大地永远传承、永放光芒。

那是刘俊生最感荣耀的时刻。从在"焦桐"旁给焦裕禄照相到保护"焦桐"，再到给党和国家领导人讲述"焦桐"，刘俊生的人生因与"焦桐"结缘而闪发光彩。

到 2018 年，"焦桐"已挺立兰考大地 55 个春秋，寿命之长，是泡桐家族绝无仅有的奇迹。河南省林业专家认定，兰考"焦桐"，是中国当之无愧的"泡桐王"。

如今，象征焦裕禄精神的"焦桐"，已成为兰考的重要政治地标。人们在"焦桐"树下感受焦裕禄精神，也油然对穆青的敏感和刘俊生的执着报以敬意。

刘俊生晚年寓居"焦桐"北侧的胡集村，这里是他最充实和最具成就感的心灵栖息地。发现焦裕禄，是历史的机缘和偶然。作为在历史偶然变必然中的摆渡人，要言不烦地向记者汇报焦裕禄典型线索，为焦裕禄定格弥足珍贵的兰考影像，珍藏焦裕禄坐过的藤椅，看护和开发"焦桐"，这些非同寻常的闪光点，照亮了刘俊生的人生。

原载《光明日报》2019 年 01 月 04 日 13 版

毛主席的好战士雷锋

甄为民　佟希文　雷润明

每个人每时每刻都在写自己的历史。每个共产党员和共青团员都应好好地想一想，怎样来写自己的历史。……我要永远保持自己历史鲜红的颜色。

——摘自雷锋日记

在沈阳，在辽宁的每个城市，在中国人民解放军沈阳部队每个连队里，人们都在谈论着一个普通战士的名字——雷锋。这位被誉为毛主席的好战士、无产阶级革命战士的解放军某部班长，正当生命火花四射的时刻，竟与世永诀了。他的整个生命还不到22年，可是，他却给人们留下了一部鲜红鲜红的历史。

雷锋——这个贫苦农民的儿子，从小生活在非人的极端贫困和饥饿里，直到解放，他才第一次感到人间的温暖。党从死亡中救了他，他热爱党，热爱毛主席，热爱解放军，而对旧社会的压迫者和剥削者怀着无比的仇恨。十岁，他参加了对敌人——地主阶级的斗争，16岁起，投入了建设社会主义祖国的行列，当过国营农场的拖拉机手，参加过鞍钢的建设，1960年，他又成了保卫祖国的中国人民解放军的一员。在革命部队里，他光荣地参加了中国共产党。在党的教育培养下，他坚定地树立了终身为共产主义事业奋斗的伟大理想。在日常生活中，他一直把革命利益放在第一位，他听党的话，他努力学习毛主席的著作，他关心别人胜过自己，他英勇顽强而又艰苦朴素……这些年来，他为党和人民做了许多有益的事情。雷锋的历史是一部深受民族压迫、封建剥削和资产阶级压榨的劳动人民的血泪史，是一个工农兵群众自觉的革命斗争的历史。

牢记阶级敌人杀亲之仇

雷锋生在湘江畔望城县安乐乡的一个雇农家里。当他刚刚懂得想念爸爸的时候，爸爸因为参加抗日斗争，被日本强盗活埋了。扔下母子四人，饥饿难当，妈妈让刚满12岁的哥哥进工厂当了童工。可是，机器把哥哥的小胳臂轧断了，资本家一脚把他踢出了工厂。哥哥回家没钱医治，活活疼死在妈妈的怀里。接着，小弟弟也饿死在床上。苦命的妈妈为了保全这最后一条命根，忍气吞声地给一家姓谭的地主帮工。哪知道，妈妈在这地主家里，竟被少东家强奸了。这位饱受摧残的善良妇女，终于在一九四六年七月十五日的晚上，含恨悬梁自尽了。她留给了雷锋两句遗言：愿老天保佑你自长成人，给全家报仇！

这时，雷锋还不满七岁。他在失掉一切亲人之后，地主又强迫这个孤苦伶仃的儿童放猪。住的是猪栏、吃的是霉米。冬天，衣不遮寒，他挤在猪仔窝里，偎着母猪肚皮取暖，一天，地主的狗偷吃了他的饭，雷锋打了这条狗一下，不料惹出大祸，地主谭老三挥起一把剁猪草的刀，朝雷锋左手连砍三刀，把他赶了出来。

小小年纪的雷锋并没有因此而失去生活的勇气。他记着妈妈死前的话，一心要活下去，为全家报仇。他用泥土糊住刀伤，逃进深山，拾野果，喝山水，有时用手攀些树条，到村中换饭吃。夏天让蚊虫咬烂了全身，冬天在山庙里冻得难熬，但他还是顽强地生活着。不过，经过两年非人生活的折磨，他已经枯瘦不堪了。

正在雷锋濒于死亡的时刻，他的故乡解放了。人民政府的乡长彭德茂，从深山破庙里找到了遍体鳞伤的雷锋，送他进了医院，治好了满身的脓疮。当彭乡长拿着给他做的新衣裳，接他出院的时候，雷锋双膝跪在彭德茂的脚下，喊着“救命恩人哪！”从妈妈死后，他第一次流下热泪，也是第一次下跪。彭德茂急忙扶起他，抚摸着他的头说：“我们的救命恩人，是毛主席，是共产党，是解放军，现在，可以给你的父母兄弟报仇了！”从此，雷锋苦尽甜来。他怀着对压迫者和剥削者的深仇大恨，十岁那年（1950年）便手执红缨枪，投入了反封建的斗争。当时他是儿童团长，和一队同命运的小伙伴，押着恶霸地主游街。在斗争大会上，他用被砍伤的手，揪着害死妈妈的地主问罪。他亲眼看到人民政府枪决了那地主，为他，为千百万穷人报了仇。

人民政府免费供这个苦孩子上了小学。他最先学会了“毛主席万岁”五个字。他默默地对死去的妈妈说：“老天没有保佑我，是毛主席，是共产党救了我的命。”他用六年时间便学完了从小学到初中的九年功课；尽管人民政府决定供他念完大学，他却急不可耐地要为祖国社会主义建设添砖加瓦。这时，他才十六岁。

发无产阶级之愤

雷锋从十岁就想当兵为亲人报仇。可是，当时他年纪太小，解放他的家乡的一位解放军连长对他说：“你的仇，大家替你报！等你长大了，建设咱们的新中国吧！”雷锋长大了，果然献身于祖国的社会主义建设。不论参加农业生产，当国营农场拖拉机手，还是从温暖的南方来寒冷的东北鞍钢开推土机，他都恨不得把自己的手臂变成顶天立地的钢梁，把祖国的社会主义大厦赶快支撑起来。

在 1958 年秋天，在党中央发出大办钢铁的号召不久，鞍钢派人到雷锋所在的团山湖农场招收青年工人。因为雷锋懂得钢铁同祖国建设的关系，便毅然报名应招。到了鞍山，他驾起了推土机。他驾驶的“斯大林 80 号”推土机，车体高大，一位老师傅怕累坏了他，要给他换个小型的机车。他说：“开大车干大活，再困难，我也能够克服。”不久，鞍钢为了发展钢铁生产，化工总厂要在弓长岭建一个化工分厂，动员一批工人去搞基本建设，雷锋第一个报了名。有人对他说，那里吃没好吃，住没好住，劝他不要去。雷锋听了非常生气，他说：“正因为那里是这样，我才情愿去！”他去了，什么活重干什么活，不管多么艰苦，他都毫不畏惧地迎上前去。

这个贫苦农民的儿子，经过工人阶级队伍的锻炼，视野更加宽阔了，革命责任感更加强烈了。在 1959 年 12 月 3 日，他听了征兵报告之后，第二天一大早，就到征兵站报名应征。他知道自己的身材太矮，很担心身体检查不及格。在兵役局量身高的时候，他偷偷地踮起了脚，军医发现了，笑了笑，让他再量一次，结果只有 152 厘米高；量体重时，尽管他站在磅秤上用力往下压，也只有四十七公斤；身高、体重都不合格。医生又发现他身上有许多伤疤。提起这伤疤，他立刻流下了泪水，跟医生讲述了自己的苦难童年。他说“记起过去的仇恨，我非参军不可。”医生很同情他，让他去找兵役局再谈谈。他跑到兵役局找到了来接新战士的荆营长，他拉着荆营长的手，诉说了自己过去的一切。他说：“想起过去，想到咱们国家周围还有美帝国主义，我的心就催促我拿起武器保卫祖国……”他讲着讲着哭了，荆营长也流下了热泪。荆营长以老战士的名义，收下了这个新兵。

作为一个战士，雷锋深知战士的责任。这里有一段与洪水搏斗的故事，可以感到这个革命战士的责任感是多么强烈：

1960 年 8 月，当百年不遇的大洪水袭击抚顺的时候，雷锋所在连队接受了参加抗洪抢险的命令。当时，雷锋身体不好，连长让他留下来休息。他却找到连长恳求说："洪水正威胁人民的生命财产的安全，我在家待不住，我请求和连队一块儿去！"由于他百般要求，连长和指导员最后同意了。

情况很紧张，昼夜不停的大雨，倾满了上寺水库，中共抚顺市委决定开掘溢洪道以防万一，并把这个艰巨任务交给了部队。雷锋同他的战友们，顶着大雨，踏着泥浆，连夜挖掘溢洪道。他挥锹猛挖，突然锹板脱落了，天黑看不见，找不到，他就甩掉手中的锹把，用手挖泥，时间长了，手指磨破了，鲜血掺着稀泥，溅满了他的军装。卫生员让他下去上点药，他说："眼前的洪水，岂不和万恶的敌人一样，哪能为点轻伤误了大事！"

天快亮了，当部队集合被换下要去休息时，雷锋突然晕倒在地。连长立刻命人把他扶到老乡家去。打针，服药，护理了一天，雷锋觉得轻松了许多。傍晚，外边一响起集合的哨音，他趁卫生员没留神，拔腿就跑，又闯进了夜雨蒙蒙的工地。

在这以后不久，在部队党组织的教育下，他光荣地参加了中国共产党。

活着就是为了使别人过得更美好

共产党员雷锋，在他的一言一行中，都闪耀着灿烂的共产主义光辉。

他在日记中曾经写道："我觉得要使自己活着，就是为了使别人过得更美好。我要以黄继光、董存瑞、方志敏……同志为榜样，做一个热爱祖国、热爱人民，永远忠实于党、忠实于人民革命事业的人。"

这就是他的人生观，这就是他的生活目的。他是个运输兵，是个班长，但他不满足于仅仅完成自己的本职工作，总想多做些事。连队各项活动他几乎全部参加了。连队俱乐部的学习委员是他，他热心地帮助大家学习毛主席著作，买书、借书给大家看，给大家读报，宣传党的方针政策和国内外大事。开展文化学习时，他主动请求担任兼职教员，在业余时间里，给大家讲课，批改作业。他是技术学习小组长，也是连队的教歌骨干，他还担任了部队驻地附近小学少年先锋队的辅导员。对他来说，事情越多越好，为党为人民工作，他有无限的热情和精力。和他生前一起相处的战友告诉我们，什么个人打算呀，情绪不高呀等等，根本和雷锋沾不上边，他整天笑容满面，心里想的除了工作就是学习。他认为那些"闹名誉，闹地位，闹出风头"的人一个个都是"没出息"！

这里记述的是雷锋的一些小事：

有一次，他到安东去参加军区体育运动大会，从抚顺一上火车，就主动做了义务列车员，擦地板，擦玻璃，帮妇女抱孩子，给老人找座位，冲茶倒水，忙个不停，稍一有空，又拿出报纸，给旅客读报。

另一次，他外出在沈阳换车时，看见一个从山东来的中年妇女，急着要到吉林去探亲，可是车票在中途丢了。他看她情真意切，二话没说，就领着这位大嫂到售票口，自己掏钱买了张车票，又带着她上了车。

一个星期天，他肚子疼，到医务所去看病，经过一个建筑工地，那火热的劳动场面，立刻吸引了他。他忘了自己是个病号，奔到推砖场，操起一辆小车就推起砖来了，心想：能为社会主义建设添一块砖也是好的。这个来历不明的解放军战士，越干越欢，车子推得飞快，脸上流着汗水，使全工地的建设者受了很大的鼓舞，不久工地广播站传出了“向解放军学习”的声音。最后当工人们知道他是个病号时，都万分感动，大家写了表扬他的大字报，敲锣打鼓把他送回营房。

雷锋每月的津贴除了交党费、买肥皂、理发和买书而外，全部存入银行。班里有的新战士问他：“你就是一个人，何必这样熬苦自己呢？”雷锋回答说：“谁说我熬苦自己，现在的生活比我过去受的苦真是好上天了。”雷锋存那些钱准备干什么用呢？谜底到底揭开了：部队领导机关先后收到了中共辽阳县委办公室、抚顺望花区和平人民公社的来信，感谢雷锋在辽阳遭受特大洪水灾害和城市人民公社刚成立的时候，分别寄来了一百元钱。雷锋同志的一位同班战友更接到一封奇怪的家信，这位战友的父亲在信中说：寄来的 20 元钱已经收到，我的病已经好转，望你在部队安心。后来一打听，又是雷锋做的。为什么要这样做？雷锋在日记上写道：“有些人看我平时舍不得花一个钱，说我是‘傻子’。其实，他们是不知道我要把这些钱攒起来，做一点有益于人民、有利于国家的事情。如果说这就是傻子，我甘愿做傻子，革命需要这样的傻子，建设祖国也需要这样的傻子。我就是长着一个心眼：我一心向着党，向着社会主义，向着共产主义。”

雷锋这样处处表现出毫不利己、专门利人的高尚风格，是为了夸耀于人，求得领导的表扬和同志们的称赞吗？不是。运输连的指导员高士祥同志告诉我们说，雷锋丝毫也没有这样的思想，他做了好事从来也不对人讲。那次抱病在工地运砖，人们再三问他的名字，他始终不说，只说是附近部队的。人们握着他的手对他表示感谢时，他却说“这是我应该干的”。在沈阳车站给那位山东大嫂买了车票，她问他在哪个部队、叫什么名字时，他却幽默地说：“叫解放军，住在中国。”

严格要求自己，努力锻炼自己

雷锋同志的革命品质所以可贵，就可贵在“自觉”这两个字上。在毛主席发出迎接合作化高潮的伟大号召的时候，他响应号召，参加合作社当了一个有文化的农民；当祖国号召要建设社会主义新农村的时候，他当上了第一批拖拉机手；当祖国号召大办钢铁的时候，他又报名投入了鞍钢工人的先进行列；当祖国处在帝国主义、反动派、现代修正主义的进攻之下，他又积极争取当上了一名祖国的保卫者、人民解放军的战士。入伍那天，他在自己的日记上写道：“我要坚决发扬革命部队里的优良传统，向董存瑞、黄继光、安业民等英雄们学习，头可断，血可流，在敌人面前绝不屈服。我一定要做毛主席的好战士！”参军以后，他又以自己的行动，实践自己的诺言。虽然旧社会留给他三条刀痕和一个有胃病的身体，但他严格地要求自己，努力锻炼自己。当他刚入伍投掷手榴弹不及格的时候，在全班同志帮助下，他以勤学苦练来弥补，终于在正式演习时达到“优秀”的水平。党的艰苦朴素的优良传统，他时刻牢记在心头。按规定，部队每年夏天发两套军装，他却领一套。他说：“我一套就够穿，破了可以补一补，给国家能省一点是一点。”他用的搪瓷脸盆、口杯，上面的瓷几乎全脱落了，像是用黑铁做的。他穿的袜子补了又补，完全改变了原来的模样。他看到有的人吃饭时掉了一粒米在地上，乱花了一分钱，他都善意地提出批评，耐心地进行帮助。

革命的自觉性决不同于盲目的自发性。雷锋的自觉性是建立在活学活用毛主席思想的基础上的。参军后的这几年，他响应部队党组织的号召，在人民解放军这个大学校里抓紧了一切学习时间，读完了毛泽东选集一至四卷，其中有些文章更反复阅读过好多遍。在学习中，他深深体会到学习得越多越深，思想越开朗，胸怀越开阔，立场越坚定，理想越远大。

在雷锋同志一生的前进道路上，并不是没困难的，他是在不断克服困难的过程中，依靠党和群众，自觉地锻炼自己的革命意志。农业战线上的治水模范，工业战线上的先进生产者、红旗手，解放军中的五好战士，团组织中的模范团员，抚顺的人民代表等光荣称号，就是雷锋以自觉的主观努力，克服各种客观困难的最好证明。

雷锋在 1962 年 8 月 10 日的日记中写道：“今天我又认真学习了毛主席在中国共产党第八次全国代表大会上的开幕词，其中有两句话：‘虚心使人进步，骄傲使人落后’，这是千真万确的真理。过去按毛主席的教导做了，所以进步了现在，我仍要牢记毛主席的这一教导，更好地做到这一点，永远做群众的小学生，做人民的勤务员。”

就在写出这些思想并准备更加奋发为党工作后的第5天——1962年8月15日，雷锋同志在执行勤务中，不幸牺牲了。

雷锋同志的生命的火花是熄灭了，然而他的思想的火花将永远放射光芒。正如中国人民解放军总参谋长罗瑞卿和中共中央东北局第一书记宋任穷同志题词中说的：“伟大的战士——雷锋同志永垂不朽！”“革命精神永垂不朽！”

原载《人民日报》1963年2月7日

一位烈士和他的妻子

朱增泉

今夜，我外出归来，回到战区那间临时木板房里，桌上照例已堆放着许多干部战士从前沿阵地寄给我的信件。我忘却了长途驱车的疲倦，细心地、急迫地一封封读着，急于捕捉来自一线猫耳洞内的每一丝声息，每一滴汗味；倾听前沿阵地上的每一声爆炸，每一声壮喝，生死线上官兵们心脏的每一次搏动。

我忽然读到了一封非同往常的信件，心头为之一动。信是从朱厚良烈士牺牲的阵地寄来的。他的战友们在信中告诉我，朱厚良烈士的爱人胡正英，在中秋节那天，从四川寄来了一封信，随信附来一首她深深怀念阵亡丈夫的诗，请他们务必将这首诗在厚良牺牲的阵地上读一下。他们照办了。

胡正英同志的这首诗，不仅是写给阵亡丈夫的，也是写给所有同朱厚良并肩战斗过、现在仍然在继续战斗的战友们的，甚至是写给我们所有人看的，因为她在诗中表达了一个崇高的主题——为了和平的太阳不落。

胡正英同志，我虽然不认识你，但我却看到了，感受到了你天空一样的胸怀，海洋一样的深情。我要深深感谢你、崇敬你。我曾经许多次向后方来的慰问团、新闻记者和我所接触到的各种关心前线将士的善良人们，介绍过朱厚良烈士的事迹，介绍过你——一位当代中国军人妻子承受的重负，你以你的举动展示了天空一样的胸怀，你对丈夫、对前线战士海洋一样的深情。我的介绍——不，你们夫妻俩感人肺腑的事迹，曾把所有听介绍的人的心都打动过，我听到他们的唏嘘抽泣，有的人失声落泪。但是，今天，却是你的这首诗，把我这硬心肠带兵人的心打动了，我含泪读完了你这首深情的诗。你不是诗人，但你写出了诗人写不出的诗。

朱厚良，多么好的指导员啊！我想说，他是世界上最懂得爱的人。他对他的爱妻是那么钟情，参战前，他曾经像护卫一位女神似的护卫着他的爱妻，到北京去找最好的医院为她治眼疾。他深深地爱着他年迈多病的双亲和他那刚会走路就染上了慢性肝炎的小女儿。他也爱他那个从小得了癫痫病不能料理自己生活的亲哥哥，由他背账，为哥哥找了一个人……因为他要上前线了，他要竭尽全力把深深的爱注满这个家庭，把家中的一切都安排好。

他来到前线，又以父母之心、兄长之情，把心中深深的爱全部倾注到全连每一个战士身上。上阵地前，我曾到过他的连队，见到过他和他的战士们。当时刚刚下过几天雨，满地烂泥，他们的张团长领着我，踏着战区临时板房间的烂泥路，从这一间走到那一间，看望战士们。来到八连，朱厚良和他的战友热情地围着我们。我们挤在一起照过一张合影，战士们都争着往中间挤，我只注意了周围这些即将走上前沿阵地去浴血奋战的战士们，反倒没有更多注意他们的指导员朱厚良。他们上阵地的时候，我又到靠近前沿的山路旁去送他们，战士们曾经在那里停下来吃干粮，我现在已想不起来那次是否见到过朱厚良。因为他太朴实了，很难从战士群中一眼看出他来。

他带着一群无畏的战士走上火线去。出发前，有 48 名战士把血写的誓言交到他手里，坚决要求把他们分配到靠敌人最近、最危险、最艰苦的哨位上去。朱厚良深深感到，这样的战士最值得爱的。上阵地不几天，他冒着随时可能被敌人子弹击倒，或被敌人的炮弹炸飞的危险，走遍了全连每一个战斗哨位，有一名新战士刚上哨位时，夜里站岗有些紧张，朱厚良一连陪他站了五夜岗。那位新战士含着泪对他说："指导员，你走吧，我不怕了。"有一个最靠前的哨位，敌人夜夜来偷袭。朱厚良每时每刻挂念着那个哨位上的几名战士。白天情况少一些，他在连指挥所值班，把连长替下去让他休息，晚上他就上了那个哨位，和战士们一起观察敌情，以静制动，三个晚上歼灭 7 名来犯之敌，使那里的防御稳定了。

前沿阵地上的战士们天天啃压缩饼干，虽然也有肉罐头送上去，但谁见了都不想吃。战士们多想吃到一口碧绿鲜嫩的蔬菜啊！虽然战士们谁也没有把这个想法说出口，朱厚良却知道了。他对连部几名战士下了命令：后面送上来的蔬菜，把摔烂了的、捂黄了的菜帮子留在连部，菜心子一律送到一线去。"同志们在前面太苦了"，他说。他身边的几名战士，天天和他在一起吃黄菜帮子下面条，他们都是含着泪在吞咽，但谁也不敢对他们深敬深爱的指导员看一眼。他们都知道，指导员一身都是病：风湿关节炎、坐骨神经痛、肩周炎、胃痛，身上到处贴着伤湿止痛膏。他身边的战士都担心他这么苛刻自己，长期在阴暗潮湿的猫耳洞里会顶不住的。

他远在四川的爱人胡正英，又何尝不时时刻刻把心贴在他胸口上。她一次次给他寄来麦乳精、糖果小食品。他拆开，一件件看过，拿起来闻着，终于放下，转过身来下令：“都送到前面哨位去，同志们在前面太苦了。”又补充一句：“告诉同志们，是后方人民寄来的慰问品，不能给后方人民丢脸。”不久，阵地上热得不行了。战士们晚上战斗，白天抢修工事，出大汗，水贵如血。团长、政委下了命令：“到后面买西瓜，往上送！”西瓜分到八连，朱厚良下令：“全部送到前沿！”通信员周军“偷”了一个，想留给连长、指导员吃，副团长突然来到，小周心里一慌，西瓜掉在地上。朱厚良拣起一块比较完整的，请副团长吃，又拿吃饭的小勺子，把撒在地上的西瓜瓤一勺勺舀在饭盒里。副团长走后，他拿起那大半饭盒瓜瓤，把几个战士叫到身边，说：“你们很辛苦，但前面哨位上的战友们更辛苦。西瓜都送到前面去了，没给你们留一个，对不起你们，今天我们每人尝一口吧……”

正当战斗打得紧张的那几天，三班长耿广合父亲病故。朱厚良知道小耿家里本来困难就不少，把当月留下的20元买烟钱给小耿家寄了去，还写去一封安慰信。阵地上好多战友知道了，一个个往一起凑钱，给耿班长家寄去。耿广合在哨位上迎着朱厚良，拉住了他的手，想说一句感激的话或是表决心的话：“指导员，我……”他流着泪，说不出来。最后说了句：“指导员，您保重！”转身上哨去了。

5月31日，朱厚良和连长来到前沿哨位上，看望战士，检查工事。敌人突然炮击了。“快进洞！”朱厚良反应快，连喊带推，把连长和三名战士推进洞内，他用身子堵住洞口。平时仅供两人战斗、生存的小洞子，怎么也容不下五个人。连长拖他，要换他进去。他大吼：“你是连长，你出了事谁指挥！”几个战士使劲拽他：“让我们出去，你进来！你进来！”他骂：“嚷什么，谁也不准动！”敌人的两发炮弹就在洞口爆炸，朱厚良倒下了！洞里的四个人安然无恙，他们一拥而出，抱起指导员，拼命喊他，摇他，但再也听不到他的回答。

朱厚良牺牲的消息传遍阵地，全连为之恸哭。他的遗体从阵地上抬下来，八连的和不是八连的战士们，都跟上来为他送行，无意中形成了一支浑身泥血、满脸是泪的送葬队伍。战士们将他安放到一条小溪边，为他清洗，他一身挡住了敌人200多块罪恶的弹片。战士们又哭起来，被他的鲜血染红的溪水，载着他的忠魂向远处呜咽流去……

部队还没有来得及通知，胡正英从《人民日报》上看到朱厚良壮烈牺牲的消息，当即昏死了过去。周围的人们突然发现了他们身边存在着这么一位当代中国军人的年轻的妻子。人们开始认识胡正英，了解胡正英，逐渐知道了胡正英心灵上经历的一切。战争是要死人的。对于这一点，朱厚良是有充分精神准备的。部队上阵地前夕，他带领全连开过誓师会后，悄悄把团政治处主任张君堂叫到一边，请他为自己单独照一张相。在一间十分简陋的板房里，墙上挂好了中国共产党党旗，朱厚良紧握拳头，举手向党宣誓。张君堂为他“秘密”摄下了他这一生中最后的也是最庄重、最辉煌的一瞬。

朱厚良牺牲后没有多少天，在他刚刚离去的前沿阵地上，就收到了胡正英同志从四川寄来的信件和包裹。不过，她这一次写的已不是“朱厚良收”，收信人和收件人是朱厚良生前战友的名字。她在信里说，你们失去了一位好指导员，我失去了一位好丈夫，我的孩子失去了一位好爸爸。她还说，厚良生前在给我的信中交代了两件事。一件是让我买些防暑的药品寄去，他说战士们在猫耳洞里太热了。怪我没有抓紧，现在遵照他的嘱咐，我寄给你们。第二件事，他说他太忙了，让我帮他做些工作，给你们在后方的亲人们经常写些信，给他们一些安慰也好。

请你们把家庭地址都告诉我吧，我要遵照他的嘱咐给你们的亲人写信……胡正英已成为鼓舞前线战士英勇战斗的又一面旗帜。

中秋前夜，胡正英又写下了深切悼念阵亡丈夫的诗寄往前线。她在诗中写道：

是军人的妻子哪能没想过
在这感情的天平上
我们选择了祖国
为了和平的太阳不落……

多好的诗啊！这是只有像她这样有文化知识和高尚情操的军人妻子才能写出来的诗。朱厚良和她本身就是一首诗，一首深沉的诗，一首壮美的诗！

1987年11月3日

1997 年 7 月 1 日：进驻香港

刘镇武

1994 年 10 月 25 日，这是一个具有历史性意义的日子。

这天上午，中国人民解放军驻香港部队成立大会在深圳同乐营区隆重举行。8 时整，大会在雄壮的中国人民解放军进行曲中开幕。我作为驻香港部队首任司令员，代表驻香港部队全体官兵，庄严地从广州军区司令员李希林上将手中接过了一面鲜红的“八一”军旗。

驻港部队的组建和建设，得到了全党、全军、全国人民强有力的支持。驻港部队是一支陆、海、空三军合成的新型劲旅。驻港部队陆军部队的主体是由诞生在三湾改编时的红一团组建的，这支部队在中国革命战争中涌现出强渡大渡河的“十七勇士”“狼牙山五壮士”和击毙日军“名将之花”阿部规秀中将的“功臣炮连”等著名的英雄人物、英模单位。驻香港部队海军部队也是一支具有辉煌历史荣誉的部队。“海上先锋艇”“海上英雄艇”和战斗英雄麦贤得等海军著名英模单位和个人均出自这支英雄部队。驻香港部队空军部队曾为保卫祖国领空做出过卓越贡献，不但参加过保卫祖国领空的重大军事行动，还多次完成了导弹、卫星等军事科研保障的飞行任务。驻港部队的官兵是在全军范围内选调的，具有良好的政治、军事和文化素质。地方党委和政府特别是深圳特区的人民群众，像当年支前一样，在人力、物力、财力和智力上全面支持驻港部队建设。全国人民包括港澳台同胞和海外侨胞，都用不同的方式关心驻港部队，各种慰问信和慰问电雪片般飞来。

驻港部队在党中央和中央军委的直接领导和关怀下茁壮成长。早在 1990 年 10 月 2 日，一份《关于组建驻香港部队的报告》就送到了中南海江泽民主席办公桌上。这天是中华人民共和国成立41周年国庆的第二天，又正值亚运会在北京举行。政务繁忙的江泽民主席认真地审阅了这份报告，写下了他对驻港部队的第一个批示：关键是进驻的部队政治上要特别过硬，事先要做过硬的思想工作。这一重要批示，为驻港部队建设指明了方向。1993年初，驻港部队组建工作开始期间，江泽民主席对组建工作作了一系列批示，他特别关心驻港部队的兵员质量，强调这是一个十分重要的问题。一年后，以陆海空三军编成的驻港部队初具规模，各方面建设迈出了新的一步。这期间，江主席多次向军委领导同志谈道：中国人民解放军进驻香港，不同于全国解放时大军南下，不同于"好八连"进南京路，历史背景不一样。1997年中国对香港恢复行使主权，是按"一国两制"的原则办事，香港是港人治港，对此驻港部队思想上要有充分认识。1995年3月，江泽民主席在八届全国人大三次会议解放军代表团会议上讲话时，系统地提出了驻港部队的建设标准：驻港部队建设必须高标准，严要求，在政治思想、军事训练、作风纪律、管理教育等方面，都应该是一流的，一定要充分显示中国人民解放军是一支威武之师，文明之师。

我忘不了1995年12月6日这一天。下午4时20分，中共中央总书记、国家主席、中央军委主席江泽民，风尘仆仆地来到驻港部队视察。我陪江泽民主席检阅陆海空三军仪仗队之后，又和政治委员熊自仁少将等一起陪同江主席来到步兵旅"大渡河连"。江泽民主席见战士们正在写政治教育笔记，非常高兴地说："驻香港部队官兵文化水平要高，政治思想觉悟更要高。你们1997年要进香港，责任重大啊！"在连队，江泽民主席坐在小凳子上，亲切地向战士们问寒问暖。随后，江主席来到炊事班，仔细询问了战士们的伙食情况。当天傍晚，江泽民主席在部队礼堂前发表了重要讲话。他说，现在距对香港恢复行使主权只有500多天了。党和国家赋予你们的任务是很光荣的，也是很艰巨的。1997年7月1日，我们就要恢复对香港行使主权。到那时，中国人民解放军驻港部队就要庄严地履行驻守香港的使命。你们驻守香港之后，香港各界都会关注你们。你们一定要以实际行动做出好样子，在香港市民中树立威武之师、文明之师的形象。为进一步勉励驻港部队，江泽民主席亲笔为驻港部队题词："保持人民军队本色，维护香港繁荣稳定。"在江泽民主席亲临视察和江泽民主席一系列批示、重要讲话、题词鼓励下，驻港部队的全面建设得到跨越式发展和进步。我们按照政治上要特别过硬的要求，狠抓部队的思想政治教育，力求在任何时候、任何情况下，都永葆我军的政治本色；我们按照高标准、严要求抓训练，素质，做到一专多能，确保进港后能圆满履行防务职责；我们针对新的情况、的任务，从严治军，严格管理，培养优良作风和铁的纪律；我们学法用法，依法驻军、依法履行防务；了解香港的风俗人情，全面锻炼部队的现代文明素质，努力树立威武文明之师的形象。

金戈铁马，猛士如云。强烈的责任感、使命感和凝聚力形成了驻港部队精神，涌现了一大批特别讲政治、高度重使命、严格守法纪、开拓创一流的先进集体和个人。其中，英雄“大渡河连”和模范指导员蔡云超等，就是驻港部队的突出代表。

1996 年 1 月 28 日，中华人民共和国国务院、中华人民共和国中央军委庄严发布公告：驻香港特别行政区部队组建完成。

公告发表的第二天，我们迎来了 300 多名香港特别行政区筹委会委员、香港地区全国人大代表、政协委员、港事顾问的参观访问。参观团由国务院副总理兼外交部部长、香港特别行政区筹委会主任钱其琛带领。欢迎仪式上，我向参观团的代表们介绍了部队的光荣历史和教育训练情况。官兵们表演的侦察兵攀登、队列、刺杀、轻重机枪射击、对抗射击、多能射击、拳术团体操、战术演习等，赢得了一阵又一阵惊叹声和热烈掌声。在开放中，还特意安排了参观者与驻港官兵交谈，为了检验官兵的素质，有的用英文对话，有的用粤语对话，有的提问基本法、驻军法等与香港有关法律的内容，官兵们都给参观代表以满意的回答。香港特别行政区筹委会副主任委员安子介、霍英东、周南、王英凡、李福善、梁振英等贵宾，对部队精良的装备、过硬的军政素质、严谨的作风和严明的纪律给予高度评价，大部分香港媒体给予了客观公正的报道。

为进一步展示驻港部队威武文明之师的良好形象，5 月 12 日，来自香港地区的广东省人大代表，以及各省市自治区政协委员共 600 多名知名人士，又一次参观访问了驻港部队。接着，5 月 14 日，由新华社香港分社组织的 600 余名香港区事顾问，再一次参观访问了驻港部队。6 月 9 日，又有 700 多名香港社会各界代表参观驻港部队。后面这 3 次开放活动，同样好评如潮，先后有 100 多名香港各界人士现场题词赞许：“守法模范、文明标兵”“威武之师、文明之师”“仁义之师、文武全能”“纪律严明、可亲可敬”。

贵宾们的切身体验和现场观感，经过香港媒体的传播，在香港市民中引起了强烈的反响。

此时，距香港回归祖国的时间已不足一年了。驻港部队办公大楼里倒计时钟，每天都在提醒全体官兵：时间紧迫，时不我待。这个时期，各项准备工作都用分秒来计算，部队进行了一次又一次的全装满员的演练。军委、总部和广州军区高度重视驻港部队的临战准备，多次派工作组进行面对面的指导，并对驻港部队的教育训练和后勤装备保障等工作进行了全面的考核验收，驻港部取得了优异的成绩。

1997年6月23日，新华社向全世界发布了这样一条消息：中英联合联络小组双方已就中国人民解放军驻港部队先头部队7月1日零时前进驻香港问题达成协议。中国人民解放军驻港部队先头部队总共509名军事人员和39台车辆，将于6月30日晚9时进入香港，分别进驻石岗军营、昂船洲军营、威尔士亲王军营和赤柱军营。

6月30日上午，中国人民解放军进驻香港欢送大会在深圳隆重举行。

中共中央政治局常委、中央军委副主席刘华清上将，代表党中央、中央军委热烈欢送即将起程的驻香港部队官兵；中央军委委员、总参谋长傅全有上将宣读了中华人民共和国中央军事委员会主席江泽民发布的《中国人民解放军驻香港部队进驻香港特别行政区命令》。欢送大会由广州军区政委史玉孝上将主持，广州军区司令员陶伯钧、广东省省长卢瑞华、深圳市市委书记厉有为、驻港部队政委熊自仁分别讲话。中共中央政治局委员、广东省省委书记谢非和来自解放军三总部、军委办公厅、海军、空军、广州军区、外交部、国务院港澳办、国务院新闻办、新华社香港分社、中英联合联络小组中方代表处、广东省和广州、深圳、汕头、珠海、惠州、东莞市的负责同志，以及驻港部队和深圳各界代表共6000多人出席了欢送大会。

当天晚上，中国人民解放军驻港部队由509人组成的先头部队，分乘39台小车、交通车、大卡车以及其他车辆，分四个梯队，经2号公路、7号公路、西区海底隧道，分别进抵香港营区，其中进驻石岗军营146人，昂船洲军营183人，威尔斯亲王军营78人，赤柱军营102人。晚上11点30分，准时进驻完毕。此前，驻港部队已3次派出先遣人员。第一次派遣的时间是4月21日，共40名；第二次派遣的时间是5月19日，共60名；第三次派遣的时间是5月30日，共96名。至此，已是万事俱备，鼓角相闻。

在中华民族的翘首企盼中，举世瞩目的神圣时刻终于到来了——7月1日零时，在香港会议展览中心新翼五楼大会堂，在英国国歌声中，降下了英国国旗和香港旗；在雄壮的中国国歌声中，中华人民共和国国旗升起来了！香港特别行政区区旗升起来了！

与此同时，我人民解放军驻香港部队的14个军营，在国歌声中也同时升起了五星红旗。驻香港部队军营的每一个哨位和每一处军事要地，哨兵全部就位！这标志着我驻香港部队正式接管了香港的防务。

7月1日早上，北京时间6时整，随着指挥员“开进”的命令，进入待命集结地域、海域、空域的我驻港部队陆海空三军部队，东起沙头角，经文锦渡、皇岗口岸，西至蛇口妈湾，在长达几十公里的弧形国土和海域、空域上，陆续向香港迈进。

首先从陆路迈进香港的是英雄的步兵旅“大渡河连”官兵。首先从空中进入香港上空的，是驻港部队航空兵团的6架直升机。首先从海上进入香港的，是由驻港部队海军舰艇大队“771号”导弹护卫艇率领的海上第一编队。从陆路文锦渡迈出历史性第一步的是“大渡河连”连长徐继涛。随着军乐队高奏《中国人民解放军进行曲》，“大渡河连”官兵迅速启动兵车，威武整齐地成一路纵队开进。步兵方队是第一梯队，右舵东风牌大卡车一辆接一辆，每辆车上，都由一名军官带队，乘坐一个排的兵力。每一个官兵都身穿97式夏常服，全副武装，一手握枪，一手扶着车栏。第二个、第三个梯队是驻港部队机关。车队里有指挥车、运兵车、通信车、警卫车。指挥车上装备有卫星通信装备，顶上旋转的天线，不时发出各项指令。第四梯队是装甲分队，有21辆装甲车，9台汽车，共229名官兵。每一辆装甲车和其他兵车，都显示出一股锐不可当的力量和神圣不可侵犯的尊严。

与此同时，某步兵营从沙头角方向进入香港；航空兵团的直升机飞抵石岗军营；海军部队组成的两个海上编队进驻昂船洲海军基地。

在进驻香港的所有方向，部队都受到了香港同胞的热烈欢迎。从主路进驻的部队，一过文锦渡口岸，就受到新界一带群众的夹道欢迎。尤其是当队伍沿着二号公路行进至上水、芬岭路段时，数万同胞手持国旗、彩旗、鲜花，公路两侧欢声雷动。几百头醒狮起舞，上千面锣鼓共鸣。几十台花车缓缓与军车同行，一条几百米的长龙，伴随队伍飞跃欢腾。有的群众给战士们献花献彩带；有的群众给战士们送水、送鸡蛋，场面十分感人。6时15分，新界区群众向驻港部队赠送了写有“威武文明之师”的金匾。

7月1日9时30分，各路部队全部准时、安全进驻完毕。官兵们一进入军营，马上走上各自的岗位。干部带班上哨，后勤人员安营扎寨，车马辎重全部进入指定位置。

香港开始了崭新的一天。

飞天记

朱增泉

飞船升空后，发射场复归平静。

太阳从塔架后的地平线上升起，像一盏大红灯笼似的挂上了塔顶。清晨的阳光柔和而辉煌，巴丹吉林沙漠被照耀得一片紫红，人们都沉浸在喜气洋洋的气氛中。

1999年11月20日，这是中华民族科技发展史上的一个新的起点，历史将会记住这一天。

清晨六时三十分，中国第一艘“神舟”号宇宙飞船从酒泉卫星发射场升空，十分钟后顺利入轨。这时，指挥部人员迅速“转场”飞往北京，他们要到北京航天指挥控制中心去监控飞船在轨飞行情况，并在那里最后完成飞船返回着陆的指挥控制任务。我受命负责这次飞船发射的新闻宣传事宜，随机飞回北京。一俟飞船成功着陆，将立即在北京航天指挥控制中心签发新闻稿件。

飞船绕地球飞行一圈大约需要一个半小时，一共要飞十四圈，约六十万公里，飞行二十一个小时后返回地球着陆。我们乘坐的专机八时三十分从酒泉航天城机场起飞时，飞船正在太空中飞行第二圈。专机约两个半小时后能飞抵北京。也就是说，在飞船飞行第四圈时，指挥部人员能赶到北京航天指挥控制中心。

专机朝着太阳升起的东方飞行，机窗外的蓝天澄碧透明，没有一丝儿云彩。天气非常好，大家的心情非常好。这时，我的通体感觉都是一个“飞”字；飞船正在我们头顶的太空中飞行，我们也在天上飞行，令人思绪翻飞，浮想联翩。我想起了嫦娥奔月、敦煌飞天，想起了中国古人发明的火药、火箭，想起了明代那位了不起的万户将火箭绑在自己身上做升空试验……

中国是火箭的故乡。

中国古人很早就萌发了飞天梦想。

今天这架专机上，集中了中国航天界巨子。他们当中有中国载人航天工程的第一流科学家，有这项庞大系统工程的组织领导者、工程管理者，有运载火箭的设计师、飞船的设计师，有经验丰富的航天发射指挥员。他们是中国载人航天事业的开拓者，是一群将中国古人的飞天梦想变成现实的人。中国载人航天工程于 1992 年 1 月正式批准立项以来，我们一直在为实施这项工程默默奋斗着。今天，终于迎来了第一艘飞船的发射试验，他们怎能不一个个热血奔涌、意气风发！

专机的前舱内，坐着前来参观飞船发射的国务院和中央军委的领导同志。我们进了飞机中部的一个舱位，有八个座位，却进来了九个人。欢声笑语中，本次发射的副总指挥沈荣骏同志将另一位副总指挥王礼恒推进了前舱，让他去和总指挥曹刚川同志坐到一起，顺便可以商讨一下航天发射后续任务的有关问题。沈荣骏和胡世祥两人坐在我的对面，他俩都是组织航天发射的专家。我的右边坐着信息产业部副部长吕新奎，飞船上的几万个电子元器件和大量地面测控设备都是他们所属企业的产品。左边坐着中国科学院副院长严义埙，飞船上有他们搭载的试验项目。

载人航天工程的总设计师王永志同志就坐在我的斜对面。机舱内，许多人都在兴奋地谈论着今天早晨那激动人心的发射场面，王永志却刚坐下一小会儿就半仰在坐椅上睡着了。他已为中国航天事业奋斗了大半生。他早先是设计制造大推力运载火箭的负责人，这次由他主持载人航天工程的总体设计。他不善言辞，外表朴实得像一位具有几十年工龄的老工人。为了载人航天这项庞大的系统工程，为了今天进行的第一次飞船发射试验，他已经度过了不知多少个不眠之夜，他太需要睡一会儿了。但我发现，他的眼睛虽然闭着，脸上的表情却在起着微妙变化。他没有睡着。他睡不着。飞船成功地发射升空并顺利入轨，这仅仅是过了第一关，要等飞船按计划飞完全程并安全着陆后，这次飞行试验才算圆满成功。此刻，飞船尚在太空中飞行，他还不到踏踏实实睡上一觉的时候，他一定是在反反复复地思考着飞船返回着陆时的每一个细节。这位中国之子，这位嫦娥与万户的后人，中国古人的千年飞天梦想，要在他的手里变成现实，责任重大啊。

我和王永志天天在同一座大楼内上班，在同一个食堂吃饭。他曾对我说过世界上迄今为止只有俄罗斯和美国能将人送上太空去遨游，但俄罗斯和美国的宇航员只要一踏上中国的土地，都会将他们的非凡经历同中国古人联系起来，他们都会谈到中国古代发明的火药、火箭，都会谈到在宇宙飞船上回眸地球时能看到中国的长城。王永志说，我们身为华夏子孙，搞了一辈子航天事业，如果不把载人飞船送上天去，那就愧对祖先。

航天医学工程研究所的沈所长曾对我讲过一件事。一九八八年五六月间，人类第一位登上月球的美国宇航员阿姆斯特朗访问中国，他应邀到航医所来做演讲时，有两句自问自答式的开场白："人类第一位向往飞向月球的是谁？是中国古代的一位美丽姑娘。人类第一个登上月球的是谁？是一位美国人。"接着说："那个美丽的中国姑娘就是嫦娥，那个美国人就是我。我向月球跨了一小步，人类向前跨了一大步。"他的话获得了一片掌声。阿姆斯特朗讲的是事实，但他的话里有一种美国人特有的傲气，对我们中国人表示尊敬之中又不无揶揄意味，中国航天科学家们听了别有一番滋味。

王永志对我讲过另一件事。1996年秋天，国际宇航联合会年会（IAF）在北京召开，世界各国的许多航天科学家、宇航员都来参加了那次会议。俄罗斯来了两位宇航员，一位名叫谢沃斯契扬诺夫，另一位名叫斯特列卡洛夫。两人告诉王永志，他俩听说北京的中国科学技术馆内有一尊万户雕像，于是约了同来参加会议的三位美国宇航员一起去参观，五个人站在万户雕像前照了一张合影。他们说，中国的万户是为人类航天事业勇敢献身的先驱，俄、美两国宇航员能够在中国的万户雕像前一起合影留念，很有意义。

以王永志为代表的中国航天科学家们，一直被华夏祖先的伟大精神和中国古代的辉煌科技成就激励着。他们苦苦追求着、默默奋斗着，终于到了有能力将中国自己的飞船送上天去的这一天。

今天，专机上的服务员小姐也显得分外殷勤，一个个面带笑容，来来回回忙着为这些航天指挥员和航天科学家们递毛巾、送饮料、送糖果。这时，一位佩戴大校军衔的女干部拿了一摞纪念邮封，从后舱到中舱来，又到前舱去，请航天界的名人们一个个签名留念，准备回京后分发给亲朋好友。机上的服务员们也纷纷仿效着请大家签名，机舱内显得一片忙碌。大家都想借助这种方式，把自己亲身经历的这一天记录下来，因为今天是中国第一次发射宇宙飞船的日子。

可能是由于今天的发射进行得十分顺利，对飞船成功着陆也已成竹在胸，这些平时极为审慎的航天指挥员和航天科学家们，今天都很乐意地面带笑容为大家签名。王永志总设计师是大家争相求他签名的重要人物之一，他一时间忙得应接不暇。他好不容易在一摞又一摞递到他面前的纪念信封上签完了自己的名字，脸上如释重负似的发出了微笑。这时，他自己也拿起一只空白信封，从座椅上站立起来，向前舱走去。但他撩起门帘向里一看，犹豫了一下，又马上缩了回来。

胡世祥问他："怎么啦？"

他讷讷地说："里面人多。"

坐在他对面的严义埙看着他笑。

原来，王永志本人也觉得，自己干了大半辈子航天事业，今天是个特别值得纪念的日子，也应该为自己留下一个纪念品，因此也想请前来参观飞船发射的国务院和中央军委的领导同志为他签个名。可是撩起门帘一看，他们正被其他人围着在签名，他有些不好意思地退了回来，坐回到自己的位子上。

胡世祥是这次发射飞船的副指挥长，是个泼泼辣辣见过世面的人，马上说："嗨，你这个人，有什么不好意思的，我替你去签！"

他将王总手里的信封一把抽了过去，将门帘一掀就进了前舱。

不一会儿，胡世祥出来了，大声说："哈哈，给你，都签了。"

王总咧着嘴笑了。

我被周围的热烈气氛所感染，也要来一只空信封，先在上面写了一段话，记载着中国第一次发射飞船的时间、地点及经过，然后请今天同在这架专机上的主持中国载人航天工程的几位重要人物签名留念。他们是：中国载人航天工程总指挥曹刚川；副总指挥沈荣骏；副总指挥王礼恒；另一位虽已到龄卸任但仍参与了这次飞船发射组织工作的原航天工业部部长刘纪元；中国载人航天工程总设计师王永志；发射本次飞船的副指挥长胡世祥。

我刚回到座位上，王永志笑着递给我一个信封，要求我写首诗。我写诗都是在夜深人静的时候，不擅长临场赋诗。但我愉快地将他递给我的那只信封接过来装进了口袋，答应回去写好了再给他。王永志是值得我尊敬的，由于他的智慧和才能，使得今天这个日子变得闪闪发光，我愿意为这位中国第一流的航天科学家写一首诗。

飞机准时飞抵北京。

我们一踏进北京航天指控中心的指挥大厅，立即被告知飞船飞行情况良好，一切顺利。

整个下午和晚上，我都没有离开航天指控中心，一边在这里关注着飞船的飞行情况，一边找人研究着审稿、发稿中的一个个具体问题。

次日凌晨二时，北京航天指控中心进入紧张状态，开始为飞船返回着陆做准备。指挥大厅正面的两块巨大的电子显示屏上，不断闪烁变换着从各个测控站传来的各种参数。测控站分布在全国各地，有的还在国外；四艘著名的远望号测量船这次全部出动，分布在太平洋、大西洋和印度洋上，在大风大浪中执行着对“神舟”号飞船的测控任务。指挥大厅内，一排又一排的科技人员都在紧张地工作着，他们根据电脑输出的各种数据，跟踪掌握着飞船的飞行情况。指挥员们根据各系统遥测数据，适时发出各种指令。

飞船着陆前，需要通过指定的地面测控站，向飞船注入由北京航天指控中心发出的返回指令。看来一切都在顺利进行之中，忽然有一条指令的发送出了点小情况，指挥大厅内出现了惊心动魄的一瞬间，有的人紧张得站了起来，指挥员们当机立断，命令大西洋上的三号测量船重新发送，获得成功。

凌晨三时四十一分，飞船在内蒙古中部着陆场准确着陆，指挥大厅内一片欢腾。

我们立即以最快的速度为新华社和首都各主要新闻单位审签完了所有稿件。

当日早晨，中国和世界各大新闻媒体都以最快速度突出报道了中国首次发射宇宙飞船的消息。

中央电视台从早到晚滚动播放着这一重大新闻。

这是中国以新的姿态迈向二十一世纪的一个标志。

世界轰动了。

古今多少诗人画家描写过黄山的异峰奇景，我是不敢媲美的，旅行家徐霞客说过：“五岳归来不看山，黄山归来不看岳”，我阅历不深，只略能领会他豪迈的总评，登在这里的照片，我也只能证明它的真实而无法形容它的诗情画意，看来我的小记仅是为了补充我所见闻而画中看不到的东西。

选自《前线的颂歌》，人民文学出版社 1959 年版

我见证中国海军环球首航

王登平

2002年5月15日，是我和我的战友终生难忘的日子。这天清晨，中国人民解放军海军506名官兵聚集在青岛军港，整装待发。前方，是云层低暗的大海，风大浪高，惊涛拍岸。再远方，是遥远的异国他乡，神秘的域外风情。这将是新中国海军的第一次环球航行，是改革开放20多年后中国海军迎来的一次远征盛典。我那时任海军青岛某基地副政委，是海军首次环球航行舰艇编队的副指挥员。

狂风呼啸，大雨滂沱。8时37分，阅兵式开始，部队在雨中伫立，犹如挺拔的森林。9时，随着编队指挥员、时任北海舰队司令员丁一平的一声令下，编队冒雨起航，更添几分壮烈几分豪迈。举目向洋看世界，热风吹雨洒江天。岸上彩旗招展，人头攒动。蓦然回首，我看见了我的妻子和孩子。在他们的四周，是1000多名前来送行的海军、济南军区首长，北海舰队、青岛市领导及出访官兵的亲属、群众，雨水和泪水交织飞扬。我的心口有点发热，那频频挥动的手臂，那穿过雨雾的殷切目光，那隐约可闻的叮咛和祝福，历历在目，声声入耳。我知道，这次环球航行，牵动了很多人的心，我们不仅代表中国海军，代表中国人民解放军，也代表着祖国和父老乡亲，把军舰——“流动的国土”，航行到世界各国人民的眼前，航行到海外华侨的眼前，航行到大洋彼岸同行的眼前，接受他们的检阅。此时此刻，庄严的责任感和使命感在506名官兵的血管里热烈地涌动。

军舰顶着狂风骤雨离港之后，逐渐加速，蓝色的大海被劈开两道裂缝，白色的浪花在身后渐行渐远，终于海天一色，如梦似幻。是的，这的确是一个梦想，是中国海军多少代人的梦想。编队506名官兵是幸运的，我们正在实现着前人的、他人的梦想——展民族形象、扬国威军威、促和平友谊、创环球壮举。

在中国的历史上，也曾有过明朝郑和首下西洋的篇章，在28年间，他们乘坐木船，7次远航，足迹到达了东南亚、印度洋、波斯湾、阿拉伯海、红海和非洲30多个国家和地区。郑和下西洋，比哥伦布发现新大陆早87年，比麦哲伦环球航行早114年。然而，当麦哲伦的船队完成首次环球航行时，中国却已淡出了海洋。此后几百年间，英、法、美、俄、意、日等国相继崛起。然而，从鸦片战争至新中国成立的100多年，中华民族却有海无防、有防不强，先后84次遭受列强海上入侵。列强倚仗坚船利炮，从地球的这一端、那一头，一个个、一批批越洋而来，泱泱濒海大国，往事不堪回首。

岁月悠悠。在郑和下西洋近6个世纪后，新中国经历改革开放20多年的持续发展，综合国力不断增强，科学技术长足进步，中华民族环球航行的梦想终于化为现实。从1985年我海军舰艇编队首访东南亚三国开始，中国海军已先后派出20支舰艇编队，访问了世界上25个国家。直至此次青岛号导弹驱逐舰和太仓号补给舰编队环球航行，把中国海军同国际同行间的互访和切磋交流推向了一个巅峰。

编队离港之后，义无反顾地驶向海洋深处。作为编队的副指挥员和政工干部，我的心情在豪迈中平添了几分沉甸甸的感觉，既有现实的振奋，也有历史的闪回，同时还有挥之不去的责任和压力。要知道，这次环球航行，航程3万多海里（6万多公里），时间长达130多天，就像西天取经，虽然不至于一路风雨坎坷，无须斗妖斩魔，但毕竟是远离国土，再大的军舰，在海洋之中也不过是一叶渺小的轻舟，而轻舟之上，506名官兵要生活和工作4个多月，这4个月里，遇到任何情况都要我们独当一面地处理解决，确实是一个严峻的挑战。

踏上甲板就像回到祖国

风雨兼程，经过连续8天海上航行，5月23日，编队抵达环球访问的第一个国家新加坡的樟宜港。早晨打开收音机，就听到了中央人民广播电台《新闻与报纸摘要》节目播送“环球访问舰艇编队抵达访问首站新加坡”的消息。虽然只有几句话，但还是让官兵备感亲切，我们漂洋过海，祖国就在我们的身后，我们和祖国同行。我们的一举一动，都受到祖国人民的密切关注！

当编队在大雨中停靠码头时，军乐队奏起国歌，五星红旗在“青岛”和“太仓”两舰猎猎飘扬，望着岸上雨中伫立的华侨，官兵们的眼睛湿润了。

眼睛湿润的不仅是舰上的官兵，还有聚集在码头上前来欢迎我们的华侨和驻外使节、中资机构工作人员以及留学生、旅新华人等，他们打着“热烈欢迎中国人民解放军海军舰艇编队访问新加坡”的宽大横幅，在此等候多时。海洋气候，反复无常，在突如其来的暴雨中，岸上的人群热情不减，欢迎声不断。军舰上“站坡”的战士雕像般伫立，向海外侨胞致敬。当乐队奏起《歌唱祖国》时，两边的人同时高唱，泪水和雨水一起在高亢的旋律中飞溅。

以后，一位老华侨对我们说：“踏上了中国海军的军舰，就像是回到了祖国的怀抱。谢谢你们，把这么强大的祖国送到了我们的眼前。祖国强大了，我们中国的海军强大了，我们海外华人的腰杆就硬了。”73 岁的刘树德老人在参观现场填词一首：狂涛急 / 神龙击波沧海裂 / 沧海裂 / 弹飞雷电 / 群丑皆慑 / 中华长城展气节 / 渊洋列阵扬国威 / 扬国威 / 遨游四海 / 炎黄伟业。

此情此景，在以后的航程中一次又一次地上演，尤其是在华人比较集中的巴西，对于编队的欢迎更是盛况空前，海外侨胞热爱祖国、盼望亲人的赤子之情更是淳朴浓郁。

舰艇编队抵达巴西前 3 天，《南美侨报》就推出专版，报道中国军舰访问的有关情况。编队靠泊的福达莱萨港，地处巴西东北部，而华侨大都居住在南部的圣保罗、里约热内卢、巴西利亚，离福达莱萨市几千公里。得知我编队出访消息后，260 多名圣保罗华侨，开始时准备共同包一架飞机来福达莱萨港欢迎我们。因为时间关系，没有谈成，就各自买了票。几经辗转，提前一天赶来。欢迎人群的短袖衫上，统一印着“中国海军舰艇编队访问巴西”的鲜红字样。他们中年龄最大的已经 90 岁，最小的只有 2 岁。

年逾古稀的海粟老人带着全家，乘飞机转汽车 6 个多小时，专程赶来迎接我们的舰艇编队。福建籍华侨庄坤寿为迎接我们，把生意正火爆的商店停业 3 天。厄瓜多尔“香蕉大王”华侨王老二，正在美国治病，听说祖国军舰来访，专门让公司高层职员送来十几箱香蕉。台胞张洪钧先生，自己花钱为编队准备了欢迎午宴，带着 5 岁的儿子多次登舰参观，他动情地对我们说：“我之所以这样做，就是想让他从小就知道，我们是中国人，我们有中国心，我们的根在中国。”

我们与使馆人员和华侨的甲板联欢会，原定不足百人，实际来了 300 多人，由于凳子和马扎不够，甲板上站满了人。山东文登籍的陶遵华、陶遵芬、陶遵美三姐妹，专程从圣保罗赶来，带来许多背心、鞋垫送给舰上官兵。联欢会结束近半小时，三姐妹还不愿离去。她们拉着官兵的手说，我们年龄都大了，想回祖国看看，拖家带口很不容易。看到你们，看到我们自己的军舰，也算回国了，就算回家了。第二天天不亮，她们又早早赶到码头，观看编队升旗仪式，看着五星红旗迎着朝阳冉冉升起，三位老人的眼里噙满了激动的泪花。

还有让我们很难忘怀的，是舰艇编队通过巴拿马运河的情景。编队在利蒙湾抛锚时，我驻巴有关机构安排官兵与侨胞联欢，原定 11 点结束，但节目一加再加，一直持续到下午 1 点多钟。75 岁的郭老先生参观舰艇时，抚摸着锃亮的扶手说，一艘军舰反映出一个国家的科技与工业水平，祖国能造出如此精良的军舰，实在了不起。从小在巴拿马长大的郑老先生说，今天站在我们祖国自己设计、制造的军舰上，脸上特别有光。身在异国他乡，心向祖国富强统一。祖国统一是华侨的热门话题，几乎每一名华侨的胸前都佩戴着一枚“反独促统”纪念章。侨胞张先生告诉官兵，这是他们 3 月在巴拿马参加中南美洲华人华侨反独促统大会时发的纪念章。

8 月 4 日晚上，编队通过举世闻名的“世界水桥”——巴拿马运河。经过第一道船闸时天上突然下起了暴雨，指挥员正要下令让站坡人员解散，突然听到河岸上传来呼喊声：“再见了，祖国亲人！”“你们辛苦了！”顺着声音传来的方向，右舷百米远的隔离网外，近百名华侨正在雨中挥手致意。其中，一位白发苍苍的老人，一手拄着拐杖，一手扶着隔离网；一位妇女牵着小孩，跟着战舰缓缓前行，浑身都湿透了。经过 7 小时航行，编队提前 1 小时 40 分通过运河最后一道船闸，即将经过亚美利加大桥进入太平洋。凌晨 1 时 50 分，一阵阵熟悉的声音传来：“祖国海军再见！”“一路平安！”……官兵们听到呼喊声，迅速集合到甲板上，齐声高呼：“再见了，谢谢你们！”这时，一排汽车同时打开车灯照向军舰。原来，这些华侨傍晚送我们进入第一道船闸后，并没有回家，而是绕道赶到进入太平洋的最后一道船闸，继续为编队送行。

风雨中，官兵们庄严地举起右手，致以军礼。军舰拉响汽笛向海外侨胞致意，岸上侨胞同时按响汽车喇叭，汽笛声，喇叭声，风雨声，问候声，在太平洋的上空久久回荡。尽管相互没有看清面孔，分不清男女老幼，但是血浓于水的中国情却永远储存在我们记忆的屏幕里。

靠上码头就是和平使者

尽管一路艰辛，但官兵们更多的是感受到祖国强大为我们带来的荣耀。在十国十港访问中，我们接受了许多鲜花和掌声的问候。而在这鲜花和掌声的背后，是所到国人民对中华民族改革开放所取得巨大成就的由衷赞叹和祝愿。编队所到之处，都掀起了浓浓的中国潮、中国海军热。在欧洲，乌克兰幼儿园的小朋友挥舞中国国旗，在码头为我们的到访而欢呼跳跃。在希腊，正值全国性的海军周活动，在总统即将前来检阅舰队的忙碌时刻，海军专门把军舰从锚地调回码头供我们参观。在南美洲，厄瓜多尔和秘鲁的朋友用 21 响礼炮，对我们表示最热烈的欢迎。在大洋洲，法属波利尼西亚人民身着民族盛装、载歌载舞，把中国军舰来访当成最重要的节日来庆祝……

这一切都是因为，中国强大了，中国终于在世界之林有了自己伟大的光辉形象。

希腊雅典市市长在参观我舰艇时由衷地说道，中国和希腊同属文明古国，但中国的发展令人吃惊、使人惊叹。这得益于中国的改革开放好，和平外交政策好，中国政府好。比雷埃夫斯市市长阿拉皮季斯在会见我编队指挥员时说，他十分崇拜毛泽东、邓小平、江泽民，至今家中还保存着《毛主席语录》和毛主席纪念章。他称赞中国正在兴建的三峡大坝很了不起。在过苏伊士运河时，埃及引水员莱弗一上舰就用不太流利的中文说："欢迎、你们好、中国好。"谈起中国，他一脸的兴奋。原来，1984 年他曾两次到过中国的广州和上海，现在家里还摆放着中国的许多工艺品。他说，中国改革开放好，中国非常美，想与夫人再去中国，而且希望退休后能住在中国。

每次靠港之前，编队都举办相应的知识讲座，帮助大家了解当地风俗和相关法规，还通过文艺演出和体育竞技等方式，充分展示民族文化，扩大人民军队影响。一路上，军乐队和电声小乐队为公众表演 15 场，与被访国海军官兵进行体育比赛 19 场，其中乒乓球、篮球、拔河保持了不败纪录。在土耳其马尔马利斯市的总统广场，军乐队的旋律刚刚奏响，就涌来了上千人。他们聆听着优美的旋律，也悄悄地审视着这群特别的来客。一首首耳熟能详的土耳其民歌，一首首古筝、二胡演奏的中国民乐，一下子拉近了心灵的距离。当土耳其民歌《啊，少年》旋律初起，市民们的情绪顿时亢奋起来，挥动着胳膊，扭动起腰肢，合着音乐的节拍翩翩起舞，整个广场顿时一片欢腾。在希腊比雷埃夫斯市市政府中心广场的演出，市民们早早前往等候，在舞台上方的五星红旗映照下，演出高潮迭起，掌声阵阵，形成了当晚比雷埃夫斯市的亮点。演出结束时，负责协调演出的一位女市政官员流着眼泪登台致辞说，中国海军不远万里来到希腊，为我们带来了欢乐，带来了美好的夜晚，你们的演出太精彩了，让我们感受到了中国文化，感受到了中国海军的风采，非常希望你们今后能经常来这里访问。

每当公众接待日，官兵们文明的举止、热情的言行，都会引来阵阵赞许，许多人还以与官兵合影留念为荣耀。在福达莱萨港，烈日下参观的队伍排了足有 2 公里，3 天累计参观了 3 万多人。一位 74 岁高龄的老妇人，参观时碰断了一只鞋跟。尴尬焦急之时，副反潜长李爱华找来万能胶，帮她修复鞋跟，还扌扶她参观军舰并送下码头。水兵们把一位坐轮椅来的巴西青年抬上舰，推着他参观，送下舰的时候，他比画着双手，眼里闪动着感激的泪花，在场的市民报以热烈掌声……

编队每到一地，都要安排官兵轮流上岸观光游览。因停留时间短，舰员还要执行勤务。所以，每到一港口，一般只能外出一次。对年轻的士兵来说，这一次的机会是十分珍贵和难得的。在新加坡时，青岛舰士官田树涛被安排外出。到圣淘沙景区不久，即被美丽的景色所陶醉，正当他和几位战友兴致勃勃仰望蓝天白云下的造型各异的奇特建筑和美丽风景时，突然发现脚下有一个粉红色钱包。捡起打开一看，内有各种证件、手机、信用卡、车钥匙以及数千元现金。小田拿着钱包，站在那里耐心等待和寻找失主。10 分钟、半小时、1 小时过去了……直到游览就要结束时，副机电长李宏伟带着一位面色焦急的女游客跑了过来。小田和那位女士仔细地核实包内的物品后，完璧归赵。女游客激动地竖起大拇指说：“中国水兵，好样的，谢谢！谢谢！”

在黑海之滨的乌克兰塞瓦斯托波尔港，舰艇编队宴请乌克兰海军司令叶热烈上将，宴会在青岛号导弹驱逐舰上举行。桌上摆放着一盘精美的果蔬雕刻“玉龙戏珠”，长约 60 厘米、高约 40 厘米的玉龙，正在嬉戏着一个紫红色的大宝珠，惟妙惟肖，栩栩如生。叶热烈上将惊奇地问道：“这是什么艺术杰作？是用什么材料制作的？”当得知这是中国饮食文化的传统工艺果蔬雕刻，是用红白萝卜制作的，作者是青岛舰厨师、29 岁的 3 期士官武志良时，赞不绝口，马上提出要见一见小武。见到小武，上将伸出大拇指，连声称赞他的雕刻技术了不起，并敬了小武一杯酒。问小武能否和他现在的厨师对换 3 天为他做几顿饭？愿不愿留在乌克兰？没等小武回答，他又一脸正色地说：“我愿拿 3 个士兵换他。”丁司令员笑答：“我倒没意见，就怕他父母不同意。”叶热烈上将说：“在乌克兰，一名将军是有权力给成绩突出的士兵晋衔的。能制作出这么精美艺术品的士兵，应该立即给他晋衔。我有没有权力给他晋衔？……”宴会结束后，他精心托着那盘“玉龙戏珠”带回家送给夫人和孩子，并幽默地说，一定会得到他们的飞吻。

编队停靠的希腊比雷埃夫斯港、乌克兰塞瓦斯托波尔港、葡萄牙里斯本港和法属帕皮提港，几十米外的闹市区，夜总会、歌舞场、酒吧比比皆是。我舰官兵不为所动，无一涉足。正规的工作生活秩序、每日的升降旗仪式、有序的离舰乘车外出，令外国安全官员和海军官兵交口称赞。

在巴西访问期间，巴西共产党员、联邦议员阿卢达在参加宴请时表示，中国的经验是世界人民的财富，希望从中国共产党身上学到如何进行社会主义现代化建设的经验。并希望进一步加强这种形式的交流，更好更多地了解中国、了解中国共产党、了解中国的舰队。

受雇于北约的葡萄牙安全官卡布斯先生和保罗先生负责外国军舰停靠码头期间的安全警卫工作。一开始，每当我们官兵持卡想使用他们那里的磁卡电话机，他们都微笑摇手谢绝。但在观察我们两天后，竟主动邀请我们去打电话。有天晚饭后，我和翻译万锋散步，从他们警卫室门前走过，他们主动邀请我俩到警卫室，拿出饮料、啤酒招待我们，又打开安全记录本，指着记录内容说，这些年来，我们两人为许多外国的军舰担负过安全保卫任务，仅去年就有38艘。这些国家的军舰来了总有人要惹麻烦，如坐出租车不付钱、酒后寻衅滋事、时常与门卫发生冲突甚至打伤人住院等。而你们的官兵都很有礼貌，都很守纪律，希望你们再来。我们离港时，他们俩站在码头边一直向我们挥手，直到我们的舰艇驶出很远很远。在巴西福达莱萨港码头上摆摊卖贝壳的妇女，在我编队离港前，通过翻译对我们说："你们舰上的水兵每天早上坚持跑步锻炼、打扫码头卫生，我们的码头从来没有像现在这样干净过。"

碧波万顷秋点兵

环球航海的首要任务是军事外交。同时，作为军人的航行，这一路也是检验和锻炼部队的练兵行动。编队把恶劣环境作为历练精兵的舞台，全程进行战斗操演300余次，海上综合补给10多次，完成了全课目训练，达到了全员全训水平。航行一路，训练一路，研究一路，探索科学的管装用装方法，创造了重大故障"零"记录。大西洋上，编队还与北京海军总医院对2名高烧的战士成功进行了远程会诊，及时治愈。

环球首航也是对人民海军官兵素质的检验。土耳其阿克萨斯港是北约在地中海的一个重要军港。我编队抵达前，已有美、英、德等8个国家的舰艇在这儿停泊，只空出了一个泊位。在没有港口资料、没有拖船协助的情况下，青岛舰一次靠泊系缆成功，离我仅15米的意大利、葡萄牙、希腊和丹麦等国军舰官兵一致叫好。在访问乌克兰时，除了港口水深受限、航道狭窄弯曲以外，对方留出的泊位与我舰长度相差不多，而且前有俄罗斯军舰，后方停满了游艇和游船。能不能"突出重围"安全靠上码头，是对中国海军的一场考验。码头上前来迎接的我驻乌克兰大使李国邦和华人华侨、留学生代表们都为我们捏了把汗。舰长李玉杰沉着冷静，指挥口令准确利落，各部门密切协同，精心操作，在高难度中完成了"走钢丝"动作，战舰稳稳地靠上了码头，连乌方提供的备用拖船都没有使用，码头上顿时掌声四起。前来迎接的乌克兰海军副总司令瑟乔夫少将，一把握住李玉杰的手，钦佩地说："我当过 10 多年的舰长，见识过许多人的操舰技术，中国舰长是一流的、舰员是好样的！"

随编队出访的还有一架"直－9"型舰载机，在海洋深处，这架直升机不仅担负着"青岛"和"太仓"两舰之间的交通和联络，同时也要完成自身的训练课目。

在与法国海军联合演练中，双方均出动直升机。法方"海豚"频频做悬停、后退、大坡度转向等高难度动作。我方"直－9"也不示弱，你做什么动作，我随后来个比你难度更大的动作，并且完成得非常漂亮。对方在无线电里连连称道："好！好！这是'海豚'最高水平的较量。"说起来，"直－9"还是"海豚"的晚辈，因为"直－9"是在法国"海豚"直升机基础上发展起来的机型，这次在联合演练中锋芒毕露，很有青出于蓝而胜于蓝的意味。

访问的征程并非一帆风顺。一路的困苦官兵们默默承受，肩负的使命让他们一往无前。其间，编队收到国际海事组织发来 29 份海盗通报。途经索马里海域的一天，编队正在进行反海盗训练。突然，有几艘小快艇飞速向"太仓"舰驶来，艇上的人全穿着黑色的衣服。待发现我们是军舰，很快便掉头逃窜。5 月 15 日编队冒雨起航，到大公岛附近海域时，风更逞强、雨更肆虐了。风急浪高，一个大浪打上我所住舱室的舷窗后，听到丁零当啷一阵响声，桌子上的不锈钢喝水杯摔到了地下，连接杯盖和杯把的橡皮筋摔断了。我赶快弯下腰，推来一个木箱，把放在房间的摄像机抵住。刚一弯腰，船身猛地一个摇晃，书架上的一个小瓶子蹿出来冲上天花板后，又落到了地下，抽屉里的物品跳起了"迪斯科"，船体不知哪儿也发出咯吱声。到了中午，有几个同志晕船呕吐。"突来的狂风为我们送行，骤起的暴雨为我们伴航，舰艇的摇晃使我想起了儿时的摇床，偶尔的呕吐只不过是我们交的一点'公粮'。"舰上广播播出的这首小诗，道出了 506 名官兵的心声。在整个航程中，类似这样的恶劣天气经历了许多。编队在跨越印度洋时，原计划穿越一度半海峡。通过气象云图，发现马尔代夫群岛有一个热带低压，而且强度很大。按照一般规律，这个低压不会再南下，从它南部的一度半海峡通过应该是安全的。但通过远洋气象保障系统详细分析相关资料后，发现它可能南移。于是，丁司令员果断决策，改走赤道海峡。后来的事实证明，该低压逐步增强并南移，编队正是从低压的边缘通过的。在我们的身后不远，就形成了 10 米以上的狂浪区！

在三大洋上，我们 7 次成功地规避了大风浪区和强热带低压对航行安全构成的威胁。特别是在太平洋上，我们几乎是从大风浪的缝隙中钻过来的。对路上的艰难险阻，我们早有充分准备，立足最困难、最复杂的情况，制订各种方案预案 60 余项。

这一路上，最劳累的是编队指挥员丁一平将军，航行中大到方向决策、突发事件的处理、战术技术演练指挥，小到官兵生活质量、身体健康、思想政治工作、文化娱乐活动和对外交流，乃至素质养成、礼节礼貌、活动安排、登岸观光指标分配等等，无微不至。所到之处，既要接待来访，接受宴请，又要洽谈外事，交流切磋，马不停蹄，几乎很少休息。

环球航行，对部队的实战能力是一次扎扎实实的检验。“太仓号”补给舰，要为青岛舰补水、补油、补干货。补给的能力和受补能力，是检验海上持久作战的试金石。一路航行，一路补给。经过多次实际补给，越来越顺利，越来越得心应手。事实再一次证明，兵贵练，常备不懈，方能制胜。

风雨同舟情系航程

军舰被称为“流动的国土”，一艘军舰往往能体现一个国家的政治实力、经济实力、军事实力和科技水平，同时，也能反映一个民族的文化素质和精神风貌。

环球路上，思想政治工作始终伴随航行。编队先后举办了放飞和平鸽、抛掷漂流瓶、礼仪过赤道、牵手印度洋、情洒大西洋、拥抱太平洋等一系列主题活动。卫星通信及时传来国内的消息，“天天有播音，周周有舰报，经常有晚会”，丰富多彩的活动，激发了官兵的热情，使他们个个保持旺盛的斗志。除了随队的海军军乐团以外，舰上还组织了业余电声乐队，路上给战友们演出，登岸就给外国友人和华侨演出，思想政治工作往往通过这些文化活动“随风潜入夜，润物细无声”。

“八一”建军节这天，舰上广播传出了事先录制的部分官兵的亲人祝福。网络及时送来了国内最新消息。当十六大胜利闭幕，胡锦涛同志当选为党的总书记消息传来后，官兵们由衷地为我们党的事业继往开来而欢欣鼓舞。

值得一提的是，这次环球航行，我们的编队里还有 4 名海军女军官。她们是：新婚燕尔的护士周敏、文化干事郝坤、刚当上母亲不久的护士詹宪凤和正在热恋中的通信军官郭丹。“这是中国女兵对世界的亮相，这是新中国妇女对千古历史的亮相。”在中国几千年的封建传统中，女性本是被禁止出海的，更遑论乘船环球航行了。4 名海军女军官，环球航行，本身就说明那种封建禁锢的迷信思想在现代文明的浪潮冲击下一去不复返了，更说明了改革开放给中国人的思想观念带来了深刻的、本质的变化。她们克服了很多身体和生理上的障碍，同男性一样乘风破浪，甚至比男性军人付出的更多。除了完成本职业务，进行医疗保障，通信保障，她们还轮流担任舰上的播音员。她们甜美的声音，在日复一日的航行生活中，为官兵增添了许多温馨的慰藉。每到一地，她们更是编队的一道亮丽的风景。“一路航行，她们自编自演的节目把快乐的旋律洒向茫茫大洋。一路访问，她们把新中国的女兵形象镌刻在异国他乡”，成为海外华侨和外国友人、友军高度赞扬的话题。

编队航行在大西洋，在摇晃的军舰召开的一次临时党委会上，丁司令员宣读了海军司令员石云生、政委杨怀庆专门发来“祝贺丁一平、王登平军衔晋升”的电报。因为出航前没有想到我会在航行途中被授衔，没准备肩章。丁司令员佩戴上中将肩章后，把他的少将肩章庄重地递到我手中说，我戴着这副肩章走了环球航行的前一半航程，你戴上它走下一半航程，让我们506名官兵风雨同舟，努力工作，不负党和人民的重托。郝延斌、王凌、相龙华、刘心成、李鹏程等与会同志举起桌上茶杯，以茶代酒，向我们祝贺。这是我终身难忘的授衔仪式。

长途航行，在最初的新鲜过去之后，尽管开展了不少活动，但单调和枯燥的感觉也难以避免，特别是进入太平洋腹地之后，远离陆地，天上不见一只鸟，海面不见一根草。有些年轻官兵的情绪有些波动，离愁别绪、思乡情怀时隐时现地给工作带来一些障碍。在这样的情况下，经常性的思想工作、无微不至的情感和生活关怀、恰到好处的文化娱乐活动，就显得尤其重要。

各级领导干部率先垂范、以身作则，也是保证这次航行圆满成功的重要条件。506名官兵中间，多数人是头一次走出国门，首次航行全球。每到一个国家、一个港口，谁都想登岸看看异国风情。然而，我们是军人，我们有铁的纪律，同时也受条件限制，受对方接待能力制约，舰上还必须有人值班值更，有人维护保养舰船，有人准备补给。再说官兵们保持了良好的素养，顾全大局，克己为人，这实际上也从一个方面展示了我军思想政治工作的强大威力，检验了我军官兵团结一致的凝聚力。

一桩小事，可见一斑。编队配备有卫星电话，按规定指挥员可以使用。但据我所知，无人因私使用这部电话。每到一个港口，从将军到士兵，都到电话亭前排队打磁卡电话。因为卫星电话价格高。但是在航行的第100天，听说一位战士的孩子正好出生百日，编队领导破格批准他使用卫星电话，当听到孩子在电话里咿呀学语的声音，这位战士的眼睛湿润了。

这次环球航行，我们许多时间在赤道附近行驶，高温、高湿、高盐，有时候温度达到四五十摄氏度，高温使海水的盐分蒸发，凝聚结晶，往往伸手往栏杆上一摸，满手都是盐粒。为了防止舰载装备在高温条件下发生意外，我们经常用土办法给装备降温，用湿被子蒙在舱面关键装备上。在这种情况下，淡水贵如油，谁都舍不得用淡水洗澡。

在航行中，我们最盼望的就是下雨。雨下得越大，大家就越高兴。有时候男同志集聚在一起，脱下衣服淋浴。黑乎乎的一片脊梁，在天海之间，欢腾跳跃，蔚为壮观。

风雨同舟，同舟共济，患难与共。环球航行的万里航程，官兵的灵魂受到了进一步洗礼和净化，思想境界得到了升华。战友之间，同事之间，上下级之间的友谊更加纯洁质朴。

一支英雄的军队背后，必然站立着一个伟大的民族。正是因为有了强大的后盾，我们才能跨洋渡海环球航行。站在 506 名官兵身后的，是伟大的祖国和 13 亿的人民！富国方可强兵！

访问期间，时任我驻新加坡大使张九恒、埃及大使刘晓明、土耳其大使姚匡乙、乌克兰大使李国邦、希腊大使甄建国、葡萄牙大使陆伯源、巴西大使万永祥、厄瓜多尔大使刘峻岫、秘鲁大使麦国彦、法国大使吴健民都亲率有关人员前往码头迎接，进行周到安排。

这里有一组数据：出访官兵中有 9 人推迟婚期；有 13 人刚刚结婚就告别新婚的妻子；有 6 人在远航中做了父亲；有 56 人的亲属生病住院；有 9 名官兵亲人不幸病故。

编队起航前一天，士官何云的儿子问世，环球百天，儿子百日，为了纪念这次特殊的航程，他给儿子起名叫“伟航”，意为“伟大的航程”。

护士詹宪凤的女儿刚刚 1 岁，编队到达第一站新加坡时，她给家里打电话，女儿拿着电话，足足几分钟一句话也没说，她多想听听女儿的声音，哪怕是一句哭声。对着无言的话筒，她的泪水止不住地流了下来。一个月后，当她在埃及给女儿打电话时，女儿已经能叫妈妈了。女儿的一声“妈妈”叫得她泣不成声。爱人在电话中告诉她，这一个月里，家人一直在教女儿说“妈妈”，现在，女儿只要一听到电话铃响，就会主动跑来接，一听到是女同志的声音就喊“妈妈”。

战士金鹏出访途中，姥姥、奶奶相继病故。为了不影响他的航行，家里一直瞒着他，直到返航回到青岛，前来迎接的母亲一把将他搂在怀里，哭着告诉了他。金鹏眼含热泪，在码头上，对着两位老人安息的方向，深深地鞠了 3 个躬。茫茫海天，见证了军人对祖国大写的忠诚。

“劈波斩浪远航去，跨海渡洋凯旋归”。132 天，披星戴月，风雨兼程，我们终于完成了中央军委赋予我们的环球航行访问任务。

编队2002年5月15日从青岛港起航，先后通过苏伊士、巴拿马两大运河，横跨印度洋、大西洋、太平洋三大洋，远涉五大洲，六次穿越赤道，对新加坡、埃及、土耳其、乌克兰、希腊、葡萄牙、巴西、厄瓜多尔、秘鲁、法属帕皮提十国十港进行了友好访问。航经了15个水道，22个海峡海湾，45个群岛，横跨68个纬度，填补了中国海军在世界环球航行史上的空白。以“展民族形象、扬国威军威、促和平友谊、创环球壮举”的实际行动，宣传了我国改革开放的大好形势，促进了我军同外军同行的相互交流和了解，鼓舞了广大海外同胞促进祖国统一的信心，展示了我军威武文明之师的良好形象，圆了中华民族的千年梦想。

站在辽宁舰的甲板上

黄传会

我站在这片甲板上。

五级、六级、七级；

向南、向南、向南……

我终于站在这片用特殊钢材锻造成的甲板上。

八级、九级、十级；

墨绿、浅蓝、深蓝……

一个个巨浪朝着舰艏扑来，激起铺天盖地浪花。强劲的海风吹拂着舰岛主桅杆上那面镶有“波浪”的海军旗，吹拂着我的海洋迷彩服的衣襟，我的胸中像有十面大鼓在擂动。

有些日子是必须镌刻在心中的，海军官兵牢牢记住了两个日子：“四月二十三日”——人民海军诞生日；“九月二十五日”——辽宁舰正式交付海军日。

海军离不开舰船，而舰船都有甲板，只不过甲板的大小不同而已。

六十五年前——一九四九年四月二十三日，华东军区海军在江苏泰州白马庙宣告成立。

第二天清晨，司令员兼政委张爱萍率领先头部队从江阴八圩港搭乘小渡轮，准备去接管江阴要塞。

迎着蒙蒙细雨，站在小渡轮狭窄的甲板上，张爱萍点了点人数，说：“同志们，这是我们华东军区海军的先头部队，五名干部加八名战士，一共十三人——这可以称为全世界最小的一支海军了！”

片刻，张爱萍又激情满怀地补充道：“十三个人，十三万兵马啊！”

一年后的一九五〇年三月，新上任的军委海军司令员萧劲光视察海防，抵达山东威海，他要登岛去察看，却无船可乘，不得已，只好租了一艘小渔船。站在小渔船小得不能再小的甲板上，眺望着不远处的刘公岛，萧劲光神色凝重。这时候，渔民一边摇着橹，一边有些不解地说："你是个海军司令员，还要租我们的渔船！"

渔民的话深深地刺痛了萧劲光，他对身旁的随行人员说："大家都要记住今天这个日子，海军司令员可是租老百姓渔船视察刘公岛的！"

扬起风帆，人民海军就是从这两片最小的甲板启航的。

半个多世纪筚路蓝缕，半个多世纪迎风破浪，从无到有，由弱到强……

每个海军官兵心中都有一个梦——那便是中国海军的"航母梦"。

一九八〇年五月，海军的老司令员刘华清将军率团访问美国，美方安排的"压轴戏"是参观CV-63"小鹰号"航空母舰。

这是中国高级军事将领首次登上美军的航母。在舰长的陪同下，刘华清参观了作战指挥中心、机库、飞行弹射装置、官兵生活舱等设施。将军深深懂得，正是航母的出现，把海战的模式从平面推向了立体，实现了真正的超视距战斗。今天，它已发展成为舰机结合、攻守兼备、机动灵活、坚固难损和高技术密集的多球形攻防系统。它不仅是一个强有力的战术武器单元，是海上作战系统的核心，也是一个能抛核弹的战略威胁力量。在世人眼里，它被视为综合国力的象征。

最后，将军来到了飞行甲板上，再一次久久地眺望着这座战争城堡。将军后来对身边的工作人员说："当时，我脑海中想的只有一个问题——什么时候，中国也有航母？"

"中国不发展航母，我死不瞑目！"

将军这一明志誓言，成为一个民族的誓言。

"哗——"

"哗——"

站在这片辽阔的甲板上，我的心潮与大海的波涛在一起翻滚。

与辽宁舰停靠的码头紧挨着的那片海域，曾经吞噬了致远舰，曾经淹没了北洋海军的全部龙旗，我不由得想起了一百二十年前的那场海战——

一八九四年七月二十五日，蓄谋已久的日本侵略者以偷袭清朝政府运兵舰队为发端，不宣而战，发动了一场大规模的侵华战争。从丰岛海战到鸭绿江溃败，从大连失守到旅顺屠杀，从大东沟决战到威海投降，北洋海军全军覆没，被迫签订《马关条约》，最后以割让台湾及其附属岛屿、赔偿两亿三千万两白银而告终。这笔巨额赔款，相当于清朝政府三年的国库收入。

中日甲午海战，在中国人民近代的反侵略战争中，规模最大，失败最惨，后果最重。它是压在中国人头顶的一块石头，是中华儿女心中永远滴血的伤口。

马克思指出：“如果一个国家真正感到了耻辱，那它就会像一只蜷伏下来的狮子，准备向前扑去……”

十七世纪以来的世界历史昭示我们，一个不能走向海洋的国家，是没有出路的；一个不能走向海洋的国家，是难以登上大国舞台的。民族复兴之路在海上，大国崛起之路在海上。发展航母成为中华民族迈向海洋世纪不可动摇的意志表达。

从二〇〇四年八月，中央正式批准航母工程立项上马；到二〇一一年八月，中国航母平台完成首次出海试航；到二〇一二年九月二十五日，辽宁舰正式交付海军，人民海军一个崭新的时代——航母时代解缆起航了。

“航母是中国水兵最大的舞台，为了心中的梦想，我申请当一名普通的航母舰员，在战风斗浪中历练成长！”一位女博士研究生给海军有关部门写信自荐。有人不解：“二十二年勤奋苦学，难道就为了当一名水手？”她回答：“我爱航母，我要终身嫁给航母事业！只要能上航母，打扫卫生我也愿意！”

她成为辽宁舰上第一位女博士军官。

第一代航母舰员，来自海军五大兵种和海军各级机关、各个院校，他们都是怀抱着远大的航母梦！

辽宁舰共有二十二层甲板、三百多个直梯、三千多个舱室，官兵们是从“认路”开始航母生活的。几百个三级系统、几万套全新装备、数十万册技术资料、数以亿计的备品备件，需要掌握使用，需要消化吃透，需要学会管理。还有，战舰与飞机如何融合，岸舰如何衔接，也亟待解决。“组建一支部队，创办一所学校，接好航母首舰，培育种子人才。”接舰部队官兵踏上了追梦实干之路。

航母飞行甲板，是“世界上最危险的四点五英亩”。舰载机在离舰的瞬间，一旦偏移跑道，它所产生的巨大尾喷，可将挨得最近的起飞助理吹进海里，而万一高达上千度的尾喷流扫到人体，后果更是不堪设想。因此，在甲板上放飞舰载机的飞行助理，是世界上最勇敢的人。舰上选拔飞行助理时有个规定：必须是本人自愿。当初，舰领导问一位飞行助理：“你在考虑这项工作时，想过它的危险性吗？”他沉着地回答：“我当然考虑过！自一九八六年以来，仅某大国就有二十八名飞行助理牺牲在岗位上。而且，我们的舰载机还处于试验阶段，风险比国外同行更大。我很清楚，选择这一专业，便意味着用自己的生命去探险，去为我们的航母事业开路。国家的需要，永远是我们航母舰员的第一需要！”

外电预测，即便中国的第一艘航母下水了，与之配套的舰载机仍然是个未知数。然而，仅仅过了两个月，我国自行研制的舰载机歼－15在辽宁舰横空出世。

十一月二十三日，我国航母舰载机首次着舰起飞惊天大戏的帷幕拉开了——被称为“刀尖上的舞蹈”即将开演。

选拔首批舰载机试飞员堪比航天员，有些条件甚至更加苛刻。年龄在三十五岁以下，飞行时间在上千小时以上，而且必须飞过“三代机”。为了这一天，他们进行了数以千计，甚至带着生命风险的演练：低空大速度、失速尾旋、模拟着舰试验……

上午九点零八分，轰鸣声越来越大，“空中飞鲨”矫健的身姿出现了。一转弯，二转弯，放下起落架，放下尾钩……五百米……三百米……一百米……

声如惊涛骇浪，势压万马奔腾。眨眼间，“空中飞鲨”的两个主轮在触到航母飞行甲板的同时，机腹下的尾钩牢牢地钩住了第二道阻拦索，疾飞似箭的“空中飞鲨”，滑行数十米后，平稳地停了下来。

一着惊海天！

二〇一三年岁末，在导弹驱逐舰沈阳舰、石家庄舰和导弹护卫舰烟台舰、潍坊舰的伴随下，辽宁舰穿过台湾海峡，奔赴南海海域，这是辽宁舰本年度第五次出海进行科研试验和训练。辽宁舰交付海军一年多来，全体官兵攻坚克难，连续作战，先后完成了舰载机阻拦着舰和滑跃起飞、驻舰飞行、复杂气象条件下连续起降，以及近似实战条件下航母作战系统感知能力，指挥能力，综合通信、导航、气象保障能力，空域管理能力等一百余项试验和训练科目，作战系统、动力系统及舰艇适航性能等各项技术指标得到进一步试验，积累了宝贵经验，取得了一系列重要成果。

我站在这片用特殊钢材锻造成的甲板上。

迎着强烈的海风，

向南、向南、向南……

墨绿、浅蓝、深蓝……

原载《解放军报》2014年11月3日

女兵墓

王宗仁

深秋的黄叶，在寂寥的天空凄凄飘落。我走进这覆盖着碎石、荒草的枯原，寻找昔日的梦。

是找她吗？一个长眠在世界屋脊上的女兵。

是。又不全是。

军营生活二十七载，我从南到北走过不少地方。每到一地，我都有个习惯：瞻仰烈士陵园。站在那圣洁的纪念碑前。望着那一座座坟茔，我常常对那些遗骸天涯、埋骨他乡，以山河为归宿的前辈、同辈烈士们，产生一种深切的敬意。

这里便安睡着一位令我尊敬的女性。我捧着从那曲镇上藏胞家里买到的一束雪莲花，踏着铺满野花的小径，终于找到了她：广袤的草原上，一堆小土丘……

你还记得我吗？在你离开你倾心热爱着的这个世界时，是我抱着你啊！我敢这样肯定：你那时是第一次被一个男子大汉抱着。我也是第一次抱起了一位姑娘的躯体！

你是会记得的。你当时的眼睛曾向我透露出怎样强烈的神色！

那时，我是一个入伍不到一年的、跑车的司机。你呢，团卫生队一个普普通通的卫生员。你头顶上有一颗闪亮的五角星，军装外总系着一条棕色的宽皮带，在军人的世界里，你是一个普通的分子，只有那个左肩右斜的红十字药包显示着你有与众不同的妙手回春的本领。当时——五十年代初期，在这条进藏的风雪路上，你是为数不多的汉族女人之一。以前我并不认识你，只是那天我从兰州新兵营拉了一车进藏的战友时，才看到了你。你作为护送战士的医生

（领导确实是这样告诉我的），同车前往。至今，你留在我脑海里的一幅清晰的图像是：你太忙了，简直可以说世界上再没有第二个人比你忙。车上三十五个新兵，出发后每天你都要给他们量两三次血压。车子过了日月山，几乎每小时你都要拿上测压器，像过筛子似的，给每个战士量一量，连我这个在青藏线上已经跑了三趟的“老兵”，你也不放过。同志们有些不好意思了，觉得自己这牦牛似的身体用不着这样多事。你不依，板起脸很严肃地说：“‘牦牛’也不行！高山症对谁都不客气。”一车人全老实了，包括我这个“老兵”，都乖乖地把胳膊伸到你面前，任你测量、记录。

唐古拉山巅出奇的冷。我停车小憩，加油加水。你照例跑上跑下地为战士们查体。冷风吹不干你脸上的热汗……

就是在这时候——我终身都会记得它——1955 年 10 月 25 日中午一点一刻，不知从哪里飞来一颗流弹，车上站着的一个新兵应声倒下了。

山腰的崖洞里伸出了一支叉子枪……

大家马上明白了是怎么回事。土匪用罪恶的枪口瞄准了我们这辆军车。流弹还在继续飞来……

你是第一个发现敌情的哨兵。你冲了上去，毫不犹豫地冲了上去！抱住了那支叉子枪，死死地抱住了！那枪口离汽车不过几十米。当时，你如果不这样办，别的任何办法都不能保证车上的战友不会再倒下去。

剩下的三十四名新兵全冲上去了！他们手无寸铁（还没有给他们授枪哩！），硬是用三十四双拳头捣毁了敌人的老窝，活捉了三个土匪。当大家把你从叉子枪上抱起来时，你已经奄奄一息了……

我开着车像飞一样向拉萨驶去。你需要住院抢救，时间就是你的生命！我把浑身的劲都用在了右脚尖上，狠狠地踏着油门，巴不得让汽车轮子离开地面飞起来！

那曲镇，飞车而过；

二档山，乘着风去……

你的伤情毕竟太重了！当我开车行驶到藏北高原上时，不得不停下了车。你在这里走完了自己一生的路程。你留下了你的未来，留下了你的幸福，留下了你的幻想，也留下了你那颗永远搏动的心！

我不相信你会这样离开我们，绝对不相信！我太激动了，抱起你，拼命地把你呼唤！可是，我不知道你的名字，车上没有一个人知道你的名字。我只能喊：“同志！同志！”我第一次感到了“同志”二字的金贵。任我喊破喉咙，你总不睁开眼睛。我还是大声喊着。奇迹出现了，你到底被我唤醒了，睁开了那美丽的眼睛，长长的睫毛闪动了几下，望着我，还有周围的同志，笑了！围着你的同志也都笑了。

我们太愚蠢了，也太老实了！没有抓紧时间就在你睁开眼睛时，和你说上几句话。结果你很快又闭上了双眼。再也没有睁开。我把你紧紧地抱着，我恨自己作为一个司机，未能把你送到那起死回生的地方，我巴不得让自己跳动的心律传导于你身上，让自己的呼吸将你唤醒……

可是，一切都是枉然！你还是远去了。在被你掩护的一车战士中，你几乎什么都没有留下。没有姓名，没有籍贯，没有遗嘱！

我拿出随车带的十字镐，同志们轮流掘土，给你在草滩上找了安身之地。我取下了你至死仍紧握着的测压器，本想把它捎给你的家乡，送给你的亲人。可是，怎么捎去呢？思来想去，还是让它伴着你去远行吧！女战士，瞧你睡得多么安详：躺在草原露营，枕着寒风长眠。身盖六月雪被，脚蹬无名小溪。我知道，你只有躺在这里，只有这样躺着，才能心安理得地合上双眼。

时隔一月，我完成了任务，返回到藏北高原。我特地将车停在路边，步行去看望你。你的坟包还是那么一堆普普通通的黄土。所不同的是，坟前立了一块无字碑。一瞬间，我的感情，我的心涛，像海潮一样澎湃起来。无字碑？谁立的？是不会写汉字，或者连藏文也不会？还是不知道女战士的伟绩的人？……我忽然明白了，全不是。只因为你是一位无名的兵，人们只能给你立块无字碑。

我给你的身上盖了一把新土，又深深地给你鞠了个躬，和你告别。

不知为什么，就在我转身返回的时候，我忽然想起了黄继光。你和他一样，都是迎着敌人的火力点冲上去，用胸膛堵住了那喷吐着罪恶烈焰的枪口。他，成了全国上下妇幼皆知的英雄。可你呢？默默无声地眠于世界屋脊。又有谁知道你在生命的最后一刻所闪耀出来的火花？

委屈你了！我们的女战友！

作为一个目睹了你的伟大壮举的人，一种内疚深深地折磨着我。我甚至恨自己，为什么不是一个记者，或是一个作家？这样，我会为你大书特书。这一夜，我没有赶路，投宿在你坟包附近的黑河兵站，一夜未寝。

次日，天一放亮，我又返回到你的墓前，掏出钢笔，在那块无字碑上连描带刻地写上了五个字：

高尚的女兵

二十多年来，在我心中的天平上，你的名字始终像黄继光一样光荣、伟大。不论是三年困难时期还是十年动乱期间想到你，也不论给同辈人还是给我的孩子们讲起你，你的行动所产生的激奋人心的力量，总是会强烈地震撼人们的心！

只是，有一件事常使我挂记，使我不安：那块无字碑还在吗？我写的那五个字呢？……我担心岁月会磨去那碑及碑上的字，更担心你的形象会被人们淡忘。

女战友，我现在回到了你的身边。我是去西藏边防执行任务，专门拐进来看望你的！使我兴奋的是：一个无名的战士，终究被更多的人记住了。你的坟包变大了，而且用洁白的灰浆墁了顶。墓前的一棵青松长得有两层楼高了。松树下，依旧立着那块无字碑，碑上的五个大字已经被人镂刻在上面了。字迹一点也没变形，还是我写的字。

我深深地向你鞠了一躬，在你身边站了足足有半个小时。

昨晚，藏北高原落了今年的第一场新雪。好同志，雪花一定又打湿了你的衣服、被褥，你冷了吧！让我给你的坟上培层新土……

王仁先

刘亚洲

1984年，中国与邻国在云南麻栗坡老山、者阴山一带爆发了边境冲突。一批军队作家到前线采访，我在其中。

当时我正在调查军队中婚姻问题，想就此写一篇论文。到参战部队，我也侧重这方面调查。我到了许多单位，吃惊地发现：参战部队中凡有未婚妻的官兵，战前大多都吹了。有一个女大学生给未婚夫的信中写了这样一句话："我父母说：你要牺牲了倒也罢了，假如你断了条腿，或少了一只胳膊，那怎么办？"有一个连队进攻作战，异常惨烈，指导员等三十多名官兵牺牲。烈士遗体抬下来，指导员未婚妻的绝交信正好到了部队。连长集合幸存的官兵，当众念这封绝交信，一旁静静地躺着指导员的遗体。全连战士都哭了。

我在连队当过兵，知道战士们津津乐道女人。但在麻栗坡，情形大变，凡将投入战斗的部队，官兵均不谈女人，仿佛有约在先。只听过一件例外的事：某连组织突击队，连长和指导员争着要率突击队冲锋，争执不下，最后连长怒了："老子是结过婚的，摸过女人！我去！"

就是在这种情况下，我听到了王仁先的故事。

王仁先是某部副连长，干部子弟，人生得英俊高大。战前，与他相处了五年的女朋友离开了他。他所在的连队将作为尖刀连进攻老山主峰。他率领一个排驻在老山脚下一个小村庄里。房东是一个年轻的女人，叫阿岩，已婚，有一个在襁褓中的婴儿。阿岩一见王仁先就喜欢上了这个潇洒的小伙子，向他频送秋波。王仁先虽失去爱人，却也未必就看上阿岩。毕竟一个是干部子弟，一个是农村妇女，中间隔着鸿沟呢。阿岩是个很有性格的女子，青山咬定不松口她把自己的想象力发挥到了极致；每天给王仁先做最好的东西吃；每晚为他烧洗脚水；给王仁先洗所有的衣服。她甚至在自己丈夫面前也不掩饰对王仁先的情感。王仁先训练回来，她竟能撇下正在说话的丈夫，迎着王仁先而去，为他拂去一身尘。王仁先起初在抵抗阿岩，但随着阿岩炽热的进攻，也随着老山战事的一天天激烈，是否也随着笼罩着连队的官兵失爱的阴云一天天浓重呢，总之，他的抵抗渐渐变得软弱。

6月某日，已确定翌晨进攻老山，战斗命令已发出。那一刻，连队一片死寂。王仁先来向阿岩做最后诀别。阿岩为王仁先的军用水壶装了满满一壶水。王仁先喝了一口，哎呀，比蜜还甜。阿岩不知道往壶里放了多少糖。她以为越甜越好呢。王仁先的眼睛潮湿了。这时候，阿岩使用了最后的也是最原始的手段：撩开衣服奶孩子。她把整个心扉向她所深爱的男人敞开了。在王仁先心中，所有的长城轰然崩坍。他颤抖着走向阿岩。

灶里的火熊熊燃烧。他俩也在燃烧。第二天，情况突变，进攻时间推迟。凡事有第一次，就有一百次。堤已决口，汹涌澎湃。于是，在老山脚下，在村边，在树林中，甚至在阿岩家的牛圈里，一个古老的爱情故事被赋予了新的内容。每次二人完事之后，王仁先总是一言不发，闷着头一颗接一颗地抽烟。而阿岩呢，则老是笑，咯咯地笑个不停。她是欢喜呢。她得到了她渴望得到的东西，一如刘备得到了天下一样。这样的事瞒得了世界，瞒不了丈夫。阿岩丈夫向部队告发了。他没有说具体是谁。弄不清丈夫是真不清楚，还是不肯说。

发生这种破坏群众纪律的事，那还了得。部队上下极为重视，层层调查。他们在牛圈里搜到许多带过滤嘴的烟头，顿时知道是王仁先所为，因为全连只有他抽这种过滤嘴高级香烟。连长找王仁先谈话。王仁先拒绝承认此事。营长也找他，他还不讲。营长火了，命令："全连集合！"然后请阿岩与她丈夫来指认。

打谷场上，一连官兵肃立。阿岩和她丈夫来到队列前。

后来该连指导员告我：此时阿岩，全不似犯了什么错事，毫无颓丧之气，反意气飞扬。指导员说："原来我想，她肯定会巡睃一遍后说，没有那人！这样就一了百了了。"万没想到，阿岩径直走到王仁先跟前，指着他说："就是他！"

一霎间，空气凝固。一根针掉在地上都能听见。王仁先冷冷地望着阿岩，而其他上百双眼睛则冷冷地望着王仁先。阿岩的第二句话更令全连震惊："我疼他！"

当地人把"疼"当"爱"讲。这是赤裸裸的爱情宣言呀。全连把目光转向她。她勇敢地与全连官兵对视，泪水渐渐涌上了她的眼眶。

三天后，团里下达了对王仁先的处分决定：降为排长，党内严重警告。又过几日，进攻开始。连队开拔。阿岩又烧了一壶放了糖的水，去找王仁先。连队不让王仁先见她。村口，部队逶迤而前，阿岩站在大树下焦急地张望。有些官兵从她身边走过时，轻蔑地议论，甚至还朝地上吐口水。阿岩均不在意。王仁先过来了，不朝这边瞥一瞥。走过去后，也再未回头。

当夜，老山鏖战通宵。火光映红了南中国的天空。从第一声枪响直到最后寂静。阿岩一直坐在村头，一瞬不瞬地看着老山方向。她的眼睛在黑暗中熠熠放光。丈夫拽她回屋，她不肯。丈夫气极，打她。下手极重。辫子开了，头发散下来，遮住半张面孔。血和泪一起淌。她整整坐了一夜。

部队攻克老山后，王仁先迅即被派到最前沿的“李海欣高地”。营长事后说：“我就是要把他派到最危险的地方。不派他派谁？”7 月 12 日，对方以一个加强师反攻。战斗残酷到了极点。王仁先表现十分英勇，还击毁了一辆坦克。更重要的是，他利用报话机向后方炮兵报了一千多条情况，使我方大炮宛如长了眼睛。老山岿然。

数月后我登上“李海欣高地”时，仍可见草丛中白骨枕藉。对方发现“李海欣高地”上的王仁先，全力进攻。战士全部战死。王仁先打光最后一颗子弹，对报话机喊了一声：“我走了！”遂被炮弹击中。死时二十五岁。全连在老山主峰上目击王仁先奋勇冲杀，感慨千万。他死时，大家都摘下钢盔。

一个月后，连队撤下老山，又回到阿岩的村庄休整。部队刚进村口就看见阿岩。她像一株相思树似的伫立在送走部队的地方。连队官兵依然从她身边鱼贯而过，不知怎的却换了一种心情，没一个吭气。连营长都低着头匆匆而过。部队全部过完，天已暝，阿岩的身影依然在暮色中绰约。根据王仁先在战斗中的表现，团里为他报请一等功，但上级不批，还发下话来：“这种人还立什么功？”连队大哗。

王仁先被安葬在麻栗坡烈士陵园。为他立墓碑那天，连队官兵全数来到陵园。远远地，他们看见，一个窈窕的女子的身影在坟前晃动。走近才看清那是阿岩。他们被眼前的情景惊呆了：王仁先的坟头上密密麻麻地插满了香烟，全是过滤嘴的。一片白，仿佛戴孝。后来他们才知道，阿岩卖了家中唯一的一头耕牛，买了十几条王仁先爱抽的那种上等香烟，在坟前全部撒开，一颗颗点燃。她垂泪道：“让你抽个够。”

我来到老山前线时，王仁先所在连队又重上老山驻守。我执意要去看望。正值盛夏，大旱。老山地区已有两个月不下雨了。阵地上疟疾肆行，军部派两个女军医带着药品与我一道上山。过了“三转弯”之后，天色渐渐变了。乌云翻滚，电闪雷鸣。当我们接近主峰时，天降大雨。好雨！万千条水柱抽打着皴裂的红土地。已在阵地上驻守一个多月的连队久旱逢甘霖，大喜。

官兵们一个个脱得赤裸裸的，冲到山坡上，任凭雨浇。他们坚强的裸体白生生地，把人眼睛刺得疼。一百多人呵，那是一百多件雕塑。他们一个个举手向天，呼喊。喊声惊天地泣鬼神。那是怎样一幅动人的图画。我身后两个女军医哭了。我也一阵鼻酸。我觉得我触到了大山的心跳。

从老山主峰下来，我特意找到阿岩的村庄。阿岩不在，她出远门了。我问村主任阿岩长得什么样，村主任说：“阿岩是麻栗坡最美的女人。”

原载《人民日报》1997 年 8 月 6 日

低气象

宁　明

在辽南某机场，能捉住一个像模像样的低气象可飞天气可真是不容易。

既然是被叫作“低气象”，总不能像“高气象”那样天高云淡、碧空如洗、阳光灿烂……这些美好而让人心旷神怡的词汇与低气象永远无缘。低气象，它要求云底高或能见度要达到飞行员所飞机型的最低气象条件。对于辽南某机场来说，低气象的云底高一般为 200 米或能见度 2 公里，在特定条件下，云底高或能见度甚至还可能更低一些。只有在这种气象条件下训练出来的合格飞行员，才能在未来的各种复杂气象条件下更好地执行战斗任务。

每个飞行员都渴望着自己能成为“全天候”飞行员，而低气象是必过的一关。

连续几天的飞行待命。不是天气太好，就是天气太不好。只要老天爷赏个脸，再给我们一天的机会，这批飞行员的低气象训练就告结束。

面对久等不遇的天气，团长对那些心情急躁的飞行员没好气地训斥说：“老天爷又不是只供在咱家的香案上，你让他显灵他就显灵吗？咱空军不就是靠天吃饭嘛，你还能跟天较劲啊？！”

辽南的天气，大多数时候像一首老歌里唱的那样，“解放区的天，是明朗的天……”，在这样的“解放区”里，怎能让这些年轻的鹰们得到风雨的锻炼？又怎能淬硬他们钢铁的翅膀？

气象台终于发出预报：明天上午是低气象可飞天气，但午后可能会降雨。

作为飞行指挥员的我，接到这份盼望已久的天气预报信息，心里一阵欢喜，但旋即又沉重起来。只有多半天的机会啊，若抓得不紧，肯定完不成从进场退场需要七个半小时的低气象飞行训练计划。

不必谦虚，在飞行训练上我是个爱动脑筋的人，尤其在关键时候，常会有些与众不同的新想法，用团长那句有几分赞赏更有几分戏谑的话评价：“写诗的人，想象力就是丰富，点子多！”

经过认真推演、计算，结合明天可能出现的天气情况，我斟酌一番后，“点子多”的老毛病又犯了：“团长啊，我建议，明天早晨让机务人员天亮前一小时就起床，不论天气是否可飞，先把飞机拉到起飞线，做好一切开飞前的准备，然后原地待命……”团长看看我，思忖了一下说：“有道理，我也这么想过。”真是一拍即合。临走出团长办公室，我也没忘了给采纳合理化建议的团长奖励一句奉承话：“还是团座想得周到，运筹帷幄啊！”团长故意装出一副不耐烦的样子说：“去去去，赶快按计划布置任务吧！”

人若有了心事，总是睡不踏实，而且容易不着边际地胡思乱想。早晨4点钟，我从一身冷汗中醒来，其实是让一个离奇的噩梦给吓醒的……

我梦见今天的低气象飞行中，一个新飞行员由于操纵失误，而我又指挥、提示不及时，飞机在着陆时偏出跑道，与机场旁的防护堤相撞，飞机起火，黑烟冲天……我大声命令消防车快去救火，可消防车像断了气的死牛，一动不动地卧在那里。我又急又气，冲下塔台，结果一看，原来消防车根本没有轮子……

我下床拉开窗帘，使劲摇摇头，想尽快甩掉这个不吉利的兆头，并在心里暗自狠批这种“唯心主义”，提醒自己不要因此干扰今天早晨的情绪、破坏指挥时的平静心情。

在低气象训练中，兄弟部队的确发生过与我梦中情景极相似的飞行事故。

窗外迷迷蒙蒙，隐约能听到水珠从杨树叶子上滴滴答答滑落地面的声音。我从窗户向外望去，只能模糊地看见苹果园旁边的水塔——能见度只有1.5公里。整个飞行大楼被包裹在潮湿的空气当中，静悄悄的，仿佛在无声地滋润着每一个窗格里的飞行员的美梦。

再过半小时，机务人员就该起床进场拉飞机了。我抓起电话要通气象台。气象台新分配来的预报员小胡睡意蒙眬地说，她也只能看见1.5公里的水塔……没等她把天气实况“报告”完毕，我就重重地扣上了电话，心里嘟哝一句，小丫头片子，真是个“胡”预报！

我返身躺回到床上，微闭双眼，满脑子都是比浓雾还浓的焦虑情绪。迷迷糊糊中电话铃的叫声吓了我一跳：“报告指挥员，现在起风了，预计能见度7时可达2公里，云底高300米……”小胡总算是报来了一个好消息。

命令部队按计划进场。为节省时间，我让值班参谋通知飞行员进场后再吃早饭，气象台也要随时报告天气变化情况……一切布置完毕，飞行楼的走廊里恰好响起了兴奋的起床哨声。

气象台对今天的低气象天气预报得很准确。当我乘车先于部队到达机场塔台时，跑道延长线左侧 2 公里的馒头山已羞答答地露出了真容。这座仅有 85 米高的小山包，是飞行指挥员在塔台上观测能见度的重要参照目标。在本机场飞行多年的老飞行员都知道，馒头山是机场开放的“准行证”，它若不露面，机场就得关闭。

联系备降机场。下达机前指示。飞行员直接准备。检查跑道。着陆雷达开机。塔台指挥班子协同……一切准备工作全部就绪，我看一下手表，6 时 50 分。

“报告团长，请示开飞！”当值班参谋按照我的意图向团长请示开飞时，团长紧皱着的眉头刚刚有舒展开来的迹象，脸上笼罩着的乌云也仿佛露出了缝隙，但心情的能见度依然很低。我用坚定的目光与团长对视了一下，无声地表达了我的意见。“开飞吧！”团长把刚点燃的那支软玉溪往烟灰缸里用力一掐，同时也掐灭了心里的犹豫。

绿色的信号弹让沉寂了几天的机场顿时欢腾起来。开车。滑出。起飞。一架架精神抖擞的战机仿佛要把早晨潮湿的空气撕裂开来，携带着阵阵轰鸣声冲向了天空。

天气状况稳定。飞行顺利。最后四架飞机已做好了各项准备，昂首待命于起飞线。我尽可能掩饰住自己内心的喜悦，但翘起的二郎腿还是忍不住在指挥台底下轻轻地打起了拍子。

气象预报员小胡不知什么时候从我身后凑了过来，尽量贴近我的耳朵说：“副团长，这四架飞机就别放飞了吧，天气可能要变坏了，东部海域已上来低云了……”我猛一回头，面带愠怒：“你说什么？！”小胡吓了一跳，后退一步，马上立正：“报告指挥员，天气将要变坏，气象员建议停飞！”然后，又委屈地补充一句，“这也是我们台长的意见。”我刚想说叫你们台长来报告天气，一抬头，透过塔台巨大的玻璃，看见台长老刘正在观测台上满脸忧虑地向馒头山方向张望着……

沉默。我心里马上有两个小人儿激烈地辩论起来：一个说，你又不是团长，担这份风险干吗？按气象员的建议停飞，见好就收吧！即使错过了可飞天气完不成训练任务也不是你的责任。另一个说，顶多再有 40 分钟整个训练计划就可完成，这样的气象条件多不好遇啊，正好锻炼飞行员的低气象技术，放弃太可惜！

我看着红蓝相间的计划纸，红色的“P”字下团长的飞行架次正在“穿云上升”呢，20分钟后他才能变成红色的“B”字而平安着陆。与团长商量一下的念头只好打消。时间，宝贵的时间正在流逝。不能再犹豫了！

我一边命令领航参谋通知着陆雷达加强对穿云下降飞机的监控，一边让训练参谋通知最后四名飞行员立即上飞机，并特意强调一句：“把571调整为最后一架起飞！”571是一名技术不错的飞行中队长，让他最后压阵，一旦有意外情况，处置起来我比较放心。

这四个家伙像抢着登台表演一样，动作迅速，不到两分钟，第一架飞机就从无线电里兴奋而嘹亮地报告：“……准备好！”我也毫不犹豫：“开车！”口令洪亮、坚定，颇有点孤注一掷的意味。

小胡在我身后怔怔地站着，满面涨红。她是在为飞行员们的安全担忧，还是对我一意孤行的行为忿恼？我已顾不着去理会了。

当我用红蓝铅笔在团长的飞行架次上重重地画上一个红色的“B”字时，心里仿佛更添了胜利的信心。我知道，5分钟后，从停机线跨出飞机座舱的团长就会拎着头盔急匆匆地登上塔台，和我一起关注、指挥这最后的四架飞机，齐心协力完成我们心中共同的愿望。

第一架飞机已经报告“穿云下降”，后三架飞机依次间隔4分钟沿“穿云图”飞行。20分钟之后，今天的飞行计划就可胜利结束，这批飞行员的低气象训练任务将宣告圆满完成。

我的目光一直关注着天气的变化。能见度似乎比开飞时差了些，但变化并不明显。我担心的是东部海域那些正在集结的低云，它们一旦围攻上来，遮盖了机场，可就很难处理了。

这些海上形成的低云，云底高一般一二百米，最低时甚至仅几十米高。它们集结迅速，行动诡秘，一旦登陆后，很快就会把整个机场封锁得严严实实，让返航归来的战机找不到回“家”的路，而类似的险情兄弟部队和本部队都曾经历过。

刚担任新飞行指挥员时，我曾天真地想：低云跑得再快，还能比飞机飞得快？但当我亲历了这种不可思议的意外天气变化后，确信：在本机场，海上的低云是最危险的天气，尤其是在刮东风的时候。庆幸的是，现在刮的不是东风。

不大的工夫，最不希望出现的情况还是出现了。第一架飞机的飞行员急促地向塔台报告：“1号，海上低云发展很快，位置已接近陆地！”这时，一直站在观测台上的气象台长老刘也跑了进来：“快看！往东看！地平线上那些发黑的东西就是低云，很快就会压过来了……”我问他现在风速、风向是多少，他说非常不好，正转东风，6米/秒。我追问他，15分钟能坚持住吗？他摇摇头说，凭经验用不了10分钟低云就会漫过我们头顶了……最后又压低嗓音说："可能还伴随着降雨！"

团长与我对视一下，双眉紧锁。我遂向空中发出指令："各机严格数据，保持好飞行状态！严格按两个罗盘修正，直线着陆，争取一次成功！"并通报了海上低云的发展情况，让飞行员们有必要的心理准备。

当第三架飞机通过远距导航台，报告"衿翼放下"请示着陆时，低云已涌至远距导航台上空了。远距导航台距离机场4公里，而再有5分钟，中队长驾驶的第四架飞机才能飞达远距导航台上空。但毕竟飞机离机场不远了，也许他会赶在低云遮蔽机场之前安全着陆。

我一边指挥第三架飞机修正方向、调整速度、做好着陆动作，一边询问这位中队长起落架是否放好。因为，按时间推测，他应该已经放好起落架报告"穿云下降"了——可塔台一直没有听到他的报告！

团长一着急，抓起另一个并联的指挥话筒，大声问："571，起落架放下没有？注意飞机状态！"无线电中传来一阵刺耳的噪声，中队长的无线电一定是受到了云中电波的干扰。几秒钟后，大家终于听清了他比团长更急促的报告声："571主液压下降，起落架放不下！"

整个塔台本已紧张的空气一下子凝固了。

我曾成功地指挥过一起"高气象"条件下发生的因液压系统泄漏而造成起落架放不下的特情。但那是在晴空万里的"高气象"情况下，我可以目视着飞机，指挥飞行员每一个具体的操纵动作。因那架飞机液压油泄漏严重，最后采取了六项超常措施，终于使飞机平安着陆，飞行员毫发无损。

可现在不同！中队长的飞机正在云中穿行。在这种情况下，作为飞行员，保持好飞机穿云下降的状态，按照各种仪表修正好飞行数据已很忙乱了，何况又出现了如此严峻的特情……

低云以急行军的速度向机场推进，像是发疯了的敌军在抢占我方的阵地，而作为战场指挥员的我，却眼睁睁地无力阻挡——哪怕是减缓一些低云进犯的速度。

我和团长不约而同地下定决心：令中队长应急放起落架，继续穿云下降！如果起落架放下，就能赶在低云遮蔽机场之前直线着陆；若起落架放不下，再令其复飞，并做好最坏的处置准备——飞行员跳伞。就在团长向中队长下达指令的同时，我向值班参谋下达了另外两项指令：一、消防车、救护车、抢救车立即发动起来，听令行动；二、迅速通知灯光班打开跑道灯。

中队长真是好样的！在这么复杂的条件下，他居然在短短两分钟内用应急方法把起落架放了下来。这简直不可思议！接着，团长发出一连串的口令，对中队长实施帮助、提示。

馒头山已被低云占领了，80 多米高的山头上，乌云正在耀武扬威。这群气势汹汹的云团乘胜直奔机场而来……“571 通过远距！”我“不假思索”地随即下令：“不放襟翼着陆！”其实，我早已在心里打定主意，尽可能减少中队长的操纵动作，想尽一切办法让他尽快着陆！

“571 看不见跑道！”

“不要寻找跑道，注意观察两侧的跑道灯！”天黑沉沉的，塔台里的人们似乎已听到了远处传来的雨声。在这种“暗无天日”的昏暗环境里，跑道灯就显得格外明亮！“看到了！看到了！”中队长的声音激动得有些颤抖……

在高度约 50 米的时候，我和团长几乎同时看到了中队长下滑的飞机，我们知道，中队长也一定同时看到了敞开亮晶晶的双臂准备迎接、拥抱他的机场跑道！

中队长平安着陆。飞机停在了跑道的尽头。飞机因液压油漏光，导致刹车系统最终彻底失效，中队长已无法完成他操纵飞机的最后程序——均匀地控制飞机滑行脱离跑道。

雨，气急败坏地下了起来。低云最终没能拦截住中队长的战机，意外的险情也没将他钢铁的翅膀折断。此时，整个机场泼下漫天的大雨……

中队长打开座舱盖，并没有立即跨出飞机座舱，而是昂首从座舱里站了起来，任恣行无忌的雨滴在他的头盔上噼噼啪啪地溅射着。继而，雨水淋透了他草绿色的飞行服……他满脸湿漉漉的，雨水、汗水，抑或是泪水，已说不清楚……远远望去，他和战鹰像是一尊挺立于风雨中的雕塑，气势逼人。

浩浩江流，巍巍屏障

王　芸

在地图上看，长江是一条横贯中国腹部的曲线，我的家乡——湖北荆州是结挂其上的一枚细小果实。当这枚果实生动地敞开，当这条曲线真实地奔涌起来，就成了这片土地和土地上生生不息的人们与一脉生命之源的关系。那是滋润、灌溉与生长、繁衍的关系。

长江流经这里，便是素称九曲十八弯的荆江险段。当长江水，这来自雪山、化自千年积雪的无骨之物，以排山倒海之势冲决堤坝，在瞬间席卷大地，所过之处，所有生命努力的痕迹被粗暴抹杀，所有大地上的凸凹起伏被茫茫水原覆盖，人们失去家园，沦为漂萍。数千年来，长江一次又一次以这样的方式让两岸的人们欲哭无泪。

没有母亲愿意如此虐待孩子，多弯的河道、植被的流失、淤积的泥沙、疯狂的掠取……多年的负重，让母亲不堪其累，她的眼泪只能伴着孩子的眼泪一同流淌、泛滥。

1954 年，特大洪水奔袭而来；1998 年，百年不遇的洪水汹涌而至；2020 年，7 月过半，长江荆江段水位再次逼近“荆江分洪水位”。这些年份，以如此刻骨铭心的方式，被载入历史和无数个体的记忆。

2004 年夏天，我和报社的同事被派往湖北荆州乡村各处，寻找半个世纪前一段历史的亲历者、见证者。

我们要拾起的那段历史，与长江有关，与 1954 年长江特大洪水有关，与 1954 年一个名为荆江分洪工程的首次启用也是迄今唯一一次启用有关。

当年，在这片土地上生活的人们，吼唱着“一根扁担软又软，担起大担连子闪，心里不想别的事，劳动竞赛争模范……”，撒开光脚丫奔跑在喧闹的工地上。那是他们生命中一段激情、火热、赤忱的时段。他们修起的是荆江分洪工程。两年后的1954年，他们又亲手开启泄洪闸，让浩浩江水淹没了他们生于兹长于兹的家乡。因之，丰沃的江汉平原广袤的土地和土地上的人们安然无恙。

之后，他们用双手重建家园，沿着从不减速的时光通道，一直走进了2004年夏天。已是满面暮色的老人，坐在福利院或自家院子的树荫下讲述往事。说着说着，一抹久违的亮彩，跃进老人业已昏蒙的双眼。长满老年斑的手臂，在空中有力地挥动。苍苍白发，被树缝里漏下的一缕阳光照亮，亮得直晃人眼。他们，滔滔不绝，似乎早就等待着这一时刻，等待远去的记忆被重新唤起，等待久远的光荣轰然而至。

他们中的一些人，抗不过时光的重负，与脚下这片土地融为一体，化作了曾被人担起的一钵土，曾被人掬起的一捧江水，曾被歌声颤动的一缕阳光……

历史的细节，在一帧帧个体记忆中显影；历史的真实，在一段段个体记忆中趋近与抵达。

1954年7月22日。五百汉子的声音汇成雄壮有力的号子，千钧巨闸应声开启。“一格、两格、三格……”闸门打开的瞬间，汹涌洪水奔腾而至，撞击在槽岸边，激起几米高的水浪。眨眼工夫，虚茫茫的白，取代了眼前大地上的缤纷色彩。

这段记忆来自住在荆江岸边、一位叫涂长发的老人。

当年，还是壮小伙的他站在灯火通明的闸坝上，隔着脚下的杉木板，感受过滔滔洪水奔腾而过时，剧烈的震颤。

那一天，一位乡农工主席带着两个人，骑着3匹马，冲进即将被淹没的村庄，将不愿撤离的最后一位村民捆在马背上，含泪离开；那一天，分洪区内燃起无数火堆，枪声、锣声、叫喊声在夜空交织、回响；那一天，无数的战士、抢险者脸上淌着泥水、汗水，在自己的阵地上坚守到开闸的最后一刻；那一天，和170多位村民困守在几座高台上的孙长举，躺在被洪水包围的“孤岛”上，心中涌动着求生的热望，等待黎明的到来。

那一天，以苍茫的水色标注，因无数人的眼泪定格——在历史上。

也是在那一天，因为泄洪成功，居高不下的长江水位得以缓解，江汉平原又一次渡过险关……

2004年的那个夏日，我乘坐公共汽车穿过城市的繁华路段，包里揣着采访笔记。车窗外，衣着艳丽的人们在明晃晃的阳光下，穿梭来往，面容宁静。古老的城墙，构成了眼前安宁生活的恒定背景。一股莫名的情绪在我心头翻涌。

千米之外，长江水正在盈盈涨涨，我比以往任何一年更清晰地感受到她的存在，她的奔涌，她的起落。

长江，哺育了这方土地上的人们，也成为这方土地上一道恒久的伤口。每年夏天，荆江都会发生一次感染，有的年份轻，有的年份重。家住荆江岸边的人们，每年夏天都会度过一段紧张的防汛期，耐下心来照料进入“病期”的长江。

一生下来就望见巍巍荆堤的我，嚼着喷香的稻米，啜着鲜嫩的鱼肉，有很多年不知道洪水泛滥是什么概念，不知道在滔滔洪水中求生拒死是怎样的艰难，不知道眼睁睁看着自己的家园被淹没，脏腑间涌动着多么深切、浓稠的疼痛。

对此一无所知的我，在这个夏天，经由一帧帧鲜活的个体记忆，触摸到50年前那个夏天的些许筋脉，听到了传自那年夏天的滔滔洪水声。我知道自己用笔记录的，仅仅是一个庞大躯体上的一丁点血脉，但它们已足以让我震撼。

生命有限，没有任何一个个体的记忆可以抵达永恒。1954年夏天，随着亲历者、见证者的逐渐老去、远离，日渐沉入历史记忆的深处，为时光的尘埃层层掩埋。2004年夏天，我和同事们拾起的这张记忆底片，留下过长江漫漶的水迹，留下过无数背井离乡者的哀音和悲痛表情，也同样记录下了一个名为荆江分洪工程的建成与开启，记录下了生活在这片土地上的一代人的青春、激情与大义割舍。这张底片如果有色彩，注定是土红色的，有着那个时代特定的色调与质感，也蕴涵着这片平原、这方土地的隐忍、坦荡与包容。

水患无情，年复一年。

1998年，我目睹了长江近在咫尺的凶险。

那一年，灼黄的江水不断上涨，长江沙市荆江段江面膨胀，沉甸甸的焦虑像江面浮泛的垃圾，摇晃着一个形态浑浊的悬念：巍巍荆堤的高度与洪峰相比，谁的标高会更高？

荆江是长江中游出了名的悬河段，河床早已高于两岸平原，多弯的河道里不知沉留下多少日积月累的泥沙。尽管荆堤不断加高，再加高，可那一年，洪水来得凶猛异常。

暴雨连绵不断，在天地间织出粗糙透明的珠帘。江水持续攀升。水位纪录一次次刷新。长江南岸的千米北闸，再次灯火通明，人们度过了一个个不眠之夜。一连数天，分洪区内车鸣马嘶，到处是拖家带口匆匆撤往安全区的人们。他们将原本丰满的家，缩减了再缩减，最后捆缚在一辆车或几头牛背上，一步三回头地离开自己用身体焐热的房子，用辛劳一点一点衔泥筑起的家。

远方的朋友打来电话。她声音急促，开门见山问我“怎么样？”她天天在电视上看见泥水里打滚的战士，看见比土堤高出许多的江水冲拍着编织袋临时垒高的“堤岸”，以为我的生活早已浸泡在了无边无际的汪洋中。相比之下，轻松的反而是电话这头的我。从没来过此地的朋友不知，沿长江绵延的荆江大堤护卫着我生活的城市，那是父辈用汗水修筑起来的长堤，已经有了钢筋水泥铸就的坚实骨骼。那一年夏天，我生活的城市安然无恙，可洪水吞没了许多只有土堤护卫的村庄。

那年夏天，在洪水中摇晃的树梢，和奋战在洪水中、身穿红色救生衣的百万解放军战士，成为苍茫水色中温暖的标识。泄洪闸终未再次开启，南岸离乡的人们很快踏上了返家的路。路还在，家还在。

夏末，我站在街头，身边涌动着欢送解放军的人流。一辆辆军车从沙市城区主干道缓缓驶过，脸膛黑瘦的战士站立在车厢两侧，以整齐的队列、庄严的军礼向这片土地，和他们用生命、汗水和心血保卫过的人们告别。

送别的人们，奔跑在军车两旁。他们流着眼泪，动情地嘶声呼喊。那个夏天，以动人的橄榄绿色标注，以泪眼纷飞定格。

2020年夏天，滔滔长江沿线再次频频告急，多地水位居高不下，有的攀至历史新高，长江荆江段和鄱阳湖区再次面临严峻的考验。仿佛历史胶片在回放，在湖北，在江西，在安徽，解放军又一次紧急驰援。

一处处管涌险情地，有他们奋战的身影。战士们顶着烈日，冒着酷暑，扛着沙包，双臂因暴晒而红肿脱皮，双脚因长时间浸泡在水里而皲皱开裂，累了就在堤岸边裹衣而睡，随时待命。

一个个被洪水侵袭的乡村，有他们救援的身影。战士们乘着冲锋舟，将被洪水隔绝在“孤岛”的乡亲们平安救出，老人伏在他们的背上，孩子抱在他们怀中，汗水和泪水交融在一起。

暴雨连绵，江水滔滔。战士们用平凡之躯构筑起一道现实与精神的屏障，他们与年复一年不断加固的长江大堤一起，将危险、焦虑、恐慌过滤成安宁、平和、希望……

原载《光明日报》2020年07月31日14版

大别山深处

凌行正

来到大别山腹地的新县山区，见到每一户农民盖新房，宅基旁总竖着一根杆子，杆顶上悬挂着一块红布，在翠谷浓荫间飘飘扬扬，非常耀眼。我好奇地问：这是当地的习俗吗？答道：是的，但也表示大别山红旗不倒哩！

“大别山红旗不倒”，这在革命战争年代是用鲜血和生命证明了的。仅就新县而言，这里是鄂豫皖苏区首府和鄂豫皖中央分局所在地，是红一军、红二十五军、红二十八军等工农红军的摇篮，是刘邓大军千里跃进大别山到达的纵深地带；这里，在20多年间有35000多人为革命流尽最后一滴血……到新县，人们都会告诉你，电影《五更寒》就是描绘这里的人民，在极端的艰难困苦中，坚持革命斗争的事迹的。

然而，岁月在匆匆流逝，硝烟也早已散去，人们谈论的话题也在悄悄转移。于是，传来了老革命根据地依然贫困的信息。山高路远，交通闭塞，这些昔日开展游击战争的有利条件，变成了今日发展经济的桎梏。人们在关心着老区的建设，党和国家在支援着老区的建设。但我想知道的，却是今日老区人民的心态究竟如何呢？那鲜血浸红的土地，难道开掘不出新的矿藏吗？因此，当我又听到“大别山红旗不倒”，心里轰然一震，似乎一下子触到了当今老区人民的心弦。回想这些天在新县山区的所见所闻，眼前的确闪动着一面不倒的红旗……

桂竹婆娑

在邱家店村的村头山坡上，我们走进一间类似连队俱乐部的房子。房子正面墙上挂着毛泽东、周恩来、朱德的画像，四周摆着报刊、图书，贴着红红绿绿的各种图表。这种场所，在今天的农村里似不多见，难道是村主任的办公室？

一位身穿白布衫、黑布裤的老农民，操着一口浓重的鄂豫边区的口音（被北方人称为“蛮子”的口音），向我们介绍说，这是村的党员活动室。这个山村党支部有26名党员，60岁以上的还有9人。别看他们年纪大，每人每年要为群众办5件好事。老党员邱德作68岁了，是五保户，还能为群众干些什么呢？他就在农忙时帮助村里人放牛，不收分文。计划生育工作，党员要包户，年轻党员一人包7户，年老党员一人包2户。有个老党员包了自己两个儿媳妇的计划生育。他对儿媳说：“二毛！”“么事？”“你两个归我包了。”“爹，莫担心，我们登记去就是了。”

给我们介绍情况的这位老农，是支部书记邱德纯。他也64岁了，还有点偏瘫，但因他模范作用好，抓生产有一套，大家还是选他。他说，脱贫致富，好几年前就放在支部日程上了。老区可以穷一时，不能穷一代。我们一是发展集体经济，二是发展个体经济。我们搞了五个企业12项，榨油呵，木材加工呵，建筑材料呵，一年收入5万元。我们用3万元为群众办福利，像全民用电；修灌溉渠道，能灌700多亩；翻修25间教室，给教师们发资金；天灾人祸，到县里住医院的给50元，死一口人给30元，群众感到了党的温暖。我们还拿出1000元买了20万株杉树苗，分给大家栽种，10年后就值200多万元了……讲到这里，邱德纯站起来说，走，到村里看看。

村子里，土坯茅草房见不到了，换成一栋栋红砖青瓦的新房。荷塘边的场院上正在收打麦子，狗吠鸡鸣，一片忙碌；油坊正在榨油，飘来一股股油香。我们走进路右首的一家，见正堂上一幅年画的两旁，贴着对联：新春如意人寿家昌，盛世升平幸福绵长。桌子上放着电视机、录音机，旁边还立着一台电扇。这家主人叫邱德久，6口人，承包6斗田（合4亩2分），每年收一二吨杂交水稻，另外搞建筑收入1万多元。我们又来到照相个体户邱文澜家里，三间房有两间布置成了摄影室，风景画、美人彩照贴了满墙。邱文澜不在家，他爱人抱着小孩接待我们，她颇得意地说，她丈夫是全国个体劳协的会员，他的摄影作品获地区“光彩杯”奖第一名。我问：“每月收入多少？”她答：“千把块吧！”

走出村子，沿着村外的晏家河河滩，钻进了一大片竹林。顿时觉得天是绿的，地是绿的，空气也是绿的。竹雀在不远处飞着，叫着。乡党委书记黄成奇告诉我们，这片竹园有100多亩，全部栽的是桂竹，也叫五月季竹、麦黄竹，每年可卖17000多元。再把竹子加工成各种器具，收入更可观。我在一杆嫩绿的新竹前站住了，久久凝望着那从深深的土壤中节节拔高的枝干……

杉木葱茏

吉普车在大山脊上颠簸爬行。爬上一个陡坡又一个陡坡，拐了一个急弯又一个急弯，坑坑洼洼，曲曲折折，严格地说这不能算是公路。但我们终于爬上了大山顶，到了陡山河乡武战岭林场的场部。

虽说在山顶，但满山都是郁郁葱葱的杉树林，加之下着蒙蒙细雨，场部房子里显得潮湿阴暗。有人拉电灯，但是停电。场长曾庆发说，咱们先到山上转转吧，外边还亮堂些。

刚才在车里，视线不广；现在走出来一看，呀，满山遍野尽是杉树，茫茫苍苍，遮天蔽日。我不禁惊呼一句：钻进原始森林了吧？曾庆发说，这可全是人工林呵，一棵一棵都是我们栽的。他指指一排排参天大树的根部，可明显看到梯田一样一层层一行行的土垄，全是人工痕迹。曾庆发谈起林场的春秋来：

十多年前，这一带的山头还是光秃秃的。当时的老场长寇绍周带领 30 多个能吃苦的年轻人，上山造林。他们头年整地，二年栽苗，住在山上，吃在山上，老场长最后也死在山上。一共造了 3900 多亩山林，种树 100 多万株，除了水杉、枫杨之外，主要是杉木，有 3100 多亩。十一届三中全会以后，大家的劲头更足了，成立了林业科技组，办绿色企业，开绿色银行。提出“要想富，多种树；要脱贫，多造林”的口号。林场每年要间伐、砍伐 600 亩，栽种 600 亩，从 1985 年以来，已经收入 110 多万元了……听着他的介绍，我们对这位年轻场长有了兴趣，问起他个人的身世来。原来他才 33 岁，烈士的后代。他太爷曾广科，是一个区的苏维埃主席，1930 年牺牲了。曾庆发十几岁就跟随老场长寇绍周上山造林，风里来，雨里去，挖沟垄，栽树苗，学了一手好功夫。但他并不满足，先后拜河南农学院杨有乾教授、中国科学院亚林所赵军年教授为师，和他们通信，向他们索取科技资料，逐步成了林业土专家。他被评为全国新长征突击手，老场长介绍他入了党，老场长去世后他接了班。1989 年，林场被林业部评为全国先进乡村林场……

沿着林间小路，我们穿过一片又一片杉林，微风习习，鸟鸣啁啾。猛抬头，一座石碑立在面前。碑正面刻着：寇绍周同志纪念碑。

我们在碑前肃立。曾庆发满怀深情地说，老场长是为林场累死的。那天白天，他领着我们在山上干了一天活，晚上回来他还亲自给大家烧洗澡水。第二天早上没见他起床，喊也不应，推门一看，已经不行了……这块碑，是全林场的人给他立的。

离开武战岭林场，又走了一段更崎岖更险恶的山路，来到了八角寨林场只见整座整座的大山，从山脚到山顶，被一道道绿色线条环绕着，像木刻刀雕刻的一般。是茶园？是梯田？走近一看，都不是，而是一株株嫩绿的杉树苗，其间间种着花生、黄豆。我们明白了，刚才看到的武战岭的今天，就是这里的明天啊！老区人民大约悟出来了：优势在山，希望在山，潜力在山。温饱靠田地，致富靠林场。一手抓千斤亩，一手抓万宝山。

“红田”碧翠

悠悠倒淌河水从村前静静流过，青青鲶鱼山在村后蜿蜒起伏，葱绿的秧田围绕村庄，这就是红二十五军创始人之一的吴焕先同志出生地——箭场河乡四角曹门村。

我们满怀敬意跨进门来，见堂屋正中摆着吴焕先同志遗像，两旁是领导人的题词条幅。吴焕先同志的侄媳妇肖荣华迎出来接待我们。她看上去有50多岁，普普通通的农妇。她告诉我们，吴焕先同志的父亲、大哥、大嫂、二哥、小弟均被敌人残杀，住房也早被地主恶霸以火焚之，现在这房子，是新中国成立后照原样复制的。我们问起她现在的生活情况，她说，一家人都在种田，日子勉强过得去。她叹息一声说，我叔要不牺牲就好了……说着说着，难过地流下泪来。

从吴焕先故居出来，走不多远，来到一片秧田的旁边，在茵茵芳草地上，一株粗大的乌桕树下，矗立着一块碑，上刻“三百烈士英勇就义纪念碑”。这是1927年黄麻起义失败后，敌人屠杀革命人民的刑场，这片黄泥水田变成了“红田”！

看着“红田”里茂茂盛盛的秧禾，看着不远处簇簇的茶园，我心情很不平静。陪同我们的县负责同志大约看出了我的心思，走到我身边，沉沉地说：新县人民，对革命贡献太大了。这地方，的的确确是烈士鲜血浸红的。我们在县里乡里工作，常常在夜里，在刮风下雨的时候，好像能听见烈士们牺牲前的呼喊，这时候我们就感到心惊肉跳，不禁自问，我们没有背叛他们吧？我们今天的工作是他们昨天的希望和理想吧？他们过去利用大别山开展革命武装斗争，我们今天就不能利用大别山来发展经济吗？……这个县，人均只有7分耕地，7亩山场。我们一手抓“七分田”，解决全县30万人口吃饭问题，一手抓“七亩山”，脱贫致富。这些年我们摸出点路子了，发展以杉木为主的用材林，以板栗、油茶为主的经济林，以茶叶为主的多种经营，开展乡、村、组、联户、个体5级办林场，现在，5级林场已有1300多个，营林面积27万多亩……

这时晚霞似火，茶园那边，采茶姑娘的歌声随风飘来；“红田”旁边，列宁小学校的学生们举着少先队旗欢乐地走过……

呵，“大别山红旗不倒”——它在今天似乎又增添了新的含意……

1990 年夏，于新县烈士纪念馆旁

原载《人民日报》1990 年 8 月 22 日

遥远的华阳礁

——南沙纪行

凌行正

进入南沙群岛之后，在南中国海的一片汪洋中，我们先由北向南，乘着强劲的东北季风直下我国领土的最南端曾母暗沙；在曾母暗沙上，海南省巡视慰问团庄严地举行了投放主权碑的仪式，然后掉头北上，穿过曾母暗沙，直奔华阳礁而去。

这几天，用船员们的话说是“来寒潮”的天气，东北季风每天都在七八级左右，大海上狂涛翻卷，涌浪起伏，乱云飞驰，鸥鸟绝迹。只有那一排排的飞鱼，像一支支利箭，从这一疋大浪中穿出来，向那一片波谷里跌进去，更增添了深海远洋的那种神秘而又惊险的氛围。我们乘坐的“向阳红 5 号”科学考察船虽说是一万三千吨级的远洋巨轮，但在这样的大风大浪中也开始摇晃起来。前几天由北向南顺风行驶时，它是左右摇晃；现在是由南向北顶风逆行，它又增加了前后摇晃。夜间，我们在舱位里像躺在摇篮里一样，前后左右被旋转着摇晃着，那舷窗外夜空中的几颗亮星，也在跳着华尔兹舞，有位开始晕船的同志说话了：“大海母亲啊，你这样来摇晃你的儿子，我可有点受不了了……”

1 月 16 日下午 1 时 40 分，我们到达了华阳礁附近。左侧海面上像有一艘军舰停在风流里，那便是华阳礁上的高脚屋了。同船的一位海军上校向我介绍说，这华阳礁是尹庆群礁东端的一个珊瑚暗礁，退潮之后，便露出一个新月形的礁盘平台，有五六公里长，它的东端外侧急陡下降，连着深海。因为它的形状又有些像个大炮筒，自古以来南海的渔民又称它为“铜铳仔”。

现在，风浪仍不见小，我们从小船换乘小艇能否登礁，尚无把握。巡视慰问团的领导们决定，先下去一个小艇，装上慰问物资，登礁试试，如无问题，人员再乘第二艘小艇跟上去。第一艘小艇满载着蔬菜、水果、电视机、图书以及性急的随行记者们，从大船上放下了大海。前几天登礁，都是两只快艇同时下海，我还从未站在大船上看小艇在惊涛骇浪中历险的情形；眼下，我像站在高楼上看一片树叶落进深渊，只见那小艇在波峰浪谷里一会儿抛上来，一会儿跌下去；一会儿露出点影子，一会儿连影子也不见了，简直把人心都提到了嗓子眼上。进而一想，自己坐小艇上礁，不也是这样危险吗，不觉后背生出一股冷气！正想到这里，舱里铃声响了：第二艘小艇的人员上艇了。我早已穿好了鹅黄色的救生衣，换上了防珊瑚礁的铁板胶鞋，戴上墨镜，从船舷跨上了悬吊在大船外侧的小艇，谁知上艇之后，小艇的机器出了故障，两名水手立即动手抢修起来。修了好大一会儿也没修好，两个水手急得满头大汗，而我们坐在艇上的人虽然都没说话，但心里嘀咕，即便勉强修好了，放下大海，在中途又坏了怎么办？正在这时，突突突几声震响，喷出一段浓烈的柴油味，机器修好了。于是绞车把小艇放下大海，小艇摇晃着向华阳礁冲去。我回头仰视了一下大船，大船的船舷上站着许多人，大概也像刚才我站在船上看第一艘小艇一样，正为我们捏着一把汗吧！

尽管操艇的两个水手选择了最佳的顺风航向，尽管有一位海军上校在艇首指引航道，那狂风巨浪仍然扑面而来，涌浪一个接着一个，顷刻间，我们浑身上下都被海水浇个透湿。我戴的墨镜上一片模糊，口腔里灌满了海水，那滋味是又咸又苦又涩。尽管这里处于亚热带，我们从北京出发时穿的毛衣大衣早已脱掉，但那海水泼在身上，仍然打了几个激灵。小艇接近礁盘时，风浪略小了一些，我们见第一艘小艇已经靠岸，礁上的海军战士们正在向我们招手哩！

华阳礁的轮廓已经完全可以看清了。碧波荡漾中矗立着一栋白色的水上楼堡，洁净、漂亮，这当然是新一代高脚屋了。紧挨着它的，是一溜工棚，工棚的另一端则是低矮的第二代、第一代的简陋的高脚屋。在工棚上方，有三个风力发电机的螺旋翼在迎风转动，使人又觉得这华阳礁像是落在海上的一架大型直升机。

我们这艘小艇也靠岸了。这水上楼堡的“岸”，是钢板和混凝土结构而成，有台阶。由于礁盘上水浅，小艇离台阶还有一截子高度，我从小艇一步没能跨上台阶，是岸上的战士们一把把我拽了上去，当然，膝盖上碰破了一块皮，也好，算是在南沙留下的一个小小纪念吧！

上礁之后，我们来到新楼堡与工棚之间的一个平台上，举行慰问会。这个水上平台是钢管架与木板条在礁盘上构筑而成，缝隙很大，可见平台下绿的海水、白的珊瑚沙、彩色的鱼群，人们踩在上面发出咯吱咯吱的响声。南海舰队政委周坤仁少将讲了话，赠送了慰问品。我也把从北京带来的《解放军文艺》等书刊送到副礁长来波平手里。接下来应该演出节目了，但由于平台摇摇晃晃，缝隙又大，无法演出，于是大家又返回到楼堡前的狭窄的小场地上。

抓紧时间，我和来波平副礁长聊了起来。他是位年轻的海军军官，那脸色被风吹日晒得黑里透红，似乎表层上还挂了一层盐霜，大海强加给他的皮肤以过早的粗糙；那双海鸥似的眼睛烁烁放光，似乎是一双全天候的望远镜。我开玩笑地说："你的名字有点怪，来波平？是到南沙群岛以后才改的吧？"他微笑着说："恰恰相反，或许就因为这个名字，命运才把我送到南沙来了。"我说："在岛礁上带兵，是不是比在陆地上带兵更难些？"他想了一下，说："不见得。我们到了礁上，不管是干部，还是战士，好像是一下子降落到一个特殊世界，这里没有了城市的喧闹，没有了熙攘的人群，甚至没有了山，没有了树，没有了庄稼，只有那像歌里唱的'一片海蓝蓝'。我们这些年轻人一下子安静了下来，思考的时间猛然增多了。我们摊开地图，在远离大陆的地方找到了南沙群岛，又在南沙群岛的密密麻麻的岛礁中，找到了我们的华阳礁，我们就想了：我们的海军工程部队，为什么要克服那么多的困难，在礁盘上建筑了这么坚固而又漂亮的水上楼堡？我们的船运部队为什么不怕风吹浪打，常年来往于大陆与岛礁之间，给我们运送淡水、给养？我们这些守礁战士，为什么又心甘情愿地忍受着寂寞艰辛，把青春送到海洋上来奉献？……"说到这里，他忽然停住了。我在等待着他的下文，他却一挥手，领我走进楼堡，在一个房间的墙报栏前。他说："你看这个——"

这是一篇诗歌墙报稿，上面写着：

> 脚踏海浪，头顶蓝天，
> 我们响应南海的呼唤，
> 我们舍弃大学门槛金色梦幻，
> 选择了南沙礁盘；
> 我们舍弃灯红酒绿摇滚音响，
> 选择了孤独艰辛和危险；
> 我们舍弃花前月下绵绵情话，
> 选择了面对北斗遥望海天……

因为，我们的心愿早已山盟海誓：
要捧起珊瑚珍珠装点母亲的桂冠！

接着，来波平又领我参观他们的“三小工程”：小菜地、小花坛、小猪圈。那小菜地，是用几个木箱子装上些大陆运来的泥土，里面长着绿油油的小白菜、小葱、韭菜、芥菜；那小花坛，是十几盆外号叫“干不死”的花，正开得红红火火，娇娇艳艳；那小猪圈，是利用旧的高脚屋养了两头小白猪，那小猪大概也感到了大海的寂寞，竟对着弯腰给它拍照的摄影记者“亲吻”起来……

看着守礁战士们在极端困难的条件下开展的这些“三小工程”，想着他们袒露心迹而写的“舍弃和选择”的诗篇，我的心情久久难以平静。我提起笔来，在他们的纪念簿上写道：“唯我南沙第一哨，堪称中华民族魂！”

眨眼间已到下午 5 时 10 分了，我们登上小艇离开华阳礁，经过 30 多分钟的航行，靠上了“向阳红 5 号”母船。由于涌浪太大，小艇过轻，艇上人员无法从大船上放下的舷梯登上大船，因为那小艇刚靠近舷梯的终端就被一个涌浪推开了，再靠上去，又被推开了，小艇上的人们仰看着近在咫尺的大船就是上不去。最后，大船上放下两条缆绳，要连人带艇直接吊上去。两条缆绳的终端是两个几百斤重的大铁钩，摇晃着的小艇上的人们要埋下头去，以防大铁钩砸在脑袋上。小艇上一前一后两位水手开始往小艇上挂钩了。的确，不是身临其境，是不会想象到往小艇上挂钩还有什么困难的。首先，那水手要把摇晃着的几百斤重的大铁钩抓住，稍有不慎，就会被沉重铁钩的惯性摔到海里。抓住铁钩后，要在一瞬间把它挂在晃动着的小艇上的铁扣里。第一次，一前一后两个水手都失败了，谁也没有把铁钩挂在小艇上，小艇被涌浪推出去好远。小艇突突地重新向大船靠近，只听哐当一声巨响，小艇尾部的铁钩挂上了，而小艇前面的那个水手又失败了。复杂的情况出现了，艇尾被缆绳挂住，艇首仍在自由晃动，搞不好小艇就有倾覆的危险！这时，那个大铁钩又到了我们的头顶上，艇首的那个水手再一次拼力去捕捉它，抓了几把终于抓住了铁钩，但是，怎么也挂不进铁扣里去，一阵涌浪推来，大铁钩又晃走了。乘坐这艘小艇的有 20 多人，但谁也帮不了那位水手的忙。大家只能眼巴巴地看着那大铁钩一次次晃过来，又一次次地晃走。如此这般十多次，看到艇首那个水手大约无能为力了，这时艇尾那个水手嗖的一声从艇尾跨到艇首，几乎是从我们头顶上飞过去的，一把抓住又晃过来的大铁钩，哐当一声牢牢地挂在了艇首的铁扣上，一场惊险的海上表演总算结束了。这时，听见大船上有人向下面喊叫“水手长，顶呱呱喽！”哦，原来在艇尾为我们操舵的，是位水手长呵！我们一齐向那个名叫张泽兵的黝黑黝黑的壮小伙子，投去了钦佩的目光。

两条缆绳将小艇徐徐地拉起海面，吊到半空，然后渐渐靠近船舷。这种海上荡秋千的感觉，将和华阳礁一起，长久地长久地留在我的记忆中……

你若爱上，便是家园

蒋述卓

一

一个人究竟有几个故乡？他究竟要经历人生多少行程才可以找到他心中的家园？这种疑问我在心中问了多年，直至现在。

小时候我待过的故乡当然是故乡，但如今那故乡对我已变得陌生，因为我17岁离开老家——广西灌阳县黄关镇白沙屯（当时属桂林地区专署管辖），后来就很少在老家待过，只是在清明扫墓时节，会隔三岔五地回去半天。老家的亲戚很少，老家的土话我已很难说得像，老家视我为外乡人，我视老家为父母的魂在地。

17岁之后我到了著名的山水胜地桂林市，在那里求学工作待到30岁。这13年足以让我将桂林市视为又一个故乡。但自从1985年我到上海读博士，1988年又从上海博士毕业分到广州工作，1991年家人也从桂林迁至广州之后，桂林这一故乡也便逐渐变得模糊起来。虽然家里人在一起还说桂林话，但桂林的印象就如阳朔的《印象·刘三姐》一样，只有远景而无特写了。

广州于是便成为我的第二故乡，一个真正的第二故乡了。

二

或许，你已注意到，我在说故乡时没有提到我待过三年的上海。的确如此上海只是我求学的地方，是我匆匆而过的驿站，虽然那里有我亲爱的母校华东师大，有温情脉脉、碧波荡漾的丽娃河，有我对我的导师王元化及师母张可先生的甜蜜回忆，但我仍然是上海的过客。

而广州，则不是。

1988年我读完博士选择广州而未选择留在上海，自然有多种因素，但现在细细想来，对广州的情愫其实源于1983年的一次广州之行。那时，我们广西师大中文系文艺学专业的四位硕士研究生随导师林焕平先生（广东台山人）到广州开中国文艺理论学会的年会。三月，正是红棉怒放、榕叶新滋的季节。一天晚上，我们跟随导师一起从流花宾馆去小北路社科联的宿舍拜访导师的一位旧友。我们乘公共汽车在小北路站下车，顺着榕树成荫的街道行走。没有雨，似有若无的薄雾，空气似乎是甜的，榕树上垂下粗如缆绳似的气根，一切都似乎行走在梦境里。那一刻，广州的印象定格在我的脑海里。随后的几日，我们结伴去了越秀山、白云山、海珠广场、黄花岗等地，我当时便想，能到这般美丽的城市来过日子一定是很美好的。

于是，1988年7月博士一毕业，我便义无反顾地来到了我当年想要来的城市。之所以说是“义无反顾”，那是有故事的，因为我的校友，华东师大历史系的一位博士，曾到广州找工作，想进华南师大，下车便被广州火车站的乱象吓怕了，回去逢人便说广州不宜居住。那时南下广州是需要点勇气的。我至今还记得，当年华东师大南下广州、深圳、海口工作的毕业生还在华东师大中山北路校园内照了一张集体照。尽管大家心里充满着奔赴改革开放最前沿的热情与激情，但内心里对未来都是没有什么谱的。若干年后，也有人离开广州，或出国，或返回原来的省份。

但我留下来了。一留，则留了快30年了，而且退休也将在此。这待了快30年并将继续待下去的地方，远超过我在广西待过的时间，这第二故乡难道还不是我的家园吗？

三

15年前，我的确这样无数次地问过自己：你真的喜欢广州吗？

也是15年前，我还在报纸上发表过文章，题目叫《广州不能只是物质安顿之所》，文章里含有对广州的批判，但心底里还是希望广州能成为广州人包括我在内的新移民的精神安顿之所，亦即家园所在。那其实是爱之深恨之切的表现而已。但说实在话，那时的我对广州还真的是怀有一种居之少味爱之无奈的感觉。

念及广州的好，也就是这近十年来培养起来的感情。因为住久了，对广州产生了依恋；因为住久了，习惯了广州，到了外地就有了参照物，老觉得还是我们广州好，不仅仅是吃得好，还有服务好，一切让你感到舒适、自在。连出差坐飞机也选择坐南方航空的飞机。不为别的，只为它的服务好，让你觉得舒坦。

对老广州，我是没有太多太深印象的，不像地道的广州人，说起老广州来如数家珍，津津乐道。我最多就是走马观花式地逛过西关，看过趟栊门，去过陈家祠、十香园，溜达过上下九的骑楼而已。对广州话，我至今也还是听得七八成，人家说得快了我就只有蒙查查了。但这丝毫不影响我在广州的生活，因为现在的广州与30年前比，大多数市民都能说一口不够标准的普通话，沟通绝无问题。

而广州的生活却逐渐变成我的生活。这不是说我已经像一个广州人一样地生活了，而是在外地朋友和外国客人面前，我会努力去像一个广州人一样向他们介绍广州的生活了。渐渐地，我也便习惯于广州的一切，包括日常生活了。

我去日本，那里的日本朋友会带我去吃最出名的怀石料理。而他们来广州，我会带他们去泮溪酒家、南园酒家。有一次，我将我的好友、日本美学学会会长岩城见一先生带到荔湾湖的唐苑酒家吃饭，当他在细雨中看到有服务员戴着斗笠划着小艇给湖里亭子间的包厢送酒菜时，他惊讶得眼都直了。那时，我自然会跟他讲起艇仔粥，讲起粤菜的特点来，那时我就是广州人。在北京是顺峰酒家的广东菜出名，可是贵得要命，而北京的朋友来广州我却会带他们去天河路的炳胜酒家，看着外面排队等位的人群，品着炳胜店里地道但又不昂贵的粤菜，他们会由衷感叹：还是在广州的粤菜好味！

在广州，吃饭就是吃个新鲜，吃个特色，也图个情调。正如现在走在花城广场地下的花城汇饮食一条街，哪一家店又不在讲特色与情调呢？

记得在广州亚运会之前，广州市曾热烈地讨论过广州精神问题，也就是想给广州一个既理性又感性化的定义以宣传广州。当时就有学者提出可以用“生猛广州”四字来概括。的确，“生猛”不仅代表广州敢干敢闯的特征，又何尝不代表广州的日常生活呢？当时我也曾提出过用这样的短句去概括：“广州——享受生活之都”。自然，民间的提法与官方所想总是有差距的，最后官方端出八个字“千年羊城，南国明珠”，够高大上的，也印在公共汽车上和工地的围墙上了，却抹去了广州丰富而饱满的色彩，少了许多想象的空间与艺术的张力了。

四

说起广州城，有人说广州靠珠江，有水则灵，爱的是广州的水。我却独爱它的桥。

过去的广州，从江之北到江之南要过珠江（广州人讲是“过海”），主要靠水上交通，有小艇，有汽船（后来叫水上巴士，带点洋气），唯一的桥是珠江桥，走车也走人。改革开放以后，呼啦啦一下建起了多座桥，如琶洲桥、华南干线桥、猎德大桥、广州大桥、海印桥，等等，桥便成为方便广州市民出行的最爱了。

晨昏时节，广州的桥最妩媚秀气，也最有活力。那时上下班的人与车辆挤满桥面，若碰上好天气，匆忙赶路的行人会停下来观看珠江两岸的景色，连开车的人也会摇下车窗利用片刻的拥堵时间来欣赏。我就特别喜欢在琶洲桥上欣赏珠江上的日落之景。当那如圆轮般的落日照射在珠江上，珠水泛起层层金色的涟漪，仿佛翻卷着的绸缎，“小蛮腰”（即广州电视塔“广州塔”）又仿佛羞涩待嫁的女郎披上了金色的婚纱。不远的猎德桥像一弯新月依恋着珠江的颜面不愿升起，再远处的海印桥则似一张金色的竖琴，在为这秀美大江的流淌纵情演奏。这时，珠江两岸的大厦与街道在霞光中也变得闪烁起来，就像那飘浮着的海市蜃楼。如果要再度评羊城新八景的话，“琶洲暮色”大约是可以入围的。

说起广州的桥还得算上市里的高架桥和人行天桥。高架桥最早是用来解决市内交通拥堵的，如人民路高架，因为离市民的住房太近，时常被人诟病。后来又建起了内环路高架，但不管怎样，高架桥的使用对解决交通拥堵是做出过贡献的。大都市尤其是特大型城市还真得依赖高架桥，像日本的东京，中国的上海。在广州，你还不得不佩服那些高架桥的设计者，在高楼林立之间见缝插针，有时桥围着一幢楼房绕上半圈才逶迤而去。作为城市里的驾驶者，我享用了高架桥的便利，车辆稀少时还可以以一种审美愉悦的心情去欣赏这些弯来绕去的桥的绰约风姿。其实，广州最早的高架桥是架设于珠江白鹅潭畔通向白天鹅宾馆的引桥，如果置身江上或站在江的对岸观看，只见长桥卧波，清晰地勾画出了江岸的景观线，并与沙面古色古香的建筑群融为一体，是很有审美效果的城市景观哩。

如今的高架桥都建有围栏，围栏上的挂槽里春夏种各种太阳花，秋冬种三角梅，花开起来将桥装扮得十分养眼，“花城”之名也便从桥上扮起了。最近市里还提倡住户在阳台或天台养花，想来将来与高架桥之花也能相互衬映。

因为南方雨水多的关系，广州不怎么建地下通道。人行天桥也便成为广州的又一城市景观。初期的人行天桥确有丑陋的一面，光秃秃横空一道，破坏了城市景观。但经过这近 20 年的逐步改造与升级，人行天桥则变得既实用又漂亮起来，有的为方便老人与拿行李的，还建起了电梯或电动扶梯。有北方朋友来广州，走过这种天桥之后说这仿佛到了香港，这让我颇感得意。

五

判断一个城市是否具有现代感，总是要看它是否有生气与活力的。

置身珠江新城高德置地的春夏秋冬广场之间，看着上下班时川流不息的人群，你会从他们匆忙而急促的脚步中感觉到活力与创造力。到了中午时分，从各大厦写字楼吐出来的青年男女，开始寻找自己中意的美食。在这里，空气里飘散的都是年轻的气息，一切都那么有朝气，正如这里的大厦，一股脑儿地憋着劲往空中飙。只要你打开百度地图在这里一搜索，一连串的大厦名字就跳入你的眼帘——保利威座大厦、星辰大厦、广弘天琪大厦、富力盈信大厦、合景国际金融广场、全球通大厦、广晟国际大厦、越秀金融大厦、广粤天地、广州发展中心大厦，等等，足有几十座之多。抬眼望，俗称的“东塔”与“西塔”，又与“广州塔”遥相凝望，仿佛是壮汉与细妹的歌场相逢。也正是在这块地区，又建起几大公共建筑：广州大剧院、广东博物馆与广州图书馆。入夜之后，灯光一开，广州大剧院如一块绿玉镶嵌在花城广场旁边，倒影入池，摇曳生姿，广州图书馆的白色外墙又如一部正待你去打开的百科全书，静穆地等在那里等你去翻阅。这里是广州的 CBD，集中了若干财团与商业实体，也吸引着美国、澳大利亚、比利时等总领事馆的进驻。

正是在这寸土寸金的地方，市政府竟然慷慨地留出了空白，建起了一个占地几百亩的“花城广场”，乔木、草坪、水池安排妥帖，节假日还有文艺活动在此举行，一年还有一次灯光秀。这使我想起美国芝加哥市中心的千禧公园，那里有能反射人影于球体上的玻璃雕塑，也有不时亮出市民笑脸的喷水墙，那也是当地市民与外地游客最喜欢的活动空间。想想 30 多年前，当年的广州市市长黎子流只是用“亮化工程”来提升广州，说要把广州建成国际大都市还被人嘲笑是建“国际大排档”，而今的广州则真正跻身于国际大都市之列了，甚至还被经济界视为国际一线城市了。

广州的国际化与现代化就是靠一步一步走出来、一件一件干出来的。

比如公共汽车的无人售票，就是从广州最早开始的。刚开始人们不适应，觉得观念超前了，但坚持数年之后，它成功了，而且被推广到全国。它不仅培养起了市民守规遵序的文明习惯，也达到了减人增效的经济效果。

又比如垃圾分类，这也是从广州最早开始的。这又是一种观念超前的做法但广州坚持下来了，效果也逐渐显现。虽然尚未达到令人十分满意的程度，但它的坚持与市民的参与配合，让这个城市树立起了绿色环保的理念，配得上“国际大都市”的名号了。

如今，市内与城郊的各种湿地公园以及湖泊重造（如白云湖）又正在悄然兴起，一座山水城市、海绵城市的构想正在落到实处。诗意栖居，正在广州人的手中从蓝图变为现实。

也正是在这座城市的暮色中，许多人纷纷涌向了星海音乐厅、广州大剧院、流花剧场、黄花岗剧场，分别在那里欣赏歌剧、交响乐、话剧、舞剧或者地方戏。在举办过亚运会开幕式的海心沙，还有《珠江船说》。登上船，你能一边观赏珠江夜景，一边欣赏到演述粤剧人的故事和粤剧。正是在这几年内，我在广州相继看过歌剧《卡门》、舞剧《大河之舞》、林怀民云门舞集表演的《流浪者之歌》、赖声川和孟京辉的话剧，等等。只要你有足够的银子与足够的时间，你尽可以足不出城心满意足地欣赏到国际上著名的表演机构与艺术大师的演艺节目。可惜我不是发烧友，否则也会去办一张会员卡，享受一下优惠。

广州，终于从一个物质之都向精神之都、文化之都转化了！

这让我 15 年前的担忧与疑惑逐渐化去。我走入广州的 30 年日子，广州也走入了我的生活。

我现在终于会对我外地的朋友和客人真诚地说：我爱广州！

你若爱上，便是家园。相信与我同样是从外省移入广州的朋友与我有共鸣，那你就点赞吧。

原载《广州文艺》2017 年第 9 期

袁隆平，用一粒种子改变世界

马万里

他是一位真正的耕耘者，当他还在一个偏僻的城镇当教师时，已具有颠覆世界权威的胆识；当他誉满天下时，却仍专注于田畴。淡泊名利，一介农夫，播撒种子，传授智慧，收获富足。他毕生的梦想，就是让所有人远离饥饿。他以科学精神与人文情怀，专业素养与道德操守、事业追求与社会责任完美结合的风范，赢得了社会的普遍尊重。

他——袁隆平，一个显得有些平凡和土气的老头，以自己不懈的努力和才华，在古老的土地上创造了非凡的奇迹，目前在我国有一半的稻田里播种着他培育的杂交水稻，每年收获的稻谷的60%来源于他培育的杂交水稻种子。

是怎样的力量把一个人的命运紧紧联系并且积极影响着13亿多人的命运呢？又是一种怎样的力量促使着袁隆平年轻时违背父亲的意愿做出自己的人生选择？又是一种什么力量促使他执着于杂交水稻的研究而最终走向成功的呢？

梦想，诞生于儿时那片美丽的园艺场

回眸袁隆平的成功之路，可能谁也无法想到，他之所以会如此义无反顾地选择农业作为自己奋斗一生的事业，竟是缘于儿时感觉到的刹那间的美丽。

1930年9月1日，一个风和日丽的初秋，在北平协和医院的产房里，一个新的生命呱呱坠地了，为了纪念次子降生于北平，袁兴烈先生按照袁氏家族“隆”字的排辈，为其取名隆平。

袁隆平的父亲袁兴烈先生毕业于东南大学中文系，是一位典型的中国知识分子。袁隆平的母亲华静是一位扬州姑娘，自幼在英国教会学校读书，能讲一口流利的英语。

袁隆平少年时代兴趣广泛，喜欢音乐，爱好体育，尤其酷爱游泳。1949年夏天，袁隆平高中学业期满，当父亲问他将来的志向时，他回答得很干脆："我唯一的选择就是成为一个农业科学家。"他的童年和青少年时代主要是在武汉和重庆度过，对于这样一个生长在大城市，并自小就上教会学校的人来说，在风华正茂的时候选择学农，实在是出人意料。

"大约我6岁时一次郊游，曾在武汉郊区参观了一个园艺场，满园里郁郁葱葱，到处是芬芳的花草和一串串鲜艳的果实。我觉得这一切太美丽了！美得我当时就想，将来我一定要去学农。"

没有指点江山的豪情壮志，没有功成名就的意气风发，有的只是质朴的表白，有的只是对美丽的特别感悟与无悔执着。时隔60多年的漫长岁月，袁隆平忆及当年的感受，仍不免双眼灼灼，神采焕发。可见当年那片花果鲜艳的园艺场，在风雨飘摇、国事艰难的年代，曾是多么深刻地打动了一个孩子纯真的心。这片美丽的记忆，成了袁隆平心中永远挥之不去的情结与梦幻，使他从此与"农"结下了不解之缘。也正是这片美丽的永远，最终改变了袁隆平一生的命运，并在某种程度上改变了13亿中国人的命运。

1953年，从西南农学院农学系毕业的袁隆平，为了追求心中的梦，毅然从重庆来到了偏僻的湘西雪峰山下的安江农校任教。

在安江农校，他一待就是19年。回顾在安江农校的教学生涯，袁隆平感触颇深："我在教学过程中，积累了较多的生物学知识和农业生产实践经验。因此在以后的作物育种科研中，才具有一定的发现问题、分析问题和解决问题的能力。"在这里，袁隆平以非凡的努力完成了知识和经验的积累，为将来的科研打下了基础；同时，一场梦魇般的饥荒最终促使他全力以赴地编织杂交水稻梦。安江农校成为袁隆平腾飞的起点。

一生的付出，为的是战胜记忆中梦魇般的饥荒

20世纪60年代初期，一场罕见的饥荒席卷神州大地。安江农校宁静的校园也无法幸免。袁隆平为这沉痛的现实深深地感到不安。在这种情况下，袁隆平响应党的号召，和学生们一起来到黔阳县硖州公社秀建大队支农。生产队长老向企盼地对他说："袁老师，听说你正在搞科学试验，如果能研究出亩产800斤、1000斤的新稻种，那该多好啊！我们就不怕有饥荒了，苦日子就可以结束了。"老队长的一席话又一次唤醒了袁隆平深藏在心底的童年之梦，从那一刻开始，他将"所有人不再挨饿"奉为终身的追求。

"三年困难时期，我亲眼见过有人饿死在路边、田坎上，很多人因饥饿得了浮肿病。当时我们农校的老师被下放到艰苦的地方锻炼，在集体食堂里，我们吃的菜就是一大锅红薯藤，加一小酒杯的油来煮，跟猪食差不多。饭是双蒸饭，用水蒸了两次，饭粒儿看起来大，吃下去一会儿就饿，整天想的就是能吃顿饱饭就好了。"

"人类能否战胜饥饿？我认为主要靠科技进步，再有一个和平的环境，通过不断研究，取得农业科技的不断提高，就能解决饥饿问题。我是学农的，每年做点优产育种研究，日有所思，夜有所梦，我曾经做过一个梦，稻子如花生米那么大，我们几个朋友累了，就坐在稻穗下面乘凉。"

回忆当年的那场灾难，袁隆平那种济世情怀，对生命的真挚的呵护与关爱，让人分明感受到了一位伟大科学家内心的崇高与博大。

梦当然还是梦。为了通过科研的力量在实践中一步步接近这个梦，袁隆平以一种义无反顾的精神一头扎进了杂交水稻这个世界性的难题中。不为别的，就是为了在现实中使落后、贫困的农村能变得富饶而美丽。为此，他所经历的困苦与磨难超出了常人的想象。但他数十年如一日坚持着，努力着。"真的，我从没有后悔，我这个人有点痴，认准的一定要走到底。"他一直是这样说的，也一直是这样做的。杂交水稻已成为他生命中不可缺少的重要部分。

正当袁隆平准备大干一场的时候，史无前例的"文化大革命"的暴风骤雨袭来。造反派把"自由散漫，典型的资产阶级知识分子"袁隆平的试验田搅得一片狼藉，并准备把他关进"牛棚"。许多人说他是自找苦吃，他坦然回答：为了大家今后不再饿肚子，我心甘情愿地吃这个苦。为此，他郑重地告诉结婚不久的妻子邓哲要做好分手的准备，但邓哲的话给了他最大的安慰："大不了，我和你一起当农民。"这让他下定了决心，再苦再难也要坚持下去。

1968 年 5 月 18 日，这是袁隆平终身难忘的日子。这一天被他视为生命的试验田里的秧苗竟然全部被人连根拔起，整个试验田被彻底地破坏。事发后第 4 天，痛不欲生的袁隆平才在学校的一口废井里找到残存的 5 根秧苗，继续坚持试验。

袁隆平回顾自己育种走过的路程，总结以往的经验和教训，觉得应加快育种步伐，不能局限于安江和长沙，而要到气候炎热的地方去。1968 年起，每年的冬天，袁隆平就和助手一起赶到海南三亚搞水稻育种。他把这种与季节赛跑追着季节走的育种方式叫作"南繁"。在路上，他们甚至把珍贵的种子绑在腰上利用体温催芽。孩子出生，父亲病故，他也没有时间回去看一眼。可做了 300 多次实验，竟没有取得实质性的进展。虽然非常焦虑和苦闷，但步入不惑之年的袁隆平从来都没有灰心，更别说放弃。在十分艰苦的生活条件下，他患上了风湿性肠胃炎，体重下降。原湖南省科技信息研究所党委书记陈明山多年来对袁隆平的科研大力支持，他告诉记者："袁隆平最苦最难的是1970年以前，但从来没有消沉过，也没有抱怨过。即使再多的困难也难不倒他，这样的人我还没有发现第二个！"

时间终于到了1971年11月23日，在海南岛茫茫野生稻丛中，袁隆平的两位助手——他的学生李必湖和南红农校技术员冯克珊发现了一株雄花败育的天然野生稻！袁隆平仔细观察后，又采集了稻花样品，放在显微镜下进行检验，最终确认这是一株十分难得的野生稻雄性不育株。鉴于它是一株碘败型花粉败育的野生稻，袁隆平当即高兴地将之命名为"野败"，并向全国育种专家和技术人员通报了他们的最新发现。

最令人感动的是，袁隆平他们还把"野败"材料贡献出来，组织全国性的攻关。1971年春，湖南省农业科学院成立了杂交水稻研究协作组，袁隆平调省农业科学院杂交水稻研究协作组工作。1972年3月，国家科委把杂交稻列为全国重点科研项目，组织全国协作攻关。袁隆平将"野败"材料分发到全国10多个省、市的30多个科研单位，用了上千个品种与"野败"进行了上万个测交和回交转育的试验，扩大了选择概率，加快了三系配套进程……就在这一年，袁隆平选育成功中国第一个应用于生产的水稻雄性不育系"二九南1号A"。

1973年，在突破了"不育系"和"保持系"的基础上，广大科技人员广泛选用长江流域、华南、东南亚、非洲、欧洲等地的1000多个品种，进行测交筛选，找到了100多个具有恢复能力的品种。43岁的袁隆平和他的助手在世界上首次育成三系杂交水稻，将水稻产量从每亩300公斤提高到每亩500公斤以上。当年10月，袁隆平在苏州召开的全国水稻科研会议上，发表了《利用野败选育三系的进展》一文，正式宣告中国籼型杂交水稻"三系"配套成功。原来有人预言："三系三系，三代人也搞不成器。"而事实上，袁隆平及其同行只用了短短的3年时间就攻克了杂交水稻这道世界性难题。

从1964年发现第一株雄性不育株起，到三系配套成功，在那个动荡的年代里，袁隆平整整熬了10年。他的执着、创新，尤其是为了科研事业和国家利益而不计较个人得失的精神感动了很多很多的人。接受记者采访时，中国工程院院士、武汉大学朱英国教授感慨地说："没有袁老师把自己的成果公开，我们大家都不会有今天的成就，我们很多人可能还在饿肚子！"

忠孝难两全，真爱感动上苍

1975 年 3 月，袁隆平从天涯海角“南繁”归来，风尘仆仆地回到安江镇，回到妻子邓哲身边。他在一块试验田里见到了邓哲。邓哲起初看到袁隆平脸上露出惊喜，但突然收住了笑容，双眼瞬间充满了泪水。袁隆平也惊异地左顾右盼，发现邓哲的左臂上佩戴着黑纱，他被这突如其来的黑纱惊呆了。他惊恐地指着黑纱问邓哲：“这是怎么回事？”“咱们的父亲在重庆病逝了。”“为什么不通知我？”“考虑到你正在攻关，耽误你几天，弄不好要误事一年。”“父亲临终前说，他不希望你度过一个平庸、平淡的人生，他祝愿你走一条平安、平静的人生道路……”听了邓哲的一番叙述，袁隆平怀着沉痛的心情，随手抓起一把田头的红土，用力地攥着，只觉得手中的泥土在融化，在沸腾，在他体内燃烧起了熊熊火焰；只觉得一股悲痛的激情，撞击着他的心扉。他发誓，要以优异的科研成果告慰父亲的在天之灵。

这天夜里，袁隆平久久难以入睡。他索性披衣起床，走向月色映照下的山村原野，面对西方，向着家乡深深地三鞠躬。

1982 年除夕，袁隆平在南方育种十多年来第一次回家过春节，正月初二那天，妻子邓哲因突患急性病毒性脑炎，被送怀化地区医院抢救。然而祸不单行，紧接着他 80 岁高龄的母亲也患上了重感冒，在家卧床不起，岳母又患脑血栓住进了黔阳县医院。这突如其来的病魔袭击，给原本其乐融融的家庭以沉重打击，累坏了本来就不善于操持家务的袁隆平。

他除了紧急动员三个儿子分头服侍病人外，自己则忙不迭地跑三个地方轮流照料病人，从挂号、缴费、拿药，到买营养品、端屎倒尿，端茶喂饭，忙得焦头烂额。好在安江农校的老同事曹胖公夫妇及李代举他们热心帮忙扫地抹灰，洗衣做饭，否则袁隆平真不知道怎么处理这堆家务活。

那时，邓哲躺在病床上深度昏迷，将近半个月没有睁开眼睛，靠输液维持生命。袁隆平白天照料着病中的两位老人，晚上几乎夜夜陪伴在妻子身边。他深情地看着妻子孱弱苍白的脸，柔肠寸断，半是内疚，半是心酸。他喃喃地说，“都是我不好，我不是好丈夫，你是累病的呀，可我没办法，我离不开杂交水稻，禾苗也离不开我呀，老天不公啊，熊掌和鱼不可兼得……邓哲，我在你身边，守着你，护着你，你就醒醒吧……”说着说着，泪水模糊了他的眼睛。

在以后的日子里，他更加精心地照料妻子，回报妻子多年对他、对家庭的付出。他为妻子抹身子、换衣服，一勺一勺地喂鸡汤；为她背唐诗，讲故事，轻轻地用英语唱《老黑奴》。他知道妻子心里明白他在为她祝福、祈祷，为她做丈夫应做的一切……也许是苍天有眼，好人有好报，他的真爱和一片痴情感动了上苍，连死神也悄悄抽身而退，不久，邓哲终于睁开了眼睛，神情恍惚地看着丈夫，深情地吐出几个字：袁先生。“谢天谢地，你总算醒了！”袁隆平高兴得像孩童般笑了，笑得格外开心。接下来，他按照医生的嘱咐，每隔一小时帮妻子翻身，为她按摩。一个月后，邓哲出院了，并没有留下任何后遗症。

袁隆平曾经说过：爱，是一份长久的承诺；爱，渗透在日常生活的每个细节中，哪怕是一个会心的微笑，擦一擦汗，洗一洗碗，陪爱人逛一逛街，都是幸福的，值得回味的。后来，当袁隆平事业有成就，应邀出访，或到国外去领奖，只要条件允许，他都带妻子一道去散散心。在他们银婚纪念的那天，他还特意让妻子换上了婚纱，拍了一张婚纱照，并花 3000 元钱给妻子买了一条项链，给妻子带上。

培育杂交水稻，是他生命中最强的音符。对于一个几千年来受贫穷与饥饿折磨的民族，用高产量的杂交水稻良种来帮助解决吃饭问题，这是一个多么巨大的贡献啊。难怪一些地区的农民称他为“神农”，而国际同行称他的研究是“全人类的福音”。

1979 年 4 月，袁隆平首次走出国门，赴国际水稻研究所的所在地——菲律宾首都马尼拉市远郊的洛斯巴洛斯镇，参加一个重要的国际水稻科研会议。这次会议有 20 多个国家的 200 名科学家参加。同行的中国水稻专家共四人，袁隆平应邀在会议上宣读了他用英文写的《中国杂交水稻育种》的论文并即席答辩，与会者一致公认中国杂交水稻研究处于领先地位。

1981 年 6 月 6 日，袁隆平的籼型杂交水稻获国内第一个特等发明奖。这不仅在国内引起轰动，也引起了世界的极大关注。袁隆平在国际水稻领域首次亮相后的第三年——1982 年的秋天，国际水稻研究所的又一次学术讨论会上，国际水稻研究所所长斯瓦米纳森先生庄重地引领袁隆平走向主席台。同时，投影机在屏幕上打出了袁隆平的巨幅头像和“杂交水稻之父袁隆平”的英文字幕。顿时会场为之欢声雷动，来自世界各国不同肤色的学者和专家一起起立，向袁隆平鼓掌致意。

曾担任过印度农业部部长的斯瓦米纳森也是著名的水稻专家，他在发言中说：“今天，我十分荣幸地在这里向你们郑重介绍我伟大的朋友、杰出的中国科学家、我们国际水稻研究所的特邀客座研究员——袁隆平先生！我们把袁隆平先生称为杂交水稻之父。他是当之无愧的！他的成就不仅是中国的骄傲，也是世界的骄傲。他的成就给世界带来了福音！”

这次会议期间，菲律宾报纸头版刊登了袁隆平的照片和《杂交水稻之父》

的大字标题。从此，袁隆平在国内和国际上赢得了当之无愧的“杂交水稻之父”的称号，这也是袁隆平非常珍惜的一个荣誉。

1985 年 10 月 15 日，袁隆平首次获国际大奖，联合国知识产权组织“发明和创造”金质奖章和荣誉证书。1986 年 10 月，国际水稻研究所和湖南省科委、湖南杂交水稻研究中心联合在长沙举办了世界首届杂交水稻国际学术研究会。来自世界 20 多个国家的专家共 200 多人参加了这次盛会。袁隆平作了题为《杂交水稻研究与发展现状》的学术报告，提出了今后杂交水稻发展后战略设想：通过“三系法”过渡到“两系法”，再向“一系法”发展。这一新颖的设想，让与会代表深受鼓舞。

后来，湖南杂交水稻研究中心还举办了多期杂交水稻国际培训班，为印度、越南等国家培养了一批杂交水稻的专业人才。从 1981 年至今，湖南杂交水稻研究中心等机构共举办了 20 多期国际杂交水稻培训班，培训了来自 30 多个国家的 500 多名科技人员。袁隆平也先后应邀前往菲律宾、美国、日本、法国、英国、德国、埃及、澳大利亚等国家传授技术，让世界各地的人们分享丰收的喜悦。

在中国的帮助下，越南和印度的杂交水稻发展很快，已应用于生产。2004 年越南种植杂交水稻 65 万公顷，印度为 56 万公顷，并取得了比当地良种每公顷增产 1.5 吨至 2.5 吨的效果……全世界越来越多的人感受到袁隆平带给他们的惠泽，很多人在告别饥饿的同时记住了袁隆平！ 1999 年，国际小天体命名委员会将一颗小行星命名为“袁隆平星”。

袁隆平先后获得了国内国际多项顶尖大奖，身兼数十个学术和社会职务。浩瀚宇宙中，袁隆平，安江农校的一名普通教师，终于摘得了“杂交水稻之父”的桂冠。

不知多少人梦寐以求的辉煌、荣耀、名利，却丝毫也没有使袁隆平发生任何改变，他还是始终如一地恋着杂交水稻事业。从播种到收获，他依然风尘仆仆地骑着摩托车去试验田，从春夏到秋冬，他依然分秒必争地察看着育种基地。他心中想的只有他的试验田，只有他的杂交水稻。

“通过科技进步，现在我国常规水稻的亩产平均为 700 斤左右，我们培育的杂交水稻平均亩产达 800 斤左右。我们正在研究一种超级杂交水稻，亩产将达到 1500 至 1600 斤，有希望在两至三年内培育成功，那时又将推动全国的水稻产量上一个大的台阶。我们‘超级’稻的培育十分紧张，不管我在哪里，都要求基地三天报一次数据，这样我就可以随时对情况进行分析。我们有信心提前两年实现亩产 800 公斤的目标。”

1998年，国家国资局对“袁隆平”品牌进行了无形资产评估，认定其价格达1000亿元人民币。对此，在社会上反应很大，各方面给予积极评价，并昭示着中国知识经济的风暴和尊重知识、尊重人才时代的真正到来。

“隆平高科”上市后，社会上有人称“袁隆平一夜之间变成了亿万富翁”，他却很平静，对此一笑了之。他仍然一如既往地奔波在试验田地里。

“在我有生之年，我还有两大心愿，一是把超级杂交稻研究成功，大面积应用于生产，这样21世纪谁来养活中国的问题就解决了；再一个是让杂交稻进一步由中国走向世界，‘发展杂交水稻，造福世界人民’。”

虽已届古稀之年，但袁隆平仍魂牵梦萦着杂交水稻；虽已没有了园艺场的美丽与缤纷，但那种淳美与质朴，却更能透出一种科学巨人所特有的崇高品质与境界。

坝上的云

王巨才

到坝上，像猛然闯进陌生的世界，一切都那么真实，又真实得让人不敢置信。

最惹人的，是那铺天盖地、惊心动魄的云。大团的，如雪域高原巍峨耸峙的群峰，小些的，则像一垛垛随意堆积的棉绒。大团小团的云，逶迤纠结，撕扯不断，威风八面地布满整个天空，让人顿生敬畏。

云是低垂的，似乎伸手便可抓到一把。云又是静止的，半天见不到些许变幻。太阳倒像是游动的。当太阳躲在背后的时候，云会呈现浓淡深浅不同的状态，而当她一旦露脸，所有的云团便立刻镶上耀眼的金光，像聚焦在一万只强光灯下，轰轰烈烈，辉煌无比。

云层的上面，是湛蓝的天幕。那蓝色，也是辽远的，深邃的，洁净神圣的，伫望之际，总有一种心底空茫，万念俱消，乃至整个人都要被融化的感觉。记不清什么时候见过这样的蓝天，要说，也是儿时躺在家乡的杜梨树下歇晌的时候，但那已是半个多世纪以前的事了。

这样的天空是能够让人陶醉的，感动得掉泪的。

天似穹庐，笼盖四野。

蓝天白云下的塞罕坝，位于阴山山脉和大兴安岭余脉交界处，蒙语意为“美丽的高原”。

真不敢相信大自然竟有这样神奇的灵感，把一片辽阔的原野摆布得如此周到，协调，精妙绝伦。

中心的位置自然是浩浩渺渺、波光幽幽的湖水。从环湖小道走过，不时会有打挺的鱼儿跃出水面，挑逗人们的游兴；茂密的水草间，也会有不知名的野鸟猛地从身边腾起，像故意吓你一跳，而后带着一串悦耳的鸣声顽皮地向远处飞去。湖的四周，是巨幅地毯般铺展开来的草甸，草是浅黄色的，上面缀满蒿子梅、金莲花、野百合、风信子等五颜六色的野花，像是给湖水镶了一圈璀璨的璎珞。再远处，便是由低到高、由近及远次第排开的白桦林和油松林，那白桦和油松都像是经过严格挑选的，高矮粗细全都一样，看去如同士气饱满的军阵，齐刷刷布满大小冈峦，煞是雄壮，威严。

时令才过小暑，北京尚是溽热难熬，这里则必须秋衣加身。漫步在木板铺就的小路上，阵阵凉风和野草的清香让人沉湎在久违的爽快中，久久不愿离去。看天色向晚，寒意渐浓，接待的同志催我们抓紧时间，去体验一把策马草原的浪漫，说这是来坝上绝不可放过的项目。我因上了岁数，自不敢轻狂造次，便由马的主人老曲陪同，信马由缰地向山谷下缓缓行去。

谷底是一条小溪，泠泠有声，清澈见底。老曲说这便是滦河的源头，为保证京津用水安全，这一带是绝对不许污染的，连种地都禁止使用化肥农药。小溪对面便是内蒙古地界，山坡上一排青砖红瓦的平房，老曲说那村子叫十二座连营，属克什克腾旗。我问他家在什么地方，老曲左手一指，说就是远处沙柳树下的那几排房子，叫西连营。问光景过得咋样，答说还行吧，你们租的这三匹马都是我的，两个月旅游旺季，少说也能收万把块钱；平常时间，房前屋后种点荞麦莜麦土豆萝卜什么的，基本够一家人吃了；也没有什么负担，两个孩子一个在湖南上大学，一个在县政府上班。农村人要求不高，能自给自足，自由自在，也就满足了。

老曲 70 多岁，脸膛黑里透红，看去不到 50。见我们七嘴八舌连声称羡，他憨厚而不无幽默地表示，生活在这个地方，再不显得年轻些，能对得起身边的青山绿水、白云蓝天吗？

回旅店用罢晚饭，穿过街上热闹的夜市，我们来到镇子的休闲广场，见西头地平线上，一弯金黄色的下弦月沉甸甸地挂在树梢间，距离我们不到三五百米。我正惊诧今晚的月亮何以会有这样大，这样亮，这样近，接待办的朋友笑笑说，其实，"月亮还是那个月亮"，只是这地方的空气异常清新，能见度特别好，所有才产生这种错觉。经他点拨，方始醒悟。

真舍不得这样宁静的夜晚。但天气太冷，明天一早又得出发赶回北京，只好"留一些遗憾"，回去歇息。

第二天，走进农场展览馆，发现另一个精彩的伏笔！

原来，这些让我们一整天赞叹不已、流连忘返的秀美风光，这被称作河的源头、云的故乡、花的世界、林的海洋、鸟的天堂的塞罕坝，既非老天恩赐，也非祖宗馈赠，而是当代英雄胼手胝足、生死以之的杰作。

这方曾是皇家林苑的风水宝地，历经放围垦种和战乱破坏，全国解放时已变成风沙肆虐的莽莽荒原。为了“给北京阻沙源，给天津涵水源，给国家增资源，给地方拓财源”，1962 年 2 月，来自全国 19 个省市的 127 名大、中专毕业生和 242 名工人到这里安营扎寨，开始了植树造林、重建绿色屏障的征程。共和国版图上，一个新型的国营林场由此诞生。

想想看，那是一种何等艰苦卓绝的征战：平均气温零摄氏度以下，最低可达零下 40 摄氏度。全年降水量仅 417 毫米，无霜期也只有 42 天。又赶上三年困难时期，物资供应极度匮乏。正是在这种极端恶劣的条件下，年轻的创业者们不避风霜劳苦，吃窝头，住窝棚，饮雪水，抡铁镐，历经一次次失败，又夺得一个个胜利，经过半个世纪的努力，硬是在这片海拔 1500 米以上的荒沙地上，营造出一派葱茏的绿意。现在，塞罕坝人工林和草原面积达到 1658 平方公里。这中间，自然包含几代林业工作者的汗水和心血，有说不完的感天动地的故事。

当我在展厅照片中逐一瞻礼那些林场最早的创业者，包括第一任党委书记、病危时叮嘱家人把骨灰撒在坝上林海的王尚海，第一任场长刘文仕和副场长、高级工程师张启思，以及十多年如一日、始终坚守在远离人烟的防火瞭望塔上的陈锐军、初景梅夫妇时，我真是被他们崇高的精神品格深深感动了，眼眶止不住噙满泪水。我想到了“高山仰止”这个词，并且斗胆改动范仲淹《严先生祠堂记》中的名句，以为观感的题留：

云山苍苍，江水泱泱。英雄伟业，山高水长。

汽车沿京承高速公路南行，过了古北口，天气又变得灰蒙蒙的。如同从一场美轮美奂的舞台情景中返回现实，思绪纷然，感慨丛生。

人，常常有意无意毁坏自己的家园，也可再造优美舒适的环境。

东隅已失，桑榆未晚。

人应当诗意地栖居在地球上……

原载《人民日报》2010 年 10 月 17 日

塞罕坝时间

李青松

塞罕坝。——啥意思？

在这里，既有森林的壮阔，也有森林的细微，更有森林的饱满和丰沛。森林的里边是森林，森林的那边还是森林。有人说，塞罕坝的森林是翡翠。也有人说，塞罕坝的森林是绿肺。好嘛！说起塞罕坝就一定带着森林吗？当然。可是，塞罕坝，塞罕坝，塞罕坝是啥意思？

森林，塞罕坝的森林真美。美得令人心醉。

换个角度看，或许印象更清晰。——绿，深绿，翠绿，墨绿。卫星云图显示，塞罕坝这片人工林海，不就是一只墨绿色的展翅翱翔的雄鹰吗？112 万亩，三代人，一件事，用了整整五十五年的时间。种树种树种树。磨出了多少老茧，磨坏了多少锹镐，数也数不清。此间，有抱怨与绝望，有荣耀与悲伤，有坚韧与抗争，有寂寞与欢乐，有荒谬与智慧，有灵魂与激情……然而，故事从未停歇，每天都是开始。这片林海负载着塞罕坝三代人的希望和梦想。这片林海是塞罕坝之根本，没有了这片林海，塞罕坝就没有了今天，也没有了未来。

然而，时光倒转回去，早先的塞罕坝却是一片蛮荒之地。甚至被称作坝上的“青藏高原”——天高风冷水硬人横。

话说二十世纪六十年代初，风沙紧逼北京城。每逢春秋时节，小伙子戴风镜、姑娘戴口罩是北京街头的常态。一入冬，西北风嗷嗷叫，风沙肆虐，沙粒子砸在面上生疼生疼。怎么回事？林业部不是管造林的吗？有没有什么办法呀？

北京风沙脾气暴跟塞罕坝啥关系？问风风不理睬，照刮；问沙沙不言语，照砸。还是问问脚步吧——脚步丈量的结果：浑善达克沙地与北京的直线距离仅有180公里，平均海拔1000多米，而北京的平均海拔仅40多米。有专家形象地说："如果这个沙源阻挡不住，就相当于站在屋顶上向院子里扬沙子。"——必须把沙子挡住。塞罕坝恰好处在那个能挡沙子的特殊地理位置上。怎么个特殊呀？这么说吧，如果说内蒙古浑善达克沙地与北京所处的华北平原之间隔着一道门的话，那么塞罕坝就是那道门的门闩。

门闩起啥作用？人人家里都有门，出门进门，进门出门，门闩起啥作用还用我说吗？

事实上，早先的早先，塞罕坝也是草木葳蕤、獐狍野鹿出没之地。塞罕坝属于木兰围场范围。《围场厅志》记载：此地"落叶松万株成林，望之如一线，游骑蚁行，寸人豆马，不足拟之"。康熙曾多次带领将士来此围猎，还即兴留下过一些诗句。"……鹿鸣秋草盛，人喜菊花香，日暮帷宫近，风高暑气藏"。看来，康熙当时的心情不错。

然而，曾几何时，随着清王朝的没落，秋狝的弛废，大批流民涌入，肆意垦荒，断了塞罕坝的根，致使塞罕坝元气大伤。后又几经军阀匪寇劫掠，反复折腾，森林荡然无存，塞罕坝一片肃杀凄凉。

去的去了，是因为来的来了。从此，沙魔长驱直入。那道门闩也闩不住了。何况，那道门闩本来就已经破败，被丢在一边了。

塞罕坝，塞罕坝，塞罕坝是啥意思？

——这微弱的发问，早被滚烫的大漠蒸发了。

风雪弥漫中，一个健壮的身影出现在塞罕坝。

一九六一年，为了破解风沙南侵的困境，时任林业部国营林场管理总局副局长的刘琨，率专家组来到塞罕坝，他要用自己的眼睛看看那道门闩究竟是怎么回事。他眉头紧锁，视野里"尘沙飞舞烂石滚，无林无草无牛羊"。他在塞罕坝荒凉的高岭台地上考察了三天，没有找到那道门，当然也就没有找到那道门闩。但是，他却拿到了第一手珍贵的资料。回去后经过专家们的反复论证，最后得出结论：塞罕坝上可以种树，可以竖起一道绿色的屏障，阻挡风沙的南侵。

也就是说，没有门可以安上一道门，没有门闩可以安上一道门闩。

一九六二年，塞罕坝机械林场正式成立，任命承德专署农业局局长王尚海为第一任场长。随后，林业部工程师张启恩带着妻儿来了，王尚海的爱人带着5个孩子来了，由全国18个省市的369人组成的林场第一支建设大军来了，河北承德农专的53名毕业生来了，承德二中刚刚毕业的陈延娴等6名女高中生来了，一批新毕业的大学生来了。他，她，她们和他们用自己的青春和热血在这片荒野上开始书写动人的传奇故事了。

塞罕坝，塞罕坝，塞罕坝是啥意思?

然而，建场之初，塞罕坝地区生活条件非常之差。没有房屋可居住，就搭马架子，盖窝棚，挖地窨子解决住宿问题。严寒的冬天，马架子和窝棚被厚厚的积雪压塌是常有的事，而地窨子阴冷潮湿，住在里面一点都不浪漫。那时的塞罕坝，完全落在寂静里。只有暗夜包围着的地窨子里，时而传出几声长长的叹息。

食物更是严重短缺。当地有一句谚语:“坝上的庄稼——山药蛋”。当时在坝上能够生长的农作物很少，只能种植一些适应高寒地区生长的白菜、土豆和莜麦等。坝上气候不适宜种小麦、玉米等粮食作物，种不成西红柿、豆角等蔬菜，苹果、梨、桃等更是想都甭想了。

种啥吃啥。有啥吃啥。当初在塞罕坝莜面最通常的吃法：把水烧开，把干面直接往锅里撒，一边撒一边搅拌。搅拌熟了，外表成球状，黑乎乎的，俗称“驴粪蛋儿”。大家开玩笑说，总吃“驴粪蛋儿”也不是事呀，人都快成“驴粪蛋儿”了，换换样儿吧。于是，伙房师傅也真费了一番心思。清水煮土豆白菜，莜面窝头。清水煮土豆白菜，莜面卷儿。清水煮土豆白菜，莜面片儿。到底是该哭?还是该笑?

塞罕坝，塞罕坝，塞罕坝是啥意思?

——也许，白菜土豆莜面“驴粪蛋儿”知道。也许，苦寒的日子知道。

站在坝上放眼望，路在哪儿呢?

前望不见，后望不见；左望不见，右望不见。原来，路被移动的沙漠吞噬了。

当时，塞罕坝的交通条件极其不便。只有一条蜿蜿蜒蜒的土路，一头连着围场县城，一头连着遥远的内蒙古高原。路况相当差，去趟一百公里外的围场县城，有时要走两三天的时间。此地偏僻、高寒的地理环境自不必说了，单是没有电，没有自来水的不便，就足够考验这些年轻人了。更不要说没有娱乐设施，业余生活的单调、枯燥和无味。好在若是冬天，白日里在冰天雪地里干活，夜晚就守着炉火，在煤油灯微弱的光亮中听着段子。烧的什么?干透的牛粪饼。炉火噼噼地燃着，加一块牛粪饼，再加一块牛粪饼。噼噼。炉面上，往往烤几个土豆。听得入神，土豆烤煳是常有的事。而讲段子不是谁都能讲的，往往就是那个干体力活儿最差，却读书最多戴着瓶底般眼镜的人。

不过，说他们的生活枯燥乏味也不全对。因之那些牛粪饼和那些段子，寒凉枯寂的夜晚温暖而生动了。

他们也写打油诗。

渴饮沟河水，饥食黑莜面；
白天忙作业，夜宿草窝边；
劲风扬飞沙，严霜镶被边；
雨雪来查铺，鸟兽绕我眠；
老天虽无情，也怕铁打汉；
满山栽上树，看你变不变。

当年的马架子宿舍门前，还有这样一副对联：

一日三餐有味无味无所谓，
爬冰卧雪冷乎冻乎不在乎。

“无所谓”“不在乎”，这些饱含着眼泪和痛苦的词句，表现了塞罕坝人一种乐观的精神。然而，塞罕坝虽然来了很多人，但塞罕坝还是缺人。不缺男人缺女人，最缺的是姑娘。

当地有一句顺口溜：“塞罕坝真荒凉，又有兔子又有狼，就是没有大姑娘。”

当时林场新来的那批大学生除个别人年龄小，绝大多数都进入了谈婚论嫁的年龄。可是在这闭塞的荒原上，年轻人到哪里寻觅自己的另一半呢？

新来大学生的个人问题一时成了这个寒冷荒原上的热点问题。好嘛！这些有知识有文化的年轻人怎么可以没有对象呢？坝上有个叫棋盘山的古镇是个牲畜交易集散地，是一个人流、物流、信息流集中的地方。一个偶然的机会，林场技术员张凤元和镇上姑娘隋莲芝谈上了恋爱。“塞罕坝居然来了那么多新毕业的大学生！”镇上人一嚷嚷，一传俩，俩传三，后来又互相介绍，便有不少的年轻人不惜遥遥路途开始交往，结婚成家了。一时间，塞罕坝的小伙子们很多都成了棋盘山的女婿。

人们便打趣儿说，棋盘山成了老丈人“窝子”。没过两年，这个老丈人“窝子”又成了姥爷“窝子”。——娃娃出生，女人带着刚会说话的娃娃回娘家。娃娃奶声奶气地唤一声姥爷，镇子里满街探出喜滋滋的脑袋。

人在哪里，哪里就有生活的逻辑和意义。生活虽然艰苦，但苦中也有爱情，也有快乐，也有幸福。绿色需要坚韧，需要劳作，需要不懈的努力；绿色需要空间的分布，也需要时间的积累。绿色的面积在一寸一寸扩展着，增长着，延伸着。

让我们向当年的英雄们致敬!

塞罕坝的第一代建设者，现在大都已经退休或者故去。当年，他们是怀着革命的理想和远大抱负来到这里的，他们对自然和社会的认识，自然与现在的年轻人不同。冰雪和荒野中曾经有过他们的血汗与悲壮，豪情与困苦，坚忍与疲惫。他们对塞罕坝的眷恋之情是现在的年轻人所无法理解的。然而，在无可抗拒的命运面前，生命在这里显得如此无助而茫然。

他们的眼神多半是忧郁的。然而，同他们谈起塞罕坝，谈起当年的事情，他们的眼神里却又闪烁出兴奋的光芒。近年来，他们的思乡之情越来越浓烈，然而，省亲之后他们又多半打消了返乡的念头。因为，家乡的人早已把他们视为塞罕坝人，家乡的土地上已没了他们可耕的田，可以生存的空间。

塞罕坝，塞罕坝，塞罕坝是啥意思?

——河有源，树有根。源在塞罕坝，根在塞罕坝。

不要以为种树那么容易。不就是挖个坑，种棵苗吗?其实，种活一棵树不比养活一个孩子简单。种树是个技术活儿。

头两年，塞罕坝人从东北地区调来的绿化苗木种下的树，都死了。有诗为证:“天低云淡，坝上塞罕，一夜风雪满山川;两年种树全死完，壮志难实现，不如下坝换新天。”不都是英雄，也有人卷起行李悄悄溜走了。

溜走，总是有原因的。然而，留下来的不需要理由。可是，如果连树都种不活，那留下来还有什么意义?

必须搞清树死的原因。原来，外来的苗木水土不服，抗性太弱。要想在塞罕坝地区种树成功，必须自己育苗，育适应当地土质和环境生长的苗木。塞罕坝人开始进行技术攻关。首先攻克了在高寒地区育苗这一关，继而在塞罕坝地区育苗获得成功。之后，又改造了苏联进口的种树机，将它由原来只能在平坦地方种树，改造成了在塞罕坝地区山地、丘陵地照样能种树。由此，用机械种树也获得了成功。可以说，从那时起，塞罕坝营造百万余亩人工林的大幕，算是就此拉开了。

一九六四年，春节刚过，林场党支部书记王尚海、场长刘文仕等人就骑着马，带着技术人员上山了。马蹄坑，是塞罕坝人选择的头一个战场。经过30多个昼夜的奋战，近千亩落叶松小苗扎根在了马蹄坑，塞罕坝人终于在这片荒凉的土地上，种下了属于自己亲手培育并植造的第一片林子。七月，塞罕坝的野花盛开了，一棵棵幼苗也绽放出了笑颜。

“文革”期间，塞罕坝人只顾埋头种树。塞罕坝人自己问自己——我们来到这里干吗？就是来创业吗？不是享福来了，更不是搞运动整人来了。牢记使命，不忘初心，种树不止。

数字，也许是抽象的，不能带给人美感。但数字也是鲜活的，灵动的——塞罕坝在“文革”期间及其前后历年种树的面积：1966 年以前种植 34000 亩，1966 年种植 50000 亩，1967 年种植 60000 亩，1968 年种植 50000 亩，1969 年种植 50000 亩，1970 年种植 60000 亩，到 1983 年，塞罕坝上的有林地面积已经达到了 1100000 亩。

这一组数字的背后，洒满了塞罕坝老一辈建设者的血汗，凝结着塞罕坝老一辈建设者的绿色情怀。他们几乎是用生命的代价换来了这片林海，在荒原上树立起了一座绿色的丰碑。

塞罕坝，塞罕坝，塞罕坝是啥意思？

——林海无语，丰碑无言。

林子多了是好事也是难事。难就难在防火。

暖泉子望火楼。尽管时令已经进入三月，许多地方是暖融融的春天了，但塞罕坝依旧是白雪皑皑，冷风刺骨。为了探访护林人的生活，我走进了暖泉子望火楼。这里毫无神秘可言。室内的陈设虽然简单，但很整洁。一张床，一张桌子，一台电视机，一部电话。墙上挂着一幅地图和一个打着卷儿的日历。

护林员陆爱国和妻子王春艳，已经在这里坚守了十五年。

“心里那根弦，整天绷着。不敢有片刻懈怠。”身穿迷彩服的高个子陆爱国一边架起望远镜，一边一字一句地说，“一般每年的防火重点期是三月十五日到六月十五日和九月十五日到十二月十五日，这六个月必须要住在望火楼里，十五分钟汇报一次瞭望情况。”

我瞥了一眼桌上的电话，心里充满敬意。

“这些树是我父亲那辈人种下的，可不能在我们这代人手里毁了。”陆爱国说。坝上地区每年的无霜期只有七十多天，冬天几乎都会大雪封山。我打量一下望火楼的角落，对并排放着的三个装满了雪的水桶有些不解。我指了指桶里的雪问王春艳：“这是干吗的？”王春艳说：“雪水是用来洗衣服的，如果大雪封山，下山挑水困难，有时也喝雪水。”

陆爱国和妻子初到这里时，生活条件非常艰苦。吃水还得到山下两公里以外的暖泉子去背，水从桶口儿晃出，洒在后背上，浸湿衣服，后背冰凉，夏天还好，冬天后背的棉袄就冻成了冰棒。冬天路上雪滑，路又陡，一走一滑，跌了多少次跤？摔坏了多少个桶？——也许人忘了，桶却知道。

当好护林员除了要有强烈的责任心，还要有过硬的观察本领。为了熟悉地形，尽快报出火情地点，夫妻俩把从望远镜里所能观察到的山头、洼地都一一编成号，牢牢记在心上。一旦有情况，报警时马上就能说出地名和方位。通过长时间的对比、观察，他们还熟练地掌握了一套识别烟火的本领，能在最短的时间内，快速准确地识别出是烟、是雾还是霞光。

陆爱国说："不怕一万，就怕万一！"某日下雨打雷，断电了。糟糕，一旦有火情就不能用电话报警了。可偏偏在这个节骨眼上就出现了情况。陆爱国用望远镜瞭望时，发现御道口的马溜进了新种的林地，急得他出了一头的汗，没办法，他只能跑下山去喊人。直到把马赶出林地，交给主人，他才放心。

陆爱国 1962 年出生在塞罕坝，他的父亲是林场的第一代创业者，他的大儿子现在在林场的扑火队开消防车。可以说，一家三代人都是务林人。有一次，他骑摩托车下山确定一个疑似起火点，由于匆忙，路又陡，连人带车摔出去很远，把腿生生摔坏了。陆爱国双手拄着拐杖，咬着牙，硬撑着当班，没下山休养一天。

他说，三代人的命运跟林场的命运连在了一起，林场在他们在，林场好他们跟着好，林场亡他们只能去逃荒。所以，不能让林子受一点损失，多苦多累多难，都心甘情愿。

我问："山上生活寂寞吗？"

王春艳说："夫妻在一起还好些，但还是很寂寞，两个人能有多少话说，话说完了，只能大眼瞪小眼。都是人，有时候心里难受了，我们俩就吵架。"我扭头问旁边的陆爱国："是这样吗？"陆爱国不言语，只是笑。

"不过，马鹿、狍子、野猪、山兔、野鸡、黑琴鸡等野物常常来光顾望火楼，让我们觉得，这山上不光是我们两个人呢。"停了停，王春艳继续说："曾经有一对驻守望火楼的夫妻，他们的孩子是在山上生的，也是在山上长大的，可由于平时交流少，都三岁了才只会说几句话。"

我望了一眼汹涌的林海，一时不知该说什么了。

塞罕坝共有九座望火楼。个个高耸，座座威严。毫无懈怠地矗立在林海高山之巅。每一座望火楼上都有一双瞪大的眼睛，注视着森林里一草一木。

最近几年，林场在防火事情上不敢有丝毫差池，整个防火系统形成了探火雷达、空中预警、高山瞭望、地面巡护的有机监测网络，实现了林区监测全覆盖，三百六十度立体掌握。这么说吧，小鸟在林子上空拉泡屎，都逃不过雷达和护林人的眼睛，更不要说发生火情了。

建场五十多年来，塞罕坝百万余亩人工林海，没有发生过一起森林火灾。

寂寞守望，孤独坚守。——这就是塞罕坝护林人的生活。

可是，我还是要问：塞罕坝，塞罕坝，塞罕坝是啥意思？

塞罕坝的一只蝴蝶扇动一下翅膀，就有可能掀起太平洋上一个巨浪。生态是个整体，有一根看不见的线连着呢。

“塞罕坝的生态地位非常重要，它处在内蒙古高原向华北山地及平原过渡带上，是滦河等多条河流的源头，阻挡北边风沙南侵，是一道不可或缺的生态屏障。”国家林业局副局长刘东生说，“这片林海，不仅起到涵养水源、减少水土流失的作用，有利于生物多样性的保护，而且可以大量吸收和固定二氧化碳，成为碳汇库，对减少全球气候变暖具有重要意义。”

1993 年，塞罕坝林场被批准建立了国家级森林公园，开启了森林生态旅游的新篇章。习近平总书记说：“拥有天蓝、地绿、水净的美好家园，是每个中国人的梦想。”他还说，“生态兴则文明兴，生态衰则文明衰，保护生态环境就是保护生产力，改善生态环境就是发展生产力。”

生态之美，不光是用眼睛看的，而且是用心去感受的。生态存量很难数字化，很难标准化，也很难货币化。因为生态是不可复制的，不可批量生产的，也是不可腾挪的，不可位移的。

贪婪导致人的占有欲无边无际，拥有了房子豪车等物质的东西不说，甚至连空气也想罐装回家了。事实上，在物质主义盛行的时代，我们占有的越多，与自然的距离就越远。要知道，森林、晨曦、花朵和许许多多琐细的事物，才是构成世界的美丽所在。

近几年，塞罕坝每年接待游客 50 万人次以上，每年门票收入 4000 多万元。带动了周边乡村生态旅游，生态产品和手工艺品销售甚旺，社会总收入超过 6 亿多元。七星湖是塞罕坝的一处景区，一到暑期木屋住宿的游客爆满。多好的旅游项目！本应多建一些木屋，扩大森林和湿地旅游承载规模，但林场场长刘海莹对此说不。

刘海莹说：“从根本上来讲，塞罕坝的生态还是脆弱的，生态的承载力还是有限的。我们不能干竭泽而渔、杀鸡取卵的事情。吃祖宗的饭、断子孙粮不算能耐，还祖宗的账、留子孙粮才算真本事。”

尽管生态旅游效益可观，但塞罕坝还是实行了控制游客进山总数的硬性约束机制，即游客进山总数到达一定“红线”后，便一概拒之山门之外了。刘海莹摇摇头说：“说心里话，这是让自己很痛苦的事，因为来游客，就意味着增加收入呀。可是，没办法——痛，是为了长久的快乐。”

“既要绿水青山，又要金山银山。宁要绿水青山，不要金山银山，因为绿水青山就是金山银山。”——或许，刘海莹对习近平总书记的这段话有着更深刻的理解。

塞罕坝，森林生态系统正稳步形成。落叶松、油松、白桦、赤桦、蒙古栎、椴树、黄菠萝等乔木树种结构分明，错落有序。榛子、沙棘、柠条、火棘等灌木应有尽有，各自占据着属于自己的空间。林间，溪水淙淙。崖壁上飞瀑喷雪吐浪。苔藓更是爬满巨石上，树干上，腐殖层上，甚至灵芝和蘑菇上。过去多年未见的野生动物，也重现了踪迹。野鸡、野兔、狍子、猞猁、狗獾是常见的，云豹时有出没不说，成群的野猪几乎多得成灾了。

刘海莹的耳畔常常响起一位印第安老酋长的声音："我们熟悉树液流经树干，正如血液流经我们的血管一样。我们是大地的一部分，大地也是我们的一部分。芬芳的花朵是我们的姐妹，牛羊、骏马、雄鹰是我们的兄弟，山岩、森林、草地、动物和人类全属于一个家庭。"

在印第安人眼里，万物皆兄弟，万物皆一家。

不能不提塞罕坝的白桦林和黑琴鸡。苏联作家卢斯蒂格写过一本小说，叫《白桦林》，讲述的是一个忧伤的爱情故事。朴树有一首流行歌曲，唱的也是白桦树。曲调是那么的柔美，柔美中还略显忧伤。柔美，忧伤；柔美，忧伤。若没有这一段段故事，白桦林就只剩下了柔美，绝没有什么忧伤了。然而，我宁愿相信白桦林没有忧伤，因为我来到塞罕坝，看到的是白桦林的美丽，白桦林的漂亮。塞罕坝白桦树干直挺耸立，上有线形横生的孔，远看好像生着无数的眼睛在向四周瞭望。枝叶疏散，枝条柔软，迎风摇曳。树皮洁白，光滑细腻，有层白霜，像纸一样可以分层剥离。卢斯蒂格把白桦称为"俄罗斯的新娘"，而塞罕坝人却没有心情那么浪漫，种树种树，忙着呢！

塞罕坝的白桦林里栖息着珍贵的稀有动物——黑琴鸡。——这可是我亲眼所见啊！在塞罕坝，一定是先有的白桦林，后有的黑琴鸡吧？这一静一动，一白一黑，看上去是那么协调，那么和谐，那么欢喜无比。

那天，我们驱车在林间防火公路上行驶，忽然两只黑琴鸡窜上了公路。我们停车观看，个个瞪大惊喜的眼睛。它们玩耍着，旁若无人，不惊不躁。在路面上，它们互相追逐，一边"跑圈"，一边"咕噜噜、咕噜噜、咕噜噜"地叫。最后，它们回头觑一眼我们，抖抖翅膀双双飞进白桦林中。

是啊，森林群落绝对不光是我们所看到的那些树，它还包括野生动物等更多的生物形态。塞罕坝的森林里充满着生命的律动。"咕噜噜，咕噜噜，咕噜噜……""咕咕哇，唔哇唔，嘎嘎嘎……"

塞罕坝，塞罕坝，塞罕坝是啥意思？

——黑琴鸡，你们知道吗？

印第安人语：“树木撑起了天空。如果森林消失，世界之顶的天空就会塌落，自然和人类就会一起毁灭。”在一定意义上说，树木与人关系，就是人与自然的关系。

我曾多次来到塞罕坝，一直在思索塞罕坝的故事，并试图从中领悟人与自然到底是一种什么样的关系，找到那个隐秘的图谱。人，在残破的自然面前到底起什么样的作用呢？

习近平总书记说，人与自然是一种共生关系，对自然的伤害最终会伤及人类自身。绿水青山就是金山银山。——此语饱含着尊重自然、谋求人与自然和谐发展的价值理念和发展理念，是一种大情怀，大境界。

中国，正在大步向着绿色发展的目标迈进；中国，正在向着生态文明的目标迈进。

塞罕坝，塞罕坝，塞罕坝到底啥意思？塞罕坝意味着什么？塞罕坝代表着什么？该回答这个问题了——塞罕坝人说，塞罕坝是蒙语和汉语的组合。塞罕是蒙语，美丽的高岭的意思；而坝是汉语，台地的意思。把它们组合在一起即可表述为美丽的高岭台地。唉，原来塞罕坝竟是一种有高度有广度有厚度的美呀！

塞罕坝已经不是一个地理的存在，而是几代人理想的集体和个体的集合，是一种生活的气息和氛围，是一段飘荡的情绪和记忆，更是一个不朽的绿色传奇。在这个意义上说，塞罕坝，没有同义词。

忽然想起两句话——一句话叫“山厚水厚人忠厚，山薄水浅人轻浮”；另一句话叫“森林涵养水源，生态涵养文明”。

置身塞罕坝壮美的百万亩林海，倾听着松涛的声音，深深呼吸一口那弥漫着松脂芳香的空气，顿时有一种洗心润肺的感觉了。隐隐地，我对塞罕坝似乎又有了一层新的理解——塞罕坝就是绿水青山，塞罕坝就是金山银山，塞罕坝就是我们心底那个绿色的梦。——那个梦，并非虚幻缥缈，并非无根无蒂，那个梦真真切切，就在眼前。

塞罕坝！——塞罕坝！——塞罕坝！

原载《人民日报》2017年8月11日

留下片片绿荫

王充闾

一

卧云山的民众，自发地为退休林业工程师朱序弼老人立了一尊铜像。

这则消息，我是2010年8月22日，在西安飞往榆林的客机上，浏览当天的报纸发现的。当即决定，暂先不去参加在市内举行的诗词创作研讨会，直接赶往卧云山植物园去拜会朱序弼老人。

给伟人、名人塑像，随处可见，不过绝大多数都是已经作古的；而为身旁一位健在的普通人竖立一尊铜像，这倒是新鲜事。当然，农民是最讲求实际的，他们肯定不会是刻意“作秀”。

铜像立在卧云山植物园的一处开阔场地上。和善、憨厚的老技师，戴着一顶陈旧的布帽；映着午后的阳光，古铜色脸上的皱纹更是沟壑纵横，眼睛眯缝着，一副久经烈日风沙磨蚀的典型的普通农民形象。他左手握着一段结果枝条，右手拄着一根木杖，似乎刚刚察看过心爱的林木，略微地歇歇脚，又像是打点好行装，正要出门远行。塑像底座前面铸有“绿圣朱序弼”五个大字。

从前有“文圣”“武圣”“诗圣”“书圣”的尊称，还有“茶圣”“棋圣”“药圣”之说。“大约百工技艺，俱有至极，造其极者谓之圣。”这是古人的说法。那么，“绿圣”的含义呢？承旁边一位正在干活的青年农工点拨：“栽树种草嘛！留下绿荫嘛！手杖上刻着呢——”这时我才注意到，原来手杖上还刻有四个字：‘移步生绿”。

听说我来自东三省，青年人夸张地说：“啊，你们那里，一搂粗的大树，海海的，漫山遍野。”身在林木稀缺的黄土高原，语气中透露出对于浓荫密林的向往。说着，他主动提出要带我去见“朱工”。

除了年数大一些，实在看不出“朱工”——这位名扬中外的林业专家，和普通农民有什么区别。一样的衣着，一样的做派，一样的肤色，一样的话语，平凡到一眨眼工夫消失在普通劳动人群里，你再也难以辨认。

老人话语不多，更没有任何客套，听说我远道而来要看他的植物园，立刻增长了精神，平时总像是睁不开的眼睛唰地亮了起来，手杖也由拄着略微地举了起来，径直引我先去看那生气蓬勃的苗圃。呀！方方片片，沟畦分明，好大的气派！十多年来，从这里移进移出的苗木，已经绿化了三千多亩荒沙。绿色的生命循环往复，生生不息。

与绿遍山原的青葱世界形成鲜明的对照，眼前一片娇红，令人心神振奋。一棵棵绿叶纷披的细茎顶端，挑出来朵朵六瓣红英，像迎风摆动的小旗。原来这就是名闻遐迩的山丹丹。“山丹丹的那个开花哟红艳艳……”那首高亢的陕北民歌，此刻仿佛在耳边响起。朱工说，这种多年生草花，极盛期在六七月，现在稍稍有些过时，不过还能看出它的生长特性：每过一年就增开一朵，从每株开几朵花便可推知其生长年份。我细看了一下，就中两三朵的居多，少量的开出四朵、五朵。

山丹丹花原本开遍了陕北的川原丘壑，后来，由于干旱少雨和过度采摘，人们已经很难见到它的踪影了。为了寻找它们的踪迹，朱工无数次登山越谷，最后在佳县和神木发现了少量野生品种，他如获至宝，小心翼翼地将它们移植过来。经过八年来的抢救、驯化，栽培试验终于成功。老人日夜盘算着，如何让它们结出更多种子，再经过大面积人工繁育，最后广泛投入城市绿化。

两天来，我跟随着老人穿行于森然密布的花木丛中，尽兴地观赏着他的那些鲜活、灵动的创造物，同时，也很自然地把目光扫向他那极度寻常却又带有某种“神性与魔力”的双手——这是他的所有作品的生命源头。手，哪个人没有呢？不同的是，有的用于创造，有的用于享乐；有的造福社会、他人，有的却专事搜刮、掠夺。这本身就是一部言说不尽的大书。朱工的手，看上去青筋暴突，粗糙不堪，膨大的关节，破损的指甲，干裂得满是豁口。他的手似乎从来就未曾洗净过——泥浆、汗水、粪尿，粗活、脏活、累活。粗粝中却又透着精巧，一粒种子、一株幼苗、一段枝条，经过他出神入化的拨弄，顿时拥有了灵性，迸发出生机；棵棵树木、片片浓荫连接起来，构成一道亮丽的风景线。这倒应了日本电视剧《阿信的故事》中那两句歌词：“青春走到白头，成功只靠一双手”。

我从朱工那双手，又联想到法国伟大雕塑家罗丹的手。这位“近代雕塑艺术之父”，在冥顽不灵的黏土、石膏、青铜、大理石上，通过卓越的双手，把梦想与激情化作可以触摸到的实体，以创新精神与生命活力演绎人类的苦乐、悲欢，实现灵魂与肉体的艺术对接。罗丹已经习惯了“在干活中获得自在”“获得内心平静、灵肉升华”。他说：“不干活，我只是一个可怜虫。”

同罗丹一样，朱序弼也是以生命创造生命，以生命酬答生命，以生命补偿生命。如果说，罗丹每时每刻，都是在一张张面孔上荡漾着他的创造之舟；那么，朱序弼则是在一片片枝叶上闪烁着自己的生命灵光。在他所倾心的绿色王国里，一株株树木沐浴着雨露、阳光，吸吮着浓情蜜意，光鲜、恣肆地膨胀着，日复一日地长粗长壮，把缥缈的云空托举得更高更远。老人把这看作是最宝贵的酬劳，从中获取了美妙无比的成功喜悦。而他自己，正在一年年地蜷缩着，日渐软弱无力，以致需要扶杖而行；仿佛大部分“生命之水”都已化作草浆木液，自身已经迹近干涸了。可是，对于这一点，他却全不在乎，甚至压根儿就没有考虑过。

二

在创办卧云山植物园之前，朱工曾先后创办过青云寺植物园和黑龙潭山地林木园。于今，黑龙潭四围一改童山濯濯的旧貌，十个山头全部绿化，满眼都是雾蒙蒙、莽苍苍的青松翠柏。多年不见的猫头鹰露面了，喜鹊、山雉也接踵而至，紧跟着又传来百灵、画眉、金翅鸟、叫天子的清音鸣啭。新华社 1992 年一则电讯称，这个山地林木园是我国一百一十四个植物园中唯一的一所民办园林，已成为国内注册的一个保存绿色树木资源的基因库。人们说，这里的一草一木都饱含着朱工的心血，渗透着他的辛勤汗水。

在半个多世纪里，他从实践中摸索出一套高超的育苗、嫁接技术，亲手收集、引进、培育、推广了两千多个植物品种，取得二十八项科研成果，发表论文和科普文章二百多篇，荣膺全国绿化奖章，被科技界誉为“复苏植物生命的人”。他的动人事迹吸引了中外无数专家学者。国内各地前来考察、取经的团队络绎不绝；丛林、花木中还留下了美、英、法、德、瑞典、比利时、西班牙、厄瓜多尔等十多个国家几十位专家的身影。日本亚洲学会的桥本濑毅夫妇参观后题词：“地球的再生，从这里开始。”东京大学安富步先生撰写的《东大授业》教科书中，以近万字篇幅和大量图片介绍了朱序弼的成功之路。

面对那些宏伟的工程，再扫视一番朱工的年迈多病的孱弱身躯，我真想发出一声浮士德的呼唤：“这太美好了！请你停一停。”然而，他是决不会停歇的。

他并非像浮士德那样特别着意于"尘世生涯的痕迹"，也不想"享受现在这个神圣的瞬间"，他只是要奔向下一站，不断地踏上新的行程。就在人们沉浸在黑龙潭林木园硕果累累的欢乐时刻，朱工却在一个星花寥落的清晨，背起行囊悄然上路了，"挥一挥衣袖，不带走一丝云彩"。人们记得，当时他留下这样一句话："我的目标是创建十个、八个民办植物园。"

榆林地区坐落在陕西最北端，四围与甘、宁、内蒙古、晋接壤，地处毛乌素沙漠边缘。由于流沙的强势进逼，新中国成立前榆林城曾三度南迁。那天同朱老聊天，我说，陕北的风沙肆虐，早就写到唐诗里了："北风卷尘沙，左右不相识。飒飒吹万里，昏昏同一色。"还有一首："眼见风来沙旋移，经年不省草生时。莫言塞北无春到，总有春来何处知！"他听了说：你是摇笔杆的，说话能搬出本本作证；我是全凭实际感受，一从娘肚里钻出头来，就和风沙撞了个满怀。爬在窑洞里，倒是安稳；跨出房门一步，就全身裹在黄风里，沙飞石走，辨不清上下左右、南北东西。

他没满十岁就外出做佣工，当小羊倌，整天与林草相依相伴，结下了终身不解的深厚情缘。他熟悉各种草木的习性，童年伊始，就立下志向：长大了，要种无边的树，栽海海的草，改变那周边的环境。他说，什么事都有学问，庄稼院的学问是实打实凿的，一切都要动真格的，说了就干，一干到底。证之以朱工自身，正是这样，他始终只走一条路——跟着共产党；只念一本经——草木经；只做一个梦——绿染黄沙。一辈子未曾改变过主意，未曾打过退堂鼓。

号称"荒沙克星"的沙地柏，耐寒、耐旱，再生能力极强，是防风固沙、保持水土的理想树种。可是，现存的丛棵大多是天然生长的，而且，日渐萎缩，濒临灭绝。朱序弼从1955年就盯上了它，当时他刚好进了榆林防沙造林局。为了使沙地柏按照他的设想生长，先后进行了主枝扦插、侧枝扦插、种子繁育、培植直立树型四个阶段的实验，历经上百次失败，终于在1995年全面获得成功。四十载的甘苦辛劳，真是一言难尽；如果作家柳青还在，足够他写出另一部《创业史》了。

创业就要不断地闯关夺隘。1984年春天，就在人们欢呼沙地柏扦插育苗实验成功之际，朱工却在琢磨着怎样通过种子繁育进行大面积的推广。最大的障碍，是种子难采啊！沙地柏十籽九空，要经过三年才能成熟。恰在这时，他应邀到内蒙古一个林场指导育苗。一天，偶然发现沙地柏枝头有一群小鸟在啄食树籽，他顿时眼前一亮：应该到鸟粪里寻找残存的籽实。于是，拨开繁枝密叶，小心翼翼地寻捡出一粒鸟粪，放在手里一搓，果然露出一颗饱满的沙地柏种子。此后，他连续多日寻找、收集，居然"从鸟屁股里抠出"一市斤优质种子。第二年试种成功，开创了种子繁育沙地柏的先河。这使人想起法国微生物学家巴斯德的那句名言：“在观察的领域中，机遇只偏爱那种有准备的头脑。”由于朱序弼日夜思谋着种子繁育这一课题，因而获得了灵感的光顾，正所谓“得之在俄顷，积之在平日”。

年年月月，他就是这样，整天在空旷的沙荒上，作那篇种树种草的大文章。他很少与人交往，也没见过他主动向谁诉说衷曲。许多人认为，这种生活实在是寂寞，枯燥。他却有其独到的见解：枯燥、寂寞，属于闲散人的专利，他这个大忙人可没有那种“福分”。无论是历年手种的，抑或是边远的“移民”，无论是插条的还是嫁接，每一株苗木，老人都说得出它们的来历与特征。他说，树通人性，像人一样，也都懂得情感，知道好歹，重情重义。你头天晚上给它浇上水、施足了肥，第二天清早一看，格外地精神、水灵；你若是不好好对待它，它见你也就蔫头耷脑，带搭不理的。整天和这些活泼可爱的小精灵们头碰头、脸对脸，你说还会感到枯寂吗？

三

写到这里，我想从陕北作家陈江鹏为朱工作的传记中摘取两段：

“创办植物园中，朱序弼生活环境的艰苦令人难以置信，他所需求的简单得实在不能再简单，可说是一个当代的苦行僧。他穿着一套烟头烧开许多小洞的褪了色的中山装，随身携带一个（二十世纪）六七十年代的黑色人造革包，上面打着不同颜色的小块补丁。里面装有他心爱的林业技术书籍，装着他平生最爱吃的‘镇川干炉’麦面烧饼，还有方便面，加上几个梨。每天晚上，他总是不住地咳嗽，不啃几口梨就无法入睡。”

“老朱四十八岁那年，参军的大儿子不幸夭折，第二年，长期相依为命的老伴又病故了。接连不断的沉重打击，折磨得他患了重病，多少天昏昏入睡。稍微清醒之后，就觉得妻儿的音容笑貌不停地在眼前晃动着。他感到一阵阵揪心般的痛楚，一阵阵刻骨铭心的内疚：他整天总是忙他的林草，忙他的课题研究，顾不上照看妻子，甚至陪她上医院诊病的工夫也没有；而爱子忙于训练，来信常说想念爸爸，他却从未到部队去看望过。他觉得这一辈子最对不起的就是老婆、孩子。他勉强挣扎着从炕上爬起来，走路东倒西歪的，连脚跟也站不稳。他两眼直直的，呆若木鸡，精神有些崩溃了。他跌跌撞撞地摸到了苗圃，慢慢地转悠，或是蹲在地上，嘴里咕哝着，念念有词，人们说他在和苗木对话。是呀，他就是在和苗木谈心，他觉得自己亲手培育、亲手嫁接的苗木，就像亲生的儿女一般，是他生命的重要组成和寄托。只有面对他们，他才感到平添了一线生机，增长了生命的情趣。他仿佛觉得苗木这个巨大的磁场，向他发出信息、发出召唤——坚强起来，不能倒下去！”

一起生活了二十多年的续弦老伴李增兰，说得更是形象、风趣：

“我们老朱一满不顾自己，不顾家，回家跟住店一样，炕头还没坐热，尻子一拍就走。他满脑袋装的就是他的林，他的草，他的植物园。你看看我们这个家，小的像个猪窝、羊圈，屁股大的一块脚地，来了人站没个站处，坐没个坐处。单位盖新楼分新房，我们老朱就是不要。我说，你要下来给娃娃们住。他说，咱不占公家那份便宜。老朱现在出名了，可他一辈子受的痛苦、遭的磨难，比普通人多得多。‘不受磨，不成佛’，兴许有这个理儿。”

老伴这番话，乍一听，像是在抱怨、批评，可骨子里“一满”是赞誉，是自豪。

还有一件事，老伴没有说到：作为知名专家，朱工退休之后，接到过多处高薪延聘，都被他一一谢绝了。他专门看中了这类不给任何报酬的活干，一干就是十几年。除了这几处植物园、灌木园，他还在毛乌素大沙漠中创办了第一个珍稀濒危花木园，建成了高质量的保存绿色树木资源和珍稀花木的基因库，全都是尽义务。过春节时，当地一位老先生送给朱老一副对联：“视草木如金银，视金银如草木。”可说是对这位超凡脱俗的林业工程师最好的生命诠释。

我们再听听朱工自己怎么说：

“生活没等格，钱还有个够？你得了五六万，还想五六十万，得了五六十万，还想得五六百万。我们都这把年纪了，说不定哪天就走了，要那么多钱做什么！过去人们说：‘六十不种树，七十不盖房’。为人不能只顾自己呀！人的名望，树的荫凉。我就是要给后人留下一片绿荫！”

他不会说大话，也不习惯那些豪言壮语，朝朝暮暮，从容自得，只是默默地做着奉献，一点一滴地实践着“留下一片绿荫”的生命承诺。但是，他又绝不是那种仅仅盯着自己脚面的目光短浅之人。他的立足点很高，从不为浮言、虚誉所左右，即使是怀疑、非议，他也是一笑置之，觉得没有什么大不了的——山丹丹不是照常开花，樟子松不是照样生长吗？他已经脱开谋生空间，远离现实功利的层面，而进入澄明之境，徜徉在宏阔的精神境界里。用他老伴的话说，就是“成佛”了。

他无意成名，更不愿出名，对于自己所做的事，始终看得很平常，像日出日落、草木发芽、庄稼拔节一样自然，不过是尽了一份力量，或者说出于天性，却在时代的宏大背景上，把自己的身影刻进树木的年轮，为陕北大地树起一座葱茏蓊郁、逶迤绵延的绿色丰碑。

朱序弼出生于1932年，2012年在他八十寿辰之际，我曾驰函祝贺，祝他健康长寿，祝他继续创造辉煌的业绩。可是，四年之后，他却因积劳成疾，永远离开了衷心热爱、全力奉献的“造绿”事业，而为陕北大地留下了片片绿荫。

原载《中国作家》2013年第9期

江河之上

罗张琴

江西以江为名，依水而兴，“襟三江而带五湖，控蛮荆而引瓯越”。赣江、抚河、信江、饶河、修河，五条河流，养育了4600多万江西儿女；鄱阳湖，碧波千里，滋养着16.69万平方公里的赣鄱大地。许多城鲜活在水里，与江河湖泊一起，生生不息，源远流长。比如，景德镇、昌江水、浮梁茶、高岭土。比如，采访河长制过程中，我所遇见的玉山、于都和靖安。

一

“冰为溪水玉为山”。玉山，置信江之源，是东部入赣第一县，素有“两江锁钥，八省通衢”美誉。那一天，三清广场，七河河长庄重持旗，打响“净水”保卫战。时光向前，我们能否照面心中怀想的玉山净水？

寻访从初抵的夜晚开始。

七里仿古街沿冰溪河而建。冰溪是信江源流之一金沙溪河流经玉山县城的一段，水势开阔又平缓。四野茫茫。那里的河堤、房顶、凉亭，甚至门窗、墙壁、台阶，正呈现一种青色的、湿润的光。久看一会儿，会明白，那铺陈天地的青色、湿润之光，全都来自河上，是漾漾水波折射出的光芒。水波是黛青色的，透彻，有石青的质感，是一种非常宁静致远的颜色，让人想起星空与月亮之下的大海。

沿街十里，檐角高悬的红灯笼，是蜿蜒柔媚的另一条长河，有暗暖的火苗在此间跳动。不禁想起桨声灯影里的秦淮河来。但这里没有脂粉的暧昧，没有歌女的惆怅，也少有交织往来的舟楫，澄静以弥漫的方式存在着，分明又比秦淮河多了几分清雅。

玉山将七条河流、一百多座水库及大小山塘全部纳入“净水”之列，分段确权划界立碑，实施河长制，不允许工业废水和生活污水直接向河流排放。“制”落实在“治”上，人人都是“生态玉山”品牌的维护者、宣传者、监督者。

漫步沿河路，河边散步的不少居民，两手都不闲着。他们一手提着塑料袋，一手高举着手机，看到沿河有垃圾立即弯腰捡进塑料袋，发现河里有漂浮物或水有异样，赶紧停下脚步，拍照。耐不住好奇，我上前问询，拍照是要做什么呢？被问的居民有些腼腆，让我自己看。原来，他是一个村级河长，正将拍下的照片上传到河长工作群，一来通知保洁员及时打捞，二来提醒村民不要向河中倾倒垃圾。

河长向前巡河，他的背影，像版画，像剪影，从河边走过，汇入更广大的人群。心一动，眼神一闪，那些影印在水里的乌云，悠悠晃晃就走散了。月色溶溶，银光流泻一地。为了“净水”，治污、除渣、清淤、保洁、水库退养、河道治理、生态美化等各种专项整治，玉山一场接一场地做着。拆除占用河滩的违建房，种植三叶青等净水植物，关停毛家坞水库库尾非法煤矿，投资整修全县截污干管道……一桩桩，一件件，啃下来的全是硬骨头。

人类努力付出的，大自然一定会忠诚记录并回报以秀美山川。我愿化身一尾欢喜的鱼、一颗禅意的小石，甚至一株丰茂的水草，沾一沾玉山的雅！

清晨，微雨，我站在三清湖坝上。

那样一片水，盛大又温婉，是青山天然圣洁的床。那样一片水，生动而羞涩，是大地透漾着秋波的眸。雨，与每一个毛孔亲近，丝一般，温润如玉。细细的雨丝渗入泥土，很多草从石缝里钻出来，人似乎能听见田野的呼吸、种子的萌芽和生命拔节的动静。

快艇轻盈前行，如鱼入海。浪，腾起碎碎的温柔。人立其间，看白鸟蹁跹，看水花归隐，宛若驰时光之马驶向风平浪静日子里的海。水珠亲吻人的脸，再密密匝匝润湿着喉腔。湖区管理局的老邓自豪地说：“且喝着，常年一类水质。”当水润喉的那一刻，我们已然真切领略到它的纯净甘甜。

一座大型水库，在景区三清山脚下，水质却常年达一类水标准，这真是个奇迹。老邓说，奇迹的发生，在于三清湖的保护者——各级河长。去年此时，湖里连片扎着好多个钓鱼筏，全是趁夜强行违规搭建起来的。不止钓鱼，吃喝撒全在水上，各种垃圾，脏乱不堪。管理局和这些钓鱼筏的主人交涉，要求除钓鱼筏，可他们根本不当回事。三清湖水质，一度降为二类水。

水质下降，心里着急呀！奈何一次次交锋，总是收效甚微。多亏实施了河长制，从县委书记到基层村干部，三级河长上下拧成一股绳，统筹多部门联合执法，利利索索，很快将违规搭建湖上的钓鱼筏全部拆除。之后，又将库面划区块，清理湖内垃圾；颁布行政命令，湖区不得有破坏森林、水质、土地的行为发生，不得沿湖建房；在紫湖镇修建污水处理厂……三清湖一类水又回来了。

快艇还在水上蜿蜒。骤雨初歇，天地如洗，水底攒动着青春的鱼群，流畅的鱼脊温柔了山河岁月。“陌上花开，可缓缓归矣”，一个梦一般的场景。

挟一身清新气到食堂用餐。粗瓷碗里盛装着管理局自已养的鳙鱼，吃一口，鲜味瞬间在舌尖绽放。随后端上来的水芹菜、嫩豆腐，滋味不是别处能比拟的。这里的人，无论年长年幼，脸上都洋溢着一层水汽，一笑，耐看得很。山青如玉，溪碧无尘。在玉山，吐纳和感知的，都是一类空气一类水，我很想在这里生活、浸润，感受心向自然的气质。从来，心向自然，才是生命的最高本质。

二

于都，早称雩都。虽然知道取名为“雩”，其本义是因为北有雩山之故，但每看这“雩”字，总忍不住做“雨亏”之解。“雨亏”两个字，令爱水的我倍觉沮丧：雨亏不就是少雨么？少雨之地，水能成大势？一个地方，无水之大势，小到人的格局、胸襟，大到社会经济、文化等发展，能腾达到哪去呢？

城关，贡江镇，于都河绕城而过。河面宽八百余米，恢宏辽远。水流却平缓。极目望天舒的样子，很好地诠释出“红军不怕远征难，万水千山只等闲”的豪迈气度。要知道，当年中央红军近十万人选择在这里，迈出举世闻名的长征第一步，此地必须是收得拢、撒得开、突得快的开阔地域呀！不然，队伍迅速换防、集结、休整等如何有保障？

此刻，太阳不再是峥嵘岁月里的金色大鼓，它只是一面蔚蓝色镜子。河流是妆台。小仙女们娇笑着，揽镜贴花黄。挨挨挤挤，不知是当中哪个，一失手，镜子坠落凡间。镜面碎在妆台上，粼粼铺闪着一层，夺人心魄的好看的光。仿佛蔚蓝色的大海一样。

一条船，停在海中央。是于都水上环卫所的打捞船。十四名深谙水性的渔民，经公开招聘后组成打捞队，保河水清洁。

队长和舵手在船上。其他十二人，六对夫妻档，每对合撑一条竹筏，分散在河面。我靠近当中一对年青的。男人撑筏，女人打捞。默契完成，相视一笑，说不出的柔软温情。他们说，六对夫妻分河段包干，巡捞完可收工。收工，也不回家，又双双一起划着渔船，打河鱼，换好生活。一条船上的时光，就是一条心的日子。天高地阔，干净的水映着纯净的情。

“哎呀嘞，红军哥哥你慢慢走嘞……”歌声飘过，江水长流。一份质朴浪漫在大河深处绵延弥漫。战争年代离散远征，换如今儿孙幸福相守，这是革命最好的馈赠。岸上，“长征第一渡”碑，静默。

沿健康步道慢慢走。身边，一些花，旁若无人地开着。高低参差的树木给了花任性的空间，仿佛人世间男人对女人最深的宠爱。更广阔的滩地上，是若有若无的草色。比画太极的老人，遛狗闲谈的女子，甩着头发奔跑向前的青年，有着红苹果般脸蛋追闹着的孩子……他们以各种姿态打开巨大的未来。

沿河，有不少楼盘，若干小区一排排向远处绵延。当地的同志告诉我，河两岸的房子卖得特别火，许多没买到临河小区房子的人，正千方百计通过各种渠道，要购二手房。想来人对水的青睐是与生俱来的，靠近美好的水，大概就意味着人生从此有了源源不竭的希望、财富与福寿安康吧！

美好的水，是关键的推盘手。河长制实施以前，这一带的开发商都快愁死了。几条江到县城合成一条河，河面宽，垃圾量大，两岸环境真不咋样。尤其是马子口那一段，居民多，乱排乱倒，加之入河口那一截子特别窄，河流没办法自我净化，气温稍高，恶臭熏天。一入夏，苍蝇满天飞。河长制推行后，县委书记任总河长，一龙统领，各方出力。清河行动，岸坡整治，景观工程，打击非法采砂，成立水上打捞队，建设垃圾处理厂……河畅，水清，岸绿，景美，一盘棋活了，房子转眼销售一空。于都一江两岸的宏伟蓝图，无阻力地全速推进。

好的生活总是同微风、草木、流水息息相通。起风了，山花、野草和蜂蝶们混合出来的芳香，吸入肺腑，使人心生感动。

靖石乡。屏山牧场。高山草甸。

云雾像着白色软甲的战士一般，蜂拥上来，山峰被围得水泄不通。呼吸山顶洁净的清气，人仿佛换了一个心脏。两旁有许多树，都似青杨伟岸。树木不像草地，年年割年年长，如于都这般，限制砍伐，才有这树林卓越。

人离牛群远些的时候，牛好像在嗅大地的气息。它们不慌不忙。仰起脸来嗅一嗅，又垂下脖子闻一闻。当我走近，人便成了牛群眼中一个莽撞的休止符，似乎蛮横割裂了牛与大地的摩挲，亲密。

木制水车吱吱咕咕地转动着，声响或者其实是阳光流泻的声音。慢慢转，一圈又一圈，时间过了很久，久到似乎身边的草木衰败又葱茏。并不清晰的意识中，我将自己和那些牛群等同起来，享受并争夺大自然的庇护。这感觉，多么奇妙。

靖石乡依托好水屏山全境打造景区，黄沙村十里桃花景观带建成，将与靖石村农耕体验园、靖樟村康养归隐谷遥相呼应，立体展现靖石特色旅游小镇的迷人风采。

罗坳镇。三门餐厅，上过央视美食栏目“舌尖上的中国”。开张二十余年，生意一直红火，几乎每天都有近三百人次，慕名来此吃鱼。笑问老板李金权，餐厅红火的秘籍，他拍拍肩上小孙子的背，说，也没其他，只是水好，鱼好。

三门餐厅采购的鱼，全都是河鱼。十里河排，群山微笑，河流，炊烟一般缭绕。水好，鱼就鲜。更难得，是这李老板，店再大，也不欺客。他长期从固定的合作渔民手里买鱼，收购到了，用山上引来的泉水，养着。若收不到，客人点单时，他据实相告，从不以次充好。心地如水淳良，赢得越来越多回头客。

河长治河水更清，流金淌银，越来越多的村民加入鱼餐饮行列。一个有着近三十家鱼馆的三门渔村声名鹊起，喜迎八方来客。

三

“虽为千家县，正在清华间”，唐宋八大家之一的曾巩这样盛赞靖安。靖安县，位于江西省西北部，森林覆盖率达 84.1%，被誉为长江中游城市群的最美“绿心”。

双溪镇，北潦河，河北村段。一只竹筏匀速撑来，河面生起稻浪般的碧波。最醒目的，是那个着橙色救生衣，站在竹筏上打捞河面垃圾的人。风吹浪打，闲庭信步，不只是伟人的气度，专注做一件事的凡人也常有。

吴春生，是这个河段的保洁员。天晴下雨，每天巡河保洁至少两趟。雨势渐大，河面看着也干净。叫他上来，他却不肯，说：“还没结束呢。雨大，冲刷大，垃圾更得抢着清，不然，流到别的河段，让人家受累，还落个‘没素质’的坏名声，不好。”他拧着身子将竹筏轻巧一撑，手轻轻向后一摆，转眼，人和筏子去了别处。

每个周末，巡查员王启明的老婆孩子都会跟他一块巡河，捡拾垃圾。低头抬头间，能碰到不少拎着垃圾袋、握着火钳的父老乡亲和孩子同学。相顾间的会心一笑，将一种情怀拓在万古不息的江河之中。

在我们居住的地球上，河流和生命是相伴相生的奇迹。再大的家园最终都会具体到一座城、一条河、一个人、一星微光上。说河长制是一场保卫河湖的人民战争，不为过。河长也是普通人，没有三头六臂。“靖安是我家，人人是风景”。一封信、一份倡议、一场河长制主题诗会、一次“小手拉大手”活动……宣教如水，润物无声。

马尾山村，河边石砌的亲水平台上，正当年华的女子，在浣洗衣裳。衣物一抖一浆，盎然的水汽饱满了女子光洁的面庞。她们的笑，让天地变得温柔起来。河边的树下，一位父亲正在跟儿子打电话，商讨儿子是否回家乡创业。儿子说：“考虑啥，这两年，马尾山的水更清了，环境更美了，做梦都想回来，守着父母尽孝，守着山水发财，守着诗意栖居，这才是真正的幸福。”山岭梯田、古树庄稼、老屋炊烟、溪水鱼虾……马尾山村的缕缕乡愁，正在被全面铺开的河长制所唤醒。

河湖是流动的，水的问题表象在河湖，根源在岸上。河湖管护创新，要抓住“牛鼻子”。河长制首先要解决谁来当家长的问题。靖安全县编织起一张覆盖所有河湖的责任网：县委书记任总河长，设县、乡、村三级河长，配巡查员、保洁员，合力治水。

此外，河长们把河道当街道管理，把库区当景区保护。实行一河一策，县乡村组联动，形成了横向到边、纵向到底的巡河保洁制度，还创建了“靖安县河湖办易信群”，推行“互联网＋河长”监管模式，易信晒河，高效处理问题。关停采砂场、关停木竹加工企业、陆续拆除违章建筑、养殖场……一场“清河行动”席卷全县。

水，滋润万物，企业也和人一样，需要好的水生态环境。在靖安，河长制倒逼产业转型，成了经济强大的助推器。分管领导介绍，以前养猪业排污多，现在新发展的生态养殖场，有净化池、沼气池，通过循环经济基本实现零排放。水库现在人放天养。大多散养户退养后，逐步到园区就业或转型做旅游业。仅2016年上半年，县旅游综合收入8.57亿元，同比增长50%。目前，全县已建成80多个民宿文化点，吸纳800多农户入股，由此产生的旅游综合年收入超过13亿元。

高湖镇，葱郁的山峰掩映着已建成的农旅、医养、康复一体的综合性园区；双溪镇曹山村，投资13亿元的东百源生态养生谷正在施工；宝峰镇，很多外资企业争夺“生态蛋糕”……靖安的很多乡镇，都尝到了河长治河的甜头，河长制带来的生态红利也体现在村民悄然饱满的钱袋子上。思路一新天地宽，当生态系统质量提升，绿色产业体系建立，人居环境明显改善，“生态钓到了经济大鱼”，谁还会愿意破坏自己心中的桃花源？

从“望得见山，看得见水，记得住乡愁”诗一般的语言，到“绿水青山就是金山银山”的朴实观点，再到“每条河流要有‘河长’了”的欣然感叹，道尽习近平总书记构建百姓福祉、实现中国梦的赤子情怀，彰显总书记一以贯之“生态优先，绿色发展”的执政理念。

家园，是每个人的安身立命之地。风景，是江河之上的世道人心。建设富裕美丽幸福江西，说到底是在经济发展、生态美丽的基础上，构建幸福与诗意，让乡愁有一条抵达的路。

原载《江西日报》2017 年 10 月 27 日

冷湖之春

肖复兴

车过当金山，看见前两天刚落的雪，哈达一样飘在山上和路旁。到冷湖，迎接我的首先是风，足有八九级，刮得戈壁滩一片昏黄，正午的太阳仿佛被刮得醉汉一样摇摇晃晃。

这是我第四次到冷湖。

1967年的冬天，我唯一的弟弟，不到十七岁，毅然决然地志愿报名，顶着纷飞的大雪从北京来到了这里，当一名石油修井工人。他寄回家的第一张照片，头戴铝盔身穿厚厚的轧满方格的棉工作服，登上高高的石油井架，仿佛要摸着蓝天白云。他在信中告诉我的第一件事，是井喷抢险，原油如雨一样喷湿了他的全身，连里面的裤衩都浇得透透的。冷湖，就这样从那遥远的地方闯进了我的视线，变得含温带热，可触可摸，富于生命，富于情感，让我的心充满着牵挂、悬想和担忧。

1981年，我在中央戏剧学院读书的最后一年，学院组织毕业实习。那时，是金山先生当院长，开明得很。让我们自己选择地方，只要不出国，哪里都行。我毫不犹豫地选择了冷湖。它是那样的遥远，从北京坐了三天两夜的火车，到达甘肃的柳园，弟弟早早等在了那个沙漠中孤零零的小站接我。又坐上一辆五十铃大卡车奔波了250多公里，翻过祁连山和阿尔金山交界海拔3680米高的当金山口，进入柴达木盆地再行驶130公里，才到达了冷湖。这380公里蜿蜒而漫长公路的四周，是一眼望不到边的瀚海戈壁，除了星星点点的芨芨草、骆驼刺和红柳有些灰绿色外，黄色，黄色，扑入眼帘的便都是起伏连绵平铺天边的沙丘单调的黄色。冷湖，是在这无边黄色沙丘包围中的一个小镇。

那一次，我在冷湖住了一个半月，走遍了冷湖的角角落落。我首先来到了被称之为冷湖这个地名的发源地，那是一片远没有青海湖大、也赶不上苏干湖和尕斯库勒湖宽阔的高原湖。我去的时候是初秋，正是好季节，湖面上漂浮着蓝天白云，将一湖清新的绿都沉淀在了湖底。谁也不知道这片湖水在柴达木沉睡了多少年，一直到了1956年，新中国的第一批女子勘探队闯进了柴达木，勘探到了这里，才发现了它。只不过她们发现它的时候，赶上的是数九寒冬，风沙呼啸，湖水给予她们的是凛冽，她们便给它起了这样一个写实并且有些情绪化的名字：冷湖。这个名字冷冰冰的，谁想到，第三年，1958年9月13日，就在它旁边不远的五号构造区的地中四井喷油了，喷得冲天的黑色油柱，落在井架四周不一会儿便成了一片汪洋油海。地中四井是柴达木打出的第一口油井，年产量32万吨，现在看来并不多，但在当时石油年产量只有百万吨的中国来说，贡献是极大的。青海石油局浩浩荡荡地迁到了这里，给这里起个地名吧，冷湖就这样第一次画在祖国的版图上！冷湖，就是这样才渐渐平地起高楼地在一片荒沙戈壁上建设起来了，石油局的职工家属从全国各地拥来，最多时达到了六万多人，人气大震，生气勃勃，冷湖再不是寒冷袭人的湖，而是一片沸腾的油海，并不夸张。可以说，冷湖是新中国建设初期生产力和生产关系以及国家与人的精神风貌的一面旗帜，一种象征。我曾多次对弟弟讲，冷湖就是一部史，你应该为冷湖写史。

岁月如流，人生如流，31年过去了。我第四次来到冷湖。却是捧着弟弟的骨灰盒来到了冷湖。去年底，弟弟病逝前嘱咐家人，一定要把他的骨灰撒回柴达木。赶在清明节，我来到冷湖。

虽然，我知道冷湖地区的油井基本开采完毕，柴达木的石油开发的战略转移已经到了冷湖西部310公里的花土沟，而且在多年前，就将六万职工家属撤离出海拔三千米缺氧三分之一的冷湖，把家搬到了敦煌。我也懂得建设同战争是有着相似的道理的，尤其是在这亘古无人的荒凉的戈壁滩上建设，同进攻是一样的，进攻必需，撤退也同样必需。不必为冷湖现在的荒芜而伤感。像是一个人一样，从青年走到老年，完成了人生的使命。它以前走得是沧桑、是辉煌，它现在走得应该是属于悲壮。但眼前的采油五队是一片废墟，断壁残垣，满目凋零，还是有些为它伤感。如果从五十年代初期算起到现在，不过才60个年头。一个曾经那样轰轰烈烈的地方，就这样像一个搬空了道具和布景的舞台，像一株凋零了枝叶和花朵的大树，像一座陨落了星星和云彩的星空。

弟弟结婚时住的房子剩下了一面墙，透过凋败的窗框，可以看到不远处一座废墟，那是当年的注水站，旁边就是他和他的师傅，和他的徒弟经常爬上爬下的井架。厚厚的黄沙中，埋有小孩的鞋，大人的毡靴，旧报纸，破碎的酒瓶和罐头瓶盖。我还捡起几枚乳白色的鹅卵石，不是戈壁滩的前世大海留下的遗迹，就是当年弟弟他们一帮工人苦中作乐的装饰品，成了这里曾经有过生命和生活的历史物证。

风和阳光是向导，带我走进烈士陵园。它坐落在起伏的沙丘上，沙子已经掩埋了坟茔的一部分，有的坟前的墓碑已经残缺凋落，有的墓碑里镶嵌的烈士的照片被风沙吞噬。每一次来冷湖，我都要来这里，为了拜谒两位前辈。

一位是原石油部新中国第一任总地质师陈贲，莫名其妙被打成右派，发配到这里来劳动改造。他没有被压垮，相反积极参与了这里的勘探开发，参与了冷湖地中四井的发现工作，坚持实践着并应验着他曾经被批判的“侏罗纪”的地质理论。以致后来整他的人也不得不对他另眼相看，来到冷湖，想找他谈谈，给他也给自己一个台阶。他却义正词严地说没什么好谈的，甩手而去，即使得罪了人家，为此迎接他的命运是紧接着连降两级，仍不改悔自己做人“宁作刚直的栋，不做弯腰的钩”的原则。这样一个对新中国石油事业有着卓越贡献的地质师，在“文化大革命”中冤死在冷湖，他忍受不了非人的批斗，选择了自杀也要留下自己刚正不阿的身影。

另一位也是原石油部总地质师黄先训，他比陈贲的命运要好，赶上了拨乱反正的好时机，将自己头顶的“右派”和反革命的帽子摘了下来。平反之后，他唯一的要求是到柴达木盆地来一趟。作为总地质师，他跑遍了全国所有的油田，唯独没有来过青海油田。谁想到已经买好了去青海的火车票，却突然一病不起，查出是癌症晚期。临终之前，他摇着苍老瘦弱的手臂，要求将他的尸体埋藏在冷湖这座沙丘之上。

那是1980年，弟弟在采油队，在报纸上看到了黄先训先生这个要求，当晚写了一首诗《冷湖的上空多了一颗星》，寄给了《青海湖》杂志。稿子恰巧寄到也是刚刚右派平反后的诗人昌耀的手中，很快就发表了。那是弟弟发表的第一篇作品。冥冥之中，他们三人之间有了默契的感应，弟弟在冷湖的每一年清明节，都会到这来为黄先生扫墓。这一次，弟弟来不了了，站在黄先生的墓前，我和黄先生的女儿通了电话。风非常大，纸怎么也烧不着，最后是把打火机和纸一起塞进皮夹克里面，才点着，差点连皮夹克一起烧着。风立刻把纸吹跑，燃起火焰的黄纸像是火中的涅槃的鸟。

我最后要求去原来的学校看看。学校门前的一片空场上，原来曾经种着一片上百棵白杨树。那是一片不同寻常的白杨树。1970年前，这片空场只是一戈壁滩。学生们到了冬天用水把它浇成宽阔的溜冰场，这是它唯一的用场。

也曾有一年的春天在它的四周栽上了一圈白杨树的小树苗，但在干旱缺水的戈壁滩都枯死了。1970 年的夏天，一个叫陈炎可的男人来到了这片空场上，他被委派的任务是给这片早已经枯死的树苗浇水。这不是当时人们对树苗的关心，而是对他的惩罚。原因很简单，他是当时的“现行反革命”，在被监督劳动改造，除了要给学校扫厕所、喂猪、修桌椅……再添上给死树苗浇水，总之不能让他闲着。

他是广州人，21 岁就自愿到这里当一名老师，却被无端打成了“现行反革命”。面对着这一片枯死的树苗，像面对着自己枯死的心，真有一份同病相连的象征意味。干完了所有要干的活，就到了晚上，挖好壕沟，接通学校里面的水源，让水流到这里，他计算好了时间大约要半小时，这段时间他才可以回去稍做喘息。半小时过后再回来，如果水未放满，他便打着手电接着放水。本来就是无用功，他和树都无动于衷，完全是一种机械作业。就在这时候，他读起了外语，也许这就是一份冥冥中的缘分，将他和树和外语一下子迅速地连接起来。他只是觉得和枯树苗天天夜晚相对实在无聊，为打发时间拿起了外语——是一本英文版的毛主席语录。谁想到大漠冷月，枯树孤魂，一一在清水中流淌起来了，奇迹便也在这清水中出现了。一个夏天和秋天过去了，他忽然发现那枯树苗的树根居然湿漉漉有了生机。他赶紧在入冬前给树苗浇了封冻水，他忽然对这片树苗对自己荡漾起了信心。

四年过去了，浇了四年的水，读了四年的外语。日子像凝结住了一样，仿佛只成了一片空白。忽然有一天，他在水沟边读的外语，在一辆德国奔驰车出现故障翻出外语说明书谁也看不懂的时候派上了用场，他的“现行反革命”的帽子莫名其妙地戴上，这一次又莫名其妙地平了反，他被调到局里当翻译。就在这一年的春天，他浇灌的那一片树苗终于绽开了生命的绿叶。在冷湖，在方圆几百里一直被黄色统治的戈壁滩，这是第一抹也是唯一一抹新绿。

第一次到冷湖。是弟弟带我见到陈炎可，那时候，他已经五十岁了。他带我到学校前看那片白杨树。上百棵白杨绿荫蒙蒙，阔大的绿叶迎风飒飒细语他告诉我这里已经成了石油局的公园，晚上或假日，人们常到这里来。如今学校已经是一片废墟，上百棵的白杨树大多枯死，但左右对称似的，一边剩下8 棵，一边剩下 6 棵，还顽强地活着。人们在两边各砌起水泥台，为了浇水时防止水流失，保护着冷湖生命的遗存。大概戈壁环境所致，这 14 棵白杨长得和内地的白杨不一样，长得和我前三次见到的也不一样，树干越发地骨节突兀沧桑像胡杨。

只可惜，我见不到陈炎可。而弟弟也只能隐约站在那白杨树的枝干后面等待着四月枝条上即将萌发的绿意。

冷湖！我第四次来，我相信以后还会再来，因为弟弟还在这里。

在这世界上，有的城市在地图上消逝了，比如特洛伊、比如庞贝；它们是因为战争和灾害而彻底没有了生命。如果冷湖有一天也在地图上消失了，它是因为发展和前进，它的生命还在。

月下桨声

韩少功

雨后初晴，水面上有千丝万缕的白雾萦绕飞扬。我一头扎入浩荡碧水，感觉到肚皮和大腿内侧突然碾压着冰凉。我远远看见几只野鸭，在雾气中不时出没，还有水面上浮来的一些草渣，是山上雨水成流以后带来的，一般需要三四天才能融化和消失。哗的一声，身旁冒出几圈水纹，肯定是刚才有一条鱼跃出了水面。

一条小船近了，船上一点红也近了，原来是一件红色上衣，穿在一个女孩儿身上。女孩儿在船边小心翼翼地放网。对面的船头上，一个更小的男孩撅着屁股在划桨。他们各忙各的，一言不发。

我已经多次在黄昏时分看见这条小船，还有这两个小小年纪的“渔夫”。他们在远处忙碌，总是不说话，也不看我一眼。我想起静夜里经常听到的一线桨声，带着萤虫的闪烁光点飘入睡梦，莫非就是这一条船?

我在这里已经居住两年多，已经熟悉了张家和李家的孩子，熟悉了他们的笑脸、袋装零食以及沉重的书包，还有放学以后在公路上满身灰尘的追逐打闹。但我不认识船上的两张面孔。他们的家也许不在这附近。

妻子说过，有城里的客人要来了，得买点鱼才好。于是我朝着小船吆喝了一声：“有鱼吗？”

他们望了我一眼。

我是说，你们有鱼卖吗？大鱼小鱼都行。

他们仍未回话。隔了好半天，女孩儿朝这边摇了摇手。

我指了一下自己院子的方向：“我就住在那里，有鱼就卖给我好吗？”

他们没有反应，不知是没有听清楚，还是有什么为难之处。

也许他们年纪太小，还不会打鱼，没有什么可卖。要不，就是前一段人们已经把鱼打光了——他们是政府水管所雇来的民工，人多势众，拉开了大网，七八条船上都有木棒敲击着船舷，梆梆梆，嘣嘣嘣，把鱼往设下拦网的水域赶，在水面上接连闹腾了好几个日夜。这叫作“赶湖”。有时半夜里我还能听到他们击鼓般的赶湖，敲出了三拍的欢乐，两拍的焦急，慢板的忧伤以及若有思索，还有切分音符的挑逗甚至浪荡……偶尔我还能听到水面上模模糊糊的吆喝和山歌：“第一先把父母孝，有老有少第二条，第三为人要周到……”如果我没有听错的话，这些久违的山歌，只有在夜里才偶尔鬼鬼祟祟地冒出来。

我后来去水管所买鱼。他们打来的鱼已用大卡车送到城里去了。但他们还有一点没收来的鱼，连同没收来的渔网。据说附近有的农民偷偷违禁打鱼，有时还用密网，把小鱼也打了，严重破坏资源。

我的城里客人来了，是大学里一位系主任，带着妻小，驾着刚买的日本轿车，对这里的青山绿水大加赞美，一来就要划船和下水游泳，甚至还兴冲冲想光屁股裸泳。他说这里的水比黑龙江的镜泊湖要好，比广西北海的银滩要好，比泰国的芭堤雅也要好，说出了一串旅游地的名字，显得见多识广。我知道，这些年很多学校属紧俏资源，高价招生，收入颇丰，连他这样的小头头也富得买车买房，还公费旅游了好多地方。

客人们走后的第二天，院子里一早就有持久的狗吠。大概是来了什么人。我来到院门口，发现正是那个红衣女孩站在门外，提着一只泥水糊糊的塑料袋，被狗吓得进退两难，赤裸的双脚在石板上留下水淋淋的脚印，脚踝还沾着一片草叶。

她是走错了地方还是有事相求？我愣了一下，好容易才记起了几天前我在水上的问购——我早把这件事忘记了。我接过她的塑料袋，发现里面有一二十条鱼，大的约莫半斤，小的只有指头那么粗，鲫鱼草鱼游鱼杂得有点儿不成样子。从她疲惫的神色来看，大概这就是他们忙了半个夜晚的收获。

我想起水管所干部说过的话，估计这女孩用的也是密网，没有放过小鱼，下手是有些嫌狠。但我没有说什么。我已经从邻居那里知道了他们的来历。他们是姐弟俩，住在十几里以外的大山里面，只因为弟弟还欠了学校的学费，两人最近便借了条小船，每天晚上在这里打鱼。他们的父亲帮不上忙，因为穷得没有医药费，一年前已经中年病逝。母亲也帮不上忙，据说不久前已经走失了——人们只知道她有点神志不清，曾经到过镇上一个亲戚家，然后就不知去了哪里，再也没有回家。

我收下了鱼。在完成这一交易的过程中，她始终拒绝坐下，也没有喝我妻子端来的茶。她似乎还怕狗咬，说话时总是看着狗，听我说狗并不咬人，还是怯怯不时朝桌下看一眼，一见狗有动静，赤裸的两脚就尽可能往椅子后边挪。

“你很怕狗么？”我妻子问。

她不好意思地笑笑。

“你家没有养狗么？”

她摇摇头。

“你喝茶。”

她点点头，仍然没有喝。

她提着塑料袋走了以后不久，不知什么时候，狗又叫了。窗外橘红色一晃，是她急急地返回来，跑得有点儿气喘吁吁。

“对不起，刚才错了……”她大声说。

“错了什么？”

“你们把钱算错了。”

“不会错吧？不是两斤四两吗？”

“真是算错了的。”

“刚才是你看的秤，是你报的价，你说多少就是多少，我并没有……”

“不是，是你们多给了。”

我有点不明白。

她红着脸，说刚才回到船上，弟弟一听钱的数字，就一口咬定她算错了，肯定没有这么多钱。他们又算了一次，发现果然多收了我们一块钱。为此弟弟很生气，要她赶快来退还。

我看着她沾着泥点的手，撩起橘红色衣襟，取出紧紧埋在腰间的一个布包，十分复杂地打开它，又十分复杂地分拣布包中的大小纸票，心里有些过意不去。一块钱怎值得她这样急匆匆地赶来，并且做出这么多复杂的动作呢？“也就是一块钱，你送鱼来，就算是你的脚力钱吧。”我说。

“不行不行……”她把头摇成了拨浪鼓。

“再说，我们以后还要找你买鱼的，这一块钱就先存在你那儿吧。”

“不行不行……”拨浪鼓还在摇。

“你们还会打鱼吧？”

“不一定。水管所不准我们下网了……”

“你弟弟的学费赚够了吗？”

“他不打算读了。”

“为什么？”

她没有回答，只是固执地要寻找一块钱。她的运气不好，小钞票凑不起一块钱。递来一张大钞票，我们又没有合适的散钱找补。就这样你三我四你七我八地凑了好一阵，还是无法做到两清。最后，我满足她的要求，好歹收下了七角，并一再强调："不要再说了，就这样算了，你再说我们就不高兴了。"

她做了什么亏心事似的，浑身不自在，犹犹豫豫地低头而去。

傍晚，我们从外面回家，发现院门前有一把葱。一位正在路边锄草的妇人说，一个穿红衣的姑娘来过了，见我们不在，就把葱留在门前。

不用说，这一大把葱就是她对鱼款的补偿。

妻子叹了口气，说如今难得还有这样的诚实。她清出一个旧挎包，一支水笔，说可以拿去给红衣女孩的弟弟上学，说不定能替他们省下两个钱。但我再没有遇上红衣女孩，还有那个站在船头为她摇桨的弟弟。有一条小船近了，上面是一个家住在附近的汉子，看上去比较眼熟。从他的口里，我得知最近水管所加强禁渔，姐弟俩的网已经被巡逻队收缴，他们就回到山里种田去了。他们是否凑足了弟弟的学费，弟弟是否还能继续读书，汉子对这一切并不知道。

人世间有很多事情我们并不知道，何况萍水相逢之际，我们有时连对方的名字也不知道。

我说不出话来。每天早上，我推开窗子，发现远处的水面上总有一叶或者两叶小船，像什么人无意中遗落了一两个发夹，轻轻地别在青山绿水之中。但那些船上没有一点红。每天晚上，我走在月光下的时候，偶尔听到竹林那边还有桨声，是一条小船均匀的足迹，在水面上拨出了月光的碎片，还有一个个梦境。但我依稀听得出桨声过于粗重，不是来自一个孩子的腕力。

我走出院门，来到水边，发现近处根本没有船。原来是月夜太静了，就删除了声音传递的距离，远和近的动静根本无法区别，比如刚才不过是晚风一吹，远在天边的桨声就翻过院墙，滚落在我家的檐下阶前，七零八落的，引来小狗一次次寻找。它当然不会找到什么，鼻子抽缩着，叫了两声，回头看看我，眼里全是困惑。

我也不明白，是何处的桨声悠悠飘落到我家的墙根。

一个陌生女孩的来信

梁晓声

笔耕不辍，久栖文坛，很是收到过一些陌生人写来的信。当弃则弃，应留则留，竟渐渐地由欣然而淡然而漠然。有时，那一种无动于衷，连自己都深觉太愧对认认真真给自己写信的人们了。但是近日收到一个陌生女孩儿的来信，却使我不由得细读数遍，心生出几许说不清楚道不明白的感动。那是一封几经周转的信。信封上的字迹和信纸上的字迹不同，一看就知非一人所写，然都是很稚拙的笔触。下面便是那一封信的内容：

尊敬的作家先生：

我是一个女孩子，普通得不能再普通、平凡得不能再平凡的女孩子。除了年龄的资本，我再没有任何先天的或者后天的资本。既（当为“即”，她写的是白字，我将一一替她改正）使我的花季，那也不过是很不显眼的花季。好比我的家乡的山上和乡路两旁一年四季常开常谢的小野花，开着没人赏，谢时没人惜的。现在，我是深圳的一个打工妹。深圳满街都是我这种年龄的小打工妹。我们外省的打工妹特别感激深圳。这一座和我们年龄差不多的城市，对我们很包容。它给我们打工妹的机会，似乎也比别的城市多一些。这是我们的认为它不允许比我们强的人歧视我们。这是我们最感激它的方面。我们小小年龄背井离乡，哪一座城市不歧视我们，我们自然就觉得它比别的城市好。

对不起，我扯得太远了。我给您写信，不是要谈深圳的，我也不是要在这一封信中谈我自己的。关于我自己我前边已经写得很明白了，实在没什么好谈的。而且呢，我也不是你们作家亲（青）睐的什么文学女青年。我向您老老实实地承认，我没读过您的任何一本书，连一篇小说或者一篇文章也没读过。

一个星期六我和我的三个表姐一个表哥又在我们的小六姨家相聚，一边嗑瓜子一边闲聊。瓜子下边铺着一张旧报纸，那上边有个介绍您的报道，还有您的照片。我们的表哥看了一会儿，指着您的照片说："哎，咱们就给他写信怎么样？"我们早就想给一位作家写信了。我把那篇报道大声读了一遍，我的二表姐和三表姐就都说："行！"只有我的大表姐表态表得不那么痛快。她嫌您太老了，而且呢，也看不出一点儿好风度。您真的是照片上那样子吗？还是为您照相的记者成心把您照得那么难看？依我的大表姐，她希望能有一位好风度的作家读到我们的信，还得是男作家。我们就都为您争取她同意。我二表姐说："已经是男的了，将就点就是他吧！"我三表姐说："有人不上相，也许本人没那么怪模怪样的。"我的表哥说："我主张将就。"结果，就由我给您写这一封信了。相对来说，我比表姐表哥们多读了一二年书，字也比他们写得强点儿。我是学酒店服务的中专毕业生。

梁作家，如果您正在看这一封信，那么现在您应该了解了，这是一封代表五个人写给您的信。我们的关系是表姐妹、兄妹、姐弟的关系。我们的母亲们那当然就是亲姐妹了。她们有一个妹妹，就是我们的小六姨。我们正是为我们的小六姨给您写这一封信的。她已经三十六岁了，还没结婚。不过您千万别误会，我们可不是在替我们的小六姨向您征婚。我们的小六姨是个美人儿，除了肤色不怎么白，哪哪儿都够美人儿的标准。请您注意，是不怎么白，不是黑，那可是有大区别的。再者说了，在外国，美人儿不怎么白才更美。这一点您肯定知道的吧？强调一遍，您千万千万别误会，您和我们的小六姨，哪一点儿都不合适。直说了吧，不般配。您对于事实可别生气啊！何况那报道中说您已经有老婆了。

但您还是没明白我们为什么给您写这一封信是吧？作家不是整天不是写就是看吗？如果您已经在看着了，那就有点儿耐心，接着往下看吧。越看，自然就越明白。连我写的人都不怕白白浪费了时间，您看的人，还不得沉住气？对了，还没说我们的姥爷和姥姥呢。不说说，您是难以明白的。

我们的姥爷和姥姥，一个七十八了，一个七十五了。七十八的姥爷身体仍很棒。七十五的姥姥，这几年开始常闹病了。他们是农民，我们的家乡在四川山区。姥爷和姥姥看来在计划生育方面是反面典型了。他们居然生了六个女儿。是不是太能生了？我大表姐的妈妈，也就是我的大姨妈，今年都四十七了。我们的爸爸、妈妈，至今也都是农民。从我们开始，姥爷和姥姥的后代，才是有初等文化的人了。这要感激我们的小六姨。我们都能上得起学，完全是她一个人供的。

我们的小六姨，她生下来不久就送给别人家了。自己家孩子太多了，又都是闺女，干不了重活，姥爷、姥姥感到是负担了。也幸亏小六姨被送给别人家了，那使她初中毕业以后，以全县第一的成绩考上了省卫校。从省卫校毕业后，她分配在省城一所大医院当护士。没几年又当上了一个病区的护士长，是最年轻的一个护士长。那一年她回老家探家，她的养父母就告诉了她一般都尽量隐瞒着的真相。冲这一点，她的养父母也该算是很好的人，是吧？她就去到我们那个村子，探望了我们的姥爷和姥姥，也就是她的亲生父母。接着，又一一去探望她的五个姐姐。我们的小六姨，她进一家门哭一次。我们的姥爷、姥姥和我们的母亲，心里就都特别的内疚，净说些女儿、妹妹对不起的话。小六姨却哭着说："爸爸、妈妈、姐姐们啊，我不是怨你们呀！我是怎么也没想到你们的日子会过得这么苦这么难！这可叫我怎么办呢？……"我们的小六姨，她离开家乡时，一脸的愁云……

不久，我们的母亲听说小六姨不在那一家省城的大医院当护士长了。她在卫校是学按摩的，她自己开了一家按摩诊所。对于她的做法，姥爷、姥姥和我们的母亲们都不敢写信去询问什么。

那一年的春节前，姥爷、姥姥和我们各家，全都收到了小六姨汇来的钱。每家不多，五百元。但是对于农村人家，那可是不少的钱啊！

第二年，她的养母病了，被她接去了省城。半年内姥爷、姥姥和我们各家，没再收到钱，连信也很少收到。第三年上半年，她的养父又病了，也被她接到省城去了。姥爷、姥姥和我们的母亲，全都替她着急上火，可又全都帮不上忙。那一年下半年，小六姨又回到老家了，瘦极了，衣袖上戴着黑纱。姥爷、姥姥和我们的母亲们，一见她那么瘦，全都哭了。她却安慰他们："爸爸、妈妈、姐姐们，别哭。养父母对我的恩情，我已经报答了。现在，我的责任减轻了啊！"她说，按摩诊所那一种行业，虽然挺赚钱的，但几乎每天都要面对一两个心思不正的男人。她不干了。她说她要到深圳去闯闯。那一天，姥爷、姥姥和我们的母亲们，都是从她口中才第一次听说中国有座城市叫深圳，都舍不得让她去，也都不放心她去。可小六姨的决心已经下定了。她还没等自己长胖点儿，就又告别了家乡。姥爷、姥姥和我们的母亲们，一个个都流着泪，一直把她送到乡路的尽头。那一年，我的大表姐十岁；二表姐、三表姐和表哥，一个比一个小一岁；我呢，还在妈妈肚子里。小六姨双手轮流摸着表姐、表哥们的脸蛋，嘱咐我的姨妈们："姐们呀，要让孩子们读书。节可以不过，年可以不过，孩子们绝对不可以不上学！以后，有我呢！"

尊敬的梁作家，为了节省您的宝贵时间，我接下来只能写得特别简单了。

总而言之，没有我们的小六姨，我们都是念不起高中和中专的。现在，也绝不会都集中在深圳这一座城市里，也就是在小六姨所在的城市里打工。我们表姐妹、姐弟、兄妹五个，平均受到了十年以上的文化教育，平均年龄二十岁多一点点；平均工资一千元出头。每个星期六、星期日，我们可以全都无拘无束地聚集在我们的小六姨家里，一个个有说有笑的。而她，却总是默默地坐在一旁，默默地瞧着我们，脸上很有成就感的样子，像一位美丽的小母亲。只有她那么欣赏正在花季的我们！该吃饭了，她就默默地起身去做饭炒菜，有时让我们中的一个打下手，有时不用，自己忙。而我们就看录像，甩扑克，或者，轮番上网。那时，我们都觉得幸福极了……

十三四年里，我们的小六姨先后当过深圳市一个区的区委办公室的办事员、接待科副科长；一家区科委所属的公司的秘书、经理助理。后来因为深圳有大学以上文凭的青年越来越多了，小六姨有自知之明，觉得自己有些工作做得难以比别人好了，就主动辞职，“下海”了。小六姨开过花店、书店、时装店。知道我们的小六姨目前在做什么吗？她已经有了一家属于自己的小小的公司。她在经营各类首饰，在深圳一家大商场里有专柜，在另外两座大城市的大商场里也有专柜，效益都挺不错的。在我们心目中，我们的小六姨已经是成功人士了。

说到小六姨的家，六十几平方米，不过才一厅一室，装修得有格有调的。公摊面积大，小六姨的家其实是一个小小的家。最多时，那家里住过十个人！姥爷、姥姥睡她的床，两个姨妈一个睡沙发，一个和她和我们五个孩子睡地上，横七竖八躺一地！

十三四年里，小六姨挣的钱，一大半花在我们身上了，寄给姥爷、姥姥和我们各自的家了。因为我们有个小六姨，姥爷、姥姥生病才住得起医院了，才坐过飞机了，到过深圳这么美丽的城市了；因为我们有个小六姨，我们各家的日子才渐渐好过了，我们的父母才不终日愁眉不展的了……

但是我们的小六姨却三十六岁了，还没爱过，还没被爱过。为了我们这一代，为了我们各自的家，也是为了姥爷、姥姥们，也许，还为了她心里边当年默默许下的一个承诺，她无怨无悔地将自己最好的恋爱季节耽误了。她依然美丽着，却始终孤单着……

她经常教育我们，打工妹，第一要自尊；第二要自立；第三要自爱。她说没有自尊，就难以自立。一时自立了，也还是会由于没有自尊而难以长久。她说有些人自立了之后，反而不自爱了，那是坏榜样。她说好榜样应该是，自立了，就更有前提自爱了，也更会懂得自爱是对的了。我们的小六姨，她至今一直生活得朴朴素素，节节俭俭，从不买一件太贵的衣服，从不买什么高级的化妆品，自己从没乱花过一分钱，能乘公共汽车去的地方，宁肯早早出门，而舍不得花钱“打的”。她还时常一个一个地询问我们闹恋爱了没有？起初我们都不好意思跟她讲实话。她却对我们这么说过：“如果有朋友了，应该带给我认识认识。只要你们感情好，小六姨不干涉，更不反对。我想告诉你们的是，万一两个人之间发生了那种冲动的事儿，尽量别使自己怀孕，一旦怀孕了，也别你怨我，我怨你的。对于恋爱着的一对年轻人，那根本就不是可耻的。但是得及时让小六姨知道，因为小六姨有责任亲自陪你们去医院……”

小六姨所说的那种“冲动的事儿”，我的大表姐已经悄悄向我们主动承认她经历多次了。说时可得意了，她一次也没怀过孕。她的经历目前对小六姨还是秘密。

小六姨自己前几天却怀孕了！当她声音小小地打电话向医院咨询时，我无意间偷听到了，还偷听到了她第二天要去哪一家医院做“人流”。第二天我请了假，跟踪她。医院挺近，小六姨走着去的。我隐蔽在马路对面，望着小六姨一个人孤零零地走入医院，又一个人孤零零地走出医院，脚步缓慢地往家走，我心里恨死了那一个使她怀孕的男人！但是转而一想，终于有一个人爱我们的三十六岁的小六姨了，我应该替她高兴才对。我气的只不过是——当时他在哪儿？！我也很怕我们的小六姨会爱上一个有妇之夫。女人一旦那样，不是常常都会爱得很苦吗？不过我至今没将小六姨的秘密透露给表哥和表姐们，更没告诉给我们的母亲和姥爷、姥姥。我经常在内心里为小六姨的爱祈祷，祈祷它有一个好结局。我做的（得）对吗？

那一天又是星期六。吃晚饭时，小六姨开了一瓶葡萄酒，给我们每一个人的杯里都倒了一点点。她说：“小六姨将咱们的家的贷款终于还清了。从下个月起，它完全属于我们自己了！”

我们一时全都高兴极了，纷纷和小六姨碰杯。各自咽下了一小口酒之后，又都想哭。因为小六姨话中那四个字——“咱们的家”。

小六姨却接着平静地说：“想想吧，中国有九亿多农民，哪怕仅仅将三亿农村人口变成城市人口，那也需要建立三百个一百万人口的城市。这太不容易了。你们以后究竟都能不能成为三亿中的几个，我也难估计。但小六姨一定尽力帮你们。你们自己也得要强，不能每天一下了班就贪玩，要自学新的知识和技能……”

陌生女孩儿的来信还有两千多字，她，不，四个女孩儿一个男孩儿，希望我能将他们的小六姨当成原型，创作一部小说或电视剧——这才是她给我写信的真正目的……我给陌生的女孩儿复了一封信。与她的信相比，我的信实在太短……而她那一封信又显然不是一次写完的。

陌生的女孩儿：

感谢你对我的信任。在我看来，你的信有一种诗性，但是我现在的颈椎病实在太严重了，写作等于自我虐待。故我也不能如你所愿，某时去深圳认识你们的小六姨并采访她。那样，只怕我会爱上她。你不是替你们的小六姨怕那样的事情发生吗？我也替自己怕的。对于美丽而又具有牺牲精神的女人，通常我意志很薄弱。依我想来，你们的小六姨，如同上帝差遣给你们的一位天使。上帝并不经常这么好心眼儿。所以被天使爱着的人，也要反过来关爱天使。小姐们，起码，你们再到小六姨家去时，要学会做饭炒菜。以后吃现成的，应该轮到你们的小六姨了！至于她的那个秘密，只要她自己不说，你须永远守口如瓶。天使也有自己的秘密的。而且天使是最善于爱的。一切爱的麻烦和爱的分寸，天使都会以天使的方式去面对，去把握。所以你尽管继续为她的爱祈祷，却一点儿也不必为她忧虑什么……

最后我征求她的意见——我们的信可不可以同时发表？我希望她同意，并告诉了我家的电话。那陌生的女孩儿，她用电话通知我——她同意……

原载《海燕·都市美文》2005年第10期

为什么我为你而燃烧？

何建明

已经第15次还是第16次来到你身边？从没有谁能像你这样让我挂牵与惦念。每每见到你的那一刻，我的心就在颤抖和激动……

遥远的你，冰冷而严寒，孤独而寂寞。但，你又总是那样炽热而辉煌。因为，你是祖国的一部分，无法从我生命与感情中分裂。所以，我在想——我为何因你而燃烧不止？并常常想着这样的问题——

我不是石油人，但我多半生为石油而奔忙，从大庆到胜利、从延长到江汉等无数油田，甚至到了苏丹和伊拉克，凡是有中国石油人的地方，我都去过，而且不止一次去过；我不是石油人，但我的身上一直沾满了从地心深处冒出来的石油香，它们伴随着我从陆地到海洋、从内地到海外，甚至从我的肌肤和神情中不停地散发出来；我不是石油人，但我的朋友中有王进喜、余秋里、康世恩，还有许多许多年轻的和年长的朋友，比如李四光、丁文江、翁文波、黄汲清、李德生，等等，他们时常在我的笔下与我彻夜交流、举杯共饮，甚至有时为是否该从国外进口石油而激烈地讨论到一个又一个黎明即起时……

有时，我在想：为什么我不能是石油人呢？石油人劳动的时候，我在想着他们的汗水是否湿透了衣衫，而北方的寒冷是否又过早地袭击了他们已经长着伤疤的皮肤和冻裂的手脚？有时，我在想：祖国的每一个城市与乡村的角落者在飞速地进步和幸福着，而艰苦奋斗着的石油人是否也该告别山野、告别海疆回到美丽的城市，住进温馨的公寓，也去享受一下属于他们自己家园的现代文明生活？有时，我在想：整个世界都在开着汽车、坐着高铁，可还有几个人在想着石油从何处而来、为何成为我们生活的必需品？是否还有人想着那些贡献石油的人现在是否安好？

我在想，可能没有人了，或者很少有人与我一样在想着石油人……

这已经是一个严酷的现实。许多人已经在忘却为我们创造幸福生活的石油人，而石油人也不再是“新闻联播”中时常出现的人群……

这，让我们悲切？让我们伤感？

不不！我知道石油人从来没有这样想过。因为他们从第一天从事这个职业的时候，他们就没有想过谁会把自己抬到天上，而他们只知为祖国献上属于他们神圣职业与精神凝结而成的——石油！

这就是我所熟悉的石油人。这就是我的那些为石油而生的朋友，他们今天依旧在最艰苦的地方为我们创造着黑色“金流”……

多少年了，我一直在注视着中国石油人，并且与一起为发现新的油田而欢呼、而激动；多少年了，我一次又一次来到大庆油田，每一次到这个石油圣城时，看着那些默不作声的“磕头机”不分日夜、不分秋冬地劳作的情景，我就想流泪，就想跪拜——我知道，这里有我们民族的、国家的、人民的伟大奉献者和当代英雄，他们有的牺牲了生命，有的牺牲了青春，有的牺牲了情感，但他们留下了精神，留下了思想，更留下了让共和国永远繁荣与富强的基石。这就是大庆。这就是让我一次次朝圣它的地方！

这就是我对石油的心知。可以如此说：我对石油人的情感，像秋天仰望太阳，像冬天渴望春来，像青春追求爱情，像暮年期待重生一般……炽热、真实、坦诚、永恒！

总之，我觉得不管是已经遥远了的20世纪，还是正在行进中的21世纪，或者我们看不到的22世纪，甚至更远一些时候，石油人永远是国家走向更加繁荣与富强的创造者和时代先锋，他们不会因为自己不再是新闻里的主角和年轻人热捧的对象而沮丧，他们只凭自己对国家和民族的炽热良心与奋斗精神在默默做着自己的工作，直到大地的每一滴油与他们的生命血液一起流完为止！

呵，我终于明白：我心系石油。石油在燃烧我心……

原载《石油文学》2019年第4期

走进塔里木

贾平凹

八月里走进塔里木，为的是看油田大会战。沿着那条震惊了世界的沙漠公路深入，知道了塔克拉玛干为什么称作死亡之海，知道了中国人向大漠要油的决心有多大。那日的太阳极好，红得眼睛也难以睁开，喉咙冒烟，嘴唇干裂，浑身的皮也明显地觉得发紧。车上的司机告诉说，地表温度最高时是七十摄氏度，那才叫个烤呀！公路未修的时候，车队载着人和物资从库尔勒出发，沿着塔里木盆地边沿走，经过阿克苏，经过喀什，再到和田，这是多么漫长的道路，然后沙漠车才能进入塔克拉玛干腹地。这么一趟回来，人干巴巴的，完全都失了形！司机的话使我们看重了车上带着的那几瓶矿泉水，并且相互恶作剧，拧对方的肉．问：熟了没？喉咙也就疼得咽不下唾沫，将手巾弄湿捂在口鼻上。在热气里闷蒸了两个小时，突然间却起风了，先是柏油路上沙流如蛇，如烟，再就看见路边有人骑毛驴，人同毛驴全歪得四十度斜角地走，倏忽飘起，像剪纸一般落在远处的沙梁上。天开始黑暗，太阳不知坠到哪里去了，前边一直有四辆装载着木箱的卡车在疾驶，一辆已经在风中掀翻了，另外的三辆停在那里用绳索拉扯，仍摇晃如船。我们的小车是不敢停的，停下来就有可能打滚，但开得快又有御风起空的危险。司机说，这毕竟还不是大沙暴，在修这条公路和钻井的时候，大沙暴卷走了许多器械，单是推土机就有十多台没踪影了。我们紧张得脸都煞白了，幸好大的沙暴并没有发生，而沉甸甸的雾和沙尘，使车灯打开也难见路。艰艰难难地赶到塔中，风沙大得车门推不开，迎接我们的工人已都穿着棉大衣，谁也不敢张嘴，张嘴一口沙。

接待我们的是副调度长王兆霖，人称沙漠王的，他笑着说：中央领导每次来，天气总是好的，你们一来就坏了。我们也笑了，说这正是老天想让我们好好体验体验这里的生活嘛！

我们走进了大漠腹地，大漠让我们在一天之内看到了它多种面目，我们不是为浪漫而来，也不是为觅寻海市蜃楼和孤烟直长的诗句。塔里木大到一个法国的面积，号称第二个中东，它的石油储量最为丰富，地面自然条件又最为恶劣，地下地质结构又最为复杂，国家石油开发战略转移，二十一世纪中国石油的命运在此所系，那么，这里演绎着的是一场什么样的故事，这里的人如何为着自己的生存和为着壮丽的理想在奋斗呢？我们在塔中始终未逢到好天气，风沙依旧肆虐，所带的衣服全然穿在身上，仍冻得嘴脸乌青。沙漠王是典型的石油人性格，高声快语，又诙谐有趣，领我们去看第一口千吨井，讲这里的过去，讲这里的将来。去英雄的沙漠车队，介绍每一个司机的故事，去看用铁板铺成跑道的飞机场，去亲自坐上沙漠车在沙梁间奔驶，领受颠簸的滋味，去看各处的活动房，去看工人床头上都放的什么书。在过去有关大庆油田的影视中，我们了解了石油人生活的简陋，而眼前的塔里木，自然条件的恶劣更甚于大庆，但生活区的活动房里却也很现代化了，有电视录像看，有空调机和淋浴器，吃的喝的全都从库尔勒运进，竟也节约下水办起了绿色试验园，绿草簇簇，花在风沙弥漫的黄昏里明亮。艰苦奋斗永远是石油人生活的主旋律，但石油人并不是只会做苦行僧，他们在用着干打垒的精神摧毁着干打垒，这里仍是改革的前沿阵地。不论是筑路、钻井、修房和运输，生产体制已经与世界接轨，机械和工艺是世界一流，效益当然也是高效益，新的时代，新的石油人，在荒凉的大漠里，为国家铸造着新的辉煌。

我们在沙漠腹地的日子并不长，嘴里的沙子总是刷不净，忽冷忽热的气候难以适应，我就感冒了，又开始拉肚子，但我们太喜欢那红色的信号服和安全帽，喜欢去井位，在飓风中爬井台，虽然到底弄不明白那里的生产程序和机械名称，却还要喋喋不休地问这问那。新疆是中国最大气的地方，过去的年月里容纳了多少逃难的人，逃婚的人，甚至逃罪的人，而今的塔里木油田上，为了一个共同的目标，五湖四海的人走到一起。塔里木改变了他们的人生观，培养了他们特有的性格和行为方式。他们是那样好客，给你说，给你唱，却极少提到这里的艰苦，也不抱怨这恶劣的气候，说许多趣话，甚至那些带彩的段子，使你感受到生命的蓬勃和饱满。我们采访了那些在石油战线上奋斗了一生的老大学生，更多地采访了那些才从大学毕业分配来的大学生，问他们为什么没有留在大城市，没有去东南沿海地区。他们对这些似乎毫无兴趣，只是互相戏谑：谁谁在这里举行婚礼的那天，竟自己喝醉了酒，沉睡得一夜不起；谁谁去出车，车在半途坏了，爬了两天两夜，又饥又渴昏倒在沙梁上，幸亏派飞机搜索才救回来，去修那辆车时，才发现车座下面还有着一瓶矿泉水的，真是笨得要死。谁谁的媳妇千里迢迢到库尔勒，指挥部派专车将人送到工地，说好明日再送回库尔勒，可活该倒霉，这一夜却起了特大沙暴，甭说亲热，连睁大眼睛端详一下媳妇都不可能。这些年轻人给我们留下了极深的印象，从沙漠回来后，当我们在繁华的城市坐着小车，就每每想起了他们。世上有许多东西我们一时一刻离不了，但我们却常常忽略，如太阳如空气，我们每日坐车，就忘了车的行走需要的是石油！现在的小孩子，肚子饥了要馍馍吃，馍馍是哪儿来的，孩子们只知道馍馍是从厨房来的。我们也做过一次小小的调查，问过十三个坐车的人：车没油了怎么办？回答都是：去加油站啊！谁又知道发生在沙漠中的这些极普通又极普遍的故事呢？

接触了不同岗位不同层次的石油人，临走时，我们见到了塔指的三个领导。邱中建，这是石油战线上无人不晓的一个名字，他的一生几乎与中国所有的大油田的历史连在一起，如今已经六十多岁的人，祖国需要他到塔里木来，需要他来指挥这一场新体制新工艺高水平高效益的石油大会战，他离开了北京和家人，一人就长年待在塔里木。钟树德呢，这位塔指的大功臣，为了中国的石油事业，他献出了自己的一只眼睛。他自始至终在塔指，大漠中的每一口井台上都流过他的血汗。当我们见到他的时候，他才从塔中回到库尔勒不久，而那只完全失明的眼睛，因失去了功能，沙子落进去，摩擦得还是血红血红。梁狄刚更是个传奇人物，他的母亲居住在香港，年纪大了，一直希望他也能定居香港，但他虽是大孝子，可忠孝难两全，当中央电视台的记者采访他时，他没有什么华丽的辞藻，只说了句：我不能丢弃我的专业。与这些领导交谈，你如坐在一张世界地图前，坐在一张中国地图前，他们的襟怀和视角是那么大，绝口不提自己的事，只强调这一生就是要为中国找石油。塔里木油田可能是他们人生最后要找的一个大油田了，党和人民让他们来，这就是他们一生最大的幸福。但他们压力很大，因为中央领导一个接一个来塔里木，历史的重任使他们不敢懈怠，如何尽快地发现大的场面，使他们只有日日夜夜超负荷地工作着。

我们去塔里木，我们是几个普通得不能再普通的人，又行色匆匆，但石油人却是那样的热情！所到之处，工人们让签字。签什么字呀，一个作家浪得再有虚名，即使写出的书到处有人读，而比起石油人是多么微不足道啊！他们一有机会就让我写毛笔字，我写惯了那些唐诗宋词，我依旧要这么写时，工人们却自己想词，他们想出的词几乎全是豪言壮语。这些豪言壮语在别的地方已经消失了，或者有，只是领导的鼓动词，而这里的工人却已经将这些语言渗进了自己的生活，他们实实在在，没有丁点虚伪和矫饰，他们就是这样干的，信仰和力量就来自这里。于是，我遵嘱写下的差不多都是“笑傲沙海”“生命在大漠”“我为祖国献石油”，等等。写毕字，晚上躺下，眼前总还是这些石油人的一张张黑红的面孔，想，这里真是一块别种意义的净土啊，这就是涌动在石油战线上的清正之气，这也是支持一个民族的浩然之气啊！回到库尔勒，我们应邀在那里作报告。我们是作家，却并没有讲什么文学和文学写作的技巧，只是讲几天来我们的感受。是的，如何把恶劣的自然环境转化为生存的欢乐，如何把国家的重托和期望转化为工作的能量，如何把人性的种种欲求转化为特有的性格和语言，使我们进一步了解了石油人。如今社会，有些人在扮演着贪污腐化的角色，有些人在扮演着醉生梦死的角色，有些人在扮演着浮躁轻薄的角色，有些人在扮演着萎靡不振的角色，而石油人在扮演着自己的英雄角色。石油人的今生担当着的是找石油的事，人间的一股英雄气便驰骋纵横！

从沙漠腹地归来，经过了塔克拉玛干边沿的塔里木河，河道的旧址上是一眼望不到头的胡杨林。这些胡杨林证明着历史上海洋的存在，但现在它们全死了，成了之所以称为死亡之海的依据。这些枯死的胡杨粗大无比，树皮全无，枝条如铁如骨僵硬地撑在黄沙之上。据说，它们是千年不死，死了千年不倒，倒了千年不烂。去沙漠腹地时，我们路过这里，拍摄了无数的照片。胡杨林如一个远古战场的遗迹，悲壮得使我们要哭。返回再经过这里，我们又是停下来去拍摄。那里修公路时所堆起的松沙，扑扑腾腾涌到膝盖，我们大喊大叫。为什么呐喊，为谁呐喊，大家谁也没说，但心里又都明白，塔里木油田过去现在是没有个雕塑馆的，但有这个胡杨林，我们进入大漠腹地看到了当今的石油人，这些树就是石油人的形象，一树一个雕塑，一片林子就是一群英雄！我们狂热地在那里奔跑呐喊之后，就全跪倒在沙梁上，每人将矿泉水喝干，捧着沙子装了进去带走。这些沙子现在存放在我们各自的书房，我们不可能去当石油人，也不可能长时间生活在那里，而那个八月长留在记忆中，将要成为往后人生长途上要永嚼的一份干粮了。

原载《人民日报》1996年12月18日

彩色的荒漠

雷抒雁

在石油工人红色的工作服上，有一枚闪闪的徽章，上边是金光灿灿的黄色，下边是红光闪闪的红色。

从库尔勒出城不久，车子就离开国道，进入石油公路。所谓石油公路，就是由油田出资修筑的通向各个油井的道路。

新修的石油公路，像一支黑亮的箭镞，直直地射向前方。前方，是茫茫的戈壁，是黄沙漫漫的塔克拉玛干沙漠，以及举世闻名的西气东送的第一口气井；那里，刀山剑树，乱石穿云，道路每前进一步，都要搬掉一座石块风化的山头。在那里，你只能仰看山头，俯视道路，惊讶地张开嘴，为造物的神奇，以及人类挑战自然的壮举而慨叹。

车子正全速奔驰在戈壁上。这一片戈壁，只是塔克拉玛干的沙漠边缘。虽说北边是高耸的天山，南边是巍巍的昆仑，但是，此刻这些山还只是躺在地图册上，在我们的视野里，地平线的远处，仍然是无遮无拦的穹窿和淡淡升腾着的云朵。开阔的戈壁，像是一方棋盘，偶尔看见一团两团圆圆的草棵，像是刻意摆下的一局残棋。生存与死亡，在这里艰难地进行着命运的博弈。我们来到这里，已是深秋时节，灰色，到处是灰色。说不清是沙尘的扑迷，还是枯叶凋零，在这些可怜的耐旱植物上弥漫了一抹灰色情绪。

突然，道路两边变成一片银白。莫不是昨夜落下一场白雪？那一色单纯、清莹的白色刺激着我们的眼睛，使人产生一种幻觉，以为是行驶在白雪皑皑的东北大平原。可细体察，这雪没有一丝寒气，也没有在艳阳下消融过的痕迹，而且，在远远近近的草墩上竟没有白色的覆盖。不是雪，是盐碱。白刷刷的盐碱粉末，就这样奇特地装饰着戈壁。大地，一方白纸，期待着谁的彩笔描绘？

黑色的柏油公路，继续向前延伸。轻快的车速带给我们从未有过的轻松心境。500多公里的油田大道把我们送到轮南油田。中饭后，继续向塔中油田进发。这一条路，虽然同样是油田公路，却是沙漠公路。它将劈开塔克拉玛干沙漠直通塔里木盆地的中心。那里，将是另一种风景，另一幅图画，另一样色彩。

塔里木河是一条河岸散乱的河流，夏季过去，汹涌的河水已变得平静和细瘦。但是，大水曾经奔流的印痕，让人可以想到在夏季它的力量，它的气势，以及那摇天撼地的吼声。河的两岸，是密密麻麻的胡杨树林。这些树，多数已经飘落了黄色的叶子，呈现出一种刚劲和苍凉。最大的一棵树，被命名为“胡杨王”。大约需要两三个人伸直手臂才能围拢树身。奇怪的是，那树上所有的叶子都黄了，干了，却不曾凋落。在蓝天下，明亮地闪耀着金黄；在微风里，发出些嘁嘁喳喳的碎语。这么大的树，招引着行人，站在它的身边，如同站在一位巨人的身边，站在一种超越时间的奇异力量的遮蔽下，你会感到生命的壮丽和伟大。

车子向前，茂密的树林，渐次变得稀疏。树的脚下，已经薄薄厚厚地铺上一片黄沙。独立的树木，有的如石雕，有的如铜铸；虽然，它们也许已经死去，年复一年的风沙，折断了树枝，剥开了树皮，可是树的残干依然挺立，像是一群强悍的舞者，向天空和大地顽强地倾诉着它们的意志和信念。

我喜欢这些树，视它们为上天兆示给人类的精神榜样。和我一样，石油工人们也喜欢胡杨树，曾经为了保护26棵胡杨，他们7次挪动井位，多花费了200万元人民币。渐行渐远，塔里木河水显然已无力哺育这些植物，塔克拉玛干高大的沙丘，已愈来愈稠密地拥挤在道路的两边。我们真正地进了沙漠腹地。金黄，一色单调的金黄。

可是，这一条沙漠公路却宽阔、平坦，不逊于我在内地看到的任何一条道路。笔直的道路随沙丘的起伏，上上下下。油田的朋友介绍了修建这条公路花费的力量和智慧。炎夏，地表温度可以达到60℃—70℃。你尽可以想象炎热、干燥、漠风会怎样折磨工人们的血肉之躯；但你无法想象，他们以怎样的智慧固定流沙，夯实路基，让这路像同沙漠与生俱来一样，稳固地伸展在这里。这是秘密，是专利，是油田职工们赢得的一项专有知识产权。

一条长522公里的沙漠公路。公路的两边是一排排新植的抗旱植物：红柳、沙拐柳、沙蒿，一排排站立着。在这些高高低低的植物脚下，是一条条滴灌的支管，把活命的水，输送到它们的脚下。这些植物，随着栽植的迟早，分出高矮，有的已蔚然成林，有的尚嫩枝待发。但是不管如何，它们都浸润着石油工人的汗水，寄托着石油工人的理想，连接着石油工人的情感。许多年后，不，也许冬天一过，春天夏天，这里将有一排排新绿打破沙漠单调的黄色，飘扬起生命的旗帜，张扬着建设者伟大的创造力和这创造带来的不可抑制的欢愉与快乐。

翻过几座沙山，眼前一亮，只见一片银灰色的油罐塔高耸，巨大的弯弯折折的银灰色管道在塔间穿绕；还有一些雄伟的建筑和这些油塔管道比肩而立。阳光下，银色、金色、棕色，各种由建筑物放射出的光芒，让人顿时抖落了长途奔驰的困倦与疲惫。塔中油田到了。仰望那些建筑，那一瞬，脑海突然闪现出唐僧师徒历尽波折，看到了西天胜景时的那番惊讶和喜悦。明知一切都是真实的，你有时还不得不问自己：这会不会是幻觉？在这浩瀚的沙漠里，在这被喻为“死亡之海”的地方？

其实，在这一切色彩中，最鲜艳夺目的，是石油工人身着的工装：红帽、红衣、红裤。那是一种让人肃然起敬的红色，有如朝霞，有如春花。更似共和国飘扬的旗帜。照耀着这一片沙漠，灿烂着这一片沙漠。在油田，我看到最显眼、最有气势的两句话：“只有荒凉的沙漠，没有荒凉的人生。”这话被写在墙壁上，刻在石头上，嵌在沙丘上。是心声，也是写照；是鼓动，更是诺言。

在油田南面的一座高高的沙丘上，有一座标志性的雕塑：一幅巨大的石斧，象征着石油工人开天辟地的伟业与壮举。

我们的终点是去克拉2气井。那里是伟大的西气东送工程的起点。和沙漠地貌截然不同，这里是犬牙交错、怪石林立的雅丹地貌。没有路，钻井的迁移甚至不得不动用直升机。石油工人硬是在这乱石中，打下了井，钻出了气，修成了路，铺下了管道。当我把耳朵贴近输气管道，听见丝丝的天然气奔走的急促喘息声，那一刻，真有点让人激动。它们翻山越岭，渡江跨河，要到数千里之遥的上海、北京。那一刻，我真想让北京的亲友知道，当你们为做午餐轻轻转动天然气灶的开关旋钮时，我能听见那清脆快活的声音，我的心跳正激荡在这离你们遥远而又亲近的地方。

虽说是深秋，草木尽枯，但我却看到了荒漠里最令人难忘的色彩。在石油工人红色的工作服上，有一枚闪闪的徽章，上边是金光灿灿的黄色，下边是红光闪闪的红色。人们说那黄色，是天然气的象征；红色，是石油的象征。我却觉得那红色，是红旗飘动的色彩；黄色，不正是五星光芒的辉映？

原载《人民日报》2006年4月8日

一半是天山，一半是昆仑

刘醒龙

去新疆，第一个想起的便是胡杨。飞机在天上飞，我竭力看着地面，想从一派苍茫中找寻那种能让沙漠变为风景的植物。

我是在夏天的傍晚踏上乌鲁木齐机场的跑道，晚九点多钟了，天还亮亮的，通往市区的道路两旁长着一排排白杨，空气中弥漫着浓浓的瓜果清香，满地都是碧玉和黄金做成的果实，偌大的城市仿佛是由它们堆积而成。来接站的女孩正巧是我的同乡，她一口软软的语言，更让人觉得身在江南。

事实上，当年许多人正是被那首将新疆唱为江南的歌曲诱惑，只身来到边关的。女孩已是他们的第二代，他们将对故土日夜的思念，化作女儿头上的青丝，化作女儿指尖上的纤细，还有面对远方来的客人天生的热情。

沿着天山山脉脚下的公路往喀什走，过了达坂城不久，便遇上了大片不知名的戈壁，活着的东西除了一股股旋风，剩下的就只有趴在四只轮子上的汽车了。戈壁的好处是能够让筑路工的才华，像修机场那样淋漓尽致地发挥。往南走，左边总是白花花的盐碱地，右边永远是天山雪水冲积成的漫坡和一重重没有草木的山脉。汽车跑了两千多公里，总听见兵团人说，只要有水，这儿什么都能种出来。几十万平方公里的塔克拉玛干大沙漠里，水就是生命。兵团的人告诉我，胡杨也分雌雄，母的长籽生絮时像松花江上的雾凇。胡杨的花絮随风飘散，只要有水它就能生根发芽，哪怕那水是苦的涩的。1949 年毛泽东要王震将他的部下带到北京，作为新中国首都的卫戍部队。王震将军却请缨进军新疆并获准。爱垦荒的王胡子将他的部队撒到新疆各地，随着 120 个农垦团的成立，荒漠上立即出现 120 个新地名。在墨玉县有个叫四十七团的地方，那是一个几乎完全被沙漠包围的兵团农场，由于各种因素，农场的生存条件已到了不能再恶劣的程度。农垦四十七团的前身是八路军三五九旅七一九团，进疆时是西北野战军第二军第五师的主力十五团，当年曾用十八天时间，徒步穿越塔克拉玛干大沙漠，奔袭上千公里解放和田。此后这一千多名官兵便留下来，为着每一株绿苗每一滴淡水，也为着每一线生存的希望而同历史抗争。从进沙漠后，五十年过去了，许多人已长眠不醒，在地下用自己的身体肥沃着沙漠。活着的人里仍有几十位老八路至今也没再出过沙漠。另有一些老战士，前两年才被专门接到乌鲁木齐住了几天。老人们看着五光十色的城市景象，激动地问这就是共产主义吗？对比四十七团农场，这些老人反而惭愧起来，责怪自己这么多年做得太少。在他们中从没有人后悔自己的部队没有留在北京，也不去比较自己与京城老八路的不同之处。他们说，有人做牡丹花，就得有人做胡杨；有人喝甘露，就得有人喝盐碱水。

兵团人有句名言，活在自己脚下的土地上，就是对国家的最大贡献。新疆的面积占国土面积的1/6，在那些除了兵团人再无他人的不毛之地，兵团人不仅是活着的界碑，更活出国家的尊严与神圣。老百姓可以走，他们有去茂盛的草场和肥沃的土地，过幸福生活的天性。军人也可以走，沙场点兵，未来英雄与烈士都会有归期。唯有兵团人，既不是老百姓，也不是军人。他们不仅不能走，还要承受将令帅令，还要安家立业。家园是要塞，边关是庭院。兵团人放牧着每一群牛羊，都无异于共和国的千军万马。兵团人耕耘着每一块沙地，都等同于共和国的千山万水。我围着塔克拉玛干转了6000多公里，不时就能遇见沧桑二字已不够形容的兵团人，还能知晓一些连队集体家徒四壁的情形。很惭愧，我只在兵团农垦博物馆里见到他们创业时住过的地窝子。在昆仑山、在帕米尔高原、在20世纪前夜里，仍有这样的地窝子在作为一些兵团人的归宿。他们笑着说，地窝子冬暖夏凉。

他们的笑让人听来，如闻霜夜雁歌月落钟鸣，大气磅礴感天动地。他们长年生活在海拔2900多米以上的高山草场上，没有蔬菜，极端缺水，毛驴从山沟里驮上来的水只能煮茶。就是兵团领导来，也没水给他们洗脸。吃的食物，除了茶水，无一例外终年啃的是馕。

阿克苏往南不远的路旁终于出现一片胡杨，它隐藏在丛生的红柳后面，只露出半截树梢，一副犹抱琵琶半遮面的样子。在我们正兴奋时，兵团人平静地说，你们回来时，沙漠公路旁边的胡杨那才叫胡杨哩，这些是后来栽的，那是原始的。兵团人马上纠正自己说，后栽的胡杨也是胡杨。最早说这话的人曾在南泥湾开荒时当过生产科长，并陪同王震来团里视察，他让团部的人排着队，同王震挨个握手。王震握到文书的手时，突然板着脸，不高兴地举起文书的手，说这样的手怎么写得好兵团的文章，先到连队去将手上磨出老茧再说。几年后，诗人艾青蒙难时，王震亲自出面请他来到兵团。得益于王震在中国当代政治中的特殊地位，艾青生命中的劫难得到了暂时的缓解。兵团城市石河子由于诗人的到来，一夜之间变成了举世闻名的诗歌之城。石河子只有58万人，大专以上文化程度的人占人口比例20%，为全国第一，人均购书量曾为全国第一，更使人感慨的是他们的人均绿化面积全国第一。

20世纪50年代初，一批上海支边青年还没度过玉门关，便面向戈壁掩面而泣。我在新疆多次遇见过上海籍的兵团人，每一次我都很难相信，这些面对我或坐或站的男子汉，当年也曾在灯红酒绿的上海滩斯文儒雅过。他们大碗喝酒大块吃肉大声吼叫大步走路，不管高矮，到哪儿都是铁塔一座。库尔勒是乌鲁木齐通往南疆的第一站，这座在盐碱滩上建设起来的城市如今有一种让人惊艳的美丽。内地很多省份都没有这样花团锦簇的明珠城市。它紧邻着核试验基地马兰，并盛产香梨。我在这儿遇到湖南电视台的一个剧组。他们将未来剧名《十万湘女上天山》印在T恤衫上，如血殷红的字迹，纪念碑一样雕刻在每个人的灵魂里。在历史的同一时期，十万山东姑娘也将青春祭洒在共和国西部边陲上。她们全都无一例外地嫁给了几十万屯垦戍边的兵团将士，风雨数十年，戈壁大漠便多了许多绿洲，多了许多村庄和城市，多了许多美满的家庭。一位社会学家私下里说过，在中国的屯垦史上新中国的这一次是最成功的。从某种意义上说，是这些女人的付出为这史无前例的成功奠定了基础。还有另一类女人，譬如几百名苏州姑娘，她们将现代缫丝技术带到古丝绸之路上的和田，同时，也将自己的命运织在无尽的惆怅上。

就在和田，我认识当地兵团农垦管理局的孙副政委，他爱人是湖北麻城人，我外婆家也在麻城。那天晚上，我举杯向他敬酒，并要他照顾我妈妈的同乡。这本是一句玩笑话，想让离别的气氛轻松些，谁知竟惹得旁边的男人眼圈红起来。

在新疆的最后一天，周涛赶来送别。我们没有谈到诗。新疆这儿遍地都是诗：沙漠、盐碱、戈壁、草原、雪莲、白杨、红柳、葡萄，等等，还有壮美的兵团城市石河子。我们谈酒。我说自己这辈子只喝过三斤酒，大前年上山东喝了一斤，去年去西藏喝了一斤，今次在新疆又喝了一斤。我们谈兵团人为他们的酒所做的广告：伊力特曲，英雄本色。

被谈到的当然还有胡杨。

和田是绕行塔克拉玛干大沙漠的折返点。沙漠的边缘出现时，黄昏正在来临，神秘的沙丘上，一个少年怀抱一只乌鸦，赶着一线拉开的数百头黑牛白牛，将大漠西边的地平线和东边的地平线紧紧地系在一起。我想起了，西北野战军第二军第五师第十五团，改为新疆生产建设兵团第四十七团之前，穿越眼前这座大沙漠时，那些人连接着的，正是共和国腹地与边陲数十年的安宁与和平。沙漠铺天盖地来了，比死亡的苍白略深的颜色更让人震惊。死亡只是一种深刻，绝望才是最可怕的。塔克拉玛干在维吾尔语里是进得去出不来的意思。独自站在沙丘后面，来时的足迹，像时钟上的最后一秒，又像身临绝顶时最后的绳索。仿佛在与末日面对面，人很难再前行一步。兵团人在车上悄然睡去，他们曾经从沙漠这边进去那边出来，塔克拉玛干神话在他们的脚下改写得很彻底，成了日常的起居生活。

车行十几个小时后，重又出现的戈壁上突然冒出几棵树干几乎粗过树冠的大树。兵团人说这就是活着一千年不死，死了一千年不倒，倒了一千年不烂的次生胡杨林。活的、死的、倒的胡杨零星地散布在戈壁上，没有其他草木做伴，一只鹰和两只乌鸦在高处和低处盘旋。地表上没有一丝水的迹象。胡杨们相互间隔都在十几米以上。作为树，它们是孤独的；作为林，它们似乎更孤独。希望里有雨露，希望里有肥沃，处在半干枯状态下的胡杨，用粗壮的主干举着纤细的枝条和碎密的叶片，像一张张网去抓住没有云的空气中每一缕潮湿与养分。白云晨雾这种亘古的印象，成了盐碱烙在胡杨树上的灰白色的苍茫与沧桑。

一种树为了天地，长在它本不该生长的地方。

一种人为了历史，活在本不该他生活的地方。

一种人和树的沙漠戈壁有尽头。一种人和树的沙漠戈壁没有尽头。

兵团人与胡杨实属殊途同归。在紧挨着原始胡杨林的地方，兵团人又挖掘出一道道深深的壕沟，他们又在向自然的极限挑战，又要向沙漠索要耕田。有胡杨在，就有兵团人在，因为他们的质地完全一样：一半是天山，一半是昆仑。

聆听草原

艾　平

很多年前，我经常跟随父亲在草原上漫无边际地游走。我们乘坐的是一辆老掉牙的苏制嘎斯六九吉普，所有的零件都在与车轮一起摇滚，我们就在这种摇滚中走走停停，迷恋地瞭望天和地的尽头，时而有一群遮天蔽日的银鸥叫着飞过，时而有孤独的牧马人像月亮似的慢慢在山岗上升起。父亲没有告诉过我这种游走的目的，后来我终于懂得，父亲原本也没有什么目的，他只是觉得在辽阔的空间里比较自在，而身旁有比呼伦湖冰面还要清澈的女儿相伴，他的自在中便多了一份开心。

我记得父亲的车里总是带着大肚子玻璃瓶装的酱油，铁皮桶装的白酒，桦树皮篓装的咸盐，还有一些土霉素片和蛤喇油，这都是牧民需要的东西。我们用不着事先联系，在草原深处，每一座蒙古包里都有我们久违的亲人。那些蒙古包孤零零地坐落在茫茫的绿野中，像一朵白色的蘑菇。蒙古包的主人早知道我们即将来临，已经熬好了奶茶，开始杀羊煮肉。这教我好不奇怪，草原深远安谧，难道是天上的云朵给他们报了信？

是套马杆在传递草原上的声音。牧人阿爸把手里的套马杆平放在草原上。牧草挺拔茂密，如无数只有力的手臂，托举着那根沉甸甸的柳木套马杆，草浪随着微风轻轻颤动，牧草却并不倒塌。我好奇地把手伸向套马杆下面的草丛，发现那个半尺多高的小空间，仿佛秘而不宣的母体，无数小昆虫、小蓓蕾、小露珠都在里面静静地醒着，无限的季节，就在这薄薄的层面里成长。

当我把耳朵俯在套马杆上的时候，便听到了一种清晰响亮的声音，那声音难以描述，好像一会儿把我推到了城市的街道上，一会儿把我带到了大海的波涛里，无序，错杂，时断时续，有时细腻，有时浑然，随着这种声音来临，貌似凝固的原野顷刻间变得栩栩生动——百草窸窣，群鸟鸣唱，许多莫名的动物在啮噬，在求偶，在狂欢，马群像石头从山上纷纷滚落，云朵推动大地的草浪，甚至，还有朝阳拂去露水时的私语，鸿雁的翅膀驱赶浪花的回声……这时候牧民阿爸说，要下雨了，咱们包里坐。我抬头看天，天空阳光灿烂，碧蓝如洗。我们进包，一碗奶茶方尽，暴雨真的来了，雨点打得蒙古包砰砰响，像群鸟在弹跳，雨滴时而从天窗射进来，落到肉锅里。

草原上有会看天、看年景的人，也有会听天听地的人，他们长期在人迹罕至的草原上游牧，慢慢地获得了独特的生存智慧。牧民阿爸说，刚才的雨是套马杆告诉他的，他还说他一大早就听见了我们的汽车声，也听到了雨正在远处商量着要往这里来呢。吃肉的时候，阿爸又告诉我，细看大羊肩胛骨片上的纹理，就发现游牧的足迹——羊走过的草场是否茂盛，水是否丰沛，什么草比较多，羊缺少什么营养，生过什么病等等，都会通过不同的骨纹显现出来，那么牧人就知道下一年该怎么选择草场了，游牧的路线图就有了。于是，经年累月，一切都变得可以预言。

风每天在草原上吹过，岁月都到哪里去了？传统的游牧，是大格局协作式的迂回迁徒，以满足畜群不同季节的不同需求，比如春天接羔，那就要到残雪消融的阳光坡地去；牧草返青时，要给畜群找到大片有营养的牧草；夏天要考虑哪些地方的草适合储藏，留下来待秋天打草，保证牲畜有过冬的食粮；水，温度，哪些牧草能为牲畜提高免疫力，哪些牧草能调节牲畜的胃肠，哪些地方的牧草适合牛吃，哪些地方适合马吃等等，这是一种生灵与自然共生的大学问，也是值得当代生态科学深入研究的课题。可是人们到底还是忽略了这一切，当然也很快尝到了苦果——牲畜被铁丝网囿于家家户户一小块一小块的草场上，食物结构单调，活动范围狭小，无法率性自在地生长，于是肌体不停退化，几代下来，牛羊肉的味道已经大不如从前。作为经营者的牧民，单枪匹马，缺少机械化的生产工具，在严酷的自然面前，往往力不从心，而面对市场经济冲击时，常常显得不知所措。于是，在一部分人富起来的同时，也有人无奈地卖掉或者出租自己的草场。

现如今，汽车轮子和微信直播，将茫茫草原四面洞开，亘古的秘境变得一览无余。站在草原望北京，不再是夸张的修辞。在蝴蝶扇动翅膀的瞬间，现代科技已经覆盖了草原，汽车自驾游、直升机拍摄、App、51cto、电商平台、云计算、网红等，不由分说地都来了，新概念在草原上跨时空嫁接，开始了前所未有的试验。一个从未走出草原的年轻牧马人，靠着百度导航，六天不到就用汽车把阿爸阿妈带到了椰风弥漫的海南岛。那两个一辈子都穿着马靴，戴着包头巾的人，卸掉全身十几斤的重负，站在大海里，互相看着白皙的躯体和古铜色的双手，哑然失笑……记得二十世纪六七十年代，草原的老人常常这样教导不愿吃苦的儿孙："要知道你的午饭在羊身上，不在供销社的柜子里。"而现在，牧民从业的方式已经五花八门，草原的食物也变得丰富多彩，什么杀猪菜、肯德基、比萨、韩式烧烤、麻辣烫无所不有，吃一顿传统的手把肉，反倒要特意跑到饭店，端的十分奢侈。

然而，生产方式带来的变化，改变的不仅仅是草原的生活，还像微风细雨一样，日复一日地浸润着草原的心灵。

我的牧民老阿爸变了，他从前迎接客人的时候，总是带着一种主人的豪迈，向四面八方张开双臂，好像要把天地都收拢在胸前，然后隆重地说——请看我们的草原吧，这一切都是我们的。而现在，他骑着一匹马，穿过一重重铁丝网夹住的小路，绕来绕去，到了公路边上，对客人说，我不领着你们走，眼看着蒙古包，你也过不去……

有一次我在草原认识了一个姑娘，她正在房车里给牧羊的弟弟做饭，还要给羊群饮水，挤牛奶，脸上手上都有皴裂。她父亲不在了，由于弟弟打架出事，她家卖掉了承包的草场，只好给别人家打工，放牧500多只羊和几十头牛，常年住在野外的移动房车里。她很美，那种美深埋在她轻轻的微笑和轻轻的话语之中。她曾是当时牧区青少年学艺大军中的一员，因为想进城过一种远离严寒酷暑的日子，拿上家里仅有的一点钱，离开了草原。当她终于艺校毕业，却无法在城市里找到合适的工作，于是只能返回草原。她坚持给我们唱一首长调，我想说以后再唱吧，她已经唱出了口。大约两年之后，我终于又找到了她的信息。她嫁给了一个结过婚的男人，住在一座低矮陈旧的平房里，丈夫靠帮助人家卖羊运羊挣钱，收入微薄。丈夫带来的孩子十岁左右，看着与继母相处得还不错。她的生活没有变化，万幸的是有了一个疼爱她的男人。她开始在我的朋友圈出现，开始只是卖东西，都是一些廉价的化妆品。某一天，她突然发了一张图片，灯红酒绿中，她一身时尚，正在城里的酒店过生日。再后来，她生了自己的孩子，一家三口的照片幸福爆棚，不知道她是否还住在原来的房子里，不知道她是否有了固定的收入。她在城市生活过三年，她看到过某种浮华，那一切被她当作梦了吗？她依旧很平和，总是轻轻地笑着，轻轻地说话。

在我的记忆中，我的牧民阿爸，就是广大牧民的代表。他们淳朴，勤劳，真挚，好客，爱草原如生命，爱大自然里的一切，从不在草地上动土，从不捕鱼，不到万不得已，不猎杀野兽，个个都可以信任，人人都可生死相托。草原古老的游牧文化，粉碎了一切人定胜天的谎言，其天人合一的哲学内涵，作为一种思维方式，呈现无限的科学性，草原事实上意味着一种物竞天择、生命轮回的大境界，它属于万物生灵，而不仅仅关照人类。游牧文化告诉我们，只有草原大野芳菲，亘古犹新，人类才能浑然于万类之中永续苍生。只是忙于战天斗地的人类，并没有谦卑地将其当作一本教科书罢了。

草原的腐殖层非常脆弱，挖一锹，风吹日晒后，就外延成为一个小沙坑，所谓付出开垦百分之一的代价，用来保护百分之九十九的原生态，是靠不住的；而简单粗放的旅游开发，无疑是一把双刃剑，在传播传统文化的同时，往往炮制了伪文化。有人曾搞过“万马奔腾”景观展演，貌似壮观，其实完全违背骏马的天性。大凡马群，都是由一匹儿马子带着多匹母马组成。它们生下的幼马一旦长大，当父亲的儿马子就要把它们驱赶出群，马群里从不乱伦，母马们牢固地簇拥着自己的夫君，四散是不可能的。所以你让无数个小马群混成万马之群，必须使用强制手段。马是多么激昂的动物，其反抗是疯狂的，结果万马缭乱冲撞，有的受伤，有的流产。游客不知愁滋味，还以为这是草原的天然一景。

草原怎么办？我在草原上行走，聆听草原人的述说，尽管我还没有找到标准答案，所有的故事还刚刚开始，正在和遍地的春草一起生长，但是一个个崭新的主角已经登场，他们是那样朝气蓬勃，那样鲜活生动，意味着草原的新时代的主流。

牧民们踏踏实实地剪断铁丝网，将数家草场连成一体，互助合作，回归大游牧，成立牧业生产和草原旅游的联合体，引入科学技术和现代经营理念，畜产品开始显现品牌效应，一只呼伦贝尔羊变成几十种绿色美食，通过鼠标成为网红；一个以生态环保做依托的旅游联合体，订单已经签到几年之后。特别有意思的是，他们开出的条件是，游客到了草原，每天要学会一句蒙语，游客每天回到宿营地要出示自己带回的垃圾，要是游客还捡拾了草原上的陈旧垃圾，就会得到食宿的优惠；新一代草原青年，自发组织到那达慕和祭敖包现场清理白色垃圾，举办各种倡导敬畏自然的活动，并将这一主题的摄影展带到了北上广；在千万个家庭里，有千万个母亲和父亲在告诉他们的孩子——是地让你站起来的，是马让你跑起来的，离开了草原，你也要把草原的嘱托背在身上，不然你就会变成另外一个人……草原人已经登高望远，看到了幸福的桅杆，也看到了自身文化独具光彩的力量，尽管每进取一步都不是轻而易举的事情，但是没有人愿意放弃，这或许就是一种文化的自觉和自信吧——我们辽阔的草原是理性的，明媚的。

历史是多条不同的河流，当它们汇入了大海之后，还会以波涛和旋涡的方式互相冲撞不已。看吧，在茫茫的草原上，无数时间的碎片，无数空间的远影，都在时代的大苍穹里闪光、发声、跳跃、裂变、融合、再生。昔日的淳朴，今日的开放，每一种内在的质地，都不足以固守原初的草原。草原的秘密在哪里？我依凭大半生的体验来书写草原，也时刻以高度的敏感注视着草原，我对草原的聆听，已经有了多元的方式，当然感情的因素是最重要的。我如此热爱草原，我手中的笔永远无法离开草原。草原告诉我一切。生命与自然，人生与历史，现实与梦想。

牧民们踏踏实实地剪断铁丝网，将数家草场连成一体，互助合作，回归大游牧，成立牧业生产和草原旅游的联合体，引入科学技术和现代经营理念，畜产品开始显现品牌效应，一只呼伦贝尔羊变成几十种绿色美食，通过鼠标成为网红；一个以生态环保做依托的旅游联合体，订单已经签到几年之后。特别有意思的是，他们开出的条件是，游客到了草原，每天要学会一句蒙语，游客每天回到宿营地要出示自己带回的垃圾，要是游客还捡拾了草原上的陈旧垃圾，就会得到食宿的优惠；新一代草原青年，自发组织到那达慕和祭敖包现场清理白色垃圾，举办各种倡导敬畏自然的活动，并将这一主题的摄影展带到了北上广；在千万个家庭里，有千万个母亲和父亲在告诉他们的孩子——是地让你站起来的，是马让你跑起来的，离开了草原，你也要把草原的嘱托背在身上，不然你就会变成另外一个人……草原人已经登高望远，看到了幸福的桅杆，也看到了自身文化独具光彩的力量，尽管每进取一步都不是轻而易举的事情，但是没有人愿意放弃，这或许就是一种文化的自觉和自信吧——我们辽阔的草原是理性的，明媚的。

历史是多条不同的河流，当它们汇入了大海之后，还会以波涛和旋涡的方式互相冲撞不已。看吧，在茫茫的草原上，无数时间的碎片，无数空间的远影，都在时代的大苍穹里闪光、发声、跳跃、裂变、融合、再生。昔日的淳朴，今日的开放，每一种内在的质地，都不足以固守原初的草原。草原的秘密在哪里？我依凭大半生的体验来书写草原，也时刻以高度的敏感注视着草原，我对草原的聆听，已经有了多元的方式，当然感情的因素是最重要的。我如此热爱草原，我手中的笔永远无法离开草原。草原告诉我一切。生命与自然，人生与历史，现实与梦想。

原载《解放日报》2018 年 7 月 6 日

一个让人内疚的日子

裘山山

这个日子是1964年6月22日。

第一个感到内疚的人是本文的主人公，成都军区测绘大队的一名军官，名叫杜永红。当时他正奉命带领一个作业小组，来到西藏岗巴龙中区的山野里，测量中尼边境线。

杜永红时年24岁，未婚。当然他有未婚妻，而且有了好多年了，但由于长年在野外工作，几乎没时间与未婚妻在一起。他带领他的作业组在岗巴执行测绘任务已经二十多天了。岗巴地区平均海拔4000米，而他们测量的地方就更高了。荒无人烟这四个字是无法概括他们所承受的艰苦和恶劣的。杜永红病倒了，而且患了非常可怕的肺水肿。但他不肯休息，坚持上山作业，结果昏倒在山上。同小组的战友们把他抬下了山。他在帐篷里醒来，恢复知觉后的第一个感觉就是内疚。怎么能没完成任务就倒下了呢，怎么能让同志们抬下山呢？实在是太不应该了。

于是为了弥补自己的“过错”，他一刻也没休息，就开始整理当天的资料和图纸，一直整理到深夜。当他终于完成工作想要休息时，才感到自己呼吸十分困难，以至于根本无法入睡。他想，反正躺着也睡不着，不如去站岗，让能睡的同志去睡。他就走出帐篷，换下了站岗的战士。

第二天早上，也就是6月22日这天早上。杜永红看天色微亮，就叫醒做饭的战士起来烧火做饭，他们今天还要上山，还要走很远的路。叫醒炊事员后他就去睡了。

这第二位内疚的，就是被替下岗来睡觉的哨兵。事后回想起来他不停地自责道：我为什么要让他替我站呢？是的，那天我也很累，我的身体也有气无力，可他病得更厉害啊，他比谁都累啊。

哨兵因为这样的自责而哭泣。不，是痛哭，痛哭不已。

我们再往下说。早饭做好后，炊事员把大家叫起来吃饭，叫到杜永红时他有些犹豫了，他知道他天亮才睡下，还知道他在生病。于是他绕过了他。

吃完饭要出发了，杜永红还在睡，一个老同志说，今天咱们就别让组长上山了，让他在家歇一天吧。大家一致同意。他就嘱咐炊事员，千万不要惊醒他，让他好好睡一觉，到中午 11 点时再叫他起来吃饭。

一个上午，帐篷里都静悄悄的。炊事员在准备午饭时十分小心，轻手轻脚的，生怕惊了组长的梦。他知道只要组长醒来，就会不顾一切地上山去。总算到了 11 点，炊事员走到帐篷门口，侧耳听了听，里面一点儿声音也没有。他想组长实在是睡得太香了，他已经很久没这样睡过了。他决定让他再多睡半个小时。

到了 11 点半，太阳老高了，而且暖洋洋的，炊事员想，这下可以叫组长起来了，吃碗热乎乎的面条，再好好晒晒太阳。他的病一定会好起来的。

他走进去，叫他。叫他的组长，叫那个叫杜永红的人。但杜永红一动不动，他大声叫，他不动，他用力拍他，他也不动，他就使劲儿推他，他还是一动不动。他预感不好，掀开被子，才发觉他们的组长，他们的战友杜永红，早已僵硬。

这第三位内疚的便是炊事员。尽管后来医生说，杜永红的死亡时间是在早上，他还是内疚不已，他想我竟让他的遗体那么孤孤单单地在帐篷里待了一上午。我该去陪陪他的啊。

炊事员抽噎着说不出话来。组里那位老同志劝慰他说，你不要这样自责，如果怪应该怪我才是，是我叫你不要叫醒他的，是我说让他好好睡一觉的。当然，我不知道他会一觉不醒，如果我知道，我一定不会让他去睡的。哪怕我们轮流给他唱歌，哪怕我们轮流给他讲笑话，哪怕我们再让他去站岗，去工作，我们也坚决不会让他睡的，我们会尽一切一切的努力让他醒着，醒在这个世界。

但所有的后悔都已无济于事。杜永红毕竟是睡去了，而且是永远地睡去了。老同志成了第四个内疚的人。他默默地淌着眼泪，领着组里的同志把杜永红仔细地包裹好，放在担架上，抬到岗巴他们的总部去。

抬到半路时，见一匹马卷着尘土飞奔而来。大家一看，原来是大队医生。医生一见担架就想下马抢救，但所有的目光都在告诉他，已经晚了。医生扑在担架上放声大哭，边哭边说，我来晚了，我该再快一些的！我该昨天晚上就出发的！我就知道是你！我对不起你啊！

原来，杜永红病倒后，就给大队医生写了封信，他说小组里有人病了，希望医生方便的时候过来看一下。他没说是谁病了，也没说是什么病，有多严重，他是怕医生知道了着急。他知道医生很忙，进藏后生病的人太多。但医生了解他，知道他身体不好，也知道他是个工作起来就不要命的人。一看信就猜到生病的是他本人，而且还猜到一定是病很重了他才写这封信的，所以医生一大早就骑马往这边赶，没想到竟在路上与他的遗体相遇了。

讲到这里，医生已经是第五个感到内疚的人了。

但故事还没有完。杜永红牺牲的消息传到了阿里。当时在那里工作的另一个测绘小组的组长，是杜永红的好友，名叫王玉琨，他一听说岗巴牺牲了一个同志，心里马上有种不好的预感：牺牲的人是杜永红。

从拉萨出发前，杜永红曾跟他说，他的那位和他谈了好几年恋爱的未婚妻，最近写信来要和他分手。原因很简单，她总也不能见到他，总也不能和他“谈”恋爱。这么多年来他们一直是靠通信维持关系的。杜永红有些难过，他跟王玉琨说，他想好好和他聊聊，还想给他看看他未婚妻那些信，让他分析一下还有没有挽回的可能。信一共有四十多封，进藏时他把它们全背进来了，他走到哪儿信就走到哪儿，他试图用这种方式留住爱情。

但他们没有谈成。出发前需要做的准备工作很多，两个人都是作业组长，时间实在是不够用。分别时王玉琨对杜永红说，等我们完成了这次任务，一定找机会好好聊聊。

王玉琨说，我真是非常后悔，当时无论如何该和他谈谈的，哪怕不睡觉，不吃饭，也该和他谈谈的，让他说说心里的委屈，吐吐感情上的烦恼。

王玉琨讲到这里时，眼圈红了。

往事在 38 年之后依然折磨着他的心。

如今他已是年过花甲的人了，他说杜永红如果活着，也该年过花甲了。早已离开了部队的他，依然忘不了当年丈量世界屋脊的那些日子，那些艰苦而又光荣的岁月。他把它们写成了一篇日记体的报告文学，让我看。而前面这个小故事，是在他讲述中不经意提起的。但恰是这个小故事，像根针一样一下子刺进了我心里了。我知道我若不把它拔出来，心就一直会汩汩流血。

王玉琨是那个日子的第六个内疚者，也是这个故事的讲述者。写到他，故事似乎应该结束了。但我却忽然想到，这世上还应该有一个为那天感到内疚的人，虽然她和西藏相隔遥远，虽然她对那天一无所知。她应该是第七个内疚的人。

她就是那四十多封信的作者，杜永红当年的未婚妻。

尽管同为女人，我十分理解她无法承受的孤单和寂寞，但仍是同为女人，我推断她一定会为自己在他临死前提出的分手而深感内疚。

王玉琨告诉我，杜永红死后并没有被授予什么称号。因为在他们测绘队，因劳累艰苦而牺牲在岗位上的人很多。但我想，有这样一些为他感到内疚的人，就足以让他不死了，他永远活在他们的内疚里。而内疚，也是一种想念。

活在思念中的人，比获得称号更能够永垂不朽。

1950 年西藏和平解放时没有地图，120 万平方公里基本是无图区（只有外国人测的局部图，很不准确）。解放军进入后，先是由随军测绘队进行局部测绘。后来局势稳定了，开始全面的测绘工作。

1962 年，成都军区正式成立了第一测绘大队，专门负责测绘西藏地图。西藏大多是无人区，海拔高，与 5 个国家相邻，有 3 千里边防线，测绘的难度非常之大，常人难以想象。其中包括测量珠峰、阿里无人区和不通公路的墨脱岛。加之那时是国家的困难时期，他们每人每天的伙食费是 6 毛，第二年加了 5 分钱的牛粪钱（燃料）。

经过 20 年的努力，历经千难万险，1981 年，终于完成了西藏第一代完整地图。1982 年，中央军委命名成都军区第一测绘大队为“丈量世界屋脊的英雄测绘大队”。

生命八昼夜

——罗阳在辽宁舰的日子

周建新

1

2012年11月17日晚8时，从珠海到沈阳桃仙机场的班机降落了。歼—15飞机现场研制总指挥罗阳，有些疲倦地走下飞机，走出候机大楼。

推开候机大楼的门，凛冽的寒风骤然而至，呼啸的北风，刀子般刮着人的脸。身材魁梧健壮的罗阳不由自主地打了个冷战。也难怪，在珠海登机时，夕阳温暖地照耀着，跑道外一片绿意盎然。飞机上也是舒适的二十四度，与珠海的室外温度相差无几。

可是，飞机落至沈阳，老天却是撂下了脸，气温接近零下二十度，滴水成冰。

不知为什么，入冬以来，沈阳的天气就特别反常，冷得出奇，没有像常年初冬的季节，经常回暖个几次小阳春。

八天前，也就是11月9日，沈阳的天气还算得上温暖，气温在零度以上，草坪里的草，还是绿莹莹的，只是天空中有些轻雾。罗阳从沈阳桃仙机场飞往深圳时，并没有穿更多的衣服。回来时，却是冰火两重天，几乎是五十度的温差。

强烈的气温反差，令罗阳一时难以适应。刚才，他的身体依然沉浸在南国的温暖中，劈头盖脸袭来的寒风，立刻打透了他的身体。突然的变温，他的身体怎能吃得消？不打冷战才怪了呢，好在接他来的同志及时地给他披上了大衣。

到了沈阳，就是到了家，在内心深处，罗阳也想回家看看，添几件衣服，感受一会儿家庭的温暖。尽管妻子王希利和他从单位到家，车程都不会超过半个小时，这么多年了，他们过着聚少离多的生活。主要是罗阳太忙了，忙得回趟近在咫尺的家，都是一件奢侈的事儿，就连女儿考上了大学，第一次出门远行，家长都没有陪，让孩子自己单飞到上海。

从桃仙机场，到北陵以北的家，是由南到北穿越整个市区，即使是不堵车，回一趟家，往返也得需要三个小时。有这个时间，差不多能赶到此时执行任务的海军某基地了。上飞机之前，他已经盘算好了，让司机和秘书把该带的东西都带上，根本没给自己预留出回家的时间。

与神舟飞船上天，蛟龙潜艇下海同样，歼—15的首次着舰训练飞行，都是可以载入共和国历史的大事。作为歼—15研制现场的总指挥，他的心怎能放得下？所以，他把参加珠海国际航展的行程安排得满登登的，提前返回。

要知道，歼—15陆上成功，并不代表真正的成功，舰载机不在航母上成功着舰，他的一颗心总是悬着。

罗阳一刻钟也等不得，他只是给妻子打了个平安返回的电话，又告诉妻子，还要执行任务，就让司机沿着高速公路，直奔海军某基地。妻子王希利知道，只要丈夫说的是任务，就是涉密，不能问去哪儿，也不能问干什么去，更不可以打电话，只有默默地等待。

然而，这次却是他们夫妻最残酷的等待，与妻子的擦肩而过，居然成了永诀。

轿车里，又是温暖如春的气温，载着罗阳，沿着高速公路，向着海军某基地，疾速而行。

权威医学专家道出了导致心源性心脏病四大原因，其中之一便是由暖到冷急速的温差，心血管会骤然收缩，直接伤害到心脏。

大约在深夜十二点半，罗阳赶到了海军某基地，这是他为歼—15第五次来到了这个基地。中航工业在沈飞挂职的欧阳润根，迎了出来，把罗阳接进了基地的宾馆。不等坐稳，罗阳便迫不及待地询问相关数据。欧阳润根在沈飞集团兼任着副总经理负责歼—15项目，一些技术层面上的事情他最清楚，何况这些天，欧阳润根始终在基地的一线，监测着歼—15触舰复飞后的一些数据。

用不着问，欧阳润根已经感觉到了罗阳的焦虑，因为他看到了罗阳的嘴唇因口角炎而形成的一片结痂。心里没有火，嘴唇怎能起泡？

自从五年前罗阳成为沈飞集团的掌门人，他的心就没有轻松过，一种国家责任，逼迫得他寝食难安。高科技时代，世界战机的发展突飞猛进，作战半径、火控系统、巡航本领、雷达预警、反导能力等等一系列的战机性能，日益更新。创新这条狗，把全世界研发战机领域的精尖人才，撵得喘不上气来。飞机代次的更迭速度，已经由从前的三四十年一代战机，缩短到不足十年。

冷战结束，新的世界格局正在调整，哪个国家都想趁此机会，抢占世界最高点，拥有制空权、制海权。而这些世界性的说话权，是建立在拥有世界最先进的战机等基础之上的。本来我们的航空基础就薄弱，不奋起直追，今后何谈国家的安全？

罗阳恨不得一年干出十年的事儿。

进入2012年9月，罗阳承受的压力更大了。新研制的飞机，一万多个部件，一切都是新的，还没有经历过飞行的考验，确保每一个部件都万无一失，那是何等的艰难，一个螺丝钉的失误，后果就有可能万劫不复。

每一架战机，都是一手托着国家的巨额财产，一手托着战友的生命，多少次提心吊胆，才能换来一次完美的飞行？罗阳不图奖赏，只求无错。

毕竟年过半百，他还把自己当成年轻人，每天都把睡眠挤得所剩下无几。他把自己生命的发条拧得太紧了，紧得为了飞机，哪怕错过了一分钟，就觉得自己是个罪过。

医学家还说，导致心源性心脏病的最主要的原因，就是长期过度疲劳，得不到有效休息，加重心脏的负荷。

然而，罗阳最后一次疲劳，仅仅是刚刚开始。

不着舰的歼载机，不过是空中楼阁，形成不了作战能力。歼—15首次着舰试飞是“刀尖上的舞蹈”。自然，生产它的现场总指挥罗阳，心也滚在了刀尖上。

已经是后半夜了，罗阳劝别人早一点休息，他却从欧阳润根手里要过歼—15的各种飞行数据，还要认真地看下去，不把所有的事情弄清楚，他怎能睡得安心？

2

2012年11月18日早6时，天刚亮，休息还不足四个小时的罗阳，早早起来，不停地打电话，那种急切的口气，连与他相邻房间的欧阳润根，都能隐隐约约地听到，电话的内容都是为准备上航母辽宁舰协调各种问题。

用过早餐，罗阳又一次向欧阳润根询问了歼—15飞机的状态和保障情况，进一步理清了头绪。随后，刻不容缓地去沈飞集团的上级部门，中航林左鸣董事长、李玉海副总经理的房间，汇报工作，协调事务。上午9时，三人从驻地一同乘车出发，15分钟过后，登上了等候他们的直升机，经过5分钟的准备，直升机拔地而起，飞入蔚蓝的大海，飞向他日夜牵挂的辽宁舰。

茫茫的大海上，直升机大约飞行了40分钟，罗阳终于看到了令他魂牵梦绕的辽宁舰。从高空往下俯视，巨大的航母，是那样的渺小，小得像儿童手里的玩具。尽管罗阳是个安稳低调严谨的人，内心也会泛起波澜。动能强劲的歼—15，在这么狭窄的空间起降，即使有牢固的阻拦索，瞬间停稳，也是危机四伏。虽然从理论上已经没有任何问题，在基地的反复试飞中，性能已经得到了准确的确认，算得上是万无一失了。可是，眼睛的感觉，依然让他涌出了担忧。

这位天天和歼—15打交道的研制现场总指挥，也感到了心惊肉跳。他无法想象，驾驭歼—15飞行员，会以怎样的心态精准着舰。

直升机缓缓地降下，辽宁舰由渺小变得庞大了。罗阳见到了沈飞集团的党委书记、副总经理，他的老搭档谢根华。谢书记作为沈飞的代表，已经在舰上工作10天了。这次，罗阳提前结束珠海航展，就是来接替谢书记。罗阳这次歼—15着舰试验，会有许多数据和预案，需要记录和处理，关键时刻，不允许研制现场的总指挥不在现场。

两个人交接不到1个小时，包括飞行的情况、相关要求和任务、舰上的房间等等。怕罗阳对舰上的环境不熟悉，谢书记把何时何地召开航空例会和指挥部例会，从舰上如何拨打地方固定电话，舰上参试领导和同志们的房间号和电话号……以及开水房、餐厅、卫生间、洗澡间的位置，统统都告诉了罗阳。自然，也包括舰上的医院，在第6甲板上的601414舱，有15名医生，负责舰上人员的医疗保健，身体不舒服了，可以去。

没想到，这些琐碎的告知，竟成为他们这对搭档最后的交谈。

除了工作，罗阳对其他琐事都没怎么在意，他一向认为自己身体健康良好，自然也没在意舰上的医院。只有一件事，罗阳与平时表现大不一样，那就是对谢书记拍摄一些照片的提议，却出乎意料地答应下来。

罗阳向来很低调，虽然他是摄影爱好者，也拍过许多照片，却不喜欢别人给他拍照。一方面保密的工作性质，决定了他的行为习惯；另一方面也是他沉静安稳，不图名利的性格使然。沈飞开重要的工作会议，还有庆功、表彰、走访等活动，他总是躲着宣传部的镜头，把画面让给功臣，让给专家，让给生产一线的工作人员。所以，在沈飞找罗阳的照片，不是一件轻松的事情。

不知为什么，这一次，罗阳居然了同意拍照。谢书记把飞机的设计单位，沈阳601所的摄影师请了过来。和舰上所有和歼—15相关的同志合了影，自己也在辽宁舰上留下了珍贵的镜头。

谁也没有想到，这是罗阳留给这个世界最后的图片。也许是冥冥之中命运的安排，故意让他把最后的光彩留给人间。

交代过这一切，谢书记搭乘刚才降落下的直升机，返回到海军某基地。

考验歼—15的关键时刻就要到了，罗阳立刻投入到了紧张的工作中。

从11月19日到11月22日，是罗阳最忙碌的四天。

千根针，万根线，都压到罗阳一个人身上，不知他是怎样承受的？

罗阳已经乘鹤西去，至于那几天他是怎样的忙，怎样的累，承受着怎样的压力，已经被他带到了天国，我们无法破解，也无从知晓了。我们所面对的，只有罗阳遗像上那副谦和而又永恒的微笑。

那四天，只有零零散散的碎片，永恒地定格在人们的记忆里。

碎片一：海风在刮，海浪在涌。一架架歼—15从天空掠过，俯冲向辽宁舰，触舰复飞，触舰复飞。罗阳站在舰岛上，仔细观看每架飞机在触舰那一瞬间的飞行状态。要知道，行进中的航母，飞行甲板在浪涌的作用下，会上下起伏，左右摇摆，前后飘移。许多数据和参数都要随之变化。

罗阳左手掐着记录本，右手握着笔，一笔一笔地记录着。

冬天的大海，比岸上还要湿冷，凛冽的海风吹僵了他的手，他还在坚守。

歼—15在罗阳的身旁，呼啸而来，呼啸而去，排山倒海般的气流，吹得他弓紧身子，才能立得住身子。头上的棉帽子，没法戴了，除非他再生出两只胳膊，才能捂得劲风的狂吹。即使是系严了扣子，也会被劲风掠下，吹进海里。

罗阳索性把棉帽子揣在了衣兜里。

他的头发在凌乱地飞舞，寒风无孔不入地灌进他的身体。他冻得打着哆嗦，却还挺立在那里。因为，训练还没有结束，他必须在最前沿掌握第一手资料。

碎片二：谢根华书记无意中提到，舰上留给沈飞集团的工作舱，紧临下锚的舱位。训练中的航母，经常起锚抛锚。想一想吧，能把巨大的航母固定住的锚，该有多么大吧。谢书记和舰上的官兵闲谈时得知，一个班的战士，居然拉不动舰上的一根锚。每一次起锚落锚，卷扬机巨大的轰鸣，震耳欲聋。

白天，在歼—15旁，罗阳承受着飞机的轰鸣；晚上，他在休息的舱里还要承受锚起锚落的震颤。罗阳那颗疲劳的心脏，又承受着反反复复的震颤。

若不是谢书记亲身感受过巨大噪音的煎熬，有谁能体会得出，那种痛苦呢？

可是，罗阳又是个不肯给别人添麻烦的人，不可能因此而到别人的舱房。

碎片三：罗阳太专注于歼—15的触舰复飞训练，只要训练不停，哪怕是4

饭时间，他也不会离开舰岛。即使是歼—15飞走了，他还要和舰上的相关人员交流，思索如何改进飞机性能。

舰上食堂，有一种特殊的规定，只要错过饭时，就不再提供伙食，除非提出申请，才可以再加小灶。而飞行训练，往往选择在中午，加上罗阳还有许多问题要问，要交流，总是错过午餐。

不想麻烦人的罗阳，不可能去食堂打扰已经休息了的炊事员。好在，有一些凉的猪脚、盐菜、面包、糕点在他的舱里，才不至于让他挨饿。有时，饿久了，难免多吃点儿。

然而，就是这些凉的食物，给罗阳羸弱的心脏，增加了新的负担。

医学专家说，暴饮暴食，或者冬季吃生冷食物，亦是诱发心源性心脏病的一项原因。

3

2012年11月23日，一轮红日跃出渤海。

这是非同平常的一天，考验歼—15“飞鲨”团队的时刻就要到了。

海风在刮，海浪在涌，飞行甲板在浪涌的作用下，会上下起伏，左右摇摆，前后飘移。在茫茫大海上，飞行员从高空看航母，仅像一枚飘浮的树叶，这疾风电闪的着舰瞬间，所蕴含的风险、难度，无法用任何语言描述。所以，选拔飞行员，堪比选拔航天员，需要他们过硬的技术。所以，制造歼—15战机，每一朵焊花，都不能有丝毫的误差。

差之毫厘，谬之千里。没有完美的飞机，哪有完美的飞行？就像自己的孩子第一次走路。罗阳比别人更渴望，更期盼，甚至更焦虑。

上午9时08分，罗阳最牵挂的时刻终于来了。这一次，歼—15战机不再做蜻蜓点水式的触舰复飞，而是首次真实的着舰。

辽宁舰紧张而有序。

蔚蓝的天空，一架编号“522”米黄色歼—15战机，在飞行员的操控下，降低高度，调整姿态，瞄准航母，以260千米的时速俯冲下来，电闪雷鸣般地呼啸而落。

起落架轻触甲板，“嘭”的一声，战机的尾钩精确地咬住第二道阻拦索，第一道着陆胎痕深深地刻在了辽宁舰的飞行甲板上。历经惊心动魄的几秒钟，滑行不足五十米，战机戛然而止。

阻拦索在颤动，罗阳的心弦也跟随着颤动。尽管早已经胸有成竹，尽管模拟着舰实验毫无悬念。可是，那种期待，那种紧张，那种担心，一起挤压向他的心脏。

世界公认的舰载机的发展史，是用飞行员的鲜血写就的。

身处云谲波诡的大海上，舰载机起飞着舰的条件和环境十分苛刻和复杂。从使用航母至今，美国舰载机飞行员已死亡千余人。因此，美国人认为，航母舰载机飞行员比航天员更难培养。

我们国家不允许我们挥霍飞行员的生命，不允许让失败成为成功之母，我们只能是只许成功，不许失败，我们毕竟是发展中国家，没有多余的研发费用，我们必须在刀尖上完成最完美的舞蹈。

毕竟我们是踩着他们的脚印，走出了一条属于我们自己的路。

失败与成功，有时只差一步。罗阳的使命，就是消灭这一步。

罗阳和他的“飞鲨”团队始终奉行着，一手托着国家财产，一手托着飞行员的生命，再沉也要挺住。

首次着舰的成败，关乎着国家的荣誉，海疆的安危，和大国的担当，罗阳的肩上承载的是国家的责任，和支持着国家说话权的实力。这一刻，就是要明确地告诉全世界，这就是实力，维护世界和平的实力。

虽说罗阳有强健的体魄，这么多的责任和压力叠加在一起，他的心脏还剩下多少空间?

“522”号米黄色歼—15战机，干净利索地着舰了，停歇片刻，而又优美潇洒地滑行着，折叠起鸟儿一般的翅膀。

整个辽宁舰沸腾了，对于我国航空工业来说，这一刻意义非凡，对我国航母形成战斗力来说，这是个标志性的重大事件，大家怎能不高兴，怎能不狂欢，他们都沉浸在了欢乐的海洋中。

罗阳却很沉静，他眼里滑落的都是问题，他需要的是数据，需要的是这一次的飞行状态，需要的是飞行员对操控的感觉。这些对于完善歼—15至关重要，务实的罗阳，永远不会选择狂欢，他需要理性，思考的是忧患。

这一刻，他最想知道的是飞行员的感觉。因为舰载机在勾住阻拦索的瞬间，飞行员会承受巨大的载荷，对颈椎、腰椎和脊柱都会产生影响。由于惯性，血液还会加速向头部涌去，飞行员眼前会出现“红视”现象……毕竟，歼—15是由人来驾驶，飞行员的感觉，是第一要务。

他必须第一时间和飞行员，和机务人员交流。直至飞行员把感觉良好的信息传递出来，罗阳总算是松了口气。

“522”号歼—15飞机，在舰上引导员接力引导下，滑行至起飞位。止动轮挡、喷气飞流板升起，飞行员将油门推至加力状态，淡蓝色的尾焰呼呼作响，整个甲板都随之颤起。罗阳的心房又一次震颤起来，又一次忍受着巨大的轰鸣，睁大眼睛，搜寻着起飞那一刻所有的细节。

随着起飞的命令下达，只听“砰”的一声，止动轮板释放，飞机全速冲向舰艏滑跃甲板，转瞬间再次腾空而起。

战机优美地翱翔在蓝天上。

随后，第二架歼—15呼啸着俯冲而下，又是一次完美着舰。

2012年11月24日，歼—15和辽宁舰默契地配合着，又有三名飞行员相继从容着舰，随后又滑跃起飞，一次又一次完美地联合演练。

这场天地之合，震撼人心的钢铁大戏，作为“飞鲨之父”的罗阳，却是真正的幕后总导演啊。是他将两者紧紧融合在一起。这美丽而雄健的一跃，实现了中国航空工业从陆地到海洋的跨越。

整个辽宁舰完全沉浸在亢奋的状态。

歼—15的成功着舰，已经宣誓了中国航母具备了形成作战能力的条件。中国有能力走向海洋，维护世界和平。

只有罗阳，在欢乐中保持着冷静与质疑，他五次来到舰载机的机舱，详细研究今后歼—15到航母上服役后，维修、拖动等各方面的实际问题。他的眼光，始终凝视未来，凝视忧患，他在思考未来的预案。

4

医学家说，噪音与震颤，是导致心源性猝死的重要诱因。

舰上的七天，飞机的轰鸣，就是召唤罗阳的号角，就算是上刀山上火海，也无法止住他的步伐，许多次，他离轰鸣的飞机，仅仅相距十几米。

责任，让罗阳完全忽略了自己，忽略了背部的疼痛，忽略了呼吸的困难，心思完全绷在了歼—15上。

24日下午一时，着舰试飞全部结束，所有起落，十分完美。罗阳那颗绷紧的心弦终于放了下来，紧张的身体也随之松弛下来。捆绑他心脏的那无形的阻拦索，却猛然跳起，趁机兴风作浪。

一个小时后，首长们乘坐直升机返回海军某基地，按照指挥部的要求，罗阳也可以随机飞往基地，那样的话，罗阳就有可能不会出事儿了。

可是，庆功会明天就要在航母靠岸的大连举行，而沈飞恰恰要代表中航集团在大连主办这次活动，会上要宣读中央、中央军委的贺信，宴请着舰成功的相关人员，尤其是冒着生命危险飞行员们。

身体再不舒服，罗阳也要把庆功会安排好。

送走了首长，疲惫至极的罗阳，终于扛不住了，把自己的身体丢在舱里的床上。在他的潜意识中，睡一觉就好了。这么多年来，睡觉就是罗阳的奢侈品，711 工作制（每周工作七天，每天工作十一小时），已经是常态，724 的工作方式（一周二十四小时吃住在岗位），每个月至少要拼上这么一回。艰难的日子都挺过来了，这点疼算什么。

晚上，辽宁号起锚，带着全舰的欢声笑语，胜利返航。

卷扬机巨大的轰鸣，就在罗阳的身旁，尽管噪音巨大，他也不想动弹了，就想好好歇一歇，只能忍受着声音的刺激。

疼痛是在半夜时分加剧了，一直疼到了耳后根子。从来不给别人添麻烦的罗阳，更不想在三更半夜打扰别人，独自一人在舱里挺着。

不依不饶的疼痛，实质上是在提醒罗阳，马上就医。可是，在罗阳的内心深处，却在等待着上岸。上了岸，好好地睡上一觉，身体就恢复过来了，至死他都不会想到，这张绷得太紧的弦，松下去，就永远不会回来了。

又是一夜未眠。

天刚蒙蒙亮，大连港的轮廓便呈现了出来。

潮水还没有涨上来，一时难以入港，辽宁舰只好抛锚。卷扬机的声音又起，最后的刺激，便成了压倒罗阳的最后一根稻草。

一脸疲倦的罗阳，面对着喜气洋洋来接他的谢书记一行人，努力地微笑着。当摄像镜头对准他们的时候，大家多么期待罗总和他们热烈地拥抱，庆祝他们熬尽了心血的成功。尽管摄像师不断地怂恿，让谢书记和罗阳拥抱一下。

罗阳只是伸出手，和大家一一握了下。谢书记感到有些意外，询问着，到底怎么了？罗阳浅淡地说，有点儿累。

上车后，罗阳让身边的工作人员打电话给谢书记，下午 4 点庆功会不参加了，让谢书记替他坐在一号桌上。谢书记感觉这不符合常理，这么大的事情，怎能用一个累字推托掉？联想到刚才见到罗阳时，那张苍白憔悴的脸，还有嘴角并未痊愈的口疮。他便一直追到宾馆，跟随罗阳进了 28 楼的房间。

罗阳一进门，就仰在床上，捂着胸口。这时，才向谢书记道出实话，昨晚疼了一宿。那个时候，谢书记也没有意识到罗阳的身体已经不行了。只是认为，从来不说累的罗阳，连续说了两次累，必须到医院调理一下，吩咐办公室主任和司机，马上送罗总赶赴离宾馆最近的大连友谊医院。

车辆飞驰在路上，罗阳望着窗外，说出了他生命中的最后一句话，大连的路真好，不堵车。

可是，此时，罗阳的心脏，却是大面积堵塞，呼吸急促起来，头歪向了一旁。眼前就是医院，500 米，300 米，200 米，司机加大油门往前冲。

距医院不到 100 米远的地方，罗阳已经喘不过气来了。

医院已经接到电话，在走廊里组织抢救，边抢救边往急救室送。

然而，晚了，一切都晚了。罗阳的呼吸已经停止了，尽管又延长了三个小时的抢救时间，甚至连喉管都切开了，也无济于事。

我们的英雄，罗阳，就这样，卸下重负，安静地离开了人间。没有豪言壮语，没有功名利禄，只有脚踏实地，用智慧，用汗水，用生命去实干兴邦。

才见虹霓君已去，英雄谢幕海天间。

罗阳，一路走好。

原载《十月》2013 年第 5 期

婆婆的目光

马晓丽

与所有的儿媳一样，婚后我首先要面对的就是婆婆。

那时婆婆还不老，短发光光地梳在耳后，穿一件银灰色真丝绣衣，戴一副很有距离感的变色眼镜。婆婆在深色镜片后面仔细打量我时，我一下就慌乱起来。那一刻我明白了，我碰上的定是个不一般的婆婆。

婆婆果然不一般。婆婆的身上散发着一种独特的气息，是那种仿佛集中了太多不同的因素，因而自身不断地抵触着、纠葛着，同时又补充着、说明着的矛盾气息。我一直能感觉出那气息的存在，但却始终也无法说得清楚。

矛盾的感觉几乎无处不在。

表面上看，婆婆是个地道的家庭妇女。婆婆没有职业，没有收入，每日专注的只是些针头线脑、鸡毛蒜皮的小事，而且能把这些小事做到极致。婆婆淘两碗米足足能淘半个小时。几乎一粒粒数过之后，婆婆会举着瓢让我看她淘出的胜利成果——一些细如灰尘的沙粒。婆婆得意地说，只有我才能淘出这么细的沙子。这话我绝对相信。半夜上厕所，突然听见厨房里有声音。我探头一看，竟是婆婆在奋力搓洗一块巴掌大的抹布。婆婆说抹布上决不能留一丁点油星子。我偷偷溜了一眼表，已是下半夜一点多了。青菜要洗五遍，婆婆叮嘱我说。我诺诺地应着，下决心洗上五遍。婆婆在一旁盯着我洗了两遍才走开，再回来时我已经在洗最后一遍了。是五遍吗？婆婆满脸的怀疑，我说是。婆婆不放心地扒拉着菜叶又问，是五遍吗？我说是！心一下就堵到了嗓子眼儿，赶紧转身离开了。身后只静默了一小会儿，立刻就传出了哗哗的洗菜声。我知道婆婆在补洗她没亲眼看见的那两遍。我只能无奈地听着，长长地叹着。但就是这样一个婆婆妈妈的婆婆，说不定什么时候，就会转过脸来，严肃地询问，××号文件、你们单位学习了没有？里面有什么新的精神？说不定什么时候，婆婆就会急切地拨响电话，当你忙不迭地跑去接电话以为家里发生了什么紧要事时，却听见婆婆在那边扯着喉咙说，看了没有？新闻刚刚报的，布什又当选了……说不定什么时候，婆婆就会呼地从菜堆中抬起头，打断你的话头说："不对，一一五师的一部分部队留在山东合并到华东野战军了，后来改成三野。另一部分坐船去抢占东北，加入了东北民主联军，就是后来的四野。当时你爸爸负责在山东龙口组织部队渡海，我就是从那里上的船。我当时坐的是小火轮，老百姓叫作'气拍子'的那种船。记得小火轮突突突地跑了一天一夜才跑到庄河。到了庄河，我上岸一看，天，满地都是苏联红军……"讲过去那些事情的时候，婆婆的目光就显得十分有神。

婆婆节俭。像所有常年拮据的家庭妇女一样，婆婆掂着手里可数的几个钱，整日埋头于柴米油盐的计较之中，几乎把全部心力都放在了从嘴上省钱这一件事上。婆婆忍着腿疼走很远的路去早市买菜，只因为早市的菜比家门口便宜一两毛。婆婆一年中几乎要吃半年的白菜萝卜，不是因为爱好，也不是为了保健，只是为了省钱。这种时候，婆婆像极了没经过世面，没享过荣华的贫贱妇人。但且慢，说不定什么时候，婆婆就会突然冒出一句吓你一跳的话。她会在有一句没一句地扯着家常的时候突然说出："北平和平解放那会儿，我几乎天天跟着你爸爸去北京饭店吃烤鸭，吃得后来都不敢提烤鸭这两个字了，一提就恶心。"我吃惊地问怎么会这样？她说当时高兴啊，一枪一弹没发就进了北平城，所以各部队都互相请，首长之间也互相请。婆婆喜欢吃火锅子（婆婆管火锅叫火锅子），常常在撕扯着嘴里那些嚼不烂的羊肉时，婆婆就会发出感慨，讲起自己第一次吃火锅子的情形。那时部队刚到东北，张学良的胞弟张学思邀请他们夫妇吃饭。到那一看是吃羊肉，婆婆心里就有些打怵，她怕膻。婆婆说那羊肉切得极薄，摆放得也极讲究。拗不住劝，婆婆试探着吃了一口，没想到那羊肉竟丝毫没有膻味，而且极鲜嫩好咬。就是从那次之后婆婆爱上了火锅子。触摸这些往事的时候，婆婆的目光常常会变得老旧而柔和。

婆婆当然不是普通的家庭妇女。婆婆是组织的人。至少婆婆自己是这样认为的。自从十五岁离家出走参加八路军之后，婆婆就把自己的全部都交给了组织。在婆婆的心目中，组织的地位始终是至高无上的。与儿子产生分歧时，婆婆会用组织来告诫儿子，说你不要以为我管不了你就没有人来管你了，还有组织呢。我会把情况反映给组织上，让组织上来处理你！对保姆不满意，婆婆也会用组织来进行批评教育，说既然组织上分配你来这里工作，你就要努力把这项革命工作做好，让组织上放心！进入八十年代后，老家突然传来消息，说婆婆那个在新中国成立前就死了的弟弟竟然在台湾活得好好的，是个退伍的国民党老兵，而且还要回来探亲。婆婆一听就急了，说不可能，我早就向组织上讲明我弟弟已经死了，这不成欺骗组织了吗？我一辈子清清白白，没有任何家庭历史问题，一下子冒出个国民党弟弟让我怎么向组织上交代？这个弟弟我不能认！坚决不能认！婆婆一生都无条件地信任组织、服从组织。与公公结婚是组织上给做的主。公公在朝鲜战场上牺牲之后，婆婆是在组织的安排下复员，离开了部队，后来又是在组织的劝说下改嫁了他人。一直以来，婆婆无论自己的生活境况多么尴尬，无论自己承受多少困难，对组织上从来都没有过一句怨言。只要一提到组织，婆婆满眼都是充满信赖的光亮。

这样一个婆婆不能不引起我的兴趣。但更令我感兴趣的还是我的公公——一位从长征路上走过来的，经历了无数次的殊死战斗，却在胜利的最后时刻战死疆场，以马革裹尸还的烈士。

从未谋过面的公公，在我们家里是一个巨大的存在。虽然连我的丈夫也不曾见过自己的生身父亲，虽然为了顾及继父的感情，我们在家里总是尽量回避这个话题，但公公的气息却无处不在。

你无法回避。

你能回避一个名字，但你回避得了与那个名字有关的所有记忆和想象吗？何况，这个名字曾经是如此地响亮，如此地与你亲近。

你能回避一个话题，但你回避得了从这个话题中延伸出来的思考和困惑吗？何况，这些思考和困惑正是你一直企图捕捉、企图破解的生命难题。

你无法回避。就像无法回避自己的出处，无法回避自己的身体一样。因为你有着相承的血脉、相似的额骨和相同的下颌。你无法回避牵引出你而又覆盖着你的这段历史，不仅因为它是有质感、有重量的，还因为它承载着一个家庭永不释怀的伤痛和惆怅……

我一直想把我的公公、把这一切写下来，但却一直也不敢动笔。因为我找不到一个合适的视角和方式。我不想用虚构来塑造革命英雄形象，也不想写那种掺杂了许多想象的所谓人物传记。我想要更多的真实，更普通的情怀和更平静的叙述。但我知道自己缺乏这种能力，缺乏用普通目光过滤精彩的能力。

庆幸的是，婆婆的存在为我提供了获取这种能力的机会。

走近婆婆，我经历了一个漫长的过程。与大多数婆媳关系一样，由于丈夫的缘故，我与婆婆之间就有了最近的理由和最远的距离。我们婆媳俩相处得并不轻松。我的敏感和婆婆那充满矛盾的个性，常使我因应对不能而手足无措在很长的时间里，我们婆媳之间都只能是互相谨慎地审视着，小心地排斥着，有限地亲近着。面对婆婆，我常处于紧张状态。只是在后来，当我发现婆婆在面对我时也与我一样应对不能，一样手足无措时，我才稍稍有所释怀。就是在这样长期的婆媳磨合之中，我逐渐走近了婆婆。走近婆婆的过程，其实就是走出我的局限，缩短我与他们那代人心理距离的过程。在这个过程中，婆婆不仅为我展示了一个有着极不普通经历的普通人的生活，而且给了我另一种目光。就是借助婆婆的目光，我才看见了公公的真实表情，看见了许多显赫名字后面的普通面孔。

我开始整理公公的遗物，与丈夫一起创作《阅读父亲》。

起初，我并没想用第一人称把自己写进去。但在下笔前的那一瞬间，童年的记忆突然苏醒了。我看到了抗美援朝烈士陵园那高远的天空；闻到了那股熟悉的湿漉漉的松针味道；听到了孩子们追逐的脚步声和欢快的叫喊声；看见了戴着红领巾的我正伸出手指抚摸着墓碑上那个鲜红的名字——蔡正国……

于是，我让自己也走进了《阅读父亲》。很庆幸我能用两种眼光来“阅读”父亲。我带着外人的眼光，带着一个外人走进这个特殊家庭时的所有好奇、追究和探寻。我也带着家人的眼光，带着作为这个家庭成员的全部情感和独特感受，带着这个家庭内心深处那永远的伤痛和永远的骄傲。

《阅读父亲》出版之后，我迟疑了很久才把书拿给婆婆。尽管其中大部分内容婆婆早已经看过了，但我还是担心婆婆会不满意。果然不出所料，那几日婆婆每天都会来电话质问我。一会儿是因为把她的入党时间写错了，应该是一九四二年写成了一九四三年；一会儿说她不会做饭的那些事是发生在丹东而不是延吉；一会儿说老战友们给小东（注：我的丈夫蔡小东。后同。）讲述父亲那天，小东不是坐在中间，而是坐在旁边；一会儿又说小东出生时并没有号啕大哭，只哭了两声。我辩解说，妈妈这是你亲口讲给我的。婆婆断然否认，坚定地说，两声，一共就两声！我几乎不敢接电话了，一听到军线电话铃响就心慌，恨不能闭上耳朵，躲到门外。我向婆婆告饶了，我说这样吧，你把所有问题都记下来，再版的时候我改。其实我只是这么说说搪塞婆婆而已，我实在受不了没完没了地与她探讨那些连她自己也记不清的细节了。我以为婆婆怎么也得写几天记几天，这样我好赖就可以喘口气清静几天了。没想到，当天晚上婆婆就派小保姆把写好的东西送来了。看着手里那密密麻麻写满三页的纸，我简直是哭笑不得。

第一个问题的标题是：小东六八年要当兵的认识和想法。在这个标题下面婆婆写了整整一大段的文字：

妈妈当时不同意小东当兵的主要意思是觉得他才十五岁，正是读书年龄，才读到初中二就“文革”了。（注：“文革”时小东是小学六年级，此处应指当兵那年是初中二年级。）等读完高中毕业十八九岁去当兵也不挽（晚）。小东当时又气又急。父亲（注：指继父，时任230医院政治委员。后同。）下班回来看此情况，就说，吃饭吃饭。当兵是好事，是走正路。等我晚上下班回来开个家庭会讨论讨论。谁的意见正确就照谁的办。小东说行，只要你们讲理就行。还没有等他爸爸回来，他就放好了三把椅子，等着晚上开会。晚饭后开会了。爸爸叫小东先说你为什么非要当兵？小东说，妈妈也是十五岁出来当兵的。她那时还是旧社会，她还是女的，我现在是新社会，我是个男的，我怎么就不能去当兵？妈妈说，那时候日本鬼子打进中国来了，当兵是为了抗日救国，没有国那（哪）还有家呀？小东说我要当兵也是保卫国家，大家都不去当兵，等敌人打来了怎么办？爸爸看妈妈点点头笑着说，小东说得有道理。同意你去当兵。背后爸爸对我（妈妈）说，叫他到部队锻炼锻炼，不行再回来上学也可以。第二天领回军装换上军衣后，上午十点上汽车。就在230医院宿舍大院上汽车的。我和其他家属在汽车旁看他们上车。参军孩子们的父亲因上班都没有回来送他们。当天我们也不知道把他们都拉那（哪）去了。以后才知道都分配到64军（下面）团的单位工作。

来回看了几遍，我也没看出需要修改的问题究竟在哪。拿去问丈夫，丈夫一看就笑了。丈夫说，她是怕别人误解不让我参军这件事，怕人家说她觉悟低。一听到“觉悟”这两个字，我立刻茅塞顿开。婆婆对觉悟历来是十分看重的。见到有人占小便宜、不排队等这样的小事，婆婆都会鄙夷地说，这些人真没觉悟！何况是送子参军这么大的事。到底是知母莫若子，小东毕竟还是比我更了解他的母亲。

我一下子就理解婆婆这些天来的焦虑了。许多个人的心理感受他人是永远无法切身体会的。你的伤口中流出来的血只能带着你自己的体温，即便这些血立刻就溅到别人身上，也会马上就失去原有的温度。我明白了，婆婆不厌其烦地追究那些并不重要的细节，只因为她心中不快。婆婆是认为我把她的觉悟写低了，没能把她写得更好、更符合她对自己的认定。

婆婆是极自尊的一个人。对婆婆的自尊，我素有领教。

丈夫的继父、丈夫、我，我们三个现役军人在一起谈论部队的事情，半天插不上话的婆婆会突然找个茬子讲起她当年在部队的往事。也是老军人的继父刚想插嘴，婆婆就抢白道，你是在地方部队，你们是稀拉兵。我是在野战军，我们可是正规部队！

婆婆再嫁后立即去了偏远的北边，从她原来生活在沈阳的那个圈子中，从所有人的视线中消失了。再回沈阳已经是十几年之后。婆婆和当了兵的儿子一起去八一剧场看电影。灯灭之后，婆婆才悄悄告诉儿子，后面坐着的那些军区首长和他们的夫人许多都是自己当年的战友、熟人。不明就里的儿子想回头看看，硬是被婆婆拦住了。更令儿子不解的是，电影还没等演完，婆婆就把儿子从剧场里拉了出来。婆婆是不想等到灯亮后让那些老战友们看见自己，她不想见任何熟人。

我是在长了几岁年纪，又为人母了之后，才逐渐理解婆婆的。我常想，再嫁这件事究竟在多大程度上伤害了婆婆的内心，使她的性格在极度自尊和极度自卑的纬度上发生扭曲，使她在多年后仍无法正视、无法面对当年的熟人？我猜想，这里有着太多的因素：有婆婆头脑中残留的封建意识造成的自身局限；有从高处突然降到低处的生存窘境给婆婆带来的心理落差；有世俗的挤压和冷落；还有婆婆那破碎了的虚荣、自尊和委屈。我想，婆婆无论怎样做都是应该得到理解和原谅的。婆婆的所有行为，都只是一个正常人的人性的自然反应。何况我们每个人都有着自己不可逾越的局限，更何况婆婆多年来以其单薄之力承受了太多的磨难。

婆婆的自尊常常超过自身的需求。九十年代之后，台湾的舅舅提出要来大陆探亲。舅舅在写给自己姐姐的信中说："我准备从老家去您那里住几日。我知道大陆对老干部照顾得很好，每家都有一栋小楼、一部电话、一辆小车……"这封信给婆婆和继任公公的心理带来了极大的压力。几天后，这两个三八年的老八路共同做出了一个重大决定：赶在舅舅来之前装修房子。素来节省的婆婆开始大把大把地花钱搞装修，花得我直眼晕。看到婆婆花钱的样子，想到婆婆忍着腿疼跑远路买菜和整日吃萝卜白菜的情形，我的心里隐隐作痛。但婆婆此刻却丝毫不感觉心疼。婆婆说，咱们虽然没有小楼、小车，也不能让国民党小看了我们！因为知道舅舅家里养着好几辆车，继任公公就去找干休所商量，把所里的一辆小面包车包了下来。他们当然不能让舅舅看我们的笑话。舅舅住在家里的那几天，为了保证车随叫随到撑足脸面，继任公公把舅舅送给他的烟一股脑都撒了出去，自己一根也没抽。我心疼他们，也理解他们。因为我知道他们这样竭尽全力地做，并不只是为了给自己挣脸面。

我突然明白自己为什么会对这个家庭、对我的公公婆婆怀有那么大的兴趣了。因为他们的不普通，更因为他们的普通。这是一个有着自己品格的家庭。他们在自己至亲至爱的亲人为国家牺牲之后，从未伸手向国家要过任何特殊照顾，从未对社会有过任何非分要求。多年来，他们无论经受多少坎坷、挫折和委屈，都始终保持着自尊的品格。他们像所有的普通人一样，过着普通的生活，但他们生活得很有尊严。我带着感情，带着感动，把这个家庭的人一一写进了我的《阅读父亲》。

婆婆现在已经老了。年迈的婆婆目光越来越迟疑。以这样的眼神儿，婆婆是无法看懂当下的：婆婆不明白自己的孙女为什么就是不愿意报考军队院校，不愿意当兵；婆婆不明白电脑上的那个网到底挂在什么地方；婆婆不明白保姆怎么越来越难找、越来越不听话；婆婆更不明白为什么儿媳妇都有资格住单间的干部病房了，而自己这个老革命却没有这个资格了……

好在婆婆如今在很多事情上都不像从前那样较真，那样坚持了。

几天前，婆婆突然来电话要一本《阅读父亲》，说是想送给一个老同志。我终于长长地松了一口气，知道婆婆已经接受这本书了。其实我心里清楚，婆婆从来也没想要拒绝这本书，只是需要点时间罢了。

如今，婆婆能坚持下去的事情似乎只剩下了一件，就是按时参加组织生活。我知道，这件事婆婆是必定会坚持到底的。其中的原因很深，涉及婆婆那代人意识生成的社会元素，也涉及沉淀在他们精神骨骼中的钙质含量。但这已是我在另一篇文字中探讨的内容了。

原载《神剑》2007 年 04 期

缅桂花

辛　茜

仲夏之夜，住在祁连山隧道工程施工驻地的板房里。

床上的被褥厚实温暖，是工程处的同志准备好的。

窗外寂静无声，恍若天外驻地。没有一丝杂音。

但是，心里总被一种难抑的感伤和不能熄灭的情愫困扰。久久不能入睡。

一件青中透绿，拙朴自然的佩物，贴在我的胸口。

早知祁连有玉，墨绿，纹路如绵延山麓，又似潺潺流水。这一块，虽不是名玉雕琢，却比任何金银珠宝还要令我疼惜。

中午，沿大通河进入祁连山。

翻过道道山梁后，一道狭窄的山沟渐渐开阔。

这条沟叫硫磺沟。藏着硫黄，藏着金子，但最多的是石头。

细雨中，青蓝色云雾缠绕山间，蒿草的气息、野蘑菇的味道四处弥漫。河两边，深绿色的草甸吐着黄色的小花一直延伸到山脚下。

硫磺沟，像花瓣一样开在草山上。一条简易的便道似花中抽出的一根红蕊，通向高高的冷龙岭，通向海拔近 4000 米，连接甘肃、青海两省高铁隧道的工地。

五年了。这条沟，不知走过了多少车辆，多少人，留下了多少汗水和泪水。

再往前，走过简易的桥面，工地渐渐清晰，山谷里荡起了一阵轻柔的风，刺破云隙的光线照在已经竣工的隧道口，青色的拱顶之上。我抬起头，仰望着这座与祁连山同样深邃、伟岸、高耸、强大、健美的钢铁之躯，猛然间似有一股热血流遍了全身，人的伟力、智慧、艰难、隐忍，袭上心头，无法用言语尽述。

晚饭时，与住在山上二度采访隧道工程的著名军旅作家徐剑相遇。同桌的有二十局的几位老铁道兵。

桌上是四川泡菜，山上的野蘑菇。

阴雨的夜晚，穿着厚厚的棉衣还在瑟瑟发抖。

作家徐剑是云南板桥人，想不到与我们坐在一起的其中两位老兵也是云南人，且与我的朋友二十局新闻站站长昌尧同乡，来自镇雄县雨河镇。

老兵有些拘谨，但因为徐剑是老乡，话渐渐多起来。

同乡，自然有说不完的话。何况少小离家，身为军人的徐剑早已被这些铁兵壮士，为贯通隧道蛰伏雪山五载的勇气和豪情所感。聊着家乡的事，说着工地上的生活，动情处，无不动容。

云南老兵杨绍文，为我们讲起了他的妻子。

杨绍文 1978 年入伍，1984 年集体转业到地方。是一名铁道兵战士，也是一名筑路工人。修路的地方，大多环境恶劣，条件艰苦。“但是，农民的儿子，有什么活不能干，又有什么苦是不能吃的呢。”杨绍文说：“这几年，他年龄大了，身体又有病，领导安排他在工地管材料。他又把一颗心扑在了工地上。只要他在工地，哪个领导都觉得放心，安全、施工、进度、车辆都会有保障。有时候为了图方便，节省时间，他干脆卷着铺盖住在又潮湿又不透气的隧道里，一住就是一月、半月，最冷的时候，隧道里的气温能降到零下 30 摄氏度。”

“杨绍文还是一位心灵手巧的细心人呢！”徐剑来过一次，知道杨绍文的故事，“杨绍文在山上给妻子雕了一件佩物，非常漂亮。就戴在他身上。”

云南老兵杨绍文，把戴在脖子上的那件佩物，拿了下来。我伸手接住，认真欣赏。一件素朴清秀的佩物，捧在我的手心里，像观音菩萨的纤纤佛手。定睛凝视，又仿佛盛开在云南山间的一朵缅桂花。

这是杨绍文用祁连山上的石头手工磨制出来，送给妻子的礼物。

等隧道打通了，回到家乡，妻子看到这件带着丈夫体温的佩物该有多幸福啊！

我用双手捧着，还给杨绍文。可这时，杨绍文却突然站起来对我、对大家说，“这件佩物就送给你吧！她已经用不着了。”我深感意外，睁大了眼睛。“为什么呢，为什么要送给我？”我看看徐剑，看看大家，大家都低下了头。

“妻子已经过世了！”杨绍文勉强一笑。

“哦，原来是这样。”

“绳子有些脏，也不大结实了”。他一边憨憨地笑着，一边把细细红线穿起来的佩物，又一次放在我的手心里。

我心里一阵颤抖，眼里涌出了泪花。看得出，他是舍不得的。

可拒绝他，又怕伤了他的心。

不敢正视他的眼睛，那双眼睛明亮又真诚。

来之前，不止一次听昌尧叙述，这两座位于祁连山深处的隧道，是兰新高铁海拔最高，最不易控制，施工难度最大，最复杂的隧道。也讲过，这五年，中铁二十局经历的困难、挫折，吃过的苦头。这件佩物，包含着筑路人太多的苦衷、无奈与心酸。

可是我，又有什么资格领受这如此珍贵的礼物?

云朵在慢慢地飘，青草染上了傍晚的霞光。恍惚中，早春的云贵高原，氤氲中的雨河镇，像清澈的水一样流进我的梦。

那是一片被群山依托着的高原，山花尽染，绿波荡漾，轻盈的河水映着蓝天。小河上有座桥，显出黑色纹理的那种木桥。木桥上靠着一位孤寂、沉默的中年女人。

女人，是杨绍文的妻子。她不是在桥上等人，也无暇欣赏木桥的美丽。她明知远方的丈夫不能回来，只是在傍晚，在想念着丈夫的时候，从地里经过，伏在桥栏上，向西北方遥望。

她不到20岁便嫁给了同村的青年杨绍文。杨绍文是参了军的。这在当年，让村子里的姑娘羡慕了很久。

她很年轻，很漂亮。那时候，她一点也不清楚，驻扎在西部高原的铁道兵，一年到头，在外面的时间有多久，有多长。回家的日子怎么会那么少，那么短。他们有了两个女儿、一个儿子，还有需要操心的四位老人，她不得不终日在田野里忙碌，在山道上奔波，种玉米、种土豆，伺候老人、抚养孩子。

高原的风，很快把她吹皱了，吹干了，吹老了。不再年轻的身子，不再漂亮的她，一心支撑着这个家。如果仅仅是这样也就罢了，高原上的女人，不怕苦。可是谁又会料到，还未等孩子们长大，自己却生了重病，什么活也干不了，躺在了床上。躺在床上的她想了很多很多。治病需要一大笔钱，可在外干活的丈夫，挣钱不容易。她年轻时，去丈夫工地待过，铁道兵吃的苦她看在眼里。早几年收入低，杨绍文一分钱也舍不得花地往家里寄，家里还是捉襟见肘，如果再把钱都用在看病上，这个家该怎么办!

她拒绝治疗、拒绝看病吃药打针，固执得像一个巨大的磨盘，谁也推不动。

大女儿哭着打电话告诉父亲。杨绍文急得直冒火。他在电话里劝自己的妻子。可是妻子仍然执拗地按自己的意思做。

没有办法，杨绍文不得不扔下工地上的事，赶回去给妻子做工作。妻子当面答应了，他一离开，还是照旧躺在床上挨着，哪也不去。

杨绍文知道，他不能在家照顾妻子。这时候，他更需要工作。

祁连山的冬天风雪弥漫，隧道里的风像刀子割在杨绍文又黑又瘦的脸上。晚上，借着微弱的灯光，他一点一点地雕琢着隧道里落下来的一块青绿色石头。都说祁连山上有名玉，杨绍文想为自己重病的妻子找一块，却没有时间找。手中的石头干干净净，温温润润，和玉一样纯美，和玉一样光滑，散发着清香，闪动着光泽，握在手中像拥着妻子温婉的身子。杨绍文一阵伤感，泪水滴在石头上，石头慢慢变成了一朵缅桂花，静静地开放，绚丽地开放，变成了一块玉，高贵的玉。就像世界上有许多人，不是因为名气大而高贵；就像许多平凡的人，不会因为没有名气，就不高贵。

白雪沉沉地，沉沉地压在陡峭的山头上。冬天还没过去，缅桂花还没有完全打磨好呢，妻子就离开了人世。

他赶回家料理妻子的后事。谁知更大的悲哀和痛楚，等着这位不轻易流泪的男人。妻子竟然在临终前，忍受着病痛折磨，内心的煎熬，给自己找下了一位新妻子。

女儿告诉杨绍文，妈妈在身心最痛苦的时候，宁可忍受剧痛，也不舍得花一分钱为自己减轻病痛。她说，“你们的爸爸挣钱不容易，即使把钱给我花完了，让妈妈多活上几天又有什么意思呢。”她还说，“妈妈这一辈子能嫁给你们的爸爸，一个老实巴交的人已经知足了。”她一再嘱咐女儿，“妈妈走后，一定要让爸爸把自己选定的人娶进门，替妈妈照顾这个家，替妈妈照顾你们的爸爸”。

不记得有多少个日日夜夜，杨绍文能感觉得到，妻子的生命不会维持太久。不幸，是预料中的。可是，他怎么也没有想到，自己的妻子竟然善良到叫人无法接受的地步。

天底下的母亲没有不爱自己孩子的，也没有女人不为自己家人着想的。可是为了孩子，为了这个家，这个女人付出的何止是爱，又何止是牺牲。

高原的雪冰冷无情，却又干净得透明清澈。杨绍文听从了妻子最后的安排，怀着对妻子深深的感念与愧疚回到了工地。

祁连山的夜晚这样美。一座一座起伏的山峰沉睡在月光下。杨绍文敞开衣领，感受着夜的清凉，思念着妻子。再过一阵，春天即将来临，隧道也要打通了。前妻走后，进了门的新妻子和孩子们的妈妈一样实在，任劳任怨，操持家务，忙着地里的活。而穷人的孩子又总是这样的懂事。大女儿已经出嫁，儿子考取了兰州交通大学，日子好过多了，妻子也可以瞑目了。

祁连山的头顶只有星星，地上只有一个伤心的丈夫。摸摸胸前的缅桂花，杨绍文眼前再次浮现出妻子年轻的模样。生动的笑容，温和的眼睛，一朵米黄色的缅桂花戴在黑色的鬓发上。那张秀丽的面庞，那双黑黑的明眸从来没有因为分离、痛苦、思念，没有因为田间的劳作、生活的艰难，有过一点点抱怨，哪怕是一声轻轻的叹息，一丝幽幽的彷徨。

夜里，我似睡非睡。一直在梦里，又好像一直醒着。下山后我要先给缅桂花换根漂亮结实的绳子，不是嫌现在的这根脏，不好看，是怕细细的绳子断了。因为，因为从此以后，这朵美丽纯洁的缅桂花会一直戴在我身上，开在我心头。它比世界上任何璀璨晶莹的名玉绚丽，比任何金银镶嵌的珠宝珍贵。也或许它就是祁连玉的前世今生，是祁连山千年万年养育出的无比尊贵的玉。

就这样，胡思乱想着。

隧道贯通后，就要通高铁了。会有很多人乘兰新高铁，来往于新疆、青海、甘肃，旅游、探亲、做生意。穿越16公里的祁连山隧道群只需5分钟。但是，为了这5分钟的路，中铁二十局的建设者在祁连山苦战了整整5年……

还有多少像杨绍文这样的筑路者，还有多少缅桂花一样缠绵悱恻的故事啊。多想告诉身边的人，这个世界上还有一群似乎与现代社会不太合拍、协调的人。他们看上去有点笨、有点傻，一边承受着与亲人分离的痛苦，一边默默奉献着自己的青春、才华。这样的年代，这种人稀缺，但毕竟存在。

还想告诉那个在天国里的女人。你是幸福的，你的丈夫虽然不英俊，不潇洒，不会说甜言蜜语，但他是一个好男人，一个好丈夫，一个诚实的，与众多筑路工人一样品德高尚的人。他会永远怀念你，以你为荣。

第二天清晨，天放晴了。阳光洒在青翠的山坡上，一任光晕流泻，成群的，被牧人打上红色记号的羊群在绿色的群山间缓缓移动。

蓝天清澈如水，我的心也亮了。

是这朵缅桂花一直让杨绍文的心隐隐作痛；还是这朵为前妻雕琢的花，不知该托付于谁。是远逝的她，还是三年没有见面了的新妻子。思虑中，杨绍文下决心把它给了我，一个毫不相干的，一个远离他生活，却能够体会他苦衷，并记住他妻子的女人。他知道，命运无法抗拒，生活又是这样的不易，活着的人还得继续活着……

也许是作家徐剑，早就感到了这复杂而又让人难以释怀的情感，如若不然，为何在杨绍文把缅桂花交给我时，情不自禁地流下了热泪。

眺望祁连山，祁连山巍然屹立，天空宁静安详。

心系祁连山的人，天上的她和地上的她，此时，会在晨光中微笑吧……

原载《青海日报》2015年4月3日

山高谁为峰

张　鸿

这个散文写好后，我一直搁着，总感觉有一些缺憾，言犹未尽。

我与远在帕里的贺烈烈联系上，我在那里体验生活时，一直想与他聊聊，但没有机会。他给我发来邮件："也许给您发完这篇我这边就完全停电停网，刚入冬，10086就短信通知大家暴雪黄色预警，不知道一两周后气候会变成什么样子；不过单位的条件很好，锅炉房也运行起来，整个宿舍都不冷，制氧站每天向宿舍供氧气2小时。"

王艺儒在微信里告诉我：张老师，帕里下雪了！

虽然这两位年轻人语气里满含兴奋和知足，但我知道，下雪，就意味着给他们的工作和生活增加了不小的难度。

2014年8月，我和几位作家到西藏自治区公安边防总队日喀则支队帕里边防派出所体验生活。帕里位于喜马拉雅山脉群山之中的亚东县境内，常住人口2000余人，面积361平方公里。不光是大中城市外来人口多，就是这个远在天边的小镇现在生活居住在此的外来人口也不少。

帕里镇最初的发展，缘起于移民。200多年前，位于西藏南端的帕里草原上只有几户牧民，后来从各地来了一批批移民，有逃来的农奴，有传播宗教的教徒也有一些寻找机会的商贩。人多了，帕里开始有了贸易，到了20世纪初，帕里已经发展得有些规模，成为西藏的一个"宗"（旧西藏行政区，相当于现在的县）。

帕里镇俯瞰孟加拉平原，自古为藏南军事重镇。与不丹一山之隔，扼居亚东通往腹心地区的第一道咽喉，通往锡金、不丹、印度的交通要道。当年亚东商埠鼎盛之时，帕里成为四面八方的中转站，"帕里"的名字也随着往来的商传遍世界，历史上就有“世界第一高城”之称。

我曾经当兵多年，与部队有深厚感情，加上我一直对边防军人有一种由衷的敬慕。25 日，我毫不犹豫地从平均海拔 11 米的广州直飞海拔 3650 米的拉萨，第二天一早乘火车到达海拔 3800 米的日喀则，午饭后乘中巴到达目的地，海拔 4300 米的帕里镇。这种海拔高度的直线上升，我想，再好的身体也得要有一个适应期。

高高瘦瘦的教导员师胤嗣在离帕里镇还有一段距离的多庆湖边迎接我们，俊秀的雪山卓木拉日让我们不愿离去。路上，我们得知，师教导员的妻子和孩子昨天刚刚返回甘肃老家。殷实大哥关切地询问师教导员的生活状况，教导员很不好意思地说，边防军人的婚姻都很“草率”，只要女方愿意，基本一谈一个准。师胤嗣是帕里边防派出所第十九任教导员，他和爱人的婚姻就是在军嫂的撮合下，经过网络视频相亲而成的。然而，师胤嗣和妻子从认识到孩子出生总共见过四次面。第一次是实地相亲并恋爱，第二次是去领结婚证，第三次是妻子来西藏探亲，第四次是小孩出生。

到达帕里的傍晚，我们已经穿上了干警们的军棉衣，窝在他们自建的玻璃阳光屋里，一动也不想动。教导员师胤嗣让我们出去看卓木拉日雪山的落日，我们也提不起精神。《解放军文艺》的副主编殷实坚持不住，发烧躺倒了，接着，《人民日报》副刊的“80 后”小伙子虞金星也躺下了。剩下了我、《西藏日报》的女编辑杨念黎和正在西藏挂职的中国作协的程绍武。其实，我一到拉萨已经有一些不适，到了帕里就感觉很不舒服了，尤其神经刺疼。我也算是一个户外运动爱好者，有着多年的西南高原行走史，但这次居于海拔这么高的地方多天，还是第一次，我真正感受到了高原反应是怎么回事，胸闷、气短、呼吸不畅、失眠。在我的强烈要求下，随队医生小曾给了我一盒止疼片，几天时间里，这一盒药片被我消耗殆尽可神经刺疼依旧。我只能无奈地对大家说：“没有办法，我就是这么一个女神（女神经病）！”

我裹着棉衣，倚在圈椅里，看着墙上官兵们自己制作的“梦想墙”，每一个军人都写出了自己的梦想，贴上了照片。我对名为龙熙的干警产生了兴趣。但我并没有在所里看到这个小伙子，他休假回家了。众多人中之所以他会引起我的注意，是因为他的“民族”和他的“梦想”。

“穿青”，这个民族的名称如此好听，但目前还是 56 个民族之外的族群，只被称为“穿青人”。在居民身份证上，这个族群的人只能标以“汉族”或者“其他”，到今年的 5 月，“穿青”才第一次正式出现在居民身份证上。

入伍近 6 年的龙熙想当一名“像郑渊洁那样的作家，为孩子们的童年带去更多的乐趣”。按常理来说这并不是一个有啥特别的理想，可常年工作、生活在海拔 4360 米以上雪域高原的边防派出所，在缺氧、寒冷，生活条件差、工作环境恶劣的情况下，他的这种简单而纯净的理想却显得严肃了起来。

我站在梦想墙边许久，一位一位看过去，他们有毕业于大学中文系的、有毕业于医学院的、有学公安侦查专业的，还有自入伍就在所里工作，至今已经十几年的老士官。他们每个人的梦想却都那么具体和现实，有说将来要陪着家人周游世界的，有说要有平凡的生活有自己的小屋的，当然有这种理想的自然是女警官。几位藏族干警都有着坚定的想法：在部队好好干，学好技术，做出成绩，让家人骄傲。我背对着众人，眼睛潮湿了。他们是军人，他们也是父母的孩子、妻子的丈夫。他们大多是“80 后”“90 后”的年轻人。

念黎站在我身边，递过来一张纸巾。

晚上，我和念黎住在女警官宿舍，她们都回家休假了，一位是我的老乡，来自辽宁的贾琼，一位是来自江苏的归来，这是一个很诗意的名字。

我失眠，夜已深，我听到院子里有压低的说话声，接着是车辆启动的声音。

第二天一早，起床号响过之后，我们应时起床，也试着与干警们一起出操，但完全没有能力绕着小院跑 6 圈，半圈都不可能，腿就压根儿抬不动。程绍武还不错，跑了两圈。接下来我们也只能围观他们的军体拳。

高出地面近一米的球场的墙壁上，书写着几个金色的大字：“艰苦不怕吃苦，缺氧不缺精神”。教导员告诉我们，昨晚山口有情况，有几位干警蹲守了一夜，今天没有出操。

当地人称神女峰的卓木拉日雪山就在派出所的东边，卓木拉日雪山是传说中喜马拉雅山七仙女中最小的一位，虽然海拔只有 7000 多米，但是由于山体险峻，岩壁几乎垂直向下，很多征服了珠穆朗玛峰的勇士都对它无可奈何。清晨，山峰烟岚缭绕。太阳升起，我们见到了据说难得一见的神女的面目。

突然一只卷毛小狗冲到我的身边，吓了我一跳。好可爱的小狗呀！女警官王艺儒一路跑着冲了过来，嘴里叫道：“可可，可可，别乱跑。我得把你拴起来。”

我们的注意力都被这只小可可给吸引过去了。小王告诉我们，她托人从拉萨买回来这只小狗，狗一到帕里也有高原反应，嗅觉不那么灵敏了。私养宠物是违规的，但可可给大家带来了不少乐趣，所以领导也就网开一面吧。可她估计好景不长，很快就要把可可送走了，因为，所里那个藏族小新兵索朗负责饲养的小鸡在长大，那是官兵们过年的福利，也是他的宠物，但是可可不管这一切，不放过任何一只小鸡，只要它看到了就要狂追，直到咬住、咬死为止。前几天，小索朗捧着一只死鸡来找小王：“王警官，狗又咬鸡了。”

昨天小王告诉我："你们走后，发生了很多事情呀，可可长得很大了，前一阵子被送去了亚东。不送走不行，它又咬死了几只鸡，如果再不送走，教导员和索朗都不会允许的。它还把贺烈烈的鞋子给拖到了厕所，臭袜子咬到了院子里，再加上，所外的野狗会窜进来咬可可，有一次它几乎就被咬死了，好在执勤警官救了它。唉，还是送它走，过好日子去吧。几年后，它如果还愿意跟我回山东，我就带它走，不愿意我也没有办法了。"小王从中国警官学院毕业后援藏，4 年后她就要回山东。从到帕里的那天起，她就在军裤内加上了秋裤，她说，要自己爱护自己，一直穿到离开帕里，因为这儿不仅冷，而且是出了名的风大。这个山东姑娘性格开朗、热情，她对自己的要求是用积极的态度对待消极的事情。

我与她时不时地有微信联系，似乎这就与遥远的帕里有了关联。她告诉我，她也与其他警官一起出去执勤了，因为有特殊情况，必须从公路下车后，走路上山口，五公里路，一直上坡，腿似灌了铅一般重，坐在石头上就感觉屁股粘在石头上了，真会拖战友们的后腿。

我想起我们那一次与警官们去山口执勤、走访牧民的状况。山坡上，牦牛吃着草，女主人在家打着酥油，普布桑珠和旺青成林与她们交流，了解情况，而我们只能通过他们翻译才能与主人交流。这两位警官给我很深刻的印象，普布威严锐利，旺青和善近人，都是派出所的重点工作人员，尤其旺青还是帕里唯一一所小学的法制副校长，获得过日喀则地区"优秀法制副校长"的称号。旺青与众人的装束有些不一样，与干警们极短的头发相对，他的头发显得很"潮"，教导员说这是为了便于开展工作。

帕里派出所 1961 年组建，期间多次更改建制，如今，这个派出所的人员既是边防武警又行使公安干警的职责。身处藏区，辖区内不是很长的边防线上有 14 条路径通往境外，情况复杂。还要解决当地老百姓日常生活中发生的问题，包括户籍、办证，甚至调解邻里纠纷、解决打架斗殴这样一些非常生活状况。双重身份和特殊的地理情况，使得维护祖国统一和边境安宁尤其重要，遵守民族、宗教政策也尤为重要，同时他们还要积极帮助藏族群众发展生产，脱贫致富，解决他们的实际困难。所以，藏族干警在其中要起的作用无法量化。在帕里镇，藏族老百姓都知道，有困难找派出所，到了所里那当然要找旺青、普布他们了。在藏区，藏族干警有工作优势，但他们为了更加便于工作的开展，每周一次教汉族干警藏语，将藏语和汉语的译音写在大白板上，放在饭堂门口，我试着读，挺有趣，比如"请出示身份证"，就是"克拉给土当拉起顿唐"。

殷实还真是不错，从前一晚的高原反应中迅速地恢复。我说："解放军老大哥，就是不一样呀。”他居然能与普布桑珠等几位干警在中国与不丹的非常规线（未划定为国境线）上巡逻，一直沿着山脊攀上了另一座山峰。而我和念黎只能站在这一座低矮一些的山梁子上，用相机拍拍野草野花，用望远镜观望山下不丹的哨所。

这是男人的舞台！

返程路上，年轻的师教导员告诉我们，干警们为了抓走私，或者其他的一些违法的人和事，经常深夜要在山口蹲守，遇上严冬就更麻烦了，虽然寒气重，可人不能动不能说话，就是咬压缩饼干也得慢慢、轻轻地咬，以免有啥动静被犯罪嫌疑人发觉，更不能让自己睡着，一旦睡着，可能就这么睡过去了。连着几个晚上这么蹲守的情况是经常发生。有情况的时候，干警要从公路那里开始一路蹲行上山，尤其是高个子，甚至要爬行上山，就是唯恐被发觉，打草惊蛇。虽然这种情况时常发生，但没有人抱怨苦和累。

这一帮年轻的干警，不只是能做力气活儿，所里一整套的原则、措施、制度，自然是新颖、实用、周到、人性化，无不体现着集体的智慧。技术装备、软件应用也尽可能地自我革新使用，对这一切如数家珍的是贺烈烈。我一直对这位如此用心钻研技术的贺烈烈有着诸多的好奇，这个 1990 年底出生的白净斯文、长着一副娃娃脸的孩子，毕业于四川警察学院侦查专业，在广东东莞做了两个月的深圳大学生运动会的安全保卫工作，获得东莞市公安局颁发的“第二十六届深圳世界大学生运动会东莞安保先锋纪念章”；在四川省岳池县刑侦大队刑事科学技术室见习，遇上过一周里三天解剖尸体的任务。他告诉我，他热爱现在的这份工作。

他很实在，诚恳地说，现在找份工作很难，找一个合适的工作更难，找到一个喜欢的工作最难。所以一个喜欢的工作、向往的职业，条件再辛苦都无所谓了！所以，在工作中，遇到问题，一定要想方设法去解决。尤其现在，所里需要加强技术力量，可没有配备专门的技术干部，自己喜欢接触这方面，所领导也全力支持，还有战友们集思广益，更有无所不能的互联网，确实感觉到没有什么事情办不好的。

他在邮件中很坚定地写道：有人说西藏新疆是“异次元世界”，不适合人类生存，还说在这里躺着都是奉献，我觉得如果大多数人都躺着，那我就做一个不躺着的人，能爬、能走、能跑就是最好的。不为什么，我就喜欢这样干！心告诉我。我是一个很自信的人，没有我想不到的，就算想不到也只是暂时的，而工作不能停留在按部就班上，在一个喜欢的工作岗位上，往往还需要自己去好好干，干出个人特色。

但不是没有遇到困难，困难还挺大的，中国的大地上，没有一个职业是轻松的，所以我遇到的技术问题都得挤出时间自行去解决。

像我们这样的基层，24 小时备勤，随时都要出动，边境堵截防控的，辖区治安管理的，有时候一个周差不多 6 个夜晚都在加班甚至通宵。而且这是海拔 4300 米以上的地方，有时候受伤了，一个很小的伤口没有两个月是不能愈合的，我们却不能因为受点小伤就休息，有时候因为任务和工作，不得不奋不顾身。除非起不了床，这样的情况前段时间单位就发生过，一个强壮的战士在床上躺了两天，两天的时间，就瘦得皮包骨头，最后送去市里面救治。

今年“六一”儿童节那天，晚上我去一位小学老师家做客，估计是老师家的猫太好客，刮伤了我的手。我们镇上和县里都没疫苗，晚上又没车，而且疫苗最好 24 小时以内得注射，在内地看似很好解决的一件事情，因为我们这里的条件不好，就成了一件很困难的事情。那天我的心情就如中了 SARS 病毒一样，第二天一大早赶了一天的车才到市里面，在军医院注射了疫苗。因为要分期注射六支，疫苗必须在制定的温度保存，一路上我用冰块裹着连夜赶回单位，放进储物罐。哪知半夜停电了，第二天早上才发现，还好前几天下了一场大雪，就把积雪放进储物罐继续保存！（最后剩了一支，给王艺儒用了，她被自己的狗咬到。）

烈烈是一个有想法的孩子，当我问他今后有什么打算时，他说自己很年轻，有很多东西都不会，这几年会继续留在西藏工作，把自己的事情做好，尽职尽责。现在除了自身学习外，继续完成自学考试，以后，通过一些政策性考试去一个想去的城市工作生活。

与官兵们一起生活的几天，很轻松愉快，虽然身体一直不适，但我感受着他们苦中有乐的生活。

那天，贺烈烈给我们放了一个微电影，名为《蜕变》。多年前我读老舍的《蜕》时，就悟到了这词的本义：“是在昆明湖的苔石上，也许是在北海上斜着身自顾绿影的古柳旁，有小小一只蝉正在蜕变。”故有“蝉蜕”一说，还是一味中药呢。

这本是一个道家哲学的词语，由边防官兵来诠释，我很直接就明白了他们想说什么、会说什么。

女主角的饰演者是王艺儒，男主角是“江湖人称”比周润发还帅的“发哥”周树润，小索朗在影片里也客串了一个角色。

“发哥”到边防派出所来看望女朋友小王，可小王因为工作忙，业余时间还要给小索朗补习功课，无暇陪伴“发哥”，让“发哥”很恼火，愤而与小王分手，离开时，小索朗脸上很无辜地拉着“发哥”说：“哥哥，不要走。”看到这里，观众因为小索朗的紧张的表演、僵硬的面部表情而发出了笑声。接着，故事的情节设置上升到了一个高度，在高校即将毕业（我不记得是不是研究生毕业）之时，“发哥”与一位即将进入世界500强企业的同学有了一小段对话，这自然又是笑料，可我感动了。故事的结局我已经想到了，也正是按我预想的那样发展，“发哥”与“500强”一起入伍进藏，与女朋友小王成了战友、同事。也许，影片本可以就这么结束了，可有了转折，小王因为工作需要，调离了该所，她将给小索朗补习功课的任务交给了“发哥”。结尾，“发哥”和小索朗送别小王，索朗拉着小王的胳膊说：“姐姐，不要走。”我流下了眼泪，官兵们看着我，不言语。并不是因为我的泪点低，我为一种朴素的情感所打动。即使花絮中，“发哥”操着他的重庆方言与说山东话的小王对台词，也没有止住我的泪水。这个影片不精致甚至可以说比较粗糙，还是用一台照相机的视频功能拍出来的，可将它放在一个特殊的背景下，它一定会触动人。

可惜的是，我自以为我看懂了这个小短片，只不过是一个爱情故事，可事实却不是如此。片中小索朗饰演的角色是真实存在的，是为父母遗弃、与外婆生活的藏族女孩德庆色珍，是派出所的“梅朵公益行动”的扶助对象。拍此片时，恰好色珍在日喀则参加升学考试，无法参与拍摄，只好让出生于1995年、个子小小的索朗来出演了。如今德庆色珍在青海格尔木的一所学校的藏族班就读，派出所的扶助行动也延伸到了那里。

在无法改变大环境的情况下，官兵们改良小环境，在上级的关怀下，他们建起了蔬菜大棚、锅炉房、供氧室。近期还建起了阅览室，虽然所配书籍不多，但年青的官兵们业余时间可以在阅览室读书，也可以在微信朋友圈里交流自己的生活种种，几位热爱文学的官兵还办了一份报纸。

烈烈在邮件里给我发来了一个链接，是今年国庆假期时西藏电视台播放的一段新闻，内容是在假期中，边防官兵加紧了巡逻，在高山之上，他们想找手机信号给家里打个电话也是那么困难。我再次看到了参谋普布桑珠、旺青成林，还有其他两位小伙子，挺亲切的。

在广州，这繁华的大都市，看着眼前的这些孩子们，我想，他们生活在艰苦的环境下，会怎样？也许，他们也会与师胤嗣、普布桑珠、旺青成林、贺烈烈、王艺儒、周树润、康毕清、徐青、刘红卫、桑桂芳、李思润、张芸浩、袁林、陈昌荣、田浩洋、旦增索朗……一样。

山，就在那里，因为人的仰视而成峰！

原载《广州文艺》2015年01期

抱一壶长江水，我溯源北上

——南水北调东线散记

徐　迅

二〇一二年四月十六日，“南水北调东线行”中国作家采访采风团从北京出发至南京。抱一壶长江水，我由南向北。沿途，一边是古运河丰富而沧桑的水文化，一边是现代建设者们为“南水北调”工程建设和水质改造而付出的艰辛劳动与心血。泵站、水立交、蓄水湖、水库、漕运遗址……站在这些地方，有时候我竟弄不清楚自己身在远古还是现代。大禹治水、运河开凿、向南方“借点水”……呈现的都是人类与水，与自然密不可分的关系。看来，我们一代又一代人改造水的努力，一天也没有停止过。水利天下，善莫大焉。于是作文以记之。

——题记

江都的鸟鸣

鸟声一阵比一阵急促。才五点多钟，我就被这些鸟的叫声弄醒了。拉开窗帘，天已大亮，鸟鸣声一下子涌进了我的屋里。我仔细分辨，发觉有鹧鸪、黄莺、百灵鸟、三喜（当地人称一种喜鹊）的声音。探头看看窗外的树上，不见鸟的踪影，倒是满眼的绿树葱葱：鸡爪槭、棕榈、柿子树、杨柳、松柏……树的品种很多，再就是水，绿树和碧波静静地环绕着我们的所居。聒噪的是这些鸟声。尽管不乏明亮、婉转，但更多地透出了一些躁动。

我下榻的是江都水利枢纽的宾馆，这里地处扬州以东十四公里，是京杭大运河、新通扬运河和淮河入江尾闾芒稻河的交汇处。交汇处立有一块“源头”的石碑，说的是江水北调起源的历史。当地人说，“上有天堂，下有苏杭”，江苏虽然号称鱼米之乡，但全省的水资源却南丰北枯，苏北地区缺水非常严重，特别是二十世纪五十年代以来，淮河一时断流，洪泽湖几经干涸，江苏省连遭大旱，数百万亩农田受灾，人畜用水困难，因此江苏省从二十世纪六十年代就自行开始了江水北调的工程建设——淮水入江、江水北调，江都于是便成了每时每刻都在孕育“水事”的地方。这样的事自然动静很大。太大的动静就让鸟儿们无法悠闲地鸣叫吧？我傻傻地想。

江河奔涌前的江都是宁静的，不用调水的几个月这里异常平静。比如，我在四月里来到江都，住在这小小的水上花园，我感受到面前的一切都很安宁。树木成行，花团锦簇，左手运河，右手长江蓄着一江一河的波澜不惊。在水闸不远的地方，总有鱼脊背样的“Y”字形时隐时现在碧绿的水里，主人说，别小看这小小的“Y”字，它可是水的调节器，滔滔江水凶猛咆哮，到了这里却成了柔弱的面条，若逢上调水的季节，机器轰鸣，江水滔滔，江都沉浸在一片沸腾的水与电的叫嚣之中，或泄或调，这水就像面条一般乖乖地进入水闸，一路东去或者北流……“谁推淮东第一流，引江春色占鳌头；摩云四闸雄东亚，倒海清波下冀州。神禹难平洪水患，李冰惟解蜀民愁；邗沟一凿通银汉，天上人间笑语稠。”恢宏的场面曾引得诗人引吭高歌……如今，江都不仅成了江苏省江水北调的枢纽，更成了南水北调东线的源头。这种悄悄的变化，难道鸟儿也感受到了？

我在江都的早晨静静地走着，不知不觉地走到了“江石溪纪念碑亭”前，抬头一看，参天绿树掩映之中，坐落于两层花岗岩台基上的纪念亭，四角飞檐，歇山屋面，黄琉璃瓦覆顶，周围有两层汉白玉栏杆环绕，亭中矗立一汉白玉石碑，上刻“江石溪先生安息处”八个行书，碑后刻有江石溪的生平事迹。正面两侧抱柱上有着黑底黄字的对联：“向秀赋方成，惊听笛声到邗上；江郎才未尽，尚留诗卷在人间”。据说，江石溪一生未仕，饱经磨难，但两件事却让他自觉欣慰：一是他没有追逐“浮名”，而是毕生致力于实业救国、教育救国，协理张謇兴办了实业和学校，留下了济民救世的“诗囊”（《梦笔生花馆诗集》）；二是家庭团圆，实现了“要好儿孙各象贤”的夙愿。现在，老人静静地守在这江都枢纽，看着江水南来北往，水涨水落……

江都水利枢纽现由四座大型电力抽水站，五座大型水闸，七座中型水闸，三座船闸，两个涵洞，两条鱼道以及输变电工程、引排河道组成，是一个具有灌溉、排涝、泄洪、通航、发电、过鱼、改善生态环境等综合功能的现代化大型水利枢纽。这个凝结了江苏水利几代人的勤劳与智慧的工程，自建成那天起，就不仅为缺水的苏北送去了甘霖，还有效地抗御了苏北里下河地区的特大洪涝、淮河大洪水、苏北地区旱灾……不用调水的日子，自然就没有了机器的轰鸣。我突然明白，鸟鸣声为什么那么早，那么急促，因为它在享受着江水北调、淮水入江大战来临前的那难得一刻的宁静。鸟们知道，只有这时，它动人的歌唱才不会被机器的轰鸣声咆哮的水声所淹没。

水立交

总觉得立交桥是城市的产物。上层的桥东来西去的车辆尽情地驰骋，下层的桥南来北往的车辆畅通无阻。有人说，城市立交桥是城市的一道美丽彩虹，一首无字的诗，一幅立体的画……说得诗情画意。所以，当一听说淮安有一座水上立交桥时，我心里就有些迫不及待，想象水立交桥是怎样的由西向东，由南向北……立交桥作为城市独特的风景线，在淮安是怎样因水而水乳交融，丰富灵动?

城市里有了水，就有了灵性，有了历史。淮安就是这样一座漂在水上的城市。淮安城里有大运河、里运河、盐河、古黄河“四河穿城”。还因它地处淮河下游的苏北腹地，属南北冷暖气候过渡带，更有洪泽湖、白马湖、高邮湖、宝应湖，京杭大运河贯穿辖区，所以全市百分之八十的土地都处在设计的洪水线以下，洪涝灾害频繁。尤其是洪泽湖，几乎每年要承接淮河中上游十五点八万平方公里的来水，然后再经淮河入江的水道、淮沭河、苏北灌溉总渠等流域性河流泄入江海……

淮安的历史就是水的历史。在清江浦的里运河畔“南船北马，舍舟登陆”的一块石碑，早早镌刻了淮安与水辉煌的一吻。先秦时期，这里因地处“沿于江海，达于淮泗”的南北水运干线枢纽，有着“交通、灌溉之利甲于全国”的美誉，还曾是漕运的枢纽、盐运的要冲，鼎盛时，与扬州、苏州、杭州并称运河沿线的“四大都市”。隋炀帝开凿贯通南北的大运河，淮安在隋唐时期就曾繁华一时，特别是商品贸易在唐一代十分兴旺，吸引了包括大食、日本、新罗等国的海内外商人，到了夜晚，“千灯夜市喧”。至公元一一九四年，黄河夺淮，漕运受阻，古淮安才日显衰败之象。日月轮换，到了公元十五世纪至十九世纪中叶，淮安迎来历史上持续了四百多年的第二次繁荣。因水利而盛，又以总漕、总河驻节淮安和清江浦的兴起为标志，明永乐年间，陈瑄驻节淮安，总督漕运，开辟清江浦河道，由此成为明清运河北上漕运的主要口岸。设在淮安的漕运总督府每年指挥整个运河上的十二万漕军，将四百万担漕粮从江南的各个省府道集中，通过运河，浩浩荡荡地运向北京……

水成就了淮安，因水淮安也变成了一条可恶的“洪水走廊”，演绎出了一段段悲壮的历史。据史载：清代为了修堤抢险，河臣们不得不经常与“役夫杂处，沐风雨，裹霜露，发白面黑”。这里流传一句“倒了高家堰，淮扬看不见”的谚语，说有一年大堤缺口久堵不住，汛官身着大红官袍，坐在装满块石的船头，在悲壮的祭祀后，与船一起沉入缺口，以身殉职；清道光四年冬（一八二四年），大堤突遭冰凌袭击，“百里大堤，形若琉璃”，驻守河堤的官兵们，手挽手上堤抢险，却纷纷滚下湖中，大堤也被冰凌撕下了一处又一处裂口，到第二年这口子都无法堵上，面对水深火热的百姓，朝廷急命在家奔丧，时任江苏布政使的林则徐戴孝到了高家堰，与河工奋战数月，才将大堤保住……就这样，淮安在一代又一代人手里传承着治水的历史。河湖相连，沟汊交错，一座漂在水上的城市，一片片水乡泽国，有一座水上立交，应该是淮安人治水的历史传承与缩影吧？

我们到达水上立交桥时是上午，头顶上艳阳高照，远处油菜花一片金黄。这座水上立交桥分上下两层，说是叫“上漕下洞”，融汇了南北与东西两水。上面是航道，连长江入京杭大运河，下面齐刷刷的有十五个巨大的涵洞，自西向东引淮河入海。水立交呈十字状，站在水立交的观景桥上，我向四周望去，田园千顷，一望无际；运河波光潋滟，散发出一道道金光；淮河浩浩荡荡，水声汩汩，观景亭与古城淮安的“镇淮楼”遥遥相望，仿佛在向人们诉说着古人与现代人不断征服江河的智慧与传奇。此时，我发觉历史的烟云与现代的南水清波已在水立交相互映照，将淮安的水一分为二，又合二为一，让人感受到柔情似水的淮安人心里透出的慷慨与豁达……

南旺水利遗址

走在汶上南旺的水利枢纽遗址上，我心里隐隐地有些失望。说是一座水利枢纽，却看不见水，这里既没有四川都江堰水利工程的雄伟，也没有我刚刚看过的江都水利枢纽的壮观，面前呈现的是一番荒凉而破败的景象，河道干涸，残垣断壁，土地一片灰蒙蒙……但这里分明又真切地存在着，存在于我脚下的一座座遗址里，存在于导游小姐那绘声绘色的动人的解说里，有一刹那，我突然觉得面前漫上一股清清的河水。萋萋芳草，水花飞扬处，两位须髯飘飘的老人从历史的深处渐渐浮出……

宋公祠、白公祠、关帝庙、观音阁、禅堂、蚂蚱神庙……尽管分水龙王庙不复存在，但残留或刚刚修复的遗址清晰地告诉我们，这里曾是京杭大运河上久远的一座巨大的水利枢纽，一个控制性的节点——史载，明初因明王朝建都金陵（南京），北方漕运需求降低，加之黄河泛滥，河道淤塞等，大运河不久断流停航。直至明成祖迁都北京，由于南粮北运的需要，永乐九年（一四一一年），工部尚书宋礼率军工民夫十六万五千人重新疏浚河道，但因这里地势是千里运河的“水脊”，河成而无水，航船根本无法通行，宋礼一时犯愁。为此微服私访，访得当地老农白英。一介平民的白英感念宋礼的忧国忧民，于是为他献上了“借水行舟”的计策，即引汶河之水至南旺脊顶，先成居高临下的势头，再在南旺南北设闸分水而下。宋礼一听如醍醐灌顶，茅塞顿开，立即请白英与他一起指挥施工。整个工程由南旺邻近的戴村坝、小汶河、水柜、南旺分水石拨、节制闸组成，它们相互关联，相辅相成，建成了分别具有引水、蓄水、防洪、防泄、拦水作用的一座水利工程。水流分七分北去，三分南下，有力地保证了明清两代五百多年的运河航运，民间因此也有了“七分朝天子，三分下江南”的说法……民国初年，据说美国水利专家方维看到后也不得不敬佩地说：“此种工作当十四、五世纪工程学的胚胎时代，必视为绝大事业，被古人之综其事，主其谋而遂如许完善之结果者，今我后人见之焉得不敬而且崇耶。”

为官礼贤下士，为民胸有成竹。宋礼与白英两人“引汶济运”酿就了水利史上的一段佳话。为了纪念他们，当地人在此修建了南旺分水龙王庙，后又以龙王庙为主体，相继修建了禹王殿、宋公祠、白公祠等一系列建筑群，占地面积达到五千五百平方米，建筑群内院落错综，松柏参天，碑碣林立，庙宇巍峨雄伟，只是岁月无情，随着大运河北部的停运，这里不由得渐趋冷落，重归寂寞……在废墟的另一侧，现在一座被称为南旺的水工科技馆已拔地而起，据说里面将通过沙盘、多媒体、三维动画等现代的手段再现南旺枢纽的昔日风貌和运河的繁华历史……想了想，我终于没有进去。

如果说，大地的河流是文明的摇篮；那么人类与自然，与河流的改造与斗争显然就是文明的进步。数千年来，大禹治水、邗沟开凿、都江堰的修建、灵渠的沟通以及南旺水遗址，都是人类与水的故事的传颂……阳光下，我发现一部水的文明史就像一朵莲花正从时间的长河里慢慢盛开，逶迤而来，忽然荡漾在了南水北调的清清河流之中。透明、悠长而充满灵性的一条条生命之水，就这样串联了起来，串联起繁华与衰败、寂静与激越、高亢与平淡、幸福与苦难……每一条河流与人的每一次对视与倾诉，都饱含着人类文明进步的豪迈与历史的沧桑，隐藏着人类与水的某一种神秘的关联——或许，在这次南水北调的工程里，南旺水遗址会被重新唤醒；或许，它只能成为人类治水史上的一个永久的遗迹，但无论怎么样，这惊人的智慧和创造力都会被载入我们民族水文化的历史史册，被人类深深地铭记，愈久弥香。

远远地，望着那水工科技馆，我独自感受着遗址上的一切，对它有了深情的一瞥。

2012 年 6 月 3 日，北京寓所

家住百万庄（节选）

彭　程

住在这里，隐约有一种都市里的村庄的感觉。

这是一幅近景：自中里楼房四层的房间朝下面望，在这座楼和对面楼房之间，是一个茂盛葳蕤的花园，被齐胸高的铁栏杆围成一个完整规则的长方形。花园里有二三十棵大树，有更多的灌木丛，它们之间的空隙则被野草完全覆盖。那种葱茏恣肆的野趣，不像是位于城市楼群之间。有一株高大的桑树，树干粗壮，树冠像一把巨伞，遮住了一大片空间。夏季，树上挂满了紫黑色的桑葚，还有不少掉到地上，引来众多鸟儿啄食、腾跃鸣啭。我猜想它该是栽种于小区初建之时，那时这一片正是中心绿地。

走下楼去，我在小区里大小宽窄不一的各条道路上行走。这个过程长达十年之久。东边的展览路大街、西边的甘家口大街、南边的百万庄大街、北边的车公庄大街，将小区整个围了起来，而每一条街脚步都可以轻松到达。我从一个个组团之间的道路和庭院中穿行，得以完整地掌握了它的样貌，也深切地感受了它的氛围。

那些年，小区的几条主要街道上没有多少汽车，显得很宽敞。街道旁有不少枝干粗壮的大树，远远高出三层的屋顶，我能认出的就有杨树、柳树、槭树、梧桐树等。有风的日子，白杨树叶会哗啦啦作响。到了五六月份，槐树会将浓郁的槐花香气向四处播撒，而被叫作“吊死鬼”的小虫子也会在半空中晃晃悠悠地飘浮，如果落在一个女孩子的头上，就会听到一阵尖叫。

每一组团中围拢着的楼房之间，有一种宽敞疏朗的风致。每个单元的一楼门口两旁，通常都各有一个小小的花园，用松柏矮墙围起来，种植着各色花草。

窗台上往往也放着一排小小的花盆，有文竹、鸡冠花和俗称“死不了”的太阳花，等等。有的地方种了爬山虎，密密的藤蔓一直爬到三楼的窗子顶端。妻子上小学时有学农课，学习如何养蚕，同学们就向住在斜对过单元一楼的爷爷要桑叶，他家小花园里有一棵桑树，每个孩子都得到了几片。

在这个地方也更容易感受色彩的盛宴。绿树、红墙和蓝天，构成了它的日常色调，而秋天到处飘坠的黄叶，又添加了一抹酣畅浓艳。当冬天来临时，一场大雪会让这里具有一种异域的情调。曾经从网上读到过一位百万庄老住户的文章，当年她谈恋爱时，第一次把男友带到家里那天，正赶上下大雪，白雪红墙就像一幅画，给男友留下了深刻的印象，多年后还提起来过。

记忆中，那些年的雨水比现在要多很多，特别是经常在夜里降下。楼下花园里的树木，被灯光照射得绿幽幽一片，泛着隐约的光亮——来自枝叶上的雨水。邻近光源的地方，绿色显得鲜嫩而透明。将窗子打开一条缝，伴随着淅沥的雨声，会有凉爽清新并略带腥味的空气悄然涌进来。这样的夜晚，总是让我感觉到身体里的活力，生发出对未来的憧憬，想象一些缥缈而美好的事情。

回想起来，那些年也是我的阅读时光。那种沉湎的程度，此前不曾达到，此后也不复能够重现。如果一个人天性不喜欢热闹和交际，不认为觥筹交错是什么荣耀的事情，那么，还有什么能够像读书那样给他带来丰沛的快乐呢？更巧的是，那几年我的工作就是编一份与读书有关的杂志，阅读就理所当然地成了生活的一部分。

读书和买书，总是既如影随形又彼此怂恿。周边就有两个常去的书店。南边的百万庄大街上，国家外文局西边，有一家名为“地球村”的书店，是这家单位开办的，名字倒是十分契合它的工作性质。北边，车公庄大街对面，中国建筑设计研究院旁边，有一家“席殊书屋”，造型很是独特，没有书架，书摆放在一个个带轮子可以转动的小车上，寓意“学富五车”。设计者是张开济的儿子张永和，也是一位著名的建筑学家。那时正是实体书店最辉煌的时期，“席殊书屋”在北京就有多家。好几年中，我来这里的次数最多，购书也多，占到了家中藏书的相当部分。此外，甘家口大厦北边路边的一排新旧书摊，也是我时常盘桓的地方。

那些年里我读了数量可观的书，就像一个没有明确目标的游客，自由散漫，东张西望。除了因为工作考虑，对当时一些重要的或者走红的书需要留意之外大多数的阅读是即兴随意的，从个人嗜好和关注出发的。这些书分属不同的类别，彼此之间也并无联系，但在不知不觉中，在经历了时光的发酵后，它们依据某种内在的逻辑线索勾连起来，一部书通向另一部书，构建生成了一个精神的有机体，影响着我对世界和生活的认识。

这件事情最突出的作用，我想还是进一步培育了我的文学感受和梦想。文学作品的阅读占了最大的比重，它们以潜移默化的方式，让我获得一种独特的眼光，来看待发生在周边的生活，并与某些书中的内容加以对比。在平静处看出某种波澜，在光亮里发现浅淡的阴影，在庸常中品味到一缕诗意，这样的感受带来的是一种深长的愉悦。我逐渐意识到，每一种感受或者领悟，总是能够获得印证。既然“日光底下无新事”，既然哲人说过“世界是一部大书”，那么世间的诸般形象，都可以在书里的某一页、某一行甚至某一个标点符号中，找到记录或者暗示。

譬如，住在这栋楼最西头单元里的一位年轻母亲，每天早晨领着一个女孩，匆匆走过我住的单元楼门口，去到东边的幼儿园，大约两年中都是如此。在旁边商店里偶然遇到几次，或者是她单独一人，或者带着女儿，不曾看到过第三个人。女儿长得很好看，母亲也是眉目端庄身材窈窕，但脸上从来没有笑容，这就让人觉得反常。曾经有什么故事发生在她的生命中？是关于轻信和失望，还是由于背叛甚至某种意外的灾祸？我曾经联想不已。这样的反应自然是个人化的、纤弱的、无足轻重的，有充分的理由被人嘲笑。后来某次外出培训，半个月后回来，就再也没有看到过这对母女，想来是搬走了。

有一次，到百万庄大街南边不远处一位朋友家聚会，认识了一位同龄人，在某政府部门工作，饭桌上他口才滔滔，为自己勾画种种仕途前景和实现途径，其雄心壮志令我自惭形秽。他的口音和经历，也让我联想到巴尔扎克笔下那个名叫拉斯蒂涅的外省青年。他供职的单位，工作内容与我所在报社的报道范围有一些交集。后来他数次主动电话联系我，要来家里坐坐，也来过一次，但估计是在聊天中意识到了我的迂腐无助于他实现远大目标，此后再无联系。这种消失，显然是他主动的选择。

更有一些感受缺乏具体的附着物。在周边的建筑和风景变得无比熟悉后，有一天我意识到，我行走时偶尔会张望那一个个狭窄的窗口，想象其中的人物和故事。某个房间里传出的钢琴声，随着某一扇玻璃窗推开而瞬间闪现出的一张俏丽面孔，会让我多年前经常体验的某种情绪，得到片刻的复苏。而从我四楼窗口的眺望，则更多具有主动的意味。探头出去，能够看到东边午区、巳区的一部分屋顶，连绵错落。目光掠过这些屋顶向前方伸延，直到被远处的高楼阻断。

在搬离这里几年后，我读到葡萄牙作家费尔南多·佩索阿的作品，有一种深切的会心之感。我意识到，其实那段时间，我是最接近于他所描写的那种内心状态的。这样一些句子让我沉醉，目光久久不肯挪移开来——

我们中的每一个人都是若干人，是很多人，是丰富的自我，比我们自己每一个人的无限增值更为丰富。

一个人为了摆脱单调，必须使存在单调化。一个人必须使每一天都如此平常不觉，那么在最微小的事故中，才有欢娱可供探测。……我一直被这种单调佑护。一样的日子乏味雷同，我不可区分的今天和昨天，使我得以开心地享乐于迷人的时间飞逝，还有眼前人世间任意的流变，还有大街下面什么地方源源送来的笑浪，夜间办公室关闭时巨大的自由感，我余生岁月的无穷无尽。

我们周围的一切，成为我们的一部分，成为渗透我们血肉和生命的一切经验，就像巨大蜘蛛之神布下的网，在我们轻摇于风中的地方，轻轻地缚住我们，用柔弱的陷阱诱捕我们，以便我们慢慢地死去。一切就是我们，而我们就是一切。

……

它们不正是我能够意识到但没有能力分析清楚尤其是无法清晰表达出来的东西吗？当时那些颇为飘忽的感受和意念，实际上有着自己的指向——试图窥测和捕捉生活的某种本质，那种平静掩盖下的悸动，狭小连接着的广阔，单纯后的复杂，清晰中的混沌，具象里的抽象……我沉溺于自己的思绪和梦幻中，时而慵倦烦闷，时而欢悦振奋。

生老病死，人生这一场戏剧中的不同章节，在这里也像在任何别的地方一样，轮番地上演。房屋本质上是一种生活的容器，彼此之间尽管有着外在形态上的差异，但其中展开的内容，却没有明显不同。“在这黑暗的或者光亮的洞穴里，生命在延长，生命在梦想，生命在受苦。”在《巴黎的忧郁》中，波德莱尔从阁楼上眺望高低远近的一个个窗口，写下了这样的句子。

平淡庸常的生活中，最能掀起一些波澜的，无过于死亡了。与这里安宁静谧的环境相称，发生在小区里的死亡也是悄无声息的。譬如某一天你忽然意识到，那个经常遇到的坐在轮椅上被人推着行走的老人已经好久不见了——这是生命消失的惯常方式。家人的悲伤哭泣，也总是在关闭着的房间内，好像死亡是一件私密的、羞于告人的事情。

一天深夜，岳父母被急促的敲门声惊醒，开门一看是对门阿姨，神色惊慌。伯伯起来上厕所，心脏病发作倒地，昏迷不醒。赶紧拨打 120，不得要领地忙乱一番，一直到望着急救车闪烁着蓝色顶灯疾驰而去。黎明时分传来了消息，伯伯未能抢救过来。不久后，阿姨从小带大的外孙女去远在英国的父母身边读书，她也搬到了百万庄中里我的住处南边的那一栋楼房，单独一人住，儿子每周来一次。我和妻子去看望过她，房间在一层，南窗外有个小小花园，树木藤蔓遮挡了光线，屋子里有些昏暗。她参加了社区的老年国画班，画了不少花鸟鱼虫，散乱地堆放在餐桌上。暮年岁月在缓缓流逝，就像日光在房间里慢慢移动。

几年后，姥姥以96岁高龄去世。在那之前很长一段时间，衰弱以极其缓慢的步伐悄悄地逼近，直到有一天她无法下床。意识到她的日子不多了，家里人便时常坐在床头陪伴。头一天，姥姥招手把她带大的三姐妹叫到床边，挨个儿摸着每个人的手，说我喜欢你们。第二天，也是同样的时间，三姐妹正围坐在她身边聊天，忽然意识到什么，转眼看时，老人已经永远地睡过去了，神情平和安详。

我们离开百万庄几年后，岳父一家也搬到郊区，此后也就很少再来。但十年生活的经历执拗地存在于记忆中，时常会像阳光下的玻璃碎片一样地闪亮。有关这个地方的各种消息，也总是更能够让我留意。

妻子是家里的老小，上面有两个姐姐。三姐妹都有自己幼儿园、小学和中学的同学和伙伴，因此涉及许多人。如今大多数人都已经退休，有了时间，联络也开始多起来，时常相聚，还建了微信群，主题便是怀旧，追忆这个大家共同出生和成长的地方。家人聚会时，听三姐妹说起各自的发小辈的命运遭际，仿佛看到了一出出浓缩了的人生悲喜剧——

某某终身未婚，如今也快70了，一直与已过百岁的老母亲相依为伴。某某当年另寻新欢，现在身患重病孤身一人，儿女不怎么理他，十分凄凉。某某当上了副部级的领导。某某全家多年前就移民了。某某因经济犯罪关了几年，不久前刚出狱。某某最忧虑患重度自闭症的儿子，自己过世后他怎么办。还有某某死于疾病，某某车祸去世，某某得了抑郁症……

“从一粒沙看世界，从一朵花看天堂，把永恒纳进一个时辰，把无限握在自己手心。”威廉·布莱克这首名诗，早晚有一天会让你产生共鸣。生活的普遍性本质，都可以通过有限的现象获得体现，就仿佛一个小小的器官切片中，有着身体状况的丰富信息。

时光的不断伸延，让我关于这个地方的记忆，重重叠叠地增加，今天与昨天的穿插闪回，更使它们变得纷乱驳杂。

一些人不再需要回忆，他们也成为亲人记忆的一部分。三年前，岳父因病去世。他们于20世纪50年代初从武汉调到北京，推辞了单位分给的三居室，在两间房子里一住就是半个世纪。岳父最后的归宿是昌平南口的一处陵园，那个三人墓穴里，姥姥已经提前几年住进。他一生对自己的岳母至爱至孝，一如侍奉亲生母亲。

不久前，女儿的姨姥姥也在广州辞世。她的儿子——我妻子的表弟后来去广州创业和置业，数年后，她卖掉了回龙观的房子，搬去南方照看孙女。儿子给她买的墓地，在郊区的一座山坡上。记得很多年前，有一次她抱怨母亲，不该在她小时候把她送人，脾气倔强的姥姥气呼呼地反驳：不送人你早就活不成了！那个时代生活的艰难贫穷难以想象。她退休后来京居住的几年，终于有时间与母亲厮守了。如今，母女两人却又是关山阻隔迢遥相望，如同生前的大部分时光。

我望着一张多年前的大合影。岳母的一个粤北韶关的表亲，全家来京旅游，岳父母招待了他们，并将在京的几个远近亲戚叫到家里聚会。照片上将近 20 人挤在一起。姥姥当时还很壮实，岳父母更是神采奕奕。我头发乱蓬蓬的，女儿还没有出生。如今，这个合影中已经有多人辞别人世，几个抱在怀里的孩童也都已经为人父母了。

每个人的离去，都带走了一部分有关的记忆。早晚有一天，所有这些记忆，终将无所附着。

一切都在消亡，一切都是丧失，不曾改变的只有变化本身。但有一个地方作为固定的背景，这种意味就更容易得到凸显和认知。因此，物是人非便成为人们经常的感慨。

物是人非——这当然只是个修辞。实际上，物并非一成不变，它同样也在演化、衰老，一步步走向自己的暮年。

人的衰老体现为一系列生理指标：血液黏稠、钙质流失、感觉迟钝、步履蹒跚，等等。建筑物也有自己的生命体征。各种老化了的管线，是不是很像淤塞了的血管？因渗漏而发霉的墙体，是不是仿佛脸上晦暗的老年斑？

我在百万庄住了 10 年，离开它至今又已经过了 20 年。记得住在那里的后几年中，就已经在传说小区的房子老旧了，即将拆掉重建。的确，即使在 20 多年前，也已经能够明显地看出它的老态。在 20 世纪 50 年代，作为国家重点建设项目、“首都第一住宅区”，百万庄小区有着令人艳羡的充足理由。除了少量三居室，大部分都是 60 平方米的两居，有独立的厨房和厕所，这在当时的住宅中还很罕见。房间里不仅都是统一装修好的，并且配好了家具、厨具、电灯和窗帘，可谓是拎包入住。建筑材料也十分讲究，用的是烧制良好的上等红砖，门窗木料都是东北的红杉木，经过高温处理，不变形不生虫。门把手、合页、水管、龙头、淋浴喷头以及马桶上的金属部件，都是苏联铸造的黄铜。甚至细节也十分讲究，譬如深红色的木楼门和楼梯间的外窗，采用同色系的中国传统回字形装饰，而白色的楼门挑梁、阳台栏板和楼梯间隔墙，则采用同色云纹装饰。

这样的比喻想来不会有人反对：当年的百万庄就仿佛一位风姿绰约的新嫁娘，容光焕发，楚楚动人。

当时虽然设计超前，但随着时光推移，一些当年不曾想到的不足之处也显现了：室内没有客厅，室外也没有规划停车的地方。另外就是岁月造成的磨蚀，市政设施老化，电线老旧，屋顶漏水，木质檐口掉皮。外来人口的租住及私搭乱建、迅速增多的私家车，侵占了原来的绿地和庭院。因为室内狭窄，一些旧家具随意堆放在室外。就连当年栽种的杨树，尽管长得比楼还高，有的也因树干中空而摇摇欲倒。因为20多年来一直传说要拆迁，公共设施只是很被动地维护，住户也是将就着住，不敢装修更新，舒适程度、生活质量都受到了明显的影响。曾经风华绝代的丽人，已经步入迟暮之年，粗服蓬头，邋遢不堪。今天如果一个外人走进这里，他的目光中恐怕更多的是一种同情怜悯。

由于在中国建筑史和规划史上具有重要影响力，百万庄小区自诞生之日起，就成为建筑规划学界的研究对象，曾经作为经典案例，被收入高等学校教材《城市规划原理》，并被若干建筑学方面的著作收录。在接下来的几十年中，百万庄社区居民换了几茬，城市环境也发生了巨变，累积了丰富的社区记忆、历史遗存和建筑多样性，形成一种独特的社区生态。它让人想到一种经历丰富的人生。

这种浓重的历史感，是它的光荣，也是它的负担。在实用和美学之间，应该如何取舍？而且，在随处可见的破败芜杂的后面，它的美是否仍然完整自足？

对于后一点倒没有太多的分歧。整个小区的整体格局尚属完好，地基依然坚固，已经发生的变化，也都被限制在张开济当年设计的区块网格之中。这种规划结构，预设了对于变化的极大的容忍度，也因而具有更强的生命力，耐住了岁月的消磨。后来的种种局部的变动，并没有影响整体的骨架。那种从容悠闲、波澜不惊的气度，仍然能够鲜明地感觉出来。在光怪陆离纷纭嘈杂的都市喧嚣中，在面貌雷同难分彼此的楼宇群落里，这种气质越来越成为空谷足音。

这些难以替代的品质，凸显出小区的重要和独特，也为在原地进行保护性改建提供了充分的理由和可能性。

我从报刊网络上了解到，一个以清华大学建筑学院毕业的青年建筑师为主体的专业团队，从几年前就开始关注小区的前景。这些年轻人大多是“80后”，敏锐地认识到了它的文化价值和诗意蕴涵，希望能够将小区的“九区八卦阵”布局完整地保留下来，在不损伤其肌理的前提下，对各项设施进行升级更新，使之能够满足现代生活的需求，并且拿出了详细完备的改造方案。其实不仅仅是他们和许多中老年建筑学家在努力，小区住户、文化学者、城市管理者等许多不同身份和行业的人，多少年来，也都在关注这个地方，形成了很多共识。而一年多前发布的一条消息，更是让人感到鼓舞：它被列入由中国文物学会、中国建筑学会确定的第二批20世纪中国建筑遗产项目名录。

当然，所有这些信息，也只是允诺着某种可能性。它未来的命运如何，现在还不明朗。它将被彻底拆除，在旧址上建造全新的建筑，还是得以存续下去，见证传统风致与新时代脉动的交汇融合?

我当然希望是后者。将那些赘肉割掉，将那些黑斑祛除，让松弛的肌肤绷紧，让伛偻的躯体挺直。就像在童话中，落叶飞回树上，老媪变作少女，目光明亮，秀发飘洒，步态轻盈。

原载《人民文学》2019年第7期

父亲的战争

高安侠

母亲打电话说，你爸爸最近给联合国写信，呼吁世界和平，还叫你回来给打印寄信呢。

放下电话，我不由觉得好笑，联合国都管不了的事，你一个退休邮递员就能管得了吗？

不过，我还是马上回了一趟家，这几年，父母年纪大了，身体不如以前，我得经常回家看看。

一进门，父亲劈头就问：电视上说，南海局势紧张，是不是要打仗啦？我点点头又摇摇头，最近南海形势紧张，一打开手机，微信上都刷屏了，各种喊打声。

“娃娃们，千万不该爱那个打仗呀，你们以为那打仗是个好事？要死人的呀！你忘了那个胡伯伯，截了一条腿，那就是打仗打的呀！”

父亲又开始了一千零一次的车轱辘话。

小时候，我们兄妹四个一和小伙伴打架，回来不问是非曲直，先吃父亲一顿棍子，还要上两个小时的“政治课”，教材就是那场中印边境自卫反击战。

“打架和打仗一样都不是好事，要爱好和平。就说我们那时候吧，咱们和印度人打仗，七天五夜急行军穿越喜马拉雅山谷，零下 30 多度，人累得边走路边睡觉，要不是老班长那军用水壶里的一口酒，我早就冻死了，哪里还有你们！你看胡伯伯不就是冻掉了一条腿吗！”

胡伯伯我当然知道，他截了一条腿，拄着拐杖，隔三岔五就来我们家找父亲聊天，一瓶廉价的高脖子西凤，就着一小碟花生米或者腌萝卜，一聊一个下午，聊天的内容几乎不变，就是那场中印边境自卫反击战，他们的嘴里反复在念叨着，在七天五夜的急行军中，在折多山的大雪崩中，在收复邦迪拉的战斗中，那些死去的战友。好像不是他俩在喝酒，而是跟很多战友在喝酒。

有时候两人会争论，父亲就专门刺他：要不是你不听话，腿也冻不掉！胡伯伯拍拍那条仅存的腿，眼皮耷拉着不言传，好像也在后悔。

穿越喜马拉雅山谷，风雪打在脸上，像是用刀子割肉，脸皮痛得失去了知觉，大家吃辣椒抗冻。连天疾驰，在寒冷和疲惫中，很多人走着走着就睡着了，辣椒噙在口里也不管用了。

天黑下来了，部队连夜翻山，后面的人扯着前面的人的后衣襟子，木然地在山路上走着，两条腿都好像不是自己的了。前面一停，后面的人立刻在几秒钟内就睡着了。情况危急，一旦睡着，战士们就会被冻死的。老班长急得没法子，推一推这个，摇一摇那个，一个劲地吼喊不许睡觉。

胡伯伯那时候小，才 18 岁，特别调皮，给老班长扯谎说要去解手，偷偷扯一扯父亲要一块去。父亲老实，只说不去，胡伯伯就一个人去了。

他不是解手，只是偷着找了一个避风的崖缝，倒头就睡了。

老班长怕战士冻伤，掏出军用水壶，让大家一人喝一口烧酒，那是他从关中老家带来的宝贝，说是西凤酒。平时，他总也舍不得喝，只是偶尔打开盖子闻一闻，抿一抿，然后，小心翼翼地藏起来。父亲从小在枯焦的陕北长大，没喝过烧酒，不会喝，以为就跟喝米汤一样，呼噜一大口，只觉得一股子火苗从嗓子里直蹿下去，烧得肚子里放了一把大火似的，呛得直咳嗽，肺差点咳出来，却也咳嗽精明了，把瞌睡给丢了。

天黑，伸手不见五指，等大家找到胡伯伯，沉睡中他的一条腿已经冻坏了，后来只好截肢。那次还有几个战士，在短时间的沉睡中，冻掉了耳朵和手指头。

我们渐渐长大，他的故事却不见更新，而且年纪越大越爱讲他这一段历史。用妈妈的话说，那些陈年老账呀，棒子也打不到耳朵门里。我们个个听得泼烦，耳朵里快要磨出茧子了。

可是，他却时不时地穿越到半个世纪前的那场战争里，叉腰站着，学着毛主席的湖南腔："尼赫鲁把刀架在了我们脖子上，我们也就忍了，现在，人家要往下砍呢，怎么办？我们不能忍了！这一仗我们要打出新中国的威风，起码要保 30 年和平！"说着，脖子一梗，大手一挥，大有主席风度。大家相互丢个眼色，翻翻白眼，皱皱鼻子，表示对他的不屑。很长时间里，我们都感到纳闷，一个退伍老兵，一个乡村邮递员，咋就那么爱谈论战争？

父亲浑然不觉孩子们长大了，也不再用崇敬的眼神看昔日的战斗英雄了。

他却深陷在喜马拉雅的冰天雪地里，久久不能自拔：我们的部队抄贝利小道，急行军从后方包围提斯浦尔，那天下午，大部队沿着山腰一条盘山小路挺进，这一带全部是悬崖绝壁，乱石陡坡和一眼看不到底的深涧。一个战士一不留神一脚踩下去，连人带石头“哗啦啦”滚下山去，万丈深谷，根本就看不见底。那个小战士刚刚参军，大家都不知道他的名字，只晓得是河南人。大家一边走，一边嘀嘀咕咕骂那个贝利。这哪里是路，简直是鬼门关嘛。

贝利小道，原是英国人贝利开辟的一条险道，异常艰险，像一条挂在悬崖上的细绳子。印度人死也不敢想象中国人能从这条道上包抄过来，因此，他们就根本没有防备。那条路确实难走，脚下是万丈深渊，山顶上是万年不化的冰雪，白花花一片，太阳一照，耀得人眼花。战士们得了雪盲症，眼睛又疼又痒，什么也看不见。

父亲说，走着走着，那脚就不是自己的了，脚和鞋冻成一个冰坨子，完全失去了知觉。老班长的酒这个抿一口那个抿一口，一天下来还有小半壶。父亲才知道，大家都舍不得喝那救命酒，仿佛只要壶里有酒，大家就有底气。父亲不止一次地说，那时候小，又老实，只有他美美地喝了一大口，肚子才暖和起来……

我们一个一个地溜走，先是哥哥，装作上厕所，抱着肚子，皱着眉毛，偷偷溜出了门，门上的钌铞儿哗啦一声，算是成功逃亡。接着妹妹又悄悄溜走，几乎无声无息，连我也没发现她几时逃遁的。

也许年纪大了，父亲没有了从前的脾气，只是自顾自讲他的故事。我不忍心溜走，都走了，父亲只好对着墙说话了，老年人的寂寞是真的寂寞，我常常从他们的眼神里发现那种难以描述的落寞，不管曾经多么风光的人，老了，腰弯了，耳朵背了，不能和别人顺畅地交流了，就成了多余的人。我只好硬着头皮听。父亲浑似不觉，还在兴致盎然地描摹50年前那些细节，往事仿佛还在眼前。

提斯浦尔的印度军队做梦都不会想到，中国军人会从背后包抄过来。当天夜里，他们还在睡梦里，突然十几个中国士兵破门而入，枪口、刺刀齐齐对准了他们，把那些锡克贾汪（雇佣军）都吓坏了。战斗一开始，他们还顽抗，可是战士们一声：“Give up ，no harm！”“Hands up！”雪亮的刺刀直直逼到眼前，那些印度兵只好举手投降。忽然，一个红胡子锡克兵回身抓起机枪，一梭子子弹打在了老班长身上，瞬间，他肚子里的肠子流出来，老班长将肠子抟一抟，塞回去，举手一枪，红胡子锡克兵应声倒地。老班长牺牲了，尸骨永远地留在了喜马拉雅的崇山峻岭中，陪伴他的，只有那个空空的军用水壶……

后来，我们渐渐明白，听父母唠叨也是一种尽孝。父亲一旦开讲，我们再泼烦也会认真听，时不时地问一些问题，表示出很感兴趣的样子。以至于一回家，父亲就要和我们讨论什么朝鲜问题、钓鱼岛问题、南海问题。有一次，父亲很哲理地对我说："我们打仗是为了不打仗！有我们在，世界才能和平！"

慢慢地，我感到要重新看待这一代人，他们身上有一种强烈的家国情怀。好像天下的和平都和他们有关似的。

80岁生日那天，点燃生日蛋糕上的蜡烛，孙子要爷爷闭着眼睛许个愿。末了，又好奇地问爷爷许了个什么愿，父亲忽然有些赧然，看看四周的家人，小声地说，想去西藏祭奠一下老班长。说完，几乎用一种小心翼翼，生怕被拒绝的眼神瞧着我们。我知道，他是不想连累儿女。可是西藏太远，80高龄的老人恐怕无法成行。商量来商量去，父亲听从了我的建议，就在本地遥祭，精诚所至想必英灵一定能感应到。

清明节那天，我们到凤凰山顶祭拜。父亲小心翼翼地倒了一盅酒，说："老班长，你看，南海局势又不稳定了，国家离不了我们这些军人！有我们在，国家才能和平！来，咱们喝酒，这是你最爱喝的西凤酒，咱们当年的救命酒！"说着，父亲高高擎着酒盅，恭恭敬敬地对着西南方湛蓝的天空拜了下去，一股酒的冽香立刻弥漫在清风和草木之间。

我决定将那些写给联合国的信寄出去，不管人家理睬不理睬。一个80多岁老兵的心愿是不能被敷衍的。

巡线三日

高安侠

今天，开始了巡线生活，我将要踏勘本单位所负责的这段57公里长的线路。2013年，我所在的石油企业遭受了百年不遇的大暴雨，发生一起管线断裂事故。渗漏的原油顺流而下，造成了水体污染，给公司带来不小的舆论压力。为此，公司特地安排各部门下基层参与巡线，将事故隐患消灭在萌芽阶段。

无疑，办公室生活的沉闷使得这个野外工作显得格外有意思，还没有轮到我的时候，我就暗暗地开始盼望了。

一大早，吃了早饭，我们和高航队长就上线了。正是雨季，昨天刚刚下过大雨，空气湿润，山上大团大团的雾气翻滚着涌过来，能见度不足十米，山路被遮蔽了，人好像行走在云雾里，衣服被雾气打得潮乎乎的，似乎拧一把就能拧下一碗水来。小高在前面带路，一边走一边拿长棍子朝路边草丛里击打，沾在草叶上的露珠跳起来，闪一道银光，藏匿在草丛里。小高说，夏季有蛇，得小心提防着。

这是一段下坡路，小路狭窄崎岖，湿泥沾在脚上，渐渐成了一个泥坨儿，步履沉重，脚下稀滑，走路要操心，好几个人摔了跤。开始觉得热，背后像背着一个小火炉，后悔不该穿得太厚。

今年初夏的雨水丰沛，山上灌木乔木疯狂生长，往常巡线工踏出来的路几乎被野草掩埋，但黄色的线路标志桩很显眼，凭着标志桩的指引，大致还能顺着管道行走。

小高很认真，管线左右不时停下来细看，哪里有塌陷，哪怕再细小，也要看看，顺手拿铁锨挖土回填，先灭了那些隐患。

去年我们的这个石油公司经历了几起事故，损失挺大的。反思事故深感巡线管理的重要。俗话说“千里之堤毁于蚁穴”，小小的塌陷可能会酝酿出一起大麻烦。更为严峻的是，打孔盗油，这类事情屡禁不绝。巡线工如果责任心强，便能早早发现端倪，避免重大损失。

这也是我们下基层巡线的原因。

一路没有人说话，大家的眼睛只顾盯着前面人的脚后跟，生怕一个不留心滑倒。细细的小路越走越长，蜿蜒盘曲在山上，好像没有尽头。两边的灰条草分外高大，远远超过正常状况下的身量，有的竟然超过了树木。眼见一棵灰条草竟然骑在一棵丁香上面，枝叶在半空里招摇，可怜的丁香灰头土脸的，有冤无处诉的样子。我试试拿手拔掉这棵“欺人太甚”的野草，没想到它根扎得极深，丝毫撼动不得，“啪”一下枝干被折断。小高笑了：“死不了，过不了几天它又会蹿起来。”

面对这棵貌不惊人的野草，只好叹口气，算了，让它好好长吧。在这个世界里，没有谁是多余的，它有权利生长。

空气越来越潮湿，衣服粘在身上，裤子裹着腿，行路艰难，不知名的鸟儿歌声里沾了水音儿，婉转灵动，只在左右却看不见踪影。一只白蝴蝶歇脚在一茎细长的冰草之上，一动不动，酣梦正沉，蝶衣上布满细小的露珠。冰草的细腰一弯一弯，它也跟着一颤一颤，那么安心地睡，好像母亲怀里的婴孩，不忍心打扰它的好梦。

小高是大学中文系毕业，但是中文系大学生的温雅早已经被石油味儿覆盖，更像一个石油人。肤色黑黑的，一笑露出白白的牙齿，很淳朴的样子。他们经常走这条路，显得轻车熟路，不像我们几个气喘吁吁，一停下来，个个一手扶腰，一手扶棍，上气不接下气。

和所有巡线队一样，人手紧张是个最挠头皮的问题，只好从附近农村雇人，工资太低，仅仅一些年纪大的农民愿意干，年轻人是不会接受这个营生的，在城里，哪怕蹬三轮，也能挣个两三千块钱。好在这些年纪大的巡线工都是本地人，都有自己的苹果园，一年收入不菲。

洛川富县一带的苹果种植已经成为本地一项支柱产业，种苹果致富的人比比皆是。在富县的交道塬上随处看见农村崭新的房屋，以及院子里停着的汽车。与陕北以北很多农村的凋敝形成鲜明的对比。那里主要依靠油煤资源使得一部分人迅速发财。但是更多的，与油煤产业没有什么关联的农民却依旧贫困。贫困与乍富形成一种紧张的对峙关系，鲜明的对比，谁也说明不了谁，谁也掩盖不了谁。我觉得健康的富裕应该是这样一种均衡的状态，如果一个地方贫富差距过大，产生的问题将会源源不断。

跟我们一起巡线的老王，也有自己的果园。一提起自家的收入，他很是满足，儿子女儿都大了，在城里工作，自己习惯了农村生活，不愿意进城，每年果园的收入比儿子的工资还多，果园的营生也不是很忙，就捎带着做了巡线工。“嗐，权当锻炼身体。”他说。

我觉得他的选择是对的，我越来越看不出城里生活有什么好，那种喧嚣与浮华只能让人越来越寂寞。其实看看人的表情就知道，每一个人，在强大的城市面前都显得那么脆弱，那么无力。

任何一项工作都有它的困难，巡线最大的困难就是寂寞。这也是年轻人不愿意干的一个原因。你想想啊，一个人在规定的线路上，天天月月年年就那么走，没有伴儿，一天也说不上几句话。再美的风景也因为熟悉而淡然无味。

天终于放晴，我们要翻一座山去高家河村。上山好走，下山难，几乎不敢朝下看，只顾瞅前面巡线工老郭的脚后跟，一眼瞅定，他刚刚踩出的脚窝儿，一脚踏上去心才稳当一点。忍不住朝下窥探一眼，几乎要晕眩，赶忙回眼再看人家的脚后跟。晴好的天气，太阳渐渐威猛，汗水流进嘴里，一股子咸津津的味道。一根刺加苗猛地刷打在脖子上，被汗水一浸泡，痛得钻心。

巡线工老郭说，这条管线一直护理得很好，水工保护到位，一般下雨都能安然无恙。又指一指旁边长庆油田的管线，说那里发生了一起打孔盗油事件，亏得我们的巡线工老冯及时发现，赶紧给他们报了案，才免除了一场重大案件。

老冯是谁？

那不是？老郭朝山下一指。

山下，平坦的川地里，雨后的大地干净清新，万木明媚耀眼。玉米雄赳赳气昂昂地站在河边，一派军人气概。万千浓绿中闪着一点红，那是穿着红色工衣的老冯。河边洁白的小屋便是他的家。

老冯是高家河村人，但天天住在巡线房里。小白屋内打扫得干干净净，被子叠得整整齐齐。老冯早已经把茶水沏好，他早已等待多时。

白云飘飞，凉风过耳。一只小蚂蚁忙忙在地上爬过，不知道有什么急事。一切令人想到世外桃源等美好的词。

“老冯，你老婆真勤快，把屋子里收拾得这么干净。”我说。

话没说完，引来一阵大笑。老郭下巴一扬：“老冯的老婆在那儿。”

对面河边的玉米地，庄稼生龙活虎，中间有一个小小的坟墓，上面盖满了青草。

我才知道，原来夫妻二人已经是阴阳两隔。

回过头瞧着他，他长着一张憨厚的四方脸，五十多岁的样子，额头上已经爬满了皱纹。

很快，这件事成为一个话题。

老郭和老冯是熟人，开玩笑道："晚上睡下，怕不怕？"

"不怕，"老冯憨笑了一下，"刚埋下还怕呢。"

"你老婆你还怕？"大家都笑了。小王年轻，扬着脖子笑得欢。

老冯也跟着笑，眼圈却微微发红。他老伴儿一直有病，在农村，家里有个病人意味着什么，恐怕人人都明白。

"西安、延安都跑遍了，五六样病在身上，肝炎、胆结石、结肠炎，治不好，最后也不知道究竟是哪个病要命的。反正钱花干了，人也没留下。"他慢慢说着，陷入回忆。

本地的风俗，人殁了，生前的衣物要烧掉，叫她在"那边"穿用。谁想，烧那条紫花棉裤的时候，摸着里面硬硬的，裤腰里竟然藏了八千元钱。

这笔钱不是小数目。老冯说，当年他俩结婚，做了两条妆新棉裤，一条紫花的，一条蓝花的。粗心的儿女们翻出来这两条旧棉裤，一股脑儿都要烧。老冯阻拦说，要留着要做个念心儿。想着两条棉裤是当年结婚妆新的，不由拿起来多摩挲了一会儿，却意外发现老伴儿留下的这笔遗产。

小王开玩笑："那你当时高兴坏了吧？"

老冯回避众人的目光，脸上还继续着那憨厚的笑容："我那人受坏了。"浓郁的洛川口音。"我那人"是陕北人对爱人的称呼，暗含着一个人对另一个人的接纳，一个人对另一个人的投奔。两个生命彼此根植，密不可分。此刻她躺在河流的对岸，不知道听见这话了吗？

大家很快转移了话题，老冯不再是谈论的中心。我发现，他的眼泪还在眼眶里打转转。两个人相依相伴，走着走着，那个人没了，剩下的只好自己一个人走，肩上扛着巡线工的寂寞和中年丧妻的孤独。我虽不能感同身受，但是也能体察那份人生必经的痛苦。

一条蚰蜒开着火车蜿蜒而来，一路迤迤逦逦，试图爬到老冯的脚上。他低头一跺脚，虫子跌了个大马趴，急忙掉转车头逃走。

他回屋里拿出几包麻子，请大家吃。麻子是本地特产，嗑麻子难度比嗑瓜子大，一般人嗑不了，只好连皮带仁一股脑儿吃了。本地人却会这项高难度技术活儿，圆溜溜的麻子丢进嘴里，一会儿"噼里啪啦"脆响，薄薄的皮儿嗑出来，芳香盈满唇齿。

"解心焦哩。"他说。

我们还要继续巡线，等爬上山坡回望，他还站在那里，小小的红点儿分外醒目。

在刚才他诉说如何为妻子求医问药的时候，我忽然想起一个月以前的事：我们在定边县一个叫作黄湾的村子为一个大学同学送葬。

她也是患病多年，苦苦挣扎着活，半个身子不能动，40岁的人俨然一位老妪。记得念大学的时候，有一次，她和我一块儿上街，逛街对于念书的学生而言，仅仅是为了看看花花世界，腰包是空的，买东西是奢望。回来的路上，她忽然对我说："你的下巴长得好看。"从小到大，没有人表扬过我，我是在丑小鸭的自卑中慢慢长大，一时不知道该怎么接口，扭过头去，看见榆溪河流水汤汤，岸边芦苇荡漾，一望无际的美。

无形的手将我们远远地推开，只能站在阳间眺望二十年前的她，回想那些藏在记忆深处，那些温暖的点滴。

她的死亡令同学们难以接受，很多人掉眼泪，荒凉的黄湾，一抔小小的坟墓被一层薄薄的红砖压着。本地风沙大，压砖是为了防沙。谁能料到她一个江南女子，最后的归宿竟然是毛乌素沙漠。她的丈夫站在沙地里，长久地沉默，几年的操心劳累已经早早谢顶。永世不能相见的痛苦，我们不敢说自己能理解。很多事不经过亲身经历很难知道究竟是什么滋味。

老冯的心焦，我们也同样难以体味。能做的，只是回身向这个丢失在时间深处的人招招手。

今天，我们的任务是踏勘北头村到杜家河之间的管线。

一同巡线的小严，原来在西安一家化工厂工作，后来效益不好，大批工人下岗。他就是第一批报名到延长石油的工人。

说起刚来时，小严说真的不习惯，想不到陕北和关中地区的生活差异居然那么大。头一天，大灶师傅做了荞面饸饹，按照陕北人的习俗，来了客人吃饸饹表示欢迎之意。几个关中小伙子也暗喜，想着好好吃一顿面。关中人一天不吃面就好像短个东西。

谁知道，大师傅端上来一盆子黑乎乎的东西，心下诧异，又不好意思问，只怀疑大师傅不讲卫生，怎么把白面弄成这黑不溜溜的颜色。只好装作肚子痛。

后来，和大家混熟了，才知道那东西叫作荞面，降血糖降血脂，好东西。

大家也讲小严他们几个的笑话：头一次上山巡线，觉得好玩新鲜，东看西望，什么都稀罕。下山就不行了，那斜坡看着有70度，一眼望下去几乎是刀削斧劈过一般，不由得头晕腿软。陕北人轻车熟路一溜烟奔下去，几个关中小伙子圪蹴在悬崖上不敢下来。探着脖子干着急。

最后不知道谁急中生智，削了几根硬木棍子当作手杖，才勉强下了山。小严说："现在不但上山巡线跟陕北人一样行走自如，就是吃饭也习惯了，陕北人吃的粗粮多，有益健康，他们几个比刚来的时候还胖了好些哩。"说得几个人都笑了，嚷嚷着要减肥。高队长说，不要减，天天爬山难道还不顶锻炼吗？

一路说一路笑，走路就不觉得累了。一只野鸡噗噜噜从草棵子里飞出来，拖着长长的尾巴。一只灰兔子支棱着长耳朵立在小路中央，来了人也不跑开，两只红眼睛圆圆的愣愣的，看起来很萌。

小严要打，旁边有人制止，一跺脚，呵斥一声，兔子醒过来似的，一蹿跑了。

我奋力朝草丛里拨拉，看能不能发现一条蛇。老惠说，蛇有灵性，知道这条路上有人常来往，它就不在这儿停留，和人是井水不犯河水。

高队长忽然指着路边的一个台地说，这里有隐患，要赶紧挖一条排水沟。

我们看不出问题，忙问怎么了？小高说，这一带有小气候，有时候下骤雨，水流一急就会在土质酥软的台地上冲出一条壕沟，直接影响到地下管道的安全。

小严说，干脆斜挖一条排水沟引到水渠里，几个人比比画画讨论了半天。

我趁空拍照，这是陕北最美的季节，天空晴朗，浅绿深翠的植被覆盖着山峦，完全颠覆了外地人对陕北的偏见。远处的高速公路像轻盈的虹桥，横跨杜家河，路上的汽车小小瓢虫一般，在半空中位移。

我问巡线工老惠的日子怎么样。老惠一口清涧话，说一年大概八万。我替他算账，再加上巡线工资，一年怎么也过十万了。不错啦！

老惠笑着点头，又叹口气说，两个娃娃，两个老人，都要花钱呢。娃娃念了高中，正是费钱的时候，每次回家都要钱，说是学校要补课。老人年事已高，得了肺心病，天一冷就喘不过来气，常常要上医院。如今上医院是个什么概念？

我理解，便无语。每个人都有自己的特殊处境。高家河的老冯要面对中年人的孤寂，杜家河的老惠要肩挑一家人的生计，而我，内心的烦恼密如牛毛。

人人都不容易。

老惠拿出一罐红牛饮料让我喝，我没喝。看得出他有点儿失望，我不知该说什么好，这一罐饮料 5 块钱。我觉得应该替他俭省着点儿。

原载《地火》2015 年第 1 期

邱家大滩上的治沙老人

习　习

被风沙困扰的民勤

邱奶，家在甘肃民勤县大滩乡大西村的邱家大滩。邱奶71岁，从没出过民勤。邱奶这大半辈子，有将近三分之一的时间，跟着邱爷，在邱家大滩上和风沙较劲儿。

邱奶说，沙子像长了脚一样往民勤赶，现在，外面的沙子已经霸占了民勤很多地方。

从地图上看，民勤像一直落在甘肃大地上合翅休憩的蝴蝶。不过，蝶的周围并不是绿意盎然的丰饶之地，蝶翅的一左一右是两个著名的大沙漠：腾格里沙漠和巴丹吉林沙漠。除西南一角以外，民勤被这两大沙漠包围。

2005年，我曾在地处河西走廊的武威古城，隔着大片沙漠，看到了民勤。离田地不远，有连绵几里白得晃眼的荒漠沙地。沙漠与人如此接近，我很吃惊。荒漠边就是农家的土屋，武威人说，那就是民勤。

沙子跟着见缝插针的西北风，一刻不停地向民勤吹。

邱爷说：北边，流沙已堆到了农人家后墙的屋檐了。

我看到这样一组资料：

民勤，一个典型的半封闭内陆沙漠区。年均降水量110毫米左右，蒸发量高达2644毫米，蒸发量是降水量的24倍。

民勤地下水资源的严重危机引起了林木、草场及沙生植物的退化，现有林木植被因严重缺水而出现大面积的枯梢、残败和死亡；20世纪80年代中期以前，多达五六十万亩的人工沙枣林现在能成片的只剩几处，全县已有13.5万亩人工沙枣林枯梢和死亡；另有35万亩白茨、红柳等天然植被处于死亡和半死亡状态，50万亩林地沙化，近400万亩天然沙砾质草场退化为荒漠草场；民勤，流沙每年以3—4米的速度向绿洲腹地逼近，部分地段已高达10—15米。

民勤是我国西北风沙线上的桥头堡，如果不继续抓紧治沙，不保护和节约日益减少的地下水，民勤绿洲会很快沙化，河西走廊很可能被拦腰斩断。

2007年6月，我决定到民勤看看邱爷和邱奶。

公路边、田间地头，随处可见这样的标语：绝不让民勤成为第二个罗布泊——民勤的沙患惊动了中央，自2001年以来，温家宝同志先后11次批示，明确要求“绝不能让民勤成为第二个罗布泊”。

邱爷说，早晨醒来，半个家埋在了沙子里，是什么感觉呢？——邱爷说的是靠近沙漠边缘的民勤北部。

现在，巴丹吉林的余沙离邱爷家仅十几里远。

的确，民勤和风沙紧紧联系着，在民勤，很多人家的历史，就是与黄沙争夺土地的历史。

我找到71岁的邱奶，就是要听听他们一家整治风沙的事情。

从邱爷治沙说起

见到邱奶之前，我见过一张她和邱爷的合影。一片金灿灿的葵花地，阳光明亮。邱奶和邱爷被盛开的葵花簇拥着。葵花盛开的地方原是风沙肆虐、不见一星儿绿色的荒滩。汁液饱满的朵朵葵花中间，两位饱经沧桑的老人露齿笑着，令我感动。

邱爷身旁的邱奶，瘦削，头发稀薄、花白。

之前，民勤的朋友跟我说了许多邱爷的事情。很多民勤人都知道这个治沙英雄，他倔强、隐忍、一意孤行。但我很想走近他身边那个与他同甘共苦，辛劳了一辈子的默默无闻的女人。

不过，还得从邱爷说起。

邱爷名叫邱佳美，家里世代农民。邱爷1974年入党，土地实行集体所有制时，邱爷是大队长。1979年，土地制度改革，邱爷一家的地分在了大滩乡大西村。

1985年，对邱爷一家来说，是一个不平常的年份。那年冬天，风沙格外大，沙尘遮天蔽日。不远处，有一块很大的荒漠地，叫邱家大滩。那里有个大风口，巴丹吉林吹来的风沙在那里长驱直入，走在滩上，人被吹得打转。

邱爷是个老党员，又是先前的大队长。一天，大滩乡党支书和邱爷谈了件大事儿：乡上希望邱爷带头，治理治理邱家大滩的风沙。

邱家大滩是怎样一块滩呢？邱爷说，那是真正的戈壁滩。大滩那边就是名叫老虎口的大风口。风从老虎口贯入，风吼起来，连狼都怕。这里没有人烟，一只鸟儿也飞不过来。地都是有地皮子的，但戈壁沙滩没脸没皮，滩上全是沙子和会走路的小沙丘，风一来，漫起来的沙扬到公路上，来来去去的车被沙子严严罩住。这块戈壁滩是大滩乡乡民心里的一个大疙瘩，如果不提早收拾，沙子很快就会蔓延到村子里。

那阵子，邱爷夜不能寐。邱爷性格倔，也不跟邱奶商量，自个儿思来想去，最后决定接手治理这个让人们头皮子发麻的邱家大滩。那年，邱爷50岁。当时，政府给邱爷贷款8千元。

先是雇人平沙。邱爷说，怎么就那么多沙子呢？好像永远铲不完拉不完。光平沙就累死个人啊，拉了一架子车又一架子车。沙子扬起来轻飘飘的，可拉起来死沉死沉，三个人才能推得动一车沙。邱爷拿锹铲锹，两个手指从那时起永远失去了知觉。整整用了大半个冬天啊，风大、天冷，冷得眉毛结冰檐子。沙子总算是平完了。春天一到，赶紧种上抗旱抗沙的沙枣树、白杨树、红柳、毛条、花棒、梭梭、苜蓿……树和草算是种上了，可是没有浇地的水，怎么办？只有从村农科队借水浇，农科队只有一口井，承担着近百亩麦地的灌溉任务，每天，邱爷的治沙队只好等到夜里浇水。

树苗啊草啊终于长起来了，地上的沙子总算固定住了。可总不能老借水浇地啊。1987年，邱爷东挪西凑、求亲告友借了4万块钱，雇人架设了高低压线路，打了一眼淡水井。滩上的电力和水源问题终于解决了。

绿地就这样一星一点在干涸的沙地上铺开了。邱爷干涩的眼睛被绿色滋润起来了。但邱爷心里的焦急一点也没减少，从1985年治沙开始，邱爷用政府贷的8千元雇人平沙、购买树苗草苗。随着绿地铺开，一年一年花销日益增大，到1996年的11年时间，邱爷贷款已近19万元。借了钱的滋味真难受啊。没有即得的效益，那些比山还重的款债压得邱爷一家喘不过气来。

邱爷一边种草种树，一边想尽办法还贷。攒一点算一点，还一点少一点。一家人白天种植，晚上养牲畜。为还债，邱爷什么牲畜都养过：兔儿、猪、羊、驴、牛、鸡。邱爷说，最多时养过几百只兔儿，兔儿生来会打洞，一不留神，好多兔儿打洞跑了。邱爷笑了，露出一口残缺不全的牙。

到了 1996 年秋天，邱爷换了心思，他把林间 50 亩苜蓿地全部铲掉，然后种了小麦、籽瓜等，直到 1998 年，农场的林间耕种面积达到了 100 多亩，邱爷精耕细作、科学管理，效益一年一年提高了，压在邱爷一家头上的十几年的贷款总算还清了。

我做梦都在还钱，邱爷说，治了多少年沙，就还了多少年钱啊。

在瓜地里见到了邱奶

那天，和民勤的几位朋友去邱爷家。邱家大滩两百里绿地生机盎然。邱爷在二十几年前盖的两件土坯屋子旁又盖了几件砖头屋子。喜鹊在高高的杨树枝头叫着"呷呷呷、呷呷呷"，声音翠色欲滴。邱爷家院门开着，但家里没人。"邱爷！邱爷！"没人应声，我们边走边喊，反正邱爷是走不出这周遭的绿地的。"邱爷！邱爷！"邱爷院门口，圈里的 50 多只羊先咩咩咩地叫了起来。

邱爷应着声，从树丛里钻了出来，他正拔林间地里的野草呢。现在，地虽是租给了别人，邱爷还是闲不住的。邱爷说，邱奶在那边瓜地侍弄西瓜呢。

先前荒无人烟鸟儿飞不过来的地方，现在，满耳朵是雀儿叽叽喳喳的吵闹声。

邱爷说，民勤这地方，只要压住沙，有了水。种什么活什么。沙枣花儿落了，还残留着淡淡的香；杏蛋蛋拇指大了；葡萄架上缠满了水灵灵的藤，缀满翠绿的碎葡萄粒儿；西葫芦调皮地藏在秧里；红柳花儿开得婆婆娑娑的。邱爷家门口的白杨已经碗口粗了，我给邱爷和他的杨树合了张影。邱爷说，现在，风再大也不怕了。

昔日荒凉的风沙口，现在是一条长 6 公里、宽 1.5 公里的翠绿的混交林带。

院门有一个篮球架，是邱爷给孙娃儿栽的。邱爷的二女儿招了上门女婿。他们和邱爷邱奶住在一起。方圆两百多亩地，就邱爷一家人，现在，邱爷邱奶疼爱的孙娃儿在林子里有的玩儿了。

邱奶正在瓜地剪秧子，她说，瓜蛋子出来了，不修剪的话，就全长秧子了。邱奶笑着，我们民勤的瓜很甜呢。

邱奶的治沙历史

20 多年里，邱奶跟着耗上风沙的邱爷，什么苦都受了。人们都看到那个满脸黑焦的邱爷没明没黑地平沙、种树、种草。他家里的女人，难道闲过一刻吗？1986年，邱爷和乡上签了40年的合同，承包了这个满眼荒凉的邱家大滩。邱爷在大滩盖了两件土坯屋子，从此，一家人正式在邱家大滩安家落户了。

荒凉的邱家大滩，只有他们一家。风吼着，远了近了，邱奶的心里更是孤孤的。

邱奶生了两个女子，她家是二女户，人家都瞧不起呢。家里没劳力，种地只有靠邱爷和邱奶了。这下好，除了自家的地，邱爷又承包了这么大一个荒滩。邱奶说，起初是三家联合承包了大滩，但那两家听说要贷款，就都不干了。邱爷脾气倔，答应的事决不反悔，要干就干到底。可邱奶心里没底啊，就靠这样一个50岁的老爷子，能干出什么名堂？周围很多人家都等着看笑话呢：看你什么时候有效益？两个女子，看谁帮衬你们？就算苦出个名堂，没有个续香火的娃子，给谁苦呢？——邱奶心里的难肠没处说去，邱爷只知道闷着头死命干活，他心里的负担更重呢。

邱奶小时候上过两年村小，不过，妇女嘛，娃娃一生就把文化扔掉了，邱奶说。乡里的女人就是苦日子呗，除了干农活，做家务，还要缝鞋缝衣服。乡里人哪里买布买衣服去呢？只有种棉花，把棉花纺成线、织成布，再缝成鞋和衣服。自家织的布不结实，乡里人下的都是大劳力，衣服和鞋几天就破了，女人家赶着补补丁都来不及呢。

到邱家大滩后，邱奶每天要给雇来的三十个多个人做饭。擀面条、做菜、蒸馍。天不亮起来，深更半夜了还睡不下。邱奶当时也50来岁了，身体又不好，来邱家大滩前已经住过三次医院了。

一有缝隙的时间，邱奶就去地里拔草。邱奶说，蹲在地里，拔啊拔，拔一阵子抬头看一下，心里惆怅啊，那么多的地那么多的野草，什么时候才能拔完呢？

自家承包的地，邱奶多干些，邱爷就少干些。和邱爷一样，邱奶一边苦着，一边成日成夜想的就是还钱啊还钱。

邱奶说：邱家大滩是个盐碱滩，刚开始治沙时，干起活来，沙子把五官都迷住了。沙子里全是碱，一天下来，眼角嘴角都被碱蜇得白花花的。白天忙大滩。夜里，要务劳自家的地，还要喂那么多牲口，每天只睡一会会儿觉。

老欠觉，只想着哪天能美美地睡上一觉，那该多舒坦啊。可这么大的滩，一到夜里，风吼得更起劲了，睡下也心慌呢。

邱奶说，讲个可笑的事吧。

一天，她和邱爷喂完牲口，已是半夜了。累得很，两人回到土坯房子里倒头就睡了。一会儿，窗子外头的怪叫声吵醒了他们，声音冰凉冰凉，很瘆人。

荒无人烟的大野滩，是不是鬼叫呢？邱奶和邱爷都吓得没了瞌睡。那东西直着嗓子叫了整壁一夜啊。天亮了，声音也没了。邱爷壮着胆子出门一看，原来是只黄鼠狼。是只叫柴老鼠毒死的黄鼠狼。原来，村上人家怕老鼠偷吃茴香地里的茴香，在地里洒了农药，老鼠吃了茴香，肚子疼得窜到滩上，结果碰着了黄鼠狼，黄鼠狼吃了老鼠，就给毒死了。那一夜黄鼠狼也是肚子疼呢，挨到天亮还是死了。邱爷把黄鼠狼埋在沙子里，自个儿笑呢：我们一家干的是造福大家的好事，哪里会遇上厉鬼呢？

二女子招了上门女婿后，二女子一家和邱爷邱奶住在邱家大滩，二女子给两老人做饭，女婿帮着打理地里的事情。孙娃儿呢，是邱奶心尖尖儿上的肉。没人跟孙娃儿玩，邱奶怕孙娃儿急，叫邱爷给他在院子门口栽了那个篮球架。

邱奶在瓜地边干活边和我们闲话。邱奶那双捏着瓜秧子的手，大，瘦骨嶙峋。

邱奶一开口就是邱爷

邱奶生了两个女子，两个女子生了两个儿娃子，邱奶邱爷高兴啊。邱奶一辈子没盼来儿子，盼来两个孙娃儿也好啊。邱奶说，大孙娃儿今年刚考完大学，小的明年考。

那天，我到民勤县城大女儿家去看邱奶。院里开着碎碎香香的枣花。邱奶是专门去给高考的大孙娃儿做饭的。

邱奶瘦，只端着一身骨架。年轻时的病根儿还未除尽。老了老了，又得了青光眼，眼睛才做完手术不久。邱奶那双布满青筋的大手，疲惫地放在膝上。邱奶说，这二十年可是苦坏了，苦到骨头里去了，到现在，全身的骨节子疼呢。邱奶一笑，露出干净的牙床，她说假牙一个月以后才能安上呢。和邱爷一样，邱奶不说话时，只静静听我们闲聊。

大女儿说，邱奶当了一辈子农村劳动妇女，拉娃娃、干家务、做农活，没过过一天清闲日子。邱家大滩变成绿地以后，和邱爷一样，邱奶在全国省上都获过奖，奖了杯子、被面子……现在，奖状也不知道到哪里去了。

邱奶插话道：邱爷得的奖状能糊一墙，可邱爷才不糊呢，卷成一卷卷一卷卷，塞这塞那的，塞着塞着就找不见了。

我问邱奶，是怎么和邱爷认识的呢？邱奶笑了：是亲戚介绍的，那时候哪有什么恋爱呢？女人们都是嫁鸡随鸡嫁狗随狗，我命好，嫁了个劳模。邱爷好是好，就是脾气不好，还打人呢。大女儿在旁边比画，不就这样轻轻地打了你一下嘛。邱奶又笑了。

我本是让邱奶说说自己的，可她说着说着就说到邱爷了。

邱奶说，邱爷从小就爱栽树，栽的树还爱活，他是水命，天河里的水。

邱奶说，大滩上种的树是邱爷的命根子呢。有一次，他的一个堂哥盖房子缺木料，跑到滩上跟他要，不管出多少钱，说死说活，邱爷一棵也不给。

邱奶说，现在的日子最甜了，沙治住了，地包给别人了，贷款还清了。现在就盼着两个孙娃儿考上大学。

临走时我想给邱奶和女儿孙娃儿拍张合影。素朴的枣花碎碎地开着，散着清香，邱奶说，坐着吧，头晕得站不住了。

邱奶的神情还是那么淡定。操劳了一生的女人，什么苦都受了，什么事都经了，脸上的淡定里有了那么多时光的意味。

邱奶说，过些日子，大滩上的瓜就熟了，再来啊……

原载《山西文学》2007年11期

写在后面：

从嘉峪关到民勤，我没想到路程那么长，长途车走了近9个小时。我的朋友，《嘉峪关日报》社的记者许实专程陪我到她的老家民勤。我们在民勤薛百乡附近的岔道口下了车，许实提早联系好的老乡来路口接我们。两辆摩托车风驰电掣，载我们去薛百乡更名村。一路上我看到成片成片的洋葱地，早先就知道，在河西一带，人们称之为“皮牙子”的洋葱很有名气。薛百乡的小红枣也因核小肉厚味甜闻名四乡。路边和农人院落中都种着枣树，枣花正开，碎碎的绿花儿，染香了整个薛百乡。可惜要采访的那位妇女临时外出了。我和许实便在她朋友家住了一宿。临睡时，温厚的女主人给我旅行袋里装了满满一大脸盆红枣。

第二日一早赶往民勤县。在县委宣传部副部长阎德伦的安排下，我们在大滩乡顺利见到了邱爷和邱奶。一路上，民勤四中教师刘新吾陪着我们，给我们讲了很多民勤治沙防沙的事情。新吾性格欢快，言谈幽默，让我们的采访自始至终笑声不断。

2007年国庆节，我从电视新闻里看到温家宝同志专程到民勤县，深入腾格里沙漠和巴丹吉林沙漠交汇处，察看防沙治沙情况，总理坐在村民炕头上询问村民的生活和治沙情况。和民勤百姓一样，我很感动。

丽丽和彩霞在北京

习　习

2007 年 11 月，在北京，我见到了两个从甘肃农村来的姑娘：郭小丽、刘丽琴。

初冬的北京，路边金灿灿的银杏树正落着小扇子的银杏叶子。两个女孩笑嘻嘻地从远处走来，一脸明净的阳光。她俩正在北京的西部高级职业培训学院就读。刚好是个周末，我们一同去了丽丽的宿舍，一听我是甘肃老乡，她们立刻亲热地与我嘘寒问暖，闲话了起来。

郭小丽，小名丽丽；刘丽琴，小名彩霞。她们很高兴我叫她们的小名。说，好亲切，像回到了家里。

之前我了解到，丽丽和彩霞是两个热爱学习，对未来很有憧憬的女孩子。她俩都生活在甘肃偏远的农村，因为家境穷困，她们的求学之路一度中断，理想破碎，生活没有着落。但今天的她们，通过半工半读的形式，不但在北京上了大学，而且靠自己的收入付清了学费，甚至能补贴些家用。

是谁在帮助她们？她们是如何走上这条半工半读的求学之路的？我很想知道。

丽丽和彩霞几乎异口同声说到了一项使她们受益的大型活动——工学扶贫行动。

之后，我又想办法见到了工学扶贫行动的发起者——北京西部高级职业培训学院院长庞大春，以及热心参与和扶持这项活动、并使这项活动在甘肃蓬勃开展起来的甘肃省人民政府驻北京办事处副主任谢玉华。

那天，在丽丽的宿舍，我请丽丽和彩霞讲讲她们走上这条工学道路的经过。

我说：咱们甘肃有那么多上不起大学的穷困学生，如果他们知道能有这么条出路，该多高兴啊。

丽丽说，太好了，我希望更多老乡来北京上大学。她扑闪了几下大眼睛，就一股脑地说开了，她说话感性，很动情。彩霞性格沉静，话语不多，但句句都有想法。

丽丽：我是这样到北京上大学的

那天，丽丽扑闪了几下大眼睛，眼睛里就渗出了一汪眼泪。

丽丽先说到了父亲的去世。

2003 年，19 岁的丽丽刚参加完高考，父亲突然去世了。家里的一座大山倒了，丽丽的生活轨迹也随即发生了变化。

丽丽家在甘肃省宕昌县农村，家里两个孩子，弟弟正在县城上中专。从小热爱学习的丽丽梦寐以求的事情就是上大学。父亲一去世，家里没了经济来源，母亲还要赡养两位老人。眼看着大学梦就破灭了。高考入学通知单来了，丽丽顺利考上了地处省城兰州的甘肃省中医学院，本该是举家欢乐的事情，但通知单给丽丽带来的是更大的伤心和失落。丽丽泪汪汪地说：现实情况明明白白地摆着，弟弟新学期的学费都没有着落，家里哪有钱供我上大学？

开学的日期临近了，丽丽的母亲从亲戚街坊四邻借来了弟弟的学费，而丽丽只好眼睁睁看着几个高中同学高高兴兴进城上大学去了。懂事的丽丽尽力遮掩着伤心和难过。

家里背了很多债，一家几口要吃要喝，怎么办？丽丽说，没想到这么快就面临着要工作挣钱，养家糊口。丽丽背地里四处打听后说服了母亲，只身一人，南下湖北打工。不料，刚到湖北，就得了阑尾炎，无奈，又花了返程的火车票钱回了家。真没出息啊，丽丽恨自己不但没挣到钱，又得花钱住院动手术。母亲又去四处借钱。丽丽心里难过极了。病刚好，丽丽就乘上了去新疆的火车。她打听到新疆有个棉纺厂招工。新疆那么远，丽丽怕母亲不放心，骗母亲说这次还是去湖北打工。在新疆，那家棉纺厂月工资 600 多元。第一个月下来，扣除押金，丽丽只给自己留了一点伙食费，剩下的 400 多元全寄回了家里。可是，干了不到四个月，棉纺厂停产了，找不到新的工作，丽丽又乘上了返乡的火车。丽丽说，坐的是辆慢车，硬座，我记得火车走了 30 多个小时，火车走了多久，我的眼泪就悄悄地流了多久。

在农村，贫困家庭上不起高中和大学的女孩子，她们的出路无非是嫁人、生孩子、务农。一辈子又一辈子，家乡的女人们都过着这样的日子。丽丽的亲戚姐妹们，还有毕业不久和她年龄相仿的几个女同学，有的甚至结了婚，抱上了孩子。拉扯娃娃搞家务干庄稼活，丽丽说，我不甘心啊！

上高中时，丽丽学习很好，老师们都说丽丽是块上大学的料。虽然家里生活困难，但父亲下决心要让两个孩子都能上学，丽丽说，老想起父亲说的这句话：娃娃们不能再这样苦下去了。可现在呢，就是砸锅卖铁，四处借钱，也只能勉强维持弟弟的学业。丽丽说，她是个爱做梦的孩子，她经常梦想着自己在大城市里，念完了大学，开始高高兴兴地工作、挣钱，家里的生活开始好转。丽丽说，在新疆打工时，我经常梦见自己正在大学教室里学习呢，有一次都高兴醒来了。那张大学录取通知单丽丽一直保存着，她说，不敢看，一看就要流眼泪。

知道工学扶贫行动的那天，丽丽记得特别清楚。丽丽讲到——

那天，我背着背篓去赶集。集市热闹得很，可我心里空落落的。赶集时路过了我的高中，我不愿多看一眼。我背着背篓东看看西瞧瞧，反正有的是时间，比起先前紧张的高考复习和在新疆打工时像机器人一样的忙碌，那阵子，我闲得心里发慌。集上有人发宣传单，我接过一张，坐在马路牙子上看起来。是县上的劳动局发的，单子上有上大学的字样，我心里一热，再一看，是关于工学扶贫行动的宣传单，大致内容是：北京一所大学招收甘肃贫困家庭的高中或初中毕业生，给学生们垫付路费和生活费，让学生们在北京参加短期职业培训后，安排学生在北京一边打工挣钱，一边接受2年至3年的中专、大专学历教育，毕业后，还可以通过半工半读的形式继续接受本科或更高学历的教育。

天哪，是真的吗？我的心咚咚直跳呢。再读一遍，没错，是这个意思。宣传单上写着下午三点在旧城初级中学搞工学扶贫宣讲活动。我赶过去，操场上挤满了人，工学扶贫行动宣讲队正在宣讲，宣讲员们正详细讲述着工学扶贫行动的内容、形式。旁边的人在争着问问题，我挤到人群前面，不用开口，各种我想问的问题都有人问呢。一位70多岁的老奶奶问：家里太穷，儿子儿媳有病，干不了活，两个孙子初中毕业了，没有钱再去读书，能去北京上学吗？还有一位阿姨问：村里还有很多这样的孩子，能参加工学吗？宣讲队的老师回答说，只要孩子肯学，行啊，这个活动就是要让这些上不起学的孩子继续上学。听到这些，我高兴极了。我匆匆买了东西跑回家，还没进院门就喊呢："妈！妈！"我妈说："咋了，咋了，猴子烧着屁股了？"

我这样那样，兴奋地给我母亲说了一通，说得上气不接下气，母亲没听清个来龙去脉，我干脆对她说："我要去北京，一边打工一边上大学，路费有人给出，工作有人给找呢。"我母亲睁大了眼睛，天下能有这样的好事？

丽丽一口气讲了这么多，讲得脸红扑扑的。

丽丽说，很快地，像做梦一样，2006 年 7 月底，我和 100 来个小老乡，在工学扶贫宣讲团的安排下，到了北京。

工学扶贫行动：授人以鱼，不如授人以渔

丽丽和彩霞说，在北京，虽然远离了亲人，但庞院长待学生们像自己的家人；谢主任呢？她就像我们的妈妈。

那天，在西部高级职业培训学院里，我见到了院长庞大春和甘肃省人民政府驻北京办事处副主任谢玉华。

庞大春老家在广西，他曾任北海市团委副书记。1997 年，庞大春放弃了叫很多人羡慕的工作，只身来到北京创业。早在广西时，庞大春就一直关注着西部问题，并致力于研究和考察改善西部贫困问题的对策和方法。在首都，通过长时间的调查，面对潜力巨大的家庭劳务需求市场，庞大春首创了中青家政品牌，并任中青家政服务有限公司董事长。在北京的十多年，中青家政服务有限公司解决了大批西部来京贫困人员的工作和生活问题。

说到工学扶贫行动，庞院长给我讲到了他的初衷。

2005 年，庞大春去山西考察，见到了他的一位老领导和老朋友。两人又聊起了西部问题。老领导说，北京那么缺家政服务人员，我们这边很多农村孩子没有出路还上不了学，为何不在北京搞个半工半读的事情？在北京左冲右突，始终没有停止过对中国劳务市场观察和思考的庞大春眼前一亮，脑子里有了思路。西部贫困孩子的出路问题终于有了个不错的解决办法。如果说，之前他一直忙于“工”，现在，他找到了一个非常好的契合点：“工学结合”。让这些孩子半工半读，以工养读，自食其力，完成学业。热爱中国传统文化的庞大春还想到了授人以鱼不如授人以渔。工与学，既授人“鱼”，又授人“渔”，何乐而不为？

说干就干，工学扶贫行动迅速启动并开展了起来。

西部地区到底有多贫困？具体到每个贫困家庭中，他们到底面临怎样的困境？庞大春院长掌握了非常翔实的资料；目前，中国农村贫困人口主要集中在西部地区。2005 年，西部农村绝对贫困人口高达 1202 万人，占全国农村贫困人口的比重为 50.8%，西部地区的贫困发生率也明显高于东部和中部地区，2005 年达 5.2%。西部的农村贫困人口主要分布在贵州、云南、西藏、甘肃、青海、新疆等地，其中居住在山区的绝对贫困人口占 50%，连续贫困群体有 76%居住在资源匮乏、环境恶劣的深山区、石山区、高寒山区和黄土高原地区。

庞院长说，通过调查，西部地区每个贫困家庭平均每年为上大中专学校的子女支出教育费用为6780元（含生活费），而其年平均收入为4756元，超过三分之二的贫困家庭入不敷出，81%的此类家庭总收入不足以支付子女的教育费用。

这就是工学扶贫行动为什么那么受贫困农村家庭欢迎的原因。庞院长说。此外，工学扶贫行动帮助地方政府减轻了就业压力，而且，为贫困学生和教育发达地区的院校搭起桥梁，促进了教育资源的充分开发和务工资源的合理配置。

2006年，庞大春被评为全国十大功勋企业家，在“和谐中国·2006年度十大功勋企业家”颁奖会上，庞大春的发言里有他对工学扶贫行动的思考：

工学行动，对贫困家庭好，家长不花一分钱，孩子能升学就业；对地方发展好，政府不追加教育投资，提高了人口素质，发展了劳务经济；对参与的学校好，增加生源发展职业教育事业；对家政企业好，获得学习型的员工队伍；对贫困学生好，能自食其力，获得知识和技能，还补贴家用。

庞院长说，工学扶贫刚开始启动，就得到了各地政府的响应。

2006年8月5日，北京工业大学继续教育学院举行了工学扶贫行动甘肃首期学员开学典礼，一个个甘肃来的学生们神采奕奕的。听说这个开学典礼后，湖北省政府驻京办事处和河南省政府驻京办事处也赶来参加了，还很快送来了几十个学生参加工学扶贫。庞院长笑着说。

那么，甘肃省人民政府驻北京办事处又是怎么介入这项活动的呢？

谢主任说，得从一次去甘肃开会说起。

2005年，谢玉华到甘肃陇南——她曾经工作过的地方开会，有几个老同事跟她提到北京的一个可以让农村上不起大学的孩子半工半读的学院，他们委托谢玉华回京后考察一下是否确有其校其事。

谢玉华自小在上海长大，16岁下乡到甘肃省宕昌县，在宕昌农村当过铁姑娘队队长、村支部副书记，后来任县委副书记、陇南地区驻京办主任。在甘肃基层工作多年，谢玉华深知甘肃农村的状况，虽然在京15年有余，但她始终忘不了甘肃，忘不了贫困农村的父老乡亲。在驻京办，在完成繁杂琐屑的日常事务之余，谢玉华一直在思索着劳务输转的问题，如何把贫困地方的剩余劳动力转移出来，让他们有个稳妥安定能改善生活的生存方式？谢玉华一直在找寻一个合适的输转平台。谢玉华想：如果北京真的有这样一所学院，有这样一些为贫困地区着想的人，这会不会是帮助改变驻京办工作职能的一个契机呢？

随后，谢玉华先后几次到西部高级职业培训学院，与院长庞大春交谈，并分部门考察了学院的资质、扶贫工学行动的可行性。

可以说，我们和庞大春院长一拍即合，谢玉华说。

由政府参与的工学扶贫行动在全国开了先河。

甘肃太需要这样一个活动解决农村孩子们的出路问题了。谢玉华说，甘肃是全国农村最为贫困的省份之一，解决农村贫困人口的贫困问题是甘肃面临的一个艰巨的任务。到 2007 年底，甘肃省还有贫困人口 404.18 万人。

工学扶贫行动在甘肃率先开展了。

干练率直的谢玉华为工学扶贫行动，特别是甘肃的工学扶贫行动倾注了很大热情。在甘肃，工学扶贫行动的规模和影响迅速扩大。

2006 年 6 月，甘肃省政府驻京办事处和甘肃省劳务办共同牵头组织了由西部高级职业培训学院、北京工业大学继续教育学院、中央广播电视中等专业学校、北京市劳务派遣协会等单位联合组成的工学扶贫行动甘肃行活动。庞大春和谢玉华随团出行。

工作团沿白银、定西、陇南、天水一线，先后在四市七个县区的十九所学校有组织地开展了对接、宣讲、咨询、报名等活动，得到了当地学校、师生和家长的理解和热烈响应，举办了有学生和家长参加的大型宣讲会十九次，直接听众达 8000 多人。

谢玉华欣慰地说，这次活动声势浩大，共有 500 多名来自贫困家庭的甘肃籍学员走上了工学之路，仅靖远县乌兰中学先后就输送了两批共 106 名学生走上工学之路。

就这样，丽丽和彩霞也成了工学扶贫行动的受益者。

谢玉华一说起到北京的一个又一个甘肃孩子，如数家珍，她指着丽丽和彩霞说，刚来时傻乎乎的两个土丫头，你看现在，一个个神气的，嘴巴利得要命，给学员们讲起话来头头是道。

彩霞：在北京，我终于找到了自我

彩霞是怎样到北京的呢?

2002 年，彩霞从甘肃省卫生学校毕业。家里四个孩子都在上学，没有钱供彩霞继续上大学。彩霞在甘肃省第一毛纺织厂职工医院上了班，一年后，厂子破产。彩霞下岗了，之后，在多家私人诊所上班，效益均不好。无奈中，好不容易走出乡村的彩霞又回到了农村，在靖远县砂梁小学学前班做了临时教师。2006 年，一位在县教育局工作的亲戚对彩霞讲了一个叫工学扶贫的活动，经过了解和详细询问后，怀着忐忑不安的心情，彩霞加入到了受助学生的队伍中，然后，又忐忑不安地到了北京。

彩霞说：做这个决定下了很大的决心。几年的摸爬滚打，我心情一直不好，因为年岁大，又不是应届毕业生，不知道会不会又是白白浪费时间和精力。但家人很鼓励我，都说，在北京，哪怕上不了学，可发展的机会应该更多。起先，彩霞对工学扶贫行动心存怀疑，还给自己留好了退路，身上偷偷揣了一千多元，心想，如果真上了当，起码有回去的路费了。

2006 年 12 月，彩霞被北京工业大学电子商务专业录取。

北京的生活是新鲜和充实的，这是彩霞没有想到的。半工半读的生活开始了，像做梦一样，彩霞从来没有想过，自己一个乡下女孩，竟来到北京发展，而且还能继续停顿了几年的学业。

彩霞在华夏良子集团工作。一开始，她和伙伴们被送到济南培训基地进行培训，彩霞对刚到济南的那一幕记忆犹新。她说，华夏良子的员工们在店前夹道欢迎我们，向我们招手、微笑。伙伴们的心里立刻感到特别温暖。在华夏良子集团工作期间，彩霞学到了集团独特的保健技术，学会了礼貌、礼仪，学会了关心他人、尊敬师长，学会了唱歌、跳舞。那是一段快乐而充实的时间，彩霞不但学好了技术，而且胆子也变大了，学会了如何主动地与人相处，用怎样的心态去做每一件事情。

华夏良子也特别欢迎彩霞这样的甘肃孩子。彩霞说，华夏良子集团董事长史英建对报纸说，甘肃人踏实能吃苦，工作状态稳定。学生们在拿到文凭前，至少有 2 年至 3 年的稳定期。华夏良子集团在德国投资 1 亿元开办分店，特别需要这样的学习型员工。就这样，为争取到更多我们这样的甘肃孩子，史英建董事长也加入到了工学扶贫行动的行列，彩霞说。

聪明的彩霞开始变得自信向上，昏暗没有着落的日子结束了，彩霞的心里洒满阳光。

2007 年，彩霞成了西部高级职业培训学院安置维权处辅导员，来学院前，她在华夏良子集团已经挣到了 2 千多元工资。到学院后，工资比在华夏良子少了，但彩霞有了新收获。她说：接触的人多了，接触的人的层次高了，锻炼的机会多了，其他的收获就更大了。

在北京，老乡们互相关心友爱，感情很深。但是，彩霞也深感在外的不易。远离亲人，一切靠自理，好多孩子受不了这样的苦，就想回去了。彩霞对这些进行说服教育后依然坚持回家的小老乡很痛心。她分析：不管家里再穷，也是一个受呵护的孩子，可是到了北京，你就得是个独立的大人，什么都得自己操心自己处理。彩霞对这些不珍惜机会的孩子感到很遗憾。2007 年，彩霞跟着工学扶贫宣讲团到过甘肃环县，她想不通，那么穷的地方，那些无处就业无处上学的孩子为什么不出来闯一闯。县长的一句话对她触动很大，县长说：我们全力支持工学扶贫行动，你们带走一个人就减少一份口粮。彩霞说，真的是这样，对农村贫穷家庭来说，成就一个孩子真的就成就了一个家庭。

甘肃那么穷，我多么希望更多的上不起学找不到出路的孩子和我们一样来北京学习，创业。

彩霞是踏实的，她把在北京的机会作为人生的一个重大机遇和转折点。在北京，她找到了自我，有了自信，她说，有了这样的经历，许多事情我都敢想敢干了。

来到西部学院做了辅导员后，彩霞每天都被一些人和事所感动。她时刻提醒自己，与其说是学生们的老师还不如说是他们的朋友，我只比他们早来了一点，比他们大几岁而已。彩霞是一个爱反思的姑娘，她说：我的工作性质很特殊：一方面，在西部学院我是一名辅导老师，比其他的学生多了很多社会经验；其次，我是一名学生，我更需要知识的充实，需要经验的接济，需要丰富的阅历，需要老师们告诉我在人生的十字路口该左转还是右转。

写在后面

从北京回来后，我时常想起丽丽和彩霞。

她们也常想起我，不时发来手机短信和电子邮件。

丽丽说，最近她遇到一个脾气特别暴躁的客户，因为一个学生服务不周，他大骂不止，甚至说要去投诉。丽丽出面，心平气和地解决了问题。她说，她现在学会了冷静地思考和解决问题了，不会再像以前那么冲动。她说，看到自己带到北京的学生们拿到薪水后，心里的高兴无法用言语表达。每当听说小老乡们与客户相处得像一家人一样，看着她们脸上的笑容，丽丽说，我心里比他们还高兴。

一想起彩霞，似乎总看见她陷入沉思的表情。她说，先前在华夏良子表现出色，如果不是在西部高级职业培训学院安置维权处做辅导员，集团就要派她去德国学习和工作。我问她，遗憾吗？她说，没什么好遗憾的。现在每天都有收获，收获多了，将来的各种机会也多了。

有一个工人

苏沧桑

东海岸边，北仑码头，大海上一个孤独的舞台。

太阳是聚光灯。

舞台是实景，高耸入天的一排排红色巨型桥吊，宏伟壮观，仰望时，特别震撼。

风就是音乐，无时无刻无处不在，风声从左耳灌到右耳，墙一样挡着你，浪一样推着你，像要把你推进海里，让人阵阵发晕。

没有观众。

没有掌声和鲜花。

我的披肩刺刺作响，据说是产自帕米尔高原上的羊毛做的，很贵。在这个无比豪华的舞台上，却显然不合时宜，像个临时演员。

真正属于这个舞台的，是刚才在会议室和我们座谈的他——30 岁的码头桥吊工人熊崑。

他长得真像“麦克罗伊”——那个遥远的 22 岁北爱尔兰少年，是全球高尔夫球最火热的新星，并被称为老虎伍兹的接班人，黑里透红的圆脸，浓眉，剑鼻，大眼，厚嘴唇，身材强壮，农村孩子般憨厚，而场上精湛的球技令我们这些高球迷赞不绝口。而我对面这个“麦克罗伊”，并不比真正的麦克罗伊逊色。几年前，他创造了一套后来以他名字命名的独特的码头集装箱桥吊法，他是全国五一劳动奖章获得者，省政协委员，市十大杰出青年，接受过总书记接见，和总理同桌吃过工作餐……

除了工作，他的最爱，是古典音乐，让我对他顿生好奇。

此时，他穿一件红黄相间的工作背心，脸上写满严肃，眼神明亮而敏捷。我发现，当他走出会议室，站在这个舞台上，已然进入角色，如同他十年来一直全神贯注地诠释着属于他的一曲天籁——

十年前，没有人知道，会有传奇。

19 岁的他技校毕业，当了码头龙门吊司机，两年后，转为技术难度高得多的桥吊工人。爱人是同学，也是同事。一切很平凡，很快乐。

他的工作，就是“穿针引线”——在离地六七层楼高的一座孤岛——桥吊司机室里，远距离操纵仪器，让吊具的 4 个“爪”同时准确插入相隔五六十米之远的集装箱 4 个烟盒大小的锁孔，然后，起吊，横移，落到别处。最难的是，桥吊面对的是随海浪上下左右摇动的船舶，穿的是晃动着的“针眼”。

“叮——叮，咔——咔”，码头上，他，是一个独奏者，又是合唱者。

然而，有一天，他听出了这个协奏曲里，似乎有不和谐的音符，如果改一改，会不会更完美?

有一阵，他像痴了。整天对照力学书籍，分析运动轨迹，试验，再试验，为此，他跌出了每月评比的龙虎榜，他也无所谓。只是为了完美，无他。整整一年半后，一套“稳、准、快”的桥吊法诞生了：原来 4 个过程的操作法，他只要 2 个过程，省时省力外，驾驶室也不再“急刹车”，吊具故障基本归零!

一个非同凡响的创新，让行云流水般的天籁，令世界叹为观止!

立即，这个以他名字命名的操作法被广泛应用，平均每一艘轮船，多出 4 万多元的经济效益，那是什么概念啊！有了它，他们出色接卸了世界最大的集装箱船，创造了国际领先的宁波港最高船时效率。有了它，港口货物吞吐量跃居全球海港第一，集装箱吞吐量跻身全球前五，成为世界最大的综合港。

这个舞台上，他自然成为当之无愧的“领唱”“首席琴手”。他包揽最难最险的活儿。他亲手完成了码头具有历史意义的第一千万箱的装卸作业。所有“啃硬骨头”的作业，都有他忙到脖子僵硬得无法动弹的身影。

这个舞台上，他又是教“唱歌”的人。30 岁的他，已经有不少“徒子徒孙”，个个都是骨干、精英，他的技术已经传到了第四代。对一些“笨鸟”徒弟，他缩着身子蹲在驾驶台右侧半平方米的狭小空间里，一陪练就是两三个月，有时为了彻底纠正一个不规范的动作一蹲两三天，手、腿、脚全部发麻，直到帮徒弟彻底纠正动作。他甚至自学按摩，除了常给母亲按肩膀，还经常帮同事们轻松轻松，无他，就是为了这曲天籁的完美。

在狂风呼啸的码头，“麦克罗伊”认真平静地给我们讲解着桥吊法。

“你真了不起。”仰望着桥吊，我发自内心地说。“劳模”在我心目中，不是人，是神！

“没什么，我就是挺幸运的，呵呵。”和刚才座谈会上一样，他又一脸的不好意思。

到底谁更幸运呢？自然是他所在的港口啊。

他收专利费了吗？没有。

他以功巨自居了？显然也没有。否则不会一说起荣誉，似乎受之有愧，诚惶诚恐。

一个普通的码头工人，一大摞如此高的荣誉，反差巨大。

“你喜欢这个工作吗？”我问。其实，我心想，他有了这么多荣誉，还甘心当码头工人吗？

“我很牛的，”他脸上瞬间发亮，“我开着五千万的车，对了，最近涨到七千万了，坐在三万多的真皮椅子上，做着进出口生意，比‘富二代’还牛。”他有点得意、又有点不好意思，像我弟弟小时候玩赢了玻璃弹珠。很明显，说起工作，他很快乐，甚至幽默起来。

“除了工作和音乐，你平时还喜欢做什么？”

“很多，游泳，打篮球，骑自行车，摄影。不过，最喜欢的，还是鼓捣音响，听听安静的音乐。”

“哦？”

“我家音响是我自己做的，花了五年时间。每个单元，每一根线材，都是我一件一件找来，组建的。”

世界上，有一种对话，是语言无法媲美的，那就是音乐，于是有“知音难觅”一说。第一次，我和一个人聊音乐聊了很多很多，可是，怎么是个我眼里永远“高大全”的劳模？而且，古典的，宁静的，应该是我这个60后的酷爱，怎么也会是这个80后的酷爱？

我们越聊越多，越聊越近。仿佛，从一个甬道的两个尽头对面走来，在逆光里，他往我这边走，我往他那边走，越来越近，最后，甬道里其他所有人都消失了，只有我和他。一切远去，一切又风生水起。我听见我和他彼此的声音，就像，在交响乐里，美妙的单簧和提琴。

大家分散参观，我和他静立在码头一角。我问了最想问的一个问题：“你有烦恼吗？”

在巨大的风声里，我听到了这个新任桥吊大班副班长“最大的烦恼”——“荣誉多了，职务升了，要转型，压力很大。现在要学管理，学英语，拿文凭，感觉挺累。其实，我就喜欢当工人，搞技术，带徒弟，简简单单地工作，开开心心过日子。”

他的眼睛没有看我，而是看着远处的海，回过神来时，又是羞涩一笑，眼神里带着一点点迷惑，似乎不知道自己是否表达清楚，也似乎是为我有没有听懂，或我是否相信他说的是真话。

“我懂你意思。”我真诚地说。

我听不见，在巨大的风声里，他说了句什么，我们也无法再深谈些什么。我们一同仰望着桥吊，没有说话。

良久，我说：“我们明天就到下一站采风了。到时我能在 QQ 上继续跟你聊聊吗？”

“当然啦。”他欣然答应。“今天晚上您有空吗？到我家听音乐吧，我想给您推荐好多好听的音乐呢。”

他的不设防，他的真诚，热情，让我吃惊，并感动。也许，这个舞台上，有属于他的一种孤独，从未对人诉说。而我，恰好来了。

“熊崽”是他的网名。在长达几个月断断续续的聊天中，我们都发现我们有无数相似——

我们都属猴。我比他大一轮。

我们各自的女儿都属狗。也相差一轮。

我们都爱狗。我家养了两只小狗，他家马上会有一只朋友答应送的巨型贵宾犬。

我们都被父母夸特别孝顺。

我们酷爱风格相似的音乐。

我们都特爱吃面条。

我们待人原则是真诚。

我们都不太会说话。

我们的小家庭、大家庭都很幸福。他们和父母一起住，还常把老外婆接来住一阵子。

我们有相似的现实与理想的矛盾。我们骨子里最想要的，都是自由，简单，快乐，而强烈的责任感，源于追求完美的个性，绑住了自由飞翔的翅膀。

因为这些，我们不知不觉成了无话不谈的姐弟。

“我最大的梦想——一直可以做想做的事，自由自在地工作生活，就像姐写的那种生活。”

“我最大的烦恼——回答过啦。”

“我经历过的最痛苦的事——考试不及格挨父母骂。”

“我最幸福的事——家庭和睦温馨是最大的幸福。还有一个有共同爱好的铁哥们。有一大批好徒弟和支持我的同事。”

“我做过的最奇怪的梦——说实话我不太做梦，睡眠质量很好。记得最牢的是当学徒的时梦到桥吊驾驶室掉到海里了。”

“我最喜欢的音乐——除了蔡琴的《机遇》、朱哲琴《阿姐鼓》，和姐聊过的一些，还有《辛德勒名单原声大碟》《卡门》《四季》《罗西尼弦乐奏鸣曲》、恩雅《榕树下的回忆》、鲁宾斯坦的《肖邦夜曲》等。”

“我空中作业最奇特的经历——一艘外国货船发生严重碰撞事故，随时有沉没危险，我们抢险，难度特大，船尾、甲板严重变形上翘，固定集装箱的拉杆、底锁变形解不开，如果没有把握好着力点，一不小心，集装箱就会如多米诺骨牌一般哗啦啦地倒塌……但我们做到了。”

“熊崽”老老实实地回答着我的提问。而他寄来的《波罗蜜多》和另外几张碟，我放在车上，天天听。仿佛是天外来的声音，黑暗里的呼吸，摈弃了一切喧哗。“熊崽”，无意中给了我一个新世界，让我和他有着相似烦恼的灵魂可以随时躲进去。

第二次见“熊崽”，是我借去宁波开展文学调研机会，去看他。

夜色已经很暗，车子快到一个小区时，忽然飘来樟树的香，仿佛车子穿过喧哗的世界，真正进入了宁静的夜。这个老小区名副其实，就叫樟树街小区。他家在三楼，上下两层。

家人迎上来。

父亲温和微笑，母亲热情招呼。正在学爵士鼓的小女儿很活泼，跑来跳去，但不闹，还给我们拿桃子吃。爱人小银，和照片上一样娇小，落落大方，陪我们各处参观。

这一家子，没有特别亲热的表现，却处处洋溢着淳朴，喜乐。

在他那间四十平方专门的“音乐室”，我们静静聆听着他亲手做的音响，我第一次感受到如此肌肤肌理般缜密透彻的音效。

这的确是一套不同凡响的音响，他自己花了整整五年、十几万做的音响。奇怪的是，垫在音箱下面的，是一块青石板。他说，是他到市场去买来，自己裁剪的，有 80 斤重，那样音箱才会稳当。

“为了那个功放啊，我自己一个人坐车跑到上海，从网友手里求来的，两万块，现在不上这个价了，投影机也是。”

他得意扬扬，也许是在家里，没有了一丝拘谨，说起音响，就像说起女儿，口若悬河起来。五年里，每当夜深人静，每一根新线装上去后，他都会和发烧友朋友一起，享受好一阵子。听出哪里不对，又去寻找，求证，修正，决不允许有一丝杂质，直到完美。那一刻，是他最快乐最满足的时光，就像，数学家攻克难题，冒险家冒险成功……

我突然发现，他之所以能创造出独特的“桥吊法”，也许，真的并非他有多少雄心壮志，更多的，是取决于他追求完美的个性，创造性的天赋，极强的实践能力，还有惊人的毅力。

有些人，觉得麻烦，就会放弃，马马虎虎算了，而他不会，对任何认准的人和事，都真诚到底。

“音乐其实是自由来去时空的风。”我忘了是他说的，还是我脑子里冒出来的名句。

几天后，收到“熊崽”翻刻的七八张 CD，是那晚听过，我特别喜欢，他挑出来为我刻录的。他真是一个认真的人。

记得那一晚，我们在听音乐的间隙，又一次聊起了荣誉感。这一次，我说得很“现实”：

“第一，给你荣誉，也是公司的需要，是社会的需要，他们需要楷模，你要配合。第二，你是政协委员，这是一个新的平台，你有，别人没有，你要好好利用它，做对社会对大家有益的事，不是挺有意义吗？”

“对对，我现在适应多了。上次开政协会议，省长来，大家帮我抢话筒，比如民工住房问题，我说了一大堆，四个建议呢，哈哈。我是技术工人里仅有的两三个代表，我得发挥作用。”

“就是么，所以，你不该有压力和困惑，对吗？”

“是哦，应该很开心。”

因为各自的忙碌，我和“熊崽”在 QQ 上见面更少了，只是偶尔留言。最近，他又在忙着准备“两会”提案了。而他的形象在我脑海里，越来越立体，常让我感慨万千。如果为“熊崽”打一张名片，应该是这样的：

“80 后，劳模，音乐发烧友，运动健将，爱自由，真诚，厚道，幽默但没有丝毫油滑，孝顺但不盲从，重情义，关心国运，对喜欢的执着到底。追求完美。从不说大话，不说教，但在不知不觉中，影响着别人。”

因为“熊崽”，我第一次将目光聚焦在一个特别的群体——80 后——中国第一代独生子女。

“80 后”一词来源于国际社会学家们讨论社会发展的一个代名词，指中国有史以来第一次用法制限制人类生育后出生的第一代人，带着鲜明的时代烙印。在人们曾经的印象里，他们不热衷政治，不关心社会，崇洋媚外，喜欢非主流文化生活，无病呻吟，习惯在富足的生活中寻求忧郁和悲伤。曾经，他们被叫作“垮掉的一代”“最没责任心的一代”“愚昧的一代”“最自私的一代”“最叛逆的一代”。

直至汶川地震，奥运圣火护卫战，刘翔的咬牙坚守，姚明的辉煌和随时听从祖国召唤的爱国精神……这一群年轻人的血性表现，充满活力地彰显了勇敢、善良、爱国、思辨、正义、人性、无畏这些精神面貌，人们突然发现，随着时间的推移、年龄的增长，这一目睹和参与整个民族自强不息奋起拼搏史的特殊一代，已然开始思考，开始成熟，开始担当。

“我只是很多普通工人中的一个，就是比较幸运。”这是熊崽说得最多的。

如他所说，我们的身边，有无数像他一样的80后，一群群普通的年轻人，正迈入壮年，逐渐成为这个社会的主力，在各个平凡岗位上冲在最前线。就像我们采风团在春天一路采访所到之处，跨海大桥，钢琴大厂，造船巨坞，高速公路……到处都有“熊崽”，到处都是奇迹。而在感情上，比起有兄弟姐妹的我们，比起晚辈90后、00后，他们这一代最寂寞，不管是一人独处，还是身在人群当中。但从“熊崽”们身上，我看到，他们更独立，更懂珍惜。

而我最高兴的是，这一代弟弟妹妹，不是有多么优秀，而是，他们真实，真诚，懂奉献，也懂享受——在我看来，这就是幸福人生的密匙。

冬天来了，夜让时空更阔远。此刻，熊崽一定正面对广阔的大海和往来的船舶，从容淡定，倾情歌唱。

那么，十年，二十年后，会看到西装革履的他，在主席台和酒桌上踌躇满志、豪言壮语？还是仍然在码头，穿着红黄相间的工作服，带着一群徒弟，被海风吹皱的脸上，洋溢着憨厚的笑容？

只要他内心是快乐的，就好。

一个挂职画家

丹　增

一

2008年2月的一天，楚雄彝族自治州姚安县马游坪村祥和宁静，村民们正在兴高采烈地张罗着即将来临的新春佳节。这个大山深处的村庄被茂盛的树林所包围，树种繁多，形状各异，高低错落，它们的共同点是在秋冬两季不经意地稍黄片刻之后，春天未到又满目葱茏了。整个山村就像一个懒得换衣裳的人，常年穿着一袭绿衣。沿小街两旁的花坛里，奇花异草，有的迎风招展，有的含苞待放，有的叶枯蒂落。村庄里住着一百来户人家，街巷弯曲幽静，房舍错落有致。村子中央的平坝上，盖着一排窗明几净的五间砖木结构的平房，算是村委会的办公用房。今天，中间那间宽敞明亮的办公室里摆着临时做的画案，上边放着红纸和笔墨。村民们从院子里一直拥挤到门口，有的还从窗口踮起脚尖向里张望。一位脸庞棱角分明、骨骼突出、眼睛深邃、嘴角坚毅的男子，在画案上挥毫泼墨，笔走龙蛇。他书写的一副副对联，墨迹未干就被人们双手捧着，一抢而去，人人脸上都挂着感激和幸福的笑容。

这个义务为农民朋友写春联的人就是中国国家画院美术馆馆长、著名画家舒建新。一个来自北京的画家怎么会在彝州大山里为人写春联呢？话还得从一年前说起。

2007年，舒建新到基层挂职锻炼。这对于长期生活在大中城市，工作在机关单位，活动于文人官场的画家舒建新，恰似久旱遇甘露，求之不得。这是他等待多年的机遇，也是组织上对一个艺术家的关怀培养。不管是什么原因，这对舒建新来说是艺术生命的再生，人生经历的转换。

当楚雄彝族自治州州长杨红卫接到上级通知，要派一位北京的画家当自己的助手时，这位表里如一、言行一致的彝族汉子一时真有点困惑不解了。那种长发披肩、背着画包、目不窥园的画家形象在他眼前挥之不去：他能和当地的干部群众打成一片吗？他能和彝家汉子一起大碗喝酒、大块吃肉吗？杨红卫常年在基层工作，性格豪爽、作风硬朗，是个像大山一样厚重刚直的汉子。

但是，当舒建新站在杨红卫面前来报到时，他看见的是一条足足有 1.8 米的汉子，高大而不笨拙，魁梧而不粗鲁，威严而不鲁莽，睿智而不圆滑，诚恳又不愚钝。来者热情握手后自报家门："州长，我来向你报到，我是来学习的，我做你的学生，当好彝族人民的朋友"。几句朴实无华的言语，一副端庄可亲的模样，存在于杨州长印象里的那种高傲的京城官员、威严的艺术大师形象瞬间消失。他认定这是一个交往可以信任、交心可以放心的人。

楚雄州政府是个开明、大气、富有远见的政府，这些年来经济建设突飞猛进，文化产业繁荣发展，改革道路越走越宽。他们让舒建新在完成交办的任务和该履行的职责之外，留出更多时间、腾出更多精力，领略风情，观察社会，感悟自然。从此，楚雄人民多了一个画家朋友，彝州大地多了一个忙碌奔走的身影，这个来自京城的挂职干部、知名画家，很快和当地人打成了一片。说起舒建新，不管是熟悉他、还是认识他、甚至只是耳闻他的人都会异口同声、毫不犹豫地说：他是一个画家，一个艺术家，一个爽快人。这是他的成功，也是他的价值，更是他的尊严。

二

1977 年 12 月，中国恢复首届高考，无数有志青年终于可以靠自己的才华走向大学殿堂。时年 20 岁的舒建新高中毕业，报考了浙江美术学院。考试之后，他忐忑不安，焦急等待。终于有一天，校长高兴地对他说："祝贺你，考得很好！"他一时兴奋得差点跳起来。没想到校长紧接着无奈地摇摇头说："不过没有被录取，因为政审不合格。"他一下子蒙了："为什么？""因为你的父亲是右派"。等他回过神来，泪水已经模糊了他的视线。

悲伤像漫天的雪花飘飘洒洒地下着，舒建新恍恍惚惚不知怎么回到家里。当晚，母子俩在一个狭小阴暗的屋子里抱头痛哭，用亲情和相互的勉励度过了一个无眠的风雪之夜。舒建新的母亲出身于红色资本家庭，外祖父为了新中国的诞生奉献了自己的生命。而他的父亲在铁路上做经济工作，是一个爱憎分明的人，对爱的人暖风霁月、和蔼可亲、慈眉善目，对恨的人秋风落叶、横眉冷对、金刚怒目，他是千千万万个有良知、有人格、有思想的中国知识分子中的一员。在那动辄怀疑、批判的年代，他为坚持真理说了一些真话。结果撞到枪口上，被划为右派分子……

天亮了，风雪停了，泪水也干了，心也平静了。这个还有些稚嫩的男子汉，既不埋怨父母，也不责备自己，背上心爱的画夹踏着厚厚的积雪只身来到淮河边，拿起笔，认真地写下“毅力”二字自勉，然后开始凝神静气的素描雪后的江河、村庄及行人，不停地画啊画。他相信自己的实力，相信可以通过手中的画笔改变自己的命运。既然冬天已经来了，春天还会远吗？这是那个时代的有志青年最喜欢的一句话。

是的，画画就是他的最大爱好，最高理想，就是他立志追求终身的缪斯女神。他在安徽蚌埠上小学六年级时就喜欢上了画画，那时起到高中，他常常一人早早地来到教室画画，在课间休息、在午休时间偷偷地画。那时家里清贫，没有多余的笔墨供他画画，他就拣起老师用剩的粉笔头在黑板上画。小小的个子够不到黑板的高度，他就搬一条凳子站在上面画，一看老师来上课了就立即把自己的习作擦掉。有同学开玩笑说，舒建新对黑板的利用率比老师还高呢！年少的他画画像是入了魔，从不放过任何作画的机会，作业本、笔记本甚至课本全被他画满了，家里丢下的烟盒纸、擦手纸，凡是有片白纸，都被他用来画画了。过年时大人给的压岁钱，别的孩子拿去买吃的玩的，舒建新全用来买画画的纸笔。家里人戏言，建新是咱家里的“纸篓子”。最有趣的是一次舒建新放学回家，看到一面刚粉刷不久的白墙，就忍不住拿起彩画笔信手画起来。第二天，很多路人围过来看，还误以为是厂里的宣传画。

年幼的舒建新有一颗早熟的心灵、一种锲而不舍的韧劲。虽小小年纪，但用废寝忘食、“走火入魔”这样的词来形容他画画的痴迷都不为过。眼前所见事物都可入他明亮清澈的眼睛，呈现到他质朴真诚的笔下。从画鸡、画鸟、画树、画人，到画村庄、画风景，他的绘画技艺在磨砺中一步步提高。转眼到了高中，他有幸参加了安徽省的一个美术创作组，他的绘画才能崭露头角，他独立创作的一幅《安全正点万里行》的作品获大奖，一些名家大师赞不绝口，一些同学朋友要字求画，一时间，他似乎成了当地绘画界的妙笔神童。如果说舒建新小学时画画是因为好玩，纸上、墙上、黑板上，信手涂鸦，就能画出一只鸟，一棵树，一段快乐的时光；初中画画是因为喜欢，把想象变成画面，纵笔濡墨的过程充满快感，其乐无穷；那么，高中画画则已成为一种追求、目标和理想，是成熟心灵的萌动，艺术梦想的坚定。

1978 年，他再次以优异的成绩考上了无锡轻工大学，毫无争议地被造型美术系录取，走上艺术殿堂的第一步台阶。这时，他父亲的“右派”帽子也摘掉了。

值得一提的是，舒建新在追求绘画艺术的旅途中师承大家，脉络清晰、风格多样。二十世纪七十年代他拜曾被鲁迅先生赞扬过的“中国最有战斗力的版画家”赖少期为师。那时赖先生担任安徽省委宣传部副部长，在赖先生的指点下，舒建新艺术风格逐渐走向成熟，他的绘画从自然的语言彻底转化为一种心像的描绘，融入了内心情感和对自然的理解，从赖少期那里他懂得了为什么画，画什么。

进入改革开放的新时期，他有幸陪伴在大画家亚明先生的身边。亚明先生是共和国第一批身体力行深入生活的画家，他的写生在中国山水画界所产生的影响是一个标杆，是一种目标，兼玲珑剔透之妙、北骨南韵之风，其艺术风格折射出灵魂闪光点，令人震撼。从亚明那里他懂得了绘画艺术的生命价值。

20 世纪 90 年代以来，舒建新又一次师承黄宾虹先生。那时，他已经是一个线条灵魂飘逸、人物栩栩如生、笔墨润泽明秀的成熟的人物画家。师法黄宾虹纯属是为了个人绘画艺术的不断提升，不断超越，不断创新。黄宾虹是近百年来中国传统画精神的继承者，他的山水画沉淀着中国传统绘画的文化精髓。同时，黄宾虹的人物面貌非常鲜明，一旦进入黄宾虹的笔墨世界，就难以“打出来”形成自己的艺术风貌。这就是说，学黄宾虹对一个画家风格的形成是有一定“危险性”的。这他当然明白，走进黄宾虹，意味着要放下自己为之努力多年已自成一家的人物画创作，而且，走进黄宾虹就伴随着如何走出黄宾虹的困惑，要领悟一代宗师的艺术奥妙，又不能变成模仿者和临摹者，要走出宗师笔墨的艺术世界，形成自己的艺术风格。可以说，舒建新选择师法黄宾虹，是对其艺术胆识的考验，更是一次艺术生命的冒险，可以说是一次搏击长空、浪迹天涯追寻绘画艺术精髓的华山之路。师法黄宾虹的经历，是一个大跨度的集众家之长的过程，也是他的艺术胸襟不断开阔、艺术眼光不断提升的过程。

我认为任何一个想有所成就、有所建树的艺术家共同必备的条件，一是才能，二是勤奋，三是机遇。行行皆然，人人皆然，概莫能外。关于才能，人都是生于地球上，存在于宇宙间，同顶一片蓝天，同踩一个地球，阳光、水分、空气都毫无条件、无私无畏地赐给每个人，可每个人的结果却不同。先天的基因加上后天的自信努力就是才能，就是才华、聪明和智慧。一个人当从记事起，就在自己的位置上，展示你内心世界的丰富内涵，不要隐于云海峰峦之后，因为你是巍巍山峦的一石，不要藏于青竹绿林之中，因为你是苍苍林莽中的一束。让自信给你平庸的生活以诗意，苍白的日子以绮丽，沉闷的空气以清新。翠竹显秀丽，青松显挺拔，杨柳显潇洒，兰草显温柔，他们各显大自然赋予的信心和特色，展示生命的光辉。要记住信心之花结的是个性特征之果。大凡被人们记住的都是有自信心和有个性的人。舒建新十几岁就崭露出绘画艺术的才能，表达出绘画理想的信心。没有这个心劲，他走不到今天。

勤奋是梦想起飞的翅膀，人生在世，就得奋斗一回。奋斗与勤奋，是人生旅途中的状态，是不辞辛劳的耕耘，耕耘的目的是收获，耕耘本身就得流汗流血，就得经受失败与挫折的考验。奋斗与勤奋，是一种精神上扬的生存资本，涌动着不屈生命的张力，吹尽黄沙始见金，奋斗勤奋中淘汰劣者，筛选强者，人类不断进化，社会不断发展。舒建新在绘画艺术世界里，乘风破浪，搏击长空，为的是仰望绘画艺术的高远，哪怕是一轮红日，一弯新月，一片云朵，一座山峰，一棵苍松，都在滋养着他的艺术灵魂。

机遇是个看不见、摸不着、猜不透的东西，它是为有准备的人留下的时空，腾出的位置。它犹如一本书，愚者不经意地翻过去，智者却是一页页地读，因为他也只有读一次的机会。在读到与他的心灵、智慧相通的地方，做好准备的人便一把抓住了机会，成就自己的事业。机遇的天空，有很多的偶然，许多的巧合，不经意的邂逅，莫名的缘分，但机遇不必翘首以待，望穿秋水，它只在奋斗一回、拼搏一回、呐喊一回中突然降临。舒建新从小热爱绘画艺术，一步步成长为成熟的人物画家；从大学毕业后当报馆美编，到进扬州画院做专业画家，再到调北京加入中国画院，又走上从政之路，可算是机遇的宠儿，但这都是他靠自己的努力奋斗赢来的。

三

时光飞逝，转眼舒建新到楚雄工作已过两个春秋。这期间，他的身影时常出没在访贫问苦的村庄，抢险救灾的现场。在楚雄同他接触过的人都说：“舒建新是彝族人的好朋友，我们间不分彼此。”舒建新也感觉到，自己血脉里已经涌动着彝族豪放粗犷的精神。他读懂了彝族人脸上的表情，明白了酒杯中表达的深情。他在这里，没有异族之间的文化鸿沟，没有猎奇的陌生隔膜。彝族是火、虎的崇拜者，大地的敬仰者，歌舞的伴随者。舒建新在这里围着篝火歌唱，看着大地作画，听着旋律跳舞。皓月当空，歌声嘹亮时，他在打麦场上与彝族小伙子跳舞、围着篝火与彝族老大妈闲谈，火焰闪闪，笑声不断，对酒当歌，他很快就和这片土地与这里的人们达到了水乳交融的境界。

舒建新明白，仅有爱是不够的，还要主动肩负起爱的责任。几年来，他到北京、安徽、江苏，找朋友求亲友拉赞助、献爱心，甚至拿着自己的画求人，用募集到的资金在姚安县马游坪村新建了希望小学、办起了幼儿园。乡村的孩子无钱上学，舒建新一人就先后资助了八个贫困学生的学业，还抚养了一个四川灾区的小孩。他不仅奉献自己的爱，同时也是回报这片土地对他的爱。

作为一个艺术家，他对民间艺术极力扶持，当他发现彝族人的传唱艺术“梅葛”是民间艺术的瑰宝时，便组织建立了乡间的“梅葛艺术团”，让这一传统文化弘扬传承下去。画家的目光总是敏锐的，丰富灿烂的民族艺术也滋养着他的创作灵感。许多民间传承艺术，藏在深山僻壤无人知晓，有失传的危险，比如彝族人的刺绣便是其中之一，舒建新为了保护传承它，便自己出资帮村民们建立了一个“刺绣研习所”，让这门古老的技艺有了自己发展传承的天地。

艺术家到地方挂职，最重要的是寻求一种感觉，一种远离高楼林立、车水马龙、霓虹遍布的时尚都市，在异族异地异域文化中亲近生活、亲近自然的感觉，这也是中国画界开宗立派的人物都曾在苦苦寻求的感觉。有了感觉才能倾吐，有了感情才能抒发，才能跨越现实和心理时空，追寻一个宁静古朴、深邃悠远的笔墨世界。

要知道彝州人的生存环境、文化特点、生活习俗和精神气质，要读懂云南时时飘着云雾的高山峡谷，时时披着露珠的花木林草，时时翻着波涛浪花的江河溪流，舒建新发现大地之美的脚步并不仅仅局限于楚雄彝州。在迪庆藏族自治州，他仰望着银装素裹、壁立陡峭的梅里雪山，感动得热泪盈眶；在怒江傈僳族自治州，他俯视着波涛汹涌、奔流不息的江河，震撼得五体投地；在红河哈尼族彝族自治州，他饱览神工天作、宏伟壮观的哈尼梯田，激动得忘却自我；在西双版纳傣族自治州，他领略着密林葱郁、温暖湿润的热带风光，惊喜得流连忘返，两年多的时光，舒建新走遍云南 15 个地州市，60 多个县市区，拜访过 22 个少数民族的聚居区，有时走路、有时坐车、有时骑马，爬山梁、滑溜索、过竹桥，栉风沐雨、星夜兼程，行程两万多公里。傣族的泼水节、白族的三月街、彝族的火把节、傈僳族的阔食节、佤族的木鼓节，都可看见舒建新的身影，只要一听说哪里有少数民族的节庆活动，他就把它当作千载难逢的学习机会，决不错过。

这个挂职的副州级领导，在忙完工作之余，常常背着画箱带上干粮，走村串寨进行人物素描，登高山、穿密林、蹚小河，饱览名山大川，进行山水写生，积累绘画素材。他请人当模特，都要给一点报酬，有时是钱，有时是礼品。这样做既是对别人的尊重，也是对他人的误工补贴。有一次他和司机到一个村庄，遇见一位满脸皱纹密布、目光悠闲、髭须雪白飘拂胸前的彝族大爷。他想为老人画个素描，左说右说，老人怎么也不肯。站在一旁的司机忍耐不住，告诉老人："这位是我们的副州长，人家这么诚恳，你也得配合一下呀？"老人瞪大眼睛说："哪里像个州领导？人家州领导下来，起码县上一帮人陪同、小车一大串，你们孤孤单单的两个人，连个带路的都没有，还说州领导！"老人调头就走，搞得舒建新哭笑不得。

有一次他到沧源阿佤山体验生活，被佤族绚丽多彩、独具特色的传统文化和山峰连绵、川谷纵横的自然风光所吸引，在一个位置上从早晨十时画到下午五时，直至胳膊痛得不能动弹才放下画笔。在这里，他一连三天不停地写生、素描，回到楚雄，肩背红肿，脖子僵硬，全身酸痛，他爱人请来医生按摩了几天才好转。舒建新的爱人是一个典型的贤内助，主动放弃在北京舒适的生活，和舒建新一起到楚雄照料他的生活。有这样的贤妻，舒建新投身于三迤大地火热的现实生活，也就再无后顾之忧了。

在楚雄州舒建新的画室里，到处都是素描、速写、草稿和未完成的底稿，挂在墙上、摆在桌上、浸在缸中的大小毛笔，深红、橙黄、墨绿、浅蓝各种大大小小的画碟，色彩斑斓，琳琅满目，画案上写生本垒起一米多高，据说他在楚雄的两年间写生素描超过他学画以来的总量、总数。进入这画室，看到这场景，我们似乎可以看见月光般的宣纸上水墨不倦地在飞溅，似乎可以听见笔杆撞击杯碟的叮当声。是的，每当夜幕降临，舒建新处理完一天的工作之后，就迎来了完全属于自己的时光，此时的他凝神屏气地走进自己的画室，展纸泼墨，引笔挥洒，且吟且书。这时的他仿佛进入了自己的世界，目光专注，神情凝重，悬臂走腕飘灵，笔墨力沉千钧，直至雄鸡高鸣，大地苏醒，他才收敛神色，平和气息，收笔止墨，稍事休息后便投入第二天的工作。

我看到，在云南省人民政府办公楼的大厅里，悬挂着一幅巨大的中国画《三江神韵》，画面山峰连绵如波涛奔涌，川谷纵横似血脉密布，三江并流像天泻银河。这幅巨画是应云南省领导的要求，舒建新用情感和灵动留下的心迹，是他对云南这片土地的真诚回报。

不久前，他在江苏举办了"丹青云南——舒建新彝州风情作品展"。60 多幅人物、山水融为一体的彝族风情作品，展现的是山川的风貌、时光的流逝、世事的变迁，是从生活中采撷灵感的种子、用情感的笔墨描绘的彝州风情，无不使人眼前一亮，耳目一新。他将人生的感悟、笔墨的经验、生活的体验全部投入画作，创作出了有别于他人、有别于以往的彝族风情画卷。

当今画坛，缺少大师、缺乏权威，统领今天潮流的不是画家和理论家，而是市场和媒体，引领绘画创作的不是风格流派，而是金钱。权威艺术期刊受雇于企业，庄重的艺术展览似商品营销，画面的一个结构、一个符号、一块颜色都变成获利的需要。面对舒建新的新作，我感悟他的人生状态，他的艺术不是玩弄自我情感、不是无病呻吟的小调。国人崇尚画品的同时也敬重画家的人品。人品、画品的高度统一才是中国艺术创作的价值所在。有的画家生前不得志，日后却名声日隆，有的在世时名噪一时，百年后却无人提起，有的艺术上成就非凡，可做人声名狼藉。高尚的道德品格，卓越的艺术成就，流芳百世，代代相传的才算是极品、楷模、榜样、标杆。艺术精品只有用汗水才能取得，只有在备受折磨、痛苦、艰难之后，树起信心和勇气才能得来。

组织要求舒建新在楚雄的挂职期延长，他也舍不得这片土地，他在这片大地上还没有画够。舒建新的电脑中记录着这样几句话："云南人间福地，快乐天堂""云南一山分四季，十里不同天""云南四季开鲜花，终年披绿装"。的确，云南是音乐舞蹈的海洋，文学创作的富矿，美术摄影的殿堂，民族文化的沃土。我感觉任何一个门类的艺术家不到云南不知道自己的缺陷，只要体验云南，就会有艺术灵感，就会有艺术成就，云南使你升华，使你超越。我听他的朋友杨正权讲，舒建新曾仰望着一座高耸入云的名山，惊叹，出神，落泪；曾围着一堆熊熊燃烧的篝火，喝酒，跳舞，落泪。这里的一切都让他感动，这里的一切都是这样地宏大、辽阔、磅礴，而又这样地自然、自在、自由，既神秘莫测又透明清洁，这里才能体验到一种高亢的昂扬、一种高尚的情怀、一种永恒的完美，这一切又能纯洁人的灵魂，塑造画境的玄妙。他惊叹于这里四季如春的宜人气候，惊叹于这里清新如洗的蓝天白云，惊叹于这里旖旎多姿的迷人风光，惊叹于这里绚烂多彩的文化宝藏，更惊叹于这里憨厚质朴的人民。

我想云南的风光，彝州的风情，定能涤荡画家心中的浮尘俗念，他会对都市污浊的空气、嘈杂的声响、狭窄的空间、沉闷的氛围、浮躁的心境，逐渐清醒、厌恶，直至恐惧。心中怀有忧虑和苦恼的人，也是灵魂上幸福与静谧的祈祷者，因为他渴望解脱。一个画家的艺术升华和笔墨超脱，关键是需要时间、需要耐心、需要观察、需要体验，要融入自然，熟悉人物。自然是丰富的，人物是复杂的，要十年，几十年，乃至终身。我坚信：一个把艺术作为生活和生命而不完全是目标与追求的人，一定能进入神圣的艺术殿堂。

原载《文艺报》2011 年 02 月 16 日

宁静的小学

郭文斌

后面的山似乎马上要扑下来，盖了学校。

木框泥大门上的青瓦如老妪的齿，稀稀落落的，残缺不全。

上完二十九级土梯，便是校门。进了校门是一个缓坡，缓坡上去是一排教室，教室背后是一个土台，土台上顶着几间泥房子。泥房子靠着崖背，贴了崖背竖一木杆，木杆上飘着一面国旗，已被风雨漂洗成白色。崖背上飞出一棵杏树，紧依国旗，粉生生放着花，仿佛有人掩了面，只从山崖上偷偷献出一束花给谁，让人猜不透，却给小学平添了许多精神和味道。

崖背后的山坡上吊着一头驴，低了头磨嘴皮。驴肚下坐着一个放驴娃，身边放着一根木棍，抬了头看天。

走走走，风大得很，快进屋。

才知道已失了态，忙握了校长的手，进屋，屋是崖背下的泥房子。

炉子是洋炉子，却烧的是木柴，火也旺，火苗上架一茶罐，茶罐黑黑泛油光。课表、计划、制度贴了满满一房，冒着校长气。老到的书法显示出一种不容忽视的力量。作业本、粉笔盒、锅碗瓢盆摆成一幅油画。土炕味儿很浓，大红喜字枕巾黑光灿灿。老羊皮衣叠在炕角，让人想起雪和西北风。

翻了翻教案和作业，无论如何也挑不出刺儿来。

有两位学生蹲在地上。问是几年级，校长笑着说，他们是两位老师，刚从师范毕业，家在苏堡，苏堡到这儿要近二百里路。校长以感叹的口气说，这两个娃娃从开学到现在一直没回家。

问有什么困难。他们说没有，只是害怕星期六，星期六学生一走就寂寞得慌，像被遗弃了似的。

空荡荡一深山上只一座学校，空荡荡学校里只他们两人，就脸也懒得洗，饭也懒得做，刮大风的时候，打闪打雷的时候，他们觉得满山都是狼和鬼。

学校距乡上约三十里路，鸡肠狗肚似的山路得靠两只脚一步一步地往过量。菜该怎么买？面该怎么打？信该怎么发？他们说菜有乡亲们送的洋芋，面是赶集的乡亲们捎着打的，信也是赶集的乡亲们捎着发的。

一年级大教室里坐了二十名学生，后面空出更大的一块地，洒了水，让人想起空阔辽远的大草原，担心不久会长出什么来。

娃娃教师正讲课，只听得有麻雀在叽叽喳喳地说话，抬头，原来就在大梁上，盯着讲台上的老师，仿佛正在回答提问。又看老师和学生，才知我的担心纯属多余，他们压根儿就没有听见，依然专注地讲，依然专注地听，房梁上什么也没有。又抬头时，那麻雀就悠悠然不慌不忙从没有被胡墼垒严的窗口飞出去了。

窗子被胡墼垒着，风从胡墼缝里往里挤。

黑土墙上贴了红字标语：好好学习，做共产主义事业接班人。

老师让学生背一首诗，学生就大声地背，声音震天。第一句是普通话，第二句是半普通话，继而带有土味儿，最后能掉土渣了。

老师就纠正学生的舌头。

下课了，校门外子弹似的射进几十个小孩，和奔出教室的学生在一起玩儿，玩儿得很亲很热。

上课了，又自动出去。

有的趴在大门槛上，面向教室，一种朝圣的目光，透人脊骨。

下课，又应铃声跑进来，打伏击一般。

去年五谷颗粒未收，开学初学校无“米”下锅，教师就逐户往来叫，答应将自己的工资垫书费，才动员来几十个；还有更多的孩子，不久将要随父母进山抓发菜。

这是五年级教室，讲台下四个学生，讲台上一个教师，合起来才够“狼牙山五壮士”，我不由得想起红军，想起长征。

天黑了路上有狼，学区主任催我们回乡上。

校长送我们下完二十九级台阶，再回首，那两个娃娃教师还在校门口站着，一脸的憨厚和宁静。

未来

陆　梅

当蜘蛛网无情地查封了我的炉台
当灰烬的余烟叹息着贫困的悲哀
我依然固执地铺平失望的灰烬
用美丽的雪花写下：相信未来

当我的葡萄化为深秋的露水
当我的鲜花依偎在别人的情怀
我依然固执地用凝露的枯藤
在凄凉的大地上写下：相信未来

我要用手指那涌向天边的排浪
我要用手掌那托住太阳的大海
摇曳着曙光那支温暖漂亮的笔杆
用孩子的笔体写下：相信未来

我之所以坚定地相信未来
是我相信未来人们的眼睛
她有拨开历史风尘的睫毛
她有看透岁月篇章的瞳孔
……

——引自食指的诗《相信未来》

一

这一天，教英语的王鲁蒙想改变一下传统的知识讲授，给山里孩子讲一讲“英美文化”。王老师问：“有谁知道布丁是什么？”（王老师原本想问：“有谁吃过布丁？”想想不妥，便改成了“有谁知道布丁是什么？”）

教室里很安静，一个女孩怯生生地站起来回答：“就是衣服破了缝上去的布……”王鲁蒙突然有一种想哭的冲动。——这一幕，如果是在城市里，肯定会被理解成“搞笑版”的脑筋急转弯吧！

有个叫志兰的12岁女孩，小学没毕业，除了在家干活，就是在外打工。有一天，志愿者来了。志愿者们千方百计想说服女孩的父母，让女孩去读书。但父母就是不同意。女孩的心被打动了，父母不同意，她就四处去借学费，终于舅舅借给了她。

12岁的女孩志兰可以上学了。学校离家很远，只能一周回一次家。学校里没食堂，孩子们都是从家里带了馍馍去上学。这一天她出门时愣住了——妈妈没给她准备要带走的馍馍，厨房里一片冰冷。志兰还是倔强地去学校了。这一个星期，她靠了大家的馍馍，每个人节省一点，帮她度过了饥肠辘辘的一周。

从那以后，志兰学会了自己做馍馍，自己照顾自己。妈妈从不过问，连冬天棉衣棉鞋也不给准备，她就穿着薄衣单鞋去学校。只要能上学，忍冻挨饿都不算什么。志兰在说这些的时候，语气很平静，她对支教老师焦霖说：她要努力学习，将来有出息证明这一切是值得的，才能更好地报答父母的养育之恩。

有个男孩叫朱德英，出了名的“皮大王”，逃课，上课不专心，和同学争吵……支教老师王赛第一次上课表扬了他。受到老师的表扬，朱德英挠着头，眼里写满惊喜和不确定。下课后，男孩找到王赛老师，问：“姐姐，我调皮吗？”王老师摇摇头，说：“朱德英，姐姐觉得你是个聪明的孩子，你不调皮。”得到老师的肯定后，这个男孩一天一天在改变。

有一天志愿者们去家访，山路很不好走，都是旁生斜逸出来的树枝，一不小心就会被划伤。朱德英就走在最前面，用身体挡住划人的树枝。他时不时地在路上拦住王老师，用小手捧着一把豆角塞给王老师，给她当零食吃。每次王老师教给学生们一首新的古诗，朱德英都会把古诗写成漂亮的格式送给老师……

宝山宝贵宝民是三兄弟。宝山居中，12岁，五年级，但几乎没在白天上过课，他要放羊；弟弟宝贵7岁，可爱善良，经常流着鼻涕憨憨地笑；大哥宝民16岁，眉清目秀，安静沉稳，早已是家里出力的男子汉。三兄弟，就像大山的精灵，充满阳光和野性。

有一天，12 岁的宝山带老师们去放羊。他有 7 只小羊，他给每只小羊都起了名字：娘舅家的、小公羊、大角羊……他最喜欢两只公羊，因为它们头上长了角。他们来到一个山谷。山谷空气清新，野鸽成群，遍地都是城里老师从未见过的野花和野草。真像个与世隔绝的桃花源。宝山指着一个小圆坑说，那曾经是个泉眼，可是已经两三年没山泉了……

小羊吃草的时候，焦霖老师在宝山边上坐下。两个人，一问一答聊起了天——

你每天都是一个人出来放羊吗？

不是，我和苏小山一起出来放。苏小山好，我们每天都一起赶羊。

喜欢放羊吗？

宝山笑了，不喜欢，他说。

那喜欢做什么？

读书。

读什么书？

安徒生童话。

爸爸一年回来几次？

两次，一共就在家两个月吧。

想他吗？

想。

你不听话他打你吗？

不打。

那你怕他吗？

怕。

在家里你和谁最好？

宝山抬头看了看老师，又低头笑着说：我和我的马宝贵。

马宝贵就是小他 5 岁的弟弟。他跟弟弟最好。有一天他早上七点多就来到学校，老师问他：今天不放羊了吗？他很骄傲地说：马宝贵去放了，他说让我来上课，让我歇一天。

山里的孩子都很能干，十二三岁就都到山上种田了。但是和城里的孩子比起来，他们都瘦瘦小小。因为常年不吃早饭，吃饭也只有馍馍和素馅包子，青菜很少见，肉只能一年吃一两次，所以孩子们大多营养不良。

清晨，老师们约好了和三兄弟一起去他家地里烤洋芋（也就是土豆）。他们走过一个沟。焦霖老师问宝山：这是昨天走过的那条吗？宝山说不是，你们看这些沟都长得差不多，我们天天走，就知道不一样了。这话在宝山，是顺口一说，可是焦霖老师听了却“突然很难过，我们来到山里二十几天，总在感叹顾沟的美，现在明白了是因为新鲜。顺着这条路，走上几年、十几年、二十几年……甚至更久，每一道沟的方向都了如指掌，每棵草每束花都记得清清楚楚，每天看到同样的天同样的地，还会有多少内心深处的欣喜和感动？”

宝山的弟弟和苏小山一起挖洋芋的时候，大哥宝民和父母一直在地里割麦子，割得汗水涔涔。老师们帮不上忙，就在一旁将一捆捆麦子垛在一起，码成一个个小谷仓。洋芋烤好了，大家围坐下来休息。老师们拿出准备好的糖，铺上塑料布，一起享用这美味的洋芋。焦霖老师说，这是他从未经历过的盛大的一餐，“吃着那软软的暖暖的甜甜的洋芋，我忽然觉得这一切都是上苍的恩赐，如此简单清澈，就像席慕蓉的诗：天这样蓝 / 树这样绿 / 生活原可以 / 这样的美丽……”

二

相聚，总有离别。经过一个暑假，孩子们眼里的“老师”，都将重返校园再做学子。临别的时刻，孩子们问得最多的一句话是：“哥哥姐姐，你们走了以后是不是就再也不来了？”

支教最后一天，一个叫圆圆的女孩，拉着王赛老师的手，嘟起小嘴请求：“姐姐，你们真的要走了吗？你们能留下来吗？”

再不忍，还是要走。那些懂事的孩子，早早地等在泥泞的山路上，在密密雨丝中，又一次扛起老师的行李，一路默默地送别。

要上车了，一个叫马银秀的五年级女孩突然腾出搬行李的小手，从口袋里掏出一小包豆子递给赵希婧老师。女孩怯生生地拉着赵老师的衣角说：“姐姐，你拿着路上吃。”赵老师知道这个女孩每天只吃一点点干馍，连忙摆手叫她把豆子收回去。推让了几遍后，女孩用几近哀求的语气说：“姐姐你留下吧，你是不是嫌不好？我家百合还没打完，不过家里还有洋芋，我去拿！”

这个女孩有一双稚嫩乌黑的眼睛。现在这双眼睛噙满了泪水。赵希婧老师再不能推却了——“我知道，为了一袋豆子，可爱的秀秀不知要鼓起多大的勇气才敢跟家里提这个要求，这是一个孩子满怀感恩的心啊！”赵老师打开装得满满的袋子，里面竟然还撒了几颗水果糖——那是当地孩子最喜欢也最珍贵的小零食，从来不舍得买给自己吃。

也就是在这个群山环抱的西部小山村——何家山学校，赵老师在一次语文课上，用粉笔头抄下了食指的诗:《相信未来》。虽然何家山的真实生活，城里的孩子无可想象。城里孩子一顿随便的必胜客，就是一个何家山孩子一年的学费。城里的孩子想象不到，一个八九岁的何家山孩子为了上学，早上5点钟就已起床，啃上几口干馍，便要在黑漆漆的山路上跌跌撞撞，翻山越岭，绕上四五个小时才能到校。寒冷的冬天，这些上学的孩子，从鞋子到半截裤管，都会冻在一起……

生活已经够艰辛，偏偏何家山还极度缺水。一个孩子在作文里写:“山上的泉水开了，一夜才能淌六桶水……”何家山人喝水，要走很长的山路才有一口水井。井里的硬水一定要烧开，生水容易闹肚子。

眼前的现实震荡着每一个志愿者的心灵。在孩子们以纯真的笑颜和质朴的热情全身心接纳他们的时候，他们的内心无时无刻不在感动中。王亚琳老师发出深情的感叹:“何家山，我原本想采撷一缕春风，而你却给了我整个春天！”当羞涩的孩子用提行李来表示对志愿者老师的欢迎时，赵希婧老师忽然想起书本上那句鲁迅的名言:

“当今的青年，应有一分光发一分光，有一分热发一分热，哪怕像萤火虫那样，也是有益的。”

有感于这行之有效的西部阳光行动，文化学者杨东平写道：对于许多志愿者，这不仅是一次挑战，而且是一次洗礼，他们的心灵和生活的方向发生了可以看得见的变化。感动是一种希望，感动是一种力量。在消费主义、享乐主义、利己主义甚嚣尘上的滚滚红尘中，播撒关爱和理想主义的种子，滋养悲悯和感恩的心，追求有价值和意义的人生，这种教育的价值，是可以用现实功利来衡量的吗？从中将生长出的爱和公正的力量，对于一个人的人生、对于社会和民族将产生的影响，又能加以怎样的估量呢？

乌兰牧骑小院

白　晶

一个电话，才两三分钟。是乌兰牧骑老队员聚会的通知。

越过三十年的时空隧道，直奔主题，指定了小城中一个饭店。乌兰牧骑，几个字，让我闻到了久违的湿漉漉的草香、花香，还有泥巴的香味。来不及感慨万千，所有重逢的喜悦，一股脑抒发宣泄在了晚宴上。握手拥抱，说着笑着，琴声歌声，蒙古语汉语，还有泪水夹杂着跑调的半蒙古语半汉语，属于乌兰牧骑人独特的情感表达。这一天的夜晚，月亮也领略了不同以往的沉醉。

仔细看这些队员，都已是六七十的岁数，头发稀疏，满脸皱纹，老胳膊老腿，女队员打扮得依然十分鲜艳，男队员尽显红色轻骑兵本色，精神抖擞，席间，大家激情满怀，在不大的空地上，争先恐后，跳起蒙古舞，唱起科尔沁民歌，拉起马头琴曲，手中的筷子敲碗伴奏，还有人拍桌子当架子鼓助兴。信手拈来的节目，似乎一整夜都演不完。我年龄比他们小些，当年是带着一身学生气走进了这个小院儿，与老哥老姐们相处七年后，没有道别就离开了。先是割断，接下来是隐匿，多年的文职工作，早已把那份无所顾忌的开朗活泼，修炼成了刻板或者说矜持。在乌兰牧骑小院儿的时光已恍如隔世，现在他们仍将我归纳到这个群体，是他们的包容和宽宥。

三十来年，我竟然刻意不让自己回访那个梦里经常出现的小院儿。面对眼前这些显然都被岁月涂抹了风霜，熟悉又陌生的面孔，我的内心有种莫名的缺失。

走进乌兰牧骑小院儿，总会听到从各个角落传出的不同的声响，对于外人来说，吱吱嘎嘎，分辨不出是啥动静，但从事舞台艺术的人能辨识，这些声音来自队员们平日里的基本功训练。

八十年代，我居住的内蒙古小县城——科尔沁左翼中旗达尔罕，蒙古族和汉族杂居，这里大多数的蒙古人讲蒙古语时喜欢加上汉语，即便不会讲汉语的蒙古人，也能听懂汉语。刚招进乌兰牧骑的牧区队员，为了学习说汉语，即便说着跑调的倒装句，也要将两种语言掺和着说，一来二去，乌兰牧骑队员都能蒙古语汉语兼通，几个北京和天津知青队员，不但北京话说得地道，天津味浓郁，蒙古语也讲得十分流利。旗里还流行一个顺口溜："五金公司电灯亮，煤场子睡热炕，馆子吃得胖，乌兰牧骑穿得浪。"左中达尔罕出美女，女孩子长得漂亮，特别是进了乌兰牧骑，上半年有点儿土气，下半年你再看，只要踏出乌兰牧骑小院儿，女队员准被人追逐思慕，男队员那派头，个个都像艺术家。乌兰牧骑保留的传统节目，一批批队员反复演练，被民间打趣为"洗不完的衣服（洗衣舞），挤不完的奶（挤奶舞）"。科尔沁是歌舞之乡，民歌更像是开遍草原的花朵，一年有大半年在乡下演出，牧民对乌兰牧骑情有独钟，场场演出，百看不厌。

没有演出任务时，各队自行训练。我们舞蹈队员集中在一个大排练室。练软度，压腿，下腰，踢腿，汗水还没干透，我们就撒欢似的跑到歌队乐队。歌队有一间小屋，放着一架钢琴，乐队有一间稍大的，摆放着各类乐器。趁没人的间隙，我们跑进去偷着鼓捣琴玩儿，在这小院儿里，每天乱窜。令人吃惊的是，舞蹈演员会拉琴，歌队演员会跳舞，乐队演员能唱歌，队员们还能编排戏曲类节目过过戏瘾，也有人喜欢填词谱曲，上台演出，队员们个个一专多能。小院儿里，常常看到歌队队员，他们三三两两，在两排小白杨树周边，踱着步，一手捏着脖子，一手捂着耳朵，吊嗓子，练声。乐队这些人，专业差别大，要是他们每人操起家伙都集中在一间房子里吹打弹拉，情形可想而知。鉴于这种情况，乐队队员有的就在自己家中练琴。

乌兰牧骑小院儿，一进大门，那两排小白杨就特别抢眼，直抵尽头。一年四季景色分明。围绕小白杨，没少留下我们每一批队员青春的倩影和思绪。院子东侧和南侧一溜低矮的平房，是乌兰牧骑队员家属宿舍。单身队员的宿舍，几平方米的面积，小小的一铺火炕，巴掌大的落脚地儿，过道没有窗户，漆黑一片，想去找哪位队员，迈进走廊，需将两臂伸向前方，做出摸索状，唯恐和正面来人撞上，还要大声呼唤那个人的名字，循声走向那个房间。院子北侧一趟房是办公区，人走动得勤，房子也近，公私不太分明。一念之下溜达到谁家，赶上正吃饭不用多让，上炕就吃，或者顺手拿一张刚出锅的烙饼，烫得两手一面颠来倒去一面咬着跑出来。

喜欢看乐队练琴，对他们手里各式各样的乐器好奇。乐队那些人，也如同专属于他们各自的乐器一样，个性鲜明。拉马头琴的巴雅尔，是马头琴大师齐·宝力高的大弟子，外柔内刚，人长得英俊，他除了和我们一起下乡，经常随老师外出巡演。1986年，齐·宝力高组建了“野马马头琴”乐团组合，名噪一时。舞台上，八位彪悍的蒙古族男演员，身着白色的蒙古袍，并排而坐，拉起那首气势磅礴、汹涌激荡的马头琴曲《万马奔腾》。琴声狂野，演员帅气，每场演出都会引来下面观众不停地欢呼叫好。

巴雅尔也是马头琴传承者之一，他第一个学生是自己的儿子，其次是妻弟，其他学生，更是数不胜数，如今他儿子和妻弟都在文艺团体工作，也在教学生拉马头琴，来自远古的，被称为有灵魂的蒙古族乐器马头琴，早已走出了国门。春节期间，巴雅尔一家五口人分别去芬兰、日本、菲律宾参加国际演出。马头琴是巴雅尔的至爱，总是随身携带。今晚聚会的酒桌上，他再次拉起心爱的马头琴。他把马头琴夹在两膝之间，先调琴，然后，表情凝重，用手轻轻爱抚着琴上马头后面那一缕马鬃，像在对一匹马耳语，更像是对心上人窃窃私语。有人告诉我，那一缕马鬃是他特意用妻子的头发做的，琴随人行，走到哪里演出，妻不能同往，爱抚那一缕青丝如同爱抚妻子的秀发。巴雅尔有一位美丽善良的妻子，属于越端详越好看的那种美女，外号叫“瞅不漏”，是我们乌兰牧骑的舞蹈演员，别看来自牧区，很有表演天赋，演啥像啥，她更是丈夫的贤内助。在乌兰牧骑小院儿，经常看到她在院子东侧的水井担水，逢冰天雪地，我问她怎么不让巴雅尔哥挑水？她回答：他在练琴，他的手是拉琴的，不能干重活做家务，要不手指会僵硬，拉琴有影响。亲戚搬家，想请巴雅尔前去帮忙，这位妻子理直气壮，上前对亲戚说：我们家巴雅尔是艺术家，不是给你们搬家的，我替他去。乌兰牧骑人都知道，巴雅尔家农村亲戚常年不断，一有马车赶进乌兰牧骑小院儿，队员们确定又是巴雅尔家来客人了，常常刚送完这一拨，又迎来下一拨，在物资本来就匮乏的年代，大家日子都不富裕，一来客人，女主人便急火火地东屋借米，西屋借面，想尽办法答对好亲戚们，为的是让丈夫安心拉琴。

看舞台上巴雅尔演奏时，我总是格外注意他那双白皙修长的手，或揉弦或弹拨或颤弓，马头琴忧伤或欢乐的曲调从他指间流淌，更唤起我对家乡科尔沁草原的丝丝眷恋。此时，马头琴声刚落，巴雅尔对我们所有人说，他要唱一首他自己作词作曲写给妻子的歌:《藏在眼睛里的爱》，说着他便把充满爱意的目光投向身边的妻子。“透过天窗，望见了月亮，就像你那动人的眼睛，你那温柔的目光，是我内心里爱的波浪。诶达姑娘，美丽的姑娘，心心相印情意长。今天的相逢，我们永不能忘。”

情长，味远，意深……

乐队有一位四胡演奏家那顺白乙拉，他对四胡也是挚爱无比，每天把四胡从头到尾擦拭得锃亮，他是一个乐天派，有他的地方必会引来笑声。肚腹滚圆，两腿纤细，队员们总拿他像孕妇临盆的肚子开玩笑，见面就问哪天预产期？和男队员面对面交谈前，他总先用他的大肚子把对方顶得退后几步再说话。他练琴，就在乌兰牧骑小院儿南侧，自己家的土炕上，盘腿坐下，琴弓一经拉起，便十分专注，夸张地甩头，大幅度摆动上半身，反复针对几小节音符，自己不满意决不收琴，有人走进来也不觉知。每每练完琴，汗湿衣背。他顽童似的会用四胡模仿人的语言和来人打招呼。就是这样的乐天派，有一天，他一本正经地对我说，他常在夜晚看天上的月亮，心想，要是人总能活着多好。我听后，愕然，当年的我正值芳华，关于生死，从未经遇也没思考过。而这个问题，由不得任何人想或不想，总是要经遇的。

在乌兰牧骑小院儿，我最先认识的是看守这个小院儿的门卫爷爷。我们每天上班提早到，习惯性先进门卫室，每逢有女队员走进来，爷爷不管正在点炉子还是做吃的，他都会停下手里的活儿，立刻闪开，背着双手站到窗前，给队员们腾出空间，也不与女队员对视。担水洗衣，他都自己做，不让别人帮忙，一身深蓝色衣帽，干净整洁。曾冒昧地问过爷爷多大年龄，老人用手指弯曲成9字形晃了两下，过了几年再问他，他还是之前那个动作。有人告诉我，爷爷一生没有娶妻生子，年轻时是喇嘛，还俗后就一直在乌兰牧骑看院儿，几代乌兰牧骑队员都称他为爷爷。一个雪天，我走进爷爷的小屋，见他正从锅里端出热腾腾金晃晃圆鼓鼓的一坨食物，一时间，看不出是什么，我好奇地上前仔细看，原来是爷爷做的黏豆包，蒙古语称“酿饽饽”，汉族人做的豆包小巧，还裹着苏子叶，爷爷做的“酿饽饽”完全是自己创意，超级大，超级黏，而且只做一个，相当于汉族人做的十个大，伴着热油，爷爷用筷子一块块夹下来，呼哧哈哧，大口大口地蘸着白砂糖吃。我还是第一次看到这种做法，这种吃法，到现在想起来都让我流口水。爷爷一辈子没吃过药，有一天大家发现，爷爷脚部肿胀得穿不进鞋，队员为他买来药，爷爷不时地摸着药瓶，一粒药也不曾入口。舞蹈队刘淑丽姐姐用温水为他洗脚，这也许是他第一次被女性触碰身体，爷爷腼腆又紧张地用手不断捋着长长的白胡须，不知如何是好。舞蹈队队长陪爷爷住进旗医院，没有病痛，午夜，爷爷安详地悄然离世，完成了修行人的一生。木质的小茶叶箱，一个手杖，留在了他居住多年的小屋。

乌兰牧骑小院儿，没有惊天动地的故事，一代代新老队员，还有爷爷，他们做着世间最平凡的工作。如今在这个普通的小小院落，在琴房里，杨树下，走廊过道，宿舍窗前，再也听不到熟悉的扬琴、大提琴、圆号、木笛、小提琴，还有架子鼓等乐器或长或短的击打吹奏。

长辫及腰，活跃在当年牧区土建舞台上的我，如今也已成白发妇人。岁月给予我的，一面是舍离，一面是寻找。舍离和丢失不同，舍离的那些，其实就在离我不远的地方安放着，彼此牵连。

恍惚看到，牧区草原又迎来一支演出团队，其中一些队员，就是当年在乌兰牧骑小院儿里嬉戏玩耍的孩子们，他们是老队员的后代。他们唱着，跳着，一首首曲调，都是我熟知的，好像从遥远的时空延续而来，仍然是那样温馨。

原载《民族文学》2021年第2期

腾飞的十八洞村

李　迪

这里是湖南湘西十八洞村。一个古老而年轻的苗族村寨。青山环抱，绿水流翠。木楼相依，万瓦如鳞。

2013 年 11 月 3 日，习近平总书记来到了这里。在村民的晒谷场上，在一棵高耸入云、有着三百多年树龄的梨树下，面对围坐在身边的父老乡亲，习近平总书记第一次提出了“精准扶贫”，指导全国扶贫攻坚战。沉睡在贫困中的十八洞村，自此蝶变，张开多彩而勤奋的翅膀，飞翔在脱贫奔小康的春风里。那样耀眼，那样明亮！

十八洞村由四个自然寨组成，习近平总书记所去的寨子，因为有梨树，就叫梨子寨。村党支部书记龙书伍说，论季节本是初冬，我们却迎来一场春风！

行走在绿水青山的十八洞村，你会时时被精准扶贫、自强不息的故事所感动。

梨花朵朵惹人爱，采撷几朵存起来……

金兰蜜的故事

扶贫工作队队长龙秀林吓了一跳！

当他就着星光走上前去，这才看清，路边黑乎乎的一堆，不是柴火，而是一个人。

天寒地冻的，这是谁呀？

还能有谁？村民说，龙先兰！

听村民讲起，龙秀林心头一沉。原来，龙先兰年幼丧父，母亲改嫁，唯一的妹妹也跟着走了。他以酒浇愁。哪儿醉了哪儿睡，吃了上顿没下顿。

这不，大年三十，家家都在忙过年，他又醉倒在路边。

龙秀林急忙抱起他，兄弟，你醒醒，醒醒，跟我回家！

他把龙先兰领回自己位于邻乡的家，妻子正忙年夜饭。腊肉，酸鱼，蒿草粑粑。

哎哟，这是谁呀？

这是我弟弟。

啊？以前没听你说啊！

哈哈，现在说也不晚呀，他来跟我们一起过年！

要得，我添双碗筷！

龙先兰愣住了。龙秀林说，先兰，咱们一笔写不出两个龙。从今往后，你就有家了。你是我弟弟，我爹妈就是你爹妈！说着，他把爹妈请出来：爹，妈，您看，我弟弟俊不俊？两位老人一看儿子"捡"了个弟弟回来，笑得合不拢嘴，遂按苗家认亲礼，给他包了一个大红包。龙先兰再也忍不住了，泪如雨下。爹，妈，他大声哭喊着，老天不公，我一再失去亲人，我没有希望，我只有喝酒，我兜里永远没有钱！现在，我又有家了，又有爹妈了！往后，我要听你们的话，听秀林大哥的话，活出人样儿来！

打这以后，龙先兰扔掉了酒瓶。龙秀林逢人就说，先兰是我弟。当然，帮助龙先兰脱贫，成了他进村后百忙之外的又一忙。小伙子正当年，光打零工不行，要引导他干一番事业。龙秀林先帮他摆了个鱼摊，养鱼卖鱼，还叫妻子动员姐妹们都去买。可龙先兰天生不是买卖人，嘴笨，不久就收摊大吉。再干啥好呢？龙秀林拍着脑袋苦想。忽然，一只蜜蜂冲他一脸的汗飞来。他一躲闪，来了主意。哎，让龙先兰学养蜂行不？苗家自古就会养蜂，但都是散养，星星点点，成不了气候。如果龙先兰能办个蜂场，养成规模，采自大山的天然土蜂蜜还愁没有销路吗？到时候不怕他嘴笨，只怕供不应求！

龙秀林把想法一说，龙先兰拍手叫好，可接着又摊手为难，我跟谁学呀？再说也没本钱啊。龙秀林说，师傅早给你请好了。本钱你还愁吗？哥有一块饼，就有你一半！就这样，龙秀林自掏腰包，把龙先兰介绍给邻乡的养蜂专业户，并为他购置了蜂箱等物件。龙先兰嘴笨手不笨。出徒后，第一年养的四箱蜂就挣了五千多元！他高兴得手舞足蹈，首先想到的是把本钱还给龙秀林。龙秀林说，还啥？看你那破房子，风来透风，雨来漏雨，还不赶紧翻修了找媳妇，想打一辈子光棍吗？

到底是哥。话说龙先兰三十了，媳妇还不知在哪儿呢。十八洞村像他这样的光棍还有不少，成了扶贫工作队的心病。脱贫先要"脱单"，无家心不安。为此，工作队在村里举办了四届相亲大会。第一届举办时，龙秀林就把龙先兰拽去，跑前忙后给他当“媒婆”。

关键时候，龙先兰的嘴也不笨了，说我不会唱歌，也不会跳舞，但有一身好力气，哪个姑娘跟上我，我让她幸福一辈子！说完，就地十八个俯卧撑。脸不红，气不喘，一下子就被板栗村的姑娘吴满金看上了。

姑娘看上不行，爹妈不同意。小吴主意正。不管爹妈同意不同意，自己跑到十八洞村。两个人一起打扫龙先兰的房子，光是垃圾就装了五口袋。

龙秀林听说后，选了个好日子，带上妻子，叫上村干部，一起来到板栗村为龙先兰提亲。他对两位老人说，先兰有家啊！我是他哥，这是他嫂子，这是村主任，这是村支书。我们都是先兰的亲人，也是你们的亲人。我们真心担保，先兰是个好后生，他现在不是酒鬼了，是个养蜂能手，姑娘跟他错不了，你们二老就放心吧！

小吴爹说，离了窝的小鸡要自己找食，受了欺负别后悔。

小吴妈说，孩子认准了，我们也不是不讲理的人。

龙秀林赶紧接上话，二老同意啦？

两位老人不说话。隔了一会儿，又点点头。

龙秀林小跑着回来向两个人报喜，说恭喜恭喜，好事成双啊！老人同意了，这是一喜，我刚得到消息，精准扶贫贷款下来了，每个贫困户五万元，这是又一喜。这下你们的蜂场可以开张了！

蜂场很快开张了！两个相爱的人从此开启了辛勤而甜蜜的生活。在两个披星戴月的身影背后，一百八十个蜂箱如繁星飞落在百花丛中。

当小吴准备把收获的蜜带回家给爹妈品尝时，不留神被蜂在脸上蜇了一下。爹一看到她的脸肿了，就吼起来，我就说他是酒鬼！妈心疼地掉了泪，闺女，这婚咱不结了！

哈哈哈，小吴笑弯了腰。你们快尝尝，这蜜甜不甜？

两位老人蒙住了。

很快，在唢呐和鞭炮齐鸣中，龙先兰和吴满金喜结良缘。他们的蜂场产出的蜂蜜也正式命名了。啥名？夫妻俩名字里各出一字——

金兰蜜！

“爱在拉萨”

没的事。这是龙拔二大妈挂在嘴上的话。

可是，那时候，她正“有的事”。

而且，不是一件，是三件。件件愁死人！先是老伴病了。椎间盘突出。不能下地，不能坐，只能躺床上。地里的活儿干不了。还要看病、打针，一年要花好几千块钱。家里还有个老奶奶，日子也指望她。

再一个，家里上百只羊突然得了病，一下子全死光了。不能吃，只能埋了。龙拔二哭干了泪。埋完了，不想回家，坐在地里到天黑。

第三件，喜忧参半。或说忧大于喜。唯一的儿子杨英华，考上了华东师范大学。这是寨子里第一个大学生。乡亲们都来祝贺，龙拔二却眉头紧锁。这是要花钱的事。可是，钱呢？孩子很懂事。高中时住校，到了晚上，有钱的同学去逛街，他坐在寝室不出去。可现在不是逛街，是要真金白银，学费、生活费。

说实话，一般人都难以承受这样的压力。何况，龙拔二已经是六十多岁的老人。她咋供得起呢？

她挺直腰杆，没的事。

偷偷地，把家里最后一头耕牛卖了。

家里本来养了三头牛。儿子上高中的时候，就卖了两头。儿子知道了说，妈你把牛卖了，咱家的地咋耕啊？她说没的事，还留着一头呢！地也不多，有一头就够了。

现在，为了给老伴和儿子凑钱，她把留下的那头牛也卖了。儿子急得哭。她说你小声点儿，别让你爸听见，他病着呢！家里的地我想办法请人帮忙。放心吧，没的事。

请谁帮忙呢？又哪儿有钱请呢？龙拔二只能自己当牛。她背着家人，买了一台便宜的旋耕机。当地人叫铁牛，类似手扶拖拉机，在机头前方安装了可以旋转的犁刀。耕地时人双手攥紧了把，掌握方向。犁刀旋转，泥花纷飞。半天下来能把人震酥。这都不说，铁牛重一百五六十斤，龙拔二家的地在高坡上，咋抬上去呢？

龙拔二喘了口气，没的事。她把铁牛的零件，一个一个地拆开，装进背篓里，分几次背上山。背到山上后，再一个零件一个零件地组装起来，然后就开始了一天的劳作。

到底是六十多岁的人了，干了不一会儿就累了，一屁股坐在田坎上，看着要耕的地还没有尽头，坐着坐着，眼泪就下来了。

一天的劳作结束，龙拔二又把铁牛拆开，用背篓一次次背下山，明天接着干。就这样日出而作，日落而息，地终于耕完了。把种子和希望一起种下去，用脚蹚平。暮色四合，地里一串串歪歪扭扭的脚印。

这样的苦日子到底结束了！龙拔二做梦也没想到，有一天，习近平总书记来到村里，从此村子走上了脱贫致富之路。这里山高地少，种粮食困难，但山清水秀、风景宜人，可以发展乡村旅游，靠旅游脱贫。于是，进村的路拓宽了，家家门前铺上了青石板，村民的房屋装修好、卫浴改造好了，整个村子焕然一新。节假日的时候，全村游客多时一天能有七八千人。为了接待游客，一家又一家开起了农家乐。龙拔二家当然不例外。老伴烧柴、煮饭打下手，龙拔二亲自掌勺。苗家美食棒棒哒！最多时家里坐满十桌客人。一拨客人走了，又一拨客人来了。龙拔二再也不用上山了，坐在家里就能挣钱。

话分两头，再说说她的儿子杨英华。时光荏苒，英华以优异的成绩在华东师范大学毕业了。这样的好苗子，当地市县机关早就盯上了。眼看就要跟儿子团聚，龙拔二高兴得睡不着觉。

可是，有一天，突然，她接到了儿子的电话，妈，我要到西藏去支教，那里需要我！龙拔二愣住了。

她万万没想到，儿子不回来了，要直接去拉萨。而且，合同一签就是十年！就这么一个儿子，日思夜想的。

龙拔二很揪心。孩子，你能不去吗？她心里翻江倒海，终于说出了这句话。

妈，咱家现在脱贫了，生活好过了。可还有没脱贫的地方啊，我们不能忘记。多的话也没有，妈，请您原谅我！

彻夜未眠，辗转反侧。第二天一早，龙拔二拨通了儿子的电话——没的事。十八洞人的心，要像十八洞那样大！

接到妈妈的电话时，杨英华已经踏上了前往西藏的旅程。四十八小时的硬座，吃不好，睡不着。当火车翻过唐古拉山时，上吐下泻，头晕眼花。他瞬间体会到父母的担心。但是，他无怨无悔。

送走了又一拨客人，龙拔二在围裙上擦擦手。她抬起头来，遥望绿水青山。她知道，在山的那头，就是拉萨。

十八洞村的农家乐，各家的名字各家起：阿雅民宿、幸福人家、精准坪广场饭庄……龙拔二家的最特别——

“爱在拉萨”。

回乡种黄桃

隆吉龙是村里最早去广东打工的，一去二十年。

二十个春秋，事业有成。买了房子，买了车，结了婚，有了孩子。

现在，要舍弃这些幸福满满，重返十八洞村——那深山老林，那陡坡烂路，那养肥的猪要几个小伙子换着肩抬出大山才能卖的日子，重回记忆中这样的村庄，得要多大的勇气啊！

但是，他毅然转身。习近平总书记在十八洞村首次提出“精准扶贫”，隆吉龙闻讯彻夜难眠。最终他说服爱人，离开繁华地，踏上回乡路，去跟村民一起建设家乡。一人美了不算美，全村都美才叫美！

下高铁后坐上长途汽车，在服务区休息时，隆吉龙在水果摊上看见了他没见过的桃，金灿灿的。

这是啥桃？

黄桃。

多少钱一斤？

十五块。

啊？你卖金子哪！

你不买没关系，尝尝！咬一口，甜掉牙！

隆吉龙一咬，牙还在，心甜透！

你从哪儿进的？

哈哈，还用进吗？自家种的！

哦？你种了多少？

二十亩。

一亩能种多少棵？一棵能结多少果？

一亩照着小三十棵种，一棵能结上百斤。咋的？哥，你有意种吗？

有意。咱们保持联系！

隆吉龙买了一袋黄桃，就像买了一袋金子。

十八洞村山多地少，村民人均合不上一亩。种粮食只够糊口，谈不上收益。也有种西瓜或烟叶的，比种粮食好。但又能好到哪儿去呢？一亩地种西瓜，刨去成本，纯收入也就几百块钱。种烟叶也就这个价。而这两样东西都很“矫情”，种两三年必须换地方，再种下去就会生病，侍候不了。特别是种了烟叶的地，土是散的，风一吹跟沙子一样，回过头再想种玉米都不成。不少地就这样撂荒了，实在可惜。要是用来种黄桃多好啊！一棵树别说结上百斤，就结个七十来斤，每斤也别说卖十五块，就卖十块吧，那一棵树结的桃就能卖七百多块钱。一亩地也别说种小三十棵，就种二十五棵吧，这样一算，收入都有小两万！隆吉龙越算越高兴，对，回村就发动大家种起来，让黄桃成为脱贫桃！

然而，当他兴奋地把桃分给村民品尝时，各个都叫甜，可一说起种桃来，跟着要种的只有四家人。隆吉龙愣住了。他又把账响亮地算了一遍，听的人还是笑而不语。终于，有人说话了，桃三杏四梨五年，挂果不是短日子，中间树要有个病灾啥的，地就废了。又有人说，我家的烟叶正绿着，挣多挣少的，当年就见钱。还有人说，咱这地方以前从没种过这个，谁知这金贵东西水土服不服？隆吉龙明白了，黄桃究竟咋样，谁心里也没底。我说出花来，不如种出果来。他说，这样吧，我家有几亩地，我先种起来给大家当样子！我也提个主意，谁家愿意把地流转给我种黄桃，你地里原来种的东西每亩纯收入是多少，我现在就给你！或者干脆，旱地每亩给四百，水田每亩给六百，签下合同按年给，所有风险我承担。无论如何，一定要把黄桃种起来！春天有花看，秋天有果吃，吸引更多游客来十八洞村，为咱点赞，也给咱送钱！

话音落下，一片叫好。连家里的带流转的，隆吉龙拿出打工攒下的辛苦钱，种了一百亩黄桃！农谚不虚。第三年，挂果了！

隆吉龙听了卖桃人的话，树壮果肥。他把刚挂的果全打了，再养一年树。第四年，黄桃大丰收，金铃满坡摇。

村民们眼见为实，大呼小叫，我要种黄桃，我也要种黄桃！隆吉龙跑前跑后，买苗送苗，指导栽种。

黄桃处处开花，村民张张笑脸。村委会换届，村民一致选举隆吉龙当主任。

当上村主任，隆吉龙和村干部们为发展十八洞村要做的事，比树上的黄桃还要多——要把飞虫寨到当戎寨的路修通，这条路村民盼了二十年；要把青石板铺到田间地头，方便村民雨天下地，更为发展休闲观光式农业打下基础，让游客畅游绿水青山，分享春种秋收的快乐；哦，最重要的旅游项目是开发村里的大溶洞——那个溶洞，大洞套着十八小洞，号称夜郎十八洞，也是本村美名的来由……

忙了一天的隆吉龙走在回家的路上，边走边盘算，如同当初走在回乡的路上……

原载《人民日报》2020年5月6日

巧媳妇和公婆的美好时代

——《人间正是艳阳天》之三

彭学明

习近平总书记的到来，最先看到未来和希望的是施成富和龙德成的小儿子施全友。80 岁的施成富和 77 岁的龙德成有三儿一女，十个孙儿孙女，4 个重孙，四世同堂。儿孙们都在外打工，只留下老两口和几个重孙相依为命。施全友在浙江打工时，在新闻联播上看到习近平总书记到了自己家里，激动得几天几夜没有睡着。他跟远在广东打工的未婚妻孔铭英发短信说："习近平总书记到我家了！"正在炒菜的孔铭英根本不信，回信说："你尽讲天话！"施全友急了，继续短信："真去我家了，你看新闻！"孔铭英还是不信，回信说："你发烧讲胡话吧？你个神经病，懒得理你！"施全友更急了，一个电话过去，给孔铭英绘声绘色地说了老半天。孔铭英这才有点相信，上网搜索，真搜到了习近平总书记到了十八洞和施全友家的消息。跟施全友一起打工的工友说，习近平总书记到了你们村你们家，你们发家致富的机遇来了，赶快回去，还在这里打什么工？施全友觉得工友们说得对，就真买了车票打道回府了。他想，习近平总书记到了十八洞，提出了精准扶贫，各级政府肯定会下大气力出台各种政策精准扶贫，十八洞肯定不会落后，肯定会想方设法精准扶贫，精准脱贫。作为十八洞的一分子，特别是接待过习近平总书记的光荣家庭，更不能落后，更应该想办法脱贫致富。

一回到村里，施全友就感到不寻常的变化。首先是外界对十八洞的关注度前所未有的高。默默无闻的十八洞，因为习近平总书记的到来，全国闻名，不断有人到十八洞来参观。而到了十八洞的人又都会到他家来看看，都会为十八洞的景色所赞叹所迷醉。于是，他就想在自己家里开一个农家乐。他把这个想法告诉给未婚妻孔铭英时，孔铭英照样认为那是天方夜谭，不相信会有那么多人跑那么远的路去十八洞。孔铭英说，穷山恶水的，哪个会跑去吃苦嘛？施全友就信誓旦旦地告诉她是真的，并给她发了很多游客的图片，特别是发了不少同村人开农家乐生意火爆的场面。说，十八洞有人开农家乐，已经发大财了。

孔铭英信以为真，也就辞了工作，跑到十八洞来了。

来了才知，施全友给她发的那些照片不是十八洞的，而是相邻的吉首市德夯风景区的农家乐。

孔铭英是重庆秀山县人，与花垣县一河之隔。民风相同，习俗相同，饭菜味道也相同。她跟施全友是网上结缘认识的。第一次到施全友家时，家里的破败终身难忘。矮小的房子破旧得像几根芭茅杆撑着，歪歪斜斜，摇摇欲坠。门是坏的，窗是坏的，床是坏的。猪就睡在床铺底下。厕所是两根树筒子铺在上面，稍不小心就会掉到茅坑里去。她待上一天就待不下去，打道回府了。

好在扶贫工作队进行民居改造，施全友家的住房和厕所修缮一新。尽管条件改善了，可十八洞的山高路远，贫穷落后，依然超乎她的想象。所以，她曾几次断了将终身托付给施全友的念头，只是作为一个普通朋友交往。可是，她又念着施全友和公婆一家对她的好，舍不得断然拒绝，就这样将信将疑地又来到了施全友家。

没想到，施全友居然是用其他地方的照片把她骗来的。真是气不打一处来。不过，很快气就消了，一是公婆对这个未来的儿媳妇特别疼爱和信任，一来就把家交给她管了。二是她也的确看到有游客到十八洞来，到公婆家来。施全友也没有完全骗她。再说，自己未来的丈夫能够穷则思变，是好事，嫁给这样的丈夫，可靠。于是，就决定跟施全友开个农家乐试试。反正田里地里，什么都是现成的，只是要多买些碗筷而已。

接待的第一批客人只有两个。来自长沙。客人要了一个青椒炒肉，一个豆芽，一个汤。是孔铭英炒的。客人边吃边一个劲地叫好！直说乡下的饭菜就是好吃，比城里的任何山珍海味都好吃！并说，来十八洞，看到了好风景，吃到了神仙饭菜，没有白来！吃完，也没问要多少钱，直接给了 200 元！

孔铭英说，可真把我们一家人都吓坏了，就一个青椒炒肉，一个豆芽，全不值钱，送了 200 元！好像我们开黑店一样，坚决不要！就当是客人路过我们这里走累了，到我们屋里歇下脚，哪能收钱？何况这么多钱？

客人坚决要给，孔铭英和施全友坚决不收。要收也只肯收 50 元！推来推去，双方各让了一步，收了100元。临走，客人一再嘱咐和鼓励孔铭英和施全友，菜就坚持这样的味道，城里人吃不到的味道，一定会红火！

这第一餐农家乐，就这样以主客双方发自内心的真诚和满意而开始。主客双方就此成了朋友。客人回长沙后，介绍了很多朋友来施全友家。孔铭英和施全友将自家的农家乐起名“巧媳妇”。

正如客人所料，施全友和孔铭英两口子开的农家乐以价廉物美和真诚热情闻名遐迩，越来越红火。凡是来这吃饭的都是30元一个人，8个人一桌，一桌10个菜，哪个菜吃完了，就免费添加，不让浪费，却管吃饱吃好。这几年，每天的客流量都有100多人。最忙的时候，一天有300多人。年纯收入近20万元。有一次，孔铭英数钱时，不小心被钱刮破了手指，鲜血直流。客人开玩笑惊呼：“哇！老板娘数钱，手都数出血了！”

一户带动一村人。仅孔铭英和施全友居住的这个小组就开起了七八家农家乐，家家都是按30元一人、菜不够就加的标准来接待客人，都很红火。

孔铭英和施全友不但热热闹闹地办了婚事，还新盖了房子，买了小轿车，名副其实地脱了贫，致了富，过上了美好的幸福生活。孔铭英说，有部电视剧叫《媳妇的美好时代》，我就是那个赶上了美好时代的好媳妇，我公婆就是赶上了美好时代的好公婆。

施成富说，感谢习近平总书记，习近平总书记若不到十八洞来，我们就过不上这样好的日子，我那小儿子就不会引来这样好的媳妇。其实，我前面两个儿子都结婚了，但家里太穷，有个儿媳妇吃不了苦，离婚跑了。现在，我三个儿子都过上了好日子，媳妇们又在行（听话、能干）又孝顺，我们两个老的，就是死了也放心了。

孔铭英说，我们家变化的，不仅是物质上的变化，还有精神上的变化。不讲别的，就讲我婆婆。我婆婆从小命苦，父亲很早就死了，一个哥哥和一个弟弟都被土匪抓走，生死不明，婆婆一个人成了孤儿。婆婆认不得一个汉字，讲不得一句汉话，哪里也不敢去，就连乡政府都米（没）去过，去了怕找不到路回来。唯一出过的一次远门，是70年代时跟大家一起坐手扶拖拉机帮牛奶场割牛草，割着割着，跟大家走散了，找不到路了，又不会讲汉话，坐到路边哭，是好心人把她送回来的。我们屋里虽然买了电视，我婆婆根本听不懂，她讲听起来都像鸟叫。都要我公公翻译。去年，我讲跟她买部手机。她不要，说，她哪里也不敢去，拿个手机也不晓得按哪里，像拿的一个手电筒。现在不同了，天天嚷着跟我学讲汉话，认汉字，什么“你好”“谢谢”“吃饭”“慢走”“请坐”“麻烦了”等这些最常见最简单的日用汉语，她会了。

施成富笑着说，你们不晓得，她学讲汉话学出好多笑话。客人跟她讲“感谢”，她本来应该说“不用谢”，不会讲，就讲成了“米有（没有）谢谢”。我大儿子就住在我屋下面，也开了家农家乐，她喊客人到大儿子屋里吃饭，本来想喊：“快去，到老大屋下面吃饭去。”却喊成了：“快去，到老大屋下面去！客人们就讲，我们不要面，要饭！”

龙德成见老伴笑话自己，笑着把施成富一拍：“你还笑我！你看你小时候吃糖吃多了，把牙齿都吃打落完了，笑得难看死了！”

然后得意地张开嘴巴，指给施成富，你看我，你看我，满口白牙，一颗都米（没）打落！

沉默寡言的施全友听着也来了神，对我们说，你们不晓得，我娘还要我让她认手表、认时间，还赶时髦，要我们给她买了双高跟鞋。天黑了，米有（没有）客人时，她就穿着高跟鞋，扶着墙壁学走路。夕阳红，老来俏！

一家人，都笑成了春天的一朵花。

临走时，我们问，你们有什么心愿？

施成富说，我们没什么心愿，就是牵挂习近平总书记，他一个人操劳这么大一个国家，太不容易了，千万要保重身体。看他无日无夜地操劳，心疼。我们乡里人米有（没有）什么好东西，就是些腊肉、香肠、糍粑、小河鱼、土鸡蛋，都是你们城里人讲的米有（没有）污染的原生态，一直想给习近平总书记寄一点，补补身体，不晓得哪门（怎么）寄，不晓得你们能不能帮我们。

我说，帮不了。

龙德成急切地用苗语跟施成富和一家人说了一句什么，我们没听懂，问孔铭英，你妈妈说什么？

孔铭英笑，我妈让我们求你们想办法把东西带给习近平总书记。

我听后，想了想说，我把你们的心意写进文章里吧，习近平总书记如果能看到，就晓得你们的心意了。

龙德成又用苗语说了句，文章又不能当饭吃，习近平总书记还是吃不到我们乡里的东西。

施成富反驳老伴，说，写，一定要写！不写，习近平总书记就不晓得我们好想他。

孔铭英补充说，我最想的，是盼望习近平总书记能够再来看看十八洞，再来屋里看看、坐坐，我要亲自炒几个好吃的菜，招待习近平总书记，表达表达我们老百姓对他的念想和心意，不晓得这个愿望能不能实现？

生命中的二十四个月

陈　涛

离开甘南后，我多次梦中重回那个群山环绕的小镇。

梦中的我，站在熟悉的街头，不识来往行人，四处打量着陌生的建筑，无论如何都找寻不到居住过的小屋。还有一次，我梦到了窗外的核桃树，那棵高高大大的核桃树，风吹过，鲜亮的叶子轻摆簌簌作响，闭眼倾听，只觉天地间美妙的声音也不过如此。我极喜爱这棵核桃树，无数次，长时间坐在树下，目光越过对面的楼顶，与流转变幻的白云一起打发时光。或者在一个午后，看镇政府的朋友们打核桃。那时，许多人围在树下，用木棍、橡胶棒甚至砖块向枝头扔去，运气好就会有三两个核桃掉下来，一帮人冲上去抢，抢到的欢乐，抢不到的继续抢，而像我这样的旁观者就在笑。也有身手矫健，胆子大的，沿着树杈爬上去，挑一根细一点的枝子拼命晃，很多核桃哗啦啦落下来，连同之前扔上去被枝条缠住的棍棒，于是更多的人围上去，更多的欢笑抢出来。我虽然没有抢，但常会有人送我吃。一个叫晶晶的小女孩，小学六年级了，来我的房间送六颗核桃给我，并让我一下子吃完，后来她得知我就只吃了一颗的时候，噘着嘴，一脸的失望。我告诉她，每天吃一颗，感觉很美好，她不理解，说自己一次可以吃很多。也有那么几次，夜深人静的时候，躺在床上，黑暗中想一些久远的事，偶有一粒核桃落在窗外水泥地上，啪的一声，清脆又悦耳。明天它会被谁捡走？又会滑入哪个口袋与腹中？这念想伴我坠入深沉的梦中。

有时也会回忆起在甘南的那段时光，它们以碎小瞬间的方式闪亮定格并一个个涌向我。想起一个人走很长的路去任职的村子，道路两旁欢快的溪流以及远处被阳光洒上一层淡淡金黄的绵延不断的山顶；想起许多次开摩托车沿着曲折环绕的盘山路进入大山深处，当站在路旁向山下望去时，触目而来的美以及伴之而来的哀愁；想起自己对一盘绿叶菜的强烈渴望，最后竟通过吃三鲜饺子中的点点青菜来达成心愿；想起大家夏日时在茂密森林与广阔草场“浪山”的情景，吃肉喝酒尽情谈笑，醉了睡，醒来再喝，心无旁骛；想起山里孩子们可爱、羞涩的模样，以及双手接到礼物时眼神中流露出的简单纯粹的欢喜；想起许多次师友们的到来，更想起任期结束返京前的那晚，与朋友们一次次的举杯，记不得饮下多少的酒，只记得情难自已潸然落泪。

如何看待这段时光里的自己？可否完成了应尽的责任？这些念头冷不丁蹦出来，当然，每次的结论也不尽相同。理想，自然有理想的光芒，但现实，常会让这光芒暗淡。对一名挂职干部而言，既要尽力而为，更要量力而行。量力是前提，尽力是态度。不自量力下的尽力而为，是滑稽式的可怜与荒唐式的悲壮。这两年，为十多所乡村小学建立完善了图书室，并提供了许多的玩具、文具、书画作品，为十余个村子建立了农家书屋，以及购置了健身器械，安装路灯，等等。做事时，困难如影随形，坚持与放弃，反复交织绕缠。深夜，在台灯之下，信笔涂写，更多的词语竟然是时光。是啊，时光，属于我自己的时光，属于我自己的不可被辜负的时光。时至今日仍清晰记得路灯安装好的那个夜晚，村子在高山上，我们在一团漆黑中沿着环绕的盘山路爬行，行至拐弯处，抬头就看到远方高高的山腰处有一盏灯，明亮极了，再一个拐弯，满目光亮，黑暗，被彻底甩在了身后。“天上的街灯亮了”，脑海中反复回响这一句。所谓的蛮荒之地，所谓的穷乡僻壤，究其本质，都与黑暗紧紧捆绑在一起。如今，光亮洒满了这个高山的村落。抬起头，望向布满星辰的夜空，群星明亮硕大，立于街口，半是欣喜，半是难言的酸楚。

在小镇的日子里，我始终都在学习如何独处。意大利导演费里尼说，独处是“人们嘴上说要，实际上却害怕的东西”，害怕什么呢？“害怕寂静无声，害怕那种剩下自己一人与自我思绪及长篇内心独白独处时的静默。”短暂时间内的独处，是自我内心与情绪的平衡与调试，长期的独处，则需要一种特别的能力。旷野无人，天地静寂，一人独坐，是独处，人来人往，众声喧哗，穿行于其中，却又与己无关，那一张张看似熟悉的面孔，陌生到难以听懂的语言，无不提醒着自己外来者的身份，这同样是独处。

关于独处，周国平也有讲过，“人在寂寞中有三种状态。一是惶惶不安，茫无头绪，百事无心，一心逃出寂寞。二是渐渐习惯于寂寞，安下心来，建立起生活的条理，用读书、写作或别的事务来驱逐寂寞。三是寂寞本身成为一片诗意的土壤，一种创造的契机，诱发出关于存在、生命、自我的深邃思考和体验。”对照之下，第二与第三种状态，我都占了，只是第二种状态多一些，第三种状态略少一些罢了。

独处时的我，封闭内敛，沉默坚定，我会在核桃树下端坐许久，也会在午后或黄昏的暖阳中沿着河边行走，此时的自己大脑放空，有时会随手捡起一根柳枝在身前随意舞动抽打，只是那样走下去，再折回来。甘南的天气多变，经常走不了多远就遇到落雨，于是匆匆跑回房间。待回到居住的小屋，关上门，只觉世界都安静了。鲁迅所讲的，躲进小楼成一统，管他冬夏与春秋，说的就是我这种人吧。小屋不大，十平方的样子，我在里面居住、办公，一晃就是两年。斗室中的那个我，时常手插口袋低着头来回踱步，有时会思索一些事情，更多时候则无甚可想，只是那样反反复复地来回踱着。从入门处的书柜到窗台，正常六步走完，走得慢些则会八步。走久了，便一屁股坐在正对门口的那个砖头垫起的破败不堪的沙发上，整个人沉陷下去，接着随手取一本书读，再起身时，也不知时间又过去了多久。

写到这里，我想起了与我朝夕相处同时也是命运多舛的那盆绿植。植物是小屋的前任三人留下的，初见它时，在堆满烟头的花盆中一副枯败模样，我为它更换泥土，每天浇水感受阳光，两个月后满盆皆绿，小屋也多了一份生机。春节后从北京返回，再见它时，上面爬满了白色的小虫，不管我如何照料，它仍旧是死掉了。几根干枯的枝条立于盆中，似乎在向我痛诉。我是自责的，每天仍旧会给它浇水，明知所做的一切徒劳，却从未放弃过奇迹的发生。直到有一天，奇迹竟真的出现了，一支幼芽从枯枝的顶端发出，或是被我内心深处不屈不挠的祈愿所打动。我将它放入土中，依旧是每天浇水晒阳光。在一年多的时间里，它从最初的两片小叶，到六片，再到八片，茁壮成长。后来我再次返京，托人照看，不知被谁不小心碰到，根部脆断。这是你的命运，我心疼地对它说。我想扔掉它，但又鬼使神差地把它插入水中，它也鬼使神差般地生出了根须，我大喜，把它插入盆中，就这样，它再次回到了我的生活里。现在，我又离开了甘南，不知何时还能回去，也不知它现在怎样了。

在小屋里的那个我并非总是安静平和，我做不到也不应该假装坚强，无视那些莫名的脆弱，我不能因为那段时光的远离而去否认那些存在，因为那就是我。甘南的夜，忽然就落下雨来，忽然就飘下雪来，而我，忽然就流出泪来。记得一个夜晚，女儿给我打电话，她的声音很低，对我说，爸爸你什么时候回来？我不知该如何回答，只是安慰她说很快就回家。她问我为什么还不回来？我继续安慰她说很快就回家。她命令我早点回来，要在她第二天晚上入睡前返回，我安慰她说，好。她让我保证，不许撒谎，我缓缓地说，好。类似这样的情绪都在随后的某一天某一刻，突然化作眼泪，从心底涌出，毫无缘由的，只是单纯地为了流泪而流泪。今日写下这段文字，不介意被误解为矫情，亦不会有难为情之感，我怀念那些莫名流泪的夜晚，因为那是自我情绪的梳理与平衡，我甚至觉得有泪可流是一件幸事。

很庆幸在自己的生命中有这样一段美妙的旅程，将我从固化的生活轨道中抽离，投入到充满新奇未知的世界里。我知道，有些东西悄然发生了变化，我感受得到，并且欣喜于此。一个作家曾说，如果不是把我拘禁起来，我是无论如何不会想到我会成为一个作家的。而我如果不是到小镇任职，写作于我的意义可能要多年后才会意识得到。在小镇上，我写下了很多的文章，在文字中不断地确认着对生活的感受与认知。我还在这里完成了自己的博士论文，尤其是读到丁玲在对中央文学研究所的作家学员们谈实践学习时说过的一段话时会心地笑了，她是这样说的："我认为下去是换换空气，接触些各式各样的人，使生活开阔一些，是要去锻炼自己，改造自己，不要犯错误，不要留坏印象给人家，也不要像钦差大臣一样下去调查一番。回来能写就写，不能写也没有关系，总结一下经验，看是否比过去不同，有些什么收获，看一些新事物，也是好的。"在甘南待得久了，所做所行如丁玲讲的那样，整个人也愈发地松弛，随之而来的是长期形成的谨严有序如夏日冰雪般消融。记得初到甘南时，朋友们带我四处游走。从未有过一次旅行是这般地漫不经心，走走停停、停停走走，随心随性，不克制也不压抑自己的内心。被认真与一丝不苟过度训练的我起初多有不适，我不知道目的地，也不知道我会在哪个确切的时间以怎样的方式抵达。但最后，在这场旅途中，陪伴我良久的那些精确、秩序、规则等一一退场，而是逐渐沉浸在由大概、也许以及模糊主导并由此而产生的愉悦中。的确，谨严有谨严的美，散漫，也有其内在的难与人言的妙趣。也唯有散漫，将自己丝丝缕缕融入小镇的生活里，学会在生活的内部去生活，破除刻板印象，重建对生活及世道人心的认知。这也是一个令我日趋沉默的过程，记不得从哪天开始，突然丧失掉对这份生活言之凿凿的自信，不再轻易地断言，所谓的悲悯与愤怒随时面临着转换，所以唯有小心翼翼地去表达对某件事情的看法，"不确定""可能性"变成了充满魅性的词语，如此迷人，一如海面之下的冰山，丰富巨大，耐人寻味。

在甘南的小山村待久了，似乎气息也就变了，再回到北京也就有了陌生感与疏离感。有次外出购物，面对地铁与商场中迎面而来的汹涌人流，一时间竟有些惊惶，甚至有些畏惧，走在摩肩接踵的人群中，第一次感觉到如此地格格不入。回京后时常睡眠不好，辗转反侧难以入睡，每逢此时便格外想念那个遥远的小屋，那个窗外有两棵高大核桃树的小屋子。当我真正回到那里时，如同一株枯萎的植物被投入到清澈的泉水中，不管多么焦虑的情绪便会瞬间平静下来，失眠的症状也顷刻间烟消云散了。

回望这二十四个月，从最初的新鲜感到中间的煎熬期，再到最后的留恋不舍，一步步地走过来，也就这样过来了。看看做过的事，读读写过的文，想想交过的友，念念动过的情，我想，我是尽力了的。对这段时光，我用心对待，不曾虚度，遗憾也就少了许多。记得去年十二月回京后的一天下午，几乎每隔两个小时就会接到来自村里的信息，先是三点多钟，一个小伙子告诉我他的儿子昨天出生了，拜托我起个名字，算起来，这是第五个让我起名字的孩子了。后来五点与七点分别接到了两个老师的电话，其中一个要请我去家里吃饭，还给我准备了土特产让我带回北京，他说这都是他自己做的东西。我告诉他我要春节后回去，电话那头就没了声音。他说别人告诉他我只是回北京开会，没说春节前不回村里。我听到了他压抑的哭声，他反复说就一个春节，为何走前不告诉他。我跟他开玩笑，等我回到了镇上会第一个给他打电话，会带着二锅头去跟他喝酒的时候，他才破涕为笑。离开小镇前的最后一个月，当地的朋友们开玩笑讲要用这一个月来欢送我，虽是玩笑，但他们也这样做了。等到最后离开的那天，几十个人聚在一起，朋友们带来了自己珍藏的酒，那晚我不记得喝过什么酒，也不记得喝了多少酒，到最后，跟朋友们频频举杯，接着一饮而尽。此刻，言语已毫无意义了。那个叫晶晶的小女孩掉泪了，我摸摸她的头，眼眶突然湿润了。当朋友们唱起“祝你一路顺风”时，我的眼泪涌出来。他们让我感受到了这时光的意义。

在这二十四个月的时光里，还有一件事情是我必须要谈及的。离任职结束还有四个月的时候，凌晨我从梦中疼醒。恰逢周末，没有电，房间冷得厉害，所有的一切都是冰凉的。我用尽各种姿势去缓解我的疼痛，结果都是徒劳，只好一个人在房间，与疼痛一起熬到黎明的到来。两个半月后，疼痛再一次降临。这是另一种病症，它让我彻夜难眠，止疼药，止疼针也毫无作用。住院时，不能进食，不能饮水，每天只能躺在病床上，看不同颜色的药液通过红肿的手背流入身体。好在运气福佑，无须手术，躺过几天后，大夫允我进食。一碗粥，一个馒头，一片面包，两份不过油的小菜。当我把它们一一摆放整齐，凝视着它们时，我第一次对食物产生了虔诚之心与敬畏之情。我端坐桌前，神情专注又认真，没有人可以打扰到我，我缓缓品尝每份食物的味道，用心去一点点地咀嚼，再将它们全部吃下，一点都不剩。其实，我所遇到的这两种病症在小镇很普遍，当地的朋友戏称它们为高原病。初时，我有些难以接受，疼时，也从未因此而对小镇有所怨恨，我把它当作是小镇对我节制欲望、善待肉身的劝诫，这注定是一份深刻而又深远的影响，从此以后，我的生命是彻底地与甘南联系在一起了。

如今，当这二十四个月终于过去，到了该说再见的时候了。难说再见，但是，再见！今天，我用这篇文章与生命中的二十四个月告别。正如马洛伊·山多尔所说的那样：“有什么东西结束了，获得了某种形式，一个生命的阶段载满了记忆，悄然流逝。我应该走向另一个现实，走向‘小世界’，选择角色，开始日常的絮叨，某种简单而永恒的对话，我的个体生命与命运的对话。”但我知道，不管怎样，从此以后的那个远方，以及那些远方的人们，都与我有关了。

原载《青年文学》2018 年第 1 期

驻村扶贫手记

周　伟

手记一

按照扶贫工作的要求，我是去给他弟弟照相、签字、摁手印的，没想到回来的时候脑海里全是哥哥的影子。影子里的哥哥，不苟言笑，太普通，没有多少的独特和亮闪的地方，就如乡村中随处可见的水，不显山露水，不喧嚣狂浪，平平静静，清清亮亮。

其实，这是一对再寻常不过的兄弟，与千千万万家的兄弟一样。再说，哥哥照顾弟弟、帮衬弟弟，在乡村，在中国，也是天经地义的事情。当然，也正是千万个这样普普通通的哥哥，构成了中国式的亲情与伦理、担当和传承。

暖暖的阳光下，我的脑海里依然是哥哥的影子。影子越拉越长，在清新的田野上，在青翠的远山中，他始终少言少语，劳作不息，不停不歇，无怨无悔。他在大地上的静默，给了我无限的思索和感叹。

哥哥龙跃海，76 岁了，依然健康硬朗，只不过显得有些精瘦，但让人明显感觉到他还是个好把式，衣服也穿得整齐干练。大伙都不叫他的本名，叫他龙老大。他排行老大，自然可以叫龙老大。但我感觉得出，大伙叫他龙老大时，明显多了一份尊重。龙老大话说得少，但他斩钉截铁地说，只要有他在，就不能让弟弟没水喝!

龙老大一直没有离开弟弟，离开这里吃饭的老屋场，离开这里的山，离开这里的水。他显然是喜欢水的，他的名字也是好水的：龙跃海。这几年的扶贫工作，工作队和村里也是把水放在重要的位置，新建的五里冲水堤五座，那流出来的何止是水，简直就是油，是蜜，是金子……他带着弟弟及全家，把四亩多水田全做了水稻制种，长势喜人，不仅有耕地地力补贴，还有国家的杂交制种补贴。他这个做哥哥的，带起弟弟一家干得很得劲，有奔头。

弟弟龙跃钟，今年72岁了，在哥哥的照料下，衣服也穿得干净整洁，不细看是看不出他智商低下的。我们问他什么，都是要他哥哥在一旁帮衬，他才有所反应。原来，他是弱智，做些田里地里屋里的基本功夫，都要在哥哥的带领示范下，才能基本完成。

弟弟三十多岁时，还一直讨不上老婆。娘临死前，一直不肯落气，要他这个做哥哥的答应了，弟弟讨到老婆，答应照顾弟弟。答应不答应，都在一念之间，容不了多想，哥哥不由得不答应。哥哥点了头，落下了泪，娘紧紧地抓住两个儿子的手，笑了，不再留下牵挂。

这个时候，我想到了我自己，我也是一个哥哥。我的弟弟，也是如他的弟弟一样，患脑膜炎后遗症，是个弱智。父母也多次跟我喋喋不休地说到弟弟，说到要给弟弟找一个女人成一个家。不等父亲说完，我就打断父母继续说下去。我说，你们年纪也大了，在县城里，我一个人的工作，老婆又下岗了，儿子还在读书，现在只养他一个，到时娶回来又要养两个，我一个人如何奈得何？父母见我这样说，也就默不作声了。但他们后来间或说起这个事，总是长长地叹气。父母的叹气，总让我躲避不及，心里有所愧对。

三十六岁那年，龙老大终于为弟弟娶回了一房亲，尽管这个女人有病，疯疯傻傻，却有一个大屁股，接连生下两个儿子，奶水又特别多，为弟弟接起了后。一下子，哥哥感觉到什么都是新鲜的，什么都是阳光的，什么都是有收获的……

哥哥打算弟弟的两个儿子长大了，他就回城了。哥哥的儿子在县城有六个门面的五层大楼，开着大酒店，开着大超市，做着活溜的生意。儿子的生意越做越大，做到贵州，做到重庆，资产有几千万。儿子在县城偌大的楼房里只有自己的老母亲一个人孤单地住着，父亲要承担做哥哥的责任，一直住在娘的老屋里，照顾着弟弟和弟弟的一家。做生意的儿子跟父亲讲母亲的年纪大了，要父亲回到城里去。父亲对儿子说，我是你父亲，但我还是一个哥哥！

弟弟的两个儿子长成后，尽管不如过早离世的娘疯疯傻傻，却也有些不正常，智力低下，读书不进，做工也只能做些简单机械的工夫。一家大小，都要他这个做哥哥的、做大伯的里里外外操持着。家里没一个女人也真的不行，做大伯的又下大力气帮侄儿娶回了一房亲。这侄儿媳尽管是个残疾，究竟还能在家缝缝补补，做点家务，后来又生下一个侄孙子。做大伯的，现在最焦心的是小侄儿也已经三十二岁了，却一直没娶回来一房亲。

起早摸黑，风里雨里，歇不得半刻，容不得半点灰心。除他之外，家里有五口人，承包了责任田 4.72 亩，责任山 5 亩，责任土 0.2 亩，他带着一家子做了制种产业，地里种了黄瓜，家里养了鸡鸭。农闲时，他还带着弟弟和侄儿打打零工。这两年，他又把大侄儿交给儿子，说，你也是哥哥，带着他，吃喝拉撒都要管；做哥哥的，就要有哥哥的样子！儿子懂得父亲，二话没说，带着堂弟去了大城市，不能饿着不能冻着不能晒着也不能累着，放在身边，就在公司看看门，搞搞卫生，做做样子，其实悠闲得很，工资却开得不低。

我们要龙跃海的弟弟在《扶贫手册》上签字盖章，弟弟不会写字，只能请哥哥代替。哥哥说，还是弟弟摁手印吧。弟弟摁手印之前，先看哥哥。哥哥点一下头，他就摁一个手印，点一下头，他又摁一个手印。帮扶措施、帮扶成效、结对帮扶，每一栏，他哥哥都看得认真，看得仔细。这个做哥哥的，最后说了一句：你们也不容易！国家也不容易！末了，他又问了一句："是不是要给脱贫了？"这个做哥哥的显然是火眼金睛，早已洞悉我们的真实来意，让他们签字、盖章、摁手印，就是要他们承认这些帮扶措施、帮扶成效和他们现在的收入，然后脱贫退出。

我不敢多说什么，既不承认也不否认，拍了拍做哥哥的肩膀，轻轻地说，真正彻底脱贫，还得靠你这个做哥哥的！

后来，我又去了一次龙家，是陪镇政府的人去的。弟弟龙跃钟新修的房子是异地搬迁安置的，原来做的是水泥屋顶，按照上级制定的统一标准和要求，水泥屋顶上还需要盖瓦，政府按每平方米给予 120 元的补助。我们这次来就是告知此事的。到龙跃钟的新家时，哥哥和弟弟正在老屋的牛栏屋里出牛粪，弟弟站在哥哥的身后，哥哥下大力气出一把牛粪，弟弟就跟着在哥哥后面打扫一下，牛粪一把叠着一把，慢慢地垒起来，垒得圆圆的、尖尖的，像草垛、像柴火、像谷堆。当哥哥把最后一把牛粪垒向高处时，头顶上的烈烈的夏日也败下阵来，哥哥的脸上有一线珍珠吧哒吧哒落在地上，地上此时也被弟弟打扫干净。哥哥和弟弟都满意地直起腰来，两人都光着上身，干瘦的身材肋骨凸现。

村支书和镇上的干部说了屋顶盖瓦的事，说了政策和要求。哥哥当即表示，决不能让你们为难！边说边带着我们向异地搬迁新修的平顶水泥屋走去，一步一步踏上楼顶。哥哥说，盖一半的瓦好不好？留一半，双抢时用来晒谷。哥哥提出的要求，合情合理，也不过分。村支书和我们几个驻村干部都不好再说什么，认可了哥哥的意见。

我们走过龙家的老屋时，村支书一下子眼睛一亮起来，他说：看，那树上的枣子！老屋的院坪前有两棵枣树，兄弟般地并排而立，互相照应着。枣树长得太高，叉开的枝丫都罩在老屋屋顶的瓦面上，枣子一颗颗长得饱满，有鸡蛋大，熟了，红了，仍然挂在枝梢，很是耀眼和骄傲。

手记二

大伙都说，唐云花是个心气高的人。

她很少与大伙来往，也不屑与大伙打成一片。刚嫁过来，她和丈夫两个人同出同进，田里地里，山上山下，屋前屋后，忙得尽兴、温馨。那时，家里也搞得小红火，还起了红砖房子，屋的正面还贴了白瓷砖。

村子里的人大多是起的木架子屋，就有很多人妒羡她，说这小两口是在摆脸子，做给大伙看。大伙又说唐云花，一个农村女人，把自己打扮得花一样，她屋里的那位把她当宝一般。她自己呢，还真以为自个儿浮在云端上，还不是和我们一样，田里土里，山前山后，和着泥巴过日子。

于是，唐云花这户搞来搞去，终是没能评上贫困户，最终只定了个边缘户。

慢慢地，生了孩子，一儿一女，家里就稍稍有些紧巴了。特别是女儿，竟有些精神恍惚，不正常。唐云花急在心里，就带了女儿去了深圳。她一心想着把女儿的病治好，住了一个多月，实在没有钱再住下去了。唐云花说她心痛的也不是钱，心痛的是女儿的病不见好，吃了药，一下子胖到了二百多斤。她搂着浮肿发胖的女儿，眼泪止不住地牵线线流。她一个人跑到空旷的广场上大哭了一场。

哭完，她擦干眼泪，又去厂里出工，把女儿锁在厂部的宿舍里。下了班，她风急火燎，急匆匆地往宿舍里赶，怕女儿饿了，怕女儿尿了，怕女儿摔了，怕女儿哭了，也怕女儿闯祸了。女儿的病愈来愈重，常常就在厂部的宿舍里哭着笑着闹着，唱着跳着叫着，有时见东西就摔，见衣服就撕，见人就骂，还常常把人家女工花花绿绿的裤衩套在自己的头上……没有办法，唐云花只得带着女儿回家。

女儿的病时好时坏，唐云花在田里干着农活，就要时不时牵挂到家里。她仿佛练就了一身本事，眼睛能看到几里外的女儿，耳朵能听到几里外女儿的声音……

她也真是命苦，去年她的儿子不知哪根神经搭错了，在高速路上私拆测速仪，被公安拘留了。后来，村委会出面讲情作保，她的儿子才被放了回来。

她是个好强的人，也是个肯下力的女汉子。她说她和老公就是拼出老命来，也要撑起这个家！她和老公起早摸黑，种了四十亩水田。女儿的病不能不管，一年要到县里的精神病医院住三四次，花的钱不是一个小数目。不料，不久丈夫突患食道癌去世了。丈夫死了不久，有好心人看她这个家里确实难撑，就介绍一个离了婚的男人，尽管没有扯证，却也里里外外多了一个帮衬，唐云花的心里也平静了些。

可好景不长，偏偏今年前两个月她家里又横生出了一场车祸。她的男人骑着一辆摩托，和一辆私人的小车撞上了。尽管大部分责任是那辆小车司机的，但她男人却因没有办理摩托车驾驶证，也要承担一部分责任。唐云花跑上跑下，顾前顾后，忙里忙外。她说，再难再苦，也是我的命，男人就是瘫了，断不能甩手不管，也要养起来！

那天我看见她左手上有一个好大的疮疤，肿得透亮，还流出了脓。她有些艰难地拖着右腿，说前两天在田埂上摔伤了。我问她男人和女儿的事，她却跟我说，田里要收谷子了，何得了？这个节骨眼上，何得了？！我说，赶紧请人吧，可不能把谷子烂在田里。她说，嗯啊，要不然，一年的心血和收成就打了水漂了。她看起来很心痛，脸上瞬间难成了一块焦躁的土地。

她说，请人得付工资呀，这四十亩水稻收割下来，没有八千元是万万不行的！又说，真是毫无办法，你们工作队能不能帮帮忙？我说，你马上打一个报告，村委会签字盖章后送到镇政府民政办去，多少能批一点，你这边该请的人马上请，一点儿不能耽搁，一点儿不能含糊。

第二天，唐云花又来到我们工作队的驻地，说昨天去了镇政府，没有找到书记和镇长，民政办主任也休了假，交给了一位工作人员。她担心地说，怕是也没有多少用处呢。我们宽了宽她的心，说，我们也去说说，等一等，多少是有点用处的。现在，最紧要的是赶快把谷子收回来！

她点点头，不时地说：唉，我这个命，真是气死人！看得出，她是个好强的人，心有不甘。我再扫了她身上一眼，发现她尽管这么艰难，一身的打扮还是不邋遢，衣着穿戴，整洁好看。

我说，你这个情况，手上、腿上都有伤，也下不了大力，还是要靠儿子多出点力……没等我说完，她又说起儿子，说儿子也不容易，晚上要去县城里上夜班，白天还要赶回田里地里帮忙。又说儿子的心情也低落得很，在浙江打工的儿媳和他刚刚办了离婚。

过了一阵，唐云花看着窗外，说了一句没由头的话：明年，真的不想种田了！瞬间，又把抛出的话生生地扯了回来：唉，不种田，又能做什么？我不知道，她是在问我，还是在问她自己。我实在没有想到什么好法子，能立马打消她的悲叹和痛苦。我赶紧避开了她的目光，去看屋前大片黄熟的稻田，心里甚觉过意不去。过了一阵，她又喁喁地说：实实在在的，也只有田了——田，是四口人，是我们四口人的命根子呀……

我看着她，想起她犯浑的儿子、疯疯癫癫的女儿和瘫在医院的男人，特别艰难的一家四口，不由得心里深深地刺痛了一下。我再次避开她的目光，放眼望去，屋前大片肥沃的田地，遍地黄熟，热浪翻滚，风过处，五谷飘香，稻谷笑弯了腰，甚是喜人。远处，旷野大地上有几个小得像蚂蚁的人影在忙碌着，生动着……在炫目的阳光映照下，一个个挥汗如雨，汗水晶亮，风一吹，立马风干成生命的盐和不涸的希望。

唐云花下楼去了，一步一瘸，走进黄灿灿的生命图腾里。看着她远去的背影，我的心里很不是个滋味。此时，有一线阳光直直地射向我，灼痛了我的眼。

有好长一阵，没见到唐云花，每回经过她家，只见大门紧闭，我的心里好像丢了什么似的。我总忘不了这个叫唐云花的女人，忘不了她的眼神。

有几次在村部向村干部问起她，村主任说在县城里碰到过她。村主任说她向他羞涩地借过两回钱，说自己的男人还在医院躺着，说自己的女儿也在医院躺着，花钱流水一般，手心里实在生不出钱来。

我更关心的，是她种的四十亩水稻制种。听村主任说，好在镇政府解决了一些工钱，请人终于收了回来，没有烂在田里。村主任还说，她家今年也获得了不少的种田补助和奖励，还享受了大病补贴，情况会慢慢地好起来。

更有好消息传来，说她家的情况不用评，有可能直接由边缘户转为贫困户，将会得到政府更多的帮扶和补贴。我替她高兴，告诉她。她却不喜不惊，不温不火地说：我就不相信，自己一辈子就是个苦菜花的命？！

我看着她，看着她脚下肥沃的土地和生生不息的庄稼，看着她风风火火不服输不信命的样子。我想，再薄的命，毕竟在乡村还有肥沃深厚的土地，平凡却深埋力量。有土，终会有希望；不信命，就会在土地里开出花。有道是，天地氤氲，万物化醇，万物化生。

我离开驻村已半年有余，却不时想起村子的人和物事，是那样地清晰、真切和生动。他们的故事，令人心痛却不悲观，坚韧地默默地活着是他们的本色。就是泪流干了，头也不回，心也不死。他们总是认定：生活的希望，生活的美好，总在前方；路还长，天总会亮的。

在我眼里，总出现那么一幕：太阳仍是每日早早地升起，那个叫唐云花的女人衣着穿戴整洁得体，红红绿绿，云花开放。她的头上，还自然地夹了一个向日葵的发夹，迎着阳光，甚是亮眼。

她依旧日日迎着太阳出工，缓缓地，一步一步，往山腰上的水田里走去。

定睛一看，太阳下的生命，草疯长，云花开，路伸展……

手记三

走在路上，我到底还是忍不住，问村支书的微信名为何叫“狂拾叁阁”？村支书嘿嘿笑着，要我猜猜看，我说都猜了三个月了，硬是猜不到一星半点。

他又嘿嘿笑着，说：三个月，也就不远了。哦，难道是三年？就是三年我也猜不出啊！我定定地看着村支书，一脸疑问。

村支书姓刘，是一个致富带头人，原本常年在外办厂，主要生产塑料跑道等文体材料，生意做得活，家产上千万。有个老娘住在村里，他是个孝顺的儿子，一个月要回来一次看娘，待不上一两天，又要火急火燎地往珠海的厂子里赶。

去年换届，一时半会儿，村里找不到一个合适的村支书。有人向镇党委书记推荐他这个能人，一个电话叫回来，镇党委书记当面问他愿不愿意带领大伙脱贫奔小康？他心潮澎湃，一口应承下来，不久就上任了。

有人告诉我，刘书记的爹早年也当过村里的支书，也是一个能干事的人，只是没干几年就过世了，没能带着大家走出苦日子。

硬着头皮上，刘书记说干就干，立马就干，狂干实干。他在心里对自己说，狂干三年（一届三年），实干三年！于是，选上的当晚他就给自己的微信改名为“狂拾叁阁”。

明白底旦，原本谐音，原来如此！

我大呼，“狂拾叁阁”，狂实三年，狂实三年好！

他说，村里这几年，村支两委班子换得勤快，搞得不像样，得好好地拾掇拾掇，狂拾三年，狂实三年！他相信自己，也相信大伙。他是一个不怕难的狠角色，狂干实干是他的法宝。这么多年，他在外面打拼，一个人拾掇得真是不错！

他说，他回到村里，做的第一件事就是对贫困户的精准识别。他说，他不能保证百分之百的精准，起码要有百分之九十以上。乡里乡亲的，都喜欢讲情义，讲势力，讲脸面……他就自己一个人唱黑脸，有些村干部的亲戚投票评上了，他也不通融，一次两次三次去做工作，硬是把不符合条件的人劝退了。村主任的哥哥，就是这种情况。他做通了村主任的工作，终于也做通了村主任哥哥的工作。大伙都说，这个村支书决不是说说看的，较劲较真得很。

第二件事修通村组公路。没钱也要修，欠账也要修。他说，路不能不修，修路不能等，欠账慢慢还。他说，路是天大的事，路是长远的事，路是致富的翅膀。有了路，各人都能走出自己的一方天地。第三件事是管起村里的钱，开流节支，抠门得很。不该用的坚决不用，能少用的就少用，一分钱当作两分钱用。村干部和扶贫干部加班是常有的事，从来不发加班费，就是吃个盒饭也舍不得。不过，他间三差五掏自己口袋请大伙的客，却是一点儿不吝啬，大方得很。第四件事就是大力发展村里的产业，把一家家种养殖合作社办得风生水起，红红火火。村里那些养鸡养牛的、种葡萄种猕猴桃的、栽种茶叶油茶的……都一个个风风火火，脸上流光。

还有第五件第六件第七件事……一下子数也数不过来。去年村里整体脱贫出列，脱贫 27 户 109 人，事情繁杂，一件事接着一件事，他不能不在场，不能不带着大家一起狂干实干，他就顾不上自己厂子里的事。把厂子里的事交给了自己的侄儿，但侄儿毕竟手生，隔三岔五一定得要他回厂里坐镇，不然镇不住。

他当上村支书，厂子就有些照看不上，生意免不了有些下滑。

他最烦的是总有几个人老爱往网上捅他，说些无中生有的事，诋毁他。还有一些人暗中走动串联，想要把他扳下来。他说自己行得正坐得稳，随他们上蹿下跳。要横要狠的，他也不怕，有一次他把自己右手的四个指头砸得鲜血直流，那人终是落荒而逃。

他也不唯上，造假作伪的事，形式主义的事，他敢顶着干，撤职也不怕。

他在班子里也很强势，总喜欢自己一个人拿主意，有点个人主义和英雄主义。我是第一书记，就对他说，还是要注意，强班子，带队伍，注重团结，体现民主，要发挥大家的积极性，“弹好钢琴”，拨动全村人……尽管他听着既没赞成也没反对，但我知道他是听到心里去了。

有一阵，刘书记脾气有些急躁，脸色不好看。

有一次，走在路上，我问他后不后悔？他说，男子汉，没有后悔的事！

他说，干一届村支书，付出多少也是值得的。再说，付出了，也是收获了。当然，为乡里乡亲付出，付出多少，都是应该的。

我说，“狂拾叁阎”，你真的只狂干实干三年？

他有些踌躇地说，是的，原来是这样打算的。

我又问：你在乎大家对你的评价吗？

他拍了拍胸脯说：大伙的评价，当然重要；不过，凭良心做事更重要！

我看着他，他也看着我，我看到他眼睛里的真诚和委屈。

然后，两人默默地走着。过了好一阵，他才说：一直想找个能信任能干事能带着大伙奔前程的人来接手。

搞完乡村脱贫，还有乡村振兴呢！他像是回答我，更像是自言自语。

我说，是呀，这个人不好找呀。“没有金刚钻，揽不了瓷器活。”

我继续说，不光是村支书难找，承接乡村的下一代也是各奔东西，这是一个亟待解决的难题。

他没有回答我，陷于沉思。

他一口深一口吸着香烟，望着大山深处，面朝初升的太阳。

烟雾袅袅中，黎明的霞光从山峦中静静地浮出来，从微白、淡紫、浅蓝，瞬间幻化成橙红、橘红。

我们往梅树山上走去，四野青翠欲滴，春色愈来愈深了。

分别载《天涯》2019 年第 5 期、《湘江文艺》2019 年第 6 期

二〇二〇的春天

王　蒙

二〇二〇年一月十四日与几个老友聚会，听到了武汉可能出现流行病的消息，朋友说已有专家建议采取严格的隔离措施。我想，这得多大的代价？多大的影响？不免忧心忡忡，但愿不会闹大。

九天后的二十三日，春节假期前一天，得知了武汉前所未有地控制进出交通的决定，完全可以想象做出这个决定会有多么艰难，明白了严重性，预计将有一系列重大严肃的部署。又总是想着，即使是劫难，终将在有力的措施下平安度过，不能紧张，不能慌乱，天塌不下来。这一天本来晚上预订了与家人在餐馆餐聚，去，不去？全家人参与意见来回变了六次，最后改为取饭回家与部分家庭成员享用，算是迎接春节。我自觉态度还算淡定，但仍觉此次疫病，像一辆邪恶列车，直对着庚子春节冲撞而来。

有道是："对于灾祸，第一是要承认，第二是不怕，第三是要战胜它。""承认"云云，曾觉得是废话，灾祸有什么承认不承认的呢？现在终于明白了：这确实是个问题。须要承认，须要面对，须要正视！准备最坏的，争取最好的。这就叫实事求是。时事多艰，不能不丢掉侥幸心理。

大疫情大部署

面对疫情，迎战开始了。我们的文化传统、革命传统里，从来就有的战斗精神，团结协作、众志成城、一呼百应，随之激发。毕竟我们是多灾多难的民族，中国共产党在苦难中铸就辉煌，中华人民共和国是在铁与火的战斗中建立起来的社会主义国家，我们走过的每一步，都不是轻易的。中央下了决心，作了部署，我们就会像革命战争中那样，调动起人民力量，进行总体战、阻击战、围歼战、遭遇战、肉搏战，而且是科学迎战、行业迎战，全国一盘棋迎战，集中优势兵力谋求绝对优势，咬紧牙关，排除万难，不怕付出代价，一定要达到共克时艰、转危为安的目标。

宅在家里的这段日子里，除天天看疫情报告，看电视新闻与各项决策以外，又正好认真看了一遍 CCTV4 播放的电视剧《解放》。我看到在解放战争时一些大战役大布局过程中，党中央领导层磋商乃至于不同意见的交换，看到了在某些战役前的顾虑与选择；而人民解放军最终总是棋高一着、抢先一步，等到冲锋号吹响，我们集中三四倍于敌的力量，压倒敌人而不是被敌人所压倒。我为之赞叹，也更理解了大变局中的大运筹、大部署。

人民战争是我们的看家本领

到湖北去，到武汉去。抗疫开始，首先是各路医护人员，他们以尖兵出击的献身精神，冲在了最前面。他们是真正的白衣战士，冒着被感染的危险，近距离面对面地展开分秒必争的营救，从死神魔掌下夺回一条条生命。他们穿的防护服装，让人想起防化兵装备，这分明是人类与新型病毒展开的现代化战争。他们的勇敢令人肃然起敬。

当我们看到各地援鄂的医护人员回家时受到英雄般欢迎的时候，不能不想起抗疫拼搏中付出了生命与健康代价的医务工作者，想起了病殁同胞与他们的亲人。死生大矣，岂不痛哉！先天下之忧而忧，后天下之乐而乐。我们沉重地、小心翼翼地珍藏着对他们的纪念与哀思，思考着应尽的责任，顾念着仍在病榻上的重症患者们。

在白衣天使身后，是全中国人民。他们中有忙碌的志愿者，有穿梭的快递小哥，有较真儿的检疫人员，有交通要道上奔驰的司机，有严格的公安干警，有不厌其烦的社区工作人员，有每日运送大量医疗垃圾的保洁员，还有深入 ICU 采访的新闻工作者……尤其要向解放军致敬，子弟兵从来是我们的保护神。还要向那些医学专家道一声“辛苦”，你们以专业精神和不倦的调研，发挥了专业建言、引领普及的领军作用。

这是一场人民战争！是上上下下团结一心互相支援互为后盾的人民战争！

我们这些别无选择的宅家的众生，心系武汉，心心相印，时时牵挂。我们为火神雷神的“显灵”而鼓舞，为每一个出院的病人高兴，为每一句温暖的话语而动情，为医患的共同奋斗而欣慰。我们在思考：我们的人民是多么可爱的人民，他们人性中的善良是多么真诚。对于医患关系、警民关系、干群关系，如何引导使之更加和谐；如何奖励褒扬以正祛邪；如何激发人们相互温暖、相互理解、相互支持的意愿；如何改变与消除戾气、化消极因素为积极因素；如何化解社会风气痼疾与多种纠纷；如何建立更加健康的人与人之间的关系；如何使全体人民更加团结起来，见贤思齐，向各行各业的专家学习，向勤奋的劳动者学习。

我们看到引领的力量、动员的力量、爱心的力量，我们看到了人性的可塑造可教化，看到人民坚毅负重、顾全大局。民为邦本、人心可用。我们也看到了科学的力量，医药学的力量，中医药学的力量，心理关怀的力量，各行各业的力量，舆论的力量。钟南山等专家频频出镜，防疫卫生知识空前普及、措施到位雷厉风行……这些，正是党的领导的力量，社会主义中国的力量。人民是中心，疫情是命令，防控是责任，我们经受住了考验，我们还必须迎接更多的考验。生于忧患，死于安乐，这是中华民族伟大复兴的应有之义。

以百姓之心为心

大家业、大发展、大格局、大事件，当然有各种声音。我们听到了万众响应的朗声呼喊，我们看到了严格防控的行动力量，我们收到了来自外界的各种赞扬，我们歌唱着各条战线先进人物的模范事迹。

同时也听到了多种多样的声音，需要我们了解与参考，警醒与注意。其中有困惑与犹疑，见解与角度，宏论与争议；还有诚恳的但不可能都是精当的出谋划策；也有信口开河，有磨磨唧唧。当然还有起哄与假新闻，有性急的吹嘘和居心叵测的谣言。

我们的初心、我们的根本在于为人民服务。发展迅速，成绩卓著，但显露一些短板，遇到各种考验，听到各种兴观群怨，实属必然。尤其在面临新的挑战的时候，我们需要更多的信心更多的担当，更多的包容更多的耐心，更有力的决断和更紧密的与群众的联系。毛主席有名言：“只有代表群众才能教育群众，只有做群众的学生才能做群众的先生。”这个春天的抗疫，使我们看到了中国特色社会主义制度的优越性，也显现出我们治理体系和治理能力的短板。但是只要“以百姓之心为心”，及时“反省”“自省”，短板可以补齐，教训可以汲取，困难可以克服，消极可以化解。经过抗疫的锤炼，我们的地方官员与行业官员，独当一面敢于担当的精神、处理突发事件与危机公关能力，应该得到提升；我们的医疗体系与预警体系，应该更加缜密完善；我们的信息传播、舆论引领，可以更加切近贴心、入理入情，亲和周密。“得民心者得天下”，各行各业，东南西北，没有最好，只能更好。可以慰国人，可以安天下。

免疫力

通过这个春季的特殊生活方式，我迷上了、爱上了、深深钟情了一个词：“免疫力”。

免疫力，是指人的自身识别和排除的机制，说得通俗一点儿，就是立于不败之地的能力。免疫力是需要自身锻炼的，也是可以通过外界的有效干预和补充而加强的。疫情中幸而未中招的大多数人，能指望的首先是免疫力三个字。

个人和社会都需要免疫力。抗疫是公共卫生领域的斗争，流行病来势凶猛而且牵涉面大，病原体复杂而且万分紧急，在这种困难时期，共同面对才是硬道理，不能添堵，不能添晦气，更不可唱衰自衰。成见和偏见、咋呼与幻想都只能坏事。怎样面对人类共同的灾疫与意外，这是很好的人生功课，是三观功课也是心理功课。珍惜前人的付出，感恩前方的辛苦，充实自我，不敢萎靡消沉，不可轻浮失重，拒绝上当，不钻圈套，不落陷阱，我们应该追求正面与有定力的生活态度。

宅家的俩月很充实。我观看新闻，时时关心一线抗疫与国计民生，为每一步的艰难进展而欢欣鼓舞。我与武汉抗疫小朋友阿念互致问候，我发起了每天晚上在家庭群中的微信歌会，我完成了一部长篇小说新作，我继续着两年前开始的《荀子》研读笔记。我读书读刊读报，谨防新冠病毒与心理病毒的入侵。逆境中静下心来，清醒反思，降温降调，追求身心健康，以期国泰民安。

大考的启示

习近平总书记说，抗疫是“一次大考”，说得太好了。我们处在新的复杂多变的时代，这次疫情是对领导力量的大考，也是对中国人民的大考；是先在中国举行的大考，继而是对万国万民的大考。病毒不仅瞄着我们的喉头与肺部，而且不无阻挡国家经济发展、阻挡共赢“一带一路”的势头，我们的答卷决定着我们的命运，也影响着人类共同体的命运。

这次疫情告诉我们，各种本土的境外的生物的精神的心理的文化的经济的病毒与疫情还可能会出现，战疫正未有穷期。前进的道路上还有一场又一场考试，大考不断，中考连连，小考时时刻刻。不能松懈，不能自吹自擂，更不能在风言风语中迷失。

人民是考官，实践是考官。自我考量与自我审视，对照考量与对照审视，从灾难中我们学到了比平时更多的东西，有经验也有教训，有自信也有反省。中国人早就知道：“多难以固其国”“君子以自强不息”，这样的大考，只是前进道路上的八十一难之一。要立于不败之地，一是永不言败，二是不轻言胜，三是总结经验以利再战。

我们终于迎来了阶段性的胜利成果，湖北解封、武汉解封，桃红柳绿，我们交出了好的答卷。但全球疫情正呈蔓延之势，严峻复杂，给世界政治经济大变局又增添了变数。不能松懈，不能疲惫，不能忘乎所以。在抗疫的同时，我们还有远非轻易的脱贫攻坚任务、更加长远的经济社会发展任务，事比天大。

大考来了，大考还没有结束！我们学习了，我们还在学而时习之！二〇二〇之春的经验教训与启示，已经或正在成为财富。迎接新的大考，我们准备好了！

原载《光明日报》2020年4月1日

守护苍生

——战“疫”中的钟南山

熊育群

疫情再度告急

2020 年 1 月 18 日晚，腊月二十四，钟南山赶到了人山人海的广州高铁站。正当春运，去武汉的高铁票早已卖光，事情紧急，颇费周折他才挤上了 G1102 次列车，在餐车找了一个座位。

他走得非常匆忙，羽绒服都没有带，只穿了一件咖啡色格子西装。接到请他紧急赶到武汉的通知，他就感觉此行不同寻常。尽管疲惫，他还是打开电脑，仔细研究起每份材料和文件。

这一天，武汉不明原因肺炎患者增加到了 59 例。这种原因不明的病出现在新闻中，给这个漫长的暖冬带来一丝隐忧与不安。但人们不以为意，南来北往的人流正在向着家的方向聚集。人们奔波忙碌了一年，都在筹划着怎样过大年。谁也想不到，一个潘多拉魔盒正在打开。

钟南山不时看一看手表，实在困了，他在低矮的靠背上仰头睡一下。这张打盹的照片后来迅速在网上传开。照片里，乘客都在低头看手机，他几乎是唯一的老年人。四个多小时后，他在深夜时分抵达武汉。

在会议中心住下，钟南山的神经仍是紧绷的。武汉出现的病例让他高度警惕。这一路奔走，如同在梦境中穿行，不只是空间在跨越，时间似乎也在这个时刻恍惚。

17年前那场令国人记忆深刻的抗击非典战争中，钟南山临危受命，担任广东省非典型肺炎医疗救护专家指导小组组长。那一年，也是春天，疫情在广东突然出现，不久，北京等地开始传播。疫情最初在广东河源、中山、佛山发生，患者急急送来广州。病人接触过的人倒下了，医生护士也不能幸免。患者发烧，面部、颈部充血，接着出现呕吐、干咳，肺部出现白肺，呼吸开始变得困难，病人多死于呼吸衰竭或多脏器衰竭。一时谣言四起，人们抢购罗红霉素、板蓝根、醋……

那一次，钟南山急了，他第一时间请缨，要求把所有的重症病人全部集中到他所在的广州呼吸疾病研究所来。病因不明、病症难治，糟糕的是疾病传播途径尚不清楚，个别医生有顾虑。钟南山知道事情的严重性，他坚定地说："医院就是战场，作为战士，我们不冲上去谁上去？现在是需要我们站出来的时候，不能丝毫犹豫，因为我们是医生，这是我们的职责！"

这一次，武汉的病人发烧、乏力，部分出现干咳，痰很少，少数有流鼻涕、鼻塞、咽痛、肌痛和腹泻等症状。这与非典既相似又不一样。他判断，两者相比，尽管有很多同源性，但应是平行的完全不同的两种病毒。这种新型病毒到底有多危险、会怎么变异，他并不了解。这正是他忧虑的地方。

抗击非典那年钟南山67岁，今年84岁，17年的岁月在他青丝上留痕，秋霜似的白发笼在他的额头。想不到耄耋之年的他还要与病毒交战！有网民说："他劝别人不要去武汉，他却去了。明知道老年人最易感染。"在高速行驶的车上，他不知是怎样一种心情。他嘴角深弯向下，不只是疲惫，还心怀悲戚。从此刻的忧心到后来多次哽咽、含泪，疫情的发展比他估计的还要严重。

武汉一夜，钟南山难以入眠。国家又一次面临考验，人民又一次受到瘟疫的威胁。他辗转反侧，等来了天亮。窗外，树叶落尽枝丫光秃，凛冽的北风刮过街巷。他实地调查研究，今天与昨天、昨天与前天，情况都在变化，两天内确诊了139例，出现了人传人的情况，还有医务人员被感染了，这是一个非常重要的标志……历史似乎在重复，他最不想看到的一幕又出现了。当年央视《面对面》新闻节目，钟南山面对观众说出了真相。同样是央视，《新闻1+1》节目，他再一次说出了真相，郑重公布："现在可以说，肯定的，有人传人现象。"

此言一出，惊醒了国人，人们匆忙的脚步停了下来，迎大年的节奏打乱了。当年非典那一幕瞬间回到了人们的记忆中。

1月20日下午，他答新华社记者问，提出了对武汉防控的主张，即武汉减少输出，要对火车站、机场等口岸实行严格的检测措施，首先是测体温，有症状特别是体温不正常的须强制隔离；除非极为重要的事情，外地人一般不要去武汉。

他提醒疫情预防和控制最有效的办法是早发现、早报告，还有隔离、治疗。对已经诊断或者将要确诊的病人要进行有效的隔离，这是极为重要的！目前没有特效药，戴口罩很重要……他呼吁各级政府领导要负起责任来，这不单纯是卫健委的问题。他提醒政府、医务人员、全社会都要关心，属地领导要担起责任。现在处在一个节骨眼上，春节期间得病的人数会增加。但他不希望呈现链式的发展。要防止它传播，要害是警惕在传播过程中出现超级传播者。这些呼吁，在他赴武汉考察后及时发出。

天下救人事最大

事态急剧发展。年关逼近。钟南山在武汉、北京、广州三地奔波，再无喘息之机。

武汉在大年三十前一天“封城”。不久，紧挨武汉的黄冈“封城”，远在千里之外的温州乐清市、瑞安市、永嘉县“封城”……大小城市街道静悄悄，人影难觅。庚子大年，烟花爆竹突然沉默不响了，大江南北一片寂静。人们关在家里，不再相聚相庆，不再串门拜年，喜庆之气被疫情冲得踪迹全无。

中央沉着指挥。1 月 25 日（大年初一），中共中央政治局常务委员会召开会议。一场只能打赢不能打输的战争打响，保卫生命必须争分夺秒！ 1 月 18 日，钟南山到武汉，立即投身战斗。19 日一早，国家卫健委、武汉卫生部门和专家召开会议，分析疫情，接着去武汉金银潭医院、疾控中心实地考察，下午专家研究，5 点赶去机场，飞抵北京参加当晚国家卫健委召开的会议，子夜一点半散会。这一夜他只睡了 4 个小时。20 日 6 点起床，研究汇报材料后，赶到国务院，向孙春兰副总理汇报。中午 1 点半，国家卫健委召开高级别专家组会议，李克强总理出席，随即召开新闻发布会，直到 7 点结束。9 点半，钟南山以连线嘉宾身份出现在央视《新闻 1+1》中，公开了重要的疫情信息。21 日，他又在广东省首场疫情发布会上，介绍广东全面加强疫情防控情况……忙碌的节奏一直持续到除夕之夜，作为疫情应急科研攻关组组长的他，大年三十也回不了家。

钟南山再次成为新闻公众人物，他分秒必争的身影出现在大众视野中：29 日下午，他领衔广州医科大学附属第一医院专家团队与武汉前方的广东医疗队 ICU 团队进行远程视频会诊，5 个危重症患者出现在大屏幕上。会诊室里，他坐在中心位置，通过视频察看患者病情，十几个专家坐在他的身后，从用药到基因全测序，大家讨论着，关键时候，钟南山怕 ICU 医生听不清他的话，摘下了口罩。这一次会诊时间持续了 6 小时 18 分钟。

有“病毒猎手”之称的美国哥伦比亚大学教授利普金到访中国。30日早上6点，钟南山与他会面。由于钟南山当天要赶到北京参加全国疫情防治策略座谈会，利普金教授在他前往机场的车上与他探讨疫情。白云机场到了，他们在航站楼前告别。飞机起飞，几个危重病人的治疗方案摊开在钟南山的活动桌板上，他要在飞行时间内确定救治办法。下了飞机出首都机场航站楼，北京卫视的记者接他上车，在路上对他进行专访，许多社会关心的重要问题需要他及时回答。目的地到了，下车后，他大步流星直奔会场……

座谈会在中国疾控中心召开，李克强总理参加，就进一步加强科学防控疫情听取专家意见。总理进入会场，对专家说，本该与大家握手的，但按你们现在的规矩，握手就改拱手了。会议结束，李克强总理与专家们告别，他特意走过来对钟南山说：“还是握一次手吧！”

钟南山在会议结束后赶回了广州，他为又一批广州驰援武汉医疗队送行。广东是最早派出援助武汉医疗队的省，先后派出了二十多批。解放军医疗队也出动了。全国各地医护人员救援的调动规模和速度大大超过了当年汶川地震。白衣天使们义无反顾，就像军人开赴前线一样，子与父别，妻与夫别，儿与母别……虽不能说是生死诀别，但谁又能保证每个人都能平安归来？就算他们严防得再好，也难保在枪林弹雨中不被击倒啊！这些白衣战士有的是钟南山的学生，有的是同事，他得细细叮嘱。

在抗击非典期间，钟南山带领的呼研所医护人员像一队尖兵，向病魔发起了一次次冲锋。先后有26位医护人员倒下了，但全院没有一个人后退，有的治愈后又投入了战斗。当世界卫生组织的人询问钟南山：“你们有没有医生离开？”钟南山自豪地告诉对方：“一个也没有！”

这一次同样如此，没有一个逃兵。钟南山对他们说：“你们是去最艰苦的地方、最前线的地方、最困难的地方、最容易受感染的地方进行战斗，我向你们致敬！我们等你们胜利回家！”他一直把他们送到车上。随后，他参加了国家卫健委、广东卫健委和专家举行的电视电话会议，根据近期的疫情救治工作和病毒研究成果，对新型冠状病毒的流行病学特点、临床表现、诊断标准和治疗方案进行讨论、优化和修正，为新冠肺炎临床救治工作提出指导意见。最后专家们集中了三条意见，这些意见迅速向全国参加抗疫的医护工作者传达。同一天，钟南山院士团队和李兰娟院士团队分别从新冠肺炎患者的粪便中分离出病毒。钟南山对新冠肺炎是否会通过粪口传播又接受了媒体采访……

冠状病毒形如皇冠，在微生物的世界里无影无形，藏在人的身体里，躲在空气中，四处皆暗藏杀机。它肆虐的速度就像人类高铁的速度、飞机的速度。

人们惶恐、无助，盼望权威出现。于是钟南山频频出镜，及时回应社会关切，为大众答疑解惑。他的出现给了众人信心，安定了人们紧张的情绪。钟南山亲自示范脱口罩的正确方式，回答一个个问题。哪些症状必须到医院就诊检查，哪种情况可以在家隔离？没有发热症状，怎么排查隐形的感染者或潜伏期患者？什么时候能够接种上新型冠状病毒疫苗？疫情的走势如何判断？返程春运拉开了序幕，对疫病防控会有什么影响？……他的发声甚至影响到了股市走势，很多炒股软件不放过他的每一句话。

这一切，对于一位 84 岁的老人意味着什么？他这是在用生命战斗！他把人民的生命看得比自己的生命更加重要！为他着急的莫过于他的家人。妻子李少芬看到熬红了眼睛的他，既生气更心疼，却又无可奈何。她知道自己劝也劝不住，天下救人事最大，他这一辈子最在乎的就是病人。

仁心乃本心

的确，作为医生，钟南山最牵挂的还是病人。死亡人数一天天上升，很快就突破了 1000，又升到了 2000。钟南山寝食难安，他变得容易落泪，容易伤感。病人对他而言从来就不是一个抽象的数字，而是一个个鲜活的人，他怜惜他们，心疼他们。除了指导决策、科研攻关等工作之外，只要一有机会，他就要去救人。钟南山并不喜欢用手机，但他的手机 24 小时开机，为的是医院有什么请求，他可以及时处理。一个求救电话打来，无论什么情况，他都不会耽搁。看到这么多同行病倒，他十分揪心。在武汉抗疫一线有他很多学生和同事，他的团队有 7 位干将在武汉协和医院西院 ICU 奋战，20 个床位安排的全都是重症中的重症。这个重症隔离监护室并排放置了两台大屏幕，24 小时连线广州钟南山院士团队的 50 位专家。钟南山除了给重症病人会诊，每天都要了解医生护士的身体状况，询问隔离措施是否到位。有个学生给他发来武汉人民唱国歌的信息，钟南山顿时热泪盈眶。他知道，艰难时刻，士气非常重要。

抗击非典时就是这样，即使最艰难的时刻，他们的士气也是高昂的。钟南山带头进入重症隔离监护室检查病人，亲自制定救治方案。有一次，一个呼吸衰竭的病人等待抢救，但呼吸机还在调试，情况紧急，钟南山亲自帮忙将患者推到手术台，用简易人工气囊给病人做人工呼吸。这样做，感染的风险非常高。许多医生就是做人工呼吸时被病人从气管喷射而出的血和痰液感染的。但是生死一刻，需要的就是这样的勇气！

一生与病人在一起，钟南山心里装的全是病人，哪怕出差在外，他也不忘给病人打电话，询问他们的身体状态。抗击非典时钟南山病倒了，肺部出现阴影。他以家为病房进行自我治疗，第三天高烧刚退他就出现在病房里。现在，在他家门框一角还有一颗长铁钉，那是他自己给自己打吊针留下的纪念。如今八十高龄了，他仍然天天工作到很晚，双休日则安排工作会议，从来没有休过假，从来没有陪同妻子旅游过。

钟南山在病房查房时喜欢坐在病人身边细心听病人说话，拉着病人的手询问病情。有的病人身上散发出异味，他也不以为意。开专家门诊他总是提前半个小时到，一直看到晚上七八点，妻子不得不把饭送来。他认为，如果硬以上班 8 小时画一条线，那不是一个好医生。他是那么细心。冬天的时候，他会先搓暖自己的手，怕手凉让病人不舒服；巡房时，他会给病人送上生日祝福。病人治愈出院，是他最开心的时刻。他从病人的喜悦中找到了自己人生的价值和快乐。

敢医敢言是天性

网络上，流传着一张钟南山接受新华社记者采访的视频截图。他讲到“相信武汉能够过关，武汉是一座英雄的城市”时，两眼噙泪，嘴唇紧紧抿成了一道弧线。这张照片把他的刚毅与深情展露无遗。

所谓医者仁心。医者，需要学者严谨坚毅的意志，也需要一颗慈爱之心。钟南山就是二者完美的结合。智慧与拙朴，硬朗与宽厚，坚毅与脆弱，不屈与妥协，尊严与随和，铁面与柔情……这些性格在他身上实现了对立统一：前者更多表露在他那张坚毅的脸庞上，后者却深藏于内心。

钟南山是岭南知识分子最典型的代表，对人和生命有着最纯朴的理解，对事业和生活有着最单纯的热爱与赤诚。岭南多耿介之士，因为这片土地凝聚了厚重的务实精神。钟南山的家安在一栋有水泥外墙的旧楼中，连电梯都是后来加装的。室内是 20 世纪的老式家具，天花板上悬挂着吊扇，墙上挂满镜框。钟家人聚在一起，谈的是医疗，讲的是学术追求，从来不谈钱。钟南山的家有两大特点：一是运动器具多，有跑步机、单车、拉力器、单杠、哑铃；二是书多。这充分体现了钟南山的两大爱好——医学和体育。这两项也成了他家庭的最自豪之处。他的家庭，是医学世家，也是体育之家。他的父亲是儿科专家，母亲是高级护理师，都曾赴美深造。他的儿子是主任医师、博士生导师。他的妻子曾是篮球明星，担任过中国篮球协会副主席，曾作为中国女篮副队长出征 1963 年亚洲新兴力量运动会。他的女儿是优秀蝶泳运动员，曾打破过短池游泳的世界纪录，获得世界短池锦标赛 100 米蝶泳冠军。儿子也是医院篮球队的中流砥柱。钟南山本人则在首届全运会上以54.4秒的成绩打破400米栏的全国纪录，一举夺冠。1961年，他还获得了北京市十项全能亚军。钟南山高龄之下抗击疫情的毅力与体力都能从这里找到答案。他奔走各地之间，两脚仍然生风。

他教导子女：要永远有执着的追求，办事要严谨要实在。看事情或者做研究，要有事实根据，不轻易下结论，要相信自己的观察。他一生记住的是父亲对他的期望—— 一个人对社会要有所贡献，不能白活。这句话成了他们家庭的人生信仰。

钟家墙壁上挂着一幅字：敢医敢言。这是四年前别人送他的，四个字道出了屋主人的风骨。敢医敢言是他的天性，是“一个人要说真话，做实事”的钟南山用一生践行的家风。他推崇讲真话。科学追求真理，如果连讲真话都做不到，何谈真理。对待科学，钟南山那股岭南人的耿介劲就像一头蛮牛——他只认真理不认权威。

早年留学英国，他挑战英国医学权威牛津大学雷德克里夫医院的克尔教授。钟南山在爱丁堡研究人工呼吸对肺部氧气运输影响时，发现他的实验结果与克尔教授论文的结论完全相反。钟南山毫不犹豫提笔写出了论文。有人说他胆大狂妄。在剑桥学术会议上，专家们被这个中国年轻人的发言惊呆了！先是一阵沉默，继而变为骚动。克尔教授的三个高级助手连珠炮一样提出了8个问题，钟南山一一做了回答。就钟南山论文能否发表举手表决的时候，全场鸦雀无声。接着，评委们一个个举起了手。在科学面前他们的手举得高高的，一个也不少。

当年非典的一场新闻发布会上，有人宣称疫情已经得到了有效控制。钟南山当场开炮：“什么叫控制？现在病源不知道，怎么预防不清楚，怎么治疗也还没有很好的办法，特别是不知道病源！现在病情还在传染，怎么能说是控制了？”北京某些权威专家通过权威媒体发布结论：“引起广东部分地区非典型性肺炎的病源基本可确定为衣原体。”在广东省卫生厅召集的紧急会议上，钟南山又站了出来，他不认为是衣原体，衣原体只是最终导致病人死亡的原因之一，而主要病因可能是一种新型病毒。他的观点随后被广东省卫生厅采纳，成为抗击非典的重要分水岭。

钟南山就是这样一个蛮人。他认真时连命都不顾。留学英国时，为了搞清一氧化碳对血液氧气运输的影响，他用自己当试验品——吸进一氧化碳。他请来皇家医院的同行，向他体内输入一氧化碳，同事不停地抽血检测。他血液中一氧化碳浓度达到15%时，医生和护士都叫了起来：“太危险啦！”他们要他停止。这时钟南山就像连续吸了50到60支香烟，头脑开始晕眩。但钟南山摇着头，他不能半途而废，他要靠实验画出一条完整的曲线。他继续吸入一氧化碳，血红蛋白中的一氧化碳浓度在上升，直到22%，曲线完整显示。钟南山感觉天旋地转。在场的医生都被他的献身精神打动。中国有个钟南山，这将是一个时代的记忆！

原载《光明日报》2020 年 3 月 1 日

与你的名字相遇

李　舫

一

这是庚子年的冬春交替，这是庚子年的乍暖还寒。凛冬仍未过去，残雪和病毒藏匿在阴影里，“立春”的蓬勃朝气和“雨水”的葱茏丰泽却扑面而来。久违的阳光澄澈、明润，倾泻在空旷的街道、空旷的广场、空旷的楼宇、空旷的园林以及空旷的人间，如同一场魔幻剧，散发着饱经沧桑的痛彻、久经忧患的悲悯。一座城市被按下暂停键，陡然间安静如斯，一个民族擦去悲伤的泪水，同病毒加速竞赛，一个国家在灾难中同舟共济、守望相助。

除夕前夜，武汉封城的号令给人们带来的紧张、焦虑、惊恐，随着时间的流逝似乎渐行渐远。数不清的医务人员、公安干警、人民解放军、社区干部、志愿者……在一线奔波，他们昼夜奋战所流出的泪与汗，滴落在口罩、护目镜、防护服的背后。

这是一双双蔼然忧思的眼睛，这是一张张稚气未脱的脸庞——

一张照片迅速刷屏。1 月 18 日傍晚，八十四岁的中国工程院院士钟南山一边告诉公众“尽量不要去武汉”，一边自己登上去武汉的高铁。高铁餐车上，钟南山睡着了，疲惫焦虑的双眉依然紧蹙，桌子上是摊开的文件。2003 年，非典肆虐，时年六十七岁的钟南山说：“把病情最重的病人送到我们这里来！”十七年后，新冠肺炎暴发，八十四岁的钟南山又一次挂帅出征。正是他的一声“人传人”的呐喊，惊醒了中国。

又一张照片迅速刷屏，这是一张对比照：1 月 24 日，除夕，一名身着迷彩服的女兵扭着头、抿着嘴，挽起袖子接受注射；大年初六，口罩和护目镜已在她脸上留下了深深的勒痕。这名女兵，是陆军军医大学医疗队队员、西南医院肝胆科主管护师刘丽。出发前，刘丽给妈妈打电话说有任务。七天后，她满脸压痕的照片被广泛传播，妈妈才知道，她是到了收治新冠肺炎病人最多的武汉市金银潭医院。这是一个个勇往直前的战士，这是一个个舍生忘死的医者——

“同事们在前线勇往直前，我怎么能当逃兵？”春节前，武汉市中心医院麻醉科护士崔肖回到家乡黑龙江过年。随着疫情迅速发展，崔肖的心也不断揪紧：“马上飞回武汉，恨不得插上翅膀回去支援。”2 月 1 日，崔肖赶回武汉，立刻回医院报到。每天与病毒和危险相伴，崔肖毫不畏惧：这是我的责任，也是我的义务。

2 月 18 日 10 时 54 分，五十一岁的武昌医院院长刘智明停止了呼吸，一个智慧、明亮的生命从此定格。改造病区、腾挪病房、运送病人、调配人员、解决物资……他在同时间赛跑，也在同自己的生命赛跑。终于，就在武昌医院大规模收治病人的当天，刘智明自己也躺到了病床上，CT 结果显示肺部严重感染，病毒核酸检测确诊为阳性。一起战斗！他向战友们发出邀请。可是，这一次，他没能跑赢死神，化作天空中最亮的一道光。

这是一场没有发令枪的接力赛，这是一场没有硝烟的战争——

朱海秀——二十二岁的朱海秀，是中山三院首批二十三名支援湖北疫情医疗队员中年龄最小的一位，清秀的眼眸天真无邪。

彭银华——二十九岁的协和江南医院呼吸与危重症医学科三病区的医生，在武汉市金银潭医院悄悄辞别了人间，此时，他身怀六甲的妻子正等待他回去举行婚礼，谁承想，结婚照变成了遗照。

吴亚玲——母亲猝然离世，吴亚玲躲在员工通道的一个角落，通过视频同母亲诀别，当晚，脱下厚重的防护服，吴亚玲在狭小的宿舍哭了整整一夜。

韩家发、王琼娅——夫妻，一个是汉口医院放射科副主任，一个是汉口医院副院长，他们将孩子交给老人，果决地双双奔赴战场。余平、李叶子——夫妻俩都在武汉市中心医院急诊科，但是疫情却让他们咫尺天涯。2 月 14 日，余平给妻子准备了一份别样的礼物：科室刚发的防护服和 N95 口罩。“这个特殊的情人节，我们都要好好的！礼物奉上，请笑纳。”

曹志刚——三峡大学附属仁和医院急诊重症医学科主任。疫情发生后他第一时间投入战斗，成为医院专家救治组成员，从此他的生活里便没有了白天和黑夜。“爸爸，您是我的骄傲！”儿子给他的一封长信，让他双泪长流。

彭渝——陆军军医大学第一附属医院护理处处长、主管护师。她没来得及通知家里，就来到武汉市金银潭医院。几天后，丈夫还是从电视新闻中发现了她的身影。他在给她的信中写道：“媳妇，见字如面：太了解你的脾气，又是一次艰巨任务，望规范操作，把握流程细节，切勿粗心莽撞，沉着冷静……你是我妻也是战友，务必牢记初心如磐，使命在肩，盼早日凯旋。”

还有多少在我们眼前飞驰而过的名字？它们像一道道闪电、一声声激雷，在空中高升、炸裂、凝固。谌磊、王强、沈雪、杨波……淳朴的父母用他们朴拙的心写下了对孩子最素朴的祝福。宋彩萍、赵玉英、黄团新……父母将他们美丽的期冀小心翼翼地包裹在孩子的名字里，希望他们有丰富的人生、卓越的建树。郭玮、贾娜，浪漫的父母是一张最动人的调色盘，他们祝福自己的孩子——天匠染玮烨，花腰呈袅娜。付靖、江世娥、余琳欢，父母将怎样宁静古老圆融的理想安置在孩子的名字之中，期盼他们娥媌靡曼，一生靖晏，平安无虞，满目琳琅。张定宇、夏思思，读这饱含忧思和神祇的名字，就知道他们的父母是如何将曾经苦难的中国托付给未来。是的，孩子们没有辜负他们的父母，沧海横流，方显英雄本色。还有多少我们尚不知晓的故事？还有多少我们尚未探知的名字？还有多少被口罩和护目镜遮住的面庞？还有多少累得瘫在桌上、椅上、地上的身影？

二

此时此刻，我们用笔、用心写下你的名字，猜测口罩、护目镜、防护服背后的你的模样。很多年前，究竟是什么吸引着你走进医学院的大门？是什么让你选择了一个与灵与肉打交道的职业？从一个怀揣无数问号的学生，成长为一名守护神圣生命的战士，这之间曾经发生过什么？而你，又曾经遭遇过什么？

很多很多时候，我们猜测，你究竟在实验室度过了多少枯燥的时光，在解剖室受过了多少惊吓，在标本室看到了多少被肢解又被浸泡在福尔马林里的器官，在显微镜下观察了多久才知道了细胞与细胞的不同，在自习室默诵了多少遍药物的分子式以及它们的英文、法文、德文、拉丁文名字，你究竟是怀着怎样的勇毅和顽强完成了四年五年乃至八年十年的学业，才成长为一名合格的白衣战士。

当你拿起手术刀走向你的第一个病人，当你拿起注射器走向你的下一个病人，你在想什么？当你完成消毒走到无影灯下，当你完成例行的查房写下长长的病志，你在想什么？当你做完一台手术完成一场抢救，当你看着病人恢复健康走出医院大门，甚至忘记了向你道谢、与你告别，你在想什么？

成长为医者的过程，是漫长的苦行僧的过程，是与遗忘、与懒惰、与颓废、与寂寞，甚至与自己搏斗的过程。你首先要忘记自己，才能完成病人交付的一切。你还要习惯于生活里没有自己，才能习惯在每一个静谧的夜晚被急救的电话惊醒，在每一个需要你的时刻放下一切决然返航。成长为医者的过程，是漫长的远航者的过程，是与暗礁、与风暴、与雷电、与枯寂，甚至与大自然搏斗的过程，你首先要放眼辽阔的远方，才能完成既定的航程。普利策的那句话说的何尝不是你——倘若一个国家是一条航行在大海上的船，那么你就是船头的瞭望者，在一望无际的海面上观察一切，审视海上的不测风云和浅滩暗礁，及时发出警报。

在医治病患之前，你要学会医治自己。成长为医者的过程，是你不断丰富自己、改造自己、完成自己的过程。你需要学会多少、经历多少，才能够让素不相识的病人在第一时间就信任你；你需要怎样的尊严和骄傲，才能够让自己抵挡无处不在的诱惑；你需要怎样的理想和信念，才能够在见过成千上万的病痛之后，免于可能出现的职业化的倦怠与冷漠，保持着曾经的赤子初心。

每一刻，每一天，我们在电视里、在微信中，在亲人的信笺上、在远方的思念里，寻找你的名字，默念你的名字。这些日子以来，我们也在懂得你，并学习记住你的名字。可是，很多很多时候的你，没有名字。脱下白色战袍，你是我们的父兄、姊妹、妻儿，我们的远亲、近邻，我们的同学、同事。可是，穿上了白色战袍，你又立刻变身，成为一个又一个被封缄在防护服里的“钢铁侠”，一个又一个化身拯救人类无所不能的“奥特曼”。

三

一袭白衣，到底有什么样的魔力，能让一个人不惧生死？

你还记得那个“神农尝百草”的典籍吗？“民有疾，未知药石，炎帝（神农氏）始草木之滋，察其寒、温、平、热之性，辨其君、臣、佐、使之义，尝一日而遇七十毒，神而化之，遂作文书上以疗民疾，而医道自此始矣。”上古时候，五谷和杂草长在一起，药物和百花开在一起，哪些粮食可以吃，哪些草药可以治病，谁也分不清。黎民百姓靠打猎过日子，天上的飞禽越打越少，地上的走兽越打越稀，人们就只好饿肚子。谁要生疮害病，无医无药，不死也要脱层皮啊！老百姓的疾苦，神农氏瞧在眼里，疼在心头，于是，尝百草，兴医道。

你还记得那个“悬壶济世”的传说吗？“市中有老翁卖药，悬一壶于肆头，及市罢，辄跳入壶中，市人莫之见。”连《西游记》记载神通广大的孙悟空成仙之道，都是与“悬壶”密切相关：孙悟空在炼丹房里，遍寻太上老君不遇，但见丹灶之旁，炉中有火。炉左右安放着五个葫芦，葫芦里都是炼就的金丹，于是他就把那些葫芦里的仙丹悉数倒出来吃掉，从此百病不侵。

你还记得那个“妙手回春”的故事吗？春秋时期，齐国的神医秦越人经过虢国听说虢太子猝死，问清太子的症状后，他认为虢太子只是假死，可以救活。秦越人叫弟子子阳磨好针，在太子的穴位上扎了几针，太子瞬间苏醒过来，不久便完全康复，秦越人赢得“妙手回春”的称号，由此被后世称为翩翩欲飞的“扁鹊”。一袭白衣，竟然有如此魔力，能让一个人不惧生死。

有谁见过穿“尿不湿”工作的医生？抗疫初期，医疗物资短缺，医护人员超负荷运转，为了争取更多的时间救治病人，不敢摘下口罩脱下防护服，不敢吃一点饭喝一口水。甚至为了尽可能不去卫生间，你随身准备了“尿不湿”。

有谁见过满脸都是压痕的护士？值完一个班次，从隔离区走出来，你摘下护目镜和口罩，额头、脸颊满满都是深深的压痕，这样的痕迹甚至几个小时都清晰不散，不少人脸部的皮肤开始过敏红肿。有谁见过这样绵延不绝的白色长城？截至 2 月 23 日，全国 29 个省区市和新疆生产建设兵团、军队系统已调派医疗队 330 多支、医护人员 41600 多名驰援湖北、驰援武汉。

国有难，召必至。我们见过冲锋陷阵的战士，见过慷慨赴死的斗士，可是，有谁曾见过天使的模样？

如果有谁见过穿着“尿不湿”的医生，见过满脸都是压痕的护士，见过防护服后背上写着“精忠报国”的“岳飞”，见过北协和、南湘雅、东齐鲁、西华西的硬核“王炸”，那他一定就会知道天使的模样。那就是——你，你也许愤怒于一次不公平的伤医暴力，却从未输过一次民族大义。“我的心裂成了两半——一半为你担忧，一半为你骄傲。”这是写给远行者的牵挂，也是写给逆行者的礼赞。还有——那些只留下名字却不再有肉身的牺牲者。在废墟旁，在瓦砾间，在春草中，在云朵上，燃烧着的红烛在微风中发出“噼噼啪啪”的巨响，那是死者向生者的告别，生者为死者的祷告。

什么是医者仁心？什么是大爱无疆？武汉立春之日，一个被新冠病毒感染的不到半岁的娃娃，隔着玻璃窗向医生伸手要抱抱，医生忍不住掩面而泣。医者，就是宣布赋予这温润柔然的小生命再一次新生的母亲。缺少物资的那些时刻，高烧的病患走进急救室，护士不顾感染的危险搀扶他落座，为他测量血压、心跳，告诉他不必担心，可以尽快安排住院。医者，就是在关键时刻挺身而出护佑你平安的亲人。几乎每一天都有这样的手术：气息奄奄的重症患者被火速推进 ICU，呼吸科、传染科、重症科、心外科……各个兵种的白衣战士闻令而动。长长的插管探进脆弱的气道，锋利的手术刀绕过肋骨插入胸腔，手中握着鲜红、跳动的心脏，鲜血喷溅在护目镜、手术衣上，一个人的生命就这样尽在你的掌握之中。医者，就是引领黑暗中的行者走出生命中最黯淡迷宫的圣者。也许还会有这样的时刻——一个新的生命在你手中呱呱坠地，他第一眼望向的是你，他清亮的瞳仁、清明的记忆里都是你；一个垂死的生命在最后的时光里凝视着你，他用无言的祈望向你求助，可是你竭尽全力却无法再挽留他一程，他带着对你的最后的印象、最后的记忆奔赴他的另一场重生。还能有谁像这样信任你，将此生的生老病死都托付给你，将来世的牵牵绊绊都预支给你？是的，片云会得无心否，南北东西只一人。

从医学院走出来的医者，都不会忘记他们甘于为之赴汤蹈火、万死不辞的“希波克拉底誓言”：仰赖医神阿波罗·阿斯克勒庇俄斯，阿克幸及天地诸神为证，鄙人敬谨宣誓，愿以自身能力及判断力所及，遵守此约。凡授我艺者敬之如父母，作为终身同业伴侣，彼有急需我接济之。……我愿尽余之能力与判断力所及，遵守为病家谋利益之信条，并检束一切堕落及害人行为。……我愿以此纯洁与神圣之精神终身执行我职务。……倘使我严守上述誓言时，请求神祇让我生命与医术能得无上光荣，我苟违誓，天地鬼神实共殛之。

四

己亥末，庚子春，荆楚大疫，染者数万，众惶恐，举国防，皆闭户，道无车舟，万巷空寂。……医无私，警无畏，民齐心，政者医者兵者，扛鼎逆行永战矣。商客、邻家、百姓，仁义者，邻邦捐物捐资。叹山川异域，风雨同天；岂曰无衣，与子同裳。能者竭力，万民同心。——摘自网络

这是庚子年的冬春交替，这是庚子年的乍暖还寒。也许，多少年后，人们会如此反复谈论起这个庚子年的这一场抗疫战争。

时光倥偬而逝，生命总有长情。汉江边，春柳萌绿；古琴台，樱花吐蕊；鹤楼巍峨耸立，龟蛇峰峦叠嶂；晨光唤醒性灵，晚霞映照东湖；夜色中的楚河汉街灯火辉煌、人潮涌动，千禧钟悠然鸣响；远方的游人在此朗声大笑：晴川历历汉阳树，芳草萋萋鹦鹉洲——这样的一天还远吗？在这样的未来，散去的白衣天使，江城是否还记得你的名字？

有人提议，建一道长墙，将你的名字和影像镌刻于上；有人提议，建一个广场，让后世记得你的血泪和欢笑；有人提议，建一个公园，让大地和草木都来证明，凡今之人莫如兄弟，骨肉之亲析而不殊；有人提议，建一座博物馆，令子孙铭记灾难，铭记你拯救众生于水火的无私与无畏。可是，或许，江城的人民更愿意拒绝肤浅的赞歌、拥抱生命的反思；更愿意将你的名字封印在这山山水水、人来人往的空中，封印在他们身边、在他们心底；更愿意在每一个餐

霞饮露的清晨，在每一个寸心隐动的黄昏，在每一个情爱缠绵的瞬间，在每一个远别和相逢的时刻，在每一个字字锥心、声声泣血的怀念里，与你的名字相遇——

也与你相遇。

原载《光明日报》2020 年 2 月 28 日

敬告作者

我社一贯注重保护著作者的合法权益。选编本书时曾尽量同相关作者联系版权事宜，并得到许多作者朋友的大力支持。但由于本书时间跨度较长，体量大，作者多，出版时间又较为紧迫，所以仍与部分作者或其后人无法取得联系，在此谨表歉意。同时，敬请相关作者和著作权人见到本书后，尽快与我社联系，我们将奉上样书并支付稿酬。

中国言实出版社

2021 年 7 月

千秋伟业 百年风华

庆祝中国共产党成立100周年
The 100th Anniversary of the Founding of The Communist Party of China

红色散文选粹

卷四

江山如画

古　耜◎选编

中国言实出版社

图书在版编目（CIP）数据

千秋伟业，百年风华 / 古耜选编 . -- 北京 : 中国言实出版社 , 2021.3
ISBN 978-7-5171-3580-7

Ⅰ . ①千… Ⅱ . ①古… Ⅲ . ①散文集—中国—当代
Ⅳ . ① I267

中国版本图书馆 CIP 数据核字（2021）第 047620 号

出 版 人　王昕朋
责任编辑　李　岩
责任校对　宫媛媛

出版发行　中国言实出版社
地　址：北京市朝阳区北苑路 180 号加利大厦 5 号楼 105 室
邮　编：100101
编辑部：北京市海淀区花园路 6 号院 B 座 6 层
邮　编：100088
电　话：64924853（总编室） 64924716（发行部）
网　址：www.zgyscbs.cn
E-mail：zgyscbs@263.net
经　　销　新华书店
印　　刷　徐州绪权印刷有限公司
版　　次　2021 年 8 月第 1 版　2021 年 8 月第 1 次印刷
规　　格　710 毫米 ×1000 毫米　1/16　86.75 印张
字　　数　1556 千字
定　　价　280.00 元（全 4 册）　ISBN 978-7-5171-3580-7

红色散文与史同行

——写在《千秋伟业 百年风华》散文系列出版之前

古 耜

中国共产党自诞生一百年以来，为了实现中华民族伟大复兴，团结带领中国人民，创造了新民主主义革命、社会主义革命和建设、改革开放和社会主义现代化建设、新时代中国特色社会主义的伟大成就。这四个伟大成就不仅从根本上改变了古老中国的面貌、境遇和命运，以及她的世界影响和国际地位，而且还真正唤醒和振奋了国人的精神、意志和诉求。向往光明、追求进步的人民群众、知识分子，包括许多职业革命家，在投身壮阔的时代洪流和火热的社会实践的同时，满怀激情，敞开心扉，捧出了一系列传播先进思想、呼唤社会变革、展示历史图景、表达人民心声的散文作品。这些作品凭借崭新的精神内涵和独特的审美风范，以及巨大的影响力和感召力，构成了百年中国历史上一道常读常新、青春永驻的文学风景线——红色散文。

作为中国共产党在砥砺前行中催生的精神火花，红色散文自有强大而稳定的意旨基因和价值取向，但就其审美表达的物象与方式而言，却分明是一个丰富多彩的艺术世界。在这个世界里，既有老一辈无产阶级革命家的高瞻远瞩、抒情言志，又有一代代革命事业后来人的嘉言懿行、高风亮节；既有峥嵘岁月里无数英烈先贤的壮怀激烈、出生入死，又有硝烟散尽后广大劳动者的艰苦创业、无私奉献；既有风展红旗的高歌猛进，又有山重水复的曲折回旋；既有踏访革命圣地的绵绵思绪，又有沉吟红色经典的涌动情潮……所有这些万象辐辏、溢彩流光，在历史天幕上交汇成红色散文缤纷生动的艺术景观，同时也很自然

地呈现出属于它的突出个性与鲜明特点。

在文学诸样式中，散文具有显见的“我思故我在”的特征，这决定了优秀的散文篇章，理应承载带有真理品格、能够昭示历史进步和人类解放的观念形态，以此启迪和引领人民群众自觉投身于伟大的时代变革和社会实践。红色散文正可作如是观——“十月革命一声炮响，给中国送来了马克思列宁主义”。正是这关于全世界无产阶级和全人类彻底解放的伟大学说，特别是它在中国化进程中所产生的毛泽东思想、中国特色社会主义理论体系，为红色散文注入了真理的血脉和文化的滋养，使其在整体上站到了历史的高处和时代的前沿，显示出思想的光彩和理性的力量。

不妨重读李大钊的《新纪元》。这篇发表于“五四”运动之前的作品，热情呼唤全世界劳工阶级的崛起，以及由此产生的人类新纪元、新文明，从而为中国共产党的应运而生做了舆论铺垫。梅岱的《明斯克钩沉》记述作家的白俄罗斯之行，其跨越时空的见闻与思考，精辟解析着当今世界的发展变化和国际共产主义运动所遇到的严峻挑战，同时又满怀信心地表达了中国共产党人不忘初心、牢记使命，开启社会主义新时代和新长征的豪迈情怀，其主旨贻人警示更催人奋进。新时期以来，多位作家学者不约而同地写下了拜谒或重读马克思的文章，其中聂锦芳的《在〈资本论〉产生的地方》等，均以新颖的识见丰富和深化着人们对真理的认知。刘亚洲的《精神——纪念抗日战争胜利70周年》、华罗庚的《写给向科学堡垒进攻的青年们》、王巨才的《回望延安》等，都承载了足够的思想光泽和精神重量，它们从不同的角度和在不同的意义上，给人以启迪乃至震撼。

文学是人学，文学作品必须写人，小说是这样，散文亦复如此。不过同样是写人，小说和散文仍有区别：小说重在塑造客体的人物形象，而散文则更多披露作家的内心世界——散文有时也写客体的人物形象，但这些客体人物仍然浸透了作家直接的目光打量与情感评价，是作家心灵的延伸。唯其如此，我们才常把散文看作一个人的心灵史。而在这一维度上，红色散文同样多有佳篇。

《可爱的中国》和《清贫》是方志敏在囚室里写成的红色经典，作品对恶魔戕害祖国母亲的猛烈抨击，对未来中国美好前景的殷切呼唤，对生命追求与个人操守的坦荡告白，把共产党人的肝肠与初心表现得酣畅淋漓。邹韬奋在生命最后时刻提出加入中国共产党的要求，这使得一篇短短的《遗嘱》，尽显信仰的崇高与信仰追求的美丽。刘白羽的《长江三日》记述作家乘江轮顺流而下的经历，那笔端呈现的或激流勇进，或从容安详的情景，是三峡的性格，更是作家革命理想主义精神与激情的外化。李健吾的《我有了祖国》透过“我”在外

国和旧中国的遭遇，表达了新中国成立带给自己的幸福和自豪。而一部《雷锋日记》则直接敞开了人民好战士的内心世界，使我们懂得了什么叫作“平凡而伟大”。

必须看到的是，红色散文所高扬的精神旗帜，从来不是一种预设的、外在的存在，而是作家源于内心的真诚表达。许多红色散文家，首先是共产主义的信仰者和践行者，是无怨无悔的革命者，对于他们来说，驱笔为文不是寄托才情，更不是博取名利，而是基于理想、使命和责任的以笔为旗，直抒胸臆，是在斗争或工作中的精神升华与情感绽放，正所谓“血管里流出的总是血”。这样生成的散文之花，自然别有神采和魅力。

散文可以有必要的合理的艺术虚构，但绝不能仰仗和放纵虚构。尤其是当散文作为相对完整的历史侧面或时代画卷加以呈现时，其形象的真实感和本质的可信性，仍然是不可或缺的重要艺术品质。在这方面，红色散文又一次显示了自身的不同凡响。一大批作家以历史唯物主义为指引，以严格的现实主义精神和非虚构手法为武器，充分调动个人介入历史与现实的独特资源和优势，留下了一系列具有历史现场感和艺术真实性的作品。

陆定一回忆红军翻越瑶山的《老山界》、魏巍速写抗日战场的《黄土岭战斗日记》、丘东平报告新四军挺进敌后的《向敌人的腹背进军》、菡子描写志愿军战士的《激渡》，还有杨得志的《强渡大渡河》、杜鹏程的《夜走灵官峡》等。在这类作品中，作家就是作品中的人物，他们得之于历史现场的深切记忆和丰富体验，使得笔下文字既有年代特征，又有生动细节，很容易形成代入感和诚信力。方纪的《挥手之间》、刘白羽的《沸腾了的北平城》、李水清的《五星红旗在天安门前升起》、朱增泉的《飞天记》等，记录了红色历史的大场面或大事件。作家作为当时的在场者和见证者，精心调整视线、焦距和节奏，努力再现各自锁定的宏观场景与整体过程，同时敏锐捕捉现场独特的画面、细节和气氛，从而将现场传真般的艺术长镜头，储存到时代的天幕上。周立波的《韶山的节日》、魏钢焰的《忆铁人》、梁衡的《方志敏最后的七个月》、丁晓平的《老渔阳里2号的百年时光》，以及沈俊峰写邓稼先的《假如可以再生，我仍选择中国》等，虽然都是隔着时空为伟人和英烈写照，但由于作家做了反复的现场采访和细致的资料爬梳，同时又注入了对历史和人民负责的写作态度，所以同样具有很强的真实感和可信性。由此可见，优秀的红色散文可以视为文学版的党史，它同样具有信史一般的认识价值和恒久生命。

生成于红色实践的红色散文，从不讳言自身拥有助力民族解放、促进社会发展、推动历史进步的使命感和功用性，不过，这丝毫不意味着红色散文一向

只注重内容厚重而不讲究审美营造。事实上，在红色散文的艺术长廊里，构思精妙、质文俱佳的篇章并不少见。茅盾的《白杨礼赞》用极具现代色彩的艺术手法，把寓于景物之中的延安生活和中国共产党人，表现得雄奇壮观、万千气象。秦牧的《社稷坛抒情》《长街灯语》将写景、抒情、思考以及知识传播熔于一炉，让几个方面互为条件，相辅相成，构成浓郁立体的审美磁场，拥有强大的感染力。魏巍的《谁是最可爱的人》用“我”的深情推动和浇灌叙事，使笔下的英雄愈发勇敢质朴，可敬可爱。刘上洋的《万里长江第一湾》，由长江水流的从容拐弯谈到中华文明的兼容并蓄，扬弃发展，再谈到中国革命的迂回曲折，改革前行，于是“弯”有了哲学意义，整篇作品也有了移步换形、曲径通幽之美。杨朔的名篇《茶花赋》讲构思，讲意境，讲文采，把散文当诗一样写，曾影响了一代人的文风。后来虽受到不少异议，然而拉开时间距离再看时，其艺术上的某些特质迄今仍在散文的河流里或隐或显地赓续着、发散着，这仿佛提示人们，对于红色散文的艺术成就不容小觑，更不能低估。

目录

我有了祖国

李健吾

祖国这两个字，在过去一直是这样和我发生关联：我是中国人，所以我爱国；我生在中国，所以我爱国。民族和土地是我对它的基本感情。假如拿它缩小了看，就是乡土观念。

让我最切身感到祖国的积极意义的，最早一回，是我来到外国读书。一九三〇年，就在“九一八”事变前一年，差不多同一个月的样子，朱自清师伴着我们两个学生，经过沈阳，穿过西伯利亚，去了巴黎。我们在沈阳玩了一整天，在哈尔滨玩了一整天，我们跟在朱师后头，过眼云烟，走马看花一般，游赏树木葱郁的北陵和水浪起伏的松花江。住在巴黎，谈话谈得好好儿的，对方忽然便会插进一句问话：你是日本人？我回答我是中国人，于是情势尴尬了，谈话中止，我们便在两种极不相同的心理之下分手了。“九一八”增加了中国留学生心里的磨难。不到三天工夫，一声不抵抗，东三省变成了满洲国！记得开头两天，每天一清早，我便赶到街口去买一份早报看，然而气闷又气闷，一个星期以后，报也懒得看了。接着便是“一·二八”，兴奋代替了消沉。报贩不再以轻蔑的诮利口吻挖苦我了，但是他换了一种口吻来讥讽：“中国人，怎么还不回去？”甚至于房东也奇怪中国留学生竟然没有一个回国参战的。我们解释：中国是募兵制。最后日子久了，“一·二八”又在丢脸之中结束了，我们便加一句解释：这个政府不会抗战到底的，回国没有意义。一个法国人绝不了解中国的复杂和靡乱的情势。但是祖国两个字却为之粉碎了。

诚然，人情势利在封建制度之下是早已有了的。但是像极少数法国“知识分子”那样盲从，甲午之战以后，中国迷变成日本迷，中国的好东西全说成了日本的，我打心里厌恶。这反而表示他们文化程度低落，没有走出好战的高卢时代。我当时日夜研读福楼拜，他对本国某些人的诅咒不免稍稍影响到我。他那个时代是爱中国的；他梦想到中国来，他的好友布耶学中国文，写中文式的法文诗，高地耶为女儿请中国人做家庭教师，雨果为他的情人布置了一间中国式闺阁……然而，不多年，《马关条约》签字了，龚古尔兄弟首先倾心日本，就是福楼拜，浪漫成性，受了某些自命为“中国通”的诽谤者的欺绐，爱的是一个什么样儿的中国啊！这是“天国”，一片竹林，里头隐隐藏着一只老虎，女人有金莲，男人有豚尾……我读到他向往中国的信札，未免啼笑皆非。

过去，我是中国人，我活在中国，但是作为一个国家，中国在我身边，没有骄傲给我。

而且，在这样一个封建国度，所谓“管理众人之事”的反动统治阶级，做到的只是管理“数”人之事，配合帝国主义，养肥了一个新兴的剥削阶级：官僚资本家！什么人民的利益、政治的独立、国家的荣誉，到了紧要利害关头，完全成了私人算盘上高低的滚珠。我们活在那种被统治的恶浊社会，说是中国人，其实就是帮着这些政治买办在出卖祖国，然而自己还不知道！写到这里，我为自己，也为过去所有“顺民”，不寒而栗！

然而，现在，我有了祖国！一个我要喊给全世界听的祖国！一个让我打心里骄傲的祖国！从前它对我只是土地和民族，这一年来，祖国给我添了一个崭新的辉煌的意义：政治！在反动统治下，那一直让我感到愧对而又无法掩饰的隐痛所在，如今散失了，我可以挺起胸脯，走在群众行列，兴奋而又荣耀地喊着：中华人民共和国万岁！

它是我的，是我们人民的。在这个祖国，人民翻身了，而且，更光荣的是：我们的祖国走在全世界最进步的行列中了，从前就没有国家拿它当作国家看待！如今没有人敢拿俏皮话挖苦我心爱的祖国了：你敢伸出肉拳头，我们的政府和战士就和人民紧紧团成一个铁拳头，连你连肉拳头捶成烂浆！然而一个更大的事实是：你不敢！真理在豺狼狐狸之前现身了，它们只好低头认输，要是心里还有鬼打算，我的祖国如日之东升，照穿了你的肚肠！

是谁把祖国还给我的？是谁让我深深爱着我这红光满面喜气盈盈的祖国的？共产党！以毛主席为首的共产党！以全体人民意志为意志的中国共产党！

仅仅一年，还不到一年，祖国拿出了多少奇迹答复那些诬蔑它的子女的敌人！共产党进不得都市，它会腐化的，会在经济战线上溃败的，会在都市的复杂面上不知所措的……然而在这一年，作为人民的我们，看到了什么，经过了什么？物价跌落了，城乡物资交流了，全国通行无阻了，中央政令统一了，而且人人在埋头生产，个个热望成为劳动模范，加紧克服未来的工作困难，而且，上海这个典型的半殖民地半封建的大都市也服服帖帖走上正轨，同时，党和政府还怕不虚心，犯错误，在报纸上进行公开批评，在岗位上结合实际进行整风运动……上下一心，欢欢喜喜，要搞好自己手创的人民共和国！毛主席一再要党员对自己提高要求，对工作加重责任；然而对人民，要宽，要稳；对敌人，要紧，要狠。整个儿社会在一种再生的坚强精神之下活泼而有秩序地动着，朝一个总的前进的方向动着。老大中国的割据局面不复存在了，一个统一的伟大的势力在世界诞生了，紧紧靠着另一个统一的伟大的势力，我们的盟友苏联，在携手进行了。

我有了祖国，我爱我的祖国！

原载《解放日报》1950 年 10 月 8 日

长江三日

刘白羽

十一月十七日

雾笼罩着江面，气象森严。十二时，“江津”号启碇顺流而下了。在长江与嘉陵江汇合后，江面突然开阔，天穹顿觉低垂。浓浓的黄雾，渐渐把重庆隐去。一刻钟后，船又在两面碧森森的悬崖陡壁之间的狭窄的江面上行驶了。

你看那急速漂流的波涛一起一伏，真是“众水会涪万，瞿塘争一门”。而两三木船，却齐整地摇动着两排木桨，像鸟儿扇动着翅膀，正在逆流而上。我想到李白、杜甫在那遥远的年代，以一叶扁舟，搏浪急进，该是多么雄伟的搏斗，那会激发诗人多少瑰丽的诗思啊！……不久，江面更开朗辽阔了。两条大江，骤然相见，欢腾拥抱，激起云雾迷蒙，波涛沸荡，至此似乎稍为平定，水天极目之处，灰蒙蒙的远山展开一卷清淡的水墨画。

从长江上顺流而下，这一心愿真不知从何时就在心中扎下根子，年幼时读“大江东去……”，读“两岸猿声……”，辄心向往之。后来，听说长江发源于一片冰川，春天的冰川上布满奇异艳丽的雪莲，而长江在那儿不过是一泓清溪；可是当你看到它那奔腾叫啸，如万瀑悬空，砰然万里，就不免在神秘气氛的“童话世界”上又涂了一层英雄光彩。后来，我两次到重庆，两次登枇杷山看江上夜景，从万家灯光、灿烂星海之中，辨认航船上缓缓浮动而去的灯火，多想随那惊涛骇浪，直赴瞿塘，直下荆门呀。但亲身领略一下长江风景，直到这次才实现。因此，这一回在“江津”号上，正如我在第二天写的一封信中所说：

“这两天，整天我都在休息室里，透过玻璃窗，观望着三峡。昨天整日都在朦胧的雾罩之中。今天却阳光一片。这庄严秀丽气象万千的长江真是美极了。”

下午三时，天转开朗。长江两岸，层层叠叠，无穷无尽的都是雄伟的山峰，苍松翠竹绿茸茸地遮了一层绣幕。近岸陡壁上，背纤的纤夫历历可见。你向前看，前面群山在江流浩荡之中，则依然为雾笼罩，不过雾不像早晨那样浓，那样黄，而呈乳白色了。现在是“枯水季节”，江中突然露出一块黑色礁石，一片黄色浅滩，船常常在很狭窄的两面航标之间迂回前进，顺流驶下。山愈聚愈多，渐渐暮霭低垂了，渐渐进入黄昏了，红绿标灯渐次闪光，而苍翠的山峦模糊为一片灰色。

当我正为夜色降临而惋惜的时候，黑夜里的长江却向我展开另外一种魅力。开始是，这里一星灯火，那儿一簇灯火，好像长江在对你眨着眼睛。而一会儿又是漆黑一片，你从船身微微的荡漾中感到波涛正在翻滚沸腾。一派特别雄伟的景象，出现在深宵。我一个人走到甲板上，这时江风猎猎，上下前后，一片黑森森的，而无数道强烈的探照灯光，从船顶上射向江面，天空江上一片云雾迷蒙，电光闪闪，风声水声，不但使人深深体会到“高江急峡雷霆斗”的赫赫声势，而且你觉得你自己和大自然是那样贴近，就像整个宇宙，都罗列在你的胸前。水天，风雾，浑然融为一体，好像不是一只船，而是你自己正在和江流搏斗。“曙光就在前面，我们应当努力。”这时一种庄严而又美好的情感充溢我的心灵，我觉得这是我所经历的大时代突然一下集中地体现在这奔腾的长江之上。是的，我们的全部生活不就是这样战斗、航进、穿过黑夜走向黎明的吗？现在，船上的人都已酣睡，整个世界也都在安眠，而驾驶室上露出一片宁静的灯光。想一想，掌握住舵轮，透过闪闪电炬，从惊涛骇浪之中寻到一条破浪前进的途径，这是多么豪迈的生活啊！我们的哲学是革命的哲学，我们的诗歌是战斗的诗歌，正因为这样——我们的生活是最美的生活。列宁有一句话说得好极了：“前进吧！——这是多么好啊！这才是生活啊！”……“江津”号昂奋而深沉地鸣响着汽笛向前方航进。

十一月十八日

在信中，我这样叙说：

“这一天，我像在一支雄伟而瑰丽的交响乐中飞翔。我在海洋上远航过，我在天空上飞行过，但在我们的母亲河流长江上，第一次，为这样一种大自然的威力所吸摄了。”

朦胧中听见广播到奉节。停泊时天已微明。起来看了一下，峰峦刚刚从黑夜中显露出一片灰蒙蒙的轮廓。启碇续行，我到休息室里来，只见前边两面悬崖绝壁，中间一条狭长的江面，已进入瞿塘峡了。江随壁转，前面天空上露出一片金色阳光，像横着一条金带，其余天空各处还是云海茫茫。瞿塘峡口上，为三峡最险处，杜甫《夔州歌》云：“白帝高为三峡镇，瞿塘险过百牢关。”古时歌谣说：“滟滪大如马，瞿塘不可下；滟滪大如猴，瞿塘不可游；滟滪大如龟，瞿塘不可回；滟滪大如象，瞿塘不可上。”这滟滪堆指的是一堆黑色巨礁。它对准峡口。万水奔腾一冲进峡口，便直奔巨礁而来。你可想象得到那真是雷霆万钧，船如离弦之箭，稍差分厘，便撞得个粉碎。现在，这巨礁，早已炸掉。不过，瞿塘峡中，激流澎湃，涛如雷鸣，江面形成无数漩涡，船从漩涡中冲过，只听得一片哗啦啦的水声。过了八公里的瞿塘峡，乌沉沉的云雾，突然隐去，峡顶上一道蓝天，浮着几小片金色浮云，一注阳光像闪电样落在左边峭壁上。右面峰顶上一片白云像白银片样发亮了，但阳光还没有降临。这时，远远前方，无数层峦叠嶂之上，迷蒙云雾之中，忽然出现一团红雾，你看，绛紫色的山峰，衬托着这一团雾，真美极了，就像那深谷之中向上反射出红色宝石的闪光；令人仿佛进入了神话境界。这时，你朝江流上望去，也是色彩缤纷：两面巨岩，倒影如墨；中间曲曲折折，却像有一条闪光的道路，上面荡着细碎的波光；近处山峦，则碧绿如翡翠。时间一分钟一分钟过去，前面那团红雾更红更亮了，船越驶越近，渐渐看清有一高峰亭亭笔立于红雾之中，渐渐看清那红雾原来是千万道强烈的阳光。八点二十分，我们来到这一片晴朗的金黄色朝阳之中。

抬头望处，已到巫山。上面阳光垂照下来，下面浓雾滚涌上去，云蒸霞蔚，颇为壮观。刚从远处看到那个笔直的山峰，就站在巫峡口上，山如斧削，隽秀婀娜，人们告诉我这就是巫山十二峰的第一峰。它仿佛在招呼上游来的客人说：“你看，这就是巫山巫峡了。”“江津”号紧贴山脚，进入峡口。红通通的阳光恰在此时射进玻璃厅中，照在我的脸上。峡中，强烈的阳光与乳白色云雾交织一处，数步之隔，这边是阳光，那边是云雾，真是神妙莫测。几只木船从下游上来，帆篷给阳光照得像透明的白色羽翼，山峡却越来越狭，前面两山对峙，看去连一扇大门那么宽也没有，而门外，完全是白雾。

八点五十分，满船人，都在仰头观望。我也跑到甲板上来，看到万仞高峰之巅，有一细石耸立如一人对江而望，那就是充满神奇缥缈传说的美女峰了。

据说一个渔人在江中打鱼，突遇狂风暴雨，船覆灭顶，他的妻子抱了小孩从峰顶眺望，盼他回来，一天一天，一月一月，他终未回来，而她却依然不顾晨昏，不顾风雨，站在那儿等候着他——至今还在那儿等着他呢！……

如果说瞿塘峡像一道闸门，那么巫峡简直像江上一条迂回曲折的画廊。船随山势左一弯，右一转，每一曲，每一折，都向你展开一幅绝好的风景画。两岸山势奇绝，连绵不断，巫山十二峰，各峰有各峰的姿态，人们给它们以很高的美的评价和命名，显然使我们的江山增加了诗意，而诗意又是变化无穷的。突然是深灰色石岩从高空直垂而下浸入江心，令人想到一个巨大的惊叹号；突然是绿茸茸草坂，像一支充满幽情的乐曲；特别好看的是悬岩上那一堆堆给秋霜染得红艳艳的野草，简直像是满山杜鹃了。峡急江陡，江面布满大大小小漩涡，船只能缓缓行进，像一个在丛山峻岭之间慢步前行的旅人。但这正好使远方来的人，有充裕时间欣赏这莽莽苍苍、浩浩荡荡长江上大自然的壮美。苍鹰在高峡上盘旋，江涛追随着山峦激荡，山影云影，日光水光，交织成一片。

十点，江面渐趋广阔，急流稳渡，穿过了巫峡。十点十五分至巴东，已入湖北境。十点半到牛口，江浪汹涌，把船推在浪头上，摇摆着前进。江流刚奔出巫峡，还没来得及喘息，却又冲入第三峡——西陵峡了。

西陵峡比较宽阔，但是江流至此变得特别凶恶，处处是急流，处处是险滩。船一下像流星随着怒涛冲去，一下又绕着险滩迂回浮进。最著名的三个险滩是：泄滩、青滩和崆岭滩。初下泄滩，你看着那万马奔腾的江水会突然感到江水简直是在旋转不前，一千个、一万个漩涡，使得“江津”号剧烈震动起来。这一节江流虽险，却流传着无数优美的传说。十一点十五分到秭归。据袁崧《宜都山川记》载：秭归是屈原故乡，是楚子熊绎建国之地。后来屈原被流放到汨罗江，死在那里。民间流传着：屈大夫死日，有人在汨罗江畔，看见他峨冠博带，美髯白皙，骑一匹白马飘然而去。又传说：屈原死后，被一大鱼驮回秭归，终于从流放之地回归楚国。这一切初听起来过于神奇怪诞，却正反映了人民对屈原的无限怀念之情。

秭归正面有一大片铁青色礁石，森然耸立江面。经过很长一段急流绕过泄滩。在最急峻的地方，“江津”号用尽全副精力，战抖着，震颤着前进。急流刚刚滚过，看见前面有一奇峰突起，江身沿着这山峰右面驶去，山峰左面却又出现一道河流，原来这就是王昭君诞生地香溪。它一下就令人记起杜甫的诗：“群山万壑赴荆门，生长明妃尚有村。”我们遥望了一下香溪，船便沿着山峰进入一道无比险峻的长峡——兵书宝剑峡。这儿完全是一条窄巷，我到船头上，仰头上望，只见黄石碧岩，高与天齐，再驶行一段就到了青滩。江面陡然下降，波涛汹涌，浪花四溅，当你还没来得及仔细观看，船已像箭一样迅速飞下，巨浪为船头劈开，旋卷着，合在一起，一下又激荡开去。江水像滚沸了一样，到处是泡沫，到处是浪花。船上的同志指着岩上一片乡镇告诉我：“长江航船上很多领航人都出生在这儿……每只木船要想渡过青滩，都得请这儿的人引领过去。”这时我正注视着一只逆流而上的木船，看起来这青滩的声势十分吓人，但人从汹涌浪涛中掌握了一条前进途径，也就战胜了大自然了。

中午，我们来到了崆岭滩跟前，长江上的人都知道：“泄滩青滩不算滩，崆岭才是鬼门关。”可见其凶险了。眼看一片灰色石礁布满水面，“江津”号却抛锚停泊了。原来崆岭滩一条狭窄航道只能过一只船，这时有一只江轮正在上行，我们只好等下来。谁知竟等了那么久，可见那上行的船只是如何小心翼翼了。当我们驶下崆岭滩时，果然是一片乱石林立，我们简直不像在浩荡的长江上，而是在苍莽的丛林中找寻小径跋涉前进了。

十一月十九日

早晨，一片通红的阳光，把平静的江水照得像玻璃一样发亮。长江三日，千姿万态，现在已不是前天那样大雾迷蒙，也不是昨天“巫山巫峡气萧森”，而是“楚地阔无边，苍茫万顷连”了。长江在穿过长峡之后，现在变得如此宁静，就像刚刚诞生过婴儿的年轻母亲一样安详慈爱。天光水色真是柔和极了。江水像微微拂动的丝绸，有两只雪白的鸥鸟缓缓地和“江津”号平行飞进，水天极目之处，凝成一种透明的薄雾，一簇一簇船帆，就像一束一束雪白的花朵在蓝天下闪光。

在这样一天，江轮上非常宁静的一日，我把我全身心沉浸在“红色的罗莎”——卢森堡的《狱中书简》中。

这个在一九一八年德国无产阶级革命中最坚定的领袖，我从她的信中，感到一个伟大革命家思想的光芒和胸怀的温暖，突破铁窗镣铐，而闪耀在人间，你看，这一页：

> 雨点轻柔而均匀地洒落在树叶上，紫红的闪电一次又一次地在铅灰色中闪耀，遥远处，隆隆的雷声像汹涌澎湃的海涛余波似的不断滚滚传来。在这一切阴霾惨淡的情景中，突然间一只夜莺在我窗前的一株枫树上叫起来了！在雨中，闪电中，隆隆的雷声中，夜莺啼叫得像是一只清脆的银铃，它歌唱得如醉如痴，它要压倒雷声，唱亮昏暗……

昨晚九点钟左右，我还看到壮丽的一幕，我从我的沙发上发现映在窗玻璃上的玫瑰色的返照，这使我非常惊异，因为天空完全是灰色的。我跑到窗前，着了迷似的站在那里。在一色灰沉沉的天空上，东方涌现出一块巨大的、美丽得人间少有的玫瑰色的云彩，它与一切分隔开，孤零零地浮在那里，看起来像是一个微笑，像是来自陌生的远方的一个问候。我如释重负地长吁了一口气，不由自主地把双手伸向这幅富有魅力的图画。有了这样的颜色，这样的形象，然后生活才美妙，才有价值，不是吗？我用目光饱餐这幅光辉灿烂的图画，把这幅图画的每一线玫瑰色的霞光都吞咽下去，直到我突然禁不住笑起自己来。天哪，天空啊，云彩啊，以及整个生命的美并不只存在于佛龙克[①]，用得着我来跟它们告别？不，它们会跟着我走的，不论我到哪儿，只要我活着，天空、云彩和生命的美会跟我同在。

“江津”号在平静的浪花中缓缓驶行。我读着书，一种非常珍贵的感情渗透我的全身。我必须立刻把它写下来，我愿意把它写在这奔腾叫啸，而又安静温柔的长江一起，因为它使我联想到我前天想到的“战斗——航进——穿过黑夜走向黎明”的想象，过去，多少人，从他们艰巨战斗中想望着一个美好的明天呀！而当我承受着像今天这样灿烂的阳光和清丽的景色时，我不能不意识到，今天我们整个大地，所吐露出来的那一种芬芳、宁馨的呼吸，这社会主义生活的呼吸，正是全世界上，不管在亚洲还是在欧洲，在美洲还是在非洲，一切先驱者的血液，凝聚起来，而发射出来的最自由最强大的光辉。我读完了《狱中书简》，一轮落日那样圆，那样大，像鲜红的珊瑚球一样，把整个江面笼罩在一脉淡淡的红光中，面前像有一种细细的丝幕柔和地、轻悄地撒落下来。

最后让我从我自己的一封信中抄下一段，来结束这一日吧：

夜间，九时余——从前面漆黑的夜幕中，看见很小很小几点亮光。人们指给我那就是长江大桥，“江津”号稳稳地向武汉驶近。从这以后，我一直站在船上眺望，渐渐地渐渐地看出那整整齐齐的一排像横串起来的珍珠，在熠熠闪亮。我看着，我觉得在这辽阔无边的大江之上，这正是我们献给我们母亲河流的一顶珍珠冠呀！……再前进，江上无数蓝的、白的、红的、绿的灯光，拖着长长倒影在浮动，那是无

① 德国地名，卢森堡被捕后一度关押在佛龙克狱中。

数船只在航行，而那由一颗颗珍珠画出的大桥的轮廓，完全像升在云端里一样，高耸空中，而桥那面，灯光稠密得简直像是灿烂的金河，那是什么？仔细分辨，原来是武汉两岸的亿万灯光。当我们的“江津”号，嘹亮地向武汉市发出致敬欢呼的声音时，我心中升起一种庄严的情感，看一看！我们创造的新世界有多么灿烂吧！……

1960年

原载《人民文学》1961年第3期

黄河三日

王昕朋

隆冬时节，我沿黄河入海口的东营市向上，经滨州、济南二市，进行了3天的考察。3座城市，风格不同，内涵也不同，但深植于黄河文化中的一种不懈追求的精神是共同的。

鸟儿乐园

黄河三角洲湿地公园位于黄河入海口的山东省东营市，一踏上这块土地，心灵受到深深的震撼。

一望无际，再望仍然无际，已经发黄的芦苇荡虽然不像春夏时节那样绿浪翻滚、气势磅礴，也不像深秋时节那样芦花飘雪、银装素裹，但金碧辉煌、波澜壮阔的景象，显示出一种成熟之美、广袤之美、雄性之美。

陪同考察的东营同志自豪地说："黄河三角洲湿地公园1992年建设时只有187种鸟类，这几年增加到370多种，充分说明生态保护取得了明显成效。近几年我们东营有句口头禅，叫做'环境好不好，鸟儿最知道'。"

突然，一位同行惊喜的叫声吸引大家把目光投向窗外。只见一排排类似电线杆的水泥杆顶端，挺立着一只只大鸟，羽毛有黑有灰，嘴很长且笔直，外形极像白鹤。它们有的曲颈像在眺望，有的低头像是凝思，有的扭头仿佛在等待。东营同志告诉我们，这种鸟叫东方白鹳，是国家一级重点保护野生动物，在全国约有2500—3000只。这里2005年到2017年底累计成功繁育937只，成为中国最大的东方白鹳繁殖地之一。2010年中国野生动物保护协会授予东营市"中国东方白鹳之乡”称号。

“电线杆子怎么看不见电线？”一位同行好奇地问。

“您再仔细看看杆子上边有什么？”东营市同志笑着说。

“鸟巢！”车上的人异口同声回答。

据介绍，东方白鹳对生态环境的要求相比其他鸟类更加苛刻。它们喜欢干扰少、环境好、食物丰的地方栖身，还有一个特殊爱好是在高大的乔木或电线杆上筑巢。但在电线杆上筑巢，其粪便会腐蚀电线，也威胁其自身安全。为此，东营人就在湿地上竖起一排排形似电线杆的水泥杆，供它们筑巢繁殖。他们诙谐地称之为东方白鹳的“安居房”。

一般来说，冬季来临之前，鸟类会成群结队地南迁。但现在已是隆冬，不仅水泥杆上可见栖息的东方白鹳，水边、草地、沼泽地甚至一片片湖面上，随处能看到各种鸟儿，有的在潇洒地散步，有的在恣意地啄食，有的快乐地追逐嬉戏，有的旁若无人地在私语……

一阵鸟鸣声在耳畔响起。仰头望去，只见空中一群体态优雅、全身洁白的丹顶鹤在盘旋，时而绕着圆圈，时而列成一字线，仿佛是在做一场激动人心的空中飞行表演。

“过去，东营是鸟类的国际机场、中转站。这些年生态环境越来越好，在这儿过冬的越来越多！”东营市同志说。

“环境好不好，鸟儿最知道”，这不仅是东营人的口头禅，抑或是东营人的一种精神追求，东营的一种标识。同时，它也应当是新时代的一个缩影！

一城湖光

我们进入滨州时，已是华灯初上时分，那一栋栋伟岸的商业大楼、一排排规整的居民大楼灯火通明，楼下悠然散步的人们，以及沿街饭店窗口显现的身影或笑脸，能让人们感受到这座城市繁华的气息、暖暖的温度。离市中心越近，空中、地面上的灯光越发明亮，风格也不时变幻，忽而嫣红如霞光，忽而发绿似绿波，忽而金光闪闪像金秋的稻穗，忽而五彩缤纷如节日焰火……“这霓虹灯真漂亮！”我感叹。滨州的同志告诉我：“这是湖光和霓虹灯光交相辉映产生的效果。”

我留心看了一下，发现车子驶过的沿街两旁，不时就出现一片明镜似的湖泊。那些湖泊有大有小，有长有方，但错落有致，布局工整，一看就知道经过科学规划、精心设计。霓虹灯光在湖面上留下一道道快乐的身影，而湖水则反哺似的把光芒折射给霓虹灯光，相互交融、相互辉映，灵动地编织着这座城市七彩的夜空。

第二天在滨州城考察时，我发现这座城市里大大小小的湖泊星罗棋布，与湖泊相连的几乎都是一座园林。滨州同志告诉我，建设黄河之滨生态园林城市，保护黄河生态，是几届市政府的一种共识，他们坚持绿色发展，把生态环境质量逐年改善作为区域发展的约束性要求，纳入考核体系。通过多年努力，全市建成 108 座园林 72 座湖泊，几乎遍布每条街道，荣获全国水土保持生态环境建设示范市场、中国优秀旅游城市、国家园林城市等荣誉称号。

“一城湖光一城秀，一城园林一城福”，这是滨州这座黄河之滨城市留给我的美好印象。

小推车

在济南黄河之滨的黄河文化展览馆里，一幅旧照片吸引了我的目光，这是上世纪 50 年代山东人民治理黄河时推着小推车爬坡的场景：一群衣衫破旧的人们，奋力推着堆成小山状的淤泥，沿着陡峭的河坡向上艰难地行进。长长的车队，在古老的黄河河道上犹如一条气势磅礴的长龙。

这张照片似曾相识。我想起，在淮海战役纪念馆里也有几幅小推车的照片，只不过场景是战场上，小推车上堆的是粮食、弹药等物资。天空可见尚未散尽的硝烟，脚下可见炮火留下的弹坑。不同的时代背景，不同的场景、人物，小推车上装载的货物也不同，但有一个共同之处，都是用小推车这种运输工具在改天换地。

这种木制的小推车，只有一个轮子，靠人来推，就是这样的一辆辆小推车，推出了中国革命抑或说世界战争史上的奇迹。淮海战场上，几十万辆小推车日夜兼行，长驱千里，运送着战场上需要的物资，陈毅元帅曾充满深情地说：“淮海战役的胜利是老百姓用独轮小车推出来的。”“他们用小推车把革命推过了长江。”

新中国成立初期，山东省包括北方广大地区的人民群众，推着小推车投身祖国建设，黄河文化展览馆里这组照片就是真实的写照。

岁月更新，时光留痕。如今，小推车作为一种传统的运输工具已进入历史博物馆。我们在山东农村考察时看到，马路两边停放的是汽车等现代运输工具。但是深深地根植于黄河文化之中、深深融入山东人民血脉之中的那种坚忍不拔、不怕牺牲、甘于奉献、赤胆忠诚的“小推车”精神，依然在齐鲁大地传承并不断发扬光大，小推车“吱呀吱呀”的历史回声，在北方大地久久荡漾，如同未来在召唤。

原载《人民日报海外版》2021 年 1 月 16 日

江河行

雷 加

一

我们生长在大地上，对于江河有很深很深的感情。

江河发源于高山之巅，是人类文化的摇篮，如黄河、恒河、尼罗河……

中华民族有自己的江河，我们偏爱自己的江河。祖国的江河大多是向东流的。东方是海，海中升起太阳，我们把流向太阳的河流视为骄傲。以长白山为源头的鸭绿江和图门江，一侧向北，一侧向南；它们南北分流，也算一个奇迹；可它们的出口，一个是黄海，一个是日本海，到头来也还是向东投入了太平洋的怀抱。

人类和江河谁更长久？人类和江河都有自己的发育史，发育史可以回答这个问题。这些研究项目，并不是不为人所知；但困难在于过去的已经消逝，再不能为我们提供亲身经历而重演一番。我们所能做的，不过是加以探索。有许多事物是可以想象的；但想象也有自己的局限。对一个人，我们可以想象他的童年、幼年，但是超越胎儿形态就不好想象了。对于江河，我们可以想象它万流归宗，可以想象它泥沙俱下，可是又怎能想象三峡地区的巨大切割，和它切割之前又是怎样的呢？

江河的年龄，也许可以沿着纤夫留在岩石上的脚印来追寻。如果是一条地下河，又可以用钟乳石来测量：钟乳石生长得有多慢，江河的年龄就会延续多久。我在四川大宁河（俗称小三峡）峭壁上看见一束钟乳石，形似马尾，也极像马尾，所以叫马尾石。这是说一匹马钻进岩壁之中，只有尾巴留在外面了。

奇怪的是马尾——这一束钟乳石年年在生长，由秃尾巴变成长尾巴，它又变成长鬃长尾。再以后呢？这块钟乳石是否还要落地生根？这匹马的年龄真够长的，它要延续多少亿万年呵！

江河有性格吗？有，并且像人一样。所不同的只是我把它从源头到河口这样一个流程，比作它的一生。因此，源是它的童年，中游是它的壮年，到了河口便是它的暮年了。它的童年，青梅竹马似的，显得多么幼稚可爱。到了壮年，它也有不能幸免的放荡不羁之嫌，诸如龙门的跳跃，深山峡谷的跌宕，九曲十八弯的荒诞不经，各个汛期奏出的各种不同的幻想曲。至于下游，不管跳槽也好，尾大不掉也好，一进入下游，它总是老态龙钟了。不过应该说：它造成的平原有多大，晚年的幸福就该多大……

二

最能显示江河性格的，莫过于河流中游那些地方。

鸭绿江上，从桓仁到临江这一段就有二百四十棚哨。每棚哨都有自己的名字。它又分上八棚，下八棚。头棚哨叫官门啶子，歌谣中说："官门啶子头棚哨，孩子哭，妈妈叫……"这就是它那穷凶极恶、不为人饶恕的最好的写照。

但是当年生活在鸭绿江上的人，都是些英雄好汉。有的挖参，有的放木排……，这是一幅多么值得描绘的图画呵！最初由把头带着工人，在山上安营扎寨，然后向大森林进军。他们都是鸡叫上山，天不黑不下山。放一棵树要两个人，天气严寒还得脱下棉袄，抡开弯把斧子，一会儿就是一身白毛汗。斧子要一天一磨，每天吃过晚饭就是磨斧头的时间。他们把树放倒之后，在林子里砍杈子，到了江岸净面。这样，放树的、砍锛的、修道的、领扛的、赶爬犁的，他们统统战斗在深山密林和江河之间。苍穹如此广阔空寥。听吧！夜里树冻得"叭"的一声，它的声音是那样的动人心腑。老林子本来不该有狼，那条秃尾巴狗把头钻在主人胯骨底下，半天叫一声，这又分明说是狼来了。这有多么反常，又是多大的林子，多深的雪哟！但是这里也有叫花子，他的神气多么高贵！他讨食但鄙视恩赐，他的最低价值是收下鸡蛋，对残羹剩饭不屑一顾。这里也有红胡子，专绑把头一类的人，因为这些人肯交赎金。那些出劳力放树的人，落在命运的最底层。

春暖花开的时候，脱掉冰壳的外衣，江开了。由林子里放到江边的木头，用柞木腰子扎成一张张木排。一张木排十一件到十三件，一件是三十根木头。排上有粮囤，有板屋，也养鸡养狗。排上的生活一下子沸腾起来，但其安定程度又无异于地面。沿江上下还有各种木船，这些船只在上游森林中就地取材做成，满载山货、皮毛、粮食……这时，不论木排或木船，都要顺流而下。时时刻刻都要闯险滩、渡暗礁，二百四十棚哨要一个一个地过。对这些人来说，千难万险刚刚过去，又迎来了新的险情。各哨有平水，有大水，哨下又有各种不同的礁石。门坎哨这个地方，水流凹下，这是一股闷水。“网兜子哨难片（过），老虎哨的䇯子难攀”，各有各的险处。说到“对我来”就是一场最大的较量，什么地方会比这里更加惊心动魄！“对我来”的形象一旦进入脑海，不论是谁都难以忘却。你瞧，眼前是一座巍然兀立的巨岩，脚下是一股万马奔腾的激流，不管是木排，是槽子，不管是跑风的篷，还是两旁的膀橹，这时都不管用，只有后面的橹和棹才有资格发号施令。先是要有一股天大的勇气，它要直对着迎面的巨大岩石奔去。是的，直奔巨石，不偏不倚，流速使两眼发花，眼看下一秒钟就得粉身碎骨……也唯有在这一瞬间，才显出人的意志和智慧。谁能及时拨正航向，谁就能从巨石边擦身而过。人，终于战胜一切，胜利了。

现在，用得上“人定胜天”四个字了。因为大多数场合，人都是用自己的无畏和机智，战胜一切困难的。在那些溜口上放大桅的时候，一根圆木从空中落下来，可以摔成两截；但又常常在人力支配下，它像一双筷子那样轻巧地放在台子上。在五道沟抓垛、挑垛的地方，无数的木排会在万箭齐发的水流中挤住、岔住。当人们要付出生命的时候，机智又占了上风，只要加上一只脚尖，或是一根小小的撬棍，这么轻轻一点，就会把岔住的木排挑开……江河虽然摆出倔强可怕的面孔，在一场场严肃的斗争中，人的意志和力量总是可以驯服它的。

万里长江又是另一个样子了。

这里，太阳使长江的水镀上一层抹不掉的金色。三峡如此雄伟多姿，简直美不胜收。这里也是一个童话世界，两岸夹立万仞峭壁，不论它是人工的，还是天然的，都是难以想象的。

长江之上，也有无数的险滩。这些险滩不用说也是人类战胜天险的一座座凯旋门。

著名的险滩：有青滩，泄滩，崆岭滩……三峡有多大的名气，险滩的名气也有多大。

三峡如何开凿的，不得而知。但“夔门天下雄”居三峡之首，而险滩多数都在下水。峡谷在上，险滩在下，这一点是无疑的。并且，值得骄傲的是，青滩泄露了天机，至少不再那么神秘了，因为它的形成对我们来说，变成了一件有目共睹的事。

那是明代嘉靖二年（公元 1523 年），在练子崖那个地方，七天七夜暴雨之后，两岸险崖突然崩陷，125万立方的石块堆集江中，因此这个青滩又叫做新滩。崩塌的岩石，在水中形成了头滩、二滩、三滩，如同水梯一样，因此又叫铁门坎。这是说上下船只，夔门好过、铁门坎难过的意思。

长江之上，也有它的"对我来"。这里又叫瓶子口，它坐落在崆岭滩内。崆岭又作空舲，指出这个滩口，只有空船才可上下。江中一块巨石叫"大珠"，它把江一分，隔为南北两槽，北槽当中竖立着一块高四十米的石礁，这就是长江上有名的"对我来"。不用说，来往船只无一例外都得在这里认真较量一番。

万里长江有个装不完的重庆，还有个塞不满的汉口。重庆以下有夔州的梳子，梁平的柚子，万县的藤器，以上有合川的酱油，加上锅、碗、棉花，此外还有自流井的盐巴，上百个县治的山货、大米、皮张、药材……的确装也装不完。同时，汉口更是一个永远吃不饱的口岸，塞不满的码头，这就忙坏了上下来往的船只。

宜昌以下，装水果的船多起来了。这些鲜货行销于汉口和汉口以下各大城市。鲜货有季节性，季节性之外还有时间性。蜜柑和葡萄相比，葡萄就娇嫩寿短。凡是鲜货下来的时候，又都是大水期，为了抢时间，还得日夜兼程。长江行舟，如果又是大水，又是夜航的话，真是一番难以形容的壮举。水越大，泡漩越大，危险也越大。有胆量的船家总是少数，这就给冒险家造成了赚大钱的好机会。

长江之中，有名的是泡漩。左右回旋叫漩，上下翻滚叫泡。其威力之大，可使钢绳松动，可使船舶覆没。"湖北斗大，四川磨（漩）大！"这些都是刻在口碑上的不灭之辞。青石洞有"大磨""小磨"，从上石门、下石门，到秭归，到南津关一带都有大漩。似乎一路之上，到处布满了陷阱，但载着鲜货的船只，却灯火辉煌，大打牙祭。这是船家为了抢时间，卖高价，特别犒劳船夫，装卸船时，吃酒吃肉。

长江和鸭绿江一样，有些船到了下游，就地卖掉，就像货到地头死一样，不再返回了。这是船的可悲下场。船如此，人呢？人与船绝不甘心同命运。走船的人拼命过三峡，辛苦十趟，半年有余，他们多么思念故乡呵！热土难离的感情迫使他们拚死拚活地重归故土。这样，人和船，都有着自己的悲剧。船到了汉口，船老板只管三天饭，过后就不管了。汉阳还有个四川同乡会，找一次只给一元八角钱，过后也不管了。当他们在川江船上得了病的时候，听听他们的呼声吧："船老板呀求求你，救我一命，把我带到沙市吧！那里有我的四川老乡呵！"在这种惨叫声中，船老板往往把他们朝岸上一推了事。

虽然如此，奉节县却一代又一代地出了不少推木船、拉木船的人。这一带使船的，都叫船夫子。他们和北国好汉比起来气质又是多么不同呵！这里的船夫子是乐天的，也是听天由命的，然而他们又是多么热爱自己的生命！无论面前等待他们的是什么，一概摆出一副无所谓的面孔：早上洗脸上茶馆，无事街上走一转。而且又正是这样一副肖像：坐在茶馆里像先生，走在街上像书生，下了船变畜生。他们嘲笑世上的一切，也从不吝惜自己。在他们看来，一切世事都颠倒着，他们毫无忌惮地编成曲子唱起来："清早起来不对头，阴沟踏在脚里头，拣个石头来打狗，石头把狗咬一口，咬得石头鲜血流……"

三

今天的长江如画。

过去在滩口或航道狭窄的地方，都要拉纤。纤绳古时用牵藤、缆绳，现在用钢丝。拉纤有头纤、二纤。洪水期拉纤，要走"腰路"。川江号子是生命之歌，是歌唱自己的力量。拉纤的船，既不走在深水里，也不走在浅水里。水深多费力，浅水又怕碛石岔住，它离开岸边十丈二尺远的时候，走得又快又省力。到了较劲的时候，纤绳先放一放，然后再收上来，做到麻纤不沾水，既不松也不紧，像电线一样。但也有流急拉不动的时候，十几个纤夫，背膀拱起，两手发紫发麻，用劲用到了刀剁也不觉疼的程度。只有这时，哪怕添上一根手指的活力，纤绳就走动了。

纤夫与古栈道共存。这一切，都已成为过去了。

当今的长江上，有了不少属于自己的新工种：养河工、航标工、信号工和绞滩工。

油榨碛位于错开峡的峡口，它是川江上第二个著名的险滩；但风景十分美丽。这里建设了一座绞滩站，并且站上还有一名女绞滩工。她的工作整天是随着波浪跳舞：上了接头船，就插钢缆鼻子，然后接头绞滩。空下来的时候，就是拖拖布、敲铁锈和上油漆了。这种风里走、浪里钻的生活，开头的时候，也并不轻松。出船的第一个夜晚，她不能不承认枕着救生衣睡觉还有些害怕呢！

长江在前进，长江在开发……

水电相联，有水就有电，为什么长江不能发电呢？

现在的长江航运只等于十五条铁路，为什么不可以订一个达到六十条铁路的目标呢！

规划修建了葛洲坝水利工程，施工几年之后，将于明年截流，而明年、后年，另一个更大的三峡工程又要开工。这些都是长江大整理、大建设的开始，正是一片百花齐放、前途似锦的景象。

新的一代在成长。它的代表旗帜莫如工地上三八钻井队，她们步伐整齐，赛过长江波浪。一队风钻工对一个水利工程来说，既是开路先锋，也是光荣的奠基人。这旦，酷日当空的时候，太阳会把肉皮晒煳；冬天风管接头的地方，又没有一处不冻冰的，这要一截一截地敲；但她们很少休息，甚至星期天都偷偷溜到基坑，从背包里掏出工作服换上，一干就是一天。去年一年，她们把不能用的冲击器捡回来，修配了十二台。一台就能省下九十元。她们的带头人，更是工地上第一个大忙人：十八号机要保养啦，她跑去打黄油；五号机要维修啦，她又跑去压千斤顶。她的作风细致，有一次斜坡打钻，要求低处打四米深，高处打八米深，每两孔之间，要下降高差五十公分，而她就不厌其烦地用皮尺量来量去，很好地完成了任务。同时她又多么气魄，订出了一套“移位快，定位快，提钻吹风快，换钻头快”的工艺流程。

在我们面前的是前进的长江，开发中的长江……

一九七九年十一月

选自散文集《火烧林》，湖南人民出版社 1984 年 12 月版

读三峡

王充闾

一

“船窗低亚小栏干，竟日青山画里看”。我满怀着四十余年的渴慕，放舟江上，畅游三峡，饱览着山川胜景。

伴着船行激起的“沙沙、澌澌”的水声，迎来又送走那峥嵘、嶙峋的山影。江轮在危岩绝壁间宛转穿行，眼看要撞在迎面横过来的陡壁上，却灵巧地一闪，辟出一片生面别开的天地。真是“山塞疑无路，湾回别有天”，不能不由衷地佩服古诗用字的贴切。

老杜笔力的雄健更是令人心折，群山万壑，的确像无数匹高高低低的骏马，脱缰解辔，挤挤撞撞，奔赴荆门。谪仙作诗，惯用夸张手法，但他刻画三峡之险巇：“上有六龙回日之高标，下有冲波逆折之回川。黄鹤之飞尚不得过，猿猱欲度愁攀援”，则全是写实。

峡中景色变化无常，适才还是“高江急峡雷霆斗”，令人目骇神摇，霎时烟云浮荡，一变而为惝恍迷离，幻成一幅绝妙的米家山水。游人也随之从现时的有限形相转入绵邈无际的心灵境域，玲珑相见，灵犀互通，开掘出融心理境界、生活体验、艺术创造的第二自然于一体的多维向度。

一些峭拔的石壁，由于亿万斯年风雨剥蚀，岩石现出许许多多的层次和异常分明的轮廓，或竖向排列，或重叠摆放，或向两侧摊开，使人想起“书似青山常乱叠”的诗句。船过兵书宝剑峡，这种“书”的概念就更加浓重了。相传诸葛亮入川时，路过三峡，曾把神人赐予的兵书藏在峭壁之上。清代诗人张船山煞有介事地咏叹道：

天上阴符定不同，山川终古傲英雄。
奇书未许人间读，我驾云梯欲仰攻。

而另一位诗人则从另一个角度去作文章：

兵法在一心，兵书言总固。
弃置大峡中，恐怕后人误。

平日嗜书如命的我，座前、案边、眼中、心上，无往而不是书卷。孤寂时，有书相伴，会觉得“书卷多情似故人”；夜阑人静，手倦抛书，也习惯于“三更有梦书当枕”。此刻，面对着峡江胜境，“书痴”自然要把它捧起来当书读了。

二

三峡，这部上接苍冥、下临江底、近四百里长的硕大无朋的典籍，是异常古老的。早在语言文字出现之前，不，应该说早在“混沌初开，乾坤始奠”之际，它就已经摊开在这里了。它的每一叠岩页，都是历史老人留下的回音壁、记事珠和备忘录。里面镂刻着岁月的屐痕，律动着乾坤的吐纳，展现着大自然的启示，里面映照着尧时日、秦时月、汉时云，浸透了造化的情思与眼泪。

我们不能设想，在自己有限的一生中读尽它的无限内涵，但是，总可以观嬗变于烟波浩渺之外，启哲思于残编断简之中。作为现实与有限的存在物，人们徜徉其间，一种对山川形胜的原始恋情与源远流长的历史激动，会不期然而然地被呼唤出来。

在这锦山绣水之间，早在五千年前就曾闪烁着大溪文化的异彩。两千年前，扁舟一叶从那条唤作香溪的小河里，载出一位绝代佳姝。“昭君自有千秋在，胡汉和亲识见高”，不独闾里之荣，也是邦家之光。两汉之交，公孙述枭踞白帝城，跃马称帝。过了三周甲子，这里又成了吴蜀争雄的战场。年轻的陆逊创建了“火烧连营七百里”的赫赫战功；刘先主永安宫一病不起，将他的嗣子以及未竟的事业，连同未来的千般险阻，一股脑儿托付给他的军师；诸葛公神机妙算，在鱼腹浦摆下了“八阵图”。“自从归顺了皇叔爷的驾，匹马单刀取过巫峡”。老将黄忠的行迹，至今还留在《定军山》的戏文里。但是，“卧龙跃马终黄土，人事音书漫寂寥”。今日舟行访古，不仅史迹久湮，而江山亦不可复识矣。

假如三峡中壁立的群峰是一排历史的录音机，它一定会录下历代诗人一颗颗敏感心灵的摧肝折骨的呐喊和豪情似火的朗吟。“屈平词赋悬日月”，船过秭归，人们面对着万树丹橘，总要联想起那以物拟人的不朽名篇《橘颂》；而当朝辞白帝，放舟三峡，又必然记诵起李白的流传千古的佳什。

在这里，杜少陵经历了创作的极盛时期，两年时间写诗四百三十七首，占了他全部诗作的三分之一以上。刘禹锡出守夔州，在当地民歌的基础上，首创了文人笔下的充满浓郁生活气息和地方特色的竹枝词。前后相隔二百余年，白氏兄弟与苏家父子的诗章，使三游洞四壁增辉，名闻遐迩。

洎乎现代，“江山仍画里，人物已超前”。陈毅元帅的三峡诗，蕴藉沉雄；毛泽东主席“高峡出平湖”的雄词，堪称千古绝唱。面对着意念中的历代诗屏和眼前的山川形胜，我也情不自禁地写下一首七绝：

轻舟如箭下江陵，高峡急江一水争。
短梦未成千嶂过，巫山何处听猿声？

布鼓雷门，非敢附骥，也不是要作谪仙的翻案文字，纪实而已。

三

就诗而言，巫山十二峰可以说是一部不是靠语言文字而是由境界氛围酿成的朦胧诗卷。两岸诸峰时隐时现，忽近忽远，笼罩在云气氤氲、雨意迷离的万古空蒙之中，透出一种“悠然心会，妙处难与君说”的朦胧意态。“一自高唐赋成后，楚天云雨尽堪疑”。“神女生涯”为人们留下了无穷的想象空间，成了所谓“象外之象，景外之景”。

也许这样远远望着那万古烟云，谛听着她的模糊的默示，更富迷人的魅力；如果有谁过于刻板、认真，率性攀到峰头去睇视一番神女的芳姿，恐怕那风化的巉岩会令人意兴索然、大失所望的。

比之于绘画，巫山十二峰无疑是整个三峡风景线上一条最为雄奇秀美的山水画廊。在这里，钩皴点染、浓淡干湿、阴阳向背、疏密虚实等各种表现手法兼备毕具。那群峰竞秀、断岸千尺的高峡奇观，宛如刀锋峻劲、层次分明的版画；而云封雾障中的似有若无、令人神凝意远的万叠青峦，则与水墨画同其韵致。

整个三峡，也并不都是怡情悦性的画境诗笺，它还是一部描绘奋斗人生、满布着坎坷与风浪的惊险之作。我看到过一幅题为《巴船下峡图》的古画：在狭窄湍急的滩口中，船工们全神贯注、高度紧张地使篙撑船，同无情的礁石、激流作殊死的决斗。际此“天下至险之地，行路极危之时”，“摇橹者皆汗手死心，面无人色”。白帝城中一幢古碑上，也有“瞿塘峡口波涛汹涌，奔腾万状，舟行至此，靡不动魄惊心”的记载。

至于流传在两岸世代人民口头上、记忆中的，更是举不胜举。今日舟行江上，耳畔还仿佛鼓荡着古老的黄牛峡歌和滟滪滩谣。在这种生死系于顷刻、战战兢兢、提心在口的情势下，赏玩江峡奇景，根本无从谈起。正如《水经注》引袁山松所述：“峡中水疾，书记及口传悉以临惧相戒，曾无称有山水之美也。”

解放后，三峡航段经过了彻底整治，出川入川，流缓波平，从容稳渡，再不用“愁水又愁风”了。但事物总是复杂的，有人却又感到划尽崎岖，平淡寡味，怅然若有所失。这从审美的角度来说，也自有他的道理。

四

清末民初著名学者王国维有过“古今之成大事业、大学问者必经三种之境界”的说法，还有人把绘画分为写实、传神、妙悟三个层次。我以为，读三峡可能也有三种灵境：

始读之，止于心灵对自然美的直接感悟，目注神驰，怦然心动。这种灵境，大体上，像是晋人袁山松对于三峡的观赏：“仰瞩俯映，弥习弥佳，流连信宿，不觉忘返。”

再读之，就会感到主观的生命情调与客观景物交融互渗，物我融成了一体，亦即辛弃疾词中所说的：“我见青山多妩媚，料青山见我应如是。情与貌，略相似。”

卒读之，则身入化境，浓酣忘我，“冲然而澹，翛然而远”，进入《易经》上讲的那种“天地氤氲，万物化醇”的灵境，此刻该是“此中有真意，欲辨已忘言”了。（现在，我还能刺刺不休地饶舌，说明离这种“化境”尚远。）

读三峡，有乘上、下水船两种读法。乘上水船，虽然体味不到“轻舟已过万重山”的酣畅淋漓的快感，但颇有利于从容玩味，沉思遐想。“读书切忌在慌忙，涵泳工夫兴味长”。读三峡，也是如此，不能心浮气躁，囫囵吞枣。下水船疾飞似箭，过眼烟云，留不下深刻的印象，其弊正在于此。

但是，下水船又有其独特的美学效应。本来两岸的青松、丹橘、翠峦、粉堞，彼此相距甚远，但由于船行疾速，拉近了它们的距离，造成眼前多种物象重合叠印的错觉，从而，丰富和充实了视觉形象，即使物象渐渐消失，也能留下一种雄奇的意境与奋发的情思。鉴于两种读法各有得失，我们通过双程往返，兼取了二者之长。

人说大宁河上的小三峡是三峡的聚珍版和缩印本，景色绝佳，而且，由于滩险岩奇，还可以补偿由于三峡惊险场面的消除所造成的失落。可惜，因为时间有限，交臂失之，说来也是一桩憾事。

但是，我用另一面的道理宽慰自己：美学上讲究逸韵悠然，有余不尽，忌讳一览无余，因而有“不到顶点”的说法。怕的是到达顶点就到了止境，捆住了想象的翅膀。龚自珍有诗云：“未济终焉心飘渺，万事都从缺处好。吟到夕阳山外山，世间难免余情绕。”踏不上的泥土，总被认为是最香甜的。何妨留下一片充满期待与想象的天地，付诸余生忆念，纵使他日无缘踏上，也尽可神驰万里，向往于无穷了。

原载《人民文学》1992年第8期

漂泊中的永恒

李　舫

飘泊中的永恒，没有一个词能够比这更恰当地道出巫峡百万年来的生命本色。寂寞而不空虚，痛苦而不挣扎，沉潜而不窒息，飘泊而不放佚。“尖尖船”渐行渐远，船上，那幽微的烛火正是点燃人类文明之灯的希望火种。

放舟下巫峡，心在十二峰。

两百余年前的清康熙某年，穷困潦倒的诗人徐夔越高唐、穿龙门、过巫峡，兴之所至，慨然写道。

徐夔，字龙友，号西塘。现存徐夔的资料不多，《清诗别裁集》收录其诗只有九首，他初学韩愈，后学李商隐，曾与沈德潜结诗社，诗趣相投，颇多唱和。徐夔少时家贫，馆谷不足供母，游京师僻处萧寺，不谒贵人，终无所遇而归——其率性真情、孤傲不驯，由此可见一斑。

我们不妨设想——这一天，清风徐来，水波不兴。徐夔衣袂飘飘，荡舟而来，他或许孤身一人，或许结伴城南诗社诸朋，煮酒青梅，指点江山，兴之所至提笔赋诗，激扬文字，心逐巫峡。

一江碧水，两岸青山，三峡红叶，四季云雨，千年古镇，万年文明。

在中国的历史版图上，从没有哪道山弯水景，像巫山巫峡这般鼓荡旅人的情思、放纵行者的想象。

一

山高，壁陡，流急。

长江裹挟岁月风尘，浩浩汤汤，呼啸而至，像一把利刃，切开了巫山坚实的腹地，造就了巫峡的壮美。

美国总统罗斯福曾说，每个美国人都一定要去看看科罗拉多大峡谷，因为峡谷是用时间缓慢雕刻出的惊心动魄。

巫峡何尝不是如此？时间缓慢地推动着历史，雕琢着历史，也记录着历史，缓慢中的尖锐锋利让人惊心动魄，缓慢中的一往情深令人荡气回肠。根据现有资料的地貌分析，三峡地区的峡谷主要是通过溯源深切与河流袭夺而成。地质学家推断，在长江三峡贯通以前，四川盆地的水流本是汇入藏南地带的古特提斯海，之后又汇入云贵地区一些沿断裂带分布的湖泊。由于自新第三纪以来青藏高原及云贵高原的强烈隆起，藏东形成向东倾斜的大斜坡，从而开始出现大面积汇水的向东流，它横截了一条条原向南流的水系，又经三峡地区向东入海，从而形成现在这条长约 6400 公里的长江。

西起奉节白帝城，东到宜昌南津关，三条大峡谷气势如虹，一路昂首东去。大自然用两百万年的耐心和伟力，打造出数不清的神秘与神奇，从而成就了这幅迤逦诡谲的风情画卷。

巫峡山高谷深，湿气蒸郁不散，易成云雾，故有“云雨巫山十二峰”之称，这也是徐夔诗中“十二峰”的由来。今天，这句诗被当地人改成“放舟过巫峡，心在神女峰”。其实，绵延不息的巫峡群山，白壁苍岩无数重，还有零星百万峰，峰峰不同，各美其美，岂是神女峰和十二峰就能够尽展其美？古事流传至今，附会之说杂糅了太多的世态炎凉。

连绵七十余公里，巫峡奇峰嵯峨，烟云氤氲缭绕，景色清幽迂回。巫峡阴晴雨雪各有其美。晴时，白雾悬浮于峰峦之巅，似烟非烟，似云非云，如雾非雾。雨时，宛若沧海巨流，云从天降，呼啸而至，铺天盖地。雨歇，云雾在峡谷间游弋，忽飘忽荡，忽升忽降，忽聚忽散。

三峡是风与水的杰作，是美与真的童话，曾经有山与山绵绵不绝的心手相拥，而今却任由风的蹂躏、水的侵蚀，铺陈出这傲岸的嶙峋、巨大的坚硬。旷世的宁静之中，是生命的飘逝和生命的接续。三峡风格迥异。瞿塘山势雄峻，斧削而成，可是多了些悬陡的稚嫩、初生的鲁莽。西陵怪石横陈，滩多水急，可是多了些草率的刚愎、青春的犹疑。也许巫峡的幽深奇秀、峰峦跌宕最适合疲惫的诗人搁置桀骜的灵魂，所以才有了徐夔的放舟巫峡吧。考古学家论证，三个峡谷的各自特点，表明它们的形成时代与发展阶段大不一样。巫峡的支流，截断面多呈V字形，仅在小支流口有岩坎跌水；谷壁多呈垂立三角面状；峡谷切深大且多起伏——他们据此大胆揣测，如果说瞿塘峡处于青年期，西陵峡处于回春发育期，那么巫峡则处于生命中最宝贵、最稳定的壮年期。青春的暗潮已过，逆袭的可能已无，巫峡正沉浸在生命最美好的时光里，欢喜地等待与它迎面相逢的有缘人。

即从巴峡穿巫峡，便下襄阳向洛阳。杜甫在诗中写道，这是漫卷诗书的喜悦。

曾经沧海难为水，除却巫山不是云。元稹在诗中写道，这是悼念亡妻的哀伤。

而今，流光散去，岁月渐老，漫卷诗书的愉悦定格为砥砺风雨的雷霆万钧，悼念亡妻的凄凉幻化为阅尽沧桑的悲歌传响，这是巫峡的至大至美、至幻至真、至柔至刚、至性至情，这才是真正的巫峡。

万峰磅礴一江通，锁钥荆襄气势雄。田野纵横千嶂里，人烟错杂半山中——万峰磅礴、幽深曲折、田野纵横、人烟错杂，这是壮年巫峡的气势与气韵。雄踞长江中游，巫峡为川东门户，沿途滩多水急，南北两岸山峦耸峙，群峰如屏，壁立千仞，最狭窄处，两江之距不及百公尺。壮哉巫峡！一夫当关，万夫莫开。

二

巫峡，是中华文明的心灵故乡。

某一天，一位老人过河时无意间踩到一个奇怪的物件，他将这个物件辗转交给考古学家。考古学家发现，这竟然是一件罕见的殷商遗物——“鸟形铜尊”，此器物与中国国家博物馆“羊头方尊”器形极为相似，尊上精美的饕餮纹饰令考古学家啧啧称奇。为了复制一份相同的“鸟形铜尊”，考古学家和科学家做出了种种假设，也遭遇了重重难关。一次又一次的失败使他们对3000年前的能工巧匠充满敬畏和疑惑：“他们究竟怎样完成这件杰作？”

茫茫莫辨的时间彼岸，在此成了一个永久的谜。

今天，这座铜尊与其他铜镜、铜剑、铜币及汉砖、唐三彩、巴式兵器等许多不可多见的文物，静静地陈列在重庆中国三峡博物馆，述说着沉淀了3000年的迷思与荣耀。

巫峡及其周边地区，历来是中国历史上南北文化长期碰撞与融合的区域，也是长江流域东西部文化的交汇地带。在这片神奇的土地上，200万年前的“巫山猿人”和5000年的“大溪文化”留下了许许多多的千古之谜，悬棺、栈道、野人……正是这些难以拆解的千古之谜，激发了无数专家、学者和探险者前来探秘。

“世人都健忘，遗忘了世人。”面对岁月的消逝与世事的更迭，英国诗人蒲柏喟然长叹。众所周知，蒲柏有着惊人的想象力，他曾为牛顿写下著名的墓志铭：“自然和自然的法则在黑暗中隐藏，上帝说，让牛顿去吧。于是一切都被照亮。”

铭文中的深意值得沉思。当自然的法则隐匿于自然的浩瀚，人类的智慧之光将照亮无边的暗夜。在历史上，黄河流域被誉为中华民族文化的摇篮。炎黄子孙从亘古绵延的黄土高原沿黄河两岸向东迁徙，一直将人类文明的火种播向中原大地。而位于长江中游的巫峡地区则是这类文明的主要成长地，在几百上千万年的沧桑变化中，日出而作、日落而息的巫峡人民创造了源远流长的历史文化。

然而，遗憾的是，至今还有许多秘密仍埋藏在泥土之下。

在所有的记载和传说中，巴人留给人们最深的印象，就是劲勇尚武。在出土的巴式器物上，考古学家发现了大量的象形图语和难以破解的异样铭文，因为缺乏相关考古学实物的证明，“巴人之谜”一直是中国考古学的一大悬案。正如许多古代文明一样，他们的文明早已失落，他们的形象只能在我们拼凑出的想象中还原。

无边的暗夜之中，时间发出断裂的声响。

历史的格局是，当时在巴国的东面有强大的楚国，北面是雄踞关中的秦国，秦楚都是当时最强大的国家。问题是，国力相对处于弱势的巴国靠什么与之抗衡？史书记载巴人相继与秦楚发生过大规模的战争，并几度进逼楚国的都城江陵。20世纪二三十年代，美国学者格尔阶·纳尔逊、传教士埃德加先后来到这里实地考察，获得大量的标本和资料，这些资料今天仍珍藏在美国纽约自然博物馆里。他们的考察拉开了巫峡考古的序幕。

20世纪末，世界上最大的水利枢纽工程在长江三峡地区破土动工，世界上最大的考古工地在这里出现，巨大的巴人聚落遗址、宽阔的遗址面积、丰富的文化堆积令考古界为之震撼。青铜剑、青铜钺、青铜矛、青铜戈……成群的战国士兵恍若一夜之间携兵器走入墓群，长眠地下。这里究竟发生过一场怎样血腥残暴的厮杀？沉积着一个怎样惊天动地的故事？史书上没有只言片语的记载。

我们不妨设想，当秦楚等大国庞大的战车在平原上冲突酣战时，在巫峡不远处的峡谷沟壑间，巴人的军队却靠他们强健的四肢翻峰越岭、跋山涉水，特殊的地形成为他们御敌的天然屏障。人们猜测，作为世界上最骁勇善战的部落，巴人也许是唯一用战争书写自己历史的民族。然而，每一件兵器都如同锁链，宛若谜语，锁住了岁月的云烟，参不透历史的谜题。

一切复归沉寂。

三

北魏郦道元在《水经注》中说道：

> 两岸连山，略无阙处，重岩叠嶂，隐天蔽日，自非亭午夜分，不见曦月。至于夏水襄陵，沿溯阻绝。或王命急宣，有时朝发白帝，暮到江陵，其间千二百里，虽乘奔御风，不以疾也。春冬之时，则素湍绿潭，回清倒影。绝巘多生怪柏，悬泉瀑布，飞漱其间，清荣峻茂，良多趣味。每至晴初霜旦，林寒涧肃，常有高猿长啸，属引凄异，空谷传响，哀转久绝。故渔者歌曰："巴东三峡巫峡长，猿鸣三声泪沾裳。"

极言三峡之壮景。

顽强的地壳运动堆砌了巫山的雄浑，柔弱的流水作用雕刻了巫峡的隽秀，蛰伏的光阴之须不时地缠绕过来，于是便有了两岸云雾缭绕的尖峭高峰，有了十二峰的变幻莫测、奇崛峥嵘。晨曦澄澈之时，随轻舟漂荡，云霞缥缈的群峰静静卧在云雾之间，连绵的山峦是一缕又一缕悄无声息的翠黛。挥别天边落日，肃静神秘的山林一下子收敛起白日里的喧嚣，奔涌的江河是一道又一道万马嘶鸣的金紫。

正是这不言的壮美，吸引了无数骚人墨客来此直抒胸臆。"宾客纵能齐摈斥，文章终不废江河。鹭鸳飞上石枰去，犹听沧浪水上歌。"徐夔英年早逝，他的诗作没来得及走进文学的册页，却刻进了巫峡的历史。徐夔的诗，气象空灵，晴响高远，不染纤尘，难得的是其优游山水之外的悲苦孤寂，悲苦孤寂之后的怒剑出鞘。巫峡坦诚地将自己的山山水水交付于擦肩而过的寂寥之人，寂寥的诗人也尽情地将扣人心弦的诗句揉入了巫峡的骨骼。

巫峡之美，是留给得志者的熨帖，更是留给失意者的慰藉，是厚重、凄婉、磅礴、空灵组成的真美。"美是显现真理的一种方式。"一个多世纪前，海德格尔说。他的断言，仿若旷野中的呼告。

世界因希望的坚守者而免于沉陷，历史因黑夜的拉纤者而持续向前。

奔腾不息的峡江是中华民族的智慧之源，巍峨耸峙的群山是华夏文明的座座丰碑。资料表明，巫峡文化是一种流传有序的始源性文化，从巫山猿人到长阳智人，从旧石器时期到新石器时期，直至今天的文明社会，源远流长，生生不息，像长江一样无从中断。每一山，每一水，每一村，每一树，每一户，每一人，都赓续着远古的血脉，传承着新生的冲动。弃舟登岸，置身栈道，让薄雾和露珠稍润衣衫，听枯枝在脚下噼啪作响，听莫名的精灵在树枝间穿梭掠过，看无畏的野蛇在草丛中傲然游走，用心灵触摸巫峡的凝重与空灵，触摸她仍未被现代文明玷污的粗野与奔放、清纯和朴拙，如同触摸沉睡千年万年的人类童年。

位于巫峡上口的大宁河和巫峡下口的神龙溪，坡陡水急，溪中有一种头尾上翘的“尖尖船”。逆水行舟，船夫肩负纤索，奋力向前；顺水行舟，任由急流推涌，犹如漂流。上行三个多小时的航程，下行只需三四十分钟。放眼回望，我们似乎看到徐夔迎风而立，驾舟远行，仿佛漂泊在巫峡悠长的历史中。

漂泊中的永恒，没有一个词能够比这更恰当地道出巫峡百万年来的生命本色。寂寞而不空虚，痛苦而不挣扎，沉潜而不窒息，漂泊而不放佚。“尖尖船”渐行渐远，船上，那幽微的烛火正是点燃人类文明之灯的希望火种。

巫峡的故事，才刚刚开始。

原载《人民日报》2000 年 9 月 16 日

我还没有见过长城

吴伯箫

朋友，真惭愧，我还没有见过长城。

记得六年故都，我曾划过北海的船，看那里的白塔与荷花；陶然亭赏过秋天的芦荻，冬天的皓雪；天桥，听云里飞，人丛里瞧踢毽子的，说相声的；故宫与天坛，我赞叹过它的壮丽和雄伟；走过长长的西长安街，与挤满了旧书及古董的厂甸；西郊赶过正月十五白云观的庙会，也趁三月春好游过慈禧用海军军费建造的颐和园，那里万寿山下有昆明湖，湖畔有铜牛骄蹇，东郊南郊都作过漫游，即无名胜，近畿小馆里也可以喝茶，吃满汉饽饽。还有走走就到的东安市场，更是闲下来溜达的大好地方。可是，六年，西山温泉我都去过，记得就没去什刹海。为此，离开了故都曾被人嫌弃说“太陋”。说：“什刹海都没逛过，还配称什么老北京！”当时真也闭口无言。有一年发狠，凑巧有缘重返旧京，记得还没有进旅馆的门就雇好了去什刹海的车子。夏天，正赶上那里热闹：地摊子戏，搭台的茶座，直挨着访问了个足够。印象仿佛并不好，心头重负却卸去了。记得第二天，才有空去文津街，进国立图书馆。

朋友，现在想：什刹海不见算什么呢？没去看长城才是遗憾！啊，万里长城！去北京只不过几个钟头的火车。

万里长城，孩提时的脑子里就早已印上它伟大的影子了。读中国古代史，知道战国时候，魏惠王、燕昭王、胡服变俗的赵武灵王，都曾段落地筑过长城，来卫国御胡；秦始皇遣蒙恬斥逐匈奴之后，又因地形，制险塞，从临洮至辽东将长城来了个连络的修筑，广袤万余里；工程的浩大，那不是隋朝的运河，非洲的苏伊士所能比拟的。秦始皇焚书坑儒，建阿房，销兵器，千百年来在人们的脑子里留下的是一个暴君的影子。独独万里长城至今亮在祖国人民的心里，矗立在祖国连绵的山上，成为四千余年文明古国的标志。这不是因为万里长城是秦始皇的什么丰功伟绩，而是因为它是几千万古代劳动人民血肉的结晶！

曩昔，在万年书屋，听主人告诉：有一次趁京绥车，过南口车站，意欲去青龙桥，偶尔站台小立，顺了一目荒旷的山麓望去，遥瞻依地拔天的万里长城，那雄伟的气象，使你不觉要引吭高呼。嵯峨的山巅上是蜿蜒千回的城墙，是碉堡，是再上去穹窿似的苍天。山下是乱石，是谷壑，是秋后的蔓草婆娑。西风刷过，那一脉萧萧声响，凄凉里含了悲壮，令人巍然独立，觉得这世间只有自己，却又忘怀了自己。很记得，主人说时，从沙发椅上跳起来，竖起大拇指，蔼然的脸上满罩了青年的光辉。记得从万年书屋出来的归途，披了皎洁的三五月，自己迈的是鸵鸟般的大步。

又一回，一个青年画家朋友，谈到自己绘画的进步，说几乎像英国拜伦一觉醒来成了桂冠诗人一样，是逛了一次长城，才将笔法放开，心胸也跟着宽阔了的。那谈吐的神情，也简直令人疑惑他生生吞下了一座长城的关口。是呢，听说太史公司马迁周览了名山大川，文章才满蕴了磅礴的奇气。江南风物假若可以赋人以清秀的姿容，艳丽的才藻，塞北的山峦与旷野是会给人以结实的体魄，雄厚的灵魂的。啊，长城！

从山海关一路数去，你知道么？像喜峰口、古北口，像居庸关、雁门关，一个个中原的屏藩要塞，上口真要有霹雳般的响亮呢。一夫当关，万夫莫敌，守得住一处，就可保得几千里疆域。啊，真愿意挨门趋访，去问问古迹，温温古名将的手泽，从把守关口的老门丁和城下淳朴的住户那里，听取一点孟姜女的传说、金兀术与忽必烈的史实。但是我还没去！

朋友，你可想过，在长城北边，那黄河九曲唯富一套的地方，带一帮茁壮的男女，去组织一处村落，疏浚纵横支渠，灌溉田亩，作一番辟草莱斩荆棘的开垦事业么？那里地土最肥，人烟还稀。你可想过，在兴安岭的东南阴山山脉的南部那一抹平坦的原野，去借滦河、饮马图河的流水，春夏来丰茂的牧草，来编柳为棚，垒土为壁，于“马圈子”里剔羊毛，养骆驼，榨牛奶么？那工作顶自由，顶洒脱。不然，骑马去吧！古北口的马匹有名哩。凑煦日当头，在平沙无垠的原野里，你尽可纵身于野马群中，跨上一匹为首的骏骥，其余的会跟你呼啸而至的。不要怕那噱噱嘶声，那不是示威，那是迎迓的狂欢，你就放胆驰骋奔腾吧，管许将你满怀抑郁吹向天去。“毡幕绕牛羊，敲冰饮酪浆”，那边塞寒冬霏雪凝冰时的生活，你也想尝尝么？住蒙古包，烤全羊，是有它的滋味的。汉王昭君曾戎装乘马抱琵琶出塞而去；文姬归汉，也曾惹得胡人思慕，卷芦叶为吹笳，奏哀怨的十八拍。巾帼中有此矫健，难道你堂堂须眉就只知缩了尾巴向后退么？

唉，说什么，朋友，我还是没见过长城！在恨着自己，不能像大鹏鸟插翅飞去；在恨着自己，摆不脱蜗牛似的蹊径，和周身无名的链索。投笔从戎倒好，可惜没有班仲升的韬略。景慕张骞，景慕马援，但又无由出使西域，去马革裹尸。奈何！唫，“匈奴未灭，何以家为！”汉骠骑将军霍去病那才算有骨头！无怪他六出伐匈奴，卒得威震异域。

我还没见过长城！但是，长城我是终于要见见的！有朝一日，我们弟兄从梦中醒了，弹一弹身上的懒惰，振一振头脑里的懵懂，预备好，整装出发，我将出马兰峪，去东北的承德，赤峰；出杀虎口，去归绥，百灵庙；从酒泉过嘉峪关，去安西、哈密、吐鲁番。也想，翻回来，再过过天下第一关，去拜拜盛京，问候问候那依旧的中国百姓！

长城，登临匪遥，愿尔为祖国屏障，壮起胆来！

一九三六年二月十七日

选自散文集《烟尘集》，作家出版社 1955 年 7 月版

如果你到长城来

佘树森

你信里说，这次来中国，非登上八达岭长城不可，以弥补上次中国之行的遗憾。

确实，来中国如果不去长城，那将是一大憾事。中国的名胜古迹，尽管到处都有，从荒寒凄迷的越王台，到金碧辉煌的紫禁城；从苏州的虎丘，到南京的秦淮；从秦代的兵马俑，到明代的十三陵；从丝绸之路，到敦煌石窟；从泰山的经石峪，到洛阳的白马寺；从武昌的黄鹤楼，到成都的杜甫草堂……都足以撩动游人思古之幽情；但是，却没有一处能够像登上长城那样，使我们的感受如此之伟大，之庄严，之悲壮，之深邃！这一点，如果你在登长城之前对长城的历史和文学背景有点了解，那你的感受就会更加深刻。

你想，如果从夏朝算起，中华民族已有4000多年的文明史了，而长城已经屹立了2000多年。从公元前221年，秦始皇统一六国，派大将蒙恬“将三十万众”，在战国时北方诸侯国长城的基础上，因险制塞，西起临洮，东至辽东，筑起了一道万里长城。以后差不多历代都有修缮或改建。其中修复次数最多、工程规模最大的，要数明代。据记载，在明朝建国的第一年，即派大将徐达主持修筑居庸关等处长城。以后，弘治、嘉靖、万历、隆庆等朝，均有重大的施工。经过这历次的修建，在从山海关至昌平县境的长达1000公里的长城线上，一改原来的土夯、石砌，而为石灰嵌缝的石砌、砖垒；改建和加固了原有的城墙、边墙，加高了城体。像八达岭这样的雄关要塞，其城体全用巨大城砖砌成，底部为花岗岩条石基座，内充黄土碎石；平均高度为6—7米，底部宽6.5米，顶部宽5.5米，可容五六匹马并驰。在这1000公里的明长城线段上，城墙上几乎都砌有垛口，要冲处筑以重墙，全线段共建造了 1017 座敌楼；此外，在沿线的山头上，还设置了许许多多供报警之用的烽火台，构成了一道相当坚固的防御体系。人们将中国的万里长城，同埃及吉萨金字塔、巴比伦空中花园、罗马科洛西姆斗兽场、亚历山大墓、圣索菲亚大教堂、泰姬·玛哈尔陵等，合称为世界七大建筑奇迹。可是，论工程之大，旷日之久，耗力之巨，而且虽经 2000 多年的风风雨雨，至今还保留有这般规模，以至遨游于太空的宇航员用肉眼还依稀可辨，这恐怕又堪算作“奇迹”中的奇迹吧！

世界上任何一个建筑奇迹的出现，不仅靠着劳动与智慧，而且也伴随着苦难与牺牲。民间流传的关于长城的种种故事传说，便反映了这一奇迹缔造的艰难和牺牲的悲剧。比如明代爱国将领戚继光修筑金山长城的故事：长城修到一个惊险处，要在此建一座敌楼。不料三建三塌。戚继光焦愁万分。一天夜间，他在中军帐和衣而卧，辗转难眠。恍惚朦胧中，见他的年轻爱将阿欢进帐参拜，口禀：“金山二将到，帅爷开口笑。”戚继光十分惊喜。原来爱将阿欢是当年戚继光镇守海疆时自愿投军抗倭的，相貌英俊文弱，作战异常英勇。后来，在一次战斗中活活累死。戚继光这才发现阿欢竟是一位巾帼英雄。现在，戚继光正当急难之时，阿欢不知如何突然而至。正待问她，只见她已腾起祥云飞出帐去了。戚继光醒来反复吟味梦中听到的“金山二将到，帅爷开口笑”两句，恍然大悟，原来，在金山他有两员战将，是孪生兄弟，自幼随父亲盖楼造屋，学得好本领。戚继光即差人将他们调来，终于将那座敌楼建成。应当说，在历代对长城的修建中，不知遇到过多少挫折和失败：塌方、伤亡、墙圮、楼倾……不过，其结局并不像上述传说那样的美丽，而只是城墙下面多了几堆白骨。至于孟姜女千里寻夫、哭倒长城的传说，则更是家喻户晓了。其实，在修筑长城中，丈夫被累死、打死、砸死，或者病死的，何止一个孟姜女！正是多少青壮汉子，拼尽了最后一口气，流尽了最后一滴血，自己倒下了，家庭破散了，就在他们葬尸埋骨的地方，屹立起奇迹般的城体。当你在这古老的长城踟蹰流连的时候，你将从那古砖的裂缝里，那黑苍苍的颜色里，那凄迷的草丛里……依稀聆听到一种复杂而深沉的历史的声音。所以我想，只有这道凝结着中国人民的血汗与智慧、奋斗与苦难、力量与意志的万里长城，才能最好地体现中华民族的性格与经历。

如果你到长城来，自然要首先登临八达岭。它是万里长城线上修建最坚固、保存最完整的一环。从明代的弘治十八年（1505 年）开始，直到如今，已经过多次修缮，大体保持着明长城的建筑风貌。八达岭之妙处，全在于城、关、山三者的配合。你从北京去八达岭，一入南口，山势便渐趋陡险。东西两山相夹，中间形成一道涧谷，这便是长达 15 公里的关沟。如果说，从北京到八达岭，仿佛是在读一篇波澜起伏、气势磅礴的雄文，八达岭是这篇文字的高潮；那么，这关沟景色便是一段极精彩的铺垫文字。清代的龚自珍在《居庸关说》里曾经用“山东西两相望，俄而相辏相赴以至相蹙”，来描写那崖壁陡峭、高入天际、奇峰怪石逼人而来的情景。著名的居庸关，正雄踞于这关沟的中间。据记载，“居庸”一名的历史相当久远。《淮南子》一书云：“天下九塞，居庸其一。”还有人将其出处上溯到《吕氏春秋》去。古代描写居庸的诗，至少可以上推到唐代高适的入关诗，“绝坂水连下，群峰云共高”，可与龚自珍之文相辉映。今日所见之居庸关，系明代所建。《天府广记》云：“明初洪武二年，大将军徐达垒石为城，以壮京师门户。”登上居庸关高处，向南眺望，但见青山翠岭，连属重叠，这便是有名的燕京八大景之首——“居庸叠翠”。你在欣赏居庸叠翠的时候，千万不要忽略了附近那座洁白似玉的“云台”。它是元代建筑。上面原来建有一座精美的“元泰寺”，后来寺庙圮毁了，就剩下了这个基座。虽是一处废墟，却有很高的文化价值。云台下面有一大圈门。圈门上还刻有龙、象、金翅鸟、九首龙等各种图像，神态各异，栩栩如生。门洞的洞壁上，除刻有四大天王和许许多多的佛像之外，还刻有据说是用兰咱、加嘎尔、畏吾、元国书、土波夏、西夏和中国等七种文字写的陀罗尼经咒颂文。这样的一座文物古迹，给幽谷险隘，平添了一层令人微醺的神秘色彩。

如果你到长城来恰值在秋天，那沿路的秋色更使你心醉神迷了。不必说居庸关的红叶如火如荼，犹似在这深谷险关埋伏着一支精兵，其壮美并不减于北京香山的红叶；单是这关沟一带的杂木果树，便为你画出了无穷的锦绣、斑斓。除了松、柏、榆、杨等树之外，还遍植杏、柿、海棠、梨、核桃、苹果、枣、山楂等各种果木。到了秋天，各种树木，依其各自的习性，在秋风中异彩纷呈：浓绿、浅碧、橙黄，金红的叶子，在枝上闪烁，在空中飞舞，犹如无数的金蜻蜓、彩蝴蝶一般……至于那枝上的秋果：红灯笼似的柿子，红玛瑙般的山里红，珊瑚珠一样的小酸枣，以及黄澄澄的鸭梨，青里泛红的苹果……更是让人不胜喜爱、馋涎欲滴了。最妙的是，这峡谷中还有一处叫“弹琴峡”的名胜。《天府广记》曰：“水声在石罅间，响如弹琴，故名。”若是正赶上一场秋雨刚过，泉水正盛，流过乱石，琤琤琮琮，便如有一只无形的灵手在拨动琴弦，于是，水声、山色，琴趣、画境，交融一起，大自然的一支神笔对这居庸秋色的描写，真可谓是绘声绘色了。

从居庸关至八达岭，沿途还有许多令人梦思神往的古迹和传说。特别是关于杨家将的传说更多，比如“六郎影”、杨五郎出家的寺庙和穆桂英的“点将台”等等，不论是真是假，都能让人产生出一种连营千里、金沙穿甲的联想。在临近八达岭处，还有“天险”石刻、望京石等。那遒劲的“天险”二字就镌刻在一面险峻的峭壁上，俯瞰着一座关城。城分东西两门，东门额题曰“居庸外镇”，系明嘉靖十八年（1539 年）所刻；西门额题曰“北门锁钥”，为明万历十年（1582 年）所刻，是关外通往北京的咽喉。登关西望，但见重峦叠障，茫茫苍苍，万山丛中仅有这一线关隘可通，果然不愧“天险”之称。“望京石”在岭北靠城墙处。据说，若是天气晴好，从这儿用望远镜可以望见北京城里北海的白塔。我也曾亲自尝试过，大概是由于城市上空空气污染的缘故，所见仅仅是一片灰蒙蒙的雾霭而已。

到了“天险”，便算到了八达岭下。拾级而上，便可登上八达岭长城。这篇从北京到八达岭的“雄文”，此刻算是读到了高潮处。不论你原来有多少疲劳，当此之时，你都会顿觉精神倍增。似乎有一股巨大的力量在推动着你：从一座敌楼到又一座敌楼，从一处瞭望台到又一处瞭望台，凭借着一个个垛口瞭望，抚摸着一道道女墙沉思……上上下下，徜徉、踟蹰在长城上。最后，你最好选一处制高点——东面或西面的敌楼，静下心来，好好欣赏一下八达岭长城的壮观：眼前，起伏的群山，犹如浩森的沧海，苍苍、沉沉，波涌浪翻，无涯无际。就在这万山丛中，蜿蜒、屹立着万里长城。它时而顽强地爬上险峰，时而勇敢地跳下深谷；尽管那重叠的山峰有时把它遮断，可是它每一次都机智地从另一座山后突然绕出！人们常将万里长城比作一条巨龙；可是，我总觉得它更像是一支身着灰布军装的英勇悲壮的队伍。他们过沙漠，跨河流，低迴于山谷平野，盘踞于巅峰峻岭，在风风雨雨中跋涉了 20 多个世纪。尽管衣衫褴褛、遍体鳞伤了，可是依然保持着威武肃穆的军容；纵然显得有点劳累、困顿，筋疲力尽了，仍然坚毅地、默默地向前行进。所有的环节，连接成一个整体；整个队伍都朝向东方。有一次，在延庆县境，我看到一处断裂的长城。可是，西边的断墙却向东倾斜着，好像是一名勇士，向前伸着手臂，正欲纵身跃过壕堑，赶上前面的队伍，呈现出一幅前赴后继的风姿。那情景真是动人极了。所以，假若你要问我，登上八达岭长城，看得最真、感受最深的是什么？那就是：百折不回民族魂！

如果你登上八达岭，赶上落日时分看长城，那气象就更加让人惊心动魄了。红日西沉，太阳把绚丽而又悲壮的余晖，从山那面斜射向天幕。天幕下，色彩驳杂，而且瞬息万变。逆光的山峦、城堞，由灰蒙，而苍蓝，而暗蓝，终至黑苍苍一片；而迎光的长城城体，则被照得亮闪闪的。在这一霎间，你会感觉那闪闪的长城好像是劈开阴霾、划破夜空的斗折急弯的闪电，响着滚滚的雷声，震撼在群山间。那么瑰奇！那么悲壮！那么惊警！此时此境，一切个人的烦忧、怅惘、悲欢，都将逃遁得无踪无影！你的灵魂受到了一次大的震颤和洗礼。我记得现代散文家吴伯箫在《我还没有见过长城》一文里讲过的两件事：有一次作者在“万年书屋”，看到主人在讲他遥瞻万里长城的雄伟气象，不觉要引吭高呼时，竟然从沙发椅上跳起来，竖起大拇指，蔼然的脸上满罩了青年的光辉；而作者自己在从“万年书屋”出来的归途，也不觉迈的是“鸵鸟般的大步”。又一次，一个画家朋友，谈到自己绘画的进步，说几乎像英国拜伦一觉醒来成了桂冠诗人一样，是逛了一次长城，才将笔法放开，心胸也跟着宽阔了的。是的，只要你到长城来，走一走，站一站，哪怕只是遥遥地看上一眼，你都不能不被它那雄伟庄严的气象、百折不回的魂魄所感染、所震撼、所折服！

从八达岭下来，你最好再专程去一下青龙桥。本来从北京至八达岭是要路过青龙桥的，但我故意将游青龙桥安排在最后，自然是别出心裁的。你知道，青龙桥是京张铁路的一站。这是全由中国人自己设计、施工的“与他国无关”的第一条铁路。1905年，詹天佑先生接受了担任修筑这条铁路的总工程师的任务。一些资本主义国家的工程师们投以轻蔑的讥讽，说“中国会修关沟段铁路的工程师还没有诞生”；清朝的王公大臣们也给以冷遇和阻挠。关沟一带的地理条件也确实险恶：这里坡度极大，谷深山险，什么“老龙背”“蛇腰湾”“鹞儿梁”……听听这些名字，便可想见其峻峭、峥嵘之态了。但是，詹天佑和他的战友们，怀着一腔爱国热情，凭着自己所掌握的科学技术，硬是顶住压力，迎难而上，经过四年奋战，终于在1909年修通了这段举世罕见的最艰险的铁路。不仅将原定六年完成的期限缩短了两年，而且还比原来的预算节余了28万两银。更重要的是为中国的知识分子、中国人民争了气。当你在詹天佑先生的铜像前伫立瞻仰时，心中会涌起怎样的思绪呢？而我每次来到这里，都感到这屹立于群山、长城间的铜像，仿佛是一个儿子在被母亲紧紧地拥抱在怀里。那古老的长城，在其刻满着艰辛、凝聚着庄严的面容上，流露出了欣慰与自豪的微笑。是啊，只有这样的铜像，才配竖立于长城脚下。于是，我领悟到了作为一个中国人、一个中国的知识分子，应该怎样地生活与工作。

你游罢八达岭长城，还可以随心所欲买些刻印有长城形象的纪念品：一帧绘画，一幅刺绣，一件雕塑，一方手帕，或是一枚小小的纪念章……不过，你也可以什么纪念品都不买，因为，那古老的长城形象，已经深深地刻在你的心上，恐怕那长城之魂将要伴你终生了……

到长城来吧，朋友！

选自散文集《爬坡集》，北京大学出版社1997年10月版

天下第一坡

袁学骏

西柏坡，是四季常青坡，是珠玑翡翠坡，是千里太行中沉默寡言的普通山坡，是生机无限的中国北方山坡。

这里一片好风光，这是一个好地方。满山遍野的松柏，让人们享受着大自然的美色；碧波荡漾的柏坡湖，让人们在这天光水色中神情怡然；对面的驴山，给人们以丰富的想象，八仙之一的张果老还在这里吗？他的小毛驴真的永远留给了人间？

背山面水的西柏坡，是太行山东麓一幅清新的水墨画。古老的西柏坡村，更像是一颗璀璨的明珠，在中华大地上与日月同辉，与星辰齐光。是谁，在万山丛中发现了这个中国的小“乌克兰”？是谁，用一条蜿蜒的彩带，把她和首都北京连在了一起？她更像挂在常胜将军胸前的一枚勋章，让我们看到那已经逝去的峥嵘不凡的岁月，回眸于那红旗与枪弹共舞的血与火的年代。

山不在高，有仙则名；水不在深，有龙则灵。她就是祖国大地上千峰万峦中的一座名山。她以博大的心胸接纳过一群穿灰军装的革命者，用滹沱河的乳汁滋养过来自井冈山、瑞金、遵义、延安的献身者。她就是革命的母亲，新中国的母亲。十月怀胎，一朝分娩。她就是红色的胎盘，红色的襁褓，让人民中国在天安门广场亮相，引起全世界的欢呼和侵略者的惶恐。她承载着一段十分骄人的故事，上演过一台威武雄壮的历史活剧。她曾经被输红了眼的敌人疯狂地搜索，然而又让败军之将们事后大为感慨，自叹弗如；她更让无数的革命者眷恋，让成千上万的后来人向往。

西柏坡，她是中国革命的号角坡，是历史转折的胜利坡，是马克思无法意料的东方成功坡。她在无声的温柔中，酝酿了战略决战的大谋略；在沉默的大智慧中，开放了光复山河的花朵。她，是神机妙算、成功运筹的帷幄地，是决策英明、胜过诸葛亮的元帅帐，是百战百胜的长坂坡；她，是中华儿女的史诗坡、奏凯坡，是笑迎东方红日喷薄而出的朝霞之坡。

毛泽东和他的战友们在这里，顺应历史的大潮，对旧世界摧枯拉朽，对敌阵风扫残云，只用十个月的时光，便把新中国的曙光显现在全国人民面前。如果说直罗镇一仗，是1935年党中央把大本营放在陕甘宁的奠基礼，那么在西柏坡指挥的三大战役，就是以毛泽东为代表的中国共产党人结束长期的农村包围城市，即将建都北京的三声惊天动地的礼炮。

西柏坡，是节衣缩食坡、同甘共苦坡、苦中生乐坡；是榜样的艰苦奋斗坡，传统的鱼水情深坡、军民共建坡；是令人永不忘怀的并肩战斗坡、革命友谊坡。她有黄土高坡的魂魄，有逶迤太行的气势，有所向披靡的风采，有一览众山小的胸臆，有势如破竹的韵致。所以，她是自古未有的辉煌之坡，是战法创新的灿烂之坡。

在这里，在“一切为了前线”的极度节俭中，党中央举行了全国土地会议，指挥了举世闻名的辽沈、淮海、平津三大战役，召开了意义深远的党的七届二中全会。毛泽东，站在那个平顶餐厅临时改成的会场上，站在历史的制高点上，站在全国人民翘望的聚集点上，满怀忧思地，十分理智而又十分超前地，向我们发出振聋发聩的号召，提出了我党我军解放全中国、进入大城市后必须做到的“两个务必”。西柏坡，作为历史的见证人和会议的聆听者，与千山万水共同回应着这个使人头脑清醒的警钟之鸣，传播着党的第一代领导人气贯长虹的决心。这不是杞人忧天，也不是危言耸听，是国际共运史上一位伟大的战略家的深情嘱咐。“两个务必”，保持本色，是我们一代代须臾不可离开的不熄之灯和护身之宝。

西柏坡，是绿山坡，更是红山坡。她长长的气脉，连着十三年休养发展的延安，连着受命于危难之时的遵义，衔接着雄伟的北京城，曾经毫不逊色地与虎踞龙盘的南京遥相对峙。西柏坡的平房小院，更像大上海的石库门；她面前的水波，就像嘉兴南湖的涟漪。她便是我们心目中的一只红船，载着民心天意，载着中华民族的希望，载着由弱到强的历史强音。她外碧内红，朝迎红日，夜放红光。她的质地是红，她就叫红。红船、红心、红灯、红楼、红旗、红军、红花、红缨枪、红五星、红色根据地和东方红、山河一片红，都与她紧紧相关联。一个崇拜红色、以红为吉的古老民族，一个历经磨难而愈益坚强的东方大国，一个敢于冲破帝国主义东方战线的革命党，一支不惜以热血染红江河大地的军队，都不会忘记这个越来越红的山坡，永不褪色的太行红都。

我从 1973 年春天第一次来到这里，三十年中不知来过多少回了。那一次次参观，一次次叹服，曾经使我诗兴大发，文意盎然。后来曾想，我来做什么？就是为了寻找一点儿抒情的东西吗？不是的。回忆我每逢来到这个创造了中国革命壮美之极致的地方，就像回到了母亲的怀抱，享用了一餐美食，饮了一次纯净的生命之水。

原来，我是来找感觉，“接地气”，接浩然之气，接共产党人一往无前之气，接改革开放、全面创新之气。西柏坡，就像一块“铀”，一个“场”，正在以不尽的能量向我们辐射，给我们以情操的陶冶，信念的复壮，智能的补充。

不能不来呀，来了就精神抖擞，笑逐颜开。不来的，就会缺乏这种情绪的更换，心灵的享受。

太行福地西柏坡，你是二十世纪以来中国革命第一坡，是千秋一坡，是天下第一坡，世界东方第一坡。在《共产党宣言》的诞生地，在巴黎公社的斗争中，在阿芙乐尔号巡洋舰的炮声中，没有这样一个绿茸茸的、安静的决战之坡。这正是中国的特色。

第一坡，给了我们多少成功的自豪，多少古今中外人间正道的探索。站在西柏坡岭上，我眺望东西南北中，审视过去，展望未来，又将有多少话要说。

原载《散文选刊》2005 年第 4 期

我热爱新北京

老　舍

北京是美丽的，我知道，因为我不但是北京人，而且到过欧美，看见过许多西方的名城，假若我只用北京人的资格来赞美北京，那也许就是成见了。

我知道北京美丽，我爱她像爱我的母亲。因为我这样爱她，所以才为她的缺点着急，苦闷。我关切她的缺欠正像关切一个亲人的疾病。是的，北京确实是有缺欠。那些缺欠是过去的皇帝、军阀和国民党政府带给北京的。他们占据着北京，也糟蹋北京。

在过去，举例说吧，当皇帝或蒋介石出来的时候，街道上便打扫干净，洒上清水；可是，他们的大轿或汽车不经过的地方便永远没见过扫帚与水桶。达官贵人住着宫殿式的房子，而且有美丽的花园；穷人们却住着顶脏的杂院儿。达官贵人的门外有柏油路，好让他们跑汽车；穷人的门前却是垃圾堆。

1949年年尾，我回到故乡北京。我已经十四年没回来过了。虽然别离了这么久，我可是没有一天不想念着她。不管我在哪里，我还是拿北京作我的小说的背景，因为我闭上眼想起的北京是要比睁着眼看见的地方更亲切，更真实，更有感情的。这是真话。

到今天，我已经在北京住了一年。在这一年里，我所看到听到的都证明了，新的政府千真万确是一切仰仗人民，一切为了人民的。只就北京的建设来说，证据已经十分充足了。让我们提出几项来说吧。

一，下水道。北京的下水道年久失修，每逢一下大雨，就应了那句不体面的话："北京，刮风是香炉，下雨是墨盒子。"北京市人民政府自从一成立就要洗刷这个由反动政府留下的污点，一方面修路，一方面挖沟。我知道，在十几年抗日与解放战争之后，百废待举，政府的财力是不怎么从容的。可是，政府为人民的福利，并不因经济的困难而延迟这重大的任务。各城的暗沟都挖了，雨水污水都有了排泄的路子。北京再不怕下雨；下雨不再使道路成为“墨盒子”。

最使我感动的是：这个为人民服务的政府并不只为通衢路修沟，而且特别顾到一向被反动政府忽视的偏僻地方。在以前，反动政府是吸去人民的血，而把污水和垃圾倒在穷人的门外，叫他们“享受”猪狗的生活。现在，政府是看哪里最脏，疾病最多，便先从哪里动手修整。新政府的眼是看着穷苦人民的。

在北京的南城，有一条明沟，叫龙须沟。多么美的名字啊！龙须沟！可是，实际上，那是一条最臭的水沟。沟的两岸密匝匝地住满了劳苦的人民，终年呼吸着使人恶心的臭气，多少年了，这条沟没有人修理过，因为这里是贫民窟。人民屡次自动地捐款修沟，款子都被反动的官吏们吞吃了。去年夏初，人民政府在明沟的旁边给人民修了暗沟，秋天完工，填平了明沟。人民怎样地感戴是可以想象得到的。我亲自去看过这条奇臭的“龙须”和那新的暗沟，并且搜集了那一带人民的生活情形和他们对政府给他们修沟的反映，写成一出三幕话剧，表示我对政府的感激与钦佩。

二，清洁。北京向来是美丽的，可是在反动政府下并不处处都清洁。是的，那时候人民确是按期交卫生费的，但是因为官吏的贪污与不负责，卫生费并不见得用在公众卫生事业上。现在，北京像一个古老美丽的雕花漆盒，落在一个勤勉人手里，盒子上的每一凹处都收拾得干干净净，再没有一点积垢。真的，北京的每一条小巷都已经清清爽爽，连人家的院子里也没有积累的垃圾，因为倾倒秽土的人员是那么勤谨，那么准时必来，人们谁都愿意逐日把院子里外收拾清洁。美丽是和清洁分不开的。这人民的古城多么清爽可喜呀！我可以想象到，在十年八年以后，北京的全城会成为一座大的公园，处处美丽，处处清洁，处处有古迹，处处也有最新的卫生设备。

三，灯和水。北京，在新中国成立前，夜里常是黑暗的。她有电灯，但灯光是那么微弱，似有若无，而且时时长时间地停电。政治的黑暗使电灯也无光。水也是这样。夏天水源枯竭，便没有水用。就在平日，也是有势力的拼命用水，穷人住的地带根本没有自来水管。他们必得喝井水。这七百年的古城，在反动政府的统治下，灯水的供应似乎还停留在七百年前的光景。

北京解放了，人的心和人的眼一齐见到光明。由于电厂有了新的管理法，由于工人的进步与努力，北京的电灯真像电灯了。工人们保证不缺电，不停电。这古老的都城，在黑暗间，依然露出她的美丽。那金的绿的琉璃瓦，红的墙，白玉石的桥，都在明亮的灯光下显现出最悦目的颜色。而且，电力还够供给各工厂。同样的，水也够用了。而且，就是在龙须沟的人们也有自来水吃啦。

我爱北京，我更爱今天的北京——她是多么清洁、明亮、美丽！我怎么不感谢毛主席呢？是他，给北京带来了光明和说不尽的好处哇！我只提到下水道和灯水什么的，可是我的感激是无尽的，因为提到了这些不过是新北京建设工作的一部分哪。

原载《人民日报》1951 年 1 月 25 日

长街灯语

秦　牧

北京的灯海，很美！

夜间，不论是乘坐飞机，还是火车、汽车，临近北京的时候，就可以从高空，或者从陆上看到远方有一团光雾，越来越近，隐约出现了一个朦朦胧胧的光海。飞机下降的时候，首先映入眼帘的，是长长的跑道两旁紫蓝色的灯光。驱车进城，各种色彩的灯光就陆续出现了。如果是乘坐火车呢，进入那个光海的边缘以后，一颗颗明亮的灯，就迅速地掠过车窗，起初还是每隔一段遥远的距离才有一颗，渐渐地越来越密，进入那个光海的内圈以后，就逐渐使人目不暇给了。

在北京住过的朋友，常常谈论北京之大。它的那个气派，使人想起中国是世界上人口最多的国家。而这个首都，又是在坦坦荡荡的千里平川，华北大平原上建立起来，还可以日胀夜大，不断扩展的。天安门广场，可以说是北京之大的一个象征。这样的广场，在世界上，如果不说是绝无仅有，也应该说是极其罕见的了。偌大一个北京，入夜时分，需要多少千万盏灯，才能够把它照亮！北京的街灯，在花式品种上，是相当多姿多彩的。经过许多研究照明工艺的科学家、技术工人们的努力，这些年，灯光不断出现了崭新的花样，除了一般的白炽灯、光管之外，还有什么“高压水银荧光灯”，什么“长弧氙灯”，什么“碘钨灯”，什么“低压钠蒸气灯”……它们有的发着极强的白色光，被称为“小太阳”，有的发着柔和的橙色光，浓雾也遮它不住。这些灯的照明效果比老式的、在世界上出现至今已有一百年历史的白炽灯都要高许许多多倍。在大街上，看两行璀璨的华灯直伸远处，常常使人产生一种有趣的错觉，仿佛有一只巨大无比的蝴蝶从天外飞来，停在地球的某一端，把它的两条闪光的触角伸进北京的大街似的。对！长街灯串，遥望起来，就像是昆虫的两条触角！

北京的街灯，有的是圆球状的，像是一颗颗珍珠放大了几万倍；它们集结在一起的时候，又很像一串葡萄。有的是玉兰花蕊状的，这些花蕊，又有的像含苞待放，有的则已微微绽开；北京饭店那头，灯光又很像一朵朵梅花了。车过天安门广场或者北海公园的时候，我常常被这种灯景迷住，从心里赞叹道："真美！"黄昏散步的时候，我又常常爱到天安门前，金水河畔的石栏杆上坐坐，守候万灯齐亮时刻的来临。在暮色苍茫中，望着迅速流动的车辆的洪流，望着辽阔的广场周围庄严的建筑，追溯这个广场在中国现代史上曾经出现过的许多次群众的怒吼，常常感想如潮。时间一到，远远近近的灯顷刻间一齐亮了。仿佛华灯也在递着眼色，诉说往事，或者鼓掌呐喊，喝退了黑暗一样。觉得看这种千万灯盏，倏忽间一齐亮了起来的情景，真像看杰出的艺术品似的，是一种十分迷人的美的享受。

盛大的节日之夜，像海水满潮似的，这座灯光之海也涌起高潮了。平时的高脚杆街灯，十几盏一簇，只亮了一部分的，这时全都亮了。许多巨大建筑，用灯串或者霓虹灯管构成的线条映亮了整座房屋。这时，一个童话般的境界就涌现啦。天安门的双层大屋顶镶上金边了，城楼上八盏大红宫灯都亮了。远远近近，新华门、电报大楼、人民大会堂、革命历史博物馆、北京饭店、中国银行总管理处……这些地方都是特别漂亮的。在夜空里，它们仿佛都用金珠银珠镶了起来，现出了庄严雄伟的轮廓，有的像是宫殿，有的像是皇冠，有的像是闪光的崖壁。我们孩提时代听过的童话所描绘的景物，这时突然实实在在出现于地面之上。节日之夜，用灯串装饰起来，镀金镶银，溢彩流光的大建筑，北京是有不少的，但是它们特别密集在东西长安大街上。在西方，有人描绘壮丽的教堂大建筑，曾经用上"石头的交响乐"这样一句奇特的形容词语。北京的节日之夜，我很想改动这样的譬喻，形容它是"灯光的交响乐"。不止是街灯、大房屋都在闪闪放光，人民大会堂和革命历史博物馆周围的那些松柏树丛中，也给装上许多彩色小灯泡，它们也都一齐亮了起来，璀璀璨璨，闪闪烁烁。远远近近，形成了一座座灯光的喷泉，一条条灯光的河流，汇合起来，又构成一个灯光的海。这一团团光雾，把湛蓝色的天空，也渲染成紫蓝了。这种壮丽的图景，我觉得一般的绘画，油画也好，水彩也好，都很难描绘，铅笔和水墨就更不待说了，唯独有一种珠绣，用各种闪光的小珠串起来织成的画幅擅长于表现节日焰火景象的，还可以大体表现这种瑰奇情调。节日之夜，我看到杂在观赏人群之中的，还有好些已经瘫痪多年，坐在轮椅里让家人推着出来的老人，他们有些是一年难得出来几次的，良辰美景，也驱使他们纷纷出来赏玩了。就赛似古代的元宵灯节，吸引了禁闭在深闺的妇女一样。

北京的灯光之美，不仅体现于大街灯串，同时，还体现于许多巨大建筑内部的灯饰。如果不是讲灯光的强度和光源的样式，而是指各种灯盏的形状，那么，大建筑内部，灯的形式，更够得上说是“百花齐放”了。在雄伟华丽的人民大会堂，会场顶上，那些葵花灯、红星灯、“满天星”灯、眼形灯，样子都是很别致的。宴会厅里，天花板上，各种各样的灯，更是构成了一个整体的图案，大图案中又包括许多局部的图案，真是金碧辉煌，光华四射，我怎么数也数不清它究竟共有多少盏。设计这个论千灯盏构成的图案，本身就是一项了不起的艺术。政协大厦、电报大楼、友谊宾馆、北京饭店等许许多多地方，内部的灯饰也都争丽斗妍，各擅胜场。有的是像焰火一样，喷涌而出。有的好像许多瓣，构成了一朵大花。有的由许多四方形的灯罩构成，汇成一面闪光的巨壁。有的是飘着流苏的八角宫灯，洋溢着东方的情调。夜间进入这些大建筑内部，各种灯饰常常久久地吸引了我的目光，它们把使用价值和艺术美感巧妙地结合起来了。这些灯光也从另一个角度告诉我们：艺术，在表现方式上，多么排斥划一平庸，多么要求丰富多彩！

我在这里描绘北京的灯光之美，可能有些人是不以为然的，特别是某些到过国外的人们。外国自然有好些大都市，灯光的强度超过我们，灯形的花样也多过我们。先进的科学技术我们都得不断学习，北京的灯光灯饰也还需要不断改进，这是不在话下的。但是，我们不能够因为这样，就对于国内达到先进水平的东西不加赞美。再说，有些资本主义国家的大城市，灯光强得刺眼，霓虹灯颜色不断变换，几乎像是一阕疯狂的爵士音乐的那种夜景，我个人可并不怎样欣赏。那种夜景，是适宜于纵欲败度的人刺激感官、寻欢作乐的，可未必和劳动者工作之余理应享受到的闲适和安宁相适应。再说，北京灯光之美，是我们许多技术工人和科学家心血和汗水的结晶，这一点就很值得我们珍惜。有个吹玻璃工人，成长为造灯的科学家，他就发明了许多新型的灯，装在北京的大街上。听说一些到中国旅游的外国人曾经向这位工人科学家说：“你发明这么好的灯，如果在我们国家，你是可以发财成为富翁的了。”这个工人科学家回答得很有趣，他说：“但是，如果在你们那里，我也可能什么都发明不出来，或者，已经死掉了。”

在古老的时代，迷信的人们曾经以为天上的某一颗星，就是地上的某一个人生命的象征，这个人一死，那颗星也就陨落了。这种想法自然荒唐愚昧到可以。后来，又有人觉得以星星象征人的生命，未免太迷离惝恍，虚无缥缈了，就转而想到以地面上的灯光来象征人的生命。那时，有些人家生了个男婴，就到祠堂去挂上一盏灯，表示一个生命降临到地面上来了，封建社会歧视妇女，女婴可没有这个权利。不少妇女从小到大，对此愤愤不平，在她们扬眉吐气的时候，也就总是要把自己譬喻为能够发出光芒的一盏灯。义和团运动中，天津的许多妇女战士，就各各按其身份，以“灯”来作为自己一群的绰号，这也就是“红灯照”“黄灯照”“蓝灯照”这些名称的由来了。

走在北京的长街上，看看那一簇簇、一盏盏的明灯，想着历史，思索中国的今日和未来，不知道为什么，我竟联想到这些灯，多么像是某些人的心灵和眼睛呵！他们渴望自己的生命，像一盏灯似的，熊熊吐出光华。他们用灼热的眼光，注视着历史的长河，关注着行进的人流。每年，从全国各地，都有许许多多为人民事业鞠躬尽瘁、做出了贡献的人物，一飞机一飞机，一列车一列车地，被送到北京来，参加各式各样全国性的大会。这里不提欺世盗名、弄虚作假的人，他们实际上并无半点光辉。这里提的是许多脚踏实地、真正做出贡献的人物，他们各各像一盏灯似的，向地面投上一束光辉，在力所能及的范围内，起着驱除黑暗的作用。这么一想，我就觉得远远近近的灯，都像在呢呢喃喃、絮絮叨叨地讲着各种各样的语言了。世间，正像有“旗语”“手语”一样，还有“灯语”，江河上的航标灯，就是能够发出语言的灯，它们各各以其颜色和闪光，讲着这样的话：“靠这边行驶吧，这里安全。”“这一段水浅，到对岸去吧！”“这儿有危险，注意！”“这里有个航标站，有什么事情来报告和询问吗？”等等。长街华灯，表面上看，是没有这么丰富的语言的，但你一想到历史上那些自号“红灯照”“黄灯照”“蓝灯照”的妇女，一想到旧时代到祠堂挂灯报告婴孩诞生的习俗，一想起那许许多多劳动模范，包括那位造灯的工人科学家一类的人物，有时就会把长街的华灯、高屋顶上的红灯、绿树丛中的小彩灯、各条胡同的普通白炽灯人格化了，它们不也各各像某些人一样，能够发出各种言语吗？那长街的灯芯在说：“单独我一枚，是不能照亮你们走路的，但是我们集结起来，我们就有力量了。一簇一簇、一杆一杆的灯，就可以照着你一直向大街走去了。”高屋顶上的红灯在说：“飞机注意吧，你们既然号称飞机，就得飞高一些，别把人民辛苦造成的建筑物碰坏，并把自己也碰得粉身碎骨了。”那些绿树丛中的小彩灯在说：“我们虽然没有太多的光辉，但我们有一分热，发一分光，但愿也能给你们一点欢乐！”胡同里孤零零的小白炽灯在说：“虽然我的力量不大，我的工作也是寂寞的。但是要是没有我们，大街上光辉灿烂又怎么样？小弄堂里还不是一片黑暗！尽管有人沐浴在我们的光辉中却无视我们的存在，我们可是知道自己的价值的！”至于那些发着强光的“高压水银荧光灯”和“碘钨灯”之类，我想它们大概应该响着这样的声音吧：“是人民耗尽了心血才把我们培育出来的，也让我们以特大的光辉报答人民吧！如果我发着强光却忘记人民倾注了特大的心血和汗水，我就连一枚小小的灯泡的价值也不如了。”

璀璀璨璨，闪闪烁烁，“琉璃玉匣吐莲花，错镂金环映明月。”北京灯海，真是多姿多彩，斗巧竞妍。在长街上漫步，观赏它们，真是一种艺术享受。有时，像进入童话世界似的，也就不禁把一盏盏灯人格化，而且想入非非，要倾听它们究竟在诉说些什么了。

1979 年 1 月

选自散文集《长街灯语》，百花文艺出版社 1979 年 9 月版

正阳门前

马　力

一

我的眼底，一条大道向前铺展，像奔淌的长河。簇簇浪花激越地腾跃，停不下欢悦的歌唱。

浪花，一个个鲜活的生命涌在我的前面，那是解放大军进入北平城的澎湃洪流。霎时，我也成为这样的浪花，汇入翻卷的疾湍，朝前追赶着，追赶历史的脚步。

正阳门前的街衢亮开敞阔的怀抱。走多了曲折的路，迎来平直大道的感觉，是异样的。这种感觉，在那个瞬间，攫紧了多少颗跳荡的心。

箭楼，城市中的巨人，傲立在解放的天空下。高大的台基稳稳地扎在古都内城的外缘。拱券式门洞上方，重檐歇山顶的楼身冲天耸起，坡顶檐上铺了筒瓦，灰色的，沿边覆上琉璃，绿色的。灰与绿，一个偏暗，一个偏冷，不那么艳，却来得稳，正是适配的色调，古朴的韵致自然就深了，恰能显出故都的气质。弧形遮檐的箭窗密排着，幽幽的，仿佛守卫者不倦的眼。挑出的白石护栏，素净如练，在色彩上呼应着楼顶的墨绿屋瓦和同样染绿的繁花般堆叠的斗拱。雕纹极强的装饰性，是古典的，东方的。

罗荣桓、聂荣臻、叶剑英将军，站在城楼上检阅入城的铁流。坦克的履带痕、装甲车和牵引火炮的卡车的轮胎痕、骑兵胯下战马的蹄痕，无法被时间从往迹中抹平。战士们向前行进，征衣上披着山海关外的寒气。他们放开有力的步子，以齐整的队列、雄武的风姿接受一个古老城市的迎接。无敌的铁军，以迈向未来的步伐穿过拱形城门，又从这里奔赴新的战场。他们的眼睛里有光，明亮的心朝向新时代的方向。呼啸着挺进，是这支伟大军队永恒的身姿。

北平，以城门为界限开启了另一个年代。从永定门到正阳门，从正阳门到和平门，从和平门到广安门，橐橐的行军声由这边响到那边，历史性轨迹划出了时期的分界：一边是旧，一边是新。一新一旧，局面已是两样。

入城式，这场盛壮的仪礼，鸣响了开国大典的前奏。这一天，是1949年2月3日。

这个早春，光明煊映着这条街，这座城。多少人等待着，渴盼着，用目光见证史诗般的壮景。新的世代迎来开端。

刘白羽在通讯《沸腾了的北平城》里做出了实时记述："箭楼上，检阅着这一英雄行列的将军们，庄严而亲切地注视着每一辆炮车，注视着人民的狂欢。"绿色的钢盔、雪亮的刺刀、飘展的红旗、敬献的鲜花、震天的锣鼓、喜悦的泪光、雄壮的进行曲、雷动的欢呼声……北平市民和英勇的子弟兵在珠市口交汇了，不断音的欢笑喧成一片。老城上空，久无这样的声浪了。市民们面上含笑，把炽热而又新奇的眼光射向这支军队，礼赞英雄的凯旋。是的，北平也是战士们的家。

欣喜的情绪占满了心野的每一个空间。无数的灵思泛出来了，无数的向往幻出来了，朝着梦想升起的前方。人们一路簇拥，"高唱'我永远跟着你们前进'，昂然通过一向为帝国主义禁地的东交民巷"。雄健的步履跨过这里，宣告一段耻辱岁月的终结。

"我们今天，在自由的天空，自由的城市，庆祝人民自己的伟大胜利……"叶剑英将军的致辞，飞响于曙光初照的新天，中国的上空，升起一片希望。希望是生活的动力，亿万人的希望，推进社会巨轮破开风浪。放眼神州，已不是从前的天下。

正阳门，这座只有帝王从紫禁城到圜丘坛祭天出入的城门，人民战士赳赳通驰。进京的部队打开了一扇门，人民看见一个新世界，拥抱它。

太阳下，镶饰琉璃瓦的巍楼飞甍，绿得那样鲜！

每个战士都是一滴水，无数相同的水在奔流中合成浩荡的大河。绵柔的水一经汇聚，爆发出刚性力量，冲决围护腐朽社会的岸坝。勇赴红色理想的大海，是战士们一生的追求。跟在他们身后的，是一个新光曜天的世纪。太阳用明艳的、热烈的光华表达欢欣，照亮了沉没在黯阴里的一切。

这战火淬炼的灵魂，这征服山河的脚板。一步一步踏过的土地上，遍地鲜花，红得眼明，映彻新来的日子。披着挂满征尘的戎衣，他们又迎向漫天烽火。

两个月后，百万雄师的战帆掠过长江，红旗直插广袤的江南。

那个年月的印迹在忆想中远了，拉出的时光经纬，绵延，悠长，如同画师在楼头平座表面落下彩笔，绘出美丽的如意纹，丝缕接连，不会在任何一处断开。

二

古城，和平地回来了，回到人民的怀抱。

世道一新，人民政府做主，撑直穷苦人的腰。安静过日子，过幸福的日子，是老百姓本能的愿望。先前，这个愿望跟他们隔着一段远远的距离，打今天起，这段距离消失了。阳光照进心里，沉黯的胸间一片灼亮，开出新艳的花朵。他们的眉头一舒，不用再怕什么，再担心什么了。

这以后，在响过队列铿锵足音的街路上，新社会的营商者们，生意有了着落，有了依靠，悬着的心神分外安稳。瞩望到灿如朝花的将来，他们眼目里闪出期冀的光，像蓄满动力的机器创造商业繁荣。

商人与商业，是城市词典里的重要条目。纷杂的铺面为业态赋形，各异的货物为民生筑基。店肆的建筑塑造出街区外貌，售卖的商品维系着百姓生计。

把买卖接茬开下去的铺家，集簇在正阳门前，一个个很神气地错列于通道两侧，在新型的商业秩序中孕生出示范意义，改变了旧日里坐贾行商的派头，势利凉薄的习性也渐渐失去了。年深月久，到了今天，这条商业街的声势比当初还要壮大得多。经商者在梦里似乎也喊着带上喜气的迎客声。希冀，在他们的梦里；明天，也在他们的梦里。梦和现实贴得那么近。温暖的市声里，心襟闪出的光、街灯散出的影，把商铺映亮了。一个商铺是一个世界，里面有层层叠叠的记忆，有曲曲折折的人生，更有亮亮堂堂的憧憬。憧憬来的时候，一切都安静了，不愿被风声雨声扰了，不愿被歌音笑音乱了，只听得隐隐的心跳，只听得微微的气喘。静思一下子变成了慨叹。

凡有顾客的街面，就有商家。反过来说，凡有商家的街面，就有顾客。商业逻辑生成了彼此依存的对应关系。顾客和商家，好似一对兄弟，牵缠得紧。明白生活实情的商家不求一时当红，只愿牌号历久不倒。再难，也得把门面撑着，门面一丢，天就塌了。因此，店东比常人对世事更有经验，更懂得日子该怎么个过法儿。买卖要做大，必得顾全老少男女的居家日用，这个常识，断不能违。店主人胸中自有不成文的规例，故而购进与售出，先尽着大众的日常服用——为养命而操劳的寻常百姓，一副生活担子加在肩上，鞋帽与食品，多是平日离不了的。既然奔着穿戴与吃喝，皆为顾客的温饱而忙，想在商市上立业，就看各家手段的高低了。目标一旦定下，死不放松。

店铺卖的货，自显一番面目。盛锡福、马聚源的帽子，步瀛斋、内联升的布鞋，瑞蚨祥、祥义号的丝绸，支起大栅栏的格局。全聚德、月盛斋、天福号、六必居、都一处、一条龙、张一元、吴裕泰，门脸凑得紧，瞧着倒不乱，自有排布。一条街上，包罗万有，营生虽杂，却也各管着各的门户。有时候，互为依傍，更方便招徕客源。赶上年节的当口儿，逛商店的一到，逢着过多的那刻，乌泱乌泱，挤得错不开身。开店的不怕热闹，就仗着这个场面起势呢！到头来，大家有饭吃。

正阳门前的商街，比四方市肆更有它特别的地方，同样的货色一摆到这里，就长了行市，显出很大的不同。牌子如果再响些，愈见亨通光景。允称独步，谁与为偶？也算得一个恼人的题目。

招牌如一件外衣，很打眼，当然要看去漂亮。老铺子多取三字为店号。在向社会显示自家的营商理念或者商品特色时，一定要挑最好的字眼来用，务求适切、斯文、优美，不废风雅。一经制用为商号，长久专享自不待言，当成市招，谁也不好抢去。

亮给世人的名号，可不敢敷衍——内蕴的伦理力量约束市场行为，外显着道德符号的全部特征。老实说，入了货殖之门，征利的心思自属当然，只要不太露骨便无可怪，但总要含上一些人生趣味。想出这三个字的人，肚子里装着学问。那好听的名儿，是极易让人思远的。一见之下，皆有暗含的好意味叫人领受。这样看，往深了说，中国的服饰文明和饮食文明，在这满街的店上部分地表现出来。

开在这片街市的出名字号，除去上面旧有的数家，还从别处跟来一些，把这儿当成落根的地方，自然受到注意。我起初觉着眼生，细瞧门上的匾额，只就它们的名字上论起来，可说韵味长，寓意深，已露出老店的头角了，越品越美。能顶门立户，铆劲奔日子，靠的当然是硬气的本钱：“谢馥春”的胭脂香粉、“广誉远”的古法搓丸，各有巧妙，提起来，就像说到同仁堂的丸散膏丹、汤剂饮片，谦祥益的绸缎纱罗、洋货布匹，叫人竖大拇指。怀着笃厚心肠的从商者，守的是信誉，根底全在一个“诚”字，一心认定这是兴业的魂，买卖兴隆，也全是它的功绩。店主每日以好货应市，立誓将心中之诚播在人间，把精神热量渗入每一件货品上面，每一宗交易中间，直到最后。过往的客商行旅，朝门店投去一瞥，笑盈盈的脸正迎着他呢！心头一暖，感其朴直之情，便迈了进去，或是衣冠加身而增美，或是胃口大开而得饱，流连不忍遽去。身光顾而情留恋，毫不足惊。来客称心快意，商家也便眉开眼笑。两边都没白忙活。看那街上的块块店幌、点点人迹，听那高一阵、低一阵的吆唤在空气中荡起一种欢畅声调，无论严寒还是溽暑，四季不绝，直把商业丛林的好处一一收取，可谓其声可入风中雨中，其影可入日中月中，其情可入诗中酒中，其味可入心中意中。

费点脚劲，抬腿奔大栅栏东口斜对过儿一走，进了鲜鱼口。游心寓目，鱼市的热闹劲儿瞧不见了。别慌，先稳住神儿，抽抽鼻子，嘿，闻到了香！天兴居的炒肝包子、便宜坊的焖炉烤鸭、朝阳楼的卤煮火烧、锦芳的豆汁焦圈，全是我数得上来的，多年不走味儿。从门口路过，朝店里移进身子，但凡不怕破费饭钱，满碟满碗，够你尝的！直塞得肚皮里简直没有再吃的余地，方肯离席，也是常见的。在北京住久了的人，好的就是这口儿，且能聊出美食的许多事，借此凑出不少趣话。

鲜鱼口的风味，当然是老北京的风味，气场却是大前门的气场。离了这儿，伸勺下筷子，滋味上总像欠点啥。

故景不殊，只叹年世贸迁。现今，开的店多起来，逛街的外地人比北京的还多，当街吆喝生意的伙计，嗓子扯开了，听去却不是京味——哪儿的口音都有，杂成一片。南腔北调，倒也交融得好。

年光久了，久得连子孙都生出几代，辈分也换了数回，门匾上的铺名却一直相沿下来，不肯改掉——在心中立了誓的店家，坚守世传的信念，这坚守无比执着，天公地道。牌匾是一枚巨大的徽记，向主顾下定庄重的承诺，也宣示了自信。

信义如山，定是亏不起的。照这样看，由他们经营起来的铺户，营业日日发达，自朝至暮，门前绝不会清静。

字号的老，表明生命的长。延续这生命的，是社会的安定、生活的踏实。大幅的时间跨度，提供了强大的历史证明。远望横在南天浮霭中的永定门城楼的一抹檐脊，近观正阳门前的商业大街，我感觉承继家业的几代人，他们的心里应该深印着当年的影子。队伍虽然去得远了，那些年轻的、负着背包的战士，给这条旧街、这座古城带来的幸福是深厚的、长久的。尽管一张张闪过的脸孔是陌生的，却被街头巷陨的普通长幼记着，只因他们拥有一个共同而熟悉的名称：解放军。接受恩泽的人，万千心事，念念于怀，难免一番感思兜上心来，为求由衷报偿，当会把这个神圣的名称跟自己的字号永远联系在一起。

断不了的日子连成一部京华生活史，似一幅笔致平实的市井风俗图，以这条八百米老街为底徐徐画出，分外明朗清楚。

原载《海内与海外》2020 年第 10 期

西北三绿

梁　衡

古曲有《阳关三叠》，如怨如诉，叙西北之荒凉，写旅人之悲怆。今天，当我也作西北之行时，却感到别有一番生机，即兴所记，而成《西北三绿》。

刘家峡绿波

当我乘交通艇，一进入黄河上游的刘家峡水库时，便立即倾倒于她的绿了。这里的景色和我此时的心情，是在西北各处和黄河中下游各段从来没有过的。

一条大坝拦腰一截，黄河便膨胀了，宽了，深了，而且性格也变得沉静了。那本是夹泥带沙、色灰且黄的河水；那本是在山间湍流，或在垣上漫溢的河床，这时却突然变成了一汪百多平方公里的碧波。我立即想起朱自清写梅雨潭的那篇《绿》来。他说："那醉人的绿呀，仿佛一张极大极大的荷叶铺着……"我真没有想到，这以"黄"而闻名于世的大河，也会变成一张绿荷叶。水面是极广的。向前，看不到她的源头，向后，望不尽她的去处。我挺身船头，真不知该作怎样的遐想。朱自清说，西湖的绿波太明，秦淮河的绿波太暗，梅雨潭的特点是她的鲜润。

而这刘家峡呢？我说她绿得深沉，绿得固执。沉沉的，看不到河底，而且几尺深以下就都看不进去，反正下面都是绿。我们平时看惯了纸上、墙上的绿色，那是薄薄的一层，只有一笔或一刷的功底。我们看惯了树木的绿色，那也只不过是一叶、一团或一片的绿意。而这是深深的一库啊，这偌多的绿，可供多少笔来蘸抹呢？她飞化开来，不知会把世界打扮成什么样子。大湖是极静的，整个水面只有些微的波，像一面正在晃动的镜子，又像一块正在抖动的绿绸没有浪的花、涛的声。船头上那白色的浪点刚被激起，便又倏地落入水中，融进绿波；船尾那条深深的水沟，刚被犁开，随即又悄然拢合，平滑无痕。好固执的绿啊。我疑这水确是与别处不同的，好像更稠些，分子结构更紧些，要不怎会有这样的性格？

这个大湖是长的，约有六十五公里，但却不算宽，一般宽处只有二三公里吧，总还不脱河的原貌。一路走着，我俯身在船舷，平视着这如镜的湖面，看着湖中山的倒影，一种美的享受涌上心头。山是拔水而出的，更确切点，是水漫到半山的。因此，那些石山，像柱，像笋，像屏，插列两岸，有的地方陡立的石壁，则是竖在水中的一堵高墙。因为水的深绿，那倒影也不像在别处那样单薄与轻飘，而是一溜庄重的轮廓，使人想起夕阳中的古城。在这样的地方，这样的时刻，即使游人也不敢像在一般风景区那样轻慢，那样嬉戏，那样喊叫。人们依在舷边，伫望两岸或凝视湖面。这新奇的绿景，最易惹人在享受之外思考。我知道，这水面的高度竟是海拔一千七百多米。李白诗云，“黄河之水天上来”，那么，这个库就是一个人们在半空中接住天水而造的湖，也就是说，我们现时正坐看半空水上游呢。我国幅员辽阔，人工的库、湖何止万千，刘家峡水库无论从高度、从规模，都是首屈一指的。当年郭沫若游此曾赋词叹道：“成绩辉煌，叹人力真伟大。回忆处，新安鸭绿，都成次亚。”那黄河本是在西北高原上横行惯了的，她从天上飞来，一下子被锁在这里。她只有等待，在等待中渐渐驯顺，她沉落了身上的泥沙，积蓄着力量，磨炼着性格，增加着修养，而贮就了这汪沉沉的绿。她是河，但是被人们锁起来的河；她是海，但是人工的海。她再没有河流那样的轻俏，也没有大海那样的放荡。她已是人化了的水泊，满贮着人的意志，寄托着人们改造自然的理想。她已不是一般的山洼绿水，而是一池生命的乳浆，所以才这样固执，这样深沉，才有这样的性格。

船在库内航行，不时见两边的山坡上探下一根根的粗管子，像巨龙吸水，头一直埋在湖里，那是正修着的扬水工程。不久，这绿水将越过高山，去灌溉戈壁，去滋润沙漠。当我弃舟登岸，立身坝顶时，库外却是另一种景象。一排有九层楼高的电厂厂房，倚着大坝横骑在水头上。那本是静如处女的绿水，从这厂房里出来后，瞬即成为一股急喷狂涌的雪浪，冲着、撞着向山下奔去，她被解放了，她完成任务了，她刚才在那厂房里已将自己内涵的力转化为电。大坝外，铁塔上的高压线正向山那边穿去。像许多一齐射出的箭。她带着热能，东至关中平原，西到青海高原，北至腾格里沙漠，南到陇南。这里的工作人员说，他们每年要发五十六亿度电，只往天水方向就要送去十六亿度，相当于节煤一百二十万吨呢。我环视四周，发现大坝两岸山上的新树已经吐出一层茸茸的绿意，无数喷水龙头正在左右旋转着将水雾洒向它们。是水发出了电，电又提起水来滋润这些绿色生命。这沉沉的绿水啊，在半空中作着长久的聚积，原来是为了孕育这一瞬的转化，是为了获得这爆发的力。现在刘家峡的上游又要建十一个这样大的水库了，将要再出现十一层绿色的阶梯。黄河啊，你快绿了，你将会“碧波绿水从天来，奔流到海不复回”。刘家峡啊，你这一湖绿色会染绿西北，染绿全国的。我默默地祝贺着你。

天池绿雪

雪，自然不会是绿的，但是它却能幻化出无穷的绿。我一到天池，便得了这个诗意。

在新疆广袤的大地上旅行，随处可以看见终年积雪的天山高峰。到天池去，便向着那个白色的极顶。车子溯沟而上，未见池，先发现池中流下来的水，成一条河。因山极高，又峰回沟转，这河早成了一条缠绵无绝的白练，纷纷扬扬，时而垂下绝壁，时而绕过绿树。山是石山，沟里无半点泥沙，水落下来摔在石板上跌得粉碎，河床又不平，水流过七棱八角的尖石，激起团团的沫。所以河里常是一团白雾，千堆白雪。我知道这水从雪山上来，先在上面贮成一池绿水，又飞流而下的。雪水到底是雪水，她有自己的性格、姿态和魅力。当她一飞动起来时，便要还原成雪的原貌。她在回忆自己的童年，她在留连自己的本性。她本来是这样白，这样纯，这样柔，这样飘飘扬扬的。她那飞着的沫，向上溅着，射着，飘着，好像当初从天上下来时舒舒慢慢的样子。她急慌慌地将自己撞碎，成星星点点，成烟，成雾，是为了再乘风飘去。我还未到天池边，就想，这就是天池里的水吗？

等到上了山，天池是在群山环抱之中。一汪绿水，却是一种冷绿。绿得发青、发蓝。雪峰倒映在其中，更增加了她的静寒。水面不似一般湖水那样柔和，而别含着一种细密、坚实的美感，我疑她会随时变成一面大冰的。一只游艇从水面划过，也没有翻起多少浪波，轻快得像冰上驶过一架爬犁。我想要是用一小块石片贴水飘去，也许会一直飘滑到对岸。刘家峡的绿水是一种能量的积聚，而这天池呢？则是一种能量的凝固。她将白雪化为水，汇入池中，又将绿色作了最大的压缩，压成青蓝色，存在群山的怀中。

池周的山上满是树，松、杉、柏，全是常青的针叶，近看一株一株，如塔如纛，远望则是一海墨绿。绿树，我当然已不知见过多少，但还从未见过能绿成这个样子的。首先是她的浓，每一根针叶，不像是绿色所染，倒像是绿汁所凝。一座山，郁郁的，绿的气势，绿的风云。再就是她的纯。别处的山林在这个季节，也许会夹着些五色的花，萎黄的叶，而在这里却一根一根，叶子像刚刚抽发出来；一树一树，像用水刚刚洗过，空气也好像经过了过滤。你站在池边，天蓝，水绿，山碧，连自身也觉通体透明。我知道，这全因了山上下来的雪水。只有纯白的雪，才能滋润出纯绿的树。雪纯得白上加白，这树也就浓得绿上加绿了。

我在池边走着，想着，看着那地中的雪山倒影，我突然明白了，那绿色的生命原来都冷凝在这晶莹的躯体里。是天池将她揽在怀中，慢慢地融化、复苏，送下山去，送给干渴的戈壁。好一个绿色的怀抱雪山的天池啊，这正是你的伟大，你的美丽。

丰收岭绿岛

从戈壁新城石河子出发，汽车像在海船上一样颠簸了三个小时后，我登上了一个叫丰收岭的地方。这已经到了有名的通古特大沙漠的边缘。举目望去，沙丘一个接着一个，黄浪滚滚，一直涌向天边。没有一点绿色，没有一点声音，不见一个生命。我想起瑞典著名探险家斯文·赫定在我国新疆沙漠里说过的一句话："这里只差一块墓碑了。"好一个死寂的海。再往前跨一步，大约就要进入另一个世界。一刹那，我突然感到生命的宝贵，感到我们这个世界的可爱。我不由回过身来。

只见沙枣、杨、榆、柳，筑起莽莽的林带。透过绿墙的缝隙，后面是方格的农田，红的高粱，黄的玉米，白的棉花，正扬着笑脸准备登场。这大概就是丰收岭名字的由来。起风了，风从沙漠那边来，那苍劲的沙枣，挺起古铜色的躯干，挥动厚重的叶片；那伟岸的白杨，拔地而起，在云空里傲视着远处的尘烟；那繁茂的榆柳拥在白杨身下，提起她们的裙裾，笑迎着扑面的风沙。绿浪澎湃，涛声滚滚，绿色就在我的身后，我不觉胆壮起来。这绿色在史前原始森林里叫人恐怖；在无边的大海上，让人寂寞；在茫茫的草原上，使人孤独。而现在，沙海边的这一点绿色啊，使人振奋，给人安慰，给人勇气，只有在此时此地，我才真正懂得，绿色就是生命。现在，这许多的绿树，连同她们的根须所紧抱着的泥沙，泥沙上覆盖着的荆棘、小草，已勇敢地深入到沙海中来，形成一个尖圆形的半岛。我沿半岛的边缘走着，想到最前面去看看那绿色和黄沙的搏斗。前面杨、榆、柳那类将帅之木已经没有，只派这些与风沙勇敢肉搏着的尖兵。她们是红柳、梭梭树、沙拐枣、沙打子旺等灌木，一簇簇，一行行。要论个人容貌，她们并不秀气，也不水灵，干发红，叶发灰，而且稀疏的枝叶也不能尽遮脚下的黄沙。但这是一个伟大的群体，方圆几百亩，我抬头望去，一片朦胧的新绿，正是“沙间绿意薄如雾，树色遥看近却无”。这绿雾虽是那样的淡，那样的薄，那样的柔，但却是一张神奇的网，她罩住了发狂的沙浪，冲破了这沉沉的死寂。我沿着人工栽植的灌木林走着，只见一排排的沙土已经跪伏在她们的脚下，看来这些沙子已被俘获多时，沙粒已经开始黏结，上面也有了稀疏的草，有了鸟和兔子的粪，已有了生命的踪迹。治沙站的同志告诉我，前两三年这脚下是流动的沙丘，我们引进这些沙生植物后，沙也就驯服多了。梭梭林前涌起的沙梁，虽将头身探起老高，像一匹嘶鸣的烈马，但还是跃不过树丛。那树踩着它的身子往上长，将绿的枝去抽它的背，用绿的叶去遮它的眼，连小草也敢“草假树威”，到它的头上去落籽生根。它终于认输了，气馁了，浑身被染绿了。治沙站的同志又转过身子，指着远处那些高大的防风绿墙说：“七八年前，连那些地方也是流沙肆虐之地。”我停下脚来重新打量着这个绿岛，她由南而北，尖尖地伸进沙漠中来，像一支绿色的箭，带着生命世界的信息，带着人们征服荒原的意志，来向这块土地下战表了。漠风吹过来，这个绿岛上涛声滚滚，潮起潮落，像一股冲进荒漠里的绿流，正浸润着黄沙，慢慢地向内渗移。我联想到，千百年来流水剥去了大地的绿衣，黄河毁了多少田园，挟带着泥沙冲进碧波滔滔的大海。黄色在海口渐渐蔓延，渐渐推移，于是我们的海域内竟出现了一座黄海。这是大自然的创造。而现在，人们却让沙海边出现了一座绿岛。这是人的创造。

我在这座人工绿岛上散步，细想着，这里的绿不同于黄河上碧绿的水库，也不同于天山上冷绿的天池，那些绿的水，是生命的乳汁，是生命的抽象，是未来的理想，而这里的绿，就是生命自己，是生命力的胜利，是伟大的现实。

丰收岭的绿岛啊，就从这里出发，我们会收获整个世界。

我从西北回来顺手摘了这三片绿叶。亲爱的读者，你看，西北还荒凉吗？我可以骄傲地宣布，我们的西北将会出现历史上最美丽的时期。

原载《人民文学》1984 年第 10 期

湖光塔影

宗　璞

在诸般景色中，最容易萦绕于人们思念的，大概是那湖光塔影的画面了。但若真把这幅画面落在纸上，究竟该怎样着笔，我却想不出。

从燕园离去的人，难免沾染些泉石烟霞的癖好。清晨在翠竹下读书，黄昏在杨柳岸边散步，习惯了，自然觉得燕园的朝朝暮暮，和那一木一石融在一起，难以分开。在诸般景色中，最容易萦绕于人们思念的，大概是那湖光塔影的画面了。但若真把这幅画面落在纸上，究竟该怎样着笔，我却想不出。

小时候，常在湖边行走。只觉得这湖水真绿，绿得和岸边丛生的草木差不多，简直分不出草和水、水和草来；又觉得这湖真大，比清华的荷花池大多了。要不然怎么一个叫池，一个叫湖呢。对面湖岸看来不远，但可要走一会儿，不像荷花池一跑便是一圈。湖中心有一个绿色的小岛，望去树木葱茏，山石叠翠。岛东有一条白色的石船，永恒地停在那里。虽然很近，我却从未到过岛上。只在岸边看着鱼儿向岛游去，水面上形成一行行整齐的波纹，“鱼儿排队！”我想。在梦中，我便也加入鱼儿的队伍，去探索小岛的秘密。

一晃过了几十年。这里经过了多少惊涛骇浪。我在经历了人世酸辛之余，也已踏遍燕园的每一个角落，领略了花晨月夕，四时风光。未名湖，湖光依旧。那塔，应该是未名塔了，但却从没有人这样叫它。它矗立在湖边，塔影俨然。它本是实用的水塔，建造时注意到为湖山生色，仿照了通州13层宝塔的式样。关于通州塔，有许多优美的传说故事，而这未名塔最让人难忘的，只是它投在湖水上的影子。晴天时，岸上的塔直指青天，水中的塔深延湖底，湖水一片碧绿，湖影在湖光中，檐角的小兽清晰可辨。阴雨时，黯云压着岸上的塔，水中的塔也似乎伸展不开，雨珠儿在湖面上跳落，泛起一层水汽，塔影摇曳了，散开了，一会儿又聚在一起，给人一种迷惘的感觉。雾起时，湖、塔都笼罩着一层层轻纱。雪落时，远近都覆盖着从未剪裁过的白绒毡。

月夜在湖上别有一番情调。湖西岸有一座筑有钟亭的小山，山侧有树木、草地和一条小路。月光在这儿，多少有些局促。循小路转过山角，眼前忽然一亮，只见月色照得一片通明，水面似乎比白天宽阔了许多，水波载着月光不知流向何方。但那些北岸树丛中的灯火，很快显示了湖岸的线条，透露了未名湖的秀雅风致。行近岸边，长长的柳丝摇曳着月色湖光。水的银光下是挺拔的塔影，天的银光下是挺拔的塔身。湖中心的小岛蓊蓊郁郁，显得既飘渺又实在。这地面上留住的月光和湖面上的不同。湖面上的闪烁如跃，如同乐曲中轻盈的拨弦；地面上的迷茫空灵，却似水墨画中不十分均匀的笔触。

循路东行到一座小石桥边，向右折去，是一潭与未名湖相通的水。水面不大，三面山坡，显得池水很深。山坡上树木茂密，水边石草杂置。月光从树中照进幽塘。水中反射出冷冷的光，真觉得此时应有一只白鹤从水上掠过，好为那“寒塘渡鹤影，冷月葬诗魂”的诗句做出图解。

又是清晨的散步。想是因为太早，湖畔阒寂无人，只有知了已开始一天的喧闹。我在小山与湖水之间徐行，忽然想起，这山上有埃德加·斯诺先生的遗骨，我此时并不是一个人在这里。斯诺墓已经成为未名湖畔的一个名胜古迹了。简朴的墓碑上刻着“中国人民的美国朋友”的字样。这墓地据说原是花神庙的遗址。湖边上，正在墓的迎面，有一座红色的、砖石筑成的旧庙门，那想是原来的庙门了。我想，中国的花神会好好照看我们的朋友。而朋友这个名词所表现的深厚情谊正是我们和全世界人民关系的内涵。

站在红门下向湖中的岛眺望，那白石船仍静静地停泊在原处，树木只管各自绿着。但这几年，在那浓绿中，有一个半球状的铁网样的东西赫然摆在那里，仰面向着天空。那是一架射电天文望远镜，用来接收其他星体的电波。有的朋友认为它破坏了自然的景致，我却觉得它在湖光塔影之间，显示出人类智慧的光辉。儿时的梦在我眼前浮起，我要探索的小岛的奥秘，早已由这架望远镜向宇宙公开了。

沉思了片刻，未名塔的背后已是一片朝霞。平日到这时分，湖边的人会渐渐多起来。有人跑步，有人读书，整个湖上充满了活泼的生意。这时却只有两个七八岁的学生在我旁边。他们不知从何时起，坐在岸石上，聚精会神地观察水里的鱼。我想起现在已经放暑假了，孩子才有时间清早在水边流连。

“看！鱼！鱼排队。”他们高兴地大叫大嚷，一面指着水面上整齐的一行行波纹，波纹正向小岛行去。

“骑鱼探险去吧？”我不由得笑问。

“你怎么知道？”他们冲我眨眼睛，又赶快去盯住大鱼。我不只知道这个，还知道这小岛早已不在话下，他们的梦，应该是探索宇宙的奥秘了。

我怕打扰他们，便走开了。信步来到大图书馆前。这图书馆真有北京大学的气派。四层楼顶周围镶嵌的绿琉璃瓦在朝阳的光辉里闪闪发亮，正门外有两大片草地，如同两潭清浅的池水。凸出的门廊阶下两长排美人蕉正在开放，美人蕉后是木槿树，雪青、洁白的花朵缀在枝头。馆门上高悬“北京大学图书馆”七个挺秀的大字。这里藏书320万册，有两千左右座位，还是终日座无虚席。平时，每天清晨，总有许多人在门前等候。有几次，这些年轻人别出心裁，各自放下装得鼓鼓的书包，由书包排成了长长队伍。书包虽不像鱼儿会游泳，但却引导人们在知识的活水中得到营养，一步步攀登高峰。这些年轻人中的一部分已经奔向祖国的四面八方，用学得的知识从事建设了。今后，还会有更多的年轻人来这里学习，汲取知识的活水。

这时，我虽不在未名湖畔，却想出了幅湖光塔影图。湖光、塔影，怎样画都是美的，但不要忘记在湖边大石上画出一个鼓鼓的半旧的帆布书包，书包下压着一纸我们伟大祖国的色彩绚丽的地图。

原载《人民文学》1989年第5期

在我的书房怀想上海

赵丽宏

我住在上海最热闹的淮海路，一个世纪前，这里是上海的法租界，是国中之国，城中之城。中国人的尴尬和耻辱，和那段历史联系在一起。不过，在这里生活行动的，却大多是中国人，很多人物和事件在中国近代和现代的历史中光芒闪烁。

和我的住宅几乎只是一墙之隔，有一座绛红色楼房，一座融合欧洲古典和中国近代建筑风格的小楼，孙中山曾经在这座楼房里策划他的建国方略。离我的住宅不到两百米的渔阳里，是一条窄窄的石库门弄堂，陈独秀曾经在一盏昏暗的白炽灯下编辑《新青年》。离我的住宅仅三个街区，中国共产党第一次代表大会在那里召开。从我家往西北方向走三四个街区，曾经是犹太人沙逊为自己建造的私家花园。沙逊来上海前是个籍籍无名的穷光蛋，在这个冒险家的乐园大展身手，成为一代巨贾。从我的书房往东北方向四五公里，曾经有一个犹太难民据点，二战期间，数万犹太人从德国纳粹的魔爪下逃脱，上海张开怀抱接纳了他们，使他们远离了死亡的阴影。从我书房往东几百米，有大韩民国临时政府旧址，那栋石库门小楼里，曾是流亡的韩国抗日爱国志士集聚之地。这是一个很有意思的现象，身处水火之中的上海，却慷慨接纳了来自四面八方的异乡游子。

淮海路离我的书房近在咫尺，站在走廊尽头的窗户向南望去，可以看到街边的梧桐树，可以隐约看见路上来往的行人和车辆。很自然地会想起这百年来曾在这条路上走过的各路文人，百年岁月凝缩在这条路上，仿佛能看见他们的身影从梧桐的浓荫中飘然而过。徐志摩曾陪着泰戈尔在这里散步，泰戈尔第二次来上海，就住在离这儿不远的徐志摩家中。易卜生曾坐车经过这条路，透过车窗，他看到的是一片闪烁的霓虹。罗素访问上海时，也在这条路上东张西望，被街上西方和东方交汇的风韵吸引。年轻的智利诗人聂鲁达和他的一个朋友也曾在这条路上闲逛，他们在归途中遇到了几个强盗，也遇到了更多善良热心的正人君子。数十年后他回忆那个夜晚的经历时，这样说："上海朝我们这两个来自远方的乡巴佬，张开了夜的大嘴。"我也常常想象当年在附近曾有过的作家聚会，鲁迅、茅盾、郁达夫、沈从文、巴金、叶圣陶、郑振铎，在喧闹中寻得一个僻静之地，一起谈论他们对中国前途的憧憬。康有为有时也会来这条路上转一转，他和徐悲鸿、张大千的会见，就在不远处的某个空间。张爱玲一定是这条路上的常客，这里的时尚风景和七彩人物，曾流动到她的笔下，成为那个时代的飘逸文字。

有人说，上海是一个阴柔的城市，上海的美，是女性之美。我对这样的说法并无同感。和我居住的同一街区，有京剧大师梅兰芳住过的小楼。梅兰芳演的是京剧花旦，但在我的印象中，他却是个铁骨铮铮的男子汉。全面抗战八年，梅兰芳就隐居在那栋小楼中，蓄须明志，誓死不为侵略者唱一句。从我的书房往东北走三公里，在山阴路的一条弄堂里，有鲁迅先生的故居，鲁迅在这里度过了生命的最后九年，这九年中，他写出了多少有阳刚之美的犀利文字。从我的书房往东北方向不到两公里，是昔日的游乐场大世界，当年日本侵略军占领上海武装游行，经过大世界门口时，一个青年男子口中高喊"中国万岁"，从楼顶跳下来，以身殉国，日军震愕，队伍大乱。这位壮士，名叫杨剑萍，是大世界的霓虹灯修理工。如今的上海人，有谁还记得他？从大世界再往北，在苏州河对岸，那个曾经被八百壮士坚守的四行仓库还在。再往北，是当年淞沪抗战中国军队和日本侵略军血战的沙场。再往北，是面向东海的吴淞炮台，清朝名将陈化成率领将士在那里抗击入侵英军，誓死不降……

我的书房离黄浦江有点距离。黄浦江在陆家嘴拐了个弯，使上海市区的地图上出现一个临江的直角，这样，从我的书房往东或者往南，都可以走到江畔。往东走，能走到外滩，沿着外滩一路看去，数不尽的沧桑和辉煌。外滩，如同历史留给人类的建筑纪念碑，展现了上世纪的优雅和智慧，而江对岸，浦东陆家嘴新崛起的现代高楼和巨塔，正俯瞰着对岸曲折斑斓的历史。往南走到江畔，可以看到建设中的世博会工地，代表着昔日辉煌的造船厂和钢铁厂，将成为接纳天下的博览会，这里的江两岸，会出现令世界惊奇的全新景象。一个城市的变迁，缓缓陈列在一条大江的两岸，风云涌动，波澜起伏，犹如一个背景宽广的大舞台，呈示在世人的视野中。

上海的第一条地铁，就在离我书房不到六十米的地底下。有时，坐在电脑前阖眼小憩时，似乎能听见地铁在地下呼啸而过的隐隐声响。在上海坐地铁，感觉也是奇妙的。列车在地下静静地奔驰，地面的拥挤和喧闹，仿佛被隔离在另外一个世界。如果对地铁途经的地面熟悉的话，联想就很有意思，你会想，现在，我头顶上是哪条百年老街，是哪栋大厦，是苏州河，或者是黄浦江……列车穿行在黑暗和光明之间，黑暗和光明不断地交替出现，这使人联想起这个城市曲折的历史：黑暗——光明——黑暗——

光明……令人欣喜的是，前行的列车最终总会停靠在一个光明的出口处。

不久前，我陪一位来自海外的朋友登上浦东金茂大厦的楼顶，此地距地面四百余米，俯瞰上海，给我的感觉，只能用惊心动魄这样的词汇来形容。地面上的楼房，像一片浩渺无边的森林，在大地上没有节制地蔓延生长，逶迤起伏的地平线勾勒出人的智慧，也辐射着人的欲望……我想在这高楼丛林中找到我书房的所在地，然而无迹可寻。密密麻麻的高楼，像一群着装奇异的外星人，站在人类的地盘上比赛着他们的伟岸和阔气。而我熟悉的那些千姿百态的老房子，那些曲折而亲切的小街，那些升腾着人间烟火气息的石库门弄堂，那些和悠远往事相连的建筑，已经被高楼的海洋淹没……

历史当然不会随之被湮灭。在记忆里，在遐想中，在形形色色的文字里，历史如同一条活的江河，正静静地流动。走出书房，在每一条街巷，每一栋楼宇，每一块砖石中，我都能寻找到历史的足迹。以一片落叶感受森林之幽深，以一粒沙尘感知潮汐之汹涌，我看到的是新和旧的交融和交替。我生活的这个城市，就是在这样的交融和交替中成长着。

选自散文集《时间断想》，上海文艺出版社 2007 年 11 月版

高原，我的中国色

乔　良

是东亚细亚。

东亚细亚的腹地，一派空旷辽远，触目惊心的苍黄。

亿万斯年，谁能说清从哪一刻起，不分季节、不明昼夜、不知疲倦的西风带，就开始施展它的法力？塔克拉玛干，古尔班通古特，巴丹吉林，乌兰布和……还有，腾格里。这些个神秘的荒漠呵，一股脑儿地，被那股精血旺盛到近乎粗野的雄风卷扬而起，向秦岭北麓的盆地倾压过来。

漫空里都是黄色的粉尘。

纷纷扬扬。飘飘洒洒。盆地看不见了。凹陷的大地上隆起一丘黄土。黄土越积越厚，越堆越高。积成峁，堆成梁，又堆积成一大片一大片的塬。

这就是高原。黄土高原。

极目处，四野八荒，唯有黄色，尽是黄色。黄色。黄色。连那条从巴颜喀拉的山岩间夺路而来的大河，也暴烈地流泻着一川黏稠的黄色！

浑黄的天地间，走来一个黄皮肤的老者。看不清他的面孔，听不清他的声音，只有那被黄土染成褐色的长髯在被太阳喷成紫色的浮尘中飘拂……老者身后，逶迤着长长、长长一列只在身体的隐秘处裹着兽皮的男人和女人。

一棵巨大的柏树，便在这人群中生下根来。

所有黄皮肤的男人、女人和他们的后人，都把这巨树唤作轩辕柏。它的根须像无数手指深抠进黄土，扎向地心，伸向天际，用力合抱住整个儿的高原。

始皇帝横扫六合的战车，汉高祖豪唱大风的猛士，倚在驼峰上西出阳关的商旅，打着呼哨、浑身酒气的成吉思汗的铁骑，和五千年的岁月一道，从这金子样的高原上骄傲地走过去，走过去，直到……

暮云垂落下来，低矮的天地尽头，走来一个小小的黑点。

一个军人。

他站在一架冲沟纵横、皱褶斑驳的山梁上。

天可真低。他想，一抬手准能碰到老天爷的脑门儿。

残阳把他周身涂成一色金黄。他伸出手臂，出神地欣赏着自己的皮肤。金黄的晖光从手臂上滑落下去，掉在高原上。一样的颜色。他想，我的肤色和高原一样。

豪迈的西风从长空飒然而至。他的衣襟和裤角同时低唱起喑哑而粗犷的古歌。刹那间，他获得了人与天地自然、与遥远的初民时代那种无缝无隙的交合。是一种虚空又充实、疏朗又密集、渺小又雄大的感觉。

他不禁微微一笑。

然而，只一笑，那难以言喻的快感消退了。渐渐塞满胸壑的，是无边的冷寞，莫名的苍凉。竟然没有一只飞鸟，竟然没有一丛绿草。只有我，他想。我和高原。于是他又想，这冷寞、这苍凉不仅仅属于我，还属于遗落在高原上的千年长史。

一千年。

畏惧盗寇的商贾们抛离了驼队踩出的丝绸古道。面对异族的武夫们丢弃了千里烽燧和兵刃甲胄。一路凄惶，簇拥着玉辇华盖，偏安向丰盈又富庶的南方。

南方，绿油油、软绵绵、滑腻腻的南方。没有强烈的紫外线辐射，没有漫弥天际的黄沙烟尘，没有冰，没有雪，没有能冻断狗尾巴的酷寒。有丽山秀水，丝竹管弦，有妖冶的蛾眉，婀娜的柳腰，有令人销魂的熏风、细雨……那叫人柔肠寸断的杏花春雨呵，竟把炎黄子民们孔武剽悍的魂魄和膂力一并溶化！而历史，却在某个迷茫的黄昏，被埋进深深的黄土。

有多厚的黄土，就有多厚的奥秘的高原，每一只彩陶罐、每一柄青铜剑都会讲一个先民的故事给你听的高原，沉默了。陪伴它的，是一钩千年不沉的孤月。

唉，南方，南方。

他忽然想到了西方。当黄皮肤的汉子们由于贫血而变得面色苍白时，麦哲伦高傲的船队刚刚在这颗星球上画完一圈弧线。野心勃勃的哥伦布，正携着西班牙国王致中国皇帝的国书，横渡大西洋，惊喜地打量着近在咫尺的新大陆。

真是一群好汉子。有了他们，西方才后来居上。

他感到胸口有一团东西被揪得发疼。

他看到斯文·赫定、斯坦因、华尔纳们，正把成捆的经卷盗出敦煌，正把昭陵的宝马凿下石壁，而恭立一旁的黄种汉子，手里只有一杆能把自己打倒在地的烟枪!

他想喊。

他想站到最高的那架山梁上去，对着苍茫的穹隆嘶喊：

难道华夏民族所有的武士，都走进了始皇陵兵马俑的行列?

没有风。没有声息。高原沉默着。

一块没有精壮和血性汉子的土地是悲哀的。

他想起了他那些戴着立体声耳机、抱着六弦琴横穿斑马线的兄弟们。他们全部身体瘦长，脸色煞白，像一根根垂在瓜架上的丝瓜。他们要去参加这一年中的第三百六十七次家庭舞会吧?他们的迪斯科跳得真好。他们忧郁的歌声真动人。但，他们只从银幕上见过高原和黄土。他们不知道紫外线直射进皮肤和毛孔时的滋味，更不知道那黄土堆成的高原上埋着的古中国。

可那才是中国，那才叫中国。在病榻上呻吟了八百年，又被人凌辱了二百年的，不是真正的中国。真正的中国星闪着丝绸之光、敦煌之光，修筑起长城，开凿出运河，创造了儒教、道教，融合了佛教、伊斯兰教，同化了一支支异族入侵者的中国。

真正的中国是一条好汉。

这裸着青筋、忍着傲骨的高原也是一条好汉。

他真想把那些整天价只会怨天尤人的小白脸们都带到这里来，染他一身一脸的国色——黄帝、黄河、黄土高原的本色。让他们亲近一下泥土的纯朴和漠风的豪气。

他想，要使这片贫瘠的、失血过多的土地复苏过来，需要的是更强劲的肌肉，更坚硬的骨骼，更热的黄河一般湍急的血流。需要比麦哲伦和哥伦布们还勇健的如守护始皇陵的武士俑那样的壮汉。

他想，我也该是这样的汉子。

他想，有了这些男子汉，高原，这金子似的高原便不会死去。因为轩辕柏在这里扎着一根粗大的、深邃的根茎。

这个人，这个军人，就是我。

一九八五年二月

原载《解放军文艺》1985年第2期

延安牡丹

刘成章

花瓣上的露水珠儿，含着香，常常滑落于梦中。

那花是延安牡丹。它开放在延安城西南二十公里的山谷中。地据花以起名，那儿因之被称为花原头、牡丹山或万花山。现在一般叫万花山。

八十年代初，万花山建起一座古色古香的豪华宾馆，而与宾馆只一墙之隔的，仍是原生态的陕北农村：黄漠漠的黄土山洼，碾子，柴火垛，鸡，牛，狗；婆姨揭起门帘，汉子闪闪地挑水归来，杨木担子柳木桶。

东山的糜子西山的谷。上坡坡葫芦下坡坡瓜。

豪华与朴拙的强反差中，耀眼的，撩拨心弦的，令人流连忘返的，是千朵万朵的牡丹。

我国牡丹美艳者多多，如洛阳牡丹，荷泽牡丹，巴蜀牡丹，余杭牡丹，等等。但是，延安牡丹为其始祖。而且，我敢说，哪一个也没有延安牡丹来得那么奇绝。概而言之，有八奇。

——奇一，生在延安。

生在延安怎么叫奇呢？山在水在石头在，山水石中，自有原因在了。

唐代诗人皮日休赞牡丹诗云：“落尽残红始吐芽，花名唤作百花王。竞夸天下无双艳，独占人间第一香。”他把最尖端的词汇，几乎全都献给了牡丹。

我国历代咏牡丹的诗词少说也有几千首，在那些诗词中，牡丹还被称为国色，天香，花君，花帝，等等。总之，牡丹雍容华贵，艳冠群芳。所以，牡丹历来总是植于富贵处所，如宫苑，京城，并随着宫苑和京城的迁移而流转。

而延安是一个什么地方呢？跌死山羊摔死蛇。黄风刮来遮满天。古时候被称为化外之地。本世纪三十年代，著名美国进步记者斯诺来到这里，惊出一行文字，有案可查：“人类能在这里生存，简直是一个奇迹！”

但这牡丹，却居然在这里生根，发芽，招展花枝，开得满山满谷。这难道不是奇事一桩么?

——奇二，野生。

别处的牡丹多是人工培植，而延安的牡丹全属野生。荒山野地就是它的家。

荒山野地是没有园丁的。没人锄，没人浇，也没有多少人前来观赏。与它为伍的，是荒草，是野花，是狐，是兔，以及一阵一阵的西北风。

荒山野地，鸡爪爪黄连苦豆豆根。

所以宋代文学家欧阳修在《花谱》中说：“延安牡丹与荆棘无异者也。”他概括得极为准确。

但千百年来，延安的牡丹硬是那么长着。它骨劲，心刚，有血性。

苦焦的延安！温差奇大。十年九旱。无肥。发一回山水冲一层泥。但它的牡丹酷寒挺身站，大旱不低头，就在极度贫瘠的土地上，年年开花年年艳，花香四溢。

——奇三，不交易。

我国人民特别爱花，所以牡丹自古有上市的传统。史载：南宋时余杭的牡丹，“歌叫于市，买者纷然”。唐代诗人白居易并有这样的诗句：“共道牡丹时，相随买花去。”今朝更然。

可是，开天辟地到如今，花开花落千万年，可以说，延安的牡丹，连一枝一叶都没有卖过。

鸡蛋常卖，猪羊常卖，粮食常卖，就是没有卖过牡丹。

过去是没人买，现在是舍不得卖。

这正好塑就了延安牡丹亘古以来的尊严。

延安的牡丹，就像延安人的灵魂。

——奇四，与柏树伴生。

万花山上，尽皆柏树。山顶还有一棵奇柏，叫五龙柏，若五条龙凌空翻跃，气壮山河。牡丹就长在这些柏树的根底。

柏树铁肌石躯，牡丹玉肤腻体；柏树森严，牡丹活泼；柏树阳刚，牡丹阴柔；柏树是英雄，牡丹是美人。

顶着风，遮着雨，柏树呵护着牡丹。

牡丹花开，是献给柏树的爱。

在我国的传统绘画里，为了寄寓长命富贵的意思，常把柏树和牡丹画在一起。但它们却在这儿天然地生在一起了。所以乡亲们极爱这片地方。尽管生活艰难，他们从未离开过一步。

——奇五，花好。

花朵大，有的直径竟可达到六英寸，像一个小碗。也美，花开时节，你看吧，这一枝黄，黄得像金；那一枝白，白得像银；又一枝红，红得像玛瑙，像火焰，像朝霞和晚霞，像灯笼。复瓣的，单瓣的，半透明的。枝枝缤纷灿烂，枝枝艳若蒸霞。人都觉得那花枝中，恍若闪动着仙子的脸，仙子的姿，仙子的裙。好像只要细听，就能够听到花们的娓娓细语，时而还夹带着欢愉的笑声。

它的色、香、味、韵，无不透露着信天游一样的美质。

因此之故，延安牡丹很早就声名远播，隋炀帝曾命人将其中的一些黄的移至宫苑，被称为“延安黄”。

隋炀帝是一个以淫靡奢侈而著称于世的帝王。他看中了延安的牡丹，足见延安牡丹的不同凡响。

——奇六，当柴烧。

《四库全书·关中胜迹图志》中有两处提到延安万花山的牡丹，一处云：“其地多牡丹，樵者采以供薪。”另一处云：“牡丹遍山谷，樵者采之为薪。”并云，欧阳修说的“延安牡丹与荆棘无异者也”，就是这个意思。

当然更会以柏枝为薪了。

以牡丹烧火做饭，谁曾见过？整棵的牡丹，枝头花儿朵朵，噌！噌！直往炉膛里塞！炉膛里噼噼啪啪，分不清哪是火焰，哪是花朵。做饭女子唱：“一对对喜鹊树上落，快刀子割不开你和我。”这歌，不知唱的是她的爱情，还是炉中的情景。

是暴殄天物吗？是煮鹤焚琴吗？不能说。只能说是因时因地制宜。

外国也有类似的例子。好像是巴西人吧，他们曾把海鱼作为肥料，每撒一颗玉米种子，就埋进一条鱼去。

那当然都是古往的事了，现在自然不会。现在，延安的牡丹贵重得就像金子一样，整天有人看护着，谁敢动它一指头！

不过想起古时的延安，还是觉得特别有意思。

它烟囱里升起的缕缕炊烟，含着多少奇香？它锅里做出洋芋擦擦，红豆角角熬南瓜，或者，荞面圪坨羊腥汤，是不是有如琼浆玉露？

哎，莫看延安穷山沟里穿得烂兮兮的庄户人家，千百年来他们所过的日子，不是比隋炀帝还要高出几倍么？气死那些作威作福的家伙！

虽然已经死了，再让他死上一遍！

——奇七，花旁出好女。

也许正由于上边所说的情况，整年烧火做饭的延安万花山左近的姑娘，便特别出众了：古有花木兰，近有蓝花花，她们都名扬四方。

相传替父从军的花木兰就当当出生在万花山，万花山的山顶上至今还存留着她的跑马梁。她也曾在这儿当窗理云鬓。现在人们在山下为她塑了像。

蓝花花呢，也出生在离这儿不远的村庄。她美艳照人，敢于与命运抗争，硬是盖倒了一十三省的女孩儿！

因为她们，古诗《木兰辞》和现代民歌《蓝花花》，一个接着一个脱颖而出，瑰丽了我国的艺术宝库。于是，意念中的她们更美了，花木兰的脚下踩着动听的诗韵，蓝花花的腰肢扭出美丽的旋律。

历史的天空被云彩遮住了吗？诗与歌，是风。唧唧复唧唧。青线线。蓝线线。暮宿黄河边。冒着性命往哥哥家里跑。一圪瘩云彩风吹散，她们既有牡丹的美丽，又有柏树的刚强。

——奇八，可以说是最大的一奇，它好像身怀障眼法。

战争年代在延安生活过好多年的老同志，十有八九都没见过延安的牡丹。

延安有多大？有北京的千分之一大么？但是，他们在延安生活了那么些年，却硬是浑然不知！举个例子吧，一九八六年，一位中央领导同志到延安考察，他见了万花山的牡丹，惊诧地说道：“我在延安生活了八九年，怎么连听都没听过呢！”

这真是奇而又奇的事情！

人们历来对于牡丹，都是趋之若鹜。唐代诗人刘禹锡在形容长安赏牡丹的盛况时有诗云：“唯有牡丹真国色，花开时节动京城。”

可是怪了，当年延安的花开时节，这些老革命都到哪儿去了？

去哪儿？哪儿也没去！开荒中有他们的身影，纺线中有他们的身影，整风中有他们的身影，保卫延安中有他们的身影。

但是他们为什么根本没看到延安的牡丹呢？恐怕只能有这样一个解释：时代的注意力所致。

那时候，时代的注意力完全集中在革命上了，眈眈向一，绝无他顾，全神贯注，埋头苦干，以致忽略了对美的欣赏。

怎么会呢？为什么会呢？真实吗？

凡是熟悉陕北民歌的人，不会不知道这样一首：“骑白马，挎洋枪，三哥哥吃了八路军的粮。有心回家看姑娘，打日本来顾不上！”这民歌，正好对此做了一个有力的佐证。

那是一种神奇的精神辉煌。明明是眼皮子底下的美景，却视而不见。而且不是十个人、八个人，是成千上万，是整整的一代！

时代把人们的精神都聚集到伟大神圣的事业之上去了。一杆杆红旗半空里飘。镰刀斧头老镢头，砍开大路穷人走！其他物事即使再美好，也失去了诱人的力量，也被冷落一旁。

那是一种什么样的精神啊！热血沸腾。无私奉献。前仆后继。背负着民族的希望。向前，向前，向前！

为了全国花开遍，不知延安有牡丹。

那精神，奇艳如延安牡丹！

原载《人民日报》1998 年 2 月 6 日

家在瓦窑堡

王巨才

因为母亲的病，春节一放假，便匆匆赶回陕北。

十年前调北京工作，当时最放心不下的是父母的身体。临别时再三叮嘱他们有病一定要及时去医院，千万不要硬扛；我只要有空，会常回来看看的。对我人过中年的这次调动，父亲本来就有一种无可名状的忐忑，听了后边这句话，显然以为只是出于宽慰说说而已。他泪眼迷蒙地摩挲摩挲我的头发，又弯下腰去拍打拍打我的裤腿，说，再不要给我们操心了，好好去干你的工作，远路风尘的，哪能经常回来，吃公家那碗饭不容易，由不得自己。

父亲是我到北京的第三个年头去世的。病危时我正在外地出差，飞机汽车几经辗转，又遇大雪延误，回去后竟未能见上他生前最后一面。那份追悔不已的疼痛，真是椎心泣血的感觉。

这次从北京出发，已是阴历腊月二十八，正赶上铁路第五次大提速，晚八点半乘新开通的Z19次特快，次日凌晨便到西安，下车休整半日，下午八点，又登上刚刚贯通陕南陕北的安康至神木的火车，一夜安睡，醒来已是瓦窑堡车站。

老伴不无惊喜地感叹：你说快不快？说话中就回来了，真是方便。

儿子瞟了我们一眼，见我们一脸兴奋，摇头晃脑说：少小离家老大回啊。

我故作不屑地纠正：酸臭。该是青春作伴好还乡。

而细较起来，要准确表达我此时的心境，还是杜甫老先生“即从巴峡穿巫峡，便下襄阳向洛阳”这两句诗更为贴切。

是的，这一天两夜的行程，我们一家人东拉西扯，说说笑笑，毫无旅途的焦愁和疲惫，倒是真切地体味了一把“其乐也融融”的天伦温馨。

有弟弟的引导，很快便到母亲居住的新家。我家原有三孔砖窑，前些年旧城改造时拆掉了，现在的三层板楼是城建局统一规划，公家和住户共同集资兴建的。楼房临街，高门亮窗，一字排开，足有半里路长。一层为出租的门脸儿，二、三层住人。从二楼的窗子望出去，街上车水马龙，人头攒动，卖灯笼年画的，买青菜熟食的，呼朋引类，吆五喝六，加上高分贝回旋的音响，一派喧嚣。那景象，直如一帧活化了的《清明上河图》，若不是有亲人在旁，真会让人产生今夕何夕、此身何身的迷惑。

母亲是髋骨粉碎性骨折，经三个多月的医治，正在康复中，只是还不能下地行动。见我们回来，特别是看到日夜念叨的孙子，自是乐得合不住口。拉过话，吃过饭，午觉起来，她再三催弟弟领我们到街上去转转，说可热闹啦，可时新啦，你看看就知道。见我推诿，弟弟嘿嘿一笑，说，你以为就你们北京好，瓦窑堡现在也“红洋”了，不比从前。

瓦窑堡，这个在“毛选”四卷和中共党史教材中反复提到，又在丁玲等著名作家笔下多次出现过的地方，其实只是陕北高原连绵群山无数皱褶中一个小小的县城。我上小学、中学时，全城也就万把人口。狭长的街道全用青石板砌就，也不知经过几朝几代的蹭磨，路面像涂了一层厚厚的腊油，白天晚上，总也折射着钢锭般乌青乌青的光亮。街道的两边是一眼望不到头的铺面，但除过百货公司、供销社、生产资料公司、医药公司等几家国营门市和骡马大店、大众食堂外，多数已改作民居。城中心的中山门前，另有几家卖凉粉、煎饼、碗饦和油茶、枣糕的，据说“文革”中都以无正当职业为由迁返农村了。总之，除非是到了“六月六，新麦子馍馍熬羊肉”的农闲季节，或是八月十五、春节等几个大的节庆，平常的日子，这古旧的县城就像上了年岁的老人，在岁月的风尘里满脸沧桑，显得格外落寞、冷清。

街道就在楼下。由于行人拥挤，从西头到东头，又绕到县河对岸新建的“农民街”和农贸市场，整整转了两个钟头。经过的商号店铺，至少要有四五百家。弟弟说，这大多是由进城的农民经营的，要不农村怎能那么富。也有从江浙一带和内蒙山西来的，全城流动人口有 4 万多，加上有常住户口的，近 7 万，听说过两年就要申报县级市。

令人惊叹和赞赏不已的，是那些店铺新颖气派的名号和美观醒目的招牌。我留意了一下，我家对面的几户，就依次是：中山摄影工作室、丰采日化城、安徽黄山名茶、国威电器、中山移动通讯、家庭用品批发城、金龙超市、陕西金源房地产开发有限公司，等等。端详着这些五颜六色、目不暇接的牌匾，我一时恍如置身疾驰而过的岁月激流和蓬勃涌来的时代风云，心潮澎湃，激动不已。及至回过神来，眼角竟有些潮湿。

入夜便是除夕。家家户户的“火塔”一片通红，鞭炮声震耳欲聋。街上的彩灯和高处的灯笼交相辉映，亮如白昼。吃过年夜饭，又陪老太太打几圈麻将，大家都渐有倦意，陆续睡去。而我和弟弟谈兴尚浓，便到隔壁房间里继续拉话。

谈起光景，弟弟说，还可以。杂七杂八加起来每月总有六千来块钱的进项。

我说，那你收入比我高。

这我承认，生活是不成问题。弟弟说，但你不想想，我们受的什么苦（受苦，即劳动），你们受的什么苦？

弟弟在延长油矿下属的子长油田工作，开油罐车。据他讲，油田去年计划产油23万吨，经过苦打硬拼，年底一举突破25万吨。整个油矿的原油产量，去年达到230万吨。你算算，这230万吨原油销售收入就是50多个亿，税利相加，也有20多亿。这几年延安地区财政收入能到30多亿，我们有多大贡献。

弟弟是以能说会道、精明过人出了名的。他讲的这一排数字，倒又让我大感惊异。我在延安工作20年，1988年调离时，全区原油产量也就70多万吨，财政收入地方本级不到3亿。十多年时间，能有这样大的跨越，确是我始料未及的。这中间，“决定的因素”，难道仅仅是人为的努力，即弟弟所说的“受苦”么？

这一夜，我久久无法入睡。躺在床上，脑海里总是不断回旋着那句非常流行的歌词：“只要你过得比我好。”

看着身旁酣然沉睡的弟弟，我打心眼里虔诚地为他祝福：

真的，弟弟，我真希望你过得比我好；也希望家乡父老都像你一样，过得比我好！

大年初一，我是被一阵激越的唢呐吹奏声从睡梦中震醒的。按家乡的习俗，今天是不该出门的，只有过了初二,四邻八乡的人们才会络绎进城，走亲戚，闹秧歌，今年这是怎么了，这么早就上街？

正寻思间，听见老伴在隔壁房间呐喊：快起床吧，热闹极了，新鲜极了，亏你能睡得着！

走过去一看，一家人正围坐在窗前，对着街上的景致，指指划划，评头论足。

原来，这是一幕幕连续不断的“婚礼进行曲”。一家的迎送队伍刚过去，另一家接踵而来。队伍的前头，照例是乐队，除传统的“响器”外，还增加了电子吉他、萨克斯管等“西洋家伙”，曲牌有古老的《将军令》《大摆队》，也有时兴的《达坂城的姑娘》《我爱你中国》等。见围观的人多，各家乐队都在暗中较劲，吹奏十分卖力，悠扬的曲调，欢快的节奏，出神入化，嘹亮和谐，在我看来水平绝不比电视舞台上所看到的差。新娘大多披戴长裙曳地的婚纱，也有着丝绸唐装的。新郎则一律西装革履，一个个潇洒英俊，神采飞扬。队伍的后边，是用气球和红绸装扮过的车队，小轿车数量不等，座位大多空着，工具车上则满载冰箱、彩电、立柜、摩托、被褥等生活用品，在在显示着各家的实力和对婚事的重视。队伍行进中，不断有人向空中抛洒彩色纸屑，五颜六色的花雨在和煦的阳光中纷纷扬扬，飘飘而下，极力渲染着婚礼的祥和、喜庆。

弟弟说，今天日子好，城里办喜事的有二十来家。年前家电脱销，现在又把婚庆公司忙坏了。忙是忙，也大捞一把，赚美了。

母亲耳背。按儿子的说法，她只管神情专注地“检阅”着街上的人流。在偶尔回头呼应大家的欢声笑语的刹那间，我发现，她的笑容竟是那样灿烂、生动，几个月来难熬的病疼折磨、几十年艰辛的家务操劳写在她脸上的愁云不见一丝踪影，定格下来的，只是这迷人的、极富感染力的笑意。

最欣赏母亲的，当然是儿子。他在奶奶身边长大，上小学时才跟我们到延安，对老人家格外崇拜，亲昵。这时见他一手搂着奶奶的肩膀，一手指着窗外，大声哄逗：老太太，好不好？

母亲先是茫然，随即会意。连说好，好。

文明不文明？

文明。说这两个字时，多少显得生涩。

大家便使劲哄笑。

儿子又问：满意不满意？

满意。迟疑了一下，又说，也不甚满意。

众人一怔。

太铺排了，太“能艳”（招摇）了。有钱，也不能这么糟蹋。母亲说，你看现在的年轻人，是疯了还是魔了，好好的头发，硬要染得花里胡哨，见天儿成伙结队的，不是打架，就是赌博，也没人管管。

见要扯开话头，弟弟“果断制止”：行了行了，您尽报忧不报喜，老脑筋不改！

什么喜哩忧哩？母亲显然要争辩：从前的社会……

儿子显然以奶奶高水平的发言深为自豪，一边向大家挤弄着眼睛，却反过来加入“大批判”：

老太太，二爸说得对，要与时俱进哩，记住老邓的话：发展是硬道理。

又是一轮轰然大笑。

这个春节，全家人就是在这种欢快舒心的气氛中度过的。临走时，弟弟特地叮咛，以后不要再往家里捎东西了，现在什么买不到，北京有的，瓦窑堡应有尽有。而母亲只是一句话：

抽空儿就回来，北京有什么好待的！

原载《都市美文》2004 年 7 月 30 日

画山绣水

杨　朔

自从唐人写了一句“桂林山水甲天下”的诗，多有人把它当作品评山水的论断。殊不知原诗只是出力烘衬桂林山水的妙处，并非要褒贬天下山水。本来天下山水各有各的特殊风致，桂林山水那种清奇峭拔的神态，自然是绝世少有的。

尤其是从桂林到阳朔，一百六十里漓江水路，满眼画山绣水，更是大自然的千古杰作。瞧瞧那漓水，碧绿碧绿的，绿得像最醇的青梅名酒，看一眼也叫人心醉。再瞧瞧那沿江攒聚的怪石奇峰，峰峰都是瘦骨嶙嶙的，却又那样玲珑剔透，千奇百怪，有的像大象在江边饮水，有的像天马腾空欲飞，随着你的想象，可以变幻成各种各样神奇的物件：这种奇景，古往今来，不知有多少诗人画师，想要用诗句、用彩笔描绘出来，到底谁又能措绘得出那山水的精髓?

凭着我一支钝笔，更无法替山水传神，原谅我不在这方面多费笔墨。有点东西却特别触动我的心灵。我也算游历过不少名山大川，从来却没见过一座山，这样凝结着劳动人民的生活感情；没有过一条水，这样泛滥着劳动人民的智慧的想象。只有桂林山水。

如果你不嫌烦，且请闭上眼，随我从桂林到阳朔去神游一番，看个究竟。最好是坐一只竹篷小船，正是顺水，船稳，舱里又眼亮，一路山光水色，紧围着你。假使你的眼福好，赶上天气晴朗，水面平得像玻璃，满江就会画着一片一片淡墨色的山影，晕乎乎的，使人恍惚沉进最恬静的梦境里去。

这种梦境往往要被顽皮的鱼鹰搅破的。江面上不断漂着灵巧的小竹筏子，老渔翁戴着尖顶竹笠，安闲地倚着鱼篓抽烟。竹筏子的梢上停着几只鱼鹰，神气有点迟钝，忽然间会变得异常机灵，抖着翅膀扑进水里去，山影一时都搅碎了。一转眼，鱼鹰又浮出水面，长嘴里咬着条银色细鳞的鲢子鱼，咕嘟地吞下去。这时渔翁站起身伸出竹篙，挑上鱼鹰，一捏它的长脖子，那鱼便吐进竹篓里去。你也许会想：鱼鹰真乖，竟不把鱼吞进肚子里去，不是不吞，是它脖子上套了个环儿，吞不下去。

可是你千万不能一味贪看这类有趣的事儿，怠慢了眼前的船家。他们才是漓江上生活的宝库，那船家或许是位手脚健壮的壮族妇女，或许是位两鬓花白的老人。不管是谁，心胸里都贮藏着无数迷人的故事，好似地下的一股暗水，只要戳个小洞，就要喷溅出来。

你不妨这样问一句：“这一带的山真绝啊，都有个名儿没有？”那船家准会说：“怎么没有？每个名儿还都有来历呢。”

这以后，横竖是下水船，比较消闲，热心肠的船家必然会指点着江山，一路告诉你那些山的来历：什么象鼻山、斗鸡山、磨米山、螺蛳山……大半是由山的形状得到名字。譬如磨米山头有块岩石，一看就是个勤劳的妇女歪着身子在磨米，十分逼真。有的山不但象形，还流传着色彩极浓的神话故事。

迎面来了另一座怪山，临江是极陡的悬崖，船家说那叫父子岩。悬崖上不见近似人的形象，为什么叫父子岩，就难懂了。你耐心点，且听船家说吧。

船家轻轻摇着橹，会告诉你说：古时候有父子二人，姓龙，手艺巧，最会造船，造的船装得多，走起来跟箭一样快。不料叫圩子上一个万员外看中了，死逼着龙家父子连夜替他赶造一条大船，准备把当地粮米都搜刮起来，到合浦去换珠子，好献给皇帝买官做。粮米运空了，岂不要闹饥荒，饿死人么？龙家父子不肯干，藏到这儿的岩洞里，又缺吃的，最后饿死了。父子岩就这样得了名，到如今大家还记得他们的义气……前面再走一段水路，下几个险滩，快到寡婆桥了，也有个故事……

究竟从哪年哪代传下来这么多故事，谁也说不清。反正都说早年有这样个善心的老婆婆，多年守寡，靠着种地打草鞋，一辈子积攒几个钱。她见来往行人从江边过，山路险，艰难得很，便拿出钱，请人贴着江边修一座桥。修着修着，一发山水，冲垮了，几年也修不成。可巧歌仙刘三姐路过这儿，敬重寡婆婆心地善良，就亲自参加砌桥，一面唱歌，唱得人们忘记疲乏，一鼓气把桥修起来。刘三姐展开歌扇，扇了几扇，那桥一眨眼变成石头的，永久也不坏。

前边那不就是寡婆桥？你看临江拱起一道石岩，下头排着几个岩洞，乍一看，真像桥呢。岩上长满绿盈盈的桉树、杉树、凤尾竹，清风一吹，萧萧飒飒的，想是刘三姐留下的袅袅的歌音吧？

船到这儿，渐渐接近阳朔境界，江上的景色越发奇丽。两岸都是悬崖峭壁，累累垂垂的石乳一直浸到江水里去，像莲花，像海棠叶儿，像一挂一挂的葡萄，也像仙人骑鹤，乐手吹箫……说不定你忘记自己是在漓江上了呢！觉得自己好像走进一座极珍贵的美术馆，到处陈列着精美无比的石头雕刻。可不是嘛，右首山顶那块石头，简直是个妙手雕成的石人，穿着长袍，正在侧着头往北瞭望。下边有个妇人，背着娃娃，叫作望夫石。不待你问，船家又该对你说了：早年闹灾荒，有一对夫妇带着小孩，背着点米，往桂林逃荒。逃到这里，米完了，孩子饿得哭，哭得夫妇心里像刀绞似的。丈夫便爬上山顶，想瞭望瞭望桂林还有多远，妻子又从下边望着丈夫。刚巧在这一刻，一家人都死了，化成石头。这是个神话，却又是多么痛苦的事实。

江山再美，谁知道曾经洒过多少劳动人民斑斑点点的血泪。假如你听见船家谈起媳妇娘岩的事情，你更能懂得我的意思。媳妇娘岩是阳朔境内风景绝妙的一处，杂乱的岩石当中藏着个洞，黑黝黝的，洞里是一潭深水。

船家指点着山岩，往往叹息着说：“多可怜的媳妇娘啊！正当好年龄，长得又俊，已经把终身许给自己心爱的情郎了，谁料想一家大财主仗势欺人，强逼着要娶她。那姑娘坐在花轿里，思前想后，赶走到岩石跟前，她叫花轿停下，要到岩石当中去拜神。一去，就跳到岩洞里了。”

到这儿，你兴许会说：“这都是以往的旧事了，现在生活变了样儿，山也应该改改名儿，别尽说这类阴惨惨的故事才好。”

为什么要改名儿呢？就让这极美的江山，永久刻下千百年来我们人民艰难苦恨的生活吧，这是值得引起我们的深思的。今后呢，人民在崭新的生活里，一定会随着桂林山水千奇百怪的形态，展开他们丰富的想象，创造出新的神话、新的故事。你等着听吧。

1961 年

原载《人民文学》1961 年第 12 期

可贵的山茶花

邓　拓

我生平最喜欢山茶花。前年冬末春初卧病期间，幸亏有一盆盛开的浅红色的“杨妃山茶”摆在床边，朝夕相对，颇慰寂寥。有一个早上，突然发现一朵鲜艳的花儿被碰掉了，心里觉得很可惜。我把她拾起来，放在原来的花枝上，借着周围的花叶把她托住。经过了二十天的时间，她还没有凋谢。这是多么强烈的生命力啊！当时我写了一首小诗，称颂这朵山茶花：

红粉凝霜碧玉丛，
淡妆浅笑对东风。
此生愿伴春长在，
断骨留魂证苦衷。

她的粉红色花瓢，又嫩又润，恍惚是脂粉凝成的；衬着绿油油的叶子，又厚又有光泽，好像是用碧玉雕成的；一株小树能开许多花朵，前后开花的时间，可以连续两个月。她似乎在严寒的季节，就已经预示了春天的到来，而在东风吹遍大地的时候，她更加不愿离去，即便枝折花落，她仍然不肯凋谢，始终要把她的生命献给美丽的春光。这样坚贞优美的性格，怎能不令人感动啊！

今年春节，我有机会在云南的昆明和大理等地，看到各色各样的山茶花。特别是在大理，不但所有的公共场所都遍栽山茶花，而且许多居民的庭院中也尽是山茶花。在这个古老的小县城里，春节前夕的街头，到处摆满了小摊，出售野生的山茶花。我当时看到这番情景，马上产生一个强烈的印象，觉得这个小巧玲珑的古城，把它叫做“茶花城”，一点也不过分。美丽的山茶花，使这里的山水人物，全都变得那么娇艳可爱了。仰望苍山，俯瞰洱海，听着五朵金花公社的歌声，看着金花银花姐妹们热情的笑脸，人们的生活更显得丰富而美满，如诗如画，永不凋谢，永远繁荣！

这样美丽的山茶花乃是我国西南地区的特产，而以云南、四川为最。明代的王世懋，在他的著作《学圃杂疏》的“花疏”中写道：

> 吾地山茶重宝珠。有一种花大而心繁者，以蜀茶称，然其色类殷红。尝闻人言，滇中绝胜。余官莆中，见士大夫家皆种蜀茶，花数千朵，色鲜红，作密瓣，其大如杯。云：种自林中丞蜀中得来，性特畏寒，又不喜盆栽。余得一株，长七八尺，舁归，植淡园中，作屋幕于隆冬，春时撤去。蕊多辄摘却，仅留二三花，更大绝，为余兄所赏。后当过枝，广传其种，亦花中宝也。

王世懋是江苏太仓人，为明代著名诗人王世贞的弟弟。从他的这一节记载中，我们可以看出，明代嘉靖年间，江苏等地的山茶花，大概都由四川和云南移植过去的。王世懋在书中还介绍了黄山茶、白山茶、红白茶梅、杨妃山茶等许多品种。在他以前，到明代万历年间，王象晋写了一部《群芳谱》，其中对山茶花又作了详细的介绍：

> 山茶一名曼陀罗，树高者丈余，低者二三尺，枝干交加。叶似木樨，硬有棱，稍厚；中阔寸余，两头尖，长三寸许；面深绿，光滑；背浅绿，终冬不脱。以叶类茶，又可作饮，故得茶名，花有数种，十月开至二月。有鹤顶花，大如莲，红如血，中心塞满如鹤顶，来自云南，曰滇茶玛瑙茶，红黄白粉为心，大红为盘，产自温州。宝珠茶，千叶攒簇，色深少态。杨妃茶，单叶，花开早，桃红色，焦萼。白似宝珠，宝珠而蕊白，九月开花，清香可爱。正宫粉、赛宫粉，皆粉红色。石榴茶，中有碎花。海榴茶，青蒂而小。菜榴茶、踯躅茶、类山踯躅。真珠茶、串珠茶，粉红色。又有云茶、磬口茶、茉莉茶、一捻红、照殿红。

在这里介绍了许多种山茶花的名目和特点，很有参考价值。但是，他说山茶又叫做曼陀罗，后来其他作者也这么说，这一点我却有另外的解释。曼陀罗显然是梵语的译音，并非我国原有的名称。而山茶花的原产地的确是我们中国，所以介绍她的本名只能用中国原有的名称，而不应该采用外来的名称。

唐代段成式的《酉阳杂俎》，早已肯定了山茶花的名称和基本特征。他说：“山茶，叶似茶树，高者丈余，花大盈寸，色如绯，十二月开。”到了宋代，范成大在《桂海虞衡志》中，更把山茶花分为南北两大类，一类是以当时的中原，即所谓中州所产的为代表；另一类则是南山茶，就是我们现在所说的云南四川等地的山茶花。估计自古迄今南北各地山茶花的种类，总在一百种上下。正如明代的李时珍在《本草纲目》中所说的：“山茶之名，不可胜数。”这就好比菊花的名目一样，随着人工栽培技术的不断进步，她们的花色品种也必然会越来越多。李时珍在《本草纲目》中还介绍了山茶花的许多用途和医药价值。这就证明，她不但可供人们欣赏，而且是人们养生祛病的良友啊！

虽然，最珍贵的山茶花品种，目前还只能在南方温暖的地带有繁殖的条件。但是也可以断定，只要培植得法，她同样可以适应北方的气候和土壤，而逐渐繁殖起来，只要条件适宜，山茶花的寿命可以延续很久。据明代隆庆年间冯时可写的《滇中茶花记》所说：“茶花最甲海内，……寿经三四百年尚如新植。”看来在我国南北各地，如果经过植物学家和园艺技师的共同研究，完全有可能把昆明、大理等处最好的山茶花品种，普遍移植，绝无问题。这比起在欧洲、美洲各国种植山茶花，条件要好得多了。人们都知道，法国人加梅尔，在十七世纪的时候，曾将中国的山茶花移植到欧洲，后来又移植到美洲。难道我们要在国内其他地区移植还不比他们更容易？

但是，无论天南海北的人，每当欣赏山茶花的时候，都不应该忘记她还有一段动人的传说。这是流传在云南白族人民中的一个神话故事。它告诉我们：古代有个魔王，嫉恨人间美满的生活，他用魔法把大地变成一片惨白的世界，不让有红花绿叶留在人间。但是，人们是爱惜自己的美好生活的。一位白族的少女，毅然决然地献出了不朽的青春，献出了宝贵的生命，用自己的鲜血，重新染红了山茶花，用自己的胆汁重新染绿了花叶，从那以后，山茶花才更加娇艳地出现在大地上。

怪不得历来有无数的诗人，写了无数的诗篇，一致赞赏山茶花的高贵品质。

这里应该首先提到宋代苏东坡歌咏山茶花的一首七绝。他写道：

山茶相对阿谁栽？
细雨无人我独来。
说似与君君不会，

烂红如火雪中开。

宋代另一个著名诗人范成大，也写了许多赞美山茶花的诗，其中有一首绝句是：

折得瑶华付与谁？
人间铅粉弄妆迟。
直须远寄骖鸾客，
鬓脚飘飘可一枝！

特别应该记住，爱国诗人陆放翁，因为看到花园里有“山茶一树，自冬至清明后，著花不已”，曾经写了两首绝句，大加赞扬：

东园三日雨兼风，
桃李飘零扫地空。
惟有小茶偏耐久，
绿丛又放数枝红。

雪里开花到春晚，
世间耐久孰如君？
凭栏叹息无人会，
三十年前宴海云。

在宋代的诗人中，就连曾子固这个素来被认为不会写诗的人，也都写过几首诗，尽情歌唱山茶花的秀艳和高尚的性格。曾子固的诗中有些句子也很动人。比如，他说：“为怜劲意似松柏，欲攀更惜长依依。”他把山茶花和松柏相比，可算得估价极高了。

后来元、明、清各个朝代都有许多著名的诗人和画家，用他们的笔墨和丹青，尽情地描绘这美丽的山茶花。如今，我们生活在东风吹遍大地的新时代，我们要让人民过着日益美满幸福的生活，我们对于如此美丽而高贵的山茶花，怎么能不加倍地珍爱呢！

原载《文苑》2007年第6期

洱海一枝春

曹靖华

大理好。

洱海，这面光洁的梳妆镜，南北长百里，东西宽十余里，就放在它前面。苍山，这扇彩色锦屏，高达八里，宽百余里，就竖在它背后。

苍山十九峰，自北而南，宛如十九位仙女，比肩并坐，相偎相依，好像在对镜理妆，凝视洱海；又好像在顾盼着苍山下，洱海边终年盛开的繁花，默默欣赏。

山巅白雪皑皑，好似一条又细又白的纱巾，披在头顶，显得分外洒脱。

大理，好一幅风景画。

大理，好一首抒情诗。

大理，这神话之乡，处处皆神话。

任你走到哪儿，谁都会津津有味地指点着告诉你：

这是蛇骨塔。传说从前洱海出现了一条怪蟒，兴风作浪，吞食人畜，常用尾巴堵住洱海出口，海水泛滥，淹没田舍。这一带人民可遭殃了。大理石匠段赤城，决心为民除害。他手执宝剑，身捆钢刀，纵身入海，与蟒搏斗，被蟒吞入腹中。他在蟒肚里滚来滚去，用钢刀将蟒刺死，自己也身葬蟒腹。人民将蟒捞出，破开肚子，把段赤城起出来，把蟒烧成灰，拌入泥中，在苍山马耳峰下，修了这座塔来纪念他。

这就是蝴蝶泉呀！据说当年泉边住着一户人家，有一个姑娘，长得可美呢！姑娘有副好心肠，她爱上了一个年青樵夫。国王听说姑娘长得好，就把她抢到宫里。樵夫深夜把她救出来，国王派人追到泉边，二人知无可逃，就投泉而死，化为蝴蝶，双双飞去……

瞧，那就是苍山玉局峰！“望夫云”就出现在玉局峰上的天空呢！据说从前大理南诏王有位公主，心肠好，长相美。她爱上一个年青的穷猎人，一块逃到玉局峰上的岩洞里。国王大怒，就请法师把猎人打死在洱海里，变为石骡。公主日夜想念，不久也就死去，化为一朵白云，出现在玉局峰上，像在探望似的。这朵云一出现，洱海上就狂风大作，白浪掀天，直到吹开海水，露出石骡，才风息云散呢。

这是……

瞧，那就是……

啊，只要你有情致听，这儿的故事真比《天方夜谭》还多呢！纵让说上一千零一夜，也未见得能说完！不论谁到这儿，都会恍如置身神话境界，禁不住从心坎里发出赞叹：大理好。

可是，更好的是大理人。他们正依着党的蓝图，创造着比神话还好的现实呢！

一个临别晚会上，大理白族自治州文艺单位的几位同志们，和我们聚在一起，畅聊起来。她们都像暴雨之后，洱海猛涨，海水来不及倾泻一样，那汹涌激荡、倾吐不及的千言万语，一齐涌上心头，都争着说：

“我们大理可好着呢！你喜欢我们的‘风花雪月’吗？我们这儿流行着这样的……啊！怎么说呢，也可算是咏大理的四景吧：

下关风，上关花，
下关风吹上关花。
苍山雪，洱海月，
洱海月照苍山雪。

来去匆匆，怎能品出‘风花雪月’的味儿呢？”

于是有的同志说大理含蓄得很，不让客人到此一览无余。有的说大理是一篇好文章，越读越耐人寻味。有的说大理是杯醇酒，芬芳馥郁的味儿，一猛尝不出来。最后都说：

“再来吧，下次再来。可别忘记我们的风花雪月呀！下次再来，我们准备在‘花前月下’，陪你乘下关风，破洱海浪，游我们洱海的水晶宫，在我们自治州的水晶宫里表演……”

我连忙笑着插道：

“那时你们可再不能像刚才那样，表演《新媳妇走娘家》了，那是水晶宫呀。”

一阵笑声过后，就都又抢着说：

“怎么呢，那时我们就表演《仙女遨游水晶宫》吧。不过，伴奏的将不是我们的乐队，而是下关风。风声所至，万籁齐鸣。这是我们水晶宫里的交响乐。我们将在洱海月、苍山雪的清辉交映中，翩翩起舞。咱们将在水晶宫里共餐洱海月映照的苍山雪吧，那才别有情趣呢！……”

风花雪月……

大理，它美，美得别致、有情趣。

大理风，不，应该说是下关风吧，确实了不起。我一到这儿就领略到了。我住在楼上，窗子又正对风口，每夜狂风大作，龙吟虎啸，屋瓦齐鸣。真比黄山玉屏楼、狮子林的风还要猛烈。大风一起，我就想这大概又是望夫云想看石骡了。风声之大，耸人听闻。原来下关地当洱海入漾濞江的出口，江水由苍山十九峰最南的斜阳峰下的山谷中，夺峡而出，直奔下游的澜沧江去。这又深又窄的峡谷，是个大风口，正对着大理平川的下关。所以，劲风阵阵，呼啸而来。其来也，如钱塘怒潮，万马奔腾，地动天摇。多少弱不禁风的人，都会闻风色变呢！

大理的花，也别有风骨。狂风中，尽管它的枝叶身干，随风俯仰，而花苞却睥睨一切，迎风怒放。

大理繁花如锦，真是“花花世界”。大理人也别有情趣，有福气。他们爱花、养花，几乎成了风习。尤其白族同胞，几乎家家院内是繁花，户户门外有清流。他们把花当作美好生活的一部分。好花还须绿叶衬，这翡翠般的绿叶，正衬托着他们那社会主义的幸福的“生活之花”呢。

大理的花又多又好。尤其是茶花，如果说云南茶花甲天下，那么，大理茶花就该是盖云南了。

茶花品种之多，达七十余种。什么蝶翅、大紫袍、雪狮子、大玛瑙、童子面、恨天高……啊，不是记忆力好的园艺家，谁能记得清它们的称号，辨得出它们的容颜呢！ 花朵之大，有直径达七寸者。颜色有紫、有白、有粉、有红……接枝后，一株树上可开出数千朵五彩缤纷的花朵来。丽江还有上千年的万朵茶呢。尤其是大红的茶花，老远就把人的眼睛、人的心魂都吸住了。盛开时，火焰般的满树通红。假使孙悟空再现，定以为这儿是火焰山了。至于下关风啊，他会认为这是铁扇公主扇起来的呢！而“恨天高”这称号，是否也因它想同齐天大圣比高低，待长得不能高与天齐时，才恨天高呢！ 总之，这儿是不应死板地用一般现实主义的眼睛，来对待这神话之乡的一切吧。而今，党给这儿的人插上了翅膀，他们都在共产主义的远大理想中，展翅翱翔呢！

岂但茶花而已，杜鹃也出色，品种多、花朵大、颜色鲜。有红、白、粉、黄……尤其是黄杜鹃，倍加别致。

岂但杜鹃而已，梅花也与众不同。有红梅、白梅、朱砂梅……更别致的怕是绿梅了。满树绿苞，比翡翠嵌镶的还逗人呢！

岂但梅花而已……

大理花好。可是更好的是洱海一枝春。它比茶花艳，比杜鹃娇，比绿梅清秀，比任何花都出色。这是近年来党的甘霖滋养的，大理人民喜爱的一枝花。它已经显露出大理人民的艺术的春天。它，大理白族自治州歌舞团，洋溢着青春的活力。据我们看过的一些演出，都别具地方色彩，民族风趣。鲁迅先生说："有地方色彩的，倒容易成为世界的，即为别国所注意。打出世界去，即于中国之活动有利。"洱海一枝春啊，望你在人民的土壤中，在党的春风化雨中，不断成长、壮大；在自治州、全省、全国艺苑中，开出挺拔绚烂的花朵，最后，如鲁迅先生所说"打出世界去"，替祖国艺苑更添几许春色吧！

1962年1月中旬于大理

原载《人民文学》1962年第4期

澜沧江边的蝴蝶会（节选）

冯　牧

我在西双版纳的美妙如画的土地上，幸运地遇到了一次真正的蝴蝶会。

很多人都听说过云南大理的蝴蝶泉和蝴蝶会的故事，也读过不少关于蝴蝶会的奇妙景象的文字记载。从明朝万历年间的《大理志》到近年来报刊上刊载的报道，我们都读到过关于这个反映了美丽的云南边疆的独特自然风光的具体描述。关于蝴蝶会的文字记载，由来已久。据我所知道的，第一个细致而准确地描绘了蝴蝶会的奇景的，恐怕要算是明朝末年的徐霞客了，在三百多年前，这位卓越的旅行家就不但为我们真实地描写了蝴蝶群集的奇特景象，并且还详尽地描写了蝴蝶泉周围的自然环境。他这样写着：

> “……山麓有树大合抱，倚崖而耸立，下有泉，东向漱根窍而出，清洌可鉴。稍东，其下又有一小树，仍有一小泉，亦漱根而出，二泉汇为方丈之沼，即所溯之上流也。泉上大树，当四月初，即发花如蛱蝶，须翅栩然，与生蝶无异；又有真蝶千万，连须钩足，自树巅倒悬而下，及于泉面，缤纷络绎，五色焕然。”

这是一幅多么令人目眩神迷而又美妙奇丽的景象！无怪乎许多来到大理的旅客都要设法去观赏一下这个人间奇观了。但可惜的是，胜景难逢，由于某种我们至今还不清楚的自然规律，每年蝴蝶会的时间总是十分短促并且是时有变化的；而交通的阻隔，又使得有机会到大理去游览的人，总是难于恰巧在那个时间准确无误地来到蝴蝶泉边。就是徐霞客也没有亲眼看到真正的蝴蝶会的盛况；他晚去了几天，花朵已经凋谢，使他只能折下一枝蝶树的标本，惆怅而去。他的关于蝴蝶会的描写，大半是根据一些亲历者的转述而记载下来的。

我在七八年前也探访过一次蝴蝶泉。我也去晚了。但我并没有像徐霞客那样怅然而返。我还是看到了成百的蝴蝶在集会。在一泓清澈如镜的泉水上央，环绕着一株枝叶婆娑的大树，一群色彩缤纷的蝴蝶正在翩翩飞舞，映着水潭中映出的倒影，确实是使人感到一种超乎常态的美丽。

以后，我遇见过不少曾经专程探访过蝴蝴泉的人。只有个别的人有幸看到了真正的蝴蝶盛会。但是，根据他们的描述，比起记载中和传说中所描述的景象来，已经是大为逊色了。

其实，这是毫不足怪的。随着公路的畅通，游人的频至，附近的荒山僻野的开拓，蝴蝶泉边蝴蝶的日渐减少，本来是完全符合自然发展规律的。而且，如果我们揭开关于蝴蝶会的那层富有神话色彩的传说的帷幕，我们便会发现：像蝴蝶群集这类罕见的景象，其实只不过是一定的自然环境的产物；而且有些书籍中也分明记载着，所谓蝴蝶会，并不是大理蝴蝶泉所独有的自然风光，而是在云南的其他地方也曾经出现过的一种自然现象。比如，在清人张泓所写的一本笔记《滇南新语》中，就记载了昆明城里的圆通山（就是现在的圆通公园）的蝴蝶会，书中这样写道：

“每岁孟夏，蛱蝶千百万会飞此山，屋树岩壑皆满，有大如轮，小于钱者，翩翻随风，缤纷五彩，锦色烂然，集必三日始去究不知其去来之何从也。余目睹其呈奇不爽者盖两载。”

张泓是乾隆年间人，他自然无法用科学道理来解释他在昆明看到的奇特景象；同时，由于时旷日远，现在住在昆明的人恐怕也很少有人听说过在昆明城里有过这种自然界的奇观。但是，张泓关于蝴蝶会的绘影绘色的描写，却无意中为我们印证了一件事情：蝴蝶的集会并不只是大理蝴蝶泉所独有的现象，而是属于一种云南的特殊自然环境所特有的自然现象，属于一种气候温煦、植物繁茂、土地肥腴的自然境界的产物。由此，我便得出了这样一个设想：即使是大理的蝴蝶逐渐减少了（正如历史上的昆明一样），在整个云南边疆的风光明丽的锦绣大地上，在蝴蝶泉以外的别的地方，我们一定也不难找到如蝴蝶泉这样的诗情浓郁的所在的。

这个设想，被我不久以前在西双版纳旅途中的一次意外的奇遇所证实了。

由于一种可遇而不可求的机会，我看到了一次真正的蝴蝶会，一次完全可以和徐霞客所描述的蝴蝶泉相媲美的蝴蝶会。

西双版纳的气候是四季长春的。在那里你永远看不到植物凋敝的景象。但是，即使如此，春天在那里也仍然是最美好的季节。就在这样的季节里，在傣族的泼水节的前夕，我们来到了被称为西双版纳的一颗“绿宝石”的橄榄坝。

在这以前，人们曾经对我说：谁要是没有到过橄榄坝，谁就等于没有看到真正的西双版纳。当我们刚刚从澜沧江的小船踏上这片密密地覆盖着浓绿的植物层的土地时，我马上就深深地感觉到，这些话是丝毫也不夸张的。我们好像来到了一个天然的巨大的热带花园里。到处都是一片浓荫匝地，繁花似锦。到处都是一片蓬勃的生气：鸟类在永不休止地鸣啭；在棕褐色的沃土上，各种植物好像是在拥挤着、争抢着向上生长。行走在村寨之间的小径上，就好像是行走在精心培植起来的公园林荫路上一样，只有从浓密的叶隙中间，才能偶尔看到烈日的点点金光。我们沿着澜沧江边的一连串村寨进行了一次远足旅行。

我们的访问终点，是背倚着江岸、紧密相连的两个村寨——曼厅和曼扎。当我们刚刚走上江边的密林小径时，我就发现，这里的每一块土地，每一段路程，每一片丛林，都是那样地充满了秾丽的热带风光，都足以构成一幅色彩斑斓的绝妙风景画面。我们经过了好几个隐藏在密林深处的村寨，只有在注意寻找时，才能从树丛中发现那些美丽精巧的傣族竹楼。这里的村寨分布得很特别，不是许多人家聚成一片，而是稀疏地分散在一片林海中间。每一幢竹楼周围都是一片丰饶富庶的果树园；家家户户的庭前窗后，都生长着枝叶挺拔的椰子树和槟榔树，绿荫盖地的芒果树和荔枝树。在这里，人们用果实累累的香蕉树作篱笆，用清香馥郁的夜来香作围墙。被果实压弯的柚子树用枝叶敲打着竹楼的屋檐；密生在枝丫间的菠萝蜜散发着醉人的浓香。

我们在花园般的曼厅和曼扎度过了一个愉快的下午。我们参观了曼扎的办得很出色的托儿所；在那里的整洁而漂亮的食堂里，按照傣族的习惯，和社员们一起吃了一餐富有民族特色的午饭，分享了社员们的富裕生活的欢乐。我们在曼厅旁听了为布置甘蔗和双季稻生产而召开的社长联席会，然后怀着一种满意的心情走上了归途。

我们走的仍然是来时的路程，仍然是那条浓荫遮天的林中小路，数不清的奇花异卉仍然到处散发着沁人心脾的清香。在路边的密林里，响彻着一片鸟鸣和蝉叫的嘈杂而又悦耳的合唱。透过树林枝干的空隙，时时可以看到大片的平整的田地，早稻和许多别的热带经济作物的秧苗正在夕照中随风荡漾。在村寨的边沿，可以看到坝树林和菩提林的巨人似的身姿，在它们的荫蔽下，佛寺的高大的金塔和庙顶在闪着耀眼的金光。

一切都和我们来时一样。可是，我们又似乎觉得，我们周围的自然环境和来时有些异样，终于，我们发现了一种来时所没有的新景象：我们多了一群新的旅伴——成群的蝴蝶。在花丛上，在枝叶间，在我们的周围，到处都有三五成群的彩色蝴蝶在迎风飞舞；它们有的在树丛中盘旋逗留，有的却随着我们一同前进。开始，我们对于这种景象也并不以为奇。我们知道，这里的蝴蝶的美丽和繁多是别处无与伦比的；我们在森林中经常可以遇到彩色的斑斓的蝴蝶和人们一同行进，甚至连续飞行几里路。我们早已养成了这样的习惯：习于把成群的蝴蝶看作是西双版纳的美妙自然景色的一个不可缺少的组成部分了。

但是，我们越来越感到，我们所遇到的景象实在是超过了我们的习惯和经验了。蝴蝶越聚越多，一群群、一堆堆从林中飞到路径上，并且成群结队地在向着我们要去的方向前进着。它们在上下翻飞，左右盘旋；它们在花丛树影中飞快地扇动着彩色的翅膀，闪得人眼花缭乱。有时，千百个蝴蝶拥塞了我们前进的道路，使我们不得不用树枝把它们赶开，才能继续前进。

就这样，在我们和蝴蝶群的搏斗中走了大约五里路的路程之后，我们看到了一个奇异的景色。我们走到一片茂密的坝树林边；在一块草坪上面，有一株硕大的菩提树，它的向四面伸张的枝丫和浓茂的树叶，好像是一把巨大的阳伞遮盖着整个草坪。在草坪中央的几方丈的地面上，聚集着数以万计的美丽的蝴蝶，仿佛是密密地丛生着一片奇怪的植物似的，好像是一座美丽的花坛一样，它们互相拥挤着，攀附着，重叠着，面积和体积都在不断地扩大。从四面八方飞来的新的蝶群正在不断地加入进来。这些蝴蝶大多数是属于一个种族的，它们的翅膀的背面是嫩绿色的，这使它们在停伫不动时就像是绿色的小草一样，它们翅膀的正面却又是金黄色的，上面还有着美丽的花纹，这使它们在扑动翅翼时却又像是朵朵金色的小花。在它们的密集着的队伍中间，仿佛是有意来作为一种点缀，有时也飞舞着少数的巨大的黑底红花身带飘带的大木蝶。在一刹那间，我们好像是进入了一个童话世界；在我们的眼前，在我们四周，在一片令人心旷神怡的美妙的自然景色中间，到处都是密密匝匝、层层叠叠的蝴蝶；蝴蝶密集到这种程度，使我们随便伸出手去便可以捉到几只。天空中好像是雪花似的飞散着密密的花粉，它和从森林中飘来的野花和菩提的气味混在一起，散出了一种刺鼻的浓香。

面对着这种自然界的奇景，我们每个人几乎都目瞪口呆了。站在千万只翩然飞舞的蝴蜞当中，我们觉得自己好像是有些多余的了。而蝴蝶却一点也不怕我们；我们向它们的密集的队伍投掷着树枝，它们立刻轰拥地飞向天空，闪动着色彩缤纷的翅翼，但不到一分钟之后，它们又飞到草地上集合了。我们简直无法干扰它们的参与盛会的兴致。

我们在这些群集成阵的蝴蝶前长久地观赏着，赞叹着，简直是流连忘返了。在我的思想里，突然闪过了一个念头：难道这不正是过去我们从传说中听到的蝴蝶会么？我们有人时常慨叹着大理蝴蝶泉上的蝴蝶越来越少了，但是，在祖国边疆的无限美好无限丰饶的土地上，不是随处都可以找到它们欢乐聚会的场所么？

当时，我们这些想法自然是非常天真可笑的。我根本没有考虑到如何为我所见到的奇特景象去寻求一个科学解释（我觉得那是昆虫学家和植物学家的事情），也没有考虑到这种蝴蝶群集的现象，对于我们的大地究竟是一种有益的还是有害的现象。我应当说，我完全被这片童话般的自然景象所陶醉了；在我的心里，仅仅是充溢着一种激动而欢乐的情感，并且深深地为了能在我们祖国边疆看到这样奇丽的风光而感到自豪。我们所生活、所劳动、所建设的土地，是一片多么丰富，多么美丽，多么奇妙的土地啊！

原载《人民日报》1961 年 6 月 18 日

万里长江第一湾

刘上洋

一

在云南丽江的崇山峻岭中，有一道十分壮美的景观，这就是万里长江第一湾。

大自然的鬼斧神工就是这样奇妙无比。从世界屋脊青藏高原奔腾南下的怒江、澜沧江和长江上游段金沙江，在巍峨绵延的横断山脉里并肩穿流，形成了世所罕见的“川”字形三江并流大观。然而，就在人们认为这三条巨龙继续会以不可阻挡之势齐头向南游弋的时候，长江却在丽江境内突然掉头绕了一个180度的大弯，毅然地向北飘然而去，然后又折向东方，浩浩荡荡地奔向太阳升起的地方。

这是一次果断的抉择。这是一次伟大的转折。

在人们的想象中，凡是转折处都是关键处，一定是非同寻常，一定是惊心动魄。但在万里长江第一湾畔，你看到的却是另一番景象。这里没有涛声澎湃，没有巨浪翻滚，没有那种令人胆战心寒的险恶。只见平缓的江流绕着大山在天地之间划出了一个巨大而漂亮的弧形，而且是那样的悠然平静，那样的从容镇定，那样的不动声色。一次决定方向和命运的大转折就这样在波澜不惊中静悄悄地完成了。

也许是亿万年来江水携带大量泥沙冲积的结果，在长江第一湾处形成了一片不大的开阔地。沿着逶迤的江岸，生长着如同飘带一般的茂密柳林，那随风微微摇曳的绿丝条，不仅把江湾打扮得婀娜多姿，而且把江水染得翠似碧玉。

柳林外面，是一片平畴沃野，那弯弯曲曲的田埂，不经意地画出了一幅幅的太极图。四周群山耸立，峰峦竞秀，那莽莽苍苍的气势，与壮阔的江流交相辉映，使妩媚秀丽的第一湾又平添了许多的雄伟和阳刚。

在第一湾的青山绿水间，藏着一个古老的纳西族小镇。由于虎是纳西人崇拜的图腾，所以他们最初时便把这个小镇叫做虎族之花。明代嘉庆年间，当时的土司木高为了纪念其两次征战所取得的胜利，于是用白色大理石打造了一面直径为 1.5 米，厚度为 0.5 米的石鼓，并将其竖立在一座亭子里。从此以后，这个小镇也就改名为石鼓，且一直沿用至今。据传说，这面石鼓非常神奇，它能像镜子一样观照人间的吉凶福祸。每当天下要出现大动荡和降临大灾难时，鼓面上便会裂开一条细缝。而当天下太平和国家昌盛时，鼓面上的裂缝则又会悄悄弥合。把一面纯自然的石鼓变为能预测社会兴衰治乱的神物，这不仅反映了纳西族人天人合一的丰富想象，而且给万里长江第一湾披上了一层更加神秘的色彩。

由于江流平缓和地势开阔，长江第一湾历来就是著名的交通要津和兵家必争之地。据说这里的点将台为诸葛亮当年征战泸水时所筑，这里的石门关为隋朝大将史万岁进军云南时所开，元明两代也都在此设立巡检司。同时，这里还是古代南方丝绸之路和茶马古道上的重要驿站，那古老的街巷似乎还晃动着商贾们忙碌来往的身影。然而，由于受到种种因素的制约，在过去很长很长的岁月里，人们并不知道这个繁华要地就是扭转长江流向的第一湾。直到 1946 年春节，有一个名叫范义田的当地学者，在自家的大门上贴出了“山连云岭几千叠，家在长江第一湾”的对联。此后随着这幅充满诗情画意和豪迈激情的绝对，万里长江第一湾这个气壮山河的名字便逐渐传扬开来，并震响在辽阔的神州大地上。

谁说景美不怕山林深？如果没有人去发现和推荐，万里长江第一湾恐怕至今都藏在深闺无人识了。何况万里长江万道弯，要发现其中具有决定性意义的第一湾就更非易事了。

所以，并非是所有的“第一”都可自然扬名并著称于世的。

二

江湾悠悠，江湾长长。

面对滔滔的江水，我的思绪也滔滔不绝。一条雄浑苍莽、桀骜不驯的大江，为什么会在这里悄悄地分道扬镳转个大弯呢？是浩瀚东海的吸引？是对另一方天地的向往？还是想轰轰烈烈地独树一帜？这或许是一个永恒的秘密。但有一点可以肯定，中华民族那一个美丽的江南，那一片耀眼的辉煌，都是长江第一湾弯出来的。

岂不是么？正是长江第一湾，弯出了举世惊羡的壮丽风光。因为有了这次毅然决然的转身，才有了长江那滚滚东去、一泻万里的磅礴气势，才有了长江在玉龙雪山和哈巴雪山之间陡峭逼仄峡谷里奔腾咆哮所形成的“万仞绝壁万马奔、一线天盖一线江”的虎跳峡旷世奇观，才有了“青山巍巍神女秀，激流险滩恶浪涌”的世界绝景长江三峡，才有了“乱石穿空、惊涛拍岸、卷起千堆雪”的壮观赤壁，才有了长江与鄱阳湖在石钟山相汇相拥、水天一色的浩淼图景，才有了广袤无际、绵延千余公里的大平原，才有了长江入海口那浮在万顷碧波之上的绿色翡翠崇明岛。不仅如此，沿江两岸那雄伟的峨嵋，那险峻的巴山，那美丽的匡庐，那奇秀的黄山，以及那大大小小的山山水水，都为我们描绘了一幅幅多姿多彩的画卷。倘若没有长江第一湾，中华大地就会少了许多的自然美景，中华大地的颜色也就不可能有如此奇绝瑰丽。

长江第一湾，还弯出了中华民族悠久灿烂的文明。可以说，长江有多久，中华民族的历史就有多久；长江有多长，中华文明的源头就有多长。正是伴着长江第一湾东流的涛声，中华文明才逐渐蔚成了一条波澜壮阔的历史长河。沿着这条长河，我们可以寻觅到几百万年前远古祖先在森林洞穴中茹毛饮血的生存情景，可以寻觅到原始社会我们祖先以石制器、以土制陶的艰辛创造。特别是进入殷商以后，我们可以看到滚滚江水辉映青铜器火焰所发出的耀眼光芒，可以看到一座座城市像珍珠般在沿江兴起闪亮，可以看到岳阳楼、黄鹤楼、滕王阁等一座座楼台溢彩流光，可以看到乐山大佛、大足石刻，景德镇瓷器和苏州园林的巧夺天工，可以看到川绣、湘绣、苏绣的绚丽多彩，可以看到两岸稻浪、棉海和江上帆影编织的繁华图案。而更为自豪的是，透过长江奔涌跳跃的浪花，我们可以听到屈原发出的深情呐喊，可以听到李白、杜甫、苏东坡等一代代文豪的不朽吟唱，可以听到朱熹、王阳明等哲人的内心独白，可以听到采茶戏、黄梅戏、昆剧和评弹等优美的曲调，可以听到现代中国屹立于世界民族之林的最强音。河流是人类文明的摇篮，文明要靠河流来孕育和滋养。所以，万里长江第一湾，不仅是开启和浇灌长江流域文明的第一湾，也是源远流长的中华文明第一湾。

由此可见，万里长江第一湾，是地球母亲对中华民族的一种特殊厚爱，是茫茫上苍对中华民族的一种特别恩赐。于是，我心里不由暗暗庆幸。假如长江不在这里果断转弯，而是和其他两条江一齐向南奔去，那在中华大地上不仅会少了一条世界第三大河流，而且中华民族的历史文明也就会重新改写。或许是由于这个拐弯过于重大和深远，因而江水在这里也就显得特别的悠缓和沉静，因为长江和人类一样都是有灵性的，在做出任何一个转折性的重大抉择时，既需要非凡的勇气，更需要高超的智慧。

万里长江第一湾，大自然深谋远虑的杰作。

三

在长江第一湾畔，矗立着一座雄伟的红军长征渡江纪念碑。1936 年 4 月 25 日，由贺龙、任弼时等率领的红二军团和红六军团的 18000 多名红军就是在这里渡江北上，奔赴抗日前线的。据说，当时的江面上，小船穿梭，桨声哗哗，红旗飘舞，人喧马叫，场面非常壮观。事情至今虽然已经过去了 70 多年，但那古老的渡口却在依稀告诉人们当年发生在这里的那一幕威武雄壮的故事。

这时，我情不自禁地把目光投向滔滔而下的江流，继而又向东望去。就是在离长江第一湾下游不远的东边邻省贵州，有一座小城遵义，当年中国革命的洪流也在那里发生了一个历史性的大转弯。由于党内“左”倾机会主义的错误领导，导致第五次反围剿的失败，红军不得不被迫撤出中央革命根据地进行战略转移，开始艰苦卓绝的长征。就在红军遭受惨重损失面临生死存亡的危急关头，我们党及时在遵义召开中央政治局扩大会议，确立了毛泽东同志的领导地位，从而挽救了红军挽救了党。从此之后，红军犹如一支滚滚的铁流，四渡赤水，强渡乌江，飞夺大渡铁索，跨过雪山草地，攀越腊子天险，登上六盘高峰，曲折行程二万五千里，最终胜利地到达了陕北。铁的事实证明，如果没有遵义会议这一历史性的大转折，我们党不仅不可能取得长征的伟大胜利，而且更不可能取得抗日战争和解放战争的彻底胜利。正是遵义会议这一弯，弯出了中国革命的光明前景，弯出了一个光闪闪的新中国。

其实，只要我们放眼观看，不仅仅是历史长河的关键性拐弯会彻底改变社会发展的走向，会决定一个组织和一个国家的兴衰存亡，而且人生的长河也是这样，有时一个关键性的拐弯，会让一个人的前途和命运发生根本性的变化。刚刚还是山重水复，拐一个弯，忽然变得柳暗花明；刚刚还觉得前程迷茫，拐一个弯，忽然眼前呈现一片新的天地。就说大家所熟悉的郭沫若先生吧。这位出生在长江岸边的赤子，原来是学医的。也许是长江第一湾在冥冥之中感染了他，就在他郁闷彷徨的时候，经过反复考虑，毅然决定弃医从文，这一果敢的转身，结果使他成了一个著名的历史学家和文学家。由此看来关键时刻的拐弯对人生是多么的重要。从一定意义上来说，拐弯就是选择，就是机遇，就是在开始另一种人生方式，就是在发现另一种人生风景，就是在进入另一种人生境界，就是在创造另一种人生辉煌。

但是，在我们的现实生活中，有些人不喜欢拐弯，害怕拐弯，他们喜欢走直路，喜欢直达目标。然而实践告诉我们，世界上是没有直路可走的，一味直行既单调乏味也是走不了多远的。长江因为不断拐弯才显得美丽迷人，才能通向万里之遥的海洋；同样，人生也因为不断拐弯才显得丰富多彩，才能到达理想的彼岸。正所谓弯道悠长，直行难远。所以弯路才是自然界和人类社会的正道。弯是一种常态，一种品格，一种胆略，一种眼光，一种坚韧，一种力量，一种被扭曲的壮美，一种最低调的崇高。

如今，万里长江第一湾已经成了一个重要的旅游热点，当地还在这里建造了一个高高的观景台。我想这不仅是为了让人们登临其上以更好地饱览第一湾的壮丽山水，而更重要的是让人们能够看得更深远一些，去感悟历史的律动和生命的真谛。

万里长江第一湾，伟大的天地之湾，深邃的人文之湾!

原载《人民日报》2012 年 10 月 31 日

雄关赋

峻　青

哦，好一座威武的雄关！——山海关，这号称“天下第一关”的山海关！

山海关这铮铮响的名字，是我刚记事的童年，从我的一位四爷那里听到的，从此，在心里刻下了这座雄关的影子。

我的四爷，是一个关东客。还在他才十几岁的时候，就像我故乡的许许多多为贫困所迫无路可走的农民一样，孑然一身，肩上背着一张当作行李的狗皮，下关东谋生去了。待到重返故里，已经是七十多岁的老人。和他几十年前离乡时一样，依然是孑然一身，两手空空。他带回来的唯一财物，就是那漂泊异乡浪迹天涯的悲惨往事和种种见闻。

这当中，就有着山海关。

至今我还清晰地记得：冬景天，我们爷儿俩偎坐在草垛根下，晒着暖烘烘的三九阳光，他对我讲述山海关的一些传说、故事的情景。那雄伟的城楼，那险要的形势，那悲壮的历史，那屈辱的陈迹，那塞上的风雪，那关外的离愁……

善感的心灵，也曾为背乡离井、远徙异地的行人在跨过关门时四顾苍茫的悲凄情景而落下过伤感的眼泪，也曾为孟姜女的忠贞和不幸而郁郁寡欢；然而更多的却是为那雄关的雄伟气势和它那抵御外侮捍卫疆土的英雄历史所感动，所鼓舞。幼稚的心灵上，每每萌发起一种庄严肃穆、慷慨激昂的情怀。

也曾做过一些童年的梦：梦中，常常是身着戎装，飞越那绵延万里的重重关山，或是手执金戈高高地站立在雄伟高大的城门之上……

啊，梦虽荒唐，然而那仰慕雄关、热爱国土的心却是真挚的，深沉的。

遗憾的是，这离京都颇近的雄关，我却没有到过。它留给我的依然还是童年时代从四爷那里得来的模糊的影子。

机会不是没有。有一次，大概是一九五六年的春天吧，我出访东欧，乘的是横越东北大地和西伯利亚荒原的国际列车。我从列车播音员的广播中，听到了沿途将要经过的一些城市，这当中，就有山海关。当时的心情是十分兴奋的。列车过了秦皇岛以后，我就渴望尽快看到山海关。列车驶近山海关车站的时候，我才发现：原来这车站和铁路线离山海关还有相当远的一段距离。我从车窗里探出头去，向北张望，心想能远远地眺望一下也好。时已黄昏，苍茫的暮色，笼罩着大地。任你瞪大了眼睛，竭力张望，也望不见山海关，只能隐隐约约地望见一抹如烟似雾的淡影，和从四野里升腾起来的炊烟暮霭融合在一起，像三春烟雨中的景色似的，迷离难辨。我失望地转回头去，脑幕上留下的依然是童年时代从四爷那儿得来的模糊的影子。

现在，我终于亲眼看到这思慕已久的雄关了。啊！好一座威武的雄关！果然名不虚传：那气势的雄伟，那地形的险要，在我所看到的重关要塞中，是没有能与它伦比的了。

先说那城楼吧。它是那么雄伟，那么坚固，高高的箭楼，巍然耸立于蓝天白云之间，那“天下第一关”的巨大匾额，高悬于箭楼之上，特别引人瞩目，从老远的地方，就看得清清楚楚。这五个大字，笔力雄厚苍劲，与那高耸云天气势磅礴的雄关，浑然一体，煞是壮观。但是，最壮观的还是它形势的险要。不信，你顺着那城门左侧的阶台往上走吧，你走到城墙之上，箭楼底下，手扶着雉墙的垛口，昂首远眺，你会情不自禁地发出一声又惊又喜的赞叹：“嗬，好雄伟的关塞，好险要的去处！”

你往北看吧，北面，是重重叠叠的燕山山脉，万里长城像一条活蹦乱跳的长龙，顺着那连绵起伏的山势，由西北面蜿蜒南来，向着南面伸展开去。南面，则是苍茫无垠的渤海，万里长城从燕山支脉的角山上直冲下来，一头扎进了渤海岸边，这个所在，就是那有名的老龙头，也就是万里长城的尖端。山海关，就耸立在万里长城的脖颈之上，高峰沧海的山水之间，进出锦西走廊的咽喉之地，其形势的险要，正如古人所说：

两京锁钥无双地，
万里长城第一关。

站在这雄关之上，人的精神顿时感到异常振奋，心胸也倍加开阔。真想顺着那连绵不断的山势，大踏步地向着西北走去，一路上，去登临那一座座屏藩要塞、烽台烟墩，从山海关、喜峰口、古北口、居庸关、雁门关，一直走到那长城的尽处嘉峪关口。也想返回身来，纵缰驰马，奔腾于广袤无垠的塞外草原之上，逶迤翻腾的幽燕群山之间，然后随着那蜿蜒南去的老龙头，纵身跳进那碧波万顷的渤海老洋里，去一洗那炎夏溽暑的汗水，关山万里的风尘……

甚至更想身披盔甲，手执金戈，站立在这威武的雄关之上，做一名捍卫疆土的武士。

哦，童年的梦，又从长久尘封的记忆中复活了。复活在这“天下第一关”的城楼之上、山海之间，复活在这二十世纪的八十年代，复活在这十年内乱后的一个励精图治的夏天。

这，能说是荒唐的吗？

不，你瞧，那是什么？

正当我凭栏四眺遐思迩想的时候，猛听得一阵喧哗，回头一看，啊，一个身披盔甲手执青龙大刀的武士，从那古老而高大的箭楼大门里面走了出来。我不禁吃了一惊，心里好生诧异。上前仔细一看，却原来是一个来游览的小伙子，故意穿这一身戎装拍照留念的。这戎装，是从箭楼大门里面的一家照相馆租来的。

这件新鲜事儿，使我非常高兴。开始时我想到的是这家照相馆真是“生财有道”，会想点子赚钱；可是转又一想：这不单纯是个赚钱营利的问题，而更重要的是他们体会到那些从祖国的四面八方荟集到这儿来的游人们，在登临这座古老而著名的雄关时的心情。我由此也就懂得了：这身着戎装的拍照留念的小伙子，也绝不是为了好玩和逗趣，这当中，蕴藏着一种可贵的感情。

瞧，这小伙子手执大刀昂首挺胸的威武严肃的神情，不就是很好的证明吗？

看着这，有谁会感到滑稽可笑呢？

不，相反地，人们会情不自禁地从心里涌起一种肃穆庄严的感觉，怀古爱国的激情。

也许是受到这种情绪的感染，与我一起来的一位青年女作家，也仿效那个小伙子，花了五角钱租了一套盔甲、兵器披挂起来。当她披挂停当从箭楼里走出来时，我简直不认得她了。那个一身天蓝色西装衫裙的时髦姑娘，一刹那间变成了一位威风凛凛的古代武士。她头戴朱缨金盔，身穿粉底银甲战袍，手抚绿色鲨鱼鞘青锋宝剑，昂首挺胸地站在城楼之上，俨然是一位身扼重关、力敌千军的守关武士，叱咤风云的巾帼英雄。

这位女作家，过去当过演员，拍过一部电影。在那部电影里，她演的是一个从穷山沟里出来的农村姑娘，当上了飞行员，驾驶着银鹰，翱翔在蓝色的天空，保卫着祖国的神圣疆土。现在，她又身披戎装，手执金戈，在扼守这重关要塞了。八月的骄阳，映照着金盔银甲，闪烁出耀眼的光芒，她高高地站在那里，两眼凝视着远方，脸上的神情，是那样的庄严，真不啻是花木兰再世，穆桂英重生。

看着这，一刹那间，我竟然仿佛置身于中世纪的古战场上。一股慷慨悲歌的火辣辣的情感，涌遍了我的全身。

啊！雄关！

这固若金汤的雄关！

这“一夫当关，万夫莫开”的雄关！

在我们古老的中华民族的伟大历史上，在那些干戈扰攘、征战频仍的岁月里，这雄关，巍然屹立于华夏的大地之上，山海之间，咽喉要地，一次又一次地抵御着异族的入侵，捍卫着神圣的祖国疆土。这高耸云天的坚固的城墙上的一块块砖石，哪一处没洒上我们英雄祖先的殷红热血？这雄关外面的乱石纵横、野草丛生的一片片土地上，哪一处没埋葬过入侵者的累累白骨！

啊，雄关，它就是我们伟大的民族的英雄历史的见证人，它本身就是一个热血沸腾顶天立地的英雄好汉！

如今，这雄关虽已成为历史陈迹，但是它却仍以它那雄伟庄严的风貌、可歌可泣的历史，鼓舞着人们的坚强意志，激励着人们的爱国情感。

我相信：假若一旦我们的神圣的国土再一次遭受到异族入侵的话，那位手执大刀的青年小伙子，还有我们的现代花木兰，以及所有登临这雄关的公民，全都会毫不犹豫地拿起武器，奔赴杀敌卫国的战场！

由此，我又悟出了一个道理：雄关，这早已变成了历史陈迹的雄关，虽然已失去了它往日的军事作用，但是这雄关的伟大体魄，忠贞的灵魂，却永远刻在人们的心中。哦，更确切一点说，这关，不在地壳之上，山海之间，而是在人们的心中。

是的，在人们的心中。这才是真正的雄关，比什么金城汤池还要坚固的雄关！

不是吗？山海关纵然是坚固险要，可也有被攻破的记载；而吴三桂的引清入关，更是不攻自破。多尔衮的铁骑，不就是从这洞开的大门下面蜂拥而过、席卷中原的吗？

“恸哭六军皆缟素，冲冠一怒为红颜”。吴梅村的《圆圆曲》，道出了当时爱国人士对吴三桂的愤慨和痛恨。尽管历史学家对吴三桂降清的动机是否是为了“红颜”这一事实还有争议，但雄关被出卖而不攻自破却是事实，也是教训。

这遭到过玷污的雄关，至今还蒙受着耻辱的灰尘，并在无声地向人们诉说着这一段痛苦的历史，也仿佛在向着人们告诫：谁道雄关似铁？任是这似铁的雄关，也有被攻破的时候，说什么“一夫当关，万夫莫开”？在我们那辽阔的疆土之上的许许多多重关要塞，从来就没有哪一座关塞真正起到过这样的作用。它们或者被强敌攻陷，或者为内奸出卖，而尤其是后者，堡垒最易从内部攻破，历史上最不乏这种沉痛记载的。吴三桂的丑剧，只不过是其中的一件而已。

由此看来，古往今来的大量史实证明：那所谓“固若金汤”的雄关，是从来就不存在的；而真正坚固的雄关，只存在于人们的心中。

——这，就是信念。

对社会主义，对革命事业，对我们伟大的祖国的坚贞不渝的信念，就是最坚固最强大的雄关，是任凭什么现代化的武器都不能攻破的雄关。千百万吨级的热核武器攻不破它，重型轰炸机和远距离洲际导弹攻不破它。它，永远巍然屹立于我们伟大辽阔的国土之上，屹立在亿万英雄儿女的丹心之中。

这才是真正的雄关！“固若金汤”的雄关！

啊，雄关！无比坚固的雄关！

原载《人民日报》1982 年 6 月 7 日

天山景物记

碧　野

朋友，你到过天山吗？天山是我们祖国西北边疆的一条大山脉，连绵几千里，横亘准噶尔盆地和塔里木盆地之间，把广阔的新疆分为南北两半。远望天山，美丽多姿，那长年积雪高插云霄的群峰，像集体起舞时的维吾尔族少女的珠冠，银光闪闪；那富于色彩的连绵不断的山峦，像孔雀正在开屏，艳丽迷人。

天山不仅给人一种稀有美丽的感觉，更给人一种无限温柔的感情。它有丰饶的水草，有绿发似的森林。当它披着薄薄云纱的时候，它像少女似的含羞；当它被阳光照耀得非常明朗的时候，又像年轻母亲饱满的胸膛。人们会同时用两种甜蜜的感情交织着去爱它，既像婴儿喜爱母亲的怀抱，又像男子依偎自己的恋人。

如果你愿意，我陪你进天山去看一看。

雪峰·溪流·森林

七月间新疆的戈壁滩炎暑逼人，这时最理想的是骑马上天山。新疆北部的伊犁和南部的焉耆都出产良马，不论伊犁的哈萨克马或者焉耆的蒙古马，骑上它爬山就像走平川，又快又稳。

进入天山，戈壁滩上的炎暑就远远地被撇在后边，迎面送来的雪山寒气，立刻会使你感到像秋天似的凉爽。蓝天衬着高矗的巨大的雪峰，在太阳下，几块白云在雪峰间投下云影，就像白缎上绣上了几朵银灰的暗花。那融化的雪水，从高悬的山涧、从峭壁断崖上飞泻下来，像千百条闪耀的银练。这飞泻下来的雪水，在山脚汇成冲激的溪流，浪花往上抛，形成千万朵盛开的白莲。可是每到水势缓慢的洄水涡，却有鱼儿在跳跃。当这个时候，饮马溪边，你坐在马鞍上，就可以俯视那阳光透射到的清澈的水底，在五彩斑斓的水石间，鱼群闪闪的鳞光映着雪水清流，给寂静的天山添上了无限生机。

再往里走，天山越来显得越优美，沿着白皑皑群峰的雪线以下，是蜿蜒无尽的翠绿的原始森林，密密的塔松像撑天的巨伞，重重叠叠的枝丫，只漏下斑斑点点细碎的日影，骑马穿行林中，只听见马蹄溅起漫流在岩石上的水声，增添了密林的幽静。在这林海深处，连鸟雀也少飞来，只偶然能听到远处的几声鸟鸣。这时，如果你下马坐在一块岩石上吸烟休息，虽然林外是阳光灿烂，而遮去了天日的密林中却闪耀着你烟头的红火光。从偶然发现的一棵两棵烧焦的枯树看来，这里也许来过辛勤的猎人，在午夜中他们生火宿过营，烤过猎获的野味。这天山上有的是成群的野羊、草鹿、野牛和野骆驼。

如果说进到天山这里还像是秋天，那么再往里走就像是春天了。山色逐渐变得柔嫩，山形也逐渐变得柔和，很有一伸手就可以触摸到嫩脂似的感觉。这里溪流缓慢，萦绕着每一个山脚，在轻轻荡漾着的溪流两岸，满是高过马头的野花，红、黄、蓝、白、紫，五彩缤纷，像织不完的织锦那么绵延，像天边的彩霞那么耀眼，像高空的长虹那么绚烂。这密密层层成丈高的野花，朵儿赛八寸的玛瑙盘，瓣儿赛巴掌大。马走在花海中，显得格外矫健，人浮在花海上，也显得格外精神。在马上你用不着离鞍，只要稍微伸手就可以满怀捧到你最心爱的大鲜花。

虽然天山这时并不是春天，但是有哪一个春天的花园能比得过这时天山的无边繁花呢？

迷人的夏季牧场

就在雪的群峰的围绕中，一片奇丽的千里牧场展现在你的眼前。墨绿的原始森林和鲜艳的野花，给这辽阔的千里牧场镶上了双重富丽的花边。千里牧场长着一色青翠的酥油草，清清的溪水齐着两岸的草丛在漫流。草原是这样无边地平展，就像风平浪静的海洋。在太阳下，那点点水泡似的蒙古包在闪烁着白光。

当你尽情策马在这千里草原上驰骋的时候，处处都可以看见千百成群肥壮的羊群、马群和牛群。它们吃了含有乳汁的酥油草，毛色格外发亮，好像每一根毛尖都冒着油星。特别是那些被碧绿的草原衬托得十分清楚的黄牛、花牛、白羊、红羊，在太阳下就像绣在绿色缎面上的彩色图案一样美。

有的时候，风从牧群中间送过来银铃似的叮当声，那是哈萨克牧女们坠满衣角的银饰在风中击响。牧女们骑着骏马，优美的身姿映衬在蓝天、雪山和绿草之间，显得十分动人。她们欢笑着跟着嬉逐的马群驰骋，而每当停下来，就骑马轻轻地挥动着牧鞭歌唱她们的爱情。

这雪峰、绿林、繁花围绕着的天山千里牧场，虽然给人一种低平的感觉，但位置却在海拔两三千米以上。每当一片乌云飞来，云脚总是扫着草原，洒下阵雨过去，雨洗后的草原就变得更加清新碧绿，远看像块巨大的蓝宝石，近看缀满草尖上的水珠，却又像数不清的金刚钻。

特别诱人的是牧场的黄昏，周围的雪峰被落日映红，像云霞那么灿烂；雪峰的红光映射到这辽阔的牧场上，形成一个金碧辉煌的世界，蒙古包、牧群和牧女们，都镀上了一色的玫瑰红。当落日沉没，周围雪峰的红光逐渐消退，银灰色的暮霭笼罩草原的时候，你就可以看见无数点点的红火光，那是牧民们烧起铜壶准备晚餐。

你用不着客气，任何一个蒙古包都是你的温暖的家，只要你朝火光的地方走去，不论走进哪一家蒙古包，好客的哈萨克牧民都会像对待亲兄弟似的热情地接待你。渴了你可以先喝一盆马奶，饿了有烤羊排，有酸奶疙瘩，有酥油饼，你可以一如哈萨克牧民那样豪情地狂饮大嚼。

当家家蒙古包的吊壶三脚架下的野牛粪只剩下一堆红火烬的时候，夜风就会送来冬不拉的弦音和哈萨克牧女们婉转嘹亮的歌声。这是十家八家聚居在一处的牧民们齐集到一家比较大的蒙古包里，欢度一天最后的幸福时辰。

过后，整个草原沉浸在夜静中。如果这时你披上一件皮衣走出蒙古包，在月光下或者繁星下，你就可以朦胧地看见牧群在夜的草原上轻轻地游荡，夜的草原是这么宁静而安详，只有漫流的溪水声引起你对这大自然的遐思。

野马·蘑菇圈·旱獭·雪莲

夜幕中，草原在繁星的闪烁下或者在月光的披照中，该发生多少动人的情景，但人们却在安静的睡眠中疏忽过去了；只有当黎明来到这草原上，人们才会发现自己的马群里的马匹在一夜间忽然变多了，而当人们怀着惊喜的心情走拢去，马匹立刻就分为两群，其中一群会奔腾离你远去，那长长的鬣鬃在黎明淡青的天光下，就像许多飘曳的缎幅。这个时候，你才知道那是一群野马。夜间，它们混入牧群，跟牧马一块嬉戏追逐。它们机警善跑，游走无定，几匹最骠壮的公野马领群，它们对许多牧马都熟悉，相见彼此用鼻子对闻，彼此用头亲热地摩擦，然后就合群地在一起吃草、嬉逐。黎明，当牧民们走出蒙古包，就是它们分群的一刻。公野马总是掩护着母野马和野马驹远离人们。当野马群远离人们站定的时候，在日出的草原上，还可以看见屹立护群的公野马的长鬣鬃一直披垂到膝下，闪着美丽的光泽。

日出后的草原千里通明，这时最便于去发现蘑菇。天山蘑菇又嫩又肥厚，又大又鲜甜。这个时候你只要立马草原上瞭望，便可以发现一些特别翠绿的圆点子，那就是蘑菇圈。你对着它朝直驰马前去，就很容易在这直径三四丈宽的一圈沁绿的酥油草丛里，发现像夏天夜空里的繁星似的蘑菇。眼看着这许许多多雪白的蘑菇隐藏在碧绿的草丛中，谁都会动心。一只手忙不过来，你自然会用双手去采，身上的口袋装不完，你自然会添上你的帽子，甚至马靴去装。第一次采到这么多新鲜蘑菇，对一个远来的客人是一桩最快乐的事。你把鲜蘑菇在溪水里洗净，不要油，不要盐，光是白煮来吃就有一种特别鲜甜的滋味，如果你再加上一条野羊腿，那就又鲜甜又浓香。

天山上奇珍异品很多，我们知道水獭是生活在水滨和水里的，而天山上却生长着旱獭。在牧场边缘的山脚下，你随处都可以看见一个个洞穴，这就是旱獭居住的地方。从九十月大雪封山，到第二年四五月冰消雪化，旱獭要整整在它们的洞穴里冬眠半年。只有到了夏至后，发青的酥油草才把它们养得胖墩墩，圆滚滚。这时它们的毛色麻黄发亮，肚子拖着地面，短短的四条腿行走迟缓，正可以大量捕捉。

另一种奇珍异品是雪莲。如果你从山脚往上爬，超越天山雪线以上，就可以看见青凛凛的雪的寒光挺立着一朵朵玉琢似的雪莲，这习惯于生长在奇寒环境中的雪莲，根部扎入岩隙间，汲取着雪水，承受着雪光，柔静多姿，洁白晶莹。这生长在人迹罕至的海拔几千米雪线以上的灵花异草，据说是稀世之宝——一种很难求得的妇女良药。

天然湖与果子沟

在天山峰峦的高处，常常出现有巨大的天然湖，就像美女晨妆时开启的明净的镜面。湖面平静，水清见底，高空的白云和四周的雪峰清晰地倒映水中，把湖山天影融为晶莹的一体。在这幽静的湖中，唯一活动的东西就是天鹅。天鹅的洁白增添了湖水的明净，天鹅的叫声增添了湖面的幽静。人家说山色多变，而事实上湖色也是多变，如果你站立高处瞭望湖面，眼前是一片爽心悦目的碧水茫茫，如果你再留意一看，接近你的视线的是鳞光闪闪，像千万条银鱼在游动，而远处平展如镜，没有一点纤尘或者没有一根游丝的侵扰。湖色越远越深，由近到远，是银白、淡蓝、深青、墨绿，界限非常分明。传说中有这么一个湖是古代一个不幸的哈萨克少女滴下的眼泪，湖色的多变正是象征着那个古代少女的万种哀愁。

就在这个湖边，传说中的少女的后代子孙现在已在放牧着羊群。湖水滋润着湖边的青草，青草喂胖了羊群，羊奶哺育着少女的后代子孙。当然，这象征着哈萨克族不幸的湖，今天已经变为实际的幸福湖。

山高爽朗，湖边清净，日里披满阳光，夜里缀满星辰，牧民们的蒙古包随着羊群环湖周游，他们的羊群一年年繁殖，他们恋爱、生育，他们弹琴歌唱自己幸福的生活。

高山的雪水汇入湖中，又从像被一刀劈开的峡谷岩石间，泻落到千丈以下的山涧里去，水从悬崖上像条飞练似的泻下，即使站在十几里外的山头上，也能看见那条飞练的白光。如果你走到悬崖跟前，脚下就会受到一种惊心动魄的震撼。俯视水练冲泻到深谷的涧石上，溅起密密的飞沫，在日中的阳光下，形成蒙蒙的瑰丽的彩色水雾。就在急湍的涧流边，绿色的深谷里也散布着一顶顶牧民的蒙古包，像水洗的玉石那么洁白。

如果你顺着弯弯曲曲的涧流走，沿途汇入千百泉流就逐渐形成溪流，然后沿途再汇入涧流和溪流，就形成河流奔腾出天山。

就在这种深山野谷的溪流边，往往有着果树夹岸的野果子沟。春天繁花开遍峡谷，秋天果实压满山腰。每当花红果熟，正是鸟雀野兽的乐园。这种野果子沟往往不为人们所发现。其中有这么一条野果子沟，沟里长满野苹果，连绵五百里。春天，五百里的苹果花开无人知，秋天，五百里成熟累累的苹果无人采。老苹果树凋枯了，更多的新苹果树苗长起来。多少年来，这条五百里长沟堆积了几丈厚的野苹果泥。

现在，已经有人发现了这条野苹果沟，开始在沟里开辟猪场，用野苹果来养育成群的乌克兰大白猪；而且有人已经开始计划在沟里建立酿酒厂，把野苹果酿造成大量芬芳的美酒，让这大自然的珍品化成人们的血液，增进人们的健康。

朋友，天山的丰美景物何止这些，天山绵延几千里，不论高山、深谷，不论草原、湖泊，不论森林、溪流，处处都有丰饶的物品，处处都有奇丽的美景，你要我说我可真说不完，如果哪一天你有豪情去游天山，临行前别忘了通知我一声，也许我可能给你当一个不很出色的向导。当向导在我只是一个漂亮的借口，其实我私心里也很想找个机会去重游天山。

原载《人民文学》1956 年第 12 期

南海九章

刘汉俊

2012年8月下旬，我随巡航船在中国的南海航行了18天，行程近8000公里。沿途经过若干岛礁，遭遇过不明国籍侦察机低空盘旋和军舰的跟踪干扰，亲历三次强台风，最远到达了祖国的最南端曾母暗沙。

南海令我神往已久。美丽的西沙，蓝色的海水，神秘的海洋生物，无数的岛屿礁滩，渔舟唱晚与排浪滔天，绚丽的红珊瑚与沸腾的火烧云，遥远的曾母暗沙，深不可测的水槽海沟……儿时憧憬的画卷有些残黄了。

终于，这幅残卷有了泛青的机会——2012年8月12日起，我开始了梦寐以求的南海之旅。

一

傍晚，从北京飞抵厦门，兴奋不已。晚餐时听送行的朋友描述晕船的感受，心中不免忐忑。乘着夜色匆匆地找了家药店，买了一堆晕车药，光晕车贴就买了10大包。

第二天早上8点，船驶离厦门码头，向西南进发。当美丽的鼓浪屿从望远镜里彻底消失时，我开始感到船的摇晃。

南海位于北回归线以南，海域辽阔、跨纬度大，处于热带雨林气候带和热带季风气候带，受亚洲大陆冬冷夏热气团和澳大利亚附近冬热夏冷气团的双重影响，风多是南海的一大特点。

船上电报员告诉我，2012年第13号热带风暴“启德”正在菲律宾以东洋面悄然生成，在吕宋岛近海加强为强热带风暴后进入南海东北部海面。显然，我们遇上“打头风”了。开弓没有回头箭，船顶着风向挺进。

整个航程中，三次大台风的袭击让我刻骨铭心。无边的海面，铅云低垂，一旦风起云涌推波助澜，顿时巨浪翻滚，浪打在船头，激起的白帘直挂船桅，一遍遍地冲刷船窗，一次次刷新我对“风雨洗礼”“惊涛骇浪”“排山倒海”“一叶扁舟”“汪洋中的一条船”这些词句的记忆。极目海天，没有一处平静与安宁。人站立不稳，晕眩感随即而来，心房有怪兽在奔突，汗从皮肤的各个毛孔向外浸、渗、涌。有经验的船员说，晕船是大海对人体平衡系统进行的破坏性试验，平衡性越好的人反应越强烈。所有的晕车药、晕车贴统统不管用了。

船长趴在海图上向我讲解航线、方位，我心里突然涌出一种异样，急急地冲下楼奔进房间，提桶就吐，早餐、午餐吐了个干净。

只好躺在狭窄的床上，想找到某种平衡，但一切都是徒劳。感觉自己像一只趴在船体上的蚂蚁，一会儿被送上波峰，一会儿被抛下谷底，随时有被甩进大海的危险。在越来越没有规律的摇摆中总找不到舒适的固定的睡姿，斜直立、斜倒立，左侧翻、右滚翻，像在做总也落不到底的高台跳水。抬上来，抖三抖，沉下去，停三秒，只能靠数着节奏、感受韵律来压迫呕吐感。

但这种呕吐感大概是人体机能面对剧烈晃动时最无法控制、无法掩饰的本能反应。忍无可忍，欲吐又止，吐而不尽，吐无可吐。刚刚喝下的一碗粥或者半杯水，瞬间又喷薄而出。被迫低头弯腰直脖，在虔诚与忏悔、屈服与无奈中把一腔污秽吐得干干净净。一次搜肠索肚的倾吐换来片刻舒坦，瞬间又酝酿起下一次倒海翻江的冲动；一次剧烈的头疼，赢得略微的宁静。一连几天 20 多次的呕吐，让我立即享受到了减肥的特效。肚子空了，满嘴是胆汁的苦味。心灵空了，却涌出满脑子神奇的、拂之不去的、体验痛苦的灵感。在期待每一次的呕吐中，我听到心空的秒针在做缓慢而钝滞的挪动。整个船舱除了机器的声音，听不到人的动静，我知道，不少人都因晕船而像我一样在挣扎。

但大海并不因人的可怜而消停，继续以规则或不规则的摇晃，剧烈或不太剧烈的抖动，疯狂地固执地摧毁和解构着人体固有的信息序列，再以自然的密码予以重构，让你在无可奈何中慢慢适应。大海以这种挑战人体生理极限的残酷方式，让你见识什么叫大自然的考验、风浪的洗礼，什么叫无可抗拒、无计可施、无可逃遁。让你深刻地体会到南海的壮美、南海的力量。

考验未曾停止，大海的变奏曲没有休止符。一连三天，我躺在床上，不思茶饭，苦不堪言，痛不欲生，把所有的关于痛苦、难受、尴尬的词儿都体验了若干遍。迷糊挣扎之中，船长进来告诉我，固定好房间里所有的移动物品，船要在巨浪中做 360 度的掉头，怕东西砸伤人。随即船上的广播又紧急播放了一遍，加重了紧张的气氛。船果然颠簸得更厉害，躺在船上似乎能直立起来。

可是，船长政委们、大副二副三副们、轮机长水手长管事机匠木工们，还在坚守岗位。尽管有十几位船员晕船，反应强烈，但雷达照样在转，船舵依旧端正，机舱内的轰鸣声仍然像欢歌。躺着就是工作，站着就是冲锋，年复一年，他们以血肉之躯筑成保卫中国海疆的一道钢铁长城！

考验我们的不仅仅是“启德”，随后遭遇的“布拉万”“天秤”两个大台风，把这种摇晃、抖动与颠簸推向顶峰，似乎想让我经历最严峻的生存训练。一个让你体魄与心灵都受到震撼与洗礼的客观存在，必定让你产生某种无可替代、永不磨灭的情感和敬畏之心。

就在这夜不成寐、日不能寐，度日如年、度夜如年、度秒如年中，我完成了对南海刻骨铭心的认识。

这就是南海的力量。

二

当然，南海的力量更在于她的美丽。

南海之美散落在星罗棋布的岛礁沙洲之间。沿中国南海九段线航行，穿行东沙群岛、西沙群岛、中沙群岛、南沙群岛，如在画中徜徉，每一方水域都有无限的风光，每一处岛礁都有醇香的故事，每一片碧波都有风情万种。共和国最年轻的三沙市把首府设在美丽的西沙群岛中最美丽的永兴岛，是一个描在画布上的城市；中沙群岛东南方向约200海里处的黄岩岛奇特的造型，凸现在墨蓝的底色上，恍若宇宙深处某个星球上的奇观；南沙群岛230多个岛屿、沙洲、暗沙、暗礁、暗滩，连线成片，如珠含玉露，年代参差沧桑斑驳，陈展着南海的昨天、今天和明天。难怪有人说，中国南海诸岛的美丽堪比马尔代夫群岛。

南海的美，散落在星罗棋布的岛礁沙洲之中；南海的奇，隐现在云舒云卷、波起波伏之间。

南海水下风景是多姿的珊瑚，珊瑚丛林是历史的记忆影集。珊瑚的沙层在水下构成暗沙，珊瑚虫及其他海洋生物的遗骸堆积起来渐渐长出水面就成了礁，栖息礁上的海鸟带来生物、粪便，就会有植物，于是形成了岛。从沙长成岛，需要漫长的等待。曾母暗沙潜伏在南沙20多米深处，过去30多年里长高了16厘米，要露出水面得3000年。令你在简单的乘法运算中领悟到什么叫沧海桑田、光阴荏苒，什么叫海枯石烂、峥嵘难现！

珊瑚是岛的根，一头连着海的心。

海面平展，水底嶙峋，感谢千年万年的造海运动，形成了海底的高山、峡谷、平原、盆地。南海北部是一个锅形海盆，最深处可达5000多米，盆中隆起的山脊、高原呈东北至西南走向，如蛟龙潜行气势磅礴。南海海底的沟、槽、堑、脊如陆地一样丰富，挤压断裂的皱褶形成岁月的年轮，让人惊叹于海底是陆面的镜像，陆地是隆起的大海。

水底是鱼的天堂，海水是鱼的天空。鱼是海中的鸟，鸟是带翅的鱼。船在无风的海面静静前行，偶尔惊起十字形飞鱼三两只，或一片一群，沿海面飞翔，如燕蹁跹，像飞机掠过崇山峻岭，几米、十几米、几十米，有的飞过近200米。有海鸟在海空盘旋、追逐，冷不防一个猛子扎进浪里，像捉迷藏似的让你半天都找不出来。海鸟与飞鱼以南海为舞台，在天地之间试图作交换角色的嬉戏，让你看得如痴如醉，艳羡三分。

沉降有序，潜流无常，感谢千年万年的台风和海水运动，在劲吹与旋转中塑成千奇百态的南海岛礁。途经一座座有形可见的岛屿礁盘，一处处无痕可觅的暗滩暗沙，风光无限，遐想无边。船过仙娥礁，水面上见不着一点礁石，却远远望见礁盘激起一片片绵延的雪浪花。从雷达屏幕上看，一根白色的细线，勾勒着一张美若仙子的脸，有清秀、柔和、清晰的下颌，在深蓝的海色中作优雅的颔首。船过弹丸礁，这一方被誉为“鸟之天堂”、潜水胜地的美丽岛礁形如弹丸，如今已被他国占入囊中。船过景宏岛、费信岛、马欢岛，这几处以当年郑和下西洋时随员名字命名，长满茂密热带植物的美丽小岛，业已不在我们手里。

感谢上苍，赐我中华如此瑰宝。南海位于中国的南端，东北口经台湾海峡、巴士海峡、巴林塘海峡通太平洋，西南口经新加坡海峡、马六甲海峡大西洋连印度洋、大西洋。极其丰富的海洋生物资源和油气资源，显著的战略优势和资源优势，引起邻国的觊觎和大国的插手，使原本平静的南海而今如沸锅热油，强占蚕食、巧取豪夺、明争暗抢、鸠占鹊巢的行为正侵害中国的领土完整和国家主权。南海之行，我多次目睹他国的工程船、勘探船在我海域作业，有的明火执仗、粗暴蛮横，有的驱之不去、逐之又来。远远望去，那一座座新建采油平台规模渐大，入夜后平台上那一团团油气火格外刺眼，灼痛我们中国人的心。

风起天地，浪翻古今，南海诸岛形似足印，记载了中国先民的勤劳与勇敢，岛上的一陶一罐一币、一井一碑一石，无不留下南音粤语的回响。我不同意有的人说中国在南海没有文字史料的观点。难道《史记》《汉书》中对南海的记述不算文字依据？难道晋代对岛礁的命名，不是文字资料？宋元时期对“万里石塘”的美丽记述，不算史料依据？难道大明王朝郑和七下西洋途经南海，足迹遍布南海诸岛，如今诸国岛民还在立碑建庙纪念郑和，这不算历史的证明？倘若如此，世界上还有哪个民族有史可考、有史可言？！这是民族自卑论、历史虚无主义的观点，这种民族观、历史观是文化的妄自菲薄。我们的信念切不可被一些外域的鼓噪所迷惑、所解构，日益强大的中国必须建立在高度的民族自尊与文化自信上。

我们不能失去记忆。

世界也不能没有记忆。

美丽而富饶的南海，是中国宝儿，我们不能放弃、不能丢失。

三

大自然的禀赋成就南海之美，最壮观的景象莫过于日出日落。

没有岸线作参照物，没有人造物当背景，人在恢宏海天间感受着自然之美、自然之奇、自然之力。

落日无影，红彤彤的云晕染了天的赧色，羞掩了海的心思。天把种子藏进海的肚子，海就完成一夜的孕育。长天大海都在等待，等待明晨喷薄而出的分娩。

天边红晕微泛，亮色初现，海水深黑如黛，像调好的一盆墨汁。天色几秒钟一变，突然冒出一线日牙，像一勾红线头扔在海之角。红线头慢慢绕成了红线团，渐渐滚动出来，势不可当，一秒一景。彤云舒展，像扯来一块为新生儿擦去血渍抹亮身子的布，清亮、清新，充满朝气。有一线线、一团团红云来游，但很快被红日超越。旭日冉冉上升，顾不得看孕育、分娩了她一夜的海，顾不得红云姐妹的牵绊和依偎，顾不得还有远处的阴云仍未透亮，只管升腾，升腾……一瞬间，像一条火红的鲤鱼跃出水面，刹那间竟离海面一丈高了。没有云块压得住，没有霓裳红衣挽得住，被海水一洗，云衫一抹，竟鲜亮得有些耀眼了。

一旁的水手说，太阳完全出来了。果然，展眼正前方，被太阳照亮的天边云已是一层层、一片片的白色，如沐浴在草原晨光中的羊群。

环顾四周，今天的海无浪无涌，只有碎波万顷，柔水无边。每一缕轻扬的微波细浪，都被朝阳和裹着她的朝霞锦被勾勒出一条条闪亮的边，恍如镶金嵌玉。如果说，昨晚与我隆重道别、温婉相约的落日是一位柔姿万种的少妇，那么此刻的朝阳，则像一位清纯无邪的少女，无所忌惮地奔放而来，投向比海更辽阔的天。她把迸放的金边银线慷慨地撒向人间，毫不吝啬，落落大方。她只踩着碎步，履着柔波上升、上升、上升。此刻，我的心也被镀了一层金边。

与日出相比，日落的景致似乎更壮观、更震撼。

落日渐进海平面，西天积聚起大面积的红云。无云处，天依然那么蓝、那么纯。海色变得越来越深，向黑色渐变，为夜打好了底色。日头不那么刺眼了，收敛些许的余晖点染了本是灰白的云。云也就有了些微醺，红遍了西海的天。不知何时，本无牵挂的夕阳忽地坠入了红云、紫云、灰云、黛云联袂铺成的厚厚的海绵垫，把海水都溅红了。展眼望去，海是彩色的。

被云和海托住的残阳反倒显得干干净净、利利落落的了，像一团火种，只顾下坠，云被点燃了，海水被煮沸。再往上看，天倒是被刷蓝了些许，远处的云被漂白了几丝。趁你目光打野的工夫，已半个身体躲进海里的落日扒开几缕云栅，给你一个闪亮的眨眼，像昨晚、前晚一样，道一声“see you（明天见）”。等你再眨眼，张张嘴想说声“晚安”，却发现她已完全匿迹了。只有长片长片的红云，层层缕缕，从海平面铺到你的头顶。再眨眼，天全暗了。

那样的满天红彩，那样的铺锦盖缎，像宗教礼仪一般隆重而神秘，令我心生庄严与敬畏。日落日出，天地轮回，自然之道，万物之常，人类无法抗拒、无法改变、无法超越，只能目瞪口呆。

经天行地一整天，只为了那壮丽的一刹那。黑海沉底一整宿，全为了辉映长天的绽放。轰轰烈烈地来，轰轰烈烈地去，这是太阳的性格。

四

南海观云，亦是好景致。南海是中国海区能见度最好的海，云则是最好的云，而且是低层云，就悬浮在你的头顶。

如果说日出日落带给你的是激动、兴奋、期待，甚至是惆怅、眷恋，那么看海中云、天上云则有一种轻松舒畅与长空浩荡之感。你会觉得天很近，触手可及，有一种灵魂振翅高扬的欲望。在这场时序轮回中，云彩是固定的司仪，爱岗敬业的模范。她们总是早早来到现场，准备着隆重而庄严所需要的一切祭具祭品祭物，营造着一切神圣、神秘、神奇的氛围，连朝阳或者夕阳进场或者出场的红地毯都铺好了。还有膜拜者、观众都邀齐了——那是她们自己，大大小小，成团成卷，裹着霓裳云衫，姹紫嫣红的，浓墨重彩的，白里透红的，也有轻妆素颜、一色清纯的。等你把注意力从鲜红的太阳上移开，才发现漫天云霞竟是刚刚登场的主角。这时你不得不感叹，人生主角不长有，人生风景时时变。天地大舞台，你方唱罢我登台，这是自然规律，亦是对人类的敬告。

海上看落日，需要平视。一尊经天行地普照苍生的造物主，愿意放下身段让你平等相视，是一种伟大。看云，却是必须仰视的。当你目送完壮丽的落日后，才发现，红霞还在，云阵依旧，她们一直铺到你的头顶、你的后脑勺。等你猛然转身，会发觉自己早已处在云的包围中，心如飞机，在云中翱翔。云是那么近，那么贴切，或舒或卷，就在你的额前，你随手扯下一把，既可以擦一把满脸的风尘，拭干一眼角的相思泪，也可以揉巴揉巴塞进你的心袄。八月的海上，早晚有些秋凉，凉生思，暖生情，你得煮一锅海水，用云彩做味道，喝下去，温暖你餐风饮露、疲惫苍凉的心窝。

你这么想着，可云不这么想。

她依然静观、默视着你。浮云生根，长天无语，远远近近，大大小小，高高低低，稀稀密密，薄薄厚厚，她们既不簇拥你，也不离弃你，任你情生万万种，心有千千结，云们依然布阵如初，守望如初。以为可以亲抚，却发现她正眺远方，一朵朵独立的云柱，一尾一尾地悬挂在西天，像水里游弋的水母。以为淡然若游丝，却发现那正是你最妥帖、真切、生动的一缕。她就这么淡定从容，处变不惊，千年万年如此。以为云定气静，却发现密云阵脚已变，翻覆腾挪，吞吐呼应，时过景移，而这一切竟然发生在分秒之间、眼皮之下。

其实并非如此，是船在位移，心在位移。

吟赏不尽的烟霞，流连不够的云景，彤云满天霞光万道，乌龙翻滚风起云涌，万马奔腾群羊牧天，闲云野游孤云静坐，它们的无边无际变幻无常，让你蘸尽南海的水也描摹不尽。

但是徐悲鸿可以。他把蓝天当纸，海水当墨，无须用笔，只抓起几团云彩随意挥洒，天空中就出现了他的《八骏图》，神来之笔奔放但不狂狷、精微而不琐屑。再向天边猛一张臂，满天立即涌起奔马万千如阵，咆哮嘶鸣如雷，怒卷的狂飙把个完整的晴天碧海踏了个粉碎，旌旗猎猎，惊尘翻卷，入诗成画。

黄宾虹可以。那样的构图，山峦叠翠，林木扶疏，水流潺潺，又有仙风道骨深居陋室入定；那样的着色，既有泼墨重彩，黑密浓厚，又有焦黑渴笔，纤毫若现，每一笔都是自然与贴切；那样的笔意，既取势雄浑而高远，又笔趣意象万万千，勾皴染点之间，虚实轻重繁简浓淡有致，向远处横亘，一直绵延到天际。

吴冠中可以。他把张家界从仙境搬到了天境。站在舷旁看云，如倚立天阶看山，仿佛置身喀斯特地貌山形之间，岩层分明，沧桑斑驳，云山叠嶂，天外有天。又如火山突然间爆发，岩浆流了半个海。忽有大片云床铺开，倏地扫荡出一扇冲积平原，坦白无奇，纯净无奇，有村庄坐落其间，田园风光盎然。远处有梅里玉龙珠峰并列耸立如军阵，那冰砌玉雕雪堆满地一片圣洁与庄严。转眼间，丹霞中耸起另一座冰峰，有金銮殿翼然其中，金碧辉煌，高洁神圣，整个云景像海市蜃楼，缥缈在海平面之上。

圣桑也可以。他把一曲《动物狂欢节》回放在南海上空，搅得风云翻滚乱云飞渡。谁家的翻毛狗儿白的黑的没看住，全都蹦上了天。虎狼出洞，张牙舞爪，声势夸张，一脚踩翻一海云水，泼金流银，一泻千里。金鱼披头散发边幅不修，水母漂游随意张合有致。骆驼昂起干瘦的颈，竭力辨寻千漠里远方的月牙泉。神女轻摇细细的鞭，长裙飘舞抖落缠绵的牧羊曲。龙腾虎跃，狮怒兔脱，搅起周天雪；章鱼潜行，蜻蜓点水，不露半点痕。憨象迁徙，笨龟缓行，孤雁独鸣，各有各的意境。北极熊粗腰憨坐，一脸无辜，傻考拉两耳痴张，不知所云，还有直立的袋鼠挺着沉沉的大肚子，不知跳向何方。唐老鸭拉长扁长的嘴巴，米老鼠拽大阔大的耳朵。群鸡相斗，疯癫撒泼一地飞毛；对虾互戏，轻描淡写无须深墨。天鹅凫水，倒影里清洗满湖的羽毛；野鹤无聊，拆了自己的一双翅膀在晒。其实，狂欢节上的动物太多太多，就是把整个动物园搬来，把非洲大草原的动物们都捉来，还比不上南海一只角的热闹。今天的圣桑，变幻神奇，拉出一支诙谐的旋律，洒满了南海的天，还邀请来徐悲鸿的马，齐白石的虾，李苦禅的鹰，黄永玉的火烈鸟。整个南海，就是他们的集体出演。

最后，他们把自己的作品，一股脑儿交给铁匠史密斯，和他那永远通红的铁匠铺子。

史密斯的铁铺总是红色的集合，因为夕阳在每个黄昏把自己交给铁匠。老铁匠也不懂啥叫经典佳作，只夹了火球，点了火炉，把锤子蘸了海水，一钉一锤，叮叮哐哐，打造了一大堆红彤彤或长或短或方或圆的啥，半浸在海水里，直到炉火黯红，余烬消退，细看却也是一幅传世之作呢。所有的浓云淡云，一律凝成墨汁般的海水，等待明天白云的漂洗。

南海的云，有最丰富的表情，却只是“南海故事集”的封面上生动的题字。翻开它，只能算是掀开了美丽中国的一角。

南海，是一个美得让你想落泪的地方。

五

美不美，海中水。南海的水是最美的海水。

南海的云雾烟霾、浮尘雨雪，其实都是水的孩子。

伫立舷旁，一任墨蓝的海风把我熏黑，再请红云帮我拭去海水留在脸上的盐分，肤色就有了黑里透红的意思。低头看海，真切而生动。

南海的水极其清澈，目光直视能达三四十米深，透明度远远高于其他的海。海水的颜色当然是蓝的，宝石蓝、烟波蓝、孔雀蓝、天蓝、浅蓝、深蓝、墨蓝，而且随天气而变、随时间而变、随海水深度而变，让你惊叹蓝色原来有这么丰富、这么纯粹，让你知道什么叫晶莹剔透，什么叫纤尘不染，什么叫空明澄碧。

无风的时候，微澜不兴，平畴千里，宁静而妥帖，像一只柔美的手抚慰你皱巴巴的心，把你安顿在柔顺平滑的巨幅丝绸缎面上。

我来自长江，来自长江中游的一条小河——陆水河，来自陆水河旁边的一口小水塘——莲花塘，水是我生命的重要元素。伫立海中央，接受海的洗礼，领受海的馈赠，在威严与慈祥、壮丽与柔美、坚定与变幻中，感受水的坚强、水的勇敢、水的博大、水的通透。经得起大起大落，耐得住孤独寂寞，守得住宁静平凡，不在意一片云彩。

当以海为镜，照一照自己的灵魂，扫一扫沉积太久的心垢。喝过长江水的人，心里永远流淌着一条长江。看过海的人，心里永远有一面海。

如果问用什么词来描摹你心中的大海？我想，一百个人能有一千个词，辞海描不出大海的风采。如果一定要选一个词，我想用一个字——平。

风平浪静的时候，大海便显示出她的内在美——平。海平线是一切航船的方向，海平面是自然界一切高度的起点。平展是海的外形轮廓，平静是海的本来面目，平凡是海的基本属性，平坦是海的永恒追求。对平的无限趋近，构成每一滴水乃至整个海一生的任务。纵有惊涛骇浪，终究复归宁静，平坦是海的永恒追求；纵有三头六臂万千本事，一入水都在不断地寻找平衡点；纵有满腔的愁肠怨忿往里倾泻，她依然平静如初，守着一海的安宁。

一个平字，让一切归零。这就是海的力量。

人类不能一天没有太阳，太阳不能一天没有大海。

海是太阳的母亲。绕地球转圈，太阳累了，太阳脏了，太阳想睡觉了，就回到海里。海扯了很多云被，把自己煮沸了，用温暖守候太阳回家。太阳一猛子扎进海的怀里，自顾自地睡去。第二天，海把苏醒的太阳洗浴一新，用朝霞彩云打扮，鲜亮清秀地托出海面，还给天空，交给长风流云。日复一日，年复一年。

我不是诗人，但低头看海，仰头望天，借海的诗意信口咏海一首《你是一面海》：

你那喧嚣中的一身娉婷 / 你那众芳里的一声绽放 / 你在海边晨曦里的一袭牵挂 / 你那最为生动的一撇细细的芽儿 / 和那一抹赧色的遮挡 / 常常的相思拧成 / 拧成一支长长的纤 / 驮起过一江重重的帆，一湖密密的罾，一河长长的排 / 苦苦的相守像不依不饶的风 / 酿成甜甜酒 / 浇开你那一脸的灿烂 / 灿烂的笑灿烂的哭 / 灿烂的春灿烂的秋。像一只航船 / 无论我怎样刚强 / 只能在你的柔波里挣扎 / 无论我怎样强劲 / 只能在你的怀抱里突进／仰望你朝阳般的眸子／我亢奋胸波如海／守着你的满天星子／我疲惫地，随波逐流／你是一面海啊爱是一面海／你的辽阔／你的深邃／你的巨澜／你的细浪／我愿做一介渔夫／摇一双烂桨／拍遍你的香肤／或化作一尾游鱼／一直游在你的波心。

六

南海的风景不光在水上，也在水下。

海底茂密的珊瑚丛林，游荡着各种海参、鲍鱼、鱼类……光优质珍稀的鱼就有鹦嘴鱼、梅鲷、刺尾鱼、魟鱼、石斑、鲨鱼、金枪鱼、鱿鱼、飞鱼、遮目鱼等。曾母暗沙是最丰富的海洋生物聚集区，有浮游植物一百五十多种，浮游动物一百三十多种，鱼类五十多种。丰富多彩的海洋生物，构成丰富多彩的水下世界。

凝视深蓝色的海水，忽然发现有亮点在水下疾行，约五米深处，一点，两点，无数点，上下窜动，徐疾不定，一点儿也不怕人。这头顶蓝灯的是什么生物？后来才知道是水母。

那天下午，一位水手飞奔而来让我赶紧去看鱼。我拿起相机冲到驾驶室右舷瞭望台，顺着二副的手指望去，前面一片长宽约二百多米的水域像开了锅一样，无数的鱼在跳跃，俨然一个庞大的鱼群在集会，不时有三两处、七八处水被翻腾，有鱼跃出水面想发言。水手感叹，这要一网打下去，该有多少鱼啊！

但是，还有比这更壮观的场面。那天，船右舷前方突然冒出一片数不清的海豚，黑色的脊背在午后的阳光下闪闪发亮，船员们估计数量应当在几百条左右。偌大的阵容不时有三五条海豚跃出水面翻滚表演，煞是壮观。奇怪的是，海豚在集体翻滚时，不管距离多远，动作几乎完全一致，仿佛训练有素。船员们说，海豚是人类的朋友，如果有人落水，海豚会把人顶起来送上来。怪不得海洋公园里的海豚表演永远有最热烈的掌声。有水手在船头，对着海面嗷嗷地叫，海豚们全不作理会，我们戏称“没有共同语言”。此时此刻，再好的摄影技术恐也无用，几乎拍不到半尾鱼影，只有激浪翻腾。

船长说，有海豚的地方没鲨鱼，海豚是鲨鱼的天敌。怪不得有水手告诉我，刚才有一只鲨鱼尾随我船好一阵子，现在不见了。

海上什么奇观都有可能发生。我正在舷边沉思，突然听到背后有声响，像是高音喇叭发出的声音，回头一看，只见右舷后约几十米处，腾起一股一米多高的气浪，一段硕大黝黑的鱼脊正露出水面。我赶紧喊大副，他用望远镜看了看，肯定地说：“是鲸鱼，在喘气！”呵，南海的鱼，喘气都那么壮观！大鲸鱼游速并不快，远远地伴在我们右后，每隔几分钟从背上吐出一股气浪。我赶紧用照相机拍，但抓拍不到，改用摄像功能，但效果似乎不好。

看鱼不如钓鱼。

由于要避开台风，我们的船在永暑礁的泻湖里抛锚。此地海面平整，无风无浪，无涌无流，是难得一见的静。这也是钓鱼的好时机。

午后，在船尾甲板上钓鱼。三副把他的渔具让给我，帮我穿好鱼饵，选好位置。所谓渔具，其实简单，一根长长的尼龙线，一只两寸长、半寸直径的圆柱体铅坠，一弯细细的银光泛亮的、与江河湖塘里钓鱼并无差别的钩。鱼钩抛向浩渺无边、深不见底、碧蓝无比的海，实在是一种浪漫。鱼线放到二十米左右，你似乎能听到铅坠磕底的声音，仿佛是你在叩击海的心。一根长长的、深绿色的线，把你和海连通，人与海之间就有了某种感应。

有时也有浪或者涌。望着被潮汐和海流冲击得一张一弛的钩线，你感觉是在钓海，不是钓鱼。人生处处海，时时下金钩。我的脑子里突然冒出这句话来，何处得来，不知道，大概是从海里钓来的罢。

一会儿我就感觉钓线紧绷，赶紧往上拉线，船尾随波起伏，我一边拽线，一边作镇静、老到状。侧过脸看老水手长，他正用一弯鱼竿钓鱼，他那被海风吹染了几十年的古铜色脸上，满是从容、淡定，其实他已经收获两条石斑鱼了，金红色、黄黑色，斑斓多彩。待到我提起铅坠，鱼钩却不见了！水手赶紧过来帮我换新钩，说，要么是鱼叼走了，要么是被海浪摇松掉了。呵呵，不是我钓鱼，而是鱼钓我、海钓我了。

再一次向海里抛钩，手里的线又突然绷直不动了，心里一阵窃喜，继而发现拉不动，想是鱼钩被咬住了。水手长赶来帮忙，说："被珊瑚吃住，只能拽断了。"他告诉我，海底是珊瑚礁，鱼在其间游嬉，铅坠落在礁缝间，往往容易被绊住，每当这样，只能是"舍不得金钩钓不着鱼"了。如此解释，令我释然，南海钓珊瑚，也是一种浪漫。处处藏钩，危机暗伏，人生何尝不是如此。

太阳烈烈地射在海面，灼得皮肤有些痛痒。看看身旁烈日碧海白浪映衬下的水手们，皮肤都如我一般黝黑，好像涂抹了海的颜色。尽管远离亲人、远离喧嚣、远离正常生活，忍受着没有尽头的寂寞、单调和孤独，但他们仍然兴致勃勃地生活着、工作着、娱乐着，他们对生活的热爱让我感动。

他们都是海的孩子，像海一样充满活力。钓鱼，是他们与海对话的一种方式，人钓鱼，海钓人。但船员们说，不是人钓鱼，是海钓鱼、天钓鱼。因为只有风吹水动拍打珊瑚，惊动了的鱼才出来游动，如果无风或风太大，鱼们深藏不露，不好钓，所以大风前后是捕鱼、钓鱼的好时机，有些打鱼人正是因为贪恋这一机会而收网不及，造成船翻人亡的惨剧。所以说是天钓鱼呢。

真正实惠的，不是钓鱼而是吃鱼。船员们说，南海的鱼味道最鲜美。每晚，我在房间读书，老水手长总来陪我。他把一套功夫茶具搬到我跟前，泡最好的铁观音给我喝，生怕剧烈的摇晃让我晕吐，小心地呵护着我，说喝热茶可以消除晕船感。我读我的书，他泡他的茶，我喝完一杯他续一杯，没有一句交流，就这样默默地陪伴着，心里很踏实。老水手长的茶韵味深长，让我品味一生。偶尔我也同他聊天，他讲关于他家庭的故事，他是侨属，有一子两女，在海上工作四十年了，一生没有好好陪过家人，他答应过老伴儿，等退休了带她上北京，看天安门、看长城。老水手长有些自言自语起来，我的眼眶湿润了。说，不要等退休了，休假就去，我在北京等您和老伴儿……那晚，是七夕夜。第二天上午，我在房间看海图，老水手长进来，手里捧着一大盆鱼汤，他让厨师把这两天他钓的鱼都炖成汤，要我这个北京来客尝尝鲜，滋养滋养肠胃。望着老水手长一脸海熏的古铜色，一脸的淳朴敦厚，我感动得说不出话来。南海上的这一盆鲜美的鱼汤，足以让一切珍馐奇馔索然无味。

海上的生物游在水下，也飞在天上。不知道从什么时候起，一连数天，一只很大的海鸟出现在前甲板，白白的羽毛、尖尖的嘴儿和细细长长的腿。她随船而翔，上下翻飞，不时落在甲板上，不时又亮翅飞起，毛须毕现地在我的头顶盘旋，仿佛专门让我拍照。无论风怎么急，浪怎么高，都影响不到她的方向和姿势：向前、展翅。无论怎么飞，她总是把这条船当作落脚点、避风港和暖巢。借助这条船，她实现了远翔甚至是跨国的飞行。但是，她还能飞回旧巢吗？她的亲人们在哪里？

与她一样孤身只影的，还有一只家燕。从哪里来，不知道，可能在厦门就误上了我们的船，一直跟到曾母暗沙。早几天总在船头见到她蹁跹的倩影，渐渐地只能在船中部或船尾的某处角落找到她了。显然，可怜的小燕子累了、饿了、瘦了，一只本该在房梁前呢喃翻飞的小燕子，怎经得这番惊涛骇浪、路远水长的奔波！我从餐厅取来饭粒放在甲板上喂她，但她惊恐地飞起，藏得让我找不到。翻飞的身姿很美，但瘦骨嶙峋得让人心疼。渐渐地，她不太怕人了。早起拍日出，我在镜头中发现了这只在蠕动的可怜虫，她蜷缩成一团毛球，在舷边栏杆上瑟瑟发抖，我悄悄走近她，在距离不到一米处，以日出为背景拍下她的剪影。我想，一旦上错船，一只小鸟要付出多大的代价！何况人呢？我想小燕子肯定后悔了，靠她的小翅肯定是飞不回家的。

避风抛锚几天，竟然没再见到小燕子。是被台风吞噬了，还是体力不支坠入大海葬身鱼腹了？或者是拼了小命飞到几海里外的礁上去了？那个有如生命禁区、只能靠钢铁意志生存的孤礁，能存活这只细若蜻蜓的乳燕么？她能侥幸搭上下一艘船回到厦门她温暖的家、温暖的亲人怀抱么？

按照航程，我们的船明天将抵达海南三亚。南海之行最后一次看落日让我多少有些留念。落日依然红亮，但下降更慢，有点依依不舍的意思。长霞绵延，像大笔泼洒的红彩，一笔下来，至少在两千米以上。只有到了海上，才知道什么是大手笔，什么是如椽之笔，什么叫写意。今晚的落日有三两只海鸥来点缀，高高低低地飞，不远不近地跟着我们，一会儿在你头顶上盘旋，羽翼尽展，任你拍照，一会儿一个猛子冲向海面，紧掠水面，让你无法抓拍到海鸥追逐夕阳的画面。不过倒有惊奇：那只小燕子竟然还在！在抓拍海鸥的过程中，无意间发现海鸥追逐的移动目标竟是小燕子！小燕子的倩影一次次地掠过船舷，明显更瘦了，但身姿依然美丽、矫健。我突然有些感动，不知道这几天她躲在哪里，前两天我们在大面积的暴风雨中穿行时，她是怎么捱过来的，看到我留的米粒了没有？明天，小燕子也可以上岸了，经过了凄风苦雨漫长旅程的小燕子，一定能获得更强健的生命升华。我也像这只劳燕一样要飞回北京了，不知道小燕子能否辗转回到厦门，或者在三亚另筑新巢？但愿她能找到回家的路，回到自己的家。

七

吟赏海天云霞，观望日月星辰，成为我每天的功课。独享天地之间如此隆重的、辉煌的、绚丽的壮景，简直是一种贪婪和奢华，让我诚惶诚恐。

有人说“人生苦短”，我想，第一个说此话的不是庸人，一定是一位伟人，一位披星戴月、开疆扩土的伟丈夫，而且是面对大漠孤烟、长河落日，或者如我这般站在长天大海之间抒发的，或许时令正值秋天，抑或初冬。只有经历了人生的风霜雨雪，才会有如此精短而深刻的感叹。

看南海，时时有云，写南海，处处有云，南海的景致少不了云。今晚的云彩，早早就铺了厚厚一层，原以为日头一头钻进去就出不来了，没想到太阳一落到红被上，就点燃了无数横亘远方的条状云，低聚在水面上的云层接通了电源似的即刻间变得通明起来。一根两根，三堆四堆，长长短短错落有致的条云，像勤奋的铁匠史密斯一顿饭工夫打出的一大堆铁条，红彤彤、热烘烘地垒在天角，是一天的人生收获。

天边云燃烧到最红点，倏然黯淡下来，紫红色、猩红色、深红色的云在几秒钟之间就布满天幕，黑红相间的海水让你想起司汤达的小说《红与黑》，凡事红到极致便是黑，把黑化开或许就是红，红与黑之间常常难以界定分明，相互的转化又让人不得不感叹人生风景的无常。十九世纪的主人公于连倘若生活在今天的中国，司汤达还能下笔吗？我琢磨着这神奇的景象、神圣的主题和神秘的变化，望着云堆云阵云海坚定向前不断变幻的步伐，吃惊得有些说不出话来。

突然，咯噔一声，我心被惊了一下：没有被残云兜住的夕阳，像一只鲜红的橙桔，或像一只腌得熟透的咸鸭蛋黄，嘣地一下落在已如墨汁的海平面，还咚地弹跳了一下。黑色的海水仿佛被砸出一个舒服的窝，恰到好处地托住没被砸扁的落日，还用深情的水波迎住了它，浸润出一溜边的红，挤着了残阳的下半个脸。天地间，又绽放出红光万道，沸腾的海水又一次把脸羞红得不行，还有天上霞。尽管只有三两秒钟的事。

红与黑，是今晚南海的标题。

一切重归沉寂。一抬头，猛然发现头顶上蹦出个亮闪闪的什物来，差点儿磕着我的前额。睁眼仰望，却是一弯月牙，着了些柔曼轻纱，娉婷地乜着我。啊，这就是今晚，中国南海的又一个标题了。

这是南海之行，我的第一次望月。

我想，为什么不利索一点，干脆给我来一个大饼月呢？玉轮照碧海，片片柔波片片月，满眼的银光灿烂，月波如鳞，那该多美啊。

其实，有一种出场叫隆重，有一种亮相叫不张扬。

比方说，那一轮朝阳或者落日。比方说，这一钩月牙。

是谁发明了“月牙儿”这个惟妙惟肖的词？中国文化的精妙在于细致，细致到你思维的每一道沟坎都盛满一汪柔美的水、一缕舒畅的风。如牙的月儿，纤纤细细、袅袅娜娜地走着，如诗如画，却不耀眼灼目，也不转移视线和话题，你可以若其有、若其无，照样行你的船，向南或向北，照样沉醉在你红幔弥天的落日遐想中，照样想着你迢迢遥遥、飘飘渺渺的万千愁思，但是，你能感到头顶上这丝嫩嫩、微微、似有若无的逼视。正想愠恼，放低后脑勺，你却分明看到那一道皎洁、一丝纯清、一弯浅笑，你还能恼怒么？在这苍茫大海之中，浩渺天边、风帐浪幔的漂泊日子里，你孤独的、寂寞的、颠沛的、摇碎的，贮了半池秋水的心，能有一丝月牙儿与你温情款款地遥对，你不觉得是一种饕餮、一种奢华、一种满足么？那一钩弯弯的、如锚一般的月，还泊不住你的浪子之帆、游子之心么？

一弯细月谁裁出？我就这样愣愣地站在甲板上，脚下生钉。什么都可以想什么都可以不想，我成了云痴，或者月迷了。

南海的秋月，细牙如钩，是今夜的新娘。

八

夜间漂航在曾母暗沙附近海域，船位北纬4° 07′，东经112° 06′。船头北指。

南海上空的星，是我的向往。自从昨晚无意间撞见那一弯刚从海里沐浴上岸、披着薄纱还滴着水的月牙儿，数星便成了我一夜的寻思。

在南海上航行，任何一次贪睡都是浪费。被电机的声音唤醒，看表，已是凌晨四点半，赶紧起来看星。

游弋漂航或者抛锚的船，必须亮起舷灯和桅灯，以告示过往的船舶，这对看星星是极不方便的，须走到避光处才行。右舷上空有密集的星群，值班水手用浓重的闽南话告诉我，那边是东方。

东方未晓，天幕布满繁星，是谁从南海里捞了一把金沙撒在天庭。晶莹剔透，铮亮闪烁，想吹一口气拂拭，却怕惊扰了她们的布阵，也怕玷污了她们的圣光。一颗两颗，六颗七颗，啊，连起来，可不就是一只硕大的长勺，像乡下祖母家随意放在水缸盖上的那只大水瓢，斜挂在南海的天花板上？北斗星！我的思维很快与儿时山里数星星时的情景联通，一样的北斗，不一样的场景；不一样的人生，一样的北斗！

多少年过去了，我几乎没有再数过星星，没有再见过北斗。生活的迷雾一团团，事业的峰峦一座座，只顾眼前的路、脚下的坑，哪得半闲看星星。一路的征尘喧嚣与行色匆匆，环境的粉尘污染与光影迷乱，让我失去了看星辰的心境与环境。但心中的北斗却从未迷失，从未黯淡。只是没有想到，在南海夜空的天帐顶上，我与他们撞了个满怀，激起我的旧梦支离、旧忆褴褛！对不起我的北斗星了，我谨向你们表达我睽离已久的最隆重的歉意和敬意了，以这一满海一满海的多情水作我的情意，任你舀，任你溅，任你挥洒！

那不是北斗星！

水手说，斩钉截铁地。

啊？我愕然若惊，像是失足落水刚从海里狼狈地爬上岸。为什么？

北斗星不是在这个时候出来，你应该昨晚来看。今天是七月初六，此刻的北斗星应该在南半球，连月亮都早已西沉了。

水手的话，在我刚碎的梦上又跺了几脚。

风有些凉，心也有些凉。冷眼看天，怅意生焉，果然，形似七星长勺的星阵还有许多，只是略有差异罢了。

人生亦如星阵。某个时候某个阶段某个环境里，你可能把某个人或某件事当作人生的北斗，为之苦苦追寻孜孜以求甚至赴汤蹈火。当斗转星移，时过境迁，你却蓦然发现，那不是你的方向、你的目标，它甚至耽搁了你人生的航程或者误导了你前进的方向，让你落得个触礁撞滩、帆损船覆的下场。为自己人生的航船定位，而且准确定位、正确定位，乃是人的一生之至关紧要。无论如何，我们不能失却心中的北斗。

看，那是启明星！水手把手指向夜空。

啊，果真！满畴星子，挤挤密密，唯有一颗最亮的星，正挂东方！

曙色微露，明霞刚醒，启明星如孤灯高悬，遥遥地，正以自己的微光点亮东方，点亮世界。南海的启明星是今晨的普罗米修斯。

失去了昨夜的北斗星，心中却升腾起今晨的启明星，人生的曙光总是会出现的。

九

2012年8月22日。曾母暗沙海域。

这是一个值得我永远记取的时间和地点。

今天，我将见证一个意义深远的时刻——厦门航海爱好者们驾驶的“厦门”号帆船经过九个多月的环球航行，上午将抵达南海曾母暗沙，回到祖国怀抱。

这是一艘长15.5米、宽4.34米，总吨位17.5吨的帆船。2011年11月3日，“厦门”号从厦门出发，经菲律宾、帕劳、巴布亚新几内亚、澳大利亚、新西兰、智利、南非、马达加斯加、塞舌尔、马尔代夫、马来西亚，过马六甲海峡、新加坡海峡，进入中国南海，行程四万二千六百公里。

经船长、政委商定，我将作为这艘船的唯一代表，乘坐小快艇前往北纬3° 57′、东经112° 16′的指定地点，迎接航海勇士们。

七点四十，我穿好衣服，把相机包绑在腰上。水手长为我穿好救生衣，拿来一双白纱手套，嘱咐我上小艇后不管抓什么一定要抓紧。从来送行的水手们的目光和言辞中我读到了羡慕。水手长再一次帮我系紧救生衣上的带子，说，这边是一只口哨，那边那个是手电灯。“不过，今天应该都用不着。”老水手长说。我心里生出一种悲壮感，决心一往无前，绝不退缩。

八点三十，一艘小快艇劈开激浪靠近左后甲板，我翻身上艇。艇太小，只能容纳三四人，前舱装满送给“厦门”号的矿泉水、饮料、水果、牛奶等。小艇在惊涛骇浪中飞驰，像要飞离水面。浪头一波波地冲过来，溅了我一身又一身。我的游泳技能多少让我增添了许多豪气和胆量，我心里一直蹦着几个字：劈波斩浪，勇往直前！在飞奔中，我不敢动弹，随便抓牢一物，欲站不直，欲坐不下，一个难拿捏的不雅姿势，使我全身每一块肌肉都在做突起的运动。稍一松弛，仿佛立即会被飞浪抛到天上。

二十多分钟后，快艇接近“厦门”号帆船。一片孤帆矗立在耿耿云天和苍茫大海之间，像一位战风斗浪的伟男子在稍事休歇。船上人见到我们，兴奋地跳跃和高呼，他们展开了一面红旗，上书：祖国，我们回来了。我向他们挥手、高喊：“勇士们，你们辛苦了！”

快艇水手抛出一条缆绳，两条船就紧紧地连在一起了。我腾地一下翻身上船，成为在祖国南海的曾母暗沙与他们握手的第一人。四位勇士握着我的手，有力而真诚，他们都哭了。是啊，饮风餐浪、踏波蹈海九个多月，远离亲人，饱经风险，终于回到祖国的怀抱，怎能不激动？祖国是航海勇士们最坚实、最安全、最温暖的港湾。

“厦门”号船长年纪最长，五十八岁，体魄健壮，精神矍铄。看见他稳健地操舵，我觉得他是海明威《老人与海》里那位倔强的老渔夫。是的，中国需要这种不屈的精神，敢于拼搏，勇于创新，向大自然挑战，向人类的极限挑战，应该是我们这个民族血脉偾张的情愫。一个胆小怕事、畏缩不前的民族，注定是一个固步自封、自囿自闭的民族，是一个走向穷途末路的民族。“厦门”号的勇士们是中国的哥伦布、达伽马、麦哲伦，是今天的郑和！

航海勇士们把我们的目光引向那一片小小的风帆，投向他们那长长的航迹，投向中国的海，世界的海。中国人的海洋意识似乎还没有苏醒，葡萄牙人的战刀，英国人的炮舰，日本人的屠刀，八国联军、英法联军的火枪都是从海上登陆中国！第一次世界大战中列强从海上侵入中国，第二次世界大战日本侵略者不仅使中国的陆地遍布创伤，还侵占了大片岛屿，留下的海上祸根至今仍然在蔓延。今天的东海、今天的南海，在抢夺、蚕食中，已摇晃得如汪洋中的一条船，令人心焦。唤醒全民的海洋意识，保卫中国的海，寸土不让，滴水不漏！

这，正是“厦门”号风帆带给国人的启示。

在曾母暗沙，四位勇士要搞一个抛锚仪式。船舱里有一只高一米的铸铁锚，上刻八个字：大国雄风，永镇南疆。我应邀为勇士们拍照留念。我回到快艇，围着帆船转圈，寻找最佳拍摄角度。两位勇士抬起铁锚，走到帆船右前侧，一起庄严地把锚抛入水中，一柱海浪应声而起，就这样，一颗中国之心、一颗海洋之心，永远地驻留在这片属于中国的碧海之中。也把我的一颗心，永远抛锚在南海。

原载《时代报告》2013 年第 4 期

会唱歌的沙漠

王昕朋

说到沙漠，人们常常把它与枯燥、枯黄、枯寂、灾害甚至灾难联系在一起。因而，很少有人相信沙漠能唱出美妙动人的歌。到了宁夏，听人说沙坡头一带的沙漠会唱歌，我的第一反应是惊讶，感到不可思议，当然也不相信。所以，在去沙坡头的路上，我反复在想象着沙漠的歌声从何而来：是大风从沙漠上掠过的声音？是沙尘飞扬的声音？抑或是从遥远的地方飘过来的声音？我知道，国内有一些旅游景区的很多传奇故事，是当地人创作出来的，为的是吸引游客。这些年，出现了几个地方同时争一个名人的出生地、帝王将相墨宝或足迹留处的“官司”，甚至玷辱一个地方的“穷山恶水、泼妇刁民”这种词句，也因出自乾隆皇帝之口（是否如此尚无考证），而被相邻的两个市争相使用，以示皇帝曾经过此地，进而表明自己的历史悠久。俗话说眼见为实，沙漠会不会唱歌，我不仅想亲眼看一看，更想亲耳听一听。

我们同行的一位宁夏的朋友，曾多次到过沙坡头，对沙坡头的历史和现状了如指掌。他告诉了我们一个关于沙坡头的传说。中国有四大鸣沙山。沙坡头是其中较为有名的。同其他几大鸣沙山一样，沙坡头的传说也古老而悲凉，并有着浓重的神话色彩。传说很久以前，靠近黄河的沙坡头是一个码头，丝绸之路的枢纽，四方商旅往来不息，逐渐形成一座终日喧哗、热闹而又兴旺的古城，名字叫作桂王城。由于它紧靠着茫茫大沙漠，经常受到风沙的侵袭，因此，南门城楼上挂着一口神奇的大钟，每当风沙降临会唱歌的沙漠的时候，那口大钟就会自鸣起来，提醒和呼唤城里的人们逃避。很多年间，有这口大钟的报警，城里的百姓躲过了一场又一场灾难。百姓都把那口大钟奉若神明，称其为“神钟”。有一天，大钟突然又惊天动地地自鸣起来，百姓一听神钟报警，连忙行动，扶老携幼，仓皇出逃。但是，那一次的沙尘暴来得太猛太快，很多人没来得及逃离就被遮天蔽日的风沙吞没。大风挟着沙尘一连刮了七天七夜，埋没了城市，吞没了繁华，也淹没了一段历史。那口大钟自鸣了七天七夜，被流沙掩埋在了沙坡底下，和桂王古城一样成了世代流传的传说。据说，被埋在沙丘下的人们悲痛难忍，不停地哭泣，眼泪汇成一股又一股清凉的细泉，沙坡下的泉水也因此就被人们称为“泪泉”。那口曾被奉若神明的神钟，也在沙坡下不停地自鸣……

听了这个传说，我们都默然。残酷无情的自然灾害，给人类带来的悲欢离合数不胜数。但是，古老而又悲凉的传说和“神钟自鸣”并不能解释清楚鸣沙的缘由。据说，专家学者们按照科学原理，对鸣沙现象进行过研究，至今有三种不同的解释：第一种解释是“静电发声”。由于沙坡头地势高，沙山的沙粒在人力或风力推动流泻时，含有石英晶体的沙粒就会互相摩擦而产生静电。当静电放电时，便会发出声响，每一处静电放电的响声汇集起来，就会形成轰轰隆隆的声响。第二种解释是“摩擦发声”。当天气炎热时，沙粒会变得特别干燥而且温度增高。对其稍有摩擦，即可发出爆裂声，众声汇合一起也会形成轰轰隆隆的声响。第三种解释是“共鸣放大”。沙山群峰之间形成了壑谷，是天然的共鸣箱，流沙下泻时发出的摩擦声或放电声引起共振，经过天然共鸣箱的共鸣，放大了音量，也能形成轰轰隆隆的声响，而且长久不息。到底哪一种说法才能解释沙山鸣沙之谜的真相，现在还无法考证。

“每一个来到沙坡头的人，都禁不住要亲身去体验一下神奇的‘金沙鸣钟’，也可以说自己制造的歌声。到了沙坡头，你们可以体会一下。”宁夏的朋友这样说。

沙坡头坐落在宁夏中卫市城西二十公里处。听了沙坡头这个名字，你就不难想象出它那雄浑壮丽的景观。在汉语词汇中，“头”字不是随随便便可以戴上的。既然叫沙坡头，一定有其背景。果然，一下车，我就被眼前的景象震撼了。在苍茫的贺兰山下，黄河绕了几道圈子，形成了一个巨大的“S”形状，仿佛一条气势磅礴的巨龙。北岸高达百米的陡峭高坡，被从腾格里沙漠吹过来的黄沙厚厚地覆盖，远远望去金光灿灿，如同铺了一层黄金。而沙坡由于高低不平，形成了一道道起伏的弧线，一个个独立的坡头，就像一排排翻腾的巨浪，或者说一座座挺拔的峰峦。如果用千峰竞秀来形容，恰如其分。这里的沙层有七八十米到一百米厚，在全球沙漠中也属于非常罕见，因而被国外沙漠专家、学者称为“世界沙漠之祖”。它一边连接一望无际、苍劲雄厚的腾格里沙漠，一边濒临九曲十八弯、奔腾不绝的黄河，于是，形成了集山、水、沙为一体、独具一格的景观。大凡到宁夏的人，都会到沙坡头看一看，不仅是看它独具特色的景观，还感受它的奇妙和奇迹。

“滑沙”，是沙坡头的一大特色旅游项目，也就是宁夏那位朋友说的亲自体验“金沙鸣钟”。沙坡头拥有沙漠积累而成的陡坡，最高处达二三百米。人坐在滑板上，从坡上向下滑，速度飞快，如同从天而降，既十分有趣又惊险刺激，同时，也考验人的胆量、锻炼人的意志。这个时候，就能听到传说中的“金沙鸣钟”的声音。尤其是众多人一起滑沙的时候，那声音如洪钟巨鼓，沉闷浑厚，仿佛千军万马奔腾而来。人越多，声音越大；动作越整齐，沙鸣越久。据说，世界所有的沙漠，都没有这种条件，因此，在沙坡头“滑沙”，会有在其他沙漠无法感受到的奇妙。如果是在晚间“滑沙”，不仅能听到沙鸣之乐，还能欣赏人体与沙粒摩擦产生的缤纷火花。我因为心里想着听沙漠唱歌，所以聚精会神地聆听着各种声音。然而，过了很长时间，也没听到传说中万马奔腾，或者说洪峰澎湃的声音，只有沙漠上飘荡而来的驼铃声、黄河上回荡的游客猎奇的呐喊声、众多游人“滑沙”时制造出的沙鸣声，以及从远处山坳中传来的民歌声。我感到不解。宁夏的朋友告诉我，那种铺天盖地、轰轰隆隆、气壮河山一样的声音已经很久没有了。这是因为沙坡头的治沙工作取得了很大的成果，流动不息地吞噬着土地的“沙魔”被治沙工作者套上了“缰绳”，过去导致鸣沙的特殊构造，已经因为人类的治沙努力而发生了变化。

沙坡头沙漠博物馆里陈列着的联合国和国际环境组织颁发的奖杯奖状，向我们打开了沙坡头治沙那艰苦卓绝的历史画面。新中国成立之初，国家投资修建横贯大西北的交通命脉——包兰铁路。这条铁路穿过中卫市会唱歌的沙漠境，必须六次穿越腾格里沙漠南部边缘地区的总长近五十六公里的沙漠。其中以沙坡头坡度最大，风沙最猛烈。为了保证这第一条沙漠铁路畅通无阻，避免路轨被沙埋住，从二十世纪五十年代起，治沙工作者、铁路干部职工、固沙林场工作人员、沙漠研究专家学者和中卫人民一道，历经千辛万苦、千难万险和千锤百炼，研究和探索出了“麦草方格固沙法”。同时，又成功地栽植了多种沙生植物，形成了大片相连的沙障，使铁路两边形成了两道绿色的屏障，有效地控制了沙害的侵扰，阻碍了沙漠继续向东南侵袭。经过几代人将近五十年的努力，这项工程终于取得了成功，在铁路两侧巨网般的草方格里长满了沙生植物，在铁路两侧营造起了防风固沙工程，保证了世界上第一条沙漠铁路——包兰铁路——几十年来畅通无阻，安然无恙。可以说，沙坡头这一片绿洲不仅有效地保护了阿拉善沙漠地区的土地，改善了这里的环境，创造出了独特的沙漠生态系统，为生活在这里的人们创造了经济效益，同时，它阻止了沙漠化的进程有效地保护了黄河不被沙漠侵吞，更为重要的是，它为人类治沙提供了丰富的经验。

走出沙漠博物馆，看着沙坡头成群结队、游兴浓烈的游客，奔流不息、一泻千里的黄河，生机盎然、巍然挺立的绿树，炊烟袅袅、绿树环绕的村庄……一种排山倒海、气势磅礴的歌声突然而至，让我的心灵感到震撼。我终于明白了，会唱歌的沙漠过去唱的，都是因为面对残酷的大自然而无能为力才产生的“悲歌”，如今的沙漠依然是会唱歌的沙漠，是在唱着新中国治沙英雄的赞歌，唱着人类进步的赞歌，唱着中华民族伟大复兴的赞歌。只有这样的歌声，才会永远在人们的心中回荡。

2006 年

选自散文集《会唱歌的沙漠》，中国言实出版社 2018 年 9 月版

城市的灵魂

邱华栋

一晃我在北京就生活了二十多年了。简直像做梦一样。我也亲眼看见了这座帝都的变化，而这样的变化，很多都化作了文学作品，以各种方式留存在我的那些文字中。

不光如此，这些年，我还搜集了关于北京这座城市的很多历史材料、建筑资料、规划设计、作家随笔，等等。我总觉得，一个作家必须要保持和一座城市的紧密关系。假如能写出一座伟大城市的历史和当下的变化，都凝聚在一本书中，该是多么伟大的事情。但是，这样的一本书，还一直在我的创作计划中，在不断地计划着，丰富着，也不知道什么时候能写出来。

一个朋友说，北京，现在早就不是那个老北京了，连魂都没有了。自从拆掉了北京城的老城墙那天起，旧城及其灵魂，就渐渐不复存在了。

我常常在夜晚开车经过那些变化巨大的城区，去寻找昔日的记忆。的确，今天，在北京老城墙矗立的地方，只剩下了几座城门楼和角楼。完整保存的明清时代的历史遗迹，主要分布在中轴线上，比如天坛祈年殿，比如故宫、景山、北海、钟鼓楼，再有一些零散的遗迹，这座城市的旧物，已越来越少了。

十多年前，有一则报道吸引了我，说的是一个日本人，叫岩本公夫，他在当时正在拆迁扩建的平安大街边的胡同中，搜集了很多旧式门墩，并把它们一个个地用自行车运到北京语言大学的校园里，集中放到一片空地上，以期有博物馆会收藏它们。门墩蕴含着很丰富的老北京的信息，我当时看到电视上那个日本人在滔滔不绝地讲着这些石头门墩的分类，它们上面雕塑的含义，它们的象征性符号，十分感动。一个日本人对北京旧城的物证如此有研究，叫我吃了一惊。

早年对平安大街的扩建，不少文物专家是反对的，因为那是一条文物街，大到段祺瑞执政府，小到极精致的保存完好的四合院，以及京杭大运河的起点（一座石桥），都在那浓密的国槐掩映下的。但城市的发展要使它的中部再来一条宽阔的交通干线，现实的需要必须要早日修好这条路。还有专家说即使修好了，因为这条路上过多的红绿灯，也会使它变成一个长长的停车场。但是平安大街仍旧修了，而且进展迅速，据说改变了明清时代就有的古旧管线，而且沿街将全按明清时代的灰色主色调来建筑，并且绕开了主要的历史文物。

我有一年采访，去过很多北京的名人故居，发现除了少数如鲁迅、郭沫若、宋庆龄、梅兰芳故居保存修缮良好外，老舍、茅盾、李大钊、文天祥等很多历史文化名人的故居破旧不堪。宣武门外菜市口一带，我去探询清末时代的历史风云人物“戊戌六君子”及康有为公车上书的所在地，那里正在修建通向南二环的一条大街，整个菜市口一带将兴建五十余万平方米的欧陆式风格的、集金融、商务、商住、办公用的中融广场。这一地带的传统回族人寄居地牛街，也在进行着大规模的拆迁改造。

的确，北京这座城市，从旧城的各个角落，四面八方，到处都是工地，是拆迁，是拓宽马路。老北京正在迅速消失，而一座叫作国际化大都市的北京正在崛起。看来这个趋势已是不可阻挡的了。而且，似乎更年轻的北京人，这座城市的未来，他们也许喜欢这样的变化。

那么，旧城的灵魂呢？它在北京消失了吗？它在玻璃幕墙大楼后苟延残喘吗？或者，它还在一些保存了大屋顶的建筑上，像西客站、交通部大楼、海关大厦和新东安市场上寄居？灵魂是看不见的，一座古老城市的灵魂也是这样，在一环又一环、已规划至七环的北京，旧城的灵魂，我们很难一下子看见它了。

但它是存在的，主要是存在于这座城市的气韵中。这是一座都城，有几千年的历史，纵使那些建筑都颓败了，消失了，但一种无形的东西仍旧存在着。比如那些门墩，比如一些四合院，比如几千棵百年以上的古树，比如从天坛到钟鼓楼的中轴线上的旧皇宫及祈天赐福之地，比如颐和园的皇家园林和圆明园的残石败碑。我无法描述出这种东西，这种可以称之为北京的气质与性格的东西。但它是存在的，那就是它的积淀与风格，它的胸怀，它的沉稳与庄严，它的保守和自大，它的开阔与颓败中的新生。

我常常想，为什么大地上会有城市？为什么城市会成为大部分人类的家园和居所？城市，这一人类物质文明和精神文明的聚集地，它的功能是什么？

我想在不同的历史时期里，它的功能也是不一样的。城市一开始是诞生在农业社会。在农业社会更早期的原始社会，以狩猎为生的人是流动的，他们不建造城市。农业社会让人群稳定在农田土地边上，于是渐渐地，城市出现了。它的功能是各种农业产品的物资交流地。从军事上讲，城市是封闭性的、保守的、防御性的，城市都有城墙和堡垒。政治上是一地区的行政中心，政权组织从城市向外发号施令，而传令兵星夜兼程，将统治者的命令由城市迅速地传到各个边区。这一阶段的城市是初级的，它就像是一个大集市，主要由四面八方来的人建立的店铺、饭店、娱乐场所构成，白天喧闹，夜晚沉寂，人们在这里主要进行生活必需的粮食、布匹、用具的交易。

很快，人类进入了工业社会，是由英国发明了蒸汽机而率先进入的。工业时代的来临使人们的劳动生产率提高了，因而各种工业制成品便大量出现，人们的生产与交易渐渐由农产品变成了工业制成品，而且，由于工业化生产，使得农业社会的人口迅速集聚，城市化加快了，规模也扩大了，当时英国的很多城市就是这样形成的。城市取代了农田和山林，成了物质与文化财富的主要创造地。这一时期的城市功能就是工业品制造地与消费地。

这时候城市的景观，已没有了小国寡民的宁静，城市开始有了规划，有了行政中心区、工业区、居住区和商业区，其间由四通八达的道路连接。各种城市病、交通、能源、犯罪、环境问题开始出现。随后人类社会进入了后工业社会，也叫后现代社会。时间大约是二战以后。从二十世纪六十年代开始，第三产业部各种服务业成了城市物质生产的主办，替代了工业品的生产，变成了创造财富的主要手段，而工业品的生产退居次要地位，大批工厂外迁至郊区，甚至就地转为服务业和商业部门。这一时期城市的功能是商业贸易服务中心地。

这一时期，城市在郊区化，城市中心变成了商业、金融、商务、行政中心区，居民大都搬到市郊居住区去。居住质量与环境受到了空前重视。

北京一直处于这样的转变中，一方面，它的传统制造业在衰落中转化提升；另一方面，它的第三产业在全市的国内生产总值中，近年已达百分之七十以上，而且仍以每年两个百分点的速度增加着。四环内的三百二十五平方公里的城市中心区，工业用地由五十五平方公里已变为了二十平方公里，大批土地用于商业、金融、服务和房地产开发。而且，北京在四环和五环之间设计了九个大型居住社区，各个郊区郊县以卫星城镇的形式规划设计，目前，北京已经承纳了两千四百万人居住，早就不堪重负了。

而同时，北京作为都城，与欧美一些发达国家的城市一起在进入信息社会，可以称之为第四产业的信息产业与高科技产业异军突起，它的产值将超过贸易与服务业为主的第三产业，成为城市中新的财富生产方式，知识成为经济生产的重要因素。在美国，最新最快崛起的亿万富豪，不再是钢铁汽车和石油大亨，不再是房地产、饮料和商业大亨，而是电脑高科技大亨。这一时期，城市的功能是电子信息产业的大发展。这一时期，中心城市将会社区化，因为电脑和电视系统的发达，商业、居住、大学、金融、行政、贸易各区将进一步电子化、虚拟化，这是城市又一次功能的转变。这种转变，也将在二十一世纪，全面改变中国主要城市的面貌。所以，我对北京变成了一个庞然大物，在大地上旋转的城市而深感焦虑、震惊和很复杂的期待。

……

原载《美文》2017年第5期

皋兰夜语（节选）

雷　达

久居兰州的人都知道，深夜出门，不用抬头，即能感到，或身后，或眼前，定有一庞然大物在夜色中谛视着你，那就是皋兰山了；也不必引颈四顾，定能听到一种哈气似的嗬嗬声在空气中鼓荡，那就是黄河的涛声了。

记得1986年前后，有位兰州的故交到了北京，闲谈中顺便说起：“皋兰山上建公园了。”兴许他的语调太平淡，兴许当时的我未及细想，反正我没当回事。我估计，那无非是在皋兰山腰的某处修了个凉亭罢了。我的想象力再丰富，也是断乎达不到山巅的——在我少年的记忆里，皋兰山仰不可攀，直薄云汉，如壁立的屏障守护着兰州，兰州则是偎在它脚下的羊群。实难想象，在这陡峭的几乎寸草不生的皋兰山之巅，能建个什么公园。

终于，在一秋日傍晚，我回到了阔别二十多年的兰州。下火车后猛一抬头，竟惊讶得说不出话来：皋兰山还是那副熟悉的静卧了千万年的姿势，老熟人似的对我歉然一笑，但仰观山顶，却全然陌生了，著名的“一棵树”没了踪影，只见原先最高处烽火台的位置上，隐约飞起层层亭台楼阁，与秋夜的星斗混成一团，细辨则有角翼然，在雾霭里明灭，如神话里的蓬莱仙境一般，好像一阵风来，那缥缈的楼阁随时有升入霄汉的可能。这就是友人所言“兰山公园”了吧，果然奇幻至极。由于地面是万家灯火的闹市，山顶是星光灼灼的亭台，而中间部分的大荒山完全融入了沉默的夜色，所谓山顶公园便有了天上宫阙、琼楼玉宇似的飘游感。我盯视片刻，觉得眼睛发酸，真不知是天宫在轻摇，还是夜气在浮动。

我也算是到过一些地方，见过一些世面的人了，就说夜景吧，曾登上国际饭店看上海（听说现在该去登东方明珠电视塔了），也曾登上枇杷山看重庆，还在飞机上看过夜的法兰克福和罗马，但我敢说，它们尽可以其富丽或壮丽炫人，却都不如夜的皋兰山那么富于梦幻之感。我早就觉得，兰州含有某种说不清的神秘和幽邃，暗藏着许多西部的历史文化秘密，凡只到过西安没到过兰州的人，绝对不能算到了大西北；只有到了兰州，而且流连黄河滩，驻足皋兰山者，才有可能摸索到进入大西北堂奥的门径。

我从来都固执地认为，王之涣的《凉州词》，只能作于兰州，而且描写的也只能是襟山带河的兰州。

“凉州词”乃古乐府惯用的诗题，并非只能写凉州或只有亲临凉州者才能用它，这就犹如唐人写“出塞”“入塞”的诗很不少，并非每个人都非要出一回塞一样。可是，单就这首诗的意境观之，恐怕诗人不亲自来到一个高山、长河、古城三者奇绝地扭结在一起的地方，是断难杜撰得出来的。

我想象，王之涣是在一个早春的正午，一个假阴天，来到兰州雷坛一带的河谷的，他极目西眺，觉得黄河上接白云，仿佛是从云端挂下来的，就有了“黄河远上白云间”的句子出唇；再侧目一看，发现身边的孤城兰州紧贴着崔嵬的皋兰山，四围群山如簇，使山愈大而城愈小，便生出了“一片孤城万仞山”之慨；当时天气乍暖还寒，兰州一带的杨柳还没有吐芽，王之涣打了一个寒噤，猛听得有羌笛声若断若续飘来，心里想，兰州尚且如此，那凉州以西的古战场，还不知道会怎样的苦寒呢，遂叹息道，“羌笛何须怨杨柳，春风不度玉门关”啊。我这样解，唐诗专家可能要引经据典地起来反驳，但据我所知，只有兰州才具备诗中所写的特殊地貌，往西去，甘、凉、肃、瓜四州不是这样，沿黄河上下逡巡，济南、郑州、西宁、银川等地，也都不是这样。后又发现岑参咏兰州的诗：“古戍依重险，高楼见五凉。山根盘驿道，河水浸城墙。”益发坚定了我的看法。

兰州这地方确乎有种非凡气象，黄河穿城而过，环城则是山的波涛，好似一座天然的古堡，外面的东西不易进来，里面的东西也难出去，铁桶也似的封闭。要是在西安，你会感到关中大平原的坦荡与敞开，身在兰州，你就没法不体验一种与世隔绝的疏离感、禁锢感，连走路的步子都会放慢。从地图上看，兰州才是中国真正的中心。老人们常说，环绕兰州盆地的群山是一条逶迤的巨龙，皋兰山是龙头，九州台是龙尾，确实越看越像。小时候，我就经常好奇地久久凝视着它，盼望着又惧怕着它会抖动头颅。及长，渐渐知道了龙的传说，就想，这里是否才是中华民族真正的发祥地？惜乎只是猜想，并无如“黄陵”之类的有史可证。但凭着直觉，我相信这是一块神秘的土地，以前必发生过或不见史籍却惊天泣地的事，以后也必会弄出震撼神州大地的响动。

考证起来，兰州的历史甚为悠久，秦置陇右郡，汉置金城郡，隋置兰州，皆为兵家必争之险要，到了今天，它更是西北重镇，交通枢纽：陇海、兰新、兰青、兰包诸线，均奔凑兰州而来，交会之后又各奔西东。川陕及沿海的货物要进入青海、新疆、西藏，或青海、新疆、西藏的产物要运到内地，大都须经兰州这个“瓶颈”。兰州的得名，一说来自于夹峙着它的一山一河，即皋兰山（兰）和黄河之滨（洲）；一说古时的兰州四季如春，盛产兰花，故有此名。对后一说，我有些怀疑。古兰州府或古金城郡，其实是一个小文化圈的别称，它还应包括河州、湟州、临洮、循化、榆中、皋兰等一大片青海与甘肃接壤的地面。新石器时代著名的马家窑文化和稍后的齐家文化，老窝都在这里，前者因临洮的马家窑而得名，后者因广河县的齐家坪而得名，你想找最地道的三足鬲和鱼纹盆，恐非此地莫属。曾使举世惊愕、众学者争执不休的“舞蹈纹彩陶盆”，即出土在这个文化带。此盆也确实奇特得很，盆沿上的舞者，咱们的老祖宗们，头上之饰物似为发辫，披于脑后，而下体之物，就很像男性生殖器，舞者裸体而踏跳，奔放恣肆，性器官非常之突出，这就不能不使学人们大费猜详，一定要破译它的意义了。列祖列宗，你们何以豪放如此？它的笔势、动感、构图、线条坴出奇的成熟，却出自五千年前的先民之手，怎不令人惊异。

所以，兰州是封闭的、沉滞的，但又是雄浑的、放肆的。不信，你往黄河老铁桥上一站，南望皋兰山，北望白塔山，下望黄河那并不张扬却又深不可测的浑浊漩流，会感到一种山与河暗中较劲的张力，或如蒙克绘画中才有的紧张感，据说现在的黄河冬天也不结冰了，于是不存在解冻问题，但在我小时候，看春天的“开河”，那刺激不亚于惊雷奔电。若一个人独立河边，或会被它骇人的气势吓得战栗。看啊，一块块硕大的排冰，像一个个满怀仇怨、冲锋陷阵的生灵，互相追逐着、撞击着，那高扬着手臂的冰块杀过来了，那低头冲刺的冰块迎上去了，时而惊天动地地轰鸣，时而粉身碎骨地呻吟，有的冰块狂暴得简直要扑到岸边来捉你，于是冰水都溅湿了你的棉鞋。四野岑寂，整条大河犹如低吼着的、厮杀不断的、尸横遍野的战场。夜幕降临，益发骇人心目。这不由让人想起《吊古战场文》里河水萦带、群山纠纷、声析江河、势崩雷电一类的句子，遥想发生在著名的兰州河谷里的无数部落之间、宗教之间、民族之间、政治集团之间、阶级之间的征战和杀伐……

翌日，天一放亮，我便急于寻觅登皋兰山的途径，想弄明白夜气中仙山琼阁的来由。我虽在兰州长大，却从未登上过皋兰山，在过去，那几近妄想，这回该偿还宿愿了。此时，王作人先生来了。王是我当年在兰州大学的同窗密友现为该校教授，新闻系主任，他约我同去拜访另一同学杨临春女士。杨的寓所恰在皋兰山脚下，窗明几净，我们就坐看通往山顶的缆车缓缓上下，以及游客们的嬉笑状。杨说，千万不要白天坐缆车游山，那太没想象力了，一定要夜里上去，你才能看到一个真正的神秘的兰州。

饭后，三个老同学散步在通往五泉山（皋兰山脚下的一处名胜）的路上，互相打量一番，感慨油然而生。作人是当年班上的英俊小生兼饱学之士，如今业已头顶微谢，一脸沧桑，他那曾经俊逸的脸庞，平添了不少岁月的沟壑。临春是著名的“校花”。当年我在班上年龄最小，虽不明内情，倒也听说，她的追求者就有“十八罗汉”之多。那可能是夸张，肯定有冤枉的，比如仅写了一张小纸条者之类。现今的她，已是五十出头的人，正遇上私人生活的坎坎坷坷，脸色颇显憔悴，明亮的眸子流露着呆滞，只有秋风中依然苗条的背影，还能想见昔日的丰韵。按老话说，她的出身不好，解放后家境败落，举家作为移民被遣到河西走廊某县，在兰州上高中时，寒暑假没钱回家，她就住在学校里，三九天还穿着一双球鞋。她后来的境况时好时坏，似乎一直摆不脱出身的阴影。她是在外面闯荡多年后回到兰州的，我们开玩笑地说，这叫归正果。看着她的背影，心头忽然升起一种苍凉感：我们这代人的青春真像小鸟一样不回来了么？

他俩都说我不见老，我唯有苦笑，我说，这可能因为咱们西北人皮肤“厚黑”，少不显少，老不显老吧。临春忽然向我提了个严肃问题，她说，当年咱们班分配到北京的十几个人，为什么除了一二个，不出几年全都纷纷回来了，有的是老婆拖后腿，有的是生活不习惯，一个个直到回到老家的热炕上方觉安妥，你说，这仅仅是甘肃人家乡观念太重、畏惧交往、习性保守的缘故吗？我想了想说，这问题太复杂了，几句话何能说清，直到今天，在北京的甘肃人仍颇为寥落，牛肉拉面的打遍全国并不证明实质上有多大改变。比如，中直系统的全国作协会员近千人，而多年来其中的甘肃人竟只我一个，陕西人则要多得多，你说怪不怪？也许，这些都与眼前的这座大山有关吧。

我小时候就觉得，兰州这座城市有种诡异而神秘的气息，当地俗谚云：“兰州地方邪，说龟就是鳖。”比如，过日子禁忌特别多，一言一动，甚至吃什么不吃什么，都能引起大人们的一番指责或恫吓，而大人们自己，也似乎个个寡言罕语，说出话来神龙见首不见尾，叫你摸不着头脑。他们之所以如此，是出于害怕，因为在他们的经验里，希望的事总是落空，担忧的事总要发生。后来渐渐明白，兰州地面，哪方人氏都有，汉藏蒙回无不麇集，而且教派繁多，关系复杂。范长江在《中国的西北角》中有一段话说：“汉代以后，汉族对于西北各民族之征伐或抗拒，多以兰州为极西之支撑点，即到现在，兰州仍然成为汉族在西北与回蒙藏各族交往之中心，自政治方面言之，中国现在政治力量西部之极限，仍以兰州为止。北过黄河，西过洮河以后，军政权力，尽在回族手中。”范公这番话虽说在1936年，对揭开兰州历史上的文化密码，却具有高度价值。

然而兰州人也并不缺乏幽默感。有一首年代久远的谣曲，俏皮而无奈地表达了劳动者对苦难的反讽，是我迄今为止看到的最绝妙的中国式的黑色幽默，倘用沙哑的嗓子哼哼起来，定叫人鼻酸而笑：

走了个阿干县哪，买了个破砂锅，
试着去吃饭哪，倒把那嘴划破，
哎世上的穷人多呀，哪一个就像我。

买了个破皮袄啊，虱子虮子多，
穿在了我身上啊，雀儿它来作窝，
哎世上的穷人多呀，哪一个就像我。

娶了个大老婆啊，脸上的窝窝多，
买了一升面啊，倒搽去了一半多，
哎世上的穷人多呀，哪一个就像我。

盖了个破房房呵，窟窿眼眼多，
鸽子来踩蛋啊，倒把那梁踏折，
哎世上的穷人多呀，哪一个就像我……

我觉得，兰州城的性格，就像它那典型的大陆性气候一样，晨与昏，夜与昼，骄阳与大雪，旋风与暴雨，反差十分强烈；又像皋兰山与黄河的对峙一样，干旱与滋润，安静与狂躁，父亲与母亲，对比极其分明。这里既有最坚韧、最具叛逆性、最撼天动地的精神，也有最保守、最愚昧、最狡诈、最麻木、最凶残的表现。

大概就因为这一切，我十分看重皋兰山顶上建公园这件事，觉得它似乎是一个象征：象征着兰州要超越，要登攀，要与山外的世界对话，要升高立足点，打破万年的闭锁，汇入大时代的冲动。传说霍去病西征到兰州，正赶上黄河冰封，战士喝不上水，真是“欲渡黄河冰塞川，将登‘皋兰’雪满山”啊，他一怒之下跨上红鬃烈马，要冲到皋兰山外去，却没能上去，只在山根下用马蹄踩出了五眼清泉，遂有了名胜五泉山。这自然是传说而已。似乎在证明，皋兰山不是那么好超越的。

到兰州第三天的深夜十二点左右，机缘来了。我们看完秦腔出来，司机小马忽然说，你不是想上皋兰山吗，走！我以为小马在开玩笑，半夜三更的，找死啊。然而，说话间车已蹿出了闹市，箭镞一般沿伏龙坪逶迤直上了。此时，不见有下山的车，夜在前方展现出一个庞大黑影，黑影的顶端有点点灯火在夜气里浮游，极为渺远。我们的汽车便向着这黑絮般的夜和星星似的灯奋不顾身地扑去，我想它远看一定像一粒萤火虫罢。虽然疾驰的车子左面不断闪出闹市灯海，我哪里顾得上细看，只是屏住气，死死攥住扶手，直到攥出满手的汗。我绝不是一个胆小鬼，走过很多夜路，但我要说，像这样紧偎着绝壁，下窥着夜市，一边是命如悬丝，一边是赏心悦目，将死亡与闲适奇妙糅合的地方，在任何一个都市也难觅到。

十五公里提心吊胆的险路总算跑完，这辆无畏的汽车也终于在山顶的平坝上歇了脚，车里的几个人全都汗津津的，气咻咻的，好似狂奔的不是车而是人，大家相视而笑，笑意中藏着历险后的庆幸和宽慰。"看哪"，谁向山下遥指，紧张立刻转化为兴奋，发出一片惊呼。就在我们眼底，呈现出一片狭长的、璀璨的、深邃的灯光之海，宛若颠倒了的银河。灯光有白的、黄的、蓝的、橙的、红的，各个闪动着慧眼，于是，它们涌动着、呼吸着，如同有生命的潮汐。兰州并未睡着，愈是暗夜，它愈是光彩射目。黄河呢，这白昼奔腾不息的长龙莫非躲起来了？不，在两岸长串灯光的夹峙下，明显地有一条"黑河"，那就是她。我推想，在她的深渊，一定奔涌着黑色的、凶险的波涛吧。这时我才留意到，天上的星宿离我们极近，大有"扪参历井仰胁息"之感，再转身向南望去，好不吓人，但见夜暗里蹲伏着无数弓起脊梁的巨兽。同行的甘肃作家王家达告诉我，那是比皋兰山更高的马寒山（马衔山）峰群，要在黄昏时辰看，别是一种阔大气象。

夜深沉，寒气袭人，我却驻足山顶不愿离去。我在想，对兰州来说，皋兰山无疑是它的见证。四十六年前，马家军企图凭借天险负隅顽抗，终究不敌，兰州遂告解放。现在，古龙要彻底翻身了，古城要跨进现代化的门槛了，人们干脆在皋兰山顶建起公园，这太有挑战性和想象力了。一条龙紧锁兰州的历史结束了，人们已掐住了龙头，真正的驯化自然的时代开始了。我猛然觉得，此刻我登上的何止是山的峰顶，实乃一种精神境界的峰峦。回头一瞥，心头一惊，更高的马寒山在黑暗中默默注视着兰州呢！

1996年

原载《随笔》1996年第5期

井冈瀑布

黄文山

六月，井冈的杜鹃已然谢了，再看不到山野间那一丛丛火焰般燃烧的热烈景象。但经过整整一个春天雨水的滋润，满山的草木却如墨染似的浓绿。一竿竿翠竹被风轻轻地摇动，在无边的林海中漾起一道又一道波浪。每天，太阳出来以前是云雾的世界，尤其是在黄洋界。这里中午以前难得看到阳光，眼前迷迷蒙蒙，像是有一群群灰色的巨人在不断地穿梭来往，他们都裹着湿漉漉的大衣，无意间碰上便会沾上一脸一手的水气，凉飕飕的带着点雨腥味，令人想起那一场又一场无声却温柔的夜雨。小溪在不知不觉中丰腴起来，远远近近，似乎到处都是活泼泼的水声。

此时最让人动心的当然还是瀑布。井冈山的瀑布这样多，多到久住的山民也说不清数量，因此，再详细的地图也无法一一标出每一条瀑布的确切位置。何况，还有许多季节性的流水游瀑，或守候在你散步的小径旁，或闪现在疾驰的车窗边，常常是在不经意间，使你感受到一种意外的惊喜。

井冈瀑布是那样多姿多彩，变幻不定。有时，它像一阵风，在岩壑间轻轻地流转呼唤；有时它如漫天大雨，尽情地润湿山峦草木；有时，它是三两个隐者，躲在密密的丛林里轻歌曼舞；而更多的时候，它们成群结队从高高的山崖上呼啸而下，天地为之动容，草木因之失色，于是，你便明白了，大山的呐喊，原来是这样震人心魄。

井冈山瀑布最集中的地方是龙潭。龙潭在小井附近。一道长仅两公里的峡谷里，竟汇集了五潭十瀑。大小瀑布在悬崖峭壁之间，奔腾呼啸，引得峰鸣谷应，将大山的生命演绎得如此豪壮。

到龙潭看瀑布，既可以乘缆车，也可以步行，当然各有好处。缆车是从高空俯瞰，有一段几乎是贴着瀑布的水面缓缓下降，离开了缆车，无论是谁，也无法在这样近的距离、在这样的高度看着万斛泉流最初跌落的景象。五神河自远山逶逦而来，水流在临近悬崖的豁口之前，或许还有几分踌躇乃至几分慌乱，但跌落时却显得异常的平静。听不到喧哗和嘈杂，看不到拥挤和推搡，那一种凌空跃下的安详和沉着，让人惊讶得说不出话来。

当然，要观赏瀑布最后的跌落，则须下了缆车，徒步走到瀑布近前。这最后的一刻，似乎不像起始那样有序，但却变化万千，极其壮观。瀑布的下方，是一面空潭。瀑布落到潭中，发出喧雷般的响声，溅起的水花，化作漫天大雨。风忽忽闪闪，挟着水花和雾气，在峡谷间游荡。其实，在瀑布的中段，瀑流的下落就起了变化。有急急匆匆，一泻到底的；有从容优雅，款款而降的；也有寻找岩石作落脚点，悄然离队，但最终又不得不从岩石上漫流而下的；还有的，只是一味往同伴的身后躲闪，希望借此拖延坠落的时间。于是，一帘瀑布里，景象万千，每一股大瀑布里都藏着无数小瀑布，水流纵横交错，穿梭来往，溅珠喷玉，展开了一幅幅纷纭变幻的生命景象。

井冈山落差最大的瀑布——飞龙瀑布则在五指峰下的水口。150 米高的瀑布如同一幅巨大的壁挂高悬于天地之间。沿着石砌小道往下走，老远就能听到喧腾的水声，在山谷轰鸣。待走到瀑布近前，更觉得气势不凡。瀑布不是一泻直下，而是折成两叠，上一叠，似乎是斜刺里冲出的一支奇兵，急骤驰骋，势不可当；下一叠，则如千军万马，漫山遍野而下，但见戟戈耀日，烟尘滚滚，盈耳则是风萧马鸣，吼声如雷。

在瀑布的上方，所看到的情景却完全不同。透过稀疏的树丛，面前只是一条不起眼的小溪。水流十分平静，从叶隙筛下的点点阳光，在溪面上轻轻地跳跃着，溪水缓缓流过树丛，流过石滩，像一支德沃夏克极具抒情意味的交响曲，节奏欢欣而舒缓。可是它们哪里知道，仅仅是几步之外，它们的命运将要发生根本性的变化！它们没有任何选择，甚至不容许有一丝犹豫，它们平静的生涯已经走到尽头，于是就这样相互簇拥着向一道深渊一跃而下。也许它们谁也没有想到，这身不由已的一跃，竟使得生命的瞬间如此壮观又如此辉煌！

倘若面前没有峭岩悬崖，倘若没有忘我的奋身一跃，自然，也便没有这样一道绚丽的生命华彩。那么，溪水将依然唱着平静而舒缓的歌，在丛林中穿行，与鹅卵石和水草嬉戏，像每一条平平常常的小溪，日子过得单调而轻松。其实，只要给它们机会，任何一条看似不起眼的小溪，都能将生命化作万丈飞瀑。只不过不是所有的溪流都能拥有这样的瞬间，但也并非所有的溪流都向往这样的辉煌。于是，小溪也罢，瀑布也罢，都以自己的方式生活着，并且丰富着世界。而对于大自然来说，只要存在，便是一种美丽。

当然，更多的瀑布只是一些季节性的流水。雨来了，那落在竹林树海的大珠小珠，循着熟悉的路径，一路寻亲访友，汇集一处，而后亲亲密密、热热闹闹地从一道道山崖豁口蜂拥而下。对它们来说，这些下雨的日子，就是它们快乐的节日。不像那些大瀑布，要时时面对诸多慕名而来的游人，它们因此显得更自在，更逍遥，也更能体现山野的情趣和意味。

六月，在井冈山旅行，当朝雾消散的时候，不妨在山林中找一个静静的角落，听听瀑布的喧响。那似风似雨的轻吟抑或如雷如鼓的轰鸣，都能引发你内心的回应，毕竟，那是大自然的呼唤，是大地律动的脉搏。没有什么比这样的声音更让人沉醉了。

原载《三月风》2004 年第 1 期

西陲纪美

肖云儒

一

正是历史感使得一个作家能够最敏锐地意识到他在时间中的地位，意识到他自己的时代。

——T·S·艾略特

我的目光由东往西，在一幅地图上巡视。色泽浅绿、淡黄而深褐，色块愈来愈大，它的边沿由游动的曲线变为有棱有角的折线。开初，大约是宝鸡和陇东，可以看到被林带隔成方块的条田。迟收的夏田，证明着李白的佳句“阳春烟景，大块文章”，在西北，到了农历六月，仍然是有生命的景色。到了兰州、永登一带，便全被漫山遍野驼队似的山色所替代。说是驼队，一点不假，动态的群山披一身驼色的土，脊背上稀疏的小树，恰是栽在驼峰上的褐毛。只是全都匍匐着，全都缄着口，也许在长旅之后默默地消散着累，也许在远行之前默默地聚集着力，横竖不事张扬就是了。

我想起一首“新边塞诗”中的两句：“风沙淹没了烽火台，塑造起历史的驼峰”。再往前，驼队却消失在沙砾之中。戈壁惨白而平坦，像风浪中驶过来的帆，被拉出一道一道长长的口子，必定是由西伯利亚翻越阿尔泰山长驱直入的西北风留下的杰作。凄厉的风是怎样年复一年周而复始在这里咆哮翻滚，用钢牙利爪撕扯，历历如在目前。只是长长的伤口里再也流不出血水，那是干枯的河床。血流尽了，有的结下黑色的痂，有的连疤痕也看不到，就那样裸露着，被灼热的风烤得又干又硬。看来，汉文的“疯”字所以采用现在这样的结构组成，除了取其谐音，一定还取其谐意：在戈壁滩，风真是病态的，真是疯狂的啊。

我也看见了村落或者城市，像一个两个结在藤上的葡萄。墨绿或紫褐色的颗粒，牢固而执拗地挂在风拉开的大口子上。那绿，也许是一汪海子，一片林子；那紫，肯定是人家了。可是，它们挂在枯藤上，怎样生存呢？不久，便幸运地看见了火车。是火车若一条小蚯蚓在戈壁上爬动，只这一会儿便又消失在大漠中。我放心了，我知道，大地上还生长着另一条有生命的藤。心中从此便常有一支驼队缓缓地行进于沙海的身影，用信念、用耐力丈量西部的土地，驼铃响到哪里，人类的生命和创造就在哪里像芨芨草扎下根。一队又一队、一代又一代，驼队消失在历史地平线上，给戈壁留下了蹄印，留下了生活。

此刻我在八千米的空中，在西安至乌鲁木齐的客机上，对照着手里的小地图，凝眸俯视着机翼下的大地图。要感激天公，收尽了云絮雾气，给我以极高的能见度。伊尔－18的航速不算太快，却感到自己乘着超光速的神鸟在追赶时间，超越光阴，一个驼蹄一个驼蹄追踪着西部生活的足迹，一页一页翻检着这块土地的历史，收纳着其中的信息。

快到乌鲁木齐，飞机降低了高度，侧身盘旋。左舷下方，天山在西斜的阳光下出现。博格达峰顶着雪帽，穿着绿装，全身跳动着银屑也似的光斑。它温爱地俯视着脚下的城市，呵护着它，以丰润的雪水、葱郁的森林资源养育着它，帮助这里的人们创造文明。它是历史的见证人，又是现实的参与者。雄浑而冲淡，冲淡而不出世。它牢牢地恪守两个字：无言，将热烈涵盖在厚厚的雪被下面。素处以默，善行而无辙迹，在欧亚大陆腹地为庄子文章所云“淡然无极，而众美从之”作了一个注释。

二

人不仅通过思维，而且以全部感觉在对象中肯定自己……这是人的一种自我享受。

——马克思

西安到乌鲁木齐的距离比西安到北京还要远。但登上飞机，在云层上朦胧了一会儿，大地上什么还没有看清，便降落了。其实，乌鲁木齐只是我们这次旅行的一个逗点。几天之后，便坐上了继续西行的汽车，前往伊犁。真正的天山行现在才算脚踏实地地开始。由于飞机几倍地浓缩了时间和空间，往后我必须将西部给予我的最初印象放大几十倍，重新作一次较为细腻的感受。

在那条很少拐弯和无须减速的公路上，向西，向西，向西。离开石河子市后，除了地图上标出的几个城镇，几乎全是无垠的戈壁。没有变化的色彩，没有变化的线条。多年在城市的逼仄和喧闹中讨生活，这种单调倒唤起了内心的活跃。灰褐的荒漠离生命相去似有亿万斯年，总也跑不到的地平线不断朝前挪动，给人以一种希望就要出现的激动。

傍晚时分，乍然一座大山在远方拔地而起，从此便绵亘不断相伴着公路，在大地的扇面上缓缓旋动着我们的视角。大山通体铁红，像是由大地腹中涌出的岩浆一次浇铸而成。铁线在微紫的天幕上劈出雄健的剪影，夕阳像巨型的探照灯，对这座天造地设的铁岭喷射火焰，给它的顶部镶上金红的几何色块。它肯定像地火岩浆那样热烈地沸腾过，激情地奔泻过，而后在宇宙的运动中凝固为庄重，冷却为深沉，像钢筋水泥的长城熔接天地，吞吐大荒。此刻，整个旷野中，看不到生物，也很难找到另一组独立成画的小景物。一切都退避三舍。史前的荒野中，只有这座力的纪念碑在天地间旋转，一种至大至刚、至悲至壮的气韵叫你噤然无语。

铁岭冷峻地凝视着我们这些向它行注目礼的过客，像是有许多事要告诉你，也要你回答许多问题。西沉太阳的圆周和地平的直线加快接近。相交的瞬间，球体在直线上轻轻回弹一下，切点上爆发出强烈的弧光，太阳和大地便在这炫目的光芒中熔铸到一起。这同时，一阵凉风贴着地皮飞过，岚气悠悠袅袅升起来，弥散开，给铁岭敷上一层群青，一层淡紫，直至山巅和夜空的分界线渐渐模糊……

我被眼前的景象完全震慑了。这幅大漠落日图宏阔着我的心智，静穆着我的思绪。丹田中全部的阳健之气被铁岭所唤醒，升腾出一种神圣的崇高。我感觉到了充盈在空阔中的博大、回荡在宁静中的天籁。这感觉难以言状却实实在在。在荒原中，我们失去了绿的流动，得到了铁的庄重。失去了现代文明的赐予，得到了大自然原力的补充。失去了在拥挤人群中下脚的踌躇，得到了辽阔，得到了遥远，得到了真朴，得到了洁净。铁岭在天体运行中色彩的流动和变幻，是山对宇宙生命的感应，暗示着它心中感情的律动，澎湃着它体内不曾冷却的血液。总有一天，它会唱出灼热的歌。

铁岭，人的本质力量的一本打开的书。物我同构，山人坐化，叫你完全熔铸于天地之中。

人类带给这个世界最珍奇的礼物，莫过于能够将自身本质力量对象化了。有了这个珍宝，人和自然才发生了精神联系，世界才有了美，才有了比美还要神奇的审美活动。

有趣的是，实用功能越差的对象物，越来越成为审美对象的正宗。这是不是以高山大漠、碧海长河为诗情对应物的那类小说、诗歌崛起的一个原因呢？是不是人的实用功利越是得到充分满足，对艺术美的追求便越倾斜于装饰性、模糊性、象征性以及写意、变形和抽象的一个原因呢？

三

> 我喜欢东西是根据对比。
>
> ——泰纳
>
> 客观对象必须是一个适当的对象，主体也必须是准备就绪的主体……而美就出现在这两者的关系中。
>
> ——贾勒德

车上的第二天，有点疲劳了。好没事地就想变换个坐态，无缘无故地挪动个位置。开始，这生理的疲劳和心理的活跃，形成一种反差，这反差构成一种情绪上的互补和调节，使人感到惬意。后来，疲劳感不断上升，便只能有赖心理抑制甚至压制来保持平衡了。再后来，单调的景物使心理也感到了干渴，反差变为共振。厌倦和疲劳在这种共振中放大，人进入了一种难以忍耐的烦躁。人的精神是有一整套情绪和心理自控机制的，在此同时又萌发出一种反向的渴望——渴望绿色，渴望生命，渴望景观的变化。我们不约而同去逗前座上的一个维吾尔族小男孩，孩子三岁，眼睛像清泉，蓝晶晶的，当他用维语咿呀嬉闹着，咯咯笑着，大家干渴已久的耳目，便被水花儿溅湿了。以致车停五台镇时，顾不上去看左宗棠留下的营寨、细问林则徐冒雪推车的情景，下车便跑去给孩子买西瓜，然后和这位满脸西瓜汁的小巴郎子合影留念——他在我干渴的时候给了我以滋润，我得以滋润回报。

西部也的确是了解我们的。蓦地谁喊了一声：羊！可不，公路北面，在骆驼草和砾石中，稀稀的群羊时隐时现。而大家很快就发现，一片无边的草场在路的南面展开。在山峦以它的曲线画出的地平线上下，白云和羊群构成优美的对称。牧羊人骑在马上静静地伫立。牧羊犬围着羊群热心地奔忙。初夏的草场，密麻麻的茵茵嫩叶织成了厚厚的绿毯，一直铺到山脚，裹住山头。看不到一点裸露的土地，看不到一茎野花杂草，像公园里的草坪一般无二，远不是“风吹草低见牛羊”的景象。墨绿的塔松，用队列般整齐的线条，勾勒出低缓柔和的山势。在大景框中，塔松、毡房、清泉，这里那里组成一个个风景点。而白云和羊群，像是不经意散落在原野上的音符，在你心头奏出一组组恬静舒缓的和弦。

一朵边沿闪着银光的灰白云朵，匆匆忙忙擦着车窗飞过，接着就看见近处的那位牧羊人披上了雨衣。羊群有些骚动，狗叫着维持秩序。原来是下雨了，说下就下，好大的雨。透明的雨帘在草原上拉开，雨脚掠过，带起团团白气，像是马蹄下的烟尘。奇的是，一步之遥的公路上，却艳阳如初；更奇的是，稍远处的另一群羊也依然在骄阳下安详地挪动。那位日光中的牧羊人大声对雨中的伙伴喊叫什么。车上的哈萨克族兄弟告诉我们，他在调侃伙伴：但愿你靴子里灌满水，晚上他老婆乐尔茜达芙不准他进毡房……

这幅音画，在车窗外缓缓地旋转了几个小时，草原和戈壁同样无涯。戈壁干燥、荒凉的原因，难道正匿藏在草原的温润、繁盛中？我这么想着，赛里木湖就作为一个明确的回答出现了。

“赛里木！”刚转过一座山坡，随着一声惊叫，一阵凉意，全车的人都迎着北面的大湖唰地站起来。惊悸的、慨叹的、沉思的、热烈的、迷恋的目光一齐投向它。这是群山环抱中的一片汪汪巨泊。海拔高程两千多米，东西长二十公里，宽三十公里，是全疆最高最大的高山湖泊。它通过电波、文字、银屏各种传播渠道，闻名于世。它像一块硕大无比的翡翠绿镶在群山之间，晶莹剔透，纤尘不染。它像一面水银制成的魔镜，给映现在自己身上的雪峰、白云、森林，贯注进新的生命，幻化为艺术品。此刻，清澈的湖水在阳光下变换着色彩，显得高远而神秘。天蓝、湖蓝、紫蓝、深青和翡翠绿、孔雀石绿，在交融，在变换，在微微涌动，使你惊异于绿的色彩系列原来如此丰富和具有生命力。汽车在湖边跑了一个小时，也不过在它的南边擦过。好大的湖，本应流进戈壁的雪水，都凝结在这里了。好绿的湖，整个戈壁的绿都被它聚拢了。好冷的湖，漫长的夏季烈日也无法稍稍提高它的温度。赛里木湖的一切都是双倍的：双倍的水，双倍的冷，双倍的绿，双倍的洁净。它双倍地补偿了戈壁滩的干热和单调。

新疆真是妙不可言，不像苏杭，用高密度、高频率的审美信息搞得游人目不暇顾。它不轻易地满足人，而是要你在一个天地、一种情调中长久地驻留，非深深进入你的内心不可。它挺爱吊人的胃口，不经过长久的渴求、等待，不让你进入新的景观。它总是在恰到好处的时候，把你引到一个新境界。不变则已，一变则用大跌差的对比，使疲劳的审美心理为之一振。好一个新疆！真懂得悬念，懂得蓄势，懂得引爆，懂得对比和反衬。真懂得集中力量去创造强烈的、宏大的美。而新疆，你又是多么沉得住气，你不动声色却那么机智地掌握了审美的主动权。你理解我们却不迁就我们，征服了我们还要五体投地感谢你。

亚克西，大拙和大智的新疆，哲学家和美学家的新疆！

大家忘情地奔向湖边。一面跑一面添衣服。嘴里呵出白气。鼻子通红。有人雀跃。有人歌唱。有人争着描绘它的倩影也描绘自己的感受。有人以它为底板留影。有人掬起一捧雪水想和它亲昵，透骨的凉却使他惊叫着跳开，心头一阵战栗。是的，它对任何热情，回答都是毫不动容。和所有的名山大泊一样，也有种种罗曼蒂克的民间传说记录着赛里木过去的柔情和热烈。和所有的湖泊不一样，唯有它决然地将过去的一切冷藏在心灵的最深处（据说，湖的最深处有九十米！），连汽艇也划不开一丝波纹。至于从全国各地运来的鱼儿，在湖中的命运，大多是以嬉闹开始而以冻僵结束。它静静地朝天躺着，和群山和苍穹作永恒的对话，不让它们的影子在心中稍微地摇动，稍微地模糊。

赛里木终于以冷激光般的力量医治了我们的轻浮。最初的激动消失了，大家沉浸到凉飕飕的理想的思索中，为方才的浅薄而愧疚。心中的尘埃和噪声，在澄澈的湖水中沉淀了。离赛里木西去时，车厢和湖泊一样静悄悄。不用说，这是那种无言的充实了。

四

> 任何化学反应都是由冲突走向和谐。新化合物美丽的结晶体，来源于元素在运动中的重新组合。
>
> 珍珠贝分泌液体来包融进入自己体内的异物，在长久而柔软的过程中，终于以强韧精神使异物变为珍珠。它几乎总是胜利者。
>
> ——摘自读书笔记

顺果子沟穿出群山，进入伊犁河谷地，好像回到了陕西的关中平原。路边有熟悉的杨树和槐树后掠，树中有熟悉的田畴闪过。又看到了黄土，黄土板打墙围起的院落，黄土村道上荷锄的、吆车的农民和突突往来的手扶的和小四轮拖拉机。只是农家院落中的葡萄架和坐在门前石墩上穿着民族服装的妇女，显示出异族情调。而下地劳动的维族男子，穿着和汉人却很难分辨，也许是共同的劳动方式决定了相近的生活方式选择。看来，社会文明结构和文化环境，一方面由民族的、地方的纵向传递所决定，更重要的，还会受到特定时代经济生活和实践活动的左右。民族大团结最深刻的基础，恐怕要到共同的实践活动中去寻找吧？

如果乌鲁木齐是一个逗点，那么，河西走廊和天山北路则是两个长长的破折号，把我们引到伊宁边城。它将为我们的旅途画一个句号。伊犁河谷是古代历史的后院。由于西面、南面、北面雄踞着波斯帝国、印度帝国和俄罗斯帝国，东面又是无尽的戈壁将它和祖国的中心地区隔开，许多少数民族被挤压在这块绿洲上繁衍生存。强大了，便以这里为基地出击，冲上历史的前台，演一出激越悲壮的史剧。失败了，回到这里，以戈壁和峻岭的天险为长城，养精蓄锐。正是历代仁人志士、汉族移民、商旅和流亡者的后代，和本土民族密切合作，戍边屯垦，才维护了祖国版图的尊严。在这多声部的交响合唱中，有多少悲惨的颤音啊。正像一首诗写的，“残破的圆明园，荒凉的古战场，一个耻辱留在京都，一座山峰铸在边境”。

伊犁地区被称为世界人种的展览馆。这里聚居着三十多个民族，这些民族分属汉、蒙、拉丁、印欧、斯拉夫各语系。而这里的汉人，由于多是现代全国各地的移民，又是五湖四海杂居，陕、甘、川、沪、豫各省市的人都可以在这里找到自己的同乡。伊犁的小城镇，常以普通话为日常用语，其中可以听出汉语和民族词语的互相渗透。伊犁州电影电视艺术协会的一位同志在家里接待过我们，她是乌兹别克人，丈夫是哈萨克人，从小在汉族地区长大、受教育，婆婆是维吾尔族人。这个家庭真是西部民族地理的一个切片。

在伊宁，当你从满街俄罗斯风格的建筑前走过，走进一个巴札市场，浓烈的中东情调立即混合着烤羊肉的香味扑鼻而来。你可以在这里选购土耳其的发卡和波斯头巾，也能惊异地看到一位维族老人戴着花镜在看汉文的《三国演义》。我听过一位广东人如数家珍地介绍伊犁各民族的古代文化和现代文化，边介绍，边用维语、哈语、俄语向身边的民族同志订正一些情况。我也听过伊犁师范专科学校穿着喇叭裤和T恤衫的哈萨克族女大学生，用普通话给我们讲述新疆社会。各民族文化在这里的交汇，简直带着血缘性。它已经形成这个地区特有的民俗风情、价值观念和思想方式，有时甚至表现为整个社会群体某种天然的精神特质。伊犁人掌握各种语言的特殊才能，就叫人感到带有先天性。恩格斯曾经谈到过，人类除了生理上的遗传基因之外，那些由世世代代长期的社会实践所形成的社会心理和后天的气质，也会通过相对稳态的文化结构，通过社会模板“遗传”下来。他称这种社会文化心理的继承为“获得性遗传”。

7月30日，我们去伊犁河畔的汉滨乡访问。夏日炫目的阳光，带着响声在欢腾的河水中流动着。再有三十里，这条河就进入哈萨克斯坦境内，它将在那里流入巴尔喀什湖。伊犁河大桥联结着南岸的察布查尔县，那里生活着清代由东北迁徙来这里戍边的锡伯族战士的后代。好客的主人在葡萄园里欢迎我们，并且在阿拉伯风格的亭子里组织了一个民族歌舞联欢会。舞蹈将大家的步伐调到一起，歌声则通过河与桥的垂直坐标发散飞扬开去。

有时候，欢聚的喧闹和独处的寂静一样能够激发人的思考。对帕米尔高原的成因，地质界众说纷纭。有一种解释是：这个世界的屋脊，是由欧亚大陆几个大的地质板块，即中国大陆、印度次大陆和中亚板块在地壳大变动时挤压而隆起的。这实在也形象地解释了西部的文化地质构成的原因。我觉得中国西部的社会文明，也是由欧亚大陆各种文明板块交汇而成的。可以说它是东亚、南亚、西亚、中亚几大文化区的结合部，可以说它是伊斯兰教、佛教和儒道（或儒道互补哲学）的多色晕染区，也可以说它是游牧文化之河和土地文化之河的“两河口”，“移畜就草”的“移”和“守土为业”的“守”二者的矛盾统一。不管怎样措词，都是想表述我在中国西部历史文化和现实生活中的一点确实感受：边缘是一种优势，交汇是一种力量，多方吸收为我所用，能够创造新鲜的美、独得的美。这种优势曾经创造过汉唐文明和西域文明的峰巅，今天，今后，能不能创造出新的、更高的峰巅呢？能的，一定能的。

在热烈的手鼓和都塔尔、热瓦甫的诱惑下，在电子音乐一再的扬励中，不会跳麦西莱甫群舞也不会跳迪斯科的我也加入到舞群中，跳了一会儿，过分的笨拙和羞涩又让我退出来。我盘腿端坐在地毯上，借着奶茶热腾腾的香气，痴痴地这么想着，拳拳地这么期待着。

1985年秋日，伊宁－西安

原载《延河》1986年第5期

一面

阿　累

一九三二年，就是“一·二八”那年的秋天，我在上海英商汽车公司当卖票员。

一天中午，我赶到虹口公园去接班，天空正飞着牛毛细雨，六路车早班的最后一趟还没回来——还要等半个钟头的样子。心里想：到内山书店去吧，在那里躲一会儿雨，顺便歇歇也好。因为接连一个礼拜的夜班，每天都要在车上摇晃十一个钟头，已经使我困软得像一团棉花了。

店里空荡荡没有一个顾客，只有店后面长台子旁边有两个人用日本话在谈笑。他们说得很快，听不清说些什么。有时忽然一阵大笑，像孩子一样的天真。那笑声里，仿佛带着一点“非日本”的什么东西；我向里面望了一下——阴天，暗得很，只能模糊辨出坐在南首的是一个瘦瘦的，五十上下的中国人，穿一件牙黄的长衫，嘴里咬着一枝烟嘴，跟着那火光的一亮一亮，腾起一阵一阵烟雾。我把帆布袋、夹剪、票板放在一个角落的地板上，开始翻南面一排社会科学杂书。翻了一会儿，觉得没有什么适意的，就踱到北面。

门外，细雨烟似的被秋风扭着卷着，不分方向地乱飞。店里冷得像地窖一样，冷气从裤管里向上钻。忽然，我看见架上横排着一列中文的《毁灭》。《毁灭》？我记得一本什么杂志上介绍过，说是一本好书。看一下那书脊，赫然印着“鲁迅译”三个字，我便像得到了保证似的，立刻从书架上抽下一本。 我先看那后记（我读鲁迅先生的书一向是这么古怪的读法），但是看完第一面就翻不开了：书没有切边。一个结实而矮的日本中年人——内山老板走了过来。

“先生这本书多少钱？”对于同情中国的内山老板，我总是带着敬爱和感激，叫先生的，虽然并没有什么根据。

他殷勤地点头，接过书翻了翻底页："一块四。"

一杯冒着热气的茶放在我左手的桌角上了。像我，穿着一身黄卡叽布的工人制服，嵌着"Conductor！ XX"蓝磁牌的制帽歪戴在后脑勺上，平素看惯了西装同胞的嘴脸，现在忽然受着这样的优遇，简直有点窘了起来。

我不好意思地笑一下，鞠了一个"半躬"，摸摸里衫上的袋袋——里面只剩一块多钱，那是我和一个同住的失业工友那几天的饭费。我有些懊悔自己的莽撞了。我红了脸说："贵了。"

他没有注意到我的窘相，扬着眉毛，一半正经一半好像故意逗人笑似的用他那肥厚的手掌在书上拍一拍，又用粗短的手指哧啦哧啦捻那张灰绿色厚布纹纸的封面："哪里贵？你看这纸……"很厚的洋纸，印得很清楚，相当厚的一大本书。摸在手里，有一种怪舒服的感觉。"你买一本吧，这书是很好的。"我真踌躇起来了：饭是不能不吃的，然而书也太好了，买一本放在床头，交班回来，带着那种软绵绵的疲倦躺着看这么几十页，该多好！我摩挲着那本书，舍不得丢开，也不说买，不买。

内山老板大概这时看出点什么苗头，就笑着回头对里面说了一句日本话，原先和内山说话的那个老人咬着烟嘴走了出来。他的面孔是黄里带白，瘦得教人担心，好像大病新愈的人，但是精神很好，没有一点颓唐的样子。头发约莫一寸长，原是瓦片头，显然好久没剪了，却一根一根精神抖擞地直竖着。胡须很打眼，好像浓墨写的隶体"一"字。"你要买这本书？"他看了我一眼。那种正直而好心肠的眼光，使我立刻感到身上受了父亲的抚摩，严肃和慈爱交综着的抚摩似的。"是的。"我低低地说。他从架上扳下一本书来，版式纸张和《毁灭》一模一样，只是厚一点点，封面上印着两个八分体的字：《铁流》。他用竹枝似的手指递给我，小袖管紧包在腕子上："你买这本书吧——这本比那一本好。"他是谁？对这样一个平日被人轻视的工人下那样诚恳的劝告？我一进门的时候原就有点疑惑；现在更加疑惑了，虽然猜不出是谁，但自己断定：一定是一个不平常的人。

我一翻那定价：一元八角！

"先生，我买不起，我的钱不够……"我的话低得自己都听不见了，我不知道怎样才好。

我低了头——头脑里轰隆轰隆的。我不敢看他的脸。我只听见一个声音在问我：

"一块钱你有没有？一块钱！"

“有！”我抬起头，顿时恢复了勇气。

“我卖给你，两本，一块钱。”

什么？我很惊异地望着他：黄里带白的脸，瘦得教人担心。头上直竖着寸把长的头发。牙黄羽纱的长衫。隶体“一”字似的胡须。左手里捏着一枝黄色烟嘴，安烟的一头已经熏黑了——这时，我忽然记起哪本杂志上的一段访问记——

“哦！您，您就是？……”

我结结巴巴的，欢喜得快要跳起来了。一定是他！不会错，一定是他！那个名字在我的心里乱蹦，我向四周望了一望，可没有把它蹦出来。

他微笑，默认地点了点头，好像我心里想就要说的，他已经统统知道了一样。

这一来不会错了，正是他！站在前进行列最前面的我们的同志，朋友，父亲和师傅！憎恶黑暗有如魔鬼，把一生的时光完全交给了我们，越老越顽强的战士！我又仔细地看他的脸——瘦！我们这位宝贵的战士的健康，差不多已完全给没有休息的艰苦工作毁坏了。他带着奖励似的微笑，对我说明：“这书（指着《铁流》）本来可以不要钱的，但是是曹先生的书，现在只收你一块钱本钱；我那一本，是送你的。”我费力地从里衫的袋里（公司为防止我们“揩油”，衣衫上一只袋都没有缝）掏出那块带着体温的银圆，放到他的手里——他的手多瘦啊！我鼻子里陡然一阵酸，像要哭出来。我恭敬地鞠了一躬，把书塞进帆布袋，背起便走出书店的门。这到现在，已经隔了四年；在这四年里，我历尽了艰苦，受尽了非人的虐待，我咬紧了牙，哼都不哼一声。就是在我被人随意辱骂、踢打……的时候，我总是昂着头。我对自己说：“鲁迅先生是同我们一起的！”这样我就更加坚强起来。现在，先生是死了！我们不愿放肆地悲痛，这还不是我们放肆悲痛的时候；我们也不愿计算我们的损失，也是难于计算的；前面是一条路，先生没有走完就倒下了，我们只有踏着他的血的足印，继续前进。

在前进中，我不能自已，写下了上面的话。

一九三六年十月

原载《北京工人》1986 年第 9 期

鲁迅说："轻伤不下火线！"

茅　盾

一九三五年十月革命节的下一天，A·史沫特莱通知我，苏联驻上海总领事馆在当天晚上有一个小型鸡尾酒会，请我参加，并说当天晚上八点钟她开车来接我同去。晚上七点半，我到公共租界跑马厅（现在的人民广场）附近一家咖啡馆里等候她。这家咖啡馆是一些洋人和"高等华人"常去的地方，也是我和史沫特莱经常约会见面的地方。大约将近八点钟，史沫特莱来了，说车子就在外面。我同她出去，看见汽车停在马路对面，是辆黑牌车（那时候上海私人用的汽车是黑牌）。史沫特莱自己开车。我们一直开进了外白渡桥旁边的苏联总领事馆。

参加鸡尾酒会的约二十多人，国际友人中我只认识当时在上海出版的英文《中国论坛》的编辑，是一对夫妇。中国人中有鲁迅，许广平，郑振铎，好像也有孙中山夫人宋庆龄和廖仲恺夫人何香凝。

大家随便吃一些东西，随便交谈。史沫特莱悄悄对我说，她和一些朋友都很关心鲁迅的健康，觉得他脸上缺乏血色，又听说常有低烧，容易疲劳。他们都希望鲁迅能够转地疗养。苏联早就想请鲁迅去游历并疗养，请他全家都去。怎样走？由何人伴送？苏联方面会很妥当地给安排的。

史沫特莱又说，这件事她已同鲁迅谈过，但鲁迅犹豫不决，因此希望我帮助促成鲁迅的决心。

隔了两三天，我到鲁迅家去，同他谈起这件事。我的话刚说了一半，鲁迅就笑道："我料到史沫特莱一定要拉你帮助作说客的。但是我考虑的结果，仍下不了决心。"

我就问："为什么呢？"

鲁迅说："一旦到了苏联，我就成了聋子和瞎子了。"

我说："苏联会配备一个翻译专门招呼你的。"

鲁迅又说："我所谓聋子和瞎子还不是指的生活方面，是指的我对于国内的事情会不很了解了。"

我说："这有办法。我们可以把国内的书刊逐日汇齐交给苏联方面，想法用最快的速度寄给你。你仍然可以写文章寄回来在国内发表。"

鲁迅听我这样说，沉吟了一会儿，然后摇着头道："凡事想象是容易的，做起来不会有那么顺利。我猜想即使很快，书刊在路上也总要一两个礼拜，我写了文章寄回来，又要一两个礼拜。杂文都是根据当时情况，匕首一击，事隔一月，岂不成了明日黄花了吗？"

我说："不会成为明日黄花的。你的文章击中敌人要害，尽管迟一点，还是能够振奋人心，虎虎有生气的。"鲁迅听我这样说，只是微笑着摇头。

我换了一个话题，又说："你不是说如果有时间的话，打算把《汉文学史》写完吗？到了苏联，这件事情似乎容易办了。"

我这个话似乎引起了鲁迅的思考。

我又接着说："你到了苏联，就有机会碰到许多国际上有名的革命家和文化界进步人士，那时你把中国的情况对他们说一说，而且，世界各地的有影响力的日报和平刊也一定要派人向你采访，请你写一点短文章。这样，对中国革命所起的作用，我猜想是大得无可比拟的。"

我这番话又引起了鲁迅的思考，他沉吟了一会儿，然后说："让我再考虑考虑罢，反正要走也不是一两个星期之后就走得成的。"

这样，我就告别了。回家后我写了封短信给史沫特莱，大意是：大先生（鲁迅在兄弟中排行老大，同志们背后常以"大先生"称之）的心思有点松动了，过几天我再去试试。

隔了六七天，我又到鲁迅家去。鲁迅不等我开口，就说："我再三考虑，还是不去。前些时候，敌人在造谣，说我因为左翼文坛内部的纠纷感到为难，曾到青岛去住了一个多月。现在如果到苏联去，那么敌人岂不更要大肆造谣了吗？可能要说我是临阵开小差哩！我是偏偏不让他们这样说的，我要继续在这里战斗下去。"鲁迅说这些话时有点兴奋，眼睛看着我，眼光是沉着而坚定的。我心里想，他大概是下了最后决心。不过我还是说了一句："可是你的健康状态是大家关心的。"

鲁迅回答说："疲劳总不免是有的，但还不至于像你们所想象的那么衰老多病。不是说‘轻伤不下火线’吗？等我觉得实在支持不下去的时候，再谈转地疗养吧！”

我觉得我已无能为力。鲁迅的战斗精神那样坚决，使我也不好再多嘴了。

第二天，我写信给史沫特莱：“大先生说，‘轻伤不下火线’，十分坚决。看来转地疗养之事只好过些时候再说了。”

以后国内革命形势的发展加上鲁迅经常发低烧，出国疗养之事也就无法再提了。直到半年后，鲁迅一场大病，朋友们又提起这件事，但那时鲁迅的健康状态已不适宜远渡重洋，只打算到日本镰仓小事休养（见鲁迅于一九三六年八月中给我的信），但最后还是没有去成，而在十月十九日他突然病发，终于不起。

1976 年 6 月 5 日于北京

原载《人民文学》1976 年第 6 期

怀念振铎

巴　金

一

一九五八年振铎在苏联遇难，当时我正在莫斯科，得到消息最早，我总疑心是在做梦。考虑半天，我才对冰心大姐讲了，她同我一起站在大会主席台上，旁边还有几位苏联作家，我们不便大声讲话，我只记得冰心说了一句：“我想他最后在想什么。”她没有告诉我她的想法，我也没有多问。第二天在回国的航机上，我一直想着振铎，我想知道，他最后在想什么？

在北京分别的情景还在眼前。我们竟会变得那样简单，那样幼稚，会相信两三个月后在共产主义社会再见。那个中午，他约我在一家小饭馆吃饭，我们头脑都有些发热，当时他谈得最多的就是这个。他忽然提起要为亿万人的幸福献身。他很少讲这一类的话，但是从他的一举一动我经常感受到他那种为国家、为人民献身的精神。不为自己，我认识他以前，读他的文章，就熟悉了他的为人。他星一样闪烁的目光注视着我，我能感觉到他那颗火热的心。机窗外大朵大朵的白云飘过，不过三个月的时间，难道我们就只能在这一片“棉花”中再见了？

我安全地回到北京，机场上看不到任何熟悉的面孔，眼前有只大手若隐若现仿佛等着和我握手，我心里一惊，伸出手去，什么也没有。真的告别了！

进了城见到曹禺，他刚说出“振铎”二字声音就变了。我本来想从他那里求得一线希望，结果是我们两人含着泪奔赴郑家。在阴暗的屋子里，面对用手绢掩了眼睛、小声哭泣的郑大嫂，我的每句话都显得很笨拙，而且刺痛自己的心。匆匆地逃出来，我拉着曹禺的手要奔往“共产主义”，我不知道它在什么地方，失去的老友约我在那里相见。回旅馆我一夜没有闭眼。我发现平日讲惯了的豪言壮语全是空话。

我参加了振铎的追悼会。大厅里看见不少严肃的面容，听到不少令人尊敬又使人揪心的悼词，我的眼光却找不到一个朋友，连曹禺也没有来。我非常寂寞。永别了，我无法找到他约我见面的那个地方！

二

四十年过去了。

四十年中，我只写过一篇哀悼他的文章，是从莫斯科回来后为报社匆匆写成的，只简单地写出我心目中的郑振铎。以后有机会重读，头一两次还觉得可以应付过去，多读几遍，忽然感到内疚，好像侮辱了朋友。这种奇特感觉我也不知道是怎样来的，但有一件事我永远忘记不了，同他在一起，或者吵架或者谈过去的感情，他从不为自己。我看到敌伪时期他住过的小屋，为了“抢救”宝贵的图书，他宁愿过艰苦的生活，甚至拿生命冒险。看到他那些成就，即使像我这样一个外行，我也愿以公民的身份，向他表示感谢。他为我们民族保存了多少财富！

振铎是因公逝世的。后来听见一位朋友说，本来要批判他，文章已经印好，又给抽掉了。这句话使我很不舒服。

一九五八年我们在北京分别的时候，几座大的博物馆正在那里兴建。他谈起以后开馆的计划，他是那么兴奋。他多年来的心愿就要成为现实，那样堂皇庄严的建筑将体现一个民族的过去和将来。多么光辉的未来。仿佛有一股热、一道光从他身上传过来。以后我每次上北京开会，看到耸立在眼前的博物馆，我第一个念头便是振铎满脸笑容走出来迎接我。“又来了，”我伸出手去，却什么也没有。一切梦都消失了。我还是不能忘记他。

我手边有不少他的著作，书上有他的签名。我们应当是多年的朋友了。有一天和几位友人闲谈，有一位中年朋友质问我说：“你记得不记得介绍你进文艺界的是郑振铎，不是别人！”他说得对，振铎给上海《时事新报》编辑《文学旬刊》时，我用佩竿的名字寄去小诗《被虐待者底呼声》和散文《可爱的人》，都给发表了，我还给振铎写过两封短信，也得到回答。但不知怎样，我忽然写不下去，也就搁下笔了。我还记得我在成都的最后一年（一九二二至一九二三年），深夜伏案写诗，隔一道门大哥坐在轿内或者打碎窗玻璃，或者低声呻吟，我的笔只能跟着他的声音动，并不听我指挥，一些似懂非懂的句子落在纸上刺痛我的心。大哥的病又发作了。几个晚上都写不成一首诗，也就无法再给振铎寄稿。离家乡初期常常想家，又写过一些小诗投寄给一些大小刊物，在妇女杂志和成都的《孤吟》发表过。以后在上海武昌路景林堂谈道寄宿舍住下来补习功课，整天就在一张小桌和一张小床前后活动，哪里想得到"小诗"，也不用说文学作品，更不曾给振铎写过信。不但当时我忘记了它们，就是在今天我也没有承认它们是文学作品。否则我就会把《灭亡》手稿直接寄给振铎了。圣陶先生的童话《稻草人》我倒很喜欢，但我当时并没有想到圣陶先生，他是在开明书店索非那里偶然发现我的手稿的。我尊敬他为"先生"，因为他不仅把我送进了文艺界，而且他经常注意我陆续发表的作品，关心我的言行。他不教训，他只引路，树立榜样。今天他已不在人间，而我拿笔的机会也已不多，但每一执笔总觉得他在我身后看我写些什么，我不敢不认真思考。

三

我不曾参加文学研究会，圣陶和振铎都是我的前辈。有一段时期我经常同振铎一起搞文学编辑工作。起初我有些偏执，就文论稿，常常固执己见，他比我宽松，厚道，喜欢帮助年轻人，我很少见他动怒，但是对人对事他也认真。我同他合作较多，中间也有吵架的时候。其实不是吵架，是我批评他，我为那几篇文章今天还感到遗憾。在《文学季刊》停刊的话中有一段批评他的文字，当然没有写出他的姓名，我只是训斥那些翻印古书、推销古书的人，我根据传闻，误认为停刊《文学季刊》是他的主意。

我这段文字并不曾与读者见面。不久《文学季刊》停刊号在上海印刷，振铎发现那段文字就把它删去了，杂志印出来，我也没有别的办法，只是在另一本刊物上针对他发表了一篇杂感。但他并不作声，好像不曾读过。我和振铎之间往来少了些，可是友谊并未受到损伤，他仍然关心我，鼓励我。

日子久了，了解较深，他搜集古籍，"抢救"古书，完全出于爱国心，甚至是强烈的爱国心。他后来的确在这方面做出了极大的努力。我看够了日本侵略军的阴谋活动，我熟悉《四世同堂》中老少人物的各种生活。敌人的枪刺越来越近了，我认为不能抱着古书保护自己，即使是稀世瑰宝，在必要的时候也不惜让它与敌人同归于尽。当时是我想得太简单了，缺乏冷静的思考。我只讲了一些空话。他从未提及它们，他也不曾批评我。后来我感觉到没有争论的必要，过去的分歧很快地消失了。那时我们都在上海，各人做自己的工作，也有在一起的时候，我还记得一九三六年十月鲁迅先生的遗体在万国殡仪馆大厅大殓时，振铎站在我身边用颤抖的手指抓住我的膀子，浑身发抖。不能让先生离开我们！——我们有共同的感情。

以后还有类似这样的事情。

我似乎更多地了解他了。

四

不仅是了解他，我更了解我自己。也可以说我开始了解自己。

我常常回想过去，我觉得我了解别人还是从了解自己开始的。有一种力量逼着我拿自己同他相比，他做了些什么，我做了些什么，他是怎样做的，我是怎样做的，是真是假，一眼看明。

我渐渐注意到我对自己的要求有了一些改变，我看一个作家更重视他的人品，我更加明确做人比为文更重要。我不知说过多少次在纸上写字是在浪费生命，我不能尽说空话，我要争取做到言行一致。写了若干年的文章，论别人，也讲自己，好像有了一点心得，最要紧的就是：写文章为了改变生活；说得到也要做得到。话是为了做才说的。了解这些，花了我不少时间，但究竟了解多少还难说。

我批评他“抢救”古书，批评他保存国宝，我当时并不理解他，直到后来我看见他保存下来的一本本珍贵图书，我听见关于他过着类似小商人生活，在最艰难、最黑暗的日子里，用种种办法保存善本图书的故事，我才了解他那番苦心。我承认我不会做他那种事情，但是我把他花费苦心收集起来、翻印出来的一套一套的线装书送给欧洲国家文化机构时，我又带着自豪的感情想起了振铎。

五

回顾自己的言行，认真分析每一句话，看每一件事情，我得了一些好处，这也就是一点进步吧。不用别人提说，自己就明白有了什么失误，动脑筋想办法改正错误。不过我并不曾作道歉或改正的表示。

这是内心的自省。我交朋友即使感到有负于人，即使受良心的折磨，我也不作形式上的悔过。这种痛苦超过良心的责备。但十七年中间发生了变化，自己不知从什么地方找到一种面具，戴上它用刻刀在上面刻上奇形怪状，反而以丑为美。再发展下去，便是残害人类的十年，将人作狗。我受了不少折磨和屈辱。我接触了种种不能忍受的非人生活。

振铎有幸，未受到这种耻辱。近年来我和朋友们经常谈起这位亡友，都说他即使活到“文革”，也过不了那一关。我反复思索，为什么我过得了关而他过不了？我终于想出来了：他比我好；他正，正直而公正。他有一身的火，要烧掉从各方来的明枪暗箭。站在批判台上，“造反派”逼我承认自己从未说过的假话。那种吃人模样的威逼严训像用油锅熬煎我的脑子，我忍受了这个活下来，我低头弯腰承认了他们编造的那一切胡话，这样我才可以顺利过关。否则我的骨灰也不知丢在哪里去了。

根据这几十年的经验，我能忍才能过那一个一个的难关。这并不是容易的事：忍受奇耻大辱。我一直认为，活着是重要的，活着才能保护自己，伸张正义。而不少在“运动”中，在“文革”中被人整死的人和所谓“自绝于人民”的人，就再找不到说话的机会，也不能替自己辩护了。关于他可以由人随意编造故事，创写回忆，一时出现多少知己。

我忍受了十年的侮辱。固然我因为活下去，才积累了经验，才有机会写出它们；但我明白了一点：倘使人人都保持独立思考，不唯唯诺诺，说真话，信真理，那一切丑恶、虚假的东西一定会减少很多。活命哲学和姑息养奸不能说没有联系。以死抗争有时反能产生震撼灵魂的效果。

以上的话在这里也显得多余，因为振铎没有能够等到“文革”。我参加了“文革”，每一次遭受屈辱，就想到他，也想到其他许多人，拿自己同他们比较，比来比去，多少有点鼓舞的作用。努力学习别人的长处，我绝不忘记。

六

今天又想起了振铎，是在病房里，我已经住了四年多医院了。病上加病，对什么事都毫无兴趣，只想闭上眼睛，进入长梦。到这时候才知道自己是个无能的弱者，几十年的光阴没有能好好地利用，到了结账的时候，要撒手也办不到。悔恨就像一锅油在火上煮沸，我的心就又给放在锅里煎熬。我对自己说：“这该是我的最后的机会了。”我感觉到记忆摆脱了我的控制，像骑着骏马向前奔逃，不久就将留给我一片模糊。

……

原载《文汇报》2003年11月21日

追怀冼星海

——纪念他逝世六十周年

何满子

主张人生就是选择的存在主义大师萨特曾在某处说过：记忆也是一种选择，当人遇到某种情景，某种刺激，便会从现实选择既往，想起某些人，某些事（大意）。确实如此。面对当前文化市场的浮嚣，黄钟歇响瓦釜齐鸣的可悲现象，常令人兴起正不胜邪之慨。于是，我脑里每每闪亮出旧时交往中一些对艺术持虔敬态度的人物形象。在音乐家中有马思聪和冼星海。马思聪在日常细微处透露出来的对音乐的敬业精神所给我的启沃，前些年我曾几次撰文提到；这回，乘冼星海逝世六十周年之机，来追述一下这位人民音乐家。

我和星海的交往从一九三七年八月在上海初见至一九三八年十二月延安分别止，前后只有一年多的时间，但他曾向我倾谈过他的生平，特别是巴黎留学时期的传奇性的遭遇，以至我能就他的诉说以及与他交往中亲切的认知，在上世纪五十年代写出电影文学本《冼星海传》——这剧本经过一番周折未能摄制，下文我将叙及。

初次会见的日期很好记，那是“八一三”淞沪战争即抗日战争全面爆发的后三天。我于淞沪战争爆发的次日由杭州到达上海；第二天会见钱韵玲，即后来的星海夫人；次日是由她带我去访问星海的。钱韵玲是我姐姐晓梅烈士在杭州黄河桥小学教书时的同事，钱的父亲就是淞沪战争时期的战地服务团团长，著名的理论家钱亦石。不久我就参加了战地服务团的工作。

冼星海当时住在拉都路（今襄阳南路）一条弄堂里一间石库门楼房的二

楼。住着一间大约十五平方米大小的房间，没有什么陈设。我们去的时候房里有几位来客，是《大众歌声》杂志的编辑，向星海索取他前些日子谱写的《青年进行曲》去发表的。这个开头几句是“前进，中国的青年挺进 / 挺进，中国的青年 / 中国恰像暴风雨中的破船 / 我们要认识今日的危险 / 将一切力量 / 争取胜利的明天……”的歌曲在抗战前期十分风行。我们去的时候，星海正在将原来的五线谱改写简谱。星海没有钢琴，写完后用小提琴来试音校订——这把小提琴是离开巴黎回国前他的一位老师送给他的，我在《冼星海传》中叙述了送琴的故事。

星海拉琴试曲的模样，因为后来也见过几次，所以印象十分深刻。他一面拉琴，一面侧着头轻声哼唱，有时高举着弓，作短暂的沉思，再拉，再哼，最后放下琴，双手握拳使劲向上一击，满意地喊：“行了！”

可惜我和星海交往时，对音乐还是门外汉；不能像上世纪四十年代接触马思聪时那样，我已“恶补”过音乐知识，认真地读过了旋律学、和声学、曲式学、配器法等几乎涵盖了音乐学院理论作曲系的全部课程，得以藉专业知识和对方作深一层的交流。因此，我对星海的音乐风格不能像对马思聪的作品那样把握得较深，好在那时星海创作的大都是声乐曲，一切都很显露，他要直到去延安后才写器乐曲，大型的交响乐之类我都没有见到过谱，更没有听过乐队演奏。

第一次会见后，我曾写了一篇《冼星海印象》的短文，在《大美晚报》上刊出。因为钱韵玲跟着我姊管我叫“小弟”，星海也跟钱韵玲喊我“小弟”，故而我那篇文章也署名“小弟”。文章刊出时我已参加战地服务团，在浦东南汇县的周浦镇工作。我曾带了报纸过江到上海再访星海。战时大家都很紧张，匆匆谈了片刻就握别，直到次年才在武汉重晤。

一九三八年三月，我从上年淞沪战地撤退，辗转流亡到了武汉。星海随着洪深带队的演剧二队，经苏州、南京、徐州、开封、洛阳，沿途进行抗日宣传，星海曾深入工厂农村，教群众唱救亡歌曲，不像我这样纯是逃难，他是如他所说的“一路战斗”也到了武汉。果然，他的本来不白净的面色更加黝黑了，可见一路风尘仆仆。他在郭沫若任厅长的军委会政治部第三厅，仍被经常奔走于武汉周遭的厂矿、农村和部队驻址教歌、指挥群众演唱和作救亡宣传。我在汉口的《大汉晚报》当编辑兼跑新闻，只要星海在武汉，我便过江到武昌昙华林他的宿舍去串门。在战时流亡的特殊环境中，有如患难之交一样，人们的感情格外易于融洽，我们称得上是知交了。虽然他比我大十多岁，却无话不谈，连他在三厅和另一位音乐家张曙吵架的私事，也愤愤地向我诉说。他本来是个木讷寡言的人，但一喝点酒话就多起来了。他喜欢喝两盅，但没有瘾，酒量也远不及我。两盅下肚，就絮叨地向我摆谈各种往事，倾诉他的经历：幼年家境如何贫困，他的做女佣的母亲如何茹苦含辛地抚育他；母亲在澳门那家做女佣的主人，葡萄牙籍乐师如何诱发他走上音乐之路；如何冒险到上海进入国立音专而又在一次学潮中被开除；如何在一艘外轮上做苦工而千难万险地到了法国，以及在巴黎学音乐的颠沛而又充满戏剧性的遭遇……我察觉他那时虽然热情昂扬地投入工作，但他是寂寞的，因此要找人诉说。他谈到音乐时便欢快起来，时不时夹哼着一段旋律。

他说，为了追求艺术，一切艰辛苦难都甘之如饴。"夯巴郎（粤语：一切）都难不倒我！"说时握拳望空一挥。这手势是他的习惯动作，令人联想到他的指挥手势。

我把听到的一切都记在日记上，部分还写成文章在报刊上发表过。可惜这些日记和剪存的报刊都已在一九五五年被株连入胡风案时失去。

后来我也从马思聪处听到星海在巴黎的窘况。马思聪和星海的道路和艺术风格是两路，马思聪更学院派，星海则更民间派。但马思聪对星海的忍苦耐劳的精神很佩服，在巴黎时曾去看过他。星海住在贫民窟的一座楼房里，最高一层的一间狭隘的小房间。这间顶楼小屋低矮得身子也不能伸直，连练琴也只得钻出小门到阳台上去练。马思聪摇头叹气道："他就这样对着上帝练琴！"

一个令人万分激动的故事每使我一想起来就欷歔不已，我在电影文学本《冼星海传》的八本戏中用了整整两本戏的篇幅写了这故事。

星海那时已经进了巴黎音乐学院，但必须靠打工维生。通常到旅法华人开的洗衣作之类的店家打工；有时找不到工打，就得去餐厅或酒吧卖艺赚几个法郎。他说，虽然巴黎街头也常有潦倒的乐师和画家卖艺乞讨，他总觉得很难为情。但迫于无奈，他说，他就集中精力拉曲子，不朝人看，别的什么也不想，只当作是正规的练琴。一天，他走进一家相当豪华的餐厅，前一天音乐院的课正讲授马思南的音乐，他就向食客们演奏马思南的曲子。在餐厅用餐的有两个衣着时髦的中国留学生，显然是公费留学又有家庭汇款可供挥霍的纨绔子弟，认为中国人在饭店里卖艺乞讨是丢了中国人的面子，一个大声叱骂，一个竟站起来要斥逐冼星海出去。这时，一位绅士模样的法国食客挺身而起，向那两个中国学生发话道："你们这是干什么！这位青年音乐家全神贯注地演奏曲子，他的马思南拉得多动听啊！你们却要捣乱！这样不尊重人，不尊重艺术！"一顿训把那两个华侨学生训得龟孙子般地瘪了。这位绅士邀请冼星海为他演奏一曲自己认为演奏得最满意的曲子，冼星海聚精会神地拉了一曲克莱斯来的《中国花鼓》，绅士十分赞赏，丰厚地给予酬金。

就这样一次遭逢，星海后来成为这位绅士的家庭教师，教他的女儿学提琴。他的姓氏是 Mullier，名字我此刻记不真了，但他是巴黎第七大学的教授则不会记错。后来星海回国，也得到了教授的资助。直到在武汉时期，星海还和他通着信。

武汉当时热火朝天，星海成天忙于组织宣传抗日的群众歌咏活动，特别是那次庆祝台儿庄大捷的万人大合唱，星海兴奋地担任指挥，累得满头大汗。可没有人知道，那几天他正患着肩周炎，他是熬忍着臂疼上场的。钱韵玲告诉我，他老是嘀咕抱怨没时间作曲，一点静静的构思的时间也找不到。的确，在武汉他几乎没有创作过一支歌，直到去了延安，才爆发出积蓄已久的灵感。

这年的八月，我已决定赴延安。原定和星海夫妇商定一起走的，但我先办好手续，有伴当先走了，到延安是九月一日。星海和钱韵玲直到十一月才到。而两个月后，我就读的陕北公学改组，校本部连同高级研究班一起并入陕甘宁边区关中分区的陕公分校，地址在栒邑县的看花宫。我所属的高研班随着成仿吾校长一起离延安赴看花宫。我和星海夫妇在延安两个月的短暂聚会，也是最后的一次聚会结束。临别的前一天，钱韵玲煮了一只鸡，在桥儿沟鲁艺宿舍的窑洞里治餐为我送行。

此后的几年中，我在西南大后方，不断唱从延安传出来的星海的歌曲。《生产大合唱》《黄河大合唱》在大后方也很风行。我为星海的合作成果感到高兴。当时在中国大后方没有管弦乐队的条件下，根本没有创作大型器乐曲的可能，交响曲、协奏曲什么的即使写出来也没处演奏。CanTaTa 已是能尽情发挥的最大的曲式了，星海已发挥了最大的能量。

其时也听到一些从延安到大后方来的人传来的“小道”，说星海是“延安四大怪人”之一。“四大怪人”的其他三个是萧军、王实味、塞克。除了萧军之外，另两人我一无所知，猜想出星海何以会和他们并列而称“怪人”。星海为人憨直、粗犷，个性很鲜明，有时难免得罪人，但我怎么也想不到他能得“怪人”之名。

他被派赴苏联的消息是我在一九四一年由成都赴湘桂途经重庆时听《新华日报》的熟人说的。苏联是音乐文化水平很高的国家，星海在那里必更能施展他的才能，我为他庆幸。

一九四五年八月十五日，日本宣布无条件投降。在那段悲喜交集的日子里，我回顾这艰苦的八年抗战，想到自己战时的历程，想到开头的淞沪战争，自然想到和星海的初逢……心想，我们定能在战后的上海重晤。如再见面，我如今有点资本可以和他较内行地交谈音乐了。没想到，冬天得知了他病逝于莫斯科的噩耗。我不胜哀伤，写了一首《冼星海悼歌》追悼他，词曲都在当年十二月的《新华日报》副刊上刊出。没有人为星海开追悼会，这样的歌是没有人会唱的，我只是表示一点哀思而已。但据当时在贵阳工作的好友叶帆告诉我，那里有一家文艺刊物转载了这首悼歌。马思聪当时任贵州省艺术馆馆长，估计是由于他的关系。

我经常起意要为纪念星海写点什么，一九五三年，几位朋友在上海电影剧本创作所工作，怂恿我写电影剧本，我决定写《冼星海传》。因为星海生涯中最富戏剧性的情节是在巴黎，而我不熟悉那里的风光，于是决定求助于马思聪。我写了一份颇为详细的提纲，并连同提出的一系列问题，写信给那时正任中央音乐学院院长的马思聪。马思聪很认真地回了我一封长信，逐条回答了我的提问，连巴黎街道原名、位置也写得很详细。又在剧本提纲上注上许多意见，给我帮助很大。这个文学本于一九五三年底完稿，送交给上海电影剧本创作所审核。可是直拖到次年夏天，仍无回音。我很懊恼，便写了一封颇为发牢骚的信给电影剧本创作所的所长夏衍。夏公没有回信，但他显然干预了这事，剧本很快退回，附了一封简短的信。大意说，这剧本的许多情节发生在法国，没有条件出国去拍外景，云云。这话也是事实，当时不像改革开放以后那样可以方便地出国摄制，我只得搁着。

星海去世后，我一直打听钱韵玲的下落，想从她得知星海最后一段生活情况。直到上世纪八十年代，才从在浙江美术学院任教的老友卢鸿基那里得悉她已另组家庭，定居杭州。我想去访见她，但鸿基示意“不宜”，可是他大概将我寻访她的事告诉了钱韵玲，不久星海的女儿冼妮娜来上海探访过我一次。她是为了广州要给星海建立塑像来征求我的造型意见的。我总算见到了星海的后人，那长相酷肖其父的故人之女。我和星海交往的这段因缘就从此了结。

冼星海是我所认识的最勤奋的艺术家，他几乎全身心地生活在音乐里，随时在生活中捕捉乐思，从一切音响中捕捉旋律。给我印象极深的是，在武汉一次过江轮渡上，船快到码头了，我们要起身出舱的刹那，船舷上忽然传来了一个小女孩的叫卖声，他马上喊道：“等一等。”掏出一个本子，拔出自来水笔记上了一些符号，肯定是他从那女孩的叫声中获得了灵感。这种不择时地的素材积储，使他作曲十分快捷，据说《黄河大合唱》的写成只用了三四天的时间，可谓神速。

星海出身穷苦，成长的道路中充满坎坷和挫折，且常和下层群众相伴，所以怀有平民情结，执着地将艺术献给苦难的群众。他非常佩服聂耳，我多次听见他对聂耳的赞扬，但也很率直地谈到聂耳的曲子在技巧上的不成熟甚至疏失。我记得很实的是，他有次谈到《义勇军进行曲》，即现在的国歌，说有一处显然的改笔，就是“中华民族到了最危险的时候”一句，在“到了”之后，用了半拍休止，便把一个完整的句子切断了。星海并拿黄自的合唱曲《抗敌歌》作比较，说黄自的曲子多么严密工整，合唱之中有一句齐唱，棒极了。说黄自的曲子横看竖看（指旋律与和声）都精彩。但从倾向说，星海还是赞赏聂耳，给他们的定位是黄自是爱国音乐家，聂耳是群众音乐家。我以为这见解极是。在星海眼里，“群众”更为可贵，是和他本人血肉相连的劳动大众。星海自己也正是劳动人民的儿子。

二〇〇五年四月，上海

原载《海燕》2005 年第 7 期

忆白石老人

艾　青

1949 年我进北京城不久，就打听白石老人的情况，知道他还健在，我就想看望这位老画家。我约了沙可夫和江丰两个同志，由李可染同志陪同去看他，他住在西城跨车胡同十三号。进门的小房间住了一个小老头子，没有胡子，后来听说是清皇室的一名小太监，给他看门的。

当时，我们三个人都是北京军事管制委员会的文化接管委员，穿的是军装，臂上带臂章，三个人去看他，难免要使老人感到奇怪。经李可染介绍，他接待了我们。我马上向前说："我在十八岁的时候，看了老先生的四张册页，印象很深，多年都没有机会见到你，今天特意来拜访。"

他问："你在哪儿看到我的画？"

我说："1928 年，已经二十一年了，在杭州西湖艺术院。"

他问："谁是艺术院院长？"

我说："林风眠。"

他说："他喜欢我的画。"

这样他才知道来访者是艺术界的人，亲近多了，马上叫护士研墨，戴上袖套，拿出几张纸给我们画画。他送了我们三个人每人一张水墨画，两尺琴条。给我画的是四只虾，半透明的，上画有两条小鱼。题款："艾青先生雅正八十九岁白石"，印章"白石翁"，另一方"吾所能者乐事"。

我们真高兴，带着感激的心情和他告别了。

我当时是接管中央美术学院的军代表。听说白石老人是教授，每月到学校一次，画一张画给学生看，作示范表演。有学生提出要把他的工资停掉。

我说："这样的老画家，每月来一次画一张画，就是很大的贡献。日本人来，他没有饿死。国民党来，也没有饿死，共产党来，怎么能把他饿死呢？"何况美院院长徐悲鸿非常看重他，收藏了不少他的画，这样的提案当然不会采纳。

老人一生都很勤奋，木工出身，学雕花，后来学画。他已画了半个多世纪了，技巧精练，而他又是个爱创新的人，画的题材很广泛：山水、人物、花鸟虫鱼。没有看见他临摹别人的。他具有敏锐的观察力，记忆力特别强，能准确地捕捉形象。他有一双显微镜的眼睛，早年画的昆虫，纤毫毕露，我看见他画的飞蛾，伏在地上；满身白粉，头上有两瓣触须，他画的蜜蜂，翅膀好像有嗡嗡的声音；画知了、蜻蜓的翅膀像薄纱一样；他画的蚱蜢，大红大绿，很像后期印象派的油画。

他画鸡冠花，也画牡丹，但他和人家的画法不一样，大红花，笔触很粗，叶子用黑墨只几点；他画丝瓜、倭瓜；特别爱画葫芦；他爱画残荷，看看很乱，但很有气势。

有一张他画的向日葵。题："齐白石居京师第八年画"，印章"木居士"。题诗："茅檐矮矮长葵齐，雨打风摇损叶稀。干旱犹思晴畅好，倾心应向日东西。白石山翁灯昏又题。"印章"白石翁"。

有一张柿子，粗枝大叶，果实赭红，写"杏子坞老民居京华第十一年矣丁卯"，印章"木人"。

他也画山水，没有见他画重峦叠嶂。多是平日容易见到的。他一张山水画上题："予用自家笔墨写山水，然人皆余为糊涂，吾亦以为然。白石山翁并题。"印章"白石山翁"。

后在画的空白处写"此幅无年月，是予二十年前所作者，今再题。八十八白石"，印章"齐大"。

事实是他不愿画人家画过的。

我在上海朵云轩买了一张他画的一片小松林，二尺的水墨画，我拿到和平书店给许麟庐看，许以为是假的，我要他一同到白石老人家，挂起来给白石老人看。我说："这画是我从上海买的，他说是假的，我说是真的，你看看……"他看了之后说："这个画人家画不出来的。"署名齐白石，印章是"白石翁"。

我又买了一张八尺的大画，画的是没有叶子的松树，结了松果，上面题了一首诗："松针已尽虫犹瘦，松子余年绿似苔。安得老天怜此树，雨风雷电一起来。阿爷尝语，先朝庚午夏，星塘老屋一带之松，为虫食其叶。一日，大风雨雷电，虫尽灭绝。丁巳以来，借山馆后之松，虫食欲枯。安得庚午之雷雨不可得矣。辛酉春正月画此并题记之。三百石印富翁五过都门。"下有八字："安得之安字本欲字”。印章“白石翁”。

他看了之后竟说：“这是张假画。”

我却笑着说：“这是昨天晚上我一夜把它赶出来的。”他知道骗不了我，就说：“我拿两张画换你这张画。”我说：“你就拿二十张画给我，我也不换。”他知道这是对他画的赞赏。这张画是他七十多岁时的作品。他拿了放大镜很仔细地看了说：“我年轻时画画多么用心呵。”

一张画了九只麻雀在乱飞。诗题：“叶落见藤乱，天寒入鸟音。老夫诗欲鸣，风急吹衣襟。枯藤寒雀从未有，既作新画，又作新诗。借山老人非懒辈也。观画者老何郎也。”印章“齐大”。看完画，他问我：“老何郎是谁呀？”我说：“我正想问你呢。”他说：“我记不起来了。”这张画是他早年画的，有一颗大印“甑屋”。

我曾多次见他画小鸡，毛茸茸，很可爱；也见过他画的鱼鹰，水是绿的，钻进水里的，很生动。

他对自己的艺术是很欣赏的，有一次，他正在画虾，用笔在纸上画了一根长长的头发粗细的须，一边对我说：“我这么老了，还能画这样的线。”

他挂了三张画给我看，问我：“你说哪一张好？”我问他：

“这是干什么？”他说：“你懂的。”

我曾多次陪外宾去访问他，有一次，他很不高兴，我问他为什么，他说外宾看了他的画没有称赞他。我说：“他称赞了，你听不懂。”他说他要的是外宾伸出大拇指来。他多天真！

他九十三岁时，国务院给他做寿，拍了电影，他和周恩来总理照了相，他很高兴。第二天画了几张画作为答谢的礼物，用红纸签署，亲自送到几个有关的人家里。送我的一张两尺长的彩色画，画的是一筐荔枝和一枝枇杷，这是他送我的第二张画，上面题：“艾青先生齐璜白石九十三岁”，印章“齐大”，另外在下面的一角有一方大的印章：“人犹有所憾”。

他原来的润格，普通的画每尺四元，我以十元一尺买他的画，工笔草虫、山水、人物加倍，每次都请他到饭馆吃一顿，然后用车送他回家。他爱吃对虾，据说最多能吃六只。他的胃特别强，花生米只一咬成两瓣，再一咬就往下咽，他不吸烟，每顿能喝一两杯白酒。

一天，我收到他给毛主席刻的两方印子，阴文阳文都是毛泽东（他不知毛主席的字叫润之）。我把印子请毛主席的秘书转交。毛主席为报答宴请他一次，由郭沫若作陪。

他所收的门生很多，据说连梅兰芳也跪着磕过头，其中最出色的要算李可染。李原在西湖艺术院学画，素描基础很好，抗战期间画过几个战士被日军钉死在墙上的画。李在美院当教授，拜白石老人为师。李有一张画，一头躺着的水牛，牛背脊梁骨用一笔下来，气势很好，一个小孩赤着背，手持鸟笼，笼中小鸟在叫，牛转过头来听叫声……

白石老人看了一张画，题了字：“心思手作不愧乾嘉间以后继起高手。八十七岁白石甲亥”。印章“白石题跋”。

一天，我去看他，他拿了一张纸条问我：“这是个什么人哪，诗写得不坏，出口能成腔。”我接过来一看是柳亚子写的，诗里大意说：“你比我大十二岁，应该是我的老师。”我感到很惊奇地说：“你连柳亚子也不认得，他是中央人民政府的委员。”他说：“我两耳不闻天下事，连这么个大人物也不知道。”感到有些愧色。

我在给他看门的太监那儿买了一张小横幅的字，写着：“家山杏子坞，闲行日将夕。忽忘还家路，依着牛蹄迹。”印章“阿芝”，另一印“吾年八十乙矣”。我特别喜欢他的诗，生活气息浓，有一种朴素的美。早年，有人说他写的诗是薛蟠体，实在不公平。

我有几次去看他，都是李可染陪着，这一次听说他搬到一个女弟子家——是一个起义的将领家。他见到李可染忽然问：“你贵姓？”李可染马上知道他不高兴了，就说：“我最近忙，没有来看老师。”他转身对我说：“艾青先生，解放初期，承蒙不弃，以为我是能画几笔的……”李可染马上说：“艾先生最近出国，没有来看老师。”他才平息了怨怒。他说最近有人从香港来，要他到香港去。我说：“你到香港去干什么？那儿许多人是从大陆逃亡的……你到香港，半路上死了怎么办？”他说：“香港来人，要了我的亲笔写的润格，说我可以到香港卖画。”他不知道有人骗去他的润格，到香港去卖假画。

不久，他就搬回跨车胡同十二号了。

我想要他画一张他没有画过的画，我说：“你给我画一张册页，从来没有画过的画。”他欣然答应，护士安排好了，他走到画案旁边画了一张水墨画：一只青蛙往水里跳的时候，一条后腿被草绊住了，青蛙前面有三个蝌蚪在游动，更显示青蛙挣不脱去的焦急。他很高兴地说：“这个，我从来没有画过。”我也很高兴。他问我题什么款。我说：“你就题吧，我是你的学生。”他题：“青也吾弟小兄璜时同在京华深究画法九十三岁时记齐白石。”

一天，我在伦池斋看见了一本册页，册页的第一张是白石老人画的：一个盘子放满了樱桃，有五题落在盘子下面，盘子在一个小木架子上。我想买这张画。店主人说：“要买就整本买。”我看不上别的画，光要这一张，他把价抬得高高的，我没有买；马上跑到白石老人家，对他说："我刚才看了伦池斋你画的樱桃，真好。"他问："是怎样的？"我就把画给他说了，他马上说："我给你画一张。"他在一张两尺的琴条上画起来，但是颜色没有伦池斋的那么鲜艳，他说："西洋红没有了。"

画完了，他写了两句诗，字很大："若教点上佳人口，言事言情总断魂。"

他显然是衰老了，我请他到曲园吃了饭，用车子送他回到跨车胡同，然后跑到伦池斋，把那张册页高价买来了。署名"齐白石"，印章"木人"。

后来，我把画给吴作人看，他说某年展览会上他见过这张画，整个展览会就这张画最突出。

有一次，他提出要我给他写传。我觉得我知道他的事太少，他已经九十多岁，我认识他也不过最近七八年，而且我已经看了他的年谱，就说："你的年谱不是已经有了吗？"我说的是胡适、邓广铭、黎锦熙三人合写的，商务印书馆出版的《齐白石年谱》。他不作声。

后来我问别人，他为什么不满意他的年谱，据说那本年谱把他的"瞒天过海法"给写了。1937 年他七十五岁时，算命的说他流年不利，所以他增加了两岁。

这之后，我很少去看他，他也越来越不爱说话了。

最后一次我去看他，他已奄奄一息地躺在躺椅上，我上去握住他的手问他："你还认得我吗？"他无力地看了我一眼，轻轻地说："我有一个朋友，名字叫艾青。"他很少说话，我就说："我会来看你的。"他却说："你再来，我已不在了。"他已预感到自己在世之日不会有多久了。想不到这一别就成了永诀——紧接着的一场运动把我送到北大荒。

他逝世时已经九十七岁。实际是九十五岁。

1983 年 12 月

原载《新华文摘》1984 年第 3 期

透明的生命

万　方

已经过去十多年了，1996 年 12 月的那个冬夜，电话铃声响得那么突兀，把我惊醒。四下里一团漆黑，我拿起话筒，听到小白的声音，他一直在医院里照顾我爸爸。他说：曹老情况不大好，医生让你到医院来。不知道为什么我没有多问，把电话放下。那时我看见床头的小钟指着四点十分。我走出家门，苍黄的路灯下大街空空荡荡，没有一个人影。我走到街中心，等到一辆出租车，汽车在黎明前的城市飞驰，冥冥中我的心有所期待，期待什么都没有发生，一切回复到正常。然而在这巨大虚空的黑夜后面，我感到了正在发生的事情，我的爸爸走了。

他走得很安静。当时的情况是护士半夜查房，给他量了血压，他还在睡着。十多分钟后护士长又进来看看，发现他的呼吸不对，极慢极浅了。做了病理检查之后，也没能查出明确的在这么短的时间里致死的原因。想来他很有福气，没有经受垂死的病痛折磨和死亡的恐惧。在寂静的深夜，他衰弱的身体里产生了难以觉察的奇异的波动，也许有个声音告诉他“我们要走了”。他来不及多想，甚至没有听清楚，他想问问对方，可是又没有力气。在最后的时刻，是他对一切事物的好奇心引导他跟着那声音去了，他没有见过死神，他想见一见。

大约在二十世纪八十年代后期，我陪我爸爸去了一趟天津。那一次的旅行使我很贴近地感受到他的童年，了解到他这个人是从哪儿来的，为什么他所以是他。我们来到意租界，他认出了旧时的街道，兴奋极了，连连说：“不错，绝对不会错的，这一家姓萧，那一家姓陈，我真是像在做梦啊！”他的家“小白楼”是座两层的小楼，门前搭着一些乱七八糟的东西，里面住了好几家人，但都上班去了，只有两个老人在。我爸爸只顾往里面冲，甚至顾不得和主人打招呼，这在他是很少有的。

他回忆起许多往事，教他书的大方先生，也教过袁世凯的儿子，好玩古钱，有好几个姨太太。他记得客人在楼下的小客厅等着他父亲下来，他父亲摆着架子，等客人行三拜九叩礼，然后父亲就和客人对着抽鸦片烟。“那时候真是乌烟瘴气哟！”他说，“哥哥在楼下抽，父亲母亲在楼上大客厅里抽。每天我放学回家，他们抽了一夜的大烟还在睡觉，家里像坟墓一样。”他还记得胡同口逃难的农民，一头挑着锅，一头挑着孩子，晚上叫得很惨。

听他的话使我感悟到，出生在旧中国的文人，他们大多从小就感到压抑。继而觉悟到有一股与他们格格不入的势力的存在，从此他们的生存就处于个人与一种势力对峙的状态。这成为他们无法逃脱的命运，他们也不想逃脱，他们从来无缘体味“为艺术而艺术”的闲情逸致，这才是他们的情结。我无法说出这种势力的名称。在我之前，在不同的时代，它以不同的面目存在了上千年，使个体的生命消失，变成一种适合于它的形式。无数中国人的生活被改变。而那些不甘于被改变、有独立意识的人，就要有所作为，我爸爸写剧本就是他的作为。一个人的能力有大小，才华更是上天给的。我爸爸有幸被赋予了才华，他的成名是在很年轻的时候，像几乎所有当代的中国文人一样，在二十几岁就迸射出创造的光辉。我体会他真正的才华，在于他全身心地活在自己独特的感觉之中，登上了自己的那块石头。他迎接命运，他愤愤不平，他痛苦，他要反抗，一股股激流从他身边汹涌而过，他的心被激荡，也许他也想化为激流，或者说把自己投身进一股强大的力量里，可在他的心灵中有一个小人儿，具有把握他的更大的力量。就由于有他的把握，他写出《雷雨》。

那时他在南开中学念书，他和我说过，他有一个同学叫杨善全，和他关系不错，他和杨善全说，我有一个故事想写出来。同学就说，那你讲讲吧。他说：“我讲了，讲得乱七八糟，他也没听出所以然，只说，很复杂呀，你写吧。”我还听到他和来采访的人说，“你们要我讲繁漪是从哪儿来的，有什么原型？有，肯定是有，好多好多。但要我说出张家老太太，李家少奶奶，王家小姐，有什么用？讲了也是白讲，你们也不认识。《雷雨》这个名字，如果硬要我讲，雷，是轰轰隆隆的巨大声音，惊醒他们；雨，是天上而来的洪水，把大地洗刷干净。”

我和爸爸一起去过他的母校清华大学，在图书馆，他指给我看当年写《雷雨》时常坐的位子，说：“当年图书馆的一个工作人员，他待我太好了，提供我许多书籍，原谅我一时想不起他的名字。他还允许我闭馆之后还待在这里写作。

那些日子真叫人难忘啊！不知废了多少稿子，都塞在床铺下边，写累了，就跑到外面，躺在草地上看悠悠白云，湛蓝的天。当时我就是想写出来，从来没有想到过发表，也没有想过演出。”

后来，抗战时期在重庆，我爸爸写出了《北京人》。当时有人对《北京人》在那个时期出来有所非议，似乎认为不合时宜。我不这样看，恰恰相反，我认为他站在自己的高度，看到那个高度所看到的世界和人。我时常想，要具有对人生多么深切的感悟，体味埋得多么深的痛苦，才能写出《北京人》来，而我爸爸那时还是个青年。我一直觉得《北京人》里每个男人身上都有他的影子，他比他们加在一起还要丰富生动。

由此我想到自己的幸运，一个有才华有灵魂的人活在我身边，我得以看着他生命的进程，从某种意义上说，如同看着众多的中国文化人，甚至是中国的知识界。当然我不能把他们之中的任何一个等同于另外一个，但他们的命运确有共同之处。长时间以来，我爸爸和许多的人，他们都被告知他们的思想是需要改造的，这种对灵魂的改造有时是非常严酷的。

“文化大革命”开始时，我爸爸被打倒，被揪斗。有一段时间，我爸爸被关在剧院里不能回家。后来我记得放他回家了，他把自己关在屋里，能不出门就不出门。人民大学那时就在我家隔壁，每天从早到晚造反派都在高音喇叭里大叫大喊。我爸爸在一篇回忆中写道：“酷热的夏天，方瑞和小欢子（就是我妈妈和我妹妹），她们沉沉地睡在另一间小屋里。白发的岳母瘫在木板床上，一夜一夜地咳嗽。半夜，不知从什么地方传来一阵阵粗野的声音，那鬼哭狼嚎使我的胸口隐隐作痛。我觉得不久这群发疯的黑狼将包围我，抓着我，用黑爪子抓伤我的脸、我的背，我感觉自己已缩成一团……这大约是梦，我惊醒了。我勉强安慰自己，用一颗安眠药只睡了两三小时。”再之后他在郊区的农场劳动。每个礼拜六，黄昏时分，我从窗子里看见他的身影出现在大门口，推着自行车跨过门槛，然后又骗腿儿骑上车。至今我仍然清晰地记得他的模样，脖子上系着一块白毛巾，头上戴一顶蓝布帽子，脸上的神情有点惶惶然，又有一种松了口气的感觉。我爸爸还在北京首都剧场看过传达室，被来中国访问的日本人发现了，说“中国的莎士比亚”在看传达室，结果就把他弄到胡同深处的北京人艺宿舍去看传达室了。他被造反派表扬，因为他在食堂里每顿都只吃四分钱的菜。我清楚地记得有一次我外婆吃白薯，把皮剥掉，他觉得是浪费，自己把白薯皮吃下去。

我了解我爸爸，他不是一个斗士，也不是思想家，恰恰相反，他是一个很容易怀疑自己、否定自己的人，他是一个真正的艺术家。他的生命是一种半感官半理智的形态，始终被美好和自由的情感所吸引鼓动，但他的情感和思想又都是充满矛盾的，而且都加倍地放大了。“文化大革命”把美好的东西都彻底打碎，所有的路都被堵死，绝望和恐惧把他压垮，而这种可怕的影响再也没有离开他的生活。

我爸爸给我讲过他得知粉碎“四人帮”消息的情形。那时我妈妈已经在1974年去世，他和我妹妹住在一起，他天天吃很多安眠药，和废人一样。他说：“小欢子从外面回家来，走到我床前，两眼发光，对我说，爸！咱们得救啦！我不信，不敢信。怕，怕不是真的，还怕很多。我跑到大街上，那会儿已经是夜里了，我走呀走呀，看到多少家的窗口里亮着灯光，整座楼都是亮的，我忽然感到难以支持，靠在一棵树上。我觉得自己的心脏的承受力已经到了极限。老天爷啊！没有经历过的人不可能明白，那种深重的绝望把人箍得有多么紧！我想我是从大地狱里逃出来啦！”

粉碎“四人帮”后，我爸爸的社会活动渐渐多起来，头衔也越来越多，他的时间几乎被各种各样的活动填满。每次活动回来，他一阵风似的从门外进来，脚步匆匆，进屋后把衣服一脱就倒在沙发上。他总是十分疲倦，人好像被抽空了似的，有一股说不出的沮丧。他心里很清楚这是怎么回事。有一次他和我说，我是用社会活动麻醉自己，我想写，写不出，痛苦，就用社会工作来充塞时间。他感叹道：“这么下去怎么得了？！”

我爸爸有严重的神经官能症。多少年来睡眠必须靠安眠药维持，吃过安眠药之后，往往是他精神上最放松的时刻，他的种种潜在的意识会变成话语。他讲述他的生活经历，他所见过的事，反复地说他要写，要写真实的人。他说：“我痛苦，我太不快乐了，我老觉得我现在被包围着，我要说心里话，说世界上任何人都不敢说的话。”“我呀，在这个世界上白白过了一辈子，但我有一个最大的所得，我悟啊！人哪，是个丑恶的东西。可是也不，人又那么地吸引你……”他什么都讲，毫无顾虑，他总是为自己一生中所犯的各种错误、失当的行为反复思虑、后悔。有时候他拉着我的手，“小方子，你逼我吧，不逼不行啊！我要写东西，非写不可！”他的嘴用力抿紧，目光闪亮，“我要做一个新人。忘掉过去的荒诞和疑虑，我要沉默，我要往生活的深处钻，放弃这个‘嘴’的生活，用脚踩出我的生活，用手写真实的人生”。他的话像文章一样，思路畅通之极。

有一天夜晚我已经要睡了，听到他大声叫我：“小方子！小方子！”我跑进去推开他的屋门，看见他躺在床上，大睁着眼睛。他知道我来了，可是并不看我，直视着屋顶，说：“我不成了，又来那个劲了，吃了安眠药也不成，你要来我就跳下去了。我什么也不想，只想从窗子里跳下去。”他说得迷迷糊糊，他的身体也软绵绵的。我是说他根本不可能跳下去，他已经快要进入睡眠状态了。但我相信，他的灵魂刚才是站在窗台上的，感受着外面巨大的黑夜和冰冷的空气。他喘着粗气，说：“我痛苦，我要写一个大东西才死，不然我不干！”我说：“那你就写呀！”大约是我的话来得太快，说得太轻巧，他大出一口气，翻过身去。一会儿，我听见他喉咙里发出鼾声，就站起身走到门口，忽然又听见他的声音：“我就是惭愧呀，你不知道我有多惭愧！真的，我真想一死了事。我越读托尔斯泰越难受……”他的枕边放着托尔斯泰的评传，是他崇拜的作家，“托尔斯泰，”他说，“他一辈子要弄清为什么，他几十年痛苦。他想像农民一样生活，一天走三四个小时，然后写作，大吃，能吃极了，82 岁还要吃一大碗生菜。他每天又快乐又痛苦，真是一个伟大的人！”第二天早上他对我说：“跳楼，只是那么一想，你不要说出去啊。”

有的上午他坐在沙发上看报，看着看着睡着了。电话铃一响把他闹醒，电话总是要他开会、题字、看戏、评奖之类的事儿。他一接电话就清醒了，人也精神了，什么事都应承下来。有一段时间他几乎天天有活动，有时一天有四个日程，日历本儿上记得满满的。然而千真万确，我看到一种痛苦持续不断地困扰着他。这痛苦不像“文革”时期的恐惧那样咄咄逼人，人人不可幸免。这痛苦是只属于他自己的。我曾经反复琢磨这份痛苦的含义，我猜想：痛苦大约像是一把钥匙，唯有这把钥匙能打开他的心灵之门。他知道这一点，他感到放心，甚至感到某种欣慰。然而他并不去打开那扇门，他只是经常地抚摸着这把钥匙，感受钥匙在手中的那份沉甸甸冷冰冰的分量。真正的他则永远被锁在门的里面。

在我爸爸去世后，我整理了他给我和我妹妹写的信，一大部分的信是他1981 年到 1983 年间从上海写给我们的。那时他准备把新中国成立前写了两幕的未完成的剧本《桥》写出来，他的信几乎都在说写作。他写道：“这几年我要追回已逝的时间，再写点东西，不然我情愿不活下去。爸爸仅靠年轻时写了一点东西维持精神上的生活，实在不行。”他又写：“爸爸最近才悟到，没有一定的工作方向，随遇而安，浪费青春和中年时光，这是最可怜的，想起来甚至觉得惨痛。只有在暮年猛追一阵，补上已逝的时间。但创作真是极艰苦的劳作，时常把日日夜夜的时间写的那一点东西，一遇到走不通想不通的关，又得返工重写。一部稿子不知要改多少遍，现在爸爸连一个草稿，不，一个真正的大纲都没有写成。当然真有一个结实的大纲与思想，写下去只是费时间。倒不会气馁。”

那一阵子，他找人谈话，搜寻材料。他说：“我现在为了自己最后的创作下大决心，坚决搞下去，只有趁这股热气、这点灵气写下去。我多年没有这种感觉，没有这种创作的欲望了，难得能写，想写，这对我来说是一刻千金的时候。”在这段话之后他加了括号，括号里写着：“我也许搞不出来，但这个戏的大纲必须趁这段时间弄出来，因此北京人艺三十周年、全国文联开会都不能参加。这个创作不能放下，我知道一放下就完了，而完了，我最后的机会也就完了，我的生命也就等于不存在了。”1981 年 11 月 29 日的信里，他写道：“最近我十分认识一切事情要办好，无论是求学与写作，都需要愉快的心情。不要以为心情本来就坏，怎么就会好起来？我的经验是愉快的心情可以由自己争取得到的。大约必须钻进工作或学问中去，万不可怕苦。要苦干，干就会从中得到兴味，对学问的爱好，对工作的感情。爱因斯坦说：热爱是最好的老师。他说自己一生的成就便从这句话得益最多。我要加一句：着迷是最好的朋友。”1983 年初，他在信中写：“我正在写作，每日夜二时或三时四时起来不等。干上四小时，头昏眼花，只好搁笔，但总算有点进展。写作之难，大约不亚于你在医学院攻读医学。（这封信是写给我在医科大学上学的妹妹的）时常干了一个月的工夫，写好的东西，现在一看，不成样子，又把它完全划去。去年春日、暑期的计划与大纲，今日看来绝不能用，太浅，太俗，也太无意义，只好全部作为废纸。然而这一个多月的努力像是站得住！这一点看来站得住的东西，确实由于我这一两年下的功夫得来的。虽然这一两年的稿子终成了废稿，但没有这些废稿中的思想感情，经过一再筛滤，扬弃，是不可能造成现在这点比较站得住的东西。我觉得以往用的工夫与精力并不是白用的。”1983 年 4 月 5 日的信：“人生只此一次，若不战胜私念，决心想为人做点有益的事，则日后心感痛苦。无论学医治学、写作都是一个道理。不悟出自己活着的使命则一事无成，势必痛悔为何早不觉悟。爸爸近来异常奋发，又万分苦恼，就因早未觉悟，早未明白，在私念中浪费大半生命。”4 月的又一封信里，他说：“目前我确有些气馁，但我终不认输，只能向前干，向前干。”1985 年 2 月 25 日的信：“最近读了《贝多芬传》。这位伟大的人激励我。我不得不写作，即便写成一堆废纸，我也是得写不然便不是活人。工作第一，知识第一，知识中有无限幸福。到了一定年龄便知这是真理。”到了 1985 年晚些时候，我在他的信里看到这样的话，“心事并不颓唐。还想有所作为，只是年老体衰，何日大去是不可测的。”

在我爸爸去世之后的这些年，我的脑子里不时会浮现出过去的一些美好时光。那时我家住在铁狮子胡同三号，院子里有一棵很大的海棠树。春天花影满地。我爸的书房是一排小北房里的一间，书房的窗子上挂着白布窗帘。夏天书房的窗子大敞四开，书桌上放着一大盆冰块，我爸爸光着膀子在桌前写作大汗淋漓，但毫不觉察。有时候我看到他在屋子里走来走去，脸色沉沉的。

还记得他有剧烈挠头的动作，就像脑袋里憋着千头万绪，只有拼命地痛快淋漓地挠头才能把它们梳理清楚。我爸爸写作不是那类“快手”，他要翻来覆去地琢磨，常常把写出的句子读出声来，直到自己十分欣赏为止。他的朗读与众不同。打动我，使我不忘，因为他根本不知觉声音的存在，他读得有味。完全是情感的韵律。

多年来，他的手边一直有好几个本子，有活页本，有很小的笔记本，也有学生用的横格本，本子里内容纷繁，有他的断想，有日记，有一篇篇的人物对话和他自己写的诗，和他想写的戏的提纲。他去世以后我曾经仔细地翻看过他写下的东西，在字里行间，强烈地感到他对各种人怀着极大的兴趣和热情。他脑子里那部创造的机器一直在运转不停，人生的问题一个个像滚珠似的，在他的脑子里发出哒哒哒的清脆的声响；在他心灵的大厅中，他既是讲述人又是听众，思想的自由的回声在他的身体里振荡，想到此我的心里十分感动。

在我爸爸 1982 年 6 月 10 日给我的信里，他写道：“一个作家必须有真正的思想。一个人没有思想便不成其为人，更何况一个作家。其实向往着光明的思想才能使人写出好东西来，你以为如何？ 希望你能真正在创作中得到平静快乐的心情。”在他 1982 年 7 月 13 日给我的信里，他说：“天才是‘牛劲’，是夜以继日的苦干精神。你要观察，体会身边的一切事物、人物，写出他们，完全无误，写出他们的神态、风趣和生动的语言。不断看见，觉察出来，那些崇高的灵魂在文字间怎样闪光的，你必须有一个高尚的灵魂！ 卑污的灵魂是写不出真正的人会称赞的东西的。”在他重访母校南开中学时，曾给中学生们讲话，说：“我一生都有这样的感觉，人这个东西是非常复杂的，人又是非常宝贵的。人啊，还是极应当把他搞清楚的。无论做学问，做什么事情，如果把人搞不清楚，也看不明白，这终究是一个很大的遗憾。”

曾经有一天，我不记得我的情绪为什么有些不好，我爸爸看出来了，就对我说：“小方子，别那么不快活。”我说：“没什么快活呀！”他想了想，说：“是没什么快活事儿。我给你读两句诗，你就懂了。”他找来弘一法师的书，翻到其中一页，念给我听：“水月不真，惟有虚影，人亦如是，终莫之领。”他解释道：“就是不能懂这个道理。‘为之驱驱’，驱驱就是忙呀，忙了一辈子。‘背此真净’，真净，这么干净的一个世界，你违背了，‘若能悟之，超然独醒。’”他放书，静了一会儿，“这是另外一个世界，和马克思的世界不一样，和资本主义界也不一样。你觉得如何？”他久久地望着我，穿过我，望着他自己的内心。

在他的一个本子上，我看到他写下这样一句话：“灵魂的石头就是为人摸，时间磨而埋下去的。”我爸爸，他是一个极丰富、极复杂的人，他一生不追求享乐，他很真诚。他有很多的缺陷和弱点，但是他没有罪孽。如今，他透明的生命在一个无比自由的地方翱翔。

原载《散文》2007 年第 8 期

每当我想起柳青

丁　宁

每当想起柳青同志，就想起和他命运相连的皇甫村，想起他那所富有乡土风味的房子。听说，十年动乱中，那房子被彻底砸烂了。房子消失了，房前那清清的镐河，还在涓涓地流，蛤蟆滩渠道里的紫草和鸡爪草，也还是青翠晶亮，在清流里快乐地漂摆着，柳青在那房子里写的书，也将一代一代传下去。

1960 年冬，我随同刘白羽同志，从北京到陕西，经西安到皇甫村，去看望柳青。刘白羽和柳青是老朋友，相见之下，格外亲热。胡采、柯仲平同志也一道来了。柳青的家，高朋满座，有诗人，有评论家，有小说、散文家，主客都无客套，谈笑风生，无拘无束。柯仲平的嗓门最高，胡采慢言慢语，刘白羽笑声朗朗。他们回忆过去，谈着战争年代，总爱说：“我们那个时候……”

柳青穿着中式的布衣、布裤，打扮得像个农家小老头儿，其实，那时他才50 岁，透亮的眼珠儿，灵活地转动着。冬日的镐河，送来温馨的春意，柳青的脸上，也荡漾着春色。

没到他家之前，就听传说，柳青住的地方很美。百闻不如一见，我们刚落座，还没吃完一杯茶，柳青就提议，要我们参观他的房子和周围的环境。他兴冲地前面带路，一会儿伸出这只手，一会儿举起那只手，一边比画，一边说。们跟随他的手势，一会儿东，一会儿西，左顾右盼，目不暇接。

他的房子坐落在一个山头的向阳处，据说，早年这儿是一座颓败的破庙。在大门口，四下一望，心旷神怡。渭水的支流，蜿蜒多姿，从门前静静地流，清澈见底，水中的鱼儿，像漂浮的柳叶儿，活泼地嬉戏着。这里离磻溪还，但我老想，姜子牙很可能也曾坐在柳青的门前垂钓过。柳青指着河的下游一个地方说，那里就是《创业史》中描述的蛤蟆滩。我们顺着他指的方向寻觅，远处河面，轻雾悠悠，看不清真面目，也猜不到蛤蟆的家族，过着怎样的日子。

极目向南，便是有名的终南山。它像一道屏障，巍巍峨峨，郁郁葱葱。不禁联想起陶渊明的诗句："采菊东篱下，悠然见南山。"只可惜柳青门前，不见东篱，也没有菊花，想来这位当代大作家，没有靖节先生那么多的闲情逸致。

柳青的住房，不是高楼大厦，更没有雕梁画栋，只是普普通通的平房，分前后两处，后面是几间窑洞，一进去，暖气扑人，那是柳青心爱的宝地，冬暖夏凉；寒冬腊月，搬进来取暖，三伏盛夏，来这儿避暑。《创业史》的许多篇章，就是在这洞里写的。"神仙住的地方，也不如这儿呢！"柳青快活地说着，清癯的面部，那雕刻般的精细的线条儿，泛出幸福的光泽。

他的每个房间，都窗明几净，没有豪华的摆设，甚至连个像样的书橱也没有。一切都朴朴素素，简简单单。书房里散发着恬淡的山野气息。看来，最引人注目的，是书桌上一摞一摞的手稿，我仿佛觉得，手稿上正汩汩地流着柳青的心血，那心血又化为千姿百态的生动形象，化为一本一本的书，化为人类所共有的巨大的财富。

参观完毕，大家坐下，柳青神秘地对着我的耳朵说："难道没注意这屋里的现代化？"我立即抬头张望，张望了半天，也没找到"现代化"。"哈！"柳青孩子般地笑着，伸手"啪"的一声，打开电灯。哦，原来如此！我这个刚从大城市来的客人，哪会注意到一个小小的电灯泡儿！当时，那一带农村，还没有电灯，是长安县的一些领导人，认为柳青写书要紧，柳青的灯光应该更亮，便做出决定，先给柳青安上电灯。

"唉，我只觉得惭愧，为什么要特殊？但我实在违抗不了他们……"他那深邃的眼睛，似乎浸润着泪水。事后，我才知道，他所在的公社即他所谓的这一"现代化"，就是用他捐出的稿费建成的。

柳青向刘白羽谈《创业史》的写作计划。谈者兴奋，听者点头。"一共四部，预计一百多万字哩！"柳青的语气，是那样自信而又自豪。

柳青的夫人马葳同志说，柳青的生活极有规律，每日写作、读书或接触群众，总是把时间安排得紧紧的。

"要给自己留一点消遣、娱乐的时间。譬如打猎，又有乐趣，又能补养脑子。"

这是柯仲平说的。以前曾听说这位老诗人酷爱打猎，果然得到证实。他兴致勃勃地炫耀他心爱的新式双筒猎枪，并且生动地措绘冬日猎野兔的情景：

"简直妙不可言！兔子前面狂跑，跑着跑着，忽然不见。这时候，必须放脚步，仔细观察，啊，前面有一堆矮矮的荒草丛，再留心细看，飘动着的草叶儿上面，有两个小东西向上竖着，有时还摇动一下。唉，聪明的兔子，却想不到自己的耳朵还暴露在外面呢。只要你朝那两个小东西之间瞄准，砰！……那种快乐，只有猎人自己才能体会到！……最大的好处，是大自然的慷慨无私，给猎人的脑袋灌满新鲜氧气。”

诗人说着，引得大家一阵一阵笑声。柳青也笑，但并不表示羡慕，只说：“我们皇甫村有用不完的氧气，也能给我无限乐趣。”

我听说他很少进城看电影和戏，也不常欣赏音乐。尽管皇甫村可爱，但天长日久，也难免寂寞。柳青却不以为然，他说，皇甫村什么都有，也有优美的音乐。“不信，你听——”这时，不远处，传来雄鸡的声声啼鸣。那声调高昂雄壮，抑扬有致，至尾声，由强变弱，细小而甜美。“这不是音乐么？”柳青接着又说，夏夜他听群蛙的合奏，清晨听小鸟的独唱，都能唤起创作的灵感。听他的描述，大家也不胜向往，好像都在倾听一首动人的“农村曲”。

但柳青认为，他最大的乐趣，是和周围生产队社员们的交往，他们之中，有梁三老汉，有梁生宝，有生宝娘……夏夜打谷场上，冬日的窑洞里，可以尽情地拉家常，谈生产，讲故事，“这才是最好的氧气啊！”他还带点羞涩的表情说：“那些淳朴可爱的人，总爱把我看做他们的参谋，儿子找媳妇，婆媳吵嘴，也来找我拿个主意，想个办法，其实，我何尝比他们高明……”

谈话间，他提到关于他的一个传说，说他的生活方式，是效仿苏联的肖洛霍夫，长期幽居顿河之畔，他则独住渭水之滨，脱离群众。这传说，自然站不住脚，只要到皇甫村看一看，一切就会明了。

柳青爱皇甫村，简直不能须臾离开。但是每年却必须离开一段时间。他患有一种病，每当麦子开花时节，一闻到麦花香，就要犯病，那病对他的折磨，苦不堪言，所以每到麦子开花之前，他就要躲开，麦花一过，便立即返回。

当我们和他握别的时候，他和老朋友们互相道着珍重，不胜眷恋。他对刘白羽说：“我不能辜负大家的期望，一定写好《创业史》。”

那时候，凡熟悉柳青的人，谁不满怀信心在期待他呢！

这次拜访，转眼过去五个多年头。正当柳青书桌上的手稿迅速增多的时候，横祸忽然从天而降。历史给他的打击，是那么残酷，但是，在深重的灾难中，竟挺起身子，顽强地活了下来。

后来，他带着满身疾病，心口里淌着血，躲在长安县的一个小小的休养所，儿有退休的老红军、老干部和他做伴儿。那里的人民和老干部给了他深厚的情，给了他生活的力量，又帮助他重新点燃创作之火。

粉碎"四人帮"以后，大约是1977年的春末，又是麦花开放时节，柳青怀着满心希望，来到北京，住在中国青年出版社。我和他的老相识江晓天同志，一同去看他。他住着一间简朴的房间，正卧在床上，鼻孔插着管子，在吸氧气。一见那情景，我立即想起皇甫村，要是柳青仍然住在那里，他永远也不会缺氧的啊！他身上依旧穿着中式深蓝颜色的布衣布裤，枯瘦、虚弱，已变成一个真正的小老头儿了，和1960年那时相比，简直判若两人。但他还是那么热情，几乎是挣扎着和我们说话。我看出，巨大的伤痛虽然还在深深地咬噬着他，使他时时激动，但却没有压倒他，在他身上仍然蕴藏着无限的活力。他说，只要一息尚存，就不会停笔，一定坚持完成《创业史》。

不久，《创业史》第二部上卷问世。当我手捧这部盼望已久的新书时，怎能抑止激动的眼泪啊！

1978年未尽，灾星又降落下来，这位被人民热爱的作家，被死神带走了！据说，当柳青预感到自己不久于人世的时候，以惊人的毅力，在病床上奋笔疾书，终于完成了《创业史》第二部上卷，同时进行了下卷的修改。命运对他是多么地不公平，修改没有完毕，便让他带着遗恨溘然长逝了！

他逝世之后，中国青年出版社于1979年6月，继续出版了《创业史》第二部下卷，令人痛心的是，这一卷，竟是永远无法弥补的未完成稿！

如今，每当想起柳青，我的头脑就闪出这样的念头：要是他活着，要是他还住在皇甫村……

要是他还住在皇甫村，我是一定还会去看望他的，也一定还会听到他和老朋友们的欢声笑语。但是，在那次团聚的老人们中间，老诗人柯仲平也早已离开我们了！至今在我的耳边，还留着他的笑声。

我多么渴望，能够时时听到活着的老作家以及勤奋的中青年作家们，那种真挚的、相互信赖的欢畅的笑声！

选自散文集《冰花集》，百花文艺出版社1980年11月版

在抗美援朝战场与巴金相处的日子

焦凡洪

90 岁的老兵程茂友一直珍藏着著名作家巴金在抗美援朝战场上给他的题词，“祖国人民的心永在你们的身边”。

尽管战争的硝烟已经散去，战地笔记本上的纸页已经泛黄，但程茂友每看到这句充满深情的话语，他在朝鲜战场上与巴金相处的那段时光便会浮现在眼前……

一

1953 年 10 月的一天，师参谋长曹海炳给程茂友交代了一项任务：“作家巴金同志要来我们师采访，师领导决定由你跟宣传科谷科长负责接待保障工作。巴金同志可是国内外闻名的大作家，你要协助谷科长安排好他的工作和生活，特别是要确保安全！”

当时程茂友在志愿军第 46 军 136 师司令部通信科当参谋，接到这个任务，感到既光荣又意外。说意外，是觉得这接待作家或记者的任务与他分管的工是两条线，让他参与接待，可能是首长认为他写过一些新闻报道，属于师里“文化人”，也可能是首长认为派一个军事干部能够更好地保证巴金同志的安。不管首长出于哪种考虑，程茂友都感到十分幸运。他读过巴金的长篇小说》《春》《秋》，还看过巴金第一次来朝鲜战场时写的《我们会见了彭德怀司员》。他对巴金怀有特别的崇敬之情，决心要把接待保障工作做好。

程茂友见到巴金是一天午饭后，在师长住的木板房里。当时巴金还不到 50 但在年轻官兵心中他是一位有大学问的长者，程茂友称他“作家同志”。巴金亲切地握住程茂友的手说："我是来向英雄们学习的，直呼我的名字就行。"巴金和蔼的一句话，一下子拉近了彼此的距离。师长对程茂友说："我和巴金同志已经说过，就住在师部，这里虽然条件也很艰苦，但总比一线连队好些。下部队接送就用我坐的那台吉普车保障。"程茂友观察着巴金的态度，见他微笑着没有吱声。

程茂友想帮巴金到住处收拾一下东西，就说："巴金同志，您只带上笔和本子就行了，咱们晚上还回师部。"巴金说："我已把所有'装备'都带齐了。"程茂友一看，巴金的手里拎着一个小包，里面装着文具、洗漱用品和几件换洗衣服，他的行装竟如此简单。这时，谷科长已安排好了车。巴金对谷科长和程茂友说："咱们就不要到团机关了，直接去连队。"

二

嘎斯吉普车在山路上颠簸着直奔407团一连。这是一个英雄的连队，驻守在板门店一线后侧的大德山里。一到连队，巴金就向谷科长、程茂友和连队干部表明了态度："我就住在这里了，战士睡在哪儿，我睡在哪儿；战士吃什么，我吃什么，对我不能有任何特殊的地方。"他的语气非常客气，但也非常坚决。

这个连的连长在战斗中牺牲了，指导员空缺，主持工作的是副指导员马玉臣。马副指导员私下找谷科长和程茂友说："巴金同志吃住在连队我们当然高兴，可这条件实在太苦了。我们尽量将生活安排得好一点，吃饭让炊事班单独做。但你们看巴金同志对自己要求这么严，我们给他开小灶肯定得挨批，请你们给巴金同志先做做工作。"谷科长为难地说："我们去讲也得碰个软钉子。我通过和巴金同志接触，感到他说话做事是一个非常认真的人，处处为官兵着想。在生活上，那就按巴金同志的意见办吧。工作上，我们多为他提供方便。"

晚餐，巴金与连队官兵一起吃的是大锅饭。就寝是在战士们戏称的"沙发床"上——在地上铺一层草、上面盖一块雨布。那天晚上，因谷科长到其他部队检查工作去了，程茂友和一个战士与巴金住一个帐篷。程茂友紧挨着巴金在地铺上，说："巴金同志，让您受苦了。"巴金乐呵呵地说："这已经很好了，我经历的战争多了，什么艰苦的环境都体验过。"

经过"观察"，程茂友感到，巴金没有一丁点大作家的架子。他说话虽然多，但每一句话都不敷衍，特别替对方着想，让人感到温暖。那晚，他见巴兴致很高，便与巴金无拘无束地聊了起来。他问："巴金同志，凭您这么高的平，在国内听听汇报、看看材料不照样可以写作嘛，为啥还这样辛苦地出国前线来采访？"巴金说："你们是用枪杆子战斗，我是把笔杆子当枪杆子用。

们这个民族既多灾多难又英勇不屈，作家是和国家的命运紧密相连的。我这半辈子尽跟战争打交道了，上海抗战一打响，我就跑去了上海；上海失守，进行武汉保卫战，我又奔向了武汉；日本鬼子对重庆大轰炸，我又赶到了重庆。我了解的都是战场上的真实情况，这样写出的东西才真实。可以说，我的前半生是在战火中生活的。这两年，我来朝鲜战场两次了，来了才更加懂得我们战士的可敬可爱，才更有创作欲望。这对我也是一种精神的陶冶和工作的激励，跟战士们在一起就想着战斗。人活着就要为奋斗活着，牺牲是为奋斗做了一个总结。”

巴金在这弥漫着火药味的帐篷里，轻声慢语地谈着自己的体会。这对于同样在战争中成长起来的程茂友来说，句句都温润着他的心灵。他说：“巴金同志，您讲得太好了，我还读过您解放前翻译的书，也都是励人奋斗的。”巴金说：“我是把翻译的作品作为一种武器。那时我们的国家积贫积弱，任人欺负。一些国人特别是青年人缺少思想、缺少精神。我到欧洲留学就是去寻找精神武器的。我翻译的书主要是针对青年人的，给他们送武器，鼓励大家为民族解放和复兴而奋斗。”

虽然帐篷里四处钻风，透着阵阵寒气，但巴金的话让同样是年轻人的程茂友听得热血奔涌。巴金还与躺在身边的另一位战士唠家常，问他的家乡在哪里，家中还有什么人。那位战士开始很拘谨，后来也很放松地加入了聊天。他们的话题，把帐篷里的夜色越唠越浓，一直唠到了下半夜……

第二天一早，巴金就和他们一块起床了。他提出，要去阵地上看看。马副指导员劝阻说：“巴金同志，阵地您可不能去。虽然宣布停战了，但敌人经常打冷枪冷炮，那里非常危险。”巴金说：“你们常年战斗在枪林弹雨中都不怕，我上去一次怕什么。”程茂友也想说服巴金不要上去了，见巴金和颜悦色但又异常坚定地说：“同志们的好心我晓得，来到战场我也是战士。你们不让上去，我怎样工作、怎样战斗！”程茂友和马副指导员只好与巴金爬上陡峭的山坡，攀上山顶。这里是与敌人对峙的阵地前沿，坑道和交通壕纵横交错、星罗棋布，每条都有一米宽、两米深。巴金被官兵们在敌人的炮火下一锹一镐挖出的这庞大的工事群震撼了，禁不住赞叹：“这工程太伟大了，战士们太伟大了！”

这一天从早到晚，巴金上阵地、下坑道、抄看连队板报、找官兵采访，又忙到很晚才睡。

第三天，巴金开始做程茂友的工作了，说：“你的工作那么多，就不要陪我了。打仗，通信的事情很重要。我和战士们在一起，你回去就告诉师首长放心吧。”

程茂友见巴金蹲在连队不走了，知道他决定的事情是不会轻易改变的，只得恋恋不舍地离开连队。

三

半个月后，程茂友借下部队的机会去看望巴金。一进连队，官兵们便纷纷对他说起“我们的巴金”。

马副指导员说：“巴金同志的工作真是太认真、太辛苦了，他与我们连的干部战士每个人都谈了一遍，有的还反复聊。战士们有什么心里话都对他说，都把他当成亲人，他有着一颗金子般的爱兵心。”

一名干部说：“看巴金同志文质彬彬的，但是条硬汉。那天我们刚把一条坑道打通，下面是泥水，上面还落着沙石，他不顾危险就钻了过去，我们想拦都拦不住。”

一名战士说：“巴金同志对俺们兵讲真话、说实话，跟俺们处得就像这胸前抱着的武器——铁！”

还有的战士说：“巴金同志什么事情都亲自干，想帮他打扫一下卫生都不让。他还自己跑到小河沟里，用冷水洗衣服……”

这一天，巴金已从帐篷搬进了房子里。说是房子，其实就是半掘开山壁搭起的草棚。里面有了桌子和凳子，也是就地取材用木头临时钉的。这样，我们的作家就不用蹲在地铺上撑着膝盖写字了。

一见程茂友，巴金像久别重逢的老战友拉着他唠起来。巴金说：“这些天我太受教育了，我们的官兵真是祖国的优秀儿女，是最可爱的人。这个连的连长牺牲得惨烈啊！还有那位小卫生员，他是拿着爆破筒与敌人同归于尽的。我看到他生前写下的遗嘱，他说他是一名中国共产党的预备党员。如果牺牲了只有一个请求，希望组织能为他转正，他要把仅存的40块钱留作党费上缴……”说到这里，巴金禁不住热泪盈眶。

程茂友也流下了泪水，他一方面为自己战友的英雄事迹而骄傲，同时也为巴金这样深入细致的采访、掌握了那么多生动的创作素材所感动。

四

巴金结束了在407团一连的生活，又去了其他部队。

程茂友最后一次见到巴金是12月18日。师里召开表彰大会，特邀巴金加。程茂友被选为在大会上发言的机关干部代表，两人在那样隆重而热烈的合又一次会面都非常激动。师首长请巴金在大会上讲话。他的讲话很简短，主题鲜明，就是“祖国、人民、战士与爱”。这也是程茂友与巴金在一起时，听到他讲得次数最多的话。他最后说：“你们爱祖国，为了人民幸福和世界和平浴血奋战，祖国人民也深深地爱着你们，你们是祖国最可爱的人！”他的讲话赢得了全场官兵雷鸣般的掌声。

巴金就要离开师里了，程茂友捧上事先准备好的笔记本请求说：“巴金同志，请您给我题个词吧！”巴金谦虚地说：“题词不敢当，就算临别赠言吧。”于是，他轻轻地掏出了那支写过许多精美作品的笔，把一句饱含真情的话语永远烙印在了一位志愿军干部的心上……

“祖国人民的心永在你们的身边”，这也成了鼓舞程茂友为了人民的美好生活而不懈奋斗的箴言。这位清楚地记得 1952 年 9 月 19 日跨过鸭绿江时走了 11 分钟 805 步的老兵，于 2019 年 10 月 1 日又受邀参加了新中国成立 70 周年的国庆大典。当他所在的“致敬方阵”驶进天安门广场的时候，面对欢腾的人潮花海，他更加理解了这句话所蕴含的深刻意义和无穷力量。那天，他庄严地举起手臂，致敬祖国和人民的同时，也致敬那位了不起的人民作家巴金同志。

原载《解放军报》2020 年 11 月 6 日

老舍先生

汪曾祺

北京东城道兹府丰盛胡同有一座小院。走进这座小院，就觉得特别安静，异常豁亮。这院子似乎经常布满阳光。院里有两棵不大的柿子树（现在大概已经很大了），到处是花，院里、廊下、屋里，摆得满满的。按季更换，都长得很精神，很滋润，叶子很绿，花开得很旺。这些花都是老舍先生和夫人胡絜青亲自莳弄的。天气晴和，他们把这些花一盆一盆抬到院子里，一身热汗。刮风下雨，又一盆一盆抬进屋，又是一身热汗。老舍先生曾说：“花在人养。”老舍先生爱花，真是到了爱花成性的地步，不是可有可无的了。汤显祖曾说他的词曲“俊得江山助”。老舍先生的文章也可以说是“俊得花枝助”。叶浅予曾用白描为老舍先生画像，四面都是花，老舍先生坐在百花丛中的藤椅里，微仰着头，意态悠远。这张画不是写实，意思恰好。

客人被让进了北屋当中的客厅，老舍先生就从西边的一间屋子走出来。这是老舍先生的书房兼卧室。里面陈设很简单，一桌、一椅、一榻。老舍先生腰不好，习惯睡硬床。老舍先生是文雅的、彬彬有礼的。他的握手是轻轻的，但是很亲切。茶已经沏出色了，老舍先生执壶为客人倒茶。据我的印象，老舍先生总是自己给客人倒茶的。老舍先生爱喝茶，喝得很勤，而且很酽。他曾告我，到莫斯科去开会，旅馆里倒是为他特备了一只暖壶。可是他沏了茶，刚了几口，一转眼，服务员就给倒了。“他们不知道，中国人是一天到晚喝茶的！有时候，老舍先生正在工作，请客人稍候，你也不会觉得闷得慌。你可以看花。如果是夏天，就可以闻到一阵一阵香白杏的甜香味儿。一大盘香白杏放条案上，那是专门为了闻香而摆设的。你还可以站起来看看西壁上挂的画。

舍先生藏画甚富，大都是精品。所藏齐白石的画可谓“绝品”。壁上所挂的画是时常更换的。挂的时间较久的，是白石老人应老舍点题而画的四幅屏。其中一幅是很多人在文章里提到过的“蛙声十里出山泉”。“蛙声”如何画？白石老人只画了一脉活泼的流泉，两旁是乌黑的石崖，画的下端画了几只摆尾的蝌蚪。画刚刚裱起来时，我上老舍先生家去，老舍先生对白石老人的设想赞叹不止。

老舍先生极其爱重齐白石，谈起来时总是充满感情。我所知道的一点白石老人的逸事，大都是从老舍先生那里听来的。老舍先生谈这四幅里原来点的题有一句是苏曼殊的诗（是哪一句我忘记了），要求画卷心的芭蕉。老人踌躇了很久，终于没有应命，因为他想不起芭蕉的心是左旋还是右旋的了，不能胡画。老舍先生说：“老人是认真的。”老舍先生谈起过，有一次要拍齐白石的画的电影，想要他拿出几张得意的画来，老人说：“没有！”后来由他的学生再三说服动员，他才从画案的隙缝中取出一卷（他是木匠出身，他的画案有他自制的“消息”），外面裹着好几层报纸，写着四个大字：“此是废纸。”打开一看，都是惊人的杰作——就是后来纪录片里所拍摄的。白石老人家里人口很多，每天煮饭的米都是老人亲自量，用一个香烟罐头。“一下、两下、三下……行了！”——“再添一点，再添一点！”——“吃那么多呀！”有人曾提出把老人接出来住，这么大岁数了，不要再操心这样的家庭琐事了。老舍先生知道了，给拦了，说：“别！他这么着惯了。不叫他干这些，他就活不成了。”老舍先生的意见表现了他对人的理解，对一个人生活习惯的尊重，同时也表现了对白石老人真正的关怀。

老舍先生很好客，每天下午，来访的客人不断。作家，画家，戏曲、曲艺演员……老舍先生都是以礼相待，谈得很投机。

每年，老舍先生要把市文联的同人约到家里聚两次。一次是菊花开的时候，赏菊。一次是他的生日——我记得是腊月二十三。酒菜丰盛而有特点。酒是敞开供应”，汾酒、竹叶青、伏特卡，愿意喝什么喝什么，能喝多少喝多少。有一次很郑重地拿出一瓶葡萄酒，说是毛主席送来的，让大家都喝一点。菜是老舍先生亲自掂配的。老舍先生有意叫大家尝尝地道的北京风味。我记得有次是一瓷钵芝麻酱炖黄花鱼。这道菜我从未吃过，以后也再没有吃过。老舍家的芥末墩是我吃过的最好的芥末墩！有一年，他特意订了两大盒“盒子菜”。直径尺许的朱红扁圆漆盒，里面分开若干格，装的不过是火腿、腊鸭、小肚、口之类的切片，但都很精致。熬白菜端上来了，老舍先生举起筷子：“来来来！才是真正的好东西！”

老舍先生对他下面的干部很了解，也很爱护。当时市文联的干部不多，老先生对每个人都相当清楚。他不看干部的档案，也从不找人“个别谈话”，只是从平常的谈吐中就了解一个人的水平和才气，那是比看档案要准确得多的。老舍先生爱才，对有才华的青年，常常在各种场合称道，“平生不解藏人善，到处逢人说项斯”。而且所用的语言在有些人听起来是有点过甚其词，不留余地的。老舍先生不是那种惯说模棱两可、含糊其词、温吞水一样的官话的人。我在市文联几年，始终感到领导我们的是一位作家。他和我们的关系是前辈与后辈的关系，不是上下级关系。老舍先生这样“作家领导”的作风在市文联留下很好的影响，大家都平等相处，开诚布公，说话很少顾虑，都有点书生气、书卷气。他的这种领导风格，正是我们今天很多文化单位的领导所缺少的。

老舍先生是市文联的主席，自然也要处理一些“公务”，看文件，开会，做报告（也是由别人起草的）……但是作为一个北京市的文化工作的负责人，他常常想着一些别人没有想到或想不到的问题。北京解放前有一些盲艺人，他们沿街卖艺，有时还兼带算命，生活很苦。他们的“玩意儿”和睁眼的艺人不全一样。老舍先生和一些盲艺人熟识，提议把这些盲艺人组织起来，使他们的生活有出路，别让他们的“玩意儿”绝了。为了引起各方面的重视，他把盲艺人请到市文联演唱了一次。老舍先生亲自主持，作了介绍，还特烦两位老艺人翟少平、王秀卿唱了一段《当皮箱》。这是一个喜剧性的牌子曲，里面有一个人物是当铺的掌柜，说山西话；有一个牌子叫“鹦哥调”，句尾的和声用喉舌做出有点像母猪拱食的声音，很特别，很逗。这个段子和这个牌子，是睁眼艺人没有的。老舍先生那天显得很兴奋。

北京有一座智化寺，寺里的和尚作法事和别的庙里的不一样，演奏音乐。他们演奏的乐调不同凡响，很古。所用乐谱别人不能识，记谱的符号不是工尺，而是一些奇奇怪怪的笔道。乐器倒也和现在常见的差不多，但主要的乐器却是管。据说这是唐代的“燕乐”。解放后，寺里的和尚多半已经各谋生计了，但还能集拢在一起。老舍先生把他们请来，演奏了一次。音乐界的同志对这堂活着的古乐都很感兴趣。老舍先生为此也感到很兴奋。

《当皮箱》和“燕乐”的下文如何，我就不知道了。

老舍先生是历届北京市人民代表。当人民代表就要替人民说话。以前人民代表大会的文件汇编是把代表提案都印出来的。有一年老舍先生的提案是：希望政府解决芝麻酱的供应问题。那一年北京芝麻酱缺货。老舍先生说：“北京夏天离不开芝麻酱！”不久，北京的油盐店里有芝麻酱卖了，北京人又吃上香喷喷的麻酱面。老舍是属于全国人民的，首先是属于北京人的。

1954年，我调离北京市文联，以后就很少上老舍先生家里去了。听说他有时还提到我。

1984年3月20日

原载《新华文摘》1984年第7期

怀念孙犁先生

铁　凝

上世纪60年代后期，因为时局的不稳定，也因为父母离家随单位去做集体性的劳动改造，我作为一个无学可上的少年，寄居在北京亲戚家。革命正在兴起，存有旧书、旧画报的人家为了安全，尽可能将这些东西烧毁或者卖掉。我的亲戚也狠卖了一些旧书，只在某些照顾不到的地方遗漏下零星的几册，比如床缝之间，或角落里的一张桌子腿儿底下……

我的身高和灵活程度很适合同这些地方打交道，不久我便发现了丢落在这些旮旯里的旧书，计有《克雷洛夫寓言》《静静的顿河》电影连环画等等，还有一本书脊破烂、作者不详、没头没尾的厚书，在当时的我看来应属于长篇小说吧。我胡乱翻起这本“破书”，不想却被其中的一段叙述所吸引。也没有什么特别，那只是对一个农村姑娘出场的描写。那姑娘名叫双眉，作者写她“哧哧的笑声”，写她抱着一个小孩用青秫秸打枣，细长身子，梳理得乌黑明亮的头发披在肩上，红线白线紫线合织的方格子上衣，下身是一条短裤，光脚穿着薄薄的新做的红鞋。她仰头望着树尖，脸在太阳地里是那么白，眼睛是那么流动……细看，她脸上搽着粉，两道眉毛那么弯弯的，左边的一道却只有一半，在眼睛上面，秃秃地断了……以我当时的年龄，还看不懂这小说的时代背景是土改时期，不知道这双眉因为相貌出众，因为爱说爱笑，常遭村人的议论。吸引我的是被描绘成这样的一个姑娘本身。特别是她的流动的眼和突然断掉一半的弯眉，留给我既暧昧又神秘的印象，使我本能地感觉这类描写与我周围发生的那场革命是不一致的。正因为不一致，对我更有一种“鬼祟”的美的诱惑。那年我大约十一岁。多年以后我才知道这本“破书”的作者是孙犁先生，双眉是他的篇小说《村歌》里的女主人公。

我产生要当作家的妄想是在初中阶段。我的家庭鼓励了我这妄想。父亲为我开列了一个很长的书目，并四处奔走想办法从已经关闭的市级图书馆借出那些禁读的书。在父亲喜欢的作家中，就有孙犁先生。为了验证我成为作家的可能性，父亲还领我拜会了他的朋友、《小兵张嘎》的作者徐光耀老师。记得有一次徐光耀老师对我说，在中国作家里你应该读一读孙犁。我立即大言不惭地答曰：孙犁的书我都读过。徐光耀老师又问：你读过《铁木前传》吗？我说，我差不多可以背诵。那年我十六岁。现在想来，以那样的年龄说出这样一番话，实在有点不知深浅。但能够说明的，是孙犁先生的作品在我心中的位置。

时至今日，我想说，徐光耀是我文学的启蒙老师。他在那个鄙弃文化的时代里对我的写作可能性的果断肯定和直接指导，使我敢于把写小说设计成自己的重要生活理想；而引我去探究文学的本质，去领悟小说审美层面的魅力，去琢磨语言在千锤百炼之后所呈现的润泽、力量和奇异神采的，是孙犁和他的小说。

那时还没有“追星族”这种说法，况且把孙犁先生形容成“星”也十分滑稽。我只像许多文学青年一样，迷恋他的文字带给我们的所有愉悦，却没有去认识这位大作家的奢望。但是一个机会来了。1979 年，我从插队的乡村回到城市，在一家杂志做小说编辑，业余也写小说。秋天，百花文艺出版社准备为我出版第一本小说集，我被李克明、顾传菁二位编辑热情请去天津面谈出版的事。行前作家韩映山嘱我带封信给孙犁先生。这就是我的机会，而我却面露难色。可以说，这是我没有见过世面的本能反应；也因为，我听人说起过，孙犁的房间高大幽暗，人很严厉，少言寡语，连他养的鸟在笼子里都不敢乱叫。向我介绍孙犁的同志很注意细节的渲染，而细节是最能给人以印象的。我无法忘记这点：连孙犁的鸟都怕孙犁。韩映山看出了我的为难，指着他家镜框里孙犁的照片说：“孙犁同志……你一见面就知道了。”

我带了信，在秋日的一个下午，由李克明同志陪同，终于走进了孙犁先生的“高墙大院”。这是一座早已失却规矩和章法的大院，孙犁先生曾在文章里多次提及，并详细描述过它的衰败经过。如今各种凹凸不平的土堆、土坑在院里自由地起伏着，稍显平整的一块地，一户人家还种了一小片黄豆。那天黄豆刚刚收过，一位老人正蹲在拔了豆秸的地里聚精会神地捡豆子。我看到他的侧面，已猜出那是谁。看见来人，他站起来，把手里的黄豆亮给我们，微笑着说，“别人收了豆子，剩下几粒不要了。我捡起来，可以给花施肥。丢了怪可惜的。”

他身材很高，面容温厚，语调洪亮，夹杂着淡淡的乡音。说话时眼睛很少你直视，你却时时能感觉到他的关注或说观察。他穿一身普通的灰色衣裤，当他腾出手来和我握手时，我发现他戴着一副青色棉布套袖。接着他引我们进屋，高声询问我的写作、工作情况。我很快就如释重负。我相信戴套袖的作家是不会不苟言笑的，戴着套袖的作家给了我一种亲近感。这是我与孙犁先生的第一次见面。

其后不久，我写了一篇名叫《灶火的故事》的短篇小说，篇幅却不短，大约一万五千字，自己挺看重，拿给省内几位老师看，不料有看过的长者好心劝我不要这样写了，说“路子”有问题。我心中偷偷地不服，又斗胆将它寄给孙犁先生，想不到他立即在《天津日报》的《文艺》增刊上发了出来，《小说月报》也很快作了转载。当时我只是一个刚发表几篇小说的业余作者，孙犁先生和《天津日报》的慷慨使我对自己的写作“路子”更加有了信心。虽然这篇小说在技术上有着诸多不成熟，但我一向把它看做自己对文学的深意有了一点真正理解的重要开端，也使我对孙犁先生永远心存感激。

我再次见到孙犁先生是次年初冬。那天很冷，刮着大风。他刚裁出一沓沓粉连纸，和保姆准备糊窗缝。见我进屋，孙犁先生迎过来第一句话就说：“铁凝，你看我是不是很见老？我这两年老得特别快。”当时我说：“您是见老。”也许是门外的风、房间的清冷和那沓糊窗缝用的粉连纸加强了我这种印象，但我说完很后悔，我不该迎合老人去证实他的衰老感。接着我便发现，孙犁先生两只袄袖上，仍旧戴着一副干净的青色套袖，看上去人就洋溢着一种干练的活力，一种不愿停下手、时刻准备工作的情绪。这样的状态，是不能被称做衰老的。

我第三次见到孙犁先生，是和几位同行一道。那天他没捡豆粒，也没糊窗缝，他坐在写字台前，桌面摊开着纸和笔，大约是在写作。看见我们，他立刻停下工作，招呼客人就坐。我特别注意了一下他的袖子，又看见了那副套袖。记得那天他很高兴，随便地和大家聊着天，并没有摘去套袖的意思。这时我才意识到，戴套袖并不是孙犁先生的临时“武装”。一副棉布套袖到底联系着什么，我从来就说不清楚。联系着质朴、节俭？联系着勤劳、创造和开拓？好像都不完全。

我没有问过孙犁先生为什么总戴着套袖，若问，可能他会用最简单的话告诉我是为了爱护衣服。但我以为，孙犁先生珍爱的不仅仅是衣服。为什么一位山里老人的靛蓝衣裤，能引他写出《山地回忆》那样的名篇？尽管《山地回忆》里的一切和套袖并无瓜葛，但它联系着织布、买布。作家没有忘记，战争年代山里一个单纯、善良的女孩子为他缝过一双结实的布袜子。而作家更珍爱的是那女孩子为缝制袜子所付出的真诚劳动和在这劳动中倾注的难以估价的感情，倾注的一个民族坚忍不拔、乐观向上的天性。滋养作家心灵的，始终是这种感情和天性。所以，当多年之后，有一次我把友人赠我的几函宣纸精印的华笺给孙犁先生时，会收到他这样的回信，他说："同时收到你的来信和惠赠的华笺，我十分喜欢。"但又说："我一向珍惜纸张，平日写稿写信，用纸亦极不讲究。每遇好纸，笔墨就要拘束，深恐把纸糟蹋了……"如果我不曾见过习惯戴套袖的孙犁先生，或许我会猜测这是一个名作家的"矫情"，但是我见过了戴着套袖的孙犁，见过了他写给我的所有信件，那信纸不是《天津日报》那种微黄且脆硬的稿纸就是邮局出售的明信片，信封则永远是印有红色"天津日报"字样的那种。我相信他对纸张有着和对棉布、对衣服同样的珍惜之情。他更加珍重的是劳动的尊严与德行，是人生的质朴和美丽。

我第四次与孙犁先生见面是去年 10 月 16 日。这时他已久病在床，住医院多年。我知道病弱的孙犁先生肯定不希望被频频打扰，但是去医院看望他的想法又是那么固执。感谢《天津日报》文艺部的宋曙光同志和孙犁的女儿孙晓玲女士，他们满足了我的要求，细心安排，并一同陪我去了医院。病床上的孙犁先生已是半昏迷状态，他的身材不再高大，他那双目光温厚、很少朝你直视的眼睛也几近失明。但是当我握住他微凉的瘦弱的手，孙晓玲告诉他"铁凝看您来了"，孙犁先生竟很快做出了反应。他紧握住我的手高声说："你好吧？我们很久没有见面了！"他那洪亮的声音与他的病体形成的巨大反差，让在场的人十分惊异。我想眼前这位老人是要倾尽心力才能发出这么洪亮的声音的，这真挚的问候让我这个晚辈又难过，又觉得担待不起。在四五分钟的时间里，我也大声说了一些问候的话，孙犁先生的嘴唇一直嚅动着，却没有人能知道他在说什么。在他身上，盖有一床蓝底儿小红花的薄棉被，这不是医院的寝具，一定是家人为他缝制的吧，真的棉布里絮着真的棉花。仿佛孙犁先生仍然亲近着人间的烟火，也使呆板的病房变得温暖。

这是我最后一次见到孙犁先生。

"我们很久没有见面了！"直至今年 7 月 10 日孙犁先生逝世，我经常想起孙犁先生在病床上高声对我说的话。

我想，我已经很久没读孙犁先生的小说了，当今中国文坛很久以来也少有人神闲气定地读孙犁了。春天的时候，我因为写作关于《铁木前传》插图的文章，重读了《铁木前传》。我依然深深地受着感动。原来这部诗样的小说，它所抵达的人性深度是那么刻骨；它的既节制、又酣畅的叙述所成就的气质温婉又凛然；它那清新而又讲究的语言，以其所呈现的素朴大美使人不愿错过每个字。当我们回顾《铁木前传》的写作年代，不能不说它的诞生是那个时代文学奇迹；而今天它再次带给我们的陌生的惊异和真正现实主义的浑厚魅力，加凸现出孙犁先生这样一个中国文坛的独特存在。《铁木前传》的出版距今 45

年了，在45年之后，我认为当代中国文坛是少有中篇小说能够与之匹敌的。孙犁先生对当代文学语言的不凡贡献，他那高尚、清明的文学品貌对几辈作家的直接影响，从未经过“炒作”，却定会长久不衰地渗透在我的文学生活中。

以我仅仅同孙犁先生见过四面的微薄感受，要理解这位大家是困难的。他一直淡薄名利，自寻寂寞，深居简出，粗茶淡饭，或者还给人以孤傲的印象。但在我的感觉里，或许他的孤傲与谦逊是并存的，如同他文章的清新秀丽与突然的冷峻睿智并存。倘若我们读过他为《孙犁文集》所写的前言，便会真切地知道他对自己有着多少不满。因此我更愿意揣测，在他“孤傲”的背后始终埋藏着一个大家真正的谦逊。没有这份谦逊，他又怎能甘用一生的时间来苛刻地磨砺他所有的篇章呢。1981年孙犁先生赠我手书“秦少游论文”一帧：

> 采道德之理述性命之情发天人之奥明死生之变此论理之文如列御寇庄周之作是也别黑白阴阳要其归宿决其嫌疑此论事之文如苏秦张仪之所作是也考同异次旧闻不虚美不隐恶人以为实录此叙事之文如司马迁班固之所作是也

我想，这是孙犁先生欣赏的古人古文，是他坚守的为文为人的准则，他亦坦言他受着这些遗产的涵养。前不久我曾经有集中的时间阅读了一些画家和他们的作品，我看到在艺术发展史上从来就没有自天而降的才子或才女。当我们认真凝视那些好画家的历史，就会发现无一人逃脱过前人的影响。好画家的出众不在于轻蔑前人，而在于响亮继承之后适时地果断放弃。这是辛酸的，但是有欢乐；这是“绝情”的，却孕育着新生。文章之道难道不也如此吗。孙犁先生对前人的借鉴沉着而又长久，他却在同时“孤傲”地发掘出独属于自己的文学表达。他于平淡之中迸发的人生激情，他于精微之中昭示的文章骨气，尽在其中了。大师就是这样诞生的吧。在前人留给人类宝贵的文化遗产和丰富的文学遗产面前，我再次感到自己的单薄渺小，也再一次对某些文化艺术界的“狂人”那种前无古人、后无来者的莫名其妙的自大生出确凿的怀疑。

在我为之工作的河北省作家协会，有一座河北文学馆，馆内一张孙犁先生青年时代的照片使很多人过目不忘。那是一张他在抗战时期与战友们的合影一群人散坐在冀中的山地上，孙犁是靠边且偏后的位置。他头戴一顶山民的帽，目光敏感而又温和，他热情却是腼腆地微笑着。对于今天的我们，对于同他见过四面的我，这是一个遥远的孙犁先生。然而不知为什么，我越来越相信病床上那位盖着碎花棉被的枯瘦老人确已离我们远去，切近真实，就在眼前的，是这位头戴毡帽、有着腼腆神情的青年和他的那些永远也不会颓败的篇章。

2002.8.23

原载《人民文学》2002 年第 11 期

翻身的日子

——关于《马鞍山日记》

王安忆

一九五二年，我还没有出生，我姐姐才一岁，妈妈日记里写的“回家看望小安诺”，就是看的她。这时候，我妈妈她还是个兵，在南京军区文工团里搞创作，深入生活到了马鞍山矿山。这一些日记其实就是采访笔记，记录了各种各样的人物和他们的生活。这虽然只是一堆素材，没经过加工，但其中的人与事，读来却很生动，使我们看到了那个时代。那个时代，什么都刚刚开头，什么都是新鲜的，新奇的，勃勃然跃跃然的。那个名叫许宝奎的技工，听他小儿子给他解释自然，感到多么惊讶：地球这么大，还是群星中顶小的一颗！人们从黑夜里走出来，睁开了眼睛，看见了从来没见过的奇景。这真的有些像神话。

我妈妈那时也处在她的开初阶段，事情看起来还不错：一九五〇年八月她的小说《何栋梁与金凤》在《文汇报》连载，她参加集体创作的四幕话剧《八〇〇机车出动了》，也在新华书店华东总分店出版。她积极地筹措下马鞍山在她的笔记本上写了一行字：“下马鞍山的手续办了好久，去市委会面谈关于下厂事项。”事后，她又认真总结了这次带职下基层的经验得失。看起来，她最大的苦恼就是所带的职务和创作的需要不对路子，他们需要她的地方往往不是她要去的地方，而她要去的岗位则又缺乏必要的技能。因此她还是无法更深地深入矿区的生活，只能依靠采访来收集材料。

从日记看，她几乎一刻不停地采访、谈话，和工人或者工属交朋友。她力旺盛，充满热情，什么都想知道，什么都觉得好。那时，她是二十七岁，她十七岁来到根据地算起，已经有十年的革命的历史。她在苦日子里做梦做到的，在革命中学习来的，那个理想社会，这时候在她眼前，一点一点展开画卷。那是浪漫主义的一页，在现实主义的今天，它尤其值得纪念。虽然只是一些客观的记录，可依然能看出我妈妈的好心情，她热爱这个时代。

和所有学习写作的青年一样，我妈妈对材料是很贪婪的。她饥渴地攫取着材料，并且特别爱惜这些材料，觉得里面隐藏着好小说，就看自己有没有本事去找出来。这样，她就也像一个负责的探矿队员，在她的宝贝材料里，挖掘，搜寻，翻找，做出种种设想。这一次下马鞍山，她有了多少计划啊！在她的笔记本里，有着这样一个详细的构思。

矿工的祖先们原都是囚犯，带着脚镣工作的……我这个主人翁的祖父在民国初年逃荒来此，临死（给矿石压倒，五孔冒血）求他的儿子设法不要再做矿工了。（其子，则主人翁的父亲）一路讨饭回老家，一路有工就做一个时期，拿点钱再走，到一个××城，正是北伐，有一个人和他谈，八小时工作制等，（其人）曾与第四路军做馍馍，爬城堡，插过红旗，后因要被抓就逃到矿山来做矿工，待下躲避风头，就在这时候，我这主人翁刚满周岁，到了十一岁就在铺上给大家烧水，端茶，有人病了他就去伺候伺候。有一次有个矿工生瘟病眼看不行了，大柜硬叫工人把他从屋里抬出去，那正是十冬腊月，大家给病人撑了一个芦棚，到老板一走，这孩子又把病人拖进屋来，烧水喝，对大家说："他病不死，也会冻死的。"大家很喜欢他，在大家的工资里劈半分给他。十六岁便下坑道，双手满是泡，忍痛不告诉父亲，一碰东西就像给咬似的。

一、写打倒小东洋，挺身而出。

二、在矿里发现带枪的人，通报游击队。

三、李大个子闹罢工。

四、日本投降，而后跟着大刀队干，由母亲带领，由这就参加了新四军。

五、在这同时他认识了小店中的姑娘，但因女方父母所阻不能如愿，照片被（其）母撕，（其）姑妈做媒，女的要寻死，他走时说等他三年。

六、打回来时，见到（矿区）更荒凉，连茅草都割净了。

七、复员回来见到的变化：

A. 矿里矿外的景物，人物，形状。

B. 女的成份变化，父母肯了，但他不要，因怕（组织）不批，女的就脱离家。

C. 回家正处于月底赶任务，抗软矿，创造的阻碍：1、传统；2、思想自私。

D. 未组织他父亲，父气，去支书那里要求入党，年龄大身体好，发誓。

从此提纲来看，起码是一个中篇的结构，妈妈她挺有野心的。从提纲里还可看出，她的人物、故事、细节是来源于哪些材料，几乎是所有的马鞍山得来的材料，她都用上了。后来呢，这提纲并没有成稿，但是，在她成稿的作品里，却能找到这个提纲里的内容。

我妈妈去马鞍山下生活的创作成果，是一部三幕话剧，《不带枪的战士》，一九五五年获得南京军区文艺创作二等奖，由当时的文化生活出版社出版了单行本。从我妈妈的笔记本上可看出，这个剧本写得可不容易，几易其稿，每一稿都组织集体讨论，提意见建议，群策群力，广采博纳，终于上演。剧情很简单，是那年代里常见的故事。写一个负伤的军人，很不情愿地复员回到矿区的家，一心想再到部队参加抗美援朝，后来在带领快速掘进队的工作中认识到，和传统落后的生产方式斗争其实是一场不带枪的战争。其中主要冲突就发生在一对父子之间，这也是上面那个提纲中的一部分。从她的日记里看，矿山里的父与子的关系是非常有趣的，向着新生活你追我赶。这是那个时代里的真实的戏剧，它发生在朴素和单纯的人们身上，所以就由不得你不相信。即便是像《不带枪的战士》这样一个简单的甚至有些落俗的故事，它依然具有着高尚的格调。剧中那个不带枪的战士，他的未婚妻等了他多年，等到他回来，却发现他的心思并不在她身上，难过地责问道："你说，你现在到底想把我怎么办？"他"温柔地"说："我把你怎么办？我要你跟我结婚……不过，静兰，和平幸福的生活是要用钢铁打基础的。这几天，我总好像看到部队里的首长和同志们，日夜守在海防线上；在敌人的炮火下面，他们的眼睛都盯着我看。要有一天，他们伸手对我说：'郑排长，你开掘的钢铁呢？拿来支援我们吧！'那时候我怎么回答呢？我想我一定会对他们说：'喏！你们看看，我们开掘了多少钢铁吧！'我总不能对他们说：'喏！钢铁嘛，慢慢来，你们先来看看我新娶的老婆吧！'"

这是获得成功的作品，还有一部未曾发表的小说，显然也是来自方才的个提纲中的一部分，它的名字叫《矿山上的回声》。写的是一个矿工的孩子，亲被矿石砸死了，他只得到矿上做小工养家。然后，他认识了革命者张大叔，在一次酝酿已久的行动中，勇敢而机智地代替牺牲了的工友，拉响了号召罢工的汽笛，最终死在保安队的枪下。这是一篇儿童文学，开头第一句是："少年朋友们，你们有没有结交过矿工做朋友？没有？那么我现在给你们介绍一位。"小说起了几遍草稿，最终整整齐齐地抄写在稿纸上，但没有被任何刊物采用。这也和大多学习写作的青年相仿，开始的时候，总是给孩子写故事。从草稿本的情形来看，这一个时期里，她还给孩子们写过一个童话，名叫《银洞》。写一个孤儿黄莲，给地主家放牛，发现了一个镶满银子的山洞，地主抢先占领了银洞，可是最后却在银洞中活活地饿死，而穷人们则走过银洞，找到了一片不属于地主的"太阳不落，泉水长流"的地方，"在那里种豆得豆，种瓜得瓜，再也没有地主和灾荒了"。这故事和马鞍山的生活也许并没有关系，但"银洞"这个名称，会不会是从日记里写到的，那个传说中的银子矿得来的呢？这篇童话的稿子上写着一个编号：1327，显然是投了稿去，又被退了回来。总之，这个阶段里，妈妈她写了很多，但不全是"种豆得豆"。可也不要紧，她并没有流露出气馁，从她的笔记看，她读书，学习，记录民间语言，听取同志们的意见，一个计划接着一个计划。

她第二个构思是写一个女人，题目是"一个女人的命运"——

> 一、扎红头巾的女人加上朱爱明，构成一个女人嫁了三个丈夫的各种不同的凄惨命运，透视其三个不同的时代。
>
> 二、此女人必须是自己和命运斗争，而不是随命运的摆弄。
>
> 三、赵书染的前面一段可采用，她随丈夫到了江南，如何辛勤地为自己开辟一个茅棚——家。
>
> 四、她三个丈夫，应统一在同一条线上（或事件上）。

"朱爱明""赵书染"，都是她在日记里记录过的人物，那个"扎红头巾的女人"应该也是。这个构思她好像存放了很长时间，十年以后的一九六二年，她开始写中篇《海角》，写的是一个女人和一片盐碱地的命运。故事的背景是上海的郊县，东海边上，但那个名为海媛的女人和三个男人的关系，恐怕就来自于当时的《一个女人的命运》。当然，这个中篇反反复复地写了前三章以后，终于没有完成。

再一个构思，是写一个母亲，题名《保卫她》：

一个母亲，含辛茹苦地培养大了儿子，最后在抗美援朝初期时，送儿上前线了。

在她一生凄苦的命运中，透露着祖国未解放的一个黑暗的侧影，她的命运和她对命运的搏斗，代表着旧中国的命运和反抗精神。

她现在身上还残留着这过去凄苦命运的痕迹，“未老先衰”“手抖”，及其他种种。

她在过去是人们说的，“她站过的地方连青草都不肯长的”——因她为了对命运的挣扎，为了孩子，曾再嫁过。

在这里，我们也能在日记里找到一些出处。

这真是一个热情工作的年代，一九五二年紧张忙碌地过去了，紧接着，一九五三年又来到了。我妈妈在笔记本上，起草一九五二年个人小结：“做了哪些工作：一、完成三幕话剧的初稿及修改稿，共十二万字；二、参加社会主义现实主义的学习（约半月余）；三、参加四个小剧的讨论；四、负责油印工作。

那是个怎样的年代啊！生活，人，还有我的妈妈，都那么年轻，热情，积极，努力，满怀信心。开头开得那么好，前边怎么能不好呢？

1999 年 9 月 29 日上海

选自散文集《茜纱窗下》，上海文艺出版社 2002 年 10 月版

天籁之声，隐于大山

铁　凝

贾大山是河北省新时期第一位获全国优秀短篇小说奖的作家。一九八〇年，他在短篇小说《取经》获奖之后到北京中国作协文学讲习所学习期间，正在文坛惹人注目。那时还听说日本有个“二贾研究会”，专门研究贾平凹和贾大山的创作。消息是否准确我不曾核实，但已足见贾大山当时的热闹景象。

当时我正在保定地区的一个文学杂志任小说编辑，很自然地想到找贾大山约稿。好像是一九八一年的早春，我乘长途汽车来到正定县，在他工作的县文化馆见到了他。已近中午，贾大山跟我没说几句话就领我回家吃饭。我没有推辞，尽管我与他并不熟。

我被他领着来到他家，那是一座安静的狭长小院，屋内的家具不多，就像我见过的许多县城里的居民家庭一样，但处处整洁。特别令我感兴趣的是窗前一张做工精巧的半圆形硬木小桌，与四周的粗木桌椅比较很是醒目。论气质，显然它是这群家具中的“精英”。贾大山说他的小说都是在这张桌子上写的，我一面注意这张硬木小桌，半开玩笑地问他是什么出身。贾大山却一本正经地告诉我，他家好几代都是贫下中农。然后他就亲自为我操持午饭，烧鸡和油炸馃子都是现成的，他只上灶做了一个菠菜鸡蛋汤。这道汤所以给我留下了很深的印象，是因为大山做汤时程序的严格和那成色的精美。做时，他先将打好的鸡蛋液泼入滚开的锅内，再把菠菜撒进锅，待汤稍沸锅即离火。这样菠菜翠绿，蛋花散得地道。至今我还记得他站在炉前打蛋、撒菜时那潇洒、细致的手势。后来的温和娴静的妻子下班回来了，儿子们也放学回来了。贾大山陪我在里屋用，妻儿吃饭却在外屋。这使我忽然想起曾经有人告诉我，贾大山是家中的绝对权威，还告诉我妻儿与这“权威”配合得是如何的默契。甚至有人把这默契加些演绎，说贾大山召唤妻儿时就在里屋敲墙，上茶、送烟、添饭都有特定的敲法。我和贾大山在里屋吃饭没有看见他敲墙，似乎还觉出几分缺欠。有一点是毫无疑问的，贾大山有一个稳定、安宁的家庭，妻子与他同心同德。

那一次我没有组到贾大山的稿子，但这并不妨碍贾大山给我留下的初步印象，这是一个宽厚、善良，又藏有智慧的狡黠和谋略、与乡村有着难以分割的气质的知识分子，他嘴阔眉黑，面若重枣，神情的持重多于活跃。

他的外貌也许无法使你相信他有过特别得宠的少年时代。在那个时代里他不仅是历选不败的少先队中队长，他的作文永远是课堂上的范文，而且办墙报、演戏他也是不可少的人物。原来他自幼与戏园子为邻，早就在迷恋京剧中的须生了。有一回贾大山说起京剧忍不住站起来很帅地踢了一下腿，脚尖正好踢到鼻梁上，那便是风华少年时的童子功了。他的文学生涯也要追溯到中学时代在地区报纸上发表小说时。如果不是一九五八年在黑板报上发表了一首寓言诗，很难预料这个多才多艺的男孩子会有怎样的发展。那本是一首慷慨激昂批判右派的小诗，不料这诗一经出现，全校上至校长下至教师却一致认为那是为右派鸣冤叫屈、企图颠覆无产阶级专政的反动寓言。十六岁的贾大山蒙了，校长命他在办公室门口的小榆树下反省错误，那天下了一夜的雪，他站了一夜。接着便是无穷尽的检查、自我批判、挖反动根源等，最后学校以警告处分了结了此案。贾大山告诉我，从那时起他便懂得了“敌人”这个概念，用他的话说：“三五个人凑在一块儿一捏鼓你就成了阶级敌人。”

他辉煌的少年时代结束了，随之而来的是因病辍学，自卑，孤独，以及为了生计的劳作，在砖瓦厂的石灰窑上当临时工，直到一九六四年响应号召作为知青去农村。也许他是打算终生做一名地道的正定农民的，但农民却很快发现了他有配合各种运动的“歪才”。于是贾大山在顶着太阳下地的业余时间里演起了“乐观的悲剧”。在大队俱乐部里他的快板能出口成章：“南风吹，麦子黄，贫下中农收割忙……”后来沿着这个“快板阶梯”他竟然不用下地了，他成为村里的民办教师，接着又成为入党的培养对象。这次贾大山被吓着了——使他受到惊吓的是当时的极左路线：入党则意味着被反复地、一丝不苟地调查，说不定他十六岁那点陈年旧账也得被翻腾出来。他的自尊与自卑强烈主宰着他不愿被人去翻腾。那时的贾大山一边做着民办教师，一边用他的编写才华编写着那个时代，还编出了“好处”。他曾经很神秘地对我说：“你知道我是怎么由知识青年变成县文化馆的干部么？就因为我们县的粮食‘过了江’。”

据当时报载，正定县是中国北方第一个粮食“过江”的县。为了庆祝粮

“过江”，县里让贾大山创作大型剧本，他写的剧本参加了全省的汇演，于是他被县文化馆“挖”了上来。“所以，”贾大山停顿片刻告诉我，“你可不能说文艺为政治服务不好，我在这上边是沾了大光的。”说这话时他的眼睛超乎寻常地亮，他那两只狭长的眼睛有时会出现这种超常的光亮，那似是一种有重量的光在眼中的流动，这便是人们形容的犀利吧。犀利的目光、严肃的神情使你觉得你是在听一个明白人认真地讲着糊涂话。这个讲着糊涂话的明白人说：“干部们就愿意指挥种树，站在你身边一个劲儿叮嘱：‘注意啊注意啊，要根朝下尖朝上，不要尖朝下根朝上啊！’”贾大山的糊涂话讲得庄重透彻而不浮躁，有时你觉得天昏地暗，有时你觉得唯有天昏地暗才是大彻大悟。

一九八六年秋天我又去了正定，这次不是向大山约稿，是应大山之邀。此时他已是县文化局局长——这似乎是我早已料到的，他有被重新发现、重新“挖”的苗头。

正定是河北省著名的古城，千余年来始终是河北重镇之一。曾经，它虽以粮食“过江”而大出过风头，但最为实在的还是它留给当今社会的古代文化。面对城内这“檐牙高啄”“钩心斗角”的古建筑群，这禅院寺庙，做一名文化局局长也并非易事。局长不是导游，也不是只把解说词背得滚瓜烂熟就能胜任的讲解员，至少你得是一名熟悉古代文化的专门家。贾大山自如地做着这专门家，他一面在心中完整着使这些祖宗留下的珍贵遗产重放光彩的计划，一面接应各路来宾。即使面对再大的学者，专家贾大山也不会露“怯”，因为他的起点不是只了解那些静穆着的砖头瓦块，而是佛家、道家各派的学说和枝蔓。这时我作为贾大山的客人观察着他，感觉他在正定这片古文化的群落里生活得越来越稳当妥帖，举止行动如鱼得水。那些古寺古塔仿佛他的心爱之物般被他摩挲着，而谈到他和那些僧人、住持的交往，你在夏日习习的晚风中进一趟临济寺便一目了然了，那时十有八九他正与寺内住持焦师傅躺在澄灵塔下谈天说地，或听焦师傅演讲禅宗祖师的“棒喝”。

几年后大山又任县政协副主席。他当局长当得内行、自如，当主席当得庄重、称职。然而贾大山仍旧是个作家，可能还是当代中国文坛唯一只写短篇小说的作家，且对自己的小说篇篇皆能背诵。在和大山的交往中，他给我讲了许多农村和农民的故事，那些故事与他的获奖小说《取经》已有绝大的不同。如果说《取经》这篇力作由于受着当时文风的羁绊，或许仍有几分图解政策的痕迹，那么这时贾大山的许多故事你再不会漫不经心地去体味了。虽然他的变化是徐缓的，不动声色的，但他已把目光伸向了他所熟悉的底层民众灵魂的深处，于是他的故事便构成了一个贾大山造就的世界。在那个世界里有乐观的辛酸，优美的五陋，诡谲的幽默，愚钝的聪慧，冥顽不化的思路和困苦中的温馨……

贾大山讲给我的故事陆续地变成了小说。比如一位穷了多半辈子终于致富的老汉率领家人进京旅游，当从未坐过火车的他发现慢车票比快车票便宜时居然不可思议地惊叹：“慢车坐的时候长，怎么倒便宜？”比如“社教”运动中，某村在阶级教育展览室抓了一个小偷，原来这小偷是在偷自己的破棉袄，白天他的棉袄被作为展品在那里展览，星夜他还得跳进展览室将这棉袄（他爷爷讨饭时的破袄）偷出御寒。再比如他讲的花生的故事：贾大山当知青时花生是中国的稀有珍品，那些终年不见油星的百姓趁队里播种花生的时机，发了疯似的带着孩子去地里偷花生种子解馋。生产队长恪守着职责搜查每一个从花生地里出来的社员，当他发现他八岁的女儿嘴里也在蠕动时，便一个耳光打了过去。一粒花生正卡在女儿气管里，女儿死了。死后被抹了一脸锅底黑，又让人在脸上砍了一斧子。抹黑和砍脸是为了吓唬鬼，让这孩子在阴间不被鬼缠身。

很长一段时间里我读贾大山小说的时候，眼前总有一张被抹了黑又被砍了一斧子的女孩子的脸。我想，许多小说家的成功，大约不在于他发现了一个孩子因为偷吃花生种子被卡死了，而在于她死后又被亲人抹的那一脸锅底黑和砍的那一斧子。并不是所有小说家都能注意到那锅底黑和那一斧子的。后来我读大山一篇简短的《我的简历》，写道：“一九八六年秋天，铁凝同志到正定，闲谈的时候，我给她讲了几个农村故事。她听了很感兴趣，鼓励我写下来，这才有了几篇‘梦庄记事’。”今天想来，其实当年他给我讲述那些故事时，对“梦庄记事系列”已是胸有成竹了。而让我永远怀念的，是与这样的文坛兄长那些不可再现的清正、有趣、纯粹、自然的文学“闲谈”。在二十一世纪的当下，这尤其难得。

一些文学同行也曾感慨为什么贾大山的小说没能引起持续的应有的注意？可贾大山仿佛不太看重文坛对他的注意与否。河北省曾经专门为他召开过作品讨论会，但是他却没参加。问他为什么，他说“多一事不如少一事”。小说发表时他也不在乎大报名刊，写了小说压在褥子底下，谁要就由谁拿去。他告诉我说：“这褥子底下经常压着几篇，高兴了就隔着褥子想想，想好了抽出来再改。在贾大山看来，似乎隔着褥子比面对稿纸更能引发他的思路。隔着褥子好像他的生活能够沉淀得更久远、更凝练、更明晰。隔着褥子去思想还能使他把小说越改越短。这让我想起了不知是谁的名句：“请原谅我把信写得这么冗长，因为我没有时间写得简短。”

写得短的确需要时间需要功夫，需要世故到极点的天真，需要死不改悔守住你的褥子底下（独守寂寞），需要坦然面对长久的不被注意。贾大山发表五十多篇小说，生前没有出版过一本小说集，在二十世纪九十年代已不能说是当红作家。但他却不断被外省文友们打听询问。在“各领风骚数十天”的当今文坛，这种不断地被打听已经证明了贾大山作品留给人的印象之深。他一直住在正定城内，一生只去过北京、保定、石家庄、太原。一九九三年到北戴河开会才第一次——也是唯一一次看见了海。北戴河之后的两年里，我没有再见贾大山。

一九九五年秋天，得知大山生了重病，我去正定看他。路上想着，大山不会有太重的病。他家庭幸福，生活规律，深居简出，善以待人，他这样的人何以会生重病？ 当我在这个秋天见到他时，他已是食道癌（前期）手术后的大山了。他形容憔悴，白发很长，蜷缩在床上，声音喑哑且不停地咳嗽。疾病改变了他的形象，他这时的样子会使任何一个熟识从前的他的人难过。只有他的眼睛依然如故，那是一双能洞察世事的眼：狭长的，明亮的。正是这双闪着超常光亮的眼使贾大山不同于一般的重病者，它鼓舞大山自己，也让他的朋友们看到一些希望。那天我的不期而至使大山感到高兴，他尽可能显得轻快地从床上坐起来跟我说话，并掀开夹被让我看他那骤然消瘦的小腿——“跟狗腿一样啊”，他说，他到这时也没忘幽默。我说了些鼓励他安心养病的话，他也流露了许多对健康的渴望。看得出这种渴望非常强烈，致使我觉得自己的劝慰是如此苍白，因为我没有像大山这样痛苦地病过，我其实不知道什么叫健康。

一九九六年夏天，蒋子龙应邀来石家庄参加一个作品讨论会，当我问及他想看望哪些朋友时，蒋子龙希望我能陪他去看贾大山，他们是中国作协文讲所的同学。是个雨天，我又一次来到正定。蒋子龙的到来使大山显得兴奋，他们聊文讲所的同学，也聊文坛近事。我从旁观察贾大山，感觉他形容依然憔悴，身体更加瘦弱。但我却真心实意地说着假话，说着看上去他比上次好得多。病人是需要鼓励的，这一日，大山不仅下床踱步，竟然还唱了一段京剧给蒋子龙。他强打着精神谈笑风生，他说到对自己所在单位县政协的种种满意——我用多少的药人家也不吝惜，什么时候要上医院，一个电话打过去，小车就开到楼门口来等。他很知足，言语中又暗暗透着过意不去。他不忍耽误我们的时间，似乎生怕我们立刻离去。他说你们一来我就能忘记一会儿肚子疼；你们一走，这肚子就疼起来没完了。如果那时癌细胞已经在他体内扩散，我们该能猜出他要用很大毅力才能忍住那难以言表的疼痛。我们告辞时他坚持下楼送我们。他显然力不从心，却又分明靠了不容置疑的信念使步态得以轻捷。他仿佛以此告诉人们：放心吧，我能熬过去。

贾大山是自尊的，我知道在他生命的最后时刻，当着外人他一直保持着应有的尊严和分寸。小梅嫂子（大山夫人）告诉我，只有背着人，他才会为自己这迟迟不好的病体焦急万分地打自己的耳光，也擂床。

一九九七年二月三日（农历腊月二十六），是我最后一次见到贾大山。经过石家庄和北京两所医院的确诊，癌细胞已扩散至大山的肝脏、胰脏和腹腔。大山躺在县医院的病床上，像每次一样，见到我们立即挣扎着从床上坐起来。这时的大山已瘦得不成样子，他的病态使我失去了再劝他安心养病的勇气。以大山审时度势的聪慧，对自己的一切他似亦明白。于是我们不再说病，只不着边际地说世态和人情。有两件事给我留下深刻的印象，一件是大山讲起某位他认识的官员晚上出去打麻将，说是两里地的路程也要乘小车去。打一整夜，就让司机在门口等一整夜。大山说："你就是骑着个驴去打麻将，也得喂驴吃几口草吧，何况司机是个人呢！"说这话时他挥手伸出食指和中指指着一个什么地方，义愤非常。我未曾想到，一个病到如此的人，还能对一件与他无关的事如此认真。可谁又敢说这事真的与他无关呢？作为作家的贾大山，正是这种充满着正义感和人性尊严的情感不断成就着他的创作。他的疾恶如仇和清正廉洁，在生他养他的正定城有口皆碑。我不禁想起几年前那个健康、幽默、出口成章的贾大山，他曾经告诉我们，有一回，大约在他当县文化局局长的时候，局里的话务员接到电话通知他去开一个会，还问他开那么多会真有用的有多少，有些会就是花国家的钱吃吃喝喝。贾大山回答说这叫"酒肉穿肠过，工农留心中"。他是在告诫自己酒肉穿肠过的时候别忘了心中留住百姓呢，还是讥讽自己酒肉穿肠过的时候百姓怎还会在心中留呢？也许告诫、讥讽兼而有之，不经意间透着沉重，正好比他的有些小说。

一九九七年二月三日，与大山的最后一次见面，还听他讲起另一件事：几个陌生的中学生曾经在病房门口探望他。他说他们本是来医院看同学的，他们的同学做了阑尾炎手术，住在贾大山隔壁。那住院的同学问他们，你们知道我隔壁住着谁吗？住着作家贾大山。几个同学都在语文课本上读过贾大山的小说，就问我们能不能去看看他。这同学说他病得重，你们别打扰，就站在门口，从门上的小窗户往里看看吧。于是几个同学轮流凑到贾大山病房门前，隔着玻璃看望了他。这使大山心情很不平静，当他讲述这件事时，他的嗓音忽然不再嘶哑，他的语气十分柔和。他不掩饰他的自豪和对此事的在意，他说："几个陌生的中学生能想到来看看我，这说明我的作品对人们还是有意义的，你说是不是？"他的这种自豪和在意使我忽然觉得，自一九九五年他生病以来，虽有远近不少同好亲友前来看望，但似乎没有谁能抵得上几个陌生的中学生那一次短暂的隔窗相望。寂寞多年的贾大山，仿佛只有从这几个陌生的孩子身上，才信了他确有读者，他的作品的确没被遗忘。

一九九七年二月二十日（正月十四）大山离开了我们，他同疾病抗争到最后一刻。小梅嫂子说，他正是在最绝望的时候生出了比以往任何时候都大的希望，他甚至决心在春节过后再去北京治病。他的渴望其实不多，我想那该是倚仗健康的身体，用明净的心，写好的东西。如他自己所期望的："我不想再用文学图解政策，也不想用文学图解弗洛伊德或别的什么。我只想在我所熟悉的土地上，寻找一点天籁之声，自然之趣，以娱悦读者，充实自己。"虽然他已不再有这样的可能，但是观其一生，他其实一贯是这样做的。他这种难能可贵的"一贯"，使他留给文坛、留给读者的就不仅是独具气韵的小说，还有他那令人钦佩的品性：善意的，自尊的，谨慎的，正直的。他曾在一篇小说中借着主人公、一个鞋店掌柜的嘴说过："人也有字号，不能倒了字号。"文章至此，我想说，大山的作品不倒，他人品的字号也不倒。

贾大山作品所传递出的积极的道德秩序和优雅的文化价值，相信能让并不熟知他的读者心生欢悦，让始终惦念他的文学同好们长存敬意。

原载《人民日报》2014年2月18日

浪打沙湾寂寞回

王巨才

我不善书，但喜欢读帖，举凡钟张羲献、颜柳欧赵、苏黄米蔡，凡书店见到的，都会悉数购买。在职时忙，平常很少眷顾，现在退下来，正有“从前日月属官家，自此光阴为己有”的悠闲，茶余饭后，随手翻开一册，或坐或卧，静心品读，那些流动在笔墨点画间的情采神韵、学养意趣，每每让人在咀英嚼华的愉悦中进入忘我之境；与大师神交，如沐春风，澄心涤虑，宠辱皆忘，此亦人生一乐也。

近代以来的书法巨匠中，我对于右任、郭沫若两位尤为推重。于老的磅礴超迈自不待言，因是陕籍乡贤，自己买和朋友送的法帖拓片都已不少。而郭老的刚劲豪放又非常人可比，只是不知什么原因，在几十年积攒的一书橱字帖中竟付阙如，这不能不成为我的一个心结。

最早瞩目郭老的字，是上大学时到半坡博物馆参观。在那座 6000 多年前始公社的村落遗址，看到的无非是石刀石斧陶罐陶碗骨针鱼钩等先民们简陋生产工具和生活用品，对我们这些非专业游客并没太大吸引力，草草一过就了事。倒是展厅外墙上方“半坡遗趾”（趾址通假，原作如此）四个擘窠大字笔力遒劲，光华四射，从低处回望，顿觉一种强烈的美感冲击而来，直逼胸有懂书法的同学说，那是出自郭沫若先生的手笔，整个景区若少了那四个便一片花飞，减却几多春色。于是争相拍照留影，以为芳华一瞥的纪念。

另一次是上世纪 80 年代到韩城下乡，顺道去瞻仰芝川南原的司马祠。穿“高山仰止”牌楼，登上 99 阶步道，享殿前的院子里竖有 60 多通历代碑刻，中最著名的当属褚遂良撰书的墓志铭。墓志书体秀丽，情辞沉郁，备述史圣生坎坷际遇与发愤形状，读之不胜悲抑。另有一通郭沫若的题诗，写于1958年春季，诗曰：“龙门有灵秀，钟毓人中龙。学殖空前富，文章旷代雄。怜才膺斧钺，吐气作霓虹。功业追尼父，千秋太史公。”且不论才思与见识的睿智深刻，单是那一笔汪洋恣肆、刀刻斧削般的行草，便可想来诗人临池挥毫时激情飞扬的风采，令人神往。见我沉吟既久，县委宣传部部长说，县上有裱好的拓片，回头送你一幅带回去慢慢欣赏。这一幅立轴，由西安而北京，我一直挂在客厅，不时研读，视为临范精品。

有朋友来访，浏览我的书橱，说你那么喜欢郭老的字，怎不见一本他的书法集呢？我一时语塞，不知如何作答。是啊，怎么就没有呢，是没买，别人借走没还，还是从来就没有出过？过后跑了几家书店，一查，都说没有。问是卖完了还是从来没进过货，服务员赧然一笑，说不清楚。我仍不甘心，在那些宫廷、武林、官场、商海、玄疑、穿越类图书海量山积的峡谷间一遍遍搜寻，躬身踮脚，左奔右突，直至头晕目眩腰酸背痛，不要说要买的书没找到，就是想顺便带回去可资存阅的也没淘到几本。

“去前海啊，纪念馆应该有。”朋友这一提醒，倒让我茅塞顿开，眼前又升起一线希望。

前海西沿的郭沫若故居，是郭老晚年居住15年的寓所，大型四合院，对外又称纪念馆。阔可数亩的院子里，零星栽植一些花草树木，因是深秋，枝叶枯败，看去多少有点寥落。北边的银杏树下，是郭老双手盘膝而坐的塑像，目光上扬，状若沉思，但背后几杆不知作何用场的支架，与老人的安详神态大不协调。跨过旁边的垂花门楼，便是前后两进的里院，迎面五间正房为郭老的客厅、工作室和卧室，陈设整洁，布局敞亮，随处可感的书卷气息，仍能让人想象主人皓首穷经、奋发笔耕的情状。东西六间厢房，陈列和存放着部分手稿和图书，可能是来人少，大都空空落落，门户半掩。沿回廊到每个展室走一圈，并不见有出售书刊资料的地方，问过一位工作人员，也说抱歉，只好无功而返。

这期间，除我和朋友，再没见到其他参观者，与预期相比，总觉过分清静。朋友解释说，这没什么奇怪，在百分之八十的四合院和三分之一名人故居都遭毁的“文化古都”，郭老的住处能完好保留下来，也算战无不胜攻无不克的开商手下留情；一个在价值观念嬗变中失去文化敬畏心的年代，这样的历史遗已经淡出社会兴奋中心，哪会像歌坛赛场选秀追星那般热闹；不见媒体报道，连最早成立共产主义小组的李大钊故居，门口挂着爱国主义和廉政建设教基地的牌子，平时前往参观的人都还没有讲解员多……如此等等，一番开导，余怅然一叹，更复何云。

事后不久，在一个会议上遇到中国社科院的文学评论家李晓虹女士，谈起那次寻访的经历，她不无感动，说难得你还这样热心，郭老书法集馆里应该有，我回头给馆长说说。李也是郭沫若研究专家，为人谦和，办事认真，过后不到半月，我果然收到郭平英馆长签名赠送的一部《郭沫若于立群墨迹》，真是大喜过望。该书收入郭老不同时期的书法作品132幅、于立群先生的书画28件，都是各地纪念馆、博物馆、图书馆和个人收藏的精品，十分难得。郭平英馆长在后记中写到，郭沫若对甲骨金文，对秦汉魏晋以来中国文字的变化轨迹，对历代名家笔墨的特点了然于胸，他的书法消化吸收了历代书法的优长，在继承中孕育创新，是艺术气质与学术功力的产物，它传递出通达的文化积淀，承载着气宇轩昂的精神世界……真可谓“知父莫若女”，确当的评述，阐明郭老书法艺术的高深造诣及其人文价值，也说出了此前我虽然喜爱，但并未认真想过和厘清的道理及情感由来。

于是又想到，这样一部承载博大文化含量的好书，书店里何以找不到呢？翻开版权页，才发现印数只有3000册。这个数量，除回送有关单位和个人，提供纪念研讨活动所需外，所余自然不多。客观地说，在商业大潮挟裹一切，物质功利主义渐成风习，国人平均阅读除教科书外每年不到一本，且趋向时尚化、娱乐化、浅俗化的当下，像这样的书，曲高和寡，能印这个数，就算不错了。如此一想，尽管仍有某种莫可名状的无奈，也便渐渐释然。

正应了那句老话：运气来了挡都挡不住。也是一次偶然的机会，与线装书局总编辑曾凡华去外地出差，一路倾谈，颇为相得。线装书局以出版各类古籍及高品位文化学术著作为主。回程中，曾先生热情邀请有空去他办公室坐坐，顺便挑几册满意的书回去。我问有没有郭沫若的书法，回说没有，但他的《李白与杜甫》手稿承蒙郭老子女和有关单位支持，年前刚刚影印完成，较为难得真是踏破铁鞋无觅处，得来全不费功夫！郭老的手札，报刊上见过，一手流丽妩媚的行楷，从遣词命意到章法布局，都极为考究，读来悦目赏心，滋味无穷能得这样一部手稿，正好与平英先生馈赠的“墨迹”合为全豹；珠璧俱得，岂不快哉！于是顾不得体面，回京次日便去凡华处讨要，唐突登门，形如逼债过后想来真有些不好意思。

《李白与杜甫》是郭老最后一部学术著作，成书于上世纪60年代末，19年甫一出版，洛阳纸贵，风靡一时，而在历史虚无主义浪潮中又遭受非议，称是一部草率应景的取媚迎合之作。更有甚者，以小过掩大德，一叶障目，见泰山，对其名节品格一概否定，虽属刻薄，也是情势使然。君不见大数字代，八面来风，标“新”立“后”争先恐后，颠覆传统、解构权威愈演愈只是许多人可能忘记，人无完人，金无足赤，郭沫若尽管因特殊历史境遇有过进退失据的困惑，但他作为革命者，一生追求光明，先后参加北伐战争、南昌起义、抗日救亡运动和反对国民党反动统治的斗争；作为文化人，著作等身，于文学、历史学、古文字学、翻译和书法皆有高深造诣和辉煌成就。如此经历，如此建树，现代以来，能有几人？轻藐前贤，哂之未休，其精神之独立与思想之自由固然可佩，却总让人从那些无所不用其极的鞭尸般的言辞中觉出几许可疑，生发几许感慨。

这部近 20 万字的手稿，是郭老年届耄耋，又连失两位爱子的情况下，硬是用那枝生花之笔一笔一笔完成的，其超常的学识与惊人的毅力可想而知。作为一部学术著作，见仁见智，原无不可；争鸣讨论，尤属正常。但若出于某种政治成见而阅人论事，进而株连学术；或者相反，视学术歧见为异端进行政治或人身攻讦，绝不足取。此种思维倘演成风气，则殷鉴不远，为害之烈不难想来。我对郭著向无研究，自不敢妄加评置，但茅盾先生的一则短评，语意平实客观，我是相信并赞同的：“《李白与杜甫》自必胜于《柳文指要》，对青年有用，论杜稍苛，对李有偏爱之处。论李杜思想甚多创见。”

2013 年岁末，轻寒未去，烟霾弥漫，应四川散文学会约请，去成都参加四川省会员代表大会暨首届“四川散文奖”颁奖典礼。活动结束，照例安排参观，学会的朋友说四川可看的景点多，想去哪里都方便。考虑后天就是元旦，不便过分叨扰，便回说如不很麻烦，就去沙湾看看。

沙湾是郭沫若的故里，在乐山市区西南 38 公里处，离成都也只一个多小时车程，因那天雾大，公路标识又不明显，几经耽搁，到镇上已近午时。镇子不大，但整洁、繁华。一条南北向的街道，宽展平直，两旁满是叫卖山货、果蔬、熟食、小吃的摊点。店铺多为茶楼酒馆，皆青砖黛瓦的川西市井面貌。从熙攘的人群中穿行，噼里啪啦的麻将声隐约可闻，浓重诱人的麻辣烫香味不时传来。在街背后，是屏列的绥山山脉，因山势仅次峨眉，又叫二峨山；前方则是绕镇而过的大渡河，别称若水。郭老的名字即由环绕镇周的沫、若二水而来。

郭老故居在街道偏北，始建于清嘉庆年间，原为经营药材、土特产和酒米油盐的“郭鸣兴达号”商铺，到父亲郭朝沛手里，家道中兴，扩为一座有 36 间房屋的三进式四合院落。穿过前厅，里院后墙上方悬挂一块“汾阳世家”匾额，一望而知，其先世乃唐代开国功臣郭子仪家族。院子的后花园，有郭沫若四岁开始启蒙受教的“绥山山馆”，面对绥山，远隔市嚣，园内遍植花木，环境清，确是一处静心攻读的理想所在。郭沫若 13 岁离开家乡，1939 年 46 岁时才父亲病危和丧事回到沙湾。当时正值全面抗战时期，治丧时，蒋介石、毛泽东等国共政要及各界名流均有挽幛挽联致唁，哀荣之隆，足显郭老备受推崇的社会声望。

纪念馆与故居一墙之隔，是2012年为纪念郭沫若诞辰120周年新修的。馆内陈列除故居移送的部分实物，大多为图文资料，此外便是一些书法原件，别处不易见到。其中一件是回乡时留给原配张琼华夫人的，曾交代说，兵荒马乱，世氛不靖，万一到紧要处，这幅字也还值些钱，或可补贴家用。张在郭沫若离家的68年间，一直尽心操持家务，侍奉公婆，直至1980年去世，馆里的部分展品就是她在世时一直珍存和捐赠的。展室另有一幅巨作，是1965年元月书写的毛泽东诗《登庐山》，纵横奔放，激情四溢，内涵风骨，外映神采，最能代表郭书风格，可惜馆里没有出售的影印件，甚感遗憾。

展室出口处墙壁上，镶有中共领导人褒扬郭老的语录，以前大都知道，此时读来别有感触：

> 毛泽东：你的《甲申三百年祭》，我们把它当作整风文件看待……你的史论、史剧大益于中国人民，只嫌其少，不嫌其多，精神绝不会白费的，希望继续努力。
>
> 周恩来：他不但在革命高潮时挺身而出，站在革命行列的前头，他还懂得在革命退潮时怎样保存活力，埋头研究，补充自己，也就是为革命作了新的贡献，准备了新的力量。
>
> 邓小平：郭沫若同志不仅是革命的科学家和文学家，而且是革命的思想家、政治家和著名的社会活动家，他在革命实践中立下的功绩，得到了全国人民和世界进步人士的尊敬。

那天参观因事先没打招呼，讲解员迟来20多分钟，多少有些不好意思，也或许因为只有我们一拨人听讲，提不起精神，按鲁迅的说法“谁肯显本领给白地看”，故讲解时语速飞快，形同不很耐烦的老师例行公事地串讲一篇烂熟的课文，几乎没有我们提问请教的空隙。好在内容大致熟悉，到此一游也算了却一桩心愿。张人仕会长大约看出我的落寞，说这地方太偏，外地客人很少有专程来参观的。前年夏天我们一家开车来，道路坑坑洼洼，到旧居也真没见到几个人。

天色向晚，又下起小雨，匆匆赶到郭沫若广场的铜像前拍几张照片以作纪念。路灯熹微，市声散尽，暮色中的沙湾很静，很静。铜像后身，大渡河水紧不慢地拍打着护岸，哗哗的水声幽幽低回，如琢如磨，像一位沉思中的老自言自语，不时发出几声深沉的叹息。

“欲把心事付瑶琴，知音少，弦断有谁听。”（宋·岳飞）

晚风中，耳旁恍惚响起这阕苍茫激越的词作。

原载《文艺报》2014 年 3 月 5 日

百年明镜季羡林

梁　衡

先生的住处在校园北边的一座很旧的老式楼房，他住一层，朗润园13号楼。那天我穿树林、过小桥找到楼下，一位司机正在擦车，说正是这里，刚才都还出来看客人来了没有。房共两套，左边一套是他的会客间，卧室兼书房，不过这个只能叫书房之一，主要是用来写散文随笔的，著名的《牛棚杂忆》就诞生在这里。一张睡了几十年的铁皮旧床，甚至还铺着粗布草垫，环墙满架是文学方面的书，还有朋友、学生的赠书。他很认真，凡别人送的书，都让助手仔细登记、编号、上架。到书多得放不下时，就送到学校为他准备的图书室去。他每天4时即起，就在床边的一张不大的书桌上写作，这是他多年的习惯，人称“北大一盏灯”。等到会客室里客人多时，他就把熟一点的朋友让到这间房里。有一次春节我去看他，碰到教育部长来拜年，一会儿市委副书记又来了，他就很耐心地让我到书房等一会儿，并没有一些大人物借新客来逐旧客走的手段。学校考虑到他年高，尽量减少打扰，就在门上贴了不会客之类的小告示，助手也常出面挡驾。但先生很随和，常主动出来请客人进屋。助手李玉洁女士说：“没办法，你看我们倒成了恶人。”这时你可以尽情地仰观满架的藏书，还可低头细读他写了一半的手稿。他用钢笔，总是写整齐的略显扁一点的小楷。

先生永远是一身中山装，每日三餐粗茶淡饭。他是在24岁那一年，人生可塑可造的年龄留洋的啊，一去十年。以后又一生都在搞外国文学、外语教学、中外文化交流的研究，怎么就没有一点儿洋味呢？近几年基因之说盛行，我想大概是他身上农民子弟的基因使然。他在一篇回忆文章里讲到小时穷得吃不饱饭，给一个亲戚割牛草，送草后磨蹭着等到中午，只为能吃一口玉米饼先生现在仍极为节俭，害怕浪费，厌恶虚荣。每到春节，总有各级官场上的人去看他，送许多大小花篮。他对这总是暗自摇头，我知道先生是最怕虚应故事的。有一年老同学胡乔木邀他同去敦煌，他当然想去，但一想沿途的官场迎送，便婉言谢绝。

后来我去看他，知道他的所好，就专送最土的最实用的东西。一次从香山下来，见到山脚下地摊卖红薯，很干净漂亮的红薯，我就买了一些直接送到病房，他极高兴。他很喜欢我的家乡出的一种“沁州黄”的小米，只能在一片小范围的土地上长，过去是专供皇上的。现在人们有了经营头脑，就打起贡品的招牌，用一种肚大嘴小的青花瓷罐包装。先生吃过米后，却舍不得扔掉罐子，在窗台上摆着，说插花很好看。后来，聊得多了，我还发现一丝微妙，虽同是一批大学者，但他对洋派一些的人物，总是所言不多。

先生原住在北大，房子虽旧，环境却好。门口有一水塘，夏天开满荷花。他有一文专记此事。是他的学生从南方带了一把莲子，他随手扬入池中，一年、两年、三年就渐渐荷叶连连，红花映日。在北大，这处荷花水景有个名字，就叫“季荷”。但 2003 年，就是中国大地“非典”流行那一年，先生病了，年初住进了 301 医院，开始治疗时还回家去住一两次，后来就只好以院为家了。“留得残荷听雨声”，季荷再也没见到它的主人。

先生在医院享受国家领导人的待遇，刚进来时住在聂荣臻元帅曾住过的病房里。我和家人去看他，一切条件都好，但有两条不便。一是病房没有电话（为安静，有意不装）；二是没有一个方便的可移动的小书桌。先生是因腿疾住院的，不能行走、站立，而他看书、写作的习惯却丢不掉。我即开车到玉泉营买了一个有四个小轮的可移动小桌，下可盛书，上可写字。先生笑呵呵地说，这就好了，这就好了。我再去时，小桌上总是堆满书，还有笔和放大镜。后来先生又搬到 301 南院，条件更好一些。许多重要的文章，如悼念巴金、臧克家的文章都是在小桌板上，如小学生那样伏案写成的。他住院四年，竟又写了一本《病榻杂记》。

我去看季老，多是问病或聊天，从不敢谈学问。在我看来他的学问高深莫测，他大学时受教于陈寅恪等国学大师，留德十年，回国后与胡适、傅斯年共事，朋友中有朱光潜、冯友兰、吴晗、任继愈、臧克家，还有胡乔木、乔冠华等。“文革”前他创办并主持北大东语系 20 年。他研究佛教、研究佛经翻译、研究古代印度和西域的各种方言，又和英、德、法、俄等语比较。试想我们现读古汉语已是多么吃力费解，他却去读人家印度还有西域的古语言，还要理规律。

我问先生信不信佛，他很干脆地说："不信。"这让我很吃一惊，中国知识分子从苏东坡到梁漱溟，都把佛学当作自己立身处世规则的一部分，先生却是这样的坚决。他说："我是无神论者。假如是研究一个宗教，结果又信这个教，说明他不是真研究，或者没有研究通。"

我还有一个更外行的问题："季老，您研究的那些外国的古代的学问，总是让人觉得很遥远，对现在的社会有什么用？"他没有正面回答，说："学问，不能拿有用还是无用的标准来衡量，只要精深就行。当年牛顿研究万有引力有什么用？"是的，我从来没有考虑过这个问题，牛顿当时如果只想有用无用，可能早经商发财去了。事实上，所有的科学家在开始研究一个原理时都没有功利主义地问有何用，只要是未知，他就去探寻。研究结果出来后，有没有用，那是后人的事。先生在回答这个问题时的那一份平静，深深地印在我的脑子里。

有一次我带一本新出的梁漱溟的书去见他。他说崇拜梁漱溟，我就乘势问："您还崇拜谁？"他说："并世之人，还有彭德怀。"这又让我吃一惊。一个学者怎么最崇拜的是一个将军。他说："彭德怀在庐山会议上敢说真话，这一点不简单，很可贵。"我又问："接着还有可崇拜的人吗？""没有了。"他又想了一会儿："如果有的话，马寅初算一个。"我没有再问。我知道说真话一直是他心中隐隐的痛。为此他在"文革"结束后又写作出版了《牛棚杂忆》。

当他知道巴金去世时，在病中写了《悼巴老》，特别提到巴老的《真话集》。我看着他，老人端坐在小桌后面的沙发里，挺胸，目光投向窗户一侧的明亮处，两道长长的寿眉从眼睛上方垂下来，那样深沉慈祥，前额刻着的皱纹、嘴角处的棱线，连同身上那件特有的病袍，显出几分威严。我想起先生对自己概括的一个字"犟"，这一点他和彭总、马老是相通的。不知怎么，我脑子里又飞快地联想到先生的另一个形象。一次在大会堂开一个关于古籍整理的座谈会，任继愈老先生讲了一个故事：说北京图书馆的善本只限定一定资格的学者才能借阅。季先生带的研究生要查阅，但无资格。先生就亲自到北图借出书来让学生读他端坐一旁等着，如一幅寿者课童图……

现在我翻着先生的著作，回忆着与他无数次的见面，渐渐地与他端坐病室的身影叠加起来，历史就这样洗磨出一位百岁老人，一个经历了由清朝至民国至中华人民共和国，后又经历了"文革"和改革开放的中国知识分子的形象这形象正如一面百年的明镜，可以照出百年来国家民族的命运，也可以照见我们自己的人生。

（本文原题为《百年明镜季羡老

原载《新华文摘》2009年第18

我心中的秦牧

林　非

每一回跟秦牧相遇时，我总觉得自己是站在一座巍峨的高塔旁边。他结实和阔宽的身躯，挺立得多么硬朗，而昂扬着的头颅，却笑得这样温柔，还眯着长长的眼睛，抿着厚厚的嘴唇，纯朴地张望着纷纭的人世。这样坚强和善良的人，怎么就会死了呢？我实在难以相信命运竟会如此的残忍！

在我的印象中间，秦牧并不是一个喜欢侃侃而谈的人，不过他这亲切的目光，这和气的脸颊，总使我感到了一种鼓励和温馨。记得多次的晤会，他总是议论着自己心爱的散文，还询问我在写些什么？在这么简短的问话里面，蕴藏着多少关怀和期望，因此就深深地打动了我的心。有时候当我默默地坐在夜半的灯光底下，竟也会想起他炯炯闪亮的眼睛，像是增添了自己面前这盏灯光的亮度，觉得自己是应该勤快地写一点什么。

前年初夏，秦牧在寄给我的一封信中，说是“希望有一天能在广州接待你”，当时看完之后，还不知道这句话是什么含意，总觉得是来日方长的事儿，今后肯定还会有许多见到他的机会，也就没有记在心里。很快就到了秋高气爽的季节，有几位朋友替我买好火车票。想结伴去攀登五台山，看看密密匝匝的寺庙，听听晨钟暮鼓的袅袅余音，想涅槃境界和普度众生的奥秘，也许是很有意思的吧。却突然接到广州一位朋友打来的长途电话，说是他们那儿将要举行贺秦牧创作五十周年的讨论会，他受秦牧的委托热情地邀请我一定前往参加。这种充满了知音之感的相约，是绝对不能够推辞的，何况我也很想听听来自国各地的学者，是怎样评论他散文的，好增加自己的知识和修养，这比起漫高山上的寺庙来，或许更会有无穷的情趣，于是就退掉火车票，跟朋友们告了假，匆匆地飞往广州去了。

在那个开得很隆重的会议上，我记得最深切的是，秦牧所作《答谢和自白》中的这几句话，“我最厌恶的是：恃势凌人，作威作福；我对不幸的理解是：甘于当奴隶。”朗读到这儿时，在他柔和的眼睛里，突然射出了严峻的光芒，似乎要抑止自己激动的情绪，稍微停顿了片刻。我的眼光掠过前面座位上不少作家的头顶，瞧着他十分庄重的神情，心里好像被一种强烈的呼号震颤着，还很庆幸地觉得，当天下午我即将发言的讲稿，跟他这种洋溢着正义感的追求完全合拍，我认为他具有“思想家的气质、品格和探索精神”，认为他通过自己的散文创作，“企图树立一种健康和合理的文化气氛”，于是心里像燃起了一团火，浑身都迸涌着灼热的情绪。

当秦牧接着朗读这篇讲稿时，我始终在紧紧地盯住他充满神往的表情，于是这位追求着人类崇高理想的散文家，在我的脑海中不住地升腾起来，我像是跟随他一起攀上寒冷的五台山，抑或是旁的什么崇山峻岭，在飘扬着白云和雪花的峰峦，俯视着峡谷中葱茏的树林，他指点着山坳里小巧玲珑的房屋，还跟我倾诉了一个动人的故事。

在节奏很急促的讨论会上，我瞅见秦牧始终是默默地坐着，倾听着不少比他年轻得多的学者讲话，有时还伸出手指，轻轻敲着自己隆起的前额，有时又抬起头，睁着眼，像是在深长地思索，一会儿又低下头，很迅捷地往小本子上记着什么。他听得多么认真，多么乐于考虑大家的意见，也许正是这种谦逊的精神，使他通向了散文大师的坐标。我忽然幻想着他的少年时代，是不是曾踯躅于南海之滨的沙滩中间，喜悦地拾掇着许多细小的贝壳，一起都灌在自己口袋里。

在秦牧的热心倡议之下，我们好几名从北方来的作家，由会议的东道主陪着去参观深圳和珠海。出发的前夕，他高高兴兴地跟我说，这一回实在太紧张和忙碌了，以后前来广州时，再到他家里去畅叙，接着就递给我一盒精致的乌龙茶，说是北京已经凉风飒飒了，广东却还是赤日炎炎，一路上多喝点茶，可以消暑和提神；还送我一瓶新加坡出品的驱风油，说是万一在路途中热得头晕脑眩，可以擦上一点儿。瞧着他多么慈祥的眼光，我心里激动得几乎想要哭了

这令人尊敬的长者，这是过了天涯海角的人，这攀登着散文高峰的人，原来也会这样细心地想到过旅行中的琐事。我忽然又想起他那天发言时庄严的情，更感到人生实在是很有趣的，它有着多么丰盈和美好的情韵。

我紧紧握住他的双手，祝贺他健康长寿，盼望着不断读到他的新篇，他点头笑了。我打量着他像宝塔那样挺直的身躯，猜想他就是活到九十多岁的

龄，大约也会很矫健地走路的。像他这样奋发有为和热忱厚道的人，确实应该更长久地活着，因为他的生命更充满了强烈和实在的意义。哪里会想得到这一回欢乐的聚会，竟成了谜似的永诀，冥冥的命运为何会如此变幻莫测呢？

去年夏天，我从香港北归，恰逢旅行的旺季，很难购得回到北京的飞机票，就决定先去广州，在那儿盘桓数日，正好可以践约去访问秦牧，还认认真真地拟好了十个问题，像“在您的人生历程中，有哪些事情至今还使您欢乐，忧伤成思索不已？”“您的生活理想和审美追求是什么？”“能不能告诉我，您的爱情与家庭生活，和自己的创作有哪些关系？”后来因为有朋友帮忙买到了直达北京的飞机票，就并未实现访问他的愿望，当然也无法听到他肯定会是迷人的答案了。

今晚我握管疾书时，夜色已经很浓了，窗外黑黝黝的，静悄悄的，旷野里的冷风轻轻地敲打着窗户，似乎无人去理睬它，因为大家都已经休憩了。我依旧清醒地坐在桌前，想象着秦牧高耸的背影，正在急忙地往前移动，我不能不执拗地疑惑着，他真的已经离开人间了吗？

我记起了有一个阳光明媚的白昼，坐在他府上宽敞的客厅里，听着他笑嘻嘻地说话，一面还瞧见窗外盛开着鲜花的阳台，好像跟对面邻居的屋子离得非常近。他夫人紫风正跟那边的妇人说话，好像是谈起他最近的工作，分明听到紫风清脆的话音，充满对他的柔情，散发出一种刻骨铭心的爱。这多么开朗和愉悦的声响，竟像汩汩的流水那样，跟他的笑声淌在一起了。

此时的广州，还满天都照耀着明亮的灯火吧，紫风会有多少个不眠的夜，在灯光下悲恸地悼念着亲人。死亡是永恒的悲剧，确乎是无法避免的，不过对于秦牧来说，也实在降临得太早了。值得安慰的是，他已经为这人间献出了许多真诚、智慧和美丽的散文，他将许久许久地活在多少读者的心里。

1992 年 10 月 18 日深夜

原载《中国作家》1993 年第 1 期

漫话漫画家

王充闾

一

上世纪九十年代初，德高望重、深受广大读者爱戴的漫画大家华君武先生到沈阳来，我有幸陪同他观看了两场足球赛。渐渐熟识了之后，在餐桌上，大家七嘴八舌地唠起了他的漫画。

一位与他相识四十余年的老同志，说起了他的《磨好刀再杀》。1947 年，解放战争节节胜利，蒋介石采取两面派手段，一面抛出“和平方案”以迷惑人民，一面积极备战。君武同志用简洁生动的画面深刻反映了这一复杂的历史事实。漫画中蒋介石脚穿美国大兵皮靴，头上罩着美式船形帽，高颧骨、小胡子，眼里射出凶光，太阳穴上贴着一块四方形的黑色膏药，既突出其混迹于旧上海的身份、特色，又暗示他天天打败仗，无时无刻不在头痛。漫画发表在东北日报上，人们争相传看。在街头一些启事栏上，甚至在路边的电线杆上，都张贴着这幅漫画，一时间，成了人们茶余饭后谈论的话题。国民党当局十分恼火。当时，破获了一个国民党的地下特务组织，发现一份暗杀名单，其中就有华君武的名字，罪名是“侮辱领袖”。于是，他所在的东北日报社特意给他配备一支手枪，以防不测。

华老听着，不住地点头微笑，似乎又回到了当年岁月中去，深情地说：“我很怀念哈尔滨那段生活，总是留恋秋林的里道斯香肠，还有风味可口的大列巴、酸黄瓜、鱼子酱、红菜汤。和你们这桌丰盛的晚餐没法比了，可是，像年轻人的初恋一样，永生难忘。”

席间，一位年轻人说，华老漫画中最有趣味的，是讽刺八十年代买什么东西都要搭配：一个老头儿手里拎着蔬菜，背上还驮着个人，嘴里叨咕着：“买点青菜，店里非搭配一个经理不可。”

华老转向在座的两位中年朋友，并附带问了身份、职业。那位体育局的女干部，说她看过一幅《误人青春——送给离题万里的发言》，很有警示意义。另一位是报社记者，他最喜欢华老刊发在《光明日报·东风》副刊上的漫画：《科学分工》——两个人吹笛子，一个人按眼儿，一个人吹；还有《曹雪芹提抗议》——“你研究我有几根白头发干什么？”

那天，我坐在华老身旁，发现他兴致很浓地听大家讲述，没顾上动筷夹菜，便用公筷送给他一块鳕鱼，两条竹笋，看着他吃下去，便说：我是他的“铁杆粉丝”，只要能看到他的漫画，一幅都不肯漏。他问我喜欢哪一类的，我说，印象最深的还是那些内部讽刺画，忘记是在哪本杂志上看到的，三十年代一幅反映小市民生活的漫画：一个人站在马路上，抬头看一座大楼顶上，接着，又来了两个人，也停下来好奇地往上望，结果，马路上所有的人纷纷奔走相告，一起抬头望着那个地方，仿佛那里发生了什么大事。可到后来，最早往上看的那个人若无其事地走开了，大伙儿谁也说不清楚究竟为什么都这么看。我说，这种集体无意识、群体性的盲目心态，至今仍然存在。作品具有哲理思维，又带典型性。

这时有人插言：说有一幅讽刺戒烟的，一个人把烟斗从楼上扔下去，立刻就后悔了，飞快地跑到楼下，伸出手去把烟斗接住了。构思太巧妙了，怎么想得出来呢？华老笑说，这是依据延安时期的一个真人实事，那个同志把烟斗扔到了山下，画的时候，为了增强效果，把山下改成了楼下。他说：“其实我自己就是一个烟民，从前多次尝试戒烟，都因为下不了决心，宣告失败；直到六十四岁那年，因为咳嗽得太厉害，才算把烟戒掉了。漫画带有自嘲性质。”

二

听说华老酒量可观，第二次聚餐时，有人向他敬酒。华老说，他过去确实喜欢喝酒，喝多了还曾行为失控，出过洋相。——“在延安时，有一次，冼星海要到城里去指挥一个音乐会，可我喝过量了，硬是拉住他不放，说什么也不让他走，还把他怀里揣的指挥棒拽出来，挥舞着，指挥冼星海唱歌。弄得影响很不好。从那以后，我牢牢记取了醉酒的教训，喝酒格外节制。”

提到往事了，大家的兴趣更浓。有人询问：“听说您的漫画很受中央领导同志的欣赏。”华老顾自进餐，笑而不答。我说，华老画过一幅《永不走路，永不摔跤》，以一个裹在襁褓里戴着干部帽的小老头形象，讽刺那些因为怕犯错误而宁愿少做甚至不做工作的干部。在1962年党的八届十中全会上，被作为会议文件的附件印发给与会同志。毛主席曾在附有这张漫画的文件上批了八个字：“有了错误，改了就好”。还曾针对某高校批判《兵车行》宣扬和平主义，华老画了一幅《杜甫检讨》。听说，漫画刊出后，周总理看了，不禁哈哈大笑。

这时，华老搭话了，说延安时期，他和张谔、蔡若虹办了个三人讽刺漫画展，毛主席很感兴趣，一幅幅地看得很仔细。有的没有弄明白什么意思，就请画家做些解释。看完后，他们请“主席批评”，毛主席只说了一句话：“漫画还要发展。”对其中的含义，当时似懂非懂。半年过后，毛主席请他们三个人吃饭。他们来到枣园，见饭桌上有一盘生煸青辣椒，华君武就问：“外面传说，主席连吃西瓜都要就辣椒，有没有这回事？”毛主席听过，笑了起来，说：“那是长征队伍到了甘肃，在一个村子吃饭，桌子上也有一盘辣椒。正吃着，外面又送上来切好的西瓜。我就一边吃西瓜，一边吃辣椒。可能就这样传出去了。”针对华君武画过讽刺延安植树只栽不管的漫画，毛主席说：“批评延安植树管理不好是应该的。但是，延安很大，究竟是哪个地方管得不好，应该说明，比如王家坪（当时八路军总部所在地）植树不好，就应该写上王家坪的名字，否则就变成整个延安植树都不好了。”而后，毛主席又讲了个别与一般、局部与全局的关系。经过长时期的创作实践，他深刻认识到这番话的伟大指导意义，这使他在尔后几十年的漫画创作，减少了片面性错误。“文革”期间，造反派抓住这件事，作为一条罪状，说他在延安期间就和毛主席对着干。

华老谈话，幽默生动，令人忍俊不禁。他说：“我们画漫画的和动物学家，都需要观察动物，可是，观察的角度和着眼点不一样。我观察动物，习惯按照人的心情去推测动物的心情。我常常在住的院子里观察一群猫的活动，它们围在一起，坐在那里，煞有介事的。我就琢磨：它们到底在干什么？观察了好一阵子，终于发现它们原来是在开会议事。因为我想到，我们——人，就是常常以这种形式开会的。”“一个漫画家上街，和普通人不一样。普通人上街逛逛买点日用品，就完成任务；漫画家则要用漫画的眼睛去观察、体验、分析人和事。我身上经常带着一个小本子，有所感触就及时记下来。记下这些东西，有的可以成画，有的虽一时不能成画，却可以帮助思索，有朝一日也可以用上。这个记事本对我的漫画创作有很大的好处。”有这样一个实例：他到火车站送人时有所感悟，便在他的小本子上记下两个字“送行”。过了些天，《车站送行有感》的漫画就出来了，画面上，车窗里的人向站台上的人挥舞着帽子，站台上的人也面向车内的人挥手。旁边题了一首打油诗：“里面直挥帽，外边频摆手我说请回吧，他说再来游。其实都在想，就盼车快走。”

华老的日常生活，也饶有风趣。“文革”中下放到天津一个农场养猪种菜。他苦中作乐，为了给猪挠痒痒，特意做了个小挠爬，天天使用。那些猪一见他过来了，立刻自动排成一排，等着他给挠痒。前两年，画家杨之光给他画了一幅头像。他十分喜欢，随手题写了一首打油诗：“女大十八变，变成一枝花。人老也要化，化得皱巴巴。朽木不可雕，顿悟辩证法。”

三

华老是名副其实的德艺双馨的艺术家，不仅创作成果辉煌，艺术精湛，构思巧妙，内涵深刻，画面简洁，风格独特，妙趣横生，成为国内首屈一指的大漫画家，而且，以其优秀的品德、高尚的人格、强烈的社会责任感，为文艺界树立了榜样。作为新中国美术界的一位领军人物，他毕生站在时代潮流的前面，引领广大漫画家沿着“大众化、民族化”的艺术道路健康地向前发展。

他的作品尖锐、辛辣、深刻，一针见血；而为人却谦虚谨慎，不尚虚华，热诚真挚，光明磊落。阅读他的传记，留给我印象最深的，有这样两个情节：一是力辞“大师”称号，痛斥沽名钓誉的不良风气；二是襟怀坦白，勇于认错，绝不讳疾忌医。这两个方面，对于当前激浊扬清、补偏救弊、端正不良的社会风气，都有强烈的针对性和鲜明的现实意义。

1990 年 5 月，华君武先生在杭州举办漫画创作六十周年回顾展，开幕式上，一向谢绝各种应酬、深居简出的美术界泰斗、著名画家叶浅予先生，代表全国美协发表了热情洋溢的讲话，以“漫画大师”许之。当时有位女记者要把这番话报道出去，华老没有同意。他说：“叶老过奖了。我不太同意‘大师’的提法。因为大师一个国家只能有几个人，我也不够大师的条件。时下大师成风，阿猫、阿狗都可算大师，大师提滥了。我看不如用‘漫画大家’的提法更恰当。”后来，还曾给一位称他为“幽默大师”的画家朋友寄信，说：“用了‘幽默大师’就有点不幽默了。大师不是帽子，不是议价，不是奉承，大师是很少的，甚至现在还没有出现。可惜在我们社会上已经不值钱了，随便就可以给别人以大师美称。你是搞漫画的，应该对这种现象加以针砭。”表现得十分清醒，低调，客观。他的职衔很多，曾经获得过许多全国艺术、美术机构最高规格的奖项，但他在自传、文章、简历中从不提及，名片上只有他亲笔题写的“华君武”三个字，再加个电话号码，其余一片空白。

华老在生命途程的最后三十年里，除了画画，还经常做一件自认是十分重要的事，就是反复道歉。“文革”中他遭受过残酷的批斗，而在“左”风盛炽的年月，他也曾以漫画形式伤害过一些同志和朋友，像胡风、丁玲、艾青、萧乾等。他曾画一幅《一本书主义》，批判丁玲同志在小说《太阳照在桑干河上》获奖后，翘尾巴。“文革”结束后，他最早在公开场合赔礼道歉。三十年间，有人统计过，他在各种场合至少公开道歉过三十次。每次举办画展，华老都要结合创作实践进行反思，悔恨自己不该“皂白不分”，对那些被错误批判的同志“落井下石”。他说，我们每一个人都应该在历史面前对自己做过的错事承担责任。

对于文化名人是如此，涉及到普通民众也不例外。2000年，他到山东参加一个展览，会后执意要去曲阜陈庄。原来，当年他曾在那里搞过“四清”。一位生产大队长因为多喝了一碗片儿汤，被定性为“多吃多占”，受到了批判、撤职。这件事他始终记在心上，坚持要找到当事人当面道歉。在场的好多人都加以劝阻；有的说，这个大队长年龄比您还大，估计早已不在人世了。但华老表示，即便本人不在了，也要向他的后人道歉。最后，还是冒着大雨来到陈庄，幸好这位九十多岁的老人还健在。当人们看到八十五高龄的大画家真诚地向老农民赔礼道歉的情景，无不为之感动。

华老以九五高龄辞世，离开我们已经几年了。可是，每当忆起相聚时他的音容笑貌，依稀犹在目前。相信这位慈详的长者——伟大的艺术家，会永远活在广大读者的心中。

原载《黄河文学》2020年第12期

红霞一抹乘云去

李存葆

2005年炎夏，我躲进济南灵岩寺旁的部队招待所里写作。一天，中国作协一朋友电话中告诉我，白羽将于国庆节前乔迁新居。他还说，为白羽老的住房之事，作协党组于7月11日向国务院写了报告，温家宝同志在7月13日就亲笔作了批示。事情解决之快，足见温家宝同志对老一辈作家的关心。白羽老住在王府井附近红霞公寓的一单元房里，这栋楼为上个世纪三年困难时期所建。在当今高宇广厦林立的京都，早已显得老化而陈旧。红霞公寓坐东面西，白羽老又住在楼顶端七层，夏热冬冷。2000年前后，总政领导就曾关心过白羽老的住房问题，数次动员他搬进一栋他该享受的专为大军区副职新建的宽敞的寓所里，但白羽老总是婉言谢绝。他曾私下对我说，搬进设有岗哨的住所里，会给来访的客人造成诸多不便，他已习惯了住地方上的房子。2002年后，白羽坐进轮椅，因红霞公寓的电梯过于狭窄，轮椅放进，便很难再让服务人员容身。近年来，在朋友们的劝说下，他这才动了搬迁的念头。

然而，人世间最难求解的是命运的方程。8月24日晚，我忽接白羽秘书小汪的电话，说老人起床时不慎跌了一跤，造成脑颅出血，送至医院抢救无效而逝世。白羽虽年已八秩晋九，但闻此噩耗，我还是不敢相信自己的耳朵。两个月前，我去拜望他时，他还应报刊之约，正在赶写几篇纪念抗战胜利六十周年的文章……但从小汪那悲戚沙哑的话语里，我不得不接受这样一个严酷的现实：我所敬重的白羽老走了，真的离开红霞公寓远行了。

我在青少年时代，就十分喜欢白羽的散文。1975年，刚从监狱中“解放”来的白羽，从地方重返总政文化部工作。这时，我已是济南军区文工团的创作员了。在几次全军性的创作会议上，我从远处望着白羽，他那魁梧的身材，配上整齐的戎装，显得气宇轩昂，不怒而威。我与白羽近距离交往，始于 1983 年初。时年已六十有七的白羽，刚从总政文化部长的位置上退了下来。

当时，我的拙作《高山下的花环》发表不久，冯牧老邀谢晋与我赴京，商讨电影改编事宜。某日晚，总政文艺处的张澄寰同志电话告我，说白羽要找我当面谈话。老实说，我当时心情有些紧张。因为我听文学界的年轻朋友说，白羽的文艺思想有点儿“左”，怕自己的作品难以让他完全接受。次日晨，我第一次走入红霞公寓，坐进白羽家那仅有十平方米左右的会客室中。这次谈话主要是他讲我听，从上午八时许，一直谈到午饭时分。令我意想不到的是，白羽不仅从政治上充分肯定了我的作品，而且还告诉我，只有思想再解放一些，军事文学才能获得更大的突破。谈话结束时，白羽的夫人汪琦对澄寰和我说，饭已备好。餐桌上，有几样炒菜和茅台酒，烤鸭是汪琦同志从聚丰德预定后送来的。这次谈话和挽留就餐，使我觉得，望之俨然的白羽，即之也温。

前几年，两位曾在“四野”战斗过的老军人，与我谈及白羽时说，当时在东北战场上，盛传着这样的话：“刘白羽出现在哪个部队，哪个部队就要打硬仗，打恶仗。”我觉得，晚年的白羽在文学创作中，仍像当年那个在战场上衔枚急进的猛士。白羽晚年的几部主要作品，大都是在山东或写出初稿或最后完成的。长篇传记文学《大海——朱德同志》、长篇小说《第二个太阳》，是他于 1985 和 1986 年先后在部队青岛第一疗养院写就的；洋洋九十万言的《心灵的历程》，是他于 1992 年夏秋之间，在威海、烟台两地成篇的。这期间，我在济南军区政治部创作室工作。论公谊，白羽与我是隔了好几层的上下级；论私交，我是晚辈，他是令人钦敬的长者。在白羽这三次赴鲁时，每当接到他秘书提前打来的电话，我自会郑重其事地报告给军区领导，也当会义不容辞地去打前站。白羽多次跟我说，他要写的东西很多很多，每个小时都要计算一下该怎么用。我知道，他人生的最好时光，是在战场上、文学领导岗位上和“文革”时期的监狱里度过的。虽说世界上没有任何人能制造一口钟，去把逝去的时光敲回来，但时间的大钟上，却写有这样两个字，那就是“现在”。白羽所以三度潜身山东，就是想用手中的笔，去战胜时光的蛀蚀，把那逝去的岁月挽回来。

命运之神似乎要彻底试探一下把文学作为暮年生命方式的白羽的毅力、耐力和承受力。当年在东北战场上，他从疾驰的战马上摔下，腰椎曾受过伤。那时没当回事儿，可到了晚年，腰疾常发作，有时竟使他不能伏案。1992 年前后白羽又不慎摔倒过三次，其中有两次摔伤了头部，一动脑子头就疼得厉害。然而，从 1994 年起，他又开始了《风风雨雨太平洋》的创作。初时拿起笔来，就颤抖，他仍坚持每天至少写五百字，终于1998年岁尾，将这部近百万言的大作杀青。过了火焰山的人不会惧怕再走盘丝洞。2002年冬天，白羽患了带状疱疹，睡不好，吃不好，坐卧难宁。两个月病愈后，白羽扔下拐杖，坐进了轮椅。这是因为这位已进入耄耋高龄的作家，因长期伏案写作，双腿活动过少，已不堪支撑身躯所致。即使坐在轮椅上，白羽老人手中的笔，也没停下，仍不间断地写散文、随笔。他2004年出版的近二十万字的《凝思集》中，有不少篇什，就是坐上轮椅之后完成的。他的秘书小汪告诉我，白羽老在送往医院逝世之前，他的案桌上，还铺着稿纸。我粗略计算了一下，白羽从离休到逝世的这二十二年里，共写了近三百万字的作品。晚年的白羽，痴迷文学，一心皈依，可谓是杜鹃啼血，春蚕抽丝，燃薪为烬，委身成泥。

面对当今这物欲横流一尺尺进逼、人类精神一寸寸退缩的世界，一个人能否以正大立志，以光明行事，终不为物欲的诱惑而易其所守，常常是衡量其灵魂大小的天平。晚年的白羽，就是个守志不挠、洁身自好的老人。我曾多次走进红霞公寓，发现他家的陈设几乎是二十余年一贯制：家具、桌椅仍是上个世纪五六十年代的，家用电器也未能随时代的发展而更新。除了墙上挂着的称得上大师级书画家们所赠的墨迹，以及书架上那丰厚的藏书，在证明着主人的学养和雅趣外，一切都与白羽的资历、地位和名望很不相称。他家中的摆设，甚至连富裕地区的村级干部都不如。白羽的草书写得颇见功力，以他的名望，即使信手写百余幅书法，索得几宗润笔费，营造一个阔绰、舒适的“安乐窝”，当会如鹰拿燕雀般容易。在这个不少人以奢靡为荣的年代，白羽仍以俭素为美。凡能俭于己者，必不妄取于人。白羽曾当过七年的总政文化部长，手握着全军购买文化娱乐器材及书籍的巨额资金，文化部下属几个师级单位干部的升迁，也需取得他的首肯。白羽于这个岗位上，在做出那么多繁荣军事文学和加强军队文化建设的重大决策中，也许会说过几句错话，但有谁听说过他收过礼，受过贿，拿过回扣，以权谋过私！

白羽老离休后三度赴鲁写作时，接待方虽热情周到地安排他的起居，但他仍是轻车简从，在生活上处处严格要求自己。他两次去青岛时，我颇为放心。因青岛一疗毕竟是接待大军区级领导的疗养院，生活环境及医疗保证，自不待言。当他提出到威海时，我却犯了难。在威海市区，只有威海军分区属济南部队所辖，分区招待所在海边新建的六栋小别墅，环境虽好，软件却差。当我实地观察了一番后，电话上劝白羽，让他只住烟台，不去威海。白羽说威海他一定要去，只要每天能看到大海就足矣。当时的分区司令员是我的朋友，听说白羽老要来威海，喜出望外。他说天下谁人不知道刘白羽，他来写作是威海分区的光荣。这位司令当即拍板，给白羽老专配一个炊事员，并派一个保健医生。白羽与夫人汪琦及助手到了威海，白羽竟坚意拒绝给他专配医生和炊事员。因小楼距招待所的餐厅较远，在我一再劝说下，他才同意只留下炊事员，让医生走了。在威海住了一个多月后，白羽一行又来到烟台。烟台警备区在临海的烟台山下，有一招待所，内有几栋独门独院的小洋楼，可接待高级领导干部和重要客人。虽时在旅游旺季，警备区还是为白羽预留下了一栋小楼。谁知，白羽到后不顾警备区领导的劝阻，执意住进了招待师团级干部的大楼里。他说他下来是写作的，住的时间又长，留下好房子，可多给部队创点儿收……

山东沿海地区，酷爱名家字画。白羽老无论是在青岛、威海还是烟台，凡有求字者，不论是官员还是服务员，他总是有求必应，且分文不取，从不摆大作家的架子。还令我感动的是，我每次给他打好前站，他入住后即催我返回，说咱们都是作家，占用你的时间已是于心不忍。而我也怕打扰白羽的写作，总是来去匆匆。

情感是人的一切努力和创造背后的不可或缺的内驱力。对作家来说，情感的衰退会使其作品黯然失色。当我一次次走近晚年的白羽，方觉得表面上看似有些古板、不苟言笑的他，胸膛里竟翻卷着一个情感的海。

1994 年春节前夕，白羽夫人汪琦在给前来贺岁的客人斟茶时，因心脏病猝发未及抢救便过世。白羽与也是记者出身的汪琦，是于 1940 年在延安结为伉俪的。在长达半个多世纪的岁月里，夫妻俩同甘共苦，相敬如宾；到了晚年，老夫老妻，更是相濡以沫，相呴以湿。秘书小汪在事发的第二天，便在电话中告诉我，汪琦突然倒下后，白羽老人曾口对口地为汪琦喂药，当看到再也无法将逝者呼唤回来时，白羽老抚尸大恸，哭得呼天抢地。小汪特别叮嘱我，给刘老电话拜年时，千万别提汪琦阿姨……春节过后，我在赴京参加全国政协会期间，抽暇去探望白羽。对坐相望，我不知该怎样去安慰这形单影只、面容也憔悴了许多的老人。良久，白羽老哽咽着道了声“汪琦她……”便抽抽噎噎地哭了起来。这是我第一次看到刚毅坚强的白羽在流泪。直到白羽老谢世之前，汪琦的先他而去，一直是老人心中抹不去的痛点，友人们都不忍在他面前提及汪琦的名字。

如果说施恩图报是一种小人情结，那么知恩必报则是君子情愫。白羽一生经历了那么多大悲大欢，冷暖苦甜，青眼白眼，红脸黑脸，他竟很少在我面前诉说，但有一桩事，他却给我讲过多次。白羽从青年时代起，就养成了写日记的习惯，对生活、战斗中的感人情节和细节，也常记录下来，什袭而藏。“文革”初始，白羽的家遭到彻底查抄，他的两大皮箱日记和笔记，也不知去向这些日记和笔记，无疑是白羽日后创作的珍中之珍。在监狱中，蚊虫的叮咬，肉体的折磨，白羽都能苦撑苦熬，但一想起日记和笔记的丢失，便五内俱焚。他出狱时，精神近乎痴呆。在他回家的次日下午，有两位军人登门而至，将那两个大皮箱“完璧归赵”。这两位军人，在白羽入狱后期，是“刘白羽专案组”的成员。他俩都曾是三十八军的战士。在东北战场上，白羽曾跟随他们的所在连队战斗过。那时，他们就非常爱读白羽的文章。日记、笔记的失而复归，使白羽深感战火中产生的情谊，是那样弥足珍贵。他曾动情地对我说，对这两位军人的隆情厚意，他会没齿不忘。秀才人情纸半张。后来，白羽不仅给这两位老军人写下条幅相赠，且每有新书出版，也总是在扉页上写下感激之言，寄给他们。

乡土情结是人类通有的情感。故土如同胎记，常常深嵌在人的肌肤上。一个人如果说连故乡都不爱，遑论爱国爱民。生于北京通县的白羽，祖籍为山东青州。他曾对我说过，从他祖父算起，离开青州已达百年，在他有生之年，一定要回青州看看，去寻根问祖。1992 年秋，白羽在威海、烟台写完《心灵的历程》后，如愿以偿地来到了他心仪已久的故乡。在有情人眼中，无物不情。青州的山，青州的水，青州的古迹，青州的建筑，青州的一草一木以及那迷人的荷花桥，在白羽老人眼中无不充满诗情画意。他不时赞叹道，这样的古城国内很少见，比西欧一些国家的古城还要精致，故乡的美比他想象的不知要好多少倍。两天游览之后，他诗兴勃发，挥毫写下七律——《七十六岁返故里抒怀》：

风雨九州拜古城，
百年难忘故乡情。
元戎笳韵飞苍野，
居士黄花送晚晴。
五里荷香千日醉，
一天岚影万山青。
峥嵘放眼从今看，
大浪雄滔万里程。

古为九州之一的青州，文化遗存甚为丰厚。在载入青州史册的众多历史名人中，尤以范仲淹和李清照，最令青州人引以为豪。范仲淹曾在青州任过知府，是当地父老口碑载道的大清官。这位“先忧后乐”的北宋名臣，在镇守西部边陲时，曾写下著名的《渔家傲》一词，中有“四面边声连角起”句，白羽诗中

"元戎笳韵"指的就是这首范词。号为"易安居士"的李清照，曾在青州居住过十几年，她那"人比黄花瘦"的不朽佳句，是在青州时吟出的。白羽诗中的"居士黄花"，即是借此抒怀。赏读白羽这首诗，我们会深切地感受到，作为游子的白羽，对于乡梓的挚爱与祝福的情感，是多么浓烈！

人们常说："老人是第二次的儿童。"童真，常常是作家的利器，也是作家同情心、惊异力、想象力的酵母。记得那是《心灵的历程》出版后的一个夏日，我去探望白羽，见他一反常态，眉里眼里都是笑。我忍不住问他为何这么高兴，他言道，巴老从收音机里听完《心灵的历程》，刚从杭州打来电话，说"感动得很，感动得很"！我知道，白羽对巴老一向十分敬重，两人的友谊很深。白羽于 1937 年出版的第一本小说集《草原上》，就是巴金主编的。白羽一向将巴老视为他走向文学道路的领路人之一。此时此刻，历来矜持而稳重的白羽，真好像一个孩童的作业让老师用红笔打了个一百分一样地天真与欢乐。白羽在青州访寻故里时，我也曾看到过他像孩童一样烂漫的笑容。那天，白羽游云门山时，青州一中的一群中学生，正在松林中排练迎接校庆的节目。一听说白羽来了，便凫趋雀跃地围了上来。这个说，我喜欢刘爷爷的《日出》，那个说，她喜欢刘爷爷的《长江三峡》(即《长江三日》)。有一位教高中语文的教师，十分钦敬地说，她是读着《长江三日》长大的，现在又在课堂上教《长江三峡》。当一个初一的女生，将自己脖子上的红领巾取下系到白羽的颈上，并郑重地向白羽行了个少先队礼时，白羽那布满皱纹的额头，仿佛一下被熨平了。那发自人的天性里的灿烂的笑，就像山泉欢快地流出大山一样自然……

白羽是当代军事文学中歌大江东去，咏金戈铁马的杰出代表人物。我在与晚年白羽的交往中，深感他知识面广，美学准备充分。他曾对我说，在未走向社会前，《红楼梦》他就读过十几遍。他还告诉我，读唐诗他从不读这样那样的选本，读的是《全唐诗》。因为再好的选本亦有选家的喜好和偏爱。早在 1962 年，白羽用蝇头小楷，工工整整地抄录了他喜爱的一千多首唐诗，他的这个抄本，前几年已被华艺出版社影印出版。白羽对西方文艺复兴以来的小说、音乐、绘画、雕塑等等，也曾广为涉猎，并在品赏、咀嚼中，化为他自己的学养。白羽老还告诉我，一个作家风格的形成，既离不开他的学识，更离不开他的人生阅历。他说他年轻时喜欢的是"东篱把酒黄昏后，有暗香盈袖"那种婉约派作家的作品，是血与火的战争，才使得他钟情于豪放美和悲壮美。从这些交谈中，我觉得，是战争这个雕塑大师，造就了白羽的人品和文品，才使得他用自己生命的光焰，为中国当代军事文学增添了辉煌。

少犯错误是做人的准则，没有过失则是天使的梦想。现在回过头来看，历次政治运动中，不少同志的过失，常常是在本该说“不”的时候，却说了“是”。晚年的白羽曾多次对友人和我说过，他这一生既犯过“左”的错误，也犯过右的错误。特别是在反右时，他曾伤害过一些作家。应该说，1957 年那场反右斗争，是一批知识文化界的精英，以透明的人格，以敢于进谏的无畏，面对错误的发动对象，才在所谓“大鸣大放”中，扮演了悲剧性的角色的。当时，新中国各项事业蒸蒸日上，党在群众中的威望如日中天。组织观念历来很强且对党的指示一贯执行坚决的白羽，时任中国作协党组副书记。在反右中，白羽也曾贯彻过上级领导的意图。老一代的文艺界人士都知道，“文革”初期，江青曾破口大骂“刘白羽是叛徒”，并将白羽投进监狱，一蹲就是七年，白羽也是极左路线的受害者。

2000 年，老作家徐光耀出版了十几万言的《昨夜西风凋碧树》一书。先我读到“昨夜”的一文友告诉我，光耀在书中，以几万字的篇幅，翔实地记述了他被打成右派的前因后果，对当时文学界的一些大作家、大名家在反右中的表现，均用史笔点名道姓地一一勾勒，其中也提到了白羽。时年白羽已八十有四，我担心老人难以承受这突如其来的刺激。我忙找来“昨夜”细读，感到光耀这部记述他人生经历和文学生涯的作品，写得真实、生动、凝练，很是感人，且具有自我剖析的精神。反右时，光耀是总政文化部的专业作家，他被打成右派与白羽并没有直接关系。光耀曾在丁玲主持的文学讲习所学习过，也曾在陈企霞任文学系主任的华北联大就读过。在所谓“丁、陈反党集团”被揭出两年后的反右中，中国作协党组曾给光耀发一公函，调查证实别人揭发出来的一些关于丁、陈的问题……“昨夜”中，只有三次很客观地提到白羽，比起光耀对当时就享誉全国的一些名家在反右中的过激言行的详细记述，反而显得有些轻描淡写。读罢“昨夜”，我觉得这之前对白羽的担心，也许是多余的。时隔不久，我在《文艺报》上，同时读到白羽给光耀的信和光耀复白羽的函。白羽信中，不仅把光耀被打成右派的责任完全揽到自己身上，还在信中向光耀写下了“深深谢罪”的话。光耀接到白羽信后，很快复函白羽。信中云，如果他当时处在白羽的位置上，也不可避免地犯同样的错误。读罢白羽、光耀的信，令我感慨良多：一个缺乏自省精神的人，算不上一个正直、无畏和高尚的人；同样，一个缺乏自我反思精神的民族，也称不上是一个伟大而有希望的民族。

就这样，一桩尘封已久的文坛“公案”，在一位八十四岁老人的一声“谢罪”里，竟在千禧年伊始，传为文坛上的一段佳话。

在我文学创作道路上，先过世的冯牧和今也过世的刘白羽，都是我终生难忘的恩师。冯牧老在世时，我从不讳言我去拜望过白羽；在白羽面前，我也从不隐瞒我对冯老的敬重。冯老逝世后我写的悼念文章，也曾拿给白羽看，白羽老点头称许。我知道，这两位老人在晚年时的文学观点并不尽相同。但他们各有各的人格魅力，都是老一代知识分子中的优秀代表。在同老一辈作家交往中，我给自己定下这样一个原则，绝不在他们之间拨弄是是非非。我还多次跟我同辈中的文学朋友说过，在与文艺界人士的交往中，我不分什么左派、右派，我首先看这个人是否正派。

我调军艺已有十年，因家未搬，春节都是在济南度过的。每年元旦前后去拜望白羽老，对我来说已成惯例。而今元旦将至，我却不能再去红霞公寓了。白羽老生前的住所，已是床空蒙清尘，室虚夜无灯。我只能写下这篇小文，默默地做着心的祭奠。

在血与火的战场上，年轻的白羽，曾留下了有着号角般召唤力的佳什；在生活的浪涌里，中年的白羽，曾写下了激情四射、富有鼓舞力的华章；晚年的白羽，身负沉重的文学十字架，一步一步地艰难走完了他生命的最后旅程。作为一个老党员、老作家，他是抱着一种坚定的信念生活和写作的，也是抱着一种崇高的信仰逝去的。他的女儿刘丹，已按照老人2001年岁尾立下的遗嘱和写下的长长的一份捐献清单，一一将老人生前所钟爱的那些名家书画、工艺品及珍贵藏书等等，悉数交给了中国现代文学馆。至此，为了一种伟大的报效，白羽老卸掉了身外的一切负累。白羽与夫人汪琦的骨灰，也撒进了老人一生所无比喜爱的大海。我想，白羽老一生的大劳累，大疲惫，定会被大海的波涛洗尽，在没有馨香祈祝的大海深处，老人的灵魂也定会得到永久的安息。

白羽在红霞公寓住了整整四十个年头。在我眼中，他暮年的生命，就像不断燃烧的红霞一样绚丽。如今，晚霞聚成绮，登云乘风去。然而，一个曾在大地上留下过嘹亮声音的生命，并不会因他身影的消逝而被人们忘却……

原载《人民文学》2006年第3期

我的船长

——缅怀冯牧

高洪波

1

1995年9月5日下午2点50分，冯牧同志停止了呼吸，我的老师、首长、父亲般的长辈，就这样走完了自己的一生。

我没有资格来评论冯牧先生的一生，他所经历的时代风雨，含有枪林弹雨、腥风血雨的同等意蕴，伟大、辉煌，又透着无尽的艰辛、坎坷。他的"一二·九"学生运动，他的延安鲁艺延河水，他的挺进大西南的老部队，他的深入西南边陲的若干历险、无数奇遇，直至50年代后中后期的政治运动，他的或者幸免于难，或者是屡遭磨难的经历，都极其深刻鲜明地到镌刻着"他的"痕迹。这正如历史不可能超越一样，对于我来说，都是遥远的憧憬，有兴味的传说，还多少带一点嫉妒和艳羡。

但是进入90年代以来，我敢说自己是若干有幸与冯牧先生接触最多的人中的一员。因为我正式成为他老人家的助手，担任大型文学期刊《中国作家》副主编，与章仲锷、贺新创两位同志一起，在冯牧先生的直接领导下（这是一个极其一般的词汇），应该说是耳提面命、超出于谆谆教导的意义之外的教诲、指导，我近水楼台，得益匪浅。

冯牧先生因此才有了"老船长"的绰号。

当然他的代号不限于此。至少有"老爷子""滇军总司令""冯霞客"以及众所周知的“冯部长”。最后的代号，源于他50年代云南军区文化部的一段经历，故而凡来自“滇军”的文化人，一律以“冯部长”称呼他，我是“滇军”系列，所以以此称呼冯牧先生到最后时刻。

“老船长”则纯属《中国作家》杂志社范围内的称呼。这艘文学之船从1985年2月下水启航，冯牧先生整整指挥了十年的航行，其间张凤珠、雷达、贺新创三人都先后替他充当大副，后凤珠离休，雷达调走，新创亦“到港”，1991年1月9日我与仲锷登船，冯牧先生“老船长”之称，就在“同舟共济”一句古语下得到确认。

五年间他辨航向，定目标，绕暗礁，还不时为这艘大船上的船员们鼓气，有时苦口婆心到絮叨的地步。但你须得承认，正是这种坚定和顽韧的意志，使正确的艺术主张得以贯彻，使刊物团结了众多的作家，具有了稳定的风格，连续推出像《万家诉讼》《步入辉煌》《游牧长城》《孕妇和牛》《寻找农民的真理》等被人称颂一时的优秀之作。这些作品的面世，有的是他直接发函约稿，有的是他一字字推敲，还有的作品他亲切批注、删改，与作者打招呼商量。在冯牧先生身上，你能感知到什么叫责任意识、大局意识，也知道尊重作者、尊重艺术规律的具体入微的操作。

我至今难忘他对我的一次批评。

那是一位著名老作家的日记体散文，我在值班时处理稿件，嫌文字不够简洁，就动手删去了若干篇幅。文章发表后这位老作家很不高兴，写信给冯牧先生，信中有些话不够冷静，好像有要与我上法庭说个清楚的意思。

冯牧同志马上安慰了他，又打电话给我，让无论如何要在刊物上刊出被删的章节。我感到不可理解，觉得编辑删改稿件是正常的工作，犯不上再补发甚至道歉。冯牧同志后专门写信给我，说刊物要尊重作者，尤其对老作家要格外尊重、慎重，既然人家把话说得这么重，刊物一定要有态度：一道歉，二补发删掉的一段，用不了多少版面，却能平息老作家的意见。

虽然感到委屈，但我坚决执行了冯牧先生的指示，谁叫他是“老船长”呢！

事后证明了他的意见的正确，那位老先生后来心平气和，依然是《中国作家》的朋友。

意气用事、少年气盛，都是办刊之大忌，冯牧先生事后这样叮嘱我。

2

冯部长（我觉得唯有这种称呼才吻合他的身份）在最后的一段时光，我为岳父住院恰巧与他为邻，便乘值夜班之机频频去探视。友谊医院综合科的五楼住院部，有一条长长的阳台通道，通过阳台可以毫无阻隔地走到他病室的窗下，我无数次隔窗观察冯部长，看他读书、打针、输血，也看他耐心地一个人往一片面包上抹果酱，然后艰难地吃早餐。我看着他一点点瘦削下去，一点点衰老，我内心感到巨大的凄楚，却又做不出任何有效的帮助。有几次冯部长抬眼望见了我，就招手让我进屋。戴上口罩，淡蓝色的一次性口罩，我匆匆地谈些文艺界近况，声音透过口罩传出，有种古怪的过滤感。我不敢久坐，生怕他支撑不住；但冯部长却十分健谈，每次告别，都嘱我代为寻觅一些他渴望阅读的书，像香港散文家董桥的文集，像东方出版社出版的“火凤凰”丛书以及一些北京风俗类的书。病中读书，冯部长说想读一些好读的书，我问谁的书好读？“汪曾祺”，他简约地回答我。

他是活到老，学到老，读书到最后的一位学者型作家。

冯部长送我最后的一本书，是他的《但求无愧无悔》，诚如最近读到徐怀中同志悼念他的文章所言：冯部长用颤抖的手在书的扉页上签名，一丝不苟如他的平生性格。这本书中收入了冯部长近年间的评论与序言，内中有他为我的散文集《波斯猫》写的序，关于这序，不是三言两语能说明白的，实际上是冯部长对我这样一位来自他老部队的后生晚辈的勉励，我永远难忘的是这样一段话：“关键在于一个作家能不能做到使自己有一双洞彻生活、捕捉生活、剖析生活的‘慧眼’。眼睛是心灵的窗口。通过这样的窗口，才可能使作品所描绘的生活具有思想和感情的光芒。散文当然可以而且必然是多种多样的，散文家也应当具有各自的性格和风格。但我总是偏爱那种充溢着作者对于生活的真挚感情的作品。我甚至可以断言：抒情，真诚而自然的抒情，是决定散文创作的优劣得失的一个带有决定性的因素。”

一双洞彻生活的慧眼，一种真诚而自然的抒情，这是冯部长对我的要求，也是他自己贯彻始终的创作宗旨。读他的文章，尤其是那些关于澜沧江、怒江、高黎贡雪山的散文，你会感受他在理论与实践上的高度的统一。

冯部长最后出席的一次聚会，是今年2月10日在文采阁举行的《中国作家》创刊十周年纪念活动，同时还颁发了“我与云南”散文征文奖。其时他已住院，我们把他从医院中接出，来参加他亲自创办、主持的刊物十周岁生日活动。席间冯部长即席发言，依然文采斐然、逻辑严密，声音里有一种穿透力和金属的磁力，让你百听不厌，可是却也透出了衰弱和疲意。讲完话，他一一为奖者颁奖，看到汪曾祺、宗璞、刘锡诚、先燕云、高红十、李晓燕等新朋友奖，冯部长兴奋不已。“我与云南”，一个最诱惑他的主题，也是让他迷恋了整整一生的不尽的话题。

谁又叫他是“滇军总司令”呢！

没承想这竟然成为老船长与他的航船和船员们最后一次聚首！

下意识地，我想起美国诗人惠特曼的《哦，船长，我的船长》，是多么强烈、真挚的一首诗——

“哦，船长，我的船长！
起来吧，请听听这钟声，
起来，——旌旗，为你招展
……
——号角，为你长鸣
这里，船长！亲爱的父亲！
你头颅下边是我的手臂！
这是甲板上的一场梦啊，
你已倒下，已死去，已冷却。”

是的，在冯部长弥留之际，那是一个阴雨飘零的上午，我赶到医院，众多的亲人围住他，他吃力地呼吸着，意识已渐渐远去。小玲大声叫道：“三舅，高洪波来看您啦！”我看到您略略睁开了眼，但已无力说话，您那昔日如鹰隼般的目光，已是一团茫然，凭过人的意志，您睁眼，仅只是睁眼，随后又闭起，我看到生命一点一点离您而去，而我却毫无能力去挽留这生命，这对我和许多人来说珍贵异常的生命，我们依赖和信任了一生的老树般的生命。

这老树，为我们遮风蔽雨，以枝干抚摸我，以果实喂养我的精神上的大树，就这样訇然而倒。

我的心灵一片空虚，生与死的彻悟，刹那间涌入空虚之中，挤压出一种沉重的不可名状的悲伤来。

自此之后，一连数日的秋雨，我向朋友们念叨：这是天哭冯部长，他才7岁，走得太早、太早。

他客厅中悬有一副对联，悬挂了好长一段时间，联很雅，字也好，平时留意。但当我到冯部长家中吊唁时，心中猛然一动，感到这对联分明是他的语：“隔年风雪都晴了，如此江山奈老何。”

冯部长走时很安详，没有更多的痛苦，那日上午我与小玲见主治医生，家达成的共识：延长生命，减轻痛苦。这八个字也是作家协会从上到下的一意见。因此在临终之际免去了一系列增加他痛苦的抢救措施，如电击心脏、切开气管等一律不采用，这大概是我和他的亲人们所能帮他做的唯一一件事。

冯牧先生就这样走了，带走了他的过人的才华、优雅的谈吐、严密的思维及对文学事业执着一生的热爱；也带走了他的伯乐的心胸，对各类艺术的精到的审鉴、欣赏，对生活一无所求的襟怀；带走了他的欢乐与愤怒，追求与向往，他的憧憬、他的理想。他在生命弥留之际，没留下一句遗言，但他在尚能说话时，告诉他的亲人小玲的一句话：“我要走了，要到很远的地方。”如果真有灵魂的话，我相信冯部长一定会幸福安详地生活在一个地方，那里有红的花、绿的树，有清亮亮的湖水，有鸟儿的啼鸣、蝴蝶的飞舞，有牛奶样的晨雾，有珍珠样的露珠，还有雨后垂天的彩虹，彩虹下面是美丽的凤尾竹、大青树。当晚霞升起的时候，燃起一堆篝火，星星大粒大粒地跳入篝火中，它们愿意点燃一盏明亮的小灯，为篝火旁的一位老人照明，这老人，正微笑着记着自己的日记，他就是我的船长——冯牧先生。

冯牧日记如果能整理出版，一定会让徐霞客自愧不如的。到得那一天，我相信老人家会在很远的、我们暂时还不能去的地方向大家致谢，并用他独特的金属般的嗓音，发出老船长的问候。

隔年风雪，如此江山，生以为劳，死则为休。每念及此，感到一种沉重后的释然，我想，这也是冯牧先生不肯留下遗言的一个原因罢。

谁的歌？——“还有一位老船长……”

1995.9.17 北京

原载《中国作家》1996 年第 1 期

病危中的路遥

张艳茜

七号病房

这个七号病房，是古城西安西京医院传染科的病房，位于西京医院的东边，一排坐南朝北的平房，门前有片绿化带。

1992 年秋天的古城西安，刚刚经历了一个闷热难熬的夏天。进入 10 月，难得秋日的阳光善解人意的温柔，随意地以不太充沛的体力，洒向病房门前的那片茸茸绿草地上。阳光似乎带着微笑，又穿过七号病房南边的窗户，自然而祥和地照射进病房，散落在靠窗户的病床上。

在西京医院传染科七号病房病床上，躺倒了有一个月的路遥，已经没有力气迈出七号病房的房门，去享受多情的阳光笑脸。现在，他只能倚在床头垫高的枕头上，将头侧着望向窗外——表情里满是向往。

路遥的脸色灰灰地泛着黄。浮肿着的眼皮，似乎很重，闭合之间都会伤着元气一样。

穿过窗户的阳光，照耀着空气中的尘埃，上下飞舞，闪烁着星星点点的光亮。路遥的目光穿过这些飞光闪闪，注视窗外。此时，窗外的树上正有几只麻雀吱吱喳喳欢快地鸣叫、舞蹈，梳理着褐色的羽毛。

路遥听着看着，眼神由闪着光亮的惊喜，渐渐暗淡到忧伤。

曾经站立着的路遥，虽然一米七的个头不算高，身材却十分魁梧，虎背熊腰的；粗壮有力的双臂，还有稳健的、肌肉暴突的大小腿。而此刻躺在病床上的路遥，嘴唇是乌黑的，眼周是乌黑的，眼仁却是黄黄的。圆圆的、胖胖的庞不见了，曾经厚实的大手，也没有了往日的圆润光泽。他那松弛的手背，因为天天要打十几小时的吊针，布满了打点滴的针眼。手指的骨节突出，指甲盖夸张地显大。路遥仿佛骤然间身体萎缩而瘦小了好几圈，像是毫无过渡就突然进入寒冷冬季的老榆树，枯黄、干瘦、缺少生机。他的身型薄薄的，又短短的，在病床上蜷曲着，只占了病床的三分之二。

> 为了塑造起挺拔的形象来，这个人的身体现在完全佝偻了。他本来就不是一个体格魁梧的人，在进行一生紧张繁忙的艺术创造后，加上越来越危急的病情，身板单薄得风能吹倒。整个躯体像燃烧过熊熊大火的树木，变得干枯而焦黑，一切生命的嫩枝叶似乎看不见了。
>
> 这就是他吗？这就是那个令人敬仰羡慕的艺术家吗？
>
> 这就是他。此刻，他正蜷曲在西安陆军医院内科二楼一间普通病房里，时不时就喘成了一团。体重肯定已经不到一百斤了，从袖筒里和裤管里伸出来的胳膊腿，像麻秆一般纤细。
>
> 除过眼睛透露出内心的生机外，这个蜷曲在病榻上的人，现在看起来完全是一副弱不禁风的样子。

这是柳青病逝后，1980 年 4 月 12 日至 13 日，路遥写的一篇悼念文章——《病危中的柳青》中的一段文字。其实路遥只见过柳青一面，是在 1978 年初春，柳青患病住院的时候，《延河》的副主编、女作家贺抒玉，带着年轻的编辑路遥去看望柳青，并为《延河》连载柳青《创业史》（第二部·下卷）组稿。当时路遥并没有与柳青交谈什么，他后来是靠研读柳青的《创业史》等作品来理解柳青的。

此刻的路遥，就像他这篇文章中描写的，他最敬仰的导师柳青当初的情形一样，令人难以置信的虚弱、瘦小。这是燃过了旺火的焦炭状态呀。

西京医院的前身，是延安时期抗战烽火岁月里诞生的中央医院，1954 年改建成第四军医大学第一附属医院，1984 年对外始称“西京医院”。这家医院不仅在陕西省，也是全国著名的一所学科专业齐全、医疗技术精湛、师资力量雄厚、科研实力强劲的融医疗、教学、科研为一体的大型现代化综合性医院。

七号病房，是西京医院传染科当时最好的病房了。说它好，其实是说对这个病房的重视程度，病房的布置则是简单的，路遥病床的旁边，各有一个小小床头柜，上面每天都摆放着散发着清香的鲜花，那是探视的人送来的。紧挨着的是陪护人的床，这是传染科对路遥特例，允许陪护人陪住。

西京医院为七号病房的病人路遥，配备的医护人员是传染科最强的。对肝炎、肝硬化治疗有丰富经验的阎荣教授、副主任医师段满堂和住院医生康文臻。他们先后组织了七次院内会诊，还邀请中医科、消化内科等有关科室的专家教授，汇集多方的智慧和经验，以严谨的科学态度，使用最好的药物，试图向死神发起一场艰苦的争夺战。

路遥把重新站起来的希望都寄托在医生们身上了。他说：“只有你们能救我了。我的命就交给你们了！”

路遥当然不知道，在 1992 年的 9 月 5 日这一天，西京医院传染科的医护人员忙碌中显得比往日多了点激动，因为他们将迎来一位他们既熟悉又陌生的病人——作家路遥。

在那个文学兴盛的年代，征婚启事上都要表明自己爱好文学。所以，只要是有点关注文学的人，即使记不住作家路遥的名字，也看过他的作品，没有看过作品，也看过由他作品改编的电影——《人生》，听过中央人民广播电台的小说联播《平凡的世界》。

西京医院被指派的最好的医生和护士，几乎都读过路遥的小说，也看过他的小说改编的电影。但是，他们还没有机会见到这样一位声名远播的大作家。

然而，当 1992 年 9 月 5 日，路遥从延安人民医院回到西安，被抬到西京医院传染科七号病房的当天晚上，医生护士看到的是一个头发又长又乱、面容憔悴、虚弱不堪的“老人”，这哪里像一个不到 42 岁年龄、正当壮年的大作家呢？

当天晚上 8 点，医院就下了病危通知：肝炎后肝硬化（失代偿期），并发原发性腹膜炎。

路遥的肝脏已经失去了供给体能需要的功能。医生们清楚，他们所能做的是尽力控制病情，尽可能地减轻路遥的病痛，进而延长路遥的生命。

七号病房堆满了小米、大米、面粉、黄豆，还有陕北的将黄豆、黑豆压扁了的犹如铜钱一样的钱钱豆等各种食品，还有源源不断的探视者送来的各种水果。房间里仍然是为路遥破例，允许用电炉子、电热杯。

在七号病房住院的两个多月时间里，起初，路遥能被搀扶着走下病床，去上卫生间，后来便难以下病床了。手上脚上的血管到后来硬得连针都难扎进去在医院服侍路遥的，是他的小弟弟九娃——大名王天笑，和路遥故乡清涧县一位业余作者张世晔。两个小伙子，尽心尽力地照顾着重病的路遥，但毕竟两个大男孩，连自己的生活都做不到精细入微，粗手大脚的，累活脏活能干做饭烧菜就不在行了。

住院医生康文臻，担当了路遥的治疗工作和照顾住院的路遥生活的重任。路遥住院的那段时间里，康医生生活中最重要的一个人，就是路遥了。她是接触路遥最多的医生，性情温和的康医生，只有26岁，不仅要负责路遥的治疗工作，还要忙于自己的研究生实验课题。

因为路遥习惯了晚睡晚起，早晨洗漱完毕都九点多了，康医生为路遥改变了每天的查房时间，约莫路遥起来了再去七号病房。中午下班前再去一次，下午也是两次进七号病房。晚上下班后，又将路遥爱吃的手工切面在家中做好，再送到七号病房路遥的病床边。康医生每次做的饭菜也是不同样的，有时烧一个青菜豆腐，有时是一碗鲜美的鲫鱼汤。路遥在西京医院传染科住院的近100天时间里，几乎天天如此，不曾间断。

路遥从延安刚转院到西京医院传染科的第二天，护士宇小玲见到的是一个面容很老相、脸色晦暗、情绪低落的路遥。

那天中午，宇小玲为路遥端来一碗柳叶面，那面汤里配了菜叶，青青白白的。宇小玲对不想吃饭的路遥说："你看这面多可爱呀，我都想吃了呀！"

路遥被护士宇小玲柔声细语哄小孩吃饭的语气逗笑了。多日来的坏情绪见了晴天。

吃过了饭，宇护士又为好久没有洗澡的路遥做生活护理。先为路遥洗了又长又乱，成了一缕一缕的头发。洗干净了头发，又为路遥擦背，这让路遥很不好意思，说什么都不让擦。宇护士只好用医院的制度开导路遥，说："这是医院的规定，况且在护士面前只有病人，没有性别。你就想着你和我都是中性好了。"

路遥难为情中服从着护士的"摆弄"，嘴里迭声说着感谢的话。擦干净了后背，宇护士又要为路遥洗脚，发现路遥长着又厚又长的灰指甲，就要帮路遥剪指甲。路遥不好意思地急忙将脚藏起来，慌忙说："使不得，使不得，怎能叫你干这个？再说，指甲长老了，剪不下来的。"

耐心的宇护士笑着说："没有关系，我有办法。"然后，宇护士打来一盆热水，把路遥的脚泡在热水盆里，泡了两个小时后，宇护士捧起路遥的脚，一下一下地精心剪着路遥厚厚的灰指甲。

此时的路遥，忍不住背过脸去，眼角溢出的泪水缓缓流淌在面颊。

探视时间

每天起床洗漱完毕后，小弟天笑为路遥煮的一碗小米粥也刚好可以喝了。

陕北的小米，用文火熬成的米粥，粘糯稠浓，清香可口，不用细看，就会发现，那米粥表面还浮有一层明亮亮的米油汢。可是，病房里用电炉子熬成的小米粥，却是清汤清米的。要是在陕北的老家，每天早上喝一碗妈妈在炕边的灶台上煮的小米粥，那才是醇厚的陕北小米味道哦。西安的水哪能煮出陕北小米该有的感觉呀！

这是在病房喝小米粥时，路遥脑子里随时冒出来的感叹。但是，单单因为是陕北小米，醇醇的香气已经在七号病房弥漫着了。只是，不论小米粥有多么香醇，此时的路遥也仅仅是喝几口米汤汤。

七号病房里，有两箱在当时很稀罕的矿泉水。这些日子的小米粥是用的这种矿泉水煮的。那是几天前，陕西省作协《延河》编辑部的王观胜给远在陕西渭南的作家李康美打电话，叮咛李康美："想办法搞两箱矿泉水，说是路遥现在只喜欢那样的水质。"

路遥对生活品的使用上，有些固执的偏执，比如，抽烟的牌子在一段时间里是固定的，抽"恭贺新禧"时，对别的牌子不屑一顾，换抽"红塔山"时，对其他烟也没有了任何兴趣。

1992年时，市面上销售瓶装矿泉水的品牌并不多，而路遥已经认准了他喜欢的水质的矿泉水牌子。

传染科的探视时间十分严格，只有星期天才能从一个铁栅栏中间的小门进入传染科住院部。

想见到特级护理的路遥不是一件容易的事情。那天晚上，李康美和王观胜就像地下工作者一样，避开尽职尽责的门卫，贴着黑暗的墙根向路遥的病房靠近，而且各自还抱着整箱的矿泉水。

当他们悄悄地溜进病房时，"路遥似乎已经敏感地捕捉到渐渐走近的脚步声，耷拉的眼皮一下子就睁开了。此时的他，已经欲喊无声，下肢萎缩僵硬，双膊简直是无缚鸡之力了，但是头脑还是异常地清醒，目光里仍然闪烁着不甘屈服的光芒"。(李康美《华山脚下忆路遥》)

和王观胜、李康美握手时，身心疲惫的路遥，曾经有力的双手不由自主地战栗着。当然，那战栗中可能还包含着在极度孤独之时见到了朋友的激动。平静下来后，路遥最先说的话却是："放心，医院说我的病已经不传染了。"

1992年10月11日，这一天是星期天，路遥的女儿远远要在这一天来医院探视。今天，路遥要打起十二分的精神，因为女儿的到来。

小弟弟王天笑准备好了洗漱水，路遥趴在床边，用黄瓜洗面奶洗了脸，这是女儿远远建议的。远远说，用黄瓜洗面奶洗脸，会让爸爸粗糙的皮肤显得细腻年轻。远远的话对路遥来说，就是圣旨。路遥从此听从远远，坚持用黄瓜面奶。

虽然没有力气，虽然病体难支，但是，路遥每天的刷牙却从不间断，而且刷得非常认真，上上下下、里里外外，丝毫不马虎。

从社会最底层、最贫困的乡村走出来的路遥，对于每天刷牙这件看似稀松平常事，有着人们意识中不同的意义和想象不到的执着。

10 月 11 日早上八点半，轻轻的敲门声响起，接着，七号病房的门，慢慢地被打开。进来一个人，路遥将专注的目光从窗外调转过来，看到了进来的人，路遥很高兴地叫着“合作”，又说：“今早数你来得最早。”

来探视路遥的人，是榆林地区群众艺术馆的朱合作，也是路遥清涧县的老乡。朱合作遗憾地说，还应该再早一点的，可是被挡在住院部门外等了半小时哦。

护理路遥的小弟弟天笑，见到来了清涧老乡，也非常兴奋，热情招呼朱合作，并接过朱合作带来的苹果。

路遥看见朱合作带来的苹果，对已经忙完的小弟说，酸苹果好吃。先给朱合作削苹果。看着朱合作吃苹果，路遥又说，我也想吃了。天笑也给路遥削了个苹果。路遥侧身斜躺在床上，拿着苹果，费力地咬了一口，品榨出果汁。朱合作在路遥枕头边放了一张卫生纸，让路遥将苹果渣吐出来。路遥吃得很香，一个大苹果不一会儿就吃光了。

九娃天笑也给自己削了个苹果，可是苹果没拿牢，掉在了地上，九娃把苹果捡起来，又将苹果削了一遍。路遥看着九娃将苹果肉削多了，心疼地说，这咋行呢？做什么都失慌连天的。说得九娃不好意思地笑了。

然后，路遥和朱合作拉家常，聊到自己的病情，路遥说：“我这病非得不可。我光在街上就吃了十几年饭。”

朱合作知道这个话题过于沉重，不动声色地跳转话题，说起在《女友》杂志上读到连载的路遥创作谈——《早晨从中午开始》，这让路遥十分兴奋，详细询问朱合作看的是哪一期？写的是哪部分的内容？路遥认真地听着，神情自然流露出欣慰，说：“很快要出单行本了。”

欣慰的路遥又说，陕西省组织了西北地区最好的肝病专家给他会诊，主治医生是前任西京医院传染科的主任，本来已经不再看病，而是专心科研和著书，这次为了他又亲自担任了主治医生。路遥很有信心地说，省委省政府对他的病很重视，专门拨了专项医疗费治病。待病情好转之后，可以选择全国最好的疗养胜地疗养。并且可以去两个陪人，一个是亲属，一个是工作单位的陪护。说到这里，路遥笑着：“省上这回是重视结实了。省委省政府抢着给我治病哩。”

朱合作来探视之前，在陕北听到住院的路遥，病情十分严重，经历过几天的肝昏迷，并且，前一两天，路遥吃苹果还只能喝一点榨出来的苹果汁，今天看来病情和心情都有好转。

现在，路遥继续着聊天的兴致，说起朱合作的女儿，多了许多柔情，夸赞着：“你那狗儿的可聪明了。”

夸着朱合作的女儿，自然要想到自己的女儿，路遥的柔情更多了几分：“我那狗儿的比我还坚强。我这回得了这个病，那狗儿的信心比我还大，对我说，不要紧，叫我好好治。今天是星期天，过一会儿她也来呀！”

突然，路遥冒出一句：“我那老婆咋就跑了呀！”说着，感伤地合上眼睛。

话题再次陷入沉重。朱合作赶紧调整：“你现在主要是治病，只要把病治好了，就一切都有了。”

路遥说：“我这病就这样凑凑合合一辈子了。肝硬化，麻烦的是有点腹水，不过是早期。我尔格（陕北方言，意为现在）已经能吃五两粮了。”

自然，这是医生们和朋友们没有将实情告诉路遥，将肝硬化晚期只说成是早期，心理上的迷幻剂，让路遥对自己的身体树立信心，保持良好的精神状态，对配合治疗十分关键。

知道路遥对榆林的中医非常信任，朱合作顺着路遥的思路宽慰着：“等到西安的医院治疗得差不多了，就回咱老家榆林。咱再继续看榆林的中医。”

这话路遥很爱听，路遥接着说：“等我出院以后，我先回王家堡老家，让我妈把我喂上一个月。我妈做的饭好吃，一个月就把我喂胖了。然后，再到榆林城盛（住）上一段时间。你回去打听一下，谁治肝病最能行。等我病好了以后，咱们和张泊三个人，到三边走上一回。以前常没有时间，以后咱不忙了。让张泊把历史给咱们讲上，他会讲那方面的事哩！”

1987 年夏天，路遥在榆林一边写作《平凡的世界》第三部，一边请榆林的老中医看病时，朱合作曾鼓动路遥去过一次成吉思汗陵，由朱合作和张泊陪同。那一回，三个人就约好，以后有机会了，三个人相跟上到三边走一次。还要“沿着黄河走一遍，不坐汽车，拄上拐杖，纯粹步行”。虽然这样的想法说了多次，却一直没有成行。现在病倒在医院，见到了朱合作，不由得又想起了这件事。

这时，七号病房的门再次被推开，进来了一个操着延安口音的小伙子。小伙子说，他一方面是来看望病重的路遥，另一方面是想把《平凡的世界》改编成礼品式的盒装连环画。小伙子说，出版经费已经基本落实，想让路遥写一张信函，便于小伙子与出版社联系。

这位小伙子，就是《平凡的世界》连环画的绘画作者李志武。

路遥被扶着斜坐在病床上，找了张纸，但找不到能用的钢笔，朱合作刚好身上带着钢笔，就脱了笔帽递给路遥。

路遥一边写着信，一边不停地对朱合作说："这人画得好！绘画的《平凡的世界》水准不低。"

由于身体虚弱，路遥写的信，很不工整，一行比一行更向右边偏着，只有落款处"路遥"两个字，基本上与他往日的签名一样，有着自信洒脱的气质。

年轻的画家李志武等着路遥写好了信，又对路遥有了新的请求，希望在正式出版这套连环画前，想得到路遥为此书写的序言。

路遥说："序言恐怕写不成了。我尔格手拿着笔都筛得捉不稳了。到时候，我题上个词。"

年轻的画家走后，七号病房又走进来三四起看望路遥的朋友们，大家说着几乎一样的宽慰话，路遥，没有关系，好好养病，会好起来的。个别的，会给路遥出主意，说气功可以治好很多病，劝路遥学一点气功。还有的看到瘦弱的路遥，心疼不已，嗔怪着，谁让你要那个茅盾文学奖哩，以后再不敢拼命写文章了！

1992年10月11日的上午，西京医院住院部传染科七号病房，先后有三四起探视路遥的人。上午十点半左右，病房里终于安静下来。路遥闭上双眼，静静地躺着，不断地接受各类朋友的探视，消耗着路遥的精气神。这时，就像窗外的小麻雀欢快的叫声一样，女儿远远叫着爸爸，爸爸，跳跃进了七号病房。路遥突然睁开双眼，目光明亮而柔情，嘴里回应着："毛锤儿！"

毛锤儿，是路遥的老家陕北清涧乡下人对自己娃娃的昵称。

路遥目不转睛地看着来到自己身边的宝贝女儿"毛锤儿"远远，整个人仿佛都被女儿团团的圆圆的、红扑扑的小脸蛋照亮了。

我的"毛锤儿"

有好长时间路遥没有见到宝贝女儿远远了。过去是忙于自己的创作，现在却是在传染病房里。

做父亲的路遥，对女儿远远怀有太多的歉疚。他与孩子在一起的时间太少了。所以，每次和女儿在一起，路遥都要在自责中去想，该怎样做才能弥补一下亏欠孩子的感情呢？

在女儿远远小的时候，每当路遥离家很久再回到西安家中，路遥总是将自己变成"马"，变成"狗"。在床铺上、地板上，那时的路遥四肢着地，让孩子骑在身上，转圈圈地爬。然后，又将孩子举到自己脖颈上，扛着她到外面游逛。孩子要什么就给买什么。路遥非常明白，这显然不是教育之道，但他又无法克制。

1991年的春天，已经获得茅盾文学奖的路遥，难得能在西安轻松地休息一段时间。有一天，远远要参加学校组织的春游活动，慈父的路遥柔声地问远远："毛锤儿，明天路上想带些什么吃的呀？"

依偎在爸爸怀中，远远撒娇地给爸爸一二三四说了一长串需要购置的东西，路遥一一记在心中。怀揣着购物清单的路遥立即上街，在西安的食品店里买了一背包的食物和饮料。现在，只有一样食品——三明治，已经走了几家食品店了，仍然不见有远远清单中想要的三明治。

路过一家西安的小吃——肉夹馍的店铺，路遥只向店铺门口摆放的一个厚墩墩的菜墩子上望了一眼。

肉夹馍店铺的店伙计正在一手拿着菜刀，"梆梆梆"，很有节奏地剁着一块色泽红润、流着肉汁、有肥有瘦、类似红烧肉——西安人称之为"腊汁肉"的肉块。伙计的另一只手，握着一个长柄的汤勺，剁肉时，汤勺挡在刀的另一侧，以防肉汁溅到身上。

剁碎了腊汁肉，伙计从身旁的笸箩里拿出一个烧饼，西安人称之为白吉馍。这白吉馍是用半发酵的面粉，团捏成饼，在火炉里烤熟的。制作时用了特殊的手法，使馍里中空，所以，伙计用刀轻轻将馍立着从中间轻轻一划，这馍就自然地一分为二了。然后，伙计将菜墩子上切碎了的腊汁肉向白吉馍中均匀地填充着，一个肉肥而不腻瘦则无渣、咬上一口肉质软糯入口即化、馍香酥松的肉夹馍就组合好了。

路遥平素是闻不得大肉的油腻味道的。那是因为"文化大革命"初期，运动开始后，曾经一个吃不饱饭的穷孩子——当时的王卫国、后来的路遥，突然间，不仅天天能吃上饭，而且还能放开肚子吃猪肉。就是因为那段日子吃得肉太多，把路遥吃伤了，从此猪肉不再入口。

眼前的腊汁肉夹馍，倒是气味浓郁醇香，被西安人骄傲地称之为"中式汉堡"。但是，女儿远远要的是西式三明治，怎能用中式快餐替代呢？路遥毫不犹豫地走过肉夹馍店铺，继续寻找三明治。

女儿远远这一代人，是接受洋快餐长大的，或者说，孩子就是吃个新奇。不像路遥，从小到大，只要能吃饱饭哪里有可挑剔的食物哦。自己那受苦的肚子，到现在，爱吃的食物也就是那几样陕北饭——小米粥、洋芋擦擦、钱钱饭、揪面片……

又跑了几家食品店，仍然没有买到三明治。路遥由这洋快餐联想到涉外酒店，他暗自思忖，必须改变思路，不能在普通的食品店里寻找，说不定那些宾常接待老外的酒店里会有的。于是，路遥折转身，向距离陕西省作协院子不远处的一家五星级酒店——西安凯悦酒店走去。

20 世纪 90 年代初，西安的五星级酒店寥寥，能踏进酒店的门，都会被路人用羡慕的目光盯着看好久的。

大步走进凯悦酒店的路遥，直奔西餐厅。迎上来的年轻女服务员微笑着询问，请问先生，有什么可以帮助您的？

路遥说，有三明治吗？得到女服务员肯定的回答，路遥心里顿时轻松下来，高兴地说：买两块三明治。

时间不长，女服务员端上来包装精美、两块肥皂大小的盒子。服务员说，一共 60 元。

那时候，大家的工资都很低，路遥的工资也不高。即使是现在，人们也难以接受，花上 60 元钱，去买两块肥皂大小、不过是中间夹着几片黄瓜西红柿和薄薄一层肉片的两片面包片啊。

当时的路遥也不能接受。他恐怕自己听错了，又问了服务员一遍。没有错，得到的回答很明确：一块 30 元，两块 60 元。

路遥当场愣怔着。可是面对周到漂亮的女服务员，路遥骑虎难下，既已让人家拿出来了，怎么好意思转身逃走？无奈，路遥硬着头皮买下这两块三明治。付了钱从酒店出来，路遥还是暗自叫苦，实在太贵了。

迈着扑扑踏踏的脚步，回到居住的陕西省作协院子，路遥一直走进《延河》编辑部副主编晓雷的办公室。见到晓雷和李天芳夫妇，路遥将刚才的经历告诉了他俩。路遥边说边从背包里小心地拿出精致包装的盒子，问晓雷和李天芳夫妇：“猜猜，这两块三明治花了我多少钱？”没有等到夫妻俩回答，路遥接着说：“60 块！”然后，路遥又宽慰地说，尽管很贵，但总算满足了远远的心愿。

> “第二天，远远去学校前，路遥又从头到脚检查远远的装备，水壶的水满不满？巧克力够不够给小朋友分？样样都问到了。还一再嘱咐女儿，不要去玩水，不要去爬山，以免危险。这时候的路遥简直成了最细心的保姆。”（子页《在最后的日子》）

远远是路遥心中真正的太阳。站立着的路遥，可以为女儿摘星星摘月亮，就是不要让自己的“毛锤儿”受一点委屈。

路遥曾问女儿：“你最喜欢什么呀？”

远远不假思索地说：“我喜欢音乐。”

听了远远的话不久，路遥就拿出积攒的稿费给远远买了一架钢琴。那几天，路遥家里进进出出的都是远远的小朋友，远远邀集了陕西省作协家属院的小朋友们到他们家来看新买的钢琴，“十几双小手像雨点一样拍打在黑白键上，满屋子的钢琴轰鸣声震得路遥如痴如醉”。

怎奈，孩子对钢琴的好奇与兴趣非常短暂，几天后，远远走到爸爸跟前说：“爸爸，我们的音乐老师说，我的手指太短了，不适合弹钢琴。”

路遥听了，捧起女儿胖胖的小手，看看自己的手指又看看女儿的手指，脸上露出了凄楚的笑容，对女儿说：“都怪爸爸，都怪爸爸！”从此，钢琴成了女儿房间里的摆设。

孩子对事物的兴趣总是朝秦暮楚的。当女儿拿着英语的考试卷子在父亲面前撒娇炫耀得了一百分时，多情的路遥看出来，远远又对英语产生了兴趣。就要为远远找一个家庭教师辅导远远，想来想去，想到了作家子页的儿子小刚。当时，小刚是在读大学的英语系二年级的学生。子页爽快地答应，让儿子小刚为远远义务辅导。路遥却坚持要给一定的报酬。他俩谁也没有说服谁。可是，路遥极为固执，无论如何都要给小刚付报酬，不然就再也不提这件事。

现在，女儿远远来到路遥病床旁，路遥细细端详着他的“毛锤儿”，“毛锤儿”的脸庞像极了爸爸，眼睛像极了爸爸，鼻子、嘴巴也同样像极了爸爸。

路遥看着想着，唯一不能像爸爸的就是，他的“毛锤儿”不能像他一样过苦日子。然而，现在，此刻，自己躺在病床上，完全不能照顾上女儿，而女儿的妈妈林达也不在女儿身旁。这如何不让路遥撕心裂肺地痛呢？

路遥竭力不表现出来内心的痛苦感受，他要好好享受与女儿在一起的短暂相聚。路遥对朱合作、九娃天笑，还有远村说：“你们先出去一下，我和毛锤儿拉会儿话。”

也就是二十多分钟之后，路遥让几个人重新回到病房里，说他和毛锤儿的话拉完了。

但是，显然，他说“他和毛锤儿的话拉完了”不是真的。因为路遥又开始询问远远，这些天吃饭的情况和学习的功课情况。

远远的妈妈林达去了北京。现在，刚上初中的远远小鬼当家，一个人独自生活，虽然雇了小保姆，但是小保姆年纪小，好多家务事都不会料理，有时候还要同样年纪小的远远指导着做饭。路遥了解到这些，无奈与痛苦写满了泛黄的面颊，禁不住看着远远红扑扑的小脸深深地叹气。

毕竟是传染病房，尽管路遥不愿意让远远很快离开他，但是又不忍让女儿远远在病房耽搁太长时间，影响第二天的功课。只过了一会儿，路遥便不舍地让远村将远远带走了。

离开七号病房的远远，说什么都不会相信，她与父亲路遥在一个多月之后，便从此河汉相望，从此失去了疼她爱她的父亲。

原载《作品》2012 年第 1 期

雷抒雁：前方前方，依然是太阳

李　舫

雷抒雁，这个人，怎么描述他才好？

雷—抒—雁，轻轻吐出这三个字，再做一个深呼吸。

西北中国的黄土高原依旧峰削壑立，西北故乡的众神领地依旧雪霰纷飞，哪一刻该是秋风落照五陵原，哪一刻该是千种秘密古宫井？哪一刻该是少年心事化作一江水，哪一刻又该是时雨时风时又骄阳？

昏暗的雾霾干扰着目标的判断，枯索的窗棂框住了四角的天空，这个诡谲的冬天，对于71岁的雷抒雁来说几乎危机四伏，他的诗和他的心只能在这方寸之地徜徉。“云可以自由去留，风可以随意来往”，他低声吟咏，“山是栅栏，树是围墙——这是我的牧场，放牧自由，放牧梦想。”

是记忆，还是幻觉？不论是在众声喧哗的广场，还是在杳无人烟的荒漠，这个西北牧童逐梦的身影，总是那样孤独，顽强。

雷抒雁最喜欢的诗人雪莱曾经说，在一个伟大民族觉醒起来为实现思想或制度的有益改革的斗争中，诗人就是一个最可靠的先驱、伙伴和追随者。在这个时代，人们积累了许多力量，能够去传达和接受关于人和自然的强烈而使人激动的概念。毫无疑问，先驱、伙伴、追随者，这正是时代赋予雷抒雁的角色定位，鲜明的使命意识、深刻的危机意识、清醒的自省意识、强烈的批判精神和真挚浓郁的爱恨情愁，已融入他的生命，成为他的血肉和灵魂。

雷抒雁追求美，追求和谐，“从一丝风里，我寻找轻柔；从一团火里，我寻找刚烈；从一声虫鸣鸟语中，我寻找陌生心灵的跳动；从一顾一盼的眉目中，我寻找人性的崇高。我的每一根神经和宇宙中万事万物连接在一起，不管在哪里，也不管在白天和夜晚，只要有一点声息，有一点振动，我的心就会跳动不止，我都会沉浸在一种痛苦和欢乐中。”半个多世纪以来，他把这种折磨视为享受，追求这种美、激动、繁杂、丰富、真实，并从这一万物的交响中寻找和谐。

这是壬辰年的腊月二十三，按照中国人的习俗，浩荡的“春之序曲”即将拉开序幕。

小草在歌唱

风说：忘记她吧！
我已用尘土，
把罪恶埋葬！
雨说：忘记她吧！
我已用泪水，
把耻辱洗光……
我们有八亿人民，
我们有三千万党员，
七尺汉子，
伟岸得像松林一样，
可是，当风暴袭来的时候，
却是她，冲在前边，
挺起柔嫩的肩膀，
肩起民族大厦的栋梁！

这首诗，被如此庄重地载入当代中国文学史。

1978年，沉吟了十年的中国从封闭中苏醒，如同一座喷发的火山，压抑了十年的激情喷薄而出。“解放思想”的十一届三中全会召开，大地洋溢着新生的春光，恰如老作家阎纲所语，“诗歌大解放！诗坛大爆炸！”继春秋、唐宋之后，中国历史上又一次诗歌的风帆高高扬起。不约而同地，以“诗”的方式，艾青、臧克家、蔡其矫、李瑛、雷抒雁、芒克、梁小斌、舒婷、杨炼等一大批新老诗人，以诗的形式，探索着国家的航向，抒写着时代的诉求。

这一年的6月8日，霞光微曦的清晨，雷抒雁在不眠之夜中吟出他心中的歌——《小草在歌唱》。诗中，他对十年浩劫的荒谬岁月痛苦思索，将被残杀的共产党员张志新比喻为“小草”，询问真理、叩问良心、质问世界，也访问自己。“小草”，卑微却正直，柔弱而坚韧，打开中国冰冻十年的心窗。

此后不久，这首诗由艺术家瞿弦和朗诵，传遍整个中国。“朗诵会第二天，《小草》几乎进入所有高校的选本，学子们掌声雷动，教授们老泪纵横。”（阎纲《唱罢“小草”说“引进”》）

“三十多年前，当我坐在大学的图书馆第一次读这首诗时，就为诗中厚重的批判式的激情所激动，特别是当读到第二部分如下的诗句：

> 正是需要呐喊的荒野，
> 真理却被把嘴封上！
> 黎明。一声枪响，
> 在祖国遥远的东方，
> 溅起一片血红的霞光！

“我的血凝固了，为这诗句所凝结的悲剧性和爆发出来的激情所震撼。”美学家牛宏宝说。

那一刻，在雷抒雁的诗行中，很多人在与他一起发问、一起思索，沉重的中国，究竟走向何处？

——在东北，作家高深在电视机前，突然听到了那个春雷的炸响：“诗朗诵《小草在歌唱》，作者雷抒雁，朗诵者瞿弦和。”

听完朗诵，高深的喉咙有些哽噎，眼睛里含着泪水。这一天，同守在电视机前的《宁夏日报》文艺部诗歌编辑李震杰与高深一样兴奋，他对高深说：“未来的中国诗坛，有一把金交椅，将属于雷抒雁。”

——在北京，作家阎纲兴冲冲赶到太平庄《解放军文艺》宿舍，他要当面向雷抒雁表示祝贺。

——在西南，刚刚出狱的胡风接到雷抒雁的电话，十分激动。7月22日，胡风署名“宴敖”，致信给《诗刊》社和雷抒雁本人：“先是从广播里听到《小草在歌唱》的朗诵，后来才从报上看到。读了几遍，这里或那里引起了我的感动。”“发现一首好诗，常常是很不容易的。”

诗歌，一个古老部族的秘密徽号，源自母亲河畔的浩汤之水，沿《诗经》《楚辞》的天问之路，劈荆斩棘，砥砺向前。爱诗的人，他们的心灵不用手臂就能相拥。

重读这个时段诗人的作品，不难发现，《小草在歌唱》并不是一部孤立的作品，《路旁的胡桃树》《空气》《骆驼》《种子啊，醒醒》……无一不散发着解冻年代对摆脱阴霾的渴望。

34年过去了，往事如云烟飘散。然而，《小草在歌唱》却如同一把尖刀，将那个场景牢牢刻在每个人的心底。

小草永远歌唱。

“人民的诗人”

2008年11月28日，“雷抒雁诗歌朗诵会”在山西举办，他将这场朗诵会命名为“激情三十年”——起点依旧是那个孕育伟大变革的时代开端。

三十年，不是年轮的切片，不是时间的累加。三十年，对每个人的意蕴也许并不相同，对雷抒雁而言，却格外翻天覆地、五味杂陈。

诗、诗人与时代的关系是复杂的。综观雷抒雁的创作，从1979年的《小草在歌唱》，到1991年访问前苏联的《泥泞》、1999年为新中国成立五十周年创作的《十月，祖国！不只是十月》、2008年为冰雪灾害写的《冰雪之劫：战歌与颂歌》、2008年写汶川地震的《悲回风：哀悼日》、2009年为新中国成立六十周年创作的《最初的年代》，以及成熟于党的十八大的《为你祈福！神话的土地》……这些，都与我们时代重大事件息息相关，在每个重大的历史关头，他从未缺席。

三分钟，长过百年
风的手把我们的泪水擦干
生活，重新开始
引擎，启动；脚步，放开
这是哀悼日里，汽笛声中的悲伤与崛起。
一代人随一代人息声重归了泥土
一代人继一代人萌生又大树参天
一万年复一万年
一千年再一千年
繁衍子孙，供奉祖先
生命轮回，生生不息
信仰、信念、信心
化作了我们心中的神

这是2012年对党的十八大抒写的祝福。

老诗人李瑛读罢他的诗，以颤抖的手写信给他：“读你的诗，深觉在创作上，你是一个清醒的、有自觉意识和自觉追求的诗人，始终关注现实、关注国家人民的命运、关注人们丰富多彩的精神世界，如哈维尔说的你始终‘信仰生活’。”

1942 年，雷抒雁出生于陕西泾阳，八百里秦川腹地一个叫做吉元的小村子，无垠的黄土、无尽的贫穷，是他童年和少年唯一的记忆。

雷抒雁很早就对古典诗词感兴趣，也喜欢民间的顺口溜和说唱，在他看来，它们具有一种美妙的韵律感。他对诗歌的迷恋也许来自儿时，祖母是佛教徒，虽是文盲，却可以把佛经从头背到尾。每次她读完后，都用红布包着那书搁在高台上。她不在家时，雷抒雁就弄两床被子垫着，把它取下来自个儿读。

押韵的佛经，是雷抒雁读到的最早的韵文，最早的诗歌。更重要的，敦厚的儒学传统、中正的哲学思想、和贵的智慧义理，浸润着关中平原的生命传统、文化脉络，“为天地立心，为生民立命，为往圣继绝学，为万世开太平”的使命与担当自始至终影响着少年雷抒雁、青年雷抒雁，甚至是老年雷抒雁。

“一个诗人，不仅要会写情诗，还要会写国歌。”雷抒雁说。诗性表达的宽阔音域、理性思考的宽旷视野、文化自觉的宽容背景，构筑了雷抒雁诗歌的宏大景观。风云变幻的大时代、风云激荡的大变革，让一些写作者折断了想象和思考的翅膀，从此沉寂，难得的是，雷抒雁用他那独特的词语雕刀，执着地雕刻着人类灵魂深处的波纹，雕刻着历史传奇不朽的诗篇。

许多读者称呼他“人民诗人”，雷抒雁坚辞不受，他说：“如果说我与‘人民’的关系，我只是‘人民的诗人’。我们曾为这个时代歌哭；这个时代不曾辜负我们，我们亦不曾辜负这个时代。我们的作品，是我们真诚的心，为这个时代的进程一步步立下的路碑。”

照我肝胆，送你温情

不是逢人苦誉君，亦狂亦侠亦温文。照人胆似秦时月，送我情如岭上云。这是龚自珍《己亥杂诗》中的一首，也恰是雷抒雁性情与人格的写照。

许多读者喜欢雷抒雁，不仅是因为他的诗，更是他始终如一的文化立场、历史判断和批评精神。

2001 年，一个朋友声称要送件礼物给雷抒雁：一具带有青铜箭镞的骷髅。朋友说，那是两千多年前，那场著名的长平之战的物证。“一夜之间，我的老乡司马迁笔下记载的‘坑降卒四十五万’是什么情景，真的难以想象。”纸上谈兵，一个尽人皆知的成语，却无意间触发了他的灵感。他说：“我终于去了山西去了晋城，去了高平。”

公元前 260 年秦国将军白起坑杀赵国 40 万俘虏的古战场令他震惊。此后他又专程赶赴塞北的统万城遗址。“当我站在尸骨坑前面对它、凝视它，甚至无意间摸到它的时候，我感到震惊和充满恐惧感，依然可以感到古老伤口愈合的艰难。难道这就是命运？”回来后，他翻阅大量古今中外的杀戮记录，写出了震撼人心的长篇历史随笔《杀戮：历史的另一副嘴脸》。

“看史家死气沉沉的长篇巨制，不如看随笔家挑开历史面纱的那漂亮的一剑。”美学家牛宏宝评价。在牛宏宝眼中，雷抒雁这位随笔家写出的历史，比史学家的历史、道德家的历史更犀利、更耐人寻味，“他似乎天生有一种思想的底蕴，这就是拒绝道学家的立场来看历史，他从历史的夹缝中解析历史，绕过历史正面去瞧历史背面，从正史所不涉及的历史下脚料中，去揭历史的老底，从细微处为历史把脉，从独特的角度清算历史到底有几处‘是’，又有几处‘非’。而这往往是正史所无暇顾及，也是被有意遗漏的。”

“记忆比石头更坚固。”雷抒雁断言。苏联解体前夜，他曾做过短暂访问，发表过访问日记，今天重读这些日记，我们惊愕地发现他超人的洞察力、预见力，在不同场合，他对这个庞大的苏维埃联合体即将崩解表达出深深的惋惜。

面对林林总总、打着各种概念的诗歌思潮，他强烈抨击：“我倒欣赏苏联作家高尔基的观点，他说：我不懂诗歌这派那派，只知道诗歌有两种，好的和不好的。”

面对诗歌阅读的不景气和创作的热闹，雷抒雁更是反感：“古人讲，两句三年得，一吟双泪流。现在动辄一年写几十首甚至是几百首诗，怎么可能出好作品？”至于网络上所发表的成千上万的诗歌，他也并不看好，“诗歌不是不断敲回车键的文体，网络诗只是一个伪口号。”

朴素，澹泊，真诚，善良，智慧，敏锐，快乐，开朗……这是雷抒雁的朋友们对他的共同评价。也许是君子之交，也许是倾盖如故，他身边总是聚集着一些人，或者说，他总是在他们身边出现：李瑛、牛汉、屠岸、严阵、张同吾、韩作荣、杨匡满、吴思敬、刘福春、刘立云、朱先树、王燕生、叶延滨、张清华、陆健；当然，以着同乡情谊，还有周明、何西来、李炳银、白描、白烨。这个世界，总是痴情地将聚光灯打在他的身上，可是，他不属于聚光灯，在舞台上，他腼腆得可以说张皇无措。他期望走出耀眼的光亮，在剧场边缘，冷眼旁观，冷静思考。

生命的承诺

如果说时间也有色彩，从 2003 年 12 月 31 日这一天开始，雷抒雁的生命就变成了白色。

“新世纪的开端，对于我，却并不妙。”在一篇散文中，对于不妙的生命，他乐观地写道。在 2003 年，与许多不幸的人一样，他被诊断为直肠癌。12 月 31 日，在麻药导致的昏睡中，他被推进了手术室。此后，便是病魔轮番的轰炸，以及他与病魔的阵地争夺战——化疗、放疗。总之，一切艰难的治疗都经历了。

“那些日子，躺在药味浓重的病床上，我想得很多，想到生，想到死。”最终，他想到了那一句话：“一定要活着！”

“不是说给新世纪的承诺吗？这就是我的承诺。”五年后，在一篇关于汶川地震的散文中，他郑重地写道。

2008 年 5 月 12 日 14 时 30 分，整个中国彷徨无措的时刻，电话铃吵醒了在北京家中午睡的雷抒雁。地震现场的混乱、伤痛，让他分外牵挂一个八年前因为一个偶然的机缘结识的成都孩子——涂雨生。

其实，就算涂雨生站在他面前，雷抒雁又如何能认得出呢？时间在他身上留下了衰老，留下了疾痛，而这个叫做“涂雨生”的孩子，将会因为时间的恩赐，成长为一名英俊的青年。然而，雷抒雁依然不舍，他挂念的是，在这场巨大的灾难中，这个涂雨生究竟在哪里，活得怎样？以及无数个与涂雨生一样的孩子在哪里，活得怎样？

这个充满牵挂的时刻，雷抒雁也许不知道，也许不在乎，癌细胞正在他体内扩散，蚕食他健康的肌体，可他心里，充满的依然是“涂雨生”。

他曾经写过一首诗，细述自己黄昏中的生命：

其实，那天太阳并没落
只是时近黄昏
众鸟归林，翅背上
驮着亮晃晃一片金黄

那一刻，他也想到了自己——人的生命，其实和一棵树、一株草没有多大差别，说脆弱也脆弱，说顽强也十分顽强。父母给了我们生命，就是给了我们最伟大的礼物，它是使这个世界变得美丽的至关重要的因素。

那一刻，他也想到了生和死的悖论——活着，之所以重要，就在于它保留了生命这个创造和发展世界的最基本条件。对于乐观主义者，活着，似乎不是什么问题；对于悲观主义者，活着，却往往是一道难解的哲学方程式。在这个哲学死结前面，我们常常会发现有可悲的生命倒下。

然而，想了那么多，他就是为了告诉涂雨生一句话：“一定要活着！”

把自己的生命置之不理，却泪流满面地牵挂一个偶然相识的孩子——这就是雷抒雁。

那一刻，他是否还记得他写的那组诗《贿赂死神》？

我赞美她的美丽，说她黑色的斗篷飘然如黑色的羽翼
我夸耀她的职业，说收割是成熟生命最好最好的归宿
甚至，我抚摸着她的镰刀，说
啊，多么锋利，难怪无人遗世独立
世人尽知诗人是唱赞歌的高手
可谁知赞歌里有麻醉的因子
就在这恐怖老太婆睁眼闭眼的时候
我已从她腋下悄悄溜走

一次又一次，像个顽皮的孩子，像个狡黠的精灵，雷抒雁从死神的腋下悄悄溜走。他一如既往地生活、写作、采风、学习、工作，似乎什么都没有发生，似乎什么都没有改变，他奔波，忙碌，有滋有味地活着，为这个时代献上鲜花、种下蒺藜，也为这个时代翻下种子……

原载《光明日报》2013年02月07日

他不是一个“聪明”的作家

——我眼中的蒋子龙

韩小蕙

工业题材小说还能这样写

一夜之间，蒋子龙的名字又一次登上各大媒体，家喻户晓。

这次是作为全国百名“改革先锋”荣膺大榜：2018 年 12 月 18 日，他出现在北京人民大会堂主席台上，从党和国家领导人手中接过“改革先锋”奖章。当代中国作家中，只有两位作家荣耀入榜，另一位是已先“去”了的路遥——我分明看见，路遥正在天堂上对着蒋子龙微笑，两人互致鼓舞和问候。

之所以说是“又一次”，是让我想起了 40 多年前的岁月。那时我还是北京电子管厂（即今日北京东方电子有限公司，著名“京东方”）的一名小青工，后来成为《北京文艺》（今《北京文学》）杂志社联络辅导的工人业余文学爱好者。几年的工厂历练，已经把我培养成一名自觉的产业工人，热切关注着国家的“工业文学”创作，并且特别发愤地学习和训练，期望自己也能为此做出一点小小的贡献。

1976 年，蒋子龙的中篇小说《机电局长的一天》发表了，写的是机电局长霍大道如何排除极左干扰，大刀阔斧地抓革命，促生产，将工作引导到正确的轨道上的故事。该作及时反映出广大人民群众呼唤时代变革的心声，因而引起了全社会的强烈共鸣。作品刊发于当年《人民文学》第 1 期，此也是该刊自 1966 年停刊而后复刊的第 1 期，当时“四人帮”还没倒台，蒋子龙写出、《人民文学》刊发出这篇佳作，都是一种时代突破，是需要极高的政治勇气的！果然，很快，一批气势汹汹、大扣政治帽子的批判文章就来了，一时黑云压顶。

当然，我们厂工人创作组的全体成员都不接受这种棍棒论调，而且是以最高学习姿态，读了 N 遍，大家还进行了掏心窝子的讨论。那时，我们的创作组已经成立 5 年了，平时由《北京文艺》的郭德润老师组织和指导创作，一直傻乎乎地遵循着“三突出”的原则编与写。所谓“三突出”原则，即“在所有人物中突出正面人物，在正面人物中突出英雄人物，在英雄人物中突出主要英雄人物”。那时的主要英雄人物，皆是书记或者老工人师傅，反面人物则是厂长或车间主任，他们挖空心思地破坏军工生产，当然最后不会得逞，而是以英雄人物的胜利而圆满结局……我们整天就是这么瞎编，所以，你能想象，当我们读到《机电局长的一天》时，内心里掀起了怎样的狂涛巨澜。工业题材小说竟然能不写敌我斗争，不写局长、厂长、车间主任是坏人，反而把他们树为英雄人物，大力地歌颂他们，真是石破天惊！小说居然还能这样写，蒋子龙真是神一样的存在啊！

1979 年和 1980 年，蒋子龙又连续发表了短篇小说《乔厂长上任记》和《一个工厂秘书的日记》，这两部划时代的作品，后来被誉为“中国改革文学的开山之作”，蒋子龙也由此被称为“中国改革文学第一人”。此时，全国形势已经全然改变，粉碎“四人帮”两年多了，中国改革开放大幕已经开启，人心思变，全国人民铆足干劲……而我也已经离开工厂，跃上恢复高考的大潮，考入南开大学中文系就读。虽如此，我仍认同自己的工人阶级身份，坚持摸索着中国工业题材的业余创作。对蒋子龙的工业题材作品，自然是有一篇研读一篇，认真学习，仔细揣摩，然后，每次都对自己叹曰：“人家的作品怎么能写得这么好！”蒋子龙在我心目中，依然是神一样的存在。

不做“精英”而做“傻英”

4 年沸腾的大学生活之后，1982 年我毕业回京，进光明日报社做记者编辑。虽然身份又变了，但 8 年工厂时光给我的青春镌刻下太深的印记，我依然眷恋着我的工厂，热切关注着以蒋子龙创作为代表的中国工业题材文学。

此时，蒋子龙却已然纵横开阖，把他的笔触伸向了更加广阔的全社会视野。继《乔厂长上任记》《一个工厂秘书的日记》《拜年》荣获 3 届全国短篇小说奖之后，又有《开拓者》《赤橙黄绿青蓝紫》《燕赵悲歌》获得 3 届全国中篇小说奖，其后 4 部长篇小说《蛇神》《子午流注》《人气》《空洞》也接续出版。好家伙，一连串作品如春江开闸一样奔涌而出，真可谓厚积薄发。万花筒一般，有写青春人物的，有写社会变化的，有写新中国大事件的……然而，万变不离其宗，他始终热切关注着时代的发展变化，追踪和及时反映中国人民在前进的每一过程中所遭遇的极其尖锐的社会矛盾，不回避，不粉饰，直面艰辛，筚路蓝缕，像他的为人一样刚直不阿，山峰耸立。他忠于自己“推动社会进步”的内心，宁愿独坐冷板凳，也绝不去做权贵和商人的座上宾。

“作文先做人”，这是蒋子龙对自己的严格要求，一辈子践行之。后来我亲身经历而让我感动的一件事是：2012 年元旦这天，北京东城作家协会和东城图书馆拟以“读者与作家见面会”的形式，请蒋子龙来京与读者共迎新年。那时，他是中国作协副主席、天津市作协主席，职位既高且名满天下。而听众是谁呢？都是基层的普通人，有工人、农民工、街道干部、中小学教师，甚至还有不少街道的大爷大妈……这么一场公益讲座，蒋主席一口答应下来了，读者们自然是欢天喜地，翘首以盼。谁知天公不作美，元旦一大早，蒋子龙 6 点钟就摸着黑出门了，急煎煎驱车赶到高速路口，却因有雾被封了路。他忙又急煎煎赶到火车站，可是所有车票全卖光了。此时，他完全可以对这场基层的公益讲座说一声“拜拜”，谁也不会埋怨的，然而，他不想辜负那么多盼望着他的大爷大妈们，他人性中的正直与善良不允许他放弃。于是，他又一次驱车赶到高速路口，心急火燎地等了一个多小时，终于放行了！终于在上午 10 点半赶到位于北京交道口的东城区图书馆，终于在热烈得要掀翻屋顶的致敬掌声中，开始了他严肃的讲座。

之所以用上“严肃”这个定语，且请看他的题目《人成精了，文学怎么办》，一看就带着火力呢。蒋子龙从当下文学和艺术界存在的为获奖而暗箱操作的现象开讲，逐渐旁及社会心态上存在的种种浮躁、虚夸、自私自利、损人利己、投机取巧等“成精”现象。最后，他把一个严肃的命题摆在听众面前：“寻找灵魂——不仅文学要找到支撑书写的灵魂，我们每个中国人，也都要找到支撑自己生活的灵魂。让我们不妨像那些默默奉献在基层的工人、农民一样，傻一点，多下点笨功夫，不做‘精英’而做‘傻英’……”

讲座结束后，当我对他再次表达感谢时，他却客气地说：“是我要感谢你给我的这次机会——能在新年第一天来北京，和大家伙一起谈文学、谈读书，是一件多么愉快的事情！这个不平凡的元旦让我收获多多。”

还有一件我亲身经历的事情，也很能说明蒋子龙的“做人”：2009 年，蒋子龙的长篇小说《农民帝国》获得“鄂尔多斯文学奖”，当时作为评委的青年评论家李建军，将该作细细地读了两遍，大加赞赏，评价这是“一部了不起的杰作，它不仅在小说艺术上达到很高水平，而且在对当代生活的把握和理解上达到了成熟的境界，是新世纪以来最重要的作品，接近完美”。李建军随即将8卷本的《蒋子龙文集》通读了一遍，对蒋子龙有了更全面的了解和理解，认为他“是一位有方向感的作家，积极写作，对改变生活充满了热切的希望，在批判性、责任感、道德意识、哲学思考等方面都很杰出，所以作品很有力量。蒋子龙本人也是当代中国文学的大脑、灵魂和良心”。在此基础上，李建军写出了一篇长文《新国民性批判的经典之作——论〈农民帝国〉》，发表在当年第5期《小说评论》上。差不多过了一年时间，2010年4月，蒋子龙意外得到这本杂志，读到该文，大受震动，立即提笔给李建军写了一封信，虚心地称比自己小22岁的李建军为“先生”，并说自己“获得了醍醐灌顶般的教育，也悟出了自己的弱点……”之后，蒋子龙又和李建军互通了几封信。请看其中的一封：

建军先生：

近好！

由于是挂号走得慢，昨天下午才收到两册大著，正求之不得！其中有些文章在刚发表的时候就曾先读为快了，还保留着，今后也将作为我的教课书再系统地拜读。上了年纪，读书的时间长，写作的时间少了，正好通过您的书补上文学理论这一课。非常感谢！结识您是老天对我的眷顾。

蒋子龙 顿

2010.5.24

一代名家，改革文学的开拓者，竟然如此坦荡地反思自己的不足，向小自己一辈的年轻评论家请教，真心实意地祈求批评和点拨，这是何等真人啊，在中国当代作家中实不多见。我们多见的往往是，作品写得并不怎么好，然而一旦有了点小名气，便自视为大家，自吹自擂，狂妄得把别人都不放在眼里；一遇批评便暴跳如雷，甚至打上批评家的门去……如此之故步自封，作品能进步吗？文学能发展吗？我们还要“文学”干什么呢？广大人民群众可真不需要这样的作家和这样的文学。基于这样的认识，光明日报《文荟》副刊特请李建军撰文，将此事披露于大庭广众，并将蒋子龙的几封信一并刊出，以《两代作家的通信》为题，以四分之三版的大篇幅发表在2010年7月2日的第7版上。

从刊发后的反馈看，这两代作家、评论家的真心倾谈，感动了不少读者，也触动了一些作家的心绪……

《农民帝国》并非农村题材

蒋子龙已出版个人著作近百本，《农民帝国》是其最重要的作品之一。这是一部描写当代北方农村生活进程的长篇小说，以主人公郭存先的成长蜕变为主线，剖析了金钱、权力、欲望对人性的冲击，折射了改革开放以来，中国农民在物质生活与精神面貌上发生的复杂变化。全书57.4万字，写作时间前后用了10年，中间一度停笔，问起原因，蒋子龙率直答曰："不满意呗，被人物牵着走了，没达到自己设定的高度……"

我问："现在书已出版十年，各方好评如潮；最近甘肃文交国际版权中心又把它做成了线装书；李建军再次评价，还是说它是了不起的杰作。十年后回眸，您现在感觉怎么样？还是不满意吗？"

这套线装书制作之精心，实在令人赞叹。书分五函，蓝色青花布面，绸缎包套，繁体竖排，既古雅又清新。用的是有"纸中之王，千年寿纸"美誉的宣纸，经过墨色、印刷、折页、配页、齐栏、打孔穿纸钉、包角、绫面、穿线、贴签条、配函等多道手工工序，最后成书。不知是谁的主意，每部书的扉页都有蒋子龙的亲笔签名，是在他手签之后再装订进去的，还别出心裁地编了珍藏版号码。印刷制作是专门请常州市清砚兰陵古籍社承印的，将南方的细腻儒雅与北方的苍莽雄浑合二而一，具有极高的艺术性。

孤陋寡闻的我，只知道有两部当代长篇小说被做成了线装书正式出版，另一部是作家出版社做的线装本《白鹿原》。两位作家都是中国新时期以来最重要的代表作家，两部作品都是新时期文学的扛鼎之作。除李建军外，文学界和新闻界的其他名家也纷纷给予了高度评价："这是一部具有强烈社会责任感与民生意识的作品，是当代中国文坛的重要收获。""这部长篇既可以被看作进入新世纪以来出现的一部优秀作品，更应该被看作是一部全面超越了蒋子龙既往全部小说创作的杰出作品。"

2019年1月19日，甘肃省文联、甘肃文交国际版权中心在兰州举行了《农民帝国》线装书首发式，同时举办了该书研讨会。谁也没想到的是，在与会评论家的一场盛赞之后，蒋子龙的举动却震惊了全场。他做了一个自黑式的发言："我自己认为这部书的毛病，是概念大于描写。因为我的学养不够，哲学高度不够，所以认识不了那么深……"

这是什么意思呢？我立即听明白了：蒋子龙是在检讨他创作时的"主题先行"，导致了"概念大于描写"。当然必须多说一句的是，在浩如烟海的文学作品中，"主题先行"也不失为一种写作方法，也曾有大作品出现。我记得当年有南开的文学理论课堂上，老师曾经讲过，德国大诗人席勒就很推崇这种创作方法并亲身实践；而我个人认为，托尔斯泰的《复活》大概也可以归入这一类作品的行列中。

蒋子龙说，他当初野心勃勃撰写这部书，是想解读一段时期中国农民企业家命运的怪圈：为什么他们老是在原地打转，或者在事业最高峰时又一次次跌回到原点？这是因为他们身上缺少“工业性”吗？

蒋子龙说：“所以，《农民帝国》并非农村题材，而是一部工业小说，我想探讨的是中国的‘工业性’问题。”

我看看会场，人们虽然都在认真倾听，可是似乎很平静，然而说实在的，我却相当震惊：明明是讲述农民帝国里发生的故事，蒋子龙为什么言之凿凿地说它是一部工业小说呢？这一下子调动起我身上的工人细胞——我也是工人出身，我也是工人作家，多年来我一直在期盼着中国工业题材巨著出现。不是套近乎，我觉得我与蒋子龙有着一种天然的工业血缘关系……带着这些想法，会后，我去敲开了蒋子龙的房门。

他的作品是滚烫的

据说，有不少人很怕蒋子龙。

他有个外号，叫啥“凶神一号”，不知是谁瞎给起的，因为我从来也没觉得他是什么“凶神”。不过他的性格确实很硬，独立思考，绝不人云亦云；忠于信仰，绝不跟风；有原则，绝不嘻哈拉扯通融；不听劝，九头牛也拉不回头；无所畏惧，心底无私天地宽；无欲无求，或者说所欲的皆是国家大事，所求的全是社会进步……所以，几十年来，他的日子过得并不像某些“聪明人”那样光鲜滋润，处处占先，得尽天下利；而是屡屡被批，甚至还遭遇过连续 14 个版面批判其作品的盛大局面——这真让我太想不到了，我们大家本来都以为，身为被广大读者深深敬仰的大作家蒋子龙，不是天津一宝吗，在津门不定有多荣耀呢。

不过，这也是他的宿命。出身于破落地主家庭的蒋子龙，少年时并没有过上什么金贵的生活，后来却因这家庭出身屡受质疑。幸亏他从来也没丧失青云之志。1960 年，在上万人参加的招兵考试中，他以文化考试第一名的成绩，被迫切需要文化水平较高人员的海军某部队招兵入伍。经过测绘学院一年多的学习，参与到中国海疆图的绘制工作中，由于表现突出，曾被评为“技术能手”，代理过中队长之职……5 年后，海图绘制任务完成了，风云突变，他又因家庭出身不好被复员，重新回到原点——天津重型机械厂，当了一名工人，那年他也才27岁。他没有叹息，马上进入埋头苦干的新旅程，逐渐担任了厂长秘书、工段长、车间主任，后来写出煌煌赫赫的文学作品，成为作家队伍中的蒋子龙主席……

对于这么多坎坎坷坷，他从来没抱怨过。相反，在工厂的大熔炉里，锤炼出了他的工人阶级情怀。中国的现代化大工业虽然起步晚，带着先天不足，但大工厂的工人们还是被培养出了不少优秀品质。比如以我自己的8年工厂生涯为例，我的工厂是新中国典型的国家大工业先进力量，万人大厂，流水线作业，严格的现代化科学管理，造就了我们工人之间的团结、协作、齐心、高效、舍利求义、奉献集体、热心助人……最给我留下深刻印象并怀念至今的，是当年若哪个工人家里有了困难，班组里所有的师傅都会跑到他（她）家里去帮忙，若情形比较严重，车间主任和书记也会在第一时间前往。那时我们的集体非常温暖，虽然普遍贫穷，但人心都是热的——这热度一直穿透了40年的光阴，一直依附在我的大学、我的报社生涯，一直到今天还贴在我身上温暖着我！同时，工人师傅们一般都是直肠子，不大会说弯子话和漂亮话，答应了的事就去兑现，绝不敷衍；也不委身于任何领导而只是凭自己的本事吃饭。那时工厂里有八级技工，工资比一般工程师都高，地位也高，相当有自豪感。

我观察蒋子龙，发现这些大产业工人的特点，在他身上都能找出来。这一代工人阶级中的先进分子，他们生来就肩负着民族的使命，关注社会甚于关心个人利益，关注时代的变化甚于关心自己的柴米油盐，揭露、批判、鞭挞黑暗面是为了求光明，不放弃发言是为了促进步，宁愿个人受苦受难受不公正待遇，也要坚持原则，坚持真理，坚持前进。

蒋子龙眼睛里闪烁着异样的蓝光，叹息说："中国的'工业性'，什么时候才能真正建立起来啊？没有'工业性'，何来中国的工业文学……"

他一直还在强调"工业性"，从研讨会上的发言，直到现在的面对面，他一直都在强调这三个字。他的"工业性"到底是什么意思呢？它背后的深意在哪儿呢？

蒋子龙说，小说不能光写故事，人物也不能光去追求表现性格，《农民帝国》当年写不下去，就是觉得自己被人物牵着走了，没有写出期待的哲学意味和精神含量。他说，我的野心太大了，要求太高了，我想写出的是整个旧中国新中国的工业化大问题。一直写到三分之二的时候，感觉才来了，渐入佳境不过，也还有很多话没写出来，现在完成的只是上部，还应该有一个下部，也许是更大的工程……

老骥伏枥，不仅是志在千里，他心心念念、牵肠挂肚的，是昔日的工友是国营大厂的命运，是工人阶级的生活，是中国大工业的建立、健全与发展，是中华民族如何以自己牢固的根基立足于世界民族之林！

他真不是“聪明”的作家，不会凭借着一点小心思，去海地云天地编造，既博取了眼球、博取了名声、博取了金钱，又能轻轻松松、游刃有余地活着。然而，蒋子龙又是真正有大智慧的作家，一辈子老老实实地遵循着现实主义创作原则，宁愿顶着各种压力，也要掏出心窝子写，恨不能用一滴热血换出一枚文字，滴滴枚枚，所以他的作品才是滚烫的啊！

我一直是蒋子龙的忠实崇拜者，不仅因为他是新时期中国工业文学第一人，更重要的是他端正的人生和清白正直的为人。我还清楚地记得是怎样跟他相识的：那一年在天津的一个文学活动上，我初次见到他，即去以“半个天津人”的身份套磁，请他为《光明日报》副刊赐稿。后来他果然为我们写了多篇佳文。那时还没有电脑，来往函件均是手写，我称他为“子龙先生”，这里不仅有文化界的行规，更含有“尊敬老师”之意。后来熟悉起来了，称呼改为“蒋主席”，不仅取其简洁响亮、朗朗上口，还有一层友人间的亲密——当然，却无任何“官意”。

我不怕蒋主席，因为他在小人物面前从来没摆过谱。相反，越是普通人向他开口，他越是倾力相助。尝见有文章记述了这么一件事：某年隆冬，沈阳气温已达零下十几摄氏度，有朋友开了间小书店，请他去签名售书。他半夜到达沈阳，在候车室等到天亮。上午与大学生对话，中午没顾上吃饭就去签名售书。因为读者太多，都往上涌，小老板怕挤坏了柜台，便商请蒋主席能否在店外摆桌子签？蒋主席硬仗着一身热血和情怀，一直签到天黑，手指和身体早都彻底冻僵了——真是要命了，别说是全国人见人识的大作家，就是在最普通的文艺家队伍里，谁见过这么“傻英”的作家！

原载《光明日报》2019年3月8日

乔羽与邢台

尧山壁

乔羽说，邢台是第二故乡，好山好水，连抽的烟叶都甜丝丝的。邢台人说，乔羽是咱这块土地走出去的艺术家，词好曲好，每首歌听了心里都热乎乎的。乔羽和我不是同学，但是是同校，1955 年我在邢台高中上了三年，而这座校园七年前是北方大学，乔羽上了三年，无形中有了特殊的感情。

1945 年 9 月邢台解放，是晋冀鲁豫边区最大的城市，第一任市长是任仲夷。年底成立北方大学，乔羽是第一批学员。晋冀鲁豫边区包括太行、太岳、冀南、冀鲁豫四个抗日根据地，位于潼关、徐州、德州、太原之间。乔羽的家乡属冀鲁豫的鲁西区。1946 年春天，经共产党地下组织推荐，19 岁的乔庆宝要到北方大学深造。一行 6 人乘两辆去邢台送货的马车出发，新的生活需要一个新的名字，那一天绵绵春雨给了灵感，由雨而羽，乔庆宝变成了乔羽。新生的乔羽真想展翅高飞，飞到高高的太行山上。

从济宁向西北，过梁山，杏花正开。再过去是黄河，黄河无水，一片白沙，马车还得由人助推。过河是大平原，甩袖无边。行走六天才抵达邢台，北方大学在城西，周围绿树环绕，不远就是达活泉。这是解放区第一所院系齐全、规模大又正规的综合大学，汇集了全国一流学者、名家，校长范文澜，教授有刘大年、尚钺、宋孟源、王冶秋、艾思奇、黄松龄、乐天宇、王锦第、刘桂五、钱信忠、陈荒煤、光未然、罗工柳等，农学院还有两名美国友人，韩丁、杨早。上千名学生，七成来自解放区，三成来自国统区，遍及各省，包括台湾。乔羽文化基础较好，编入高级班。他祖父是清朝拔贡，办私塾，乔羽自幼聪明过人，三岁识字三千，六岁背过唐诗三百首。但是课程中他并不看重文学艺术，信奉自珍的“经济文章磨白昼，幽光狂恋复中有”，喜欢哲学和经济。

不久内战重开，国民党高德林部夺回邢台，北方大学让出城市，到山区、农村办学，边行军边打仗边上课。刘邓大军南征大别山，光未然带领文艺学院到馆陶后方医院实习，办一张《光荣》报，从采写、刻字、插图、油印到发行，都由乔羽一人完成。戏剧队演出，人手不够时乔羽也来帮忙，有时也分到角色，通常没有台词。一次扮山包，顶一块彩布坐在地上，一次扮大树，两人相拥，裹一块画布。中午改善生活吃多了，着了凉，咚咚地放屁，臭不可闻，憋不住气扭动几下，下边观众说，没刮风，树怎么晃了。

1947 年冬天，乔羽到临清县白地乡党尔寨参加土改，白天发动群众，晚上披着被子写材料，熬了六天，写出 12 万字的《党尔寨土改调查报告》。冀南行署主任王任重看了，说：“观点明确，材料生动，逻辑严密，文笔漂亮。”指令在《冀南日报》加版连载，还要调来行署研究室工作。边区党委批示：“这批学生谁也不能动，留待解放全中国后统一使用。”

通过社会实践，乔羽看到了文艺的功能，加深了对《延安文艺座谈会上的讲话》的理解，开始文学写作，发表了一些诗歌、小说、秧歌剧。三年毕业，与光未然、贺敬之、崔巍一起分到文化部剧本创作室。创作了儿童剧《果园姐妹》，童话《龙潭故事》《森林宴会》《阳光列车》，宋庆龄副主席亲自为他颁发了儿童文学奖。

人到北京，心还留在邢台，朝思暮想，乔羽申请深入生活被批准，首选目标是邢台地区沙河县渡口村。1946 年 8 月，他在这里参与了迎接和安置昆明惨案被害的闻一多家属，一眼看中了渡口的青山绿水。1951 年春天，背着行李回来了，住在村西头支部书记刘青云家里，石头院小南屋，靠东的土炕，晚上点煤油灯，邻居嫂子大娘都来“借光”，纳鞋底做针线活。听见鸡叫就起床，一天三出工，干活不惜力，不懂就问，很快就成为一个戴眼镜的农民。至今村里还流传着他两个笑话，不会生炉火，撅着屁股用嘴吹，呛得鼻涕眼泪。用辘轳打水，套水桶不会使三连环，掉进井里束手无策。邻居拿来卖肉的钩子，帮他捞桶，乔羽非自己动手不可，撅着屁股捞呀捞，最后终于成功了。还总结出经验，心莫急手莫慌沉住气，钩子就长了眼，一下就抓住了。

至今村里念乔羽两件好处。一是有照相机，听说谁家孩子过百天，登门拍照，攒多了回北京洗印，回来送上照片、底片。有人看到底片发红，说相机吸血，他就耐心解释。渡口村五百户几乎家家有他拍的照片，上有“中国照相”字样，北京中国照相馆洗印的，我在农民王森家看到过一张。再一个农村当时缺医少药，感冒发烧，跑肚拉稀，只能扛着。割草拉破手，打架碰破头，只能忍着，吐口唾沫抹上草灰。乔羽从北京带来一些常用药，阿司匹林、酒精、红汞之类，看着说明书给人治病，解决了不少问题，慢慢地刘青云家成了小药铺，十里八乡都来看乔郎中。

不忙的时候，乔羽爱来河边看风景。北有广羊山，南是黾头垴，两山夹一川。夏秋两季，河宽一二百米，清澈见底。这条河俗称沙河，《水经注》上称禺水，下游是澧河，先注入子牙河。上通山西，下达天津，自古一条商道，商品集散地，故名渡口，十天三个集，一年仨庙会。还有人文景观，北山有老君洞，老子修道的地方。山顶老君岩，明末清初河朔诗派领袖申涵光隐居之所，有碑刻为记：甲申，奉母避乱西山，诛茅广羊绝顶。

沙河水脉脉含情，把乔羽的目光带向远方，带向鲁西老家。那里也有一条河，济宁是大运河上一个商埠，“官舸商舶鳞集，麻拥于济宁城之下”。他家住在顺河街，距李白居住23年的太白楼一二百米，“我家就在岸上住”是他与生俱来的诗句。电影《上甘岭》出来后，沙河人骄傲地说，这首歌是乔羽在渡口写的，沙河就是那“一条大河”。

1953年末，乔羽要回北京上班，乡亲们说舍不得，又催他回去，“小子过了二十五（岁），裤子破了没人补”，到了成家的时候了，乔羽回到北京，不光结了婚，还生了一个又一个“娃娃”，《让我们荡起双桨》《人说山西好风光》《汾河流水哗啦啦》。影片一出，县电影队先来渡口放映，人人学唱，乔羽的歌就是沙河县歌。

1958年剧本创作室解散，乔羽要求下放，到沙河县挂职。地委安排他任县宣传部副部长，统战部长，兼任邢台地区文联主席，但是他大部分时间还是在渡口蹲点，和农民一起担水抗旱，打夯砌墙，带上干粮修水库。一次正在三王村大炼钢铁，他爱人赶来探亲，在褡裢站下火车。乔羽高兴，赶上马车连哼带唱，跑了一百多里把她接来。渡口村沸腾了，上千人围来看新媳妇，送来的花生核桃堆了一炕，有的说真洋气，有的说很古典，半大小子还要等着闹洞房。

1958年秋天，沙河、邢台、邢台市三县（市）合并为邢台大县，乔羽仍任县委宣传部副部长，工作范围扩大了，由一个渡口川，扩展到路罗、浆水、稻畦、尤门五大川。县长何耀明和文化馆长景慧敏，根据南石门公社兴修七一渠的事迹，创作了剧本《天上人间齐歌唱》，乔羽修改一遍，又请省话剧团付长生导演，四股弦剧团马凤仙、下放干部齐啸云主演，轰动牛城。一鼓作气，又到天津参加省会演，拿了一等奖。县里接受地区戏校一批学生，成立丝弦剧团因为年龄普遍低，人称“小丝弦”。乔羽爱如掌上明珠，亲自改编了一出海瑞戏《铡徐猛》，还请来中央歌舞剧院作曲家舒铁民住下来，修改唱腔，使南路丝弦的音乐大有起色，为后来编演《轰鸡》、唱红京津打下了基础。

1962 年 1 月，北京召开七千人大会，白天出气，晚上看戏，乔羽和电影界老搭档苏里、武兆堤凑到一起，戏称邢台老乡。当年抗大总校在浆水，苏、武二人都是学校文工团员，进城后都成了电影大腕，苏里与乔羽合作过《红孩子》《刘三姐》《我们村里的年轻人》，武兆堤导演过《沙家店粮店》《平原游击队》，正在改编《英雄儿女》。武兆堤要请二人吃饭，前门饭店烤鸭凭票，来到北京饭店，通过一个邢台籍的工作人员搞到了肉丝炒面一盆汤，当时已经难能可贵了。乔羽看了菜单，显出失望的样子。问他想吃什么，答曰最想吃浆水柿糠炒面，又香又甜，一边说一边吧嗒嘴。三人你一句我一句，共同回味邢台山区光荣的岁月，末了形成共识，搞一部电影《我们战斗在太行山上》，击掌结盟，由乔羽写剧本，苏里导演，武兆堤正搞《英雄儿女》，一时抽不出身，负责写剧本梗概、编导计划，在文化部登记立项。不久乔羽、苏里回到邢台，武兆堤也追来，在县委书记何耀明陪同下，开着全县唯一一辆吉普车，沿着当年抗大文工团演出路线重走一遍，之后又到晋东南芹泉、桐峪、蟠龙、西井、麻田等旧战场，选外景，拍照片，回来闭门研究剧本，写累了就上山转。

我就是这当口大学毕业，安排到邢台县文化馆的。馆长刘金铭看了档案，说你写诗找乔羽，去石槽吧。第二天简单准备一下，第三天步行上山。这条路不生，高三时去张安北、谈话劳动走过一次。路远我不怕，从小走垄沟踩坷垃，初中十五里，高中九十里，来回都是步行，那时还没有公交车，练就了粗腿大脚，穿 48 号鞋。起五更出门，摸黑赶到石槽，一天走了一百二十里。

村干部把我安排在省林业劳动模范孙清贵家里，大娘端上灯送到小西屋，铺好了炕，说乔羽来了都是在这儿睡。我迫不及待地躺下，觉着诗人的余温还在，会沾上一点仙气。刚躺下，看到墙上有乔羽的诗《赠孙清贵》：“有土之处皆种树，有山之处皆成林。春蚕已超江南盛，夭桃独占江北春。桃树擎天张华盖，苹果遍地隐诗人。行者到此莫考量，葡萄美酒醉众神。”孙清贵爱说快板，曾按照乔羽的指点，将多余的葡萄装入坛中，泥土封盖，酿成美酒。第二天我又沿着乔羽的足迹，爬上 1000 多米的灵霄山，在村场办公室又看到乔羽一首诗：“人有灵霄殿，我有灵霄山。雄峙太行顶，绿树接青天。虎豹已绝迹，孩提王承欢。昔日大王居，今日桃李繁。”又一次看到，乔羽不仅是诗人，还是书法家，行草颇有功夫。

大娘说乔羽人好，地里不挑活，家里不挑饭。刨坑栽树，搬石垒堰，啥都干。冬天吃糠窝窝，热窝窝壳篓里加个冷烘柿，他说举起火炬。夏天喝井凉水，辘轳绞出一桶水，舀一碗“不落地”，咕咚咚一饮而尽，透心凉。

短时间找不到乔羽，他的诗却俯拾即是。在水门村看到他写王永淮：“王永淮，像春蚕，年年月月不离山。春蚕吐丝只几日，永淮辛苦几十年。”在渡口看到他写的《沙河谣》：沙河沙河是我家，平原宽阔山岭大。煤铁金银样样有，到处都是好庄稼……

有一天终于把他堵在办公室，自报家门，送上习作，乔羽看得很认真，逐字逐句提意见。那时他还没有发福，大脑门，尖下巴，身上没有多少肉，头重脚轻的样子。眼镜后一双清澈的眼睛，嘴角微微翘起，天生一个乐天派。浓重的鲁西话，抑扬顿挫，自然带一种乐感，还不时冒出一两句邢台县方言土语，“老娘的”（中老年妇女），“媳物的”（年轻媳妇）。论年庚，都是属兔的，他大我一轮。他说你这兔子生逢其时，满地庄稼。我这兔子，生在冬天，场光地净，常常被人追着跑。又说兔子胆小，从来夹着尾巴做人，不敢奓翅。我说我是个笨家伙，茶大胆，早晚得撞在枪口上。还说羡慕你，电影、歌剧、诗词，样样精通。他说这叫狡兔三窟，不能一棵树上吊死。与君一席话，胜读十年书，相见恨晚，从此我也不光写诗了，剧本、散文，都顾着。

乔羽没脾气没架子，吸烟喝酒，到处朋友。走到邢台街上，三步一点头，五步一握手，生一点的叫乔部长，熟一点的叫乔老爷。交情最深的是何耀明和吴玉书。

何耀明长他两岁，14 岁小八路，16 岁当区长，解放后任县长、县委书记，把邢台县建成太行山最绿的地方，受到毛主席接见，爱好文艺。二人朝夕相处，思想默契，对话都是诗句。一天去黄寺工作，中午吃香椿拌面，乔说：闻着香心。何说：吃着爽口。下午上棋盘山，有一尼庵，多数人还俗，只有一人不走，分得庵外几亩坡地，尚未入社。乔说：玉泉古寺禅意浓，何说：和尚还俗为社员。乔说：南坡尼庵归老尼，何说：自种自养度晚年。一天视察东川口水库。乔羽写诗一首：“一带山色明镜里，几叶扁舟彩云间。天惊犹记石如雨，又见鸳鸯自在眠。”三天后同去羊卧湾水库，何耀明回赠一首：“朝登仙翁山，夕游羊卧湾。既穷千里目，复察深水寒。”彼此抄在对方的笔记本上。

吴玉书长乔羽 35 岁，民国初年曾入天津音乐学校国立保定高等师范美术专科，诗书画皆精，毕生从事乡村教育，老来入党，是全县人文楷模。乔羽经常上门求教，切磋艺术，就是在外地也书来信往。一次在桂林，看画家写生，惜用笔伤于巧，写诗一首寄吴老：“云凝雾聚世所无，老来曾作阳朔图。交语当今诸巨手，何不泼墨见功夫。”吴老写诗回赠：“恨失阳朔图，喜得阳朔诗。诗中自有画，画箴是我师。”乔羽结束邢台八年深入生活，1962 年最后一天，爬上吴家小楼，围炉饮酒话别，当场口占一首：“半生始悟本无知，欲立程门恨已迟。

量不大偏饮酒，识字无多要作诗。忘情但知小楼暖，归心岂怨大道私。明日山岳又相隔，矫首寒云惹梦思。”吴老即兴步韵回赠：“炉温吸热近先知，有恨平生解惑迟。剑器观察雄峙字，放歌约出无邪诗。安家都盼车铃发，任重难为邢境私。每接一言会究省，敢向渡口报行思。”

1963年邢台暴雨成灾，省委在天津搞抗洪救灾展览。吴老以81岁高龄受命组团参观，回来搞邢台县的展览，成员有县剧团团长左万云，画家杨凤岐和我，特意在北京转车看望乔羽。乔羽说这是一个邢台县文化代表团，要设酒相待。吴老说，老百姓受灾，喝不下去，免了吧，不久“文革”开始，各自祸海挣扎，断了消息。至到1973年，省里文艺会演，张家口报了个《矿工女儿》，我在评论组，看唱词不俗，剧团说是乔羽执笔。他们单位在蔚县办学习班，乔羽属“反动权威”，过年杀猪管洗下水、撸肠子。

朱德委员长逝世的消息公布时，我正在北京，去家里看望乔羽。他正接受任务修改《绣金匾》，一遍遍哼着“一绣总司令，人民的好父亲……”十年不见，变化的只是年龄，不变的是气质，精神依旧，谈笑风生。他的心胸就是“一条大河波浪宽”。

我学了六七十年诗，写的不好，但是懂得什么是好诗。以为当代诗史，乔羽的名字应该与郭小川、贺敬之并列。或许有人会说，乔羽写的只是歌词，殊不知歌词正是诗的精华。《诗经》、《乐府》、《唐诗三百首》、宋词、元曲，当年都是歌词。而当时那些故作高深、咬文嚼字、佶屈聱牙的文人诗往往传之不远，通过一些人的“慧眼”，通不过一代代老百姓的筛子眼。乔羽有那么多佳作脍炙人口，深入人心，《我的祖国》《祖国颂》《让我们荡起双桨》《思念》《难忘今宵》《爱我中华》《说聊斋》……无以伦比。因为他最懂得诗的精神，最具备诗人气质。轻松，自由，挥洒自如，而不作诗人状，写家国大事如烹小鲜。

原载《光明日报》2018年7月13日

我编斗笠送红军

林那北

“万泉河水清又清，我编斗笠送红军。军爱民来，民拥军，军民团结一家亲，一家亲……”我们选这首曲子跳芭蕾舞不是请人来教，而是去了福州，在市工人文化宫学习。还记得，文化宫是用青砖和钢筋水泥砌成的，大楼的入口处耸立着高高的圆柱。周围唯有这里最开阔热闹，广场上都是人。老人下棋，中年人聊天，小孩嬉闹。没想到有一天老师会把我们带到这里学跳舞。

《我编斗笠送红军》是芭蕾舞剧《红色娘子军》里的片段。六个海南妇女身穿湖蓝色的大脚裤、浅绿和本白拼接的短大襟衫，手拿大斗笠，优美而抒情地为红军女战士编织斗笠。教我们跳舞的是个身材削瘦的中年女老师，不怎么爱笑，但很用心，一个动作反复挑剔。不过最终她也没太费神，早上去，至下午学会，傍晚我们回公社。有点像一支训练有素的作战小分队，每个人都有昂扬感，都相信这个节目一旦搬到公社的舞台上，一定很长脸，经久不息的掌声已经预先听到了。

电影放映队的几个人每天都在公社食堂吃晚饭，他们放下筷子走出公社大院时，后面通常就多出一个小丫头了。即使当时没有跟上，在电影临开演前，我也会挤到电影院门口。检票员看到黑压压的人群中钻出一颗黑瘦的脑袋，脑袋上梳着一个稀疏的小辫子，辫子朝天翘起，像一根芦苇划过水面，越过人群游弋而来。这时候，他们总会扬扬手，甚至笑一笑，就把我放进门内了。这个辫子朝天的黑瘦脑袋其实就是我，我差不多每天出现在这里，不出现的原因只有两个：电影院当晚关门或者我外出了。

芭蕾舞剧《红色娘子军》那时刚被拍成电影，它的上映犹如一池干荷叶上盛开出一朵新莲。太新鲜了，居然可以用脚尖跳出那么波澜壮阔的故事。到处可见吴清华的剧照，最著名的是一张她在空中高高跃起的瞬间。她身穿火红的残破衣衫，凌空劈开腿呈斜斜的一字形，上身后弓，左手摆至胸前，右手向后舞动，几乎与高跷的左腿触碰到一起——这个被定格的动作有个很霸气的名字，叫“倒踢紫金冠”。很少有人会在这个剧照前无动于衷，它太超越我们当时的生活常规了。速度、力量、技巧，三者的有效叠加，尚且无法令其完美，最重要的是肢体在空中必须足够舒展优雅，那才是舞蹈语言的最高境界。

我相信我们的舞蹈老师必定也是在一遍遍看这部电影时，激情澎湃，产生了把《我编斗笠送红军》搬到公社舞台上的念头。

“呐，嗦，咪呐咪哆嗦，呐嗦咪哆咪呐咪，哪哆哪呐嗦，呐嗦……”多么悦耳的旋律，四拍子的，在每一个节拍的最强音和次强音中，我们贴着舞台底部，背对观众，一个接一个举着斗笠，用脚尖踩着小碎步上场了。

可是没有芭蕾舞鞋啊，学校买不起或者没打算买。有点骑虎难下，既然已经奔赴福州煞有介事地把舞学回来了，总不能半途而废吧。不知是谁出了一个主意，让我们穿塑料鞋跳。就是那种咖啡色的、脚趾部分密封的男式硬塑料鞋。从前部队里常见，老百姓也爱穿，因为它便宜而且结实。

内里拆空仅剩一圈厚厚风火墙的大房子，地面是方砖铺就，年久失修，已经遍布深浅不一的坑。从前我们不会在意地面，即使是跳《东风吹战鼓擂》这样非常费力气的舞，脚跺得再狠，也仍然无碍。从脚板到脚尖，与地面接触面越窄，要求越高。勒紧鞋带，把大脚趾夹紧，与其余四只脚指头夹成小角度的人字形，然后脚弓一使劲，膝盖一用力，整个人猛地高出一大截。

还没排练几天，我们的脚就出问题了。首先是大脚趾破了，指甲开裂，接着其余几个脚指头也纷纷破损出血。但是老师仍然不打算放弃，我们也舍不得放弃。涂紫药水、绑胶布，每天眼泪滴滴答答着居然也熬到了登台的那一天。

没有意外，非常轰动。从银幕上看毕竟隔着一层，还是眼皮底下的真实蹦跳来得真切。

“万泉河水清又清”，这是诗歌中比兴手法的运用。“我编斗笠送红军”，这一句才是精华所在，需要重点突出。“送——红——军！”第一段曲子到这里，舞蹈中的六个人在“送”字时，转到台前站成弧形的一排，背向观众，把脚尖往上一踮的同时，双手也把斗笠高高一举，然后在“军”字时，又迅速地、整齐地往后一转，再把腿一别，微侧着身子，霍地坐下了，双手仍然揪着斗笠的边沿。不是用手掌抓住，而是用拇指、食指、中指，轻柔地、优美地揪住。多么富有想象力的舞蹈语言啊，壮观，华丽，起落有致，感人肺腑。而第二段更加妙不可言，在“送”字时，六个人斜斜地站成平行的两队，斗笠从身体的前侧横向送出，往前往上画一条弧线，然后在“军”字时，让斗笠从头顶上方猛然往下落，落到一半，又突然定住，定在胸前，而脚部，这是最关键的。脚原先是平踩地上的，在斗笠迅速下落中，左脚尖猛一用力，把整个人抬起，而右腿则向前举起，举在斗笠的下方。

这个造型与“倒踢紫金冠”“常青指路”一起成为《红色娘子军》中最经典的瞬间。

不记得演出过多少次之后，终于要赴县里参加汇演了，学校领导下决心拿出钱买芭蕾舞鞋。鞋是粉红色的，上面有隐约的银光。鞋底高高弓起，鞋头是平的，有块梯状的橡胶物垫在里头，后跟则系两条细长的缎带，像拖着大尾巴。那天还是去市工人文化宫，还是在那间学舞的房子里，还是那个不爱笑的中年女老师。大约是她帮忙买到的鞋，又是她教我们如何绷直脚尖套进鞋，再把那两根缎带从脚踝处交叉捆绑到小腿上。美观是必须的，结实也是必须的。

我们坐在地上，地面是木板的。因为鞋尖多出那块橡胶，绑好带子后，脚一下子陌生了，长出一截是其次，真正吓人的是突如其来的华丽、庄重、仪式感。小心翼翼地站起，踮起脚尖，行走，跨步，抬腿，旋转，地板“咚咚咚”响，像是敲击一个空置的木桶发出的，微弱的回声宛若私密的耳语。

许多年后的某天，我在半夜突然梦醒，然后睁着眼在黑暗中久久发呆，一遍遍回味着梦境中的那双脚——它们起舞了，居然穿着粉色的、闪着银光的芭蕾舞鞋。这能否理解为一种迷恋？在它离开、逝去，再也不可能重新驾驭它时，我的下意识里竟是这般不舍。我不舍的究竟是舞鞋还是那段起舞的日子？

2013 年 7 月，中央芭蕾舞团到福州演出舞剧《大红灯笼高高挂》。在剧院里把一场戏看下来，我会时不时恍惚一下，犹在梦中。不是因为舞美的华丽，也不是因为演员技艺的出众，都不是。“咚、咚咚、咚咚咚”，隐约的声响不断传来，它们在剧情之外，也与表演无涉，却被无限放大了，似鼓点，重重撞击着我的耳膜。演出结束后，演员们站在舞台中央谢幕，我不禁也走上台，独自一人久久站在侧幕旁。多么熟悉的场景，连扑面而来的、满是灰尘的空气都是昨日再现。灯光如水，偌大的舞台仿佛是魔法容器，刹那间就把所有人都挤压得弱小而单薄，比没有重量的影子更轻飘更不真实。当年我们候场时，总是这样站在从屋顶倾泻而下的侧幕布边上，专注等待着登台的音乐响起，又常常是从这个角度，观看其他人的其他节目次第上演。这个位置恰似一个神秘莫测的洞口，往前去，往里走，便能抵达另一个与现实毫无关联的世界，身体会被风托举起来，上下翩跹。

几个女演员匆匆从旁边跑过，台上的职业性微笑此时迫不及待地卸掉，后背上已经湿透的衣裳显露出她们的疲倦。她们跑，我眼睛也追着她们的鞋子跑。比过去精巧了，鞋帮明显窄小，弧线内敛，那两根鞋带也改成了隐蔽的肉色，或绿或粉的鞋子于是看上去不像穿上去的，而像是开在足尖上的花朵，素淡而雅致，质朴却热烈，像极了我们这代人的青春。这青春的花朵伴着奇美的舞姿绽放在历史深处，亦留存在我的心底。

恍惚间，舞台空了，我又依稀看到了那群为红军编织斗笠的少女舞者……

原载《解放军报》2019 年 1 月 23 日

《延安颂》诞生记

莫　耶

抗战前，延安是我心驰神往的地方，那时听见友人们悄悄议论，说那是共产党中央和毛主席的所在地，是没有剥削没有压迫的新社会，是坚决抗战的八路军总指挥部所在。和国民党统治的旧社会相对照，就觉得延安是充满神奇色彩的革命圣地。后又听说有些人向往延安投奔延安去了。这就更加引起我的沉思。在厦门鼓浪屿慈勤女中读书时，经常向我们宣传进步思想的老师，就秘密地告诉我共产党领导工农红军进行二万五千里长征，已经到达陕北延安。延安，这是革命的立脚点和出发点。特别是抗战开始后，听说八路军千里跋涉，挺进华北抗击日寇，和当时的国民党军队的不抵抗形成鲜明对照，就更使我向往革命圣地延安。

“八一三”淞沪抗战爆发，我们上海救亡演剧第五队决定去西北大后方进行宣传，我心想离延安就更近了。一九三七年九月在西安演出，我就悄悄问过队长左明，“我们能到延安吗？”后来队长告诉我们，他在西安街上遇见陕甘宁边区的教育厅长周扬，提出我们想到延安的要求，周扬同志表示欢迎。不久，听说延安党中央宣传部派延安抗战剧社的孙同志，到西安七贤庄八路军办事处接我们到延安。我们是多么高兴呵！但这时使我们烦厌和苦恼的是，西安国民党反动当局派一些文化特务，纷纷来我们演剧队驻地“西安抗敌后援会”转悠，进行拉拢游说，造谣诬蔑延安，又以金钱地位引诱我们留在西安国民党剧团工作，威胁我们不准去延安。我们回绝了他们，在一天深夜悄悄背着简单的行李奔向七贤庄八路军办事处。我们正兴高采烈地走着，后面的队长左明却被特务抓走了。我们到办事处时，同志们对我们热情照顾，并派人向西安国民党当局交涉释放左明。我们在办事处里，第一次体会到了革命大家庭的温暖，无产阶级的友爱。当时我感动地想，这就是延安来的同志呵！和国民党特务那种狡猾奸诈、威胁利诱的卑鄙伎俩相对比，更激发了我们热爱延安的感情和投奔延安的决心。在党中央的亲切关怀下，我们于一九三七年十月到达延安。这时正是秋收季节，满山遍野是黄灿灿的糜子、包谷，一片丰收景象。当孙同志告诉我们已经到了陕甘宁边界时，我们是多么轻松呵！因为反动势力的破坏和阻挠都被抛到后面去了。大卡车爬上高高的山岭，我们笑迎着从东面山头露出红脸的朝阳，呼吸着自由清新的空气，欢笑在万道金光之中。车进延安城，扑面而来的是那高耸在青翠山峦上的巍巍宝塔，那庄严雄伟的延安古城，我不禁脱口而出地呼喊："哦！延安！"满心欢畅地默默赞叹：呵！亲爱的延安，我们终于投入您温暖的怀抱，您正敞开慈爱的胸怀，迎接远方投奔而来的儿女。

一到延安，我们除为党中央、毛主席和延安军民演出外，还进入延安抗日军政大学第三期学习，开始了新的生活，终日沐浴在充满青春气息的欢乐之中。对于我这个十九岁的女青年，延安，是孕育乐观向上性格的深厚土壤，是培养革命乐观主义精神的温床。我走路想跳，张口想唱。大家歌声和着歌声，歌声引着歌声。歌声就像生活中的空气、阳光，没有歌声，生活便会窒息。我学着各种新歌，唱着许多抗战歌曲。有生以来，什么时候唱过这样多的歌呀？！封建家庭的束缚，黑暗社会的压迫，帝国主义的侵略，国民党反动政府的迫害，曾使我感到阴霾满天，前途茫茫。我那时也唱，但唱的是悲哀的歌、愤怒的歌、反抗的歌，尤其爱唱电影《夜半歌声》中的歌："谁愿意做奴隶，谁愿意做马牛……""风凄凄，雨淋淋"。从上海到延安唱的则是救亡歌。但一到延安，心情是这样舒畅，胸怀这样开阔，笑声是这样开朗，歌声是这样坦荡。

苏联卫国战争中的歌曲《快乐的人们》："快乐的心随着歌声而跳荡，快乐的人们神采飞扬……。"这是我经常挂在嘴边的歌。这不仅是我，几乎是所有延安青年共有的心情。虽然每个青年各有不同的经历，但谁不是经过艰难曲折，苦闷彷徨，才千里迢迢来投奔革命圣地的呢？！延安的生活，是我们一生的转折点。延安犹如茫茫大海中的灯塔，在西北高原上发出灿烂的光辉，照耀着整个中国。想到这里，我总想用自己的心声，自己的激情，唱一支歌颂延安的歌。于是我朝思暮想，找寻延安的特点，找寻自己的灵感。酝酿着，酝酿着。每逢星期天，我就到处游逛，领略延安的美丽风光。

有一次，组织上号召我们去修延安机场，大家扛着铁锨、锄头向山野行进，到达机场时，许多学校和机关的干部们早来了。我放眼一望，呵！原来处在山沟里的延安，竟有这么辽阔平坦的原野，遍地是绿茵茵的草，各色各样的花。

我们都争先恐后地干着，把土坡铲平，把石块搬掉，想为建设第一个机场贡献力量。虽然累得满头大汗，却觉得心里欢畅，盼望着迎接一架架投奔和访问延安的银鹰。收工回校时，我又回首远眺，延安的原野更坦平了，春风习习地吹拂，使人心旷神怡。

一九三八年春天，延安鲁迅艺术学院成立了，我从抗大调到鲁艺学习，我们校址就在延安城北门外的太砭沟的半山坡上，宿舍就在半山坡上的窑洞里，我每次出窑眺望，首先进入眼帘的就是那迎面耸立的巍巍宝塔。我想，什么时候爬上宝塔山，偎依宝塔旁，摸一摸宝塔的砖石也好。于是，我星期天独自涉过延河水，顺着绿草盘桓的山径，来到宝塔跟前，绕了一圈又一圈，浏览山下潺潺的延河，瞭望庄严雄伟的古城，听着延安城中远远传来的歌声，直到夕阳西下，方才兴尽而归。仿佛在故乡的山径上漫游归来。

延河更是与我们日夕相处，勾起我无限欢乐的回忆。早晨，我们列队从半坡上到河边，我们在延河的沙滩上跳起了艺术体操，由音乐老师唐荣枚教我们发音和练唱，咿咿呵呵地对着延河呼喊。一九三八年夏天，鲁艺的女同学们在延河里练习游泳。我们喜爱延水的清澈见底，双手按石踢起晶莹的水花，欢声笑语荡漾在延河两岸。每天晚饭后，除了到城里礼堂演出或看演出外，我们就成群结队漫步河边，低吟哼唱。每逢明月东升，延河晶莹闪亮，更是充满诗情画意。而星期天则又是另一番景象，同学们都在河边洗衣、洗脚。文学系的一些同学涉过延河，到桃花坪去举行文艺漫谈。有时抬一桶红枣开水，在桃树下或坐或躺，喝着说着，观赏头上的艳艳桃花，聆听延河的歌唱……

就这样，歌声伴着我们朝朝暮暮，延水就像我们一样，都有唱不完的欢歌。

我心里常想，什么时候能唱出激动自己心弦的歌，唱出自己写的颂赞延安的歌。我虽曾早早拿起过幼稚的笔，抒发过反帝反封建的愤慨之情，但那都是忧郁的呻吟，苦闷的呐喊，愤怒的号叫，从来没写过歌颂的东西。如今想写延安的颂歌，实在不知从何写起。

一天下午，延安城里开大会。散会后，鲁艺的同学出了北城门，爬上校舍的半山坡，我和几个同学站在土坪上，望着从城里出来的一队队抗大的同学和战友，听着他们的歌声和口号，我想，遍地歌声是延安的一大特点。这动人的场面，使我心潮汹涌，热血奔腾。当时，音乐系的朝鲜同学郑律成正站在我旁边，看出了我的激动心情，就对我说："给我写个歌词吧！"这话他过去已说过几次，也许是因为我写过纪念"一·二八"淞沪抗战的歌词而由音乐家向隅同志谱过曲。后来我也给律成同学写了个"肉弹勇士"的歌词，由他谱了曲。他此刻的要求正引发了我孕育已久的激情。那庄严雄伟的延安古城，在我眼中显得更加气势雄浑，夕阳照耀着宝塔山，延安周围显出一抹青黛，群山连绵起伏，围屏似的护卫着圣地，这清丽感人的景色，在我心中形成了一幅充满诗意的画图。我虽然熟悉福建家乡的青山绿水，欣赏过第二家乡厦门鼓浪屿的海滨风光，但我觉得都比不上延安。这沐浴在革命光辉之中的景象，激动着我的心灵，激起我的无限情思，创作的激浪在我心中跃动，酝酿已久的诗句在我脑中翻腾，我抓住这一刹那的灵感，抽笔将满腔激情倾泻在小本子上：

> 夕阳辉耀着山头的塔影，
> 月色映照着河边的流萤，
> 春风吹遍了坦平的原野，
> 群山结成了坚固的围屏。
> 哦！延安，
> 你这庄严雄伟的古城，
> 到处传遍了抗战的歌声……
> （下略）

我写好了歌词，写上题目:《歌颂延安》，交给了郑律成同志，他高兴地拿走了。那些天，我期待着律成同志谱曲，看见他在窑洞门前低吟，爬上山头歌唱，我理解这是他在找最合适的曲调，最动听的旋律，表达他自己的创作激情。

几天后，在延安礼堂举行的一次晚会上，第一个节目就是《歌颂延安》，由郑律成同志和女歌唱家唐荣枚同志男女声合唱。我这时静静地坐在礼堂边上，怀着紧张和激动的心情想看看听众的反应，特别是毛主席和中央首长们的反应。我紧张地注视着坐在礼堂前面的毛主席和中央首长的表情。唱完后，毛主席带头鼓起了掌，中央首长们也鼓起了掌，我想这也许是第一首歌颂延安的歌吧，我的心情多么激动呵！我想，毛主席呵，党中央呵，是您领导的革命圣地哺育我们成长！这激动肺腑的感情，终于迸发出了歌声！它代表着鲁艺文艺青年的愿望，代表着一代青年的心声！

第二天，听说中央宣传部来要《歌颂延安》。不久，鲁艺秘书长拿来一张铅印的歌篇给我，我一看，题目已改为《延安颂》。秘书长告诉我，中宣部的同志问我对题目这样改有什么意见，我当时高兴得叫起来："题目改得好呀，叫《延安颂》好！"从此，《延安颂》的歌声传遍了延安和各抗日根据地。延安开大会时，这队唱了那队唱。当我听说周恩来同志在中央机关也指挥大家唱《延安颂》，心中感到无限欣慰。听从大后方来的同志说《延安颂》传到了大后方，传唱的人怕国民党迫害，把题目改为《古城颂》或《祖国颂》，我就想，在大后方连唱歌也不自由；只有在延安能尽情地歌唱，我们延安多好呵！无论走在大路上或漫步延河边，远远近近都会传来《延安颂》的歌声，我心里充满了说不尽的激动。

后来，我到那烽火连天的华北前线，同样听到《延安颂》的歌声；几十年后，当我在电影、舞台以及在电视、广播中听到《延安颂》的歌声时，无数次回忆起了培育我成长的延安，好像又回到了母校鲁艺……

特别使我愤懑的是“四人帮”肆虐的黑暗年代，再也听不到《延安颂》的歌声了，所有的革命文艺都被打入了冷宫，真是“万马齐喑究可哀”呵！当我听说叛徒江青及于会泳之流扬言要批判《延安颂》时，我愤怒地在心中号叫着：“我歌颂革命圣地延安有什么错？！”后来党中央粉碎了“四人帮”，《延安颂》终于和一切革命文艺重见天日了。我也在晚年焕发了革命青春，重新拿起笔来歌颂老一辈革命家，歌颂党的英明、伟大、正确，歌颂哺育我成长的革命圣地延安。虽然我已年逾花甲，损失的时间太多，但当年在延安创作《延安颂》的激情，仍鼓励着我继续奋斗。“老骥伏枥，志在千里，烈士暮年，壮心不已。”古人尚且如此，作为一个共产党员，不是更应该为党的事业奋斗终生吗？！我将在有生之年，努力笔耕，为党的事业贡献微薄的力量。

一九八二年三月二十日于兰州

原载《绿原》1982年第6期

歌声

吴伯箫

感人的歌声留给人的记忆是长远的。无论哪一首激动人心的歌，最初在哪里听过，哪里的情景就会深深地留在记忆里。环境，天气，人物，色彩，甚至连听歌时的感触，都会烙印在记忆的深处，像在记忆里摄下了声音的影片一样。那影片纯粹是用声音绘制的，声音绘制色彩，声音绘制形象，声音绘制感情。只要在什么时候再听到那种歌声，那声音的影片便一幕幕放映起来。“云霞灿烂如堆锦，桃李兼红杏”，《春之花》那样一首并不高明的歌，带来一整套辛亥革命以后启蒙学堂的生活。“我们是开路先锋”，反映出一个暴风雨来临的时代。“我的家在东北松花江上”，描绘出抗日战争初期一幅动乱的景象。……

我以无限恋念的心情，想起延安的歌声来了。

延安的歌声，是革命的歌声，战斗的歌声，劳动的歌声，极为广泛的群众的歌声。列宁在纪念《国际歌》的作者欧仁·鲍狄埃的文章里说：“一个有觉悟的工人，不管他来到哪个国家，不管命运把他抛到哪里，不管他怎样感到自己是异邦人，言语不通，举目无亲，远离祖国，——他都可以凭《国际歌》的熟悉的曲调，给自己找到同志和朋友。”我们可以这样理解：《国际歌》是全世界无产阶级的共同的声音，共同的语言。我们也可以这样看延安的歌。在延安，《国际歌》就是被最庄严最普遍地歌唱的。

回想从冼星海同志指挥的《生产大合唱》开始吧。那是一九三九年夏初一个晚上，在延安城北门外西山脚下的坪坝上，煤气灯照得通亮。以煤气灯为中心，聚集了上万的人。印象中仿佛都是青年人。少数中年以上的人，也是青年人的心情，青年人的襟怀和气魄。记得那时候我刚刚从前方回到延安，虽然只出去四五个月，也像久别回家那样，心里热乎乎的，见到每个人都感到亲热。不管认识不认识，见到谁都打招呼。会场上那些男的，女的，都一律穿着灰布军装，朴素整洁，打扮得都那样漂亮。大家说说笑笑，熙熙攘攘，像欢度快乐的节日一样。是的，正是欢乐的节日，是第一个五四青年节。就是在那天晚上，我们听了伟大的领袖毛泽东同志那篇有名的报告:《青年运动的方向》。

说的这时候，是报告完了，热烈的鼓掌、欢呼以后，大家正极兴奋的时候。那真是“意气风发，斗志昂扬”；只是大家酣醉的幸福里，那里还想不出这样恰当的形容文字。每个人都咀嚼、回味报告里的深刻意义和警辟的语句:“革命的或不革命的或反革命的知识分子的最后的分界，看其是否愿意并且实行和工农民众相结合。”“今天到会的人，大多数来自千里万里之外，不论姓张姓李，是男是女，作工务农，大家都是一条心。”咀嚼着，回味着这些语句，同时等候大合唱开始。

露天会场，西边是黑黝黝的群山，东边是流水汤汤的延河，隔河是青凉山。南边是隐隐约约的古城和城上的女墙。北边是一条路，沿了延河，蜿蜒过蓝家坪、狄青牢，直通去三边的阳关大道。合唱开始，大概已经是夜里十一点了。

就在那样不平凡的时刻，在那个可纪念的地方，我第一次听见唱：

二月里来，好风光，
家家户户种田忙。……

冼星海同志指挥得那样有气派，姿势优美，大方；动作有节奏，有感情。随着指挥棍的移动，上百人，不，上千人，还不，仿佛全部到会的，上万人，都一齐歌唱。歌声悠扬，淳朴，像谆谆的教诲，又像娓娓的谈话，一直唱到人们的心里，又从心里唱出来，弥漫整个广场。声浪碰到群山，群山发出回响；声浪越过延河，河水演出伴奏；几番回荡往复，一直辐散到遥远的地方。抗日战争的前线后方，有谁没有听过、没有唱过那种从延安唱出来的歌呢？

延安唱歌，成为一种风气。部队里唱歌，学校里唱歌，工厂、农村、机关里也唱歌。每逢开会，各路队伍都是踏着歌走来，踏着歌回去。往往开会以前唱歌，休息的时候还是唱歌。没有歌声的集会几乎是没有的。列宁评价十九世纪七十年代德国工人歌咏团，说他们是“在法兰克福一家小酒馆的一间黑暗的、充满了油烟的里屋集会，房子里是用脂油做的蜡烛照明的”。在黑暗的时代里，唱唱歌该是多么困难啊。在延安，大家是在解放了的自由的土地上，为什么不随时随地集体地、大声地歌唱呢？每次唱歌，都有唱有和，互相鼓舞着唱，互相竞赛着唱。有时简直形成歌的河流，歌的海洋，歌声一波未平，一波又起，接唱，联唱，轮唱，使你辨不清头尾，摸不到边际。那才叫尽情的歌唱哩！

唱歌的时候，一队有一个指挥，指挥多半是多才多艺的，既能使自己的队伍唱得整齐有力，唱得精彩，又有办法激励别的队伍唱了再唱，唱得尽兴。最喜欢千人、万人的大会上，一个指挥用伸出的右手向前一指，唱一首歌的头一个音节定定调，全场就可以用同一种声音唱起来。一首歌唱完，指挥用两臂有力地一收，歌声便戛然停止。这样简直把唱歌变成了一种思想、一种语言，甚至一种号令。千人万人能被歌声团结起来、组织起来，踏着统一的步伐前进，听着统一号令战斗。

延安歌声，也有传统，那就是陕北民歌。

“信天游”唱起来高亢、悠远，“蓝花花”唱起来缠绵、哀怨。那多半是歌唱爱情，诉说别离，控诉旧社会剥削压迫的。过去陕北地广人稀，走路走很远才能碰到一个村子，村子也往往只有几户人家散落在山峁沟畔。下地劳动，或者吆了牲口驮脚，两三个人一伙，同不会说话的牲口嘀嘀咚咚地走着，够寂寞，诉说不得不诉说的心事，于是就唱民歌。歌声拖得很长很长，因此能听得很远很远。人还没看见，已经先听见歌声了；或者人已经转过山头望不见了，歌声还余音袅袅，不绝如缕。

时代变了，延安的歌就增加了新的曲调，换上了新的内容。二十年前那个时候，主要是歌唱革命，歌唱领袖，歌唱抗战，歌唱生产。延安唱的歌很快传到各抗日根据地，后来又传到一个接一个的解放了的地区。日本投降以后，哪里听到延安的歌声，哪里就快要解放了。延安的歌声直接变成了解放的先声，譬如《三大纪律，八项注意》那首歌吧，从苏区唱起，一直就是红军、八路军、新四军和人民解放军的先遣部队。哪个地方的人民最痛苦，哪个战场上的战斗最艰巨，这首歌就先到哪里。听见这首歌，连小孩子都知道人民的救星来了，毛主席的队伍来了。它是黑夜的火把，雪天的煤炭，大旱的甘霖。人们含着笑又含着喜欢的眼泪听这首歌。我甚至养成了这样一种习惯，听别人唱这首歌，仿佛也是自己在唱。听见声音，仿佛同时看见了队伍，看见队伍两旁拥挤着欢迎队伍的人群。人群里，年长的是大娘、大爷，同年的是大哥、大嫂、兄弟、姊妹，都是亲人。又仿佛队伍同时是群众，群众又同时是队伍，根本分不清。这首歌，唱一千遍，听一万遍，我都喜欢。

这里就不说我喜欢那首唱遍世界的歌——《东方红》了。那是标志着全国人民对伟大领袖衷心爱戴的歌，又是人民群众自己创作的歌。谁不喜欢呢？从心里，从灵魂的深处。

1961 年

选自散文集《北极星》，人民文学出版社 1963 年 4 月版

歌声涌动六十年

王　蒙

新中国成立以后，各种革命歌曲、其中大量由民间曲调填上了新的政治鼓动内容的歌词，像浪涛、像春花、像倾盆大雨一样地到处汹涌澎湃。

其中有一首郭兰英首唱的《妇女自由歌》，给我以深刻的印象，歌者因为演唱此歌，在苏联主导的一次世界青年联欢节上，得了铜奖。

旧社会，好比是，黑格洞洞的苦，万丈深，

井底下，压着咱们老百姓，妇女在最底层……

是山西民歌的调子，伴奏让我想起晋剧，悲伤、郁积，像控诉，像哭，闻之怆然。

——没有这样的彻骨的悲怆，就没有革命的搏击。

多少年来多少代，盼的那个铁树就把花开，

共产党，毛泽东，他领导咱全中国走向光明……

是突然释放的热情，是好不容易搬开了压在头顶上的石头，是成千上万的姐妹们由衷的笑脸，中国的女子有救了，历史从 1949 重新书写。

就像另一首歌里所唱的：

铁树开了花呀，开呀嘛开了花呀，

哑巴说了话呀，说呀嘛说了话呀……

谁也没有办法否认这样的事实，这样的历史，这样的民心。情是这样的情，理是这样的理，激愤、期待，也充满信任。无怪乎据说一些老解放区的歌唱家聚会的时候，在酒过三巡以后，他们宣告：革命的胜利是从他们的唱歌儿的胜利上开始的。

我想起1949年至1950年苏联协助拍摄的文献纪录影片《中国人民的胜利》与《解放了的中国》，后一部影片解说词执笔人中方是刘白羽，苏方是西蒙诺夫。

也许你可以追溯到蒋的1927年的“四一二”血洗，也许你可以追溯到秋瑾与黄花岗烈士的就义，也许你可以追溯到1840年的鸦片战争，也许你可以追溯到窦娥冤、秦香莲、杜十娘直到黛玉、晴雯、鸳鸯、金钏……也许还应该提到《兰花花》与《森吉德玛》，应该提到遍布神州的节烈牌坊与牌坊下的冤魂厉鬼。风暴与渴望孕育了几十年，几百年，上千年，点点滴滴、零零星星、血血泪泪，终于汇聚成了改变中国也改变世界的狂风暴雨。只有不可救药的白痴，才在全面小康着的中国冷言冷语：“有那个必要吗？”“代价太大了啊。”“如果没有这一切，一直搞建设多好！”

民歌的力量

旧中国城市里的流行歌曲，尽管也颇有可取，如《马路天使》《渔光曲》里的插曲，但同时也确实与旧社会一起透露出了土崩瓦解、鬼哭狼嚎、阴阳怪气的征候。例如1948年流行的《夫妻相骂》，女骂男：“没有好的吃，没有好的穿，也没有金条，也没有金刚钻”，男骂女：“这样的女人简直是原子弹”，邻居骂：“这样的家庭简直是疯人院”。

而解放区唱的是“解放区的天是明朗的天”“太阳出来了，满呀嘛满山红”“东北风啊，刮呀，刮呀，刮晴了天啊，晴了天，庄稼人翻身啦……”

我始终认为这最后一首东北民歌，是土改歌曲，饱含着感情，也饱含着斗争的严酷。它使我一唱就想起周立波的获得斯大林奖金的作品《暴风骤雨》。当然，有的人读了周立波的小说会浑身寒战。正是暴风骤雨式的土地改革使千千万赤贫的农民走上了革命到底的不归之路。正是农民、工人、知识分子的全面革命化，成为中国革命的特点，也成为中国革命必胜的保证。

“庄稼人翻身啦”一句，离开了旋律调性，它是呼喊，是叫嚷，是霹雳电闪，它唤醒了阶级，带着拼却一身热血的决绝。

与旧的流行歌曲相比较，民歌风更刚健也更明快，更上口也更泼辣。五十年代的我们，认定是共产党带来了云南民歌《小河淌水》与蒙古长调，还有四川的《太阳出来喜洋洋》。早在新中国成立前，是地下党接收并推广了并非共产党人的教授老志诚所整理的新疆民歌《阿拉木汗》《喀什噶尔姑娘》，使之成为平津学生大联欢的主唱歌曲。中华人民共和国的一大贡献是开掘了、辑录了也充分使用了如此丰赡的民歌民谣，开掘弘扬了我们的民族民间精神资源。

不知道这是不是意味着我的新疆缘分。在解放头两年的众多的欢庆解放的歌曲里，一首新疆歌儿令我如醉如痴：

哎，我们尽情跳跃在五星红旗下面，
我们快乐地迎接着美丽的春天，
太阳一出来赶走那寒冷和黑暗，
毛泽东给我们带来快乐和温暖……

你觉得这歌声不是从喉咙，而是从心底的深处、含着泪又破涕为笑了才唱出来的。人民，只有人民，让我们永远记住人民的支持和信赖、期望和贡献。

这样的歌词与真情千金难换。

老式的唱片上，一面是此首歌，另一面是器乐合奏《十二木卡姆》的一个片段。《十二木卡姆》也是随着解放才兴旺发达起来的。

1951 年，我从一张纸上学会了我此生的第一首维吾尔语歌曲，这张纸抄写了用汉语记录的维吾尔语发音的歌词：

巴哈米兹能巴哈班尼达赫依毛泽东（我们花园的园丁是伟大的毛泽东）

阿雅脱米兹能甲尼甲尼达赫依毛泽东（我们生活的意志是伟大的毛泽东）

无论如何，这样的歌词是太可爱了，别具一格。次年，苏联艺术家访华演出，乌兹别克加盟共和国人民演员塔玛拉·哈依演唱了它，最后一句歌词是一串笑声：啊哈哈哈……她笑得十分出彩。与她笑得一样好的是哈萨克斯坦的哈丽玛·纳赛罗娃唱《哈萨克圆舞曲》。

事实如此，在民歌与流行歌曲较量的过程中，民歌大获全胜。在革命战争中，歌曲属于革命者，属于人民。对立面的窘态之一是无歌可唱。自古中国政治斗争中的失败者的遭遇就叫做“四面楚歌”。

我们要和时间赛跑

五十年代初期，一首名为《我们要和时间赛跑》的歌曲打动了国人。一看这个题目，就充满了苏联味儿。古老的中国虽然有“与时俱化”“与时俱进”的说法，却没有“与时间赛跑”的豪言。它的词曲作者是瞿希贤，老革命、老作曲家，我早就学会了唱她的“红旗飘哗啦啦地响，全中国人民喜洋洋”。胡乔木同志对她一直是念念不忘，他曾经约我在一个重要的时刻一起去看望瞿老师，因瞿老师不在北京，未能实现。

与此同时，我想起了一大批苏联歌曲。苏联的经济很不成功，政治也好不到哪里去，军事好一点，文学更好一点，歌曲相当成功，体育最成功。当然，这是带有戏言成分的随意之说。

瞿希贤的歌曲使我想起苏联的曾经相当发达的群众歌曲，例如《祖国进行曲》《莫斯科你好》，例如《五一检阅歌》，后者唱道：

柔和晨光，
在照耀着，
克里姆林古城墙……

雍容、大气、坚强、乐观，你想着的是五十路纵队阔步前进。解放初期的中国，“五一”“十一”也有这样的群众游行。瞿的歌曲同样反映了这样的气势。目前仍然被许多歌者喜爱的《莫斯科郊外的晚上》，却给我不同的感觉。这首歌的出现，已经是中苏关系逐渐恶化的时代了。这首歌曲也不像其他歌曲那样富有意识形态的悲壮与锐利。至少对于我个人来说，《晚上》意味着的是某种衰退与淡化。

其实我最最喜爱的《纺织姑娘》的“在那矮小屋里，灯火在闪着光”，也没有什么斗争意蕴，但那毕竟是民歌，又是五十年代初期传进来的，它给我的感觉是质朴与纯洁。而二战时的苏联歌曲，例如《灯光》，例如《遥远啊遥远》，更能穿透我的心，令我热泪盈眶。

李劫夫的歌儿

最受苏联群众歌曲影响的还是李劫夫。特别是至今有人演唱的：

我们走在大路上，
意气风发，斗志昂扬……

他的旋律有与《莫斯科你好》相衔接的地方。这是一个作曲家最先告诉我的。1965 年我到达伊犁的巴彦岱公社，更学会了用维吾尔语唱这首歌：

达格达姆哟鲁芒哎米兹……

词与曲都很开阔雄强。一个作过这样的歌曲的人，“文革”中却卷入了他不应该卷进去的事情，他的晚年是并不愉快也不太光彩的，令人叹息。

他的“语录歌”应该说是勉为其难，自成一家，乐段仍然有它的优美与真情。虽然，看到天才的作曲家生产出来的竟然是这样的果实，令人不胜唏嘘。

他的同样一度脍炙人口的歌儿是《社会主义好》，社会主义好，这当然好。他的歌词“右派分子想反也反不了”“帝国主义夹着尾巴逃跑了”，相对天真了一些。世界和中国，历史与现实，都比歌曲复杂。至于当今的搞笑段子“帝国主义夹着皮包回来了”，则是另一种头脑简单与判断廉价，如果不说是弱智的话。同时，幽默奇谈的简单化，标志着的正是历史的太不简单，是救国建国的道路的艰难与复杂。多么不容易呀！

歌曲与口号

在一个特定的时期，歌词变得完全政治口号化了，这当然很不幸。然而，歌曲总算还有一个好处，它仅仅有了标语口号式的歌词是不算完的，它还得有曲子，它的曲调仍然来自生活、来自音乐传统、来自人民、来自世界也来自作曲家的灵感。即使政治口号中包含了虚夸与过度，感情仍然有可能引发共鸣，某种情结仍然有它的纪念意义与审美意义，而音乐，一首首歌儿的曲调，是相对最纯的艺术。

“公社是棵常青藤，……社员都是向阳花”，这个歌儿民歌风味，非常阳光，非常诚挚，令人不忍忘却。我的妻子曾经抱着孩子面向阳光照过一张照片，一见这张照片，我就会唱起这首歌来。“革命人永远是年轻，它好比大松树冬夏常青”，也很地道，理想简洁明丽。“毛主席来到咱们农庄”，把人民的爱戴唱得多彩多姿。“共产党领导把山治，人民的力量大无边”，这首歌唱大跃进歌唱“盘龙山”的电影插曲，令人想起那火热的年代。我们拼了命，我们发了热，我们是多么急于打造出一个强大富裕的新中国啊——欲速则不达。十年生聚，十年教训，到了新世纪，我们讲科学发展观啦！多少代价，多少曲折，仅仅有热情和决心而没有科学精神科学态度是绝对不行的啊。

《大海航行靠舵手》是一首成功的歌曲，泱泱大度，恢宏壮阔，乘风破浪，勇往直前，至今它的旋律仍然令人神往。至于它被利用到“文革”当中，或者说它的歌词中包含有宣扬个人迷信的政治上不正确的成分，责任只能由历史与时代担当。我希望，总有一天，能够荡涤掉某些歌曲上附加的累赘与尘垢，使我们的六十年歌吟行进的过程连贯起来整合起来，而完全不必要搞几次避讳与中断。

正像历史不会是直线发展、金光大道一样，断裂与自我作古，也多半是孩子气的幻想。

关于样板戏

有二十年无歌可唱。样板戏的说法小儿科，样板戏的唱词不无庸劣，如李玉和唱完“雄心壮志冲云天”，杨子荣接着唱“气冲霄汉”，“一号”人物都是跟天干起来没完。有些戏词比较好，如“垒起七星灶，铜壶煮三江”“一路上多保重，山高水险”“穷人的孩子早当家”等。唱腔则很有成绩，我特别喜爱江水英、柯湘、雷刚，还有《海港》里的唱段。

京剧是我们的文化财富，“文革”思潮扭曲了京剧包括现代戏已有的基础，民族戏曲与音乐传统又毕竟由于它的根深叶茂、源远流长与群众的喜闻乐见，而具有一种抵抗（急功近利、假大空与瞎指挥）病毒、平衡“文革”污染的能力。文艺说到底仍然是文艺，你再将它们往路线斗争上拉，它们仍然不是诬告信，不是黑材料，不是野心家起事宣言。六十年来的文艺经受了各种局面，经过了许多试炼，它存储了历史的鲜活，它留载了多样的喜怒哀乐，我们当然正视这一切过程与经验，我们却也不因为某些过程与经验的愚蠢与荒谬的方面就抛弃一切，更不可能回到 1949 年以前——例如张爱玲与刘雪庵代表的大上海。

大声疾呼地催生今天的鲁迅也与催生今天的曹雪芹或者巴尔扎克一样的是十足的外行话。江山代有才人出，各领风骚若干年。

文艺的生活性、艺术性、感情性、创造性与个人的风格性是常青的，也是常变化的。我仍然喜欢唱渐行渐远的“家住安源”“听对岸，响数枪，声震芦荡”“面对着，公字闸，往事历历……”同时这丝毫也不妨碍我接受舒曼的《梦幻曲》(原名《童年》)，虽然后者曾经在我们的一出极好的戏剧里遭到纯朴的却是缺乏音乐熏陶的革命人的嘲笑。

绕不开的乡恋

新的历史时期的歌曲并不像原来人们喜欢讲的那样大喊大叫。原来新生事物有的需要或必然大喊大叫，有的则只需要、只能够潜移默化。至今没有一首歌曲叫做“我们一定要改革开放”，或者“改革开放就是好”，或者“现代化进行曲”。当然，也有内容比较全面和正规的《走向新时代》，而在《祝酒歌》中有歌词：“为了实现四个现代化，甘洒热血和汗水”。

是的，进入了上个世纪的八十年代，我们的歌曲更丰富也宽敞，我们的节奏更从容也更正常，我们的生活更美好也更多样，我们的歌声更细腻也更微妙了。

李谷一的《乡恋》所以引起注意，在于她打破了那时邓丽君的独霸卡式录放机的局面，不是靠引进港台，而是我们自己的歌手，带来了久违了的温柔、依恋、沉醉与喜悦。已经习惯了厮杀与冲锋号的人们，对于柔情似水会一时听不惯，以至充满警惕。往后几年苏小明唱《军港之夜》大受争议，有同志提出：“水兵都睡着了，谁还来保卫祖国呢？”我乃戏言，文章作全就要唱：有的睡着了，有的值夜岗，吹响起床号，立马跑早操……

此后连续许多年常常听到对于歌星的责备与不忿。他们挣钱太多了？反正现时他们的收入是那时的几十倍，而现在责备的声浪远远比二三十年前小。甚至在第一届中国艺术节开幕式上，当听到用通俗唱法唱《十送红军》的时候，有一位同志不满地叫喊了起来。

不错，中国非常古老，同时中国非常年轻。中国有时候保守，中国又有时候求新逐异，一日千里。

歌曲创造了太阳岛。与《乡恋》差不多同时，郑绪兰的《太阳岛上》广泛流传。那种享受生活的情调那时颇为陌生，然而，生活的力量仍然是不可战胜的。直到八十年代中期，我去哈尔滨的时候所面对的太阳岛，仍然只不过是自然形成的几个松花江中的沙洲。到了新世纪，太阳岛公园、太阳岛展览馆已经仪态万方地又是神气活现地出现在松花江上，成为哈尔滨的著名景点了。是这首歌早在上世纪七十年代末期为公园工程立了项，是歌曲创造了生活。

乔羽作了许多优秀的歌词，他的《思念》却别具一格，“你从哪里来，我的朋友，好像一只蝴蝶飞进我的窗口……”有点抽象，有点忧伤，有点怀念，它什么都没有说，它又是什么都说了。

应该提到的歌儿太多太多。《在希望的田野上》《八十年代新一辈》，继承着过往的时政主题。而王立平的《红楼梦》电视剧插曲愁肠百结，情深意长。那年我到黄山，看到作为片头用的实景，一块巨石，想起大荒山无稽崖青埂峰，为之肠断……

歌声联结着世界

我必须承认，至少在唱歌的范畴，我已经落伍，人们在议论“80后”“90后”，而我是“30后”。在我的孩子们成长过程中，我深深体会到，一个时代有一个时代的歌，我无法让他们与我一样地为那些老歌而涕泪横流，即使我费了九牛二虎之力将他们教会。当然也有积累和传承，会有百唱不厌的歌正像有百读不厌的诗篇。1986年至1988年，我参与了组织帕瓦罗蒂与多明戈的演唱会。我完全倾倒于世界级的男高音的辉煌音质。帕瓦罗蒂告别舞台以后不久就去世了，我相信，上苍降生他到这个世界就是为了歌唱。他为唱而生，离唱而去，他属于意大利也属于中国的听众。他们的到来丰富了中国人民的歌唱生活。

首次在北京亮相后十余年，世界三大男高音再来，已经是很昂贵的商业演出了。

我也看到了人们逐渐见怪不怪的通俗歌星的大行其道。我听到我的孙子在演唱粤语歌曲。我也一度热衷地欣赏过“超女”的歌喉。我为刘若英的《后来》而感动：

> 后来，我总算学会了如何去爱，
> 可惜你早已远去，消失在人海……

在丰富的歌曲的海洋中我感到的是在在生机，处处迷雾。八十年代当中我努力学着用英语歌唱《回首往事》的插曲，影片描写五十年代的麦卡锡、塔夫脱时期美国文艺人中的左派人士的经历，由犹太歌星芭芭拉·史翠珊唱红了的这首歌曲，令人神往怀旧。影片结尾处是女主人公仍然在忙着征集和平签名，不由想起难忘的五十年代，同时歌曲达到了高潮。而到了2008年，我以七十四岁的高龄，总算用俄语唱下了卫国战争时期的苏联歌曲《遥远啊遥远》，本来是要在2007年访俄参加中国年的书展活动时学会的，王蒙老矣，一首歌学了三个月。而早在1980年访问德国时，坐在莱茵河的游船上，萦绕在耳边的《罗瑞莱》，也是直到二十多年以后，我终于在王安忆的先生李章帮助下查出来它的歌词全文：

> 谁知道很古老的时候，
> 有雨点样多的故事……

那么多美丽的歌曲，古今中外，召之即来，唱之牵动肺腑，思之如醉如痴。六十年的歌吟，六十年的合唱，六十年的情怀，自信人生二百年，会当水击三千里，我们举杯！

原载《人民日报》2009年8月26日

新疆的歌

王　蒙

黑黑的眼睛

在遥远的伊犁，几乎每一个本地人都会唱《黑黑的眼睛》这首歌，几乎每一次喝酒的时候都要唱这一首歌。

喝酒和唱歌这二者，从声带医学的观点来看是互相排斥的，从情绪抒发的角度来看却是一致的。

第一次听到这首歌是一九六五年冬天，在大湟渠渠首——叫作龙口工程“会战”的“战场”。我与农民们一起住在地窝子里。那里临时开设了几个食堂。寒冬腊月，食堂的厚重无比的棉帘子外面挂满了冰雪，也许不是雪而是霜，食堂里的水汽从帘子边缘逸出来，便凝结成霜。掀开这沉重得惊人的门帘，简陋的食堂里热气弥漫、灯光昏暗、烟气弥漫、肉香弥漫。更重要的是歌声弥漫，歌声激荡得令人吃惊，歌声令人心热如焚，冬天的迹象被歌声扫荡光了。

在关内的时候，我们也听过一些新疆歌曲。但是伊犁民歌自有不同之处，它似乎更散漫，更缠绕，更辽阔，没有开头也没有结尾，抒不完的感情联结如环，让你一听就陷落在那里，痴醉在那里。

从此我爱上了伊犁民歌。在伊宁市家中，常常能有机会深夜听到《黑黑的眼睛》的歌声。是醉汉吗？是夜归的旅人？是星夜赶路的马车夫？他们都唱得那么深情。在寂寥而寒冷的深夜，他们用歌声传达着对那个永远的长着“黑黑的眼睛”的美丽姑娘的爱情，传达着他们的浪漫的梦。生活是沉重的，有时候是荒芜的，然而他们的歌是热烈的，是愈加动情的。

后来我有几次与农民弟兄们一起喝酒唱歌的经验。我们当中有一位歌手，他是大队民兵连长，叫哈里·艾迈德。他一唱，我们就跟，随着每一句的尾音，吐出了无限块垒。我傻傻地跟着唱，跟着唱，却总觉得跟不上那火热的深沉与辽阔的寂寞。

也有时候我不跟着唱，只是听着，看着哈里和别的人们的那种披心沥胆地唱歌的样子，就觉得更加感动。

一九七三年我离开了伊犁，一九七九年我离开了新疆。

一九八一年中秋节前后我重访伊犁，诗人铁依甫江与我同行。为了将《蝴蝶》改编成电影的事，长春电影制片厂的一位导演不远万里跑到伊犁去找我。一天晚上，我们一同出席伊宁市红星公社在西公园附近的一次露天聚会。饮酒之际，请来了民间的盲艺人司马义尔，他弹着都塔尔，唱起了歌，当然，首先唱的仍然是《黑黑的眼睛》。

他的声音非常温柔。他的歌声不是那么强烈，却更富有一种渗透的、穿透的力量。那是一首万分依恋的歌，那是一种永远思念却又永远得不到回答的爱情，那是一种遥远的、阻隔万千的呼唤，既凄然、又温暖。能够这样刻骨铭心地爱、刻骨铭心地思恋的人有福了，能唱这样的歌，也就不白活一世了！看不见光明的歌手啊，你的歌声里充满了对光亮的向往和想象！在伊犁辽阔的草原上踽踽独行的骑手啊，也许你唱这首歌的时候期待着人群的温暖？歌声是开放的，如大风，如雄鹰，如马嘶，如季节河里奔腾而下的洪水。歌声又是压抑的，千曲百回，千难万险，似乎有无数痛苦的经验为歌声的泛滥立下了屏障，立下了闸门，立下了堤坝。

一声“黑眼睛”，双泪落君前！他一唱我的眼泪就流出来了！

伟大的维吾尔诗人纳瓦依说过：“忧郁是歌曲的灵魂。”这又牵扯到一个民族的性格问题来了。你为什么那么忧郁？由于干旱的戈壁沙漠吗？你的绿洲滋润着心田。由于道路遥远音信难传吗？你的好马和你的耐性使你们的交往并不困难。由于得不到心上人的呼应、得不到知音吗？你的歌、你的舞、你的饮酒又是那样的酣畅淋漓。而你的幽默更是超凡入圣。

快乐的阿凡提的乡亲们，却又有唱不完的“黑眼睛”的苦恋。

我没有解开这个谜。虽然我标榜自己对新疆，对维吾尔人的生活、语言、文字颇有了解。我至今学不会这个歌。虽然我喜欢唱歌、粗通乐谱、会唱许多歌自信学歌的能力不差。那么熟悉，那么想学，却仍然不会唱。也怪了。

就让我唱不好，唱不出这首《黑黑的眼睛》吧。唱不好，但是我知道她我爱她，我向往她。小小的一声我就能从万千音响中辨识出她。她就是我的亻犁，她就是我的谜一样的忧郁。至少是因为告别了伊犁，至少是因为它是唯一的我又喜爱又熟悉又至今唱不成调的歌儿。

阿娜尔姑丽

以喀什噶尔为中心的南部新疆的歌儿与以伊犁为中心的北疆的歌儿有很大的不同。如果说北疆民歌的代表是《黑黑的眼睛》的话，那么，南疆民歌的典型则是《阿娜尔姑丽》。"阿娜尔姑丽"的意思是石榴花，而这又是一个在南部新疆常见的姑娘的名字。这个名字很美。电影《阿娜尔汗》的主题歌就是根据民歌《阿娜尔姑丽》整理、配词而成。歌一开始便唱道：

我的热瓦甫琴声多么响亮，
莫非装上了金子做成的琴弦？

而民歌的起始两句，据我所知的一个版本是这样的：

夜晚到来我睡不着觉呀，
快赶开巢里的乌鸦，啊，我的人！

最后一个词是bala，是孩子的意思，这里叫一声孩子，类似英语中的baby，是一种昵称，故译作"我的人"。

以《阿娜尔姑丽》为代表的南疆民歌似乎更具有节奏感，人们唱这些歌的时候似乎正迈着沉重有力的步子，似乎正在漫漫沙石戈壁驿道上长途跋涉。四周杳无人迹，远山上雪光晶莹，干枯的柴草在风中颤抖，行路者的歌声坚毅而又温情，我好像看到了歌者的被南疆的太阳烧烤成了紫酱色的脸庞。

也许他们是骑着骆驼唱这些歌的吧？在"沙漠之舟"上，他们体验着大地的辽阔、荒芜、寂静与神秘；他们也体验着自己内心的火焰的跳动、炽热、熬煎和辉耀。他们已经漫游了许多日日夜夜。他们已经寻求了许多岁岁年年。他们已经创造了许多城市乡村。他们热烈地盼望着更多的人间的情爱。

我永远不会忘记我第一次受到这样的歌声冲击的情景。那是在叶尔羌河东岸、塔克拉玛干沙漠西缘的麦盖提县，一九六四年，我住在县委招待所，准备去洋达克乡。招待所正在盖房子，每天早晨八时以后，来自农村的临时建筑工开始上班。有两个年轻的女人，她们不紧不慢地用抬把子抬砖，一边装卸，一边走路，一边大声唱歌。她们唱的是《阿娜尔姑丽》，她们的唱歌就像呐喊一样的自然、朴素、开阔、痛快，她们的唱歌就像呼唤一样响亮、多情、急切、期待着回应，她们的唱歌又像是一种挑战、放肆的发泄，自唱自调，如入无人之境。她们戴着紫红色的小帽，穿着红色的裙子，红色的裙子下面还有绿色的灯笼裤。这歌声响彻一个上午，中午稍稍歇息，又一直唱下去，唱到太阳快要落山。她们的精力，她们的热情，她们的喉咙里，似乎都有着无尽的蕴藏。

即使是生活在城市中、生活在忙乱中、生活在纷扰与风霜雨雪中也罢，想起这样的歌，能不为那股热流而心潮激荡么？

1991 年

原载《散文》1991 年第 3 期

彩云追月

丁　芒

今夜月色分外澄清，天空蓝得像宝石般深湛、晶莹，凭窗远望，仿佛有闪灼的光影在空气中流动，只是在月亮周围，才浮几片白云，映着月光，发出充满憧憬的色彩，倒像一轮金光灿烂的车子，飘拂着纱幔，在辽阔的原野上飞驰。

于是，我心中升起一支旋律，那是我少年时期就喜爱的曲子，曾经载着我的幻想去天地间遨游过的。后来，我受党的启蒙教育，终于离开黑暗的敌占区，来到我向往的革命根据地，那时，这支旋律就一直在我心间缭绕，眼前经常映现着她的音乐形象。大约一年以后，当我向老胡口传这支乐曲的时候，我倒像是在倾吐当时的思绪，投身革命的激情和乐句一齐涌流出来。

这就是黄自的名曲《彩云追月》。我是怀着这支风笛，走向革命的。看到今夜的月色，我怎能不想起她，以及和她缠绕在一起的往事呢？

把这支曲子介绍给我们那支部队的，就是老胡。我俩差不多是同时到达这个部队的，我来自华中建设大学，他来自安徽淮南。俊秀的瓜子脸，标准的鼻子和嘴，眼睛是深邃的，眉毛也弯曲得很自然，身材中等，不胖不瘦，总之，他的面孔，他的整个身躯，都是高度的和谐、流畅和优美；只是略带了点女性的柔婉之气。他到文工团当音乐教员，我到宣传部当编辑，我们都是知识分子，互相有着吸引力，很自然就成了密友。那时，我们都在二十岁左右，很好学，两人商定，他教我和声学，我教他英文。

珍惜时间，这恐怕是知识分子普遍的习性。那时我们还处于敌后游击环境，时间大多浪费在路上，没完没了的行军，疲劳、艰苦，这些都不在话下，唯独感到心疼的是时间的白白流失，行军时脑子是空闲的，越空闲就越烦躁。后来，每当在大路上行军，我们两个就不约而同地举书在手，边走边看。这就难免闹些笑话。有时吹了休息号，根本听不见，继续走。调皮的同志就在后面跟着，做鬼脸，打手势，叫大家莫做声，看我们走到哪里去。等到我们一抬头，不见了队伍，张皇四顾的时候，大家才发出一阵哗笑。以后，我们两个就成了一对出名的书呆子，活宝。老胡家在无为县，他说话土腔还挺重，在这种场合，文工团的小鬼们就爱学他的声调，一个喊："照不照？"大家齐声喊："不照！不照！"这也成了活跃行军情绪的一个节目。

然而老胡不在乎，只是无可奈何地微笑着，下意识地把那个黄布挎包的带子扣了又扣。这挎包是他最喜爱的，就和他戴军帽裹绑腿那般整洁、利索而且严谨一样，他的挎包也是方方正正、板枝板叶的。挎包里塞满书籍和乐谱，还有就是他的《战歌》稿件。《战歌》是他来后一手创办的音乐月刊，由他亲自征稿编曲、亲自刻印发行。我和他很自然就成了经常的合作者，我作词，他谱曲，偶尔，我也学着写写曲子，请他修改。

记得四七年冬，我们被解放战争胜利形势所鼓舞，合作了一个大型的四部合唱曲《反攻进行曲》。他倾注了自己炽热的革命激情与对胜利的信念，由于写得形象壮美，节奏铿锵，文工团演唱的时候，总使人感到一股豪迈的气势要从胸中涌出，参加晚会的部队都听得屏声静气，仿佛他们的心也随着那奔腾跃动的旋律在翱翔。

但老胡不满足。他说："战斗的旋律在战场，枪口，在战士的心里、嘴上。光编了个曲子，叫大家穷喊，就叫'战歌'了吗？音乐，是需要我们仔细去寻求的。"我虽大体同意他的说法，但总觉得太玄。我想他现在作的曲子，有些不也在部队里唱开了吗？《战歌》不是很受连队文化教员的欢迎吗？

我因为编报纸，工作也挺忙，有时一隔十天八天不去找他。到打盐城的时候，我们突然在前线相遇了。原来这次战前，他向上级要求非要到主攻部队去不可，政治部就把他编入了去主攻团帮助工作的小组。战斗正打得激烈，我们也来不及说许多话，我晓得他战斗经验比我强不了多少，就紧紧握了一下他的手代替了嘱咐。他很沉默，嘴抿着，眉头皱着，像思索着什么。突然，他指着那曳光弹叫我看。有许多机枪吼着，每五发子弹就有一发发出亮红的光，像一条条彩线沿着地面，飞速地编织着一张网，远去的曳光弹，像团熄灭的火球，在地平线上飘游着。他说："战斗是残酷的，却有许许多多美，这时候，我们战士的心，不就像一粒粒火红的枪弹吗？他们发射出去，扑向敌人，他们织成了一张网，罩住敌人。不到前线来，能有这样鲜明的想象吗？能找到这样美的旋律吗？"

战后，文工团里传说着胡教员因为恋爱受到挫折，在战场上直往前冲，以拼一死。人们各有一张嘴，都按他自己心里想的那么说，这是没有办法的事。我却深知，他以后的“战歌”中那种昂奋、沉雄的战斗感情，和富丽多采的乐想，正是他深入前线、沿着战士的心弦脉鼓去寻求到的。

当然，他还是没有就此满足，过了些日子，又找我说：“战士的心怀里，只是堆满着梯恩梯吗？当然不是。还放置了些什么？能不能探索探索，写点不是‘战歌’的战歌呢？”我闻之欣然。我早就有这个想法，我们的战士应该是最丰富的人。我们用诗文用歌曲来表现他们、歌颂他们，就不应该局限于一面。我试着写了一些战斗生活以外的抒情歌词，我自认为是倾注了自己的感情的，由衷地喜爱它。他看了，也很兴奋，试着谱了一首曲子，唱起来确有我意中的那股味儿。我感到我俩的艺术的心灵是相通的。可我们却没有多大的把握，也就没有敢刻进《战歌》，两人一笑了之，认为是一次有益的尝试，如此而已，连底稿都没有留存下来。

但，还是苦恼着，总觉得我们不应该光是给战士吃青菜萝卜。在这种情况下，我就想起《彩云追月》来，我向他讲述了过去怎样迷恋它的。他知道这曲子，他也认为这首充满着浓郁的抒情色彩的曲子，有我们民族的传统的审美感，而又有着健康壮阔的时代色调，没有颓废消沉的阴影，通篇都是鲜明透亮的感情。后来，他就按照我的口传，把谱记了下来。

记得是夏末秋初的一天，我们即将开赴山东作战，出发前，文工团组织了一场晚会，给各师轮流演出。土台子矗了几根木柱，挂上蓝色的幕布，后台是一排钻天杨，像一座陡峭的山崖，浓密的绿叶成了高悬的天幕，给舞台增添了一股深沉浓郁的气势。……

开幕后，合唱的最后一首歌曲，是充满着哲理意味的：“雁过留声，人过留名……”风吹着台后的萧萧白杨，合唱的声音像霜钟的音波荡漾在空中，仿佛高空还有过雁的唳鸣，意境非常清越动人。

就在观众沉湎于这种悲壮的乐感中的时候，合唱队悄悄退下了，老胡坐在台中，拉响了他的胡琴，于是《彩云追月》的旋律，就由远处静静升起，像一轮皓魄冉冉升至中天，有清风的吹拂，有玉露的闪烁，碧空万里，只有几抹白云，映着月色，幻化成五彩的亮色，追逐着明月，时而将她披裹，时而又褰开帷幔，露出她满头艳丽的珠光。那对位而又旋升的追求，那因重复而显得执着的意志，通过回荡往复的结构，形成了巨大的逻辑力量，从两根颤动的琴弦上迸出来，震撼着整个会场，牵动人们的情思，激起人们的遐想，鼓荡人们的志，我从来没有见过，围着这样野旷的土台子坐着的成千上万的普通战士和农民，不靠语言，不靠色彩，不靠情节，全靠着两根丝弦传出的旋律，就能够被统摄和征服，直到曲子终了，老胡站起，台下仍然阒然无声，都沉浸在乐曲构成的一片澄澈的意境之中，好久之后，才爆发出掌声。

这乐曲给了战士一些什么呢？我说不出来，无法讲清它在那一点那一点上起了什么教育作用。然而，我可以肯定地说，它给得很多很多！

今夜看到当年出现在我和战士们幻觉中的情景，我怎能不想起那场动心的演奏和想起老胡来呢？现在老胡担任着繁忙的领导工作，再不见他写“战歌”了。然而，音乐始终是有的。音乐家啊，你们将要用什么新旋律来调动人们的情思、激起人们的遐想、鼓舞人们的心志呢？

我希望所有音符，都能凝成彩云，永远追求那莹洁澄澈的亮月！

选自散文集《丁芒文集·散文卷》，江苏文艺出版社 2001 年 1 月版

在母语的屋檐下

彭　程

一

少年时代的伙伴自大洋彼岸归来探亲，多年未见了，把盏竟夜长谈。他上世纪 80 年代中期自复旦大学本科毕业后即赴美，近三十年过去，英语的流利程度不在母语之下。我们聊到故乡种种情形，特别谈到了家乡方言，并长时间固定在此一话题上。兴之所至，后来两人干脆用家乡话谈起来。毕竟如今说方言的时候不多，聊天中对个别语词一时感到生疏迟疑时，我就改用普通话，而对方更是习惯性地时常冒出一两句英语。

当时倘若有外人在场，一定会觉得这个情景颇为怪异。

故乡在冀东南平原，方言中有很多生动传神的地方。譬如表示时间的词汇，中午叫作“晌午”，上午便是“头晌”，下午就成了“过晌”，傍晚则叫作“擦黑”。表示动作的，滑行叫“出溜”，整理叫“拾掇”，“我去某某家扒个头”说的是不会待上很久，很快就离开，仿佛只是到人家门口探一下头。对某件事情感到不舒服是“腻味”“硌硬”，说一个人莽撞是“毛躁”，不爽快是“磨叽”，不靠谱是“不着调”，讲话夸大其词或不得要领是“瞎扯扯”“胡咧咧”，办事没头绪是“着三不着两”。还有一些读音，难以找到对应的字词，暂且不谈。

本来以为这么多年不使用，很多方言都已忘记，不料却在此时鲜明地复活了。恍惚中，甚至忆起了听到这些话时的具体情境，眼前浮现出了说话人的模样。这个词，最早是听已经故去几十年的奶奶说的；那句话，出自耄耋之年的姑姑之口；那个说法，来自村子里一个倔强的孤身老头……

友人感慨：真过瘾，今天晚上说的家乡话比过去多少年中加在一起都多。

因为这个话题，很自然地联想到了很久之前的一个场合。一个短期的培训班上，来自不同省份的学员，在一次联欢活动中，分别用各自家乡的方言，描述某个动作、情感、状态。吴越方言的温软柔媚，东北方言的幽默亲和，陕西方言的古雅朴拙，湖北方言的硬朗霸气，巴蜀方言的豁达谐谑……观众兼表演者们乐得前仰后合，笑声一波波响起。

这真是一次难得的体验。语言通常是作为思维的工具，描绘具体的对象、客体，比如人物、事件、风景，也表达对于世界、对于生活的观念和看法，而本身却很少作为被打量被分析的目标。但一旦语言成为目标时，你就会发现，原来它就蕴藏了那样丰富的美，那样奇异的魅力。

就仿佛人的一双眼睛，通常是用来发现外界万物之美的，但当它本身成为艺术描绘的对象时，也成就了众多名作。达·芬奇的《蒙娜丽莎》、罗中立的《父亲》，其非凡的魅力、深刻的内涵，离不开对眼睛的出色描绘。前者，神秘的笑容里，似乎有几分隐约的揶揄，几分暧昧的期许，指向的是怎样的人生谜语；后者，被岁月风霜严酷地雕刻过的脸膛上，凄楚和迷茫的眼神后面，又藏着什么样的卑微的恳求？

光线照射之处，事物明亮而生动。

语言，就是那一道道投射向生活的光束，有着繁复摇曳的色谱和波长。

二

对语言的命名，也如同语言本身一般丰富多姿。

法国哲学家萨特曾将语言比作“触角”和“眼镜”。凭借着它，我们触摸事物，观察生活，和存在建立起真切而坚实的关系。世界在语言中显现，就仿佛白日在晨曦中降临，就仿佛风暴在云朵中积聚，就仿佛一滴墨汁在宣纸上慢慢地洇开，化为一只蝌蚪，一片花瓣，一粒石子。

语言当然首先是为了表达和交流，但在这种工具性质的功能之上，更是别有一种自足的、丰富的、博大而精微的美。

深入感受并准确地欣赏这种美，是需要条件的。在一种语言中浸润得深入长久，才有资格进入它的内部，感知它的种种微妙和玄奥、那些羽毛上的光色一样的波动、青瓷上的釉彩一般的韵味。

而几乎只有母语，我们从牙牙学语时就亲吻的语言，才应允我们做到这一点。

关于母语，英文里的一个说法，最有情感温度，也最能准确地贴近本质

mother tongue，直译就是“妈妈的舌头”。从妈妈舌头上发出的声音，是生命降临时听到的最初的声音，浸润着爱的声音。多么深邃动人的诗意！在母语的呼唤、吟唱和诵读中，我们张开眼睛，看到万物，理解生活，认识生命。

诗作为浓缩提炼过的语言，是语言的极致。它可以作为标尺，衡量一个人对一种语言熟悉和理解的程度。“眼看他起高楼，眼看他宴宾客，眼看他楼坍了”，说的是世事沧桑，人生无常。“而今识尽愁滋味，欲说还休。欲说还休。却道天凉好个秋”，说的是心绪流转，昨日迢遥。没有历史文化为之打底，没有人生经历作为铺垫，就难以深入地感受和理解其间的沉痛和哀伤，无奈和迷茫。它们宜于意会，难以言传。

对于母语的异乡人，他时常会在哪里遇到一道屏障。认识一个法国人，汉语说得流利，一直自我感觉良好，但有一次却意识到了自己的匮乏。那是听一场相声，逗哏的一方调侃捧哏者，说他妻子的名字叫“潘金莲”。他无法明白，一个名字为什么引来了一片笑声。他倒是听说过中国古代有一部文学名著《金瓶梅》，但没有读过。

流传的手机短信段子，所谓外国人的汉语六级考试题，让人忍俊不禁：成为大龄未婚女的原因，“开始喜欢一个人，后来喜欢一个人”。前后有什么区别？不管这是不是杜撰，确实，前后完全相同的字句中，意思却大不相同。而发现这种歧异，从句读、节奏中获得细致入微的理解，需要的是文化的潜移默化的熏陶。

这些精微细腻的地方，无法准确地转换到另一种语言中，所以作家张承志很多年前就宣称“美文不可译”。

显然，这一类的隔膜已经不仅仅限于语言本身了，而是属于文化的间隔和分野。

每一种语言都联结着一种文化，通向一种共同的记忆。文化有着自己的基因，被封存在作为载体和符号的特有的语言中。仿佛一千零一夜的故事中，阿里巴巴的山洞里，藏着稀世的珍宝。

三

“芝麻开门吧！”咒语念起，山洞石门訇然敞开，堆积的珠宝浮光跃彩。

但洞察和把握一种语言的奥秘，不需要咒语。时间是最重要的条件。在一种语言中沉浸得足够久了，自然就会了解其精妙。有如窖藏老酒，被时光层层叠叠，然后醇香。瓜熟蒂落，风生水起，到了一定的时候，语言中的神秘和魅力，次第显影。音调的升降平仄中，笔画的横竖撇捺里，有花朵摇曳的姿态，水波被风吹拂出的纹路，阳光下明媚的笑容，暗夜里隐忍的啜泣。

对绝大多数人来说，这只能是母语。只有母语，才有这样的魅力和魄力，承担和覆盖。孩童时的咿呀声里有它，临终前的喃喃声中也有它。日升月落，春秋代序；昼夜不舍的流水，亘古沉默的荒野；鹰隼呼啸着射向天空，羊群蠕动成地上的云团；一颗从眼角滑落的泪珠有怎样的哀怨，一声自喉咙迸发的呐喊有怎样的愤懑。一切，都被母语捕捉和绾结，表达和诉说。

当然，在这种几乎是天赋的能力之上，要更好地理解语言的妙处，更要有一颗热爱的心。要像屠格涅夫对待母语俄语那样的深情款款——“在疑惑不安的日子里，在痛苦地思念着我的祖国的命运的日子里，给我鼓舞和支持的，只有你啊，伟大的、有力的、真实的、自由的俄罗斯语言！”每种语言都有自己的美。它的质朴或深奥、明亮或幽暗、灵动或凝重，折射着这种语言所负载的文化的特质。在语言中安身立命的作家，无疑对这种美有着最敏锐的感知。

有了这样的情感，一定会被显克维支的《灯塔看守人》深深打动。一位年逾七旬的波兰老人，流浪异乡四十多年后，在南美巴拿马的一个孤岛上，找到一份看守灯塔的工作，生活得以安顿，余生有望平稳。但有一天，他收到了在纽约的波兰侨会寄来的一册波兰大诗人密茨凯维奇的诗篇。相违已久的祖国的语言令他激动和沉醉，乡愁如同海面上的波涛汹涌来袭。那一夜，他竟然第一次忘记了按时点亮灯塔，碰巧有一艘船不幸失事，他因而被解职。他重新漂泊，随身携带的只有那本诗集。他并没有过分沮丧，因为有了这册诗集。诗集唤醒他的怀念，也给了他慰藉。

只有这样，时时怀着一种热爱、虔敬和信仰，才会真切确凿地感受到母语的美和力量。

灭绝一个民族，必须要从剥夺它的语言开始。因为语言联结维系的，是这个民族的历史与记忆。而守护语言，也就是捍卫一个民族的尊严，传递一种文化的基因。历史上犹太人曾备受歧视和排斥，颠沛流离长达数十个世纪，只因为顽强地保留了自己的语言和文化，才有了一脉薪火相继的坚韧延续。仿佛古诗中的离离原上草，野火烧不尽，只缘疮痍满目焦土无边之下，生命的根系依然葳蕤。

风靡一时的美国长篇历史小说《根》，也描绘了捍卫母语的悲壮。小说中被从西非大陆劫掠贩卖到新大陆的主人公，在南方种植园中牛马般辛苦劳作的黑人奴隶，一次次逃亡都被捉回，宁肯被打得皮开肉绽，也不愿接受白人农场主给他起的名字，而坚持拥有自己种族的语言的名字——“昆塔”。这个名字背后，晃动着他的非洲祖先们黝黑的面孔，和祖国冈比亚的河流上荡漾的雾——独木舟划破了静谧，惊醒了两岸森林里的野猪和狒狒，树冠间百鸟鸣啭，苍鹭一排排飞掠过宽阔的河面。

不能不说的是，我骄傲于自己的母语汉语的强大的生命力。五千年的漫长历史，灾祸连绵，兵燹不绝，而一个个方块汉字，就是一块块砖石，当它们排列衔接时，便仿佛垒砌了一个广阔而坚固的壁垒，牢牢守卫了一种古老的文化，庇护了一代代呼吸沐浴着它的气息的亿兆的灵魂，也让一拨拨的异族入侵者，最终在它的深厚博大面前，俯首归顺，心甘情愿。

但更多的民族，却不幸成了反面的印证。先之以语言灭绝，继之以文化湮没，终之以民族消亡。马克思曾经指出，语言是一个民族中最稳定的因素。作为文化的载体和组成部分，一个民族的语言一旦消失，整个民族也就难以摆脱被灭亡的命运。澳洲土著，美洲印第安人，曾经是两个大陆的长久的主人。随着欧洲殖民者的到来，短短一个世纪间，被大肆剿灭的不仅是他们的肉体，还有他们的文化。各自有数以百计的语言湮没无存，不复传承。当年他们雄健驰骋的身影，只能通过缥缈的传说和依稀的遗迹，通过今天少量的保留地中零星的记载，加以想象性的再现。

那些土著人的后裔，肤色相貌和祖先并无二致，一张口却是流利的英语。英语已然成为他们的母语。肉身携带了种族的生物基因，但文化的缺失却让他们成了无根的人。

这样的人，行走在人群中，面目模糊，身份暧昧，仿佛一道飘忽的影子。

四

童年在农村度过。记事不久的年龄，有一年夏天，大人在睡午觉，我独自走出屋门到外面玩，追着一只蹦蹦跳跳的兔子，不小心走远了，一直走进村外一片茂密的树林中，迷路了，害怕得大哭。但四周没有人听到，只好在林子里乱走。过了好久，终于从树干的缝隙间，望见了村头一户人家的屋檐。

一颗悬空的心倏地落地了。

对于长期漂泊在外的人，母语熟悉的音调，带给他的正应该是这样的一种返归家园之感。一个汉语的子民，寄居他乡，母语便是故乡的方言土语；置身异国，母语便是方块的中文汉字。这或许有违定义的严谨，却联结了内心的真实。“官秩加身应谬得，乡音到耳是真归”（明·高启《归吴至枫桥》），故乡的语言，母语的最为具体直观的形式，甚至关联到了存在的确凿感。

语言阻隔的尴尬，在特定的环境中，会演化成为一种切肤的痛感。在纽约皇后区法拉盛（Flushing）的路边小公园里，一位来探亲的福建老人，看着脚下的鸽子在蹦跳觅食，神态落寞。他感慨梁园虽好，语言不通，想去曼哈顿看看，只能等在华尔街上班的儿子抽出时间。他还算不错的，毕竟这里有不少处境相似的华人，彼此间可以用母语交谈。而我的一位邻居，去国三月，寂寞即迅速地升级为难忍的焦灼。他退休后到美国中部一个小城的女儿家小住。方圆数里的数十住户中，只有他们一家华人。没有人可与交谈，看不懂电视，归去来兮的念头，从时时来袭，到挥之不去。蓝天白云，树木苍翠，清新的空气，深沉的静谧，一切都是那么符合他的期待。但仅仅因为语言，这一切都大打折扣。

一种通常被视作天经地义的状态，此刻，却成为构成幸福的关键因素。

这样的遭遇，常常不期然而然地通向那种罕见的时刻，启示的时刻，获得神谕的时刻。一个人和母语的关系，在那一刻获得了深刻而准确的揭橥：因为时时相与，反而熟视无睹。就像对于一尾悠然游弋的鱼儿，水的环抱和裹挟是自然而然的，不需要去意识和诘问的。但一旦因某种缘故离开了那个环境，就会感受到置身盛夏沙漠中般的窒息。被拘禁于全然陌生的语言中，一个人也仿佛涸辙之鲋，最渴望母语的濡沫。那亲切的音节声调，是一股直透心底的清凉水流。

今天这个时代，全球化笼天下为一体，交流便捷，信息通畅，但语言反而更加凸显了强势与弱势的差异。英语、德语、法语、日语……商业往来，贸易开展，国际事务，它们是不可或缺的媒介。乃至职位招聘、职称评审，也常常需要跨过它们的门槛。语言霸权的背后，折射的是曾经的荣耀或者当下的实力。但对于绝大多数母语是其他语言的人，它们永远只是工具。他无法深入感知它的温度质地，它的取譬设喻，它的言外之旨，它的正话反说或者明扬暗抑。这一切，一个人只能从母语中获得。哪一句话会使心跳骤然加快，什么样的诉说能让泪水涟涟流淌？答案深藏在和母语的契约里。

就这一点而言，世界毋庸置疑地公平。每一种语言的子民们，在自己母语的河流中，泅渡，游憩，俯仰，沉醉，吟咏，创造出灿烂的文化，并经由翻译传播，成为说着不同语言的人们共同的精神财富。以诗歌为证，《鲁拜集》中波斯大诗人伽亚谟及时行乐的咏叹，和《古诗十九首》里汉代中国人生命短暂的感喟，贯穿了相通的哲学追问；中世纪的意大利，彼特拉克对心上人劳拉的十四行诗倾诉，和晚唐洛阳城里，李商隐写给不知名恋人的无题七律，或者隽永清新，或者婉转迷离，各有一种入骨的缠绵。让不同的语言彼此尊重，在交流中使各自的美质得到彰显和分享。

但所有这些，并不妨碍这一点——热爱母语，热爱来自母亲的舌尖上的声音，应该被视为是一个人的职责，他的伦理的基点。他可以走向天高地阔，他母语是他的出发地，是他不断向前伸延的生命坐标轴线上，那一处不变的原点。

爱我们的母语吧。像珍爱恋人一样呵护它，像珍惜钻石一样擦亮它，让它更好地诉说我们的悲欢，表达我们的向往。

就像我的一位诗人朋友所写的那样：

在母语的屋檐下，
我们诞生和成长，爱恋和梦想。
在母语的荫庇中，
我们的生命绵延，幸福闪亮。

原载《光明日报》2015年4月10日

安塞腰鼓

刘成章

一群茂腾腾的后生。

他们的身后是一片高粱地。他们朴实得就像那片高粱。

咝溜溜的南风吹动了高粱叶子，也吹动了他们的衣衫。

他们的神情沉稳而安静。紧贴在他们身体一侧的腰鼓，呆呆的，似乎从来不曾响过。

但是：

看！——

一捶起来就发狠了，忘情了，没命了！百十个斜背响鼓的后生，如百十块被强震不断击起的石头，狂舞在你的面前。骤雨一样，是急促的鼓点；旋风一样，是飞扬的流苏；乱蛙一样，是蹦跳的脚步；火花一样，是闪射的瞳仁；斗虎一样，是强健的风姿。黄土高原上，爆出一场多么壮阔、多么豪放、多么火烈的舞蹈哇——安塞腰鼓！

这腰鼓，使冰冷的空气立即变得燥热了，使恬静的阳光立即变得飞溅了，使困倦的世界立即变得亢奋了。

使人想起：落日照大旗，马鸣风萧萧！

使人想起：千里的雷声万里的闪！

使人想起：晦暗了又明晰、明晰了又晦暗、尔后最终永远明晰了的大彻大悟！

容不得束缚，容不得羁绊，容不得闭塞。是挣脱了、冲破了、撞开了的那么一股劲！

好一个安塞腰鼓！

百十个腰鼓发出的沉重响声，碰撞在四野长着酸枣树的山崖上，山崖蓦然变成牛皮鼓面了，只听见隆隆，隆隆，隆隆。

百十个腰鼓发出的沉重响声，碰撞在遗落了一切冗杂的观众的心上，观众的心也蓦然变成牛皮鼓面了，也是隆隆，隆隆，隆隆。

隆隆隆隆的豪壮的抒情，隆隆隆隆的严峻的思索，隆隆隆隆的犁尖翻起的杂着草根的土浪，隆隆隆隆的阵痛的发生和排解……

好一个安塞腰鼓！

后生们的胳膊、腿、全身，有力地搏击着，急速地搏击着，大起大落地搏击着。它震撼着你，烧灼着你，威逼着你。它使你从来没有如此鲜明地感受到生命的存在、活跃和强盛。它使你惊异于那农民衣着包裹着的躯体，那消化着红豆角老南瓜的躯体，居然可以释放出那么奇伟磅礴的能量！

黄土高原啊，你生养了这些元气淋漓的后生；也只有你，才能承受如此惊心动魄的搏击！

多水的江南是易碎的玻璃，在那儿，打不得这样的腰鼓。

除了黄土高原，哪里再有这么厚这么厚的土层啊！

好一个黄土高原！好一个安塞腰鼓！

每一个舞姿都充满了力量。每一个舞姿都呼呼作响。每一个舞姿都是光与影的匆匆变幻。每一个舞姿都使人战栗在浓烈的艺术享受中，使人叹为观止。

好一个痛快了山河、蓬勃了想象力的安塞腰鼓！

愈捶愈烈！形体成了沉重而又纷飞的思绪！

愈捶愈烈！思绪中不存任何隐秘！

愈捶愈烈！痛苦和欢乐，生活和梦幻，摆脱和追求，都在这舞姿和鼓点中，交织！旋转！凝聚！奔突！辐射！翻飞！升华！人，成了茫茫一片；声，成了茫茫一片……

当它戛然而止的时候，世界出奇的寂静，以致使人感到对她十分陌生了。

简直像来到另一个星球。

耳畔是一声渺远的鸡啼。

原载《人民日报》1986 年 10 月 3 日

“不走出中国难体会中国的好”

肖云儒

车队抵达印度加尔各答之后，长达70天、18000公里的“丝绸之路万里行·玄奘之旅”临近尾声。2016年12月4日半夜，我们从印度加尔各答登上国航班机，经昆明于次日回到西安机场。10多辆车将由当地司机开回中国。

当我们团队的30名战友，推着行李车鱼贯从西安机场T3航站楼走出来时，三、四位美丽的空姐代表机场送上鲜花，大厅里响起了热烈的掌声。几乎同时即被记者同行围了个水泄不通。不用说，先后三次坐汽车跑丝路北中南三线34国，记者提得最多的问题就是，“肖老师，能谈谈你这次走丝路的感想吗？”

几乎脱口而出，我说：“不走出中国难体会中国的好，不走向世界哪晓得世界的小，走进了丝路才知道丝路千年情未了！”即兴出口，话并不准确，只是想说，走出国境，换了一个角度、一种眼光看中国、看丝路、看世界，对我们民族我们祖国更了解了，更有信心了，更有依恋之情了。

从下飞机起，我们这些在异国转了两个月的人，便进了一个无比熟悉无比温暖的氛围。中国字，中国话，中国的笑容，中国式幽默，无一不诱发着心中那些最柔软、最温存的情愫。我们不由自主地、不停地夸奖离开不到两个月的中华祖国。咱们的机场好，道路好，城乡建设好，社会设施好，商贸和经济更没的说。咱们的饭更是好到极点了，米饭炒菜一样是一样，香是香、鲜是鲜、辣是辣，味儿多地道！面条端上来，汪了一层油，漂了一层臊子，红的绿的黄的多好看。还有羊肉泡、肉夹馍、拉条子，说下去就流哈喇子了！

我是个不识几个英文字母的人，在国外不敢离队一步，踏上本土，心情和肢体一下子就放松了，说话声大了，气也壮了，腰杆也直了，步子也稳了。回到自家院子了，你可以无顾忌地说话、笑闹、喝茶不是？可以拧开电视看我们能看得懂的节目，可以拧开龙头洗一个热水澡，也可以摔在床上把鞋朝天花板撂上去不是？这就叫做家，叫做家常，叫做家园，叫做祖国，全是亲情，全是温暖呀。

但是当我在书桌前坐下来，写下这篇文章的题目《不走出中国难体会中国的好》时，却有了顾虑，有了推敲。上面说的这些好，的确是中国的好，家乡的好，但缺少科学的、精确的可比性。历史积累不一样，发展时空不一样，文化追求和生活习俗也不一样，有的还带着地域偏见和个人喜好，是否能作为一方土地好不好的科学判断呢？这世界上，“谁不说俺家乡好”呀。

“不走出中国难体会中国的好”，其实我心里想得最多、最想说的是，这个“好”，主要是我们中国提出的“一带一路”好。出去跑了这么多国家，看了、听了这么多关于现代陆海丝路的实践和反映，又一次印证了我两年前第一次跑丝路时“三热”的感觉：“一带一路”在国际上很热乎，丝路各国人士对中国很热情，丝路经济正在沿线热销。这还是就万里行的见闻层面来说的，当然远不止此，从世界上有 80 多个国家对中国这一倡议认可、响应，从他能够辐射 40 多亿人口、8 万多亿美金的市场，对当代世界总格局产生的宏大而深远的影响来看，“一带一路”构想实际上就是我们中国人给当代世界和平发展提供的一个“中国方案”。在它被世界逐步认识和接受的过程中，又正在向中国版的“世界方案”转化。

中国的好，中华民族的好，一个最集中的体现，就是她永不枯竭的创造力。在每个历史阶段，我们民族的精英常常会将人民群众的创造性实践提升为新的创造性理念，向历史、向世界提出社会发展的“中国方案”。这些“中国方案”不但引领了当时中国社会的发展，也为世界历史的发展提供了创造基因和助推力量，最终一一转化为人类历史实践中的“中国读本”而永葆生命。

远在炎黄时代，轩辕黄帝就以“融汇—创新”的中国思维和实践模式，融汇、推广了仓颉部落的文字、神农后稷的农耕、蚩尤部落的冶炼等创造，将局部性创新推广整合为全社会的共同财富。黄帝自己也在这种开放包容的创造实践中树立了威望，成为中华民族的人文共祖。一个多民族大家庭而有共同认可的人文共祖，这在世界各民族中很少见。

周礼，周代的礼乐制度的创造性在于，礼与乐结合，以乐柔化礼；治家与治国同构，以亲情秩序柔化政治统御。这是早期社会管理的“中国方案”。

以老子、孔子为代表的先秦诸子，不但与希腊、中东和印度的先贤们一道构成群星灿烂的古代文明的轴心时代，使人类文化出现了大爆炸，而且在对世界诸种元典性思考中，提供了独具东方特色的“中国读本”，影响全球，传播百代。

秦朝不但建立了统一的大帝国，而且适应大一统的需求在国家管理上创造了郡县制，以及书同文、车同轨、度同量、货同币、行同伦等一系列保证大一统的“社会标准件”，为世界历史提供了绵延几千年的多民族统一大国的“中国方案”“中国读本”。

汉代，如我们所知道的，将亚欧大陆自发、分段的民间交流，提升为凿空西域的国家行为，张骞第一次以“博望侯”的身份完成了这一历史任务。这是我们就国际政治、经济、文化交流，就亚欧大陆如何构建新型关系，向世界交出的一份“中国方案”“中国读本”。不仅如此，汉代的“罢黜百家，独尊儒术”，确立儒家的核心地位和指导思想，还给世界提供了另一个也许更为重要的“中国思维”和“中国方案”——一个民族，一个国家，尤其是多民族、大统一的国家，一定要有社会各方认同的核心价值观，一定要树立、维护这一核心价值观的引领、指导地位。这个“中国方案”也许是中华文明得以长存的深层原因。

唐代以前所未有的宏大气魄，面向世界、开放包容，长安城里汉、胡民众相邻以居，东、西市里丝路贸易兴旺红火，五陵少年相邀游乐于胡姬酒家，域外人才争相任职于朝庭内外。盛唐的这一气度，不但造就了长安这个国际化大都会，而且让“盛唐之音”成为又一个“中国方案”传遍域外，给世界提供了东方读本。

宋明以来，中国又出现了崛起的长江文明对式微的黄河文明有效的接力性传递，创造了一种古老文明永续发展的“两河互补，南北接轨”的东方模造。

大清王朝在多民族共居过程中，对异质文化尤其是汉文化的虚心吸纳融汇，也是中华文明永不中断的一种模式。

还有，从“井冈山到延安”这种符合中国国情、具有中国特色的斗争道路，通过中国特色的新民主主义，将国家由半殖民地半封建社会引向中国特色社会主义的成功实践，等等。

几千年来，我们中华民族给予历史、给予世界多少中国坐标、中国思路、中国经验、中国成果！它们无一例外构成了人类精神宝库中耀目的瑰宝。

而“一带一路”，就是我们向当下世界提供的最新的“中国方案”和“中国读本”，就是我们向当下世界提供的最大的“好”！

什么是丝路精神？一是走出去谋发展的精神，打造中国全方位对外开放新格局。二是拉起手共发展的精神，对外谐和不零和，结伴不结盟，对等不对抗打造中国和沿途几十个国家、和全球的命运共同体。以共筹、共建、共享、共赢，促世界和平、社会和谐、民生和惠、心境和宁。这种新型全球化思维，在美、欧纷纷开始对外收缩的当下，广受世界欢迎。

“一带一路”精神多方面传承了中华文化精神。它凝聚了中国的和谐文化，以玉之和、帛之美所象征的传统和谐观，来处理国内外的社会问题。它凝聚了中国的战略智慧，将合纵连横运用于当代，但又将战国时代的对抗性连横合纵，提升、改造为合作性连横。它也凝聚了中国的文明成果，丝路上的主要商品，像丝绸、茶叶、纸张、瓷器，都是我们民族创造成果中的精华。

“一带一路”精神也多方面吸取了当代思维。它提倡的互联互通，共建共享，本质上体现了“互联网+”时代的联通性、开创性、开放性。它正在以一种“鲶鱼效应”激活社会发展方方面面的活力。

作为我们给世界提供的新的“中国方案”，“一带一路”蕴含着十分丰富的、新的信息，譬如——

“一带一路”意味着我们开始由前30年的复苏，逐步转向复兴，进入新的战略机遇期，为实现中华民族伟大复兴而奋斗。它意味着我们在当下逆全球化的潮流中，开始以中国的理念、方式、实力，逐步形成新的全球力量场。它意味着我们以云目光、云格局建立治国理政的系统论理念，树立中国问题世界解决、世界问题中国解决的宏观思维，将和平与发展诸方面的问题放在政治、经济、文化和国际国内的总关系中，作全维的解决。

国内外经济社会发展的迫切需要催生了“一带一路”倡议，它又反过来有力推动了中国和世界的和平发展。

它使中国西部的发展，由大蓄势经由大开发进入大开放。它使中国的发展，由珠三角为中心的沿海开放，长三角为中心的沿江开放，进入了以“一带一路”为中心的沿路开放，中国开始进入全面开放时代。它也是当代世界发展的需要。在近年来世界逐步形成消费国、金融国与制造国、资源国的两极分化态势下，国际分工需要重组，需要构建亚欧经济带第三极，寻找新的需求空间，提供新的发展机遇。

如此宏大的战略，中国能不能搞好？对此我们有充分的民族自信，因为我们有着中国胃口、中国能力、中国方式“三件套”。

中国胃口很大。2016的上半年，中国在欧洲并购总额比上年全年增长两倍多，占欧洲同期外资并购额的6成多。这个胃口还在增大。

中国整合市场能力强。丝路不仅能为国内提供大量订单，还能将世界上过半的人口和30%的消费市场整合到一起。这需要中国经济的高度稳定，也需要迅速向任意地域集中政治、经济、文化的能力。这时候，中国特色社会主义的举国体制便显示出了极大优势。

“不走出中国难体会中国的好”，只有走出中国才能从一个新角度体会到我们祖国的富强。“不走向世界哪晓得世界的小”，世界上不管哪个地方都能看到中国人、中国企业和中国产品，这一切又塑造了无处不在的中国形象。“走进了丝路才知道丝路千年情未了”，你真正走进了这条路，便能亲身感知到由它联结起来的各国各族各地那种千年不渝的文化认同和兄弟情谊。

这就是我们向当下世界提供的最新的“中国方案”和“中国读本”，这就是我们向当下世界提供的最大最大的“好”！

2017 年 4 月 16 日，西安不散居补作

原载《西部大开发》2017 年第 6 期

记住乡愁，不忘本原

郭文斌

透过重重叠叠的历史帐幔，我们会发现，不忘本原是中华民族保持生命力的重要秘诀。《论语》有言："君子务本，本立而道生。"而道本身就是生命力。所谓"道生一，一生二，二生三，三生万物"是也。这一点，在《记住乡愁》[①]第二季的许多篇章中，都得到充分证明。

在四川姚坪羌寨村，但凡本原文化，无论是建筑、服饰还是歌舞，都被完整地保存了下来。30多年来，王嘉俊一直在搜集整理与羌人生活有关的物品。2003年，他在家里办起了以实物展示羌人日常生活的民俗博物馆。他认为，一个家庭要知道自己的祖先，一个民族要了解自己的历史。对羌族来讲，因为没有文字，这些实物就显得尤其重要。

这样的念古情结，在湖南双凤村则以跳"毛古斯舞"体现出来。从镜头中我们可以看到，那是一种对祖先当初生活状态的符号化描摹，是一部土家族的史诗长剧。在双凤村，还有一个奇怪的传统，那就是盖房要"偷"梁，但"偷"梁也要守规矩：小树不偷，古树不偷，名树不偷。一般选择杉树或者柏树，因为这类树木砍掉主干后，还会从根部长出新枝，十年左右就可成材。就是说，他们"偷"梁不伤本，因此，在这个村子里，有460多年的古树还活着。

① 《记住乡愁》是由中共中央宣传部等部门联合组织实施，由中央电视台摄制的大型纪录片。该纪录片以弘扬中华优秀传统文化为宗旨，选取百余个传统村落进行摄制，是一部以古村落为载体，以生活化的故事为依托，以乡愁为情感基础，以优秀的传统文化为核心的纪录片。（编者注）

在四川宝胜村，我们看到，客家人对祖先的崇敬已经成为一种信仰。在任何时候，他们都认为今天拥有的一切都是祖先的恩赐。这种报恩心理，折射在文化活动上，就是常演不衰的川剧《清风亭》。此剧讲的是：薛荣妻妾不和，妾生之子被迫抛在荒郊，被以打草鞋为生的老人张元秀夫妻拾得，取名张继保，抚育成人。13年后，张继保在清风亭被生母周氏带走。张元秀夫妻思儿成疾，每日到清风亭盼子归来。张继保得中状元，路过清风亭小憩。张老夫妻前往相认，但张继保忘恩负义，不肯相认，把老夫妻当成乞丐，只给他们二百钱。老婆婆悲愤已极，把铜钱打在他脸上，夫妻相继碰死在亭前。张继保也被暴雷殛死。

海南草塘村人干脆把西沙、中沙、南沙三沙称为祖宗海，每年都要举行大规模的祭海活动，渔民每次出海前也会自发举行祭祀仪式。80岁的苏承芬老人不惜用一个多月的时间制作一艘帆船模型，以此怀念帆船岁月，同时让后代子孙感念祖德。在他看来，没有祖德，就没有子孙们的今天。他在南海闯荡五十余年，从未发生过迷航，正是凭着祖先流传下来的航海罗盘和手抄《更路簿》。

广西门头村的石牌古训是不忘本原的另一种方式，在村民心里产生的诫勉和约束力，一定意义上大过法律法规，所谓“石牌大过天”。想想看，一块石牌立在村口，村民进进出出都要看着它，久而久之就会刻在心底。“种木护村，做善积福，毁木霸地，作恶遭祸，天地有眼，会有报应”。当这样的句子一旦成为人们的集体无意识，那将是一种怎样的自觉力量。成年礼上，老师会问学生：我们的传统，我们的古训，你依不依。学生回答：我们的传统，我们的古训，我们要永远遵从。通过这种一问一答的形式，让年轻人牢记古训，就像发誓一样。这些誓言，作为一种敬畏力，将一直伴随着他们成长。在节目中，我们看到，门头村人不但熟记这些古训，还把它生活化。比如瑶医采药时遵从的“积留”原则。不挖采幼苗，能取杆的草药，绝不取根，绝不采光挖尽。采完药，瑶医还要在采摘地撒上一小把白米，酬谢山林恩赐，祈愿药到病除。救治好病人后，瑶医还要进山答谢，以“挖一种二”的方式对大自然进行补偿。正是这种“积留”的观念，让大瑶山的中草药取之不尽，用之不竭，成为广西最大的药用植物园，也让大瑶山4万多公顷的成片森林，成为广西最大的水源林。心态决定生态，敬畏涵养生机。最能体现这种生机的，就是长寿。在金秀瑶族自治县全县15万人口中，百岁以上的老人有14位，90岁以上的有300多人，80岁以上的有2000多人，成为中国有名的长寿之乡。

在贵州占里村，流传着这样一句话：“山林是主人是客。”意即山林是永恒的主人，人们只是匆匆的过客。正是因了这句话，这里的森林覆盖率达到了70%。

每年农历二月初一，占里村的人们都要吹芦笙、唱大歌，盛装绕寨、祭石盟誓：“第一条，每家只生一男一女，不准任何人多生；第二条，村外的风水树、大树、古树、不准任何人砍伐……”占里人知道，他们今天的生活不仅得益于祖先的庇佑，更得益于千百年来与自然和谐共生的寨规约束。

《华严经》中讲：“不忘初心，方得始终。”

如果说以上村落的故事让我们从时间线看到了不忘本原的价值，那么台湾宝藏岩村则让我们从空间界面感受到本原的重要。该村居民来自大陆的十几个省，他们长时间远离故土，比邻而居，形成了一种独特的传统：每隔两个月就要举办一次“一家一菜”活动，每户人家都要做一道最擅长的家乡菜，拼凑成一桌宴席，让村人共享。看上去是“一家一菜”，骨子里却是一菜一根。宝藏人把对生命本原的追思，暗藏在杯盘里。除此之外，宝藏人还有另一种安妥心灵的方式，那就是寺庙。许多群体性活动，都借寺庙完成。逢年过节，宝藏人都会聚集在庙里，一起做饭，一起祭祀，一起庆祝，俨然一个大家庭。因为远离故土，没有祠堂家庙，宝藏岩寺就成了村民们安放祖先灵位的地方。“在两岸对峙的日子里，通信完全隔绝，看不到回家希望的白玉生在台湾又娶妻生子。20世纪80年代末，台湾当局终于同意老兵回乡探亲，白玉生立刻提出了申请。”这段再朴素不过的解说词所传达出的生命况味，真是让人心痛。

在新疆天山山脉中部，有一片广袤的巴音布鲁克草原，草原上有一个流动的村庄，名叫赛罕托海村，汉语意为“美丽的山谷”。这里是东归的土尔扈特后裔的聚居地。他们常常将一句老话挂在嘴边：“牛羊离不开草原，江河离不开源泉，土尔扈特人离不开东方的故土。”这一句简单的话语，却蕴含了一段充满血泪的东归壮举。为了铭记这段悲壮的历史，也为了缅怀和祭奠先祖，土尔扈特人用“重走东归路”的方式，将先祖们不远万里回归故土的壮举，以及他们曾经付出的巨大牺牲，世世代代牢记于心。300多年前，土尔扈特先祖离开故土，向西游牧到伏尔加河下游，并在那里建立起游牧民族的封建汗廷。到了18世纪中叶，沙俄征召土尔扈特人加入军队，卷入连年战争，同时，还强迫他们放弃佛教信仰，改信东正教，引起族人的强烈反抗。为了摆脱沙俄压迫，当时的首领渥巴锡汗决定发动武装起义。1771年1月，渥巴锡放火烧掉自己的木制宫殿，带领族人义无反顾地踏上重返故土的征程，向着东方前进。经过8个月的艰难跋涉，土尔扈特部终于到达家园，而出发时的17万人仅余不足7万。土尔扈特族的东归之举得到清朝政府的高度重视和关注，乾隆皇帝在承德接见了渥巴锡汗，把一块最为丰美的草原赐予他们作为繁衍生息之地。受祖先的英雄壮举感染，大学毕业后，桑巴特没有留在大都市，而是回到了家乡工作，主动参与到东归实景剧的编排之中，为此，他多次走访村里老人，四处搜集资料，短短3个月时间，就正式向游客演出了。“草原再大，却没有放私心的地方”，当一个人没有私心时，自然会返本归原。

江西西湖李家村的故事，作为电视节目播出时，片名就是《不忘本原》。“水有源，木有本，人有祖，其来久已，而流长则派别，不溯其流则失其源，祖盛则人众，不序其谱则昧其祖。”这是《李氏宗谱》明代修谱小引中的一段话。正如村民李国英所说：“家谱是一个宝，它有特异功能，它有凝聚人心的功能，为什么呢？不管你来自哪里，只要我们是供一本家谱，供一个源流，我们就是一家人，万里关山都割不断，一见就如故。”当人们从家谱中得知，他的祖先是唐太宗李世民的三子李恪的后裔，老子李耳、名将李广、唐高宗李渊都是他们的先祖时，那该是一种怎样的自豪。该村人甚至把历史上杰出的李氏族人的事迹和为人处世的格言镌刻在村庄各家各户的门楣上，以激励后代。

在中国历史上，无论是立于朝堂之上的高官、征战沙场的将军，还是富甲一方的商贾，年老之后都要告老还乡、解甲归田，在古人看来，这是人生“归根复命”的重要环节。在西湖李家村，这样古老的传统仍在延续。南昌市原市长李豆罗卸任后，立即回到故乡，给自己起了个雅号“青岚农夫”，过上了日出而作、日落而息的日子。在他看来，自己原本就是农民出身，退休后回来当农民，算是遵从“不忘本原”的祖训了。“不论你飞多高，不论你走多远，不论你职务多高，不论你赚钱多少，起根发苗在这里，落叶归根还在这里，这就是本原，操存本原，不忘本原。”在李豆罗的倡议下，西湖李家村口牌楼上镌刻了“操存本原”四个大字。这是陇西李氏族谱中记载的祖训之一。这四个字源于孔子所说“操则存，舍则亡，出入无时，莫知其乡，唯心至谓也”。孔子把本原看作事物的根脉和做人的基本道德准则，告诫人们要恪守本原，否则行为无常，不知家在何处，更会心无着落。

李森永的先祖600多年前迁往台湾，在当地延续了20多代，抗日战争中，李氏宗谱不慎遗失。半个多世纪来，李森永的父亲常常思乡念祖，临终时嘱托他，一定要找到故乡，续接上族谱。为了完成父亲的夙愿，最近几年，李森永把自己的公司交给了儿子管理，和妻子不断往返大陆寻根问祖。

行文至此，不由得想起《道德经》中的一段话：“万物并作，吾以观复。夫物芸芸，各归其根。归根曰静，静曰复命。复命曰常，知常曰明。不知常，妄作，凶。知常容，容乃公，公乃全，全乃天，天乃道，道乃久，没身不殆。”

原载《光明日报》2016年9月9日

一声啼处漫山红

陈蔚文

一个地方的植物与当地精神、文化有着岩层般的联结。杜鹃之于井冈，正如郁金香之于“洼之国”的荷兰，樱花之于物哀的日本，又或是向日葵之于梵高，睡莲之于莫奈——植物与地域人物，注定互为交融。

我在南昌长大，小时学校春游，去得最多的地方是西郊的梅岭，梅岭多杜鹃，我们称它为映山红，老师说，这花是用烈士的鲜血染红的，这个说法尽管有些魔幻，但南昌是个英雄城，我们从小受到英雄主义教育，这个说法对童年的我们还是成立的。其逻辑是鲜血灌溉了土地，土地孕育了花朵，因此它是烈士精神的化身。

映山红就以这样的形象进入了我的记忆。它是我童年与少年时光里唯一被赋予象征的植物，要再晚若干年，玫瑰才作为爱情的代言出现。

每次春游或之后的回乡扫墓，我总会采几枝映山红回来，它强烈的山野气使一个家庭的气息也变得清峻起来。是的，与其他花儿不同，映山红有种“岭上”的炽烈，它一点都不香艳，比起那些“被驯化、园艺化和人工化的植物”，它的骨子里是民间的峻拔，是遥远的忧伤。

杜鹃化为鸟，又名子规，“疑是口中血，滴成枝上花”，无论花或鸟，都是有脾性的。那最古老的基因，从万物初辟时大概就已注定，时光苍茫，不会冲淡这基因，倒是令其更加巩固。

母亲爱听民歌，包括那些红歌，她出生于1946年，基本算新中国的同龄人，她的青春是被那些歌声充满的。“红歌就是赞扬和歌颂革命和祖国的歌曲，它们普遍具有浓郁的感情基调，红歌是革命实践的真实写照，它能唤起人们的红色记忆……”有一次我送她了一套音乐碟，《雁南飞》《绒花》《我们的田野》《九九艳阳天》，她很喜欢。那时还年轻的我也觉得这些歌很动人，它们有着和流行歌曲完全不同的曲调，或昂扬蓬勃，或如泣如诉，或兼具昂扬蓬勃与如泣如诉，比如《映山红》：

夜半三更哟盼天明，
寒冬腊月哟盼春风，
若要盼得哟红军来，
岭上开遍哟映山红。

这首歌是我听过的最动人的“红歌”，电影《闪闪的红星》插曲，当年这部家喻户晓的电影讲述了上世纪三十年代江西苏区柳溪村，年仅八岁的潘冬子在斗争中成长起来的故事。片中的三首歌曲《红星歌》《映山红》和《红星照我去战斗》都传唱至今，尤以《映山红》传唱最广。歌曲结尾部分重复三遍“岭上开遍哟映山红”——从悲怆的昂扬回到祈使，诉说，这首歌不像通常的革命歌曲那样铿锵，杀伐决断，而是以柔克刚，化呐喊为叙事，女性（母性）视角的悠远，带有泥土的柔软、河流的起伏与山区的雨雾。

如今的井冈的确实现了歌曲结尾的这一幕，杜鹃花期从 4 月中旬至 6 月中旬，一簇簇，一丛丛，各色杜鹃花沿着笔架山脊两侧竞相开放，高峻的山崖间形成了一道“十里杜鹃长廊”。

据说，《映山红》的原唱邓玉华（满族人）在练这首歌时，甚至不知映山红长什么样子，有一次丈夫告诉她美术馆有一幅画，画的是杜鹃花，又名映山红，她赶紧骑车去看。“看的过程中我慢慢体会到，映山红开遍满山时，人的情绪就是一种胜利的喜悦，一种兴奋。再唱《映山红》时，就有感觉了。”

1974 年国庆节，电影《闪闪的红星》上映，邓玉华从此开始了歌唱数千遍《映山红》的生涯。那一年的夏天我出生，没准我喜欢唱歌的妈妈也曾哼唱过这首歌哄我入睡吧，它的旋律弥漫当时中国的大地。

这首歌之后有多个版本，演唱风格最慷慨昂扬的是邓玉华，这或许与她的出生年代有关？她 1942 年出生，这一年，二战中的日军占领马尼拉、吉隆坡等，五月开始“五一大扫荡”，实现“三光”政策，并在中国战场实施以战养战的浙赣会战；纳粹德国召开望湖会议决定消灭犹太人；毛泽东发表《在延安文艺工作座谈会上的讲话》；根据地军民开展大生产运动；陕西农民歌手李有源以陕北民歌曲调填词作《东方红》……

邓玉华对革命的感受比起后生代歌手肯定要深切得多，尽管她当时没见过真正的映山红，但生于兵荒马乱的年代，对血色有足够理解，对革命当然也不陌生。革命是什么？是“掀开了王朝的铁冠和头盖骨”，不是简单的王朝更替和宫廷政变，现代意义上的革命是期待升腾起能将黑夜消退的曙光，是奏响自由平等的号角，是人们能在春光里走近岭上开遍的映山红，不再忧惧。

“妈妈告诉冬子，等到斗垮所有的胡汉三，映山红开遍之时，真正的春天就来了！潘冬子还明白，这一天不是等来的，是靠斗争赢来的。面对敌人放火烧房，妈妈胸中的革命豪情没有向敌人屈服，熊熊烈火中，革命的信仰愈燃愈炽，它传给了潘冬子。”——那是对一个孩子来说无论如何都显得过于沉重的使命。

妈妈牺牲了，冬子变得更加坚强，“最终满怀仇恨地砍死了胡汉三，变成一个真正勇敢的热血少年”。在战争中火线成长的孩子形象，我后来在德国作家尤里·奥莱夫的系列作品中也读到过。《快跑，男孩》《鸟儿街上的岛屿》《隔离区来的人》都是描写犹太孩子在逃亡路上如何迅速成熟的。《鸟儿街上的岛屿》中的 12 岁男孩阿莱克斯为躲避纳粹，只身躲进了一栋废弃的房子，在等待与父亲汇合的五个月中，他千方百计寻找食物，为救同胞，他用父亲留下的枪杀掉了“德国鬼子”……作家尤里·奥莱夫本人就是大屠杀幸存者。他 1931 年生于华沙，二战爆发后，父亲被苏联人抓走，母亲带着他和弟弟在华沙的犹太人隔离区中生活了两年。母亲后来被纳粹杀害，奥莱夫兄弟俩被偷偷接出犹太人居住区，藏匿在好心的波兰人家中。二战结束后，奥莱夫搬到了以色列。他将自己的生活经历作为素材，写了不少反映大屠杀背景下犹太人生存境况的小说。

当我的儿子长到和潘冬子，继而是与阿莱克斯同龄时，我难以说出对孩子们早熟的“英勇”的感受。我多希望所有的孩子永远不具备这种残酷淬炼出的“英勇”！是的，革命只是手段，终极目的是终止暴虐与奴役，终止只有鲜血与火光的童年，让“英勇”远离童年，让植物和阳光重新回到童年。

“法国启蒙思想家把‘革命’一词从‘叛乱’‘政变’一类的词义中分离出来，赋予它人类精神进步的意义……从这时开始，革命方有了正当的、严肃的、伟大的这些明亮色彩，指向人类挣脱蒙昧、复萌理性、改变世界的历程”。2017 年 5 月，在去往井冈山的 K8703 次列车上，我读到作家筱敏的这段话，在《遥想法兰西》一文中，她谈到革命的品质：这是一种平民的品质，青春的品质，这是一种自由的热望，一种解放的欲求，与以一个君主取代另一个君主无关。她谈论的是法国大革命。

而我此行的目的地井冈山也与革命密不可分，它被誉为“中国革命的摇篮”——过于显著的红色，甚至几欲掩盖那大片的森林覆盖率达 81.2% 的绿色。

黄洋界、茨坪、大小五井，这些地址背后通向的是重要的一段历史：1927年10月，毛泽东、朱德、陈毅、彭德怀等率领中国工农红军来到井冈山，创建以宁冈县为中心的中国第一个农村革命根据地，开辟了“以农村包围城市、武装夺取政权”的中国特色革命道路。从1927年10月到1930年2月，“山下旌旗在望，山头鼓角相闻”，两年零四个月，为新中国奠基，也为新的政治秩序奠基。

车进井冈，车窗闪过外面山坡上的映山红，它们枝叶张开，叶芽向上，绽放一簇簇殷红，以燎原之火的方式流动。当一种植物嫁接了精神，便成其为见证，见证波谲云诡的历史。

若岭上没有映山红，井冈注定失色不少。这是植物与一方土地的联结，它们互为渗透，各自朝向着对方。原本约同行者一起去看笔架山杜鹃，但先到的朋友说杜鹃已过盛季，一场雨后又愈凋零，也就未去。好在来的路上已见映山红，比起整饬的杜鹃，长于山野的它们更能折射井冈精神——尽管萧疏，但每一株，每一簇，都保持着倔巴、强烈的姿态，似乎连流弹从四面八方袭来也无法遮拦那一种绽放。

原载《文学报》2017年7月7日

一条大河

刘元举

往回数四十年，我们县城只有一家电影院。电影院是一间大筒子屋，像那种简陋的大车间。一排排长条凳子摆得挺密。铁腿，坚不可摧地铆牢在水泥地上。每场电影放映时，两侧过道也都站着人，那是买的站票。站票比坐票便宜一半，当时只需5分钱。电影院太小了，每当来了一场好电影，人们便开始了各种关系的角逐，最大的特权和最卑微的处境就是在这座电影院里一见分晓。而我们这些穷孩子只能眼巴巴地把看电影的希望寄托在部队大院。

县城驻扎着一个炮团，番号为3356。3356部队团部在县城的中心地带，一道灰色的水泥大墙方方正正地将军人与老百姓分割开来，形成两个天地。大墙很高，很是庄严神圣，令我高山仰止，却充满羡慕。墙体上书写着大标语：团结、紧张、严肃、活泼。记得那是黑体大红字，字的边缘描着黄颜色，黑夜都能辨清。每到周末傍晚，一个个绿色的方队就会朝团部走去，他们气宇轩昂，步伐雄壮，高唱战歌:《三大纪律八项注意》《打靶归来》《下定决心》《毛主席教导记心怀》这一类，他们还夹杂着震天动地的口号：一、二、三——四！方圆几里外都能听到。爱看热闹的小城人纷纷夹道围观，战士们目不斜视，却会随着看热闹的人的增多，步伐更加雄壮，歌声更加嘹亮。我们这些光着脚丫的秃小子追着队伍跑，看他们的脸色都是一样的表情，他们那粗壮的脖子都鼓涨着同样的青筋，煞是羡慕。于是，我们也可着嗓子跟他们喊：一、二、三——四！他们跑步的时候喊：一、二、三——四！我们有点跟不上节奏。

队伍要往团部大门口拐弯时，我们就不能跟了。我们得在大墙外边找自己的位置。马路很宽，坐满了拿小板凳等待看电影的人。大墙里边有两棵旗杆状笔挺的白杨树，就是茅盾先生笔下的那种值得礼赞的伟丈夫般的白杨树，更值得礼赞的还是两棵树中间挂着的那块银幕。这块银幕将大墙里边与外边连成了一个偌大的电影院。不用花钱买票，不用去那座小小的电影院里拥挤，也不用出汗，在凉爽的晚风中看电影多惬意！只可惜我们看的是银幕的背面，清楚倒是清楚，就是声音听不太真。一些片子像《扑不灭的火焰》呀，《野火春风斗古城》呀，有些地方就没大看懂。

在这里看片印象最深的是《上甘岭》。那天，战士们的情绪特别高涨，演出前，他们在拉歌。拉歌的声浪此伏彼起，有人喊一连！更多人合：来一个；一连！来一个！一连就唱起来。唱完，又是一声喊：一连唱得好不好？更厚的声音回答：好！再来一个要不要？更结实的声音回答：要！于是，一连又唱。高高的白杨树上的叶子被歌声震得刷拉刷拉响。一连唱完了，一连就有人领头喊三连，三连唱，三连唱得跟一连一模一样，又拉到了二连，二连唱完了，也跟三连唱得一个味儿。要是用句歇后语：连队唱歌——一个味儿。我们就在外边跟着瞎起哄。

后来，他们唱二部，唱二部时，一个连队先唱，一个连队后唱，雷声一样滚来滚去，大墙里边沸沸腾腾，轰轰烈烈，那气氛简直称得上波澜壮阔。歌声把我们外边的老百姓也带起来了，我们也加入了唱歌的队列。我们唱得没有人家里边的齐，其实，我们只是可着嗓子，跟着乱喊乱叫，喊得开心，叫得过瘾。唱到最后一句，二部歌声汇到了一起，如江河决堤，气势磅礴。歌声戛然打住，银幕上打出了一行字："肃静！马上就要开演了！"

天，这时全黑下来了，银幕被灯光打得灿亮无比，显得更宽了。蓦地，银幕正中推出一颗带有"八一"字样的五角星，在音乐声中，光芒四射，一直闪到银幕外边，与天空的星斗辉映一体。得感谢那天晚上的风，把电影里的声音刮到了大墙外边，使我们听得特别清楚。枪炮声，飞机轰炸声，在以前打仗的片子里都听不到，只能根据墙里边战士们的情绪走，只要他们一鼓掌，就是我们打冲锋了，我们也就跟着把手拍疼。其实，不拍巴掌也行，肯定没人管，但，我们那时的巴掌就好像不是自己的。战士们也不是随便鼓掌的，他们得掌握火候，比如，当电影的主题歌"一条大河"（其实应该叫《我的祖国》）唱响时，全场安静极了。那是一首我当时听到的最好听的歌。那时我还不知道郭兰英是谁，更不会想到若干年之后，还会有一部写她的电视连续剧。我只觉得"一条大河，波浪宽，风吹稻花香两岸……"这旋律太美，太有韵致。跟以前所有那些雄壮的可嗓子吼的歌完全不是一回事。这歌声听了一遍没听够，随着故事情节的推进，不断地回响着这抒情的旋律，令我沉醉不已。平时，电影散场了，我们就会扯着嗓子吼那种从电影里学到的或者从看电影的战士那里学到的歌，反正电影看兴奋了，就会狂唱不已。而这一次散场，却再也没人去可嗓子吼了，人们都跟我差不多，用那种细小的声音，委婉轻柔地哼唱着“一条大河”。差不多每个哼唱的人都是这种状态，只会一两句，却反反复复，没完没了地哼唱不止。

我哼唱着一条大河往家走。我仰头望天，那晚，小城的夜空星光格外灿亮，不费劲就能找到牛郎星和织女星，把它们分隔开来的那条天河看上去像飘浮着一层细软的丝棉。令我惊异的是：细看，那些丝棉居然还在流动。

从那个夜晚起，一条大河一直在我的耳畔缭绕，我却一直没有能够把它完整唱会。盼着再演电影时跟战士们学唱，我有很多歌就是这么跟战士学会的。可是，打那以后，战士们一次也没有唱过这支歌。他们在队列中不唱这歌，大概是因为唱这歌赶不上步点；他们在电影开演前拉歌也没有唱过这歌。也许这歌是女的唱的，战士们当中没有女的。整个一个童年，我在3356部队露天影院就不曾看到一位女兵。我渴望见到女兵，是为了听到女兵唱一条大河。说来也怪，自从听到一条大河之后，再听到战士们列队入场看电影时唱的那些威武雄壮的歌，就不似以前那么瞎激动了。尽管我曾经为之激动不已。我既不跟着队列跑了，也不羡慕战士们那种雄纠纠气昂昂的样子了，还有涨粗的脖子上那一条条青筋。甚至觉得他们可嗓子吼得太厉害，会把嗓子弄坏的。

整个一个童年，我没有唱会这条大河。不定什么时候一高兴就会冒出一两句来，直到现在聚会时，人家点到我唱歌，躲是躲不过去，就一鼓劲唱了这条大河。结果，还是唱的开头那几句。当然，现在唱与小时候唱，其感觉是完全不同了。

更深层次去理解和感受这条大河，还是去年，少年钢琴天才郎朗在即将离开沈阳赴美留学时，在中华剧场举行的那场演奏。

或许只有到了即将告别亲人、告别故乡时，郎朗才会感到这份亲情有多厚多沉！

从郎朗的面部表情上可以看出这些天来不曾有过的沉郁和矜持。他与指挥合作得非常成功，他得到了指挥的感谢，更得到了台下观众的感谢。那么多孩子拥上台去为他献花，他那么长的臂膀搂抱着却还是搂不过来，他只好分发给乐队的每一位乐手。他是那么潇洒地将花束抛向了乐手们，台下响起了激动人心的掌声。于是，郎朗又一次深深弯下腰，行了一个绅士派的大礼，然后，沉静地端坐在钢琴前。钢琴那乌亮的板壁在灯光下反射的光泽在我看来都具有了强烈的离情色彩。郎朗静静地面对着键盘，我无法知道他此时在想什么，或许他什么也没有想，只是让自己更深地进入一种意境与感觉中。我们都在等待着那首我们熟悉的“一条大河”。

郎朗的手像气功状态中的起式，缓缓地飘落在键盘上。像灵巧的船浆划开了宁静了许久的河面，那清凌凌的波纹舒缓地荡漾开来，我感觉到那柔荡的波纹正款款地朝着我的心灵漫过来，层层浓烈着我的记忆，我的情感，那种中华民族熟悉的主旋律是从一种由弱渐强的缠绵演奏中，排箫般引起了我的共鸣，我的内心随着清脆的琴键而合唱起来：

一条大河波浪宽，
风吹稻花香两岸，
我家住在岸上边，
听惯了艄公的号子……

情感追逐着旋律起伏还是旋律追逐着情感起伏？郎朗进入了状态，我也沉入了我的童年。那个部队大院，那两棵高高的挂着银幕的白杨树，还有那条总爱唱却总也唱不完整的大河……

一晃，几十年过去，还是这条大河，却再也回不到我的童年了。部队迁走了，那个大院还有那两棵伟丈夫也早已不见了踪影。

郎朗是幸福的，他们这一代孩子无疑也是幸福的。他们也有苦恼，他们的苦恼是看电影看电视的机会太多太多了。

郎朗演奏的“一条大河”是由一对夫妻改编的，而丈夫恰好是我们家乡的。他年长我几岁，他能把这首曲子改编得如此缠绵，如此深情，我想，八成也与小城那个部队的露天电影院不无关系吧？郎朗不会知道我们小时的故事，他也未必能理解，但是，他以他的角度去理解这条大河，去理解我们的祖国。他动了真情，他把一条大河揉出万般离情让人荡气回肠，催人泪下。等他弹到结束时，他竟重新又开始了“一条大河”的旋律，那是更柔更弱更宽阔的声音，让你感到这条大河画轴般在你的眼前铺展开来，伴着迷蒙的雾气，有一条小船颤悠悠地飘曳而去，小船上乘坐的人已经看不清了。当年肖邦就是乘坐这样一艘小船离开他的祖国去飘向巴黎的，从此，他再也没有回来。任何国度的艺术家都得有自己的根呀！霍洛维兹在八十高龄时颤颤巍巍地回到离别多年的祖国演奏，他登台时的颤巍巍的步履在我看来不是因为他的老迈，而是因之他那颗无法平静的颠簸的心。人不能没有自己的祖国，不能不爱自己的家。我在郎朗的深情的如泣如诉的演奏中，泪水潸然而下。

郎朗结束了他的演奏。他这次不像以往那么立刻起身，观众也不像以往那样马上给他掌声，都陷入了一种回味，都浸淫了一种酸酸的离情。

终于，郎朗找到了感觉；终于，他爱上“一条大河”。他饱蘸着他的情感，用他最拿手的“粘连”技巧把这条大河表现得极其感人。电视台记者采访了郎朗。郎朗说，他不会忘了家乡这片土地，他还会回来，他说，他要把这条大河拿到美国、拿到世界各地去演奏，他坚信这首曲子可以感动全世界！

世界各地都有华人，我相信所有的华人都会为这条大河而动情的。

选自散文集《北人南相》，大连出版社 2015 年 11 月版

龙的腾飞

张天夫

为了表达对祖国的爱情，有的人放歌长江、黄河，有的人酣唱泰山、长城。可我却爱歌颂龙，祖国的形象，在我心中就正是那腾飞的龙。

记得今年仲夏，我出差汨罗，正好逢上端阳节划龙船。听说，今年的龙舟会盛况空前，我一清早就赶到江岸，哪知江岸上早垒起了两道人墙。我好不容易才钻到人墙的前面，只见汨罗江像条碧罗带横在中间，没有一圈涟漪，只偶尔见到一、二只沙鸥掠过江面。

突然一声枪响，比赛开始了。卧在江边的二十条龙船，吐着鳞光蹿向江心。几十面大鼓一齐擂响，震得叫人立脚不住，好像江岸就要崩裂了；远远望去几百条桨在江心飞舞，犹如千百只野鸭站在水面拍打翅膀，顿使江上生起一阵风，降满一江雪。我正看得入神，一条金灿灿的龙船已迎面奔过来，龙头高举，口含红珠，角舞红绫，贴着浪尖遥遥领先地凌空飞起，那咄咄的气势，那昂扬的神态，引得夹岸爆出一阵雷鸣般的欢呼。

我为这样的场面激动不已，禁不住向身边一位老汉打听起来。原来，这是一支乡下的龙船队，他们是凌晨从几十里外赶来的；划船的小伙，全是三中全会以后先富起来的“万元户”；听说临行时，乡长还给他们斟了壮行酒，希望他们拿出农民的威风来。我爱慕地望着这群虎气生生的小伙，简直说不出他们那鼓鼓的胸肌中藏有多大的力量。我忽然觉得他们就是我最爱的龙了，是一条条从赭色的大地上腾飞起来的龙。我又仿佛一下子解开了一个谜，难怪汨罗人这样喜爱划龙船，原来只有龙才和他们相像，只有龙才足以象征他们的今天！闻一多先生曾考证过划龙船的起源，以为端午划龙船不是为追捞三闾大夫的魂灵而是因为我们是一个龙图腾的民族。对此，我深信不疑，只要是龙的子孙就渴望着飞腾。

大概是我也和龙有血缘吧，不论走到什么地方，总是欣喜地目睹龙的飞腾、腾飞的龙。在宝钢，我看到金龙点燃流云；在大庆，我看到乌龙缠绕星月。自古说，“龙随风”，又有人说，“海为龙世界”，龙是因水而得势的。龙到底是乘风而凌云，还是凭水而飞跃呢？

今年七月，我在长江中下游又亲睹了一次龙的飞腾，这龙的腾飞，既不是因风而起，也不是借水而显威的。

这天，我从白帝城乘舟而下，一路顺流驭风。还在西陵峡中，就听到一阵阵隆隆的声响，那气势就如山在滚动。船到了葛洲坝，才知道是长江发出的咆哮。为了饱览葛洲坝的风光，我舍舟登岸，站在江堤上远远地观看起来。只见长江突然卷起一股袭人的风，喷出漫天的雾雨，从七十米高的大坝中挣脱出来，凌空飞起，把一轮夕阳也吞噬了。那拔地的力量和昂首天外的神态，分明是一条巨龙在飞腾，我也似乎要乘上它去遨游天国了。

晚上，我信步来到坝心，这儿又是另一番壮景。纵目一望，大坝和长江两岸的群山裹在一条长长的灯河之中。江左江右，江上江下，分不清哪是灯光哪是星月，辨不出哪是灯河哪是银河，唯有光在闪烁，光在盘旋，光在舞动。似乎人间的光明，太阳归去后又汇集到这儿了。在这条长长的灯河中，我感到有一股热能在蒸腾着，叫人站在江风中也感到灼人，这不是一条腾飞的火龙吗？

望着这条火龙，我想起那古老的日子，在这座人间的“龙宫”里，也曾有过不少穿龙袍的“龙”，可是，哪有一条是真正有生命的龙呢？当他们还在龙榻上蠕动时，其生命早酣眠在寝宫了。这些所谓高贵的“龙”，让庶民用香火熏黑了他们的面孔，然后又把黑暗还给人间，因而他们是不配称为“龙”的。只有这大江上下发光发热的龙，只有这九百六十万平方公里的土地上奋发腾飞的龙，才是真正的龙的嫡传。

我站在大坝上如痴如醉地遐想，不知不觉走到了火热的工地。我突然觉得，我的全身有一股强大的力量在流动，仿佛我也要变成一条龙而腾飞起来了。

选自散文集《天不在意》，安徽文艺出版社2014年6月版

中国红

杨文丰

1

我对中国红的最初记忆来自童年的乡村生活。大约四五岁时，我随做小学教员的母亲家访，第一次近距离感受到农家户户贴春联挂红灯笼的节日气氛，从此就爱上了中国红。

我喜爱的中国红，氤氲着古色古香的秦汉气息，沿袭着个性飞扬的魏晋风度，延续着开明盛世的唐宋遗风，流转着雅致风骚的明清神韵……吸纳了朝阳绚丽迷人的光芒，凝聚了相思豆细腻温润的情感，富有行云流水的抒情写意、大俗而大雅的审美情趣，是最具中华文化意蕴的最可爱的颜色，意味着祈福迎祥、高贵向善、华丽吉祥、团圆喜庆、福禄兴旺、尊贵纯正，意味着百业和谐顺遂。

中国红走入了民间，与中国人的喜庆水乳交融，互相升华。贴身肚兜、流苏、绣球、香囊、舞绸、贺卡、灯笼、窗花、红包、爆竹等等，都染中国红。中国红丰富了我们的生活。

一曲《中国红》，更是唱出了中国民间对中国红的爱恋和期盼：

开天有东方红，
开国有红旗红，
开口有女儿红，
开怀开心有开门红。

迎春有杜鹃红，
迎日有荷花红，
迎客有长城红，
迎亲迎喜是满堂红。
红红红遍了南北西东，
红红红透了春夏秋冬，
花红人红富贵在手中那个祝你也好运路路相通，
红红红遍了每片天空，
红红红透了每张笑脸，
人人心中有美美的梦那个红红火火是中国红。

这个延续了几千年的传统红“喜”字多么亮丽、吉祥和美满！它象征着婚姻美满，琴瑟和谐！

这个中国结红出的梦想多么结实、沉甸和美丽！“结”“吉”谐音，寄托的是民间对团圆、亲密、和谐人生境界的企盼。

节日里添置几件红衣裳吧，这等于为自己增添好心情，增添新年的吉祥喜庆。可以添一款红外套，即便雪花飘飘人也感到暖意，仿佛是将源远流长的中国传统喜庆文化紧贴在身上。

中国红也显得性感。从服装设计师克里斯汀·迪奥的红色镶边晚装，到落下帷幕不久的中国时装周上美不胜收的作品，红色就像嘉宾，就像春野齐齐绽放的鲜花，将欢喜推至高潮。读了这些设计师的杰作，你就再不会认为只有身穿黑衣裳的女人才性感、优雅。

至于隐性中国红，更是成了中国男人私秘的性感意象或者浪漫幻想。想想看，可遇而不可求的是“红颜知己”，浪漫至极的是“红袖添香”，“朱唇一点桃花艳”还有就是“红酥手”，身着红旗袍、手握香罗小扇的窈窕淑女，不是将形神别具、独具魅力的东方女子推向了性感绝伦的巅峰了么？

亮丽的中国红，成了有声有势的颜色、青春的颜色，成了温暖的情愫，美丽的心情，走向明天的激情。

中国红更代表了春天的颜色，春天的姹紫嫣红，表现为一种向上的力量——华夏民族来自内心深处的犹同种子出土向上那般的力量。

印度女人炎樱说：“好的颜色里有一个世界的声音。”我们说中国红在今天不已成为了走向世界的声音了么？

就这样，朝阳般颜色的中国红，从漫长的农耕社会走来，走到今天，已深深地嵌入了中国人的心魂。如同麦当劳成为美国快餐文化的符号一样，中国红也成了中国喜庆文化的符号，犹同旭日，辐射着光明、生机、快乐、温暖、向上和希望。

凡是有中华儿女的地方就有中国红！

中国红是很中国的颜色，是我们的国色！

2

你比较一下常见的颜色便可知中国红是最适合喜庆的颜色。黄色尽管有暖暖的氛围，很阳光，由于涉及皇权，作喜庆主色不宜。何况黄色还多少会给人不安；白色纯洁纯净。月华般的月白色清淡、纯洁、素雅，犹带百合花瓣带露的诗意和温厚的纯粹，可成点染闲愁淡然走出戴望舒雨巷的女子，却无法做民间喜庆的主色；紫色低调、冷艳、神秘，也优雅也浪漫却犹带紫槿花、勿忘我、紫丁香那般淡淡的自恋，与昂扬热烈的喜庆却风马牛不相及；绿色无疑象征希望和蓬勃的生命，是今天誉满全球的环保色，然却冷静有余，热烈不足，与喜庆氛围又何能和谐？

——惟红色是对视觉冲击最强烈的颜色，是最有生气的颜色，犹同释放的激情与能量，犹同生命的燃烧，具有促使人们垂注和凌驾任何色彩之上的强烈力量，最热烈、最活泼、最鲜亮、最艳丽、最精神，能教人双眼一亮，教人印象深刻，教人兴奋雄起，是无可取代、责无旁贷的最适合喜庆的颜色！

考察考察光波的长短吧，也可以明白中国红非常适合喜庆。1666 年，伟大的物理学家牛顿做的三棱镜分光实验首次发现阳光是由红、橙、黄、绿、青、蓝、紫七种颜色的光波组成。光学实验表明：光线的波长越短，被散射作用越强，光线的波长越长，被散射作用反越弱。在可见光中红光的是波长最长的色光，空气对红光的散射作用最弱，也就是说红光的穿透力最强，可以传得最远，特别是下雨或大雾的日子里尤甚。这也是何以停车信号要用红色的原因。谁不喜欢喜庆红红火火、光鲜醒目呢？谁不喜欢喜庆好事传千里呢？

可看出中国红最适宜喜庆的，还有生存择食因素。人对色彩的感觉是与生俱来的。人的眼睛观察事物或物体的时候，依次观察的是物体的色彩、形体、线条和点。由此可知：色彩是人类认知外部世界的第一媒介。

美国《自然》杂志报道，香港大学研究人员对生活在乌干达基巴莱国家公园的灵长类动物的饮食习惯进行观察后发现：猿猴类通常利用蓝色和红色视觉选择所吃的水果，倘若想吃到更有营养的鲜嫩树叶，还必须具备分辨红色和绿色的视觉，因为红叶能较明显地与其他的颜色的树叶相区分，红色是引起兴奋喜悦的颜色，能明显引起动物视神经细胞的扩展反应。可见，灵长类动物对红色较其他颜色敏感的感觉能力与长期以来寻找食物所养成的饮食习惯有关。

3

中国红还反映了东方式的神秘。作为一种神秘的、中国式的吉庆颜色，作为中国人的吉祥文化图腾和精神皈依，中国红也表现了东方哲理和中国人的吉祥文化心理，其渊源还可追溯到古代华夏民族对日神的虔诚膜拜。

从民间的红鸡蛋也可看出中国红的丰富性。在中国民间，喜得贵子后送人的鸡蛋总是要染染中国红。有的地方生男生女送深浅迥异的红鸡蛋：山东郯城生男孩送人的鸡蛋是朱红色，生女孩则为桃红色。据说浙江绍兴一带在孕妇分娩时，娘家用红稠布包裹若干只红熟鸡蛋置女儿床上，解开包裹让红蛋滚出来，喻示女儿顺利分娩。浙江富阳在新娘上轿时，老婆婆把红鸡蛋从新娘的裤腰里放进去，让之从裤脚里溜出来，企望生儿女如鸡下蛋一般顺畅。

中国红这一经典“三原色”中的大红还衍生出丰富的中国红系列：娇嫩的榴红、深沉的枣红、华贵的朱砂红、朴拙的陶土红、沧桑的铁锈红、鲜亮的樱桃红、明妍的胭脂红、羞涩的绯红和暖暖的橘红。中国红还与青花蓝、琉璃黄、国槐绿、长城灰、水墨黑和玉脂白构筑了一道缤纷的中国传统色彩风景线。

中国红成了富于理想精神的颜色、神圣的颜色。我国颇负盛名的大红色瓷——色彩凝重、高贵静穆、宛如雨后初晴漫天红霞的“中国红”瓷就始于唐代。相传“中国红”的发明还始于一个可歌可泣可叹的祭红故事，故事折射出中国人追求完美理想不惜献身的勇气和超凡入圣的境界。

中国红已将华夏民族喜庆的色彩习俗打造得美轮美奂。我们每一个人都生活在特定的社会习俗里。习俗的形成无疑必须经过选择，比如中国红被确立为喜庆颜色就经由了中国人聪明的选择，尔后才传染开来，被不断模仿，这诚如法国社会学家古斯塔夫·勒庞在《乌合之众——大众心理研究》一书中所说：“很多影响都是归因于模仿，其实这不过是传染造成的结果。”习俗唯有如此这般地经由潜移默化、耳濡目染，乃至约定俗成，得到民众或者群体的广泛支持方有可能定型，方能成为支配民众行为的无意识因素，方能不被怀疑，而反过来却又促成民众无意识地依归，因为“群体总是受着无意识因素的支配”（勒庞：《乌合之众——大众心理研究》）。这也是何以凡遇喜庆华夏儿女都自觉选择中国红的主要原因。

习俗作为一种社会文化氛围，还会形成集体心理定式。假如这种习俗是看得见、摸得着而且还符合生理选择的基础，比如中国红，那么，其固定性还会更强，还会演变成民族的喜庆心理。习俗带有的守恒性、排他性，更会使你的异类思想被弱化或被淹没，比如中国人春节就皆贴红春联，如果你家却贴的是绿春联，便会被视作异类。

假如再引入物理学电场、磁场的视角，我们就会有充分的理由断言——中国红，在民间早就已建构成了无形的“喜庆文化场”……

原载《太原日报》2010年7月5日

最美中国红

丁　利

人有肤色之别，国有色彩之分，中国呈现于世界的是火样的鲜红。70 年来，这团火越燃越旺，终于成为全球瞩目的中国红。“红”，代表吉祥、喜庆和温暖，“红”也是中华民族最具内涵的文化符号，是对接世界的“密码”。

1

红，在中国，不仅是外在的红，也是中国人内在的精神表达。比如：红色岁月、红色梦想、红船精神、红色之旅等等。国人对红的情结可能和中国的地理位置有着一定的关系。中国屹立于世界东方，即太阳升起的地方。清晨，随着朝阳升起，中华大地披着美丽的东方红从梦中醒来。

国人自古有观日出之雅兴，海上、山上、草原或大漠，不同视角、不同心境，会有不同的景致。回看古代，既有大唐诗人白居易“日出江花红胜火，春来江水绿如蓝”的盎然景象，更有宋朝开国皇帝赵匡胤“太阳初出光赫赫，千山万山如火发”的豪放气概。移步近现代，许多著名作家更是将日出描画得细致入微。

每个中国人心里都有一抹骄傲的中国红。那是珠穆朗玛峰上的红、黄河长江上的红、万里长城上的红，奥林匹克赛场升起的红……

如果世界是一片大森林，那么，中国就是这片万绿丛中的一点红。

2

大地是多彩的，中国人对红色的钟爱，透进了骨子里。

我生长在东北科尔沁草原腹地，自小就对红色格外亲近。广袤无际的庄稼地，绿色是主色调，红色植物总是让人驻足、留恋和爱惜。一片片成熟的高粱，像喝醉酒的壮汉，田野风一吹，红光满面，憨实可爱；菜地里，一畦畦西红柿，一嘟噜一嘟噜的红，像淳朴的村姑，阔叶遮面，羞羞答答，总忍不住上手去捏，软软的，馋得流口水；霍林河左岸有个远近闻名的辣椒之乡，一入秋，各家各户房前屋后、栅栏草垛，到处晾晒着红辣椒，像天边剪碎的云彩落了农家满院，探出窗口的《辣妹子》，红得你心慌慌的。当然，还有红枣、樱桃、枸杞、胡萝卜，都是我喜爱的美食。小时候，我的蜡笔画，清一色是这红彤彤的乡村美景。

红色不光铺在庄稼地里，也散落在广袤的草原上。

吉林西部盐碱地较多，碱蓬草一丛丛长得极其茂盛。风沙吹，烈日烤，加之干旱无雨，碱蓬草却以顽强的意志、乐观的状态，经受生命的历练，在深秋给瀚海大地披上红艳艳的盛装，成为草原一道绝美的红景区。后来我曾千里迢迢去盘锦看红海滩，到了才恍然大悟，这和我家南草原上的碱蓬红一模一样！世间事儿真怪，一样的东西，加了一个别样的红字，竟有这么大的魔力。

说起村庄里的红色，大红大紫还属新春佳节时。家家户户，门里门外红底黑字的对联，一个个端庄大方的福字，一幅幅精巧别致的红窗花，门檐上高高悬挂的红灯笼……一庄通红，一夜通亮。除夕之夜，爆竹炸响，红色的爆竹屑撒满街道，小伙伴走街串巷，手舞红灯笼，唱着不着调的歌谣，一串串红，一地地红，洒落乡村雪地，天上一颗颗星，地上亮晶晶。

由于对红色的着迷，久了，对带红字为名的女孩子也曾格外关注。老家前院就有一个许红，小我两三岁，扎个羊角辫，头别红色头绳，见人总笑盈盈的。母亲常和她开玩笑：红啊，长大给我当儿媳妇吧！听了，她脸一红，捂着嘴跑掉了。长大后她嫁给了邻村一个小木匠，我在作品里曾虚构她出嫁时，含泪剪断红纱巾，抛出去，在冰冷的芦苇荡里，像孤独的鸿雁，远远地飞去了……

3

走出村庄，游走名山大川，于我来说，最惹眼的不是奇石秀水、鸟语花香，而是秋天层林尽染、红满天地的枫叶。

家乡长白山余脉的红叶谷，红得丑石变美，溪流多彩，瀑布流霞。在桦甸，透过漫山遍野的枫叶红，我的眼前却一次次出现奇妙的幻觉：那一丛丛红，不就是杨靖宇将军带领抗联战士，在密林里四面出击，攻打红石砬子，枪口喷出的仇恨火焰吗？那一片片红，不就是抗联英雄用鲜血和生命染红的蒿草地吗？

音乐如流淌的小溪。一首首中国红色经典歌曲，给人带来激情、慰藉和力量，影响了一代又一代人。《东方红》，太阳升，中国出了个毛泽东；若要盼得红军来，岭上开遍呦《映山红》;《红梅赞》里我们看到江姐，千里冰霜脚下踩，三九严寒何所惧，一片丹心向阳开；在延安，一首《山丹丹花开红艳艳》从黄土高原唱遍全国各地;《红旗飘飘》我为你自豪，为你欢呼，我为你祝福，你的名字比我生命更重要……中国人就是唱着红歌，从苦难、漫长的岁月里一路跋涉而来，一步步走向富裕、强大和辉煌!

一部部经典文学作品，也在书写中国革命历史的进步和人文情怀。吴强的《红日》，梁斌的《红旗谱》，罗广斌、杨益言的《红岩》……这一部部红色经典作品，弘扬了中华民族在风雨飘摇的历史关头，华夏儿女赴汤蹈火、浴血奋战，彰显出的爱国主义、英雄主义和伟大的民族精神。

中国红，滋润了大地草原；中国红，装点了万水千山；中国红，也在精湛、博大的历史文化长河里熠熠生辉。

4

1957 年 11 月 17 日，莫斯科大学，对数千名中国留苏学生来说，迎来了一生最幸福、难忘的一刻。当毛主席和邓小平、彭德怀等领导人出现在莫斯科大学的大礼堂时，全场沸腾，欢声雷动。毛主席频频向大家招手致意，语重心长地对留学生们说:“世界是你们的，也是我们的，但是归根结底是你们的。你们青年人朝气蓬勃，正在兴旺时期，好像早晨八九点钟的太阳。希望寄托在你们身上。”主席的一句“早晨八九点钟的太阳”，富有诗情画意的语言，对青年人寄予多么大的希望!

在中国，朝阳红，代表茁壮成长的青少年一代，是祖国的未来；夕阳红，则代表老年人晚年的幸福生活:“最美不过夕阳红，温馨又从容……”

我多次去天安门广场观看升旗仪式，当国歌响起，面对冉冉升起的五星红旗，内心无比自豪和激动。让我最感动的是，身边总能看到一些老人仰视国旗，泪流满面……

5

东有长白，西有向海。这篇稿子落笔时，我和爱人正在吉林西部向海国家级自然保护区度假。清晨，丹顶鹤的长鸣唤醒我的梦，透过窗口，一轮新升起的朝阳，染红了一望无际的芦苇荡，和千姿百态的蒙古黄榆林。一群丹顶鹤恍惚从昨晚红彤彤的梦里飞来，披金挂红，引吭高歌，洁白的翅膀，扇起向海粼粼霞光……

丹顶鹤打碎了湖面的清梦，溅起的金红涂亮了我书桌的一角，还有昨晚通宵读过的方志敏在狱中完成的《可爱的中国》封面上。爱人端来一杯新泡的琥珀色“大红袍”为我提神明目。氤氲的茶香，伴随雷佳演唱的《旗帜》，在室内久久回荡：

党旗军旗国旗
永远永远铭刻在我的心里……

原载《吉林日报》2019 年 9 月 28 日

敬告作者

我社一贯注重保护著作者的合法权益。选编本书时曾尽量同相关作者联系版权事宜，并得到许多作者朋友的大力支持。但由于本书时间跨度较长，体量大，作者多，出版时间又较为紧迫，所以仍与部分作者或其后人无法取得联系，在此谨表歉意。同时，敬请相关作者和著作权人见到本书后，尽快与我社联系，我们将奉上样书并支付稿酬。

中国言实出版社

2021 年 7 月